文
景

Horizon

THE
LORD
OF
THE
RINGS

J.R.R. TOLKIEN

托尔金基金会唯一指定中文版
Trusted Publishing Partner and Official Tolkien Publisher for China

社科新知 文艺新潮

魔戒

1

［英］J.R.R. 托尔金 著

邓嘉宛　石中歌　杜蕴慈 译

上海人民出版社

J.R.R. 托尔金

J.R.R. TOLKIEN

英国文豪，天才的语言学家，生于 1892 年 1 月 3 日，1925 年开始担任牛津大学教授。他创作了一系列脍炙人口的中洲世界史诗，影响最为深远的是《霍比特人》和《魔戒》。这两部巨作，被誉为当代奇幻作品的鼻祖。1972 年 3 月 28 日，托尔金获英国女王伊丽莎白二世颁发的大英帝国指挥官勋章。

托尔金于 1973 年 9 月 2 日在牛津逝世。托尔金身后，其作品声名未减，至今已畅销 2.5 亿余册，《魔戒》在英国 Waterstones 书店和第四频道合办的票选活动中被选为 20 世纪之书，被亚马逊网络书店读者评选为近一千年最受欢迎的书籍。

目录

卷 一

英国第二版前言

　　这个故事随着讲述而逐渐拓展，最终演变成一部"魔戒大战"的历史，从中还能窥见此前另一段更为古老的历史的点点滴滴。我动笔时还是1937年，那时《霍比特人》刚完成不久，尚未出版。但我没有把这部续作写下去，因为我希冀可以先将远古时代的神话与传奇写完并梳理清楚，当时这些已经构思成型多年了。我做这项工作，纯粹是出于自己的兴趣，至于别人对这部作品的兴趣，我并不抱多少希望，尤其是因为它的灵感主要源于语言学，我之所以动笔，乃是为了给各种精灵语提供必要的"历史"背景。

　　我向一些人征求了意见和建议，结果"不抱多少希望"被修正成了"不抱任何希望"。如此一来，我受读者的要求鼓励，回头继续去写续作——他们想看到更多有关霍比特人及其历险的内容。但是，故事被无法抗拒地拉向了更古老的世界，可以说，还没有讲述它的开端和中段，就已先行记叙了它的尾声与终局。在写作《霍比特人》时，这个过程业已开始，书里已经提及一些旧事，比如埃尔隆德、刚多林、高等精灵和奥克；此外还浮光掠影地提及了另一些内容，它们不期然地出现，本质更加严肃、深奥与黑暗，比如都林、墨瑞亚、甘道夫、死灵法师，还有至尊戒。这些点滴十分重要，与古老历史亦有联系，对它们的探索，展现了第三纪元及其高潮——魔戒大战。

　　要求得到更多霍比特人相关信息的人们，终于得偿所愿，但他们不得不苦等良久，因为《魔戒》的写作从1936年开始，断断续续一直到1949年才告结束。那段时期我有许多责任，我没有疏忽它们，而身兼学生与教师，我还常常沉浸于诸多别的兴趣爱好中。而且，1939年爆发的大战愈发耽搁了我的写作进程，直到年底，故事还没写到卷一的末尾。接下来的五年风雨如晦，但那时我已觉得这个故事不该囫囵放弃，便继续艰难笔耕，主要是熬夜工作，一直写到墨瑞亚，停在巴林的墓前。在此我搁笔许久，差不多一年之后才继续，并于1941年末写到了洛丝罗瑞恩和大河。隔年我写下了如今成为卷三内容的第一批草稿，以及卷五第一、三章的开头，阿诺瑞恩烽火四起，希奥顿来到祠边谷。写到这里，我又停笔了——前瞻构思已经枯竭，却又没有时间斟酌思考。

1944年，我搁置了书中那场战争的千般头绪、万种繁难（这些本该由我组织脉络，至少也要加以描写），迫使自己去处理弗罗多前往魔多的旅途这一难题。我将写出的章节陆续寄给我的儿子克里斯托弗，他那时身在南非，在皇家空军服役。这些章节最后结为卷四。即便如此，又过了五年，这个故事才写到了目前的结局处。这五年中，我搬了家，换了职位，变更了任教的学院，时局虽说不那么晦暗了，但艰难依旧。等终于写完"结局"，整个故事又必须加以修改，实际上是从后往前进行大规模改写。书稿要打字录入，还要录第二遍，我不得不亲自动手，因为我负担不起十指如飞的专业打字员的开销。[1]

《魔戒》最终出版之后，已有很多人读过；我收到或读过不少有关故事写作动机与涵义的意见和猜测，这里我想就此说上几句。本书的根本写作动机，就是一个讲故事的人想尝试讲一个极长的故事，想让它吸引读者的注意，予他们以消遣，给他们以欢笑，或许偶尔还能令他们兴奋或感动。怎样才算引人入胜、触动人心，我唯有以自己的感觉为准，而这个标准对许多人来说，必定常常是错的。一些读过本书或多少对本书有过评论的人觉得它乏味、荒诞，甚至低劣，对此我倒没有什么缘由去抱怨，因为我读起他们的作品或他们明显推崇的某类作品，也颇有同感。很多人喜欢我的故事，但即便是依照他们的看法，它也有不少不尽人意之处。也许，一个长篇故事不可能处处都取悦所有读者，但同样也没有哪处会令人人都不满；因为我从来信中发现，同样的段落或章节，有些人认为是瑕疵败笔，其他人却大加赞赏。最挑剔的读者，也就是我自己，现在发现了诸多大大小小的缺陷；好在我既没有评论本书的责任，也没有推翻重写的义务，于是就对这些问题置之不理并且保持沉默了，想说的只有旁人亦已指出的一点：这书太短了。

至于任何内在涵义或"讯息"之类，笔者无意于此。本书既非寓言，亦无关时事。随着故事的拓展，它向下扎根（深入到过去），并萌发了出人意料的旁枝，但它的主题一开始就确定了：必然要选择魔戒来衔接本书与《霍比特人》。"往昔阴影"作为关键性的一章，是故事最早写成的部分之一。1939年，战争的阴云已经变成明确的威胁，一场大劫在所难免；但这一章在此前很久就已写成，即便那场大劫得以避免，故事仍会自此发展出基本相同的进程。它的种种根源，或是在我心中成型已久，或是已经部分写成，那场始于1939年的大战及其后续，几乎没有改变这个故事的任何一处。

现实的战争与书中的传奇战争，无论过程还是结局都毫无相似之处。假若传奇故事受了现实的启发，或是受其引导而发展，那么魔戒必然会被夺取，用来反抗索隆；索隆不会被消灭，而会被奴役，巴拉督尔不会被摧毁，而会被占领。而未能占有魔戒的萨茹曼则会在局势混乱和背信弃义之际发现，自己研究魔戒学识时追寻的那些缺失链环就在魔多；而此后不久，他也会制造一枚属于他自己的主魔戒，用来挑战那位自封的中洲统治者。在那场冲突中，双方都会以憎恨与轻蔑的态度对待霍比特人，霍比特人即使作为奴隶也幸存不了多久。

我本来可以迎合那些喜爱寓言故事或时事暗喻的人的口味和观点，设计出别的情节。但我打心底不喜欢任何形式的寓言故事，自从我足够成熟与敏感，能察觉它的存在时便是如此。我相对偏爱历史，不管历史是真实还是虚构，它对不同读者的想法和经验有不同的适用性。我认为，很多人混淆了"适用性"和"寓言"二者，前者让读者自由领会，而后者由作者刻意掌控。

当然，作者不能全然不受自己的经历影响，但故事的萌芽如何利用经验的土壤，却是极其复杂的，人们如果企图定义这个过程，至多只能是猜测，其证据既不充分也不明确。而且，如果仅凭作者和评论家生活的时代重叠，就断定二者共同经历的思潮变化或时代大事必定是对作者最强有力的影响因素，这个想法自然很有吸引力，但却是错误的。事实上，一个人必须亲自身处战争阴影之下，才能完全体会它的沉重压迫。随着岁月逝去，人们似乎常常忘记：1914年，我在青年时代就遭受了战争之苦，这段经历之丑恶可怕，不亚于1939年以及后续几年卷入战事的经历。到1918年，我的亲密朋友除了一人外，均已过世。再举个不那么沉痛的例子：有人认为，"夏尔平乱"反映了接近我完稿时英格兰的状况。不是这么回事。它是剧情的关键部分，尽管我依照故事发展，因萨茹曼这个角色而调整了剧情，但故事从一开始就已经构思好了，我得说，这个故事没有任何形式的寓言意义和当代政治喻指。它确实有一定的现实经历作为基础，不过这不仅微乎其微（因为经济状况完全不同了），而且来自很久以前。在我十岁前，我童年时居住的乡村一直被卑劣地破坏，那时汽车还是稀罕东西（我一辆也没见过），城郊的铁路尚未建成。最近，我在报纸上看到了一座谷物磨坊的最后老朽残迹的照片，它建在水塘边，曾经兴旺过，过去我觉得它是那么重要。我从来都不喜欢那个年轻磨坊主的样子，而他的父亲，也就是老磨坊主，长着一副黑胡子，可他不叫山迪曼。

《魔戒》现在出了新版，我抓住机会进行了修订。正文中遗留的若干错误和矛盾之处得到了改正，我还试着在细心的读者提出疑问的几处地方给出解释。我考虑了所有的评论和问询，倘若仍有遗漏，可能是因为我没能整理好笔记。但是，很多问询都只能在附录中回答——其实最好是出版附加的一卷，其中要囊括诸多没有收录在最初版本里的材料，特别是更详细的语言学方面的内容。同时，这一版里刊印了这份前言，作为对楔子的补充，还有一些注释，以及人名和地名的索引。这份索引意在给出完整条目，但不给出完整参考页数，因为目前有必要减少篇幅。我利用 N. 史密斯夫人准备的材料所编写的完整索引，更应属于那附加的一卷。

穹苍下，精灵众王得其三，

　　　　石殿中，矮人诸侯得其七，

尘世间，必死凡人得其九，

魔多翳影，王座乌沉，

　　　　黑暗魔君执其尊。

魔多翳影，邪暗深处，

　　　　统御余众，魔戒至尊，

　　　　罗网余众，魔戒至尊，

　　　　禁锢余众，魔戒至尊。

楔子

一　关于霍比特人

　　这本书讲述的故事与霍比特人密切相关，读者从字里行间可以发现他们的诸多特质和些许历史。从已经面世的《西界红皮书》节选，也就是题为《霍比特人》的书中，还可以找到更多信息。那个故事来自《红皮书》的开头几章，由首位扬名世间的霍比特人比尔博亲自编撰，并由于讲述了他前往东方的旅程与归途而得名《去而复返》，而那次冒险经历，后来把所有霍比特人卷入了本书述及的那个纪元的种种重大事件之中。

　　很多人也许愿意从头了解这个了不起的种族，然而有些人可能没有前一本书。为这些读者考虑，此处从霍比特人的传说中摘取了一些比较重要的记录，并简要回顾了前次冒险的经历。

霍比特人不是个引人注目的种族，但他们的历史十分悠久，过去的人数比现在更多。他们热爱和平、安宁，以及犁垦良好的土地，最喜出没的地方是秩序井然、耕种得宜的乡野。尽管他们用起工具得心应手，但他们不理解也不喜欢比打铁风箱、水力磨坊和手动织布机更复杂的机械，过去如此，现在亦然。即便是在古老时日，他们也会照着惯例躲开"大种人"——这是他们对我们的称呼——而如今他们惊恐地避开我们，越来越难遇到。他们听觉灵敏，眼光锐利，虽说通常很胖，没有必要的话行动也不慌不忙，但他们的动作敏捷又灵巧。当那些他们不想遇上的大号种族碰巧笨手笨脚地走过时，他们能悄然迅速遁去，这种能力他们天生就有，且发展到了人类觉得这是魔法的地步。但实际上，霍比特人从来没有学习过任何魔法，他们的逃遁能力纯系一种专门技能，来自遗传与练习，以及和大地的亲密联系，这些都是那些更大也更笨拙的种族模仿不了的。

他们是一个体型很小的种族，比矮人还小——这

楔子

是说，他们不如矮人强壮结实，即便其实不矮多少。以我们的标准衡量，他们的身高从两呎到四呎不等。如今他们少有长到三呎的，但据他们说，他们的身高变矮了，古老时日里要高些。根据《红皮书》，艾萨姆布拉斯三世之子班多布拉斯·图克（吼牛[1]）有四呎五吋高，能骑普通的马。以往所有霍比特人中，只有两个古时的著名人物超过了他，而那件奇事，本书后文会加以介绍。

至于本书故事中涉及的夏尔的霍比特人，他们在安宁繁荣的日子里是个快乐的种族。他们穿戴色彩鲜亮的服饰，尤其喜爱黄色和绿色。不过他们几乎不穿鞋，因为他们脚底有结实的厚皮，脚面上覆有浓密的卷毛，正像他们的头发，通常是棕色的。因此，唯有制鞋这门手艺是他们当中极少有人擅长的。不过，他们有着长而灵巧的手指，能制造其他很多美观有用的东西。他们的脸通常显得和善而非美丽：圆脸，眼睛明亮，双颊红润，开口时惯于欢笑，且擅长吃喝。而他们也的确经常开怀大笑，吃吃喝喝，历来喜爱简单的笑话和一天六餐（当吃得到的时候）。他们热情好客，热衷聚会以及送礼——慷慨送出，雀跃接受。

显而易见，霍比特人与我们有着亲缘关系，不过后来两族疏远了。他们与我们的亲缘关系，比与精灵乃至与矮人的都要近得多。古时他们照自己的习惯说人类的语言，喜欢和厌恶的事物也与人类十分相似。但是我们两族的亲缘究竟如何，如今已不可考。霍比特人的起源可以追溯到现已失落遗忘的远古时代，只有精灵仍然保存着那个逝去时代的记录，而那些传说几乎全都是关于他们自己的历史，人类很少出现其中，霍比特人则根本未被提及。然而有一点是明确无疑的：霍比特人其实在中洲平静生活了漫长的年月，而在此期间其余种族甚至丝毫没有察觉他们的存在——毕竟，世间满是数不清的奇怪生物，这些小种人似乎极其无关紧要。不过，在比尔博及其继承人弗罗多的时代，事情不遂人愿，他们突然变得重要且著名，影响了智者与伟人的决策。

那段时期，也就是中洲的第三纪元，如今已是久远的过去，大地变动，沧海桑田。但那时霍比特人居住的地区，无疑和他们现在流连之处相同，也就是大海以东，旧世界的西北部。比尔博时代的霍比特人没有保留任何关于最初家园的知识。他们当中热爱研习学问（除了家系渊源）的人凤毛麟角，不过比较古老的家族中还有少数人钻研过本族典籍，甚至还从精灵、矮人和人类那里收集了有关古老时期和遥远土地的传说。本族的记录只从夏尔开垦之日开始，最古老的传奇故事也不过是追溯到他们的流浪时代。尽管如此，有一点却是明确的：从这些传奇故事以及他们特异的语言、习俗所提供的证据来看，霍比特人像其他很多种族一样，曾于遥远的过去向西迁移。从他们最早的传说中，似乎可以窥得那个时代的一斑：当时他们住在安都因河谷的上游，大绿林边缘和迷雾山脉之间。后来他们为何要取道艰难危险的路途翻过山脉进入埃利阿多，已不可考；但他们本族的说法提到，人类在那片土地繁衍，且有一片阴影笼罩了森林，令其变得黑暗，并因此得名"黑森林"。

霍比特人在翻越山脉之前，已经分化成三个略有区别的族群：毛脚族、壮躯族和白肤族。毛脚族肤色较深，体型更小也更矮，他们没有胡须，不穿鞋子，手脚利索又敏捷，偏爱高地和山丘。壮躯族体型更宽，身体更强壮，手脚也都更大，偏爱平地和河畔。白肤族肤色更加白皙，发色更浅，比另外两族更高，也苗条一些，热爱树木和林地。

在古老时期，毛脚族与矮人交往密切，在群山脚下住过很久。他们很早就西迁了，漫游过埃利阿多，远至风云顶，而其他人还住在大荒野。他们是最普通、最典型的霍比特人，人数也最多。他们最爱在一处定居，也最久沿袭了居住在隧道和地洞中的祖传习惯。

壮躯族在大河安都因两岸附近流连许久，也不太回避人类。他们继毛脚族之后向西而行，然后沿着响水河向南。很多人在沙巴德和黑蛮地边界之间住了很久，才再次北迁。

白肤族是人数最少的一族，来自北方。比起其他霍比特人，他们跟精灵的关系更友好；相对手工技艺，他们更擅长语言和歌谣。古时他们更喜欢打猎，而非耕作。他们翻越了幽谷[2]北方的山脉，沿苍泉河而下。在埃利阿多，他们很快便与先于他们到来的外族融合，由于他们略为大胆，也更有冒险倾向，经常成为毛脚族与壮躯族部落中的领袖或首领。即便是在比尔博时代，仍能在名门望族中找到显著的白肤族血统，比如图克家族和诸位雄鹿地统领。

埃利阿多位于迷雾山脉和路恩山脉之间，在它的西部地区，霍比特人遇到的既有人类，也有精灵。事实上，从西方之地渡海而来的"人中王者"杜内丹

　　　　　　　　　　　　　　楔子

人，仍有余部居住在那里，但他们迅速衰落了，他们的北方王国疆土大片沦为荒野。新来者颇有余地可以居住，于是不久之后，霍比特人便开始有条不紊地成批定居下来。他们早期的定居地，在比尔博时代绝大部分都早已消失，被人遗忘，不过其中一处最早成为要地的地方虽然地域缩小了，但仍保存下来：它位于布理及其周边的切特森林当中，夏尔以东大约四十哩处。

无疑，霍比特人是在这段早期时日中学会了字母，并开始遵循杜内丹人的方式书写，而杜内丹人则是很久以前自精灵那里学来了这门技能。那段时期中，霍比特人忘记了先前用过的各种语言，此后都说"通用语"——这就是名为"西部语"的语言，它流传开来，遍及阿尔诺和刚铎诸王统治的全部疆土，以及从贝尔法拉斯到路恩河的所有海滨。不过，霍比特人还保留着一些本族的词语，还有月份和日期的本族名称，以及一大批继承自过去的人名。

大约在这个时期，霍比特人中流传的传说首次写成了历史，附以一套纪年法。在第三纪元的1601年，白肤族的兄弟俩——马尔科和布兰科从布理出发，从佛诺斯特的至高王处获得了许可，带领一大批霍比特人越过了棕河巴兰都因。[3] 他们走过了建于北方王国鼎盛时期的石拱桥，占领了对岸位于河流和远岗之间的所有土地。而他们的全部义务就是：维护修缮这座大桥和其他一切桥梁道路，予国王信使以方便，并承认国王的统治。

　　就这样，**夏尔纪年**开始了，渡过白兰地河（霍比特人将河名改成了这样）的那一年成了夏尔元年，此后一切日期都自此时算起。[4] 西方的霍比特人立刻就爱上了他们的新家园，并留在了那里，很快便又一次淡出了人类和精灵的历史。只要仍有一位国王在位，他们名义上便是他的臣民；但他们实际上由本族的族长统治，丝毫不参与外界的重大事件。他们曾派出若干弓箭手援助国王，参加了佛诺斯特对阵安格玛巫王的最后一战；这只是他们自己的说法，人类的传说中没有记载。但在那场战争中，北方王国陷落了。于是，霍比特人将这片土地据为己有，并从本族的首脑人物当中选出一位长官来代行已逝国王的权力。随后一千年，他们在那里不受战乱所苦，在黑死瘟疫（夏尔纪年 37 年）之后，他们繁荣壮大，直到遭遇漫长冬季之灾和随后而来的饥荒。那时几千人死去了，但相对这个故事发生的时代来说，"贫乏时期"（1158—

1160年）已经过去了很久，霍比特人已经又一次习惯了物质丰裕。那里的土地肥沃又宜人，虽说他们来时已荒废多年，但从前曾被很好地耕作过，国王一度在那里拥有众多农场、麦田、葡萄园和树林。

这片土地从远岗到白兰地桥绵延四十里格[5]，从北部的荒原到南部的沼泽绵延五十里格。霍比特人将其取名为"夏尔"，作为他们长官的管辖区域，是一方井然有序之地。在这世间的快乐一隅，他们经营着自己那些井井有条的生计，对黑暗事物横行的外界越来越不关心，直到他们认为和平与富饶是中洲的定例，也是所有智慧族群的权利。霍比特人对那些守护者及他们付出的辛劳历来所知寥寥，如今更是忘记或忽略了他们，而正是他们令夏尔的长期和平成为可能。事实上，霍比特人是受保护的，但这一点他们已经不再记得。

不管是哪一族的霍比特人，都从来不曾尚武好战，他们也从来不曾自相残杀。当然，他们在古老时期曾常常要为本族在艰难世界中的生存而战，但在比尔博时代，那都是极其古老的历史了。故事开始前的最后一役，实际上也是夏尔境内打过的唯一一战，现已无人记得：那是夏尔纪年1147年的

"绿野之战"，此役中班多布拉斯·图克大败一伙前来侵略的奥克[6]。自那以后，就连天气也变得温和了，曾经在严酷寒冬从北方前来劫掠的恶狼，如今只不过是祖父一辈讲述的传说。因此，尽管夏尔仍然存有一些武器，但它们主要被当作纪念品，挂在壁炉上方或墙上，或是收藏入大洞镇的博物馆。这座博物馆名叫"马松屋"，霍比特人把没什么迫切用处，但又不愿丢弃的所有东西都叫作**马松**[7]。他们的住所常有堆满马松的趋势，从一家送到另一家的礼物，很多都属此类。

尽管这个民族享受安逸和平，他们却仍然出奇地坚忍。事到临头之时，他们很难被吓倒或被消灭。他们也许极其孜孜不倦地追求美好事物，但这绝不意味着他们一旦没有这些就不能生活。他们能挺过悲伤、仇敌和严酷天气的侵袭，这会使那些不够了解他们，只注意他们的肚皮和胖脸的人大为惊讶。他们虽然不爱与人争吵，也不以杀死任何活物作为消遣，但他们在陷入困境时非常勇敢，紧急时刻还能使用武器。由于眼力敏锐、瞄准精确，他们射箭很准，而且本领并不局限于弓箭。所有擅自过界的野兽都非常清楚这一点：如果任何一个霍比特人弯腰去捡石头，那它最好

楔子

赶快躲起来。

　　所有的霍比特人起初都住在地下的洞府里，反正他们是这么认为的。他们仍然觉得住在这样的住所里最舒服，但随着时间推移，他们不得不适应其他形式的住所。实际上，在比尔博时代的夏尔，通常只有最富有和最贫穷的霍比特人还遵循着旧习俗。最贫穷的就生活在那种最原始的地洞里，其实只不过是窟窿而已，窗子只有一扇，或是压根就没有，而富裕的人们依然兴建起比古时的简陋洞穴更豪华的住所。不过，适合修建这种宽敞分岔的隧道（他们称之为**斯密奥**[8]）的地点并不是随处可见。在平地和洼地上，随着家族繁衍，霍比特人也开始在地面上修建房屋。事实上，就连在丘陵地带和较为古老的村庄里，比如霍比屯和塔克领，以及夏尔的首府、位于白岗的大洞镇，如今都有许多木材、砖头和岩石修成的房子。磨坊主、铁匠、绳匠、造车匠和类似职业的人，尤其喜欢这种房子。即便是还有洞府可住的时候，霍比特人也早就习惯了建造棚屋和作坊。

　　建造农舍和谷仓的习惯，据说是始自南边白兰地河旁的泽地居民。那个区，也就是东区的霍比特人，体型更大，腿更强壮，在泥泞天气里穿矮人的靴子。

不过，他们的血统大半来自壮躯族，这一点广为人知，其实也可以从许多人腮边长出的汗毛看出来——毛脚族和白肤族都是一点胡子也不长的。实际上，泽地的居民绝大多数都是晚些时候才从遥远的南方迁来夏尔的，他们后来还占据了河东岸的雄鹿地。他们仍然有着许多独特的名字和怪异的词语，这些在夏尔别处都是找不到的。

建筑就像其他很多工艺一样，很有可能是霍比特人从杜内丹人那里学来的，但也可能是直接从精灵那里学到的——在人类朝气蓬勃的时代，精灵是人类的老师。这是因为高等族系的精灵还没有放弃中洲，那时候，他们仍居住在西边遥远的灰港，以及其他离夏尔不远的地方。西部边境外的塔丘上，三座建于远古纪元的精灵塔楼依然在目；月光下，它们在远方闪闪发光。最高也是最远的一座，孤零零蠤立在一座绿丘顶上。西区的霍比特人说，从那座塔顶远望，可以看见大海，但没听说过哪个霍比特人曾经爬上塔去。事实是，见过大海或在大海上航行过的霍比特人寥寥无几，而回来讲述这类经历的就更是少之又少。绝大多数霍比特人就连对河流和小船都心怀恐惧，他们当中会游泳的也不是很多。

在夏尔生活得越久，霍比特人提起精灵的时候就越少，他们变得害怕精灵，也不信任那些和精灵打交道的人。在他们心中，大海变成了一个代表恐惧的词语，一个死亡的象征，他们别过头，不再去看西边的山丘。

虽说霍比特人的建筑工艺或许是学自精灵或人类，但他们在应用时展现了自己的风格。他们不热衷于塔楼。他们的房屋通常又长又矮，而且很舒适。最古老的那种其实就是模仿**斯密奥**修建，覆以干草或稻草，或用草皮做屋顶，也有着凸出的墙。然而那个阶段属于夏尔早期，自那时起，霍比特人的建筑物形态早已改变。他们用学自矮人或自创的手法加以改进。偏爱圆形窗子乃至圆形门户，是霍比特人建筑尚存的主要特色。

夏尔霍比特人的房屋和洞府通常很大，其中住着庞大的家族。（比尔博·巴金斯和弗罗多·巴金斯都是单身汉，这一点极不寻常。他们在除此之外的很多方面也是极不寻常的，比如他们与精灵的友谊。）有时，许多代的亲戚都（相对来说）和平共处，居住在一处拥有许多隧道的祖传屋中，比如大斯密奥的图克家族和白兰地厅的白兰地鹿[9]家族。总而言之，所有霍比特人都喜欢群居，且十分在意他们的亲戚。他们绘制出冗长而精细的家族谱系树，分支不可胜数。与霍比特人打交道，很重要的一点就是要记住谁和谁是亲戚，关系有多近。哪怕要本书列出故事发生时较为重要的家族中较为重要的成员，都是不可能的。《西界红皮书》末尾的家谱树本身就够一本小书了，除了霍比特人，人人都会觉得它极其枯燥。只要它们是准确的，霍比特人就热衷此类事由——他们乐于拥有这样的书籍：写满自己已经知道的事情，无可非议，毫无矛盾。

二 关于烟斗草

关于古时的霍比特人，此处还必须提到另一件奇事。他们有个惊人的习惯：通过黏土或木质的烟斗吸取——或者说吸入——一种药草叶子燃烧后得到的烟气，这种药草他们称作**烟斗草**或**烟叶**，很可能是**烟草属**下的一个变种。这种特殊风俗，或按照霍比特人喜爱的叫法，这种"艺术"，其起源云遮雾罩。关于它，全部发掘得出的古老记录都由梅里阿道克·白兰地鹿（后来他成了雄鹿地统领）汇集起来，由于他本人和南区出产的烟叶在接下来的历史中都扮演了重要的角色，在此可以引用他在他那本《夏尔药草学》导言中的评论。

"这是一门艺术，"他说，"我们完全可以宣称它是我们自己的发明。霍比特人何时初次开始吸烟，我们不得而知，所有传奇故事和家史说法都认为这是理所当然的。长久以来，夏尔的居民吸过各种各样的药草，有些难闻，有些甜美。但一切说法都赞同这一点：在南区的长谷，托博德·吹号最早在园子里种植了真正的烟斗草，那时候大约是夏尔纪年1070年，是艾森格里姆二世的时代。最优质的家产烟斗草仍然来自那个区，特别是如今称为'长谷叶''老托比'，以及'南区之星'的几种。

"没有记载表明老托比是怎么发现这种植物的，因为他到死也没透露。他对药草所知甚详，但他不爱旅行。据说，他年轻时经常前往布理，不过除了那里，他肯定从来没离开夏尔去过更远的地方。因此，他很有可能是在布理认识这种植物的，而无论如何，它现在就在山丘南坡上茂盛生长着。布理的霍比特人宣称自己是首批真正吸用烟斗草的人——当然，什么事他们都宣称比夏尔人做得更早，还称夏尔人为'殖民者'。但就这件事而言，我倒认为他们的说法可能不假。而且，最近几百年来，吸正宗烟斗草这门艺术确实是从布理传到了矮人和其他各色人等当中，诸如游民、巫师以及流浪者，他们仍然往来于那处古路口。因此，这门艺术的发源之处和中心便可以追溯到布理的老客栈，**跃马客栈**；这家客栈自有历史记载以来便是由黄油菊一家打理。

"尽管如此，据我在多次去往南方的旅程中的观察，我确信烟斗草本身并不是原产自我们这片土地，而是自安都因河下游传到北方来的，而且我怀疑它最初是由西方之地的人类漂洋过海带到那里的。刚铎盛产烟斗草，比北方的更大，味道也更浓郁。在北方，它从来不长在野外，只在长谷这样温暖且有遮蔽的地方茂盛生长。刚铎的人类称其为**甜嘉兰那斯**，只推崇它花朵的芳香。烟斗草必定是在埃兰迪尔到来和我们自己的时代之间的漫长数世纪里，从那片土地沿着绿大道传播过来的。但就连刚铎的杜内丹人也认同我们拥有这项荣誉：是霍比特人首先将烟斗草放进了烟斗，就连巫师也不如我们想到得早——尽管我所熟识的那位巫师很久以前就学到了这项艺术，并且就像他专心从事别的任何事务时一样，变得精于此道。"

三　夏尔的管理方式

夏尔分为四个部分，也就是前文已经提到的"区"，包括北区、南区、东区和西区。它们又各自分为数片自治领地，仍然以一些古老望族的姓氏冠名，尽管在这段历史时期，这些姓氏也不再仅仅出现于他们原本的自治领地当中。几乎所有图克家的人都还住在图克地，但许多其他家族则不然，比如巴金斯家和博芬家。四个区以外，是东边界和西边界：雄鹿地（见卷一第五章开头），以及于夏尔纪年1452年加入夏尔的西界。

此时，夏尔几乎没有什么"政府"。各个家族基本都是自己管理自家事务。种植食物并吃掉它们占去了他们的大部分时间。涉及其他问题时，他们通常很慷慨，也不贪婪，而是心满意足，适可而止，于是他们的庄园、农场、作坊和小生意几乎毫无改变，而且代代如此。

当然，尊崇佛诺斯特至高王的古老传统仍然存留下来。佛诺斯特位于夏尔北方，他们称其为"北堡"。但近千年来，那里都没有国王，就连诸王之北堡的废墟也为青草覆盖。然而霍比特人仍然认为，野蛮民族和邪恶生物（比如食人妖）都"没聆听过国王教化"。因为霍比特人遵循古时君王的一切重要法令，而且通常他们都是自愿遵循法令，因为照他们的说法，那些都是"规矩"，既古老又公正。

图克家族确实长期拥有显赫地位，这是因为几个世纪以前，"长官"的职位（从老雄鹿一族）移交给了他们，于是自那时起，图克族长就担任这一职务。长官是夏尔议会的议长，也是夏尔民军和霍比特武装队的指挥官，但由于民军和议会都只在紧急状况下集结，而紧急状况已不再出现，长官的权力也就只剩了名义上的尊贵。当然，图克家族仍然特别受尊敬，因为这个家族依旧人多势众，财力非凡。他们差不多每一代都会出些特立独行，甚至天性喜好历险的人物。不过，后一种特质，如今与其说是被普遍赞同，倒不如说是（在有钱人圈子里）被容忍了。无论如何，将家族之首称作"大图克"的传统还是流传下来，若有必要就在他的名字后面缀以数字，例如艾森格里姆二世。

此时，夏尔唯一真正的官员是大洞镇 [10]（或夏尔）的市长，是每隔七年在仲夏日，也就是莱斯日 [11]，于白岗举办的自由集会上选出来的。作为市长，他唯一的职责差不多就是主持盛宴，夏尔每隔一小段时间就是节日，盛宴就在节日里举办。但邮局局长和夏警长官这两个职位也都由市长兼任，如此一来，市长还要同时管理邮递服务和治安警备。这两者是夏尔仅有的公共服务，其中邮差人数尤其众多，也忙碌得多。虽说显然不是所有霍比特人都通文墨，但那些有文化的，经常给所有住处离自己超过午后散步路程的朋友（和一部分亲戚）写信。

霍比特人称他们的警察（或与此最接近的职业）为"夏警"[12]。显然，夏警没有制服（这种东西俨然闻所未闻），只是在帽子上插了根羽毛而已。但在实践中，他们与其说是警察，不如说是篱卫；比起人口走失，他们管得更多的是牲口走失。全夏尔只有十二名夏警，每个区三名，做"内部工作"。还有更多的一批人，人数视需求而定，被雇来"划定地盘"，还要确保任何外地人——不管是大是小——都不惹麻烦。

这个故事开始的时候，所谓的"边界守卫"人数已经大大增加了。有许多报告和投诉都表明，有陌生的人员和生物在边界附近潜行，或是越过边界。这正是个最初迹象，表明自故事传说里的久远时代之后，那些一成不变、一切正常的状况已然不再。没多少人注意这迹象，就连比尔博也还没意识到这预示着什么。自从他出发踏上那次值得纪念的旅程，六十年过去了；哪怕以霍比特人的标准衡量——他们往往活到一百岁——他也老了。但显而易见，他带回的那一大笔财富，也还剩下不少。他没向任何人透露具体有多少，连他最喜欢的"侄子"弗罗多，他也没有告知。而且，他依然秘密保存着他找到的那枚戒指。

四 发现魔戒的始末

如《霍比特人》所述，大巫师灰袍甘道夫有一天来到比尔博门前，还带着十三个矮人——不是别人，正是流亡的诸王后裔梭林·橡木盾及其十二位同伴。连比尔博自己都一直觉得诧异的是，他居然跟着他们出发了，那是夏尔纪年1341年4月的一个早晨。他们的任务是寻找一大批财宝，这批财宝是矮人历代山下之王的宝藏，位于遥远的东方，河谷邦的埃瑞博山下。任务成功了，看守宝藏的恶龙被消灭了。尽管在他们大获全胜之前发生了五军之战，梭林被杀，还发生了许多著名事件，但倘若不是一个捎带的"意外"，此事就几乎不会影响到后来的历史，也不会在第三纪元漫长的编年史中赢得超出一条注释的篇幅。他们一行人向大荒野行进，途经迷雾山脉的一道高山隘口时遭到了奥克的袭击，导致比尔博在山底深处黑黢黢的奥克矿井中迷失了一阵子。就在那里，当他在黑暗中徒劳摸索时，他的手触到了一枚戒指，它就在隧道的地上。他把它放进了口袋。那时，他好像只不过是碰上了好运气。

比尔博想方设法寻找出路，他继续向群山的根基走了下去，直到无法前进。在隧道底部，有一个远离阳光的冰冷湖泊，而在水中的一座岩石小岛上住着咕噜。他是个令人厌恶的小生物，靠着又大又扁的脚拍打水面，推动一艘小船。他用苍白发光的双眼偷窥，用长长的手指捕捉盲眼鱼，把它们生吞活剥。他什么活物都吃，倘若不必搏斗就能抓住扼死，那就连奥克也会被他吃掉。他拥有一样秘宝：一枚金戒指，能使佩戴者隐形。这是他在很久很久以前得到的，那时他还生活在阳光下。这是他深爱的一样东西，是他的"宝贝"，他对它说话，即便没带着它也一样。他不猎捕也不刺探矿井中的奥克时，就将它妥善藏在岛上的一个洞里。

假如咕噜遇到比尔博时戴着戒指，他可能就会立刻袭击比尔博。但咕噜当时没戴戒指，而霍比特人手中举着一柄精灵匕首，这匕首在他手里就如同一柄剑。因此，咕噜为了赢得时间，便要求和比尔博玩猜谜游戏，说如果他出的谜语比尔博猜不出，他就宰了他吃掉；但如果比尔博取胜，他就得照比尔博的愿望行事，带他走出这些隧道。

比尔博在黑暗中迷了路，毫无希望，又进退两难，便接受了挑战。他们一个接一个，出了许多谜语考问对方。最后，比尔博赢得了游戏，（表面上）是靠了运气，而非机智，因为他到最后挖空心思也想不出谜面，而当他的手摸到那枚之前捡到又忘到脑后的戒指，他便大声问道："**我的口袋里有什么？**"咕噜要求猜三次，却仍然没答出这个问题。

倘若依照游戏的严格规则判断，这个最后的问题究竟算"谜语"还是区区一个"问题"而已，权威者确实会各执一词；但权威者一致同意，既然咕噜接受了它，并努力猜答案，便受到自己承诺的束缚。这类承诺被认为是神圣的，古时除了最邪恶的生物，无不害怕食言，而且比尔博也迫使咕噜遵守诺言，因为他意识到这个狡猾的生物可能言而无信；但是，咕噜独自在黑暗中度过了漫长的岁月，心已变黑，于是打算毁约。他悄悄溜走，回到了不远处幽深水中的岛上，比尔博对这岛一无所知。咕噜以为，他的戒指就在那里。他当时又饿又怒，一旦戴上"宝贝"，他就什么武器都不怕了。

但是，戒指不在岛上，他失去了它，它不见了。比尔博听到他的尖叫，虽然尚不理解出了什么事，但还是为之战栗。咕噜终于灵光一现，可是为时已晚。**"它的口袋里有什么呢？"**他叫道。他迅速赶回去，要杀死霍比特人，找回自己的"宝贝"，眼中的闪光犹如两点绿火。比尔博及时察觉了危险，盲目沿着通道逃离水边，又一次被运气拯救了。因为他在奔跑的时候，把手插进了口袋，戒指悄然滑上了手指。结果，咕噜与他擦肩而过，对他视而不见，只是堵住了出路，以防"小偷"逃走。咕噜一路咒骂，自言自语地讲着"宝贝"，而比尔博小心翼翼地跟着他，从这些话中，到最后就连比尔博也猜出了真相，黑暗中他有了希望：自己已经找到了神奇的戒指，也获得了一线逃离奥克和咕噜的生机。

最后，他们在一处看不见的开口处突然停了下来，那出口通往山脉东侧的矿井下层大门。咕噜在那里潜伏蹲守，嗅着，听着。比尔博几乎要用剑杀了他。然而出于怜悯，他没有动手。而且，尽管手握那枚被寄予唯一希望的戒指，他还是不愿借助它来杀掉那个处于不利境地的悲惨生物。最终，比尔博鼓起勇气，在黑暗中跃过了咕噜头顶，沿着通道逃跑了，敌人满怀憎恨绝望的喊声在他背后纠缠萦绕："小偷！小偷！巴金斯！我们永远都恨它！"

可十分有趣的是，这并不是比尔博最初告诉同伴们的版本。他对他们是这样说的：咕噜答应，如果他赢得游戏，就送他一个**礼物**，但咕噜去从岛上拿它时，发现珍宝已失——那是一枚魔法戒指，是很久以前咕噜在生日那天收到的。比尔博猜想那应该就是自己找到的戒指，既然他赢了游戏，它就已经理所当然地归他所有了。但是鉴于当时境况紧急，他对此只字未提，并且让咕噜领他出去，作为替代礼物的奖励。比尔博将这种说法写进了备忘录，似乎自己从来没改动过，就连埃尔隆德会议之后也没有。显然，它仍可见于最初的《红皮书》，在几份誊稿和摘要中都有记载。但是许多份誊稿包含了真正的故事（作为另一种说法），无疑来自弗罗多或山姆怀斯的注释，他们二人都知晓真相，不过似乎不愿删掉那位老霍比特人亲自写下的任何内容。

然而，甘道夫一听到比尔博最初的故事，便不以为然，并且一直对那枚戒指十分好奇。他反复询问比尔博，一度令他们的友谊陷入僵局。但巫师似乎认为真相很重要，最终他从比尔博那里听到了真正的经过。但他认为另一件事也很重要，且令人不安（虽说他没有这样告诉比尔博）：这个善良的霍比特人没有一开始就说实话，这与他的习惯背道而驰。同样，"礼物"这个点子也不仅仅是个具有霍比特人特色的创意。比尔博坦白，是他无意中听到了咕噜的说法，激发了这个灵感；因为咕噜确实多次称戒指为他的"生日礼物"。甘道夫认为这个称呼也是奇怪且可疑的，但正如本书所述，此后多年他都没能发现有关这一点的真相。

关于比尔博后来的冒险经历，此处不再赘述。借助戒指，他逃过了大门口的奥克卫兵，与同伴们重聚。他在任务中多次使用了戒指，主要是为了帮助朋友，但他尽量向他们隐瞒了它的存在。回到家中后，他除了对甘道夫和弗罗多，再也没对任何人提起它，夏尔也没有旁人知晓它的存在——他是这么认为的。他只对弗罗多展示过自己在撰写的旅途记述。

比尔博把自己的剑"刺叮"挂在了壁炉上方，把那件矮人从恶龙藏宝中取出来赠给他的神奇锁甲借给了博物馆——确切地说，就是大洞镇的马松屋。但他把旅途中穿过的那件有兜帽的旧斗篷收在了袋底洞的一个抽屉里，而那枚戒指，他用一条细链拴好，留在了口袋中。

他在五十二岁那年（夏尔纪年 1342 年）的 6 月 22 日回到了袋底洞的家中，从此夏尔再也没发生什么值得一提的事件，直到巴金斯先生开始准备庆祝他的"百十一岁"生日（夏尔纪年 1401 年）。本书这段**历史**，就从这里开始。

对夏尔档案的说明

第三纪元末，夏尔回归重新统一的王国。霍比特人在那些导致回归的重大事件里扮演的角色，在他们当中引发了一波研究自家历史的热潮，这一兴趣流传相当广泛。很多当时还口头相传的传统习俗，都被收集并记载下来。大家族通常也与整个王国中的大事息息相关，于是许多家族成员都研究起古代历史和传奇故事。到第四纪元第一个世纪末，夏尔已经有了几座图书馆，其中藏有许多历史书和档案。

这些收藏，规模最大的三处很可能要数塔底居、大斯密奥和白兰地厅。本书中这段对第三纪元末期的叙述，主要便是摘自《西界红皮书》。那是"魔戒大战"历史最重要的来源参考，之所以如此命名，是因为它长久保存在塔底居，而那是担任"西界守护"的美裔家族的家宅。[13] 它起初是比尔博的私人日记，被他随身带去了幽谷。弗罗多把它连同许多页松散的笔记一起带回了夏尔，在夏尔纪年 1420—1421 年间，他以自己对魔戒大战的叙述，几乎填满了它的书页。不过，还有三本红色皮革装订的厚书附在后面一并保存，很可能单独装在一个红色箱子里，这些是比尔博作为离别礼物赠给他的。西界的学者又为这四卷书添加了第五本，包含评论、家谱和各种与魔戒同盟的霍比特人成员相关的材料。

《红皮书》的原本没能保存下来，但它有许多誊本，特别是第一卷，誊写给山姆怀斯大人的子女的后代用。但是，这些誊本中最重要的一份有段与众不同的历史。它被保存在大斯密奥，却是在刚铎写成，很可能是应了佩里格林的曾孙要求，誊于夏尔纪年1592年（第四纪元172年）。南方的书记官附上了这条注释："国王之书吏芬德吉尔，于第四纪元172年誊抄完成。"这是米那斯提力斯那本《长官之书》的精确复制品，所有细节都与原书毫无偏差。那本书是应埃莱萨王之命，抄写《佩瑞安族的红皮书》而成，而此书是佩里格林长官在第四纪元64年退休后，前往刚铎时带给国王的。

因此，《长官之书》是《红皮书》的第一份誊本，其中包含许多后来遗漏散佚的内容。在米那斯提力斯，誊本上添了许多注解和修订，特别是精灵语的名称、词汇和引文，还补上了《阿拉贡与阿尔玟的故事》中那些游离于魔戒大战主线之外的内容的缩略版本。据悉，完整的故事是由法拉米尔宰相的孙子巴拉希尔所写，写于国王辞世后的某时。但芬德吉尔誊本的重要性主要在于，只有它包含比尔博那篇"翻译自精灵文"的全文。这三卷书是技巧娴熟、知识渊博的著作，比尔博为此在1403—1418年间又是询问居民又是查找文献，动用了幽谷里一切他能找到的资料来源。但是，它们几乎全都只与远古时代有关，故而弗罗多也几乎没有用上，此处也不再为此多言。

由于梅里阿道克和佩里格林各自成了大家族的首领人物，同时又与洛汗和刚铎保持着联系，因此雄鹿镇和塔克领的藏书中包含了许多《西界红皮书》中没有出现的内容。白兰地厅也有许多著作探讨埃利阿多以及洛汗历史，其中有些是梅里阿道克亲自编纂或起首的，不过他在夏尔为人所知的作品主要是《夏尔药草学》和《年代计法》，他在后一本中讨论了夏尔和布理的历法与幽谷、刚铎和洛汗的历法之间的关系。他还写了篇短论文《夏尔旧词与名称》，着重探讨了诸如**马松**以及地名中的古老元素这类"夏尔词"与洛希尔人的语言之间的亲缘联系。

大斯密奥的藏书对研究范围更为宏大的历史更为重要，但夏尔的居民对它们不那么感兴趣。佩里格林一本书也没写，但是他和他的继任者们收集了许多刚铎的书记官所写的手稿：主要是关于埃兰迪尔及其继承人们的历史传奇的誊本与概述。在夏尔，只有此地能找到关于努门诺尔历史和索隆崛起的大量材料。《编年史略》[14] 很有可能是在大斯密奥汇总的，梅里阿道克收集的材料对此也有所助益。尽管书中给出的日期，特别是第二纪元的，常常是猜测，但它们仍然值得留意。梅里阿道克不止一次造访幽谷，他很可能从那里得到了协助，获得了信息。尽管埃尔隆德已经离开那里，但他的两个儿子久久未曾动身，一同驻留的还有一些高等精灵族人。据说，凯勒博恩在加拉德瑞尔离去后前往幽谷居住，但没有记录表明，他最终是哪一天动身前往灰港的。中洲远古时代的最后一线记忆，也随他一同消逝。

卷　一

第一章

盼望已久的宴会

当袋底洞的比尔博·巴金斯先生宣布，不久将为庆祝"百十一岁"生日办个特别堂皇隆重的寿宴，整个霍比屯登时大为兴奋，议论纷纷。

比尔博非常富有，非常古怪，打从他那场引人注目的失踪与出人意表的归来后，就成了夏尔的奇人，算来至今已有六十年。他旅行带回的财富，已成了当地一则传奇，并且无论老一辈人怎么说，大家都相信袋底洞所在的小丘底下，全都是塞满金银财宝的地道。要是这还不足以让他闻名遐迩，那他还有长久不衰的旺盛精力可供人惊叹。岁月催人老，但对巴金斯先生似乎没有多大影响。他九十岁时，看上去跟五十岁时差不多；到他九十九岁时，大家开始称他"**保养有道**"，不过"**青春不老**"这词会更贴切。有些人不免摇头，认为这种事好得不对劲；无论何人，既能永葆青春（显然如此），又有无尽财富（据说如此），这似乎太不公平了。

"这一定是要付出代价的，"他们说，"不合天理，要招来麻烦！"

不过，至今不见有何麻烦；且因巴金斯先生出手慷慨大方，绝大多数人都愿意包容他的古怪和好运。他依旧走亲访友（当然，萨克维尔－巴金斯一家例外），许多出身贫寒的霍比特人都对他衷心爱戴。但他没有亲近的朋友，这样的状况一直到他的子侄辈逐渐长大，才有所改变。

这些子侄中年纪最大、最得比尔博欢心的，是年轻的弗罗多·巴金斯。比尔博九十九岁时，收养了弗罗多做继承人，带他回袋底洞一起生活；到头来，萨克维尔－巴金斯一家的期盼算是落空了。比尔博和弗罗多碰巧同月同日生，都是九月二十二日。"弗罗多，你这小伙子最好来我这里住吧。"比尔博有一天说，

"这样我们就能一起舒舒服服地庆祝生日了。"彼时弗罗多还是"二十郎当岁",霍比特人就是这么称呼二十来岁的人：童年已过，成年未到（那要三十三岁呢），所谓吊儿郎当。

一晃十二年过去了。每年这两位巴金斯先生都会在袋底洞共同举办热热闹闹的生日宴会；但这回大家都明白，他们今年秋天的计划，相当不一般。比尔博将过**百十一岁**生日——"111"——对霍比特人来讲，这可是异常稀奇又分外可敬的岁数（老图克本人也才活了一百三十岁而已）；而弗罗多将过三十三**岁**生日，"33"也是个重要的数字：到时他就"成年"了。

霍比屯和傍水镇开始飞短流长，关于这场要办的宴会的小道消息传遍了整个夏尔。比尔博·巴金斯先生的往事和个性，再次成为大众的主要话题；老一辈人突然发现他们缅怀往昔的忆旧言论大受欢迎。

论起吸引听众的注意，没有谁比得上通常被叫作"老头儿"的老汉姆·甘姆吉。他总在傍水路那家名叫**长春藤**的小酒馆里侃侃而谈，颇有权威，因为他在袋底洞当了四十年园丁，之前也是给掌理这职务的老霍尔曼打下手。如今他自己年纪也大了，身上各处关节不利索了，园丁的工作主要就由小儿子山姆·甘姆吉扛起来。他们就住在小丘下——袋底洞正下方的袋下路三号，父子俩都跟比尔博和弗罗多处得极好。

"我历来都说，比尔博先生是一位为人厚道、谈吐文雅的霍比特绅士。"老头儿如此宣称。这话百分之百属实，比尔博对他非常有礼貌，叫他"汉姆法斯特师傅"，并且时常向他请教有关蔬菜种植的学问——要是提到"根茎类"问题，尤其是土豆，老头儿可是这附近众所周知的头号权威（他自己也这么认为）。

"那跟他住在一起的那个弗罗多呢，他又怎么样？"傍水镇的老诺克斯问，"他姓巴金斯不假，可是大家说，他更像个白兰地鹿家的人。我真搞不懂，霍比屯的巴金斯家怎么会有人大老远跑到雄鹿地去讨老婆，要知道那地方的人都是怪胎。"

"也难怪他们古怪，"双足家的老爹（老头儿的隔壁邻居）插嘴说，"谁让他们住在白兰地河不对劲的那一边，正正对着老林子。哪怕传言只有一半是真的，那里都得算个黑暗又糟糕的地方。"

"可不是嘛，老爹！"老头儿说，"倒不是说雄鹿地的白兰地鹿家住在老林子**里头**，而是说，他们的血统似乎本来就怪。他们坐着船在那条大河上闲逛——这是不合天理的！依我说，难怪招来了麻烦。不过，不管怎么说，弗罗多先生是个挺好的霍比特小伙子，你指望遇见的最好也不过如此啦。他跟比尔博先生像得很，而且不光是长相。毕竟他爸爸是巴金斯家的人。卓果·巴金斯先生体面正派，是个可敬的霍比特人，从来不惹人非议，直到他淹死为止。"

"淹死？"好几个人异口同声说。他们从前当然听过这事，还听过更惊悚的谣传，不过霍比特人向来热衷家史，他们已经准备好再听一遍。

"咳，据说是这么回事。"老头儿说，"你瞧，卓果先生娶了可怜的普莉缪拉·白兰地鹿小姐，她是我们比尔博先生的表妹（她妈妈是老图克最小的闺女），而卓果先生是他的远房堂弟。所以，拿俗话说，弗罗多先生不管从哪边算，都是他的隔代亲：**既是**他表外甥，**又是**他再从侄，懂了吧。卓果先生那会儿跟他岳父老戈巴道克大人一起待在白兰地厅，他结婚以后常常这么干（因为他嘴馋好吃，老戈巴道克大人又常大摆宴席，来者不拒）；然后他出去到白兰地河上**划船**，夫妻俩就这么淹死了，可怜的弗罗多先生那时还只是个小孩呢。"

"我听说，他们吃过晚饭后顶着月光下河去，"老诺克斯说，"是卓果的分量把船给沉了。"

"**我**可听说是她把他推下去，而他又把她拉下了水。"霍比屯的磨坊老板山迪曼说。

"你别听到什么都信，山迪曼。"老头儿说，他不怎么待见这磨坊老板，"哪来什么推啊拉啊的事儿。船这东西本来就靠不住，你安分坐在上头不动，都保不定要招来麻烦。总之，就留下弗罗多先生这么个孤儿，可以说，他是身陷那群古怪的雄鹿地人当中，稀里糊涂地在白兰地厅给养大了。人人都说，那地方当真是个兔子窝，老戈巴道克大人起码有一两百个亲戚住在里头。比尔博先生把那孩子带回来跟正派人住在一起，可真是做了件大好事。

"不过我猜，这对萨克维尔－巴金斯一家活生生是当头一棒。那回比尔博先生出门不归，人人以为他死了，那家人就以为自己会得到袋底洞，结果他回来了，叫他们搬了出去；接着他就活了一年又一年，一天也不见老，老天保佑！然后，突然间他搞出个继承人，所有的文件都办得妥妥当当。这下，萨克维尔－巴金斯一家再也见不到袋底洞里边啦，或者说，人家就希望他们见不到。"

"我听人说，那里头藏了数目可观的一大笔钱财。"一个从西区大洞镇来做生意的陌生人说，"我听到的说法是，你家上头那座小丘里挖满了地道，里头塞的尽是一箱箱的金银，**还有，煮宝**[1]。"

"那你听到的比我能侃的还多。"老头儿回答，"我可不知道有什么'**煮宝**'。比尔博先生出手阔绰，似乎从来都不缺钱；但挖地道的事儿压根就没影。比尔博先生回来的时候我见过他，那都是六十年前的事了，我还是个孩子哪。那时我才去给老霍尔曼（他是我老爹的堂亲）当徒弟没多久，他就带我去袋底洞帮一把手，以防大家在拍卖会上把花园踩得乱七八糟。就在拍卖中途，比尔博先生上了小丘，牵着的小马驮了几个巨大的袋子，还有两个箱子。我不怀疑，那里头多半装满了他从外地淘来的财宝，他们说那些地方有金山呢；但他带回来的那些可不够填满地道的。不过我儿子山姆成天在袋底洞进进出出，他应该更清楚。他对那些过去的事儿可痴迷极了，比尔博先生讲的传说故事，他全都听。比尔博先生还教他写字——注意，这可不是坏心，我也希望不会招来什么坏事。

"'**什么精灵和恶龙啊，**'我跟他说，'**卷心菜和土**

豆对你我来说才是正理。大人物的事儿，你别去插一腿，要不你会栽进自己收拾不了的大麻烦。'我就是这么跟他说的——我也会这么跟别人说。"他补充道，还瞪了那个陌生人和磨坊老板一眼。

不过老头儿这话没说服听众。关于比尔博的财富的传奇，如今在年轻一代霍比特人当中早已是深入人心了。

"啊，可是他后来肯定又往头一笔上添了不少吧。"磨坊老板争辩着，说出了大家的普遍心声，"他常常离家外出。还有，看看那些来找他的外地人吧：夜里上门的矮人，还有那个老流浪变戏法的，就是甘道夫——尽是这样的。老头儿，你可以爱说啥说啥，但袋底洞就是个古怪的地方，里头住的都是怪胎。"

"山迪曼先生，你也可以**爱说啥说啥**，而这些事儿，你知道得只怕不比划船多多少。"老头儿顶回去，比往常更不待见磨坊老板了，"要是那叫古怪，那咱这儿还真需要多点这种古怪。话说有些就在左近的人，哪怕自己住在金窝银窝里，却连杯啤酒都舍不得请朋友喝。但是袋底洞的人可事事按规矩来。咱家山姆说，**每个人都会受到邀请去参加宴会**，而且还有礼物，注意，每个人都有礼物——就这个月的事儿。"

这个月，就是九月，天气好得梦寐以求。没过两天，一则流言又传得里巷皆知（始作俑者很可能是消息灵通的山姆），说是会放焰火——焰火！更有甚者，这可是夏尔近百年来都没见过的，确切地说，自从老图克去世就没见过。

日子一天天过去，那一天越来越近。一天傍晚，一辆模样古怪的四轮运货马车满载着样式古怪的包裹进了霍比屯，摇摇晃晃爬上了小丘，目标是袋底洞。惊诧的霍比特人纷纷从已经掌灯的家门口往外窥伺，看得张口结舌。驾车的是外地人，唱着陌生的歌谣：那是些留着长胡子的矮人，还戴着深兜帽，有几个干脆就在袋底洞住下了。九月的第二个周末，一名老者独自驾着一辆马车，大白天从白兰地桥的方向沿着傍水路而来。他戴着一顶又高又尖的蓝帽子，披着长长的灰斗篷，还围着条银色领巾。他留着白长须，浓密的长眉突出了帽檐之外。一群霍比特小孩尾随马车奔过整个霍比屯，直跟着跑上了小丘。他们猜得一点不错，马车载着整整一车的焰火。老人在比尔博家的大门口开始卸货——数量众多的一捆捆焰火，什么形状种类都有，每种上面都贴着一个大大的红色字母

G ꝏ，以及精灵如尼文 ℞。

当然，那就是甘道夫的标志，而这个老人就是巫师甘道夫，他在夏尔声名显赫，主要是因为他擅长摆弄火、烟，还有光。他真正从事的行当可比这些艰难危险得多，但夏尔的居民一无所知，在他们看来，他只是这场宴会的"卖点"之一。因此，那群霍比特小孩兴奋大喊着："G 代表'够棒'！"而老人报以微笑。尽管他只是偶尔出现在霍比屯，并且从不久留，但他们认得他的模样；不过，除了长辈中年纪最大的老人，不论这些孩子还是旁人，都不曾见过他的焰火表演——那如今已成为过往传奇了。

比尔博和几个矮人帮着老人终于把货卸完，比尔博给了围观的孩子们一些零钱，但是连一个爆竹或烟花都没点给大家看，害他们非常失望。

"现在快回家去！"甘道夫说，"等时间到了，有你们看的。"然后他就跟比尔博进屋去，关上了门。那群霍比特小孩对着门干瞪眼了好一阵子，这才走了，觉得宴会永远没有到来的一天。

在袋底洞里，比尔博和甘道夫坐在小房间内敞开的窗边，朝西望着外头的花园。临近黄昏，天光明亮，四野宁静，园里的金鱼草鲜红似火，向日葵灿烂如金，爬满草墙的旱金莲甚至探头窥进了圆窗。

"你这花园真是美不胜收！"甘道夫说。

"是啊，"比尔博说，"我其实非常喜欢这个花园，我也非常喜欢整个亲爱的老夏尔；但我想我需要度个假。"

"那你是打算把计划进行下去了？"

"对。我几个月前就拿定了主意，至今没变。"

"很好，那就不用多说了。坚持计划别变卦——我提醒一句，是整个计划。我希望结果对你、对我们所有的人来说，都是最好的。"

"我也这么希望。无论如何，星期四那天我一定要好好乐乐，享受一下我的小玩笑。"

"我好奇有谁会笑。"甘道夫摇着头说。

"我们走着瞧。"比尔博说。

第二天，马车就络绎不绝，一拨接一拨驶上了小丘。先前可能有人咕哝"不照顾本地生意"，但就在那个星期，订单开始源源不绝涌出袋底洞，将霍比屯、傍水镇和邻近各地的每一种食品和饮料、每一种日用品和奢侈品，几乎订购一空。人们变得群情激昂，开始一天天画掉日历上的日子，引颈翘首企盼邮差到来，希望收到请柬。

没多久，请柬开始流水般涌出，霍比屯邮局被堆得水泄不通，傍水镇邮局被雪片般的请柬淹没，邮局不得不征召投递义工来帮忙。这些人络绎于途，持续不停地把成百封写着**"谢谢，我一定参加"**的各种客气说法的回函，往小丘上送。

袋底洞大门口挂出一则告示：**"除商讨宴会事宜，恕不会客。"** 但哪怕那些有宴会事宜可商讨的人——不管是真有还是假装有——都甚少获准入内。比尔博很忙：书写请柬，确认回复，包装礼物，以及为自己做些私下的准备。从甘道夫抵达那天起，他就再也没在人前露过面。

一天早晨，霍比特人一觉醒来，发现比尔博家前门南面的一片草场上堆满了搭大小帐篷用的绳索和支柱，坡上还开出一个通往大路的特别入口，建有宽阔的阶梯和一座巨大的白门。住在袋下路的三户霍比特人家紧挨着这片场地，登时生出了莫大的兴趣，而且广受众人艳羡。本来装着在自家花园里忙活的老头甘姆吉，后来干脆也不装了。

帐篷开始一个个支起来。其中有个棚子特别大，大到把场地中间那棵树都包纳在内；那树岿然挺立在棚子一端，树枝上挂满了灯笼，宴会的主桌一头就设在树底下。更叫人心痒的是（按霍比特人的看法）：草场北角建起了一个硕大的露天厨房。方圆数哩之内，所有餐馆跟客栈的厨师全被请来，支援那些进驻袋底洞的矮人和其余怪人。群众的兴奋之情涨到了顶点。

随后，到了星期三，宴会的前一天，天空阴云满布。这下人们全焦虑起来。但到了星期四，九月二十二日，天色却着实晴朗。太阳升起，阴云散尽，彩旗招展，娱乐开场。

比尔博·巴金斯称这是个"宴会"，但它其实是五花八门的娱乐大杂烩。邻近地区的每一位居民几乎都收到了邀请，只有极少数几位被意外疏忽掉了，但鉴于他们照样出席了，倒也无关紧要。夏尔其他地区的人也有许多收到了邀请，有几个甚至是从边界外头来的。比尔博亲自站在那座崭新的白色大门前欢迎来宾（以及不速之客），给所有人外加"闲杂人"派发礼物——后者指的是那些从后头出去绕一圈又从前门进来的人。霍比特人是在自己过生日时送礼物给别人。一般说来，送的不是什么昂贵之物，也不像今天的场合这样奢侈丰厚；但这套送礼的风俗没什么不好。实际上，在霍比屯和傍水镇，一年里几乎每天都有人过生日，于是那两个地方的霍比特人差不多每人每周至少会收到一次礼物。不过他们向来乐此不疲。

今天这场合，礼物好得非同寻常。霍比特小孩兴奋得有一阵子几乎忘了吃饭。他们从来没见过这样的玩具，它们全都很漂亮，有些明显有魔法。许多礼物其实是一年前就下了订单，千里迢迢从孤山和河谷城[2]运来，是真正的矮人出品。

待所有的宾客都招呼完，终于全都进门入席，大家就开始唱歌、跳舞、奏乐、游戏，当然，吃喝那是必不可少的。光是正餐就有三顿，包括午餐、下午茶，以及晚餐（或夜宵）。但之所以看得出所谓的午餐跟下午茶，主要是因为这么一个事实：这两个时段是所有宾客全都坐下一起吃喝，其他时段则只不过是许多人在吃喝——从早上十一点左右一路不停吃到下午六点半，这时就开始放焰火。

焰火乃甘道夫一手包办：它们不但是他带来的，也是他设计制作的；特效炮、成套炮，还有冲天火箭炮，都由他亲自施放。不过，还有一大批冲天炮、大爆竹、双响炮、烟花棒、照明烛、矮人蜡烛、精灵喷泉、兽人吼炮、霹雳响炮，分给了大家施放。它们全都棒极了。甘道夫年纪越来越大，手艺也越来越好了。

有些火箭好像闪烁的飞鸟，还发出甜美的啁啾声。有的好像绿树，浓烟就是树干：树叶舒展开来，犹如整个春天在刹那间绽放，光亮的树枝上坠下烁亮的花朵，落向目瞪口呆的霍比特人，就在快要触及那一张张仰着的脸时，又转眼消失，只余一抹清香。又有成群的蝴蝶如喷泉般涌出，忽闪着飞入树丛中；还有七彩火柱拔地而起，化作大鹰、帆船，或列阵飞翔的天鹅。时而一场红色的雷雨，时而一场黄色的阵雨，时而又有林立的无数银枪，随着齐齐一声好似发自严阵以待的大军的呐喊，瞬间猛刺向天空，再像上百条灼热的蛇一样坠落进小河[3]，发出嘶嘶声响。最后还有个惊喜，是为了向比尔博致敬；正如甘道夫所料，霍比特人个个大惊失色。场上灯熄，一团巨大的浓烟升起，形状犹如朦胧的远山，山顶随即开始发光，喷出猩红和翠绿的火焰，然后飞出一只金红色的龙——没有真龙那么大，但可真是栩栩如生：它口喷烈火，目光如炬。咆哮声中，它三次呼啸着掠过众人头顶。底下的人纷纷闪躲，许多人结结实实地扑倒在地。巨龙犹如一列特快车飞掠而过，翻了一个筋斗，随着一声震耳欲聋的巨响，在傍水镇上空爆炸开来。

"这表示晚餐开始！"比尔博说。疼痛惊恐霎时无影无踪，匍匐在地的霍比特人全都一跃而起。每个人都得到了一份豪华丰盛的晚餐；所谓每个人，不包括那些获邀参加特殊家宴的人。家宴在包纳那棵树的庞大棚子里举行，应邀出席的人仅有十二打（霍比特人也把这数字称为"一箩"，不过他们认为这词拿来形容人不妥）；这些宾客选自所有跟比尔博和弗罗多沾亲带故的家族，外加几位没有亲戚关系的特别友人（比如甘道夫）。许多年少的霍比特人也都获邀，经父母同意后出席。霍比特人对孩子晚睡这件事不太在意，尤其是在他们有机会去免费大吃一顿的时候。要养大一个霍比特小孩，可得耗费不少粮食呢。

宾客中有很多来自巴金斯家和博芬家，还有不少来自图克家和白兰地鹿家；有来自挖伯家（这是比尔博·巴金斯祖母家的亲戚）各房的，也有来自胖伯家（是他外祖父图克家的亲戚）各房的；以及一些选自掘洞家、博尔杰家、绷腰带家、獾屋家、强身家、吹号家和傲足家的人。这些人有些跟比尔博只能算八竿子勉强打得着的亲戚，有些则住在夏尔的偏远角落，以前几乎就没来过霍比屯。萨克维尔－巴金斯家也没被忘记，奥索和他太太洛比莉亚都出席了。他们讨厌比尔博，憎恶弗罗多，但是用金色墨水写成的请柬实在华丽，叫他们觉得没法拒绝。此外，他们这位堂兄比尔博多年来都讲究美食，他的筵席享有盛誉。

一百四十四位宾客，人人都期待着一场可口的盛宴，尽管他们对晚餐后的主人致辞（无法避免的节目）颇有畏难情绪——他很可能会扯几句他称之为诗歌的东西；有时一两杯酒下肚，他还会絮叙起那场神秘旅程中的荒诞冒险。宾客们倒没有失望：他们享用了一场**非常**可口的盛宴，事实上堪称一次忘我的享受——珍馐美味，丰盛有加，花样繁多，尽兴方休。随后数周，整片地区几乎无人采买食品；但考虑到此前比尔博已将方圆数哩绝大多数商店、酒窖、仓库的存货全都采购一空，这也没什么大不了的。

盛宴（大体上）告一段落后，就是演说了。不过，这时绝大多数宾客酒足饭饱，处于他们称为"撑实了"的愉快状态，自然有宽容的心情。他们细酌慢饮最喜爱的饮料，小口品尝最中意的糕点，早忘了先前的畏难情绪，都准备好洗耳恭听任何事，并且在每段话结束时喝彩。

盼望已久的宴会

我亲爱的乡亲们。比尔博从座位上起身开口。
"注意！注意！注意！"众人一遍遍喊道，异口同声，没完没了，貌似全都不怎么情愿遵从他们自己的建议。比尔博离开座位，走到那棵张灯结彩的树下，爬上了一张椅子。灯笼的光照着他容光焕发的脸，他的刺绣丝绸马甲上金纽扣熠熠发亮。大家都能看见他站在那里，一只手在空中挥舞，另一只手插在裤袋里。

我亲爱的巴金斯家和博芬家，他又开始说，**我亲爱的图克家和白兰地鹿家，挖伯家、胖伯家、掘洞家、吹号家、博尔杰家、绷腰带家、强身家、獾屋家和傲足家**。"是傲'脚'啦！"大棚子后头一位上了年纪的霍比特人喊道。当然，他就姓傲足，并且名副其实：他有双大脚，上面毛发格外浓密，这时两脚都架在桌上。

傲足家，比尔博重申道，**还有我的好萨克维尔-巴金斯家，我终于又欢迎你们回到了袋底洞。今天是我的百十一岁生日：今天，我一百一十加一岁啦！**"好啊！加油！长命二百岁！"他们鼓噪，兴高采烈地拍打桌子。比尔博讲得精彩。这才是他们喜欢的演讲呢：言简意赅。

我希望你们全都跟我一样开心。震耳欲聋的喝彩。"没错"（或"不对"）的高呼。喇叭、号角、风笛、长笛齐鸣，另外还有别样乐器凑兴。前面提过，出席的有许多霍比特年轻人。数百个音乐拉炮被拉爆，炮上大多印着大写的"河谷城"——这个名称对绝大多数霍比特人来说都没意义，但有一点他们都是赞同的：这些里头包着制作精巧、音调迷人的小乐器的响炮真是棒极了。事实上，有个角落里一群图克家与白兰地鹿家的年轻人，认为比尔博舅舅讲完了（他显然已经把该说的都说了），这会儿组起了一支即兴乐队，奏起了欢快的舞曲。埃佛拉德·图克先生和梅莉洛特·白兰地鹿小姐跳上一张桌子，手里拿着铃铛开始跳起"跃圈舞"：这舞挺好看，但未免强劲热烈了点。

但是比尔博还没讲完呢。他从身边一个少年手里抢过号角，响亮地吹了三声。欢闹平息下来。**我不会耽误你们太久**。他喊。众人无不喝彩。**我将大家全请来，有个目的**。他说这话的腔调令人上了心。场上几乎鸦雀无声了，一两个图克家的竖起了耳朵。

确切地说，有三个目的！首先，是为了告诉大家，我非常喜欢你们所有的人，生活在如此杰出又绝妙的霍比特人当中，百十一年委实太短了。场上爆出一阵热烈的赞许。

你们当中一半的人，我没了解到我想了解的程度的一半；你们当中不到一半的人，我喜欢你们也只是你们值得喜欢的程度的一半。这话颇出乎意料，还挺深奥的。有零星的掌声响起，不过绝大多数人还在努力开动脑筋，想搞明白这是不是恭维的话。

第二，是为了庆祝我的生日。大家再次欢呼。我该说："我们的"生日。没错，今天也是我的继承人兼侄儿弗罗多的生日。他今天就成年了，得以继承家业了。长者们马马虎虎地鼓了几下掌，一些年轻人则大声鼓噪着："弗罗多！弗罗多！快活的老弗罗多！"萨克维尔－巴金斯夫妇臭着脸，心里琢磨着"得以继承家业"是什么意思。

我们俩加起来正好一百四十四岁，你们的人数就是选来配合这个非凡的总数：一箩，且容我如此形容。这次无人喝彩。这太荒唐了。许多客人，尤其是萨克维尔－巴金斯夫妇，都感到受了侮辱，觉得自己肯定只不过是被邀来凑数的，就像打成一包的货物。"这是说真的？一箩！好粗俗的说法。"

并且，容我溯及陈年往事，这也是我骑着酒桶抵达长湖上的埃斯加洛斯的周年纪念日；尽管当时的情况让我忘了那天是自己的生日。那时我才五十一岁，生日算不得大事。不过那顿宴席相当丰盛，虽然我记得，当时我重感冒，只能说"灰常感黑你们"。现在，我来更正确地重复一遍：非常感谢你们来参加我这小宴会。一阵尴尬的寂静。他们全担心他就要唱首歌或念些诗了，而且也开始觉得无聊。他干吗不就此打住，让他们举杯祝他健康长寿就行了？不过比尔博既没唱歌，也没朗诵诗。他停了一会儿。

第三个，也是最后一个目的，他说，有件事我想要宣布。句尾这词他说得响亮又突兀，所有的人只要还能，全都一下坐直了身子。尽管我说过，生活在你们当中，百十一年委实太短，但我还是要遗憾地宣布——一切就到此为止了。我要走了。我要离开，"现在就走。再见！"

他下了椅子，就消失了。一道刺眼的强光闪过，所有宾客全眨了一下眼。等他们睁开眼睛，比尔博已经无影无踪。一百四十四个霍比特人挺靠着椅背目瞪口呆。老奥多·傲足把脚从桌上挪下来，猛跺了跺。接着是一片死寂，直到几声深呼吸后，突然间所有的巴金斯、博芬、图克、白兰地鹿、挖伯、胖伯、掘洞、博尔杰、绷腰带、獾屋、强身、吹号和傲足家的，全都同时说起话来。

大家达成了共识，认为这玩笑开得太烂，客人遭受的惊吓与不快，需要更多的食物和饮料来安抚平息。"我早就说过，他疯了。"这大概是最普遍的评语。就连图克家（有少数例外）都认为比尔博的行为太荒唐。此刻，绝大多数人想当然地将他的消失当成一个荒谬的恶作剧而已。

不过，老罗里·白兰地鹿却不这么想。年龄或大餐都没令他脑筋糊涂，他对自己的儿媳妇埃斯梅拉达说："亲爱的，这当中肯定有蹊跷！我相信巴金斯这疯老儿又跑了。这个老傻瓜啊！不过管他呢，他又没把这些吃的喝的带走。"他大声喊着弗罗多，让再送一轮酒上来。

弗罗多是在场唯一一个缄口不语的人。他在比尔博空了的座位旁沉默着坐了好一阵，不理会所有的评论和疑问。当然，他觉得这玩笑开得妙极了，虽说他事先就知情；面对宾客的愤慨惊诧，他强忍着才没爆笑出来。但与此同时，他也深感不安：他突然意识到，自己深爱着那个老霍比特人。绝大多数客人边继续吃喝，边对比尔博·巴金斯过去和现在的怪诞事迹絮叨不停；但是萨克维尔－巴金斯夫妇已经愤而离席。而弗罗多也不想再参与宴会了，他吩咐再多上些酒，然后就起身静静喝完自己杯中的酒，祝福比尔博健康长寿，随即悄悄出了大棚子。

　　至于比尔博·巴金斯，在演讲的同时，他就一直拨弄着口袋里那枚金戒指，那枚他已经秘密保存了这么多年的魔法戒指，而当他跨下椅子时，就把戒指套上了手指，从此霍比屯再也没有哪个霍比特人见过他。

　　他轻快地走回洞府，在门口站了会儿，面带微笑聆听着大棚子里的喧闹，以及场地上别的地方传来的欢乐声响。然后他推门入内，换下宴会的穿着，将刺绣的丝绸马甲折起用棉纸包好，收妥。他迅速穿上一些不怎么整洁的旧衣服，腰间系了条磨损的皮带，又将一柄收在残旧黑皮剑鞘里的短剑挂在皮带上。他打开一个上了锁、散发着樟脑丸味道的抽屉，拿出了一件有兜帽的旧斗篷；这斗篷一直都被锁起来保存着，好像它是什么了不起的宝贝，但它久经日晒雨淋，又有多处缝补，连原来的颜色都难以辨认了：也许是深绿色的吧。这斗篷穿在他身上，也嫌太大了点。接着他走进书房，从一个坚固的大箱子里取出一札用旧布包裹的东西，一本皮革封面的手稿，以及一个鼓鼓囊囊的大信封。他将书和那包东西塞进一个立在一旁、快要满了的沉重背包顶上，又把他的金戒指连同精致链子一起放进信封里，封好，写上"弗罗多收"。他起初把信封放在壁炉台子上，但突然间又拿回来塞进自己口袋里。就在那时，门开了，甘道夫快步走了进来。

"哈罗！"比尔博说，"我还在想你会不会来呢。"

"很高兴看见你显形了。"巫师回答，边在椅子上坐下，"我想赶上你，最后再说几句话。我猜，你觉得一切都精彩无比，尽在掌握吧？"

"对，我就是这么觉得。"比尔博说，"不过那道闪光挺意外的，我都吓了一大跳，更何况别人。我猜那是你加上的小把戏，对吧？"

"对。这么多年，你一直明智地保守着那个戒指的秘密，而我觉得有必要给你的客人提供点由头，好解释你怎么会突然消失。"

"可那破坏了我的玩笑啊，你这到处插手管闲事的老家伙！"比尔博哈哈笑道，"不过，一如既往，我想你是心中最有数的。"

"这虽不假，但那得是在我了解事态的前提下。可是这一整件事我却不敢肯定。现在已经到了最后关头，你成功开了玩笑，惊吓了绝大多数亲友，得罪了他们，给全夏尔提供了足够议论上九天——不，更可能是九十九天的话题。你还打算更进一步吗？"

"当然啦！我以前就告诉过你，我觉得自己需要度个假，度个很长很长的假，很可能是永久的——我不指望再回来。事实上，我也不想回来，我已经做好所有的安排了。

"我老了，甘道夫。我看起来不老，但是我内心深处开始感觉我老了。真的的，还'**保养有道**'呢！"他嗤之以鼻，"唉！我感觉极其单薄，就像被**拉开抻长了**，你懂我的意思吧：就像黄油抹到太大的一块面包上那样。这太不对劲了。我需要一点改变之类的。"

甘道夫好奇又仔细地打量了他。"没错，这看起来是不对劲。"他若有所思地说，"没错。不管怎么说，我相信你的计划大概是最好的。"

"嗯，反正我已经下定决心了。甘道夫，我要再去看看大山，**大山**，然后找个我能**休息**的地方，一个安静祥和的地方，没有一堆亲戚在旁窥伺，没有一串烦人的访客来按门铃。我也许可以找到一个地方，能把我的书写完。我已经给它想了个美妙的收尾：**从此以后，他幸福快乐地度过了一生。**"

甘道夫哈哈大笑："我希望他会！不过，这书不管怎么收尾，都没人会读的。"

"噢，他们将来还是可能会读的。弗罗多已经读过一些了，我写了多少他就读了多少。你会瞄着点弗罗多的，对吧？"

"当然，我会——我会盯着他的，只要我抽得出空。"

"要是我叫他跟我走，他肯定就会跟我走。事实上，就在办宴会之前，他自己提过一次。但是，他还没真心准备好要走。我在死前还想再看看荒野，还有大山；但是他仍爱着夏尔，爱着森林、田野和小河。住在这里他应该会很舒服的。我会把所有的东西都留给他，当然，有零星几样东西除外。我希望，他习惯了一个人后，会过得快乐。现在，他该自己当家作主啦。"

"所有的东西？"甘道夫说，"戒指也包括在内喽？你同意过的，你记得吧。"

"呃，嗯……对，我猜我同意过。"比尔博结巴着说。

"那戒指在哪里？"

"你非要问的话，装在信封里。"比尔博不耐烦地说，"就在那边壁炉台子上。噢，不！是在我口袋里！"他犹豫了一下，"这是不是有点怪？"他轻声自言自语，"可是说到底，为什么不行？它为什么不能就待在口袋里呢？"

甘道夫再次紧紧盯住比尔博，眼中光芒一闪。"我想，比尔博，"他平静地说，"我会把它抛下的。你不想吗？"

"嗯，想——也不想。现在再想想，我要说，我一点也不想跟它分开。我实在看不出来干吗要那么做。你干吗要我那么做？"他问道，声音起了一种奇怪的变化，因为猜疑和恼怒而变得尖锐，"你总对我的戒指缠着问个没完，却从来没对我那场旅途中获得的其他东西问过半句。"

"是没有，但我必须得缠问你。"甘道夫说，"我想知道真相。那很重要。魔法戒指是……呃，是有魔法的；它们很少见又很稀奇。你可以说，我对你的戒指有着专业兴趣；现在我也是一样。如果你又要出门漫游，我想知道它在哪里。还有，我觉得你拥有它的时间，实在够久了。比尔博，除非我大错特错，否则你不会再需要它了。"

比尔博涨红了脸，眼中怒火迸现，和蔼的脸板了起来。"为什么不需要？"他喊，"而且，这到底关你什么事？你干吗非要知道我怎么处置我自己的东西？它是我的。我找到了它。它投奔了我。"

"是啊，是啊，"甘道夫说，"可是没必要生气嘛。"

"我要生气了，那也是你的错！"比尔博说，"我告诉你，它是我的。我一个人的。我的宝贝。是的，我的宝贝。"

巫师的面容依旧严肃而专注，唯独深邃的双眼中闪过一道光芒，显示出震惊与警觉。"曾经有人那么叫它，"他说，"但不是你。"

"但我现在这么叫它了！这有什么不行？就算咕噜以前这么叫过它，现在它也不是他的，而是我的了。我说，我要留着它。"

"你要是这么做，比尔博，你就是个蠢货。"甘道夫站了起来，语声严厉，"你说的每句话都让这一点变得更清楚。你为这戒指着迷，实在太深了。放手吧！然后你自己也就能放心上路，从此自由。"

"我会按自己的选择去做，走自己喜欢的路。"比尔博顽固地说。

"好吧，好吧，我亲爱的霍比特人！你这么长的一辈子里，我跟你都是朋友，而且你还欠我点情。来吧！照你答应过的去做：放弃它吧！"

"哼，你自己想要我的戒指的话，就直说好了！"比尔博吼道，"但你别想得到！我告诉你，我不会把我的宝贝给人。"他的手不由自主地挪向了那把小剑的剑柄。

甘道夫双眼精光一现。"现在马上要轮到我生气了。"他说，"你要是再说这种话，我真会生气的，然后你就会见识到灰袍甘道夫的本相。"他朝霍比特人跨了一步，好像长高变大了，显得充满威胁；他的影子挤满了整个小房间。

比尔博后退到墙边，喘着粗气，手紧紧攥着口袋。他们面对面僵持了片刻，房间里的空气都在颤动。甘道夫双眼依旧逼视着霍比特人。慢慢地，比尔博松开了手，人开始颤抖。

"我不知道你这是怎么了，甘道夫。"他说，"你以前从来没这样过。这到底是为了什么？它是我的，不是吗？我找到了它，要是我没留着它，咕噜早把我杀了。不管他怎么说，我真不是个小偷。"

"我从来没说你是。"甘道夫答道，"而我也不是。我不是要抢夺你的东西，我是想帮助你。我希望，你会像过去一样信任我。"他转开身，阴影消退了。他似乎又缩成了一个白发苍苍的老人，身形佝偻，神色担忧。

比尔博抬手遮住了眼睛。"对不起。"他说，"可我感觉真怪。不过，能再也不受它打扰，倒真算是一种解脱。近来，它越来越占据我的心神。有时候，我感觉它像只眼睛，总盯着我，而我总想戴上它，就此消失，你明白吧；要不就是老想着它安不安全，要拿出来看看才觉得踏实。我试过把它锁起来，却发现不把它放在口袋里就不得入眠。我不明白为什么会这样。而且我好像没办法下定决心。"

"那就信任我的办法吧。"甘道夫说，"全都决定好了：留下它，离开。不再拥有它。将它送给弗罗多，而我会照看他。"

比尔博站了会儿，紧张又犹豫。接着，他叹了口气。"好吧。"他吃力地说，"我会的。"然后他耸耸肩，苦笑了一下，"毕竟，这可不就是举办这场宴会的真正目的吗——送出一大堆生日礼物的同时，送出戒指或许也会容易点。结果到头来，这还是不容易，可是我那些准备如果就这么付诸流水，也太遗憾了，会糟蹋了我的整个玩笑。"

"的确，这宴会依我看就这么一个重点，而那会连这都破坏掉。"甘道夫说。

"很好，"比尔博说，"它跟其余所有的东西都留给弗罗多。"他深吸了口气，"现在，我真的必须动身了，否则就会有人逮到我。我已经说过再见，我可没法承受全都重来一次。"他拎起背包，朝门口走去。

"戒指还在你口袋里呢。"巫师说。

"噢，可不是吗！"比尔博叫道，"还有我的遗嘱和别的所有文件。你最好把它拿去，帮我转交。这会是最安全的。"

"不，别把戒指给我。"甘道夫说，"把它放在壁炉台子上，等弗罗多来拿。那里够安全，我会等他的。"

比尔博取出了信封，但他就在要把信封放在时钟旁时，手突然往回抽搐了一下，整包东西掉到了地板上。他还没来得及去捡，巫师已经弯腰一把抓过了它，放到壁炉台子上。霍比特人脸上再次掠过一阵愤怒的痉挛，但突然间，愤怒逝去，取而代之的是解脱和大笑。

"嗯，这就完了。"他说，"这下我该走了！"

他们出到客厅，比尔博从架子上选了他最喜爱的手杖，然后吹了声口哨。三个矮人从不同的房间出来，他们本来在里面忙着。

"都准备好了？"比尔博问，"每样东西都打好包，贴上标签了？"

"全弄好了。"他们回答。

"好，那我们出发吧！"他跨出了前门。

这是个美好的夜晚，墨黑的天空中点缀着繁星。他抬起头嗅了嗅空气。"多好！能再次出发，多好啊！跟矮人一同上路！这么多年来，这才是我真正渴望的！再见！"他说，看着自己的老屋，对着大门一鞠躬，"再见，甘道夫！"

"此刻就先道别了，比尔博。自己小心点！你年纪够大，或许智慧也够多了。"

"小心点！我才不在乎哪。别担心我！我从没这么高兴过，这可说明了好多问题。不过，时间到了；到头来，我高兴得简直神魂颠倒。"他补充说，然后，仿佛是自言自语，他在黑暗中轻声唱了起来：

大门外，从此始

　　旅途永不绝。

纵然前路漫漫，

我有脚步切切，

　　追行不停歇。

直抵大道歧处，

无数路径交会，

　　届时何处去？

　　我自随其缘。

　　他顿了顿，静默了片刻，接着没再多说，就转身走向了草场和帐篷那一片灯光与人声的相反方向。他绕进了花园，匆匆走下长长的斜坡路，身后跟着那三位同伴。他跳过坡底树篱的低矮处，取道草地，如同一阵吹得青草沙沙作响的风，隐没在夜色中。

　　甘道夫站在那里好一阵，看着他消失在黑暗里。"再见，我亲爱的比尔博——直到我们下次见面！"他轻声说，然后回屋里去了。

　　没过多久，弗罗多就进来了，见甘道夫正摸黑坐着沉思。"他走了吗？"他问。

"走了。"甘道夫回答,"他终于走了。"

"我希望——我是说,到今天晚上为止,我一直希望这只是个玩笑。"弗罗多说,"但是我心里明白,他是打定了主意要走。他总是拿玩笑的口吻来谈严肃的事。我刚才要是早一步回来就好了,哪怕只不过是给他送行。"

"我倒确实认为,他宁可最后悄悄地走。"甘道夫说,"别太难过,他不会有事的——目前不会。他留了一包东西给你。就在那儿!"

弗罗多取过壁炉台子上的信封,扫了一眼,但没打开。

"我想,你会在里面找到他的遗嘱和别的所有文件。"巫师说,"你现在是袋底洞的主人了。还有,我猜,你会在里头找到一枚金戒指。"

"戒指!"弗罗多惊呼,"他把那东西留给我了?我不明白为什么。不过,它可能会有用吧。"

"可能有,也可能没有。"甘道夫说,"我如果是你,就不会用它。但是,将它秘藏,妥善保管!我现在要去睡觉了。"

身为袋底洞的主人,弗罗多得出面跟宾客道别,他感觉这真是件苦差事。到了这时，关于怪事的谣言已经在整个场地传得沸沸扬扬，但弗罗多只肯说：**毫无疑问，明天早上一切都会真相大白**。午夜左右，马车前来接载重要的宾客。它们满载着吃得极饱却又极不满足的霍比特人，一辆辆驶离。园丁们按照安排前来，用独轮手推车将那些被不小心漏掉不管的人送走。

黑夜渐逝，太阳升起，霍比特人起来得比平常晚。早晨过去，人们前来，开始（按照吩咐）清理帐篷桌椅、刀匙瓶盘、灯笼、栽种在箱子里的花木、食物的残渣、拉炮的碎纸，还有遗落的手提袋、手套、手帕，以及剩下的食物（没剩多少）。然后又来了另一批人（没按吩咐）：巴金斯家、博芬家、博尔杰家、图克家，以及别的居住或投宿在附近的客人。到了中午，连那些撑得最饱的人也起床出来活动了，袋底洞前聚集了一大群人，都是不请自来，但并不令人意外。

弗罗多候在门前台阶上，面带微笑，但显得疲倦而为难。他欢迎所有上门来访的人，但是，他仍和先前一样，没什么话说。对各种询问，他都一律简单回答："比尔博·巴金斯先生出远门去了；就我所知，不再回来了。"不过他将一些访客请入屋里，因为比尔博留了"消息"给他们。

屋里的客厅中堆了硕大一堆各种各样包装好的大小包裹，以及小型家具。每样东西上都绑着张签条。有几张签条是这么写的：

"给**阿德拉德·图克**：这把真的归他所有。比尔博赠。"这签条挂在一把雨伞上。阿德拉德曾经顺手带走许多没标示的雨伞。

"给**朵拉·巴金斯**：以纪念**长期**以来的书信不辍。爱你的比尔博赠。"这签条挂在一个大字纸篓上。朵拉是卓果的姐姐，已经九十九岁了，比尔博和弗罗多健在的女性亲戚中，数她年纪最长。半个多世纪以来，她写下过无数金玉良言。

"给**米罗·掘洞**：希望这能派上用场。比·巴赠。"这签条贴在一支金笔和一罐墨水上。米罗从不回信。

"给**安杰莉卡**使用，比尔博叔叔赠。"这签条贴在一面圆形凸镜上。安杰莉卡是巴金斯家的一位少女，自以为貌似天仙。

"给**雨果·绷腰带**藏书用。一位贡献者赠。"这签条贴在一个（空的）书架上。雨果很会向人借书，还起来却远不如别人勤快。

"给洛比莉亚·萨克维尔-巴金斯，作为**礼物**。"这签条贴在一匣子银汤匙上。比尔博确信，她趁他上次那趟外出远行时，从他家拿走了一大批汤匙。而洛比莉亚也心知肚明。这天稍晚，她来了，一看就明白了他的意思，但她还是连汤匙也拿走了。

这只不过是成堆礼物中选出来的一小部分。比尔博在漫长的一生中，把住所堆满了大量的杂物。霍比特人本来就有把洞府堆满杂七杂八物品的倾向，这大半要归咎于他们喜欢送很多生日礼物的风俗习惯。当然，倒不是说生日礼物都总得是**新的**，有那么一两件不知是何用途的**马松**在整个地区都转送过一圈了；不过，比尔博通常都把收到的留下，送出新的礼物。这个古老的洞府现在总算稍微清出了些地方。

这些五花八门的临别赠礼，每一件都附有比尔博亲手写的签条，其中几项含有特殊用意，或是某种玩笑。不过，绝大多数礼物理所当然地送到了那些需要或喜欢它们的人手上。那些比较贫穷的霍比特人，尤其是袋下路的住户，都收获颇丰。甘姆吉老头儿得到了两大袋土豆、一把新铁锹、一件羊毛背心，以及一瓶治疗关节疼痛的药膏。老罗里·白兰地鹿的好客，为自己赢来十二瓶的"老窖陈酿"，这是南区出产的一种烈性红酒，是比尔博父亲的窖藏，如今已十分香醇浓厚。罗里当即原谅了比尔博，一瓶酒下肚后，更夸他是世间第一大好人。留给弗罗多的各种东西多不胜数，而且，所有的主要宝贝，以及书籍、图画和多得超过所需的家具，当然都留在他名下。不过，有关钱或珠宝，既无暗示也无明示；赠出的礼物中，连一分钱或一颗玻璃珠都没有。

当天下午，弗罗多可真难熬。有则谣言野火燎原般疯传，说正在免费分赠比尔博的全部家当。没多久，袋底洞就被毫不相干的人挤得水泄不通，赶都赶不走。签条被扯下来，搞混了，还爆发了争吵。有些人企图在客厅里交换或买卖东西；还有些人试图顺走不是送给他们的小物件，或任何好像没人要或没人注意的物品。通往大门的路堵满了独轮车和手推车。

就在这一片骚乱喧闹当中，萨克维尔-巴金斯夫妇到了。弗罗多已经进屋去暂作休息，留下他的朋友梅里·白兰地鹿照看一切。当奥索提高嗓门喊着要见弗罗多，梅里客气地鞠了一躬。

"他不舒服，"他说，"正在休息。"

"你是说他躲起来了吧，"洛比莉亚说，"不管怎么说，我们要见他，非见不可。去，就这么告诉他！"

梅里把他们撂在客厅好一会儿，他们于是得空发现了送给他们的告别礼物——汤匙。这并没让他们的情绪好转。最后，他们被带到了书房。弗罗多坐在桌前，面前堆满了纸张文件。他看起来是不舒服——至少见了萨克维尔－巴金斯夫妇是这样。他站了起来，手指摆弄着衣袋里的东西，但是开口时仍很客气。

萨克维尔－巴金斯夫妇却十分无礼。他们先是对各种贵重又贴签条的物件开出极其低贱的价钱（就像是熟人之间的交易），而当弗罗多回答说，只有比尔博特别标明的东西，才能送出去，他们便说这整件事都非常可疑。

"依我看，只有一件事是清楚的，"奥索说，"就是其中的好处被你一个人占尽了。我坚持要看遗嘱。"

奥索本来是比尔博的继承人，奈何冒出了收养弗罗多的事。他仔细地读了遗嘱，且嗤之以鼻。很不幸，遗嘱非常清楚，非常正确（处处符合霍比特人的法律惯例，种种要求之外，还有七个证人朱笔签字）。

"又没戏了！"他对他太太说，"还是在等了六十年之后！汤匙？开什么玩笑！"他在弗罗多鼻子底下弹了个响指，然后重重跺着脚走了。但是洛比莉亚没那么容易打发。稍后弗罗多离开书房，想看看事情进行得怎么样了，却发现她还在屋里打转，探查每个隐蔽的角落，还不时轻敲地板。他索回了几样不知怎么落入她雨伞内（但相当值钱）的小东西，便坚决送她出了门。她的表情就好像是在苦思临别要撂下的狠话，但最后她在台阶上转过身，却只说出：

"小子，你将来要后悔的！你怎么不也走？你不属于这儿，你不是个巴金斯，你——你是个白兰地鹿！"

"梅里，你听见了吗？换句话说，那可是侮辱哪。"弗罗多说着，当着她的面关上了门。"那是恭维。"梅里·白兰地鹿说，"所以呢，也当不得真。"

然后他们巡查了一遍袋底洞，驱逐了三个年轻的霍比特人（两个博芬家的，一个博尔杰家的），他们正在一个地窖的墙上打洞。弗罗多还跟年少的桑乔·傲足（老奥多·傲足的孙子）扭打了一番，那小子认为那间大些的食品储藏室有回声，已经动手开始挖掘。比尔博家有藏金的传奇说法既激发了大家的好奇，也唤起了大家的希望。众所周知，这种传奇的黄金（就算不是不义之财，也是来源神秘），谁找到就归谁——除非找寻遭到阻止。

弗罗多制服了桑乔，将他推出门外，接着就瘫倒在客厅的椅子里。"该打烊了，梅里。"他说，"把门锁上，今天谁来都不开了，就算他们用攻城锤来撞也不成。"然后他去喝杯已经迟了的下午茶，给自己提提神。

他刚坐下，前门就传来一阵轻敲。"这来的多半又是洛比莉亚。"他想，"她一定想出了什么真正恶毒的话，要回来说个痛快。让她等去。"

他继续喝他的茶。敲门声重复着，比刚才大了些，但他不予理会。突然，巫师的脑袋出现在窗前。

"弗罗多，如果你不开门让我进去，我就把你的门炸飞进洞，一路直穿通整个小丘。"他说。

"我亲爱的甘道夫！马上来！"弗罗多喊着，飞奔出房间去开门，"请进！请进！我以为是洛比莉亚。"

"那我原谅你。我不久前看见她驾着双轮小马车朝傍水镇去，那张酸脸能让鲜奶结块发酵。"

"她已经差点让我结块发酵了。老实说，我差点就要戴上比尔博的戒指。我渴望消失。"

"万万不可！"甘道夫说，一屁股坐下，"弗罗多，千万小心那戒指！事实上，我之所以回来交代最后几句话，一半是为了那东西。"

"哦，它怎么了？"

"你对它知道多少？"

"就只有比尔博告诉我的。我听过他的故事了：他如何找到戒指，怎么运用它，我是说，他在那场旅途中怎么用它。"

"我好奇他说的是哪个故事。"甘道夫说。

"噢，不是他告诉矮人并写在书里那个。"弗罗多说，"我来这里住没多久，他就跟我讲了真正的故事。他说你一直纠缠不休，直到他告诉你为止，所以我最好也知道真相。'弗罗多，我俩之间没有秘密，'他说，'但这些秘密也不能再外传了。无论如何，它是我的。'"

"这真有意思。"甘道夫说，"那么，对这整件事，你有什么看法？"

"如果你是指他捏造出一整个有关'礼物'的故事……嗯，我认为真正的故事要可信得多，而且我完全看不出有什么必要改变说法。反正，这实在不像比尔博会做的事。我觉得这相当古怪。"

"我也这么觉得。但是拥有这种珍宝的人，难免就要遇到些怪事——如果他们使用它们的话。拿这事警惕自己吧，你要万分小心地对待它。除了如你所愿让你隐形之外，它可能还具有别的力量。"

"我不明白。"弗罗多说。

"我也不明白。"巫师回答，"我只不过刚开始怀疑这戒指，尤其是从昨晚开始。你不必担心，但你若听从我的劝告，就尽量别戴它，或压根就别戴。我恳求你，哪怕真要戴，也别引发议论，挑起怀疑。我再说一次：将它秘藏，妥善保管！"

"你也太神秘啦！你在怕什么？"

"我不确定，所以我也不会多说。等我回来时，或许能告诉你一些事。我马上要走了，眼下就先这样告辞吧。"他站了起来。

"马上！"弗罗多叫道，"为什么？我以为你至少会待一个星期。我还盼着你帮忙呢。"

"我本来是要帮你的——但我不得不改变主意。我可能要离开好一阵子，但是我会尽快再回来看你的。你见到我的时候别吃惊！我会悄悄地来。我不会再经常公然出入夏尔，我发现自己变得不太受欢迎了。他们说我是麻烦人物，扰乱安宁，有人甚至谴责我拐走了比尔博，还有比这更难听的。你想知道的话，是这样的：据说，你我二人合谋要霸占比尔博的财产。"

"竟有这种人！"弗罗多大声叫道，"你是指奥索和洛比莉亚吧。这真是太恶心人了！如果我能找回比尔博，跟他一同到乡间踏青，我宁可把袋底洞连同别的一切都奉送给他们。我爱夏尔；但是，不知为何，我开始巴不得自己也走了。我不知道我还能不能再见到他。"

"我也不知道。"甘道夫说，"还有许多别的事，我也不知道。眼下先再见吧！好好照顾自己！等我回来，尤其在不太可能的时刻！再见！"

弗罗多把甘道夫送到了门口，甘道夫最后挥了挥手，迈着快得惊人的步子离去。但弗罗多觉得老巫师看上去佝偻得特别厉害，仿佛背负着巨大的重担。夜色渐浓，他裹着斗篷的身影迅速消失在暮色中。有很长一段时间，弗罗多都没再见到他。

第二章

往昔阴影

别说九天，过了九十九天，议论都没平息。比尔博·巴金斯先生的第二次消失，被霍比屯——确切地说，是整个夏尔——品头论足了一年零一天，而被惦记的时间比那还久。它变成了讲给霍比特小孩听的炉边故事；待到最后，等真相被大家忘得一干二净，那个总伴着一声轰响外加一道闪光消失，又会携着一袋袋金银珠宝重新现身的"疯狂巴金斯"，已经成了传奇故事中喜闻乐见的角色，长存不衰。

不过与此同时，街坊邻居的普遍看法却是：比尔博这人本来就精神不太正常，最终彻底疯了，跑到乌有乡去了。他毫无疑问是在那儿跌进了池塘或掉进了河里，悲惨地——但也得算及时地——送了命。而这主要得归咎于甘道夫。

"那个可恶的巫师要是不来打扰年轻的弗罗多，他也许就会安分下来，长点霍比特脑子。"他们说。而从一切表面情形来看，巫师确实没来打扰弗罗多，弗罗多也确实安分下来；但究竟长没长霍比特脑子，这就不太容易看出来了。实际上，他马上就继承了比尔博那"古怪"的名声。他不肯服丧哀悼；次年他还为纪念比尔博的"百十二岁"生日办了宴会庆祝，称之为"重磅¹寿宴"。不过这宴会没达到目标，因为他只请了二十个客人，几顿饭的食物饮料照霍比特人的说法，都是"铺天盖地"。

这让一些人震惊；但弗罗多保持惯例，年复一年给比尔博设宴庆生，直到那些人也都习以为常。他说，他认为比尔博没有去世。但当他们问："那他到底在哪里？"他只耸肩以答。

弗罗多像比尔博一样独居，但他有许多好朋友，特别是在比较年轻的霍比特人当中（大多是老图克的子孙）：这些人从小就喜欢比尔博，常常出入袋底洞。福尔科·博芬和弗雷德加·博尔杰就是其中两位，不过弗罗多最亲密的朋友是佩里格林·图克（大家通常叫他皮平）和梅里·白兰地鹿（他的全名是梅里阿道克，不过没什么人记得）。弗罗多与他们一起踏遍了夏尔，但他更常独自一人漫游。令理智健全的霍比特人大为惊诧的是，他们发现他有时会去到离家很远的地方，顶着星光在山间林里漫步。梅里和皮平怀疑他跟比尔博一样，偶尔去拜访精灵。

随着时间流逝，大家渐渐注意到，弗罗多也显出了"保养有道"的迹象：他外表仍维持着那种刚过二十郎当岁的霍比特人模样，身强体健，精力充沛。"有些人哪，就是运气好。"他们说。直到弗罗多接近五十岁这个照理应该更显稳重的年纪，他们才开始觉得这情形很古怪。

至于弗罗多本人，经过了最初的冲击，他便发现：独立自主，成为**所谓的**"袋底洞的巴金斯先生"，是件颇令人愉快的事儿。多年过去，他都生活得相当快乐，没怎么忧虑将来。然而连他自己也没完全意识到的是，未与比尔博一同离开的懊悔心情亦是与日俱增。他发现自己不时憧憬着荒野，秋天的时候尤甚；而且还有陌生的奇景入梦，那是他从未见过的崇山峻岭。他开始自忖："也许有一天我自己也该渡河而去。"但对此，他的另一半意识总是回答："时机未到。"

于是，日子就这么过去，眼看弗罗多四十来岁的日子就要过完，五十岁的生日渐渐临近——五十，他觉得这个岁数具有说不清道不明的重大意义（或不祥预兆）；不管怎么说，比尔博就是在这个岁数突然撞上了冒险的大运。弗罗多开始觉得心神不宁，觉得所有旧路都烂熟于心，了无新意。他察看地图，好奇边界外的地方都是什么样子。夏尔出品的地图，边界之外几乎全是一片空白。他开始到野外漫游得更远，也更常独行。而他的朋友们，包括梅里，都焦虑地关注着他。彼时，夏尔开始出现陌生的过客，而人们经常看见弗罗多与他们同行交谈。

流言提到，外面的世界发生了怪事；由于甘道夫那时已多年未曾露面，音讯皆无，弗罗多只好尽可能自己收集消息。精灵过去几乎不涉足夏尔，如今大家却常见他们晚上穿过林子，朝西而去，一去不返；不过他们是要离开中洲，不再关心它的种种纷扰。然而，路上走动的矮人也多得不同寻常。矮人前往蓝色山脉采矿时，总是取道古老的东西大道，它横贯夏尔，至灰港为止。霍比特人要是想得知远方消息，矮人是他们打听的主要对象，不过矮人通常寡言少语，霍比特人也不多问。但是，弗罗多现在经常碰见来自遥远异域的陌生矮人，前往西方寻求庇护。他们忧心忡忡，有些还悄悄说到大敌以及魔多那个地方。

魔多这个名字，霍比特人只在讲述黑暗往昔的传奇故事中听过，它就好比回忆背景中的一道阴影，但是十分不祥，令人不安。情况似乎是，被白道会驱逐出黑森林的那股邪恶力量，反而以更壮大的势头在魔多的古老堡垒中东山再起。据说，邪黑塔已被重建，那股力量自此向外扩散，又广又远，在遥远的东方和南方地区，战事已起，恐惧日增。奥克在群山中成倍繁衍，食人妖也纷纷出动——不再蠢笨，而是变得狡诈，且装备着可怕的武器。传闻中还隐约提到一些尚无名称的生物，比所有这些妖物都要恐怖。

当然，这一切甚少传到那些循规蹈矩的霍比特人耳中；但就连消息最闭塞、居家最安分的人，也开始听到奇闻，而那些为了办事前去边境的人，则目睹了怪事。在弗罗多五十岁那年春天，一天傍晚，傍水镇的**绿龙酒馆**里发生了一场对话，显示就连夏尔的舒适腹地也为流言所波及，尽管绝大多数霍比特人仍以一哂对之。

当时山姆·甘姆吉坐在靠近壁炉的角落，对面坐着磨坊老板的儿子泰德·山迪曼；另外还有其他形形色色的乡下霍比特人在听他们交谈。

"这阵子咱可听说了不少奇闻，一点不假。"山姆说。

"啊，"泰德说，"你要是肯听，自然就听说喽。但我要愿意，回家就能听说炉边故事和童话。"

"你当然能啦。"山姆回敬，"依我看，那里头有些还真不像你以为的那样荒唐。到底是谁编出了这些故事？就拿龙来说吧。"

"谢谢您，免了吧。"泰德说，"我可不干。我还是个小孩儿的时候，倒是听说过龙，但现在就没必要再信它们啦。傍水镇只有一条龙，还是绿的。"他说，引来一阵哄笑。

"算你没错。"山姆说，跟大家一起笑，"但是那些你没准会叫作'巨人'的树人又怎么说？人家可说了，没多久前，就在北荒原的那一边，见过这样一个比树还大的东西。"

"'人家'是谁啊？"

"比如，我堂哥哈尔。他在过山村帮博芬先生干活儿，还去北区打猎。他就**见过**一个。"

"是他说见过还差不多吧。你家哈尔总是说他见过这个、见过那个，也许他根本就是瞎说。"

"但这个东西跟榆树一样大，还在走路——跨一步最起码也有七码远！"

"那我就打赌，不是最起码。他看见的**就是**棵榆树，多半就这么回事儿。"

"但你可听好了，这棵是在**走路**。而且北荒原根本不长榆树。"

"那哈尔就更不可能看见这么一棵啦。"泰德说。旁边有人大笑有人鼓掌——观众似乎认为泰德胜了一筹。

"就算你对，"山姆说，"你也不能否认除了我家的哈尔法斯特以外，还有别人看到奇怪的人物横穿夏尔——请注意，是横穿；还有更多在边界上被挡了回去。咱们的边界守卫从来没这么忙过。

"我听说精灵正在西迁。他们确实说了，要去海港，那地方比白塔还远呢。"山姆含糊地挥了挥手。不管是他还是在座的任何人，都不知道过了夏尔西部边界外的古塔，离大海还有多远。但这是约定俗成的：远方某处有灰港屹立，间或有精灵的船只从那里扬帆启航，永不归返。

"他们扬帆航行，航行，行过大海，进入西方，离开了我们。"山姆说着，字字句句半似颂唱，还悲伤又庄重地摇着头。但是泰德哈哈大笑。

"啊，那些陈年故事要是信得过，这就不是什么新鲜事儿了，而且我也看不出它跟你我有啥关系。就让他们航行去好啦！但我敢保证，你根本没见过他们航行，而且整个夏尔都没人见过。"

"这还真不好说。"山姆若有所思地说，他相信自己曾在林间见过一个精灵，而且希望有一天能见到更多。他小时候听过的所有传奇当中，那些提到霍比特人所知的精灵的，那些吉光片羽的故事和似曾相识的记忆，总是打动他最深。"有人见过，我们这个地方就有。他们跟那些仙灵之民相熟，还能得到消息。"他说，"比如巴金斯先生，我就是给他干活儿的。他告诉我，精灵正在出海离去。他对精灵是有点了解的。老比尔博先生知道的就更多了，我还是个小屁孩的时候，跟他可没少聊。"

"噢，他俩都是疯子。"泰德说，"至少老比尔博早就疯了，而弗罗多正在变疯。如果你是从他们那里得来的消息，也难怪句句荒唐。好啦，朋友们，我回家去啦。祝你们健康！"他喝干酒杯，大摇大摆走了出去。

山姆默默坐着，不再说话。他有许多事要想。比如，袋底洞的花园有好多活儿要干，明天如果天气转晴，可有他忙的。草长得很快。但山姆想的不只是园艺。过了一会儿，他叹口气，起身出了门。

这是四月初，大雨过后，天空正在变晴。太阳已经下山，凉爽的朦胧黄昏正悄然化成深黯的夜色。他顶着初现的星光穿过霍比屯，若有所思地轻吹着口哨，走上小丘回家。

正在此时，长久不见踪影的甘道夫又出现了。那场宴会过后，他离开了三年，后来他曾短暂探望过弗罗多一次，好好审视他一番之后便又离去。接下来一两年，他经常出现，黄昏后不期而至，日出前悄然离开。他不肯谈论自己所忙的事务和所行的路途，似乎对弗罗多的健康状况与所作所为之类的小事最感兴趣。

然后，突然间，他不再来访了。弗罗多有九年时间没见过他，也没听说任何消息，他以为巫师已经对霍比特人完全失去兴趣，再也不会回来了。但是，那天傍晚，就在山姆步行回家，暮色悄然四合之际，书房的窗户传来了一阵熟悉的轻敲声。

弗罗多意外又大为欣喜地迎进了这位老朋友。两人都仔细打量着对方。

"一切都好吧？"甘道夫问，"弗罗多，你看起来一点也没变！"

"你也是啊。"弗罗多回答。不过他私下认为，甘道夫显得更苍老，也更忧虑憔悴了。他向巫师追问，想知道有关甘道夫本人以及外面广阔世界的消息。两人很快开始深谈，一直说到了夜深时分。

第二天早晨，巫师和弗罗多吃完一顿迟了的早餐，便坐到了书房敞开的窗前。壁炉里火光灿亮，但阳光和煦，南风吹拂；一切都显得清新，田野间，树梢上，无不闪烁着春天的新绿。

甘道夫想着将近八十年前的那个春天，比尔博奔出袋底洞，连手帕都忘了带。比起那时，现在的甘道夫头发或许更白，胡子和眉毛或许更长，忧虑和智慧也给他脸上添了皱纹，但他的双眼一如既往的明亮，他还在抽烟，而且吐烟圈时跟过去一样矍铄又快活。

此刻，甘道夫默默抽着烟，因为弗罗多正静坐着沉思，即便沐浴在晨光中，他依旧能感到甘道夫带来的消息投下的深暗阴影。终于，他开口打破了沉寂。

"甘道夫，昨晚你开始告诉我有关我这戒指的怪事。"他说，"然后你又住了口，因为你说这类事情最好留到白天再讲。你觉得现在是不是最好把它讲完？你说这戒指很危险，远比我所猜测的危险得多，那到底是什么方面的危险呢？"

"很多方面。"巫师答道，"它的力量极其强大，强大到我起初根本不敢去想，强大到最终能完全征服任何占有它的凡夫俗子——它会反过来占有他。

"很久以前，精灵在埃瑞吉安制造了许多精灵戒指，就是你们说的魔法戒指；当然，它们是各种各样的，蕴藏力量有强有弱。那些较弱的戒指只不过是这门技艺还没达到炉火纯青时的试制品，精灵工匠视它们为小玩意——然而，依我看，它们对凡人来说仍然很危险。而那些主魔戒，也就是那些'力量之戒'，则是危险万分。

"弗罗多，凡人若持有一枚主魔戒，即可长生不死，但他不会成长，也不会获得更多生命力，他只是苟延残喘下去，直到最后，每一分钟都充满疲惫厌倦。而且，如果他常用这戒指让自己隐形，他就会**褪隐**[2]：他最终会变得永远隐形，受统御众魔戒的黑暗力量之眼监视，行走在幽暗中。不错，迟早都会这样——若他坚强，或起初用意良善，就会迟些，但无论是定力还是好意，都无法保持下去。迟早，那黑暗力量会吞噬他。"

"太可怕了！"弗罗多说。又是一阵长久的沉默。花园里传来了山姆·甘姆吉修剪草坪的声音。

"这事你知道多久了？"终于，弗罗多开口问，"比尔博又知道多少？"

"我很确定，比尔博只知道他告诉你的那些。"甘道夫说，"他绝对不会把任何他认为有危险的东西留给你，哪怕我保证过会照看你。他认为那个戒指非常美，紧急时刻非常有用；而如果说真有什么不对劲或古怪的话，他认为是他自己。他说那个戒指'越来越占据心神'，而且自己总是惦念牵挂着它，但他从没疑心过戒指本身才是问题所在。不过，他已经发现此物需要时刻看住；它的大小跟重量似乎不是一成不变，它会以一种古怪的方式缩小或变大，有可能突然间从原本戴得紧紧的手指上滑脱下来。"

"对，这他在最后一封信里警告过我。"弗罗多说，"所以我一直把它挂在链子上。"

"非常明智。"甘道夫说，"至于比尔博的长寿，他从来没把那跟戒指联系在一起。他认为那全是他自己的本事，并且为此十分自豪。不过，他愈来愈感到焦躁不安，心绪不宁。他说，像被'拉开抻长'了。这正是那戒指逐渐控制他的迹象。"

"这一切你知道有多久了？"弗罗多再次问道。

"知道？"甘道夫说，"弗罗多，我知道许多只有智者才知道的事。不过，若你指的是我是否'知道**这枚**戒指'，这个么，可以说我仍然一无**所知**。还有最后一项测试要做，但我已经不再怀疑我的猜测了。

"我是什么时候开始猜的？"他沉思着，追溯自己的记忆，"让我想想……白道会将黑暗力量逐出黑森林的那一年，就在五军之战以前，比尔博找到了这枚戒指。那时我心头蒙上了一道阴影，但我还不知道自己在担心什么。我常常疑惑：咕噜是怎么得到一枚主魔戒的？——它显然是一枚主魔戒，起码这一开始就很明确。然后我听了比尔博那个如何'赢得'它的奇怪故事，我觉得难以置信。当我终于从他那里挖出真相，我立刻明白，他毫无疑问是在想方设法证明自己理应拥有这个戒指，就像咕噜说这是他的'生日礼物'一样。这两则谎言过于相似，令我感到不安。这个戒指明显具有一种有害身心的力量，会马上对持有者产生影响。那是我头一次真正产生警觉，感到整件事不妙。我常告诉比尔博，这样的戒指不要使用，最好闲置；但他对此非常反感，而且很快就变得恼怒起来。我几乎是束手无策。我若从他手中夺取戒指，造成的伤害只会更大；而且不管怎么说，我都无权这么做。我只能观察、等待。我本来可以去咨询白袍萨茹曼，但不知为何总裹足不前。""他是谁？"弗罗多问，"我从来没听说过他。"

"有可能。"甘道夫回答，"他不关心霍比特人，至少过去不关心。然而他在智者中颇有威望；他是我这一族类之首，也是白道会的领袖。他学识渊博，但随着学识增长，他的骄傲也日渐高涨，不容任何干预。有关精灵魔戒的学问，无论大小，正是他的领域。长久以来他研究这门学问，探寻那些制造魔戒的失传之秘。但是，当白道会就这些戒指而辩论时，他肯对我们透露的所有魔戒学问都在打消我的恐惧。因此，我将疑虑埋进心底沉睡，但并未高枕无忧。我仍在观察、等待。

"比尔博似乎一切都好，日子也一年年过去——是的，一年年过去，他却似乎完全不受影响。他一点也不见老。我心头再度蒙上了阴影，但我对自己说：'毕竟，他的母系家族就很长寿。还有时间。再等等吧！'

"于是我等了，直到他动身离开的那天晚上。他那时所说的话、所做的事，使我心中充满恐惧，萨茹曼的全部说辞都缓解不了。我终于明白，有种致命的黑暗之力在起作用。从那时开始，这么多年来我大部分时间都花在发掘此事的真相上。"

"没有什么永久性的伤害，对吧？"弗罗多焦急地问，"他会逐渐恢复正常的，是不是？我是说，将来能够安息？"

"他当下就感觉好多了。"甘道夫说，"这世界上只有一位神灵对所有的魔戒及其魔力了如指掌。而就我所知，世间还没有哪位神灵对霍比特人了如指掌。智者当中，只有我热爱有关霍比特人的学识。这是一门冷僻的旁支学问，但充满了惊喜。霍比特人或许柔软如黄油，有时却会坚硬如老树的根。我认为，很可能有些霍比特人能够抵御魔戒的力量，而且时间远比绝大多数智者肯相信的更长。我想你用不着担心比尔博。

"当然，他拥有那戒指多年，还使用过它，因此戒指的影响力可能要花很长时间才能消退到——比如，到他再看见它也无妨的程度。除此之外，他可以开开心心地活上许多年，就像他放弃戒指时那样。这是因为，他到头来是自愿放弃戒指的，这一点非常重要。不，亲爱的比尔博对那个东西一放手，我就不再担心他了。我是觉得自己对**你**负有责任。

"打从比尔博离开之后，我就极其担心你，同时还担心这群可爱、荒诞又无助的霍比特人。如果黑暗力量征服了夏尔，如果你们所有人——那些善良、快活、愚蠢的博尔杰家、吹号家、博芬家、绷腰带家和别的人家，更别提还有荒唐的巴金斯家——全遭到奴役，这对世界将是个沉重的打击。"

弗罗多打了个寒战。"可是，我们为什么会被奴役？"他问，"还有，他为什么想要这样的奴隶？"

"老实告诉你吧，"甘道夫答道，"我相信迄今为止——注意，是**迄今为止**——他彻头彻尾忽视了霍比特人的存在。你们应该谢天谢地。但是你们的平安日子已经过完了。他有很多更有用的仆役，他不需要你们，但他不会再度把你们抛在脑后。悲惨为奴的霍比特人，远比快乐自由的霍比特人更令他愉快惬意。有这么一种东西，叫作怨恨与报复。"

"报复？"弗罗多问，"报复什么？我还是不明白，这一切跟比尔博、跟我，还有我们的戒指，有什么关系？"

"这可大有关系。"甘道夫说，"你还不知道真正的危险，但你会知道的。上次我来这里时，连我自己都不确定，但这次是明言的时候了。请把戒指给我一下。"

弗罗多把戒指从裤袋里掏了出来。戒指系在链子上，链子又挂在腰带上。他把它解下来，动作迟缓地递给巫师。他觉得它突然间变得异常沉重，就好像不知为何，也不知是它还是弗罗多自己，不愿让甘道夫接触到它。

甘道夫将它举了起来。它看起来是用十足纯金打造的。"你能看见上头有什么铭文吗？"他问。

"没看见。"弗罗多说，"上面什么也没有。它相当光滑，从来没显出过刮痕和磨损的迹象。"

"很好，看着吧！"巫师突然把它掷入了仍在发亮的炉火一角当中，这让弗罗多大惊又痛心。他叫了一声，伸手去抓火钳，但是甘道夫拉住了他。

"等等！"他用命令的语气说，从浓密的眉毛底下迅速瞥了弗罗多一眼。

戒指没起什么明显的变化。过了一会儿，甘道夫起身关上窗外的百叶窗，拉上了窗帘。室内变得又暗又静，不过花园里仍然隐约传来山姆那把大剪刀发出的咔嚓咔嚓声，这会儿离窗子更近了。巫师站在那里望了炉火片刻，然后弯腰用火钳把戒指移到炉膛边，立刻拿了起来。弗罗多倒抽了口气。

"它一点也不烫。"甘道夫说，"拿着！"弗罗多畏缩着摊开手掌接过，它似乎变得空前地粗大、沉重。

"把它举高！"甘道夫说，"仔细看！"

弗罗多依言细看，这下终于发现戒指的外圈和内圈各环绕着一行细纹，精细犹胜最精细的笔触。那些火焰般的线条似乎拼成一个个字母，组成了一段连贯的文字。它们闪着刺眼的亮光，却又显得遥远，仿佛发自极深之处。

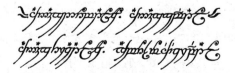

"我看不懂这些火焰文字。"弗罗多颤抖着声音说。

"你是不懂，"甘道夫说，"但是我懂。那些字母是遵循一种古老模式的精灵字母，然而那种语言却是魔多的语言，我不会在这里念出口。不过以通用语来说的话，大致意思是：

……邪暗深处，

　统御余众，魔戒至尊，

　罗网余众，魔戒至尊，

　禁锢余众，魔戒至尊。

这只是一首诗中的几句，全诗在精灵传说中久为人知：

穹苍下，精灵众王得其三，

　石殿中，矮人诸侯得其七，

尘世间，必死凡人得其九，

魔多翳影，王座乌沉，

　黑暗魔君执其尊。

魔多翳影，邪暗深处，

统御余众，魔戒至尊，

罗网余众，魔戒至尊，

禁锢余众，魔戒至尊。

他顿了顿，然后用低沉的声音缓缓说道："这就是'主宰戒'，统御众戒的至尊戒。这就是他在漫长岁月以前遗失，令他力量大打折扣的至尊戒。他极其渴望得回它——但是绝对**不能**让他得回它。"

弗罗多坐着，呆若木鸡。恐惧似乎伸展出一只庞大无匹的魔爪，好似一团从东方升起的乌云，森森逼近要吞噬他。"这戒指！"他结结巴巴地说，"它，它到底是怎么来到我手上的？"

"啊！"甘道夫说，"说来话长。故事的开头要追溯到黑暗年代，那时的事现在只有博学之士才记得。我要是把来龙去脉都跟你说清楚，那么直到春去冬来，我们只怕都还坐在这儿。

"但是我昨晚跟你说了黑暗魔君，也就是强大的索隆。你听见的传闻都是真的：他的确已经东山再起，离开位于黑森林的巢穴，返回了他的古老要塞、位于魔多的邪黑塔。魔多这名字，连你们霍比特人都听说过，就像古老传说边缘的一团阴影。每一次遭到挫败，蛰伏休整之后，魔影总是改头换面，卷土重来。"

"我但愿这种事不要发生在我的时代！"弗罗多说。

"我也一样。"甘道夫说，"天下适逢其会的苍生都做此想，但这由不得他们做主。我们必须决定的，只是对面临的时代做出何种应对。弗罗多，我们的时代正在变得黑暗下去，大敌正在迅速壮大起来。我认为，他的各项计划还远远不够成熟，但正在趋于成熟。我们将会陷入危境——我们将会陷入严重的危境，哪怕没有这个令人畏惧的机遇。

"大敌还缺一样东西；这样东西能给他力量与知识，来击败一切抵抗，攻破最后的防御，从而以第二度黑暗覆盖天下各地。那便是至尊戒。

"众戒中最美好的三戒，被精灵领主隐藏起来，他从不曾染指玷污。矮人诸王拥有的七戒，已经被他收回三枚，余者已被恶龙所毁。他把九戒给了骄傲强大的凡人，而他们因此落入陷阱，很久以前就臣服于至尊戒的辖制之下；他们变成了'戒灵'，是受他那庞大魔影统治的魔影，是他最可怕的爪牙。那是很久以前的事了……九戒灵已有多年不曾出动了。但是，谁知道呢？当魔影东山再起，他们也可能再次出动。不过，好啦！即便是在夏尔的早晨，我们也别谈论这样的事。

"如今的情况是：他已将九戒聚在掌握之中；七戒中没有被毁的，亦是如此；三戒仍然隐藏，但他已不再为此忧心。他只需要至尊戒。他亲自制造了这枚戒指，它属于他，他将自己先前的一大部分力量倾注其中，以统御其余众戒。如果他得回这枚戒指，他将会再度号令众戒——无论它们位在何方，就连三戒也不能幸免，而靠这三戒达成的一切都将暴露无遗，他也将变得空前强大。

"而弗罗多，这就是那个令人畏惧的机遇。他曾相信至尊戒已经消亡，精灵已经把它销毁——情况本该如此。但是，现在他知道它**没有**消亡，而且已被发现。因此，他全副心思都集中于它，没完没了地搜寻它。这个戒指是他最大的希望，亦是我们最大的恐惧。"

"为什么？为什么它没被销毁？"弗罗多喊道，"还有，如果大敌那么强大，又如此珍视这枚戒指，那他怎么还能遗失它？"他把魔戒紧紧攥在手中，就像已经看见黑色的手指伸长过来要抢夺它一样。

"戒指是从他那里夺来的。"甘道夫说,"很久以前,精灵抵抗他的实力要更强大;并且也不是所有的人类都与精灵疏远。西方之地的人类[3]曾经援助过他们。那是古老历史中值得回忆的一章:尽管那时也有悲伤,有聚拢的黑暗,但还有非凡的英勇,以及并未全然成空的伟大功绩。也许,有一天我会把整个故事说给你听,又或者,你可以从最清楚内情的人那里得知详细始末。

"不过,既然你最需要知道的是这戒指怎么落到你手里的,而这本身就够说一个故事,眼下我就只说这些好了。精灵王吉尔-加拉德和西方之地的埃兰迪尔联手推翻了索隆,然而他们也双双战死在那一役中。埃兰迪尔的儿子伊熙尔杜将魔戒自索隆的手上斩落,并将它据为己有。于是,索隆被击败了,他的魂魄逃走,隐藏了漫长的年岁,直到他的阴影在黑森林中再度凝聚成形。

"但是魔戒却遗失了,它掉进了大河安都因,消失得无影无踪。这是因为,彼时伊熙尔杜正沿着大河东岸向北行军,他在金莺尾沼地附近遭到大山中奥克的伏击,几乎全军覆没。他跳入水中,但就在泅水时,魔戒从他手指上滑脱,于是奥克发现了他,射杀了他。"

　　甘道夫顿了顿，又说："就在金鸢尾沼地当中的幽深水潭里，这戒指销声匿迹，淡出了众人的知识与传说。这一来，如今只有寥寥数人知晓它的大部分历史，智者的白道会也找不到更多信息。不过我想，我终于能续说这个故事了。

　　"戒指销声匿迹很久之后——但那仍是很久很久以前——在大荒野边缘、大河岸边，生活着一群足轻手巧的小种人。我猜他们跟霍比特人同类，与壮躯族的远祖同源，因为他们喜欢大河，常在河里游泳，还用芦苇做成小船。他们当中有个声望颇高的家族，人丁家财两旺，胜过多数家族；这个家族由一位族中的老祖母掌理，她很严厉，又精通他们的掌故学识。这一家中，心性最好奇、最爱打听事情的人，名叫斯密戈。他对根基和起源之类很感兴趣，会潜入深潭，会在树木和生长的植物脚下挖洞，还会在绿色土丘中掘出隧道。他总低头垂目，不再仰望山顶，不再观看树上的叶子，也不再注目风中绽放的花朵。

　　"他有个兴趣相投的朋友叫狄戈，比他眼尖，但不如他敏捷，也不如他强壮。有一回，他们驾着小船顺流而下，来到了金鸢尾沼地，那里生长着大片的鸢尾花和开花的芦苇。斯密戈上了岸，在岸边到处翻找探查，狄戈则坐在船上钓鱼。突然，一条大鱼咬住了鱼钩，狄戈还没来得及搞清状况，就被拖出船掉进了水中，沉到了水底。接着，他觉得自己看见河床上有个东西在闪光，于是松手放开钓鱼线，屏住气伸手向它抓去。

"他泼剌着水花冒出水面，头发里插着水草，手上抓着满把的泥；他游到了岸边。等他把污泥涤除，看哪！在他掌中躺着一枚美丽的金戒指，它在阳光下光亮灿烂，令他满心欢喜。但是，斯密戈一直躲在树后盯着他，正当狄戈贪婪地盯着戒指时，斯密戈蹑手蹑脚走到了他身后。

"'狄戈，亲爱的，把那给我们吧。'斯密戈将头探过朋友的肩说。

"'为什么？'狄戈说。

"'因为今天是我生日，亲爱的，而我想要它。'斯密戈说。

"'我才不在乎呢。'狄戈说，'我已经给过你礼物了，为这连家底都掏空了。这是我找到的，我要留下它。'

"'噢，真的吗，亲爱的？'斯密戈说着，一把掐住狄戈的咽喉，扼死了他，因为那枚金戒指显得如此灿亮又美丽。然后他把戒指戴上了自己的手指。

"始终没有人知道狄戈出了什么事；他被谋杀在远离家园的地方，尸体被巧妙隐藏起来，而斯密戈独自返回。他发现，戴着戒指时，家人谁都看不见他。他为这个发现大为欣喜，将其秘而不宣。他用此法来刺探各种秘密，把所获知识拿来为非作歹。戒指根据他的状况赋予他力量，他变得对各种害人的勾当都耳聪目明。一点也不奇怪，他变成了非常不受欢迎的人，他显形时，所有的亲戚都避之唯恐不及。他们踢他，他则咬了他们的脚。他行窃成性，常常嘀嘀咕咕自言自语，喉咙里发出咕噜声。因此，他们叫他**咕噜**，咒骂他，叫他滚得远远的。他祖母为了息事宁人，遂将他逐出家门，赶出了她的洞府。

"他孤独地流浪，偶尔为世间艰难而哭泣。他沿着大河一路往上游而去，待到遇上一条从山里流出的小溪，便又顺着小溪前行。他用隐形的手指在深潭中捉鱼，生吞活嚼。有一天，天气酷热，就在他俯身倾向水潭时，他感到后脑勺犹如火灼一般，水面反射出一道炫目的强光，刺痛了他泪汪汪的双眼。他为之讶异，因为他几乎忘了太阳的存在。于是，他最后一次抬头张望，并对太阳猛挥了挥拳头。

"不过，当他降低视线时，他望见了前方远处迷雾山脉的群峰，小溪正是从那里发源。他突然想：'那片大山底下一定阴凉宜人，在那里太阳也监视不到我。那片大山的根一定是货真价实的根基，里面一定埋藏着自开天辟地以来都不曾暴露的重大秘密。'

"因此，他趁夜而行，爬上了高地。他发现那条幽暗的小溪是从一个小洞穴里流出来的；于是他像条蛆虫那样钻进了山岭的心腹中，从此销声匿迹，不为人知。那枚魔戒随他一起隐入阴影，就连它的制造者力量又开始壮大时，也查不出它的下落。"

"咕噜！"弗罗多惊叫道，"咕噜？你是说，就是比尔博碰到的那个咕噜怪物？这真是恶心透了！"

"我认为这是个悲伤的故事。"巫师说，"它可能发生在别人身上，甚至发生在我认识的某些霍比特人身上。"

"我没法相信咕噜跟霍比特人有亲缘关系，不管关系多远。"弗罗多愤愤地说，"这种说法简直太令人反感了！"

"可这依然是事实。"甘道夫回答，"无论如何，我对霍比特人的起源，知道得比他们自己还多。就连比尔博的故事也暗示了这种亲缘关系。他们的思维和记忆，两者的背景有极大的相似之处。他们异常理解彼此，远超出一个霍比特人可能对矮人，对奥克，甚至对精灵的理解。不说别的，就想想那些双方都知道的谜语吧。"

"那是。"弗罗多说，"不过并不是只有霍比特人才猜谜语，而别的种族猜的谜语也都大同小异。而且，霍比特人不欺骗耍诈，咕噜却从头到尾只想着诈骗，一味想方设法让可怜的比尔博放松警惕。我敢说，他提出这样一个游戏，是贼心窃喜：有可能让他最后不费吹灰之力就收获一个受害者，就算输了，于他也是毫发无伤。"

"恐怕你说得太对了。"甘道夫说，"不过，我想这其中还有别的，你尚未意识到。即使是咕噜，也还没彻底堕落。事实证明，他作为一个霍比特人，顽强得连智者一员都始料未及。他内心仍有一个小角落是属于自己的。光明，那来自往昔的光明，仍能从中透入，就像透入黑暗中的一道裂罅。我想，再度听见一个亲切的声音，忆起风、树木、草地上的阳光这样一些早已遗忘的事物，他其实是很愉快的。

"不过，最后这当然只会使他那邪恶的一半愈发恼怒——除非能征服它，除非能治愈它。"甘道夫叹息，"唉！这在他恐怕希望渺茫，但不是全然无望——不是，尽管他拥有魔戒的时间那么久，久到他几乎记不得有多长。这是因为，他很久都没有频繁戴它，因为他在一片漆黑中很少需要它。他显然从来不曾'褪隐'，他形销骨立，但依旧顽强。但是当然，那个东西吞噬着他的心灵，那种折磨已经变得几乎难以承受。

"大山底下所有的'重大秘密'，结果竟然只不过是空空如也的黑夜：再没有可探索的东西，也没有值得做的事，只是鬼鬼祟祟地吃着糟糕的食物，怨恨地回忆着过去。他全然是个可怜虫。他痛恨黑暗，但更痛恨光明：他痛恨一切，其中最恨之入骨的是这枚魔戒。"

"这话怎么说？"弗罗多问，"这枚魔戒肯定是他的宝贝，是他唯一在乎的东西，不是吗？而且，如果他痛恨它，为什么不扔掉它，或丢下它一走了之？"

"弗罗多，听了这一切后，你一定得开始理解这一点。"甘道夫说，"他对它爱恨交加，正如他对自己也爱恨交加。他没法扔掉它。这件事情已经由不得他做一点主了。

"弗罗多,力量之戒会照顾自己。**它**会背叛它的拥有者而滑脱,但它的拥有者永远不会抛弃它。他至多只会动念设想,要将它交给某人保管——而这也只是在获得戒指的初期,在它刚开始捕获人心的时候。就我所知,比尔博是有史以来唯一一个不仅动念,还真正做到的人;而他也需要我全力相助。即便如此,他本来也绝不会就这么放弃它,或将它抛开不管。弗罗多,做决定的不是咕噜,而是魔戒本身。是魔戒离开了**他**。"

"什么?只为了及时遇见比尔博吗?"弗罗多说,"找个奥克岂不更合适?"

"这事并不可笑,起码对你来说不是。"甘道夫说,"这是迄今为止,魔戒的全部历史里最匪夷所思的一件事:比尔博不早不晚刚好那时候到,在一片漆黑中凑巧摸到了它。

"弗罗多,这当中不止一种力量在运作。魔戒正设法回到它的主人那里去。它曾背叛伊熙尔杜,从他手上滑脱;然后当机会来临,它逮住了可怜的狄戈,害他遭到谋杀;之后是咕噜,它吞噬了他。从他身上，它再也榨不出利用价值：他太渺小，太卑贱了；只要它跟他在一起，他就永远不会再离开地底深潭。因此，如今当它的主人再度苏醒，从黑森林中传播出黑暗的思绪，它便抛弃了咕噜。未料它却被最不可思议的人捡到了，那就是来自夏尔的比尔博！

"在这背后，还有某种力量在运作，凌驾于魔戒制造者的计划。我可以再明确不过地说，比尔博是**注定**要找到这枚魔戒，而且这**不是**魔戒制造者的意思。据此类推，你也是**注定**要得到它。而这或许是个令人鼓舞的想法。"

"才不呢！虽说我不是很明白你的意思。"弗罗多说，"不过，你是怎么知道这一切的？有关魔戒，还有咕噜？你是真的都知道，还是仍然只在猜测？"

甘道夫看着弗罗多，双目炯炯有神。"我见多识广。"他回答道，"但是我不打算把我做的一切都跟**你**描述一遍。所有的智者都知道埃兰迪尔、伊熙尔杜以及至尊戒的历史。不需要其他任何证据，单单那火焰文字，就能证明你的戒指是那枚至尊戒。"

"可你是什么时候发现的？"弗罗多插嘴问道。

"当然就是刚才，在这屋里。"巫师针锋相对，"但我事先就料到会是这样。我走过黑暗的旅程，经过长期的搜索，如今归来，就是为了这最后一项测试。这是最后的证据，现在一切都再清楚明白不过了。我颇费了一些心思，才挖出咕噜那一段，填补了历史的缺口。起初我或许是猜测了有关咕噜的事，但现在我不是在猜测，而是确知。我见过他。"

"你见过咕噜？"弗罗多惊叫道，大为讶异。

"是的。这是明摆着的事，当然，要做得到才行。我很久以前就尝试过，最后终于办到了。"

"那么，比尔博从他身边跑掉之后，发生了什么事？你知道吗？"

"不是特别清楚。我告诉你的，是咕噜愿意说的——当然，他可不是像我跟你转述的那样说的。咕噜是个骗子，你得筛选他说的话。比如，他称那个戒指是他的'生日礼物'，一口咬定就是这么回事。他说戒指是他祖母给的，他祖母有许多那类的漂亮东西。这就是个荒唐故事。我毫不怀疑斯密戈的祖母是位女族长，是杰出独特的人物；但说她拥有许多精灵戒指，肯定是无稽之谈，至于把精灵戒指拿来送人，根本就是谎言，不过这谎言里包含着一点点真相。

"谋杀狄戈一事始终折磨着咕噜，他为此编造了一套辩护之词，当他在黑暗中啃咬骨头时，一遍又一遍不厌其烦地对他的'宝贝'诉说，直到他自己也几乎信以为真：那天就是他的生日；狄戈就该把戒指给他；它出现在那时候，显然就是要成为礼物；它就是他的生日礼物，等等，等等。

"我尽可能捺着性子听他胡说八道，但是真相至关重要，到最后我不得不动真格的。我用火威吓他，一点一滴从他口中挤出了真实的故事，同时也挤出了许多啜泣和咆哮。他认为自己遭到了误解，受到了亏待；然而，当他终于把自己的过去吐露给我，他说完了猜谜游戏和比尔博的逃脱，就再也不肯多说了，只是闪烁其词。他怕的不只是我的威吓，还有别的——那更令他恐惧。他咕哝着说，他将要夺回自己的东西；大家走着瞧，看他会不会容忍被人践踏，被驱逐进洞，再被抢劫；咕噜现在有了好朋友，非常强大的好朋友；他们会帮他；巴金斯要付出代价——这是他的主要念头。他痛恨比尔博，诅咒他的名字。更有甚者，他知道比尔博来自何处。"

弗罗多问："可是，他是怎么发现的？"

"哦，要说名字，那是比尔博自己告诉咕噜的，真是蠢到家；而咕噜知道了名字，一旦出到外界，就不难打探出比尔博的家乡。噢，对，他出来了。事实证明，他对魔戒的渴望战胜了对奥克，甚至对光明的恐惧。过了一两年后，他离开了群山。你瞧，尽管他对戒指的渴望仍然束缚着他，它却已不再吞噬他。他开始复苏，振奋了一点。他感觉自己老了，老得可怕，却不那么胆怯了，并且饿得要命。

"他仍然恐惧、痛恨光明，不管是太阳还是月亮的光；我想他永远都会这样。但是他很狡诈，他发现自己可以避开日光和月华，凭着苍白冰冷的双目，趁着死寂的黑夜轻巧飞快地赶路，捕食吓坏了或不留神的小东西。新鲜食物和新鲜空气令他逐渐强壮大胆起来，不出所料，他设法进入了黑森林。"

弗罗多问："你就是在那里找到他的？"

"我在那里看见了他。"甘道夫回答，"不过，在那之前他跟着比尔博的踪迹，流浪到了很远的地方。要从他口中确切得知任何事都很困难，他说话经常夹带诅咒和威胁。'它口袋里有什么？'他说，'它不肯说，不肯，宝贝。小骗子。这问题不公平。是它先骗人，是它。它破坏了规矩。我们本该掐死它的，是的宝贝。而我们会的，宝贝！'

"他基本上就这么说话，我估计你也不想多听。那些日子我听得耳朵都长茧了。但是他在咆哮间也说漏了线索。我从中归纳出，他轻手轻脚，最后去了埃斯加洛斯，乃至河谷城的大街小巷，到处窃听和偷窥。这下可好，有关那些重大事件的消息，在大荒野传得沸沸扬扬，许多人听说过比尔博的名字，知道他是从哪里来的，而我们返回比尔博西边家园的归路也不是什么秘密。咕噜的耳朵很尖，很快就应该获知他所要的讯息。"

"那他为什么不继续往下追踪比尔博？"弗罗多问，"他为什么不到夏尔来？"

"啊，"甘道夫说，"我们这就说到了。我想咕噜试过。他启程朝西往回走，一直走到大河，但之后就改变了方向。我很确定，他不是因为路途遥远而心生退意。不，是别的什么东西把他引开了，我那些帮我猎捕他的朋友都这么认为。

"起初是森林精灵追踪他，那时他的足迹还很鲜明，这事对他们来说轻而易举。他们追踪足迹穿过黑森林，又折返，却始终没有逮到他。整个森林充满关于他的传言，连鸟兽都在讲着可怕的故事。林中人类说，外面出现一种新的可怕东西，那是一种会吸血的鬼魂。它会上树找鸟巢，它会爬进洞穴寻小兽，它会悄悄潜进窗内找寻摇篮。

"但是，足迹在黑森林的西缘转向，朝南游荡而去，出了森林精灵的地盘便消失了。接着，我犯了个大错——是的，弗罗多，这不是我第一次犯错，但恐怕事实会证明这是最糟糕的一次。我当时放任这事不管，我放过了他。因为那时我还有许多别的事要考虑，而且我仍对萨茹曼的学识深信不疑。

"唉，那是好几年前了。在那之后，我为这个错误付出了代价，度过了许多黑暗又危险的日子。等我重拾追踪，也就是比尔博离开袋底洞后，踪迹早就模糊难寻了。幸亏我得到了一位朋友——阿拉贡的帮助，他是当今世上最了不起的旅人和猎手，否则我的搜寻将是一场空。我们一同寻找咕噜，走遍了整个大荒野，毫无指望，一无所获。但是最后，就在我放弃追踪，转向他途时，咕噜被寻获了。我的朋友冒了极大的危险，将那悲惨的家伙带了回来。

"咕噜不肯说他到底都干了什么，只一个劲地哭，骂我们残忍，喉咙里频繁发出**咕噜**声。我们逼他说时，他便哀号畏缩，绞扭着那双长手，不停舔着手指，仿佛指头很痛，仿佛忆起了某种旧时折磨。但恐怕这一点是毋庸置疑的：他曾一步接一步、一哩又一哩地南下而去，缓慢又鬼祟，最后到了魔多之地。"

房间陷入了一片死寂。弗罗多能听见自己的心跳。就连窗外的一切似乎也都静止了。山姆那柄大剪刀的声音，现在一点也听不见了。

　　"是的，就是魔多。"甘道夫说，"唉！魔多吸引一切邪恶之物，黑暗力量正集中全副心神，将他们召聚此地。而且，大敌的那枚魔戒也会留下自己的印记，使咕噜暴露在召唤之前，不能抗拒。还有，那时所有的种族都在窃窃私语，提到南方的新魔影，和它对西方的憎恨。他那些会帮他复仇的正派新朋友，就是这么来的！

　　"这个悲惨又可厌的傻瓜啊！在那片地方他会得到许多教训，多到他吃不消。他在边境偷偷摸摸刺探，迟早会被抓住，送去审讯。恐怕情况正是这样。找到他的时候，他已经待在那地许久，且正在回程上，身负某种为祸的使命。但如今那也无所谓了，因为他已经干下为祸最深的事了。

　　"唉！没错——通过他，大敌得知至尊戒再度现世了。他知道伊熙尔杜死在何处；他知道咕噜的戒指是在哪里找到的；他知道那是一枚主魔戒，因为它使人长寿；他知道那不是三戒之一，因为三戒从未遗失，也不容忍邪恶；他还知道，那也不是七戒或九戒之一，因为它们的下落都已明确。他知道，那就是至尊戒。我想，他也终于听说了**霍比特人和夏尔**。

"夏尔——现在他若不是已经查出它位于何处，就可能是正在寻找。弗罗多，事实上我担心，他甚至可能觉得，**巴金斯**这个长久不受注意的名字，已经变得十分重要。"

"这太可怕了！"弗罗多喊道，"这比我从你的暗示和警告中想象出的最坏情况还要糟糕得多！噢，甘道夫，我最好的朋友，我该怎么办？现在我真的害怕了。我该怎么办？比尔博有机会时，居然没有一剑刺死那卑鄙的家伙，真是太可惜⁴了！"

"可惜？正是'怜惜'之心，使他手下留情——怜悯，还有宽容，若非必要决不下杀手。而他也获得了丰厚的回报。弗罗多，你要知道，他之所以没怎么受到邪恶侵害，最终还得以脱身，正是因为他起初取得魔戒的方式——心存怜悯。"

"对不起。"弗罗多说，"但是我吓坏了，我对咕噜也感觉不到丝毫的怜惜之情。"

"那是因为你没见过他。"甘道夫打断他说。

"是没有，我也不想见。"弗罗多说，"我没法理解你。你的意思是说，你，还有精灵，在他做了那么多可怕的事以后，还放他一条生路？可是，不管从哪个角度看，他都跟奥克一样坏啊！他就是个不折不扣的敌人。他该死。"

"该死！我敢说他的确是。可是，许多活着的人都该死，一些死了的人却该活，你能把命还给他们吗？若是不能，就别急着断人生死吧。即便是极有智慧的人，也不能洞悉万物的结局。要说咕噜在有生之年弃恶从善，这我不抱多大希望，但机会还是有的。而且，他跟魔戒的命运息息相关。我内心预感，在尘埃落定之前，他还要扮演某种角色，不管为善为恶；而到那时，比尔博的怜悯可能会决定许多人的命运——尤其是你的。无论如何，我们没有杀他：他非常苍老，非常悲惨。森林精灵虽说是囚禁了他，但也尽量靠着发自他们智慧心灵的好意善待他。"

"就算这样，"弗罗多说，"就算比尔博无法下手杀死咕噜，我也希望他当初没有保留魔戒，我希望他从来没有发现它，而我也从来没有得到它！你为什么让我保管它呢？你为什么不叫我丢了它，或者，或者毁了它？"

"让你？叫你？"巫师反问，"我刚才那番话，你全没听进去吗？你说这些话，简直没动脑子。要说丢掉它，那显然是大错特错。这类魔法戒指能设法被人寻获，若是落在恶人手里，可能会造成严重的恶果，而最糟糕的是，它可能会落入大敌手中——事实上，它一定会的。因为这是至尊戒，他正竭尽全力找寻它，召它回到自己手中。

"当然，我亲爱的弗罗多，这对你来说十分危险，我也为此忧心忡忡。但是，有太多事危如累卵，我不得不冒些险——不过，即便是我远在他方的时候，夏尔也没有一天不是被警惕地守护着。只要你一直不用它，我想魔戒是不会在你身上留下任何持续影响的，不会作恶，不管怎么说时间也不会太长。你一定要记住，九年前，我最后一次见你的时候，我对这事几乎没什么把握。"

"但是为什么不毁了它呢？就像你说的那样，早就该毁了它！"弗罗多再次喊道，"如果你警告过我，哪怕捎个信给我，我就把它给毁了。"

"你会吗？你要怎么做？你试过吗？"

"没有。但我猜可以把它砸烂吧，要么就熔掉。"

"那就试试看！"甘道夫说，"现在就试！"

弗罗多又把魔戒从口袋中拿了出来，端详着它。

此刻戒指平滑光洁，他辨不出任何字迹或花纹。金子看起来又美又纯。弗罗多觉得，它的色泽何等美丽又鲜艳，形状何等浑圆无瑕。它真是个美妙绝伦的东西，是不折不扣的宝贝。他取出它时，本来打算动手把它扔进炉火烧得最炽烈的地方；但现在他发现自己做不到，除非战胜内心强烈的挣扎。他掂量着手中的魔戒，迟疑着，逼自己回想甘道夫告诉他的一切；然后使劲横下心，一抬手，仿佛要将它丢出去——却发现自己又把它塞回了口袋里。

甘道夫苦笑一声："你瞧，弗罗多，连你也已经对它万分难舍了，更别说损伤它。我也没办法'叫'你那么做——除非强逼你，但那会摧毁你的心智。不过说到砸烂魔戒，强力毫无用武之地。你哪怕拿沉重的大铁锤来砸也没用，它连个刮痕都不会有。你我的手都无法销毁它。

"当然，你这小小炉火，连普通的金子都熔不了。这戒指刚才已经被烧过，却丝毫无损，甚至都不烫手。整个夏尔没有铁匠的熔炉可以改变它分毫，就连矮人的铁砧和熔炉也办不到。据说，龙焰可以熔化、烧毁力量之戒；但是，拥有足够炽热的古老烈火的恶龙，现在世界上一条也不剩了，何况从来都没有哪条恶龙能伤这枚至尊戒分毫，就算黑龙安卡拉刚[5]也不行——因这统御之戒乃是索隆亲手打造的。

"要毁掉它只有一个办法：找到烈火之山欧洛朱因深处的'末日裂罅'，将魔戒丢下去——如果你真的想摧毁它，一劳永逸地让它脱出大敌的掌握。"

"我真的想摧毁它！"弗罗多喊道，"或者说……呃，我希望它被摧毁。我生来不是探险的料。我真希望我从来没见过魔戒！它为什么来到我手上？我为什么会被选中？"

"这样的问题没有答案。"甘道夫说，"你可以肯定的是，这并不是因为你拥有什么他人没有的优点长处，至少力量和智慧方面都不是。但是你被选中了，因此，你必须运用起你所拥有的全部体力、心志和才智。"

"可是这些我也没有多少啊！你既睿智又强大，要不你把魔戒拿去吧？"

"不！"甘道夫叫道，霍然而起，"有了它的力量，我就会拥有过于强大可怕的力量，而魔戒也会通过我获取一股更强大、更致命的力量。"他双眼炽亮，容光焕发，如同内里有火燃烧。"别引诱我！我不想变得如同黑暗魔君本人一般。而且，魔戒是借由怜悯来侵入我的心——怜悯弱者，渴望得到行善的力量。别引诱我！我不敢拿走它，就连妥善保管、不予使用，我都不敢。想要运用它的渴望将会强烈到我无力抗拒。我会有急需它的时候，我面前的道路奇险重重。"

他走到窗前，拉开窗帘，推开了百叶窗。阳光再次流淌进房间里。在外面，山姆吹着口哨，沿着小径走过。"现在，"巫师转过身面对弗罗多，"决定在你。但我始终都会帮助你。"他扶住了弗罗多肩头，"你担负它一天，我就会帮你担负一天。但是我们必须尽快采取行动。大敌正在行动。"

一室寂静良久。甘道夫再度坐下，抽着烟斗，仿佛陷入了沉思。他似乎闭上了眼睛，其实却是从眼皮下紧盯着弗罗多。而弗罗多目不转睛地凝视着壁炉中的红色余烬，直到它们充斥了他的视野，他仿佛俯瞰进无边无底的火焰之井，想象着传说中的末日裂罅和烈火之山。

"好啦！"甘道夫终于开了口，"你在想什么？你决定好怎么做了吗？"

"没有！"弗罗多回答，从冥想中回过神来，惊讶地发现天一点不黑，还能看见窗外那阳光明媚的花园，"又或许，我决定了。你所说的话，我若没理解错，我猜我必须保管魔戒，看守它，起码现在是这样，无论它会对我产生什么影响。"

"你若抱着这样的目的，那无论它会产生什么影响，都会是缓慢的，邪恶也不例外。"甘道夫说。

"但愿如此。"弗罗多说，"但我希望你能尽快找到另一个更好的保管人。与此同时，我似乎成了个危险人物，会危及所有生活在我附近的人。我不能既保管着魔戒，同时还留在这里。我得离开袋底洞，离开夏尔，离开一切上路。"他叹了口气。

"我若是能，当然愿意拯救夏尔——虽然过去有些时候，我认为这里的居民愚蠢迟钝得无法言表，还觉得来场地震或者恶龙入侵，可能对他们有好处。但我现在不这么觉得了。我觉得，只要夏尔还在，安全又自在，我就会发觉流浪更容易忍受：我会知道，还有那么一个地方，它是稳固的安身立足之地，纵然我自己再也不能立足彼处。

"当然，我有时也曾想到离开，但想象中那就像度假一样，会是一连串像比尔博那样的，甚至更棒的冒险，再平安地收尾。但这一次将意味着流亡，是一场从危险奔向危险，吸引危险紧追在后的旅程。而且，如果我要离开以拯救夏尔，我猜我必须独自上路。可是我觉得自己非常渺小，非常无依无靠，以及——绝望。大敌是那么强大可怕！"

他没告诉甘道夫，可就在他说这些话时，一股想要追随比尔博的强烈欲望在他心中熊熊燃起——追随比尔博，甚至有可能再找到他。这个念头异乎寻常地强烈，甚至压倒了恐惧：他几乎可以马上就奔出门，再一路奔下小径，帽子也不戴，就像很久以前比尔博在一个类似的早晨所做的那样。

"我亲爱的弗罗多！"甘道夫惊叹道，"就像我以前说过的，霍比特人真是叫人惊奇的生物。你可以在一个月内学会他们所有的为人处世之道，然而过了一百年，在紧要关头他们还是有办法令你大吃一惊。就算是从你那里，我也几乎不敢期望得到这样的答案。比尔博没有选错继承人，尽管他几乎没想过事实会证明这有多重要。恐怕你说得对——魔戒在夏尔已经藏不住多久了。为了你自己，也为了他人，你必须离开，而且必须隐姓埋名，不再叫巴金斯。这个姓氏在夏尔以外或在大荒野中，都不安全了。现在我给你取个旅行用的名字，你出发之后，就叫'山下先生'吧。

"但我认为你无须独自上路。若你认识任何值得信赖，愿意陪伴你，而你也愿意带着一同去冒未知之险的人，你就无须如此。不过，如果你找同伴，要审慎选择！还要留心你所说的话，哪怕对方是你最亲密的朋友！敌人耳目众多，刺探有道。"

他突然住口，仿佛在聆听什么。弗罗多也意识到，屋内屋外皆是一片反常的寂静。甘道夫悄悄来到窗子的一边，然后一个箭步跃上窗台，伸长手臂朝下抓去。只听一声号叫，接着一头卷毛的山姆就被提着一只耳朵揪了上来。

"好啊，好啊，天佑吾须！"甘道夫说，"这是山姆·甘姆吉对吧？说说你这会儿是在干什么？"

"老天保佑你，甘道夫先生，老爷！"山姆答道，"我啥也没干！至少我刚才只是在修剪窗子底下的草坪啊，您懂我的意思吧。"他拿起剪刀展示，作为证据。

"我不懂。"甘道夫冷着脸说，"我可有一阵子没听见你的剪刀声了。你听壁角听多久了？"

"听壁角？老爷，真抱歉，我不懂您的意思。袋底洞没有壁角啊，这是事实。"

"别耍活宝了！你都听到了什么？为什么要偷

听？"甘道夫双眼精光一闪，眉毛根根倒竖起来。

"弗罗多先生，少爷！"山姆颤抖着喊道，"别让他伤害我啊，少爷！别让他把我变成……不合天理的怪物！我老爹会受不了的。我发誓我没有恶意，少爷！"

"他不会伤害你的。"弗罗多强忍着笑说，尽管他自己也吓了一跳，还相当迷惑，"他跟我一样明白，你没有恶意。但是你快点起来回答他的问题，从实招来！"

"那个，少爷，"山姆说，又有点紧张犹豫，"我听见不少我不太明白的东西，什么大敌、戒指，还有比尔博先生，少爷，还有恶龙，跟一座火山，还有——还有精灵，少爷。我之所以会听，实在是忍不住，你懂我的意思吧。老天保佑，少爷，可我实在太喜欢这类故事了。而且，不管泰德怎么说，我都相信这些故事。精灵！少爷，我要能看看**他们**，那就太好了。少爷，你走的时候，就不能捎上我去看看精灵吗？"

突然间，甘道夫大笑起来。"进来！"他吼道，双臂一探，把惊得目瞪口呆的山姆连同剪刀草屑之类，一股脑全从窗户拎进了屋里，再把他放在地上站稳。"带你去看精灵，啊？"他说，逼视着山姆，脸上却掠过一丝笑容，"这么说，你听见弗罗多先生要离开？"

"我听见了，老爷。这就是为什么我哽咽了，那一声看来被你听见啦。我想忍住的，老爷，可是它一下子冒了出来，我实在太难过了。"

"这事无可挽回，山姆。"弗罗多悲伤地说。他骤然明白，逃离夏尔可不仅仅是跟熟悉又舒服的袋底洞告别，还包括更痛苦的别离。"我必须离开。但是——"他说到这里，紧紧盯着山姆，"——你如果真的关心我，就会**守口如瓶**。知道吗？如果你没严守秘密，哪怕泄漏出你在这儿听见的一丝半点风声，那我就希望甘道夫把你变成一只癞蛤蟆，再让花园里到处都是草蛇。"

山姆腿一软跪倒在地，颤抖不停。"起来，山姆！"甘道夫说，"我想到了一个更好的办法，既能堵住你的嘴，又能恰到好处地惩罚你偷听——你将跟着弗罗多先生一起上路！"

"我，老爷！"山姆叫道，跳了起来，就像一条狗听见有人邀它出去散步一样，"我要上路了，去看精灵，去见世面！万岁！"他大喊，接着眼泪夺眶而出。

第三章

三人为伴

"你得悄悄离开，而且要快。"甘道夫说。两三个星期过去了，可弗罗多仍旧没有整装动身的迹象。

"我知道，但是要二者兼顾很难。"他抗议说，"如果我就像比尔博一样突然消失，事情会立刻传遍整个夏尔。"

"你当然不能突然消失！"甘道夫说，"万万不可！我说要**快**，不是马上。如果你能想出任何溜出夏尔却不会闹得众所周知的办法，那么延迟几天也值得。但是你决不能拖太久。"

"秋天怎么样？就在**我们生日那天**，或之后？"

弗罗多问，"我想，到那之前我多半可以做些安排。"

老实说，到了这个节骨眼上，他变得非常不情愿出发。袋底洞的居所显得愈发引人留恋，多年来都不及现在这般。他还想尽可能细品自己在夏尔度过的最后一个夏天。他知道，等秋天来临，至少自己心中某个部分会对旅行多些好感，过往每逢此节都是这样。事实上，他已经暗暗打定主意，要在五十岁生日那天离开——那也是比尔博的一百二十八岁生日。不知怎地，那似乎是个出发去追随他的恰当日子。"追随比尔博"的念头既是他最大的心愿，也让离去一事变得可以忍受。他尽可能不去想魔戒，也不去想它最后会把自己带到何方。他并未将自己的思绪对甘道夫和盘托出，但巫师猜到了什么，向来不易分辨。

巫师看着弗罗多，露出了微笑。"很好。"他说，"我想那行——但是绝对不能再迟。我越来越焦虑了。同时，千万小心，别漏出半点你要去哪里的线索！还有，注意让山姆·甘姆吉保密。如果他到处乱讲，我就真要把他变成一只癞蛤蟆。"

"说起我要去**哪里**，这还真不容易泄露什么消息。"弗罗多说，"连我自己都还不清楚要去哪里呢。"

"别荒唐了！"甘道夫说，"我告诫你的，可不是别在邮局留地址这种事儿！但你要离开夏尔——你走远之前，这点不该让人知道。而且，你必须得走，至少也得出发上路，而朝东南西北哪个方向，当然也不该让人知道。"

"我满心想的都是离开袋底洞，告别此地，结果还从来都没考虑过要往哪个方向走。"弗罗多说，"我该去哪里呢？又该靠什么选择去路呢？我的任务是什么？当年比尔博是去寻找宝藏，去而复返；但现在就我所见，我是去抛弃宝物，一去不返。"

"但你不可能看得太远。"甘道夫说，"我也一样。你的使命可能是找到末日裂罅，但这也可能是他人的任务——我不知道。无论如何，你都还没准备好踏上那条长路呢。"

"确实没有！"弗罗多说，"但是眼下我该何去何从呢？"

"去赴险——但别太鲁莽，也别太直接。"巫师答道，"你若想听我的建议，那就去幽谷。这段旅程应该不会太危险，不过大道已经不如从前那样好走，而且等到年底，情况会更糟。"

"幽谷！"弗罗多说，"太好了，那我就向东走，就去幽谷。我要带山姆去拜访精灵，他会很开心的。"

他轻快地说，内心却突然被一股渴望打动了。他想去看看半精灵埃尔隆德之家，呼吸那道幽深山谷中的空气——在彼处，那支仙灵之民仍有许多人和平安居着。

夏天的一个傍晚，一个惊人的消息传到了**长春藤和绿龙酒馆**。夏尔边境的巨人连同其他不吉之兆都被抛到了脑后，给更加重大的事情让位——弗罗多先生要卖袋底洞，事实上，他已经把它卖掉了——卖给了萨克维尔－巴金斯家！

有人说："还卖了不少钱呢。"但另有人说："打折价还差不多，因为买主是洛比莉亚大妈。"（奥索几年前就去世了，终年一百零二岁，够老但不够长寿。）

至于弗罗多先生为什么要卖掉他的美丽洞府，这可比价钱更引人争议。有几个人抱持的理论是得到了巴金斯先生亲自暗示与点头支持的——弗罗多的钱快要用完了：他将离开霍比屯，用售屋赚的钱去雄鹿地安顿下来，住到他那些白兰地鹿家的亲戚当中平静度日。"能离萨克维尔－巴金斯家多远，就离多远。"有人补充。但是，袋底洞的巴金斯家富可敌国的看法可谓根深蒂固、深入人心，这叫绝大多数人都觉得这种说法难以置信，比他们能想象出来的一切正反理由都更难以置信——绝大多数人想象出来的是，此乃甘道夫一手策划，是个还没揭底的黑暗阴谋。虽说甘道夫十分低调，白天也不外出走动，但是尽人皆知，他正"躲在袋底洞里"。不过，无论搬家这事儿能怎么跟他的巫术诡计扯上关系，这个事实都是毋庸置疑的：弗罗多·巴金斯将回到雄鹿地去。

"是的，我这个秋天就会搬家。"弗罗多说，"梅里·白兰地鹿正在帮我找处舒适的小洞府，小房子或许也行。"

事实是，他靠梅里的帮助，已经在雄鹿镇外、乡间的克里克洼选好并买下了一座小房子。除了山姆，他对每个人都装作自己要定居该处。他这个主意，还是受了出发朝东走的决定启发；因为雄鹿地就在夏尔的东部边界上，而且由于他童年就是在那边度过的，他要回去也就至少有点说服力。

甘道夫在夏尔待了两个多月。六月末的一天傍晚，就在弗罗多的计划终于安排好之后，他突然宣布自己隔天早晨就又要走了。"我希望这只是很短一段时间。"他说，"我要南下，到南部边界外去，争取收集点消息。我不该无所事事这么久。"

他说得轻松，但弗罗多觉得他看起来忧心忡忡，便问："出什么事了吗？"

"啊，这倒没有，但是我听到一些让我焦急，需要调查的事情。如果我认为你终归必须立刻出发，我就会马上回来，至少也会送个口信。与此同时，你要依计行事，但要空前地当心，尤其要当心魔戒。容我再跟你强调一次：**千万别用它！**"

他在黎明时分离去。"我随时可能回来。"他说，"最迟我也会回来参加告别宴。我想，毕竟你在大路上可能需要我做伴。"

起初，弗罗多相当不安，常常想弄明白甘道夫到底听到了什么消息，但是不安慢慢消退了，他在晴朗宜人的天气中暂时忘掉了自己的烦恼。这么美好的夏天，如此丰收的秋季，在夏尔可很少见：树上硕果累累，蜂房蜂蜜满溢，小麦长得高壮，结得饱满。

等弗罗多又开始担心起甘道夫时，已然入秋许久。九月即将过完，却仍没有巫师的消息。生日与搬家的时间都越来越近，甘道夫却仍没归来，也没捎信来。袋底洞开始忙碌起来。弗罗多的朋友有几个过来住，帮他打包：有弗雷德加·博尔杰和福尔科·博芬，当然还有他最要好的朋友皮平·图克和梅里·白兰地鹿。他们一起把整个袋底洞翻了个底朝天。

九月二十日，两辆有篷马车满载着弗罗多没有出售的家具与物品，经过白兰地桥，运往他在雄鹿地的新家。隔天，弗罗多变得真正忧心焦急不已，不停朝外张望，希望看见甘道夫。星期四，他生日当天早晨，黎明清新美好一如很久以前比尔博的大宴会那日，但是甘道夫仍旧没有出现。到了傍晚，弗罗多举行了告别宴：规模很小，只不过是他和四个帮手共进晚餐，而他心烦意乱，食不知味。他心头沉甸甸的，想着很快就要跟这些年轻朋友道别。他不知道该如何向他们开口。

不过，那四个年轻的霍比特人兴致勃勃，尽管甘道夫缺席，宴会仍然很快就变得十分欢乐。餐厅已经搬空，只剩桌椅，但食物很美味，还有好酒——弗罗多可没把酒一同卖给萨克维尔－巴金斯家。

"不管萨－巴家人染指我别的东西后会怎么处置，我总算给这东西找了个好家！"弗罗多说完，干了杯里的酒。那是最后一滴"老窖陈酿"红酒。

他们唱了许多歌，说了许多一起干过的事儿，然后便按弗罗多的习惯，举杯祝比尔博生日快乐，并为比尔博和弗罗多两人的健康干杯。他们到外面透了透气，看了看星星，就上床睡觉了。弗罗多的宴会结束了，可甘道夫还是没来。

第二天早晨，他们忙着把剩余的行李打包装上另一辆马车，梅里负责此事，跟小胖（弗雷德加·博尔杰）一起驾车出发。"你到之前，总得有人先去暖暖房子。"梅里说，"好啦，再见——后天见，如果你没半路睡着的话。"

福尔科吃过中饭就回了家，但皮平留了下来。弗罗多坐立不安，忧心万分，徒然地聆听甘道夫的动静。他决定等到天黑。之后，如果甘道夫急着找他，一定会去克里克洼，说不定还会先到——因为弗罗多是步行前往。他的计划是从霍比屯一路不慌不忙地走到雄鹿镇渡口，既是为了消遣，也是为了最后再看看夏尔。

"我自己也该锻炼一下了。"他站在半空的客厅里，看着一面满布灰尘的镜子里映出的人影说。他已经很久没跋涉过了，他觉得镜子里的自己有些发福。

午餐后，萨克维尔-巴金斯家的人上门了，来的就是洛比莉亚和她那沙色头发的儿子洛索。这让弗罗多有点恼怒。洛比莉亚跨进门来，说："终于是我们的了！"这很无礼，严格说来也不是事实，因为袋底洞的出售要到午夜才生效。不过，洛比莉亚或许情有可原：比起原来盼着得到袋底洞的时间，她不得不多等了七十七年，如今她也一百岁了。总之，她是来确定自己付钱买的东西全都没被运走；并且，她要钥匙。她带了一份完整的清单过来，从头到尾一一比对，花了好长时间才总算满意了。最后，她跟洛索带走了备用钥匙，并获得保证说，另一把钥匙会留在袋下路的甘姆吉家。对此她嗤之以鼻，坦率地表示她认为甘姆吉家的人会趁夜洗劫洞府。弗罗多没请她喝茶。

他自己和皮平以及山姆·甘姆吉在厨房享用了下午茶。山姆将去雄鹿地"为弗罗多先生工作，照顾他的小花园"一事，已经正式宣布过了；老头儿同意了这个安排，尽管要跟洛比莉亚做邻居的前景，没能给他什么安慰。

"我们在袋底洞吃的最后一餐！"弗罗多说着，起身把椅子往后一推，碗盘就留给洛比莉亚去洗了。皮平和山姆把三人的背包捆好，堆在门廊上。皮平去花园里最后溜达一回，山姆则不知去向。

太阳下山了。袋底洞显得悲伤，忧郁，凌乱不整。弗罗多在一个个熟悉的房间中徜徉，看着墙上夕阳的余晖逐渐消失，阴影逐渐从屋角蔓延开来。室内渐渐暗了下来。他出了门，走到小径尽头的大门前，然后抄捷径沿着小丘路走了下去，多少期待着看见甘道夫穿过暮色大步走上山来。

夜空清朗，群星正在亮起。"良宵在前，这是个好开端。"他大声说，"我想行路，一刻也不想耽搁了。我要出发，甘道夫得来追上我。"他转身要回去，旋即停下脚步，因为他听到有人说话，就在袋下路尽头的转角那边。其中一个声音显然是老头儿的，但另一个声音很陌生，并且不知怎么地让人很不舒服。他听不出那声音说什么，但他听到了老头儿的回答，腔调相当尖锐。老头儿肯定很恼火。

"不，巴金斯先生已经走啦，今天早上走的，咱家山姆跟他一起走啦。不管怎么说，他全部家当也都没啦。对，我跟你说，卖光啦，没有啦。为什么？那可不关我的事，也不关你的事。去哪儿了？那不是秘密。他搬去雄鹿镇啦，差不多就是这个名，就在那边，挺远的。对，就是那儿——挺好走的。我自个儿可没去过那么远的地方，雄鹿地都是怪人。不，我没法给你捎信。晚安了您呐！"

脚步声远去，下了山丘。弗罗多模模糊糊地思考着，为何他们没上小丘来这个事实，让他大松一口气。"我猜，是因为我受够了他们好奇质问我做的事。"他想，"这群人可真爱说长道短！"他有点想去问问老头儿，那个来打听的人是谁；但他想了想还是决定算了（或者觉得不妥），转身快步走回了袋底洞。

门廊上，皮平坐在自己的背包上，山姆不在。弗罗多跨进漆黑的门里，喊道："山姆！是时候了！山姆！"

"来了，少爷！"屋内深处传来了回答，很快山姆人也跟着出现，还擦着嘴。他刚才是在跟酒窖里的啤酒桶告别。

"都准备好了，山姆？"弗罗多说。

"都好啦，少爷。我现在什么都没落下，少爷。"

弗罗多关好那扇圆门，锁上，将钥匙给了山姆。"山姆，把它送到你家去，跑着去！"他说，"然后从袋下路抄近路，尽快到草地那头小径的大门口跟我们会合。今晚我们不穿过村子走。窥视探听的耳目太多了。"山姆全速奔了出去。

"好啦，现在我们终于出发了！"弗罗多说。他们背起背包，拿起手杖，绕过拐角走到袋底洞西面。
"再见！"弗罗多看着黑暗空洞的窗户说。他挥挥手，
然后转身（追随比尔博的脚步，假如他知道的话）快
步追着皮平走下了花园小路。他们跃过尽头树篱的低
矮处，踏上了田野，如同一阵吹过草地的风，隐没在
黑暗中。

他们到了小丘底下，在西边那道开向狭窄小径
的大门口停下来，调整背包的带子。不久山姆便出现
了，小步紧跑，气喘吁吁；他双肩上赫然耸立着沉重
的背包，头上还戴着个他称之为"帽子"的毛毡袋，
高高的不成形状，在暮色中看起来活像个矮人。

"你们肯定把最重的东西都给我背了。"弗罗多
说，"我真同情蜗牛，以及所有那些背上扛着全部家
当的家伙。"

"我还能背很多呢，少爷。我的背包还挺轻的。"
山姆谎称，摆出一副刚强的样子。

"别呀山姆，你可别帮他！"皮平说，"这对他
有好处。他除了那些叫我们打包的东西，什么都没
带。他近来懒散得很，等他走到自个儿清减一点的时
候，就会感觉一身轻了。"

"你对个可怜的老霍比特人发发慈悲吧！"弗罗多大笑说，"等到了雄鹿地，我肯定就会瘦得跟柳条一样。不过刚才我是随便说说。山姆，我怀疑你背的分量比你该背的要多，下回打包时我要看着你分配。"他又拿起了手杖，"既然我们都喜欢走夜路，"他说，"那就先走上几哩路再睡吧。"

他们顺着小径朝西走了短短一程，然后左拐离开了小径，再度潜入了田野。他们沿着树篱灌木的边缘鱼贯而行，四面八方夜色渐深，而深色斗篷让他们隐身夜色当中，仿佛人人都戴了魔法戒指。由于他们都是霍比特人，又刻意保持安静，纵然是同类也听不出他们的响动——就连田野和树林中的野生动物，也几乎没察觉他们经过。

走了一阵，他们从霍比屯西边的窄木板桥上过了小河。在那里，溪水如一条曲折的黑缎带，由斜斜的桤树描出了边缘。他们再往南走了一两哩，匆匆穿过从白兰地桥过来的大路，就到了图克地；接着他们折向东南，朝绿丘乡野而行。当他们开始爬第一个山坡时，转头回眺，看见远处霍比屯的灯火在小河那平缓的谷地里闪烁。很快，霍比屯就消失在沉暗大地上的重重洼皱里，灰水塘旁的傍水镇紧随其后。当最后一座农庄的灯火被远抛在后，在树林间时隐时现，弗罗多转过身，和家乡挥手道别。

他轻声说："我不知道还能不能再次俯瞰这道河谷。"

走了大约三个钟头后，他们稍事休息。夜空清朗，空气凉爽，满天繁星，但一缕缕轻烟般的夜雾从溪流和草地深处悄悄爬上了山坡。在他们头顶，枝叶稀疏的桦树在微风中轻摇，映衬着浅淡的天空，如同一张黑网。他们吃了一顿（按霍比特人的标准）非常简约的晚餐，然后继续前行。不久，他们就碰上了一条朦胧淡入前方黑暗的起伏窄路。这条路通往林木地、斯托克，以及雄鹿镇渡口。它从穿过小河谷地的大路分岔出来，蜿蜒爬升，越过绿丘陵的边缘，奔往东区荒野一角的林尾地。

不久之后，他们一头扎进了一条深陷的小道，小道两旁林木高耸，干叶子在夜风中飒飒作响。周遭一片漆黑。一开始他们还聊天，或一起轻哼着曲子，因为现在他们已经远离了那些好奇的耳朵；但接着他们就默不作声地赶路了。皮平渐渐掉了队，最后当他们开始爬上一道陡坡，他停下脚步，打了个呵欠。

"我困死了，"他说，"随时会困倒在路上。你们打算边走边睡吗？都快午夜了。"

"我还以为你爱走夜路呢。"弗罗多说，"不过倒真没必要太着急。梅里预期我们大约后天才会到，我们还有差不多两天时间呢。我们一找到合适的地方就歇下来吧。"

"现在吹的是西风。"山姆说，"少爷，如果我们翻到这座山丘另一边，应该可以找到一个避风又够暖和的地方。我要没记错，有片干燥的冷杉林就在前头。"山姆对霍比屯方圆二十哩的区域了若指掌，不过他的地理知识也仅限于此了。

一越过山丘顶，他们就见到了那一小块冷杉林。他们离开原路走进松香弥漫的黑暗树林深处，收集枯枝和球果来生火。不一会儿，他们便在一棵大杉树下生起了一堆噼啪响的欢乐篝火。他们围着火堆坐了片刻，便开始打瞌睡。然后，他们各自找了一处大树的树根形成的夹角，蜷缩在自己的斗篷和毯子里，很快就睡熟了。他们没安排人放哨；就连弗罗多也还没开始担心任何危险，因为他们还在夏尔的腹地。火堆熄灭后，有几只动物凑上前来看了看他们。一只为生计奔波的狐狸穿过树林，停步嗅闻了几分钟。

"霍比特人！"它想，"哎呀，接下来还会有什么？我听说这个地方出了各种怪事，却没听说哪个霍比特人会在树下露宿。这还三个！一定大有蹊跷。"它猜得一点没错，不过它发现的也仅此而已了。

到了早上，天光黯淡，潮湿冰冷。弗罗多第一个醒来，发现有道树根在背上戳了个洞，还有脖子也僵了。"还享受步行呢！我为什么不坐车啊？"通常在远足伊始，他都会这样想，"而我所有美丽的羽毛床都卖给萨克维尔－巴金斯家了！我看这些树根对他们更有好处。"他伸了个懒腰，"起床了，霍比特们！"他喊道，"晨光优美啊。"

"哪里优美了？"皮平说，睁开一只眼睛从毛毯边缘朝外窥探，"山姆！九点半前准备好早餐！洗澡水烧好没有？"

山姆猛跳起来，睡眼惺忪："还没呢，少爷，我还没烧，少爷！"

弗罗多一把扯掉皮平的毛毯，把毯子里的人翻了个身，然后走开去了树林边缘。远处东方，一轮红日正从笼罩着世界的浓厚迷雾中升起。秋天的林木染上了点点金黄与艳红，像是漂泊航行在一片朦胧的海洋里。在他左边稍低之处，山路陡然而下，没入一处山谷。

等他回来，山姆和皮平已经生起了一堆旺火。

"水！"皮平大声喊道，"水呢？"

"我可没法在口袋里装水。"弗罗多说。

"我们还以为你去找水了。"皮平边说，边忙着摆出食物和杯子，"你最好现在快去。"

"你也来吧，"弗罗多说，"把所有的水壶都带上。"山脚下有条小溪，一道小瀑布从几呎高的灰色岩床上泻下，他们在那里把水壶和旅行用的小烧水壶都装满了。水冷得彻骨，他们洗脸洗手时又是嘘气又是甩水。

他们吃完早餐，重新收拾捆好背包，已经过了十点。天气开始好转，也炎热起来。他们下了坡，在溪流潜到山路底下的地方过了溪，再爬上另一个坡，翻过了另一处山肩。到这时候，斗篷、毛毯、水、食物，还有别的装备用具，都已经显得沉重不堪。

白昼行进这种事，注定是又热又累。不过，走了几哩后，这条路总算不再上上下下了，改成乏味的"之"字形爬到一处陡峭河岸顶上，然后蓄势等着最后一程下坡路。他们看见前方低地上点缀着一簇簇小树丛，伸向远处，融入一片迷蒙的褐色林地。他们的视线正越过林尾地，望向白兰地河。道路像根细线，在面前蜿蜒而去。

"道路向前走个没完没了，"皮平说，"但我不休息可做不到。正是吃中饭的时候啦。"他在路边的河岸上坐下，向东望着薄雾，再过去就是白兰地河，以及他长这么大都没出过的夏尔的边界。山姆站在他旁边，圆圆的双眼睁得老大——因为他正眺望着大片自己从未见过的土地，一直延伸到全新的地平线。

"那片林子里住着精灵吗？"他问。

"我反正没听说过。"皮平说，但弗罗多没有答话。他也沿着路朝东凝望，仿佛自己也从未见过这片地方似的。忽然，他开口了，声音很响，却像是自言自语。他缓缓地道：

> 大门外，从此始
> 　　旅途永不绝。
> 纵然前路漫漫，
> 纵然脚步疲惫，
> 　　我愿紧追随。
> 直抵大道歧处，
> 无数路径交会，
> 　　届时何处去？

我自随其缘。

"听起来有点像老比尔博的诗歌啊。"皮平说，"要么是你模仿的？听起来真不怎么激励人。"

"我不知道。"弗罗多说，"它刚才突然冒了出来，仿佛我即兴想出来的，但也可能我很久以前就听过。它绝对让我想起比尔博出游前那最后几年。他常说，这世上只有一条大道；它就像一条大河，每一处家门口的台阶都是它的源头，每条小径都是它的支流。'弗罗多，走出自个儿家门，这可是危险的勾当。'他常这么说，'你上了大道，如果不站稳脚跟，真不知道会被扫到哪里去。你意识到了吗？就是这条路，一路穿过黑森林；你要是任它引领，它可能会把你领到孤山，甚至更远更糟糕的地方。'他常站在袋底洞前门外的那条小径上说这种话，特别是在他出去走了老长一段路回来之后。"

"这个吗，至少接下来一个钟头内，大道不会把我扫到哪里去。"皮平说着，抛下了背包。另外两人也照办，把背包卸下靠着路边，把双腿伸到路上。休息一会儿之后，他们吃了顿丰盛的午餐，又休息了一阵子。

他们走下山丘时，太阳已经开始西下，午后的阳光遍洒在大地上。他们目前还没在路上遇到过一个人影。这条路不适合走马车，因而不常有人迹，而且也很少人会去林尾地。他们又稳步慢行了一个多钟头，山姆突然停下来，仿佛在聆听什么。他们此时身在平地上，这条路在极尽曲折后，变得笔直向前，穿过草地。前方的森林已经不远，外缘有些零星的高大树木长在草地上。

"我听到，后头有匹小马或大马正沿着路朝这儿来。"山姆说。

他们回头察看，但路是弯曲的，看不了多远。"我想知道那是不是甘道夫来找我们了。"弗罗多说。可就在说这话的同时，他冒出一种感觉，来人并非甘道夫。他突然渴望躲藏起来，不叫骑马的人看见他。

"这可能算不上什么大事，"他语带歉意地说，"可是，我不想被人看见我们在这路上——不管那人是谁。我受够了自己一举一动都被别人盯着议论。如果这是甘道夫，"他后想起来补充道，"我们可以给他个小小的惊喜，作为对他迟到这么久的惩罚。我们快躲起来！"

另两人迅速奔到左边，跃进了离路不远的一个小凹洞，卧倒在地。弗罗多微一迟疑；不知是好奇心还是什么别的感觉，正与躲藏起来的渴望拉锯。马蹄声越来越近。一棵大树荫蔽着道路，他及时扑进树后的茂密草丛中，然后抬起头来，从一条粗树根后小心地窥探。

一匹黑马转过了拐弯处。这不是霍比特人的小马，而是身高体健的大马。骑马的是个大体型的人，似乎猫着腰坐在鞍上，全身裹在一件带兜帽的大黑斗篷里，只露出底下一双靴子踏在高高的马镫上。他的脸藏在阴影中，看不见。

马走到树下，就在跟弗罗多持平时停了下来。马上的人影纹丝不动地坐着，垂着头，仿佛在聆听。从兜帽下传来一种声音，就像有人在吸鼻子，想嗅出某种难以捉摸的气味。那人朝路两边转着头。

弗罗多突然被一股毫无来由的恐惧攫住，害怕自己被发现。他想到了那枚魔戒。他连气都不大敢透，然而，想把戒指取出口袋的欲望变得极其强烈，他开始慢慢挪动着手。他觉得只要戴上戒指，自己就安全了。甘道夫的忠告似乎很荒谬。比尔博就用过魔戒。"再说，我还在夏尔呢。"他想，手指已经触到挂着戒指的链子。就在那一刻，马上的骑手坐直了身子，一抖缰绳，那匹马开始往前走，起初缓步前进，接着便碎步快跑起来。

弗罗多慢慢爬到路边察看那个骑手，直到他渐渐缩成远方一个小点。弗罗多不敢确定，但他觉得，那匹马在脱离他的视野之前，突然转了向，朝右奔进了树林里。

"嗯，我说这事非常古怪，而且着实令人不安。"弗罗多自言自语着，朝同伴们走去。皮平和山姆仍旧卧倒在草地上，他们什么也没看见；因此弗罗多描述了那个骑手和他奇怪的举动。

"我说不出原因，但我感觉很确定的是，他在找我——要把我**嗅**出来；我还感觉很确定的是，我不愿意被他发现。我从来没在夏尔见到过或感到过这样的东西。"

"可是，这样一个大种人找我们干吗？"皮平说，"还有，他到我们这个地方来又是要干吗？"

"这附近有人类居住。"弗罗多说，"我相信，南区那边的人跟大种人有过纠纷。但我从来没听说过像这个骑手一样的事儿。我想知道他是打哪来的。"

"对不起啊，"山姆突然插嘴说，"我知道他是打哪来的。黑骑手要是只有一个的话，那来这儿的那个就是从霍比屯来的。我还知道他要去哪里。"

"你说什么？"弗罗多厉声问，无比惊讶地看着他，"你之前怎么没说？"

"我刚刚才想起来，少爷。事情是这样的：昨天傍晚我拿着钥匙回自己的洞，我老爹对我说：'嗨呀，山姆！'他说，'我以为你今天早上就跟弗罗多先生一起走了。有个奇怪的主顾来打听袋底洞的巴金斯先生，才刚走呢。我让他到雄鹿镇去找。并不是说我喜欢他那腔调；我告诉他巴金斯先生已经永远离开老家的时候，他似乎恼火得要命，居然冲着我发出嘶嘶声。那真叫我忍不住浑身打战。''那家伙是个什么样？'我问我老爹。'我不知道，'他说，'但他不是霍比特人。他挺高，黑乎乎的，俯着身子对我。我估计他是从外头来的大种人，说话的方式挺可笑。'

"我不能耽搁多听，少爷，因为你在等我；这事儿我也没上心。我老爹年纪越来越大，老眼不止一点点昏花，那家伙上到小丘，发现他在袋下路尽头透气那会儿，天肯定快黑了。少爷，我希望他或我都没给你惹祸。"

"说什么也不能怪你老爹。"弗罗多说，"事实上，我听见他跟一个陌生人谈话，那人似乎在打探我，我差点就过去问他那人是谁。假如我去问了，或者你先前把这事告诉我，就好了。那样我在路上或许会更小心点。"

"但是，这个骑手还是有可能跟老爹说的那个陌生人毫无关系。"皮平说，"我们离开霍比屯已经够保密的了，我看不出来他怎么能跟踪上我们。"

"少爷，那个嗅闻是怎么回事？"山姆说，"还有，我老爹说，他是个黑乎乎的家伙。"

"我要是等等甘道夫就好了。"弗罗多喃喃道，"但那说不定只会让事情变得更糟。"

"这么说，你知道或猜到有关这骑手的事了？"皮平问，他听到了那两句咕哝的话。

"我不知道，而且我宁可不猜。"弗罗多说。

"好吧，弗罗多表舅！如果你想搞神秘，你暂且可以保密。但眼下咱们要怎么办？我想吃点东西，可是我又不知为啥觉得咱们最好赶快离开这儿。你们讲的那个什么看不见鼻子的骑手到处乱嗅，还真叫我不踏实。"

"对，我看我们现在是该走了。"弗罗多说，"不过别走大路——免得那个骑手回头，或者还有别的骑手跟着他。我们今天得好好再赶一程，雄鹿地还有好几哩远呢。"

他们再度启程时，投在草地上的树影已是又长又窄。现在他们走在离路的左边大约一箭之地的地方，尽可能躲在从路上能看见的范围之外。但这么走很不方便，因为草丛浓密，地面又不平，树也长得越来越密，聚成了灌木丛。

火红的太阳已经落到背后的山丘后面，随着他们向路上返回，黄昏也逐渐降临。那条路在一片很长的平地上笔直向前延伸了好几哩，他们就在这片平地的尽处回到了路上。路在此向左拐，往下进入了耶鲁低地，通往斯托克。但还有一条小路往右岔出，蜿蜒穿过一片古老的橡树林，通往林木地。"这就是我们要走的路。"弗罗多说。

离岔路口不远，他们碰上了一棵巨树的残躯。它还活着，那些早已折断的树枝，断处四周冒出的小枝仍长着树叶。不过它是中空的，可从背着路那面的一道大裂口进去。三个霍比特人爬了进去，就着朽木和枯叶席地而坐。他们休息一阵，吃了顿简单的晚餐，低声交谈，不时仔细聆听外面动静。

当他们爬出树洞回到小路上，已是暮霭四合。西风在树梢轻吟，树叶都在沙沙低语。小路不久便逐步平缓下降，延伸进苍茫的暮色里。一颗星出现在前方，就在正暗下去的东边林梢上。他们并肩齐步前行，以保持精神振奋。过了一段时间，星星越来越多、越来越亮，他们那股不安的感觉也随之消失了，不再侧耳去听是否有马蹄声。他们开始轻哼起歌曲，就像霍比特人散步时那样，尤其是在夜里快到家的时候。绝大多数霍比特人这时会唱晚餐歌或就寝歌，但这几个霍比特人哼的是行路歌（当然，歌里并非没提到晚餐和床）。歌词是比尔博·巴金斯作的，曲调则跟群山一样古老，这是他和弗罗多在小河谷地的小径上散步，讲述冒险经历时，教弗罗多唱的。

> 壁炉暖融融，
> 家中好安眠，
> 可是我们还不倦。
> 转过下个弯，或有
> 陌生的石和树，
> 待我们发现。
>
> 林木和花朵，叶片和小草，
> 都从身边飞掠。

天空下，山丘和流水，
我们全不留恋。

转过下个弯，或有
一条新路，秘密关口，
就算今天错过，
明天仍然可能，
走上隐秘小径，
奔向太阳与明月。
　　苹果和山楂，榛果和刺李，
　　都放下！都放下！
　　沙子和岩石，水塘和山谷，
　　再见啦！再见啦！

家园已在身后，
世界尽在眼前，
路径纷纷待挑选，
走出阴影暮色，
直到黑夜尽头，
群星照临光灿灿。
转回身，向故乡，

我们悠然归家园。

迷雾和微光，积云和阴影，

终消散！终消散！

炉火和灯光，美食和大餐，

入梦乡！入梦乡！

歌唱完了，皮平又高声唱道："**现在上床入梦乡！**
入梦乡！"

"嘘！"弗罗多说，"我觉得我又听见马蹄声了。"

他们遽然停步，一动不动，如同树影般无声无
息，竖耳聆听。小路上有马蹄声，还在后方一段距离
之外，但乘风而来，缓慢又清晰。他们安静地迅速溜
下道路，奔进橡树深浓的阴影中。

"我们别走太远！"弗罗多说，"我不想被人瞧
见，但我想瞧瞧这是不是另一个黑骑手。"

"没问题！"皮平说，"但别忘了他会用鼻子嗅！"

马蹄声更近了。他们没时间去找任何更好的藏身
处，便只能躲在树下的大片阴影中。山姆和皮平蹲伏
在一根大树干后，弗罗多则往回朝小路爬近了几码。
一缕淡淡的光线穿过树林，小路显得灰暗又苍白。路
的上方，朦胧的天空中繁星密布，但不见月亮。

马蹄声停了。弗罗多观察着，看见有个黑色的东西越过两棵树间的光亮间隙，然后突然停了下来。它看上去像是一匹马的黑影，由一个较小的黑影牵着走。那个黑影站在他们离开小路之处附近，左右摇晃着。弗罗多觉得自己听见了嗅闻的声音。黑影弯腰伏到地上，接着开始朝他爬过来。

想要戴上魔戒的渴望，再次笼罩了弗罗多；但这次比之前更强烈，强烈到他几乎还没明白自己在干什么，他的手便探进了口袋。然而就在那一刻，响起了一阵像是混合着歌声和笑语的声音。星光下，清亮的嗓音在空中此起彼伏，那个黑影直起身，退了回去。它爬上那匹影影绰绰的马，下了小路，似乎消失在对面的黑暗中。弗罗多松了口气。

"精灵！"山姆压低了声音，哑着嗓子惊呼，"少爷，是精灵，少爷！"如果不是他们拉住他，他肯定会冲出树林，直奔那些声音。

"是的，是精灵。"弗罗多说，"有时候你会在林尾地遇见他们。他们不住在夏尔，但会在春秋两季离开远在塔丘外边的家园，漫游到夏尔来。感谢老天，幸亏他们来了！你没看见，刚才有个黑骑手就停在这儿，歌声响起来之前，他其实正朝我们爬过来。他一听见那些噪音，马上就闪了。"

"那精灵呢？"山姆说，兴奋到顾不上担心骑手的事，"我们就不能过去看看他们吗？"

"你听！他们正朝这边过来。"弗罗多说，"我们只要等就行了。"

歌声更近了。有个清亮的声音这时盖过了其他人的，用优美的精灵语吟唱着。弗罗多只懂得一点精灵语，另外两人则一窍不通；但那个声音糅合着旋律，似乎自动在他们脑海里成形，化作了他们只能半懂的话语。弗罗多听到的歌是这样：

> 纯净如雪，洁白晶莹！
> 　　明净的夫人，西海彼岸的王后！
> 莽莽林中，我们漫步迷行，
> 　　您乃指引之光明！

> 啊，吉尔松涅尔！埃尔贝瑞丝！
> 　　您的双眸清澈，气息辉煌！
> 纯净如雪，洁白晶莹！
> 　　大海此岸的遥远异乡，我们向您
> 歌唱！

远在太阳诞生之前，

　　您的闪耀素手播撒星辰；

穹苍风野中璀璨盛放，

　　您的银色繁花生姿摇曳！

啊，吉尔松涅尔！埃尔贝瑞丝！

　　在这遥远异土，林木之下，

留驻的我们犹记，

　　西方海上您的点点明星。

　　一曲终了，弗罗多惊讶万分。"这些是高等精灵[1]！他们提到了埃尔贝瑞丝[2]的名号！"他说，"夏尔历来极少见到这些最美丽的种族，他们现在已经没有多少人还留在大海以东的中洲大地上了。这真是太凑巧了！"

　　三个霍比特人坐在路边的阴影中，不久，一群精灵就从小路下来，朝谷地走去。他们缓缓走过，霍比特人能看见他们头发上和眼眸中闪烁的星光。他们没带灯火，然而行走时，脚旁却像是环绕着犹如月亮升起前烘托出山岭轮廓的那种微光。他们这时安静无声，不过当最后一位精灵走过时，他转身看向霍比特人，笑了。

"你好啊，弗罗多！"他喊道，"这么晚了，你还在外面。难道你迷路了？"然后他大声呼唤其他人，整群精灵都停下脚步，围了过来。

"这真是太妙了！"他们说，"三个霍比特人，深夜逗留森林里！自从比尔博走了之后，我们还没见过这种事。这意味着什么呢？"

"美丽的种族啊，这意味着，"弗罗多说，"很简单，我们看来是跟你们走了同一条路。我喜欢顶着星光行走，不过我会很高兴有你们做伴。"

"但我们不需要其他同伴，而且，霍比特人好无聊。"他们大笑，"还有，你并不知道我们要去哪里，怎么知道我们跟你是走同一条路？"

"而你们又怎么知道我的名字？"弗罗多反问。

"我们见多识广。"他们说，"我们之前常见你跟比尔博在一起，尽管你可能没看见我们。"

"你们是谁？你们的领主又是哪位？"弗罗多问。

"我是吉尔多，芬罗德家族的吉尔多·英格罗瑞安。"他们的领头人回答，就是那第一个跟他打招呼的精灵。"我们是流亡者[3]，我们的亲族绝大多数早已离去，我们如今也只是在渡过大海归去之前，再多逗留一阵。不过，我们还有一些亲族安居在幽谷。那么弗罗多，来吧，告诉我们你在做什么？我们看出你身上笼罩着一种恐惧的阴影。"

"噢，睿智的种族啊！"皮平急急插嘴说，"跟我们讲讲有关黑骑手的事！"

"黑骑手？"他们低声说，"为什么你们要问黑骑手的事？"

"因为今天有两个黑骑手追上了我们，也可能是同一个但追上了两次，"皮平说，"刚才就在你们走近之前，才溜了一个。"

精灵们没有立刻作答，而是用他们自己的语言轻声交谈起来。末了，吉尔多转过身来，面对三个霍比特人。"我们不会在这里提起此事。"他说，"我们认为，你们现在最好跟我们同行。这不符合我们的习惯，不过这一次我们会带你们一起上路，你们若是愿意，今晚可与我们同宿一处。"

"噢，美丽的种族！这真是我想象不到的好运。"皮平说，而山姆已经说不出话来了。"我衷心感谢你，吉尔多·英格罗瑞安。"弗罗多鞠躬说，又用高等精灵语补上了一句："Elen síla lúmenn' omentielvo！一颗星照耀着我们相遇的时刻。"

"各位，当心了！"吉尔多大笑着叫道，"可别提什么秘密的事！这里有位古代语言学者呢。比尔博真是个好老师。你好啊，精灵之友！"他说着，对弗罗多鞠了一躬，"来吧，带上你的朋友，加入我们的行列！你们最好走在中间，以免掉队。你们可能会不等我们停下就觉得疲惫。"

"为什么？你们要去哪里？"弗罗多问。

"今晚我们要去林木地上方山丘的森林里。还有很多哩路要走，不过走完就能休息了，这也能让你们明天少走点路。"

他们再次静静上路，像幽影和微光般经过。因为精灵倘若有心，能够走得全无声息（比霍比特人更胜一筹）。皮平很快就觉得困了，并且跟跄了一两次；每次都是他身边一位高大的精灵及时伸手，才让他免于跌倒。山姆走在弗罗多身边，仿佛在做梦，脸上的神情半是惧怕半是惊喜。

两旁的树林越来越密，树龄小些，也长得茂密些。随着小路一路向低处延伸，通入下方的山坳，两边的斜坡也一路升高，坡上长着一簇簇浓密的榛树丛。终于，精灵们转离了小路。右边有一条穿过灌木丛的绿色骑马道，隐蔽难见。他们沿着它逶迤前行，重又走上林木覆盖的山坡，来到一处突出在下方河谷低地之上的山肩上。突然间，他们出了阴暗的林荫，眼前展现出一片广阔的草地，夜色中灰蒙蒙的。草地三面环树，但东边地势陡然下降，他们脚下就是坡底长起的树木那黑黑的树梢。再过去，朦胧平坦的低地横陈在繁星下。林木地的村里，有几处灯火闪烁，似乎近在咫尺。

精灵们坐在草地上，彼此柔声交谈；他们似乎不再注意霍比特人了。弗罗多和同伴们把自己裹进斗篷和毛毯里，睡意悄悄袭来。夜渐深，谷中的灯火熄了。皮平枕着一块小绿岩睡着了。

遥远的东方高空中，"群星之网"瑞弥拉斯悠晃着，红色的玻吉尔星从夜雾中慢慢升起，好似一颗火红的宝石，熠熠发光。接着，风动夜雾，雾气如纱幔般拉开收起，"天空的剑客"美尼尔瓦戈系着闪亮的腰带，爬过了世界的边缘。精灵们霎时全放声歌唱起来，树下突然燃起了一堆红红的营火。

"来吧！"精灵们朝霍比特人喊道，"来吧！是欢笑交谈的时候了！"

皮平坐起身，揉了揉眼睛，打了个哆嗦。一位精灵站在他面前说："大厅中燃好了火，还为饥饿的客人备好了食物。"

草地南端有个开口，绿地从那里一直延展进树林，形成了一处如同大厅般的宽阔空间，树木交错的枝叶便是屋顶，巨大的树干则像柱子般罗列在两旁。大厅中央，木柴搭起的营火熊熊燃烧着，树柱上悬着火把，亮着稳定的金光和银光。精灵们或是围坐在火堆旁的草地上，或是坐在老树桩上。有些来回走动，拿着杯子斟饮料。旁人则端出了满盘满碟的食物。

"餐点挺寒酸的，"他们对霍比特人说，"我们远离自家的殿堂，在森林中投宿。倘若你们有朝一日能来我们家中做客，我们定会招待得更加周到。"

"在我看来，这已经足够生日宴会的规格了。"弗罗多说。

皮平事后对食物或饮料都没留下什么印象，他脑海中充斥着精灵面庞散发的光辉，他们的声音悦耳动听又变化多端，让他感觉如梦似幻。不过，他记得吃了面包，美味胜过饿汉口中上好白面包的滋味；还有水果，甜似野莓，味道却比果园中培育的果实更丰富浓郁。他喝干了一满杯芳香的饮料，它冰凉如清澈的泉水，金黄如夏日午后的阳光。

山姆那天晚上的所思所感，他永远都无法用言语讲述，也不能为自己清楚描绘，尽管那夜成为他生平大事之一，长存在记忆中。他所能说出的最像样的表达是："呃，少爷，我要是能种出那样的苹果，我就会自称是园丁啦。不过打动我的心的，是他们的歌唱，你懂我的意思吧。"

　　弗罗多坐着、吃着、喝着，并且开心地交谈着；不过他的心思主要放在众人所说的话上。他懂一点精灵语，因此热切地聆听。他不时用精灵语向那些端食物给他的精灵道谢。他们对他微笑，并笑着说："这里有个霍比特人中的人杰哪！"

　　不久之后，皮平便沉沉睡去，随即被抱起来送到树下一处窝棚里；在那儿，他被安置在柔软的床上，一觉睡过了整夜。而山姆不肯离开他家少爷；皮平被抱走后，他上前蜷缩着坐在弗罗多脚边，最后，他打起瞌睡，闭上了眼睛。弗罗多则跟吉尔多交谈着，久久毫无睡意。

　　他们谈了不少事，有新有旧。弗罗多问了吉尔多很多夏尔以外的广大世界中发生的事。消息大多是悲伤的，而且不祥：聚拢的黑暗，人类的战争，精灵的逃离。最后，弗罗多问出了心底的话：

"告诉我，吉尔多，自从比尔博离开我们之后，你有没有见过他？"

吉尔多露出了微笑。"见过。"他答道，"见过两次。他就是在这个地方跟我们道了别；不过我还见到他一次，在离这儿很远的地方。"他不肯再谈比尔博，而弗罗多陷入了沉默。

"弗罗多，有关你自己的事，你既没问我，也没告诉我多少。"吉尔多说，"不过，我已经有所了解，而且从你脸上，从你提出的问题背后的考虑，我看得出更多。你正离开夏尔，但你又心存疑虑，不知能否找到你所寻找的，或完成你希望达成的，甚至，你不知自己能否归来。难道不是这样吗？"

"是这样。"弗罗多说，"可是，我以为我要离去是个秘密，只有甘道夫和我忠心的山姆知道。"他低头看着正在轻声打鼾的山姆。

"我们不会把这个秘密泄露给大敌的。"吉尔多说。

"大敌？"弗罗多说，"那么，你知道我为什么要离开夏尔了？"

"我不知道大敌为了什么追捕你，"吉尔多答道，

"但我发觉他确实在追捕你——这在我看来确实很奇怪。我得警告你，如今你四面八方都有危险。"

"你是指那些骑手？我担心过他们是大敌的仆役。那些黑骑手**究竟**是什么啊？"

"甘道夫什么都没告诉你吗？"

"没告诉我有这样的生物。"

"那么，我想我也不应多说——以免恐惧让你裹足不前。在我看来，你出发得即便能算及时，也只是刚刚及时而已。现在，你必须加紧赶路，既不能停留，也不能回头。夏尔已经再也不能庇护你了。"

"我想象不出还有什么消息能比你的暗示和警告更可怕了！"弗罗多惊叫道，"我当然知道前方潜伏着危险，但我没料到会在自家的夏尔遇险。难道说，一个霍比特人都不能平平安安地从小河走到白兰地河了吗？"

"可这不是你们自家的夏尔。"吉尔多说，"在霍比特人定居此地之前，就曾有其他人在此居住；当霍比特人不在了之后，还会有其他人来此居住。你们周围乃是广阔的世界，你们可以把自己圈在夏尔之内，却不能把世界永远隔在夏尔之外。"

"我知道——但是，夏尔总是显得那么安全又熟悉。现在我该怎么办？我的计划是秘密离开夏尔，取道前往幽谷；但现在我连雄鹿地都没走到，就已经被人盯上了。"

"我想你该依原计划而行，"吉尔多说，"我想，你的勇气应当可以克服大路上的艰难险阻。不过，如果你想听取更清楚的忠告，你该询问甘道夫。我不知道你出逃的原因，因此，我不知道追捕者会以什么方式袭击你。这些事，甘道夫一定知道。我猜，你离开夏尔前会见到他吧？"

"我希望会。但是，这是另外一件让我心焦的事。我已经等了甘道夫好多天。他最慢前天晚上也该到达霍比屯了，但他始终没出现。现在，我担心出了什么事。我该等他吗？"

吉尔多沉默了一刻。"我感到这消息不妙。"他终于开口说，"甘道夫竟然会迟到，这可不是吉兆。不过俗话说：**别掺和巫师的事务，他们既难捉摸，又脾气火爆**。要走要等，选择在你。"

"俗话还说，"弗罗多回答，"**别找精灵咨询，他们既会说是，又会说不**。"

"真的吗？"吉尔多大笑，"精灵很少信口开河给予建议，因为即便是智者之间，建议也是件危险的礼物，何况，所有的进程都可能出差错。而且，你想听什么建议呢？你还没告诉我有关你自己的一切，这样我又怎能做出比你更好的选择？如果你坚持要我给你建议，我会看在友谊的分上，给你建议。我认为，你如今该立刻出发，不要耽延。如果甘道夫在你出发前仍然未到，那么，我还要建议你：不要独自上路。带着愿意跟你同行又忠实可靠的朋友一起走。现在，你得感谢我，因为我并非欣然给予这些建议。精灵有自己的负担与悲伤，很少关心霍比特人乃至大地上其他任何生灵的所作所为。我们的路途无论是凑巧还是刻意，都甚少与他们的交会。你我这次碰面，恐怕不仅仅是凑巧；然而意欲何在，我却不清楚，我也怕多说不妥。"

"我深深感谢你，"弗罗多说，"但你要是肯坦白告诉我黑骑手到底是什么就好了。如果我听从你的建议，我可能好长一段时间都见不到甘道夫，而我该知道那正在追捕我的危险到底是什么。"

"知道他们是大敌的仆役，难道还不够吗？"吉尔多回答，"逃避他们！别跟他们交谈！他们是致命的。别再问我了！然而我心中有预感：一切尘埃落定之前，你，卓果之子弗罗多，将会比我吉尔多·英格罗瑞安更了解这些凶残的生物。愿埃尔贝瑞丝护佑你！"

"但是，我该从哪里寻得勇气？"弗罗多问，"那是我最需要的啊。"

"勇气会在意想不到之处寻得。"吉尔多说，"要心存善愿！现在，睡吧！天亮时，我们应该已经走了；但我们会把消息传遍各地。那些漫游之人应该知道你的旅程，那些拥有力量行善的人也会密切留意。我称你为'精灵之友'，愿群星照耀你旅途的尽头！我们甚少与陌生人相处得如此愉快，并且，从这世上其他漫游者口中听见古老语言的词句，亦是赏心乐事。"

吉尔多刚刚说完，弗罗多便感到倦意袭来。"现在我要睡了。"他说。精灵将他领去一处就在皮平旁边的窝棚，他扑上棚里那张床，立刻就睡熟了，连梦也没做一个。

第四章

蘑菇捷径

早晨，弗罗多醒来，精神焕发。他躺在用一棵活树做成的窝棚里，树的枝条被编结起来，垂到地上；床是用羊齿蕨和青草铺的，又深又软，散发着奇异的清香。阳光透过摇曳的叶子洒下，它们都还长在树上，仍然青翠。他跳起来，出了小窝。

山姆正坐在林边的草地上，皮平站在一旁研究着天候。精灵们无影无踪。

"他们给我们留了水果、饮料和面包。"皮平说，"过来吃你的早餐吧。面包几乎跟昨晚一样新鲜美味。我一点都不想留给你，但山姆坚持得给你留。"

弗罗多在山姆旁边坐下，开始吃起来。"今天有何计划？"皮平问。

"尽快赶到雄鹿地。"弗罗多回答，一心扑在食物上。

"你想我们还会见到那些骑手的踪影吗？"皮平轻松愉快地问。在早晨阳光的照耀下，哪怕遇见一整队的黑骑手，似乎也不怎么能吓倒他。

"有可能。"弗罗多说，一点也不喜欢他这提醒，"希望我们渡河时，不会被他们看见。"

"你从吉尔多那里打听出他们的事儿了吗？"

"没多少——只打听到暗示和谜语。"弗罗多推托道。

"你问没问嗅闻的事？"

"这我们没谈。"弗罗多嘴里塞得满满地说。

"你该问的。我确定这很重要。"

"那样的话，我确定吉尔多一定会拒绝解释。"弗罗多针锋相对，"现在让我静一静吧！我吃东西的时候不想回答一连串问题。我要思考！"

"我的老天！"皮平说，"吃早餐的时候思考？"他朝草地的边缘走去。

弗罗多觉得，这个早晨明亮得可疑，而且它并未消除他心中被追捕的恐惧。他仔细考虑着吉尔多的话。耳中响起了皮平欢乐的嗓音，他正在绿草地上奔跑歌唱。

"不！我做不到！"他自忖，"带着这些年轻的朋友一起走过夏尔，直到走得又累又饿，然后有吃有睡非常美好——这是一回事。带着他们流离失所，可能永远纾解不了饥饿与疲惫——那是大不相同的另一回事，即使他们是自愿跟随。这是留给我一个人的。我想，我连山姆都不该带上。"他看向山姆·甘姆吉，发现山姆也正看着他。

"啊，山姆！"他说，"你看怎么样？我要尽快离开夏尔——事实上，我已经决定了：要是做得到的话，在克里克洼连一天都不待。"

"好极了，少爷！"

"你仍然愿意跟着我？"

"我愿意。"

"山姆，情况会变得很危险；其实已经很危险了。很有可能，我们谁都回不来了。"

"如果你不回来，少爷，那我也不回来，这是铁板钉钉的事。"山姆说，"'**你不要离开他！**'他们对我说。'**离开他！**'我说，'**我永远都不会。如果他**

要上月亮去，我也跟到底。如果那些黑骑手有谁想阻止他，他们得先过山姆·甘姆吉这关再说。'他们都哈哈大笑。"

"**他们**是谁？你在说些什么啊？"

"是精灵，少爷。昨夜我们一起聊天来着。他们似乎知道你要离开，所以我想否认也没用。少爷，精灵真是美妙的种族啊！太美妙了！"

"确实。"弗罗多说，"现在你凑近看过了他们，你还是一样喜欢他们吗？"

"这么说吧，他们好像有点超出了我的喜欢和不喜欢。"山姆缓缓地说，"我怎么想他们，好像不要紧。他们跟我料想的很不一样——可以说，那么年老又那么年轻，那么快乐又那么悲伤。"

弗罗多大吃一惊地看着山姆，几乎以为自己能看出什么外在的迹象，反映出似乎已经发生在他身上的怪异改变。这听起来真不像山姆的声音，那个他以为了解的，原来的山姆·甘姆吉。但是，坐在那里的，看起来还是那个原来的山姆·甘姆吉，例外的只有脸上异乎寻常、若有所思的神情。

"你本来想见到他们，现在既然梦想已经成真，你还感觉有必要离开夏尔吗？"他问。

"我还这么觉得，少爷。我不知道该怎么说，但是，经过昨晚之后，我感觉自己不同了。我好像不知怎地预见了未来。我知道我们要走很远很远的路，进入黑暗，但我知道我不能回头。现在，我不想去看精灵了，也不想去看恶龙，或高山——我也没法肯定我想要什么，但是到头来我有事要做，而那事在前方，不在夏尔。我必须做到底，少爷，你懂我的意思吧。"

"我完全不懂，但我懂的是，甘道夫给我选了个好同伴。我心满意足。我们就一起去。"

弗罗多安静地吃完了早餐，然后起身眺望着前方大地，并喊了皮平。

"都准备好要出发了？"他在皮平奔过来时说，"我们必须马上出发。我们睡得太晚了，前面还有好多哩路要走呢。"

"你该说，是你睡太晚了。"皮平说，"我可早就起来了。我们就等着你吃完外加思考完。"

"现在我两样都做完了。我要尽快赶到雄鹿镇渡口去。我不打算费事回到昨晚我们离开的大路上去，我要从这儿抄近路，直穿过这片乡野。"

"那你就得飞啦。"皮平说，"这片乡野，你哪都别想步行抄近路穿过。"

"我们总能抄比大路更直接的路吧？"弗罗多回答，"渡口在林木地东边，但是那条可靠的路弯到左边去了——你可以看见它在北边远处那里拐了个弯。它绕过泽地北端，这样就能接上从斯托克上头的大桥通过来的堤道。那要偏出好几哩远呢。我们要是从现在站的地方走直线奔往渡口，可以少走四分之一的路。"

"欲速则不达。"皮平争论道，"这一带乡野高低不平，泽地那边还有许多泥塘和各种麻烦——我了解这片地方。你要是担心黑骑手，我觉得在路上遇见他们，也不比在树林里和原野上遇见来得更糟。"

"要在树林里和原野上找人可更不容易。"弗罗多回答，"而且如果你按理会走那条路，那人家就有可能在路上而不是别的地方找你。"

"好吧！"皮平说，"管他泥塘还是沟渠，我都跟你去就是了，但那真的很难走啊！我本来还盼着在日落前经过斯托克那家**金鲈酒馆**呢，那儿有东区最好的啤酒，至少过去有——我已经很久没去那儿喝一杯了。"

"那就妥了！"弗罗多说，"欲速则不达，欲醉就更别想'达'了！我们得不惜一切代价让你远离

金鲈酒馆。我们要在天黑前到达雄鹿镇。你说呢，山姆？"

"我会跟你一起走，弗罗多先生。"山姆说（尽管私下存疑，并且深深惋惜不能喝上东区最好的啤酒）。

"那么，既然我们要跋涉过泥塘和荆棘，最好现在就出发！"皮平说。

天气已经差不多跟昨天一样热了，但西边开始有云聚集，看起来像是要下雨。三个霍比特人手脚并用，快速爬下了一道绿色的陡坡，一头扎进下方浓密的树林里。他们选择的路线是，离开左边的林木地，斜穿过沿山丘东边生长的丛丛林木，一直走到那背后的平地。然后他们就能越过开阔的原野，直奔渡口，中间只需经过几处沟渠和障碍。弗罗多估算，他们取直线的话，大约有十八哩路要走。

他很快就发现，那片树林比表面看上去更浓密、更纠结。林下的灌木丛中无路可走，他们走不快。等他们挣扎奋斗到坡岸底下，却发现有道小溪从背后的山上流下来，河床深陷，两侧滑不溜丢，荆棘突出。最要命的是，这溪就横在他们选择要走的路上。他们跃不过去，而且事实是，如果不想打湿衣裤，擦伤手脚，外加弄得满身泥，就根本没法过去。因此他们停了下来，琢磨着该怎么办。"第一关！"皮平沮丧地微笑说。

山姆·甘姆吉回头望去。透过树林中的一道空隙，他瞥见了刚才他们爬下来的那道绿坡的顶端。

"快看！"他一把抓住弗罗多的手臂说。他们全望过去，发现在那高高的坡沿上，映衬着天空现出一匹立着的马，马旁边俯着一个黑色人影。

他们立刻彻底打消了原路返回的念头。弗罗多领头，三人迅速扎进溪旁浓密的灌木丛中。"嚯！"他对皮平说，"咱俩说得都没错！捷径果然已经出了差错，但我们也只是将将及时隐匿了行迹。山姆，你的耳朵最尖，你听到有什么过来没有？"

他们一动也不动地站着聆听，几乎屏住了呼吸；但是没有追来的声音。"我觉得他不会打算牵马走到这坡底下来。"山姆说，"不过，我猜他知道我们下来了。我们最好快点往前走。"

往前走一点也不容易。他们都背着行囊，灌木丛和荆棘都勾扯着不让他们通过。后方的山脊挡住了风，空气凝滞闷热。他们硬闯出一条路，最后来到相对开阔的地方时，已经又热又累，一身剐伤，并且，他们也不再确定自己所走的是哪个方向。溪流到了平地，两边的溪岸降低了不少，河道也变宽变浅，朝泽地和白兰地河蜿蜒流去。

"哎呀，这是斯托克溪！"皮平说，"如果我们打算回到原来要走的路，就得马上过河，再往右走。"

他们涉过溪水，匆忙过到对岸一片开阔无树，只长着莒草的空地上。再往前他们又进入一片带状的树林，林中绝大部分是高大的橡树，间杂着一两棵榆树或白蜡树。地面相当平坦，灌木也不多；但是树木长得太密，他们看不了太远。突如其来的风一阵阵掀起了树叶，豆大的雨点开始从蔽天的乌云中落下。接着，风息了，大雨倾盆而下。他们艰难跋涉，尽快赶路，穿过一堆堆的草丛，越过厚厚堆积的落叶；雨在四周滴滴答答，不停地落。他们没有交谈，但不断回头或向左右张望。

过了半个钟头，皮平说："我希望我们没朝南偏太远，而且也不是正顺着林子纵走！这林子像条带子，并不宽——我该说最宽不超过一哩。我们这时早该穿出林子了。"

"这时候左弯右拐可不妙，也没法挽救事态。"弗罗多说，"我们就继续朝这个方向前进好了！我还没那么想现在就出到空旷开敞的地方。"

他们又往前走了大约两哩。阳光又从碎散的云层中透出，雨渐渐小了。此时中午已过，他们觉得早该吃午餐了。三人在一棵榆树下停了下来，这树的叶子尽管正在迅速变黄，但仍很浓密，树下的地面挺干爽，也很隐蔽。他们动手准备午餐时，发现精灵为他们的水瓶里装满了淡金色的清澈饮料：气味芬芳，像是由许多花的蜂蜜酿成，惊人地提神。很快，他们便开怀大笑起来，藐视起大雨和黑骑手。他们感觉，最后几哩路会被迅速抛在身后。

弗罗多背靠着树干，闭上了眼睛。山姆和皮平坐在近旁，开始哼歌，然后轻声唱起来：

> 嚯！嚯！嚯！我往醉乡游，
> 治我心伤消我愁。
> 风吹雨淋随他去，
> 前程路远无须计，
> 悠然林下且高卧，
> 闲看白云乐悠悠。

"嚯！嚯！嚯！"他们又唱了起来，声音更大，但歌声骤止，弗罗多猛跳起来。一声拖长的呼号乘风而来，就像是某种邪恶又孤单的生物发出的哭号。它起起伏伏，以一声尖锐的高音收尾。而就在他们仿佛突然僵化了似的或坐或站时，又响起另一声应答的呼号，声音更弱更远，却同样吓得人血液冻结。随后万籁俱寂，只余风吹树叶的响声。

"你觉得那是什么？"皮平终于开口问，想要说得轻快，声调却仍带点颤抖，"这要是鸟叫，那我在夏尔可从来没听过。"

"这不是鸟兽的声音。"弗罗多说，"这是一种呼唤，一个信号——那声呼号包含着话语，虽然我没听清楚。不过，霍比特人可发不出那种声音。"

他们不再多谈，却都想到了那些骑手，只是没有人说出口。现在，他们既不想走，也不想留；但是他们迟早得穿过开阔的原野去往渡口，而且最好是趁着白昼赶快走。片刻后，他们便又背起行囊出发了。

没多久，树林突然到了尽头，眼前展现出一片广阔的草地。现在，他们发现自己委实向南偏得太多了。越过这片平原，他们可以瞥见河对面雄鹿镇的低矮丘陵，但那片丘陵现在跑到左边去了。他们小心翼翼地从树林边缘走出来，开始尽快穿过这片开阔地区。

一开始，他们离开了树林的掩护，不禁心中惴惴。他们吃早餐的那块高地，就矗立在后方远处，弗罗多已经预备好看见山脊上有骑手的渺小剪影映衬着天空，但那里空无一人。太阳从碎散的云中钻出，再次灿烂闪耀，但正朝着他们先前待过的山丘西沉。他们尽管仍感到不安，但不再恐惧了。大地渐渐有了开垦的迹象，越来越井井有条。很快，他们就进入了耕作良好的田地和牧场，有围篱、栅门，还有排水沟。一切显得宁静平和，正是寻常的夏尔一角。他们每走一步，精神就振作一分，白兰地河一线越来越近，黑骑手也开始变得好似如今已被远抛在后的林中幻影。

他们沿着一大片萝卜田的边上走，来到一道坚固的大门前。门内是一条车辙碾出的小路，两旁种植着整齐的低矮树篱，路通向远处的一丛树林。皮平停下了脚步。

"我认识这片田地和这道大门！"他说，"这里是豆园庄，是老农夫马戈特的地盘。那边树林子里就是他的农庄。"

"真是一波未平一波又起！"弗罗多一脸惊恐地

说，仿佛皮平在宣布那条小路是通向恶龙巢穴的入口。另两人惊讶地看着他。

"老马戈特有什么不对劲？"皮平问，"他跟白兰地鹿家是好朋友。当然啦，擅闯的人觉得他挺可怕，他还养了凶猛的狗——毕竟，这里靠近边境，住在这儿的人必须更小心才行。"

"我知道。"弗罗多说，"不过，我还是对他跟他的狗怕得要命。"他羞窘地笑着补充，"我避开他的农场，可有年头了。我小时候住在白兰地厅的时候，偷偷地摸进他的农场偷蘑菇，被他逮过好几次。最后一次他揍了我，然后把我拎到他那些狗面前展示一番。'伙计们，看见没有，'他说，'下次这小坏蛋再敢踩上我的地盘，你们就吃了他。现在，把他给我轰出去！'那些狗把我一路直撵到渡口。到现在我都心有余悸——尽管我敢说，那些狗明白分寸，不会真的咬我。"

皮平大笑。"那好，现在该握手言和了，尤其是你要回到雄鹿地来住的话。老马戈特绝对是个好汉——只要你别沾他的蘑菇田。我们走小路过去吧，这样就不算擅闯了。如果碰到他，我来跟他打交道。他是梅里的朋友，有段时间我没少跟梅里到这儿来。"

他们沿着小路往前走，直到看见前面的树林子里露出一座大屋和几间农舍的茅草房顶。马戈特家和斯托克镇的泥足家，还有泽地的绝大多数居民，都是住在房子里。这座农庄用砖头砌得坚固结实，四面还环绕着高墙。朝着小路的墙上开着一道宽阔的木头大门。

他们走近时，墙内突然爆出一阵吓人的狗吠，接着传来一个人的大喊："利爪！尖牙！大狼！上啊，伙计们！"

弗罗多和山姆立刻僵住不动了，不过皮平又往前走了几步。大门打开，三只大狗一跃而出，奔上小路，狂吠着朝三个旅行者冲来。它们没理会皮平，但山姆缩着身子贴在墙上，两只像狼一样的大狗满腹狐疑地嗅着他，只要他稍动一下便发出咆哮。最大最凶猛的那只则堵在弗罗多面前，全身的毛竖起，不住咆哮。

大门口这时出现了一个身材粗壮，长着一张红红圆脸的霍比特人。"哈罗！哈罗！你们是谁啊？想干什么？"他问。

"午安，马戈特先生！"皮平说。

老农夫仔细打量他。"哟，这不是皮平少爷

吗！——我该说佩里格林·图克先生才对！"他喊道，怒容改成了笑脸，"好久没见你来玩啦。你运气不错，我认得你。我正打算放狗出门对付陌生人。今天出了些怪事儿。当然，这地方偶尔是会出现一些游荡的怪人。太靠近那条河了。"他摇着头说，"不过我这辈子见过的人，数这家伙最诡异。下次只要我拦得住，他可别想不经我同意就穿过我的地盘，别想！"

"你说什么家伙？"皮平问。

"这么说你们没见到他喽？"老农夫说，"不久前他才沿着这条小路朝堤道那边过去。他是个可笑的主顾，还问了可笑的问题。不过，要么你们进来说话吧，我们可以舒舒服服地聊聊消息。我有点现成的好啤酒，图克先生，要是你和你朋友愿意进来喝一杯的话。"

显而易见，这农夫倘若可以照他自己的步调和习惯来，还能告诉他们更多事儿。因此，他们全接受了邀请。"可是这些狗呢？"弗罗多焦虑地问。

老农夫大笑起来。"它们不会咬你的——除非我下令。过来，利爪！尖牙！来！"他喊，"来，大狼！"狗儿们走开，放任他们不管，弗罗多和山姆松了口气。

皮平把另外两人介绍给老农夫。"这是弗罗多·巴金斯先生。"他说，"你可能不记得他啦，不过他以前住在白兰地厅。"听到巴金斯的名字，老农夫一愣，眼光锐利地瞥了弗罗多一眼。有那么片刻，弗罗多以为他想起了偷蘑菇的事，会叫狗来把自己赶出去；但是老农夫马戈特一把抓住了他的胳膊。

"哎呀，这事再怪也没有啦！"他喊道，"巴金斯先生是吧？进来进来！我们得好好聊聊。"

他们进了老农夫家的厨房，在宽大的壁炉前坐下。马戈特太太抱出一大桶啤酒，倒满了四个大啤酒杯。这啤酒酿得挺好，皮平发现它足以补偿自己错失的**金鲈酒馆**。山姆则满心疑虑地啜着酒，他天生对夏尔其他地区的居民不大信任，还有，他也不打算跟揍过他家少爷的人迅速结成朋友，不管那事发生在多久以前。

在寒暄了几句天气和庄稼收成（没比往常差）之后，老农夫马戈特放下杯子，一一打量他们三人。

"好啦，佩里格林先生，"他说，"你这是打哪来？又要往哪去？你本来不是打算上我的门吧？因为要是的话，你怎么都没让我看见就过了我家大门哪？"

"啊，我是没打算。"皮平答道，"既然你都猜到了，就老实跟你说吧，我们是从小路另一头过来的，走过了你的田地，不过那实在不是故意的。我们打算抄近路去渡口，却在那边林木地附近的森林里迷了路。"

"如果你们要赶路，走大路岂不是快得多？"老农夫说，"但我倒不担心那事儿。佩里格林先生，你想的话，当然可以经过我的地界；巴金斯先生，你也是——不过我敢说，你还是很爱吃蘑菇吧。"他大笑起来，"啊，没错，我一听名字就认出来啦。我想起以前，小弗罗多·巴金斯可是雄鹿地最调皮捣蛋的小鬼之一。但刚才我想到的可不是蘑菇。就在你们冒出来之前，才有人跟我提过巴金斯这名字。你们猜，那个可笑的主顾问我什么？"

他们焦急地等他往下讲。"咳，"老农夫好整以暇地继续说道，"他骑着一匹大黑马来到大门前，大门又正好开着，他就直接到了我屋门口。他自己也是一身黑，披着斗篷戴着兜帽，好像不想让人认出来似的。我心里想：'他到底想要啥呀？'我们很少看见大种人越过边界过来。再说，我也从来没听说过有这样的黑家伙。

"'你好啊！'我说，出门朝他走去，'这条小路哪都不通，不管你要去哪，最快的走法都是回到大路去。'我不喜欢他那模样。利爪奔出来，跑过去嗅了嗅，却像给蜇了似的号了一声，夹着尾巴惨叫着窜跑了。那黑家伙坐在马上一动也不动。

"'我从那边来。'他说，声调又慢又僵硬，一边抬手朝背后西边一指——你们相信吗，他指的是**我的田地**！'你见过**巴金斯**吗？'他朝我俯下身子，拿诡异的嗓音问。他的兜帽垂得很低，我看不见任何面孔，还觉得一股寒战滑下脊背。可是，我看不出他凭什么大模大样骑马来到我的地界上。

"'快滚！'我说，'这里没有叫巴金斯的。你走错啦，不是夏尔的这一带。你最好回到西边的霍比屯去找——而且你这回最好走大路。'

"'巴金斯已经走了。'他悄声回答，'他就要来了。他离此不远。我想找到他。如果他经过，你会告诉我吧？我回头给你金子做酬劳。'

"'不，你才不会。'我说，'你最好赶快滚回你来的地方去。我给你一分钟，然后我就把狗全叫出来。'

"他嘶了一声，差不多就是那样，可能是笑声，也可能不是。接着他就催着那匹大马正正朝我冲过来，我将将来得及跳开。我叫来了狗，可他猛地掉转马头，骑马奔出大门，沿着小路冲上堤道去了，快得像闪电。这事儿你们怎么看？"

弗罗多坐着，盯着炉火看了好一阵，不过他一心只想着他们到底怎样才能到达渡口。末了，他开口说："我不知道该怎么看。"

"那我告诉你该怎么看。"马戈特说，"弗罗多先生，你压根就不该跟霍比屯那地界的人搅和在一起。那边的人全是怪胎。"山姆在椅子上扭了扭，不友善地盯着老农夫看。"不过你向来是个粗心大意的小子。我听说你离开白兰地鹿家，去跟那个老比尔博先生住，那会儿我就说你会惹上麻烦。记住我说的话，这全都是比尔博先生那些奇怪的事迹招来的。他们说，他是用些奇怪的法子从外地弄来了钱。我听说，他把金银珠宝埋在霍比屯小丘底下，也许有人想知道这些财宝怎么样了。"

弗罗多没答话。老农夫精明的猜测，委实令人尴尬。

"所以呢，弗罗多先生，"马戈特继续说，"我很高兴你想通了，回到雄鹿地来。我得建议你：就待在这边！别跟那些外地人搅和在一起。你在这片地方有朋友。如果那些黑家伙有谁再来追你，我会对付他们。我会说你死了，离开夏尔了，或随便什么你爱用的说法。而且啊，这话差不多也不假。我看他们要打听下落的多半是老比尔博先生。"

"你可能是对的。"弗罗多避开老农夫的目光，盯着炉火说。

马戈特若有所思地看着他。"啊，我看得出来，你有自己的主意。"他说，"我看，事情是明摆着的。你跟那个黑骑手同一天下午来这儿，这可不是凑巧。而且，说到底，我的消息你可能也不觉得有多意外。我不是要你告诉我任何你想保密的事儿，但我看得出来，你遇到了某种麻烦。或许，你正在想，要去渡口却不被逮住，恐怕不太容易——对吧？"

"我正是这么想的。"弗罗多说，"但我们必须设法到那儿去，而这不是坐在这里空想就能办到的。所以，恐怕我们得出发了。真的非常感谢你的善意！马戈特老爹，你听到这话说不定会发笑：我怕你跟你的狗，怕了三十多年。这真是个遗憾，因为我就这么错过了一个好朋友。而现在，我很遗憾这么快就要离开。不过，我会回来的，也许，有朝一日——如果我有机会的话。"

"你回来时，我随时欢迎。"马戈特说，"不过，现在我有个主意。太阳已经快下山了，我们也就要吃晚饭了，因为我们差不多到天黑之后就上床睡觉。如果你和佩里格林先生，你们都留下来跟我们一起吃顿饭，我们会很高兴的！"

"我们也会很高兴！"弗罗多说，"但恐怕我们一定得走了。就算现在出发，我们抵达渡口之前天也会黑了。"

"啊！但是等一下！我正想说：等吃完晚饭后，我会赶着小马车把你们都送到渡口去。那样你们就可以少走许多路，而且也会让你们避开别的麻烦。"

这下，弗罗多满怀感激地接受了邀请，皮平和山姆也大松了口气。太阳已经落到西边的丘陵背后，天光渐暗。马戈特的两个儿子和三个女儿进来了，大桌子摆上了丰盛的晚餐。厨房点上蜡烛，炉火挑旺。马戈特太太忙进忙出，在农场里帮工的几个霍比特人也进来了。不一会儿，十四个人便坐定开吃。桌上有足量的啤酒，一大盘蘑菇与咸肉，另外还有大量别的实实在在的农家食品。那几条狗趴在火炉旁，啃着皮嚼着骨头。

等他们吃完晚饭，老农夫和他的儿子们提着灯笼出门，备好了马车。等客人出得门来，院子里已经很黑了。他们把背包扔上车，爬了上去。农夫坐在驾驶座上，挥鞭将两匹强壮的小马赶上路。他太太站在敞开门口的灯光下。

"你自己小心点，马戈特！"她喊道，"别跟外乡人争吵，送完人直接回来！"

"知道啦！"他说，驾着马车出了大门。这时一丝风也没有，夜晚一片死寂，空气中带着寒意。他们没点灯，慢慢前行。一两哩之后，小路横过一条深沟，爬上一道短坡，上到高处的河岸堤道上，便到了尽头。

马戈特下了车，仔细朝南北两个方向张望，但是黑暗中什么都看不见，凝滞的空气中什么声音也没有。河上腾起的薄雾一缕缕飘悬在沟上，又朝原野缓缓爬去。

"雾会变浓的。"马戈特说，"不过我要等回程往家里走时才点灯。今天晚上，我们大老远就能听见路上任何动静。"

从马戈特家的小路去到渡口，大约有五哩多远。

几个霍比特人把自己裹得紧紧的，不过耳朵却竖得直直的，捕捉着马车轮子的叽嘎声和马蹄缓慢的**嘚嘚**声以外的任何声音。弗罗多感觉马车走得比蜗牛还慢。在他旁边，皮平不住点着头，快要睡着了；但是山姆却盯着前方升起的浓雾。

他们终于来到了渡口小路的入口。入口的标志是两根高大的白柱子，赫然耸现在右边。农夫马戈特拉住小马的缰绳，马车叽嘎着停了下来。他们正要七手八脚往外爬，突然就听见了一直都在害怕的声音：路的前方传来了马蹄声。声音是冲他们来的。

马戈特跳下车，站在那儿抓住小马的辔头，朝前方那一片幽暗中望去。**喀的喀哒，喀的喀哒**，骑马人渐渐接近。在雾沉沉的凝滞空气中，马蹄声听起来很响。

"弗罗多先生，你最好躲起来。"山姆焦急地说，"你在马车里趴下，用毛毯盖住自己，我们会把这骑手打发掉！"他爬出马车，来到农夫身边。黑骑手得踏过他才能接近马车。

喀的喀哒，喀的喀哒。骑手就快到他们面前了。

"哈罗，哪位！"农夫马戈特喊道。前进的马蹄声霎时停下。他们觉得自己可以影影绰绰地辨出，前方一两码的夜雾中，有个披着黑斗篷的形状。

"好了！"老农夫说着，把缰绳扔给山姆，大步走上前去，"别再过来一步！你想怎样？你要去哪儿？"

"我要找巴金斯先生。你见过他吗？"一个捂着的声音说——不过，这声音是属于梅里·白兰地鹿的。一盏挺暗的灯笼被揭开，光照在农夫惊讶万分的脸上。

"梅里先生！"他叫道。

"是啊，当然是我！不然你以为是谁？"梅里一边上前一边说。随着他从雾中出来，他们的恐惧也消散了，似乎他突然缩小到了寻常的霍比特人身材。他骑着一匹小马，为了抵挡雾气，还用围巾把自己从脖子到头脸都裹上。

弗罗多跳下马车跟他打招呼。"这么说原来你在这儿！"梅里说，"我开始怀疑你今天到底会不会来，我正要回去吃晚饭。起雾之后，我就过了河，朝斯托克骑过来，看看你是不是掉到哪道水沟里去了。可是天晓得你们会走哪条路来。马戈特先生，你是在哪里找到他们的？在你养鸭子的水塘里吗？"

"不是，我逮到他们擅闯，差点放狗咬了他们。"

老农夫说，"不过，我毫不怀疑他们会把整个故事讲给你听。现在，梅里先生和弗罗多先生，以及各位，请容我先告辞啦，我最好快点回家。夜渐渐深了，马戈特太太会担心的。"

他把马车倒入小路，掉过了头。"好吧，各位晚安。"他说，"这真是诡异的一天，千真万确。不过，结尾好就一切都好；尽管我们最好是回到自己家门口以后再说这话。但我可不会否认，等我回到家的时候我会很高兴的。"他点亮灯笼，站起身来。突然，他从座位底下变戏法般拿出一个大篮子。"我差点忘了。"他说，"马戈特太太收拾出这篮东西，说是给巴金斯先生的，以表问候。"他把篮子递下来，就驱车上路了，身后是一连串的道谢和道晚安声。

他们目送灯笼的苍白光晕渐渐没入了雾夜。突然，弗罗多大笑起来：从他提着的盖好的篮子底下，飘出了一股蘑菇的清香。

第五章

共谋揭穿

"现在我们自己最好也回家去。"梅里说,"我看出来啦,这整件事有点古怪,不过那得等我们到了之后再说。"

他们掉头走下渡口小路,路很直,维护得很好,用刷白的大石镶边。他们走了一百码左右就到了河边,那里有处宽阔的木制码头,码头边系着一艘平底大渡船。靠近水边的白色缆桩被两盏悬于高柱的灯笼照得微微发亮。在背后平坦的原野上,雾气已涨得漫过了树篱,但面前的水面一片漆黑,只有岸边芦苇丛中有几缕雾气缭绕。对岸的雾看来还要稀薄些。

梅里牵着小马走过跳板上了渡船，其余人也纷纷跟上。然后，梅里用一根长竿慢慢将船撑离了岸。在他们眼前，宽阔的白兰地河缓缓流淌着。对面河岸陡立，有条小径从泊岸处蜿蜒而上。那儿有灯火闪烁。河岸后方，雄鹿山朦胧耸立。透过零散的薄雾，可以看见山上许多圆窗透出灯光，有红有黄。它们都是白兰地鹿家的古宅——白兰地厅的窗户。

很久以前，戈亨达德·老雄鹿越过了原本是东边边界的白兰地河。他是老雄鹿家的族长，而老雄鹿家是泽地乃至整个夏尔最古老的家族之一。戈亨达德·老雄鹿建造（以及开凿）了白兰地厅，将自己改姓为白兰地鹿，定居下来，事实上无异于一个独立小王国的君主。他的家族代代繁衍，在他之后人口继续增长，直到白兰地厅占据了整座低矮的山丘，开了三扇巨大的前门、众多侧门，还有大约一百扇窗户。接着，白兰地鹿家和他们的大批家属又在周围扩建，先是掘洞，后又筑屋。这就是雄鹿地的起源，这片地方位于白兰地河和老林子之间，是人口稠密的狭长一带，类似夏尔的殖民地。它主要的村落是雄鹿镇，集中在白兰地厅后方的河岸边和山坡上。

泽地的居民对雄鹿地人很友善，斯托克和灯芯草岛之间的农人仍然承认白兰地厅统领（这是对白兰地鹿家的族长的称呼）的权威。但是老夏尔的百姓绝大多数都将雄鹿地人视为怪胎，可以说半是外地人。不过，事实上，他们跟另外四区的霍比特人并无太大不同，只除了一点：他们喜欢船，有些人还会游泳。

他们的土地东边起初并未设防，但后来他们在那边栽建了一道称为"高篱"的树篱。树篱是好几代以前栽种的，经过代代不断养护，如今长得又高又密。它从白兰地桥一路延伸过来，从河绕出去直到篱尾（柳条河由此流出老林子，注入白兰地河），形成一个大圆弧，从这头到那头，足足超过二十哩远。不过，它当然不算完善的防护。在许多地方，老林子都离树篱很近。雄鹿地人在天黑后便把家门锁紧，这在夏尔又是很不寻常的。

渡船缓慢地横过水面，雄鹿地的河岸渐渐近了。山姆是一行人中唯一一个过去不曾渡过这条河的。随着河水汩汩淌过船舷，他有种奇怪的感觉：原来的人生已被抛在背后的迷雾中，前方则是黑暗的险途。他挠挠脑袋，有那么片刻，脑中闪过了一个念头：弗罗多先生要是能在袋底洞一直安安静静生活下去，那该多好。

四个霍比特人下了渡船。梅里正把船系好，皮平已经牵着小马踏上小径，就在这时，山姆（他一直回头张望，好像要与夏尔告别）哑着嗓子低声说：

"弗罗多先生，回头看！你看到什么没有？"

在对岸的码头上，微弱的灯光下，他们勉强可以分辨出一个轮廓，就像一捆遗落在后的深黑行李。然而，就在他们注视下，它似乎动了，左右摇晃着，仿佛在搜索地面。然后它又爬行起来——也许是蹲下身子前进——返回灯光照不到的昏暗中去了。

"那到底是什么东西啊？"梅里惊叫道。

"某种跟踪我们的东西。"弗罗多说，"不过现在别问了！我们马上走吧！"他们迅速沿着小径走到河堤顶上，再往回望时，雾已经笼罩了对岸，什么也看不见了。

"谢天谢地，你们没在西岸多留渡船！"弗罗多说，"马能渡河吗？"

"它们可以往北再走十哩，走白兰地桥；要么就游泳。"梅里回答，"但我从没听说有马游过白兰地河。可这跟马有什么关系？”

“我等会儿再告诉你。我们先进屋再说。”

“好吧！你和皮平都认得路，那我就继续骑马去通知小胖博尔杰，说你们来了。我们会准备好晚饭之类的。”

“我们先前跟农夫马戈特一家吃过晚饭了。”弗罗多说，“不过我们可以再吃一顿。”

“没问题！把篮子给我！”梅里说，随即骑马没入了黑暗中。

从白兰地河到弗罗多在克里克洼的新家，还有段距离。他们从雄鹿山和白兰地厅右边经过，在雄鹿镇的外围踏上了往南通到大桥的雄鹿地主干道。他们沿路往北走了半哩，来到右手边一条小路口。小路高高低低通入乡间，他们顺着它又走了两哩路。

最后，他们总算来到一道开在茂密树篱中的窄门前。夜色里见不到房子的模样，它矗立在小径前方一大片草地的中央，草地四周又环绕着一圈矮树，然后才是外围的树篱。弗罗多之所以选择它，是因为它位于乡村的偏远一隅，并且附近没有其他住家，出入都不会有人注意。这座房子是白兰地鹿家很久以前盖的，用来接待宾客；家族中若是有人想暂时躲开白兰地厅的热闹生活，也可到此小住。它是一栋老式风格的乡村房屋，尽量仿照霍比特洞府建成：又长又矮，没有第二层楼；屋顶是草皮铺的，窗户是圆形的，还有一扇大圆门。

他们从大门口走上绿色小径，看不到一星半点屋内的灯光。窗户关着，一片漆黑。弗罗多敲敲门，小胖博尔杰开了门。一股亲切的灯光流泻而出。他们迅速闪进屋内关上门，把自己和灯光都留在屋里。他们置身于一间宽敞的厅里，两边各有几扇门，面前则是一条走廊，朝里通向房子的中段。

"看，你们觉得这房子怎么样？"梅里从走廊出来问，"这么短的时间内要把它弄得像个家，我们已经尽力啦。毕竟，小胖跟我昨天才把最后一车东西运到这里来。"

弗罗多环顾四周，觉得这确实像个家。他自己的心爱之物——或者说比尔博的心爱之物（它们在新环境中让他分外真切地想起了他）——都尽可能按照它们在袋底洞时来摆设。这是个舒服、愉快、亲切的地方。他发现他真心希望自己是来此定居，平静地过退休生活。给朋友们添这许多麻烦，似乎很不公平。

他再次心神不定地想着，他要怎么揭破自己得很快离开，事实上是马上就要走的消息。而且，今晚就得说，在大家全都就寝之前。

"真叫人高兴！"他费了点劲才说，"我简直感觉不出来我搬了家。"

几个旅人挂起了斗篷，把背包堆在地板上。梅里领他们进了走廊，推开了最远端的一扇门。炉火的光亮伴着蒸汽一涌而出。

"洗澡间！"皮平叫道，"噢，梅里阿道克！你太棒了！"

"我们按什么顺序来？"弗罗多说，"年纪大的先来，还是洗得快的先来？两种顺序你都是排最后，佩里格林少爷。"

"相信我能把事情安排得更好！"梅里说，"我们在克里克洼的生活，开端总不能是争吵谁先洗澡吧。那间屋里有三个浴盆，大锅里装满了热水。另外还有毛巾、垫子和肥皂。进去，动作都快点！"

梅里和小胖进了走廊对面的厨房，忙着为深夜的晚餐做最后的准备。浴室里歌声争相传来，混合着泼水拍溅的声音。皮平的声音突然高扬，盖过了其他人，他唱的是比尔博最爱的洗澡歌之一。

嘿！辛苦的一天结束了，
大家来唱首洗澡歌！
洗澡水热腾腾多痛快，
谁要是不唱就是傻气！

哦！滴答小雨虽然悦耳，
叮咚溪水虽然好听，
可比起洗澡水热腾腾，
落雨小溪都万万不及！

哦！口渴时，冷水清凉
我们乐于仰头痛饮，
但是啤酒更受欢迎，
还有热水冲背刷刷洗！

哦！蓝天下，白泉飞跃
水花跳荡固然美丽，
但是喷泉都比不上
脚拍热水哗哗动听！

一声惊人的泼溅水声，紧接着弗罗多一声大吼"哇啊！"看来皮平的洗澡水有不少效仿了喷泉，喷得甚高。

梅里走到门边，喊道："出来吃晚饭喝啤酒，如何？"弗罗多应声而出，边擦着头发。

"空气里全是水，我得到厨房才能擦干头发。"他说。

"哎呀！"梅里朝浴室里一看，叫道。石地板都淹了水。"佩里格林，你不把地上的水都擦干，就别想吃东西！"他说，"动作快点，不然我们就不等你了。"

他们围在厨房炉火旁的桌边吃了晚餐。"我猜你们三个不想再吃蘑菇了吧？"弗雷德加不抱什么希望地问道。

"我们当然想吃！"皮平叫道。

"蘑菇是我的！"弗罗多说，"是农妇中的女王马戈特太太送给我的。把你们的馋手拿开，我来分配。"

霍比特人嗜好蘑菇，甚至超过大种人最贪婪的爱好。这个事实，部分解释了小弗罗多为什么远征泽地著名的田地，以及马戈特遭受损失后怎么会那么愤怒。但这一回的蘑菇，即使照着霍比特人的标准，也多得足够每个人大快朵颐。接着还有许多别的美食，等他们用完餐，就连小胖博尔杰都满足地叹了口气。他们挪开桌子，拉过椅子围坐在火炉前。

"我们等下再收拾。"梅里说，"现在，把所有的事儿都告诉我吧！我猜，你们经历了不少冒险，没让我参与真不公平。我要知道全部详情，尤其要知道老马戈特究竟怎么回事，他为什么那样跟我说话。他听起来像是**吓坏了**——如果他真能被吓坏的话。"

"我们全都被吓坏了。"稍停，皮平说，而弗罗多瞪着炉火，一言不发。"换了是你也一样，如果你被黑骑手追了两天的话。"

"那又是什么？"

"骑在黑马上的黑色人影。"皮平回答，"弗罗多要是不肯说，那我就从头把整件事讲给你听。"于是，他原原本本交代了他们从霍比屯起的整趟旅程。山姆不时点头或感叹几声，表示支持。但弗罗多仍然保持沉默。

"假如我没看见码头上那个黑影，没听见马戈特声音中那种古怪，"梅里说，"我一定会认为这全是你在瞎掰。弗罗多，这些事你怎么想？"

"弗罗多表舅一直守口如瓶。"皮平说，"不过开瓶的时候到啦！直到现在，他还什么都没告诉我们，只有农夫马戈特猜这事跟老比尔博的财宝有关。"

"那只不过是猜测。"弗罗多急忙说，"马戈特什么也**不晓得**。"

"老马戈特是个精明的家伙。"梅里说，"他那张圆脸后头想的可多了，可他不漏片言只字。我还听说，他以前有段时间常到老林子里去，以见识过一大堆怪事著称。不过，弗罗多，你最起码可以告诉我们，你认为他猜的到底对还是不对。"

"我**想**，"弗罗多慢慢回答，"就目前来看，猜得算对。这事是跟比尔博往日的冒险有关联，那些骑手在找寻——或者应该说在**搜索**——他或是我。你若想知道的话，我还担心：这绝不是个玩笑；我在这里或任何地方，都不安全。"他环顾墙壁和窗户，似乎害怕它们会突然垮掉。旁人默不作声看着他，接着互相交换着意味深长的眼色。

"他很快就要说啦。"皮平对梅里耳语道。梅里点点头。

"好吧！"弗罗多终于说，挺背坐直，仿佛做了决定，"我不能再瞒了。我有话要跟你们说，可是我又不知道究竟该从哪里说起。"

"我想我可以帮你的忙，"梅里安静地说，"让我来告诉你其中一部分。"

"你这话什么意思？"弗罗多问，焦虑地看着他。

"我亲爱的老弗罗多，就是这个意思：你很苦恼，因为你不知道该如何说再见。当然，你是决心要离开夏尔啦。但是危险来得比你预期得更快，现在你下决心立刻就走，可是又不想走。我们都很为你难过。"

弗罗多张大嘴巴，随即闭上。他吃惊的神情如此滑稽，他们全大笑起来。"亲爱的老弗罗多啊！"皮平说，"你真以为自己迷了我们所有人的眼睛吗？你要做到那一点，还远远不够小心和聪明呢！打从今年四月开始，你显然就打算走了，告别所有熟悉的地方。我们时不时就听见你嘀咕'我怀疑，自己还能不能再俯瞰那道河谷'诸如此类的话。你还假装你的钱都花完了，并且真的把你心爱的袋底洞卖给了萨克维尔－巴金斯家！你还跟甘道夫密谈了那么多次！"

"我的老天啊！"弗罗多说，"我还以为我既小心又高明呢！我不知道甘道夫会说什么。这么说，难道整个夏尔都在谈论我的离去？"

"噢，没有！"梅里说，"别担心，没那回事！当然，这个秘密守不了多久。但在目前，我想，只有我们几个谋划的人知道。毕竟，你该记得我们很了解你，常跟你在一块。我们通常能猜到你在想什么。而且我也认识比尔博。老实跟你说，自从他离开之后，我就一直分外留心观察你。我认为你迟早会跟着他走；事实上，我以为你会走得更早。近来这段日子我们都急得不行，我们很怕你会像他一样，突然不辞而别，自己一个人溜掉。打从今年春天起，我们就个个上心盯着你，也做了不少我们自己的安排。你才没那么容易逃掉咧！"

"但我一定得走。"弗罗多说，"亲爱的朋友，这是无法挽回的事。这对我们每个人来说都很不幸，但你们想留住我是白费心机。既然你们已经猜到这么多，那就帮帮我，别扯我后腿！"

"你不明白！"皮平说，"你必须走——因此，我们也必须走。梅里和我会跟你一起去。山姆是个出色的家伙，为了救你他会跳进龙的喉咙，如果他没自己绊倒自己的话。你这场危机重重的冒险，可不止需要一个伙伴。"

"我最最亲爱的霍比特人啊！"弗罗多感动不已

地说，"但是我不能同意。我也是很久以前就决定了。你们说到危险，可是你们并不明白，这不是去寻宝，不是什么去而复返的旅程。我是从致命的危险逃向致命的危险。"

"我们当然明白。"梅里坚定地说，"这就是为什么我们决定要一起去。我们知道魔戒不是开玩笑的事，但是我们决定竭尽全力帮你对付大敌。"

"魔戒！"弗罗多说，这下真正惊诧万分。

"是的，魔戒。"梅里说，"我亲爱的老霍比特，你没考虑到朋友的好奇心哪。我知道魔戒的存在，已经好些年了——事实上，在比尔博离开之前就知道了。不过，既然他显然把它当成秘密，我也就把这事藏在心底，直到我们结成了共谋小组。当然，我对比尔博不像对你这么熟悉；那时我还太小，而且他也比较小心——但是百密总有一疏。如果你想知道我最初是怎么发现的，我就告诉你。"

"你说！"弗罗多有气无力地说。

"你大概可以想象，是萨克维尔－巴金斯家让他露了馅。就在大宴会前一年，有一天，我走在路上，碰巧看见比尔博走在前头。突然，萨－巴家的人远远出现了，正朝我们走来。比尔博慢下脚步，然后，说时迟那时快！他消失了。我大吃一惊，几乎连正常躲起来都不会了。不过我到底钻过了树篱，沿着篱内的田边行走。透过树篱我窥视着路，等到萨-巴家的人经过之后，比尔博突然又出现了，我隔着树篱正对着他。他把什么东西塞回了裤袋，我瞥见了一点金光。

"从此之后，我便睁大眼睛留意啦。事实上，我坦白我是暗中监视来着。可是你必须承认，这实在太叫人好奇了，而我那时才十多岁哪。除了你弗罗多之外，我一定是整个夏尔唯一看过老家伙那本秘密书籍的人。"

"你还读了他写的书！"弗罗多嚷道，"我的老天爷！还有什么是安全的？"

"我得说，没什么是安全的。"梅里说，"但我只是匆匆翻了翻，要找到机会很难。他从来不把那本书随便乱放。不晓得它怎么样了，我很想再好好看看。弗罗多，你得到那本书了吗？"

"没有。它不在袋底洞。他一定是把它带走了。"

"好啦，就像我说的，"梅里继续道，"我把看到的都藏在心里，直到今年春天，情况变得严重起来。于是，我们结成了共谋小组。我们也是认真的，当正事来办，而且我们也不怎么光明正大——要套你的话不容易，甘道夫就更不用想了。不过，如果你想认识我们的头号调查员，我可以给你介绍介绍。"

"他在哪儿？"弗罗多说边环顾四周，仿佛准备看见一个戴面具的阴险人物从碗橱里跳出来。

"上前来，山姆！"梅里说。山姆站起身，一张脸红到了耳朵。"这位就是我们的情报员！我可以告诉你，他在最终被逮以前，可收集了大量的情报。不过我得说，他被逮之后，似乎把自己看成假释人员，洗手不干了。"

"山姆！"弗罗多喊道，惊讶得无以复加，并且不知道自己是该觉得愤怒、好笑、宽慰，还是纯粹觉得愚蠢。

"是，少爷！"山姆说，"请原谅我，少爷！不过，弗罗多先生，这件事情，我对你真的没有恶意，对甘道夫先生也没有。**他很有判断力的，你知道。当你说要独自上路，他说：不！带个你能信赖的人一起去。**"

"可是，似乎我谁都不能信赖啊。"弗罗多说。

山姆郁闷地看着他。梅里插嘴了："这全看你想要怎样。你可以信赖我们会跟你同甘苦共患难——至死方休。你可以信赖我们会为你保守任何秘密——

比你自己守得还牢。但你可不能信赖我们会让你独自面对麻烦，不辞而别。弗罗多，我们是你的朋友。反正，事情就是这样了。甘道夫对你说的，我们几乎都知道了。我们知道很多关于魔戒的事。我们都怕得要命——但我们要跟你一起去，要么就像猎狗一样追着你走。"

"而且，不管怎么说，少爷，你确实该听从精灵的建议。"山姆补充道，"吉尔多说，你应该带愿意一起走的人上路，这话你可不能否认。"

"我不否认。"弗罗多看着山姆说，这会儿山姆正咧着嘴笑。"我不否认，但以后不管你有没有打呼噜，我都再也不会相信你真的睡着了。我要狠狠踢你来确认。

"你们这伙骗人的坏蛋啊！"他说着，转向其他人，"不过，老天祝福你们！"他笑道，起身挥挥手，"我投降。我会采纳吉尔多的建议。要是危险不这么迫在眉睫，我就会高兴得手舞足蹈。即便如此，我还是高兴得不得了。我很久都没这么高兴过了。我本来还为今晚忧心不已。"

"太好了！那就这么定了。让我们为弗罗多队长及队友欢呼三次！"他们高呼，并绕着他跳起舞来。

梅里和皮平开始唱歌，他们显然早为这场合准备好了这首歌。

它是照着很久以前那首令比尔博出发去冒险的矮人歌谣写的，调子也一样：

告别温暖的炉火与厅堂，
纵然风吹，纵然雨打，
我们可得趁早出发，
跨过高山森林去远方。

我们要去幽谷，精灵之家
在轻雾弥漫的林间地上。
匆匆越过旷野荒原，
哪怕到时不知所往。

虽有敌凶虎视眈眈，
我们露宿天幕下，
也要坚忍长途跋涉，
完成使命终将抵达。

上路吧，上路吧！

黎明之前就出发！

"太好了！"弗罗多说，"不过，那样的话，我们上床睡觉前还有好多事要做。不管怎么说，我们今晚还能睡在屋顶下。"

"噢！那个说法就是作诗而已啦！"皮平说，"你还真打算天亮以前就出发？"

"我不知道。"弗罗多答道，"我怕那些黑骑手，我确信久待一处不安全，特别是待在一个众所周知我要去的地方。吉尔多也建议我不要等。但我真的很想见甘道夫。我看得出来，在听说甘道夫没有现身之后，连吉尔多都感到不安。所以，几时走，其实要看两件事来决定：一是骑手多快能来到雄鹿镇，二是我们多快能动身。准备工作会花不少时间的。"

"第二个问题的答案是，我们一个钟头内就能动身。"梅里说，"我实际上什么都准备好了。田地那边的马厩里有五匹小马；粮食和器具都打包好了，只差几件换洗衣服和新鲜食物。"

"看来这个共谋小组还挺有效率的。"弗罗多说，"但是，黑骑手怎么办？我们要是再花一天等甘道夫，安全吗？"

"这全看你认为那些骑手要是在这里找到你的话，他们会怎么做。"梅里回答，"他们现在**可能**已经到了，当然，那是说他们没在北大门被拦下的话。树篱从那儿一路延伸到河堤，就在白兰地桥的这头。栅门守卫不会让他们在夜里通过的，不过他们可能硬闯。我想，就算在白天，守卫也会想法把他们挡在外面，无论如何也得等到成功给白兰地厅统领送去消息——他们肯定不喜欢骑手的模样，肯定会被吓到的。不过，当然，面对坚决的进攻，雄鹿地抵挡不了多久。还有可能，到了早上，即便是个黑骑手骑马前来打听巴金斯先生，守卫也会让他通过。你要回来定居到克里克洼的事，差不多是人尽皆知了。"

弗罗多坐着考虑了一会儿。"我决定了。"他最后说，"我明天天一亮就启程。但是我不走大路，连等在这里都比走大路安全。如果我从北大门走，那我离开雄鹿地的消息就会马上传开，而不是至少保密上几天时间——本来应该可以的。还有，无论有没有骑手进雄鹿地，靠近边界的白兰地桥和东大道一定会有人监视。我们不知道他们有多少人，但至少有两个，还可能更多。唯一的办法是选个没人料到的方向出发。"

"可是，那就意味着只能走老林子了！"弗雷德加惊恐地说，"你们可别打那主意，那儿可跟黑骑手一样危险。"

"没有啦。"梅里说，"这听起来像是孤注一掷，但我相信弗罗多说得对。那是唯一一条出发后不会立刻遭到跟踪的路。运气好的话，我们会有个不错的开头。"

"但是你们在老林子里不会有好运气的。"弗雷德加反驳说，"从来没人在里面碰过好运。你们会迷路。大家现在都不去那里了。"

"噢，他们当然去！"梅里说，"白兰地鹿家的人就去——偶尔，在兴头上来的时候。我们有个秘密入口。弗罗多在很久以前进去过一次。我自己进去过好几次：当然，通常是在白天，在树木昏昏欲睡，相当安静的时候去。"

"好吧，你觉得怎么最好，就怎么做吧！"弗雷德加说，"我知道的所有东西里，我最怕的就是老林子；那些有关它的故事简直是噩梦。不过，既然我不跟去，我的意见也算不得数。不过，我还是很高兴有人留下来，等甘道夫来的时候可以告诉他你们是怎么做的。我相信他很快就会到的。"

小胖博尔杰虽然很喜欢弗罗多，却不想离开夏尔，也不想见识外面的世界。他的家族来自东区，确切地说，来自桥田野的博杰津，但他从来没越过白兰地桥。按照共谋小组最初的计划，他的任务是留下来应付那些爱打听的人，尽可能把巴金斯先生仍住在克里克洼的假象维持得久一点。他甚至带来了一些弗罗多的旧衣服，好让自己可以假扮弗罗多。他们几乎没去想扮演这角色会有多危险。

"好极了！"弗罗多在了解到整个计划后说，"否则我们就没法给甘道夫留下消息了。当然，我不晓得那些骑手识不识字，但我不敢冒险留下书面信息，万一他们闯进来搜查房子就糟了。如果小胖愿意留守，我就能确定甘道夫会知道我们是朝哪个方向去的。这让我下了决心，明天头一件事就是进入老林子。"

"好吧，说定啦。"皮平说，"总之，小胖的任务是待在这里等黑骑手上门，我还是觉得我们的任务要好些。"

"你等到了老林子里头再贫嘴吧。"弗雷德加说，"明天这时候，你就会巴不得回来跟我待在这里。"

"别再为这事儿斗嘴了。"梅里说，"我们还得收拾杯盘，行李也得打好包才能睡觉。天亮之前我会叫你们的。"

等到终于上床躺下，弗罗多有好一阵子都睡不着。他腿疼。他很高兴明早能骑马。最后，他终于迷迷糊糊进入梦乡，梦中他似乎从一扇高窗朝外眺望着一片纠结的黑暗树海，底下树根间传来生物爬行和嗅闻的声音。他确信它们迟早都会嗅出他来。

然后，他听见了远方的嘈杂。起初他以为那是大风正吹过森林的树叶，但他随即明白那不是树叶，而是遥远的大海的声音，一种他在清醒时从未听过的声音，尽管它常在他梦中萦绕。突然间，他发现自己来到了户外。那里连一棵树也没有。他置身于一片欧石楠丛生的黑暗荒野当中，空气里有一股奇怪的咸味。抬起头，他见到前方有座高耸的白塔，孤零零地伫立在一道高高的山脊上。他心里升起一股强烈的欲望，想要爬上高塔去瞭望大海。他开始奋力爬上山脊朝白塔而去。然而，突然间，一道光划过天空，轰隆雷响接踵而来。

第六章

老林子

弗罗多猛然醒了过来。屋里还很黑，梅里一手拿着蜡烛站在那儿，另一手梆梆地敲着门。"好啦好啦！什么事？"弗罗多问，仍没摆脱梦里的震惊和迷惑。

"还什么事呢！"梅里喊道，"起床时间到啦！现在四点半，外面起了大雾。快点！山姆已经快备好早餐了，就连皮平都起来了。我正要去备马，再把那匹用来驮行李的小马牵来。去叫醒那个懒小胖！他至少也得起床给我们送行吧。"

六点过了不久，五个霍比特人便准备好上路了。

小胖博尔杰还呵欠连连。他们悄然摸出屋子，梅里走在前面，牵着那匹驮行李的小马，取道屋后的小路穿过灌木林，接着又过了几片田野。树叶湿漉漉地闪着光，每根树枝都滴着水；草地布满冰冷的露珠，灰蒙蒙的。万籁俱寂，遥远的嘈杂显得又近又清晰：鸡在院子里咕咕叫，远处一栋房子有人关门。

他们在马厩里找到了小马。它们是那种霍比特人喜欢的强壮小牲口，速度不快，但能干一整天的活。他们上了马，很快就骑马走进雾里，浓雾似乎在他们面前勉强分开，又在他们背后冷峻闭拢。他们缓慢无言地骑马走了大约一个钟头后，突然看见那道树篱耸立在前，它很高，缠着许多银色的蜘蛛网。

"你们要怎么穿过树篱？"弗雷德加问。

"跟我来！"梅里说，"然后你就知道了。"他沿着树篱转向左走，不久便来到一处地方，这里树篱沿着一块洼地的边缘朝内弯曲。在离开树篱一段距离的地方，开出了一条狭道，缓缓倾斜着通往地下。这条狭道两边都用砖砌了墙，一路稳步升高，直到突然合拢，形成一条深深扎进树篱底下的隧道，出口就在另一边的洼地。

小胖博尔杰在此停了下来。"再见，弗罗多！"

他说，"但愿你们不要进老林子，只盼你们不会今天没完就需要救援。总之，祝你们今天，还有往后每一天，都走运。"

"如果前方最糟的事儿就是老林子，那我肯定是走了运。"弗罗多说，"告诉甘道夫沿东大道赶上来。我们很快就会回到东大道，并且尽快赶路。""再见！"他们喊道，骑下斜坡进入隧道，出了弗雷德加的视野。

隧道又潮又黑，另一端的出口封着一道很粗的铁栅门。梅里下马开了锁，等他们全通过后，又把门关上。铁门咣当一声关紧，门锁咔嗒一声锁上。那声音颇为不祥。

"好啦！"梅里说，"你们现在已经离开夏尔，到了外面，就在老林子边上了。"

"它那些故事都是真的吗？"皮平问。

"我不知道你指哪些故事。"梅里回答，"如果你是指小胖的保姆给他讲的老掉牙的妖怪故事，说到半兽人啊狼啊诸如此类，那我得说，没那回事。我反正是不信。但这老林子**确实**很古怪。林子里每样东西都要活跃得多，对周遭发生的事儿更敏感——这是说，跟夏尔那些东西比的话。而且树木不喜欢陌生人。它们监视你。一般来说，只要天还亮着，它们只监视就满足了，也不干什么。有时候，那些最不友善的树会落下一根树枝打你，伸出一条树根绊你，或者拿长长的藤蔓缠住你。但到了晚上，情况就有可能会变得极其吓人了，我是这么听说的。我天黑后只来过这儿一两次，而且也只是在靠近树篱的地方而已。我当时感觉所有的树都在互相窃窃私语，用一种我听不懂的语言传递消息，策划密谋；那些树枝无风自动，摇来晃去地摸索。他们确实说过，那些树真会移动，会包围陌生人，把他们困住。事实上，它们很久以前攻击过树篱：它们前来紧贴着树篱扎根，再倾斜压上去。但是霍比特人去砍倒了成百棵树，在老林子里燃起好大一堆篝火，把树篱东边一长条土地全都烧成了白地。之后，那些树木放弃了进攻，但是也变得非常不友善。进了林子不远，至今还有很大一片地方光秃不毛，那就是当初烧篝火的地方。"

"只有树危险吗？"皮平问。

"老林子深处，还有另一头，有着各种各样古怪的东西。"梅里说，"至少我是这么听说的，不过这些我还一样都没见识过。但是，某种东西会造出路来。无论何时走进森林，你都会发现一些敞开的小径，可是它们不时会以一种古怪的方式变换位置。离这隧道出口不远处，有——或者说很长一段时间都曾有——一条相当宽阔的小道，它从那儿开始，通往焚林地，接着继续大致沿着我们要走的方向延伸，一路往东，稍微偏北。那就是我打算要找的路。"

此时几个霍比特人离开隧道栅门，骑马穿过了宽阔的洼地。对面有条隐约可见的小径通往老林子脚下，离树篱有一百多码远，但是，当他们顺着小径来到树下，小径便消失了。回顾来路，透过四周已经很密的枝干，他们可以看见那道深色的树篱。但往前看，他们只能看见无数大大小小、形状各异的树干：直的、弯的、扭曲的、倾斜的、矮胖的、瘦高的、光滑的，以及多枝多节的；所有的树干都呈青或灰色，上面长着苔藓和黏乎乎、毛茸茸的东西。

只有梅里还显得兴致勃勃。"你最好继续带路，找到那条小径。"弗罗多对他说，"我们彼此不要走散了，也别忘了树篱在哪个方向！"

他们在树木之间择一条路走，小马稳步前进，小心地避开众多扭曲交缠的树根。林中没有灌木。地表逐步上升，他们越往前走，树木就越显得高大、黑暗和粗壮。偶尔有潮湿水汽凝成的水滴从静止的树叶上滴落，除此之外，整片森林寂静无声，此刻也不闻树枝间互相低语，不见它们移动。但他们都有一种不舒服的感觉，觉得自己正被监视着，那眼光起初充满了不赞成，接着不赞成的程度加深，变成了厌恶，乃至敌视。这种感觉不断增长，到头来他们发现自己不断迅速抬头仰视或回头扫视，仿佛随时可能飞来突然一击。

他们依然不见任何小径的迹象，而树木似乎不断阻住去路。皮平忽然觉得自己再也忍受不了了，没打招呼就大声嚷起来。"喂！喂！"他喊道，"我什么都不会做，你们能不能行行好，就让我过去吧！"

其他人大吃一惊，停了下来。但他的喊声仿佛被厚重的帘幕蒙住，低落消失了。既没有回声，也没有回答，但是树林似乎变得比之前更稠密，也更警戒了。

"我要是你，就不会大吼大叫。"梅里说，"那么做，弊大于利。"

弗罗多开始怀疑到底有没有可能找到穿过森林的路，还有，他让大家走进这座令人恐惧厌恶的森林到底对不对。梅里不停张望着两旁，好像已经不确定该朝哪儿走。皮平注意到了，说："这还没多久，你就把我们带迷路啦。"但就在这时，梅里如释重负地吹了声口哨，指着前面。

"看吧，看吧！"他说，"这些树**的确**会移动。我们面前就是焚林地（我希望啦），但是通往空地的小径似乎被挪走了！"

随着他们前行，光线越来越亮。突然间，他们出了树林，发现自己置身在一片宽阔的圆形空地上。头顶的天空大出意料，是蔚蓝晴朗的，因为他们走在老林子的浓荫下，没能见到旭日东升、浓雾消散。不过，太阳还升得不够高，阳光只照亮了树梢，还照不到这片林间空地。空地边缘的树木，树叶都更绿更密，几乎就像一堵包围着它的结实的墙。空地上没长树，只有杂乱的野草和大片高高的草本植物：长茎开败的野芹和峨参，种荚炸成茸团的柳兰，四处蔓延疯长的荨麻和野蓟。这是个阴沉的地方，但在走过那片封闭的老林子之后，这里就像个欢乐迷人的花园。

四个霍比特人感到精神一振，满怀希望地仰望空中正在变亮的日光。空地对面的树墙上有个缺口，后面是一条平整的小径。他们可以看见小径延伸进树林里，有些地方挺宽，上方也是开敞的，不过偶有树木逼近，伸出黝黑的枝干遮蔽它。他们骑马走上了这条小径，仍在爬着缓坡，不过现在他们走得快多了，心情也好起来。在他们看来，老林子终于发了慈悲，肯让他们畅行无阻地通过了。

但是，过了一阵，天气开始变得又闷又热。两边的树木又围拢上来，他们看不见前面稍远的地方了。现在，他们再次感到树林的恶意压迫上来，那感觉空前强烈。四周静得出奇，小马踏在枯叶上的响声，马蹄偶尔绊到隐蔽树根的声音，听在耳中都砰砰作响。弗罗多试图唱首歌来鼓励大家，但是他的声音低沉下去，像在咕哝。

> 噢！阴影里的流浪者，
>
> 你们不要绝望！
>
> 深林纵幽暗，
>
> 依旧有尽头。
>
> 看那太阳运行，
>
> 沉坠又高升，
>
> 一日复一日，
>
> 无论在东还在西，

深林终究必退让……

就在唱到"**退让**"时，他的声音低落消失了。空气似乎沉重到连说话都吃力。而就在他们背后，一根粗大的树枝从头顶一棵老树上坠落下来，重重地砸在小径上。那些树似乎在封锁他们的去路。

"它们不喜欢你唱的那些'尽头'和'退让'之类的。"梅里说，"我现在最好什么都别唱了。等我们到了森林边缘，再回头给它们来个充满活力的大合唱吧！"

他说得轻松愉快，即便其实十分焦虑，他也没表现出来。余人都没回话，垂头丧气。弗罗多心头着实沉甸甸的，每前进一步都后悔自己压根不该打算来挑战这些怀着恶意的树。而正当他真要停下来，建议往回走（如果还可能的话）的时候，事情却出现了新的转机。小径不再上升，有一段差不多成了平路。那些阴森的树往两边退开，他们可以看见前头的路几乎是笔直向前。而在前方一段距离之外，有一座青翠的山岗，上头无树，活像个从周围的林木中冒出来的光头。小径看来直通到山顶。

这一来他们又开始往前赶路，开心地想着可以暂时脱身，爬到老林子的上方去。小径下倾了一段，然后又开始往上爬，终于把他们领到陡峭山岗的脚下。在那里，它脱离了树林，湮没在草丛中。森林环绕着整座山丘，如同浓密的头发长到一圈剃光的冠顶时戛然而止。

几个霍比特人牵着小马，绕着山一圈圈蜿蜒往上爬，直到山顶。他们在那里停步，举目四顾。空气饱含水汽和阳光，但是雾蒙蒙的，他们看不到太远的地方。近处的雾气此时几乎都已消散，只有森林的凹处还零星残留着一点。在南边，有一道正好切过森林的深陷洼地，浓雾仍从那里如蒸汽、如缕缕白烟般往上冒。

"那边，"梅里伸手指着说，"那就是柳条河的河道。它从古冢岗发源而下，朝西南流过老林子中央，在篱尾下方注入白兰地河。我们可不要朝那里走！据说，柳条河谷是整座森林里最古怪的地方——可以说，那儿是出产所有怪事的中心。"

余人看着梅里所指的方向，但是除了从深陷的潮湿河谷里冒起的雾气，几乎什么也辨不出。而河谷过去的另一边，也就是老林子的南边一半，更是迷茫不可见。

这会儿太阳照射的山岗顶上越来越热，一定有十一点了；但这秋天的迷雾仍旧让他们看不清其他方向的景物。朝西望，他们既辨不出那一线树篱，也看不清位于树篱那边的白兰地河谷。他们抱有最大希望的北边，则完全看不见要去的东大道的痕迹。他们站在一片树海中央的孤岛上，地平线云遮雾罩。

山岗的东南面，地势非常陡峭，仿佛山坡降到树林底下还继续延伸出很深，就像一座岛屿实为自深海中升起的山峦，岛岸实为山坡。他们坐在绿色山岗的边缘，边吃午餐，边远眺着下方的森林。随着太阳上升越过中天，他们在遥远的东边瞥见了古冢岗的灰绿色轮廓，它就位于老林子另一侧外边。他们为之大感振奋，因为能看见森林外面的任何景象都是好事，尽管他们只要办得到，就不打算朝那边走——在霍比特人的传说中，古冢岗的名声跟老林子本身一样凶险。

最后，他们下定决心继续往前。那条引他们爬上山岗的小径在北边重新冒了出来。但是他们顺着它没走多久，就察觉它渐渐朝右弯去。没一会儿小径就开始快速下行，他们猜这路肯定是朝柳条河谷去的，完全不是他们想走的方向。经过一番讨论，他们决定离开这条误导人的小径，直接朝北走。虽说他们从山岗顶上没看见大道，但大道一定在那边，并且也不会离得太远。此外，这条小径左边，也就是朝北的方向，地面看起来也更干燥开敞，爬升变成山坡后，长在上面的树木也更稀疏，松树和冷杉取代了橡树和白蜡树，以及这片浓密森林中其他陌生又不知名的树木。

一开始，这个选择似乎很不错。他们前进得相当快，但每当在林间空地瞥见太阳时，他们似乎都在莫名其妙地朝东偏行。过了一阵子，树木又开始围拢上来，这恰好就是他们从远处看时树林显得更稀疏，也不那么纠结的地方。接着，地面不期然出现了一道道的深沟，既像巨大车轮碾过的车辙，又像宽阔的护城壕沟，更像弃置已久、密布荆棘的深陷马路。这些深沟通常都正好横在他们行进的路上，想要越过的话，只能先爬下去再爬上来，非常麻烦，而牵着马就更加困难。每次他们爬下去，都发现沟中长满浓密的灌木和纠结的植物，这些东西不知为何不容他们左转，只会在他们右转时才让出路来。而且他们必须沿着沟走上一段，才能找到爬上对面的路。每次他们爬出来，树木都显得更稠密、更幽暗；并且，只要是往左或往上走，就极难找到路，他们被迫朝右和朝下走。

一两个钟头后，他们彻底失去了明确的方向，不过他们很明白，自己早就不是朝北走了。他们不断遭到拦截，只能按照一条为他们选定的路走：朝东、朝南，进入而非远离老林子的腹地。

当他们跌跌撞撞地下到一道比之前所遇的都更宽也更深的地沟时，已近黄昏。这沟又深又陡，事实证明无论往前还是往后，他们若不抛弃小马和行李，就根本爬不出去。他们唯一能做的，是沿着深沟往下走。地面变软了，有些地方出现了泥沼；沟壁上开始冒出泉水。不久，他们便发现自己正沿着一条水声潺潺、河床杂草丛生的小溪在走。接着，地势急遽下降，小溪的水流变得喧闹汹涌，飞快地朝山下奔跃。他们置身在一道昏暗幽深的溪谷中，头顶都被高处的树木遮蔽了。

沿着溪流又磕磕绊绊地走了一程之后，他们仿佛穿过了一扇大门，突然摆脱了阴暗，面前再度阳光灿烂。等来到露天的空地上，他们才发现自己是沿着一道裂罅走下来的，那裂罅位于一堵高耸陡峭、近乎悬崖的坡壁当中。坡壁脚下是一片长着青草和芦苇的开阔地，他们能瞥见对面远处还有另一道坡壁，几乎同样陡峭。傍晚的金色阳光照在这片隐藏在两岸间的低地上，暖洋洋的，叫人昏昏欲睡。低地中央慵懒地蜿蜒着一条幽深的河，水流棕褐。河岸由古老的柳树界定，河上由柳树形成拱顶遮蔽，河水被倒下的柳树阻截，河面漂着无数枯黄的柳叶。空中到处都是柳叶，它们在树枝上闪着点点金黄。河谷中徐徐吹着温暖的微风，芦苇沙沙作响，柳树的枝干咿呀有声。

"哎呀，这下我终于知道我们在哪里了！"梅里说，"我们走的方向，跟原来打算的差不多完全相反。这就是柳条河啊！让我先往前去探查一下。"

他走进阳光中，消失在长草丛里。过了一会儿，他回来了，报告说悬崖脚下和河流之间的土地都相当结实，有些地方结实的草地一路长到水边。"还有，"他说，"沿着河这一边，似乎有条人走出来的曲折小径。如果我们左转沿着它走，最后应该可以从老林子的东边走出去。"

"我敢说可以！"皮平说，"那是说，如果那条小径真能通到那么远，而不会仅仅把我们领进沼泽陷进去的话。你以为是谁开的小路，又为什么开？我敢肯定那绝不是为了我们方便。我对这老林子，还有它里面的每样东西，都越来越怀疑啦。我开始相信所有那些跟它有关的故事了。你知道我们还得往东走多远才出得去吗？"

"不，我不知道。"梅里说，"我一点都不知道我们沿柳条河而下走了多远，也不知道谁会常来这儿，居然沿河踏出一条小路。不过，我看不出也想不出什么别的可以出去的路。"

他们别无选择，只能鱼贯而行，跟着梅里走向他发现的小径。到处都是茂盛高挑的芦苇和青草，有些地方甚至远远高过他们的头。不过一旦找到小径，顺着走很容易，它曲折盘转，挑选相对结实的地面前进，避开泥沼和水塘。它不时经过另外一些流下森林高地、注入柳条河的小溪，而在这样的地方，会有树干或成捆的灌木小心架在溪上让人走过。

几个霍比特人开始觉得很热。各种虫子成群结队，在他们耳边嗡嗡飞舞，午后的太阳烧烤着他们的背脊。最后，他们突然进了一片浅荫，粗大的灰色树枝在小径上方交叉相会。他们迈出的每一步都比上一步更勉强。睡意似乎从地底爬出来，攀上他们的腿，又从空中轻柔地落下，落在他们的头上和眼皮上。

老林子

弗罗多感觉自己下巴低垂，开始点头。就在他前面，皮平往前一跌，跪倒在地。弗罗多停了下来。"这很不妙。"他听见梅里在说，"再不休息的话，就一步都没法走了。我必须打个盹。柳树下很凉快，虫子也很少！"

　　弗罗多不喜欢他这话。"拜托！"他喊，"我们还不能打盹啊，得先走出这片老林子再说。"但是其他人已经困得什么也不在乎了。山姆站在他们旁边，打着呵欠，迟钝地眨着眼睛。

　　蓦然间，弗罗多觉得自己也被睡意压倒了。他的脑袋昏昏沉沉，此刻空气中几乎一片死寂。虫鸣消失了，只剩下一种若有若无的温柔声音，一种轻柔的震颤似乎从上方的树枝当中萌动，好像一首半是耳语的歌。他抬起沉重的眼皮，看见一棵巨大的柳树向他倾斜过来，它古老灰白，看起来硕大无朋，朝天伸展的树枝就像长着众多细长手指的手，节瘤密布的扭曲树干上有着宽阔的裂缝，随着树枝的移动，发出轻微的吱嘎声。翻飞的柳叶衬着明亮的天空，让他觉得头昏眼花，他一个不稳就跌倒了，躺在跌倒处的草地上。

　　梅里和皮平勉强拖着步子向前走，背靠着柳树干躺了下来。树摇摆着，吱嘎作响，他们背后那些巨大的裂缝也张得更大，接纳了他们。他们抬头看着灰色和黄色的树叶，它们背着光轻摇浅唱。他们闭上了眼睛，接着，他们觉得自己似乎听见了说话的声音，词句凉爽宜人，提到了河水和睡眠。他们顺从了咒语，在这棵巨大的灰柳树下沉沉睡去。

弗罗多躺了一会儿，抵抗着这股难以抵抗的睡意。随后，他吃力地挣扎着又起了身，感到有种强烈的渴望，想要冰凉的溪水。"等等我，山姆！"他结结巴巴地说，"我得泡一会儿脚。"

他半梦半醒地晃到老树临河的一面，那些巨大、弯曲的树根从那儿长进水里，像一条条疙疙瘩瘩的小龙伸展入溪饮水。他叉开腿坐在其中一条树根上，把燥热的双脚伸进冰凉的褐色水流中拍打。就在那里，他也忽然背靠着树睡着了。

山姆坐下来挠挠头，打哈欠时嘴巴张得像个大洞。他很担心，天色越来越晚，他觉得这突如其来的睡意很离奇。"这背后有古怪，绝不光是太阳和暖风的作用。"他自言自语嘀咕道，"我不喜欢这棵庞大的树。我信不过它。听听吧，它正唱催眠曲哪！这可不行！"

他勉强起身，蹒跚走去察看小马的情况，发现有两匹小马已经沿着小径跑得相当远了。他赶上去，牵着它们回到其他小马旁边，就在这时，他听见了两个声音：一个声音很响亮，另一个很微弱，但非常清晰。响亮的是重物落水的哗啦一响，微弱的则像有扇门悄然关紧时落锁的咔嗒一声。

他急忙冲回了岸边。弗罗多倒在靠近岸边的水里，一条巨大的树根似乎正压着他，他却没有挣扎。山姆一把抓住弗罗多的外套，将他从树根下拖出来，使尽力气把他拖回了岸上。他几乎立刻醒来，呛得又咳又吐。

"山姆！你知道吗？"他好一阵才说，"那棵野蛮的树把我**扔进**了水里！我感觉到了！那巨大的树根就那么缠住了我，把我拖进去！"

"弗罗多先生，我想你在做梦。"山姆说，"你要是觉得困，就不该坐在那样的地方。"

"别人呢？"弗罗多问，"我好奇他们都做了什么样的梦。"

他们绕到树另一边，山姆这才明白他听见的咔嗒声是怎么回事。皮平不见了。他躺卧的那道裂缝已经合拢，连一丝缝都看不见。梅里则被夹住了：另一道裂缝钳住了他的腰，他的双腿还在外面，但身体别处都陷入了一个漆黑的开口，而那开口的边缘好像钳子一样钳住了他。

弗罗多和山姆先是猛捶原本皮平躺卧处的树干，接着又拼命去扳夹住可怜的梅里的裂缝两侧。但是这一点用都没有。

"怎么会有这么邪门的事！"弗罗多狂乱地喊道，"我们当初为啥要进这可怕的森林啊？我巴不得我们全回到克里克洼！"他使尽全力去踹树干，一点不顾自己的脚会受伤。一阵几乎察觉不出的颤抖传过树干，直上树枝；树叶沙沙作响并耳语着，这会儿那声音好似一种遥远而微弱的笑声。

"弗罗多先生，我估计我们行李中没带斧头吧？"山姆问。

"我带了一柄劈柴的短柄小斧子。"弗罗多说，"恐怕没什么用。"

"等一下！"山姆喊道，说到劈柴，他想到个主意，"我们也许可以用火烤！"

"也许。"弗罗多怀疑地说，"但我们也许会成功地把里面的皮平活活烤熟了。"

"我们也许可以先试着弄疼这棵树，或吓吓它。"

山姆恶狠狠地说，"它要是不放他们出来，我就算用嘴啃也要放倒它！"他奔向小马，不一会儿便带回两个火绒盒和一柄小斧子。

他们迅速收集干草、树叶及一块块树皮，堆起了一堆小树枝和劈好的柴。他们将这堆东西堆到树干另一边，避开两个受困的伙伴。山姆刚用火绒盒打出火花，干草便点燃了，火苗蹿起，烟往上升。细枝烧得噼啪响。一条条小火舌舔上老树结疤的树皮，烧焦了它。一阵颤抖传遍了整棵柳树。他们头上的树叶似乎发出了疼痛和愤怒的嘶嘶声。梅里大声惨叫。他们听见树干内部深处也传来皮平模糊不清的叫喊。

"把火灭掉！把火灭掉！"梅里喊道，"如果你们不灭火，他就会把我夹成两半！他就是这么说的！"

"谁？什么？"弗罗多喊着，赶紧奔到大树的另一边。

"把火灭掉！把火灭掉！"梅里哀求道。柳树的树枝开始狂暴地摇动。有个好似风声的声音扬了起来，朝外扩散到周围所有树木的树枝上，就像他们在安静熟睡的河谷扔下一块石头，激起了愤怒的涟漪，朝整座老林子扩散开去。山姆踢散小火堆，踩灭了火花。但是弗罗多沿着小径奔跑起来，边喊着：**救命！**

救命！救命！他不清楚自己为什么要这么做，也不知道自己期待着什么结果。他似乎压根就听不见自己那尖锐的呼声：他喊的话一出口，立刻就被柳树的风刮走了，淹没在树叶的喧嚣中。他满腔绝望，感到智枯力竭，束手无策。

突然间，他停了下来。有人回应——也许只是他这么感觉——不过那似乎是来自他的背后，远在老林子深处，小径的来路那边。他转身聆听，很快就打消了疑虑：确实有人在唱歌。那是一个浑厚快乐的声音，唱得随心所欲、无忧无虑，歌词却毫无意义：

> 嘿嘿咚！欢乐咚！敲响叮叮咚！
> 响叮咚！跳叮咚！柳树倒叮咚！
> 汤姆砰！开心砰！邦巴迪尔砰！

弗罗多和山姆这会儿一动不动地站着，半是抱着希望，半是害怕遇到什么新的危险。在一长串胡言乱语（或者说听着像胡言乱语）的歌词后，一个嘹亮又清晰的声音骤然扬起，唱出了这样一首歌：

> 嘿嘿咚！欢乐咚！我的小心肝哟！

微风轻轻吹，小鸟轻轻飞，

远在山坡下，阳光里闪亮，

披泠泠星光，等在门阶上，

就是河婆[1]的女儿，我心上的姑娘，

身条细如柳，心地比水清，

老汤姆·邦巴迪尔带着睡莲花

快快乐乐回来啦！你听见他的歌声吗？

嘿嘿咚！欢乐咚！回来啦！

金莓呀金莓，可爱的鲜黄莓果呀！

可怜的柳树老头啊，快把你的绊子收起来！

汤姆赶着要回家，夜晚就要到来，

汤姆带着睡莲回家来！

嘿嘿咚！回来啦！你听见我的歌声吗？

弗罗多和山姆好像被施了定身术。风止枝停，树叶重又安静地悬在了枝条上。又一阵歌声迸发出来，接着，芦苇上方倏地冒出一顶破旧的帽子，一蹦一跳舞动着沿小径而来，帽顶高高的，帽带上插着一根长长的蓝羽毛。然后又是一蹦一跳，一个男人出现在视野里，或者说他看上去是个男人——他太大太重，无论怎么看都不会是霍比特人，可是又没有高到像个大种人，尽管他发出的声响是够格了。他粗壮的腿上穿着鲜黄色的大靴子，就像一头牛赶去饮水那样，踏着重重的步伐闯过草地和灯芯草丛。他穿着蓝外套，留着长长的棕胡子。他的双眼又蓝又亮，脸颊红得像熟透的苹果，却皱堆着上百道笑纹。他手里捧着很大一片如同托盘的叶子，里面有一小堆洁白的睡莲。

"救命！"弗罗多和山姆喊着，两人一同伸开手臂朝他奔去。

"哇啊！哇啊！别动！"老人抬起一只手叫道，他们俩骤然站住，仿佛挨了一拳僵住。"好啦，我的小朋友们，你们噗噗喘得风箱似的，这是要上哪去啊？这儿出什么事啦？你们知道我是谁吗？我是汤姆·邦巴迪尔。告诉我你们遇到了什么麻烦！汤姆现在赶时间。你们可别碰坏了我的睡莲！"

"我的朋友们陷在一棵柳树里出不来！"弗罗多上气不接下气地叫道。

"梅里少爷正被夹在一道裂缝里！"山姆叫道。

"什么？"汤姆·邦巴迪尔吼道，跳了起来，"是柳树老头？糟透了是吧？这很快就能解决。我知道他的把戏。白发柳树老头！如果他不规矩点，我会把他的树髓都冻僵，我会唱到他的根都剥落，我会唱到起大风，把他的叶子枝条全刮跑。柳树老头！"

他将睡莲小心地放在草地上，然后朝柳树奔去。他看见了梅里还露在外头的双脚——身体其余的部分已经被吞得更深了。汤姆把嘴凑到裂缝上，开始冲它低声唱起一首歌。他们听不清楚歌词，但是梅里显然被唤醒了，他两条腿开始踢踹。汤姆跳开，折了一根垂悬的柳条，抽打起柳树这一侧。"柳树老头，快放他们出来！"他说，"你在想什么？你不该醒来。吃泥土！深挖掘！饮河水！睡觉去！邦巴迪尔说了算！"然后他抓住梅里的脚，将他一把拉出突然变宽了的裂缝。

又一声撕裂的嘎吱响传来，另一道裂缝也张开了，皮平弹了出来，仿佛被踢了一脚。接着，啪的好大一声，两道裂缝再次紧闭。一股颤抖从树根传到树梢，遍及全树，然后是彻底的寂静。

"谢谢你！"霍比特人一个接一个说。

汤姆·邦巴迪尔爆出一阵大笑。"哈，我的小朋友们！"他说着，俯下身来仔细看看他们的脸，"你们该跟我一起回家！餐桌上已经摆满黄油、蜂蜜、奶油和白面包。金莓正等着呢。晚餐桌上你们有足够的时间问问题。你们跟着我吧，能走多快就走多快！"

说完，他捧起睡莲，手一招，又一蹦一跳沿着小径朝东而去，同样大声唱着那些听不出意义的东西。

一来太吃惊，二来极宽慰，四个霍比特人都说不出话，只是尽量紧跟着他快走。不过，他们走得还是不够快。汤姆很快就消失在前方，他唱歌的声音也变得越来越弱，越来越远。蓦地，他的声音随着一声响亮的问候，又传到了他们耳边：

小个儿朋友呀跟我来，沿着柳条河！
汤姆来带路，为你举烛照。
太阳西沉啦，快要摸黑啦！
夜影来临时，家门为你开，
晕黄灯火映窗棂。
不怕黑桤木，不怕白头柳！
不怕老树把你绊，汤姆为你开路啦！
嘿嘿咚！开心咚！欢迎到我家！

之后，霍比特人就什么都听不见了，太阳似乎一下子就沉落到背后的林子里。他们想到了黄昏时分白兰地河上闪烁的斜阳余晖，还有雄鹿镇的数百盏灯火逐一开始在窗后闪亮的情景。庞大的阴影横陈在他们

老林子

面前；树木黑暗的枝干悬在路的上方，令人生畏。白色的雾气开始升腾，盘旋在河面上，弥漫到岸边的树根间。就在他们脚下，地面冒出一股阴暗的蒸汽，融入了迅速降临的暮色。

小径变得模糊难认，他们也非常疲惫，腿跟灌了铅似的。两旁的灌木丛和芦苇丛中，传出各种奇怪鬼祟的声音。他们只要仰看黯淡的天空，便会看见一些扭曲多节的怪异面孔衬着昏暗暮色，从高高的坡岸上和树林边缘睨视着他们。他们开始觉得这一整片乡野都不是真的，他们正跌跌撞撞走在一个不祥的梦里，永远不会醒来。

正当他们觉得双脚越走越慢，就快停下来时，他们注意到地面在缓慢上升。河水开始潺潺低喃。他们看见河流在此形成一处低矮的瀑布，白色水沫在黑暗中泛着微光。突然，树林到了尽头，迷雾也被抛在背后。他们走出老林子，发现眼前呈现出一片宽阔平整的草地。河流到了这里，变得狭窄而湍急，欢快地跳跃而下迎接他们，这时已是满天星斗，水面在星光下到处闪着微光。

他们脚下的草地仿佛有人修剪过，草短而平整。背后老林子的边缘被打理得很整齐，犹如一道绿篱。

现在，面前的小径一清二楚，维护良好，两边砌着石头。它蜿蜒上到一座青翠山岗顶上，此时那里披着淡淡的星光，呈灰白色。而在那边一处更远的高坡上，有座灯火闪烁的房屋。小径再次下行，之后重又上行，爬到长长一片覆盖着草坪的光滑山坡上，朝着灯光而去。突然间，一扇门打开，一片敞亮的黄光从中流泻而出。汤姆·邦巴迪尔的房子就在眼前，只需上坡，下坡，到山脚下。房后是一道灰暗光秃的陡峭山肩，再过去便是古冢岗的黯影，渐渐隐没在东方的暗夜里。

霍比特人和小马全都急急往前赶，他们的疲惫已消失一半，恐惧则已全部消退。嘿嘿咚！快来吧！迎接他们的歌声迸涌而出。

嘿嘿咚！快来吧！我的小伙计！
霍比特，小驮马，欢聚一堂吧！
欢欣乐事开始啦，大家一起唱！

接着，另一个清亮的声音响了起来，如春天般既年轻又古老，恰似山间从明亮的早晨直流到夜晚的流水之歌，它倾落如银，迎接他们：

歌声起，大家一起唱！

唱那太阳、星星、月亮与轻雾、雨水与云
天，

唱那新芽上的阳光，羽毛上的露珠，

开旷山头的风，帚石楠的花，

唱那幽池的芦苇，水中的睡莲，

就像老汤姆·邦巴迪尔，与河流的女儿！

踏着歌声，四个霍比特人来到门口，一团金色的
光亮笼罩了他们。

第七章

汤姆·邦巴迪尔之家

四个霍比特人跨过宽大的石头门槛站定，眨着眼睛。他们置身在一个长而低矮的房间中，屋顶梁上悬着轻摇的灯盏，发出的光辉照亮了整间屋子。在光亮的乌木餐桌上还点着许多高高的黄色蜡烛，燃得灿亮无比。

在房间另一端，面对大门的一把椅子上，坐着一个女人。她金黄的长发波浪般披在肩头，身上的长袍绿如青嫩的芦苇，点缀着露珠般的银光。她系着金腰带，形如一串金鸢尾，上面插着朵朵勿忘我，犹如淡蓝色的眼睛。一只只绿色与棕色的大陶盆围绕在她脚边，里面漂浮着洁白的睡莲，这让伊人宛若端坐在水中央。

"贵客们，请进！"她说。她这一开口，他们便知刚才听见的清亮歌声是她唱的。他们怯怯地又往室内走了几步，并深深鞠躬，感觉异常的惊讶和尴尬，就像那些去敲一户村舍的门讨口水喝的人，看见来应门的竟是年轻貌美，以鲜花为袍的精灵王后。不等他们说出话来，她便轻盈地一跃而起，跨过那些睡莲陶盆，笑着朝他们跑来。她奔跑时，长袍发出轻柔的窸窣声，如同风吹过河岸上盛开的鲜花。

"来吧，亲爱的朋友！"她说着，拉起弗罗多的手，"欢笑吧！高兴起来！我是河之女金莓。"她步履轻快地越过他们，关上大门，然后转身背对着门张开了白皙的双臂。"让我们把黑夜关在门外！"她说，"或许，你们还在害怕浓雾、树影、深水，以及不驯服的东西。什么都别怕！因为今晚你们来到了汤姆·邦巴迪尔的家。"

四个霍比特人都惊奇地看着她，她微笑着一一看着他们。"美丽的金莓夫人！"弗罗多总算开了口，感到自己的心被一股莫名的欢喜所触动。他伫立着，如同过去多次被悦耳的精灵声音所迷时一般，但此刻施加给他的咒语有所不同：虽说这一种欣喜之情不是那么强烈和崇高，却更深入、更亲近凡人的心灵，它不可思议，但不显得奇怪陌生。"美丽的金莓夫人！"他重复道，"我们听见的歌中蕴藏的喜乐，这下清楚展现在我面前了。"

> 身条细如柳，心地比水清！
> 清流照芦苇，美丽的河之女！
> 你恰如：
> 春日复夏日，来年春又临，
> 风吹流泉上，笑动万叶鸣！

他突然住口，结巴起来，为听见自己说出这样的话吃惊不已。但金莓大笑起来。

"欢迎！"她说，"我从未听说夏尔的居民竟会如此甜言蜜语。不过从你眼中的光彩和嗓音的回声中，我认得出你是一位精灵之友。这是一次快乐的相聚！请坐，等一家之主回来！他正在照顾你们疲惫的小马，不会太久的。"

霍比特人欣然在垫着灯芯草坐垫的矮椅子上坐下，金莓则在餐桌边忙碌。他们的视线都追随着她，她那苗条身影的优雅举止，令人赏心悦目。从屋后某处传来了歌声。在无数句"欢乐咚！"和"开心咚！"和"敲响叮叮咚！"之间，他们不时反反复复听见这些词句：

老汤姆·邦巴迪尔，乐天老伙计，

他身穿外套天蓝色，脚蹬黄皮靴。

过了一会儿，弗罗多说："美丽的夫人！若我问得不是太愚蠢，请告诉我，汤姆·邦巴迪尔是谁？"

金莓停下敏捷的动作，微笑着说："他就是他。"

弗罗多意存探询地看着她，她则以此回答他不解的目光："他就是他，正如你们所见。他是森林、流水和山岗的主人。"

"那么，这一整片奇怪的土地都属于他？"

"不，并不是！"她回答，脸上的微笑消失了，"那样的话，必定会是重担。"她仿佛自言自语般低声补充说，"大地上的树木、青草，以及生长存活的万物，每样都只属于它自己。但汤姆·邦巴迪尔是主人。无论白昼黑夜，当老汤姆在森林中行走，在水中涉过，在山巅上跳跃，从来没有什么能捉住他。他无所畏惧。汤姆·邦巴迪尔是主人。"

一扇门打开，汤姆·邦巴迪尔走了进来。此刻他没戴帽子，浓密的褐发上顶着秋叶。他笑着走向金莓，牵起她的手。

"这是我美丽的夫人！"他说着，向霍比特人鞠个躬，"这就是我的金莓，身穿银绿色长袍，腰系插着花朵的腰带！餐桌摆满了吗？我看见了黄油和蜂蜜，白面包和奶油，牛奶和奶酪，还有绿色的香草和采来的熟莓果。这够我们吃吗？晚餐都准备好了？"

"都准备好了。"金莓说，"但是客人们或许还没准备好？"

汤姆拍了拍手，喊道："汤姆，汤姆！你差点忘了，你的客人都累了！来吧，我快乐的朋友们，汤姆会让你们焕然一新！你们该先把脏手洗净，把疲惫的脸也洗洗；脱下泥泞的斗篷，梳理纠缠的头发！"

他打开门，他们跟着他穿过短短的走廊，便来到一个屋顶倾斜又低矮的房间（看起来像披屋，建在这屋的北边）。墙是洁净的石头砌成，但壁上大半都覆着绿挂垫和黄帘幕。地面是石板，铺着鲜绿的灯芯草。房间一侧地上排放着四个厚床垫，每个上面都堆叠着雪白的毯子。床对面的墙边靠着一条长椅，上边摆着许多大陶盆，盆旁立着装满水的棕色水罐，有些是冷水，有些是冒着蒸汽的热水。每张床边都摆放着柔软的绿拖鞋。

不一会儿，霍比特人盥洗得焕然一新，两两一边在餐桌旁坐定，金莓和主人则各坐一端。这顿愉快的晚餐吃了很久。尽管霍比特人像饿了很久般大吃特吃，供应还是充足无缺。他们碗中的饮料看似冰凉的清水，但喝下去后却如酒般舒心，令他们放开了嗓子——这群客人突然察觉自己快乐地唱了起来，仿佛这样比谈话更容易，更自然。

最后，汤姆和金莓起身，迅速收拾了桌子。客人奉命安坐在椅子里，每人脚下还有张搁放疲惫双脚的小脚凳。他们面前的宽大壁炉里燃着火，散发的气味透着甜香，仿佛是燃自苹果木一样。等一切整理就绪，屋里所有的灯都熄了，亮着的只有一盏，烟囱架两头还各有一对蜡烛。接着，金莓来到他们面前，手里举着一根蜡烛。她祝他们每人晚安，酣睡一场。

"现在，请安歇吧。"她说，"一觉到天明！别担心夜里的动静！除了月光、星光和山顶吹来的风，没有什么能闯进门窗。晚安！"她披着微光，窸窣着走出了房间。她的脚步声宛如小溪，在宁静的夜里流过冰凉的石头，轻轻淌下山岗。

汤姆陪着他们静坐了一会儿，而他们每个人都努力鼓起勇气，好问出之前晚餐时想问的诸多问题之一。瞌睡虫在他们的眼皮上聚集起来。终于，弗罗多说：

"主人，你当时是听见了我的呼喊，还是只不过碰巧在那时候经过？"

汤姆浑身一震，就像一个人抖落美梦般清醒过来。"呃，什么？"他说，"我是不是听见了你的呼喊？没有，我没听见，我正忙着唱歌呢。我只不过碰巧在那时候经过，如果你把那叫作碰巧的话。那不是我的计划，但我是在等你们，我们听到了你们的消息，得知你们在漫游。我们猜，要不了多久你们就会下到河边来：所有的路都把人引向那里，下到柳条河。柳树老头是个强大的歌手；小家伙们很难逃过他狡猾的迷宫。不过汤姆在那儿有差事要办，柳树老头可不敢拦阻。"汤姆点着头，仿佛又打起了瞌睡；但是，他用轻柔的声音继续唱起来：

为了心上人，我往水边采莲回，

莲花何皎皎，莲叶何青青，

赶在冬季前，收来莲花好护花，

来春雪融前，盛开佳人玉足边。

每当夏日尽，我便为她把花寻，

柳条河水顺流下，路有清池宽又深，

花开先报春，花时也缠绵。

多少年前在池边，我遇见河之女

美丽的金莓，端坐青草间，

年轻又鲜活，歌声真甜美！

他睁开眼睛看着他们，眼中突然蓝光一现：

这对你们是幸事：从此我不再

岁末彷徨清流岸，严冬徘徊柳林间；

只等欢喜春又来，

河的女儿

翩翩漫舞柳荫小径，

嬉戏春水间。

他又沉默了。但弗罗多忍不住又问了个问题——他最想知道答案的问题。"主人，给我们讲讲那个柳树老头吧。"他说，"他是谁？我以前从来没听说过他。"

"不，别说！"梅里和皮平突然挺身坐直，异口同声说，"现在别讲！等明天天亮再说吧！"

"说得对！"老人说，"现在该去休息了。当世界笼罩在阴影中，有些事听起来也不祥。去睡吧，高枕无忧，直到天光大亮！别理会夜里的动静！别怕柳树老头！"说完，他取下灯吹灭，双手各拿起一根蜡烛，领他们出了房间。

他们的床垫和枕头柔软如羽绒，毯子是雪白的羊毛。他们才躺上厚厚的床，盖上轻柔的毛毯，就立刻睡着了。

在这死寂的夜里，弗罗多做了梦，梦里没有光。然后，他看见新月升起。在微弱的月光下，他眼前隐约现出一道黑色的石墙，墙上开出一个黑色的圆拱，如同一扇巨门。弗罗多感觉自己被托了起来，穿过拱门，他看见石墙是一圈山丘，围绕着一片平原，平原中央屹立着一座岩石尖峰，犹如一座庞大的高塔，却并非人工筑成。塔顶站着一个人影。月亮渐渐升起，似乎有片刻正悬在那个人的头顶，风吹动了他的白发，在月光下闪闪发亮。从下方漆黑的平原上传来凶狠的吼声，还有众多野狼的嗥叫。突然间，一个好像生着巨大翼翅形状的阴影掠过了月亮。那个人影举起双臂，他所持的手杖发出了一道闪光。一只巨鹰俯冲而下将他载走。吼声尖厉，群狼长嗥。又有个如同狂风大作的响声，马蹄声乘风而来，哒哒，哒哒，从东疾驰而至。"黑骑手！"弗罗多想着，惊醒过来，马蹄声犹在脑海中回荡。他怀疑自己还有没有勇气离开这道石墙的庇护。他一动不动地躺着，仍在聆听。但此时万籁俱寂，末了他翻个身，又睡着了，漫游进了另一个回想不起的梦境。

在他旁边，皮平正做着好梦。但梦中情境一变，他翻了个身，呻吟起来。他突然醒来，或者是他以为自己醒了，却仍听见那个惊扰梦境的声音在黑暗中响着：**噼啪、吱吱**——这声响像是树枝在风中摩擦，像枝梢在挠墙挠窗——**吱嘎、吱嘎、吱嘎**。他怀疑屋子附近是不是有柳树。接着，他突然恐惧万分，怕自己根本不是身在一栋正常的房子里，而是在柳树里面，再次听见那个恐怖干涩的声音嘲笑着他。他坐起身，感到手中攥着柔软的枕头，又躺下来，松了口气。他似乎还听得见那句话在耳边回荡："什么都别怕！安歇一觉到天明！别担心夜里的动静！"于是，他又睡着了。

打扰梅里安眠的是水声：水轻轻流下，接着扩散，阻挡不住地扩散，将这屋子整个包围进一个没有边际的黑暗水塘。水流在墙下汩汩作响，缓慢但稳定地上涨。"我要被淹死了！"他想，"水会找到路渗进来的，然后我就被淹死了。"他感觉自己躺在黏乎乎的软泥沼里，便猛跳起来，一脚踏上了一角冰冷坚硬的石板。然后他记起自己身在何处，便又躺下。他似乎听见，或是想起自己听见了这样的话语："除了月光、星光和山顶吹来的风，没有什么能闯进门窗来。"一阵甜香的气息掀动了窗帘。他深深吸了口气，再次沉睡入梦。

至于山姆，就他记忆所及，一整晚都像根木头睡得死沉，满足无比——如果木头也会满足的话。

晨光中，他们四人一起醒来。汤姆在房间里走来走去，像只八哥鸟一样吹着口哨。听见他们有了动静，他立刻拍手喊道："嘿！来吧开心咚！欢乐咚！我亲爱的！"他拉开黄帘幕，霍比特人看见，原来房间两端被遮住的是窗子，一扇朝东，一扇朝西。

他们精神饱满地跳起来，弗罗多奔到东边的窗边，发现自己正望着一片露珠累累的菜园。他本来半期待着看见直抵墙根的草坪，草坪上踏满马蹄痕迹，可事实上，一排高高攀在支柱上的青豆占据了他的视野。他越过豆棚望向远处，可以看见山丘隐约的灰色轮廓映衬着朝阳。这是个苍茫的早晨，东边那一片长条云朵正像一绺绺边上沾了一圈红泥的脏羊毛，云后深处透着微弱的金色光芒。天色预示着要下雨；但天光很快大亮，青豆藤上的红花在湿润的绿叶陪衬下，显得鲜红欲滴。

皮平从西边的窗户望出去，往下望入了一潭迷雾。老林子隐藏在浓雾中。从上方望下去，好似俯瞰着一片云铺的斜屋顶。远处有道山谷或凹壑，浓雾在那里碎散成许多羽丝，滚滚如浪，那是柳条河的河谷。河从左边山岗流下，消失在白色的雾霭里。近在咫尺的是一片花园和一道修剪整齐、挂着银色蛛网的树篱，篱外修剪整齐的青灰草坪布满露水，淡淡生辉，不见柳树的踪影。

"早安，快乐的朋友们！"汤姆喊道，将东边的窗子敞开。清凉的空气涌了进来，含着雨的气息。"我看，今天太阳不会露多久脸。我已经出去走了一大圈，跃上山巅啦，破晓时分我就去了，嗅嗅风和天气，脚下是湿湿的草地，头顶是湿湿的天空。我在窗下唱歌唤醒了金莓，但什么都别想大清早叫醒霍比特人。小家伙们在黑夜里醒来，在黎明后睡去！叮叮当当！现在醒来，我快乐的朋友们！忘记夜里的动静！丁零当啷西零咚！欢乐咚！我亲爱的！如果你们动作快，会发现早餐还在桌上。如果你们来晚了，就只有青草和雨水！"

不消说，霍比特人自然是迅速到来——倒不是因为汤姆吓唬的话听起来有多认真。他们吃到差不多所有的盘子都底朝天，才下了餐桌。汤姆和金莓都没在场作陪。汤姆的声音在屋子里随处可闻，他在厨房里喊喳谈笑，在楼梯上上下下，在屋外这里那里唱歌。房间是朝西的，俯瞰着云雾缭绕的山谷，窗子也打开着。水从窗子上方的茅草屋檐滴下来。早餐还没吃完，天上的乌云已经连成厚厚一片，灰白的雨幕轻柔却稳定地直直落下，老林子彻底隐没在深深的雨幕后方。

他们眺望着窗外景色时，上方响起了金莓清亮的歌声，温柔飘落，仿佛攀着雨丝从天而降。他们只听见少数几个词，但那很显然是一首雨之歌，甜美如阵雨落在干燥的山岗上，述说着一条河流的故事：它从高地发源，一直流下遥远的大海。霍比特人欣然倾听，弗罗多心中窃喜，暗暗称颂老天仁慈，因为这让他们可以延迟出发。从醒来那刻起，他心上便沉甸甸地压着上路的念头；不过现在他想，今天是走不成了。

高空的风往西吹，饱含水汽的浓云翻滚堆聚，将满载的雨水倾泻在古冢岗那光秃秃的丘顶上。房屋四周除了落下的雨水，什么也看不见。弗罗多站在敞开的门旁，看着那条雪白的小径变成一条牛奶小河，一路冒着泡沫朝山谷流泻而下。汤姆·邦巴迪尔绕过墙角小跑进来，边跑边挥着双臂，好像在挥开雨水似的——确实，当他跃过门槛进屋，除了靴子，身上相当干爽。他把靴子脱了放在烟囱角落，然后在最大的一张椅子上坐下，叫霍比特人过来坐在他身边。

"今天是金莓的洗涤日，也是她秋天的打扫日。"他说，"这对霍比特人来说可太湿了点，就让他们在还能休息的时候休息吧！这是个好日子，适合说很长的故事、提出问题和回答问题，所以，汤姆这就开始说啦。"

于是他给他们讲了许多精彩非凡的故事，有时半是自言自语，有时那双浓眉下的明亮蓝眼睛会突然向他们投来一瞥。常常，他说着说着就唱起歌来，会起身离开椅子，舞上一番。他告诉他们蜜蜂与花朵的故事，树木的习性，以及老林子中奇怪的生物，他讲述了邪恶之物和良善之物，友好之物和敌对之物，残酷之物和仁慈之物，还有隐藏在荆棘下的秘密。

听着听着，几个霍比特人开始理解了老林子中的众生，不再囿于自身的视角，而是真切感到那里是林中其他一切生物的家，而他们才是陌生人。汤姆时不时提到柳树老头，这一来弗罗多了解到的知识足以令他满足——事实上，比他想知道的还多，因为那些知识让人挺不舒服。汤姆剖析了那些树的心灵和思想，那多半是黑暗又奇怪的，充满了对那些能在大地上自由行走之物的憎恨：那些能咬、能啮、能砍、能烧的，是破坏者和掠夺者。那座森林被称作"老林子"不是没有道理的，因为它的确古老，是被遗忘的浩瀚森林的遗迹，其中还长着同周遭山岗一样古老的老树，这些树木是万树的远祖，仍记得它们当家作主的岁月。无数的岁月让它们充满了骄傲与根源深厚的智慧，也充满了怨恨。但最危险的要数那棵大柳树：它的心已腐坏，力量却仍青壮；而且它很狡猾，精于招风，它的歌声与思绪在河流两岸的树林中通行无阻。它灰暗干渴的灵魂从大地汲取力量，再向外扩展，就像土壤中细密的须根，像空气中看不见的细枝嫩芽，直到它将老林子从树篱至古冢岗之间几乎所有的树木都纳入了自己的统治支配之下。

汤姆的话题突然一转，离了森林跃上年轻的小溪，越过水沫飞溅的瀑布，越过卵石与风雨侵蚀的岩石，扎进密密的青草和潮湿缝隙中的小花，最后漫游到了古冢岗上。他们听他讲起了大古冢和座座青坟丘，还有山岗上和山间洼地里的岩石圆阵。羊群咩咩叫。绿墙和白墙被筑起。高处建起了座座要塞堡垒。各个小王国的君王互相征战，初升的太阳照耀在他们崭新嗜血的红铜和青铜宝剑上，光芒似火。战胜，战败，高塔倾倒，要塞焚烧，烈焰冲天。黄金堆满死去的君王和王后的棺材架，一个个土墩覆盖了他们，岩石墓门封闭，青青野草湮没了一切。有一阵子，羊群漫步其间吃草，但很快山岗又荒芜了。有个阴影从远方的黑暗之地现世，墓冢中的尸骨骚动起来。古冢尸妖在山洼间出没，冰冷的枯指上戒指叮当响，金链子在风中摇晃。岩石圆阵裸露出地面，月光下犹如缺损的烂牙在狞笑。

霍比特人打了个寒战。就连在夏尔，他们都听过老林子再过去的古冢岗有古冢尸妖的传言。但那种故事没有哪个霍比特人爱听，哪怕当时坐在远离该地的温暖舒适的火炉边。此刻四人突然都想起，这房子里的欢乐气氛赶走了他们心中的什么顾虑：汤姆·邦巴迪尔的家就正好坐落在那片恐怖的山岗底下。他们不安地挪动，彼此互望，再没心思听他讲的故事。

等他们又跟上他讲的话，他们发现他这时已经漫无边际地讲起了陌生的地域，它们远在他们的记忆之前，超出他们清醒的思维之外。他还讲起了其他的时代，彼时世界更辽阔，大海直接冲刷着西边的海岸。汤姆仍旧不时歌唱着古老的星光，那时陆地上醒来的只有精灵的远祖。然后，他突然住了口，他们见他点着头，仿佛睡着了。霍比特人定定地坐在他面前，就像中了魔法；似乎应了他言词的咒语，风止息，云消散，白昼退却，黑暗自东西两方涌起，全天洒满了璀璨的星光。

究竟只过了一朝一夕，还是已过了许多时日，弗罗多无从判断。他既不觉得饿也不觉得累，心中唯独充满了好奇。星光透过窗子照进来，他似乎被穹苍的寂静包围着。出于好奇，也出于对这寂静突然生出的恐惧，他终于开口问道：

"大人，你是谁？"

"呃，什么？"汤姆坐直身子说，双眼在朦胧中闪烁，"你难道还不知道我的名字吗？那就是唯一的答案。告诉我，你若是孤独无名的一己之身，你又是谁？不过你还年轻，我却老了。我是最老之人，那就是我。吾友，记住我的话：在树木河流出现之前，汤姆已经在这儿；汤姆记得第一滴雨，第一颗橡实。他在大种人之前开辟了道路，他见证了小种人到来。在君王、坟冢和古冢尸妖出现之前，他已经在这儿。在海洋变弯之前，精灵前往西方之时，汤姆已经在这儿。他知道繁星之下那尚不包含恐惧的黑暗——那时，黑暗魔君尚未自外界降临。"

窗外似乎有个影子闪过，霍比特人连忙透过窗子向外望去。等他们又回过头，金莓正站在后面的门中，显出一个背光的身影。她拿着根蜡烛，一手遮护着火焰，烛光穿过她指间，如同阳光透过白色的贝壳。

"雨停了，"她说，"繁星下，新聚的水正奔流下山岗。让我们欢笑快活吧！"

"让我们吃吃喝喝吧！"汤姆喊道，"漫长的传说令人口渴，漫长的聆听令人肚饿，从早晨说到中午，中午说到夜晚！"说着，他一跃而起离开座椅，跳过去从烟囱架上取了根蜡烛，就着金莓所执的烛火点燃，然后绕着餐桌舞着。突然，他一蹦跃出门去，不见了。

他很快就回来了，托着一个满满的大托盘。于是，汤姆和金莓摆好桌子，霍比特人纷纷坐定，半是惊奇半是好笑：举止优雅的金莓是如此赏心悦目，而蹦蹦跳跳的汤姆是如此快乐古怪。然而，他们的举动似乎又以某种方式交织成同一支舞蹈，进出房间，围绕桌子，彼此毫不妨碍；食物、杯盘和照明，一转眼便安排就绪。桌上一片亮堂堂，烛光白亮明黄。汤姆对客人鞠了一躬。"晚餐准备好了。"金莓说道。霍比特人见她这时全身裹着银袍，系着雪白的腰带，鞋子如鱼鳞般闪耀。汤姆则一身澄净的蓝衣，蓝如雨后的勿忘我，穿着绿色的长袜。

这顿晚餐比先前的更出色。汤姆的讲述令四个霍比特人好似中了魔法，他们可能错过了一餐或几餐，但当食物摆在面前，他们就像至少一星期没吃过饭似的。有好一会儿他们都既没唱歌也没怎么说话，只专心一意地大吃。过了一阵，他们又一次心绪高涨，精神振奋，开始大声说说笑笑。

饭后，金莓给他们唱了许多支歌，那些歌欢快地始于山岗，轻柔地下降，终至沉寂。寂静中，他们在脑海里看见了水塘，看见了比他们所知的任何水域都更辽阔的水域，他们望进那些水域，便看见了水底的天空，浩渺深处的繁星如同珠宝。随后，她再次祝他们晚安，便离开了他们所在的炉火旁。不过汤姆这时看起来非常清醒，接二连三地问他们问题。

他显然已经颇为了解他们和他们的所有家人了，实际上他还很了解夏尔的全部历史与各种事迹，那些都发生在连霍比特人自己也记不清楚的古时年日。这已不再令他们感到惊讶，但他并不隐瞒，他新近的知识大都来自农夫马戈特，他似乎将马戈特视为一个比他们想象中更重要的人物。"老人脚下踏着大地，指间沾着泥土；他骨子里透着智慧，两眼洞明世事。"汤姆说。还有一点很清楚：汤姆也跟精灵来往，关于弗罗多出逃的消息，似乎以某种方式从吉尔多那里传到了他耳中。

实际上，汤姆知道得极多，提的问题又十分巧妙，弗罗多发现自己跟他讲了许多关于比尔博的事，以及他自己的恐惧与盼望，甚至比他对甘道夫说的还要多。汤姆的脑袋不住地上下点，当他听到黑骑手，眼中精光一闪。

"把那宝贝戒指给我看看！"故事讲到一半，他突然开口，而连弗罗多自己都惊诧的是，他从口袋中掏出链子，解下魔戒，立刻交给了汤姆。

有那么一刻，戒指在他棕色的手掌上似乎变大了一点。接着他突然将戒指举到眼前，大笑起来。刹那间，霍比特人见到了既滑稽又令人惊慌的一幕：汤姆那明亮的蓝眼睛透过一圈金黄闪闪发光。随即，汤姆将它套上自己的小指尖，举到烛火前。有那么片刻，霍比特人没察觉这有什么奇怪；但他们紧接着就倒抽一口冷气——汤姆竟然毫无隐形的迹象！

汤姆再次大笑，接着把魔戒弹到了空中——戒指一闪，消失了。弗罗多惊叫一声，而汤姆倾身向前，微笑着伸手将戒指还给了他。

弗罗多仔细打量着戒指，其实说是怀疑更确切（就像有人把小玩意借给变戏法的人耍过）。它还是同样的戒指，或者说，看起来一样，掂量着也一样：弗罗多觉得魔戒掂在手里总是重得出奇。然而，有什么在敦促他，要他确认一下。或许，他对汤姆有点不满：连甘道夫都认为是无比危险又重要的东西，他却如此轻率对待。弗罗多等着机会，当谈话又继续下去，汤姆说着一个有关獾和它们那怪异习性的荒诞故事时，他悄悄戴上了戒指。

梅里回身要跟他说话，却吃了一惊，险些叫出声来。弗罗多感到高兴（就某方面而言），这是他自己的戒指没错，因为梅里呆呆瞪着他的椅子，显然看不见。他站起身，蹑手蹑脚离开炉火，朝外面的门走去。

"嘿，你！"汤姆喊道，烁亮的双眼扫向他，显然把他看得一清二楚，"嘿！弗罗多，过来！你要去哪里？老汤姆·邦巴迪尔还没老眼昏花到那个地步。把你那金戒指摘下来！你的手不戴它才更好看。回来！别玩你那把戏了，过来坐在我身边！我们得再聊一会儿，想想明天早晨该怎么办。汤姆得指点你们正确的路，让你们的脚不会乱走。"

弗罗多大笑（他是在努力感到高兴），取下戒指，重新归位坐好。汤姆告诉他们，他估计明天会放晴，早晨会令人愉快，出发会满怀希望。不过他们最好早点动身，因为时间长了，连汤姆也没把握这片乡野的天气会是怎样，天气有时说变就变，比他换件外套还快。"我不是天气的主人，"他说，"任何用两条腿走路的都管不了它。"

他们采纳了他的建议，决定离开他家后朝差不多正北的方向走，翻过古冢岗西边较低的山坡；那样他们可以寄希望于旅行一天便抵达东大道，避开那些古冢。他告诉他们别害怕，但也别管闲事。

"别离开有绿草的地方；千万别跟古老的墓碑或冰冷的尸妖搅到一起，也别去偷窥他们的所在，除非你们很坚强，有颗大胆无畏的心！"这话他说了不止一次。他还建议，万一他们走岔了路碰上一处古冢，切记要从西侧绕过。然后，他教他们唱一首押韵诗，倘若他们明天不幸遇到任何危险、陷入任何困境，就可以唱这首诗。

嘿！汤姆·邦巴迪尔！汤姆·邦巴迪尔！
奉水之名，奉树木与山丘之名，奉芦苇与柳树之名！
奉火、日、月之名！听见我们的呼声！
快来！快来！我们有难了！

当他们都跟着他唱会这首歌后，他大笑着拍了拍每个人的肩膀，拿起蜡烛领他们回卧室去。

第八章

古冢迷雾

这一晚他们没听见任何动静。然而弗罗多总听见有个甜美的歌声在脑海中回荡，他分辨不出这是不是在做梦。那歌像是从灰色雨帘后透出的微光，变得越来越亮，逐渐将水幕彻底化作银亮的琉璃，直到最后雨幕卷起，太阳骤升，一片遥远的青翠原野在他面前展开。

当他清醒过来，这景象也消失了；但闻汤姆在吹口哨，热闹得像满树鸟儿在叫。太阳已经斜斜照下山岗，照入敞开的窗子。窗外，万物青绿，闪着淡淡金光。

他们又一次自己吃了早餐，早餐后便打点好行装准备道别，心情不是不沉重的，倘若这样一个清晨能够使人心情沉重的话——天气凉爽、晴朗，秋日晴空一碧如洗。清新的风从西北方吹来，他们那些安静的小马几乎撒起欢来，喷着鼻子，动来动去。汤姆走出屋子，挥着帽子，在门阶上舞动，嘱咐霍比特人上马出发，快速前行。

他们沿着屋后逶迤而去的小径离开，斜行攀上那道庇护了屋子的山脊北端。就在他们下马打算领着小马爬上最后一段陡坡时，弗罗多突然停了下来。

"金莓！"他喊，"那位身穿银绿长袍的美丽夫人！我们昨晚之后就没见过她，也压根就没向她道别！"他十分沮丧，甚至转身要往回走，但就在这时，一声清亮的呼唤悠悠而来。她就站在山脊上召唤他们，秀发随风飘扬，在阳光下闪闪发亮。她翩然起舞，足下随之生辉，就像沾着露珠的草地闪着晶莹的水光。

他们加快脚步赶上最后一道山坡，上气不接下气地来到了她身旁。他们向她鞠躬，她却挥了挥手，要他们环顾四方。他们从山顶上俯瞰晨光下的原野，如今视野辽阔，清楚分明，而之前他们站在老林子中的山岗上，只见一片云遮雾罩。这会儿他们能看见那座林中的小山岗就在西边，青绿依稀可见，突起于一片黑压压的森林中。那个方向的大地遍布树木，地势起伏而升，在阳光下呈现出青绿、金黄、赤褐等色彩，再过去则是隐蔽不见的白兰地河河谷。南边，越过柳条河一线，远处有隐约闪光，如同泛白的玻璃，白兰地河在那里的低地上绕了一个大弯，流向霍比特人一无所知的地方。朝北望去，在渐低的丘陵之后，大地舒展开去，平原与起伏的地表泛着灰、青和浅褐的色泽，渐渐淡入远处一片模糊与黯淡之中。东边屹立着古冢岗，一道又一道的山脊延伸进晨光中，直到从视野中消失，化作遐想——其实只不过是一片天蓝与一道朦胧的白光融入天际，可这却从他们的记忆与古老传说中勾出了印象，描出了遥远的、高耸的群山。

他们深深吸了一口气，觉得只要纵身一跃，再大步流星一番，就能去往任何想去的地方。慢慢沿着丘陵起伏的边缘朝大道走去，这似乎太懦弱了，他们应该像汤姆一样充满活力，一跳就跨过这片垫脚石般的丘陵，径直奔向大山。

这时金莓对他们开口了，唤回了他们的视线和思绪。"贵宾们，现在赶紧上路！"她说，"别偏离正路！朝北走，风从左边吹来，祝你们一路平安！趁着白昼光亮，尽快赶路！"她又对弗罗多说，"再见了，精灵之友，真高兴与你相会！"

然而弗罗多想不出回答的话。他深深鞠个躬，骑上了小马，他的朋友们随着他慢慢步下山岗背侧的缓坡。汤姆·邦巴迪尔的家和山谷，以及老林子，都从视野里消失了。两道青绿山坡之间的空气越来越热，他们呼吸到的青草气味越来越浓烈香甜。当他们抵达青绿的谷底，回头看时，只见金莓渺小而修长的身影映衬着天空，就像一朵太阳花：她纹丝不动地站在那边望着他们，向他们伸出双手。就在他们看见她时，她发出一声清亮的呼喊，举起手来，便转身消失在山岗后。

他们的路途蜿蜒经过山洼底部，绕过一座陡峭山岗的绿色山脚，进入另一道更深也更宽的谷地，然后再越过远处几座山岗的山肩，走下它们长长的山坡，再爬上它们平缓的山侧，上到另一些新的山顶，下到另一些新的谷地。一路上都没有树，也不见任何水流：这片乡野长满青草和富有弹性的草皮，四周一片寂静，唯有气流拂过大地边缘的微响，以及高处陌生鸟儿的孤独鸣叫。他们一路行进，太阳越升越高，越来越热。每次他们爬上一道山脊，微风就似乎变得更弱。当他们瞥见西边乡野时，远处的老林子似乎在冒烟，仿佛所有落下的雨水都从树叶、树根和土墩中重新蒸出来了。视野所及的边缘，这会儿笼罩着一片阴影，一团阴暗的迷雾，天空在它上方像个蓝色的帽盖，又热又沉重。

大约中午时，他们来到一座山岗上，山顶宽阔平坦如浅碟，环着一圈绿色土墩。环内空气纹丝不动，天空仿佛近在头顶。他们骑马穿过，向北望去，心情随即振奋起来，因为他们明显已经走得比预期的还远。此时距离肯定全都变得模糊不可靠了，但是毫无疑问，他们已经到了古冢岗的尽头。脚下是一道蜿蜒北去的狭长山谷，一路直通到两侧都是陡峭山肩的谷口。再过去，似乎再也没有山岗了。朝正北望去，一条长长的黑线依稀可见。"那是一排树，"梅里说，"那一定是大道的标记。从白兰地桥往东走，沿路好多哩地都长着树。有人说那是古时候种的。"

"太棒了！"弗罗多说，"如果今天下午我们能像早上一样走得快又顺，我们在太阳下山前就能离开古冢岗，悠闲地寻找宿营的地方了。"但就在他说话时，他朝东瞥了一眼，看见那边的山岗更高，正俯视着他们；并且这些山岗顶上全都环绕着青冢，有些还立着石碑，像绿色牙龈上突出了一口参差不齐的牙，直指苍天。

那幅景象不知怎地令人心神不宁。因此，他们转身不看它，下到圆环中的洼处。在洼地中央，单独竖立着一块石碑，高高耸立在头顶的太阳底下，此时没有投下任何阴影。它没有特殊形状，却有重大意义：就像一块界碑，像一根监护的手指，或者更像个警告。但他们这会儿饥肠辘辘，太阳还高悬中天，没什么好怕的。因此，他们背靠着石碑的东面坐了下来。它是冰凉的，仿佛太阳没有力量晒暖它，但这个时候让人感觉很舒服。他们取出食物和饮水，露天好好吃了一顿中饭，任谁都不能指望吃得比这更好了，因为食物是"山下来的"。汤姆为他们准备的分量很充裕，足够吃上一整天。他们的小马卸下了货物，在草地上随意踱步。

骑马走了大半天山路，又吃得饱饱的，晒着温暖的太阳，闻着青草的芬芳，他们躺得久了一点，伸直了腿，看着鼻尖上方的天空：这些情况，或许足以解释发生了什么事。不过，不管是什么原因，事实是：他们先前根本没打算睡，却突然很不舒服地惊醒过来。那块竖立的石碑冰一般冷，投下一道朝东延伸的黯淡阴影，笼罩着他们。太阳呈现出一种苍白淡薄的黄色，透过雾气，擦着他们所躺洼地的西沿照下来；而在北、南、东三面，外面都是一片冰冷苍白的浓雾。空气寒意深重，一片死寂。他们的小马垂着头，挤成一团。

霍比特人全惊跳起来，奔到洼地西边。他们发现自己置身在一个被大雾包围的孤岛上。就在他们惊愕的注视下，落日在眼前沉入了白色的雾海，背后的东方跃出了一个冰冷灰白的阴影。浓雾翻滚，涌到了洼地的墙边，升到了他们上方，爬升的同时倾弯过来，直到在他们头顶合拢，形成一个屋顶。他们被关在一个迷雾的大厅中，大厅中央的顶梁柱就是那块耸立的石碑。

他们感觉像是有个陷阱在周围合拢，但并未气馁。他们曾看到那条大道就横在前方，犹记得那幅充满希望的景象，也还记得它在哪个方位。无论如何，他们现在极其厌恶这处石碑所在的洼地，一点也不想待在这里了。他们用冻僵的手指尽快收拾好了东西。

不一会儿，他们便领着小马鱼贯越过洼地环缘，走下山岗长长的北坡，下到雾海之中。他们越往下走，迷雾就变得越冷也越潮湿，他们的头发全垂在额上，滴着水。到了谷底，他们冷到不得不停下来，取出带兜帽的斗篷裹上，但斗篷也很快就被灰蒙蒙的雾水沾湿了。于是，他们上马再次慢慢前进，靠着地面的起伏来摸索前行。他们尽可能猜测着方向，引着小马朝他们早上看见的，位于那道狭长山谷遥远北端的那个如同大门一样的开口走去。一旦穿过那处豁口，只要继续保持直线，最后就一定会走上大道。他们只想了这么多，另外就是模糊地期盼着，出了古冢岗后，或许不会有雾。

他们行进的速度非常缓慢。为了避免失散，也为了避免朝不同方向乱走，他们排成一路纵队，由弗罗多领头，山姆紧随其后，然后是皮平，最后是梅里。山谷似乎无穷无尽地往前延伸。突然间，弗罗多看见一个鼓舞人心的记号。透过迷雾，前方两侧开始依稀有黑影耸现。他猜他们终于走近了那个丘陵当中的开口，也就是古冢岗的北方入口。他们过了大门，就可以自由了。

"来吧！跟上我！"他回头喊，然后加紧步伐向前。但是他的希望迅速变成了困惑与惊恐。那两块黑影变得更黑，但是缩小了。突然间，他赫然看见两块竖立的巨石阴森耸立在面前，它们向着彼此微微倾斜，就像两根没有门楣的门柱。早上他从山头往下望时，可没见过山谷里有一星半点这样的东西。不等他反应过来，他已经从巨石间穿了过去；而他一穿过，黑暗就似乎笼罩了他。他的小马喷着鼻息，后脚直立而起，他从马上跌了下来。回头时，他发现自己孤身一人，其他人并没有跟上。

"山姆！"他喊道，"皮平！梅里！过来啊！你们怎么没跟上来？"

没人回答。恐惧攫住了他，他往回跑，穿过那两块巨石，狂乱地大喊："山姆！山姆！梅里！皮平！"小马猛然冲进雾里消失了。他觉得自己听到遥远的某处（听起来如此）传来了喊叫："喂！弗罗多！喂！"声音远在东边，也就是他的左边；他站在两块巨石底下，紧张地注视着那边的阴暗。他一头朝传来呼声的方向奔去，发现自己正爬上一个陡坡。

他挣扎着往上爬，一边又继续喊，并且越喊越狂乱，但是好一会儿都没听到任何回答，然后，似乎在遥远的前方高处，又传来模糊的呼喊。"弗罗多！喂！"微弱的声音从迷雾中传来，接着是听起来好像是**"救命！救命！"**的叫喊，重复再三，最后是一长声**"救命！"**拖成长长的哀号，然后戛然而止。他跌跌撞撞、竭尽全力朝喊叫声奔去，但是这会儿光线已经消失，浓重的夜幕包围了他，因此根本不可能确定任何方向。他似乎一直在往上爬，往上爬。

唯有脚下地表的起伏变化，让他知道自己终于来到了山顶或山脊上。他精疲力竭，汗流浃背，又感到寒冷透骨。天完全黑了。

"你们在哪里？"他悲惨地喊道。

没有人回答。他站着聆听，突然惊觉到周围变得非常寒冷，这片高处开始起风，冰寒彻骨。天气正在改变。此时迷雾飘过他身旁，像碎布败絮。他呵气成烟，黑暗不那么逼人，也没那么浓重了。他抬起头，惊讶地看见，头顶在匆匆飘逝的雾霭间，出现了微弱的星光。风开始嘶嘶地吹过草地。

他突然觉得耳中好像捕捉到一个被捂住的喊声，便朝那声音走去。随着他往前走，迷雾翻滚着朝旁推开，露出了满天星斗。一瞥之下，他看出自己面向南方，正在一座小山的圆顶上，他一定是从北边爬上来的。刺骨的寒风是从东边吹来。在右边，朦胧映衬着西方星空的，是个深黑的东西。那是一座庞大的古冢。

"你们在哪里？"他再次喊，既生气又害怕。

"在这里！"一个深沉又冰冷的声音说，仿佛发自地底，"我正在等你！"

"不！"弗罗多说，但他没逃跑。他膝盖一软，跌倒在地。什么也没发生，连个声音也没有。他颤抖着抬起头，正好看见一个高大的黑色人形朝他俯下身来，映衬着星光像个影子。他觉得自己见到了两只冰冷异常的眼睛，燃着一种好似发自遥远之处的微光。接着，一只冷硬胜铁的手抓住了他。那冰冷的触碰令他彻骨寒透，他晕了过去。

等他再醒过来，有那么片刻，除了惧怕的感觉，什么也想不起来。然后，他蓦然意识到自己已被囚禁，毫无希望——他置身在一座古冢里。古冢尸妖抓走了他，他恐怕已经中了那些传说中提到的古冢尸妖的可怕咒语。他不敢动弹，只是保持刚才醒来时的姿势，仰躺在冰冷的岩石上，双手搭在胸口。

他害怕到了极点，恐惧仿佛融入了那团包围他的黑暗，但他躺在那里，却发现自己想起了比尔博·巴金斯和他的故事，想起了他们一同在夏尔的小路上漫步时，所谈到的旅途和冒险。即便在最胖也最胆小的霍比特人心中，也仍然埋藏着勇敢的种子（通常埋得着实很深），等待着某种最后的、生死攸关的危险，来促使它生长。弗罗多既谈不上很胖，也谈不上很胆小；事实上，虽说他自己不知道，但比尔博（和甘道夫）都认为他是夏尔最优秀的霍比特人。他以为自己已经来到这次冒险旅程的终点，一个可怕的终点，但这个念头反而使他刚强起来。他发现自己绷紧了身体，仿佛要做最后一次挣扎；他不再觉得自己是个残废、无助的猎物。

他躺在那里，思考着，定下心来，立刻注意到黑暗正在慢慢退却，周围渐渐涨起了一种微弱的绿光。起初，这光并未让他看清身在何种地方，因为它似乎是从他自己身上和他旁边的地上发出来的，还没扩散到天花板和墙壁上。他扭过头，荧光中看见山姆、皮平和梅里躺在身边。他们都仰躺着，脸色看起来死一般苍白，身上裹着白衣，周围放着很多珍宝，可能是黄金，但在这光中显得冰冷又可厌。他们头上戴着头箍，腰上系着金链，手上戴着许多戒指，身边摆着剑，脚边放着盾牌。但是在他们三人的脖子上，横放着一把出了鞘的长剑。

一首歌骤然响起，是种冰冷的呢喃，时高时低。那声音似乎远远传来，阴郁无比，有时缥缈如在高空，有时又低沉如地底传来的呻吟。从这些悲伤却恐怖的声音汇成的无形之河中，不时涌现出一串串歌词，字字句句阴沉、僵硬、冰冷，残忍又悲惨。黑夜在奚落它被剥夺的早晨，寒冷在诅咒它所渴望的温暖。弗罗多冷到了骨子里。过了一刻，歌声变得更清楚了，他满怀恐惧地注意到，它变成了咒文：

> 四体僵冷，刺骨入心，
> 岩洞长眠寒似冰，
> 如今墓穴长眠罢，
> 直到日月陨落不再明。
> 黑风吹袭，星辰将晦，
> 身披黄金卧不醒，
> 只待魔君发号令，
> 大地荒芜四海寂。

他听见脑后传来嘎吱声和剐擦声。他用胳臂支起身子看过去，此刻在幽暗的光中，他看到他们躺在一个像是走廊的地方，后面正是走廊的转角。绕过转角，有一条长长的手臂正在摸索，靠着手指朝离它最近的山姆爬去，爬向那把横在他颈上的剑的剑柄。

一开始，弗罗多感觉自己好像真的被咒语变成了石头。接着，他冒出了一个疯狂的念头，想要逃跑。他琢磨着，如果自己戴上魔戒，古冢尸妖会不会就看不见他了，这样他就可以想办法逃出去。他想象着自己在草地上自由奔跑，哀悼梅里、山姆和皮平，但是又自由了，并且活着。他确实无能为力，甘道夫也会认可的。

但是，他心中已被唤醒的勇气这时占了上风，他无法就这样轻易抛下自己的朋友。他踌躇着，手在口袋里摸索，然后又一次天人交战。这时，那只手爬得更近了。突然，他铁了心，一把抓起摆在身边的短剑，跪起身，弯腰横过伙伴们的身体，用尽全身的力气猛砍向那条爬行手臂的手腕，斩断了那只手。与此同时，剑刃也崩碎开来，直至剑柄。只听一声尖叫，微光消失了。黑暗中传来一阵咆哮。

弗罗多趴倒在梅里身上，感到梅里的脸一片冰冷。刹那间，他脑海中浮现了那些打从浓雾一起就忘掉的记忆，想起了山下的那栋房子，以及汤姆所唱的歌。他想起了汤姆教他们的押韵诗。他用微弱又绝望的声音开始唱："嘿！汤姆·邦巴迪尔！"随着这个名字出口，他的声音似乎强大起来，含有一种饱满活泼的音质，黑暗的墓室里回音响亮，仿佛打鼓吹号似的：

> **嘿！汤姆·邦巴迪尔！汤姆·邦巴迪尔！**
> **奉水之名，奉树木与山丘之名，奉芦苇与柳**
> **树之名！**
> **奉火、日、月之名！听见我们的呼声！**
> **快来！快来！我们有难了！**

一阵突如其来的深沉寂静，静到弗罗多可以听见自己的心跳。这一刻漫长又缓慢，但他接着听见了应答的歌声，清晰却遥远，仿佛透过地底，穿过厚墙而来：

> **老汤姆·邦巴迪尔，乐天老伙计，**
> **他身穿外套天蓝色，脚蹬黄皮靴。**

从未有人捉得住，汤姆才是真主人，
他的歌曲更嘹亮，脚步更迅捷。

只听一阵响亮的隆隆声，好像有许多石头滚落，接着光亮涌入——这是真正的光，白昼的亮光。弗罗多双脚再过去一点的墓室尽头，出现了一个低矮的开口，好似一道小门；汤姆的头（包括帽子、羽毛，等等）探了进来，正在上升的红日从他背后照来，给他的头镀了一道边。光线照到地板上，照到了躺在弗罗多身边的三个霍比特人的脸上。他们纹丝不动，但是那种病态的色彩消失了。现在，他们看起来只不过是在沉睡。

汤姆弯下腰，摘下帽子，一边走进黑暗的墓室，一边唱道：

腐朽尸妖滚出去，消失在阳光下！
退散如迷雾，悲鸣如冷风！
遁逃千山外，荒野上，
从此永不归，圹穴空！
快消失，被遗忘，藏身黑暗中，
禁门永锢，直到世界重铸。

随着这些词句，只听一声叫喊，墓室内侧的一端有一部分哗的一下坍塌了。接着是一声拖得很长的尖叫，逐渐消退到遥不可测的远方；之后，便是一片寂静。

"来吧，吾友弗罗多！"汤姆说，"我们出去，到干净的草地上去！你得帮我抬他们。"

他们一起把梅里、皮平和山姆都抬了出去。弗罗多最后一次离开古冢时，觉得自己看见那只被砍下的手，像受伤的蜘蛛一样，在一堆坍塌的土石中犹自蠕动。汤姆又回到墓里去，随即传来了一阵重重的捣毁声。当他出来时，双臂抱着满满一大堆珍宝：金、银、紫铜、青铜的器物，还有许多珠子、链子、镶宝石的首饰。他爬上绿色的古冢，将东西全放在阳光下的坟头上。

他站在那里，手里拿着帽子，头发在风中飘动。他低头看着那三个被放在坟冢西侧、仰躺在草地上的霍比特人，举起右手，用清晰又富有权威的声音说：

快乐的小伙子们，听我呼唤快醒来！

冰冷岩石已倾颓，温暖重回身与心！

黑暗之门已攻破，死亡之手已斩断！

黑夜阴影已驱散，重返出口已敞开！

令弗罗多大为欣喜的是，三个霍比特人有了动静。他们伸伸手臂，揉揉眼睛，接着一骨碌跳了起来。他们惊讶万分地左右张望，先看看弗罗多，再看看汤姆——他就真切无比地站在上方的古冢上。然后，他们看见自己穿着单薄的破烂白衣，头上腰上都戴着黯淡的金饰，还有叮当响的小饰品。

"这究竟怎么回事啊？"梅里摸着头上滑下来遮住一只眼睛的黄金头箍，开口问道。接着他住了口，脸上掠过一抹阴影，闭上了眼睛。"当然，我记得！"他说，"卡恩督姆[1]的人在夜里来攻击我们，我们被打败了。啊！长矛刺穿了我的心脏！"他捂住了胸口，"不！不！"他说着，张开眼睛，"我这是说什么呢？我一直在做梦。弗罗多，你去哪儿了？"

"我以为自己迷路了。"弗罗多说，"不过我不想说。我们还是想想现在该做什么！我们上路吧！"

"穿成这德性，少爷？"山姆说，"我的衣服呢？"他把头箍、腰带、戒指全扔到草地上，无助地环顾四周，仿佛期待着发现他的斗篷、外套、马裤和其他霍比特服装，会放在附近哪个地方。

"你再也找不到你的衣服啦。"汤姆说着，从坟冢上蹦蹦跳跳下来，边哈哈笑，边在阳光下绕着他们舞蹈。这让人觉得，从没出过什么危险或可怕的事；当他们看着他，看见他眼中闪烁的快乐神采，恐怖的确从心中烟消云散了。

"什么意思？"皮平望着他问，半是迷惑半是好笑，"为什么找不到？"

汤姆摇摇头，说："你们刚刚又逃过了一劫。能捡回一条命，丢了衣服可只是小事。我快乐的朋友们，要快乐，现在让温暖的阳光晒热我们的心和手脚！扔掉那些冰冷的破烂衣服！汤姆要去打猎，这会儿你们就光着身子在草地上跑跑吧！"

他蹦蹦跳跳下了山，边吹着口哨边吆喝。弗罗多目送他下山，见他沿着他们这山与附近那山之间的绿色洼地一路向南跑去，仍旧吹着口哨并吆喝着：

> 嘿呦回来吧！你们上哪儿啦？
> 跑上还是跑下，附近待着还是跑远啦？
> 尖耳朵、灵鼻子、刷子尾、小土佬儿！
> 白蹄小家伙，还有老胖墩儿！

他这么唱着，跑得飞快，把帽子抛高又接住，直到起伏的地形遮住了他的身影；不过有好一会儿，他那"嘿呦！嘿呦！"的声音仍随风传来，现在风又转往南吹了。

空气又变得非常温暖。霍比特人照着汤姆所言，在草地上奔跑了一阵子，然后躺下来晒日光浴。那种愉快，就像人眨眼间从严冬被吹送到温暖宜人的气候里，又像久病卧床的人一朝醒来，发现自己出乎意料地康复了，日子又再度充满了希望。

等到汤姆回来，他们已经感觉身强力壮了（并且饿了）。他又出现时，先是帽子从山脊后冒出来，六匹小马乖顺地成一行跟在他后面：他们自己的五匹，外加一匹。最后那匹分明是老胖墩儿：它比他们自己的小马体型更大、更强壮，也更胖（并且更老一些）。另外五匹小马都是梅里的，梅里其实没给它们取过任何这样的名字，不过它们接受了汤姆给取的这些名字，终身如此。汤姆一一叫着它们的名字，它们爬上山脊，站成一排。然后，汤姆对霍比特人鞠了一躬。

"现在，你们的小马都在这儿了！"他说，"它们比你们这些爱乱逛的霍比特人聪明多啦（就某方面而言），它们的鼻子可灵了。它们嗅到前方有危险，你们则一头扎进去；它们为保命逃生的话，可跑对了路。你们必须原谅它们。它们是忠心的，只不过生来不是为了面对古冢尸妖这种恐怖东西的。瞧，它们回来了，驮着的东西一样也没少！"

梅里、山姆和皮平穿上了他们行李中备着的衣物，不过很快就觉得太热，因为他们不得不穿上一些较厚较暖的衣服，那是他们为即将来临的冬天准备的。

"另外那匹老马，老胖墩儿，是哪儿来的？"弗罗多问。

"它是我的。"汤姆说，"它是我的四足伙伴；不过我很少骑它，它常独自在山坡上自由远游。当你们的小马在我那儿时，它们认识了我的胖墩儿。它们在夜里嗅到它的味道，迅速跑去找它。我想到它会去找它们，会用慧语除掉它们的恐惧。不过，现在，我快乐的胖墩儿啊，老汤姆要骑马啦。嘿！他会跟你们一起走，好把你们送到大道上，所以他需要一匹小马。你总不能靠着自己的腿边跑边跟骑在马上的霍比特人聊天啊，那可不容易。"

霍比特人听到这话，喜出望外，对汤姆谢了又谢。不过他大笑说，他们太容易迷路，他得亲自把他们平安送出自己的地界才能放心。"我还有自己的事要忙，"他说，"我要创作，还要唱歌，我要谈话，还要散步，我还得巡视自己的乡野。汤姆没法总是随叫随到，给人开墓门或者柳树缝。汤姆有自己的家要照料，金莓还在等着呢。"

从太阳来看，时间还早，大约是九到十点之间。霍比特人又想到了食物。他们的上一顿饭是昨天中午在那块耸立的石碑旁吃的。现在的早餐是汤姆之前给他们准备的，本来是昨天的晚饭，外加汤姆这次随身给他们带来的。这一顿并不丰盛（考虑到他们是霍比特人，而且又是这种状况），但他们感觉吃得挺好。他们吃的时候，汤姆上到坟冢顶上，检视那些珍宝。他把大部分宝物堆成一堆，它们在草地上熠熠生辉。他吩咐它们待在那里，"任凭发现者处置，无论是飞禽还是走兽，精灵还是人类，或所有善良的生物"；因为如此一来，这坟冢的咒语就破解了，尸妖再不能回来。从宝物堆中，他给自己选了一个镶着蓝宝石的别针，色泽丰富，像亚麻花或蓝蝴蝶的翅膀。他盯着它良久，仿佛它触动了什么记忆，摇着头说：

"这个小玩意，就归汤姆和他的夫人啦！很久以前，有个美人将这别针佩戴在肩上。现在，金莓该佩戴它，而我们也不会忘记她！"

他给每个霍比特人选了一柄匕首，匕首呈狭长的柳叶形，很锋利，做工精良，装饰着红与金的蛇纹。匕首出鞘，光芒耀眼，黑色的剑鞘是以某种奇怪的金属打造，轻而坚硬，镶着许多璀璨的宝石。无论是由于剑鞘的良好保护，还是因为施加在这古冢上的咒语，这些匕首似乎丝毫不曾受到岁月的侵蚀，不见锈迹，锋利无比，在阳光下闪着寒光。

"古代的小刀长得足够给霍比特人当剑使。"他说，"如果夏尔人要往东往南走，甚至远走到黑暗与危险当中，最好有把利器防身。"然后，他告诉他们，这些匕首是很久以前西方之地的人类打造的：他们是黑暗魔王的仇敌，但是他们被来自安格玛之地、卡恩督姆的邪恶之王打败了。

"现在没什么人记得他们了，"汤姆喃喃道，"不过还是有人在漫游，他们是被遗忘的诸王的子孙，仍旧孤单地游走四方，守护那些浑然不觉的人不受邪物侵扰。"

霍比特人不明白他的话，但他这样说的时候，他们看见了一幅景象，似是岁月往后倒退了许多年，广大朦胧的平原上有人类在迈步，高大严肃，手执雪亮的长剑，最后走来一人，眉心戴着一颗星。接着，景象褪淡，他们又回到了洒满阳光的世界，又该出发了。他们收拾好行李，给小马驮上，做好了准备。他们把新武器挂在腰间的皮带上，罩在外套底下，感觉非常别扭，还怀疑这武器究竟有没有用。他们先前谁也没想到，这场逃亡引他们卷入的冒险，其中会包括战斗。

他们终于出发，领着小马走下山岗，然后上马迅速小跑着穿过了谷地。回头时，他们看见了山上那座古冢的坟头，阳光照在金子上，反射出的光辉犹如金黄的火焰。随后，他们转过了古冢岗的一处山肩，那景象便被挡住看不见了。

虽然弗罗多不住环顾四周，却完全不见那两块耸立如大门的巨石的踪影。没多久，他们便骑马来到北边豁口并策马迅速通过，面前的大地都是下坡。有汤姆·邦巴迪尔骑着胖墩儿快乐地走在旁边或前面，这趟旅程非常愉快，胖墩儿虽然腰身浑圆，但跑起来可不慢。大部分时候汤姆都在唱歌，多数的歌不知所云，不过那也有可能是一种霍比特人不懂的陌生语言，一种古代的语言，主要用来表达惊奇和快乐。

他们稳步前进，但是很快就看出，大道比想象的要远。就算没有起雾，昨天中午睡那一觉也会害他们无法在天黑之前抵达大道。他们当时看见的那条黑线也不是树，而是一排长在深沟边缘的灌木，沟的对岸有一道陡峭的墙。汤姆说，在很久以前，它曾是一个王国的国界。他似乎想起了某件与之有关的悲伤往事，不愿再多说。

他们爬下深沟，再爬出去，穿过墙上的一处开口，然后汤姆转向了正北，因为他们之前走得有些偏西。地面现在开阔又平整，他们都加快了步伐，终于在太阳已经西沉时看见前方有排高大的树木，于是知道：在经历了许多意想不到的冒险后，他们终于回到了大道上。他们快马加鞭走完最后一段路，停在了大树长长的阴影下。他们在一道堤岸斜坡的顶端，大道在下方逶迤而去，随着夜色渐浓而模糊起来。在他们所在之处，大道差不多是由西南向东北延伸，并且在右边迅速降入一片宽阔的洼地。大道上密布车辙，处处显示出最近下过大雨的迹象，路面满是积满水的水洼和凹洞。

他们骑马下了堤岸，上下打量，不见任何东西的踪影。"好了，我们终于回到大道上了！"弗罗多说，

"我估计，我们走我选的捷径穿过老林子，耗掉的时间不超过两天！不过，事实或许会证明，耽搁反而有用：也许我们因此摆脱了他们的追踪。"

余人都看着他。对黑骑手的惧怕如同一团阴影，突然又笼罩了他们。打从进入老林子，他们主要想的就是如何回到大道上；直到现在，当大道就在脚下，他们才想起那追赶自己的危险，十之八九就在这条大道上等着他们。他们焦虑地回望落日的方向，但是大道一片土褐，空荡荡的。

"你想，"皮平迟疑着说，"你想，我们今晚会不会遭到追击？"

"不，我希望今晚不会，"汤姆·邦巴迪尔回答，"也许明天也不会。不过，别相信我的猜测，因为我也不确定。我对遥远的东方一无所知。那些骑手来自远离汤姆家乡的黑暗之地，汤姆不是他们的主人。"

尽管如此，霍比特人还是希望他能与他们同行。他们觉得，真有谁知道如何对付黑骑手，那就是汤姆了。他们现在很快就要进入对他们而言全然陌生的地方，只有那些最古老也最语焉不详的夏尔传说，才提过这些地方。在这聚拢的苍茫暮色里，他们想家了。深深的寂寞和失落感笼罩着他们。他们默立着，不愿意做最后的道别，并且好一会儿才意识到汤姆在祝他们一路顺风，告诉他们要保持心情愉快，并且不要停下来，要一直骑马行到天黑。

"在今天结束之前，汤姆会给你们一个好建议（之后你们就得指望好运与你们同在，引导你们啦）：沿着大道再走四哩，你们就会遇到一个村庄——布理山下的布理镇，屋门都是朝西开。你们在那里可以找到一家老客栈，叫作**跃马客栈**。麦曼·黄油菊[2]是个称职的店主。你们可以在那里过夜，之后就可以早上快点赶路。要胆大，更要心细！保持心情快乐，骑着马去会会命运！"

他们请求他至少陪他们走到客栈，跟他们再喝一杯，但是他笑着拒绝了：

汤姆的领地到此为止，他不会跨越边境。
他有自己的家要打理，还有金莓等他归去！

然后他转过身，抛了下帽子，跃上胖墩儿的背，骑马越过堤岸，唱着歌走进了暮色。

霍比特人爬上堤岸，目送他的背影消失在视野中。

"我真舍不得跟邦巴迪尔主人分别。"山姆说，"他很谨慎，不出差错。我敢说，我们往前走上很远的路，都不会碰上比他更好，也更怪的人了。不过我得承认，我挺高兴去见识见识他说的那家**跃马客栈**。我希望它就像咱老家的**绿龙酒馆**！布理镇住的都是些什么人啊？"

"布理镇有霍比特人。"梅里说，"也有大种人。我敢说，那家客栈足够给人家的感觉。**跃马客栈**是一家公认的好客栈。我们那里的人不时骑马上那儿去。"

"也许它完全符合我们的期望，"弗罗多说，"但它毕竟在夏尔之外。你们可别随便得像回了家一样！请记住，你们全都得记住——巴金斯这名字**绝不能**再提了。如果必须提到名字的话，我是山下先生。"

于是，他们上了马，安静地出发进入暮色中。黑夜很快降临，他们沉重缓慢地骑马下山，又再上山，直到终于看见前方一段距离开外有灯火闪烁。

布理山耸立在前，挡住了大道，映衬着朦胧星光，俨然一团黑暗巨物。在它的西侧，安然坐落着一个大村镇。现在他们急急赶去，唯愿找到一处炉火，和一扇能把自己和黑夜隔离开来的门。

第九章

跃马客栈

布理镇是布理地区最主要的村庄，是一处小聚居地，像一座被包围在杳无人迹的荒野里的孤岛。除了布理镇本身，山丘另一面还有个斯台多[1]村，东边稍远的深谷里有个库姆村，此外还有位于切特森林边缘的阿切特。环绕在布理山和各个村庄周围的，是一片只有几哩宽的田野和开垦过的林地。

布理的人类发色棕褐，身材较为矮小，却很壮硕，乐天又独立。他们自己做主，不归任何人管辖，但比起别的大种人，他们对霍比特人、矮人、精灵，以及世间其他种族的居民，都更友好亲切。根据他们自己的传说，他们是此地最早的居民，是过去第一批漫游到中部世界以西的人类的后裔。只有少数人从远古时代的战乱中幸存下来；当诸王渡过大海重新归来，他们发现布理人还在，而当荒草湮没了对古代诸王的记忆时，布理人仍在。

在那些年月里，没有别的人类定居在这么靠西的地方，也没有别的人类定居在夏尔方圆一百里格以内。但在布理镇以外的荒野里，有神秘的漫游者。布理人称他们"游民"，但不知道这些人的来历。他们比布理的人类身材更高、肤色更深，据信拥有特殊的视力与听力，并且懂得鸟兽的语言。他们朝南、朝东信步而行，朝东甚至远达迷雾山脉。但如今他们人数很少，也不容易见到了。他们出现时，会带来远方的消息，讲述一些陌生且被遗忘的传说，人们对此热切聆听。不过布理人不跟他们交朋友。

布理地区也住了许多霍比特人家，**他们**自称此地是世上最古老的霍比特人村落，在霍比特人还没渡过白兰地河，夏尔还没开垦之前很久，此地就存在了。他们主要是住在斯台多村，不过也有些就住在布理镇，尤其喜欢住在人类的房子上方，在山坡上较高的地方。大种人和小种人（他们彼此这么称呼）相处和睦，各依习俗、各行其是，但双方都正确认识到自己是布理居民中不可缺少的一部分。全世界再没有哪个地方可以找到这么古怪（却好极了）的安排了。

布理的居民，无论大小，都不常旅行。他们关注的主要是四个村庄的事务。布理的霍比特人不时会去远到雄鹿地或东区的地方，但是，尽管从白兰地桥骑马往东走，不到一天就能到达这个小地方，夏尔的霍比特人现在却很少前来此地。偶尔，雄鹿地的人或图克家爱冒险的人，会来客栈住一两个晚上，但就连这样的事儿也变得越来越少了。夏尔的霍比特人把布理的居民，以及居住在边界以外的所有人，都称为"外地人"，认为他们粗野鲁钝，对他们丝毫不感兴趣。事到如今，散居在这世界西边的外地人，恐怕比夏尔人想象得更多。有些无疑不比流浪汉好到哪里去，他们随便在哪个坡地上挖个洞，高兴住多久就住多久。但是不管怎么说，在布理地区，霍比特人一向正派得体，日子过得繁荣兴旺，一点也不比他们大多数住在"内地"的亲戚来得土气。人们还没忘记，有段时期夏尔和布理之间往来频繁；众所周知，白兰地鹿家就有布理的血统。

布理镇上约有百来栋大种人的石砌屋，大多数坐落在俯瞰大道的山坡上，窗子都朝西开。在山坡那一面，有一道环山绕了大半个圈的深沟，沟的内圈有道浓密的树篱。大道经由一条堤道越过深沟，但在通过树篱的地方，阻隔着一道巨大的门。南边角上大道通出镇外之处，还有另一道大门。这两道门都在天黑后关闭，不过门内就有专为看门人而设的小屋。

在大道向右拐，绕过山脚处的路边上，有一座很大的客栈。它建在很久以前，彼时大道更加熙来攘往。布理自古是交通要地，另一条古道就在深沟外、小镇的西边尽头处与东大道相交。在过去的年代，人类和其他形形色色的种族，在这条道上络绎不绝。夏尔东区至今仍有一句俗话：**"稀奇好比布理奇闻。"** 这话就是从当时流传至今。彼时客栈里听得到来自北、南、东边的消息，夏尔的霍比特人也更常去听。但是，北方大地已经荒芜许久，北大道如今少有人迹，它现在杂草丛生，布理人称它"绿大道"。

不过，布理的客栈还在，客栈老板是个重要人物。四个村子里的居民，不管是大种人还是小种人，其中那些游手好闲的、健谈的、好奇爱打听的，都把他家客栈当成聚会处；而游民和别的流浪者也常在这里落脚，再就是一些经过东大道往来大山的旅人（大多数是矮人）。

天黑了，群星闪耀，弗罗多和同伴们终于来到了东大道和绿大道相交处的路口，走近了小镇。他们来到西大门，发现门关了，不过门后的守门小屋门前坐着个人。他跳起来，弄了盏灯笼过来，隔着大门惊讶地看着他们。

"你们打哪儿来的？打算干吗？"他粗声粗气地问。

"我们要到客栈投宿。"弗罗多说，"我们要往东边去，可是今晚不能再走了。"

"霍比特人！四个霍比特人！而且，听口音还是夏尔来的。"守门人小声嘀咕，仿佛在自言自语。他阴沉地盯着他们看了一会儿，然后慢慢打开了门，让他们骑马进来。

"我们很少见到夏尔人在夜里骑马走大路。"他们在他的小屋前停了一会儿，与此同时他继续说，"你们得原谅我这好奇心——你们要办什么事儿，得去布理东边？我能不能问问，你们都叫什么名字？"

"我们叫什么名字、要办什么事儿，都是我们自己的事儿，我看不宜在这个地方讨论。"弗罗多回敬，他不喜欢那人的神情和口气。

"你们的事儿是你们的，这点毫无疑问，"那人说，"但天黑以后得盘问来人，这可是我的事儿。"

"我们是雄鹿地来的霍比特人，我们爱好旅行，想在这儿的客栈投宿。"梅里插嘴说，"我是白兰地鹿先生，告诉你这些够了吗？过去布理人对旅人说话都很客气，我反正是这么听说的。"

"好吧，好吧！"那人说，"我没冒犯的意思。不过你们多半会发现，可不只是守门的老哈里会问你们问题。附近可是有怪人的。你们要是去**跃马客栈**，就会发现自己不是唯一的客人。"

他向他们道了晚安，他们没再说什么。不过弗罗多借着灯笼的光，看得见那人仍在好奇地打量他们。当他们骑马往前去的时候，他很高兴听见大门在背后咣啷一声关上。他奇怪那人为何如此多疑，以及是否有人打听过一小群霍比特人的消息。那会是甘道夫吗？他们耽搁在老林子和古冢岗的时候，他说不定已经到了。但那守门人的外貌和声音流露出一些东西，让他很不舒服。

那人在后面盯了霍比特人一会儿，便回到了自己的小屋中。而他刚一背转身去，一个黑影就迅速翻过大门进来，消失在镇上街道的阴影中。

霍比特人骑着马上了一道缓坡，走过疏疏落落几户人家，在客栈外面停了下来。那些房子在他们看来都又庞大又奇怪。山姆仰头瞪着这栋有许多窗户的三层楼客栈，觉得心直往下沉。他想象过自己在这趟旅途中迟早会遇见比树还高大的巨人，以及别的比那还可怕的生物；但过了这叫人精疲力竭的一天，在此刻的夜里，他第一眼见到人类和他们的高屋大房，觉得这实在是够了——事实上，简直是吃不消。他想象出这样一幅图景：客栈院子的阴影里立着一匹匹上了鞍的黑马，黑骑手从楼上黑沉沉的窗户往下望。

"少爷，我们肯定不会在这儿过夜，对吧？"他大叫道，"如果这地方有霍比特乡亲的话，我们干吗不去找个愿意接待我们的人家投宿？那不是更有家的感觉吗？"

"住客栈有什么不好？"弗罗多说，"汤姆·邦巴迪尔推荐这里。我想这里面一定挺像家的。"

在老主顾眼里，就连客栈的外观都令人愉快。它面对大道，两翼的厢房向后延伸，由于建在山坡下切出的土地上，后边厢房的三楼窗户正好与坡面平齐。两翼中央有座宽敞的拱门，通往中间的庭院；拱门的下方，左边有道大门廊，上几级阔台阶就能到，门开着，光线从内流淌出来。拱门上方有盏灯，灯下悬挂着一面大招牌，招牌上画着一匹用后腿直立的白胖小马，门楣上漆着几个白色大字：**麦曼·黄油菊的跃马客栈**。厚厚的窗帘后，许多低层的窗户都透出灯光。

就当他们在外头的昏暗中踌躇时，里面有人开始唱起一首快乐的歌，许多欢乐的噪音也跟着大声唱了起来，汇成了合唱。他们听了会儿这鼓舞人的声音，然后下了马。一曲终了，爆发出一片笑声和掌声。

他们牵着小马走到拱门下，将马留在院中站定，自己则上了台阶。弗罗多往前走，却差点跟一个矮矮胖胖、红脸光头的人撞个满怀。那人穿着条白围裙，正匆忙走出一扇门要进另一扇，手里捧的托盘中满是盛满啤酒的大杯子。

"我们可不可以——"弗罗多开口。

"请等一会儿，拜托啦！"那人回头喊，消失在一片嘈杂的人声和一团烟雾里。片刻之后，他又出现了，在围裙上擦着双手。

"晚安，小少爷！"他鞠个躬说，"请问你有什么需要？"

"如果能安排的话，我们要四张床，还要安置五匹小马的马厩。请问你是黄油菊先生吗？"

"正是在下！我叫麦曼——麦曼·黄油菊听候您的差遣！你们是从夏尔来的，对吧？"他说，接着，他突然抬手猛拍了下额头，仿佛努力要记起什么事。"霍比特人！"他喊道，"这让我想起什么来了？先生，我可以请问你们都叫什么名字吗？"

"这是图克先生，还有白兰地鹿先生，"弗罗多说，"这是山姆·甘姆吉。我名叫山下。"

"要命！"黄油菊先生弹了下手指说，"我又忘了！等我有时间想了，就会想起来的。我正忙得不可开交；不过让我看看能为你们做点什么。我们如今很少碰到成群结队从夏尔来的人啦，如果没好好接待你们我一定会很过意不去的。但是，今晚店里已经挤满了人，很久都没有这么热闹过啦。照我们布理的说法，不是旱死就是涝死。"

"嗨！诺伯！"他吼道，"你这笨手笨脚的懒虫，跑到哪儿去了？诺伯！"

"来了，老板！来了！"一个长相喜庆的霍比特人从门里蹦出来，一见这几位旅人，猛刹住脚，满怀兴趣盯着他们看。

"鲍伯在哪儿呢？"店主问，"你不知道？那快去找他！赶紧的！我没三头六臂，也没千手千眼！告诉鲍伯有五匹小马要入厩，他一定得想法挪出个空来。"诺伯咧嘴一笑，眨眨眼，小跑开去。

"好啦，现在，我想说什么来着？"黄油菊先生拍着额头说，"俗话说，想东忘西。我今晚太忙了，晕头转向的。昨晚有一伙人从南边沿绿大道上来——这么个开头就够奇怪的。然后今天傍晚又来了一伙朝西去的矮人。这会儿又来了你们几位。你们要不是霍比特人的话，我恐怕都没地方给你们住啦。当初盖这个客栈时，我们北翼厢房就有一两间是特别给霍比特人设计的，照着他们的一贯喜好设在楼的底层，窗户也是圆的，总之一切都是他们中意的那样。我希望你们住得舒服。我敢说，你们想吃晚饭了吧。我尽快送上。现在，请这边走！"

他领他们沿着一道走廊走了短短一段，便打开一扇门。"这是间舒适的包厢！"他说，"希望合用。原谅我先告退，我实在太忙了，没时间陪你们多聊。我得跑来跑去，可苦了我这两条腿，偏偏我还瘦不下来。我待会儿再过来。你们要是想要什么东西，摇摇铃就行，诺伯会过来的——他要是没来，就摇铃再大吼两声！"

他终于走了，留下他们一行，大家都感觉有点透不过气来。无论他有多忙，看来他都能口若悬河、滔滔不绝。他们发现这是个小而舒适的房间，壁炉里燃着一堆明亮的火，炉前有几把低矮舒服的椅子。房里还有张圆桌，已经铺了雪白的桌布，桌上有个大大的手摇铃。不过，那位霍比特仆人诺伯远没等到他们想摇铃就匆忙赶来了。他带来了蜡烛和托盘，托盘里满是餐盘。

"少爷们，要不要点喝的？"他问，"还有，趁准备晚餐的空儿，要我先带你们去卧室吗？"

他们盥洗完毕，正捧着大杯啤酒喝到一半，黄油菊先生和诺伯又进来了。饭菜眨眼间摆好，有热汤、冷肉、黑莓果馅饼、新出炉的面包、厚厚的一块块黄油、半块熟奶酪，都是好吃可口的普通食物，跟夏尔能摆出来的一样好，而且家常到足以消除山姆的最后一丝疑虑（绝佳的啤酒已经让他放松了大半）。

店主又逗留了一会儿，然后才准备告退。"不知各位吃过晚饭后，愿不愿到外头来跟大家聚聚。"他站在门边说，"也许你们宁愿早点睡。不过你们要是想来，大家会很欢迎的。我们不常有外地人来——抱歉，我是说，来自夏尔的客人。我们挺想听点新闻，你们要是想起什么故事啦歌儿啦，也都行。总之随你们喜欢吧！如果缺什么，摇铃就是了！"

等到吃完晚餐（整整吃了三刻钟，毫无废话妨碍），他们觉得又来了精神，情绪高涨，弗罗多、皮平和山姆决定加入外头的群体。梅里说那多半很无聊。"我要在壁炉边小坐一下，或许待会儿出去呼吸点新鲜空气。注意言行举止，别忘了你们应该是秘密出逃，而且还在大道上呢，离夏尔也不太远！"

"知道啦！"皮平说，"你自己小心点！别迷路了，也别忘记待在屋里比较安全！"

大家都在客栈的大公共休息厅里。弗罗多的眼睛适应了光线后，发现聚在这里的人既多又杂。三盏悬挂在梁上的昏暗油灯半掩在烟雾里，光主要来自熊熊燃烧的炉火。麦曼·黄油菊站在炉火旁，跟两个矮人以及一两个模样奇怪的人类说着话。长椅上坐着三教九流的人，有布理的人类，有一群本地的霍比特人（坐在一起聊天），还有另外几个矮人，以及一些隐在阴影和角落里、难以辨认的模糊人影。

　　夏尔的霍比特人一进来，布理人便异口同声表示了欢迎。那些陌生人，尤其是从绿大道上来的，都好奇地盯着他们看。店主把新来者介绍给了布理的人，他说得很快，快到他们虽然听了一堆名字，却几乎没搞清楚谁是谁。布理的人类，姓氏似乎全都跟植物有关（这在夏尔人看来相当古怪），比如灯芯草、山羊叶、石楠趾、苹果树、蓟羊毛和蕨尼（不用说，还有黄油菊）。有些霍比特人也有类似的名字，比如有不少人姓艾蒿；不过大多数都是一般姓氏，比如山坡、獾屋、长洞、挑沙和隧道，这当中许多姓氏在夏尔也有。在场有好几位斯台多来的山下先生，他们没法想象居然有人跟他们同一姓氏却不是亲戚，于是在心里都把弗罗多当成了失散多年的堂亲。

　　事实上，布理的霍比特人既友善又好奇，弗罗多很快就发现，他必须解释一下自己这是在做什么。因此，他交代说，他对历史和地理很感兴趣（尽管这两个名词在布理的方言里甚少用到，还是有许多人连连点头），正考虑着要写一本书（这话登时把众人都镇住了），还有，他跟他的朋友们想要收集生活在夏尔之外，尤其是东边地界上的霍比特人的资料。

一听这话，众人立刻七嘴八舌说开了。倘若弗罗多真想写本书，并且多长了几双耳朵，他几分钟内就能了解足够写好几章内容的材料。如果这还不够，大家还给了他一整份名单，从"本客栈的老麦曼"开始，到他可以去拜访以获得更多信息的人。但过了一会儿，鉴于弗罗多并未流露出当场动笔写书的迹象，霍比特人又回到原来那些有关夏尔生活的问题上。事实证明，弗罗多不算擅长交际，他很快就发现自己独坐在角落里，一边聆听一边四面张望。

人类和矮人主要在谈远方的事，讲着那些耳熟能详的新闻。南方那边很不太平，那些从绿大道上来的人类看来是正在搬迁，寻找能安居的地方。布理人很有同情心，但显然还没怎么准备好接纳大量的陌生人前来住在他们这块小地方。旅人中有个斜眼的难看家伙预言说，不久会有更多的人朝北来。他大声说："如果不给他们找个地方，他们就会自己去找。他们跟别的种族一样，有权利活下去。"本地居民看起来对这幅前景不大高兴。

霍比特人倒是对这一切都不太在意，而且它们似乎暂时跟他们也没什么关系。大种人几乎不可能到霍比特人的洞穴去乞求食宿。他们对山姆和皮平比较感兴趣，那两人现在都颇有宾至如归的感觉，正欢快地谈论着夏尔的种种大事。皮平讲了大洞镇的市政洞屋顶坍塌的事，引起一阵哄堂大笑——当时市长威尔·白足，也就是西区最胖的霍比特人，被埋在白垩粉里，出来时活像个滚满面粉的汤团。但是，有几个提出来的问题，让弗罗多有点不安。有个似乎去过夏尔几次的布理人，想知道山下先生住在哪里，有些什么亲戚。

突然间，弗罗多注意到靠墙的阴影中坐了个模样怪异、饱经风霜的人，那人也在专注地聆听霍比特人说话。他正吸着一支雕刻奇特的长杆烟斗，面前摆着偌大的一个啤酒杯。他两条腿朝前伸展着，露出一双十分合脚的高筒软皮靴，但已经穿得很旧，这会儿还沾着泥巴。他身上紧裹着一件布料厚实的暗绿色斗篷，风尘仆仆。尽管厅内很暖，他仍戴着兜帽，脸藏在帽下的阴影里，但当他注视着霍比特人时，炯炯有神的目光依然可见。

"那是谁啊？"弗罗多逮到机会时低声问黄油菊先生，"我想你没介绍他？"

"他？"店主头颈不动，斜瞥了一眼，接着低声答道，"我也不是很清楚。他属于那伙漫游的人——

我们叫他们'游民'。他很少开口，但他要愿意讲，就能讲出稀罕的故事。他会一个月或者一年都无影无踪，然后又突然蹦出来。今年春天他来来往往挺频繁的，但这阵子我没怎么见过他。他到底叫什么名字，我可从来没听说；不过，这一带的人都叫他大步佬²。他迈开那双长腿，大步流星四处跑，可是从不告诉别人他在忙什么。我们布理常说，'东边和西边都没消息'，东边指的就是游民，而西边，不好意思，就是夏尔人啦。你会问起他，倒真怪哪。"就在这时，有人喊走了黄油菊先生，要求送来更多啤酒，所以他没来得及解释最后那句话的意思。

弗罗多发现，大步佬正看着他，仿佛听见或猜到了刚才他们所有的谈话内容。这时，他手一招头一点，邀请弗罗多过去坐在他旁边。弗罗多走近时，他把兜帽往后推落，露出一头蓬松斑白的黑发，苍白坚毅的脸上有双锐利的灰眼睛。

"他们叫我'大步佬'，"他用低沉的声音说，"很高兴认识你——山下先生，如果老黄油菊说对了你名字的话。"

"他说对了。"弗罗多僵硬地说。他被那双锐利的眼睛注视着，感觉十分不舒服。

"这么说吧，山下先生，"大步佬说，"我要是你，就会叫那俩年轻朋友别说得太多。酒、炉火、萍水相逢，这些是够叫人愉快的，但是——你知道，这儿可不是夏尔。附近有古怪的人——你可能觉得，我没资格说这话，"他见弗罗多瞥来一眼，便自嘲地笑了笑补充道，接着观察着弗罗多的神色，说了下去，"但近来还有更奇怪的旅客经过布理。"

弗罗多回以注目，却不置一词。大步佬也没有进一步的表示，他的注意力像是忽然集中到了皮平身上。弗罗多见状也警觉到，由于大洞镇胖市长的事迹大受欢迎，那位荒唐的小图克兴之所至，这会儿竟绘声绘色讲起了比尔博那场告别宴会。他已经开始模仿比尔博那场演讲，很快就要讲到那惊人的消失一幕了。

弗罗多感到恼火。毫无疑问，对大多数本地霍比特人来说，这事无伤大雅，只不过是白兰地河对岸一群滑稽人物干的一件滑稽事儿而已；但是有些人（比如，老黄油菊）知道一点内情，说不定早就听过比尔博消失的传言。这会让大家想起巴金斯这个姓氏，尤其是有人在布理打听过这名字的话。

弗罗多坐立不安，琢磨着该怎么办。皮平显然相当享受众人对他的瞩目，把他们身在险境这回事全都抛到了脑后。刹那间弗罗多心头升起一股恐惧，担心皮平趁着兴头，可能连魔戒都说出来，那可就大祸临头了。

"你最好快去采取点行动！"大步佬在他耳边低声说。

弗罗多跳起来站到一张桌子上，开始说话。这干扰了皮平那些听众的注意力。有些霍比特人看着弗罗多，又是大笑又是拍手，以为山下先生是啤酒喝多了。

弗罗多突然觉得自己很蠢，而且发现自己（像平时发表演讲时习惯的那样）摸索着口袋里的东西。他摸到了挂在链子上的戒指，而一股无法解释的欲望油然而生，他想要戴上它，从这愚蠢状况当中脱身。他不知怎地感到，这种暗示似乎是外来的，来自厅里的某人或某物。他坚定地抗拒着诱惑，把戒指紧握在手中，仿佛要抓住它，以防它逃走或搞出任何恶作剧。它全然没给他灵感。他说了"几句得体的话"，就像夏尔人会讲的：**我们全都非常感谢你们友好的接待，我冒昧地盼望，我的短暂拜访有助于重续夏尔和布理之间结下的深厚情谊**。然后他犹豫着，咳了咳。

现在厅里每个人都看着他了。"来首歌吧！"有个霍比特人喊道。"唱歌！唱歌！"别人也都喊，"来吧，少爷，给我们唱一首我们以前没听过的歌！"

有那么一会儿，弗罗多呆立着，张着嘴。接着，他干脆豁出去，唱起一首比尔博相当喜欢（其实是相当自豪，因为歌词就是他自己写的）的荒唐歌。那是一首关于客栈的歌，或许这就是为什么弗罗多此时此刻会想到它。歌词全文如下，一般来说，如今人们只记得少数几句了。

古老的灰色山丘下，
　　有座温馨老客栈，
酿成麦酒色深褐，
酒香飘飘，佳酿诱人，
　　月仙[3]趁夜也来品。

马夫有只小醉猫，
　　小猫会拉五弦琴，
琴弓上下飞不停，
高声呀呀，低声咪咪，
　　还有中音嘎嘎锯。

店主有只小小狗，

　　小狗爱把笑话听，

每当旅客开怀饮，

小狗竖耳，到处留心，

　　哈哈大笑岔了气。

客栈有只带角牛，

　　架子大得像王后，

听曲开心如饮酒，

摇头晃脑，牛尾扫扫，

　　绿草地上撒蹄跑。

噢，看那银盘排成列，

　　银勺也来排成队，

周六[4]午后先齐备，

细心擦擦，闪闪发光，

　　等待周日摆上桌。

月仙放量饮佳酿，

　　小猫放声吱哇唱，

银盘银勺对对舞，

菜园里，母牛狂踢跶，

　　　追尾巴，小狗环环撞。

月仙豪饮更一杯，

　　　杯尽醉卧坐椅下，

好梦正酣梦佳酿，

不知不觉，天色微亮，

　　　黎明就要来到啦！

马夫对猫把话讲：

　　　"拉动月亮的白马，

嘶鸣且把银衔咬，

月仙还在睡大觉，

　　　太阳可要来到了！"

高高低低，小猫忙把琴声奏，

　　　快板一曲，足把死人吵活了，

吱吱嘎嘎，曲调急速，

店主则把月仙唤：

　　　"天快亮啦您可快醒醒！"

齐心合力慢慢扶，

　　　月仙送进月车里，

白马放蹄使劲推，

母牛蹦跳，好像野鹿，

　　　银盘跟着勺子跑。

吱吱嘎嘎，小猫狂奏，

　　　呜呜汪汪，小狗狂吼，

白马母牛拿大顶；

好梦惊醒，一跃而起，

　　　旅客也来团团舞。

嘎嘣一声琴弦断，

　　　母牛跳过了月亮，

小狗开心高声笑，

周六银盘，一溜小跑，

　　　跟着周日银匙去了。

圆圆的月亮滚下山，

　　　太阳女仙[5]爬上来，

火眼亲见犹未信：

这些家伙，大白天里，

睡着回笼觉还不起！

响亮的掌声持续了很久。弗罗多有一副好嗓子，这首歌又激起了他们的想象。"老麦在哪儿？"他们喊道，"他该听听这首歌。鲍伯该教他的猫拉提琴，然后咱们就可以跳舞了。"他们要了更多啤酒，开始吆喝起来："再唱一遍，少爷！来吧！再唱一遍！"

他们给弗罗多又灌了杯酒，然后让他开始重唱这首歌，许多人也纷纷和着唱起来。曲调是大家耳熟能详的，歌词他们也学得很快。现在轮到弗罗多飘飘然，自我感觉良好了。他在桌上跳来跳去。当他第二次唱到"**母牛跳过了月亮**"时，他一跃跳上了半空，这下用力过猛，结果落下来时，砰的砸在一个摆满啤酒杯的托盘上，滑了一跤，丁零哐啷地滚下了桌子，扑通一声摔倒在地。观众本来全张大了嘴要笑，却突然间全哑住了，因为歌手消失了。他就这么不见了，仿佛直接砸穿了地板，可又连个洞都没留下！

本地的霍比特人大惊之下目瞪口呆，接着又全跳起来，大叫着要麦曼来。所有的人都避开了皮平和山姆，他们发现自己被孤立在角落里，被阴暗又怀疑的眼神远远打量着。显而易见，现在许多人把他们视为一个法力未知、居心叵测的流浪魔术师的同伙。但有个肤色深暗的布理人站在那里，用一种心知肚明、半带嘲讽的神情看着他们，让他们感觉非常不自在。这会儿那人溜出了门，接着是那个斜眼南方人，这一晚他俩凑在一起窃窃私语了好久。

弗罗多觉得自己好蠢。他不知道还能怎么办，只得从桌下爬到大步佬旁边的阴暗角落里。大步佬坐着没动，也不动声色。弗罗多背靠着墙，取下了戒指。他也不知道它是怎么套到手指上去的，只能猜测自己唱歌时手插在口袋里抚摸它，而要跌倒时他手一伸想支撑，不知怎地戒指就滑到手指上了。有那么片刻，他怀疑会不会是戒指本身在捉弄他；也许，它察觉了这屋里某个愿望或命令，便做出了回应，试图揭示它自己的存在。他不喜欢走出去的那几个男人的神情。

"好啦，"当他现形后，大步佬说，"你为啥这么干？这可比你那些朋友可能说走嘴要糟糕太多了！这下你算泥足深陷了——或者，我该说你是泥'指'深陷才对？"

"我不知道你指什么。"弗罗多说，又恼火又惊恐。

"噢，你当然知道。"大步佬回答说，"不过咱们最好等这阵子骚动平息下来，然后，**巴金斯**先生，你要是愿意，我想私下里跟你谈谈。"

"谈什么？"弗罗多问，当作没听见对方突然说出他的真名。

"一件很重要的事儿——对你我来说都是。"大步佬正视着弗罗多的眼睛答道，"你可能听到一些对你有好处的消息。"

"那很好。"弗罗多说，竭力装出不在意的样子，"我稍后会跟你谈谈。"

与此同时，壁炉旁正在进行一场争论。黄油菊先生一溜小跑赶来，这会儿正努力想从七嘴八舌、互相矛盾的叙述里搞清楚事实。

"黄油菊先生，我看见他啦，"一个霍比特人说，"或者说，我反正没看见他，你懂我的意思吧。可以说，他就那么凭空消失啦。"

"你不是说真的吧，艾蒿先生！"店主一脸困惑地说。

"我是说真的！"艾蒿回答，"我句句认真，不骗你。"

"这一定是哪里有误会！"黄油菊摇着头说，"不管是说山下先生凭空消失，还是据实——这屋里更像这么回事儿——消失，都太夸张啦。"

"哦，那他现在哪儿去了？"好几个声音喊道。

"我怎么知道？他爱去哪里就能去哪里，只要明天早上付账就行。瞧，图克先生就在这儿呢，他可没消失。"

"哦，我说看见就是看见了，我还看见了我没看见的。"艾蒿固执地说。

"而我说这当中有误会。"黄油菊重复道，捡起托盘，收拾起那些砸烂的餐具。

"当然有误会！"弗罗多说，"我没消失，我在这儿呢！我只不过是到角落去跟大步佬说了几句话。"

他上前来到火光所及之处，但众人大都往后退开，比刚才还不安。他解释说，自己跌倒后就迅速从桌子底下爬开了，但大家对这个说法一点也不满意。绝大多数的霍比特人和布理的人类，当场就气哼哼地走掉了，今晚再也没有找乐子的心情。有一两个人恶狠狠地瞪了弗罗多一眼，嘴里嘀咕着什么离开了。仍在场的矮人和两三个陌生人类起身跟店主道了晚安，但没理会弗罗多跟他的朋友们。没一会儿，除了靠墙坐着、没人注意的大步佬，所有的人都走光了。

黄油菊先生倒不像有多泄气。他估计自己的客栈极有可能还要客满好几个晚上，直到刚才的神秘事件被讨论个底儿掉为止。"山下先生，你这是干了啥啊？"他说，"你那手杂技不但吓坏了我的顾客，还打烂了我的杯盘！"

"真抱歉我给你惹了这么多麻烦。"弗罗多说，"我跟你保证，这完全是无意的，是个极其不幸的意外。"

"好吧，山下先生！你要打算再翻几个筋斗，或再变点魔术，或不管干啥事，你最好先跟大家打声招呼，也跟我说一声。我们这里的人对任何不合常理的诡异事儿，都有点疑神疑鬼的，你懂我的意思吧？我们可没法马上就接受。"

"黄油菊先生，我保证再也不会做任何类似的事了。我想我现在最好上床睡觉去。我们明天一大早就要出发。可否麻烦你关照一下，八点以前备好我们的小马？"

"很好！不过山下先生，你先别走，我还有几句话要私下里跟你说。就在刚才，我想起一件事，必须得告诉你。我希望你别见怪。等我打点完一两件事之后，你要是愿意，我可以到你房间去。"

"当然可以！"弗罗多说，但心里一沉。他不知道，在自己上床之前，还有多少人要私下里跟他谈谈，也不知道他们都要揭露些什么事。难道这些人全都是联合起来对付他的？他甚至开始怀疑，老黄油菊那张胖脸后面是不是也隐藏着什么阴暗的计谋。

第十章

大步佬

弗罗多、皮平和山姆摸回了先前的包厢。屋里没点灯，梅里不在，壁炉里的火也快熄了。他们将余烬吹起火焰，又丢了几块木头进去，直到这时才发现大步佬跟着他们进来了，居然正冷静地坐在门边一把椅子上！

"哈罗！"皮平说，"你是谁？想干吗？"

"他们叫我大步佬，"他回答说，"你的朋友可能已经忘了，不过他答应过要跟我私下里聊聊。"

"我相信，你说我可能听到一些对我有好处的事。"弗罗多说，"你要说什么？"

"我要说的事可不止一件。"大步佬答道,"不过,我当然得要个价钱。"

"你这话什么意思?"弗罗多厉声问。

"别慌!我的意思只不过是:我会告诉你我知道的事,并给你一些好建议,但是我要一点回报。"

"那么请问,什么样的回报?"弗罗多说,开始怀疑自己是不是惹上恶棍了。他不快地想着,自己身上只带了一点钱,而这点钱全给出去也就勉强能满足一个无赖,他一点儿也别想省。

"自然是你付得起的。"大步佬答道,就像猜到了弗罗多的想法似的,慢慢绽开了一个微笑,"我只要你上路时带着我一起走,直到我自愿离开你们为止。"

"哦,真的吗?"弗罗多惊讶地回答,但也没觉得有多宽慰,"就算我真想添个同伴,你这样的要求我也不能立刻同意,得等我好好了解一下你和你的事迹才行。"

"好极了!"大步佬大声说,他跷起腿,往椅背一靠,坐得舒舒服服,"看来你开始恢复理智了,这可绝对是好事。之前你一直都太不小心了。非常好!我会告诉你我所知道的,至于回报你就自己看着办吧。等你听完我的话，会欣然回报我也说不定。"

"那就说吧！"弗罗多说，"你知道什么？"

"我知道的太多了，太多黑暗邪恶的事。"大步佬严肃地说，"至于你们的事——"他起身走到门前，迅速拉开门朝外张望了一下，然后悄无声息地掩上门，重新坐了下来，"我耳朵很尖，"他压低了声音继续说，"我虽说不能隐身，但我追猎过许多野蛮又警惕的生物。而且，只要我愿意，通常我能避免被人发现。今天傍晚，当四个霍比特人从古冢岗过来的时候，我正躲在布理西边那条大道的灌木丛后头。他们对老邦巴迪尔说的话，还有他们彼此之间的交谈，我就不必全盘重复了，不过有件事勾起了我的兴趣。'请记住，'他们当中有个人说，'巴金斯这名字绝不能再提了。如果必须提到名字的话，我是山下先生。'那大大勾起了我的兴趣，于是我尾随他们到了这儿，紧跟在他们后面溜进了镇子的大门。或许巴金斯先生有正当的理由要隐姓埋名，果真如此的话，我得建议他跟他的朋友们小心一点。"

"我不知道布理有哪个人会对我的名字感兴趣。"弗罗多生气地说，"而且我想知道你为什么感兴趣。或许大步佬先生有正当的理由要偷窥和窃听，果真如此的话，我得建议他给个解释。"

"答得好！"大步佬大笑着说，"但我的解释很简单：我正在找一个名叫弗罗多·巴金斯的霍比特人。我想尽快找到他。我已经听说，他从夏尔带出了一个……呃，秘密，而那跟我和我的朋友们大有关系。

"哎，你们别误会！"他喊道，因为弗罗多从椅子上起身，山姆则跳了起来，满脸怒容。"这个秘密，我会比你们守得更小心，而小心是必须的！"他倾身向前，盯着他们，"注意每个阴影！"他低声说，"黑骑手已经经过了布理。据说，星期一有一个沿绿大道下来，稍后又有另一个现身，是从南方沿绿大道上来。"

屋里一片寂静。"从那守门人迎接我们的态度，我就该猜到的。"终于，弗罗多对皮平和山姆说，"店主似乎也听说了什么。他为什么促使我们去跟人聚聚？天知道我们为什么表现得如此愚蠢，我们本来应该安静待在这屋里的。"

"那是会好些。"大步佬说，"我若是办得到，本来会阻止你们去公共休息厅。但是店主不让我来见你们，也不肯帮忙捎口信。"

"你想他会不会——"弗罗多开口说。

"不，我认为老黄油菊没什么恶意。他只是一点都不喜欢我这种神秘兮兮的流浪汉罢了。"弗罗多困惑地看了他一眼。"这么说吧，我看起来是比较像恶棍，不是吗？"大步佬说，嘴角微弯，眼中闪过一道异光，"但我希望我们能互相增进了解。之后，我希望你能解释一下，你那首歌唱到最后时出了什么事。那个小玩笑——"

"那纯粹是个意外！"弗罗多打断他说。

"我怀疑。"大步佬说，"好吧，就算是意外。那个意外令你们的处境更危险了。"

"怎么也不会比原来危险多少吧。"弗罗多说，"我知道那些骑手是在追我。但是现在不管怎样，他们似乎已经错过了我，走远了。"

"这你绝对不能指望！"大步佬厉声说，"他们会回头，还有更多的会来。他们不止这些，我知道他们的数目，我知道那些骑手。"他停下来，目光冷峻又坚定，"而且布理有些人是不可信任的。"他继续说，"比如，比尔·蕨尼。他在布理一带的名声很坏，他家经常有怪人出入。你一定已经在人群中注意到他，就是那个肤色黝黑又脸带轻蔑的家伙。他跟一个南方来的陌生人走得极近，他们在你的'意外'发生后，一起溜了出去。那些南方人也不都是好货。至于蕨尼，他可以把任何东西出卖给任何人，还以捉弄人为乐。"

"蕨尼会出卖什么？我这个意外又跟他有什么关系？"弗罗多问，依旧打定主意装作听不懂大步佬的暗示。

"当然是有关你的消息。"大步佬答道，"某些人士会对你那场表演的经过大感兴趣。他们听了之后，根本不用打听就会知道你的真名实姓。我看，很可能今晚还没过完，他们就都知道此事了。说这些够了吧？至于回报我，你自己看着办：要不要接受我当你们的向导。不过我得说，我熟悉从夏尔到迷雾山脉之间的每一处土地，因为我在这里漫游过多年，我的年纪比外表看起来大。事实可能证明，我对你们很有帮助。过了今晚，你们就必须弃大道而行，因为那些骑手会日夜监视大道。你们或许能逃出布理，能在白昼继续往前走上一程，但你们走不远。他们会在荒野里，在某个呼救无门的黑暗之处，对你们下手。你希望他们找到你吗？他们非常可怕！"

霍比特人看着他，惊讶地发现他的面容似乎因痛苦而憔悴，双手也紧紧抓住了椅子的扶手。房间里极其安静，光线似乎变暗了。有那么片刻，他坐在那里，两眼失神，视而不见，仿佛行走在久远的记忆中，或聆听着远方黑夜里的声响。

"你瞧！"片刻之后他抬手遮住了眼睛，叫道，"或许我比你更了解这些追捕者。你害怕他们，但你害怕得还不够。若是可能，你们明天就得逃跑，而大步佬能带你们走那些鲜为人知的小路。你们愿意带他上路吗？"

一片压抑的静默。弗罗多没有作答，怀疑和恐惧搅得他心乱如麻。但山姆皱起了眉，看看他家少爷，最后打破了沉默：

"弗罗多先生，请让我说一句——我说不带他！这个大步佬，他警告我们，叫我们小心，这话我同意——而头一条就是小心他！他从大荒野来，我就没听说那里出过啥好人。他知道一些事儿，这是显然的，我不情愿也得承认；可这也算不上啥理由，能说服我们让他领我们跑到——用他的话说——'某个呼救无门的黑暗之处'去。"

皮平如坐针毡，看起来很不自在。大步佬没回答山姆，只是将锐利的目光投向了弗罗多，而弗罗多见他望来，避开了视线。"不。"他慢慢地说，"我不同意带你。我认为……我认为你故意伪装了一副模样。你开始跟我说话时就像布理人，但现在口音却变了。总之，山姆这点似乎说对了：我不懂你为什么既提醒我们小心，又要求我们接纳和信任你。你为什么要伪装？你是什么人？你对我的——我的事，究竟知道些什么？你又是怎么知道的？"

"小心谨慎这一课，你倒是已经学到家了。"大步佬冷然一笑，"但是，小心谨慎是一回事，举棋不定又是另一回事。你现在绝不可能靠自己到达幽谷，唯一的选择就是信任我。你必须下定决心。倘若有助于你下决心，我会回答你一些问题，但你要是根本不相信我，又怎么会相信我的故事？这当中仍有——"

这时传来一阵敲门声。黄油菊先生拿着蜡烛来了，诺伯跟在他后面，提着几罐热水。大步佬退到了阴暗的角落里。

"我来跟你道晚安。"店主说着，把蜡烛放到桌上，"诺伯，把水送到房间里去！"他走进来，关上了房门。

"是这样的，"他满脸难色，吞吞吐吐地说，"如果我坏了什么事，我实在很抱歉；可是你们也都看到啦，事情接二连三、上赶着来，我是个大忙人。但是，这星期先出了件事，接着又是一件，拿俗话说，这勾起了我的记性，我希望这还不算太迟。你瞧，有人要我留心从夏尔来的霍比特人，尤其是一个名叫巴金斯的。"

"那跟我有什么关系？"弗罗多问。

"啊！你最清楚不过。"店主心照不宣地说，"我不会出卖你的，不过人家告诉我，这位巴金斯会用'山下'当化名，还跟我描述了一番他的长相，依我看，那跟你可相当吻合。"

"真的吗？那你给我们说说看！"弗罗多笨笨地打断说。

"'一个脸颊红润的壮小伙子。'"黄油菊先生一本正经地说。皮平扑哧一声笑了出来，但山姆显得很愤慨。"他跟我说，'**这种描述可帮不了你，老麦，大多数霍比特人都长那个模样。**'"黄油菊瞥了眼皮平，继续说，"'**但这位要比一般人高些，比大多数人都俊俏，他下巴有道沟，双眼炯炯有神，很神气的一个小伙子。**'请你见谅，这话可是他说的，不是我。"

"他说的？他是谁？"弗罗多急切地问。

"啊！是甘道夫，你明白我指的是谁吧。他们说他是个巫师，管他是不是，他都是我的好朋友。不过现在我不晓得再见到他时，他会对我说什么。他要是把我所有的啤酒都变酸，或者把我变成一截木头，我也不会觉得奇怪，他脾气有点火爆。总之，生米都已经做成熟饭啦。"

"好啦，你做什么了？"弗罗多说，开始对黄油菊絮絮叨叨的拖沓解说不耐烦起来。

"我说到哪儿了？"店主说，顿了顿，弹了个响指，"啊，对！老甘道夫。三个月前，他门也没敲就走进了我的房间。'老麦，'他说，'我明天一大早就走。你能帮我个忙吗？''你尽管说。'我说。'我有急事，'他说，'我自己抽不出时间，但我想捎个信去夏尔。你有什么信得过的人，可以派去吗？''我可以找个人，'我说，'明天，或者后天。''明天就去。'他说，然后给了我一封信。

"地址写得相当清楚。"黄油菊先生说，从口袋里掏出一封信，缓慢又自豪地（他颇为重视自己那"识文断字"的名声）念道：

寄给：夏尔，霍比屯，袋底洞的弗罗多·巴金斯先生

"甘道夫给我留了封信！"弗罗多叫道。

"啊！"黄油菊先生说，"那你的真名是巴金斯喽？"

"正是。"弗罗多说，"你最好马上把信给我，并且解释一下你为什么始终没把它送出去。我猜，这就是你来要告诉我的事，虽然你花了老长时间才讲到重点。"

可怜的黄油菊先生苦着脸道："你说得对，少爷，我请你原谅。我怕得要命，如果我坏了事，真不知甘道夫会说什么。但我不是故意要扣留它的！我把它收妥了，可是第二天找不到人愿意去夏尔，第三天也是，我自己店里的伙计又分不出人手来，然后事情接二连三地来，我就把它忘到了脑后。我是个大忙人啊。我会尽量补救的，要是有什么事儿我能帮上忙，你尽管说。

"除了这封信，我还答应了甘道夫别的事。'老麦，'他对我说，'我这位夏尔的朋友，可能不久就会经过这里，他跟另一个朋友。他会自称'山下'。你要留心！但是你啥都不用问。还有，如果我没跟他在一起，他可能就有麻烦了，会需要帮助。你要尽量帮助他，我会领你的情。'他说。现在你来了，麻烦看来也不远了。"

"你这话什么意思？"弗罗多问。

"那些黑衣人，他们在找**巴金斯**。"店主压低声音说，"而他们这要是存着好心，那我就是个霍比特人。星期一那天，所有的狗都在吠，鹅也尖叫不停。依我说，那可真诡异。诺伯跑来告诉我，有两个黑衣人上门来，打听一个名叫巴金斯的霍比特人。诺伯的头发全竖起来了。我叫那两个黑衣家伙快走，当着他们的面甩上了门，但是，我听说，他们问着同样的问题，一路打听到了阿切特。然后那个游民，就是大步佬，他也在打听。你饭还没吃汤还没喝，他就想上这儿来找你，没错。"

"没错！"大步佬突然出声说，上前到了灯光下，"而且，麦曼，你要是当初就让他进来，那就会省掉一大堆麻烦。"

店主惊得跳起来。"你！"他喊道，"你总这么一惊一乍地冒出来！你现在想怎样？"

"是我允许他待在这里的。"弗罗多说，"他来向我提供帮助。"

"好吧，你的事你自己明白，姑且就算这样。"黄油菊先生说，怀疑地看着大步佬，"不过，我要是你，就不会带个游民上路的。"

"那你会带谁上路？"大步佬问，"带个客栈胖老板吗？他光记得自己的名字，这还是因为大家整天冲着他这么喊。他们不能永远待在**跃马客栈**，他们也不能回家。他们面前的路很长。你能跟他们一起上路，不让那些黑衣人找到吗？"

"我？离开布理？！给我多少钱都不干。"黄油菊先生说，看起来着实吓坏了。"可是，山下先生，你们为啥不能在这儿安静待上一阵子呢？这一大堆奇怪的事儿是闹什么？那些黑衣人在找什么？他们是打哪儿来的？我挺想知道的。"

"很抱歉，我没法详细解释。"弗罗多说，"这些说来话长，而且我累了，还非常担心。不过，你要是有心帮我，我该警告你：只要我在你的客栈待上一天，你就危险一天。那些黑骑手，我不确定，但是我想，恐怕他们是来自——"

"他们来自魔多。"大步佬低声说，"来自魔多，麦曼，如果你知道那是什么意思的话。"

"老天爷啊！"黄油菊先生喊，脸色变得惨白，他显然知道那名字，"我这辈子在布理听到的所有消息，没有比这更坏的了。"

"是的。"弗罗多说，"你还愿意帮助我吗？"

"我愿意！"黄油菊说，"空前地愿意。虽然，我不知道像我这样的人，能做什么来抵挡，抵挡——"他结巴着，说不下去了。

"抵挡东方的魔影。"大步佬悄声说，"麦曼，你能做的不多，但任何小忙都有用。你可以让山下先生今晚以'山下先生'的身份住在这里，你还可以忘掉巴金斯这个名字，直到他远离此地。"

"这我办得到，"黄油菊说，"但是即便我不说，恐怕他们也会发现他在这儿。不说别的，光是巴金斯先生今晚把注意力引到自己身上，就很要命。那个比尔博先生离开的故事，早在今晚之前就在布理传开了。就连我们的诺伯都用他迟钝的脑子猜测过，何况布理多的是脑筋动得比他快的人。"

"这样的话，我们就只能指望那些骑手还没回来了。"弗罗多说。

"我也着实这么指望。"黄油菊说，"不过，不管他们是人是鬼，都没那么容易闯进**跃马客栈**。到天亮之前你都不用担心。诺伯不会多嘴。只要我还能用自个儿的腿站着，哪个黑衣人也别想闯进我的门。今晚我跟我的伙计们会守夜，但你要是能，最好睡一觉。"

"无论如何，天亮时一定要叫我们。"弗罗多说，

"我们一定要尽早出发。请在六点半准备好早餐。"

"好！我会亲自督办。"店主说，"晚安，巴金斯——我该说，山下先生！晚安——现在，我的老天！你们的白兰地鹿先生哪去了？"

"我不知道！"弗罗多说，一下子着急起来。他们把梅里彻底忘了，而夜已经深了。"恐怕他出去了。他提过要出去呼吸点新鲜空气。"

"唉，一点没错，你们的确需要人照顾，你们这几个可真像来度假的！"黄油菊说，"我得赶快去把门关上，但是你朋友回来时我会让他进来。我最好派诺伯出去找他。各位，晚安！"黄油菊先生再次怀疑地看了大步佬一眼，摇摇头，终于走出去了，脚步声沿着走廊渐渐远去。

"喂？"大步佬说，"你打算什么时候拆信啊？"弗罗多拆开之前，仔细检查了蜡封。它看起来确实是甘道夫的记号。里面的信是巫师那刚劲优美的笔迹写就，内容如下：

　　布理，跃马客栈，夏尔纪年 1418 年，年中日亲爱的弗罗多：

我在这里听说了坏消息，必须立刻出发。你最好尽快离开袋底洞，最迟在七月底前就要离开夏尔。我会尽快回来；如果我发现你已经走了，我会跟上你。如果你路过布理，在这里给我留个信。你可以信任店主（黄油菊）。你在大道上可能会碰到我一位朋友：他是一个人类，瘦高个子，皮肤挺黑，有些人称他大步佬。他知道我们的事情，会帮助你。请前往幽谷。我希望我们能在那里再度碰面。如果我没去，埃尔隆德会给你建议。

甘道夫匆留 🎗

又及：无论有什么理由，都绝对不要再用它！不要在夜间赶路！🎗

又又及：务必辨明那是真的大步佬。路上有不少奇怪的人。他的真名叫阿拉贡。🎗

真金未必闪亮，

浪子未必迷途；

老而弥坚不会凋萎，

深根隐埋不惧严霜。

冷灰中热火苏醒，

暗影中光明跳荡；

青锋断刃将重铸，

无冕者再临为王。

又又又及：希望黄油菊把这信及时送达。他
是个好人，但他的记忆就像个杂物间，要紧的事
总是埋在底下。他要是忘了，我就烤了他。

一路平安！

弗罗多默念着看完了信，然后将它递给了皮平和
山姆。"真是，老黄油菊把事情搞得一团糟！"他说，
"他活该被烤了。如果我当时就拿到信，现在我们大
概早就安全待在幽谷了。但是，甘道夫到底出了什么
事？看信里的口气，他似乎要去冒很大的危险。"

"许多年来，他都在冒很大的危险。"大步佬说。

弗罗多转过身来，若有所思地看着他，想着甘道
夫"又又及"里的说法。"你为什么不一开始就告诉我，
你是甘道夫的朋友？"他问，"那会省去很多时间。"

"会吗？在这之前，你们有谁会相信我的话？"大步佬说，"我根本不知道有这封信。我只知道，若要帮助你们，我必须在毫无证据的情况下说服你们。无论如何，我都没打算一上来就跟你们和盘托出我是谁。我得先研究**你**一下，好确定真的是你。从前大敌曾对我设过圈套。但是我一旦下定决心，便打算对你有问必答。不过，我得承认，"他古怪地笑了一声，补充道，"我当时挺希望你会因为我这个人而喜欢上我。一个被追捕的人，有时会厌倦了猜疑，渴望友谊。但是你看，我相信我的外表不怎么讨人喜欢。"

"没错——总之你第一眼看上去是不怎么讨人喜欢。"皮平笑道。他看了甘道夫的信，突然放了心。"不过，我们夏尔有说法是，行事漂亮才是真漂亮。而且我敢说，等我们在树篱和沟渠里睡上几天之后，我们全都会看起来差不多。"

"要想看起来像大步佬这样，那可不是你在大荒野中游荡几天就成的，几个星期甚至几年都不一定。"他回答，"你首先就一命呜呼了，除非你实质上比外表更加坚韧强悍。"

皮平不说话了，但是山姆可没被镇住，他仍然怀疑地打量大步佬。"我们怎么知道你就是甘道夫说的那个大步佬？"他诘问道，"一直到这封信出现之后，你才提到甘道夫。依我看，你可能是个冒名顶替的奸细，想骗我们跟你走。你说不定已经谋害了真正的大步佬，穿了他的衣服来冒充。这你有什么话说？"

"我说，你这家伙有点胆量。"大步佬回答，"不过，山姆·甘姆吉，恐怕我只能这么答复你：假如我杀害了真正的大步佬，那我也能把你干掉，而且我不必白费这么多口舌，早就该下手了。假如我要的是魔戒，那我**现在**就能得到它！"

他长身而起，刹那间似乎变高了，双眼精光一闪，锐利逼人。他将斗篷往后一甩，手按上了剑柄——那剑之前就藏在他腰侧。他们一动也不敢动，山姆张大了嘴坐着，哑口无言地瞪着他。

"但幸运的是，**我确实是大步佬**。"他说，低下头来看看他们，突然一笑，面容也随这微笑而柔和下来，"我是阿拉松之子阿拉贡。我将不计生死，保护你们安然无恙。"

良久，屋里都是一片寂静。"信送来之前，我就相信你是朋友。"终于，弗罗多犹豫着开了口，"至少我希望你是。今晚你吓到了我好几次，却都不是我想象中大敌的爪牙那种吓法。我以为他的奸细会是——呃，看着更美善，但感觉更险恶，不知你明不明白。"

"原来如此。"大步佬笑起来，"而我是看着险恶，却感觉美善？你是这意思吧。**真金未必闪亮，浪子未必迷途。**"

"这么说，那些诗句指的是你？"弗罗多问，"我本来还搞不清它们是指什么。可是，你既然从没看过信，又怎么知道甘道夫的信里写了这首诗？"

"我并不知道。"他回答，"但我是阿拉贡，那些诗句总是伴随着这个名字。"他拔出剑来，他们看见剑刃果真在剑柄下方一呎处就断了。"山姆，你觉得它没多大用是吧？"大步佬说，"但时候快要到了，届时它将被锻造一新。"

山姆什么也没说。

"好吧，"大步佬说，"既然山姆默许了，这事我们就定下了。大步佬将给你们做向导。现在我看是你们上床去，尽量休息一下的时候了。我们明天的路会很难走。我们就算能不受拦阻离开布理，这会儿也别指望能走得不为人知了。但是我会设法尽快隐藏行踪。除了主干道，我还知道一两条离开布理地区的路。一旦我们摆脱了追踪者，我会前往风云顶。"

"风云顶？"山姆说，"那是什么地方？"

"那是一座山丘，就在大道北边，位于从此地到幽谷的中途。那里视野开阔，纵览四周；我们到了那里，将有机会审视周遭的情势。甘道夫如果跟着我们，一定会去那个地方。过了风云顶之后，我们的旅途会更艰难，我们将不得不在各种各样的危险当中做出选择。"

"你上次见到甘道夫是在什么时候？"弗罗多问，"你知道他在哪里，或在做什么吗？"

大步佬一脸凝重，说："我不知道。今年春天我跟他一起来到西边，而过去几年，当他在别处忙碌的时候，我常看守着夏尔的边界。他很少放任夏尔无人防备。我们上次碰面是在五月一日，在白兰地河下游的萨恩渡口。他告诉我，他跟你的事进展顺利，你会在九月的最后一周动身前往幽谷。我知道他会去陪你，便去办我自己的事了。结果证明，这是个错误的决定。很显然他接到了什么消息，而我不在附近，无法提供帮助。

"我认识他以来，这还是头一次心中不安。即便他不能亲自前来，我们也应该收到消息。我数天前回来时，听说了坏消息。甘道夫失踪和骑手出现的消息，到处流传。这是精灵一族的吉尔多告诉我的。稍后，他们告诉我你离开了家，但是，又没有消息表明你离开了雄鹿地。我监视着东大道，焦急万分。"

"你想，黑骑手会不会跟这事有关——我是指甘道夫失踪的事？"弗罗多问。

"除非大敌亲自出马，我想不出还有什么别的事能拖住他。"大步佬说，"但是，别放弃希望！甘道夫比你们夏尔人所了解的伟大多了——你们通常只看得见他的玩笑和玩具。但我们这件事，会是他最伟大的任务。"

皮平打个呵欠，说："对不起，我快困死了。就算有天大的危险忧虑，我都得上床睡觉了，要不我就会坐着睡过去。那个发神经的梅里跑到哪儿去了？如果我们非得黑灯瞎火出去找他，那我真要崩溃了。"

就在那时，他们听到砰的一声，门重重关上，接着有脚步声沿走廊奔来。梅里冲了进来，后边跟着诺伯。他匆匆忙忙关上房门，背靠上去，上气不接下气。他们惊慌地瞪了他好一会儿，他才缓过一口气说："弗罗多，我看见他们了！我看见他们了！黑骑手！"

"黑骑手！"弗罗多喊道，"在哪里？"

"就在这里，在镇子里！我在屋里待了一个钟头，后来见你们没回来，我便出门去散步。我之后又回来，就站在灯光之外看星星。猛然间，我打了个寒战，感觉有个恐怖的东西正在悄悄接近：马路对面有种比阴影更浓更黑的影子，就在灯光所及的边缘外。它悄没声儿地一下子就溜进了暗处。我没看到马。"

"它往哪个方向去了？"大步佬突然厉声问道。

梅里吓了一跳，这才注意到还有个陌生人在。"说吧！"弗罗多说，"这是甘道夫的朋友。我等会儿再解释。"

"它似乎上了大道，朝东去了。"梅里继续说，"我企图跟上去。当然，它差不多是立刻就消失了；但我追过转角，一直追到大道上最后一户人家的地方。"

大步佬惊奇地看着梅里："你的胆子可真够大的，但是做法很蠢。"

"我不知道。"梅里说，"不过我想，那既不是大胆也不是蠢。我是忍不住，就好像是不知怎么被拖过去的。总之，我去了，然后突然间听到树丛后有人说话。有个声音在嘀咕，另一个声音是低语——或是嘶嘶声。他们说的话我一个字也听不清。我没再偷偷靠得更近，因为我全身都开始发抖。然后我吓得要命，于是转过身，正打算一口气跑回家，后面就有什么扑上来，接着我……我就摔倒了。"

"是我找到他的，先生。"诺伯插嘴说，"黄油菊先生派我拿着灯笼出去。我往下走到西大门，然后又回头往上走到南大门。我刚走到比尔·蕨尼家旁边，就觉得看见大道上有什么东西。我不敢说死，但我觉得那像是有两个人俯身在查看什么，还要把它抬起来。我喊了一声，但是等我上到那里，他们无影无踪，只剩下白兰地鹿先生躺在路边。他看起来就像睡着了。'我以为我掉进深水里了。'当我把他摇醒时，他跟我说。他的样子怪极了，我一把他叫醒，他就跳了起来，像只野兔似的拔腿直奔回来。"

"我虽然不知道自己说了什么，但恐怕这事一点没错。"梅里说，"我做了个噩梦，梦到什么我记不得了。我满脑子糨糊，不知道自己中了什么邪。"

"我知道。"大步佬说，"那是'黑息'[1]。那些骑手肯定是把马留在了外面，然后秘密穿过南大门潜回来。他们已经见过比尔·蕨尼，现在一定什么都知道了；那个南方人很可能也是个奸细。今夜，我们离开布理之前，可能会出事。"

"会出什么事？"梅里说，"他们会袭击客栈吗？"

"不，我看不会。"大步佬说，"他们尚未全数到齐。而且，不管怎么说，那都不是他们的行事之道。他们在黑暗且人迹罕至的地方，才最强大。他们不会公然袭击一栋灯火辉煌、人来人往的房子——除非他们走投无路了，然而眼前我们还有埃利阿多地区的整条长路要走，他们有的是机会。但他们的力量存于恐惧当中，并且已经拿捏住了一些布理人。他们会驱使那些坏蛋干些坏事：蕨尼，还有一些陌生人，或许，还包括守门人——星期一时他们在西大门跟哈里说过话，当时我就在观察他们。他们离开时，他吓得脸色发白，浑身发抖。"

"似乎四面八方都有敌人。"弗罗多说，"我们要怎么办？"

"待在这里，别到你们的房间去！他们肯定已经弄清了你们住在哪些房间里。霍比特人的房间都离地面很近，窗户朝北。我们大家一起待在这里，关好门窗。不过诺伯和我要先去拿来你们的行李。"

大步佬走了之后，弗罗多跟梅里快速讲了讲晚餐后发生的一切。当大步佬和诺伯回来时，梅里还在看甘道夫的信，琢磨着。

"啊，各位少爷，"诺伯说，"我已经把床单弄皱，在每张床中央都塞了个长枕头。"他露齿一笑，又补上一句，"我还拿棕色的羊毛毡照着你的脑袋做了个样子，巴金——山下先生，少爷。"

皮平大笑起来。"还真惟妙惟肖啊！"他说，"但是，等他们戳穿伪装后，会出什么事呢？"

"到时候就知道了。"大步佬说，"希望我们能坚持到天亮。"

"各位晚安。"诺伯说，然后离开，去加入了守门的行列。

他们把背包和器具都堆在包厢的地板上，推了张矮椅子顶住门，并关上了窗户。弗罗多朝外窥视，看见夜色依旧清朗，明亮的镰刀星座² 高悬在布理山的山肩上方。他关上窗，闩上里面厚重的百叶窗，又将窗帘拉上。大步佬把炉火生起来，并且吹灭了所有的蜡烛。

霍比特人脚对着壁炉，躺在了自己的毯子上；但是大步佬在顶着房门的椅子上坐了下来。他们聊了一会儿，因为梅里还有几个问题要问。

"跳过了月亮！"梅里咯咯笑着，一边裹好毯子，

"你真是够荒唐的，弗罗多！不过我真希望自己在场亲眼看见。这些可敬的布理人从此会谈它个一百年。"

"但愿如此。"大步佬说。他们全安静下来，接着，霍比特人一个接一个进入了梦乡。

第十一章

暗夜白刃

正当他们在布理的客栈准备睡觉之时，黑暗也笼罩了雄鹿地；雾气徜徉在各个谷地里，以及白兰地河沿岸。克里克洼的房子寂静无声。小胖博尔杰小心翼翼地打开门，朝外窥视。一整天，恐惧在他心里愈演愈烈，他既不能歇息，也无法入眠——今夜的气氛叫人透不过气，孕育着一种威胁。他朝着外面那片阴暗望去，而就在他注视下，有个黑影在树下移动；大门似乎自动自发地打开，又无声无息地关上。恐惧攫住了他。他缩回来，有那么片刻，站在厅中不住发抖。接着，他关门上锁。

夜深了。小径上传来有人牵着马悄悄走近的轻响。那些人在大门外停下，三个漆黑的人影进了大门，像暗夜的影子匍匐过地面。一个到了屋门前，另两人各据房子一角。他们站在那里一动不动，如同岩石的阴影，而夜在缓缓流逝。房子和寂然无声的树木似乎都在屏息等待。

树叶一阵簌簌微响，远处有只公鸡啼叫。黎明前的寒冷时刻正在逝去。门前的人影动了。月黑星稀，夜色沉暗，剑刃锋芒乍现，仿佛一道寒光脱鞘而出。但闻一声撞击，声音轻但力道沉，屋门一阵颤抖。

"奉魔多之名，开门！"一个尖锐恶毒的声音说。

又是一击，屋门承受不住，向后倒下，木板爆裂，门锁毁坏。那些黑色的人影一拥而入。

就在那时，附近的树丛中响起了号角声，如同山顶燃起一片火焰，撕裂了黑夜。

醒醒！出事了！失火了！敌人来了！快醒醒！

小胖博尔杰可没闲着。他一看见那些黑影从花园潜过来，就知道自己若是不逃一定没命。他着实逃了，奔出后门，穿过后园，越过田野。他刚抵达一哩多外最近的一户人家，便瘫倒在门廊前。"不，不，不！"他喊，"不，不是我！它不在我手里！"大家费了一番工夫才听懂他在嘟囔些什么。终于，他们搞清楚了一件事：雄鹿地进了敌人，是来自老林子的奇怪入侵。于是他们立刻行动起来。

出事了！失火了！敌人来了！

白兰地鹿家吹起了雄鹿地的动员号角，自从一百年前那个使白兰地河结冻，白色狼群入侵的严酷寒冬之后，这号角再没响过。

醒醒！快醒醒！

远方传来回应的号角。警报正向四面八方传开。

黑影从房子里逃窜而出，其中一个奔逃时，在台阶上落下了一件霍比特斗篷。小径上响起马蹄声，汇聚成飞奔，在黑暗中隆隆奔驰着远去。克里克洼四面八方都吹响了号角，人声鼎沸，脚步奔忙。但是黑骑手如一阵狂风，疾驰到了北大门。让这群小东西吹吧！索隆以后会对付他们的。此刻他们还有另一项使命：现在他们知道那间房子是人去楼空，魔戒不在那里了。他们踏倒大门前的看守人，从夏尔消失了。

上半夜，弗罗多忽然从沉睡中醒来，仿佛被什么声音或鬼魂惊醒。他看见大步佬正警醒地坐在椅子上，双眼映着炉火炯炯发亮——炉火有人照料，烧得正旺；但他纹丝不动，亦无此意。

弗罗多很快又睡着了，但他的梦境再次被风声与疾驰的马蹄声打扰。风似乎卷绕摇撼着屋子，他遥遥听见有号角狂吹。他睁开眼睛，听见客栈院子里有只公鸡在精力充沛地啼叫。大步佬已经拉开窗帘，喀啷一声推开了百叶窗。第一道朦胧曙光照进房间，冰冷的空气从敞开的窗户涌入。

大步佬把他们都叫起来后，立即领着他们去了卧室。看见卧室里的情景，他们都很庆幸昨晚听从了他的建议：窗户全被撬开，窗扇摇晃，窗帘被风吹得上下翻飞；床被翻得一塌糊涂，长枕被砍烂丢在地上，棕色毡子被撕得粉碎。

大步佬立刻去找来了店主。可怜的黄油菊先生看起来睡眼惺忪又惊恐万分。他几乎整夜没合过眼（他如此声称），但是他什么声音也没听见。

"我这辈子就没碰到过这样的事！"他吓得高举双手喊道，"客人没法睡在床上，上好的枕头全给糟蹋了！我们这是撞上了什么世道？"

"黑暗的世道。"大步佬说，"不过，眼前你摆脱我们之后，还可以安定一阵子。我们会马上出发。别管早餐了，我们站着吃点喝点就行。我们会在几分钟内收拾好。"

黄油菊先生急忙赶去看他们的马是否备好，同时给他们弄"一口"吃的来。但他很快就回来了，惊慌失措。小马全不见了！马厩的门在夜里全被打开，马全跑了：不只梅里那些小马，那里别的马匹和牲口也一概不见了。

弗罗多被这消息击溃了。他们怎么可能指望在骑马敌人的追捕下，凭靠双脚走到幽谷？只怕登月也不过如此。大步佬默然坐了片刻，盯着霍比特人看，仿佛在掂量他们的力量和勇气。

"要逃过骑手，小马帮不了我们，"他终于开口说，若有所思，仿佛猜到了弗罗多的想法，"我打算走的那些路，步行也不会慢多少。无论何时，我自己一直都是步行。我担心的，是食物和存粮。从这里到幽谷，除了自备的食物，我们不能指望找到任何吃的。我们还必须多带存粮，因为路上有可能耽搁，还有可能被迫绕道，远离正途。你们准备背多少？"

"要背多少就背多少。"皮平心情沮丧，但硬是装得比外表看起来（或感觉上）更强悍。

"我可以背上两人的分量。"山姆不服输道。

"黄油菊先生，就一点办法也没有了吗？"弗罗多问，"我们难道不能在村里找两匹小马？哪怕就一匹，只驮东西也好啊？估计我们不能雇用它们，但还可以买下来。"他补充说，心里有些怀疑，不知道自己买不买得起。

"恐怕不行。"店主沮丧地说，"布理就那么两三匹可骑的小马，都养在我的马厩里，它们全都跑了。至于别的牲口，用来拉车之类的大马小马，在布理也没几匹，并且肯定是不卖的。不过我尽力而为。我会把鲍伯叫起来，派他尽快到处找找。"

"好。"大步佬勉强说，"你最好就这么办。恐怕我们得弄到至少一匹小马。但这么一来，我们就压根别指望尽早动身，悄悄离开了！这跟大张旗鼓出发没两样。毫无疑问，这也是他们计划的一环。"

"起码还有一丁点安慰，"梅里说，"我希望，不止一丁点——我们等的时候，可以坐下来好好吃顿早饭。找诺伯来！"

结果，他们推迟了三个多钟头才动身。鲍伯回来报告说，不管是凭人情还是靠花钱，街坊邻居当中都弄不到马匹或小马——只有比尔·蕨尼家有一匹或许肯卖。"那是一匹可怜的，饿得半死的老牲口。"鲍伯说，"但比尔·蕨尼是什么为人，我可清楚得很。他既然知道你们的处境，起码会要那匹马所值三倍的价钱，才肯出售。"

"比尔·蕨尼？"弗罗多说，"这当中会不会有诈？那牲口会不会驮着我们的全部家当跑回他家？或帮他跟踪我们之类的？"

"很难说。"大步佬说，"不过，我无法想象有任何牲口在摆脱他之后，还肯跑回他家去。我猜，这只不过是好心的蕨尼先生的马后炮：就是找个办法从这件事情中再捞一笔好处。主要的危险是，那可怜的牲口很可能离死不远了。可是也没别的选择了。他开多少价钱？"

比尔·蕨尼要价十二银元，那的确是这一带一匹小马所值价钱的三倍。事实证明，那是匹骨瘦如柴、营养不良、无精打采的马，不过模样看着倒还不至于马上倒毙。黄油菊先生亲自付了那笔钱，同时另外又给了梅里十八银元，赔偿那些丢失的小马。他是个老实人，按布理的标准也是个有钱人；但三十银元对他来说依然是一笔挺心痛的损失，而被比尔·蕨尼讹诈更是令这损失难以忍受。

不过，事实是善有善报。人们后来发现，其实只有一匹马被偷，其余的不是被赶跑，就是被吓跑了，人们发现它们在布理各个角落游荡。梅里的那群小马一起逃跑，（由于悟性好）去找胖墩儿，结果辗转到了古家岗。于是，它们被汤姆·邦巴迪尔照顾了一阵子，养得膘肥体壮。随后，当布理发生的事传到汤姆耳中，他便把这些小马送回给黄油菊先生，如此一来，店主等于是以相当划算的价钱买到了五匹好马。在布理它们必须工作得更辛苦些，但是鲍伯把它们照顾得很好。因此，总的来说，它们很幸运：避免了一趟黑暗又危险的旅程。但它们也从未到过幽谷。

然而，当时黄油菊先生只知道他的钱横竖是一去不返了，而且他还有别的麻烦。因为其余的客人被吵醒，听说客栈遭到了袭击，立刻起了极大的骚动。那些南方旅客丢了好几匹马，无不大声责骂店主，直到大家发现他们当中有一人在夜里不见了，不是别人，正是比尔·蕨尼的那个斜眼伙伴。大家立刻怀疑起他来。

"如果你们结交了个偷马贼，还把他带到我家来，"黄油菊愤怒地说，"你们就该自负一切损失，别冲我大呼小叫。快去问问蕨尼，你们那位帅哥朋友哪里去了！"结果发现，他谁的朋友也不是，谁也想不起来他是什么时候加入他们这伙人的。

吃过早餐后，霍比特人不得不重新打包，他们现在预备要走更长的路，得为此收拾更多的补给品。等到他们终于动身时，已经快要十点了。那时整个布理已经兴奋得人声鼎沸。弗罗多消失的把戏，黑骑手的出现，马厩的被盗，更别提还有游民大步佬入伙那帮神秘霍比特人的消息。这一整套精彩故事，可够在平淡岁月里流传多年的。绝大多数布理和斯台多的居民，甚至还有许多从库姆村和阿切特赶来的人，都挤在路边目送这群旅人出发。客栈中其他的客人也要么站在门口，要么从窗户探出头来张望。

大步佬已经改了主意，决定走大路离开布理。任何出发后立即进入乡野的尝试，都只会让事态变得更糟：起码会有一半的居民尾随他们，看看他们打算干什么，并阻止他们侵入自己的田地。

他们跟诺伯和鲍伯说再见，跟黄油菊先生告别时再三道谢。"等世道再升平和乐的时候，希望我们后会有期。"弗罗多说，"我觉得再没有比在你这里平平静静住上一阵子更美的事儿了。"

他们在众目睽睽之下迈步出发，心情焦虑又沮丧。路旁的面孔并非都友善，喊的也不都是好话。但是大多数布理人似乎挺敬畏大步佬，他朝谁一瞪，谁就闭上嘴溜了。他跟弗罗多走在前头；接着是梅里和皮平；最后是山姆牵着马，因为他们不忍心，所以只给它驮了一部分行李，而它看起来也已经不那么垂头丧气，似乎挺高兴自己的命运有了转机。山姆正若有所思地啃着一个苹果。他有个口袋里塞满了苹果，是诺伯和鲍伯送给他的临别礼物。"行路嚼苹果，歇下抽烟斗。"他说，"但我想要不了多久我就会怀念这两样东西了。"

他们经过时，有人影好奇地从门里窥视，也有人头从墙上和围篱后探出，霍比特人对这些一律不加理会。但是，当他们接近镇子另一端的大门，弗罗多看见一道浓密的树篱后方有栋黑乎乎的破房子，那是镇上的最后一户人家。他瞥见一扇窗后有张长着狡猾斜眼的黄面孔，但那张脸一闪而逝。

"那个南方人原来就躲在那里！"他想着，"他长得更像个半兽人。"

树篱那边还有个人大刺刺地瞪着他们。他长着两道浓眉和一双蔑视人的黑眼睛，大嘴边挂着讥笑。他抽着一根黑色的短烟斗。见他们走近，他从嘴里取下烟斗，朝地上吐了口痰。

"早啊，长腿佬[1]！"他说，"这么早就上路？终于找到朋友啦？"大步佬点点头，没出声。

"早啊，我的小朋友们！"他对其他人说，"我猜你们知道这一块儿上路的是谁吧？那是不择手段的大步佬，不骗你们！我还听过些更难听的名儿呢。今晚小心了！还有你，小山姆，别虐待我那匹可怜的老马！呸！"他又吐了口痰。

山姆迅速转身，说："而你，蕨尼，别让我再见到你那张丑脸，免得挨揍。"说罢手一抖，一个苹果快如闪电脱手飞去，比尔缩头不及，苹果不偏不倚正砸在鼻子上，树篱后爆出一串咒骂。"白费了我一个好苹果。"山姆颇感遗憾地说，迈着大步走开了。

他们终于把村子甩在了后头。那支由小孩和游手好闲者组成的护送队伍，跟着他们也跟累了，在南大门那儿就回了头。穿过南大门，他们继续沿着大道走了几哩。大道在绕过布理山脚时拐向左，转回原来朝东的走向，接着它开始快速下坡，进入林木繁茂的乡野。在他们左边，布理山比较平缓的东南山坡上，可以看见斯台多的一些房子和霍比特洞府；大道北边远处的深洼地里，有缕缕上升的炊烟，表明了库姆村的位置；阿切特则隐藏在更过去的树林里。

他们沿着大道走了一段下坡路，等到布理山那高大的褐色山丘被抛在身后，便遇到了一条向北转的狭窄小道。"我们就从这儿离开大道，隐匿行踪。"大步佬说。

"我希望这不是啥'捷径'。"皮平说，"上次我们抄捷径穿过森林，差点大祸临头。"

"啊，但那时候你们没带我一起走啊。"大步佬大笑说，"我的捷径，无论长短都不会错。"他朝大道前后张望了一眼，视野内不见有人，于是他迅速领着大家走下了林木茂密的山谷。

他们不熟悉这片乡野，因此对他的计划只能了解到这种程度：先朝阿切特走，但要靠右，从它东边经过，然后尽可能径直越过荒野，朝风云顶山丘走。一切顺利的话，他们这么走可以省去大道所绕的一大段弯路——大道再往前就向南弯，以避开蚊水泽。当然，如此一来他们就必须穿过沼泽本身，而大步佬对沼泽的形容可不怎么鼓舞人心。

不过，此刻他们步行得还算愉快。其实，若不是昨夜那些事儿闹得人心绪不宁，他们会很享受这段旅程，觉得胜过先前任何一程。阳光灿烂，天气晴朗却不炎热。山谷中的树木依旧枝叶繁茂，色彩缤纷，并且似乎宁静又祥和。大步佬领着他们，沉稳自信地在众多交错的小径间择路前行，不过倘若叫他们自己走，他们一定很快就会迷路。他采取的路线好似漫无目的，曲折重叠，以摆脱任何可能的追踪。

"比尔·蕨尼肯定留心了我们是从哪里离开大道的。"他说，"但我认为他不会亲自来跟踪我们。他虽说挺了解附近这整片地区，但他知道自己在树林里不是我的对手。我担心的是，他会告诉别人。我猜他们离得并不远。如果他们认为我们是去了阿切特，那就再好不过。"

不管是因为大步佬的本领，还是别的什么原因使然，一整天下来，两脚的除了飞鸟，四脚的除了一只狐狸和几只松鼠外，他们没看见也没听见任何其他生物的踪迹和声音。第二天，他们开始稳步朝东前进，一切依旧安静平和。在离开布理的第三天，他们出了切特森林。自从离开大道后，地势便逐步下降，现在，他们进入了一片宽阔平坦的乡野，路比之前难走得多。他们已经远离布理地区的边界，来到了无路可循的旷野，正一路接近蚊水泽。

如今地面变得潮湿起来，多处有泥沼，还不时遇上水塘，大片大片的芦苇和灯芯草中躲满了啁啾不停的小鸟。他们必须小心择路，好既不弄湿脚又不偏离正路。起先，他们走得还算快，但越往前走，他们的速度就越慢，行程也变得险象环生。沼泽变幻莫测，即使是游民，都找不到固定的路径通过这些不断变动的沼泽。蚊虫开始折磨他们，空中布满了细小蚊蚋组成的云团，钻入衣袖和裤脚往上爬，还钻进头发里。

"我就要被活活吃掉了！"皮平喊，"还'蚊水'呢！蚊子比水还多！"

"它们没有霍比特人可吃的时候，靠什么活命啊？"山姆抓着脖子问。

他们就在这荒凉又可厌的乡野里度过一天，惨不堪言。宿营的地点潮湿、冰冷，十分不舒服。咬人的蚊虫也不容他们入睡。芦苇和高密的草丛中还有其他令人憎恶的生物出没，听声音像是跟蛐蛐沾亲带故，但是邪恶得多。它们有成千上万只，在四面八方**吱咯吱嘎**整晚尖叫个不停，霍比特人听得几乎要发狂。

隔天，也就是第四天，情况稍微好转，但夜里差不多同样痛苦不堪。虽然那些吱咯吱嘎虫（山姆如此称呼它们）已经被远抛在后，但是蚊蚋仍旧对他们穷追不舍。

弗罗多躺在那儿，十分疲惫，却睁着眼睡不着。他感觉遥远的东方天际似乎亮起一道光，稍纵即逝，重复多次。那不是曙光，时间离天亮还早得很。

"那是什么光？"他问大步佬。大步佬已经起身，正站着凝视前方的黑夜。

"我不知道。"大步佬答道，"太远了，看不清楚。看起来像是从山顶迸出的闪电。"

弗罗多再次躺下，但过了好一阵子，他仍看得见那一道道白色闪光，以及大步佬的高大黑影，映衬着闪光静默又警惕地伫立。最后，他还是睡着了，但睡得很不安稳。

第五天，他们没走多远，就将最后一片零星布有水塘与芦苇的沼泽甩在了背后。面前的地势又开始逐渐上升，这时远处东方已经可见一线起伏的丘陵，当中最高的一座山在那一线的右端，跟其他山岗稍稍分开。它顶端呈圆锥形，峰顶略显平坦。

"那就是风云顶。"大步佬说，"我们早就离开的古大道在右边，通往它的南侧，从它山脚下不远处经过。如果我们朝它直走，大概明天中午可以到。我想我们最好这么做。"

"你的意思是？"弗罗多问。

"我的意思是，等我们真到了那里，不知道会遇上什么。它就在大道边上。"

"但是我们肯定有希望在那里找到甘道夫吧？"

"不错，但是希望渺茫。如果他真走这条路，他有可能没经过布理，因此他也就可能不知道我们的动向。总之，除非走运，我们差不多同时到达，否则我们一定会错过彼此；不管是他还是我们，都不宜在那地久留，太不安全。那些骑手既然没在荒野里找到我们，就很可能会亲自前往风云顶。那里视野开阔，四面八方尽收眼底。其实，我们站在这里，这片乡野有许多飞禽走兽都能从那座山顶上看见我们。不是所有的鸟类都可靠，何况还有比它们更邪恶的奸细。"

霍比特人焦虑地望着远处的丘陵。山姆抬头看着灰蒙蒙的天空，害怕会见到目光锐利又不怀好意的鹰隼在头顶盘旋。"大步佬，你真让我觉得无依无靠，心里发毛。"他说。

"你怎么打算？"弗罗多问。

"我想，"大步佬慢慢答道，仿佛自己也没什么把握，"我想我们最好从这儿尽可能笔直朝东，往那道丘陵而不是往风云顶走。在那边山脚下，我知道有一条小径，可以领我们从风云顶的北边上去，那么走比较隐蔽。然后，有什么我们就见什么了。"

那一整天，他们都在跋涉，直到傍晚提前降临，寒气来袭。大地变得更加干燥贫瘠，不过迷雾和沼气都被抛在了后方，笼罩了沼泽。几只凄怆的鸟儿尖声悲鸣，直到一轮红色的夕阳缓缓沉入西边的阴影；一片空旷死寂随即笼罩了大地。霍比特人想起了远方的袋底洞，想起了落日的柔和余晖透过那讨人喜欢的窗户照进屋子的情景。

夜幕降临时，他们遇到了一条从丘陵蜿蜒而下，没入黏滞沼地的小溪。趁着最后一点天光，他们沿着溪岸往上走，等到终于在溪边几棵矮小的桤树下扎营，天已经全黑了。前方，荒秃无树的丘陵映衬着昏暗的天空隐隐可见。这夜他们设了岗哨，而大步佬似乎整夜没睡。渐盈的月亮在上半夜给大地蒙上了一层清冷灰白的光。

第二天早晨，日出之后他们旋即出发。空气犹如结霜，天空是晴朗的淡蓝色。霍比特人感觉精神焕发，仿佛一夜安睡未被打扰。他们已经逐渐习惯吃得少却走得多——吃得少到要是照着夏尔的标准来看，他们恐怕连站起来的力气都没有。皮平表示，弗罗多看起来有以前的两倍大。

"才怪。"弗罗多说，一边束紧皮带，"尤其是考虑到我其实掉了不少肉。我希望这消瘦过程不会没完没了，否则我就要变成幽灵了。"

"别说这种话！"大步佬马上说，急切认真得让大家吃了一惊。

丘陵更近了。它们连成一道起伏的山脊，常常上升到近千呎高，又不时降低形成较低的裂隙或隘口，通往山那边的东边地区。沿着山脊的顶部一线，霍比特人可以看见长满青草的断壁残沟，那些裂隙中仍屹立着古时垒砌的岩石遗迹。傍晚时分，他们抵达了西坡的山脚，便在那里扎营。这夜是十月五日，他们离开布理已经六天了。

早晨，他们发现了自离开切特森林后第一条清晰可辨的小径。他们向右转，沿着小径往南走。它行进的路线很巧妙，似乎专挑尽可能避开视线的位置走，既不让头上的山顶看见，也不让西边的平原看见。它潜入小山谷，紧靠着陡峭的堤坡而行。当它穿过谷中比较平坦或开阔一点的地方时，便有成排的巨石或开采劈出的大石掩蔽着旅行者，几乎像道树篱。

"我很好奇是谁开辟了这条小径，目的何在。"梅里说，那时他们正沿着这样一条路走，身旁的石头异常巨大，一块接一块排得相当密。"我不敢说我喜欢，这好像——呃，好像有尸妖的古冢岗那模样。风云顶上有古冢吗？"

"没有。风云顶上没有古冢，这片山岗上全都没有。"大步佬回答说，"西方人类并不住在这里，不过他们后来曾在这些山上抵抗来自安格玛的邪恶。这条路是为了方便那些沿墙所设的堡垒而开辟的。但是，在很久以前，北方王国建立的初期，西方人类在他们称为阿蒙苏尔的风云顶山上建了一座巨大的瞭望塔。那座塔被烧毁坍塌了，如今只余一圈残垣，就像一顶戴在这古老山头上的粗糙王冠。然而它曾经美丽高拔。据说，在'最后联盟'[2]的年代，埃兰迪尔曾站在这塔上，等候吉尔－加拉德从西方前来。"

霍比特人都盯着大步佬。看来他不但熟知荒野中的路径，还熟知古老的传说。"谁是吉尔－加拉德？"

梅里问，可是大步佬没有回答，似是陷入了沉思。突然间，有人低声喃喃道：

精灵王吉尔－加拉德，

诗琴仍为他把哀歌传唱：

他的王国东起高山，西至海洋，

最后的乐土任人徜徉。

他的佩剑锐长，枪矛锋利，

他的战盔醒目闪亮，

他的银盾映照

穹宇无垠群星煌煌。

多年前他纵马出征，

如今何在无人能明；

他的命星陨落，

落入魔多翳影掩蔽。

众人大为惊讶地转过头，因为出声的是山姆。

"别停啊！"梅里说。

"我就知道这几句。"山姆一脸通红，结结巴巴地说，"是我小时候跟比尔博先生学的。他知道我总爱听精灵的故事，常常讲那样的故事给我听。亲爱的老比尔博先生博览群书，我能识字也是他教的。他还会写**诗**。我刚才念的诗就是他写的。"

"那不是他编的。"大步佬说，"那是一首诗歌的片段，原诗是古语写成，名为'吉尔－加拉德的陨落'。比尔博一定把它翻译出来了。我竟然不知道。"

"还有好多呢。"山姆说，"都跟魔多有关。那部分让我打哆嗦，我就没学。我从没想过自己会亲自去那地方！"

"去魔多！"皮平喊道，"我希望不至于到那个地步！"

"别那么大声地说这个名字！"大步佬说。

他们走近小径南端时，已近中午，在十月那浅淡又清朗的阳光下，他们看见前方有道灰绿的陡坡，像桥梁一般往上通到山的北坡。他们决定趁着天光敞亮时，一鼓作气爬上山顶。隐蔽已不可能，他们只能祈祷没有敌人或奸细正在观察。山上看不出任何动静。如果甘道夫在这周围某处，也未露出任何迹象。

他们在风云顶的西侧找到一处隐蔽的洼地，洼地底部有个长满茂盛青草的碗状小山谷。他们将山姆和皮平留下来看守小马与背包行囊，另外三人继续前进。辛苦攀登了半个钟头之后，大步佬上了山顶，弗罗多和梅里随后跟上，累得气喘吁吁。最后一段是岩石坡，非常陡峭。

正如大步佬所言，他们在山顶上发现好大一圈古代岩石建筑的遗迹，如今倾颓于地，被经年的野草所覆盖。不过，在圆圈中心有个残石垒起的石堆。那些岩石都变黑了，仿佛被火烧过。黑石周围的草地连根烧毁，整个圆圈之内的草都被烧得焦枯，仿佛大火曾席卷山顶。但是目力所及，不见任何活物。

他们站在这圈废墟的边缘，居高临下，四面八方辽阔的景象尽收眼底，大多数地方空旷又单调，只是南边远处有几片树林，再过去则散布着点点水光。在他们脚下的南面山坡下，古大道像一条丝带从西而来，蜿蜒起伏，直至消失在东边一道隆起的黑色高地之后。大道上毫无动静。他们顺着大道向东放眼望去，映入眼中的是高耸的迷雾山脉：最近处的山麓丘陵呈暗棕色，后方屹立的山体高一些，呈灰色，再过去则是高耸的白色尖峰，刺入云间，闪烁着微光。

"好啦，我们到了！"梅里说，"这儿看起来真是乏味无趣！既没水又没掩蔽。而且，没有甘道夫的踪迹。不过，我不怪他没等我们，如果他真来过的话。"

"恐怕来过。"大步佬说，若有所思地打量四周，"就算他比我们晚一两天到布理，他也能比我们先到这儿。情况紧急时，他能疾驰如风。"突然，他弯腰去看那个石堆最上面的一块石头。它比其他石头平整，也白一些，仿佛逃过了那场大火。他拿起石头，拨弄着，翻来覆去地察看。"这石头是最近放上去的。"他说，"这些记号你们看像什么？"

在石头朝下平坦的那面，弗罗多看见几道划上去的痕迹：ᚷ·ᛁᛁᛁ。"这里似乎是一竖，一点，然后又有三竖。"他说。

"左边那一竖加上那两道细枝，可能是如尼文的G。"大步佬说，"这可能是甘道夫留下的记号，不过没人能肯定。这些划痕很细，看着也确实很新。但是这记号有可能表示完全不同的意思，并且跟我们毫不相干。游民也用如尼文，他们有时候也会来这里。"

"如果真是甘道夫划的，它们会是什么意思呢？"梅里问。

"要我说，"大步佬回答，"它们表示 G3，是甘道夫十月三日人在这里的意思：那已经是三天之前了。这也显示他很匆忙，危险迫在眉睫，因此他没有时间或不敢写下任何更详尽、更直白的信息。果真如此的话，我们必须小心了。"

"不管这些记号可能是什么意思，但愿我们能确定这是他划的。"弗罗多说，"无论他在我们之前还是之后，只要知道他也在这条路上，就是莫大的安慰。"

"也许，"大步佬说，"不过我相信，他来过这里，并且遇上了危险。这里曾经被火烧过，现在我想起三天之前的夜里，我们曾在东边天际见过闪光。我猜，他在这山顶上遭到了袭击，但是结果如何，我无法判断。他已经不在这里了，现在我们得自己照顾自己，竭尽所能设法走到幽谷。"

"幽谷有多远？"梅里问，疲倦地环顾四方。从风云顶看出去，世界辽阔又荒凉。

"布理东边一天路程的地方，有个'遗忘客栈'，我不知道过了那里之后大道是否曾经用哩来衡量过。"大步佬答道，"目前有人说是，也有人说否。这是条奇怪的路，人们能走到旅途终点就很开心，管他时间是长是短。但我知道，天气良好、不出岔子的话，我自己走要花多长时间：从这里走十二天，可以到达布茹伊能渡口，那是大道跟幽谷流出来的响水河交叉的地方。不过我认为我们不能走大道，所以眼下至少还有两星期的路要走。"

"两星期！"弗罗多说，"两星期能发生好多事啊。"

"不错。"大步佬说。

他们在山顶的南缘附近默然站了一会儿。在这荒凉之地，弗罗多第一次完全意识到，自己无家可归，身陷险境。他满腔苦涩，多么希望命运将他留在他钟爱的宁静夏尔。他瞪着下方那条可恨的大道，它往回通往西边——通往他的家乡。突然间，他发觉有两个黑色的斑点正沿着大道缓慢朝西移动；再仔细看，他看见有另外三个正悄悄向东来与那两个会合。他叫了一声，一把抓住大步佬的手臂。

"看！"他说，指着下边。

大步佬立刻扑倒在石圈的断墙后，拉弗罗多趴在他身边。梅里也跟着趴倒在旁。

"怎么了？"他轻声问。

"我不知道，但恐怕最坏情况出现了。"大步佬答道。

他们又慢慢爬回石圈边缘，从两块断石间的裂缝朝外窥探。天光不再明亮，晴朗的早晨已经淡去，从东边悄悄涌来的云此刻遮蔽了开始西沉的太阳。他们全都能看见那些黑色斑点，但不管弗罗多还是梅里都无法准确辨出他们的外形。然而，他们心里隐隐明白，在下方地面，山脚远处的大道上，黑骑手正在会师。

"没错，"大步佬说，他眼力比他们敏锐，让他确证无疑，"敌人已经到了！"

他们蹑手蹑脚匆忙滑下北边山坡，去找同伴们。

山姆和佩里格林并未闲着。他们已经探查了这个小谷地和周围的山坡，在不远的坡上找到一股清澈的泉水，旁边还有最多一两天前留下的脚印。就在小山谷中，他们发现有人新近生过火，还发现了其他匆促扎营的痕迹。在山谷边缘最靠近山岗处，有一些落石。山姆发现落石后面整齐码放着一小堆木柴。

"不知道老甘道夫是不是在这里待过。"他对皮平说，"不管这堆柴是谁放的，那人看来是打算回来。"

大步佬对这些发现非常感兴趣："要是我刚才先等等，亲自把这附近的地面都探查一遍就好了。"他说着，匆忙赶往泉水边去察看那些脚印。

"我就怕会这样，"他回来后说，"那片松软土地上的痕迹，都被山姆和皮平踏坏或弄乱了。最近有游民来过这里，石头后面的木柴是他们留下的。但另外还有几处更新的痕迹不是游民留下的。至少有一对脚印是厚重的靴子踩出来的，就在一两天之前，至少一对。我现在无法断定，不过我想有许多穿靴子的人来过。"他住了口，站在那里苦思。

每个霍比特人的脑海中都浮现出了那些披着斗篷穿着靴子的骑手。如果那些骑手已经发现了这个小山谷，那么大步佬越快领他们到别处就越好。山姆得知敌人就在大道上，离此只有几哩，此时十分反感地打量着这处洼地。

"大步佬先生，难道我们不该尽快离开？"他不耐烦地问，"天快黑了，我不喜欢这个洞：不知为啥，它让我的心直往下沉。"

"对，我们肯定得马上决定要怎么办。"大步佬答道，抬头望天，斟酌着时间和天气，"这么说吧，山姆，"他最后说，"我也不喜欢这个地方。但要在天黑前能走到，我想不出任何更好的地方。至少我们现在还没被发现，但如果我们行动，就非常可能被奸细看见。我们能做的，只有立刻尽全力返回北方，到这一脉丘陵的这一侧，那里的地形跟这里差不多。大道已经遭到监视，如果我们想到南边的树林里找掩护，就必须穿过它。而过了这片丘陵，大道北边连续数十哩都是光秃不毛的平地。"

"那些骑手**看得见**吗？"梅里问，"我的意思是，他们似乎通常不用眼睛看，而是用鼻子嗅我们——如果'嗅'这个说法确切的话——至少在白天是这样。可是，你刚才看见他们在底下时，要我们都趴下；现在你又说，如果我们移动，会被看见。"

"在山顶上时我太大意了。"大步佬回答，"我急于找到甘道夫的踪迹，但我们三人上去，在那儿站那么久，实属错误之举。因为那些黑马看得见，那些骑手还能利用人类和其他生物当奸细，就像我们在布理发现的那样。他们自己不像我们，看不见这光明的世界，但是我们的身影会把影子投进他们脑海，这只有正午的太阳能破坏。然而在黑暗中，他们能察觉到许多我们无从察觉的迹象和形状，那时他们是最可怕的。无论何时，他们都能嗅到鲜活生灵的血的气味，对这气味既渴望又痛恨。除了视觉和嗅觉，他们还有其他知觉。我们可以感受到他们的存在——我们一到这里，还没看见他们，就感到心烦意乱；而他们会更强烈地感觉到我们的存在。还有，"他补充说，声音低到犹如耳语，"魔戒吸引着他们。"

"那么，无路可逃了吗？"弗罗多说，狂乱地环顾四周，"如果我行动，我会被看见、被追捕！如果我不动，又会吸引他们来抓我！"

大步佬伸手搭住他的肩膀。"仍然有希望。"他说，"你不是孤身一人。就让我们把这些备好生火的木柴当作一个征兆吧！此处既无掩护，也无险可御，但火可弥补这二者的不足。索隆能把火用于邪恶之途——万物他都能——但这些黑骑手讨厌火，并且惧怕那些用火的人。在荒野中，火是我们的朋友。"

"也许吧。"山姆咕哝着，"依我看，这也等于是在大喊大叫：'我在这儿！'"

他们下到小山谷最低也最隐蔽的角落，在那里生火，预备晚饭。暮色开始降临，天也越来越寒冷。他们突然觉得饥肠辘辘，因为从早餐后他们就没吃过任何东西，但是他们只敢吃一顿俭省的晚餐。前方的大地，除了鸟兽，一片空空荡荡，是被这世间所有种族遗弃的荒芜之地。游民有时候会越过丘陵经过该处，但他们人数很少，也从不停留。其他的漫游者十分罕见，而且都是邪恶的种类：食人妖偶尔会迷路，从迷雾山脉北边的山谷中游荡出来。只有大道上会见到旅人，最常见的是矮人，他们沿着大道匆匆赶路，忙着去办自己的事，对陌生人既不给予帮助，也甚少有什么话说。

"我真不知道，这些口粮怎么能维持到最后。"弗罗多说，"过去几天我们吃得很省，今晚这顿也只是凑合，但如果还要走上两星期，甚至更久，那我们已经吃掉的分量就太多了。"

"野地里有食物。"大步佬说，"莓果、薯根、野菜都可以吃，必要时我还有些打猎的本事。在冬天来临之前，你们不必担心挨饿。但是，采集和猎捕食物是个耗时又累人的活儿，而我们还要赶路。因此，勒紧你们的腰带，想想埃尔隆德家的盛宴多么有盼头吧！"

夜色渐浓，天也越来越冷。从小山谷边缘往外望，除了一片迅速融入黑影的苍茫大地，什么也看不见。头顶的天空恢复了晴朗，慢慢布满了闪烁的星星。弗罗多和伙伴们裹上所有的衣服与毯子，蜷缩在火堆周围。但是大步佬只裹着一件斗篷，坐得稍微远点，若有所思地抽着烟斗。

当夜幕降临，火光开始照得四周灿亮时，他开始给他们讲故事，好让他们不去想可怕的事。大步佬知道许多很久以前的历史和传说，关于精灵和人类，关于远古时代那些善与恶的事迹。他们都好奇他有多大岁数，还有他这些学问都是从哪儿学来的。

当他讲完一个关于精灵王国的故事，暂时停下来时，梅里突然说："给我们讲讲吉尔－加拉德的故事吧。你之前说的那首古老的诗歌，你还知道其余的部分吗？"

"我的确知道。"大步佬回答，"弗罗多也知道，因为它跟我们息息相关。"梅里和皮平看向弗罗多，而他正目不转睛盯着火堆。

"我只知道甘道夫告诉我的一小部分。"弗罗多慢慢说，"吉尔－加拉德是中洲最后一位高等精灵王。吉尔－加拉德在他们的语言里，是**星光**的意思。他和精灵之友埃兰迪尔一同去了——"

"别说！"大步佬打断他说，"大敌的爪牙就在附近，我想现在不宜讲述这个故事。如果我们能闯过危险，到达埃尔隆德之家，你们可以在那里听到完整的故事。"

"那跟我们说些别的古代故事吧，"山姆恳求道，"讲个衰微时代以前的精灵故事。我实在很想多听点精灵的故事，这周围的黑暗逼得人喘不过气来。"

"那我就给你们说说缇努维尔的故事，"大步佬说，"只简单说说——因为故事很长，结局也无人知晓。如今除了埃尔隆德，已经没有人还确切记得它在古时是怎么讲述的了。这是个美好的故事，尽管它跟中洲所有的故事一样，十分悲伤，但它或许能让你们心情振奋。"他沉默了一会儿，然后，他不是开始讲，而是轻柔地唱了起来：

> 木叶长，蔓草绿，
> 野芹花采采苍苍，
> 林中若有微光，
> 幽暗里闪烁明星。
> 和着天籁笛声，
> 缇努维尔翩然起舞，
> 星光掩映在她的秀发
> 点缀着裙裾晶莹。
>
> 冷冷山巅，下来了贝伦，

迷失徘徊林下，

精灵河水滔滔，

　　水之涯，他踯躅郁郁。

蔓草间，他寻寻觅觅，

　　忽见金色花朵

点缀伊人袖口与披纱，

　　飘飞乌云秀发。

命定跋涉山野虽久，

　　却因迷醉疲惫全消，

倏忽迅捷，他拔足疾赶，

　　握在掌心只有月光皎皎。

精灵家园的密林中，

　　飘忽轻盈，她翩然远逝，

留下贝伦踟蹰夷犹，

　　在寂静林中侧耳谛听。

他经常听见飘然跫音，

　　如椴叶一般轻盈，

袅袅乐声来自地底，

　　在悠悠空谷回荡。

如今野芹枯黄，

　　落木萧萧，

山毛榉木叶零落，

　　在荒凉林间飞扬。

林深叶落无人履及，

　　他徘徊四方将伊人寻觅，

明月明，霜天重，

　　漫天星汉瑟瑟而抖。

远方一座高岗上，

　　月光下她的披风闪烁，

脚边萦绕轻雾如银，

　　随着舞步微微颤动。

严冬已尽，伊人重临，

　　歌声如云雀翻飞，春雨润物，

如消融春水玎珰鸣吟，

　　引领春天骤临。

他看见精灵花朵，

　　盛放伊人足边，

他渴望且歌且舞，

在芳草地上，伊人身旁。

她再次躲避，他紧追不停：

　　　　缇努维尔，缇努维尔！

他呼唤伊人精灵之名，

　　　　于是她驻足聆听。

他的声音仿佛咒语，

　　　　命运主宰了缇努维尔，

贝伦上前将她拥抱，

　　　　臂弯中缇努维尔闪烁晶莹。

她的长发如云飘映，

　　　　贝伦凝视她的双眸，

他看见穹苍星空，

　　　　伊人眼中流转盈盈。

秀美的精灵缇努维尔，

　　　　永生的少女蕴含睿智，

长发飞掠在贝伦身旁，

　　　　双臂如银将他轻拥。

一双伴侣走上命定之途，

翻越幽岩巉崖，荒凉冰冷，

走进铁石深殿，黑黯门户，

密林隐暗，时光停滞。

隔离之海将他俩分离，

最后仍再相聚，

多年前他俩远去凡尘，

隐逸林中无忧和鸣。

　　大步佬叹口气停下来，过了一会儿才重新开口说："这首歌的体裁，精灵称之为**安—森那斯**，很难转译成我们的通用语，我唱的只是它的粗略余韵。它说的是巴拉希尔之子贝伦和露西恩·缇努维尔的相遇。贝伦是个凡人，但露西恩是世界早期，中洲的精灵王辛葛的女儿。她是有史以来，这世界所有的儿女中最美的一位姑娘。她美好犹如北境迷雾上空的繁星，脸庞闪耀着光辉。在那段年日里，先代大敌盘踞在北方的安格班，魔多的索隆那时只不过是他的一个臣仆。西方的精灵回到中洲向先代大敌发动战争，要夺回被他偷走的精灵宝钻；而人类的祖先与精灵并肩抗敌。然而大敌获胜，巴拉希尔被杀，但贝伦逃过一劫，冒着极大的危险翻过恐怖山脉，进入了尼尔多瑞斯森林中辛葛统治的隐匿王国。就在含有魔力的埃斯加尔都因河边，他看见露西恩在一片林间空地上歌唱起舞。他给她取名缇努维尔，在古语中这是夜莺的意思。后来，他们遭遇了许多悲伤坎坷，分离了许久。缇努维尔从索隆的地牢中救出了贝伦，他们一同历经重重危险，连先代大敌也掀下王座，从而自他的王冠上取下了三颗精灵宝钻之一。他要将这世间最灿亮的珠宝，作为迎娶露西恩的聘礼交给她父亲辛葛。可是，贝伦最后被来自安格班大门的巨狼咬死，他在缇努维尔的怀中断了气。她则选择成为凡人，将来要死亡，离开这世界，好让自己或能追随他。歌谣中说，他们在隔离之海彼岸重逢，之后有一段短暂的时间，他们死而复生，重回世间在绿色森林中生活，然后他们一同逝去，在很久以前就越过了世界的范围，一去不返。因此，精灵一族当中，唯独露西恩·缇努维尔是真正死亡，离开了这个世界，精灵失去了他们钟爱的女郎。但是，古时精灵王族的血脉由她传到了人类当中。露西恩的后代子孙仍然在世，据说，她的血脉将永不断绝。幽谷的埃尔隆德就属于那一族，因为贝伦和露西恩生下了辛葛的继承人迪奥，而迪奥的女儿、'白羽'埃尔汶嫁给了埃雅仁迪尔，他将精灵宝钻戴在额上，驾船冲破世界的迷雾抵达穹苍之海。而努门诺尔，也就是西方之地，他们的诸王便是埃雅仁迪尔的子孙。"

当大步佬说话的时候，霍比特人一直注视着他那张被柴火的红光微微照亮、显得异常热切的面庞。他的眼睛炯炯发亮，声音深沉又浑厚。在他头顶，是繁星满布的墨黑天空。突然间，一片淡淡的亮光染上了他背后风云顶的山头。渐盈的月亮正慢慢爬到遮蔽他们的山岗之上，山顶上空的繁星黯然失色。

故事结束了。几个霍比特人挪挪身子，伸展手脚。"看！"梅里说，"月亮出来了，一定不早了。"

余人纷纷抬头仰望。而就在他们仰望时，他们看见升月的微光映出山顶上一个小而黑的东西。它或许只是一块大石头，或一块突出的山岩，被浅淡月光衬托了出来。

山姆和梅里起身，离开了火堆旁。弗罗多和皮平仍旧沉默坐着。大步佬专注地观察着山顶的月光。万籁俱寂，但弗罗多感觉到，大步佬一停止说话，便有一股冰冷的恐惧悄悄爬上了自己心头。他朝火堆缩得更近一些。就在那时，山姆从小山谷边缘奔了回来。

"我不知道怎么回事，"他说，"但是我突然间觉得害怕。给我多少钱我都不出这个山谷，我感觉有什么东西正蹑手蹑脚爬上坡来。"

"你**看见**什么了吗？"弗罗多跳起来问。

"不，少爷，我什么也没看见，但我也没停下来去看。"

"我看见了一些东西，"梅里说，"或者我认为我看见了——在西边远处，山影之外月光照着平原的地方，我**觉得**有两个或三个黑影，似乎正朝这边过来。"

"你们靠近火堆，脸都朝外！"大步佬喊道，"手里拿上长一点的木柴！"

他们背对着火堆坐着，沉默又警惕，有段时间大气也不敢出，各自凝视着环绕他们的阴影。什么也没发生。夜色中没有任何动静。弗罗多动了动，觉得自己非得打破这沉默不可：他渴望出声大喊大叫。

大步佬低声说："嘘！"与此同时，皮平抽了口冷气说："那是什么？"

就在小山谷的边缘外，在风云顶的对侧，他们感觉到——而不是看见——有个阴影升起，一个，或不止一个。他们瞪大眼睛，阴影似乎在长大。情况很快便确凿无疑：有三或四个高大的黑色人影站在山坡上，居高临下俯瞰着他们。那些人影极黑，看上去就像是在他们背后的浓重暗影中戳出的黑洞。弗罗多觉得自己听见了微弱的嘶嘶声，犹如毒蛇的呼吸，并感觉到一股尖锐刺骨的寒冷。接着，那些人影开始缓慢前进。

惊恐压倒了皮平和梅里，他们平平扑倒在地上，山姆则缩到了弗罗多身边。弗罗多的恐惧不亚于同伴们，他像身处严寒中那样颤抖不停，但这恐惧被一股突然涌起的诱惑给吞没了：他想戴上戒指。这么做的强烈欲望攫住了他，他想不起别的任何事情。他既没忘记尸妖，也没忘记甘道夫的交代。但似乎有什么正在强迫他漠视所有的警告，而他渴望屈服——不是指望逃脱，也不是指望采取什么行动——不管是好是坏；他就是一味感觉，自己必须拿出戒指，戴到手指上。他出不得声。他感觉到山姆看着他，仿佛知道自己的少爷陷入了极大的麻烦，但是他却无法转过脸去看山姆。他闭上眼睛挣扎了一会儿，但是抗拒变得无法忍受。最后，他一点点拉出链子，将戒指戴上了左手的食指。

刹那间，尽管别的东西全都跟之前一样昏暗漆黑，那些身影却变得惊人地清晰。他看得透包裹他们的黑衣。共有五个高大的人影：两个站在山谷边缘，三个正在迈步上前。他们惨白的脸上残忍的双眼锐利烁亮，斗篷下穿着灰色的长袍，灰白的头发上戴着银盔，枯槁的手里握着钢剑。他们朝他冲过来时，目光落到他身上，看透了他。他在绝望中拔出自己的剑，那剑似乎在发出红光，仿佛一支火把。有两个人影停了下来，但第三个比余者都要高大：他的头发又长又亮，头盔上戴着一顶王冠。他一手执着一柄长剑，另一手握着一把刀；刀和握刀的手都发着惨淡的光。他一跃上前，扑向弗罗多。

就在那一刻，弗罗多朝前扑倒在地，他听见自己大喊："哦，埃尔贝瑞丝！吉尔松涅尔！"同时一剑向敌人的脚砍去。夜空中响起一阵尖厉的号叫。而他左肩登时感到一阵剧痛，像被冰冷的毒镖刺穿。就在他快昏倒时，他仿佛透过一团旋转的迷雾，瞥见大步佬双手各执一支燃烧的火把从黑暗中跳了出来。弗罗多松手弃剑，用最后一点力气将戒指从手指上脱下来，紧紧握在了右手中。

第十二章

逃亡渡口

弗罗多恢复知觉时，手里仍死死攥着魔戒。他躺在火堆旁，这时木柴堆得老高，烧得炽亮。三个同伴正俯身看着他。

"出了什么事？那个苍白的王哪去了？"他狂乱地问。

他们听见他说话，顿时高兴得过了头，好一会儿没想到要答话，而且他们也听不懂他的问题。终于，他从山姆那儿弄清楚，他们就只看见一群影影绰绰的模糊身影朝他们走来。突然间，山姆惊恐地发现，他家少爷消失了。与此同时，一个黑影冲过他身旁，他跌倒在地。他听见了弗罗多的声音，却像是从很远的地方，或是从地底传来，还喊着奇怪的话。他们再没看见别的，直到绊跌在弗罗多身上。弗罗多像死了一样，脸朝下趴在草地上，剑压在身子底下。大步佬叫他们把弗罗多抬过来放在火堆旁，然后他就没影了。那已经是好一会儿之前的事了。

山姆显然又开始怀疑起大步佬。不过就在他们谈话时，他突然从阴影中现身，回来了。他们全吓了一跳，山姆甚至拔出剑来护住了弗罗多，但大步佬迅速在他身边跪了下来。

"我不是黑骑手，山姆，"他温言道，"也不是他们一伙的。我一直试图摸清他们的行动，却一无所获。我想不通他们为什么离开，不再进攻。但这附近再也感觉不到他们的存在了。"

他听了弗罗多的讲述，变得非常忧虑，摇了摇头，叹了口气。接着，他吩咐皮平和梅里用烧水的小壶尽量多烧些热水，用来洗涤伤口。"保持火堆烧旺，给弗罗多保暖！"他说，然后起身走到一旁，把山姆叫到身边，"我想现在我比较清楚状况了，"他低声说，"看来敌人只有五个。我不知道他们为什么没全数到齐，但我想他们没料到会遭遇抵抗。他们现在暂时撤退了，但恐怕走得并不远。如果我们不能逃脱，他们改天晚上还会再来。他们现在只是在等待，认为自己几乎达到了目的，魔戒已经插翅难飞。山姆，恐怕他们相信你家少爷身负致命重伤，将会屈服在他们的意志之下。我们且走着瞧！"

山姆哭得被泪水呛住了。"不要绝望！"大步佬说，"现在，你必须信任我。你家弗罗多比我原来猜想得还要坚韧不屈，尽管甘道夫跟我暗示过这点。他没被杀死，而且我认为，他会抵抗那创伤的邪恶力量，且时间比敌人料想得更长。我会竭尽所能来帮助和医治他。我不在时，好好守护他！"他匆匆离去，再次消失在黑暗中。

尽管伤口慢慢变得越来越痛，致命的寒冷从肩膀向手臂和肋侧扩散，弗罗多还是打起了瞌睡。朋友们看顾着他，给他保暖，清洗他的伤口。这夜过得很慢，令人疲惫。当大步佬终于回来时，天际已露晨曦，灰蒙蒙的光正渐渐注满小山谷。

"瞧！"大步佬叫道，弯腰从地上拾起一件先前被夜色掩藏的黑斗篷。离下摆一呎高处，有道割裂的痕迹。"这是弗罗多那一剑砍的。"他说，"恐怕敌人所受的伤害也仅限于此，因为剑丝毫无损，而所有刺到那可怕王者的兵器，都会崩坏。对他来说，更致命的是埃尔贝瑞丝的名号。"

"而对弗罗多来说，更致命的是这个！"他又弯下腰，这次捡起一把长而薄，通体透着寒光的刀。大步佬举起刀来，他们看见它在接近末端处有个缺口，刀尖也折断了。然而，就在他将刀举在渐亮的晨光中时，众人全吃惊地瞪大眼睛，因为刀刃似乎开始融化，像一股轻烟般消失在空气中，只剩刀柄还握在大步佬手里。"唉！"他叹道，"那伤口就是这邪恶的刀刺的。如此邪恶的武器，如今已极少有人医术高明到可与之抗衡了。不过，我会尽力而为。"

他席地而坐，将刀柄放在膝上，用一种陌生的语言对它唱起一首舒缓的歌。然后他将刀柄放到一旁，转向弗罗多，用柔和的语调说了一些旁人听不懂的话。他又从挂在腰带上的小袋子里取出一种叶子修长的植物。

"这些叶子，我走了很远的路才找到。"他说，"因为荒山野岭不长这种植物。不过我靠它叶子的气味，摸黑在大道南边远处的灌木里找到了它。"他用手指揉碎一片叶子，它散发出了甘甜又辛辣的香气。

"我能找到它真是走运！这种药草是西方人类带到中洲来的。他们称它'阿塞拉斯'，如今生长稀少，只有古时他们居住或营宿过的地方附近才有。在北方，除了那些在大荒野中游荡的人，无人识得它。它药效极佳，不过，对这样的伤，它的疗效恐怕有限。"

他将那些叶子丢进滚水中，再用水清洗弗罗多的肩膀。水蒸气的芳香令人神清气爽，没受伤的人嗅了之后都感到心神镇定，思维清晰。这药草对弗罗多的伤口也有些效力，他感到疼痛和肋侧的冰冷感觉都消退不少，但手臂仍旧没有知觉，他抬不起也用不了那只手。他对自己的愚蠢后悔不已，对自己的意志薄弱更是自责。因为他这时已经意识到，他当时戴上魔戒，不是顺从自己的意愿，而是听从了敌人的命令。他怀疑自己会不会就此终身残疾，怀疑现在他们又怎么能完成后续的旅程。他感觉虚弱无力，站不起来。

其他人也正在讨论同样的问题。他们立刻决定要尽快离开风云顶。"我现在认为，敌人已经监视这地方好几天了。"大步佬说，"如果甘道夫真来过这里，他一定已经被迫离开，并且不会回来。而且，他们昨晚发动了攻击，不管怎样，我们天黑后留在此地都有极大的危险。我们无论去哪里，只怕都比这里强。"

天一大亮，他们就匆匆吃了点东西，打包上路。弗罗多无法走路，因此他们将大部分行李分由四人背负，让弗罗多骑小马。过去这几天，这可怜的牲口健康状况大有长进，它已经显得膘肥体壮，并开始对这些新主人，尤其是对山姆，流露出依恋之情。比尔·蕨尼一定把它虐待得不轻，在荒野中跋涉竟似比它之前的生活好得多。

他们出发时取道向南，这意味着要横穿大道，但这是前往林木更盛之地的最快路线。而且他们需要柴火，因为大步佬说一定得给弗罗多保暖，尤其是在夜间。此外，火对所有人都有一定的保护作用。他还计划靠另一条捷径来缩短旅程：大道在向东过了风云顶后改变了路线，向北绕了一个大弯。

他们缓慢谨慎地绕过这山的西南坡，不久便来到了大道边上。黑骑手无影无踪。不过就在匆忙横过大道时，他们听见远方传来两声呼喊：一声冰冷的呼叫，一声冰冷的响应。他们颤抖着冲往前方浓密的树丛。面前的地势朝南倾斜，蛮荒无路，灌木和矮树长成一簇簇树丛，中间是光秃秃的荒地。草很稀少，又粗又灰，树丛的叶子都枯萎了，正在凋落。这是一片阴郁之地，他们一路吃力地走着，很少开口说话，旅程缓慢又消沉。弗罗多见他们背着重负，弓着背垂着头走在他旁边，心中很难受。就连大步佬都一脸倦容，显得心情沉重。

第一天的跋涉尚未结束，弗罗多的伤就又开始痛了起来，但是他忍了很久没说。四天过去，地貌景物都无太大变化，只是他们后方的风云顶显得越来越低，前方隐约耸现的遥远山岭显得稍微接近了些。然而自从那两声远远的呼喊后，他们再没看见也没听见任何迹象，表明敌人已注意到他们在奔逃，或跟踪在后。黑夜令他们恐惧，他们总是两人一组守夜，随时都准备看见黑影趁着乌云遮月、光线微弱的灰暗夜色，匍匐潜来，但是他们什么也没看见，除了枯叶和枯草的叹息，也什么都没听见。他们在小山谷里遭受袭击之前曾被邪恶临近的感觉困扰，但这种感觉他们一次都没再有过。要说黑骑手又追丢了他们，那也过于乐观了。或许，他们正在某处狭路设下埋伏等着。

到了第五天傍晚，地势重新开始缓缓上升，出了这片他们先前走下的宽浅谷地。现在，大步佬再次转向东北而行，在第六天，他们抵达了一道长缓坡的顶上，看见前方远处是一小片林木茂密的丘陵。下方远处，只见大道绕过那些山丘脚下；右边则是条灰色的河流，在微弱的阳光下泛着淡淡的光。更远处，他们瞥见另一条位于石头山谷里的河流，半掩在迷雾之中。

"恐怕我们必须从这儿回到大道上走一段，"大步佬说，"我们现在已经到了精灵称为米斯艾塞尔河的苍泉河。它从幽谷北边的'食人妖荒原'埃滕荒原流下来，在南边远处流入响水河。汇流之后有人称其为灰水河，而到入海时，它已经是条奔腾的大河。自它发源的埃滕荒原以下，除了大道所经过的那座'最后大桥'，没有别的地方可以渡河。"

"远处那条我们看得见的是什么河？"梅里问。

"那是响水河，幽谷称它为布茹伊能河。"大步佬答道，"从那座大桥到布茹伊能渡口，中间很长距离都是沿着山丘边缘而行。但我还没想好我们要怎么渡河。一条条来吧！如果我们没在最后大桥遭到拦截，其实就算走运了。"

隔天一大早，他们又下到了大道的边缘。山姆和大步佬当先而行，但没发现任何旅人或骑手的踪迹。这片被山丘遮蔽的地区下过雨，大步佬判断那是两天前的事，所有的足迹都被冲洗得一干二净。就他所见，从那之后没有骑马的人经过。

他们竭力全速赶路，走了一两哩之后，他们看见了最后大桥，就在前方一道短短的陡坡底下。他们很怕会看见黑色的人影等在那里，却一无所见。大步佬让他们隐蔽在大道旁的一处树丛中，而他只身前往探查。

没多久，他便匆匆赶了回来。"我没见到敌人的踪迹。"他说，"我纳闷这到底意味着什么。不过我发现了一样非常奇怪的东西。"

他伸出手，掌上是一颗淡绿色的宝石。"这是我在大桥中央的泥里找到的。"他说，"这是一颗绿玉，是颗精灵宝石。我说不准它是被故意放在那里，还是无意间遗落的，但它给了我希望。我会把它当作我们可以过桥的标志，但过了桥之后，若没有更清楚的标志，我不敢继续走大道。"

他们立刻上路，安全走过了大桥，除了河水打着旋冲击三座巨大桥拱的声音外，没听见别的声响。往前走了一哩之后，他们来到一条狭窄的山涧，向北切进大道左边陡峭的大地。大步佬在此转离大道，领他们很快消失在树木黑沉的昏暗林间，在阴沉山丘脚下蜿蜒穿行。

霍比特人很高兴离开那片阴郁之地，并把危险的大道抛在身后，但这片新的乡野似乎充满威胁，并不友好。随着他们前进，四周的山势逐渐升高。在高地和山脊上，他们不时零星瞥见一些古老的石墙和高塔的遗迹：它们给人一种不祥之感。弗罗多不用走路，因而有时间望着前方，并且思考。他回想起比尔博讲述的那次旅程：比尔博的第一场重大冒险就发生在食人妖森林，而在食人妖森林附近的乡野中，在大道北边的山丘上，就有些样子不祥的高塔。弗罗多猜想他们现在就在同一片区域，并且好奇他们会不会碰巧从那地附近经过。

"谁住在这地方？"他问，"谁建了这些高塔？这是食人妖的地盘吗？"

"不是！"大步佬说，"食人妖不会建筑。此地无人居住。很久以前，人类曾经住在这里，但现在已经没有了。他们如同传说里所述，都落入了安格玛的阴影下，变成了邪恶之人，而在那场毁灭了北方王国的战争中，所有人都被消灭了。不过，那是很久很久以前的事了，这片山丘已经将他们遗忘，尽管仍有一片阴影笼罩着这地。"

"如果这整片地方都健忘又空荡，你是从哪里知道这些故事的呢？"佩里格林问，"飞禽走兽不会讲这种故事吧。"

"埃兰迪尔的后裔不会忘记所有往事，"大步佬说，"而且在幽谷，人们记得的事远比我能讲出的还多。"

"你常去幽谷吗？"弗罗多问。

"常去。"大步佬说，"我曾经生活在那里，而现在我若能够，仍会返回。我的心在那里，但我命中注定不能坐享和平安乐，即便是在美丽的埃尔隆德之家中。"

此时他们已经深入群山之中。后方的大道继续朝布茹伊能河而去，不过大道和河现在都看不见了。旅人们现在进入了一条狭长、阴暗又寂静的幽深裂谷。两旁山崖上悬生着盘根错节的老树，一直往山坡上层层叠叠生长上去，形成了松树林。

霍比特人走得很慢，感觉非常疲累，因为他们得在完全无路的山野中找路，不时又被倒下的树木或滚落的大石阻挡。他们尽量避免攀爬，一方面是为着弗罗多的缘故，另一方面也是因为，要找到爬出这道狭窄山谷的路实非易事。他们进入这片山野两天后，天开始下起雨来，风也开始不停从西方刮来，将来自远方大海的水化成霏霏细雨洒落在那些黑沉沉的山头上。傍晚时分，他们已经全都湿透，扎营时更是郁郁不乐，因为压根生不起火来。隔天，前方的山势更高，也更陡，他们被迫离开原路，转向北走。大步佬似乎越来越焦虑，他们离开风云顶将近十天了，存粮开始不足，雨却一直下个不停。

那天晚上，他们在一块岩盘上歇脚，背后是一堵岩壁，壁上有个浅浅的山洞，只不过是山崖的一处凹陷。弗罗多焦躁不安，寒冷和潮湿令他的伤比以往疼得更厉害，而疼痛和刺骨冰寒令他难以入眠。他躺在那里辗转反侧，疑惧地聆听着鬼祟的寂夜声响：吹过岩缝的风声，滴水声，树枝断裂声，松动的石块突然滚落声。他感觉那些黑影正在上前，要闷死他，但当他猛坐起身，眼前却只有大步佬猫着腰坐在那里抽着烟斗守夜的背影。他又躺下来，这次陷入了一个不安的梦境，梦中他在夏尔自家花园里的草地上散步，但它看起来微弱又模糊，比不上站在外面越过树篱望进来的高大黑影来得清晰。

早晨醒来时，他发现雨已经停了。云层仍旧很厚，但正在散开，云和云之间露出了一条条缝隙，现出了淡蓝的天空。风又转向了。他们没有早早出发。刚吃过一顿冰冷又不舒服的早餐，大步佬便独自外出，告诉其余的人留在山崖的掩护下等他回来。可能的话，他打算往上爬，去好好看一眼这里的地势。

当他回来时，所说的话却一点也不安慰人心。"我们朝北偏太远了。"他说，"我们得找路往南退回一些。如果我们继续这么走，会走到幽谷北边很远的埃滕山谷去，那是食人妖的地盘，我也完全不熟。也许我们能找到路穿过山谷，从北边绕到幽谷，但那会花太多时间，因为我不认识路，我们的粮食也不够。所以，我们一定要设法找到布茹伊能渡口。"

他们这天余下的时间全用来攀爬乱石遍布的山岗。他们找到一条两山之间的通道，这路通进一条东南走向的山谷，这正是他们想走的方向。然而到了天黑，他们发现路又被一道高地山脊给阻断了。它的黑边印在天空的背景下，碎成许多光秃的尖顶，像一把钝锯的锯齿。他们得决定是掉头回去，还是翻过它。

他们决定尝试翻过去，结果证明这极其困难。没多久，弗罗多就被迫下马，挣扎着步行前进。即便如此，要拉马上来，或只为背负重物的自己找到路走，也常常叫他们感到绝望。当他们终于爬到山脊顶上，天已经几乎全暗了，人人精疲力竭。他们爬到了两座更高尖峰之间狭窄的鞍状地段上，而就在前方短短一段距离开外，地势再度陡降。弗罗多瘫倒在地，躺着瑟瑟发抖。他的左臂已经毫无知觉，肋下和肩膀感觉像被冰冷的爪子抓着。他觉得，周围的树木和岩石都显得模糊又晦暗。

"我们不能再走了。"梅里对大步佬说，"恐怕弗罗多已经受不了了。我对他担心得要命。我们该怎么办？你想如果我们真到了幽谷的话，他们能治好他吗？"

"到时我们就知道了。"大步佬答道，"在这荒山野地里，我也束手无策。我之所以这么急着赶路，正是为了他的伤。不过，我同意今晚我们不能再走了。"

"我家少爷到底怎么了？"山姆可怜巴巴地看着大步佬，低声问道，"他的伤口很小，也已经愈合了。他肩膀上除了一个冰冷的白疤，看不出有别的问题啊。"

"弗罗多是被大敌的武器所伤，"大步佬说，"有种毒性或邪恶在起作用，而我的本事不足以将它驱出。不过，山姆，别放弃希望！"

山脊高处的夜晚十分寒冷。他们在一棵老松树虬结的树根下生了一小堆火，松树悬在一个浅坑上方，那坑像是过去采石后留下的。他们一起挤坐在火前取暖。寒风从岭间隘口吹过，他们听着被吹弯的树梢发出呻吟和叹息。弗罗多躺着，半睡半醒，想象着有无边无际的黑翼从他上方掠过，而追捕者乘着这些翅膀，在这山岭的所有洼地中搜寻他。

破晓时分，晨光明媚，空气清新，雨后晴空一片澄澈。他们心情为之一振，渴望阳光来温暖冰冷僵硬的四肢。天一亮，大步佬就带着梅里去察看这片荒山野岭从高处到隘口东边的情况。当他带着比较令人欣慰的消息回来时，太阳已经升起，光芒万丈。他们现在走的方向大致正确。如果继续往前，从山脊另一边下去，迷雾山脉就会在他们的左边。大步佬已经又瞥见了前方一段距离开外的响水河，而且他知道，尽管目前看不见，但通往渡口的大道离那条河并不远，并且是在离他们更近的这一边。

"我们必须再回到大道上。"他说，"我们不能指望在这片山岭中找到路。无论大道上有多大的危险，它都是前往渡口唯一的去路。"

他们一吃完饭就重新上路，慢慢从山脊的南侧爬下去，不过路比原来估计的好走，因为这一侧的山坡远没那么陡峭。没多久，弗罗多又可以上马骑着走了。比尔·蕨尼这匹可怜的老马渐渐练出了一项出人意料的本领，非常善于择路而行，尽可能减少了骑马人的颠簸。一行人的精神又振奋起来。在如此晨光下，就连弗罗多都感觉好多了，只不过似乎有迷雾偶尔遮挡他的视线，他不时抬手在眼前挥动。

皮平走得比其他人都更靠前一些，突然，他转身对他们喊道："这里有一条小路！"

他们来到他身边，看见他确实没错——那里明显是一条小路的起点，从下方林子里七拐八绕着爬上来，消失在身后的山顶上。如今小路不少地方已经模糊不清，或是被杂草湮没，或是被落下的岩石以及倒下的树木阻住，但看来曾经常有人走。这是条由强壮的手臂和沉重的脚步开出的路，不时可见老树被砍倒或折断，巨石被劈开或挪开，以辟出一条路来。

他们沿着小路走了一阵子，因为它是下山最好走的路，不过他们走得十分小心，焦虑也随着进入阴暗的树林里而渐渐增加，但小路变得更宽敞平坦，突然出了一带杉树林，直下一个陡坡，急转向左绕过这座山岗那岩石山肩的拐角。他们来到拐角处，环顾四方，见小路通过一处低崖崖壁下的窄长平地。低崖上悬垂着树木，岩石崖壁上有扇歪斜微敞的门，挂在一根大铰链上。

他们全都在门前停了脚步。门后是个岩洞或石室，但内部很阴暗，什么都看不见。大步佬、山姆和梅里使尽全力才将门推开了一点，然后，大步佬和梅里走了进去。他们并未深入，因为地上散着许多枯骨，进门处除了一些巨大的空缸子和碎陶罐，不见其他东西。

"这肯定是个食人妖的洞，如果真有食人妖的话！"皮平说，"你俩快出来，我们走吧。现在我们知道是谁开的路了——我们最好快点离开这路！"

"我想，这没必要。"大步佬走出来说，"这肯定是个食人妖的洞，但看来早已废弃了。我想我们不用怕，小心点往下走就会明白的。"

小路从门前继续延伸，再次右拐穿过那片平地，骤然降入下方一片密林覆盖的坡地。皮平不想让大步佬觉得自己还在害怕，便跟梅里走在前面。山姆和大步佬在后面，一左一右走在弗罗多的小马旁，小路这时已经宽得足够让四五个霍比特人并肩行走了。但是他们没走多远，皮平就跑了回来，后面还跟着梅里。两人看样子都吓坏了。

"有食人妖！"皮平上气不接下气地说，"就在下面不远的林间空地上。我们从树干间瞧见的，大得不得了！"

"我们这就过去看看。"大步佬说，顺手捡起一根树枝。弗罗多什么也没说，但山姆看着很害怕。

此时太阳高照，阳光透过半秃的树枝照下来，在林间空地上投下一片斑驳的光影。他们在空地边上猛地停住，屏住呼吸从树干间窥视。空地上立着三个巨大的食人妖，一个弯着腰，另外两个站在那里瞪着第一个。

大步佬漫不经心地走上前去。"起来了，老顽石！"他说，用树枝抽在那弯腰的食人妖身上，树枝应声而折。

什么事也没发生。霍比特人惊得倒抽一口气，接着，连弗罗多都大笑起来。"哎呀！"他说，"我们都忘了自己的家史了！这一定就是那三个被甘道夫逮到，吵着要怎么烹煮十三个矮人和一个霍比特人才妥当的食人妖。"

"我压根不知道我们都走到这附近了！"皮平说。那故事他熟得很，比尔博和弗罗多常讲。不过，他其实一直是半信半疑，即便是现在，他仍疑神疑鬼地看着石化的食人妖，怀疑会不会有某种魔法让他们突然间又活过来。

"你不但忘了自己的家史，还把所有食人妖的知识都忘了。"大步佬说，"现在是大白天，烈日当空，而你竟跑回来吓我说，这片空地上有活的食人妖在等我们！不管怎么说，你也该注意到他们当中有一个的耳朵后面有个旧鸟巢。对活的食人妖来说，这种装饰可太不寻常了！"

他们全大笑起来。弗罗多感觉自己的精神恢复了。比尔博首次成功冒险的回忆，令人心情振奋。而且，阳光温暖又舒服，他眼前的迷雾似乎消散了一些。他们在空地上休息了一阵子，并且就在食人妖巨腿的阴影下吃了午餐。

等大家都吃完后，梅里说："有没有人要趁着太阳高照的时候，给我们来一首歌？我们好多天没唱歌，没讲故事了。"

"从风云顶之后就没有了。"弗罗多说。其他人都看着他。"别担心我！"他说，"我感觉好多了，不过我看我还不能唱歌。也许，山姆可以从记忆里挖点宝出来？"

"来吧，山姆！"梅里说，"你脑袋里装的可比嘴上说的要多。"

"这我可不敢说。"山姆说，"不过这首合不合适？我觉得它不算正经的诗歌，你懂我的意思吧，就是几句顺口溜而已。但这儿的几个老石像让我想起它来了。"他站起来，仿佛在学校里那样把双手背在背后，开始用一首古老的曲调唱起来。

食人妖独坐在石凳上，
嚼啊啃着一根老骨头；
好多年啦他只啃这一根，
因为活人不打这儿过。
都不过！没人过！
山里的洞穴他自己住，
活人全不打这儿过。

汤姆穿着大靴子上山来，

"请问你啃的那是啥？

　　倒像是我老叔提姆的小腿骨，

　　　　不过他老人家此时该在墓中躺。

　　　　穴中躺！土中躺！

　　提姆走了多年啦，

　　　　他该安眠墓中躺。"

"小伙子，这是我挖到的骨头。

骨头埋在土堆里能抵啥用？

　　你老叔早就冰凉又死透，

　　　　我就拿了他的小腿骨头。

　　　　冷骨头！瘦骨头！

　　他就行行好给我这老鬼塞牙缝，

　　　　反正他用不着这根老骨头！"

汤姆说："你这货色也没问问，

我老爸家的小骨头老骨头，

　　怎能让你随便啃；

　　　　快把骨头还给我！

　　　　　　交过来！滚过来！

　　就算老叔已死透，骨头他的可没错！

快把骨头交给我！”

食人妖，咧嘴笑：“小指头都不用动，
我也能把你嚼嚼吞下肚。
　　鲜肉顺口又滑溜！
　　　　现在拿你磨磨牙！
　　　　　　现在磨！现在咬！
　　受够了厚皮老骨头，
　　　　现在拿你打牙祭！”

食人妖以为抓个正着，
谁知居然两手空空，
　　汤姆脚底抹油溜到身后，
　　　　狠踹一脚给点颜色瞧瞧！
　　　　　　踹一脚！狠一脚！
　　一脚踹在屁股上，汤姆想
　　　　叫老妖一辈子忘不了！

可是深山老林长年坐，
老妖皮肉倒比石头硬，
　　脚上皮靴就像踹上山脚，

踹上老妖活像挠痒痒！

挠痒痒！太轻啦！

汤姆只叫疼，老妖笑哈哈，

疼的不是屁股是脚丫！

废了一条腿，汤姆逃回家，

从此穿不上靴老瘸着，

老妖怪可管不着，

仍把偷来的老骨头嚼，

骨头嚼！骨头咬！

食人妖的屁股依然完好，

牙里照样把老骨头咬！

　"哎哟，那可是对我们众人的警告啊！"梅里大笑着说，"大步佬，幸亏你刚才是用树枝而不是用手去打！"

　"山姆，你这是打哪儿学来的？"皮平问，"这些歌词，我可从来没听过。"

　山姆咕哝了句什么，旁人都没听见。"这当然是他自己编出来的。"弗罗多说，"这趟旅程可让我对山姆·甘姆吉刮目相看了。最初，他是个共谋者，现在，他是个小丑，等到最后，他会变成一个巫师，或战士！"

"我希望不会。"山姆说，"这俩我都不想当！"

　　下午，他们继续在树林中往下走。他们走的很可能就是甘道夫、比尔博以及矮人们在许多年前走的那条路。走了几哩之后，他们出了林子，来到一道俯瞰大道的高坡上。大道在此已经把狭窄山谷中的苍泉河远远甩在后面，如今紧贴着山脚向东而行，起伏蜿蜒着，在树林和帚石楠遍布的山坡间朝渡口和迷雾山脉而去。下了高坡不远，大步佬指出了草地上一块石头。那上面有矮人的如尼文和秘密记号，尽管雕刻粗糙，如今又饱经风雨剥蚀，仍然可以辨认出来。

　　"看！"梅里说，"那一定就是标示着食人妖藏金处的石头。弗罗多，我好奇比尔博那还剩多少？"

　　弗罗多看着那块石头，真希望比尔博没带回来如此危险又如此难弃的宝藏。"一点也不剩。"他说，"比尔博把他那份都送掉了。他告诉我，他觉得那些东西得自抢劫者，不算真属于他。"

　　黄昏将影子拉得老长，大道上一片寂静，不见任何其他旅人的踪迹。如今既然没有别路可走，他们只能爬下高坡向左拐，尽快离开。很快山岭中就有一道山肩遮断了迅速西沉的阳光。一股冷风从前方大山吹下，朝他们迎面吹来。

他们开始找寻一处离开大道，可以扎营过夜的地方。就在这时，他们听见了一个声音，霎时让恐惧重回心头——背后传来了马蹄声。他们回头眺望，但是大道蜿蜒起伏，他们看不出太远。他们跌跌撞撞尽快奔离平坦的大道，爬进斜坡上方浓密的帚石楠和越橘矮丛，最后进了一小片浓密的榛树丛。他们从灌木丛当中往外窥视，可以看见大道就在下方大约三十呎处，在渐暗的暮色中显得灰蒙蒙的。马蹄声越来越近，速度飞快，伴随着轻快的**的哒的哒声**。接着，他们耳中捕捉到隐约的铃声，它仿佛被微风吹得离他们而去，相当微弱，像很多小铃铛在丁零响。

"那听起来不像黑骑手的马！"弗罗多专注地聆听着说。其余的霍比特人都怀着希望赞同它不像，不过仍是全都满腹狐疑。他们很久以来都生怕遭到追捕，结果觉得任何从后方来的声音，都是既不祥又有敌意。但大步佬这会儿身子前倾，一手圈着耳朵弯腰贴近地面，脸上露出欢喜的神情。

天色暗了，灌木丛的树叶轻柔地沙沙响。叮当作响的铃声这会儿更近也更清晰了，马蹄声也**的哒的哒**轻快响着愈来愈近。蓦地，底下一匹白色骏马进入了视野。阴影中，白马遍体生光，奔驰如风。马的辔头在暮色里闪烁生辉，仿佛镶满了犹如天上繁星的宝石。骑手的斗篷在身后飘飞，兜帽也掀了开来；疾驰中他一头金发随风飘扬，泛着微光。在弗罗多看来，有团白光就像透过一层薄纱那样，从骑手周身及服饰中散发出来。

大步佬从藏身处一跃而出，朝大道直冲而下，一边高喊着一边跳过帚石楠丛。但不等他行动呼喊，那骑手已经勒马停下，抬头朝他们所在的树丛望来。他一看见大步佬，立刻下马奔迎上前，喊道："Ai na vedui Dúnadan! Mae govannen!"[1] 他吐出的词句和他清亮的嗓音，将他们心中的疑问一扫而空：这位骑手乃是精灵族人。在这广阔的世界中，再没有哪一族的人拥有如此悦耳的嗓音。不过，他的喊声中似乎含着仓促或恐惧的音调，他们见他这时与大步佬说话，也是迅速又急迫。

很快，大步佬朝他们示意，四个霍比特人离开树丛，匆匆下到大道上。"这是住在埃尔隆德之家的格罗芬德尔。"大步佬说。

"幸会，终于见面了！"精灵领主对弗罗多说，"我是奉命从幽谷出来找你的。我们担心你会在大道上遭遇危险。"

"那么，甘道夫已经到幽谷了？"弗罗多高兴地喊道。

"不，我出发时，他还没到，不过那是九天之前。"格罗芬德尔回答，"埃尔隆德得到消息，为此十分忧心。我的一些同胞，在巴兰都因河 [2] 对岸你们的土地上旅行时，得知情况有变，便尽快捎来了消息。他们说，九骑手已经出动，而你却身负极大的重担，无人引导迷了路，因为甘道夫没有返回。即便是在幽谷，也没有几个人能公开出马对抗九骑手。不过，埃尔隆德已将仅有的这些人派往北、西、南三个方向。我们认为，你为了躲避追击，可能会绕远路，然后迷失在荒野中。

"我的任务是监视大道。大约七天前，我去到米斯艾塞尔桥，在那里留了个记号。有三个索隆的爪牙守在桥上，但他们见我来便撤退了，我将他们逐去了西边。我还碰到另外两个，但他们掉头朝南跑了。从那之后，我便一直搜寻你的踪迹。两天前我有所发现，一直跟到了大桥；今天我又找到了你们下山的踪迹。不过，来吧！现在没时间多说消息，既然你在这里，我们必须冒险走大道，往前闯。我们后面有五个黑骑手，等他们在大道上发现你的踪迹，就会像风一样疾驰追来。而且，他们还没有全数到齐，我不知道另外四个会在哪里。我担心他们已经占领渡口，正严阵以待。”

格罗芬德尔说话间，夜色加深了。弗罗多感到一股极大的疲惫向他袭来。自从太阳开始西沉，他眼前的迷雾就开始变浓，他觉得有个阴影正横插进自己与朋友的面孔之间。此刻又是一阵疼痛袭来，他感到浑身发冷，整个人都晃了一下，不由得抓紧了山姆的手臂。

“我家少爷又病又伤，”山姆生气地说，“天黑之后他需要休息，不能再骑马了。”

格罗芬德尔一把揽住就要委顿在地的弗罗多，将他轻轻抱在怀里，忧虑万分地察看着他的脸。

大步佬简单扼要地叙述了他们在风云顶下宿营时遭到的攻击，以及那把致命的刀。他取出一直保留着的刀柄，递给了精灵。格罗芬德尔取过它时打了个寒战，但还是仔细地检视了它。

"这刀柄上写了邪恶的咒语，"他说，"不过你们的眼睛可能看不见。阿拉贡，收好它，直到我们抵达埃尔隆德之家！但是要小心，尽量别碰它！唉！这武器所造成的伤，不是我的疗伤技巧所能应付的。我会尽我所能——但我现在更要催促你们上路，不要休息。"

他以手指摸索着弗罗多肩头的伤，神色变得更加凝重，仿佛他所探知的令他不安。但是弗罗多感觉手臂和肋下的冰冷减轻了，一丝暖意从肩头悄然传到了手上，疼痛减缓，连周围昏暗的暮色也像是敞亮了不少，仿佛云开雾散。他又可以清楚看见朋友的脸，一股新的希望和力量回到了他身上。

"你该骑我的马。"格罗芬德尔说，"我会把马镫收短到马鞍下摆处，你尽量夹紧坐稳。不过你不用怕：我的马不会让我吩咐它驮的人摔下来。它的步子轻捷流畅。如果危险迫得太近，它会载着你飞奔，速度连敌人的黑马都望尘莫及。"

"不，我不同意！"弗罗多说，"我不要骑它！我不要被它驮去幽谷或别的地方，却把朋友们抛在险境里。"

格罗芬德尔微笑了。"我倒怀疑，你不跟朋友在一起的话，他们还会有什么危险！"他说，"我想，追击会紧跟着你，放任我们安然在后。弗罗多，是你背负的东西，给我们所有人招来了危险。"

弗罗多无言以对，被说服骑上了格罗芬德尔的白马，那匹小马则驮起其他人大部分行李，因此，现在他们走起来轻松多了，有一阵走得相当快。不过，霍比特人逐渐发现，自己很难跟上精灵那迅捷又不知疲惫的步伐。他领着他们走到天色漆黑，又继续在浓云满布、无星无月的夜色中行进，直到东方发白，才容许他们停下。那时，皮平、梅里和山姆都快蹒跚着睡着了。就连大步佬都垮着肩膀，显得很疲累。弗罗多骑在马上，做着黑暗的梦。

他们一头倒在离路边几码远的帚石楠丛中，立刻睡着了。他们睡觉时，格罗芬德尔独自放哨，而他又叫醒他们时，他们觉得自己才刚刚合上眼皮。早晨的太阳已经升得很高，夜里的云雾都已散尽。

"喝点这个！"格罗芬德尔对他们说，从镶银的皮水袋里轮流给每人倒了些饮料。那饮料清澈如泉水，没有味道，喝在口里不冷不热，但喝下去后，便感到一股气力和活力涌向四肢百骸。之后再吃那些走味的面包和干果（这是他们现在仅剩的食物），似乎比在夏尔吃了好几顿丰盛的早餐更能满足他们的辘辘饥肠。

　　他们只休息了不到五个钟头就再次踏上了大道。格罗芬德尔依旧催促他们快走，一整天的行进中只让他们休息了两次。以这样的方式，他们在天黑前走了将近二十哩，并且来到了大道右转向下直奔谷底，接着笔直通往布茹伊能渡口的地方。到目前为止，霍比特人都还没看见也没听见追击的迹象与动静；但是，每当他们落后时，格罗芬德尔常会停下来聆听片刻，脸上浮现焦虑之情。有一两次，他用精灵语和大步佬交谈。

　　然而，不管两位向导有多焦虑，霍比特人今晚都显然再也走不动了。他们累得头昏眼花，跌跌撞撞地往前走，除了腿脚，什么都不能想。弗罗多的疼痛又加倍了，周围的景物就连在白天都淡褪得好似灰色的鬼影。他几乎欢迎夜晚的来临，因为夜里的世界显得不那么苍白空虚。

　　隔天一大早再出发时，霍比特人仍然很疲惫。他们离渡口还有许多哩路，他们以自己能迈出的最快步调，蹒跚往前推进。

"我们快到河边时，也是最危险的时刻。"格罗芬德尔说，"我心里预感，追击正从后方迅速赶来，而渡口可能另有危险等着我们。"

大道仍然稳稳下行，路两旁这会儿到处长了青草，霍比特人尽可能走在草地上，好减轻双脚的疲惫。傍晚时分，他们到了一处地方，大道突然穿进一片高大松林下方的暗影中，接着陡降到一条很深的地堑里，两侧是潮湿的红色岩壁。他们匆忙前进，回声不绝于耳，似有无数脚步跟随在己方足音之后。倏忽之间，大道如同穿过一扇光明之门，从深堑尽头又出到开阔之地。在陡峭的斜坡底，他们看见面前有一哩多的平路，过去便是幽谷的渡口。河对岸是陡峭的褐色堤岸，一线小径蜿蜒而上。后方则群山高耸，一山高过一山，一峰高过一峰，连绵直至朦胧苍穹。

他们背后的深堑中，回声仍旧不绝于耳，既似脚步紧紧相随，又似一阵强风卷起，扫过松枝，嘈杂大作。格罗芬德尔侧身聆听了片刻，接着，他大喊一声，纵身向前。

"快跑！"他喊，"快跑！敌人追上我们了！"

白马一跃冲了出去，霍比特人也急奔下斜坡，格罗芬德尔和大步佬断后。他们平地才走了一半，背后便乍然传来马匹奔驰的隆隆声响。从他们才离开的那处林间出口，冲出一个黑骑手，他勒马止步，在鞍上一晃。另一个紧随其后，接着又一个，然后又是两个。

　　"骑马快走！快！"格罗芬德尔朝弗罗多大喊。

　　弗罗多没有立刻听从，有股奇怪的抗拒犹疑攫住了他。他勒马徐行，转身回望。黑骑手们坐在高大的坐骑上，如同凶恶的雕像雄踞山顶，黝黑又坚固，而他们周围的树林和大地却消退了，犹如没入迷雾中。刹那间他明白过来，是他们在无声命令他停步等候。转眼间，恐惧与憎恶在他心中苏醒了。他松开缰绳，伸手抓住剑柄，红光一闪，他拔出剑来。

　　"骑马快走！骑马快走！"格罗芬德尔又喊，接着，他以精灵语响亮清晰地向白马叫道："Noro lim, noro lim, Asfaloth！"[3]

　　白马立刻纵蹄飞奔，疾风般奔过大道最后一段。与此同时，那些黑马从山丘跃下紧追，骑手口中亦发出令人毛骨悚然的呼叫，恰似弗罗多在遥远的夏尔东区所听见的，令整个树林都充斥了恐怖的叫声。这呼叫获得了响应。令弗罗多和他的朋友们大为惊恐的是，从左边远处的树林里和岩石间，有另外四个骑手飞奔而来。两个直扑弗罗多，两个狂奔向渡口，要截断他的去路。他们的路线逐渐向弗罗多的靠拢，弗罗多觉得他们风驰电掣般逼近，身形也迅速扩大、愈发阴森。

弗罗多回头望了一眼，朋友们的身影已经不见，后方的骑手也正被甩开——就连他们的强大坐骑，在速度上也不是格罗芬德尔这匹白色精灵神驹的对手。然而当他重新向前望去，希望顿时黯淡了。看来他绝无机会赶到渡口，半路就会被埋伏的骑手拦截下来。他现在能清楚看见他们了——他们已经甩掉了兜帽和黑斗篷，头戴头盔，身穿白与灰的长袍，苍白的手里握着出鞘的长剑，双目寒光毕露，口中对他发出凶恶的呼号。

此刻弗罗多满心只有恐惧。他想不起手中的剑，甚至想不起叫喊。他紧紧闭上双眼，死死抓住马的鬃毛。风在耳边呼啸，马具上银铃尖声狂响。一股致命的冰寒气息如长矛般刺穿了他，与此同时，精灵神驹最后冲刺，如添双翼，像白焰一闪，就在冲得最前的骑手面前掠过。

弗罗多听见了溅水声，浪花涌上脚边。他感觉到水面迅速起伏，接着白马便离河奋力登上了碎石小径。他攀上了陡岸。他已过了渡口。

但是追击者紧咬在后。白马爬到河岸高处，停步回顾，引颈长嘶。九骑手在下方对岸的水边列阵排开，抬头望来。弗罗多面对这威胁，不禁泄气，他知道没有什么能阻止他们像他一样轻易渡河。他觉得一旦黑骑手过了河，他再要从渡口到幽谷边界这条没有保障的长路上逃脱，完全是徒劳。总之，他又感到自己被急切命令停下。憎恶再次在他心中抬头，他却再也无力去拒绝。

突然，最前面的骑手策马向前。马在水边戛然止步，人立而起。弗罗多费了极大的力气坐直，挥舞着剑。

"滚回去！"他喊，"滚回魔多去，别再跟着我！"这声音听在他自己耳中，显得单薄又尖锐。那些骑手停了下来，但是弗罗多没有邦巴迪尔的力量。敌人报以一阵令人毛骨悚然的刺耳大笑。"回来，回来！"他们叫道，"我们去魔多，但要带着你！"

"滚回去！"他喃喃地说。

"魔戒！魔戒！"他们用冷酷无情的声音呼道，接着他们的领队立刻催马向前，踏进水中，另外两个紧跟在后。

"凭埃尔贝瑞丝和美丽的露西恩之名，"弗罗多用尽最后的力气，举起剑说，"你们既得不到魔戒，也抓不到我！"

领队这时已涉过渡口一半，他从马镫上恶狠狠地站起来，举起了手。弗罗多仿佛被一拳击哑，感觉口中的舌头像被斩断，心跳也艰难异常。他的剑折断了，从颤抖的手中跌落。精灵神驹前蹄腾空，打了个响鼻。当先的一匹黑马几乎要踏上这边河岸了。

就在那时，一阵咆哮喧腾传来：汹涌的河水卷裹着许多岩石，滚滚而至。弗罗多模糊看见下方的河水暴涨，浪涛就像大队佩着羽饰的骑兵，沿着河道奔腾而下。弗罗多觉得他们的头盔闪烁着白焰，半幻想着自己看见水中有白骑手骑在白马上，马有白沫般的鬃毛。三个仍在河中央的黑骑手立刻被水吞没：他们消失了，突然间被愤怒的波涛埋葬。那些跟在后方的都惊愕地退了回去。

靠着最后一点正在远去的意识，弗罗多听见了喊声。他似乎看见，在对岸那些迟疑着的骑手背后，有一个放出白光的人影。而在那人影背后，有一些小小的模糊影子挥舞着火焰，在正降临世界的灰暗迷雾中闪耀着红光。

　　那些黑马全都发起狂来，惊恐地往前猛冲，驮着
背上的骑手扎进滚滚洪流里。洪水将他们冲走，尖厉
的号叫也被咆哮的河水淹没。接着弗罗多感觉自己往
下坠去，而咆哮与混乱似乎往上涨来，将他与敌人一
同吞噬。他什么都看不见，也听不见了。

注　释

英国第二版前言

1　托尔金之所以强调"十指如飞"，是因为他确实从未学
　　会如何用十指打字。《魔戒》书稿，他是用两个手指
　　打成的。——译者注

楔子

1　吼牛（Bullroarer），常译成"吼板"，是一种乐器，这
　　里作为绰号有双关的意味。托尔金在《〈魔戒〉名称指
　　南》一文中要求该名意译，可能的话要以 B 音开头，

但遗憾的是，中文无法满足这一点。——译者注

2 幽谷（Rivendell），精灵语名为"伊姆拉缀斯"（Imladris）。托尔金要求 Imladris 音译，Rivendell 意译（本书附录六中将它作为适合意译的名称给出，《〈魔戒〉名称指南》中则指出是"意译，或音译，视情况择优"），而 Rivendell 按字面翻译是"裂隙中的深谷"，故译为"幽谷"。"幽"有"深"的含义，且有隐蔽之意。幽谷是迷雾山脉中的一处谷地，埃尔隆德之家就在这里。《霍比特人》中比尔博一行也曾造访此地。曾用译名为"林谷"或"瑞文戴尔"。——译者注

3 刚铎的记载表明，这是在阿盖勒布二世统治期间。阿盖勒布二世是北方一脉的第二十代国王，这一脉在三百年后，随阿维杜伊死去而断绝。——原注。本书中未作特殊标记者均为托尔金原注，下同。

4 因此，精灵和杜内丹人历法中第三纪元的年份可以由夏尔纪年加上 1600 年计算出来。

5 里格（League），古时长度单位，一里格约五公里。——译者注

6 奥克（Orc），复数是 Orcs。他们是黑暗势力一方最常见的爪牙。托尔金对这种生物有独特的设定，他在《〈魔戒〉名称指南》中指出，尽管他在《霍比特人》一书中将其泛称为"哥布林"（goblin），但在他的设定中，这种生物并不是传统意义上的"哥布林"，各国译者在翻译时也不可将其转化成本国语言中对 goblin 的

叫法，而应保留 Orc 这一名称的拼写，以传达异化感。因此译成中文时，将 Orc 音译成"奥克"是最符合托尔金要求的做法，而不是意译成"半兽人"。相应地，由于托尔金有时仍会使用 goblin 一词作为 Orc 的通用语说法，他作品中的 goblin 也采用 Orc 对应的含义来意译，即"半兽人"。——译者注

7 马松（mathom），意思类似于"鸡肋"。托尔金根据古英语的 máðm（意为"珍贵之物，财宝"）一词造出了该词，并指明这并不是西部语，因此应音译。——译者注

8 斯密奥（smial）。托尔金要求该词音译，且要体现出与"斯密戈"的联系。——译者注

9 白兰地鹿（Brandybuck）。根据本书附录六，Brandybuck 一名包含 Brandy 这一元素，它与 Brandy River 有关，Brandy River 则来自精灵语的名称 Baranduin，因此译名应当适当体现它们之间的联系。我们据此将 Brandy 音译为"白兰地"，Brandy River 译为"白兰地河"，Brandybuck 译为"白兰地鹿"，而 Baranduin 按照精灵语名称翻译规则译为"巴兰都因（河）"。——译者注

10 大洞镇（Michel Delving），此地名根据附录六中的解释，采取意译。michel 是古体词，意为"大"。——译者注

11 莱斯日（Lithe）。托尔金在《〈魔戒〉名称指南》中指出，Lithe 应音译，不可因其时间和节日性质意译。故将 Lithe 译作"莱斯"。——译者注

12 夏警（Shirriff）。托尔金要求该词意译，意为 Shire+Officer，但词首应体现出与 Shire 的联系。故译作"夏警"。——译者注

13 参见附录二《编年史略》中夏尔纪年的 1451 年、1462 年和 1482 年，以及附录三末尾的注释。

14 附录二给出的便是经过大幅缩写的版本，时间直到第三纪元尾声。

第一章

1 煮宝，原作 jools，意在体现外乡人的"奇怪"口音。——译者注

2 河谷城（Dale），这既是城镇本身的名字，也指周边地区一同组成的城邦，故在单指城镇时译为"河谷城"，指领地时译为"河谷邦"，如"河谷邦之王"。河谷邦位于孤山（埃瑞博山）附近，就是《霍比特人》中比尔博和矮人们前往冒险的地方。——译者注

3 小河（the Water），它是白兰地河的支流，也是横贯夏尔的主要河流。——译者注

第二章

1 重磅（Hundred-weight），英语中可用该词指 112 这一数字。此处是双关。——译者注

2 褪隐（fade），意思是"逐渐消逝"。在这故事里，持有这些魔法戒指的人类，最后都变成了戒灵。他们的肉身形体消失了，却并未死亡，以一种幽灵般隐形的方式存在、为恶。——译者注

3 西方之地的人类（Men of Westernesse），Westernesse即"西方之地"，指努门诺尔。"西方之地的人类"则指异于普通人类，具有精灵血统，拥有超长寿命的努门诺尔人。详见本书附录以及《精灵宝钻》。——译者注

4 可惜（pity），可译为怜悯、同情、可惜或遗憾。下文甘道夫的整段原文都用了pity，最直接的译法是"怜悯"，但为顾及中文的通顺，采用了几种不同译法。——译者注

5 黑龙安卡拉刚（Ancalagon the Black），首代黑暗魔君魔苟斯造出的有翼恶龙中最强大的一条，在第一纪元末的愤怒之战中被埃雅仁迪尔所杀。见《精灵宝钻》。——译者注

第三章

1 高等精灵（High Elves），指那些曾在阿门洲居住过，受过神灵启迪教诲，拥有丰富学识的精灵。详见本书附录与《精灵宝钻》。——译者注

2 埃尔贝瑞丝（Elbereth），意思是"星辰之后"，辛达语中对瓦尔妲的称呼。详见本书附录与《精灵宝钻》。——

译者注

3 流亡者（the Exiles），指那些在远古时期，反叛诸神离开阿门洲的精灵。详见本书附录与《精灵宝钻》。——译者注

第六章

1 河婆（River-woman），这是中洲世界中一个没有确切解释的存在，通常认为她是一个水中的神灵。——译者注

第八章

1 卡恩督姆（Carn Dûm），一度强盛的北方邪恶王国安格玛的都城。——译者注

2 黄油菊（Butterbur）。后文也提到，布理人的姓名常与植物有关。Butterbur 是一种菊科植物，因叶子常用来包裹黄油得名。托尔金要求该名意译，且最好是包含"黄油"一词的植物名。——译者注

第九章

1 斯台多（Staddle），托尔金要求该名意译，但又要尽可能读音相似，译成中文时实不可行，故取折中，译为"斯

台多"（"台"隐含原文"基础"之意）。——译者注

2 大步佬（Strider）。中文曾译名"神行客""健步侠""大步"，但译者认为，这个称呼是布理循规蹈矩的居民所取，其实含有贬义，而且应足够俚俗，才能引发后文中的一些评论，因此这样翻译。——译者注

3 月仙（Man in the Moon）。中洲的传说故事中，驾驶月船的神灵是男性。《精灵宝钻》中提到，这位神灵名叫提理安（Tilion）。——译者注

4 见附录四。

5 精灵（和霍比特人）总是将太阳称为"她"。——原注。中洲的传说故事中，驾驶太阳船的神灵是女性。《精灵宝钻》中，这位神灵名叫阿瑞恩（Arien）。——译者注

第十章

1 黑息（Black Breath），戒灵的有毒气息，能使人受影响而病倒。——译者注

2 北斗七星或大熊星座的霍比特名称。

第十一章

1 长腿佬（Longshanks），这也恰好是英王爱德华一世的绰号，故遵从已有译法，译作"长腿"。——译者注

2 最后联盟（the Last Alliance），第二纪元时，为对抗在中洲重新崛起的索隆，精灵与人类最后一次结成联盟，讨伐魔多。——译者注

第十二章

1 辛达语，意思是："啊，杜内丹，你终于来了！幸会！"——译者注
2 即白兰地河。
3 辛达语，意思是："快跑，快跑，阿斯法洛斯！"阿斯法洛斯（Asfaloth）是格罗芬德尔的白马的名字。——译者注

文景

Horizon

THE
LORD
OF
THE
RINGS

J.R.R. TOLKIEN

托尔金基金会唯一指定中文版
Trusted Publishing Partner and Official Tolkien Publisher for China

社 科 新 知　文 艺 新 潮

魔戒

APPENDIX

［英］J.R.R. 托尔金 著

邓嘉宛　石中歌　杜蕴慈 译

上海人民出版社

目 录

附录一

列王纪事

以下附录所包含的主要内容，特别是附录一至附录四，资料来源请参见"楔子"末尾的说明。附录一第三篇《都林一族》很可能源自矮人吉姆利的叙述，他与佩里格林、梅里阿道克保持着友谊，多次在刚铎和洛汗与他们重聚。

种种资料中可以找到的传奇、历史与学识浩如烟海，此处给出的仅仅是从中选出的一部分，且多数都进行了大量缩减。这些材料的主要目的是描述"魔戒大战"及其缘起，并填充故事主线上的一些空缺。比尔博最感兴趣的是第一纪元的古老传奇，这些故事也被简略提及，因为它们涉及埃尔隆德的出身，以及努门诺尔诸王与族长的先祖。直接取自较长的编年史纪事与故事的引文以引号标识。后插入的内容以方括号标识。以引号标出的注释见于出处。其余均为编校注释。[1]

文中给出的日期，若非以"第二纪元"或"第四纪元"标出，均为第三纪元。第三纪元末年定为3021年9月，即三戒西去之日，但为了刚铎的文献记载起见，第四纪元元年从3021年3月25日开始。刚铎纪年和夏尔纪年里的日期转换方法，参见楔子和附录四。在年表中，写在列王及诸统治者名号之后的日期如果只给出一个，那么就是他们的逝世日期。倘若标以†符号，便说明他们并非寿终正寝，而是战死或死于其他原因，不过并非每次出现此符号时都会附上一条事件记录。

1　若干处参考本版《魔戒》页码和《霍比特人：精装插图本》（上海人民出版社 2013 年版）页码。

第一篇

努门诺尔诸王

第一节 努门诺尔

费艾诺是埃尔达精灵中艺术与学识造诣最深的一位，但也是最骄傲、最任性的。他琢造了三颗宝石，即**"精灵宝钻"**[1]，在其中注满了照亮维拉之地的双圣树——泰尔佩瑞安与劳瑞林[2]的璀璨光辉。大敌魔苟斯

---

1 精灵宝钻，即熙尔玛利尔（Silmaril），此处原文为 Silmarilli，是昆雅语中 Silmaril 一词的复数形式。——译者注
2 见卷二第 55 页，卷三第 398 页，以及卷六第 158 页。中洲再无形似金树劳瑞林之物。

垂涎这三颗宝石，他毁掉双圣树，窃走精灵宝钻携往中洲，将它们严守在桑戈洛锥姆的坚固要塞中。费艾诺违逆维拉的意志，率领多数族人放弃了蒙福之地，流亡前往中洲；因他出于骄傲，打算凭借武力从魔苟斯处夺回精灵宝钻。此后便是埃尔达与伊甸人对抗桑戈洛锥姆的无望战争，[1] 他们最终被彻底击败。伊甸人（**阿塔尼**[2]）包含了三支人类家族，他们最先来到中洲的西部和大海的岸边，成为埃尔达对抗大敌的盟友。

埃尔达与伊甸人之间有过三次联姻：露西恩与贝伦，伊缀尔与图奥，阿尔玟与阿拉贡。靠着最后一次联姻，半精灵家族长久割裂的两个分支得以重新联合，血脉得以恢复。

露西恩·缇努维尔是第一纪元的多瑞亚斯之王灰袍辛葛的女儿，她的母亲是出身于维拉一族的美丽安。贝伦是伊甸人第一家族的巴拉希尔之子。他们二

1　见卷二第 51 页，卷四第 238 页。

2　阿塔尼（Atani），昆雅语，意为"第二支子民"，即人类。通常指第一纪元进入贝烈瑞安德、身为精灵之友的人类三大家族，也可泛指人类。Atani 是复数形式，其单数形式为 Atan；该名称其实应依其单数形式译为"阿坦"，然而它不曾以单数形式出现在书中，总是泛指群体，故依其复数形式译为"阿塔尼"。——译者注

人一同从魔苟斯的铁王冠[1]上夺回了一颗**精灵宝钻**。露西恩变成了凡人，精灵一族失去了她。她的儿子是迪奥，迪奥的女儿则是埃尔汶，她曾保有那颗**精灵宝钻**。

伊缀尔·凯勒布琳达尔是隐匿之城刚多林之王图尔巩的女儿。[2]图奥是哈多家族的胡奥之子；哈多家族是伊甸人第三家族，他们在对抗魔苟斯的战争中最有名望。伊缀尔与图奥的儿子，便是航海家埃雅仁迪尔。

埃雅仁迪尔娶了埃尔汶。他依靠那颗**精灵宝钻**的力量，穿过重重黯影[3]，来到极西之地，作为精灵和人类双方的使者陈词，赢得了援助，推翻了魔苟斯。埃雅仁迪尔不得再返回尘世之地，他的船载着那颗**精灵宝钻**，被安排在穹苍中巡航，成为一颗星。对遭受大敌及其爪牙压迫的中洲居民来说，它也是希望的象征。[4]维林诺的双圣树在遭到魔苟斯毒害之前的古老光辉，唯有三颗**精灵宝钻**保存下来，但另外两颗在第

1　见卷一第 388 页，卷四第 238 页。

2　见《霍比特人》第 92 页，《魔戒》卷二第 203 页。

3　见卷二第 31—37 页。

4　见卷二第 296—306 页，卷四第 238、256 页，卷六第 39、54 页。

一纪元末失落了。这些事件与其他更多涉及精灵和人类的完整传说，都记载于《精灵宝钻》一书当中。

埃雅仁迪尔有两个儿子——埃尔洛斯和埃尔隆德，他们被称为**"佩瑞蒂尔"**[1]，或"半精灵"。第一纪元那些英勇的伊甸人领袖的血脉，仅在他们身上得以存续，而在吉尔-加拉德陨落[2]之后，他们的后代也成为中洲高等精灵王族一脉的唯一代表。

第一纪元末，维拉赋予半精灵一次不可反悔的选择，他们可以选择自己归属于哪一支亲族。埃尔隆德选择归属精灵一族，成为博学的大师。因此，他也获得了与那些仍然徜徉在中洲的高等精灵相同的恩典——当他们终于厌倦了尘世之地，便可乘船从灰港离开，前往极西之地。这项恩典在世界改变之后仍然得以延续。但是，埃尔隆德的子女也面临一个选择：是随他一同离开，去往世界的范围之外；还是留在中洲，变为凡人死去。因此，无论魔戒大战如何演变，

1　佩瑞蒂尔（Peredhel，复数 Peredhil），辛达语，意为"半精灵"。
　　译文中一律按照单数形式译为"佩瑞蒂尔"。——译者注
2　见卷一第 99、372 页。

结局对埃尔隆德来说都将充满悲伤。[1]

埃尔洛斯选择归属人类，留在伊甸人当中，但他被赐予了极长的寿命，数倍于寻常人类。

众维拉，也就是世界的守护者，为了报答伊甸人在对抗魔苟斯的大业中做出的牺牲，赐予他们一块栖身之地，让它远离中洲的种种危险。因此，伊甸人大多数扬帆过海，靠着埃雅仁迪尔之星的指引，来到了大岛埃兰娜，那里是一切尘世之地的西边尽头。他们在那地建立了努门诺尔王国。

大岛中央有一座高山，名为美尼尔塔玛，视力好的人从山顶远望，可以辨出埃瑞西亚岛上埃尔达港口的白塔。埃尔达从那里前来拜访伊甸人，以知识学问和众多赠礼丰富了他们的生活，但维拉向努门诺尔人下了一道命令，即"维拉的禁令"：努门诺尔人不得向西航行到看不见自家海岸的海域，也不得企图涉足不死之地。尽管他们被赐予长寿，起初三倍于寻常人类之久，但他们必须终有一死，因为维拉无权从他们那里剥夺"人类的赠礼"（后来被称为"人类的宿命"）。

1　见卷六第164—165、171页。

埃尔洛斯是努门诺尔的开国之王，后来以高等精灵语之名"塔尔－明雅图尔"为人所知。他的后代长寿，但终有一死。后来，他们变得强大起来，对祖辈的选择感到不满，渴望得到与世界同寿的不朽生命（此为埃尔达的宿命），于是私下出言反对禁令。他们就这样开始了背叛，而在索隆的邪恶教唆下，他们终于招致努门诺尔的沦亡和古老世界的崩毁，如《努门诺尔沦亡史》[1]中所述。

以下是努门诺尔诸王与诸女王的名号：埃尔洛斯·塔尔－明雅图尔，瓦尔达米尔，塔尔－阿门迪尔，塔尔－埃兰迪尔，塔尔－美尼尔都尔，塔尔－阿勒达瑞安，塔尔－安卡理梅（首位执政女王），塔尔－阿纳瑞安，塔尔－苏瑞安，塔尔－泰尔佩瑞恩（第二位女王），塔尔－米那斯提尔，塔尔－奇尔雅坦，"霸主"塔尔－阿塔那米尔，塔尔－安卡理蒙，塔尔－泰伦麦提，塔尔－瓦妮美尔德（第三位女王），塔尔－阿尔卡林，塔尔－卡尔马奇尔，塔尔－阿尔达明。

自阿尔达明之后，诸王登基时便采用努门诺尔语

---

1 即《精灵宝钻》"努门诺尔沦亡史"。——译者注

（或称"阿督耐克语"）的名号：阿尔－阿督那霍尔，阿尔－辛拉松，阿尔－萨卡索尔，阿尔－基密佐尔，阿尔－印齐拉顿。印齐拉顿痛悔诸王先前的种种作为，将自己的名字改为"远见者"塔尔－帕蓝提尔。他的女儿本来应当成为第四位女王，即塔尔－弥瑞尔，但国王的侄子篡夺了王位，成为黄金之王阿尔－法拉宗，便是努门诺尔人的末代国王。

在塔尔－埃兰迪尔统治期间，努门诺尔人的航船首次回到了中洲。国王的第一个孩子是个女儿，即熙尔玛莉恩。她的儿子是维蓝迪尔，他便是首位安督尼依亲王。安督尼依位于岛的西部，历代安督尼依亲王都以与埃尔达交谊甚笃著称。其末代亲王阿门迪尔，以及他的儿子"长身"埃兰迪尔，都是维蓝迪尔的后人。

第六代国王身后只留下一个孩子，是个女儿。她成为首位女王，因为当时制定了一项王室法律：国王年纪最长的孩子，无论男女，都将继承王位。

努门诺尔王国屹立到第二纪元末；此间王国的威势荣光不断增长，而半个纪元过去，努门诺尔人的智慧与欢欣亦是与日俱增。日后降临他们身上的魔影，其最早的端倪出现在第十一代国王塔尔－米那斯提尔统治的时期。正是他派出一支强大的军队去援助吉尔－加拉德。他爱埃尔达，但也嫉妒他们。努门诺尔人当时已成为伟大的航海家，探索着东方一切海域，并开始渴望西方和禁区水域。他们生活得越是幸福快乐，就越是渴望埃尔达的长生不死。

在米那斯提尔之后，诸王甚至开始贪求财富和权力。起初努门诺尔人来到中洲，乃是作为良师益友，教导、帮助遭受索隆折磨的寻常人类；如今他们的海港变成了堡垒，统治着广大海滨地区。阿塔那米尔及后继者对人类课以重税，努门诺尔人的船只满载着贡品返航。

塔尔－阿塔那米尔最先公开反对禁令，并宣称他理应拥有埃尔达的寿命。就这样，魔影加深了，人们的心因顾虑死亡而投向黑暗。于是，努门诺尔人分裂为两派：一边是诸王及其追随者们，疏远了埃尔达和维拉；另一边则是少数自称"忠贞派"的人，大多数都住在岛国的西部。

诸王及其追随者们渐渐摒弃了埃尔达语，最终，第二十代国王以努门诺尔语取了封号，自称"阿尔－

阿督那霍尔","西方主宰"。在忠贞派看来，这是不祥之兆，因为该称号此前只用来称呼维拉中的一员，或大君王本人。[1] 而阿尔－阿督那霍尔果然开始迫害忠贞派，惩罚那些公开使用精灵语的人；埃尔达也不再前来努门诺尔。

尽管如此，努门诺尔人的威势与财富依然继续增长，然而随着他们对死亡的恐惧愈发加深，他们的寿命却愈发缩短，欢乐也离他们而去。塔尔－帕蓝提尔企图弥补邪恶造成的损害，但为时已晚，努门诺尔出现了反叛和争斗。他死后，他的侄子、反叛一方的领袖夺去了权杖，成为国王阿尔－法拉宗。黄金之王阿尔－法拉宗是诸王中最骄傲也最强大的一位，他所渴望的，是至少也要统治世界的权力。

他决心挑战强大的索隆，从而统治中洲。最后，他亲自率领大军出航，在乌姆巴尔登陆。努门诺尔人威势强大、荣光惊人，竟使索隆被自己的爪牙抛弃。索隆卑躬屈膝前来，宣誓效忠，寻求宽宥。阿尔－法拉宗因骄傲自大，愚蠢地把索隆当作阶下囚带回了努门诺尔。不久之后，索隆蛊惑了国王，成为国王的首

1　见卷二第 34—35 页。

要谋士。很快，他便将所有努门诺尔人的心重新引向了黑暗，例外的只有忠贞派的残余成员。

索隆欺骗了国王，谎称只要占领不死之地，便可拥有永恒的生命，禁令只不过是为了防止人中王者超越维拉。他说："但伟大的君王应争取他们当得的。"

最终，阿尔－法拉宗听进了他的建议，因为他感到年华老去，对死亡的恐惧令他心智昏昧。于是，他准备了有史以来世间最强大的舰队，待到万事俱备，便吹号出海。他打破了维拉的禁令，发动征战，要从西方主宰手中夺过永恒的生命。但当阿尔－法拉宗涉足蒙福之地阿门洲的海岸时，众维拉放弃了守护世界之权，呼唤独一之神[1]，世界从此改变。努门诺尔倾覆，沉入大海，不死之地则被永远移出了世界。努门诺尔的辉煌就此终结。

忠贞派最后的领袖埃兰迪尔和他的两个儿子，驾着九艘船逃离了沦亡。他们的船上载着宁洛丝的小树苗，以及七颗真知晶石（这是埃尔达赠给他们家族

1　独一之神，又译作"至尊者"，即一如·伊露维塔，阿尔达的创世神。众维拉都是祂在世间的代言人。精灵和人类也被称为"伊露维塔的儿女"。见《精灵宝钻》。——译者注

的礼物）。[1] 他们被大风暴裹挟而去，抛上了中洲的海岸，在中洲的西北部建立了流亡努门诺尔人的王国：阿尔诺与刚铎。[2] 埃兰迪尔是至高王，住在北方的安努米那斯，南方则交给两个儿子伊熙尔杜和阿纳瑞安来统治。他们在南方建了欧斯吉利亚斯，它位于米那斯伊希尔和米那斯阿诺尔之间，[3] 离魔多边境不远。因为他们相信，毁灭带来的后果至少有一点是好的，那就是索隆也覆灭了。

然而，事实并非如此。努门诺尔的毁灭确实殃及索隆，毁去了他长久以来借以行走人世的肉身形体，但他满怀憎恨的灵魂乘着一阵黑风，逃回了中洲。他再也化不成人类眼中的美貌形体，而是变得黑暗丑恶，从此只能通过恐怖行使力量。他重新进入魔多，在那里悄然潜伏了一段时间。但当他得知他最憎恨的埃兰迪尔不但逃脱，而且正在自家门口经营国度，不禁大为震怒。

因此，过了一段时间，索隆便赶在流亡努门诺尔人站稳脚跟之前，向他们发动了战争。欧洛朱因火山

1　见卷三第 395 页，卷六第 158 页。
2　见卷二第 51 页。
3　见卷二第 55 页。

再次喷发烈火，在刚铎它得到了新名"阿蒙阿马斯"，意为"末日山"。但索隆操之过急，他自己的势力尚未彻底恢复，而吉尔－加拉德的势力在他离去期间已经增长壮大。为了对抗索隆，最后联盟建立起来。索隆在此役中被推翻，至尊戒从他手中被夺走。[1]第二纪元就此告终。

第二节　流亡王国

北方一脉
伊熙尔杜的继承人

阿尔诺：埃兰迪尔（†第二纪元3441年）。伊熙尔杜（†2年）。维蓝迪尔[2]（249年）。埃尔达卡（339年）。阿兰塔（435年）。塔奇尔（515年）。塔隆多（602年）。维蓝都尔（†652年）。埃兰都尔（777年）。埃雅仁都尔（861年）。

1　见卷二第52页。
2　维蓝迪尔出生在伊姆拉缀斯，是伊熙尔杜的第四子。他的三位兄长都在金鸢尾沼地被杀。

阿塞丹：佛诺斯特的阿姆莱斯[1]（埃雅仁都尔的长子，946 年）。贝烈格（1029 年）。珥洛尔（1110 年）。凯勒法恩（1191 年）。凯勒布林多（1272 年）。珥维吉尔（1349 年）。[2]阿盖勒布一世（†1356 年）。阿维烈格一世（†1409 年）。阿拉佛（1589 年）。阿盖勒布二世（1670 年）。阿维吉尔（1743 年）。阿维烈格二世（1813 年）。阿拉瓦尔（1891 年）。阿拉方特（1964 年）。末代国王阿维杜伊（†1975 年）。北方王国灭亡。

族长：阿拉纳斯（阿维杜伊的长子，2106 年）。阿拉海尔（2177 年）。阿拉努伊尔（2247 年）。阿拉维尔（2319 年）。阿拉贡一世（†2327 年）。阿拉格拉斯（2455 年）。阿拉哈德一世（2523 年）。阿拉戈斯特（2588 年）。阿拉沃恩（2654 年）。阿拉哈德二世（2719 年）。阿拉苏伊尔（2784 年）。阿拉松一世（†2848 年）。阿刚努伊（2912 年）。阿拉多（†2930 年）。阿拉松二世（†2933 年）。阿拉贡二世（第四纪元 120 年）。

1　埃雅仁都尔之后，诸王不再用高等精灵语取名。
2　珥维吉尔之后，佛诺斯特诸王重获全阿尔诺的王权，并以前缀"阿"为象征。

南方一脉

阿纳瑞安的继承人

刚铎诸王：埃兰迪尔、（伊熙尔杜、）阿纳瑞安（†第二纪元3440年）。阿纳瑞安之子美尼尔迪尔（158年）。凯门都尔（238年）。埃雅仁迪尔（324年）。阿纳迪尔（411年）。欧斯托赫尔（492年）。罗门达奇尔一世（†541年），原名塔洛斯塔。图伦拔（667年）。阿塔那塔一世（748年）。西瑞安迪尔（830年）。此后是四位"船王"：

塔栏农·法拉斯图尔（913年），他是第一位没有子女的国王，继承他的是他弟弟塔奇尔扬的儿子。埃雅尼尔一世（†936年）。奇尔扬迪尔（†1015年）。哈尔门达奇尔一世（奇尔雅赫尔，1149年），刚铎的威势此时达到了巅峰。

"荣耀之王"阿尔卡林、阿塔那塔二世（1226年）。纳马奇尔一世（1294年），第二位没有子女的国王，继承人是他的弟弟。卡尔马奇尔（1304年）。明阿尔卡（1240—1304年为摄政王），1304年加冕成为罗门达奇尔二世，死于1366年。维拉卡（1432

年），在他统治的时期，刚铎第一场大祸"亲族争斗"发生。

维拉卡之子埃尔达卡（起初名为维尼特哈亚[1]）在1437年被推翻。"篡位者"卡斯塔米尔（†1447年）。埃尔达卡复位，死于1490年。

阿勒达米尔（†1540年），埃尔达卡的次子。哈尔门达奇尔二世（1621年），原名温雅瑞安。米纳迪尔（†1634年）。泰伦纳（†1636年），泰伦纳和他的所有子女都在瘟疫中丧生；他的继承人是他的侄子，即米纳迪尔的次子米那斯坦之子。塔隆多（1798年）。泰路梅赫塔·乌姆巴达奇尔（1850年）。纳马奇尔二世（†1856年）。卡利梅赫塔（1936年）。昂多赫尔（†1944年），昂多赫尔和他的两个儿子都战死沙场；一年之后，在1945年，王位传给得胜的统帅埃雅尼尔，他是泰路梅赫塔·乌姆巴达奇尔的后裔。埃雅尼尔二世（2043年）。埃雅努尔（†2050年）。诸王血

---

1 维尼特哈亚（Vinitharya），意为"牧野上的武士"。这是用北方人类的语言取的名字。克里斯托弗·托尔金在《未完的传说》中提到，洛汗人类的语言被处理成古英语风格，而北方人类作为洛汗人类的祖先，语言被处理成哥特语风格，以体现这种微妙的传承感。——译者注

脉至此断绝，王国改由宰相统治，直到 3019 年埃莱萨·泰尔康塔重续血脉。

刚铎宰相：胡林家族：佩兰都尔（1998 年），他在昂多赫尔战死后统治了一年时间，建议刚铎拒绝阿维杜伊提出的继承王位的要求。"猎手"沃隆迪尔（2029 年）[1]。"坚定者"马迪尔·沃隆威，他是首位执政宰相。他的继承人们不再使用高等精灵语名字。

执政宰相：马迪尔（2080 年）。埃拉丹（2116 年）。赫瑞安（2148 年）。贝烈贡（2204 年）。胡林一世（2244 年）。图林一世（2278 年）。哈多（2395 年）。巴拉希尔（2412 年）。迪奥（2435 年）。德内梭尔一世（2477 年）。波洛米尔（2489 年）。奇瑞安（2567 年），在他统治的时期，洛希尔人来到了卡伦纳松。

哈尔拉斯（2605 年）。胡林二世（2628 年）。贝烈克梭尔一世（2655 年）。欧洛德瑞斯（2685 年）。埃克

---

1 见卷五第 18 页。据说，鲁恩内海附近仍能见到的白色野牛，在传奇故事中是阿拉武之牛的后代。阿拉武是维拉中的猎手，远古时代唯有他这位维拉常常造访中洲。在高等精灵语中，他的名字是欧洛米（见卷五第五章）。

塞理安一世（2698年）。埃加尔莫斯（2743年）。贝伦（2763年）。贝瑞刚德（2811年）。贝烈克梭尔二世（2872年）。梭隆迪尔（2882年）。图林二世（2914年）。图尔巩（2953年）。埃克塞理安二世（2984年）。德内梭尔二世，他是最后一位执政宰相，继承人是他的次子法拉米尔。法拉米尔是埃敏阿尔能的领主、国王埃莱萨的宰相，死于第四纪元82年。

第三节　埃利阿多、阿尔诺，以及
伊熙尔杜的继承人

　　"古时，埃利阿多这个名字指的是迷雾山脉与蓝色山脉之间的全部土地，在南方则以灰水河和在沙巴德上方汇入灰水河的格蓝都因河为界。

　　"阿尔诺王国在全盛时期，领土包括埃利阿多全境，例外的只有路恩河以西的地区，以及灰水河与响水河以东、幽谷和冬青郡所在的土地。路恩河以西是精灵国度，青葱安宁，人类不去那里；但矮人过去和现在都住在蓝色山脉东侧，特别是在路恩湾以南的山区中，那里仍有他们的矿井在运作。由于这个原因，他们习惯沿着大道去往东方，我们来到夏尔以前，他们已经这样行事很久。造船者奇尔丹居住在灰港，有人说他仍住在那里，直到'最后航船'扬帆驶向西方。在诸王统治的年代，仍然驻留在中洲的高等精灵，绝大多数都与奇尔丹住在一地，或住在林顿的海滨地带。如今他们即便还有人留在这里，人数也是寥寥无几。"

北方王国与杜内丹人

继埃兰迪尔和伊熙尔杜之后，阿尔诺有过八位至高王。埃雅仁都尔死后，由于他的儿子们意见各异，王国一分为三：阿塞丹、鲁道尔、卡多蓝。阿塞丹位于西北部，包括白兰地河和路恩河之间的土地，以及大道以北直到风云丘陵的土地。鲁道尔位于东北部，地处埃滕荒原、风云丘陵和迷雾山脉之间，但还包括苍泉河和响水河之间的河角地。卡多蓝位于南部，以白兰地河、灰水河和大道为界。

伊熙尔杜一脉在阿塞丹得以传承延续，但在卡多蓝和鲁道尔，王族血脉很快便断绝了。王国之间常有冲突争斗，这加速了杜内丹人的衰落；而争论的焦点在于风云丘陵以及西边邻近布理的土地的归属。鲁道尔和卡多蓝都渴望占据屹立于两国边境上的阿蒙苏尔（风云顶），因为阿蒙苏尔之塔中保管着北方那颗主晶石**帕蓝提尔**，另外两颗则由阿塞丹保管。

"在阿塞丹的珥维吉尔统治初期，邪恶侵入了阿尔诺。那时，安格玛王国在埃滕荒原以北的北方崛起，领土涵盖迷雾山脉的两侧；许多邪恶的人类、奥克以及其他凶恶的生物，都聚集在那里。〔那片土地的君主以'巫王'为人所知，但直到后来，人们才知道他其实是戒灵之首。他见刚铎强盛，阿尔诺却内部不和，便抱着消灭阿尔诺的杜内丹人的目的北上。〕"

珥维吉尔之子阿盖勒布统治期间，由于另外两个王国再无伊熙尔杜的后人留存，阿塞丹的国王再度要求取得阿尔诺全境的统治权。这个要求在鲁道尔遭到了抵制。在那里，杜内丹人数量很少，一个出身于山区人类的邪恶首领夺取了权力，他与安格玛结有秘密联盟。因此，阿盖勒布巩固了风云丘陵的防御，[1]但他

---

1   见卷一第 371 页。

在与鲁道尔和安格玛的战斗中战死。

阿盖勒布之子阿维烈格得到了卡多蓝和林顿的援助，将敌人赶出了风云丘陵。此后多年，阿塞丹和卡多蓝都在风云丘陵、大道和苍泉河下游一线驻扎兵力。据说，幽谷此时遭到了围困。

1409年，一支大军从安格玛出动，越过苍泉河，进入卡多蓝，包围了风云顶。杜内丹人被击败，阿维烈格被杀害。阿蒙苏尔之塔遭到焚烧，之后被夷为平地，但人们抢救出了那颗**帕蓝提尔**，撤退时将它带回了佛诺斯特。臣服于安格玛的邪恶人类占领了鲁道尔，[1]那里尚存的杜内丹人要么被杀，要么逃往西边。卡多蓝遭到了洗劫。阿维烈格之子阿拉佛尚未成年，但他十分英勇，靠着奇尔丹的援助，他将敌人从佛诺斯特和北岗击退。卡多蓝的杜内丹人中，残余的忠贞者也在提殒戈沙德坚持抵抗，或在后方的老林子中避难。

据说，安格玛一度被来自林顿和幽谷的精灵族人压制——埃尔隆德翻过迷雾山脉，从罗瑞恩带来了援军。这时，曾经住在（苍泉河和响水河之间的）河角

---

1 见卷一第404页。

地的壮躯族逃向西边和南边，这既是因为战乱以及对安格玛的恐惧，也是因为埃利阿多的土地和气候——尤其是东部——状况变差，变得不宜居住。一部分人返回了大荒野，住在金鸢尾沼地附近，成为一支以捕鱼为生的河边种族。

在阿盖勒布二世统治的时代，瘟疫从东南方传播到埃利阿多，卡多蓝的绝大多数居民都染病死去了，明希瑞亚斯尤甚。霍比特人和其他所有种族都严重受害，但瘟疫向北传播时威胁逐渐减弱，阿塞丹的北部地区几乎未受影响。此时，卡多蓝的杜内丹人终告灭族，邪灵自安格玛和鲁道尔而出，进入了荒无人烟的丘陵，盘踞该处。

"古冢岗古时称为'提殒戈沙德'，其众多坟丘据说极为古老，许多都是在第一纪元的古代世界时期由伊甸人的祖先建造的，那时他们还没有翻越蓝色山脉进入贝烈瑞安德，而林顿便是如今贝烈瑞安德仅存的地区。因此，杜内丹人归来后，对那片丘陵十分尊崇，将众多王侯贵族葬在那里。[有人说，持戒人遭到囚禁的那座坟丘，曾是卡多蓝最后一位亲王的坟墓，他战死于1409年。]"

"1974 年，安格玛的势力再度抬头，巫王在冬季结束前向阿塞丹发动了突袭。他攻下了佛诺斯特，将绝大多数残存的杜内丹人赶过了路恩河，其中就包括国王的儿子们。但国王阿维杜伊在北岗坚持抵抗到最后，接着带领一些卫士向北逃去。他们靠着快马得以逃脱。

　　"在迷雾山脉北端附近，阿维杜伊在古老的矮人矿井隧道中躲了一阵，但最终迫于饥饿，出来寻求洛斯索斯人，也就是佛洛赫尔的雪人[1]的帮助。他在海岸边找到了一处雪人的营地，但雪人不愿帮助国王，因为他能拿出作为回报的只有一些不受他们重视的珠宝，而且他们害怕巫王，（他们说）他能随心所欲制造或者解除霜冻。但是，部分出于对骨瘦如柴的国王及其随从的同情，部分由于害怕他们的武器，雪人给

1　"他们是一支奇怪又不友善的民族，是很久以前的人类佛洛德人的残余，适应了魔苟斯王国的酷寒。事实上，尽管那里离夏尔北边只有大约一百里格远，酷寒却仍笼罩着那片地区。洛斯索斯人在雪中造屋，据说，他们能足上缚骨在冰上奔跑，还拥有无轮的车。他们生活在敌人无法染指的地方，主要是在佛洛赫尔大海岬上，该海岬延至西北，隔出了庞大的佛洛赫尔海湾；但他们常常在海湾南部的海岸上，即迷雾山脉的脚下扎营。"

了他们一点食物，并为他们造了雪屋。阿维杜伊被迫在那里等待，盼望南方能有援助前来，因为他的马都死了。

"奇尔丹从阿维杜伊之子阿拉纳斯处听说国王逃往北方，立刻派出一艘船前往佛洛赫尔搜寻。因为逆风，船过了许多天才终于到达那里，水手们远远看见了失踪的人们用浮木燃起并有意保持不灭的小火堆。但那年的冬季迟迟不肯过去，尽管那时已是三月，冰却刚刚开始融化碎裂，从海岸延伸出很远。

"雪人看见船，大惊之下十分恐惧，因为他们记忆中从不曾见过海上有这样的船。但他们此时已经变得更加友善，便将国王及其随从当中幸存下来的人放在雪橇上拉过了冰面，直到不敢再前行。就这样，从船上派出一只小船，接应了他们。

"但是雪人深感不安，他们说嗅到风中有危险的气息。洛斯索斯人的首领对阿维杜伊说：'别骑上这个海怪！要是这些海人有吃的和别的我们需要的东西，那就让他们拿来，你可以留在这里，直到巫王回家去。夏天他的力量就变弱了，但现在他的呼吸是致命的，他的寒冷手臂伸得很长。'

"但是阿维杜伊没有采纳首领的建议。他表达了谢意，于分别之际将自己的戒指赠给了对方，说：
'此物的价值，仅其古老程度就已超出你的估计。它
不具备力量，但拥有它的人会得到那些热爱我家族
的人们的敬意。它帮不了你，但有朝一日你若有需
求，不管你渴望什么，我的亲族都将报以海量，将它
赎回。'[1]

"然而不管是偶然还是预见，洛斯索斯人的建议
是正确的。因为不等船抵达远海，一场大风暴便挟着
遮天蔽日的大雪从北方扑来，将船吹到了冰上，并将
冰堆上船身，就连奇尔丹的水手也束手无策。夜里，
冰压坏了船的外壳，船沉没了。末代国王阿维杜伊
就这样死去，那两颗**帕蓝提尔**也随他一同葬身海底。[2]

---

1 "由此，伊熙尔杜家族的戒指才得以幸存。后来它被杜内丹人赎
回。据说，它不是别的戒指，正是纳国斯隆德的费拉贡德赠给
巴拉希尔的那枚，当年贝伦冒着巨大危险夺回了它。"

2 "它们是安努米那斯和阿蒙苏尔的两颗晶石。北方仅存的晶石便
是埃敏贝莱德塔中的那一颗，它望向路恩湾。精灵守护那颗
晶石，尽管我们一直不知道，但它留在那里，直到奇尔丹在埃
尔隆德离去时将它送上了船（见卷一第 83、215 页）。但是我们
被告知，它与其他晶石不同，也不与它们相谐；它只望向大海。
埃兰迪尔将它安置在那里，这样他便能借着'笔直视线'回望，
看见位于已消逝的西方的埃瑞西亚岛，然而下方已经弯曲的诸
海，永远淹没了努门诺尔。"

此后很久，人们才从雪人那里听说佛洛赫尔沉船的消息。"

夏尔居民得以幸存，不过战争也席卷了他们的家园，绝大多数人都逃去躲藏起来。他们派了一些弓箭手去援助国王，但那些人再没有归来；还有一些去参加了那场推翻安格玛的战斗（此事在南方纪事有更多描述）。在此后的和平中，夏尔居民实行自治，繁荣起来。他们选出一位长官来代替国王，并对此心满意足。虽然长久以来，许多人仍然盼望国王归来，但最后，这个希望被遗忘了，只存留在"**直到国王归来**"这句俗话中，用来形容某种无法达成的善事或某种无法弥补的邪恶。首任夏尔长官是泽地一个名叫布卡的人，老雄鹿家族自称是他的后代。他在我们纪年的379 年（1979 年）成为长官。

阿维杜伊死后，北方王国灭亡，因为杜内丹人此时人丁寥落，埃利阿多的所有民族都衰落了。然而杜内丹人的诸位族长承继了国王的血脉，阿维杜伊之子阿拉纳斯便是首代族长。他的儿子阿拉海尔在幽谷被抚养长大，继他之后，所有族长的儿子也都如此；他们的传家宝也保存在那里：巴拉希尔之戒、纳熙尔剑的碎片、埃兰迪尔之星，以及安努米那斯的权杖。[1]

"王国灭亡之后，杜内丹人隐入黯影，变成一支行事隐秘的流浪民族，他们的功绩和辛劳很少被传唱记录。自从埃尔隆德离去，已没有多少关于他们的记忆了。尽管在'警戒和平'结束之前，邪恶之物就再度开始袭击埃利阿多或秘密侵入此地，但诸位族长大多数还是得以寿终正寝。据说，阿拉贡一世被恶狼所害，狼群此后始终是埃利阿多的一项威胁，仍未消除。阿拉哈德一世的时代，奥克突然现身，后来证明，他们此前已经秘密占领了迷雾山脉中的要塞许

---

[1] "国王告诉我们，权杖是努门诺尔王权的主要标志，在阿尔诺也是如此，北方王国的国王不戴王冠，而戴一颗特定的白宝石，即'埃兰迪尔米尔'，又称'埃兰迪尔之星'，以银头环戴在额上（见卷一第 291 页，卷五第 215、244 页，卷六第 149 页）。比尔博提到王冠时（见卷一第 341 页、卷二第 62 页），他无疑指的是刚铎；他似乎变得非常熟悉阿拉贡一脉的种种事由。努门诺尔的权杖据说已随阿尔－法拉宗一同消失，安努米那斯的权杖是安督尼依亲王的银杖，如今或许是中洲保存下来的最古老的人类手工造物。当埃尔隆德将它交给阿拉贡时（见卷六第160 页），它已经有超过五千年的历史。刚铎的王冠则源自努门诺尔头盔的形状。起初，它就是一顶头盔，据说正是伊熙尔杜在达戈拉斯之战中戴的那一顶（阿纳瑞安死于巴拉督尔抛出的巨石，他的头盔当时被击毁）。但在阿塔那塔·阿尔卡林统治的时代，它被换成了镶着珠宝的头盔，也就是阿拉贡加冕时用的那一顶。"

久，以切断所有通入埃利阿多的隘口通路。2509 年，埃尔隆德的妻子凯勒布莉安旅行前往罗瑞恩，在红角口遭到伏击。奥克发动突袭，打散了护卫队，将她抓住掳走。埃尔拉丹和埃洛希尔追来救下了她，但她已遭受折磨，伤口中毒。[1] 她被送回伊姆拉缀斯，虽然身体被埃尔隆德治愈，却丧失了在中洲的一切生趣，次年她便前往灰港，渡海而去。后来在阿拉苏伊尔的时代，奥克再次在迷雾山脉中繁衍壮大，开始劫掠各地；杜内丹人和埃尔隆德的儿子们与他们作战。就是在这时，一大批奥克向西而行，直至进入夏尔，被班多布拉斯·图克赶走。"[2]

在阿拉贡二世出生之前，共有十五位杜内丹族长，而他是第十六位也是最后一位族长，再度成为刚铎与阿尔诺两国的君王。"我们称他'我们的国王'。当他北上前往重建的安努米那斯，在暮暗湖畔的王宫中暂住，夏尔人人都会感到欢喜。但他不进入这片土地，亲自恪守他制定的法令：大种人一律不得越过夏尔边境。不过他经常带着许多体面的人骑马前往大

1　见卷二第 18 页。
2　见卷一第 3 页，卷六第 251 页。

桥，在那里接待他的朋友以及任何想要见他的人。有些人随他骑马而去，只要愿意就住在他的王宫中。佩里格林长官曾多次前往那里；市长山姆怀斯大人亦然，而他的女儿——美丽的埃拉诺，是暮星王后的侍女。"

这是北方一脉的骄傲与奇迹：尽管势力不再，尽管人民衰微，但他们的传承历经世世代代，依旧由父及子，绵延未绝。此外，虽然杜内丹人的寿命在中洲越来越短，但刚铎在诸王血脉断绝后，寿命衰减得更快。而北方杜内丹人的族长们，许多人仍活了常人两倍的寿命，远超过我们当中寿命最长的人。阿拉贡实际上活了二百一十岁，是自阿维吉尔王以来他那一脉之最。在阿拉贡·埃莱萨身上，古时诸王的尊严得以重现。

第四节　刚铎，以及阿纳瑞安的继承人

阿纳瑞安在巴拉督尔前被杀之后，刚铎一共有过三十一位国王。尽管边境战事从未止息，但一千多年来，南方的杜内丹人在海陆两地的财富和威势都在增长，直到号称"荣耀之王"阿尔卡林的阿塔那塔二世

统治的时代。然而那时衰落的迹象已经出现，南方的贵族结婚很迟，子女很少。法拉斯图尔是第一位没有子女的国王，阿塔那塔·阿尔卡林之子纳马奇尔一世则是第二位。

第七代国王欧斯托赫尔重建了米那斯阿诺尔，此后诸王夏天都住在那里，而不是住在欧斯吉利亚斯。在他统治的时期，刚铎首次被东方来的野蛮人攻击，但他的儿子塔洛斯塔击败了他们，将他们赶出王国，随后为自己取名"罗门达奇尔"，意思是"东方胜利者"。然而，后来塔洛斯塔在与新来的大群东夷[1]的战斗中被杀，他的儿子图伦拔替他报了仇，赢回了东边的领土。

船王一脉，自第十二代国王塔栏农而始。他建立了海军，将刚铎的统治范围沿着海岸向西拓展，向南则扩大到安都因河口以南。塔栏农为庆祝自己作为大军统帅取得的胜利，以"法拉斯图尔"之名即位，意思是"海滨之王"。

---

1 东夷（Easterlings），尽管这个名称的原文与《精灵宝钻》中的"东来者"相同，但实际上这是两个不同的群体，故本书中译作"东夷"，以区别二者。——译者注

他的侄子埃雅尼尔一世继承了他的王位，修复了古老的港口佩拉基尔，建立了一支庞大的海军。埃雅尼尔从海陆两面围困乌姆巴尔，攻下该地，它随后变成了刚铎全盛时期一座坚固强大的港口兼要塞。[1]但是埃雅尼尔胜利后没能幸存多久。他与许多人一起，在乌姆巴尔外海的一场大风暴中丧生。他的儿子奇尔扬迪尔继续建造船只，但哈拉德的人类由那些被赶出乌姆巴尔的贵族领导，发动强大兵力前来攻打这处要塞，奇尔扬迪尔战死在哈拉德地区[2]。

乌姆巴尔被围攻多年，但由于刚铎的海上力量，敌人始终无法攻取该地。奇尔扬迪尔之子奇尔雅赫尔等待时机，在集聚军力后终于从北方自海陆两路发动攻击。他的军队渡过哈尔能河，彻底击败了哈拉德的人类，迫使他们的王承认刚铎的统治权威（1050年）。

---

1 "乌姆巴尔的大海岬和陆地封锁的峡湾，古时曾是努门诺尔人的领地。但它是忠王派的要塞，这些忠王派后来被索隆引诱而堕落，被称为黑努门诺尔人，他们最憎恨追随埃兰迪尔的人们。索隆被击败之后，他们这一族人数迅速减少，或是与中洲的人类通婚，但他们对刚铎的憎恨传承下来，丝毫没有减弱。因此，乌姆巴尔是付出了惨重代价才得以攻取的。"

2 哈拉德地区（Haradwaith），waith 来自辛达语的 -gwaith，意思既可以是"民族、人群"，也可以是"地区"。——译者注随后，奇尔雅赫尔为自己取名"哈尔门达奇尔"，意思是"南方胜利者"。

在哈尔门达奇尔余下的漫长统治时期内，没有敌人胆敢挑战他的威势。他在王位上坐了一百三十四年，阿纳瑞安一脉当中，只有一位国王的统治时间比他更长。在他统治的时期，刚铎的威势达到了巅峰。那时王国疆域向北扩展到凯勒布兰特原野与黑森林的南缘，向西到灰水河，向东到鲁恩内海，向南则到哈尔能河，从那里沿着海岸又扩展到乌姆巴尔半岛与海港。安都因河谷的人类承认刚铎的权威；哈拉德诸王也顺服刚铎，其子作为人质生活在刚铎王庭。魔多荒芜不毛，但仍受到守卫各处隘口的坚固堡垒的警惕监视。

船王一脉就这样结束了。哈尔门达奇尔之子阿塔那塔·阿尔卡林生活的时期富庶辉煌，于是人们说："**在刚铎，珍贵的宝石被孩童当作石子来玩要。**"但是阿塔那塔喜好安逸，没有采取任何行动来维持他所继承的权力，他的两个儿子也都是相似的脾性。在他死前，刚铎已经开始衰落，而且这一点无疑被敌人注意到了。对魔多的监视也被忽视了。尽管如此，直到维拉卡的时代，第一场大祸才降临刚铎：亲族争斗引发内战，内战带来的惨重损失和破坏，一直不曾完全恢复。

卡尔马奇尔之子明阿尔卡是个精力极其充沛的人，1240年，纳马奇尔任命他为摄政王，彻底甩手不理朝政。从那时起，明阿尔卡便以国王之名代理刚铎国事，直到他继承他父亲的王位。他主要担忧的是北方人类。

在刚铎的威势带来的和平时期内，北方人类的人数大大增加了。诸王对他们示好，因为他们是与杜内丹人亲缘最近的寻常人类（大多数都是古时那些伊甸人的先祖的后裔）。诸王给予他们安都因河对岸、大绿林以南的广阔土地，以期抵御东方的人类。因为在过去，东夷主要都是越过鲁恩内海和灰烬山脉之间的平原攻来。

在纳马奇尔一世统治的时期，东夷又开始进攻，不过起初兵力很少。但摄政王得知北方人类并不是始终忠于刚铎，其中一些人会与东夷的军队联合，动机或是贪求战利品，或是助成他们王侯之间的宿怨争斗。因此，明阿尔卡在1248年率领一支大军出兵。他在罗瓦尼安和鲁恩内海之间击败了一支东夷大军，拔除了他们位于大海以东的所有营地和据点。此后他为自己取名"罗门达奇尔"。

罗门达奇尔归来后，巩固了安都因河西岸直至利姆清河汇流处的防守，并禁止任何陌生人在过了埃敏穆伊之后沿大河而下。能希斯艾尔入口处的阿刚那斯双柱，便是由他修建。但他需要人手，也渴望加强刚铎和北方人类的联系，因此他将许多北方人类收归麾下，并在自己的军队中给予他们很高的地位。

罗门达奇尔格外器重曾援助他作战的维杜加维亚。维杜加维亚自称"罗瓦尼安之王"，确实是诸位北方人类首领当中势力最大的一位，不过他自己的领土位于大绿林和凯尔都因河[1]之间。1250年，罗门达奇尔派自己的儿子维拉卡作为大使，去与维杜加维亚生活了一段时间，让维拉卡熟习北方人类的语言、风俗和政策。但维拉卡的所作所为远远超出了父亲的计划。他渐渐爱上了北方的风土人情，并娶了维杜加维亚的女儿维杜玛维为妻。过了几年，他才回到刚铎。这次联姻，后来导致了亲族争斗的内战。

"因为刚铎的贵族已经对他们当中的北方人类斜

1　即奔流河。

眼相向，而且王位继承人，或国王的任一个儿子，竟然娶了外族的寻常人类，这种事闻所未闻。国王维拉卡年岁渐长时，南方省份已有叛乱。他的王后是位美丽高贵的女士，但她身为寻常人类，命中注定短寿，而杜内丹人担心她的后代会被证实也一样短寿，辱没人中王者的威严。此外，他们也不愿奉她的儿子为主。虽然他如今名为埃尔达卡，但他生在异乡，年轻时还曾经取名为维尼特哈亚，这个名字属于他母亲那一族。

"因此，当埃尔达卡继承父亲的王位时，刚铎发生了内战。但事实证明，埃尔达卡没那么容易被剥夺继承权。他身上除了刚铎血统，还融合了北方人类的无畏精神。他英俊又英勇，也没显露出比父亲衰老得更快的迹象。诸王后裔率领同盟起兵反叛时，他奋起抵挡，战到最后一兵一卒，最终被围困在欧斯吉利亚斯。他在那里守了很久，直到饥饿和数目更庞大的叛军迫使他放弃，逃离浴火的城池。在那场攻城战与大火中，欧斯吉利亚斯的穹顶之塔被毁，那颗**帕蓝提尔**失落在水中。

"但埃尔达卡躲开了敌人追捕，来到北方，回到他在罗瓦尼安的亲族当中。在那里，许多人聚集到他身边，既有为刚铎效力的北方人类，也有王国北方地区的杜内丹人。后者当中有许多人意识到埃尔达卡值得尊敬，更多的人则憎恨起篡夺他王位的人。这个篡位者名为卡斯塔米尔，是罗门达奇尔二世的弟弟卡利梅赫塔的孙子。他不仅是与国王血缘关系最近的王室成员之一，所率的军队也是所有叛军中势力最大的一支，因为他是舰队统帅，得到了海岸一带的居民以及佩拉基尔和乌姆巴尔这两个大港的支持。

"卡斯塔米尔在王位上坐了不久，便证实自己傲慢自大、睚眦必报。他是个残酷的人，这在攻取欧斯吉利亚斯时就已初次体现——他命人处死了被俘的埃尔达卡之子奥能迪尔；他下令对城市进行屠杀损毁，更是远超过战争的必要。米那斯阿诺尔和伊希利恩的人都对此记忆犹新，而当人们发现卡斯塔米尔不在乎陆地，只考虑舰队，并打算把都城迁去佩拉基尔，这两地就更不愿拥护卡斯塔米尔。

"因此，他只当了十年国王。埃尔达卡见时机已至，便率领一支大军从北方而来，人们纷纷从卡伦纳松、阿诺瑞恩和伊希利恩投奔到他麾下。在莱本宁的埃茹伊渡口发生了一场大战，此役中刚铎的大批精英洒下了热血。埃尔达卡亲自与卡斯塔米尔决斗，并杀了他，为奥能迪尔报了仇；但卡斯塔米尔的儿子们逃脱了，他们偕同其他亲族和舰队众人，在佩拉基尔抵抗了许久。

"他们在那里聚集了全部能集合的军力（因为埃尔达卡没有船只，无法从海路阻挠他们），随后扬帆而去，在乌姆巴尔建立了据点。他们把那里变成了所有国王之敌的避难所，还自立为王，不听国王管辖。此后历经数代人，乌姆巴尔都一直与刚铎争斗不休，成为刚铎海岸和海上一切往来的心腹大患。它直到埃莱萨的时代才被彻底征服。南刚铎地区变成了海盗和诸王之间的冲突之地。"

"失去乌姆巴尔对刚铎来说是重大的损失，不仅因为王国的南方领土缩小，放松了对哈拉德人的控制，还因为那里是努门诺尔末代国王、黄金之王阿尔－法拉宗登陆并挫败索隆威势的地方。尽管后来有巨大的邪恶降临，但就连埃兰迪尔的追随者们也心怀自豪铭记着，阿尔－法拉宗的大军如何自大海深处扬帆前来。在海港上方的海岬最高的一座山丘上，他们立了一根白色巨柱，作为纪念碑。碑顶设有一个水晶球，它反射日光月华，闪耀如同一颗明亮的星；天气晴朗时，即便是在刚铎的海岸或西部海域的远方，它都能被人看见。它如此屹立，直到不久之后索隆第二次崛起——乌姆巴尔落入他的爪牙之手，而标志他耻辱的白柱也被推倒。"

埃尔达卡回归之后，杜内丹人王室和其他家族与寻常人类通婚更为普遍，因为许多贵族都在亲族争斗中被杀，而埃尔达卡很器重帮他夺回王位的北方人类，大批来自罗瓦尼安的人补充了刚铎的人口。

起初，通婚并没有像人们担心的那样加速杜内丹人的衰落；但衰落一如既往，逐渐成真。无疑，最主要的原因在于中洲本身，此外，星引之地沦亡后，努门诺尔人所获的赠礼也被缓慢收回。埃尔达卡活到二百三十五岁，坐了五十八年王位，其中十年在放逐中度过。

第二十六代国王泰伦纳统治期间，第二场大祸降临刚铎。泰伦纳的父亲，埃尔达卡的曾孙米纳迪尔，在佩拉基尔被乌姆巴尔的海盗杀害。（这些海盗的首领是安加麦提和桑加杭多，他们都是卡斯塔米尔的曾孙。）不久之后，一场致命的瘟疫便乘着黑风从东方袭来。国王泰伦纳和他所有的子女都病死了，刚铎的居民也大量亡故，特别是那些生活在欧斯吉利亚斯的人。此后，由于人数减少、疲于奔命，他们停止了对魔多边境的监视，守卫各处隘口的堡垒也遭到废弃。

后来人们注意到，这一切发生时，魔影正在大绿林中变得深重，许多邪物也重新出现。这是索隆崛起的端倪。的确，刚铎的敌人也蒙受了损失，否则他们本来可以在刚铎积弱时将其一举征服；但索隆可以等待，而且，很可能他最想要的，正是让魔多无人看守。

国王泰伦纳病死后，米那斯阿诺尔的白树也枯萎死去，但他的侄子塔隆多继承了王位，在王城中种下了一棵小树苗。是他将王宫永久迁到了米那斯阿诺尔，因为欧斯吉利亚斯如今已经部分废弃，开始沦为废墟。那些逃去伊希利恩或西边河谷躲避瘟疫的人，愿意回来的寥寥无几。

塔隆多年纪轻轻就坐上了王位，他是刚铎诸王中统治时间最长的一位；但他所做的仅限于重整王国内部，缓慢培养力量。不过，他的儿子泰路梅赫塔仍记得米纳迪尔之死。海盗劫掠沿海地区，甚至远犯安法拉斯。泰路梅赫塔对海盗的肆无忌惮感到忧虑，便集结兵力，于1810年突袭攻占了乌姆巴尔。在那场战斗中，卡斯塔米尔的后裔死绝，乌姆巴尔再度由诸王统治了一段时间。泰路梅赫塔将"乌姆巴达奇尔"这个头衔添加到自己的名号中。但很快又有新的邪恶降临刚铎，乌姆巴尔再一次失陷，落入哈拉德的人类手中。

第三场大祸是战车民的入侵。这场持续将近一百年的战争，将刚铎已经衰退的元气消磨殆尽。战车民是一支来自东方的民族，或者说是多支民族的联合体。他们比此前出现的任何敌人都更强大，武装也更精良。他们乘着巨大的马车行进，首领乘着双轮战车作战。后来人们发现，他们是被索隆的使者挑动，向刚铎发动了突袭。1856年，国王纳马奇尔二世在与他们作战时，战死在安都因河对岸。罗瓦尼安东部与南部的居民遭到奴役，刚铎的前哨那时收缩到安都因河和埃敏穆伊一线。[人们认为，此时戒灵重新进入了魔多。]

纳马奇尔二世之子卡利梅赫塔得到了罗瓦尼安起义军的帮助，于1899年在达戈拉德大败东夷，为父亲报了仇，暂时化解了危机。在北方的阿拉方特与南方的卡利梅赫塔之子昂多赫尔统治的时期，两个王国抛开了长期的沉默疏远，再度共商大事。因为他们终于意识到，是同一股势力与意志在指挥多处地区，向努门诺尔的幸存者发动攻击。在那时，阿拉方特的继承人阿维杜伊娶了昂多赫尔之女费瑞尔（1940 年）。但两个王国都无法向对方派出援军，因为当战车民大军卷土重来时，安格玛也重新向阿塞丹发动了攻击。

此时，众多战车民已穿过魔多以南地区，与可汗德和近哈拉德的人类联合。在这次自南北两侧发起的大规模袭击当中，刚铎几乎灭国。1944 年，国王昂多赫尔和他的两个儿子阿塔米尔和法拉米尔都在魔栏农以北战死，敌人蜂拥进入伊希利恩。但南路军统帅埃雅尼尔在南伊希利恩取得了一场大胜，消灭了渡过波罗斯河的哈拉德军队。他赶往北方，竭尽所能将败退的北路军收聚到身边，向战车民的主营发动了进攻。此时他们还在设宴狂欢，以为刚铎已被推翻，己方除了抢夺战利品别无他事。埃雅尼尔突袭营地，放火烧了战车，将敌人打得一败涂地，赶出了伊希利恩。敌人在他面前狼奔豕突，大半都葬身于死亡沼泽。

"昂多赫尔和他的儿子们既死，北方王国的阿维杜伊便提出了继承刚铎王权的要求，因为他是伊熙尔杜的直系后代，也是昂多赫尔唯一在世的血脉费瑞尔的丈夫。但这个要求被拒绝了。国王昂多赫尔的宰相佩兰都尔在这个决定中起了主要作用。

"刚铎议会答复：'伊熙尔杜将刚铎让与阿纳瑞安之子美尼尔迪尔，故刚铎的王冠与王权仅可属于他的后裔。在刚铎，仅认可儿子的继承权；我们尚未听说阿尔诺的法令有所不同。'

"对此，阿维杜伊答复：'埃兰迪尔有两个儿子。伊熙尔杜是长子，也是他父亲的继承人。我们已经听说，埃兰迪尔之名至今仍位于刚铎诸王一脉之首，因他被奉为一切杜内丹人王国的至高王。埃兰迪尔仍在世时，南方被交予他的两个儿子共同统治。但埃兰迪尔死后，伊熙尔杜离开，去继承父亲的至高王权，并仿效父亲将南方的统治权交予弟弟的儿子。他没有让出自己在刚铎的王权，亦不曾打算将埃兰迪尔的王国永远分治。

"'此外，古时努门诺尔的权杖传给国王最年长的后代，无论是男是女。的确，这项法律不曾在饱受战事困扰的流亡王国中实行，但这仍是我们一族的成

法，既然昂多赫尔的儿子们战死后没有留下后代，我们现在便援引此法。'[1]

"对此，刚铎没有答复。得胜的统帅埃雅尼尔提出了继承王权的要求，并获得了认可，刚铎所有的杜内丹人都首肯此事，因为他出身王室——他是西瑞安迪尔之子，西瑞安迪尔是卡利姆马奇尔之子，卡利姆马奇尔则是纳马奇尔二世的弟弟阿奇尔雅斯的儿子。阿维杜伊没有坚持自己的主张，因为他既无实力也无意愿反对刚铎的杜内丹人的选择；然而他的后代从未遗忘这一主张，即便当他们的王权断绝时也不例外。而在当下，北方王国灭亡的时间就要临近了。

"正如其名所示，阿维杜伊确实是末代国王。据说，这个名字是他出生时先知瑁贝斯为他取的。先知对他父亲说：'你应叫他**阿维杜伊**，因他将是阿塞丹最后一位国王。不过，杜内丹人将面临一个选择。他

1　"（我们从国王那里得知）这项法律是在努门诺尔制定的，当时第六代国王塔尔－阿勒达瑞安只留下一个孩子，是个女儿。她成为首位执政女王，即塔尔－安卡理梅。但在她的时代之前，法律有所不同。第四代国王塔尔－埃兰迪尔的继承人是他的儿子塔尔－美尼尔都尔，不过他的女儿熙尔玛莉恩年纪更大。然而，埃兰迪尔（伊熙尔杜与阿纳瑞安的父亲，阿拉贡的祖先——译者注）正是熙尔玛莉恩的后代。"

们若是做出看似希望不大的选择，你的儿子就将改名，成为一个伟大王国的君王；若非如此，就将有诸多悲伤降临，众多生命逝去，直到杜内丹人崛起，重新联合。'

"在刚铎，埃雅尼尔之后也只有一位国王。假如王冠和权杖得以联合，或许王权就将得以维持，诸多邪恶也可以得到避免。但埃雅尼尔是位睿智之人，也不傲慢。虽说统治阿塞丹的诸王血统高贵，但对刚铎大多数人来说，那个王国似乎无关紧要。

"埃雅尼尔派人给阿维杜伊送信，宣布依据南方王国的法令和需求，他继承了刚铎的王冠。'但我没有忘记阿尔诺的王权，也不会否认我们的亲缘，更不希望埃兰迪尔的王国相互疏远。只要能做到，我便会在你急需援手时派人相助。'

"然而，过了很长时间，埃雅尼尔才觉得自己足够安全，可以实践诺言。阿拉方特继续以日趋衰弱的国力抵挡安格玛的攻击，阿维杜伊即位后也是如此；但最后，在1973年秋天，消息传到了刚铎：阿塞丹形势危急，巫王正准备向它发动最后一击。于是，埃雅尼尔派自己的儿子埃雅努尔带上全部他能调出的兵力，尽快率领一支舰队北上。然而为时已晚。不等埃雅努尔到达林顿的海港，巫王已经征服了阿塞丹，阿维杜伊也已身死。

"但埃雅努尔来到灰港时，精灵和人类都十分高兴，并且大为惊奇。他兵力庞大、船舰众多，哈泷德和佛泷德都泊满了，才勉强让全部船只靠岸停泊。船上下来一支威武的军队，携带武器和补给，堪为伟大君王而战——或者说，这是北方居民的印象，尽管这只不过是刚铎全部力量中的一小股先遣队。尤其大获称赞的是马匹，因为它们很多来自安都因河谷，伴随而来的有高大英俊的骑手，还有罗瓦尼安的自豪君主。

"于是奇尔丹从林顿和阿尔诺召集了所有肯来的人，待万事俱备，大军便渡过路恩河，向北行军，前去挑战安格玛巫王。据说，巫王现在就住在佛诺斯特，他篡夺了诸王的王宫和权位，让那城里住满了邪恶居民。他狂妄自大，没有在要塞里等待敌人进攻，而是出城迎战，想把他们像过去那些人一样，赶进路恩河。

"但西方大军从暮暗丘陵向他发动了猛攻，在能微奥湖与北岗之间的平原上展开了一场大战。安格玛的军队已经退却，正撤往佛诺斯特，就在这时，西方大军的骑兵主力绕过丘陵从北方冲杀而至，将他们杀得一败涂地，四散而逃。巫王集结起所有还能集结的残兵向北逃去，以求撤回自己的领地安格玛。然而不等他抵达卡恩督姆躲避，刚铎的骑兵便追上了他，埃雅努尔一马当先。与此同时，精灵领主格罗芬德尔率领一支军队从幽谷赶来。于是，安格玛被彻底击败，以至于那个王国中无论人类还是奥克没有一个还留在迷雾山脉以西。

"但是，据说在大败之际，巫王本人突然现身，他披着黑袍，戴着黑面具，骑着黑马，见者无不毛骨悚然。他满心憎恨，辨出了刚铎的统帅，发出一声可怕的大吼，便径直向对方冲去。埃雅努尔本来可以抵挡他，但他的马却承受不住进攻，急转过身，他还来不及控制，它就已载他远远逃开。

"巫王见状大笑，笑声恐怖异常，闻者无人能忘。但那时格罗芬德尔骑着白马迎了上去，巫王笑到一半便转身逃跑，没入了阴影。夜幕降临了战场，巫王失去了踪影，没人见到他去往何方。

"此时埃雅努尔骑马赶回，但格罗芬德尔望进渐浓的夜色，说：'别去追他！他不会回到这片土地。他的末日尚远，亦不会死于人手。'许多人记住了这些话。但埃雅努尔大怒，只想一雪此耻。

"邪恶王国安格玛就这样灭亡了。巫王的仇恨也因此主要落到了刚铎的统帅埃雅努尔头上——但此事要待多年之后才会揭晓。"

后来事态明朗：正是在国王埃雅尼尔统治的时期，巫王从北方逃脱，回到了魔多。他身为戒灵之首，在那里召集了其余的戒灵，但直到 2000 年，他们才从魔多出动，越过奇立斯乌苟隘口，围攻米那斯伊希尔。2002 年，他们攻下该城，夺得塔中的**帕蓝提尔**。整个第三纪元，他们都没被逐出此地；米那斯伊希尔变成了恐怖之地，重新得名米那斯魔古尔。伊希利恩尚存的许多居民都背井离乡。

"埃雅努尔英勇恰如其父，睿智却有所不及。他是个脾气火暴，身强体壮的人；但他不肯婚娶，因为他仅有的乐趣就在于战斗或练习武技。他极为勇悍，刚铎人没有哪位能在他热衷的比武中战胜他；他与其说是统帅或国王，不如说更像竞技冠军。他的精力和武技维持的年岁也都比常人更久。"

2043 年，埃雅努尔继承王位。米那斯魔古尔之王向他发出一对一决斗的挑战，讥讽他在北方不敢与自己正面较量。那一次，宰相马迪尔压住了国王的怒火。自从国王泰伦纳统治的时期起，米那斯阿诺尔就成了王国的都城和诸王的王宫所在地，如今，它更名为米那斯提力斯，成为一座永远警惕、对抗魔古尔之邪恶的城市。

埃雅努尔只坐上王位七年，魔古尔之王便再度挑战，讥讽国王说他年轻时外强中干，如今更是年老怯弱。这一次马迪尔无法再阻止国王了。埃雅努尔带领一小队骑士护卫，前往米那斯魔古尔大门前。人们再也没有听说过他们的消息。刚铎人认为，背信弃义的敌人设下陷阱擒住了国王，他在米那斯魔古尔遭受折磨至死；但由于无人见证他的死亡，"贤相"马迪尔以他的名义统治了刚铎多年。

此时，诸王的后裔已经寥寥无几。他们的人数在亲族争斗中大大减少，而且自从那时起，诸王对近亲变得嫉妒又警惕。那些遭受怀疑的人常常逃往乌姆巴尔，在那里加入反叛者的队伍；余人则宣布脱离家系，娶没有努门诺尔血统的女子为妻。

结果，他们找不到血统纯粹的人选继承王位，也没有哪个提出继位要求的人能得到一致支持。所有人都记得那场亲族争斗，并为此担忧，他们清楚，如果类似的争端再度发生，刚铎必定灭亡。因此，虽然岁月流逝，宰相仍继续统治着刚铎。自从埃雅努尔将埃兰迪尔的王冠留在王陵中埃雅尼尔王的膝头以来，它就一直留在该处。

宰相

宰相家族被称为胡林家族，因他们都是埃敏阿尔能的胡林的后裔。胡林是国王米纳迪尔（1621—1634年）的宰相，出身于高等努门诺尔族裔。他的时代过后，诸王一直从他的后代中选择宰相，而在佩兰都尔的时代之后，宰相之权作为一种王权改为世袭制，由父传子，或传给最近的亲族。

实际上，每位新宰相掌权之初都要立下这样的誓言："以国王之名掌管此杖、统治王国，直到国王归来。"但这些话很快就变成了例行公事，无人理会，因为宰相行使国王的一切权力。然而在刚铎，许多人依然相信，有朝一日确实将有一位国王归来；有人还记得北方的古老一脉，传说中那一脉仍在秘密地传承下去。但执政宰相们对这类想法一概狠下了心肠。

尽管如此，历任宰相却从不曾坐上古老的王座，他们也不戴王冠，不执权杖。他们只带一根白杖，作为权力的象征。他们的旗帜是纯白的，不饰纹章，而王室旗帜是黑底，上面的图案是七星之下一棵繁花盛开的白树。

马迪尔·沃隆威被视为刚铎首任执政宰相，在他之后又有二十四任，直到第二十六任也是最后一任执政宰相德内梭尔二世的时代。起初世道太平，因为那是警戒和平时期，期间索隆因面对白道会的势力而退让，戒灵也仍然躲在魔古尔山谷中。但从德内梭尔一世的时代开始，就不再有彻底的和平，就连刚铎没有发生大战或公开的战斗时，王国边境也时时受到威胁。

德内梭尔一世统治的末期，乌鲁克族，也就是强壮的黑奥克，首次出现在魔多之外。2475 年，乌鲁克横扫伊希利恩，攻占欧斯吉利亚斯。德内梭尔之子波洛米尔（后来"九行者"中的波洛米尔便是随他取名）击败了他们，收复伊希利恩。但欧斯吉利亚斯终于被毁，其雄伟石桥断裂。此后那里再无居民。波洛米尔是位伟大统帅，连巫王也害怕他。他人品高贵、面容俊美，并且是一个身强体壮、意志坚定的人，但他在那场战争中负了魔古尔之伤，这缩短了他的寿命。他饱受疼痛之苦，变得骨瘦如柴，父亲死去十二年之后，他也去世了。

在他之后，奇瑞安的漫长统治开始了。他警惕又谨慎，但刚铎的势力范围已经缩小，他能做的只有防守边境，与此同时他的敌人（或者调动这些人的力量）准备向他发起进攻，他却无力干涉。海盗不断骚扰海岸地区，但他的心腹大患是在北方。在罗瓦尼安的辽阔土地上，黑森林和奔流河之间，如今生活着一支凶猛的民族，任由多古尔都的魔影驱使。他们就是巴尔寇斯人，常常穿过森林去劫掠，使得金鸢尾沼地以南的安都因河谷大半荒无人烟。随着别的同类从东方前来入伙，这些巴尔寇斯人不断壮大，而卡伦纳松的人口却萎缩了。奇瑞安堪堪守住了安都因河一线。

"奇瑞安预见到风暴在即，于是派人北上求援，却为时过晚。因为那年（2510 年）巴尔寇斯人已经在安都因河东岸造了许多大船和木筏，蜂拥渡过大河，横扫了守军。从南方赶来的刚铎军队遭到孤立，被逐往北边，过了利姆清河。随后一群奥克突然从迷雾山脉杀出来，迫使他们从那里退向安都因河。就在那时，北方来了意想不到的援助，洛希尔人的号角首次在刚铎大地上响起。年少的埃奥尔率领骑兵赶来，横扫敌军，并在卡伦纳松的原野上追逐巴尔寇斯人，将其彻底歼灭。奇瑞安将那片土地许给埃奥尔居住，埃奥尔则向奇瑞安立誓[1]，即'埃奥尔之誓'：刚铎君主但有所求、发出召唤，他们随时相助。"

在第十九任宰相贝伦的时代，更严重的危机降临了刚铎。三支准备许久的庞大舰队从乌姆巴尔和哈拉德出发，大举进攻刚铎的沿海地区。敌人从多处登陆，甚至往北远达艾森河的河口。与此同时，洛希尔人遭到东西两面夹击，他们的土地被侵占，他们也被赶到白色山脉的谷地中。那年（2758年），从北方和东方吹来的酷寒大雪拉开了漫长冬季的序幕，它持续了将近五个月。洛汗的海尔姆和他的儿子们全都死于那场战争，埃利阿多和洛汗哀鸿遍野。但白色山脉以南的刚铎，状况稍微好些。春天到来之前，贝伦之子贝瑞刚德击败了入侵者。他立刻向洛汗派去了援军。

1　关于"埃奥尔之誓"，详情记载于《未完的传说》一书中的"奇瑞安与埃奥尔"一篇。——译者注

贝瑞刚德是继波洛米尔之后刚铎最伟大的统帅。等他继承父亲的权位（2763年），刚铎已开始恢复元气；但洛汗遭受的创伤复原得较慢。正是因此，贝伦欢迎萨茹曼到来，并将欧尔桑克的钥匙给了他。从那年起（2759年），萨茹曼便居住在艾森加德。

贝瑞刚德掌权时期，迷雾山脉中发生了矮人与奥克之战（2793—2799年）。关于这场战争只有流言传到南方，直到奥克逃离南都希瑞安，企图横穿洛汗，在白色山脉中立足。河谷地区经过多年征战，这场危机才告化解。

第二十一任宰相贝烈克梭尔二世死后，米那斯提力斯的白树也枯死了，但因为找不到小树苗，人们放任枯树孑立，"直到国王归来"。

图林二世掌权时，刚铎的敌人再度蠢蠢欲动，因为索隆再次壮大了势力，他的崛起之日也逐渐临近。伊希利恩的土地上，魔多奥克大批出没，当地居民除了最坚毅的一批，纷纷背井离乡，向西迁到安都因河对岸。图林在伊希利恩为战士们修建了秘密避难所，其中汉奈斯安努恩是驻守时间最长的一处。他还再度巩固了凯尔安德洛斯[1]的防御，以保卫阿诺瑞恩。但他的心腹大患是在南方，哈拉德人占领了南刚铎，波罗斯河一带冲突不断。当伊希利恩遭到大举侵犯，洛汗之王伏尔克威奈履行了埃奥尔之誓，派众多战士前往刚铎，报答了贝瑞刚德当年的援助之情。图林靠着他们的帮助，在波罗斯河渡口取得了胜利，但伏尔克威奈的两个儿子都战死沙场。洛汗骠骑依照本族风俗安葬了他们，由于是双胞胎兄弟，他们被同葬一穴。这座坟墓，即"豪兹-因-格瓦努尔"[2]，久久高耸在河岸边，刚铎的敌人都不敢越过。

图林之后掌权的是图尔巩，他的时代，人们记得的事件主要是在他死前两年，索隆重新崛起，公开现身，重回为他准备良久的魔多。接着巴拉督尔再度建起，末日山喷发火焰，伊希利恩最后一批居民也远走他乡。图尔巩死后，萨茹曼将艾森加德据为己有，并加固了它。

"图尔巩之子埃克塞理安二世是位睿智之士。他

1　该名意为"长沫之船"，因为这个岛形如大船，高高的船头指向北方，安都因河水冲击那里的尖岩，白沫四溅。

2　豪兹-因-格瓦努尔（Haudh in Gwanûr），辛达语，意思是"兄弟坟丘"。——译者注

靠着手中尚存的权力来增强王国实力，对抗魔多的攻击。他鼓励远近一切有才干的人前来为自己效力，而对那些事实证明值得信赖的人，他一律给予地位与奖赏。埃克塞理安所行之事，很多都有一位他至为器重的卓越统帅相助参谋。此人身手矫捷，眼光敏锐，斗篷上佩着一颗银星，故刚铎人称他为'星之鹰'梭隆吉尔，但无人知晓他的真名与来历。他从洛汗前来投奔埃克塞理安，也曾在洛汗为森格尔王效力，但他并非洛希尔人出身。无论陆上还是海上，他都是一位伟大的领袖，然而在埃克塞理安的时代结束前，他便如当初神秘出现一般，神秘离去。

"梭隆吉尔经常告诫埃克塞理安，一旦索隆决定开战，乌姆巴尔的叛军将是刚铎的心腹大患，亦将成为对南方诸多领地的致命威胁。终于，他得到了宰相的首肯，集结起一支小型舰队，乘夜出其不意前往乌姆巴尔，烧掉了海盗的一大批船只。在码头的战斗中，他亲自打倒了港口统帅，接着便率舰队回航，损失微乎其微。但当他们回到佩拉基尔时，人们却惊诧又悲伤，因为梭隆吉尔不肯返回米那斯提力斯，而那里正有无上荣誉等待着他。

"他给埃克塞理安送信告别，说：'大人，现在有其他事务召我前去，倘若我命定还能再度来到刚铎，那必将是许久之后，且将经历诸多艰险。'人们猜不出那些事务的详情，也不知道他受到了何种召唤，但知道他去了哪里。因为他乘船渡过了安都因河，向同伴告别后便独自离去；人们最后一次见他，他正面朝阴影山脉而行。

"梭隆吉尔的离去令白城居民大为惊讶，人人都觉得这是重大损失，只有埃克塞理安之子德内梭尔例外。他如今已成年，堪当宰相大任，而四年之后，他父亲去世，他便继承了宰相之位。

"德内梭尔二世是个骄傲的人，高大、英勇，比诸多世代以来在刚铎出现的任何人都更具有王者风范。他同样睿智又有远见，而且十分博学。事实上，他酷似梭隆吉尔，两人恰似拥有极近的亲缘。但无论在人们心目中的地位，还是受他父亲器重的程度，他都始终屈居这个陌生人之下。当时许多人认为，梭隆吉尔是趁竞争对手还没成为自己的主上，抓紧时间离开的。但梭隆吉尔自己其实从不曾与德内梭尔争斗，也从未自视过高，或不忿向德内梭尔的父亲称臣。他和德内梭尔对宰相的建议，只在一项事务上有所分歧：梭隆吉尔常常警告埃克塞理安，不要信任艾森加德的白袍萨茹曼，而应欢迎灰袍甘道夫。但德内梭尔对甘道夫并无好感，在埃克塞理安辞世之后，米那斯提力斯也不再那么欢迎灰袍漫游者。因此，后来等一切真相大白，许多人认为德内梭尔心思敏感，比同时代的所有人都看得更远更深，他在当时已经发现了这个陌生人梭隆吉尔的真实身份，并怀疑此人和米斯兰迪尔共谋要取代自己。"

"德内梭尔成为宰相后（2984 年），事实证明他是一位手腕高明的统治者。他大权独揽，寡言少语，虽说聆听建议，过后却独断专行。他成婚很晚（2976 年），娶的是多阿姆洛斯的阿德拉希尔之女芬杜伊拉丝。她是位容貌极美、心地温柔的夫人，但过了不到十二年她就逝去了。德内梭尔以自己的方式爱着她，除了她为他生的长子，他最爱的人就是她。但人们觉得她在这座防守森严的城中憔悴凋零了，就如海边谷地里的鲜花被放到荒岩上一般。东方的魔影令她满心恐惧，她总是向南眺望，思念着大海。

"她去世后，德内梭尔变得比从前还要严厉沉默，他预感魔多会在他有生之年发动进攻，便独自久久坐在塔中沉思。后来，人们认为他急需知识，但又十分骄傲，笃信自己意志的力量，竟敢去看白塔中的那颗**帕蓝提尔**。历任宰相都不敢这样做，而自从米那斯伊希尔陷落，伊熙尔杜的**帕蓝提尔**落入大敌之手，就连埃雅尼尔和埃雅努尔两位国王也不敢，因为米那斯提力斯的晶石就是阿纳瑞安的**帕蓝提尔**，与索隆占有的那一颗联系最紧密。

"如此一来，德内梭尔对国境之内以及国界之外的远方发生的事了如指掌，人们对此十分惊奇；但他为此付出了高昂的代价，由于与索隆的意志进行较量，他未老先衰。因此，德内梭尔心中的骄傲与绝望同时增长，终至他把当时的一切作为都只看成白塔之主与巴拉督尔之君的单独对决，不信任其他任何抵抗索隆的人，除非他们仅为他一人效力。

"就这样，魔戒大战之期渐渐临近，德内梭尔的两个儿子也长大成人。波洛米尔比法拉米尔年长五岁，深受父亲宠爱，容貌与骄傲皆酷似父亲，但在其他方面并无相似之处。他更像过去的国王埃雅努尔，不娶妻，主要热衷的是武技。他无畏又强壮，但对传承学识没有兴趣，只爱古代的战争故事。他弟弟法拉米尔外表与他相似，内心却截然不同。他像父亲一样洞悉人心，但他所了解到的并没有使他轻视于人，而是使他心存怜悯。他举止文雅，热爱学识和音乐，因此那时有很多人认定他不及兄长勇敢，但这并非事实，他只是不曾无谓地冒险追求荣耀。每当甘道夫来到白城，法拉米尔都欢迎他，并尽力学习他的智慧；他此举就像另外很多做法一样，惹得父亲不快。

"但兄弟两人自幼手足情深，童年时波洛米尔就帮助、保护了法拉米尔，从那时起，不管是为了父亲的青睐还是臣民的赞誉，他们二人都从未有过嫉妒或竞争。法拉米尔认为，刚铎不可能有人堪与德内梭尔的继承人、白塔统帅波洛米尔争锋，波洛米尔亦作此想；然而考验来临，事实却是不然。魔戒大战中这三人的全部境遇，别处另有详述；而在魔戒大战之后，执政宰相的时代宣告终结，因为伊熙尔杜和阿纳瑞安的继承人归来，王权得以重续，白树旗帜再度飘扬在埃克塞理安塔上。"

第五节　此处续以"阿拉贡与阿尔玟的 故事"节选

"国王的祖父名为阿拉多，其子阿拉松有意求娶狄海尔之女、美丽的吉尔蕾恩。狄海尔自己亦是阿拉纳斯的后裔，他反对这场婚事，因为吉尔蕾恩还年轻，未到杜内丹人女子惯常成婚的年龄。

"'况且，'他说，'阿拉松是位性情严肃的成年之人，他担当族长之日会比料想的早，但我心存不祥预感，他会短命。'

"但他妻子伊沃尔玟也有预知之能，她答道：'所以更要抓紧！天日渐暗，风暴在即，巨变将至。如果他们现在成婚，或许还能为我们的族人诞育希望，但若是耽搁，那么终此纪元，希望也不会再临。'

"结果，阿拉松和吉尔蕾恩成婚仅仅一年，阿拉多就在幽谷以北的冷原被山区食人妖俘去杀害了；阿拉松成了杜内丹人的族长。翌年，吉尔蕾恩为他生了一个儿子，取名阿拉贡。但当阿拉贡只有两岁大时，阿拉松同埃尔隆德的儿子们骑马去跟奥克作战，眼睛中了奥克的箭，因而牺牲，死时只有六十岁，在他这一族中确实属于短命。

"之后阿拉贡成了当今伊熙尔杜的继承人，他母亲带他寄居埃尔隆德家中。埃尔隆德接过了为父的职责，爱他如同己出。不过，他被唤作'埃斯泰尔'，意为'希望'，他的真名和家系都依埃尔隆德之命秘不外传，因为智者那时知道，大敌正设法找出伊熙尔杜的继承人的下落，只要他们还有人活在世间。

"但有次埃斯泰尔和埃尔隆德的儿子们一同立下丰功伟绩，凯旋幽谷，当时他还只有二十岁。埃尔隆德打量着他，心中欣慰，因为他见埃斯泰尔英俊高贵，年纪轻轻却已显成熟风范，而且心灵与体魄日后必能更上一层。因此，那一日埃尔隆德唤出了他的真名，告知他的身份与传承，并把他的家传宝物交给了他。

"'这是巴拉希尔之戒，它见证了我们的久远亲缘。'埃尔隆德说，'这些则是纳熙尔剑的碎片。有了它们，你犹可再立丰功伟绩；因为我预见，你的寿命将超出人类的限度，除非你横遭不测或败于考验。然而，考验将会艰苦又漫长。安努米那斯的权杖就先留在我处，它还有待你去赢得。'

"第二天日落时分，阿拉贡意气风发地在林中独行。他身在美好天地之中，满怀希望，不由得放声歌唱。他正唱着，蓦然看到有位姑娘在白桦林木间的绿茵上漫步。他大吃一惊，遽然止步，以为自己是在做梦，不然就是获得了精灵吟游诗人的天赋，能使歌中所唱的情景出现在听众眼前。

"只因当时阿拉贡唱的是《露西恩之歌》的一段，讲的就是露西恩与贝伦相遇在尼尔多瑞斯森林里。于是，看哪！露西恩就在他眼前现身幽谷，裹着一袭银蓝双色的披风，美如精灵家园的朦胧微光。乍起的风中，她黑发飘扬，额上佩戴的宝石犹如繁星闪亮。

"有那么一刻，阿拉贡只是默默凝视，但又担心她会消失，不复得见，于是向她唤道：'缇努维尔！缇努维尔！'恰如很久以前远古时代的贝伦所为。

"那位姑娘闻声，转身对他微微一笑，问道：'你是谁？为什么用那个名字叫我？'

"他答道：'因为我以为你就是露西恩·缇努维尔本人，刚才我就在唱她。但你即便不是她，也宛如她再世。'

"'有很多人这么说。'她正色道，'可那是她的名字，不是我的——虽说我的命运未必与她不同。不过，你是谁？'

"'我过去人称埃斯泰尔，'他说，'但我本是阿拉松之子阿拉贡，伊熙尔杜的继承人，杜内丹人的族长。'然而他如此说时，却觉得这份他本来为之心喜的高贵血统无足轻重，与她的端庄美丽相比不值一提。

"但她欣然笑道：'那么我们就是远亲了。我是埃尔隆德之女阿尔玟，又名乌多米尔。'

"'动荡时期，常见人们藏起至宝。'阿拉贡说，'但埃尔隆德和你的两个哥哥真令我惊奇，因为我自幼就住在这个家里，却从没听说过你。我们一直未曾谋面，这怎么可能？你父亲肯定没有把你锁进宝库吧？'

"'没有，'她说，抬头眺望东方矗立的群山，'我母亲族人的国度在遥远的洛丝罗瑞恩，我在那里生活了一段时间，最近才回来探望父亲。我已经多年未在伊姆拉缀斯漫步了。'

"听了这话，阿拉贡心生疑惑，因为她看起来并不比他年长，而他在中洲也才活了区区二十年的岁月。然而阿尔玟迎着他的目光说：'不必疑惑！埃尔隆德的子女拥有埃尔达的寿命。'

"于是阿拉贡注意到了她眼中的精灵之光与积年的智慧，不禁心生窘迫，但从那一刻起，他就爱上了埃尔隆德之女——阿尔玟·乌多米尔。"

"接下来一段时间，阿拉贡变得沉默寡言，而他母亲也看出他有了不寻常的际遇。最后他经不起追问，向她讲了那场傍晚林中的邂逅。

"'吾儿，尽管你是众多君王的后嗣，如此目标也太高了。'吉尔蕾恩说，'因为她是当今世间最高贵、最美丽的女士。而且，凡人与精灵联姻不妥。'

"'可我听说过我们祖先的传说，'阿拉贡说，'倘若传说不虚，我们就和他们有着亲缘。'

"'传说固然不虚，'吉尔蕾恩说，'但那是很久以前，在世界的另一个纪元，彼时我们的种族尚未衰落。为此，我心中忧虑。没有埃尔隆德大人的善意，伊熙尔杜的继承人一脉很快就会断绝。而依我看，此事你得不到他的祝福。'

"'那我就将悲惨度日，我将孤身在荒野中游荡。'阿拉贡说。

"'那的确是你命中注定。'吉尔蕾恩说。尽管她有几分族人的预见之能，但她未对儿子多说自己的预感，也没向任何人透露他告诉她的一切。

"然而，埃尔隆德察言观色，洞悉人心。因此，那年秋天来临前的一天，他把阿拉贡叫到自己房中，说：'阿拉松之子阿拉贡，杜内丹人的族长，且听我说！等待你的宿命重大非常：你要么超越自埃兰迪尔以来列位祖先的荣光，要么与仅存的族人一同堕入黑

暗。你将面临多年的考验。你不能娶妻，也不得与任何女子许下终身，直到你功成名就，当之无愧。'

"阿拉贡听了这话，心中困扰。他问：'难道是我母亲提到了这事？'

"'并不是她，是你自己的眼睛背叛了你。'埃尔隆德说，'然而，我说的不只是我的女儿。目前，你还不能与任何人的女儿订婚。至于美丽的阿尔玟，她是伊姆拉缎斯与罗瑞恩的公主，是她族人的暮星。她的血统比你伟大，而且她已度过世间漫长的岁月，你之于她，只如区区一棵小苗长在历经寒暑的年轻白桦旁。她是你无法企及的，而我想，她很可能也这么看。但即便她对你另眼相看，并且倾心于你，我依然会为我们背负的宿命而哀伤。'

"'什么宿命？'阿拉贡问。

"'那宿命就是：只要我留在中洲，她便享有埃尔达的青春活力。'埃尔隆德答道，'而当我离去，若她选择相同，她将与我同行。'

"'原来如此，'阿拉贡说，'我所瞩目的珍宝，贵重不亚于当年贝伦所求的辛葛之掌上明珠。这是我命中注定。'接着他那一族的预见突然灵光一现，他说：'但是，埃尔隆德大人，且看！你驻留的岁月终有穷

尽，很快你的子女就必须做出选择：是与你分离，还是与中洲告别。'

"'此言不虚，'埃尔隆德说，'只不过我们认为很快，于人类却仍是多年。但是，阿拉松之子阿拉贡，我的爱女阿尔玟本来不必面对选择，除非你介入我和她之间，给你我中的一人带来超越世界终结的痛苦离别。你还不明白，你渴望从我这里得到的是什么。'说罢，他叹了口气。隔了一刻，他严肃地看着这位年轻人，又开口说：'岁月流逝，该来的终归要来，你我要等多年以后才会重提此事。时日晦暗，诸多不幸即将来临。'"

"于是，阿拉贡怀着敬爱告别了埃尔隆德。第二天，他告别了母亲、埃尔隆德家中诸人与阿尔玟，出发进入了荒野。此后近三十年，他都致力于反抗索隆的大业。他与智者甘道夫结交为友，从他那里学到了大量知识智慧。他们屡次一同踏上险途，但随着时光流逝，他愈来愈频繁地孤身而行。他的旅程坎坷又漫长，他的外表变得稍嫌严酷，除非他刚好展颜微笑；而当他不去掩饰自己的真实模样时，人类看他是位值得尊敬之人，如同一位流亡的君王。因他曾多次乔装，以诸多化名赢得声望。他与洛希尔人的大军一同驰骋疆场，在陆上、在海上为刚铎宰相而战；待到胜利来临，他却从西方人类当中隐退，独自远走东方，深入南方，探索善恶双方的人类之心，揭露索隆爪牙的阴谋诡计。

"最终他成为世间人类当中最坚强的一位，他精通人类的技能与学识，却更胜一筹，因他拥有精灵的智慧。他眼中有种光彩，每当燃亮，几乎无人能够相抗。他背负的使命使他面容忧伤严厉，然而他内心深处却希望长驻，偶有欢笑由衷迸发，就如泉水涌出岩石。"

"阿拉贡四十九岁这年，索隆已重新盘踞魔多，忙于作恶。阿拉贡自魔多黑暗疆域的重重危机中归来，精疲力竭。他希望返回幽谷暂作休整，再出发前往遥远他乡。在返回途中，他来到了罗瑞恩的边境，蒙加拉德瑞尔夫人允准，进入了那片隐匿之地。

"他并不知道阿尔玟·乌多米尔也在那里，又一次来和她母亲的族人暂住。她容颜未改，因凡世岁月流逝于她如风过无痕。然而她面容愈发严肃，如今难得开颜。此时阿拉贡身心都已彻底成熟，加拉德瑞尔嘱他脱去风尘仆仆的旧衣，予他银装白服，外裹精灵灰袍，额上佩一块闪亮宝石。如此一来，他外表胜过任何一位人类王者，更像一位来自西方群岛的精灵贵族。久别之后首次重逢，阿尔玟见到的就是他这般模样；而当他在卡拉斯加拉松开满金色花朵的树下向她走去，她选择已成，命运已定。

"接下来的一段日子，他俩一同在洛丝罗瑞恩的林间徜徉，直到他动身之期到来。在仲夏日的傍晚时分，阿拉松之子阿拉贡和埃尔隆德之女阿尔玟登上了罗瑞恩深处的美丽山坡凯林阿姆洛斯。他们赤足走在常青的绿草上，埃拉诺花和妮芙瑞迪尔花在脚边盛放。在山坡上，他们只见魔影在东，暮色在西。他们起誓终身相守，心中欢喜。

"然后阿尔玟说：'魔影固然黑暗，我心却欢欣鼓舞。因为将有伟人凭借英勇消灭魔影，而你，埃斯泰尔，将位列他们当中。'

"但阿拉贡答道：'唉！可我预见不到此事，而它将如何实现，我也不得而知。但有了你的希望，我也会心怀希望。我断然弃绝魔影，但是公主，暮色也不属于我，因为我是凡人。暮星啊，你若决心与我相伴，就得同样放弃暮色。'

"她听了这话，望向西方，宛如一株白树般静立。最终，她开口说道：'杜内丹人，我决心与你相伴，放弃暮色。然而那里有我族人的土地，是我所有亲人的恒久家园。'她深爱着自己的父亲。"

"埃尔隆德得知女儿的选择之后，沉默不语，然而他心中哀伤，感到这担忧已久的宿命着实难以承受。但是，当阿拉贡再来幽谷，埃尔隆德把他叫到面前，说：

"'我的孩子啊，希望消逝的年月已至，此后如何我也是备感迷茫。而现在，你我之间横着一道阴影。或许，这正是命中注定——靠着我的牺牲，人类的王族才可能复兴。因此，我虽然爱你，还是要对你说：阿尔玟·乌多米尔不能轻易黯淡了生命之光，她若嫁给人类，便只能嫁给刚铎与阿尔诺的国王。如此，尽管对我而言，就连胜利也只能带来悲伤离别，但对你们而言，它却将带来暂时的幸福希望。唉，我的儿子啊！我担心，到头来阿尔玟会觉得人类的宿命残酷无情。'

"埃尔隆德与阿拉贡自此达成了约定，他们再也没有提起此事，但阿拉贡又一次出发，投身劳苦危难。

世界日趋阴暗，恐怖降临中洲，索隆的势力渐渐壮大，巴拉督尔愈发高耸坚固，而阿尔玟一直留在幽谷。当阿拉贡外出远行，她便以牵挂之思遥遥相护。怀着希望，她为他缝制了一面很大的王旗，这面旗帜只有继承努门诺尔王权和埃兰迪尔遗位的人才能打出。

"过了几年，吉尔蕾恩告别埃尔隆德，回到她在埃利阿多的族人当中，独自居住。她很少再见到儿子，因为多年来他都身在遥远他乡。但有一次，阿拉贡回到了北方，他来看她，而她在他走前对他说：

"'埃斯泰尔，我的儿子，我们从此就要诀别了。我像寻常人类一般，因忧劳而衰老。我们这个时代的黑暗正在中洲聚集，我无力面对的时候已经近了。我很快就要离世了。'

"阿拉贡竭力安慰她，说：'但黑暗尽头可能就是光明。倘若当真如此，我会让你见到，盼你开怀。'

"但她只是以这样一句**林诺德体**的诗句[1]作答：

Ónen i-Estel Edain, ú-chebin estel anim.[2]

1　林诺德（linnod），这是一种精灵诗歌体裁，诗中每一句都包含七个音节。——译者注

2　辛达语，"我将希望给予杜内丹人，自己却毫无保留。"

"阿拉贡心情沉重地离去，而吉尔蕾恩不等第二年春天到来就与世长辞。

"此后时光流逝，直至魔戒大战打响。关于这场战争另有详述，包括推翻索隆的意外方式如何得以揭示，山穷水尽之际又是如何绝处逢生。那时，阿拉贡于垂败时分自海路赶到，在佩兰诺平野战役中展开了阿尔玟亲手制成的王旗，而就在那一天，他第一次被欢呼拥为国王。待到最终尘埃落定，他继承了先辈的遗产，得到了刚铎的王冠和阿尔诺的权杖。在索隆覆亡那一年的仲夏之日，他与阿尔玟·乌多米尔携手，于列王之城结为连理。

"就这样，第三纪元以胜利和希望收尾，然而埃尔隆德与阿尔玟的别离，堪称那个纪元诸多伤悲之最，因为隔开他们的不只是大海，还有超越世界终结的宿命。主魔戒一经销毁，精灵三戒也随之丧失了力量；于是埃尔隆德终感疲惫，弃绝中洲一去不返。可是阿尔玟变得如同凡人女子，并且命中注定不会在失去她赢得的一切之前离开人世。

"她作为精灵与人类的王后，和阿拉贡一起生活了一百二十年，荣光显赫，福乐非常。然而阿拉贡终于感到暮年将至，知道自己堪称漫长的有生之年即将走到尽头。于是他对阿尔玟说：

"'暮星夫人啊，世间最美的女子，我的至爱：终于，我的世界开始褪去了颜色。看吧！我们积累过、消耗过，现在偿付的时刻近了。'

"阿尔玟十分清楚他意欲为何，并且早已预料会有今日。但她依然哀伤难抑，说：'可是陛下，难道你大限未到，就要抛下你的人民吗？他们都听命于你啊。'

"'并不是我大限未到。'他答道，'因为我即使现在不走，很快也必定不得不走。而且，我们的儿子埃尔达瑞安已经完全长大成人，足可继承王位了。'

"于是，阿拉贡去了寂街的王陵，躺到了那张为他备好的狭长床上。在那里，他向埃尔达瑞安告别，将刚铎的有翼王冠和阿尔诺的权杖交到了儿子手里，之后众人离去，只留下阿尔玟独自守在床旁。她纵有积年的智慧与伟大的血统，仍忍不住恳求他再作暂留。她尚未厌倦自己的生命，从而品尝到了当初选择凡人命运的苦果。

"'乌多米尔夫人啊，这个时刻确实残酷。'阿拉贡说，'埃尔隆德的花园如今杳无人迹，但早在那一天，我们在彼处的白桦林中相遇，就已注定要有今日。而在凯林阿姆洛斯山上，当我们既摒弃了阴影，又放弃了暮色，我们就接受了如此宿命。我的至爱啊，你仔细想想，问问自己是否当真要我等到老朽，昏庸无力地摔下高贵王座？不，夫人，我是努门诺尔人的末裔，是承自远古时代的末代君王。赋予我的，不仅仅是三倍于中洲人类的寿命，还有自行选择离去、归还礼物的恩典。因此，现在我要安息了。

"'我不对你出言安慰，因为如斯痛苦，在这世界的范围之内不存在安慰。你面对的是最后的选择：要么反悔，前往灰港，带着关于我们共度岁月的回忆西去，这段回忆将在那里长存，但永远止于回忆；要么忍受人类的宿命。'

"'不，我亲爱的陛下，那个选择早成往事。'她说，'如今没有航船还会载我西去，不管我情愿与否，都必须忍受人类的宿命：亡逝，还有静默。但努门诺尔人的国王啊，我要对你说：事到如今，我才理解你族人的传说和他们的堕落。我曾当他们是作恶的愚人，鄙视他们，但到头来，我却怜悯他们。倘若死亡当真如埃尔达所说，是万物之主赠给人类的礼物，那这份礼物确是难以接受。'

"'看似如此，'他说，'但是，我们过去摒弃了魔影和魔戒，不要败于最后的考验。我们必须离去——悲伤，但不绝望。看吧！我们不是永远禁锢在世界的范围之中，而在限制之外，绝不只是回忆。别了！'

"'埃斯泰尔，埃斯泰尔！'她唤道，而他随即执起她的手亲吻，就在那时陷入了长眠。随后，他呈现出一种伟大的美，后来前去那里的人，见到他无不惊叹；因他们看到，他青年时的风采、壮年时的英勇和老年时的睿智与威严浑然融为一体。他在那里长眠许久，成为世界剧变之前，荣光未曾减色的人中王者的辉煌象征。

"但阿尔玟离开了王陵，她眼中的光彩熄灭了。她的人民觉得，她已变得就像没有星辰的冬夜来临时那样冰冷、灰暗。接着，她与埃尔达瑞安，与她的女儿们，以及她关爱过的所有人告别，之后便离开米那斯提力斯的城邦，去了罗瑞恩的故土，独自生活在那里凋敝的林中，直到冬天来临。加拉德瑞尔已西去，凯勒博恩也已离开，那片土地一片沉寂。

"待到瑁珑树叶飘落，春天却尚未来临，[1] 阿尔玟

1　见卷二第 241 页。

长眠在凯林阿姆洛斯山上。那就是她的绿色坟茔，直到沧海桑田，她的全部生平都被后世的人们彻底遗忘，而埃拉诺花与妮芙瑞迪尔花再也没有在大海以东绽放。

"这就是故事的结尾，自南方传来便是这样。随着暮星的陨落，本书不再讲述那些古时的日子。"

THE HOUSE OF EORL

第二篇

埃奥尔家族

"年少的埃奥尔[1]，是伊奥希奥德地区人类的领袖。那片土地位于安都因河源头附近，就在迷雾山脉远端和黑森林北端之间。在国王埃雅尼尔二世统治的时代，伊奥希奥德人从位于卡尔岩和金鸢尾沼地之间的安都因河谷地区迁到了那里，他们最初与贝奥恩一族和森林西缘的人类是近亲。埃奥尔的先祖宣称他们

1　埃奥尔（Eorl），其名来自古英语词 eorl（后演变成英语中的earl），意为"尊贵之人"。译名本应体现出它与 earl 的联系，但由于二者读音的差异无法用相似的中文译名体现，故此加注说明。——译者注

是罗瓦尼安诸王的后代，在战车民入侵以前，国土位于黑森林另一侧；因此他们认为自己是埃尔达卡之后的刚铎诸王的亲族。他们挚爱平原，喜欢马匹，热衷一切骑术技艺，但那时安都因河谷中部生活着很多人类，而且多古尔都的魔影正在加深。因此，他们听说巫王被推翻后，便去北方寻找更大的容身之地，并赶走了迷雾山脉东侧的安格玛余孽。但在埃奥尔的父亲利奥德统治的时期，他们已经壮大成一支人数众多的民族，家园又一次稍嫌局促了。

"在第三纪元2510年，一股新的邪恶对刚铎产生了威胁。一支野蛮人大军从东北方横扫罗瓦尼安，并从褐地南下，乘木筏渡过了安都因河。与此同时，不知是碰巧还是预谋，奥克（当时还是与矮人争战之前，因而人多势众）从迷雾山脉扑下，发动了进攻。这些入侵者占领了卡伦纳松，于是刚铎宰相奇瑞安派人到北方求援，因为长久以来，安都因河谷的人类和刚铎人之间都保持着友谊。但住在大河谷地中的人们，如今人数稀少且居住分散，无法迅速给予援助。最后，刚铎危急的消息传到了埃奥尔那里，尽管似乎已经太迟，他仍率领大批骑兵出发了。

"就这样，他赶上了凯勒布兰特原野之战。那片绿地位于银脉河和利姆清河之间，刚铎的北路军就在那里陷入了危境：他们在北高原被击败，又被截断了返回南方的退路，被赶过了利姆清河，接着突然遭到了奥克大军的袭击，被迫退往安都因河。山穷水尽之际，洛汗骠骑意想不到地自北方赶到，突然攻入了敌人的后方。战局就此逆转，敌人损失惨重，被逐过了利姆清河。埃奥尔率领部下追击，北方的马上民族令敌人闻风丧胆，连北高原的入侵者也猝不及防，惊慌逃窜，被骠骑猎杀在卡伦纳松平原上。"

　　自从黑死瘟疫之后，那片地区的居民就变得十分稀少，残存下来的也大多被凶蛮的东夷屠杀了。因此，奇瑞安为了报答自己得到的援助，将位于安都因河和艾森河之间的卡伦纳松赠给了埃奥尔和他的族人。于是他们派人从北方接来妻儿财物，在那片土地定居下来。他们将它改名为"骠骑之马克"，自称"埃奥尔一族"；但刚铎人称其领地为"洛汗"，称其人民为"洛希尔人"[1]（意思是"驭马者"）。因此，埃奥尔成为首位马克之王，他选了白色山脉脚下的一处绿色山丘

1　洛希尔人（Rohirrim），辛达语，构词方式为 roch（马）+hir（主人）+rim（群体）。由于 rim 只表示群体，故译作"洛希尔人"，例同"加拉兹民"（Galadhrim）。——译者注

居住，那道山脉就是他的领土的南部屏障。后来洛希尔人作为一支自由民族生活在那里，他们有自己的国王与律法，但始终与刚铎保持联盟。

"那些仍追忆北方的洛汗歌谣，提到了众多首领与战士，以及众多美丽英勇的女子。据说，是一位名叫弗鲁姆加的首领带领族人来到了伊奥希奥德。据传，他的儿子弗拉姆杀死了埃瑞德米斯林山中的大恶龙斯卡萨，此后那片土地便不受这些长虫骚扰。弗拉姆因而赢得了庞大的财富，但他与声称斯卡萨的宝藏归己所有的矮人发生了龃龉。弗拉姆一分钱也不肯分给他们，而是给了他们一串用斯卡萨的牙齿做成的项链，说：'这样的珠宝可不好弄到，你们的宝库里没有什么比得上它。'有人说，矮人因为这句侮辱，杀了弗拉姆。伊奥希奥德人和矮人之间没有多大好感。

"埃奥尔的父亲名为利奥德，擅长驯服野马，当时领地上有很多这种马。他捉到一匹白色的小马驹，它迅速长成一匹健壮、美丽又骄傲的马，没有人能驯服。利奥德斗胆骑上它后，它就驮着他跑远，最后将他抛下背去。利奥德的头撞上一块石头，就此丧命。那时他只有四十二岁，他的儿子还是个十六岁的少年。

"埃奥尔发誓为父报仇。他追捕了那匹马很久，最后发现了它的踪迹。同伴们以为他会设法靠近到弓箭所及的范围，然后射死它。但一行人靠近后，埃奥尔却长身而起，用洪亮的声音喊道：'你这害人精，到这里来，换个新名！'那匹马望向埃奥尔，居然踱过来停在他面前，令众人惊奇不已。埃奥尔说：'我给你取名费拉罗夫。你热爱自由，这我不怪你；但现在你欠了我一大笔赎杀金，你得把自由交给我，至死方休。'

"接着埃奥尔骑上马背，费拉罗夫服从了。埃奥尔不用辔头嚼子，骑他回家，自此之后都以同样的方式骑这匹马。此马通晓人语，但他只依从埃奥尔，不容旁人来骑。埃奥尔驰往凯勒布兰特原野时，便是骑着费拉罗夫。事实证明，这匹马寿命长如人类，其后代也是如此；它们便是美亚拉斯，除了马克之王和他的儿子们，它们不肯驮任何人，直到捷影的时代。人们说，必定是贝玛（埃尔达称之欧洛米）从大海彼岸的西方带来了它们的祖先。"

"从埃奥尔到希奥顿，马克诸王当中最富传奇色彩的人物是'锤手'海尔姆。他是个力大无比、性情严厉的人。那时，有个人名叫弗雷卡，自称是弗雷亚威奈王的后代，不过他长着黑发，人们说他有相当一部分黑蛮地血统。他变得富有又强大，在阿多恩河[1]两岸都拥有广阔的土地。在阿多恩河源头附近，他给自己建了一座城堡，几乎不理会国王。海尔姆不信任他，但仍召他前来会商；他则随心所欲，偶尔到访。

"一次适逢会商，弗雷卡率众骑马前来，为自己的儿子伍尔夫求娶海尔姆的女儿。但海尔姆说：'你比上次来时发福多了，但我看这多半是肥膘吧。'人们闻言哄笑，因为弗雷卡大腹便便。

"如此一来，弗雷卡暴怒之下大骂了国王，最后说：'老国王们拒绝别人递来的手杖，没准就会双膝跪地。'海尔姆答道：'好啦，你儿子的婚事纯属鸡毛蒜皮，海尔姆和弗雷卡以后再处理这事。这会儿国王和议会有重要事情商量。'

"等会议结束，海尔姆站起身，伸出大手按住弗雷卡的肩膀，说：'国王不允许任何人在王宫中争吵，但出去就自由多了。'他迫使弗雷卡走在自己前面，

1　阿多恩河从埃瑞德宁莱斯山脉以西流出，汇入艾森河。

一直出了埃多拉斯，进了原野。他对跟来的弗雷卡的部下说：'滚！我们要单独谈些私人事务，不用人旁听。去跟我的手下聊聊吧！'他们看看情势，发现国王的部下和朋友人数远远超过对方，只得退开。

"'好，黑蛮地人，'国王说，'你要对付的，只剩了手无寸铁的海尔姆一个。但你已经说得够了，该我说了。弗雷卡，你光长肚子，没长脑子。你不是提到手杖吗？海尔姆要是讨厌那根硬塞过来的邪恶拐杖，就折断它——就像这样！'说着，他一拳揍向弗雷卡，打得弗雷卡仰面倒下，晕了过去，不久之后就死了。

"海尔姆随即正式宣布弗雷卡的儿子和近亲都是国王的敌人，立刻派了许多骑兵前往西边边界；而那些人都逃跑了。"

四年后（2758年），洛汗遭遇大难，刚铎却派不出任何人手援助，因为刚铎遭到三支海盗舰队袭击，沿海地区全线卷入战事。与此同时，洛汗再次遭到来自东方的入侵，黑蛮地人见机也越过艾森河，从艾森加德南下进袭。很快，人们便得知伍尔夫是他们的首领。他们人数众多，因为刚铎的敌人在莱芙努伊河与艾森河的河口登陆，与他们会合。

洛希尔人战败，领土遭到侵占。尚未被杀或被俘的人逃往群山中的山谷。海尔姆损失惨重，从艾森河渡口被击退，在号角堡及其后方的深谷中避难（此地后来得名海尔姆深谷）。他在那里遭到了围困。伍尔夫攻取埃多拉斯，坐拥美杜塞尔德，自封为王。海尔姆之子哈烈斯守卫美杜塞尔德大门，最后一个战死于此。

"不久之后，漫长冬季开始，洛汗积雪将近五个月（2758 年 11 月—2759 年 3 月）。不管洛希尔人还是他们的敌人，都深受寒冷以及接踵而来、持续时间更久的饥荒之苦。在海尔姆深谷，尤尔日之后发生了大饥荒。国王的小儿子哈马出于绝望，不顾国王的意见，带人突围出击；但他们迷失在大雪中。海尔姆由于饥饿和悲伤，变得暴躁又憔悴，光是敌人对他的惧怕，就让他抵得上防守号角堡的许多人手。他会独自外出，全身白衣，如同雪地食人妖一样潜入敌人的营地，徒手杀死许多人。人们相信，他若不带武器，便没有武器能伤到他。黑蛮地人说，他若是找不到食物，就吃人。这个传说在黑蛮地流传了很久。海尔姆有支大号角，很快人们就注意到，他动身出发之前，会吹响号角，声震深谷；于是，敌人闻声丧胆，不是集合起来去俘虏或杀掉他，而是顺着峡谷逃之夭夭。

"一天夜里，人们听到号角吹响，但海尔姆没有归来。早晨有一道阳光照射下来，那是多日以来初次放晴；他们看见有个白色人影仍独自屹立在护墙上，黑蛮地人都不敢靠近。那正是海尔姆，已是气息全无，却丝毫没有屈膝。然而人们说，仍能不时听到号角在深谷中吹响，海尔姆的鬼魂仍会游荡在洛汗的敌人当中，将他们活活吓死。

"不久以后，冬季结束了。接着，海尔姆的姊妹希尔德之子弗雷亚拉夫从许多人避难的黑蛮祠出击，他带着一小群绝望无畏的人，出其不意攻下美杜塞尔德，杀了伍尔夫，收复了埃多拉斯。大雪过后，洪水泛滥，恩特河的河谷变成了一处大沼泽。东方的侵略者或死或退，刚铎也终于从白色山脉东西两侧的路上派来了援兵。到（2759 年）年底以前，黑蛮地人被赶了出去，就连艾森加德也摆脱了他们。然后弗雷亚拉夫成为洛汗之王。

"人们从号角堡抬走了海尔姆，葬在第九座坟丘里。从此之后，**辛贝穆奈**的白花在那里生长得最茂盛，令坟丘好似覆雪。而当弗雷亚拉夫死后，人们重新开设了一行坟丘。"

战争、饥荒、牛马损失，令洛希尔人的人数大大减少。幸运的是，此后多年都没有什么重大危险威胁到他们，因为直到伏尔克威奈王的时代，他们才恢复了之前的元气。

萨茹曼于弗雷亚拉夫加冕之际到场，带来了礼物，并对洛希尔人的英勇大加褒扬。人们都认为他是位令人愉快的宾客。不久，他便在艾森加德定居。这一举动获得了刚铎宰相贝伦的首肯，因为刚铎仍将艾森加德视为本国治下的堡垒，而非洛汗的一部分。贝伦还将欧尔桑克的钥匙交给萨茹曼保管。从来没有敌人能进入那座塔，或伤它分毫。

就这样，萨茹曼开始如人类君主般行事，因为他起初是以宰相副手、高塔守护的身份统治艾森加德的。但弗雷亚拉夫与贝伦一样乐见其成，欣慰地得知艾森加德掌握在一位强大的朋友手中。很长一段时间，萨茹曼表面上都是一位朋友，也许他最初确实是友善的，但后来，人们几无怀疑：萨茹曼前往艾森加德，是冀望找到那颗仍在彼处的真知晶石，并旨在发展他自己的势力。白道会最后一次会商（2953 年）

以后，他针对洛汗的计划毫无疑问是邪恶的，不过他对此秘而不宣。此后他将艾森加德据为己有，开始将其改建为一处守卫森严的恐怖之地，仿若要与巴拉督尔一争高下。他还从刚铎和洛汗的一切仇人中挑选朋友和仆从，不管那是人类，还是其他更邪恶的生物。

马克诸王

第一脉

年份[1]

2485—2545　　**1."年少的"埃奥尔**。他如此得名，是因为他年纪轻轻便继承了父亲的王位，并且到死都还是发色金黄、脸色红润。是卷土重来的东夷缩短了他的寿命：埃奥尔战死在北高原，第一座坟丘因而建起。他的坐骑费拉罗夫也被葬在那里。

2512—2570　　**2.布雷戈**。他将敌人赶出了北高原，洛汗多年都没有再遭到进攻。2569年，他建成了宏伟的美杜塞尔德宫殿。盛宴上，他的儿子巴尔多发誓要走"亡者之路"，然而一去不返。[2]隔年，布雷戈悲恸而死。

2544—2645　　**3."年老的"阿尔多**。他是布雷戈的次子。他之所以得名"年老的"，是因

1　给出的时间以刚铎纪年为准（第三纪元）。连接线前后的时间分别表示生年和卒年。

2　见卷五第87、107页。

为他活到高龄，做了七十五年的国王。在他统治期间，洛希尔人人口增加了，并将艾森河以东尚存的黑蛮地人或是击败，或是逐出了地界。人们开始在祠边谷和其他山中谷地里定居。接下来三代国王都记载寥寥，因为洛汗在此期间和平安定，繁荣强盛。

2570—2659　　**4. 弗雷亚**。阿尔多的长子，也是第四个孩子。他即位时年事已高。

2594—2680　　**5. 弗雷亚威奈**。

2619—2699　　**6. 戈尔德威奈**。

2644—2718　　**7. 狄奥**。他统治期间，黑蛮地人常常在艾森河附近劫掠。2710 年，他们占领了荒废的艾森加德环场，无法赶走。

2668—2741　　**8. 格拉姆**。

2691—2759　　**9. "锤手"海尔姆**。他统治的末期，洛汗因敌人入侵和漫长冬季遭受了重大损失。海尔姆和他的两个儿子哈烈斯和哈马都死了。海尔姆的外甥弗雷亚拉夫继承了王位。

第二脉

2726—2798 　　**10. 弗雷亚拉夫·希尔德森**[1]。在他统治的时期，萨茹曼来到了艾森加德，当时黑蛮地人已被赶出该地。起初，在饥荒与随后的积弱时期，洛希尔人得益于萨茹曼的友谊。

2752—2842 　　**11. 布里塔**。他被族人称为"**利奥法**"[2]，因为他受到所有人的爱戴。他慷慨大方，向一切有需要的人伸出援手。在他统治的时期，他们与被赶出北方、在白色山脉中寻求落脚地的奥克发生了战斗。[3]到他死时，人们以为这些奥克已经被全数消灭，但事实并非如此。

2780—2851 　　**12. 沃尔达**。他只当了九年国王。他率众从黑蛮祠经山路骑马行进时，中了奥克的埋伏，全军覆没。

2804—2864 　　**13. 伏尔卡**。他是一位卓越的猎手，但他发誓，哪怕洛汗有一个奥克尚

1　希尔德森（Hildeson），即"希尔德之子"，构词法类似"汉森"等北欧人名。——译者注

2　利奥法（Léofa），洛汗语，意为"深受爱戴的"。——译者注

3　见附录第54—55页。

存，他都不去追捕野兽。人们找到并摧毁最后一处奥克据点后，他便前去猎取菲瑞恩森林中埃韦霍尔特[1]的大野猪。他杀死了野猪，但被它的獠牙刺伤，因此而死。

2830—2903

14. 伏尔克威奈。他即位时，洛希尔人已经恢复了元气。他收复了曾被黑蛮地人占领的西面边界（位于阿多恩河与艾森河之间）。洛汗在黑暗时期曾得到刚铎的大力援助，因此，当他得知哈拉德人正大举进攻刚铎，便派出众多战士前去援助宰相。他本想亲自领兵出征，但被劝阻，于是他的双胞胎儿子伏尔克雷德和法斯特雷德（生于2858 年）代他前往。他们并肩战死在伊希利恩（2885 年）。刚铎的图林二世为抚恤伏尔克威奈，向他送去了大量金子。

2870—2953

15. 奋格尔。他是伏尔克威奈排行第三的儿子，也是第四个孩子。他声名狼藉，贪吃贪财，与手下元帅和自己的子女都关系紧张。他的第三个孩子，

1　埃韦霍尔特（Everholt），洛汗语，意为"野猪林"。——译者注

也是唯一的儿子森格尔一俟成年便离开了洛汗，在刚铎生活许久，为图尔巩效力并赢得了荣誉。

2905—2980 　**16. 森格尔**。他很晚都未娶妻，不过到了 2943 年，他在刚铎娶了洛斯阿尔那赫的墨玟为妻，尽管她比他年轻十七岁。她在刚铎为他生了三个孩子，其中第二个孩子希奥顿是他唯一的儿子。当奋格尔死去，洛希尔人请森格尔回国，他不情愿地返回了。他家中使用刚铎的语言，并非所有人都认为这是好事，但事实证明，他是位贤明的国王。墨玟在洛汗又为他生了两个女儿，希奥德温年纪最小，也最美丽；然而她出生时（2963 年），森格尔已经很老了。她的兄长希奥顿非常爱她。

森格尔归来不久，萨茹曼便自封艾森加德之王，开始骚扰洛汗，侵犯洛汗的边境，支持洛汗的敌人。

2948—3019 　**17. 希奥顿**。他在洛汗传说中被称为"希奥顿·埃德纽"[1]，因他曾中了萨茹

1　埃德纽（Ednew），洛汗语，意为"重焕活力"。——译者注

曼的法术，日趋衰弱，但被甘道夫治愈，在生命的最后一年奋起，率领族人在号角堡取得胜利，不久后又奔赴佩兰诺平野，参加了第三纪元最大的战役。他在蒙德堡门前战死。他先是在他出生的土地上安息了一段时间，位列故去的刚铎诸王当中，后来被迁回洛汗，葬在埃多拉斯他那一脉的第八座坟丘里。此后，新的一脉开始。

第三脉

2989年，希奥德温嫁给了马克元帅之首、东伏尔德的伊奥蒙德。2991年，她的儿子伊奥梅尔出生；2995年，她的女儿伊奥温出生。那时，索隆已再度崛起，魔多的阴影蔓延到洛汗。奥克开始骚扰东部地区，屠杀或偷窃马匹。还有别的奥克从迷雾山脉下来，许多都是强大的乌鲁克，为萨茹曼效力（但这一点过了很久才有人怀疑）。伊奥蒙德的主要责任便是防守东面边界，而且他珍爱马匹，憎恨奥克。当奥克袭击的消息传来，他常常在盛怒之下骑马前去迎击，行动鲁莽且随从寥寥。结果，他在3002年被杀，当时他追赶一小队奥克直到埃敏穆伊边界，在那里遭到了埋伏在乱石当中的大军突袭。

此后不久，希奥德温便染病而死，这让国王极为悲伤。他将她的子女带回自己家中抚养，唤他们为儿子和女儿。他自己只有一个孩子，便是当时二十四岁的儿子希奥杰德；因为王后埃尔芙希尔德死于难产，希奥顿也没有再娶。伊奥梅尔和伊奥温在埃多拉斯长大，目睹了黑暗阴影降临希奥顿的厅堂。伊奥梅尔酷似已故的父亲；伊奥温则身量苗条修长，拥有来自南方的优雅与骄傲——这继承自洛斯阿尔那赫的墨玟，而洛希尔人称墨玟为"钢泽"。

2991—第四纪元 63（3084）	**伊奥梅尔·埃亚迪格**[1]。他年纪轻轻就成为一位马克元帅（3017 年），接替父亲的职责防守东面边界。在魔戒大战中，希奥杰德在与萨茹曼的战斗中战死在艾森河渡口。因此，希奥顿在佩兰诺平野战死前，指定伊奥梅尔为自己的继承人，称他为王。那一天，伊奥温也赢得盛名，因她乔装骑马，参加了那次战役。此后，她在马克以

1　埃亚迪格（éadig），洛汗语，通常意为"蒙福的"。——译者注

"执盾女士"[1] 著称。

伊奥梅尔成了一位伟大的国王。他从希奥顿那里继承王位时年纪尚轻，因此他统治了六十五年；他之前的历代国王，只有年老的阿尔多在位时间比他更长。在魔戒大战中，他与国王埃莱萨和多阿姆洛斯的伊姆拉希尔结下了友谊；他经常骑马前往刚铎。在第三纪元的最后一年，他娶了伊姆拉希尔之女洛希瑞尔。他们的儿子、俊美的埃尔夫威奈继承了他的王位。

伊奥梅尔统治期间，马克的人类得到了渴望的和平，谷地和平原上的人口都得到了增长，他们的马群也繁衍壮大。国王埃莱萨如今统治着刚铎和阿尔诺；古时王国的全境都奉他为王，只有洛汗例外；他再度将奇瑞

1　"这是因为，她执盾的手臂被巫王用钉头锤击折，但巫王也被打成虚无，因而很久以前格罗芬德尔对国王埃雅努尔所说的话便应验了：巫王不会死于人手（英语中 man 既可解释为'人类'，也可解释为'男人'。——译者注）。据马克的歌谣传唱，伊奥温立下此项功绩时得到了希奥顿侍从的帮助，而这位侍从也不是人类，而是一位来自遥远他乡的半身人，尽管伊奥梅尔在马克予他荣誉，并称他霍尔德威奈。

　　[这位霍尔德威奈不是别人，正是雄鹿地统领——'了不起的梅里阿道克'。]"

安的赠礼给予伊奥梅尔，而伊奥梅尔再度发下了"埃奥尔之誓"，并多次履行誓言。因为索隆虽已被消灭，他挑起的憎恨与邪恶却未平息，西方之王还要征服许多敌人，白树才能得以和平成长。无论国王埃莱萨前往何处征战，伊奥梅尔王都追随在侧。远过鲁恩内海，南至遥远平原，都能听到马克骠骑的如雷蹄声，绿底白马的旗帜飘扬各地，直到伊奥梅尔年迈老去。

第三篇

都林一族

关于矮人的起源，埃尔达和矮人本族都有着奇特的传说；但这些古老传说离我们的时代极其遥远，此处不加赘述。矮人七祖中最年长的一位，矮人称他为都林，他也是所有长须之王的祖先。[1] 他独自沉睡，待得那支种族苏醒的时机到来，便来到阿扎努比扎，在迷雾山脉以东、凯雷德－扎拉姆上方的山洞中定居下来，那里后来便是歌谣中著名的墨瑞亚矿坑。

---

1 见《霍比特人》第 77 页。

他在那里生活的时间极长，竟至以"不死者都林"之名广为人知。然而在远古时代结束之前，他最终还是逝世了，墓地就在卡扎督姆。但他的血脉从未断绝，他的家族当中先后有五位继承人因酷似祖先而得名都林。事实上，矮人认为他就是不断重生的不死者。关于本族以及在世界上的命运，他们有许多奇特的传说和信仰。

　　第一纪元结束之后，卡扎督姆的威势和财富都大大增加了。这是因为，当桑戈洛锥姆崩塌时，蓝色山脉中的古老城邦诺格罗德和贝烈戈斯特遭到毁灭，卡扎督姆得到了众多人口和大量知识技能的补充。整段黑暗年代和索隆统治时期，墨瑞亚的威势都得以延续。尽管埃瑞吉安被毁，墨瑞亚诸门紧闭，但卡扎督姆众多厅堂太深、太坚固，其中的居民人数太多又太英勇，索隆无法从外部征服。因此，尽管卡扎督姆的居民人口开始减少，但它的财富久久不曾遭受劫掠。

　　第三纪元中期，再度成为卡扎督姆之王的已是都林六世。那时，魔苟斯的爪牙——索隆的势力又在世间壮大起来，不过人们还不知道朝墨瑞亚虎视眈眈的林中魔影究竟为何物。一切邪恶之物都蠢蠢欲动。矮人当时挖掘得很深，在巴拉辛巴[1]下寻找秘银，那是无价的金属，正变得一年比一年更难开采到。[2] 就这样，他们惊醒了一个沉睡的恐怖之物[3]——一只魔苟斯的炎魔。它当初逃离了桑戈洛锥姆，自从西方大军到来便隐藏在大地的根基中。都林被它所杀，隔年他的儿子纳因一世也被杀了。随后墨瑞亚的荣光成了往事，它的居民或是被消灭，或是远远逃走。

绝大多数逃走的人都前往北方，纳因一世的儿子瑟莱因一世去了位于黑森林东缘附近的孤山，即埃瑞博山。他在那里开创新的基业，成为山下之王。他在埃瑞博山发现了一颗稀世奇珍，即"大山之心"阿肯宝钻。[4] 但他的儿子梭林一世迁去了更远的北方，到了灰色山脉，此时都林一族的大多数族人都聚集到那里，因为那道山脉矿藏丰富，几乎未经开采。但是，山脉另一边的荒地里有恶龙。许多年后，恶龙重新繁

1　巴拉辛巴（Barazinbar），即红角峰。——译者注
2　见卷二第 206 页。
3　或是将它从监牢中释放出来——它很可能已经被索隆的恶意唤醒了。
4　见《霍比特人》第 309 页。

衍壮大，向矮人发动了进攻，掠夺他们的成果。最后，戴因一世与他的次子弗罗尔都被一条大冷龙[1]杀死在自家厅堂门前。

不久之后，都林一族的绝大多数族人放弃了灰色山脉。戴因之子格罗尔带领许多部下去了铁丘陵。但戴因的继承人瑟罗尔与戴因的弟弟波林一起，领着余下的族人回到了埃瑞博山。瑟罗尔将阿肯宝钻带回了瑟莱因的宏伟大厅，他和他的族人变得富有繁荣，与附近居住的所有人类交好。这是因为，他们不只雕琢奇妙美丽之物，还制造价值连城的武器铠甲；他们与铁丘陵的亲族之间也有大量矿石贸易。因此，生活在凯尔都因河（奔流河）和卡尔能河（红水河）之间的北方人类强盛起来，赶走了来自东方的所有敌人。而矮人人数众多，在埃瑞博山的厅堂里欢宴歌唱。[2]

于是，关于埃瑞博财富的传说广泛流传，传到了恶龙耳中。最后，在毫无预警的情况下，当时最大的一条恶龙"金龙"斯毛格出动，前去进攻瑟罗尔王，喷吐着火焰扑向孤山。没过多久，整个王国便毁灭了，

1　冷龙（cold-drake），一种不能喷火的恶龙。——译者注
2　见《霍比特人》第 34 页。

附近的河谷城破败荒废，而斯毛格进入宏伟大厅，以金子为床，高卧在上。

瑟罗尔的亲族有许多人逃过了浩劫和大火，最后瑟罗尔本人和他儿子瑟莱因二世通过一道密门逃出了厅堂。他们带着家人[1]向南逃远，开始了漫长又居无定所的流浪生涯。有一小批亲族和忠诚部下仍然追随他们。

多年之后，瑟罗尔变得老迈、贫穷又绝望，他把自己依然拥有的一项至宝交给了儿子瑟莱因，那便是七戒中的最后一枚。接着他只带着一个老伙伴纳尔出走了。他与瑟莱因分别时，是这么说到那枚魔戒的：

"虽然看来可能性不大，但或许将来，它能成为你拥有新财富的基础。不过，唯有金子能生出金子。"

"你该不是想回埃瑞博吧？"瑟莱因问。

"不，我都这么大岁数了。"瑟罗尔说，"向斯毛格复仇这件事，我就交给你和你的儿子们了。但我厌

1　这些人中包括瑟莱因二世的子女：梭林（橡木盾）、弗雷林和狄丝。按照矮人的标准，梭林那时还是个少年。后来人们得知，从孤山逃出来的矮人数量，实际上比他们起初期望的更多，但这些人绝大多数都去了铁丘陵。

倦了穷困潦倒，遭人白眼。我要去看看能找到什么。"他没说要去哪里。

或许是衰老、不幸和长期回忆祖先时代墨瑞亚的辉煌，令瑟罗尔变得有些疯狂。抑或还有可能是，此时魔戒的主人苏醒，让它转向邪恶，促使他做下蠢事，终至送命。瑟罗尔带着纳尔，从当时生活的黑蛮地向北走，越过红角口，然后下山来到了阿扎努比扎。

瑟罗尔来到墨瑞亚时，大门是敞开的。纳尔恳求他当心，但他不予理会，而是骄傲地走了进去，犹如一位回归王国的继承人。但他没有回来。纳尔在附近藏了许多天。一天，他听到一声大喊，接着号角声响，一具尸体被抛出来丢在台阶上。他担心那是瑟罗尔，便开始悄悄爬近，但大门中传出了一个声音：

"过来啊，胡子佬！我们看得见你。今天你没啥可害怕的，我们要用你传信呐！"

纳尔闻言走近，发现那果真是瑟罗尔的尸体，但尸身的头已被切断，脸朝下放着。他跪在那里，听见奥克正在阴影中大笑，那个声音说：

"叫花子要是不在门口等，而是鬼鬼祟祟进来偷鸡摸狗，我们就这么处置他！你们那一窝，谁要再敢把恶心胡子戳进来，下场也都一样！滚吧，就这么告诉他们！不过，他家要是想知道现在谁是这里的大王，那名字就写在他脸上。字是我写的！人是我杀的！这里我才是老大！"

纳尔把瑟罗尔的头翻过来，看见他额上刻的是矮人的如尼文，于是他拼出了"阿佐格"。那个名字铭刻在他心头，后来也铭刻在所有矮人心中。纳尔弯腰捡起了瑟罗尔的头，但阿佐格[1]的声音说：

"放下，滚蛋！胡子佬叫花子，这是你的报酬。"一个小包裹抛到了他身上，里面只有几个不值钱的硬币。

纳尔一路痛哭，沿银脉河逃走了。但他回头看了一次，只见一群奥克从大门出来，正在剁碎尸体，将碎块丢给黑乌鸦吃。

纳尔回去后，把全部经过讲给瑟莱因听。瑟莱因扯须痛哭之后，便沉默下来。他足足坐了七天，一言未发。然后他站起身，说："这决不能容忍！"矮人与奥克之战，就此拉开了序幕。这场战争旷日持久、

1　阿佐格是波尔格的父亲，见《霍比特人》第 36 页。

残忍血腥，战场大多是在地下幽深之处。

瑟莱因立即派使者将消息传到了北方、东方和西方，但矮人花了三年时间，才集结起力量。都林一族召聚了全部军力，他们也得到了其他先祖家族派来的大军相助。因为这个侮辱针对的是本族最年长一脉的继承人，这令他们怒火满腔。等一切准备就绪，他们便竭尽全力，将贡达巴德山到金鸢尾沼地之间所有能找到的奥克要塞，一处接一处攻占拔除。战斗双方都冷酷无情，日日夜夜都有死亡与残忍行径发生。但矮人靠着他们的力量、无匹的武器和愤怒之火赢得了胜利，他们在山下每一处巢穴中搜捕阿佐格。

最后，从他们阵前逃离的所有奥克都聚集到墨瑞亚，而追击的矮人大军到了阿扎努比扎。那是一处大河谷，位于环抱凯雷德－扎拉姆湖的山脉中间，古时曾是卡扎督姆王国的一部分。矮人一见山坡上本族古老城邦的大门，便齐齐发出一声大吼，如同炸雷滚过山谷。然而大队敌人已经在上方的山坡上摆开阵势，大批奥克更是从各道大门中蜂拥而出，这是阿佐格留下以备最后一搏的兵力。

起初，形势对矮人不利。因为这是一个不见阳光的阴沉冬日，奥克没有动摇退让，他们的人数比矮人更多，还占据了高处。阿扎努比扎（精灵语中称为南都希瑞安）之战就这样打响了，日后回想此役，奥克仍会颤抖，矮人则会落泪。瑟莱因率领前锋发起的首轮攻击被击退，他们损失惨重，瑟莱因被逼入一片当时离凯雷德－扎拉姆还不远的大树林中。他的儿子弗雷林和亲族芬丁，以及许多人都在那里战死，瑟莱因和梭林都负了伤。[1] 别处，战斗陷入拉锯状态，造成了大量伤亡，直到最后铁丘陵的矮人到来，扭转了那天的战局。格罗尔之子纳因来迟了，他率领身披锁甲的生力军杀进奥克阵中，直逼墨瑞亚的门槛，一边用鹤嘴锄砍倒所有挡路的敌人，一边高呼："阿佐格！阿佐格！"

接着纳因站到了大门前，以洪亮的嗓音喊道："阿佐格！你要是在里边，就给我出来！还是你觉得，山谷里这出戏太狠了？"

阿佐格闻声而出，他是个体形庞大的奥克，硕大的头上戴着铁盔，却敏捷又强壮。跟他一起出来的还有一众奥克，都如他一般，这些是他的卫兵。当他们

1　"据说，梭林的盾牌被劈裂了，于是他将盾抛在一边，用战斧砍下一根橡木枝，拿在左手中抵挡敌人的攻击，间或当作棍棒挥舞击敌。他因此得名'橡木盾'。"

与纳因的同伴交手时，阿佐格转向纳因，说：

"怎么，我门口又来了个叫花子？我是不是也得给你刺个字？"话音未落，他便向纳因冲去，双方战在一处。但是纳因被怒火激得几乎盲目，又因方才鏖战而十分疲惫，而阿佐格却是好整以暇、凶恶狡猾。很快，纳因集结起全身仅剩的力气向阿佐格发出沉重一击，但阿佐格闪到一旁，踢了纳因的腿。鹤嘴锄打在阿佐格原来所站之处的岩石上，崩成碎片，纳因则向前绊倒。阿佐格随即迅疾一击，砍中了他的脖子。纳因的铠甲护颈挡住了锋刃，但那一击极其沉重，折断了纳因的脖颈，他倒下了。

阿佐格见状大笑，抬起头发出一声胜利的大吼，但喊声哽在了喉中。他看见谷地中己方的军队全都大败，矮人横行，肆意杀敌，而那些得以脱身的奥克正飞逃向南，边跑边不停尖叫，他的卫队也几近全军覆没。他转身就向大门逃去。

有个拿红斧的矮人追在他身后，也跃上了台阶；那便是纳因之子，"铁足"戴因。就在门前，戴因追上了阿佐格，杀死了他，砍下了他的头。这被尊为壮举，因为按照矮人的标准，戴因当时只不过是个毛头小子。不过他将长寿，还将面对许多战斗，直至年迈仍不屈服，最终牺牲在魔戒大战中。此时他尽管坚韧又满腔怒火，但据说他从大门前下来时面色灰败，如同受了极大惊吓。

等战斗最后胜利，还活着的矮人在阿扎努比扎集结起来。他们取了阿佐格的头，把那个装零钱的钱包塞进它口中，然后将它插上了一根桩子。但那夜没有盛宴也没有歌谣，因为他们死者无数，悲痛无比。据说，只有近半数的矮人还能站立，或有希望康复。

但在早上，瑟莱因站到了他们面前。他的一只眼睛彻底瞎了，腿也受了伤，无法行走。但他说："好，我们胜利了！卡扎督姆是我们的了！"

然而众矮人答道："你固然是都林的继承人，但即便只用一只眼睛，你也该看得更清楚。我们为复仇打了这场战争，而我们也已成功复仇，但这并不美好。倘若这是胜利，那我们实力不济，领受不起。"

而那些并非都林一族的矮人也说："卡扎督姆不是我们先祖的家园。若是没有希望找到财富，它对我们来说有什么意义？现在，如果我们必须离开，又拿不到应得的奖赏和抚恤，那我们越快回到自己的家乡，就会越高兴。"

瑟莱因见状转向戴因，说："但我自己的亲族肯定不会抛弃我吧？""不会，"戴因说，"你是我们一族的宗父，我们已为你流过血，还会再为你这样做。但我们不会进入卡扎督姆，你也不会进入卡扎督姆。只有我曾望进大门的阴影。阴影后方，都林的克星仍然在等着你。世界必须改变，某种并非属于我们的力量必定来临，之后都林一族才能再度在墨瑞亚行走。"

于是，阿扎努比扎之战后，矮人又分散开来。但他们走前先费了很大力气将己方所有死者的装备都收拾起来，这样奥克就得不到这里的大量武器和铠甲。据说，每个从战场上离开的矮人都背负沉重，以至于弯腰驼背。接着他们堆起许多火葬柴堆，烧掉了所有亲族的尸体。谷地中的树被大量伐倒，此后那里一直寸草不生，而罗瑞恩的居民目睹了燃烧的浓烟。[1]

---

1 "矮人认为，这样处理亡者的尸体是件十分不幸的事，有悖本族习俗。但是，若是按照风俗修建坟墓（他们只肯把亡者葬入岩石，而非土地），将花费多年时间。因此，他们将自己的亲族付之一炬，不肯留给鸟兽和吃死人的奥克糟蹋。但那些战死在阿扎努比扎的矮人都被载誉铭记，直至今日，一个矮人仍会自豪地这样描述先祖：'他是个被火化的矮人。'而这胜过千言万语。"

等熊熊大火熄灭成灰烬，矮人盟军各自回归家乡，铁足戴因也带领父亲的族人回了铁丘陵。这时，瑟莱因站在那根大桩旁，对梭林·橡木盾说："有人会认为，为这个脑袋付出的代价太昂贵了！为了它，我们给出的至少也是自己的王国。你是跟我回去打铁，还是去寄人篱下，求人施舍？"

"去打铁。"梭林答道，"至少，挥动铁锤可以让双臂保持强壮，直到能再度挥动更锋利的工具。"

就这样，瑟莱因和梭林带领残部（其中包括巴林和格罗因）回了黑蛮地，此后不久他们便迁走了，在埃利阿多流浪，最后在路恩河对岸的埃瑞德路因山脉东侧建立了流亡家园。那段时间，他们铸造的大多是铁器，但他们又兴旺起来，人数也缓慢增加了。[1]但是，就如瑟罗尔所说，魔戒需要金子养才能生出金子，而不管金子还是别的珍贵金属，他们都几乎没有。

关于这枚戒指，此处要做些交代。都林一族的矮人认为，它是七戒中最早铸成的一枚。他们说，

---

1 他们的女性非常少。瑟莱因之女狄丝住在那里。她是菲力和奇力的母亲，他俩都生在埃瑞德路因。梭林没有娶妻。

它不是索隆给的，而是精灵巧匠亲自赠予卡扎督姆之王都林三世的。然而索隆协助铸造了全部七戒，他的邪恶力量无疑存于其中。但魔戒的拥有者既不展示也不提起戒指，他们不到临死很少交出它，因此旁人不确知它被交付给了何人。有人认为，它还留在卡扎督姆，如果诸王的秘密陵墓还没被发现、未遭洗劫的话，它就藏在那里。但都林继承人的亲族（错误地）认为，瑟罗尔鲁莽地回归墨瑞亚时戴着它。他们不知道此后它下落如何。阿佐格的尸体上没有发现这枚戒指。[1]

然而，矮人如今认为，索隆很可能凭借巫术发现了谁拥有那最后一枚自由的魔戒，而针对诸位都林继承人的不幸主要是拜他的恶意所赐。因为事实证明，矮人无法被这种方法驯服。魔戒能对他们施加的唯一影响，是唤起他们心中对金子和珍贵之物的贪婪之火，如此一来，若是没有这些财宝，其余一切美善之物在他们眼中都将无用，他们会满心怒火，渴望向所有夺走财宝之人复仇。但他们起初就被塑造成一支最能顽强抵御统治的种族。他们虽然可以被杀死、被打

1　见卷二第 106 页。

垮，但无法被削弱成为受另一个意志奴役的幽影。也由于同样的原因，他们的寿命不受任何魔戒影响，既不会因它长寿，也不会因它短命。这让索隆愈发憎恨那些拥有魔戒的矮人，并渴望将其夺走。

因此，或许这一定程度上要归咎于魔戒的恶意：数年后，瑟莱因变得烦躁不安，心中不满。他满心都是对金子的贪欲。终于，他再也无法忍受，便将心思又转向了埃瑞博山，决心回到那里去。他没对梭林提起自己心中的打算，但他与巴林、杜瓦林和其他一些人一同动身，道别后便离开了。

此后他的经历，人们所知寥寥。现在看来，他领着为数不多的同伴刚刚出境，便遭到了索隆的使者追捕。恶狼追逐他，奥克伏击他，邪恶的鸟儿在他的路上盘旋。他越是挣扎着向北前行，就越是遭到种种不幸的阻挠。一天黑夜，他和同伴们在安都因河对岸的土地上游荡，一场阴雨把他们赶到了黑森林边缘躲避。早晨，他从营地失踪了，他的同伴们呼唤他，却是徒劳。他们搜寻了他许多天，终至绝望，便离开那里，回到了梭林处。很久之后，人们才得知，瑟莱因被活捉，随后被押往多古尔都的地牢。他在那里遭受折磨，魔戒也被夺走，最后他死在了那里。

就这样，梭林·橡木盾成为都林的继承人，但这位继承人却是绝望的。瑟莱因失踪时，梭林九十五岁，是位行止自傲的伟大矮人，但他似乎安于留在埃利阿多。他在那里长期劳作，从事贸易，尽力赚取财富。许多流浪的都林一族子民听闻他住在西部地区，都前来投奔，他的族人人口因而增长了。如今，他们在群山中拥有精美的殿堂和大量货物，生活似乎不那么拮据了，尽管他们在歌谣里总是唱到遥远的孤山。

岁月流逝，梭林念念不忘自家仇怨和他继承的向恶龙复仇的责任，心中的余烬再度熊熊燃烧。当他在锻造间里挥舞大锤，他想到了武器、军队和联盟；但军队已四散，联盟也已破裂，族人的斧子更是所剩寥寥。他锤打着铁砧上的红热铁块，饱受那股绝望怒火的煎熬。

但是最后，甘道夫与梭林的一次偶然相遇，彻底改变了都林家族的命运，此外还导致了其他更重大的结果。一天[1]，梭林旅行归来，回到西部，在布理投宿

---

1 2941 年 3 月 15 日。

一晚。甘道夫也在那里，正要去夏尔，他已经有二十多年没去拜访那里了。他很疲惫，想在那里暂作休整。

他忧心诸多事务，而此时北方的危险局势尤其令他困扰，因为他那时已经知道，索隆正谋划开战，一旦觉得力量足够，便打算进攻幽谷。然而，要抵抗任何来自东方、重夺安格玛之地和群山北部隘口的企图，如今只有依靠铁丘陵的矮人，但在他们背后，却是恶龙造就的不毛之地。索隆可能会利用恶龙造成恐怖的影响。那么，怎样才能成功除掉斯毛格？

就在甘道夫坐着斟酌此事时，梭林来到了他面前，说："甘道夫大人，我跟你只是一面之交，但我现在很乐意与你谈谈。因为我近来经常想起你，就像我奉命要找到你一样。事实上，要是过去知道能在哪里找到你，我早就这么做了。"

甘道夫惊奇地看着他，说："梭林·橡木盾，这可真奇怪——我也想起了你。虽说我正要去夏尔，但我心里想着，那也是通往你家殿堂的路。"

"你说那是殿堂也罢，"梭林说，"不过那只是流亡时的寒酸住处而已。但你若愿来，就会受到欢迎。因为他们说，你很有智慧，比任何人都更了解世间发生的一切，而我心中考虑着许多事，希望征询你的建议。"

"我会去的。"甘道夫说,"因为我猜,我们至少有一项麻烦是共同的。我正担心埃瑞博山的恶龙,而我认为,瑟罗尔的孙子也不会忘记它。"

别处记载了那场相遇之后发生的一切:甘道夫为帮助梭林制订了奇特的计划,梭林和他的同伴们是如何从夏尔出发,前往孤山探险,而这又引向了意料之外的伟大结局。此处只说那些直接关系到都林一族的故事。

恶龙为埃斯加洛斯的巴德所杀,但河谷城也发生了战斗。奥克一听说矮人归来,便来到埃瑞博山,他们的首领是波尔格,他是戴因年轻时所杀的阿佐格的儿子。在第一次河谷之战中,梭林·橡木盾受了致命伤,他死后被葬在孤山下的陵墓里,阿肯宝钻就安置在他胸口。他的外甥菲力和奇力也战死在那里。但从铁丘陵赶来相助的铁足戴因是梭林的堂弟,也是他的正统继承人,他成了山下之王戴因二世,山下王国复兴,正如甘道夫所愿。事实证明,戴因是位伟大睿智的王,在他统治的时期,矮人繁荣兴旺,重新强盛起来。

同年(2941 年)夏末,甘道夫终于说服萨茹曼和白道会进攻多古尔都。索隆退却，前往魔多，他认为该地不受一切敌人侵扰。因此，当魔戒大战最终打响，索隆的主要攻势改往南方。然而即便如此，倘若不是戴因王和布兰德王挺身阻挡，索隆本来也可以凭借伸长的右手在北方造成莫大破坏。这正如甘道夫后来对弗罗多和吉姆利所说，当时他们一起在米那斯提力斯暂住，不久之前，有关远方事件的消息刚刚传到了刚铎。

"梭林之死让我悲伤，"甘道夫说，"而现在我们听说，我们在此地奋战的同时，戴因又一次在河谷战斗，也牺牲了。我本会说这是个沉重的损失，但这其实更应称为奇迹：他如此高龄，仍能如传言中所说的那样有力地挥动战斧，屹立在埃瑞博大门前，护住布兰德王的尸体，直到黑暗降临。

"然而情况本来可能大相径庭，也大为恶化。当你想到伟大的佩兰诺之战时，别忘了河谷之战和都林一族的英勇。想想本来会出什么事吧！埃利阿多惨遭龙焰烧灼，野蛮之剑在那里扫荡！幽谷陷落，刚铎可能失去王后！当我们现在凯旋，本来可能只面对那里的断壁残垣。但那一切都得以幸免，因为冬春之交的傍晚，我在布理遇到了梭林·橡木盾；按照中洲的说法，这是萍水相逢。"

狄丝是瑟莱因二世的女儿。她是这段时期唯一留名青史的女矮人。据吉姆利说，女矮人人数很少，很可能不超过整支民族人数的三分之一。若非事态紧急，她们很少外出；她们的嗓音、外貌，乃至服饰（如果必须上路旅行）都与男矮人极其相似，其他种族只靠看与听无法把二者区分开来。这导致人类当中形成了这样的荒谬看法：不存在女矮人，矮人都是"石头里长出来的"。

由于女矮人的人数很少，矮人一族的人口增长缓慢，在没有安全住所时，便会面临危机。因为矮人一生只婚配一次，而且他们在所有事关权利的问题上都十分嫉妒。成婚的男矮人实际上不超过三分之一。这是因为，不是所有的女矮人都成婚——有些不想嫁人；有些想嫁给自己得不到的人，因而终身不嫁。而相当多的男矮人沉湎于手工技艺，不想结婚。

格罗因之子吉姆利是护送至尊戒出发的"九行者"之一，他因而扬名。整场魔戒大战当中，他都未离国王埃莱萨左右。由于他与精灵王瑟兰杜伊之子莱戈拉斯结下了深厚情谊，又因他对加拉德瑞尔夫人心怀敬意，他被称为"精灵之友"。

索隆覆灭之后，吉姆利带着一部分埃瑞博山的矮人去了南方，他成为晶辉洞之王。他和他的族人在刚铎和洛汗做了出色的工作。他们为米那斯提力斯用**秘银**与钢铸造了大门，替换那些被巫王击破的门。他的朋友莱戈拉斯也将大绿林的精灵带来了南方，他们居住在伊希利恩，那片乡野再度成为西部所有土地中最美的一处。

但当国王埃莱萨放弃生命辞世，莱戈拉斯终于依从内心的渴望，渡海而去。

1999	埃瑞博山下王国建立。
2589	戴因一世被恶龙杀害。
2590	回归埃瑞博山。
2770	埃瑞博山遭到洗劫。
2790	瑟罗尔被谋害。
2790—2793	矮人集合军队。
2793—2799	矮人与奥克之战。
2799	南都希瑞安之战。
2841	瑟莱因开始流浪。

2850	瑟莱因身死，其魔戒失落。
2941	五军之战，梭林二世身死。
2989	巴林前往墨瑞亚。

　　下页表中以＊符号标记的名字无论流亡与否，都曾被都林一族尊为国王。至于梭林·橡木盾前往埃瑞博山时的其他同伴，欧瑞、诺瑞、多瑞也是出身都林家族，其余则是梭林更远的亲戚：比弗、波弗和邦伯都是墨瑞亚矮人的后代，但不是出身都林一系。†符号的含义，同本附录开篇的说明。

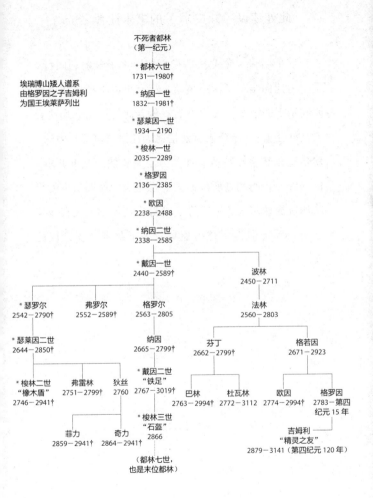

不死者都林
（第一纪元）

↓

* 都林六世
1731—1980†

↓

* 纳因一世
1832—1981†

↓

* 瑟莱因一世
1934—2190

↓

* 梭林一世
2035—2289

↓

* 格罗因
2136—2385

↓

* 欧因
2238—2488

↓

* 纳因二世
2338—2585

↓

埃瑞博山矮人谱系
由格罗因之子吉姆利
为国王埃莱萨列出

* 戴因一世   波林
2440—2589†   2450—2711

* 瑟罗尔   弗罗尔   格罗尔   法林
2542—2790† 2552—2589† 2563—2805   2560—2803

* 瑟莱因二世   纳因   芬丁   格若因
2644—2850†   2665—2799†   2662—2799†   2671—2923

* 梭林二世   弗雷林   狄丝   * 戴因二世   巴林   杜瓦林   欧因   格罗因
"橡木盾"   2751—2799† 2760   "铁足"   2763—2994† 2772—3112 2774—2994† 2783—第四
2746—2941†   2767—3019†   纪元 15 年

菲力   奇力   * 梭林三世   吉姆利
2859—2941† 2864—2941† "石盔"   "精灵之友"
            2866   2879—3141（第四纪元 120 年）

（都林七世，
也是末位都林）

此处续以《红皮书》的书末注释之一

我们听说：莱戈拉斯携格罗因之子吉姆利同行，是因为他们结下了深厚情谊——有史以来精灵和矮人之间结下的情谊，无出其右。倘若此言不虚，那这着实是件怪事：一个矮人竟然情愿为任何情谊离开中洲，埃尔达竟然会接纳他，而西方主宰竟然会允准此事。但据说，吉姆利之所以离去，也是因为他渴望再度目睹加拉德瑞尔之美；或许，她身为埃尔达中大有地位之人，为他取得了这份恩典。关于此事，议论仅此而已。

THE TALE OF YEARS
(CHRONOLOGY OF THE WESTLANDS)

附录二

编年史略
（西部地区的编年史）

第一纪元以"大决战"告终，是役维林诺大军攻陷桑戈洛锥姆，[1]推翻了魔苟斯。此后绝大多数诺多精灵返回了极西之地[2]，居住在能够望见维林诺的埃瑞西亚岛上，很多辛达精灵也渡海而去。

第二纪元以首次推翻魔苟斯的爪牙索隆，夺取至尊

1　见卷二第 51 页。
2　见卷三第 395 页，以及《霍比特人》第 226 页。

戒告终。

第三纪元随魔戒大战结束而告终，但直到埃尔隆德大人离去，**第四纪元**才被视为开始。人类的统治从此来临，中洲一切其他"能言种族"自此衰落。[1]

在第四纪元，先前的纪元常被称为"远古时代"，但该名称其实只适用于逐出魔苟斯之前的年代。彼时的历史，本书中没有记载。

第二纪元

这段时期对中洲的人类来说是黑暗年代，但对努门诺尔来说则是辉煌年代。中洲种种事件的相应记录稀少而又简略，日期也常不明确。

在这个纪元伊始，许多高等精灵仍留在中洲。他们多数居住在埃瑞德路因山脉以西的林顿，但在巴拉督尔建成之前，许多辛达精灵向东迁移，有些在遥远的森林中建立了王国，那里他们的子民主要是西尔凡精灵。大绿林北方的精灵王瑟兰杜伊便是这些辛达精灵之一。

---

1 见卷六第 157 页。

在林顿，吉尔－加拉德居住在路恩河以北，他是流亡诺多诸王的最后一位继承人，并被奉为西方精灵的至高王。同样在林顿，辛葛的亲族凯勒博恩曾有一段时间居住在路恩河以南。凯勒博恩的妻子加拉德瑞尔是最伟大的精灵女子。她是芬罗德·费拉贡德的妹妹，而芬罗德是人类之友，曾是纳国斯隆德之王，他为拯救巴拉希尔之子贝伦献出了生命。

后来，一些诺多精灵前往埃瑞吉安，该地位于迷雾山脉以西，临近墨瑞亚西门。这是因为，他们得知墨瑞亚发现了**秘银**。[1]诺多精灵是能工巧匠，他们对矮人的态度不像辛达精灵那样不友善。不过，都林一族与埃瑞吉安的精灵工匠之间发展出的友谊，是两支种族之间有史以来最亲密的。凯勒布林博是埃瑞吉安之主，也是此地最伟大的工匠。他是费艾诺的后裔。

年份

1	灰港以及林顿建立。
32	伊甸人抵达努门诺尔。
约 40	许多矮人离开他们位于埃瑞德路因山

1　见卷二第 206 页。

	脉中的古老城邦，前往墨瑞亚，该地人口增长。
442	埃尔洛斯·塔尔－明雅图尔逝世。
约 500	索隆在中洲再度蠢蠢欲动。
521	熙尔玛莉恩在努门诺尔出生。
600	努门诺尔的首批航船出现在海岸边。
750	诺多精灵建立埃瑞吉安。
约 1000	索隆察觉努门诺尔的威势正在增长，于是选择魔多作为根据地，将其化为要塞重地。他开始修建巴拉督尔。
1075	塔尔－安卡理梅成为努门诺尔首位执政女王。
1200	索隆竭力诱惑埃尔达。吉尔－加拉德拒绝与他打交道；埃瑞吉安的能工巧匠却信服了他。努门诺尔人开始建造永久港口。
约 1500	精灵工匠受索隆指导，技艺达到巅峰。他们开始铸造力量之戒。
约 1590	三戒在埃瑞吉安铸成。
约 1600	索隆在欧洛朱因铸造了至尊戒。他建成了巴拉督尔。凯勒布林博察觉了索隆的计划。
1693	精灵与索隆之战开始。三戒被隐藏。
1695	索隆的大军侵入埃利阿多。吉尔－加

	拉德派埃尔隆德前往埃瑞吉安。
1697	埃瑞吉安沦为废墟。凯勒布林博死于非命。墨瑞亚诸门关闭。埃尔隆德带领残存的诺多精灵撤退，建立了避难所伊姆拉缀斯。
1699	索隆侵占埃利阿多。
1700	塔尔－米那斯提尔从努门诺尔派出一支庞大舰队前往林顿。索隆被击败。
1701	索隆被逐出埃利阿多。西部地区获得了长期的安定和平。
约 1800	约此时起，努门诺尔人开始在海滨确立统治权。索隆将势力向东扩展。魔影降临努门诺尔。
2251	塔尔－阿塔那米尔死亡。塔尔－安卡理蒙登基。努门诺尔人的叛乱和分裂开始。约在此时，九戒的奴隶那兹古尔（戒灵）首度出现。
2280	乌姆巴尔成为努门诺尔的大要塞。
2350	佩拉基尔落成。它成为忠贞派努门诺尔人的主要海港。
2899	阿尔－阿督那霍尔登基。
3175	塔尔－帕蓝提尔痛悔前非。努门诺尔发生内战。
3255	黄金之王阿尔－法拉宗夺取王权登基。

3261	阿尔－法拉宗出海远航，在乌姆巴尔登陆。
3262	索隆作为阶下囚，被带回努门诺尔。3262—3310年期间，索隆蛊惑国王，引诱努门诺尔人堕落。
3310	阿尔－法拉宗开始组建无敌舰队。
3319	阿尔－法拉宗进攻维林诺。努门诺尔沦亡。埃兰迪尔偕同两个儿子逃脱。
3320	努门诺尔人建立两个流亡王国——阿尔诺和刚铎。七晶石被分开。[1] 索隆返回魔多。
3429	索隆进攻刚铎，攻下米那斯伊希尔，烧毁白树。伊熙尔杜沿着安都因河南下逃脱，投奔了北方的埃兰迪尔。阿纳瑞安守住了米那斯阿诺尔和欧斯吉利亚斯。
3430	精灵与人类的最后联盟建立。
3431	吉尔－加拉德和埃兰迪尔向东行军，来到伊姆拉缀斯。
3434	联盟大军越过迷雾山脉。达戈拉德之战发生，索隆被击败。巴拉督尔围城战开始。

---

1 见卷三第397页。

3440　　　　　　阿纳瑞安被杀。

3441　　　　　　埃兰迪尔和吉尔－加拉德联手推翻索
　　　　　　　　隆，二人为此牺牲。伊熙尔杜将至尊戒
　　　　　　　　据为己有。索隆销声匿迹，戒灵没入阴
　　　　　　　　影。第二纪元结束。

第三纪元

这段时期是埃尔达衰落隐没的年代。当索隆蛰伏，至尊戒下落不明，埃尔达掌握精灵三戒，长时间得享和平；但他们不曾尝试革新，只活在对过去的追忆中。矮人藏身于幽深之处，看守着宝藏；但当邪恶再度蠢蠢欲动，恶龙重新现世，他们的古老宝藏一处接一处遭到洗劫，他们也沦为一支流浪民族。墨瑞亚很长一段时间都还安全，但人口渐渐减少，许多宏伟的厅堂都变得黑暗空荡。努门诺尔人与寻常人类通婚，他们的智慧随之消减，寿命也缩短了。

大约一千年过去，首片魔影降临在大绿林，此时中洲出现了**伊斯塔尔**[1]，或称巫师。后来据说，他们来自极西之地，是被派来对抗索隆的势力，将所有决心抵抗他的人团结起来的使者。但他们不得以力抗力，也不能寻求以强权和恐怖来统治精灵与人类。

1　昆雅语，意思是"有智慧者"，原文 Istar，复数 Istari。——译者注

因此，他们以人类的样貌来到，然而他们从不年轻，衰老也极为缓慢，拥有多种理论与实践的力量。他们对人几乎不提自己的真名，[1]而是使用别人对他们的称呼。这一族类（据说共有五位）当中地位最高的两位被埃尔达称为"身怀巧艺者"库茹尼尔和"灰袍漫游者"米斯兰迪尔，但北方的人类称他们为萨茹曼和甘道夫。库茹尼尔常常去东方旅行，但最终定居在艾森加德。米斯兰迪尔与埃尔达的友谊最亲密，他主要在西部地区漫游，从未给自己选定任何长久住所。

整个第三纪元当中，精灵三戒的守护者为谁，都只有它们的拥有者知晓。但在第三纪元末，人们得知这三枚戒指最初由埃尔达中最伟大的三位持有，他们是吉尔－加拉德、加拉德瑞尔和奇尔丹。吉尔－加拉德在牺牲前，将自己的戒指交付埃尔隆德。奇尔丹后来将自己的戒指交托米斯兰迪尔，因为他是中洲最有远见之人，他在灰港迎接米斯兰迪尔，知道他来自何方，又将归回何处。

"大人，请收下这枚戒指。"他说，"你将辛苦操劳，而它将支持你，化解你所承担的疲惫。因这是

1　见卷四第 148 页。

火之戒，或许在这个逐渐冷漠的世界里，你能用它重新点燃人们的心。至于我，我的心紧系大海，我将住在这片灰色的海滨，直到最后一艘船启航。我将候你到来。"

年份

2   伊熙尔杜在米那斯阿诺尔种下白树的
       一棵小树苗。他将南方王国交给美
       尼尔迪尔统治。金鸢尾沼地惨祸发
       生，伊熙尔杜连同他三个年长的儿子
       被杀。

3   欧赫塔将纳熙尔剑的碎片送到伊姆拉
       缀斯。

10   维蓝迪尔成为阿尔诺之王。

109   埃尔隆德娶了凯勒博恩之女凯勒布
       莉安。

130   埃尔隆德的两个儿子埃尔拉丹和埃洛
       希尔出生。

241   阿尔玟·乌多米尔出生。

420   国王欧斯托赫尔重建米那斯阿诺尔。

490   东夷首度发动侵略。

500   罗门达奇尔一世击败东夷。

541   罗门达奇尔战死。

830   刚铎的船王一脉自法拉斯图尔而始。

861   埃雅仁都尔逝世，阿尔诺分裂。

933   国王埃雅尼尔一世攻取乌姆巴尔，将
       其改为刚铎的要塞。

936   埃雅尼尔葬身大海。

1015   国王奇尔扬迪尔在乌姆巴尔攻城战中

被杀。

1050	哈尔门达奇尔征服哈拉德。刚铎的威势达到巅峰。约在此时，魔影降临大绿林，人类开始称其为黑森林。历史记录中首次提到佩瑞安族，记载了毛脚族来到埃利阿多一事。
约1100	智者（伊斯塔尔与埃尔达的首脑人物）发现一股邪恶力量占据多古尔都作为要塞，以为那是那兹古尔之一。
1149	阿塔那塔·阿尔卡林的统治开始。
约1150	白肤族进入埃利阿多。壮躯族越过红角口，迁到河角地或黑蛮地。
约1300	邪恶之物再度开始增殖。奥克在迷雾山脉中势力壮大，攻击矮人。那兹古尔重新现身，其首领北上来到安格玛。佩瑞安族向西迁移，其中许多定居在布理。
1356	国王阿盖勒布一世在与鲁道尔的战争中战死。约在此时，壮躯族离开河角地，其中一部分人返回了大荒野。
1409	安格玛巫王侵略阿尔诺。国王阿维烈格一世被杀。佛诺斯特与提殒戈沙德得以守住。阿蒙苏尔之塔被毁。
1432	刚铎之王维拉卡逝世，亲族争斗的内

战开始。

| 1437 | 欧斯吉利亚斯遭到焚毁，其**帕蓝提尔**失落。埃尔达卡逃往罗瓦尼安，他的儿子奥能迪尔被谋杀。 |

1437　　　　欧斯吉利亚斯遭到焚毁，其**帕蓝提尔**
　　　　　　失落。埃尔达卡逃往罗瓦尼安，他的
　　　　　　儿子奥能迪尔被谋杀。

1447　　　　埃尔达卡归来，逐走篡位者卡斯塔米
　　　　　　尔。埃茹伊河渡口之战发生。佩拉基
　　　　　　尔攻城战发生。

1448　　　　叛军逃脱，占领乌姆巴尔。

1540　　　　国王阿勒达米尔在与哈拉德和乌姆巴
　　　　　　尔海盗的战争中战死。

1551　　　　哈尔门达奇尔二世击败哈拉德人。

1601　　　　许多佩瑞安族人迁离布理，阿盖勒
　　　　　　布二世将巴兰都因河对岸的土地赐予
　　　　　　他们。

约1630　　　自黑蛮地前来的壮躯族加入了这些佩瑞
　　　　　　安族人。

1634　　　　海盗洗劫佩拉基尔，杀了国王米纳
　　　　　　迪尔。

1636　　　　大瘟疫令刚铎遭受浩劫。国王泰伦纳
　　　　　　及其子女死亡。米那斯阿诺尔的白树
　　　　　　凋亡。瘟疫向北、向西传播，埃利阿
　　　　　　多的多处地区变得荒无人烟。巴兰都
　　　　　　因河对岸的佩瑞安族人幸存下来，但
　　　　　　损失惨重。

1640	国王塔隆多将王宫迁去米那斯阿诺尔，种下一棵白树的小树苗。欧斯吉利亚斯开始沦为废墟。魔多被放任不管，无人看守。
1810	国王泰路梅赫塔·乌姆巴达奇尔收复乌姆巴尔，逐走海盗。
1851	战车民开始攻击刚铎。
1856	刚铎东部领土失陷，纳马奇尔二世战死。
1899	国王卡利梅赫塔在达戈拉德击败战车民。
1900	卡利梅赫塔在米那斯阿诺尔建造白塔。
1940	刚铎和阿尔诺重新建交，结成联盟。阿维杜伊娶了刚铎的昂多赫尔之女费瑞尔。
1944	昂多赫尔战死。埃雅尼尔在南伊希利恩击败敌人。接着他赢得了营地之战，将战车民逐入死亡沼泽。阿维杜伊提出继承刚铎王权的主张。
1945	埃雅尼尔二世即位。
1974	北方王国灭亡。巫王侵占阿塞丹，攻取了佛诺斯特。
1975	阿维杜伊淹死在佛洛赫尔海湾。安努

	米那斯与阿蒙苏尔两处的**帕蓝提尔**均告失落。埃雅努尔率领舰队前往林顿。巫王在佛诺斯特之战中被击败，被逐入埃滕荒原，从北方消失。
1976	阿兰纳斯采用"杜内丹人族长"的头衔。阿尔诺的传家宝交给埃尔隆德保管。
1977	弗鲁姆加带领伊奥希奥德人来到北方。
1979	泽地的布卡成为夏尔首任长官。
1980	巫王来到魔多，在那里召集那兹古尔。一只炎魔出现在墨瑞亚，杀死了都林六世。
1981	纳因一世被杀。矮人逃离墨瑞亚。许多罗瑞恩的西尔凡精灵逃往南方。阿姆洛斯和宁洛德尔不复得见。
1999	瑟莱因一世来到埃瑞博山，建立"山下"矮人王国。
2000	那兹古尔自魔多出动，围攻米那斯伊希尔。
2002	米那斯伊希尔陷落，后以"米那斯魔古尔"为人所知。**帕蓝提尔**被夺走。
2043	埃雅努尔成为刚铎之王。他受到巫王挑战。

2050	巫王再度挑战。埃雅努尔骑马前去米那斯魔古尔，一去不返。马迪尔成为首位执政宰相。
2060	多古尔都的势力逐渐增长。智者担忧可能是索隆再度成形。
2063	甘道夫前往多古尔都。索隆撤退，隐藏在东方。"警戒和平"开始。那兹古尔潜伏在米那斯魔古尔，按兵不动。
2210	梭林一世离开埃瑞博山，北上前往灰色山脉，此时都林一族的余众绝大多数都聚集在那里。
2340	艾萨姆布拉斯一世成为第十三任长官，也是图克一脉的首位长官。老雄鹿家族占领了雄鹿地。
2460	"警戒和平"结束。索隆挟更强大的力量重归多古尔都。
2463	白道会成立。约在此时，壮躯族的狄戈发现了至尊戒，被斯密戈谋杀。
2470	约在此时，斯密戈—咕噜藏进迷雾山脉。
2475	刚铎再度遭到攻击。欧斯吉利亚斯终至覆毁，其石桥断裂。
约2480	奥克开始在迷雾山脉中建立秘密据点，以阻断所有通往埃利阿多的隘

口。索隆开始用自己的生物殖民墨瑞亚。

2509	凯勒布莉安在前往罗瑞恩的途中，于红角口遭伏击受伤，伤口中毒。
2510	凯勒布莉安渡海离去。奥克和东夷侵占卡伦纳松。年少的埃奥尔赢得了凯勒布兰特原野之战。洛希尔人定居在卡伦纳松。
2545	埃奥尔战死在北高原。
2569	埃奥尔之子布雷戈建成金殿。
2570	布雷戈之子巴尔多进入"禁忌之门"，一去不返。约在此时，恶龙们重新在遥远的北方现身，开始骚扰矮人。
2589	戴因一世被恶龙所杀。
2590	瑟罗尔返回埃瑞博山。他的兄弟格罗尔前往铁丘陵。
约2670	托博德在南区种下"烟斗草"。
2683	艾森格里姆二世成为第十任长官，开始开掘大斯密奥。
2698	埃克塞理安一世在米那斯提力斯重建白塔。
2740	奥克再度向埃利阿多发动侵略。
2747	班多布拉斯·图克在北区击败一伙奥克。

2758	洛汗遭遇东西两路夹击，随后被侵占。刚铎遭到海盗舰队袭击。洛汗的海尔姆在海尔姆深谷避难。伍尔夫攻占埃多拉斯。随后的 2758—2759 年是"漫长冬季"。埃利阿多和洛汗都饱受其害，伤亡巨大。甘道夫前去援助夏尔居民。
2759	海尔姆之死。弗雷亚拉夫逐走伍尔夫，马克诸王的第二脉传承由他而始。萨茹曼定居在艾森加德。
2770	恶龙斯毛格突袭埃瑞博山。河谷城被毁。瑟罗尔偕同瑟莱因二世和梭林二世逃脱。
2790	瑟罗尔被墨瑞亚的一个奥克杀害。矮人聚集起来，准备发动一场复仇之战。盖伦修斯出生，后来以"老图克"闻名。
2793	矮人与奥克之战开始。
2799	墨瑞亚东门前的南都希瑞安之战发生。铁足戴因返回铁丘陵。瑟莱因二世和他儿子梭林向西流浪。他们定居在夏尔以西，埃瑞德路因山脉以南（2802 年）。
2800—2864	北方来的奥克侵扰洛汗。沃尔达王被

他们杀害（2851 年）。

2841	瑟莱因二世出发重返埃瑞博山，但遭到索隆爪牙追捕。
2845	矮人瑟莱因被囚禁在多古尔都，七戒的最后一枚从他手中被夺走。
2850	甘道夫再度进入多古尔都，发现此地的主人实为索隆，他正收集所有魔戒，打探至尊戒和伊熙尔杜继承人的下落。甘道夫发现了瑟莱因，得到埃瑞博山的钥匙。瑟莱因死在了多古尔都。
2851	白道会召开会议。甘道夫力主进攻多古尔都。萨茹曼驳回了他的意见。[1] 萨茹曼开始在金鸢尾沼地附近搜寻。
2872	刚铎的贝烈克梭尔二世逝世。白树死去，再也找不到小树苗。枯树被放任孑立。
2885	哈拉德人受索隆的使者挑拨，越过波罗斯河，攻击刚铎。洛汗的伏尔克威奈两个儿子为刚铎效力，双双战死。
2890	比尔博在夏尔出生。

1　后来事态变得明朗了：萨茹曼当时已经动念要私占至尊戒，他希望，倘若暂时放任索隆不管，魔戒会因寻找主人而现身。

2901	因魔多的乌鲁克袭击，伊希利恩余下的居民绝大多数都弃此地而去。秘密避难所汉奈斯安努恩建成。
2907	阿拉贡二世的母亲吉尔蕾恩出生。
2911	严酷寒冬。巴兰都因河和其他河流都结了冰。白色狼群从北方侵入埃利阿多。
2912	大洪水冲毁了埃奈德地区[1]和明希瑞亚斯。沙巴德被毁，人迹罕至。
2920	老图克逝世。
2929	杜内丹人阿拉多之子阿拉松娶了吉尔蕾恩。
2930	阿拉多被食人妖杀害。埃克塞理安二世之子德内梭尔二世在米那斯提力斯出生。
2931	阿拉松二世之子阿拉贡于3月1日出生。
2933	阿拉松二世被杀害。吉尔蕾恩将阿拉贡带去伊姆拉缀斯。埃尔隆德将他收为养子，取名"埃斯泰尔"（意为"希

1　埃奈德地区（Enedwaith），辛达语，意思是"中间的居民"或"中间地区"。（g）waith 在辛达语中既可指"人民，居民"，也可以指"地区"。——译者注

望"），对其出身秘而不宣。

2939	萨茹曼发现索隆的爪牙正在搜索金鸢尾沼地附近的安都因河，意识到索隆已经得知伊熙尔杜的下场。他已警觉，但未对白道会提起。
2941	梭林·橡木盾和甘道夫去夏尔造访比尔博。比尔博遇到斯密戈—咕噜，找到了至尊戒。白道会召开会议，萨茹曼同意进攻多古尔都，因为他此时希冀能阻止索隆搜索大河。索隆已经制订好计划，放弃了多古尔都。河谷邦的五军之战发生。梭林二世牺牲。埃斯加洛斯的巴德杀死斯毛格。铁丘陵的戴因成为山下之王（戴因二世）。
2942	比尔博带着魔戒回到夏尔。索隆秘密返回魔多。
2944	巴德重建河谷城，成为河谷邦之王。咕噜离开迷雾山脉，开始搜寻拿走魔戒的"小偷"。
2948	洛汗之王森格尔之子希奥顿出生。
2949	甘道夫和巴林在夏尔拜访比尔博。
2950	多阿姆洛斯的阿德拉希尔之女芬杜伊拉丝出生。

2951	索隆公开现身，在魔多聚集力量。他开始重建巴拉督尔。咕噜转向魔多而行。索隆派出三个那兹古尔去重新占领多古尔都。
	埃尔隆德向"埃斯泰尔"揭示他的真名和出身，将纳熙尔剑的碎片交付给他。阿尔玟刚从罗瑞恩归来，与阿拉贡在伊姆拉缀斯的树林中相遇。阿拉贡出发进入大荒野。
2953	白道会召开最后一次会议。他们围绕众戒展开辩论。萨茹曼谎称，他发现至尊戒已沿着安都因河被冲进大海。萨茹曼退入艾森加德，他已将此地据为己有，并将其加固。萨茹曼既嫉妒又惧怕甘道夫，派探子监视他的一切行动。萨茹曼注意到甘道夫对夏尔的兴趣，很快便开始在布理和南区培养间谍。
2954	末日山再度喷发火焰。伊希利恩最后一批居民逃过了安都因河。
2956	阿拉贡与甘道夫相遇，自此两人结下友谊。
2957—2980	阿拉贡踏上众多重大旅程，立下丰功伟绩。他乔装改扮，以梭隆吉尔的身

	份，既为洛汗的森格尔，也为刚铎的埃克塞理安二世效过力。
2968	弗罗多出生。
2976	德内梭尔娶了多阿姆洛斯的芬杜伊拉丝。
2977	巴德之子巴因成为河谷邦之王。
2978	德内梭尔二世之子波洛米尔出生。
2980	阿拉贡进入罗瑞恩，在那里与阿尔玟·乌多米尔重逢。阿拉贡赠给她巴拉希尔之戒，他们在凯林阿姆洛斯山上立誓终身相守。约在此时，咕噜抵达魔多边境，结识了希洛布。希奥顿成为洛汗之王。山姆怀斯出生。
2983	德内梭尔之子法拉米尔出生。
2984	埃克塞理安二世逝世。德内梭尔二世成为刚铎宰相。
2988	芬杜伊拉丝早逝。
2989	巴林离开埃瑞博山，进入墨瑞亚。
2991	伊奥蒙德之子伊奥梅尔在洛汗出生。
2994	巴林死去，矮人聚居地被毁。
2995	伊奥梅尔的妹妹伊奥温出生。
约3000	魔多的魔影愈加深重。萨茹曼大胆使用欧尔桑克的**帕蓝提尔**，但索隆拥有伊希尔晶石，萨茹曼因而落入了他的

掌握。萨茹曼变成白道会的叛徒。他的间谍报告说，夏尔被游民严密保护着。

3001	比尔博的告别盛宴。甘道夫怀疑他的戒指就是至尊戒。保护夏尔的力量加倍。甘道夫搜寻咕噜的下落，寻求阿拉贡的帮助。
3002	比尔博成为埃尔隆德的客人，定居在幽谷。
3004	甘道夫到夏尔探访弗罗多，并在此后四年中不时来访。
3007	巴因之子布兰德成为河谷邦之王。吉尔蕾恩逝世。
3008	秋天，甘道夫最后一次探访弗罗多。
3009	此后八年间，甘道夫和阿拉贡重新开始追捕咕噜，陆续在安都因河谷、黑森林、罗瓦尼安，乃至魔多边境搜寻。这些年中的某个时候，咕噜亲自进入魔多，被索隆俘获。
3016	埃尔隆德派人去接阿尔玟，她返回伊姆拉缀斯。迷雾山脉和东部一切土地都变得危险了。
3017	咕噜被释放出魔多。阿拉贡在死亡沼泽捉住了他，将他带到黑森林交给瑟

兰杜伊看管。甘道夫造访米那斯提力斯，阅读了伊熙尔杜写的卷轴。

重要年份纪事

3018 年

4 月

12 日   甘道夫抵达霍比屯。

6 月

20 日   索隆进攻欧斯吉利亚斯。约在此时，瑟兰杜伊遭遇攻击，咕噜逃脱。

年中日   甘道夫遇到拉达加斯特。

7 月

4 日   波洛米尔自米那斯提力斯出发。

10 日   甘道夫被囚禁在欧尔桑克。

8 月

     咕噜彻底销声匿迹。人们认为，约在此时，他既受精灵追捕，又被索隆的爪牙追逐，便躲进了墨瑞亚。但当他终于发现通往西门的路时，却无法出去。

9 月

18 日   凌晨时分，甘道夫自欧尔桑克逃脱。

	黑骑手越过艾森河渡口。
19日	甘道夫像乞丐一般来到埃多拉斯，被拒绝入见。
20日	甘道夫获准进入埃多拉斯。希奥顿命他离开："随便挑哪匹马，只要你在明天天黑之前走！"
21日	甘道夫遇到捷影，但那匹马不让他近身。他跟着捷影在原野上走了很远。
22日	傍晚，黑骑手抵达萨恩渡口，赶走了守卫的游民。甘道夫追上了捷影。
23日	黎明前，四个黑骑手进入夏尔，余下的将游民逐向东边，随即返回监视绿大道。入夜，一个黑骑手来到霍比屯。弗罗多离开袋底洞。甘道夫驯服了捷影，骑马离开洛汗。
24日	甘道夫越过艾森河。
26日	老林子。弗罗多到了邦巴迪尔家。
27日	甘道夫越过灰水河。弗罗多在邦巴迪尔家又过了一夜。
28日	四个霍比特人被一个古冢尸妖俘获。甘道夫抵达萨恩渡口。
29日	夜里，弗罗多抵达布理。甘道夫探访甘姆吉老头儿。
30日	凌晨时分，克里克洼和布理的客栈遭

	到袭击。弗罗多离开布理。甘道夫来 到克里克洼，夜里抵达布理。
10月	
1日	甘道夫离开布理。
3日	夜里，他在风云顶遇袭。
6日	夜里，风云顶下的营地遇袭。弗罗多 受伤。
9日	格罗芬德尔离开幽谷。
11日	格罗芬德尔将黑骑手驱离米斯艾塞尔 大桥。
13日	弗罗多越过米斯艾塞尔大桥。
18日	黄昏时分，格罗芬德尔找到弗罗多。 甘道夫抵达幽谷。
20日	逃亡，越过布茹伊能渡口。
24日	弗罗多康复苏醒。夜里，波洛米尔抵 达幽谷。
25日	埃尔隆德召开会议。
12月	
25日	黄昏时分，魔戒远征队离开幽谷。

3019年

1月	
8日	远征队抵达冬青郡。
11、12日	卡拉兹拉斯大雪。

13日	凌晨遭到狼群袭击。入夜，远征队抵达墨瑞亚西门。咕噜开始跟踪持戒人。
14日	在第二十一大厅过夜。
15日	卡扎督姆之桥，甘道夫坠落。深夜，远征队抵达宁洛德尔河。
17日	傍晚，远征队抵达卡拉斯加拉松。
23日	甘道夫追赶炎魔，直至齐拉克齐吉尔。
25日	甘道夫将炎魔打下山顶，然后力竭而死。他的躯体躺在峰顶。

2月

15日	加拉德瑞尔的水镜。甘道夫复活，昏迷不起。
16日	告别罗瑞恩。咕噜躲在河的西岸，觉察到远征队离去。
17日	格怀希尔载甘道夫飞往罗瑞恩。
23日	夜里，在萨恩盖比尔附近，船遭到袭击。
25日	远征队行过阿刚那斯，在帕斯嘉兰扎营。第一次艾森河渡口战役发生，希奥顿之子希奥杰德遭到杀害。
26日	魔戒同盟解散。波洛米尔牺牲，米那斯提力斯听到了他的号角声。梅里阿道克和佩里格林被俘。弗罗多和山姆

	怀斯进入埃敏穆伊丘陵。傍晚，阿拉贡出发追赶奥克。伊奥梅尔听说一伙奥克从埃敏穆伊丘陵下来。
27日	日出时分，阿拉贡抵达西边悬崖。伊奥梅尔违背希奥顿的命令，午夜前后从东伏尔德出发，追猎奥克。
28日	伊奥梅尔在范贡森林外追上了奥克。
29日	梅里阿道克和皮平逃脱，遇到树须。日出时分，洛希尔人发动进攻，消灭了奥克。弗罗多从埃敏穆伊丘陵下来，遇到咕噜。法拉米尔发现波洛米尔的葬船。
30日	恩特大会开始。伊奥梅尔在返回埃多拉斯途中遇到阿拉贡。
3月	
1日	黎明时分，弗罗多开始穿过死亡沼泽。恩特大会继续进行。阿拉贡遇到白袍甘道夫。他们出发前往埃多拉斯。法拉米尔身负任务，离开米那斯提力斯，前往伊希利恩。
2日	弗罗多抵达沼泽尽头。甘道夫抵达埃多拉斯，治愈希奥顿。洛希尔人向西进军，对抗萨茹曼。第二次艾森河渡口战役。埃肯布兰德战败。下午，恩

<table>
<tr><td></td><td>特大会结束。恩特向艾森加德进军，夜里抵达。</td></tr>
<tr><td>3日</td><td>希奥顿撤退到海尔姆深谷。号角堡之战开始。恩特彻底摧毁艾森加德。</td></tr>
<tr><td>4日</td><td>希奥顿和甘道夫从海尔姆深谷出发，前往艾森加德。弗罗多抵达魔栏农荒地边缘的一片熔渣小丘。</td></tr>
<tr><td>5日</td><td>中午时分，希奥顿来到艾森加德。与欧尔桑克的萨茹曼谈判。飞行的那兹古尔掠过多巴兰的营地。甘道夫带着佩里格林出发，前往米那斯提力斯。弗罗多躲藏在魔栏农在望之处，黄昏时分离开。</td></tr>
<tr><td>6日</td><td>凌晨时分，杜内丹人追上阿拉贡。希奥顿从号角堡出发，前往祠边谷。阿拉贡稍后出发。</td></tr>
<tr><td>7日</td><td>弗罗多被法拉米尔带往汉奈斯安努恩。入夜，阿拉贡抵达黑蛮祠。</td></tr>
<tr><td>8日</td><td>破晓时分，阿拉贡取道"亡者之路"。午夜，他抵达埃瑞赫。弗罗多离开汉奈斯安努恩。</td></tr>
<tr><td>9日</td><td>甘道夫抵达米那斯提力斯。法拉米尔离开汉奈斯安努恩。阿拉贡从埃瑞赫出发，抵达卡伦贝尔。黄昏时分，弗</td></tr>
</table>

附录

	罗多来到魔古尔路。希奥顿抵达黑蛮祠。黑暗开始自魔多涌出。
10日	无晓之日。洛汗大军集结：洛希尔人从祠边谷骑马出发。法拉米尔在白城大门外被甘道夫所救。阿拉贡越过凛格罗河。一支军队从魔栏农出发，攻下凯尔安德洛斯，进入阿诺瑞恩。弗罗多经过十字路口，见到魔古尔大军出动。
11日	咕噜造访希洛布，但看到熟睡的弗罗多，几乎后悔。德内梭尔派法拉米尔前往欧斯吉利亚斯。阿拉贡抵达林希尔，进入莱本宁。东洛汗自北方遭到侵略。罗瑞恩第一次遭到攻击。
12日	咕噜带领弗罗多进入希洛布的巢穴。法拉米尔撤退到主道双堡。希奥顿在明里蒙扎营。阿拉贡将敌人驱往佩拉基尔。恩特击败了入侵洛汗者。
13日	弗罗多被奇立斯乌苟的奥克俘虏。佩兰诺被侵占。法拉米尔负伤。阿拉贡抵达佩拉基尔，夺过舰队。希奥顿来到德鲁阿丹森林。
14日	山姆怀斯在塔中找到弗罗多。米那斯提力斯遭到围攻。洛希尔人在野人带领下，来到灰森林。

15日	凌晨时分，巫王攻破白城大门。德内梭尔点起火葬柴堆自焚。鸡鸣时分，传来洛希尔人的号角声。佩兰诺平野之战打响。希奥顿被杀害。阿拉贡举起阿尔玟亲制的旗帜。弗罗多和山姆怀斯逃脱，开始沿着魔盖向北而行。黑森林中发生战斗，瑟兰杜伊击退多古尔都的军队。罗瑞恩第二次遭到攻击。
16日	众领导者辩论。弗罗多从魔盖望过营地，见到末日山。
17日	河谷邦之战打响。河谷邦之王布兰德和山下之王"铁足"戴因双双牺牲。许多矮人和人类在埃瑞博山避难，遭到围困。沙格拉特将弗罗多的斗篷、锁甲和剑带往巴拉督尔。
18日	西方大军从米那斯提力斯进军。弗罗多望见艾森毛兹；在从杜尔桑通往乌顿谷的路上，他被奥克追上。
19日	大军抵达魔古尔山谷。弗罗多和山姆怀斯逃脱，开始沿着通往巴拉督尔的路行进。
22日	恐怖的夜幕降临。弗罗多和山姆怀斯离开大路，转向南方，去往末日山。

	罗瑞恩第三次遭到攻击。
23 日	大军离开伊希利恩。阿拉贡遣散了软弱的人。弗罗多和山姆怀斯丢弃了武器和装备。
24 日	弗罗多和山姆怀斯走完最后一段路程，抵达末日山脚下。大军在魔栏农荒地中扎营。
25 日	大军在熔渣丘陵上遭到围困。弗罗多和山姆怀斯抵达萨马斯瑙尔。咕噜夺走魔戒，坠入末日裂罅。巴拉督尔倒塌，索隆消亡。

邪黑塔倒塌、索隆消亡之后，魔影从所有反抗他的人们心头消散，恐惧和绝望却笼罩了他的爪牙和同盟。多古尔都向罗瑞恩发起了三次进攻，但那片土地上的精灵族人十分英勇，此外，驻留该地的力量非常强大，只有索隆亲至才有可能征服。虽然边境的美丽森林受到了严重损害，但攻击均被击退了。而魔影消散之后，凯勒博恩出击，带领罗瑞恩的大军乘着许多船只渡过了安都因河。他们攻下了多古尔都，加拉德瑞尔推倒其城墙，揭开其地洞，森林得到了净化。

北方也爆发了战争，邪恶现身。瑟兰杜伊的王国遭到侵略，林中的战斗持续良久，大火造成了巨大破坏，但最终瑟兰杜伊赢得了胜利。在精灵新年那天，凯勒博恩和瑟兰杜伊在森林中相会，他们将黑森林重新命名为"埃林拉斯嘉兰"，即"绿叶森林"。瑟兰杜伊将一切北方区域纳入自己的统治之下，远至森林中耸起的山岭。凯勒博恩则取得了狭地以南的南部森林，将其命名为东罗瑞恩。中间的所有广阔森林，都交给了贝奥恩一族和林中人类。但加拉德瑞尔西行之后寥寥几年，凯勒博恩便厌倦了自己的王国，去了伊姆拉缀斯，与埃尔隆德的儿子们为伴。在大绿林，西尔凡精灵依然不受打扰，但在罗瑞恩，情况却令人悲伤，它过去的居民只有少数还流连于此，卡拉斯加拉松光明已逝，歌谣不再。

在大军围困米那斯提力斯的同时，一支威胁了布兰德王国边境很久的索隆同盟军渡过了卡尔能河，布兰德被逐回河谷城。他在那里得到了埃瑞博山矮人的援助，孤山脚下发生了一场大战。战斗持续了三天，最终河谷邦之王布兰德和山下之王"铁足"戴因战死，东夷获胜。但他们攻不下大门，矮人和人类有许多都在埃瑞博山避难，被围困在那里。

当南方联军大捷的消息传来，索隆的北路军大惊失措。被困的人们冲杀出来，大败敌人，索隆军队余众逃往东方，不再侵扰河谷邦。随后，布兰德之子巴德二世成为河谷邦之王；戴因之子、"石盔"梭林三世成为山下之王。他们派使者参加了国王埃莱萨的加冕仪式。他们的王国则在他们的有生之年始终屹立，与刚铎结为友邦，并受西方之王统治与保护。

从巴拉督尔倒塌到第三纪元结束之间的主要日期[1]

3019 年（夏尔纪年 1419 年）

3 月

| 27 日 | 巴德二世和"石盔"梭林三世将敌人赶出河谷邦。 |
| 28 日 | 凯勒博恩越过安都因河；开始摧毁多古尔都。 |

4 月

| 6 日 | 凯勒博恩与瑟兰杜伊会面。 |
| 8 日 | 持戒人在科瑁兰原野获得众人礼敬。 |

1　月份和日期依照夏尔历法给出。

5月	
1日	国王埃莱萨加冕。埃尔隆德和阿尔玟从幽谷出发。
8日	伊奥梅尔和伊奥温同埃尔隆德的儿子们前往洛汗。
20日	埃尔隆德和阿尔玟抵达罗瑞恩。
27日	阿尔玟及护卫队离开罗瑞恩。
6月	
14日	埃尔隆德的儿子们迎上护卫队，带阿尔玟来到埃多拉斯。
16日	他们出发前往刚铎。
25日	国王埃莱萨发现白树的小树苗。
莱斯一日	阿尔玟来到白城。
年中日	埃莱萨和阿尔玟举行婚礼。
7月	
18日	伊奥梅尔回到米那斯提力斯。
22日	希奥顿王的葬礼护卫队出发。
8月	
7日	护卫队抵达埃多拉斯。
10日	希奥顿王的葬礼。
14日	宾客们向伊奥梅尔王告别。
15日	树须释放萨茹曼。
18日	他们来到海尔姆深谷。
22日	他们来到艾森加德，日落时分与西方

	之王告别。
28 日	他们追上萨茹曼。萨茹曼转而去往夏尔。
9 月	
6 日	众人在看得见墨瑞亚群山的地方停下。
13 日	凯勒博恩和加拉德瑞尔离开，余人出发前往幽谷。
21 日	他们回到幽谷。
22 日	比尔博的一百二十九岁生日。萨茹曼抵达夏尔。
10 月	
5 日	甘道夫和霍比特人离开幽谷。
6 日	他们涉过布茹伊能渡口。弗罗多第一次感到疼痛重新发作。
28 日	入夜，他们抵达布理。
30 日	他们离开布理。夜色中，四位"旅行者"抵达白兰地桥。
11 月	
1 日	他们在蛙泽屯被捕。
2 日	他们来到傍水镇，鼓动夏尔居民。
3 日	傍水镇之战，萨茹曼身死。魔戒大战结束。

3020 年（夏尔纪年 1420 年，大丰收年）

3 月

13 日   弗罗多生病（他遭到希洛布毒害的周年日）。

4 月

6 日   珝珑树在集会场盛开繁花。

5 月

1 日   山姆怀斯与罗丝成婚。

年中日   弗罗多辞职不再做市长，威尔·白足重新上任。

9 月

22 日   比尔博的一百三十岁生日。

10 月

6 日   弗罗多再次生病。

3021 年（夏尔纪年 1421 年，第三纪元末年）

3 月

13 日   弗罗多再次生病。

25 日   山姆怀斯的女儿、美丽的埃拉诺[1]出生。按照刚铎纪年，第四纪元自这天

---

1   她因美貌以"美丽的埃拉诺"闻名，许多人说她看起来不像霍比特人，更像精灵少女。她长着金发，这在夏尔非常少见。不过山姆怀斯还有两个女儿也长着金发，在这段时期出生的许多孩子都是这样。

开始。

9 月

21 日　　　　弗罗多和山姆怀斯从霍比屯出发。

22 日　　　　他们在林尾地遇到三位持戒人最后一
　　　　　　　次骑行。

29 日　　　　他们抵达灰港。弗罗多和比尔博与三
　　　　　　　位持戒人渡海而去。第三纪元结束。

10 月

6 日　　　　　山姆怀斯回到袋底洞。

关于魔戒同盟成员的后续事件

夏尔纪年

1422　　　　　按照夏尔纪年法，第四纪元以这年年
　　　　　　　初开始，但夏尔纪年的年份依旧沿用
　　　　　　　下去。

1427　　　　　威尔·白足辞职。山姆怀斯被选为夏
　　　　　　　尔市长。佩里格林·图克与长崖镇的
　　　　　　　黛蒙德成婚。国王埃莱萨颁布一项法
　　　　　　　令，禁止人类进入夏尔；他将夏尔列
　　　　　　　为受北方王权保护的自由邦。

1430　　　　　佩里格林之子法拉米尔出生。

1431　　　　　山姆怀斯的女儿戈蒂洛克丝出生。

1432	梅里阿道克被称为"了不起的梅里阿道克",成为雄鹿地统领。伊奥梅尔王和伊希利恩的伊奥温夫人赠给他大量礼物。
1434	佩里格林成为大图克兼长官。国王埃莱萨任命长官、统领和市长为北方王国的顾问。山姆怀斯大人第二次被选为市长。
1436	国王埃莱萨骑马来到北方,在暮暗湖住了一段时间。他来到白兰地桥,在那里接待故友。他将杜内丹之星送给山姆怀斯大人,并让埃拉诺成为王后阿尔玟的荣誉侍女。
1441	山姆怀斯大人第三次成为市长。
1442	山姆怀斯大人、他的妻子和埃拉诺骑马前往刚铎,在那里住了一年。托曼·科顿大人担任代理市长。
1448	山姆怀斯大人第四次成为市长。
1451	美丽的埃拉诺与远岗绿丘的法斯特雷德成婚。
1452	从远岗到塔丘(**埃敏贝莱德**)一带,[1]即西界,由国王赠给夏尔。许多霍比

---

1 见卷一第 9 页,以及附录第 26 页注释 2。

特人搬到了那里。

| 1454 | 法斯特雷德和埃拉诺之子埃尔夫斯坦·美裔出生。 |

1455　　山姆怀斯大人第五次成为市长。

1462　　山姆怀斯大人第六次成为市长。应他的要求，长官任命法斯特雷德为"西界守护"。法斯特雷德和埃拉诺在塔丘上的住处塔底居安家，他们的后代、塔丘的美裔家族，在那里居住了许多世代。

1463　　法拉米尔·图克与山姆怀斯之女戈蒂洛克丝成婚。

1469　　山姆怀斯大人第七次，也是最后一次成为市长。他任期截止于1476年，他九十六岁了。

1482　　山姆怀斯大人的妻子罗丝夫人在年中日去世。9月22日，山姆怀斯大人骑马离开袋底洞。他来到塔丘，最后一次见到埃拉诺，将红皮书交给了她，此书后来便由美裔家族保管。自埃拉诺起，他们的家族中代代相传，说山姆怀斯过了群塔，去了灰港，作为最后一位持戒人渡海西去。

1484　　是年春天，洛汗向雄鹿地送信，伊奥梅尔王希望再见霍尔德威奈大人一面。那时梅里阿道克已经年老（一百零二岁），但仍精神矍铄。他与他的朋友佩里格林长官商议，不久以后便将财产权力移交给儿子们，随后骑马越过萨恩渡口，再也不曾在夏尔现身。后来听说，梅里阿道克大人去了埃多拉斯，陪在伊奥梅尔王身边，直到那年秋天，伊奥梅尔王去世。接着梅里阿道克大人和佩里格林长官前往刚铎，在那个王国中度过了短暂的余生。他们死后，被安置在拉斯狄能，与刚铎伟人同眠。

1541　是年[1]3月1日，国王埃莱萨终于去世。据说，梅里阿道克和佩里格林的墓床就设在这位伟大君王的墓床边。接着，莱戈拉斯在伊希利恩造了一条灰船，沿安都因河扬帆而下，就此渡海而去；据说，矮人吉姆利与他同行。而当那只船逝去，魔戒同盟在中洲也随之告终。

1　第四纪元 120 年（刚铎历法）。

附录三

家族谱系

（霍比特人）

　　这些家谱中给出的人名，只不过是从众多人名中选出的一部分，其中大多数要么是比尔博告别宴会上的客人，要么就是这些客人的直系祖先。宴会上的客人以下划线标出。[1] 这里还给出了另外一些人名，他们与正文所述的重大事件有关。此外，也给出了一些关于山姆怀斯的家系信息，他是**加德纳**家族的始祖，

1　方括号表示家族中女性成员的后裔。——译者注

后来变成了有影响力的名人。[1]

　　人名后的数字表示出生日期（以及死亡日期，如果有记录的话）。所有日期都是依据夏尔纪年给出的，从夏尔纪年元年（第三纪元 1601 年），马尔科和布兰科兄弟俩越过白兰地河那年算起。

1　对霍比特人姓名译法的说明：托尔金在《〈魔戒〉名称指南》一文中对许多人名提出了特殊的翻译要求，如：普通霍比特人的姓氏若有含义，均应意译；图克家和白兰地鹿家的人名通常要求音译（他们经常取听起来显得很有贵族气息的名字）。译者的原则是尽可能满足作者的要求，但由于中文和《指南》一文针对的拼音语言区别极大，难免出现无法两全其美的情况，故不得不采取一些妥协。（1）霍比特人的女子名常常使用珠宝、花朵的名称，按要求应尽量意译；但这样的译法会产生大量完全不符合中文读者习惯的人名，故译者权衡再三后还是采取了音译的处理方法。值得特别指出的是山姆怀斯的姊妹玛丽戈德（Marigold）这个人名的情况：托尔金特地要求把她的名字译成对应的金色花朵名（"金盏花"），这是因为她拥有霍比特人中十分罕见的金发；她是金发这个事实，体现了山姆怀斯也拥有一部分白肤族血统，这部分血统因加拉德瑞尔夫人的眷顾而得以在他的子女当中体现出来，如金发的埃拉诺和戈蒂洛克丝（Goldilocks 可指"金凤花"）。译者综合考虑之下决定将 Marigold 音译。（2）托尔金有意使用了一些现代英国姓氏（或将其稍加调整），以创造故事与现实的联系，从而赋予故事历史感，这种情况下译者也采用了中文常见的音译，如"加德纳"（Gardner），显然是由"园丁"（Gardener）一词而来。——译者注

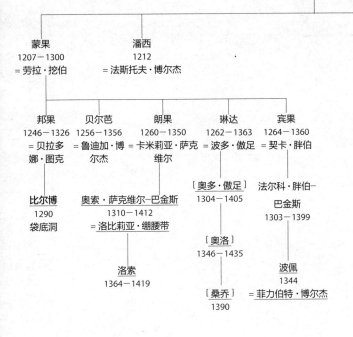

霍比屯的巴金斯家

巴尔博·巴金斯
1167
= 贝瑞拉·博芬

蒙果
1207－1300
= 劳拉·挖伯

潘西
1212
= 法斯托夫·博尔杰

邦果
1246－1326
= 贝拉多娜·图克

贝尔芭
1256－1356
= 鲁迪加·博尔杰

朗果
1260－1350
= 卡米莉亚·萨克维尔

琳达
1262－1363
= 波多·傲足

宾果
1264－1360
= 契卡·胖伯

比尔博
1290
袋底洞

奥索·萨克维尔-巴金斯
1310－1412
= 洛比莉亚·绷腰带

［奥多·傲足］
1304－1405

法尔科·胖伯-
巴金斯
1303－1399

洛索
1364－1419

［奥洛］
1346－1435

波佩
1344
= 菲力伯特·博尔杰

［桑乔］
1390

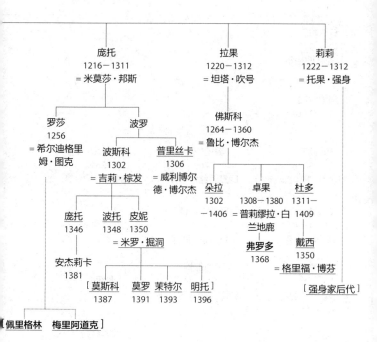

家族谱系（霍比特人）

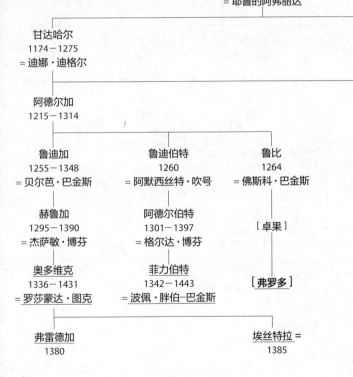

博杰津的博尔杰家

甘多尔福·博尔杰

1131—1230

= 耶鲁的阿弗丽达

甘达哈尔
1174—1275
= 迪娜·迪格尔

阿德尔加
1215—1314

鲁迪加
1255—1348
= 贝尔芭·巴金斯

赫鲁加
1295—1390
= 杰萨敏·博芬

奥多维克
1336—1431
= 罗莎蒙达·图克

弗雷德加
1380

鲁迪伯特
1260
= 阿默西丝特·吹号

阿德尔伯特
1301—1397
= 格尔达·博芬

菲力伯特
1342—1443
= 波佩·胖伯-巴金斯

鲁比
1264
= 佛斯科·巴金斯

［卓果］

【弗罗多】

埃丝特拉 =
1385

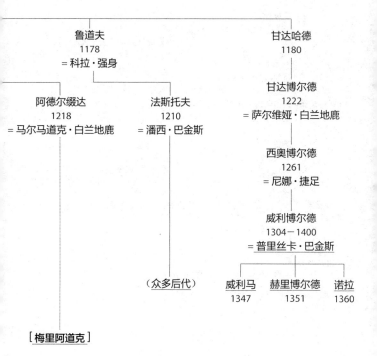

鲁道夫
1178
= 科拉·强身

甘达哈德
1180

阿德尔缀达
1218
= 马尔马道克·白兰地鹿

法斯托夫
1210
= 潘西·巴金斯

甘达博尔德
1222
= 萨尔维娅·白兰地鹿

西奥博尔德
1261
= 尼娜·捷足

威利博尔德
1304－1400
= 普里丝卡·巴金斯

（众多后代）

威利马
1347

赫里博尔德
1351

诺拉
1360

[梅里阿道克]

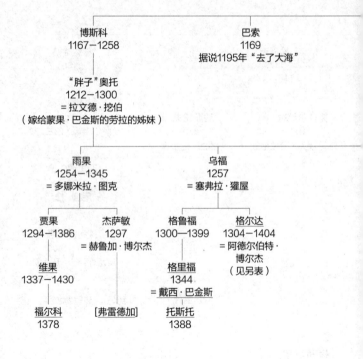

博斯科
1167—1258

巴索
1169
据说1195年"去了大海"

"胖子"奥托
1212—1300
=拉文德·挖伯
（嫁给蒙果·巴金斯的劳拉的姊妹）

雨果
1254—1345
=多娜米拉·图克

乌福
1257
=塞弗拉·獾屋

贾果
1294—1386

杰萨敏
1297
=赫鲁加·博尔杰

格鲁福
1300—1399

格尔达
1304—1404
=阿德尔伯特·
博尔杰
（见另表）

维果
1337—1430

格里福
1344
=戴西·巴金斯

福尔科
1378

[弗雷德加]

托斯托
1388

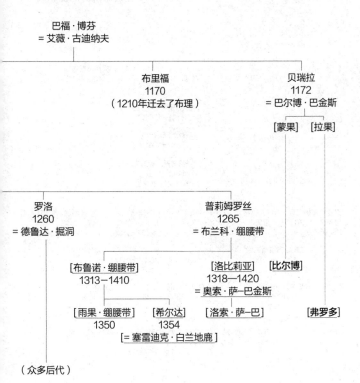

耶鲁的博芬家

巴福·博芬
= 艾薇·古迪纳夫

布里福
1170
（1210年迁去了布理）

贝瑞拉
1172
= 巴尔博·巴金斯

[蒙果]　[拉果]

罗洛
1260
= 德鲁达·掘洞

普莉姆罗丝
1265
= 布兰科·绷腰带

[比尔博]

[布鲁诺·绷腰带]
1313—1410

[洛比莉亚]
1318—1420
= 奥索·萨—巴金斯

[雨果·绷腰带]
1350

[希尔达]
1354

[洛索·萨—巴]

[弗罗多]

[= 塞雷迪克·白兰地鹿]

（众多后代）

大斯密奥的图克家

*艾森格里姆二世
（图克一系第十位长官）
1020－1122

*艾萨姆布拉斯三世
1066－1159

*费拉姆布拉斯二世
1101－1201

*福廷布拉斯一世
1145－1248

*盖伦修斯，老图克
1190－1320
=阿达曼塔 · 胖伯

*艾森格里姆三世	希尔迪加德	*艾萨姆布拉斯四世	希尔迪格里姆	艾塞姆博德	希尔迪方斯
1232－1330	（早夭）	1238－1339	1240－1341	1242－1346	1244
（无子女）			= 罗莎 · 巴金斯		（出门旅行，一去不返）
				（众多后代）	

*福廷布拉斯二世
1278－1380

阿达格里姆
1280－1382

*费拉姆布拉斯三世	三个女儿	*帕拉丁二世	埃斯梅拉达
1316－1415		1333－1434	1336
（未婚）		= 埃格伦泰 · 山坡	= 萨拉道克 · 白兰地鹿

珀尔	皮姆珀娜	珀文卡	*佩里格林一世	[梅里阿道克]
1375	1379	1385	1390	
			=长崖镇的黛蒙德	
			1395	

*法拉米尔一世
1430
=戈蒂洛克丝（山姆怀斯大人的女儿）

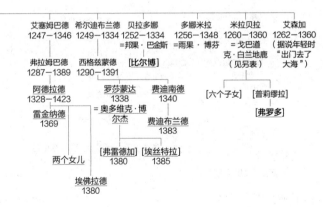

班多布拉斯
（吼牛）
1104－1206

众多后代，包括长崖镇的北
方图克一家

艾塞姆巴德　　希尔迪布兰德　　贝拉多娜　　　　多娜米拉　　　　米拉贝拉　　　　艾森加
1247－1346　　1249－1334　　1252－1334　　1256－1348　　1260－1360　　1262－1360
　　　　　　　　　　　　　　　＝邦果·巴金斯　＝雨果·博芬　　＝戈巴道　　　（据说年轻时
弗拉姆巴德　　西格兹蒙德　　　[比尔博]　　　　　　　　　　克·白兰地鹿　　"出门去了
1287－1389　　1290－1391　　　　　　　　　　　　　　　　（见另表）　　　大海"）
阿德拉德　　　　　罗莎蒙达　　费迪南德
1328－1423　　　　1338　　　　1340　　　　　　　　　　　[六个子女]　　[普莉缪拉]
雷金纳德　　　　　＝奥多维克·博
1369　　　　　　　尔杰　　　　费迪布兰德　　　　　　　　　　　　　　　　[弗罗多]
　　　　　　　　　　　　　　　1383
　　　　　　　　　[弗雷德加]　[埃丝特拉]
两个女儿　　　　　1380　　　　1385

埃佛拉德
1380

雄鹿地的白兰地鹿家

泽地的戈亨达德·老雄鹿约在 740 年开始修建白兰地厅，
并将家族姓氏改为白兰地鹿。

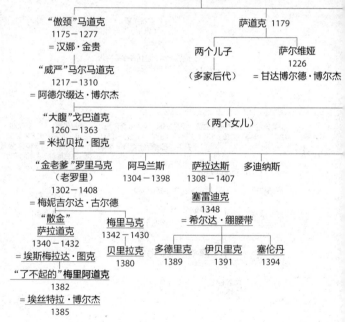

戈马道克"深掘者"
1134－1236
= 玛尔娃·顽固

"傲颈"马道克
1175－1277
= 汉娜·金贵

萨道克 1179

"威严"马尔马道克
1217－1310
= 阿德尔缀达·博尔杰

两个儿子
（多家后代）

萨尔维娅
1226
= 甘达博尔德·博尔杰

"大腹"戈巴道克
1260－1363
= 米拉贝拉·图克

（两个女儿）

"金老爹"罗里马克
（老罗里）
1302－1408
= 梅妮吉尔达·古尔德

阿马兰斯
1304－1398

萨拉达斯
1308－1407

多迪纳斯

塞雷迪克
1348
= 希尔达·绷腰带

"散金"
萨拉道克
1340－1432
= 埃斯梅拉达·图克

梅里马克
1342－1430

贝里拉克
1380

多德里克
1389

伊贝里克
1391

塞伦丹
1394

"了不起的"梅里阿道克
1382
= 埃丝特拉·博尔杰
1385

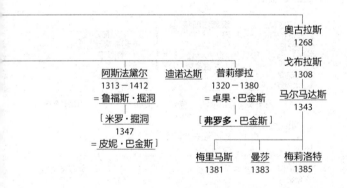

马罗克

（众多后代）

奥古拉斯
1268

戈布拉斯
1308

马尔马达斯
1343

阿斯法黛尔
1313－1412
＝鲁福斯·掘洞
［米罗·掘洞
1347
＝皮妮·巴金斯］

迪诺达斯　普莉缪拉
1320－1380
＝卓果·巴金斯

［弗罗多·巴金斯］

梅里马斯　曼莎　梅莉洛特
1381　　1383　1385

山姆怀斯大人的父系长族谱

（亦显示小丘的加德纳家族与塔底居的美裔家族的兴起）

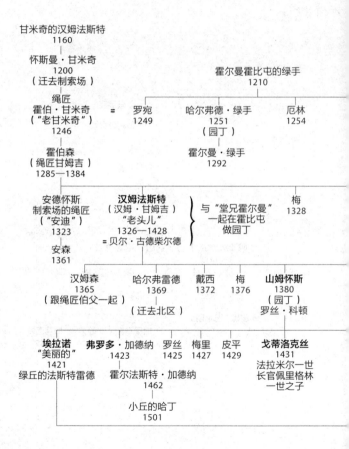

甘米奇的汉姆法斯特
1160

怀斯曼·甘米奇
1200
（迁去制索场）

绳匠
霍伯·甘米奇
（"老甘米奇"）
1246
= 罗宛
1249

霍尔曼霍比屯的绿手
1210

哈尔弗德·绿手
1251
（园丁）

厄林
1254

霍伯森
（绳匠甘姆吉）
1285—1384

霍尔曼·绿手
1292

安德怀斯
制索场的绳匠
（"安迪"）
1323

安森
1361

汉姆法斯特
（汉姆·甘姆吉）
"老头儿"
1326—1428
= 贝尔·古德柴尔德

与"堂兄霍尔曼"
一起在霍比屯
做园丁

梅
1328

汉姆森
1365
（跟绳匠伯父一起）

哈尔弗雷德
1369
（迁去北区）

戴西
1372

梅
1376

山姆怀斯
1380
（园丁）
罗丝·科顿

埃拉诺
"美丽的"
1421
绿丘的法斯特雷德

弗罗多·加德纳
1423

霍尔法斯特·加德纳
1462

小丘的哈丁
1501

罗丝
1425

梅里
1427

皮平
1429

戈蒂洛克丝
1431
法拉米尔一世
长官佩里格林
一世之子

附 录

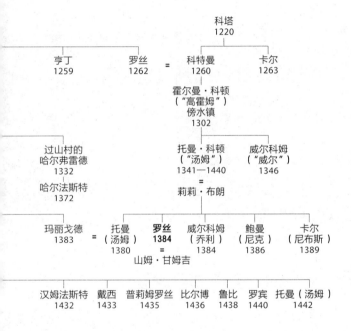

科塔
1220

亨丁　　　　罗丝　　＝　　科特曼　　　　卡尔
1259　　　　1262　　　　　1260　　　　　1263

霍尔曼·科顿
（"高霍姆"）
傍水镇
1302

过山村的
哈尔弗雷德　　　　托曼·科顿　　　　威尔科姆
1332　　　　　　　（"汤姆"）　　　（"威尔"）
　　　　　　　　　1341—1440　　　　1346
哈尔法斯特　　　　　　＝
1372　　　　　　　莉莉·布朗

玛丽戈德　　　托曼　　　　罗丝　　　威尔科姆　　　鲍曼　　　卡尔
1383　＝　（汤姆）　　1384　　（乔利）　　（尼克）　（尼布斯）
　　　　　1380　　　　　　　　1384　　　1386　　　1389
　　　　　　　＝
　　　　　山姆·甘姆吉

汉姆法斯特　戴西　普莉姆罗丝　比尔博　鲁比　罗宾　托曼（汤姆）
1432　　　1433　　1435　　　1436　　1438　1440　　1442

他们迁去了**西界**，那是一片当时新开垦的乡野（这是埃莱萨王的赠礼），
就在远岗和塔丘之间。他们的后代便是塔底居的美裔家族，即**"西界
守护"**，他们继承《红皮书》后誊写了若干份，并加上了各种注释和
后来的增补。

附录四

历法

夏尔历法（适用于所有年份）

每一年都是从一个星期的第一天，也就是星期六开始，并以一个星期的最后一天，也就是星期五结束。"年中日"，以及闰年中的"闰莱斯"（Overlithe），都是没有星期几的名称的。年中日之前的莱斯日[1]称

---

[1] 莱斯日（Lithe），音译，理由见楔子中对"莱斯日"的译者注，同理夏尔历中的月份名称也采用音译。Yule 作为一个英语中存在且有特殊含义（即"圣诞"）的词，也不可依其现代英语含义意译，而应音译。后文的 Yuletide 仿照"圣诞季节"译为"尤尔季节"。——译者注

为"莱斯一日"（1 Lithe），之后的则称为"莱斯二日"（2 Lithe）。年末的尤尔日称为"尤尔一日"（1 Yule），年初的则称为"尤尔二日"（2 Yule）。闰莱斯是一个特殊的节日，但"主魔戒"历史中没有哪个重要年份适逢其会。1420 年有过一次，那一年有着著名的丰收和美妙的夏季，据说那年的狂欢庆祝是人们记忆和记载中最盛大的。

(1) *Afteryule*	(4) *Astron*	(7) *Afterlithe*	(10) *Winterfilth*
YULE 7 14 21 28	1 8 15 22 29	LITHE 7 14 21 28	1 8 15 22 29
1 8 15 22 29	2 9 16 23 30	1 8 15 22 29	2 9 16 23 30
2 9 16 23 30	3 10 17 24 -	2 9 16 23 30	3 10 17 24 -
3 10 17 24 -	4 11 18 25 -	3 10 17 24 -	4 11 18 25 -
4 11 18 25 -	5 12 19 26 -	4 11 18 25 -	5 12 19 26 -
5 12 19 26 -	6 13 20 27 -	5 12 19 26 -	6 13 20 27 -
6 13 20 27	7 14 21 28	6 13 20 27	7 14 21 28 -

(2) *Solmath*	(5) *Thrimidge*	(8) *Wedmath*	(11) *Blotmath*
- 5 12 19 26	- 6 13 20 27	- 5 12 19 26	- 6 13 20 27
- 6 13 20 27	- 7 14 21 28	- 6 13 20 27	- 7 14 21 28
- 7 14 21 28	1 8 15 22 29	- 7 14 21 28	1 8 15 22 29
1 8 15 22 29	2 9 16 23 30	1 8 15 22 29	2 9 16 23 30
2 9 16 23 30	3 10 17 24 -	2 9 16 23 30	3 10 17 24 -
3 10 17 24 -	4 11 18 25 -	3 10 17 24 -	4 11 18 25 -
4 11 18 25 -	5 12 19 26 -	4 11 18 25 -	5 12 19 26 -

(3) *Rethe*	(6) *Forelithe*	(9) *Halimath*	(12) *Foreyule*
- 3 10 17 24	- 4 11 18 25	- 3 10 17 24	- 4 11 18 25
- 4 11 18 25	- 5 12 19 26	- 4 11 18 25	- 5 12 19 26
- 5 12 19 26	- 6 13 20 27	- 5 12 19 26	- 6 13 20 27
- 6 13 20 27	- 7 14 21 28	- 6 13 20 27	- 7 14 21 28
- 7 14 21 28	1 8 15 22 29	- 7 14 21 28	1 8 15 22 29
1 8 15 22 29	2 9 16 23 30	1 8 15 22 29	2 9 16 23 30
2 9 16 23 30	3 10 17 24 LITHE	2 9 16 23 30	3 10 17 24 YULE
	Midyear's Day *(Overlithe)*		

各地历法

夏尔的历法，有几项特色与我们的不同。一年的长度无疑是相同的，[1] 这是因为，尽管现在那段时光要以累世经年来计算，但按照大地的历程来衡量，并不算特别久远。霍比特人的记载表明，当他们仍是一支流浪民族时，没有"星期"的概念，但有"月份"，月份大致由月相决定，他们记载日期、计算时间都是模糊而不准确的。他们开始在埃利阿多西部地区安家落户时，采用了杜内丹人的"国王纪年"。国王纪年追本溯源来自埃尔达，但夏尔的霍比特人引入了若干小改动。该历法又称"夏尔纪年"，最终被布理采用，不过他们没有像夏尔那样，把开垦夏尔的那年定为第一年。

要从古老的故事和习俗中发掘出当时人们熟知并视为理所当然的事物（例如字母的名称、一星期中每一天的名称，以及月份的名称和长度）的精确信息，常常是困难的。但夏尔的霍比特人普遍关心家系，而且在魔戒大战之后，他们当中博学的人又对古老的历

1　即 365 天 5 小时 48 分 46 秒。

史产生了兴趣。出于这些原因，他们似乎相当关注和重视日期，甚至还画出了复杂的图表，阐明自己的历法系统与其他系统之间的联系。笔者并不擅长这类事务，可能也犯了许多错误；不过无论如何，夏尔纪年1418 年和 1419 年这两个至关重要的年份中发生的大事，《红皮书》中列得极其详细，因而那段时期的日期和时间不可能有什么疑点。

如同山姆怀斯评论的那样，中洲的埃尔达明显拥有更多可供支配的时间。他们的计时单位很长，常译为"年"的昆雅语单词 yén 其实相当于我们的 144年。埃尔达有着尽可能采用 6 和 12 作为基数来计数的倾向。他们称为 ré 的一个太阳日是从日落计至下一个日落，而一个 yén 有 52596 日。出于仪式而非实用的考虑，埃尔达将六天算为一星期（即 enquië），一个 yén 包含 8766 个这样的 enquië（其复数形式为enquier），计算时从年初到年末，连续不断。

埃尔达在中洲也观察到了一种较短的周期，即太阳年。若是大体考虑天文学方面，这种周期就称为 coranar 或"太阳周期"；然而若是主要考虑草木的季节变化，便通常称为 loa，"成长"（特别是在西北部地区），一般来说这是精灵的普遍考虑。一个 loa 被划分成可以视为"长月"或"短季"的若干时期，毫无疑问，不同地区有所不同，但霍比特人只提供了有关伊姆拉缀斯历的资料。该历法包含六个这样的"季节"，其昆雅语名分别为 tuilë、lairë、yávië、quellë、hrívë、coirë，可译作"春""夏""秋""凋""冬""萌"。它们的辛达语名为 ethuil、laer、iavas、firith、rhîw、echuir。"凋"在昆雅语中又称为 lasse-lanta（意为"叶落"），辛达语中则称为 narbeleth（意为"日亏"）。

　　lairë 和 hrívë 各包含 72 天，余者则各包含 54 天。一个 loa 以 tuilë 的前一天（yestarë）起始，以 coirë 的后一天（mettarë）结束。在 yávië 和 quellë 之间插入了三个"中间日"（enderë）[1]。这样一年便是 365 天，每隔 12 年再补以双倍的 enderë（也就是额外增加三天）。

　　由此导致的误差是如何处理的，笔者并不确知。倘若那时的一年和现在一样长，那么 yén 就会长出一天有余。《红皮书》历法中有注释表明这种误差是存在的，大意是："幽谷纪年"中每三个 yén，最后一

1　enderi，这是昆雅语的"中间日"（enderë）一词的复数形式。——译者注

年都要缩短三天，也就是免去那年本来应有的双倍 enderë，"不过我们这个时代尚未如此调整过"。至于如何调整余下的任何误差，没有记载。

努门诺尔人改变了这些安排。他们将 loa 划分成了长度更一致的更短的时段，并遵循新年始自仲冬的传统——这是第一纪元时努门诺尔人的祖先、中洲西北部的人类曾经采用的做法。后来，他们还将一周定为七天，并以一个日出（升出东方大海）到下一个日出来计算一天。

努门诺尔，以及诸王统治结束之前的阿尔诺和刚铎，都使用"努门诺尔系统"，称为"国王纪年"。正常的一年包含 365 天，分为 12 个 astar（即"月份"），其中十个是 30 天，两个是 31 天。长的 astar 位于年中的前后，约为我们的 6 月和 7 月。每年的第一天被称为 yestarë，中间那天（第 183 天）被称为 loëndë，最后一天则被称为 mettarë。这三天不属于任何月份。每四年便以两个 enderë 或"中间日"来取代 loëndë 这天，但每百年（haranyë）的最后一年除外。

在努门诺尔，计时始自第二纪元元年。每百年的最后一年扣除一天，这种做法导致的"**亏欠**"，要等到每千年的最后一年才加以弥补，累积的"**千年亏欠**"为 4 小时 46 分 40 秒[1]。努门诺尔在第二纪元 1000 年、2000 年和 3000 年都增补了亏欠。第二纪元 3319 年努门诺尔沉没之后，这个系统便由流亡者维护，但它被第三纪元起始的新计数扰乱了：第二纪元 3442 年成了第三纪元元年，从而第三纪元 4 年被当作了闰年，而不是第三纪元 3 年（即第二纪元 3444 年），这就挤进了一个只有 365 天的短年，导致 5 小时 48 分 46 秒的亏欠，而千年增补也晚了 441 年，于第三纪元 1000 年（即第二纪元 4441 年）和 2000 年（即第二纪元 5441 年）实行。为减少由此造成的误差、消除积累的千年亏欠，宰相马迪尔颁布了一套修正历，于第三纪元 2060 年开始生效，而 2059 年（即第二纪元 5500 年）则额外增加两天，以消除实行努门诺尔系统以来五个半的千年周期的误差，但这仍余下了 8 个小时的亏欠。在 2360 年，尽管当时亏欠还不足一天，宰相哈多还是补上了一天；此后再未进行调整。（第三纪元 3000 年时，由于迫在眉睫的战事威胁，此

1　这里的计算未必准确，读者如有兴趣，可自行计算比较。——译者注

类事务均被忽略。）到第三纪元末，又经过 660 年的累积，亏欠仍未达到一整天。

马迪尔引入的修正历被称为"宰相纪年"，最终被绝大多数使用西部语的人采用，只有霍比特人除外。该历法中每个月都包含 30 天，另外还引入不属于月份的两天：一天是在第三个月和第四个月之间（3 月和 4 月），一天是在第九个月和第十个月之间（9 月和 10 月）。这不属于月份的五天，也就是 yestarë、tuilérë、loëndë、yáviérë 和 mettarë，都是节日。

霍比特人因循守旧，继续使用一种经过调整、合乎本族习俗的国王纪年。他们的历法中每月长度相等，均为 30 天，但 6 月和 7 月之间有三天"夏日"，在夏尔称为"莱斯"（Lithe）或"莱斯日"（Lithedays）。每年的最后一天和下一年的最初一天称为"尤尔日"（Yuledays）。尤尔日和莱斯日都不属于任何月份，因此 1 月 1 日不是一年中的第一天，而是第二天。每个整四年都包括四个莱斯日，但每百年的最后一年除外。[1]

---

1 在夏尔，元年对应的是第三纪元 1601 年。在布理，元年对应的是第三纪元 1300 年，这是百年的第一年。

莱斯日和尤尔日均为主要节日，是举办盛宴的时候。额外的一个莱斯日加在年中日之后，因此闰年的第184天称为"闰莱斯"，是个特殊的狂欢日子。整个"尤尔季节"（Yuletide）持续六天，包括一年的末三天和下一年的头三天。

夏尔的居民还引入了一点自己的小创新（同样最终也被布理采用），他们称之为"夏尔改良"。他们觉得，从一年到另一年，日期相对星期几在不停变动，这既不规律，也不方便。因此在艾森格里姆二世的时代，他们便做出了这样的安排：会破坏连续性的多余那天，不再有星期几的名称。此后年中日（以及闰莱斯）都只有名称，而不属于任何星期（参见第一部卷一第十章，甘道夫的信）。这项改良的结果是，一年总是始于一个星期的第一天，终于一个星期的最后一天，而且任一年的同一天都有同样的星期几名称，这样夏尔居民再也不必费心在信件及日记中标记星期几了。[1]

1　倘若有人大致浏览夏尔历，就会注意到：月份的起始日可以是一星期中任一天，唯独星期五例外。因而说"一号星期五"在夏尔变成了一个玩笑，指的是子虚乌有的一天，或者是极不可能发生的事件，诸如猪会飞天、（在夏尔）树会走路。完整的说法是"夏满一号星期五"。（夏满/Summerfilth 同样是夏尔历法中不存在的一个月份，它仿拟了十月的名称 Winterfilth。——译者注）

他们发觉这项改良在家使用非常方便，但一旦出门在外，走到比布理更远的地方，就不这么方便了。

　　与正文中一样，笔者在上述说明中用的都是我们现代的月份名称和星期几的称谓。显然，不论是埃尔达、杜内丹人还是霍比特人，实际使用的都不是这些名称。但是，要避免混淆，翻译西部语名称看来是至关重要的，而且无论如何，我们那些名称包含的季节含义也跟夏尔的大致相同。然而，年中日像是为了尽量对应夏至这一天。如此一来，夏尔的日期其实要比我们的超前约十天，我们的新年大致对应夏尔的1月9日。

　　西部语中通常保留月份的昆雅语名，就像现在广泛使用的各类语言中保留拉丁语名一样。这些月份包括：Narvinyë、Nénimë、Súlimë、Víressë、Lótessë、Nárië、Cermië、Úrimë、Yavannië、Narquelië、Hísimë、Ringarë。其辛达语名（仅杜内丹人使用）为：Narwain、Nínui、Gwaeron、Gwirith、Lothron、Nórui、Cerveth、Urui、Ivanneth、Narbeleth、Hithui、Girithron。

　　但是，夏尔和布理的霍比特人在月份命名方面都没有遵循西部语用法，而是沿用了自己的老式本地名称，这些似乎是他们古时从安都因河谷的人类那里学来的。至少，河谷邦和洛汗都找得到相似的名称（参见附录六对语言的说明）。这些名称由人类设计，其含义通常已被霍比特人遗忘，哪怕他们起初知道其中包含怎样的重要性，情形也不例外；名称的形式也因而更为模糊，例如，一些月份名称末尾的 math 是 month（即"月份"）的缩写。

夏尔历中列举了夏尔的月份名称。要注意的是，Solmath 通常读作（有时也写作）Somath；Thrimidge 常常写作 Thrimich（古体则是 Thrimilch）；Blotmath 读作 Blodmath 或 Blommath。布理的月份名称又有所不同：Frery，Solmath，Rethe，Chithing，Thrimidge，莱斯（Lithe），夏日（The Summerdays），Mede，Wedmath，Harvestmath，Wintring，Blooting，Yulemath。Frery，Chithing 和 Yulemath 也在东区使用。[1]

1　在布理提到"（泥泞）夏尔的冬秽日"（这是将 Winterfilth 一词中的 -filth 解作"肮脏"的结果。——译者注），就是一个玩笑，但据夏尔居民说，Winterfilth 在布理称作 Wintring，改自一个更古老的名字，本来指冬季之前一年完满结束，是从还没完全采用国王纪年时的日子传下来的，那时他们的新年始自收获以后。

霍比特人的星期借鉴自杜内丹人，星期中每一天的名称都译自古老的北方王国的命名，而后者又是源自埃尔达。埃尔达的一个星期包含六天，每天的致敬对象或命名蓝本依次是：星辰、太阳、月亮、双圣树、穹苍和维拉（又称众神），最后一天是一星期中最主要的一天。它们的昆雅语名称分别是：Elenya，Anarya，Isilya，Aldúya，Menelya，Valanya（或 Tárion）；而辛达语名称是：Orgilion，Oranor，Orithil，Orgaladhad，Ormenel，Orbelain（或 Rodyn）。

努门诺尔人保留了一星期中每天的致敬对象与顺序，但把第四天改为 Aldëa（辛达语为 Orgaladh），所指仅是白树——曾生长在努门诺尔王庭中的宁洛丝据悉便是它的后裔。此外，他们想要一星期中有第七天，又兼他们是伟大的航海家，便在"穹苍日"后插入了"大海日"，即 Eärenya（辛达语为 Oraearon）。

霍比特人接受了这种安排，但很快遗忘或不再关心这些译名的含义，并且大大缩减了它们的形式，尤其是在日常发音中。首次将努门诺尔名称翻译过来很可能是第三纪元结束之前两千多年的事，那时北方的人类沿用了杜内丹人的星期（这是他们的纪年中最早被外族采用的特色部分）。同月份的名称一样，霍比特人沿用了这些译名，不过其他使用西部语的地区用的都是昆雅语名。

夏尔保存的古代史料为数不多。第三纪元末，幸存资料中最值得一提的就是《黄皮书》，又称《塔克领年鉴》。[1] 该书中最早的条目似乎始于弗罗多的时代前至少九百年，许多条目都被《红皮书》中的编年史和家系引用。这些记载中，星期几的名称以古体出现，其中最古老的如下：（1）Sterrendei，（2）Sunnendei，（3）Monendei，（4）Trewesdei，（5）Hevenesdei，（6）Meresdei，（7）Hihdei。在魔戒大战时期的语言中，这些已经变成了：Sterday，Sunday，Monday，Trewsday，Hevensday（或 Hensday），Mersday，Highday。

因为夏尔星期名中的 Sunday 和 Monday 与我们的一样，笔者将星期名译成我们自己的名称时，很自然地从它们开始，将其对译成星期日和星期一。笔者还将其他名称按照顺序重新取了名。但必须注意：在夏尔，这些名称的关联意义颇有不同。星期五

1　记载图克家族中出生、嫁娶和死亡等事，以及另外的事务，诸如土地交易和各类夏尔大事。

（Highday）是一星期的最后一天，也是最主要的一天，还是休假（午后）与举办丰盛晚宴的日子；从而星期六对应的日子更接近我们的星期一，而星期四更接近我们的星期六。[1]

另外还有几个涉及时间的名称值得一提，尽管它们没有用在精确的纪年当中。季节通常命名为 tuilë（春季），lairë（夏季），yávië（秋季，或收获），hrívë（冬季）；但这些季节并没有严格的定义，quellë（或 lasselanta）也被用来形容秋末冬初这段时间。

埃尔达对（北方地区的）"微光"时段（twilight）加以特殊关注，主要是指群星隐没与初现这两个时段。他们给这两个时段取了许多名字，其中最常见的是 tindómë 和 undómë，前者大多指晨曦之前，后者则指黄昏。"微光"的辛达语词是 uial，也可定义为 minuial 和 aduial。在夏尔，这两个时段常被称为"晨暗"（morrowdim）和"暮暗"（evendim）。参见"暮

1　因此，笔者在比尔博的歌谣（参见卷一第九章）中使用了"星期六"和"星期日"，而不是"星期四"和"星期五"。（正文歌谣译文中为"周六""周日"——译者注）

暗湖"（Lake Evendim），这是能微奥湖（Nenuial）的译名。

描述魔戒大战的正文叙述中，唯一重要的历法与日期便是夏尔纪年及其日期。红皮书中所有的星期几、月份和日期都转换成了夏尔制，或在注解当中建立了等价联系。因此，《魔戒》全书中的月份和日期指的都是夏尔历时间。夏尔历与我们的日历之间的区别，只在如下几点对关键时段的故事十分重要，也就是3018年末到3019年初（即夏尔纪年1418年和1419年）这段时期：1418年10月只有30天，而1月1日是1419年的第二天，2月也有30天，因此若是我们的年份始于同一季节基准点，那么3月25日，也就是巴拉督尔崩塌的日期，就将对应我们的3月27日。但是，不管是在国王纪年还是在宰相纪年中，这一天都是3月25日。

重建的王国从第三纪元3019年开始使用新纪年。它经过调整，像埃尔达的 loa 一样自春季开始，[1] 代表

---

1 不过，新纪年中的 yestarë 其实比伊姆拉缀斯历中的更早，后者中它大致对应着夏尔的4月6日。

着对国王纪年的回归。

新纪年中，一年从传统的 3 月 25 日开始，以纪念索隆的覆灭和持戒者的功绩。月份沿用从前的名称，如今从 Víressë（4 月）开始，但所指时段整体来说比过去提早了五天。所有的月份均为 30 天。Yavannië（9 月）和 Narquelië（10 月）之间有三个 enderë 或"中间日"（其中第二天称为 Loëndë），对应传统的 9 月 23 日、24 日和 25 日。但为了向弗罗多致敬，与他的生日、从前的 9 月 22 日对应的 Yavannië 30 日被定为节日，称为 Cormarë 或"魔戒日"，而闰年就以加倍此节日实现。

3021 年 9 月，埃尔隆德大人西行离去，这被认为是第四纪元的起始。但为了统一王国的记载起见，依据新纪年，第四纪元的元年始于传统的 3021 年 3 月 25 日。

埃莱萨王统治期间，该纪年逐渐被所有辖地采用，只有夏尔例外——那里仍然沿用旧历，继续实行夏尔纪年。因此，第四纪元元年被称为 1422 年。倘若霍比特人对纪元变更有过任何考虑的话，他们坚持新纪元始于 1422 年的"尤尔二日"，而不是前一年的 3 月。

夏尔居民是否纪念 3 月 25 日或 9 月 22 日，并没有记载。但在西区，特别是在霍比屯小丘周围的乡村中，人们逐渐养成了过节的习俗，4 月 6 日若是天气允许，还会在集会场跳舞。有人说那是老园丁山姆的生日，有人说那是 1420 年金树首次开花的日子，还有人说那是精灵的新年。在雄鹿地，每年在 11 月 2 日的日落时分都会吹响马克的号角，然后点燃篝火，举行宴会。[1]

1　这是 3019 年马克的号角首次在夏尔吹响的周年纪念日。

附录五

文字与拼写

第一篇

词语与名称的发音

　　西部语，或通用语，已被全部译为对等的英语。所有霍比特名称和专有词语都应依此发音，例如：Bolger 中的 g 发音与 bulge 中的相同，mathom 与 fathom 同韵。

　　笔者在转记古老文字时，已设法较为精确地表达其原始发音（只要能确定），与此同时也造出了以现代字母拼写出来不显得粗陋的词语和名称。高等精灵语，即昆雅语，在其发音允许的范围内都尽量拼写成拉丁语形式；出于这个原因，两种埃尔达语中的 k 都尽量以 c 代替。

对这类细节感兴趣的人，可以观察到如下要点。

辅音

C	音值永远为 k，即便在 e 和 i 之前也不例外。例如，celeb（"银"）应读作 keleb。
CH	只发（德语或威尔士语）bach 一词中的 ch 音，不发英语词 church 中的 ch 音。除在词尾以及在 t 之前，该音在刚铎语中都弱化为 h，这个变化可以在若干名称中见到，例如 Rohan，Rohirrim。（Imrahil 是努门诺尔语的人名。）
DH	发浊音（软音）的 th，如英语 these clothes 中的 th。它通常与 d 音同源，例如辛达语中的 galadh（"树"）对应着昆雅语中的 alda；但有时是源自 n + r，例如 Caradhras（"红角"）来自 caran-rass。
F	发 f 的音；位于词尾时例外，这时

用来表示英语 of 中的 v 音，例如 Nindalf, Fladrif。

G 只发英语词 give 和 get 中的 g 音，如 gil（"星"）的起始发音类似于英语词 gild，见于 Gildor, Gilraen, Osgiliath。

H 单独使用、不与其他辅音组合时，发英语词 house 和 behold 中的 h 音。昆雅语中的 ht 组合发音类似于德语词 echt 和 acht 中的 cht 的音，例如 Telumehtar（"猎户座"[1]）这个名称。另见 CH, DH, L, R, TH, W, Y。

I 唯独在辛达语中，位于词首且位于另一个元音前时发音如同英语词 you 和 yore 中的辅音 y，例如 Ioreth, Iarwain。见 Y。

K 用于取自精灵语以外的语言的名称，音值与 c 相同；因而 kh 发音与 ch 相同，例如奥克语的 Grishnákh 和阿督耐克语（即努门诺尔语）的 Adûnakhôr。关于矮人语（库兹都语），见本篇的"注释"一节。

---

1 通常在辛达语中称为 Menelvagor（参见卷一第 159 页），在昆雅语中则是 Menelmacar。

L	大致发英语词首的 l 音，如 let。但是，当它介于 e、i 和一个辅音之间时，或位于 e 和 i 之后作为词尾时，都要有一定程度的"腭化"。（埃尔达多半会把英语词 bell 和 fill 转记为 beol 和 fiol。）LH 表示清音的 l（通常是源自词首的 sl-）；该组合在（古体）昆雅语中写作 hl，但在第三纪元通常都读作 l。
NG	发英语词 finger 中的 ng 音；位于词尾时例外，这时发成英语词 sing 中的 ng 音。后者也出现在昆雅语的词首，但已根据第三纪元的发音转记为 n（例如 Noldo）。
PH	发音与 f 相同。该拼写用于：（1）f 音位于词尾，例如 alph（"天鹅"）；（2）f 音与 p 音同源，或源自 p 音，例如 i-Pheriannath（"半身人"，单数为 perian）；（3）位于有些词的中间，代表长音 ff（源自 pp），例如 Ephel（"外围屏障"）；（4）阿督耐克语和西部语，例如 Ar-Pharazôn（pharaz 意为"金"）。
QU	用于表示 cw，该组合在昆雅语中出现

十分频繁，但并不出现在辛达语中。

R 在词中任何位置都发颤音 r；该音即使在辅音之前，也不能（像英语词 part 那样）省略。据说，奥克以及一些矮人都发腔后或小舌音的 r，埃尔达认为这个音令人反感。RH 表示清音的 r（通常源自古老的词首 sr-），该组合在昆雅语中写作 hr。参见 L。

S 一律发清音，如英语 so, geese 中的 s 音。当时的昆雅语和辛达语中都不出现 z 音。SH 出现于西部语、矮人语和奥克语中，发音类似于英语里的 sh。

TH 发清音 th，如英语 thin cloth 中的 th 音。它在昆雅语口语中已经变为 s，但仍写作另一个字母。例如昆雅语的 Isil 和辛达语的 Ithil，"月亮"。

TY 发音大致近似于英语词 tune 中的 t 音。它主要是源自 c 或 t + y。在西部语中，英语 ch 的发音很常见，说西部语的人通常以此 ch 音来取代 TY 音。参见 Y 条目下的 HY。

V 发英语 v 的音，但不用于词尾。见 F。

W 发英语 w 的音。HW 代表清音 w，如英语词 white（北方发音）。在昆雅语中它作为词首发音的情况并不少见，但本书中似乎没有出现例子。转记昆雅语时，尽管拼写仿照拉丁语，但同时用到了字母 v 和 w[1]，这是因为这两个起源相异的音都出现在昆雅语中。

Y　在昆雅语中用作辅音 y，如英语词 you 中的 y 音。在辛达语中 y 是元音（见下文）。HY 与 y 的关系和 HW 与 w 的关系相同；HY 的发音类似于常在英语词 hew，huge 中听到的起始发音，昆雅语词 eht，iht 中的 h 也发这个音。在西部语中，英语 sh 的音很常见，说西部语的人也经常以此 sh 音来取代 HY 音。参见前面的 TY 条目。HY 通常源自 sy- 和 khy-，这两种情况下相应辛达语词的词首均为 h，例如昆雅语的 Hyarmen 和辛达语的 Harad，"南方"。

注意：双写的辅音，如 tt，ll，ss，nn，都发成

1　拉丁语的拼写不需要字母 w。——译者注

长辅音或"双辅音"。它们倘若出现在多音节词的词尾，通常会缩短，例如 Rohan 来自 Rochann（古体为 Rochand）。

在辛达语中，ng，nd 和 mb 这几个组合（它们在早期的各种埃尔达语中特别常见）经历了多种多样的变化。mb 一律变成了 m，但判断重音时仍算作长辅音（见下文），因此，当有可能混淆重音位置时，[1] 就要写作 mm。ng 没有改变，只有位于词首和词尾时例外，变为简单的鼻音（如英语词 sing）。nd 一般变为 nn，例如 Ennor（"中洲"），昆雅语为 Endóre；但若位于完整的重读单音节末尾，则保持 nd 不变，例如 thond（"根基"，参见 Morthond，"黑源河"），位于 r 之前亦然，例如 Andros（"长沫"）。这种 nd 还见于一些源自更古老时期的古名，例如 Nargothrond，Gondolin，Beleriand。而在第三纪元，长词末尾的 nd 已从 nn 变成了 n，例如 Ithilien，Rohan 和 Anórien。

1　例如 galadhremmin ennorath（参见卷二第 40 页），"中洲林木交织之地"。Remmirath（参见卷一第 159 页）包含 rem（"细网"，昆雅语为 rembe）和 mîr（"珠宝"）。

元音

元音包括字母 i, e, a, o, u, 以及（仅限于辛达语的）y。目前可以肯定，这些字母（除 y 以外）代表的音都是正常读音，不过无疑还有许多方言变体未被发现。[1] 换言之，不考虑音量[2]的话，这些字母的发音大致就是英语 machine, were, father, for, brute 中 i, e, a, o, u 的读音。

在辛达语中，长音 e, a, o 源自相对较近的时代里相应的短元音衍生而来（更古老的 é, á, ó 都发生了改变），因而二者音质相同。在昆雅语中，长音 é

---

1 在西部语和西部语使用者转译的昆雅语名称当中，有种流传颇广的发音方式——将长音 é 和 ó 发成 ei 和 ou，（大致相当于英语词 say 和 no 中的元音读法），表现为 ei 和 ou 这样的写法（或它们在当时文字中的等价写法）。但这种发音方式被认为是错误或土气的。在夏尔，这样的发音自然很普遍。因此，那些按照英语自然读法来读 yéni únótime（"漫长年岁不可胜数"）的人，会大致读成 yainy oonoatimy，这种读法与比尔博、梅里阿道克和佩里格林的差不多，都是错的。据说，弗罗多有着"发外国语语音的卓越技巧"。

2 音量（quantity），是一个语音学术语，指元音或音节的长短。——译者注

和 ó 倘若像埃尔达那样正确读出[1]，就比相应的短元音的发音更绷紧[2]、更"闭合"。

当时的语言中，唯有辛达语包括"调整的"或前移的 u，大致相当于法语 lune 中的 u。这个音部分算作 o 和 u 的变体，部分源自更古老的双元音 eu 和 iu。y 用于表示这个音（如同古时的英语那样），如 lŷg（"蛇"，昆雅语为 leuca），emyn（amon 的复数形式，"山丘"）。在刚铎，这样的 y 通常读得类似 i。

长元音通常以"锐音符"（acute accent）标识，这也见于费艾诺文字的一些变体当中。辛达语中重读单音节的长元音以"扬抑符"（circumflex）标识，因为这种情况下音节往往会特别延长[3]，dûn 中便是如此，可对照 Dúnadan。在其他像阿督耐克语和矮人语这样的语言中，使用扬抑符并没有特殊意义，仅仅用来把它们标识为异类语言（就像使用字母 k 一样）。

---

1 见第 205 页注释 1 内容。
2 绷紧（tense），指发音时舌头肌肉更紧张。——译者注
3 另见 Annûn（"日落"），Amrûn（"日出"），它们分别受到同源的 dûn（"西方"）和 rhûn（"东方"）影响。

词尾的 e 永远不像在英语当中那样不发音或只作为长度符号。为了标识这种词尾的 e，经常（但不总是）把它写成 ë。

er，ir，ur 这几个组合（作为词尾或位于辅音之前时）不能读成英语词 fern，fir，fur 中那样，而要读成英语词 air，eer，oor 中那样。

在昆雅语中，ui，oi，ai 和 iu，eu，au 都是双元音（即发成一个音节）。其他所有两个元音的组合都是双音节的，常用 ëa（Eä），ëo，oë 的书写方式来表示。

在辛达语中，双元音写作 ae，ai，ei，oe，ui，au。其他组合都不是双元音。词尾的 au 遵照英语习惯写成 aw，但实际上在费艾诺拼写中，这种写法也并不罕见。

以上一切双元音都是"降式"[1]双元音，它们由简单的元音顺读而成，重音放在第一个音素上。因此，ai，ei，oi，ui 分别应当读作英语词 rye（不是 ray），grey，boy，ruin 中的元音，而 au（aw）读作英语词

---

1 最初如此。但是，在第三纪元，昆雅语中的 iu 通常读成升式双元音，如英语词 yule 中的 yu。

loud，how 中的元音，而不是 laud，haw 中的元音。

在英语中没有精确对应 ae，oe，eu 的读音。ae 和 oe 可以读成 ai 和 oi。

重音

"重音符"或重音的位置并没有标出，因为在涉及的埃尔达语言中，其位置由词的形式决定。双音节词中的重音几乎都落在第一个音节上。在长一些的词中，如果倒数第二个音节包含一个长元音、一个双元音或一个后接两个（或更多）辅音的元音，那么重音就落在该音节上。如果倒数第二个音节包含一个短元音，且后接一个辅音或不接辅音（这种情况经常出现），那么重音就落在该音节的前一个音节，即倒数第三个音节上。在埃尔达语，特别是昆雅语中，最后一种形式的词十分常见。

下面的例子中，重读的元音以大写字母标记：isIldur，Orome，erEssëa，fËanor，ancAlima，elentÁri，dEnethor，periAnnath，ecthElion，pelArgir，silIvren。在昆雅语中，除非是复合词，否则像 elentÁri（"星辰之后"）这样重读元音为 é， á, ó 的词很少出现；使用元音 í, ú 的词更常见，如 andÚne（"日落，西方"）。在辛达语中，这样的词只作为复合词出现。注意：辛达语中的 dh，th 和 ch 都是单辅音，在原来的文字中都以单个字母表示。

注释

倘若名称来自埃尔达语以外的语言，那么只要前文没有特殊交代，其字母的音值就应当与埃尔达语中相同；只有矮人语例外——矮人语不含前文中以 th 和 ch（kh）表示的音，这种语言中的 th 和 kh 都是送气音，即 t 或 k 后接 h，大致如同 backhand 和 outhouse 的发音。

z 出现时，应发成英语 z 的音。在黑语和奥克语中，gh 发"后摩擦音"（这个音与 g 的关系正如 dh 与 d 的关系），例如 ghâsh 和 agh。

矮人的"对外"或人类语名都写成了北方语形式，但字母的音值仍然同上所述。洛汗的人名和地名（倘若没有译成现代形式）也同样处理，但 éa 和 éo 都是双元音，可以用英语词 bear 中的 ea 和 Theobald 中的 eo 表示，而 y 是 u 的变体。译成现代形式的词很容易辨认，且应依照英语发音来读。它们绝大多数都是地名，如 Dunharrow（原文是 Dúnharg），但 Shadowfax 和 Wormtongue 例外。

第二篇

文字

第三纪元使用的文字和字母，追本溯源都是来自埃尔达语，即便在当时也堪称十分古老了。它们已经发展到拥有完整字母表的阶段，但也还在使用更为古老的模式，其中只有辅音才以完整字母表示。

字母表主要有两种起源互相独立的类型：一种是"**滕格瓦**"（Tengwar）或"**提乌**"（Tîw），此处译为"字母"；一种是"**凯尔塔**"（Certar）或"**奇尔斯**"（Cirth），译作"如尼文"。**滕格瓦**是为软笔和硬笔书写而设计的，这种文字的方块铭文源自其书写体。**凯尔塔**则是为刻划铭文而设计的，基本上也仅用于这类场合。

相比之下，**滕格瓦**更为古老。埃尔达中最精于此道的诺多精灵，在流亡之前很久就研究发展出了这种字母。最古老的埃尔达字母称为"儒米尔的滕格瓦"，在中洲没有用过。后来的字母，即"费艾诺的滕格瓦"，大体是全新的发明，不过对儒米尔的字母有所借鉴。这套字母由流亡诺多精灵带回中洲，并由此被伊甸人和努门诺尔人习得。在第三纪元，它得到了广泛应用，流传的地区大致就是知晓通用语的地区。

奇尔斯是辛达精灵在贝烈瑞安德首创的，很长时间都只用于在木料和岩石上刻写名称和简短的铭文。它们由于这种起源而拥有棱角分明的形状，与我们当今的如尼文十分相似，不过二者细节有所区别，排列也全然不同。在第二纪元，形式更古老也更简单的奇尔斯文字往东方流传，许多种族都对它们有所了解，包括人类、矮人，甚至奥克。他们各自以高低不同的技巧对它们加以改动，以适应自己的用途。河谷邦的人类仍然使用其中一种简化形式，洛希尔人则使用相似的另一种。

但在贝烈瑞安德，第一纪元结束之前，奇尔斯在一定程度上受到了诺多精灵的滕格瓦的影响，字母重新排列，并进一步得到了发展。它们最丰富也最有序的形式被称为"戴隆字母表"，因为精灵传说中称，它们是多瑞亚斯之王辛葛的吟游诗人兼学者戴隆设计发明的。戴隆字母表不曾在埃尔达当中发展出真正的草书体，因为精灵采用了费艾诺字母来书写。事实上，西方的精灵绝大多数都彻底弃用了如尼文。但是，戴隆字母表仍在埃瑞吉安境内使用，并从此地流传到墨瑞亚，变成了矮人最喜爱的字母表。此后，矮人一直使用这个字母表，并把它带到了北方。因此，后期它常被称为**"安盖尔沙斯·墨瑞亚"**，或"墨瑞亚的如尼文长表"。矮人使用当时流行的口语，类似地，他们也使用当时流行的书写文字，许多矮人都能熟练书写费艾诺字母；但他们坚持用奇尔斯来记录自己的语言，并从中发展出了硬笔书写的形式。

第一节　费艾诺字母

表中以正规书写体展示了第三纪元西部地区普遍使用的全部字母，依照当时最常见的排列方式进行排列，当时人们记诵字母名称时，通常也按这个顺序。

这套书写字母从根本上来讲，并不是"字母表"。字母表指的是一系列并无规律可循的字母，每个都有独立的音值，背诵顺序约定俗成，与字形和功能毫不相关。[1] 而这套书写字母其实是一个辅音符号系统，符号拥有相似的形状和风格，可以根据个人选择或便利原则加以调整，来表示埃尔达观察到（或设计出）的语言中的辅音。这些字母本身不含固定读音，但它们之间逐渐体现出了一定的联系。

这个系统包含 24 个基本字母，也就是 1—24 号，排列成四个 téma[2]，每一系列包含六个 tyellë[3]。此外还有"附加字母"，25—36 号就是例子。这些附加字母当中，只有 27 号和 29 号是严格独立的字母，余下的都是其余字母的变体。另外还有若干 tehta[4]，用途多

1　我们的字母表中，埃尔达很可能只看得出 P 和 B 有联系；而这两个字母的位置互相分开，并且还与 F, M, V 分开，埃尔达很可能觉得这是荒谬的。

2　téma 是昆雅语中"系列，列"一词的单数形式，其复数形式为témar。——译者注

3　tyellë 是昆雅语中"等级"一词的单数形式，其复数形式为tyeller。——译者注

4　tehta 是昆雅语中"标号"一词的单数形式，其复数形式为tehtar。——译者注

样。表中没有包括这些。[1]

每个**基本字母**都由一个 telco（"竖"）和一个
lúva（"弓"）组成。1—4 号形状被视为正常形式。
竖可以提升，如 9—16 号；也可以缩短，如 17—24
号。弓可以开口，如系列 I 和系列 III；也可以闭合，
如系列 II 和系列 IV；而且两种情况下都可以加倍，例
见 5—8 号。

在第三纪元，理论上的自由用法已经按照习
俗加以调整，结果如下：系列 I 通常用于齿音，或
t 系列（tincotéma）；系列 II 用于唇音，或 p 系列
（parmatéma）。系列 III 和系列 IV 的用法视不同语言的
要求而定。

像西部语这样的语言经常使用我们的 ch，j
和 sh 等辅音，[2] 在这类语言中，系列 III 通常用于表
示这些音，这种情况下系列 IV 就用于表示正常的

---

1 它们有许多出现在本书书名页上的例子中，以及卷一第 95 页的戒
   指铭文里（在卷二第 76 页誊写出来）。它们主要用于表达元音，
   在昆雅语中通常视为相伴辅音的变体，或用于更精练地表达一些
   出现极为频繁的辅音组合。
2 此处表示这些音的方法与上文描述并采用的转记法相同，不同
   之处在于：ch 代表英语 church 中的 ch 音，j 代表英语 j 的音，zh
   则代表 azure 和 occasion 中的音。

滕格瓦

	I	II	III	IV
1	1	2	3	4
2	5	6	7	8
3	9	10	11	12
4	13	14	15	16
5	17	18	19	20
6	21	22	23	24
	25	26	27	28
	29	30	31	32
	33	34	35	36

k 系列（calmatéma）。而在昆雅语中，除了 k 系列（calmatéma），还有腭化音系列（tyelpetéma）与唇化音系列（quessetéma）；在昆雅语中，腭化音以表示"续 y"的费艾诺变音标记表示（通常是下加两点），而系列 IV 就成为 kw 系列[1]。

在这些普遍用法中，还常常见到下列关系：正常字母，也就是等级 1，用于"清塞音"如 t，p，k 等等。弓加倍的话，表示添加"浊音"，因此如果 1—4 号分别对应 t，p，ch，k（或 t，p，k，kw），那么 5—8 号便分别对应 d，b，j，g（或 d，b，g，gw）。提升的竖表示将辅音开放为"摩擦音"，因此假定等级 1 代表上述音值，则等级 3（9—12 号）对应 th，f，sh，ch（或 th，f，kh，khw/hw），等级 4（13—16 号）对应 dh，v，zh，gh（或 dh，v，gh，ghw/w）。

最初的费艾诺系统还包含一个在字母上下同时延长竖的等级。这些通常用来表示送气的辅音（例如 t + h，p + h，k + h），但也可能表示其他必要的辅音变音。第三纪元使用这种文字的语言不需

1　kw 系列（kw-series），即唇音化的 k 系列。——译者注

要这样的音，但这些延长形式广泛用于等级 3 和等级 4 的变体写法（以更清楚地与等级 1 区别开来）。

等级 5（17—20 号）常用于鼻辅音，因而 17 号和 18 号是表示 n 和 m 的最常见符号。根据上文观察到的原则，等级 6 本应表示清鼻音，但由于这样的音（例如威尔士语中的 nh 和古英语中的 hn）在本书涉及的语言中十分少见，等级 6（21—24 号）最常用于表示每个系列中最弱的或"半元音化"的辅音。它由基本字母中最小也最简单的形状组成。因此，21 号常常用来表示弱读（非颤音）的 r，这个音起初出现在昆雅语中，在该语言的系统中被视为 t 系列（tincotéma）里最弱的辅音。22 号则广泛用于表示 w。当系列 III 用来表示腭化音系列时，23 号通常用于表示辅音 y。[1]

在埃尔达语言中，由于等级 4 中的一些辅音发音时易被弱化，且与等级 6 中那些音（如上所述）接近或合并，等级 6 中的许多字母都不再含有明确功能。表示元音的字母，大部分源自这些字母。

---

1 墨瑞亚西门的铭文给出了一种模式的例子，这种模式用于拼写辛达语，其中等级 6 表示简单鼻音，等级 5 则表示在辛达语中十分常见的双鼻音或长鼻音：17 号表示 nn，21 号表示 n。

注释

昆雅语的标准拼写与上述字母用法有所分歧。等级 2 用来表示 nd，mb，ng，ngw，这四个音都频繁出现，因为 b，g，gw 都只出现在这些组合当中，而 rd 和 ld 则以特殊字母 26 号和 28 号来表示。（许多昆雅语使用者特别是精灵，用 lb 来表示 lv，而不表示 lw。这写作 27 号 + 6 号，因为 lmb 不能出现。）同样，等级 4 用于表示出现极为频繁的组合 nt，mp，nk，nqu，这是因为昆雅语不包含 dh，gh，ghw，并以 22 号字母来表示 v。参见本注释后文的昆雅语字母名称。

附加字母。27 号一律用来表示 l。25 号（起初是 21 号的变体）用于表示"完全颤音"的 r。26 号和 28 号是这两个字母的变体，它们常常分别用于表示清音 r（rh）和 l（lh）。但在昆雅语中，它们用来表示 rd 和 ld。29 号代表 s，31 号（双写曲线）在那些需要 z 音的语言里表示 z。30 号和 32 号是倒写形式，虽然可以作为单独的符号来使用，但主要的用法只是作为 29 号和 31 号的变体，方便书写。例如，它们常常和上标的 tehta 一起使用。

33 号起初是表示一些（弱读的）11 号变音，但它在第三纪元最常见的用法是表示 h。34 号大多数时候（如果用到的话）用来表示清音 w（hw）。35 号和36 号用来表示辅音时，大多用于分别表示 y 和 w。

在许多模式当中，**元音**以 tehta 表示，通常置于辅音字母上方。在昆雅语等绝大多数词以元音结尾的语言中，tehta 置于前一辅音之上；在辛达语等绝大多数词以辅音结尾的语言中，tehta 置于后续辅音之上。倘若所需位置上不存在辅音，那么 tehta 便置于"短竖"（常见形状如同不加点的 i）上。不同语言里，实际用于标记元音的 tehta 数量极多。最常见的那些通常用来表示 e，i，a，o，u（及其各种变体），在已给出的例子中均有展示。a 在正式书写中最常见的写法是三个点，在速写体中则有各种形式，其中一种常见形式类似于扬抑符。[1] 单独的一个点和"锐音

---

[1] 在昆雅语中，a 十分常见，其元音符号常常彻底略去。因此，calma（"灯"）可以写作 clm。这可以自然读作 calma，因为在昆雅语中 cl 不可能是词首组合，m 也从不出现在词尾。还有一种可能的读法是 calama，但这个词不存在。

符"常常用于表示 i 和 e（但在一些模式里用来表示 e 和 i）。弧则用于表示 o 和 u。在魔戒铭文中，向右开放的弧表示 u；但在书名页上，这个符号表示 o，向左开放的弧则表示 u。右开弧更常用，用法依相关语言而定：在黑语中，o 十分少见。

长元音通常用置于"长竖"（常见形状如同不加点的 j）上的 tehta 来表示，但也可以用加倍的 tehta 来达到同样目的。但是，只有弧常常这样写，有时"锐音符"也这样写。两个点更常用于表示"续 y"。

墨瑞亚西门铭文展示了一种"完整书写"的模式，其中元音都以单独的字母来表示。辛达语中用到的所有元音字母都表示出来了。值得注意的是，30 号是表示元音 y 的符号，而双元音的表达方式是将表示"续 y"的 tehta 置于元音字母上方。在这种模式中，表示"续 w"的符号（表达 au 和 aw 时是必要的）是表示 u 的弧，或其变体⌐。但双元音常常如转记后一样完整写出。在这种模式中，元音的长度通常以"锐音符"表示，这种情况下称为 andaith（"长标号"）。

除了已经提到的 tehta 之外，还有一些其他符号，主要用于简化书写，特别是在表达常见辅音组合时，不用将其完整写出。其中，"杠"（或类似西班牙语中的**波浪号**）置于辅音字母上方，常常表示前一字母是出自同一系列的鼻音（如 nt，mp 或 nk）。类似符号置于下方，则主要用于表示辅音是长辅音或双辅音。附于弓上的下钩（如书名页最后一个单词，hobbits）用于表示"续 s"，特别是在 ts，ps，ks（x）中，这些组合在昆雅语中很常见。

　　当然，并不存在一种表示英语的"模式"。我们可以从费艾诺系统中设计出一套语音学上可行的模式，但书名页上的简短例子并没有企图展示这种模式。它其实是这样一个例子：刚铎的人类在推敲过他所熟悉的字母音值"模式"和英语传统拼写之后，最后创造出的写法可能就是这样。值得一提的是，字母下方的点（其用途之一是表示模糊的弱元音）在此用来表示非重读的 and，但也用于 here，表示结尾不发音的 e。the，of 和 of the 以缩写来表示（延长的 dh，延长的 v，以及延长的 v 下加一横杠）。

　　字母的名称。在所有模式中，每个字母和符号都有名称，但这些名称设计出来，是为了适应或描述每一特定模式中的语音用法的。然而，人们常常希望每个字母本身作为一个字形可以拥有一个名称，尤其是在描述字母在其他模式中的用法时。为达到这样的目的，字母通常采用其昆雅语的"全名"，即使有时它们所指的用法是昆雅语中特有的。每个"全名"都是一个实际存在的昆雅语词语，其中包含待解释的字母。若有可能，该词的第一个音就是它，但若是需要表达的读音或组合没有出现在词首，就要紧接在词首的元音之后。表中字母的名称为：（1）tinco（"金属"），parma（"书"），calma（"灯"），quesse（"羽毛"）；（2）ando（"大门"），umbar（"命运"），anga（"铁"），ungwe（"蜘蛛网"）；（3）thúle 或 súle（"灵魂"），formen（"北方"），harma（"财宝"）或 aha（"怒火"），hwesta（"微风"）；（4）anto（"嘴"），ampa（"钩"），anca（"腭"），unque（"洼地"）；（5）númen（"西方"），malta（"金"），noldo（旧形式为 ngoldo，指诺多族的个体成员），nwalme（旧形式为 ngwalme，"折磨"）；（6）óre（"心"，"内心"），vala（类似天使的大能者），anna（"赠礼"），vilya（"空气""天空"，旧形式为 wilya）；rómen（"东方"），arda（"领域"），lambe（"舌头"），alda（"树"）；

silme（"星光"），silme nuquerna（倒写的 s），áre（"阳光"）或 esse（"名字"），áre nuquerna；hyarmen（"南方"），hwesta sindarinwa，yanta（"桥"），úre（"热"）。有些字母的名称有多种变体，这是因为这些名称是在一些特定改变之前取的，这些改变影响了流亡者所说的昆雅语。因此，11 号曾被称为 harma，表示任何位置的摩擦音 ch，但等到这个音在词首变为送气的 h（不过位于词中间时仍是 ch），就设计出了 aha 这个名称。[1] áre 起初是 áze，但当这个 z 与 21 号合并时，这个符号即在昆雅语里表示该语言中频繁出现的 ss，同时被给予 esse 的名称。Hwesta sindarinwa，即"灰精灵语的 hw"，之所以得名，是因为在昆雅语里，12 号表示 hw 的音，且不需要不同的符号来表示 chw 和 hw。字母名称中最著名、使用最广泛的，包括表示 n 的 17 号、表示 hy 的 33 号、表示 r 的 25 号、表示 f 的 10 号，其名称分别为：númen

---

1　在昆雅语中，送气的 h 起初是以一个简单的提升的竖来表示，不含弓。它称为 halla，"高大"。它可以置于一个辅音之前，表示该辅音是送气的清音；清音 r 和 l 通常都是这样表达的，转记作 hr 和 hl。后来，33 号用来表示单独的 h，而 hy 的音值（古音值）以添加代表"续 y"的 tehta 来表示。

（"西方"），hyarmen（"南方"），rómen（"东方"），formen（"北方"）。（参见辛达语中的 dûn 或 annûn，harad，rhûn 或 amrûn，forod。）这些字母常常用来表示西南东北四方，即便在用词截然不同的语言中也不例外。在西部地区，它们以此顺序命名，以面对西方为起始；hyarmen 和 formen 其实指的是相对该起始的左方地区和右方地区（与许多人类语言中的安排相反）。

第二节　奇尔斯

"凯尔沙斯·戴隆"（Certhas Daeron）起初只是设计来表示辛达语发音的。最古老的奇尔斯包括 1 号、2 号、5 号、6 号；8 号、9 号、12 号；18 号、19 号、22 号；29 号、31 号；35 号、36 号；39 号、42 号、46 号、50 号，以及一个有时写成 13 号，有时写成 15 号的奇尔斯。音值的分配并不具有系统性。39 号、42 号、46 号和 50 号都是元音，在一切后续发展中也都维持原状。13 号和 15 号用于表示 h 或 s，相应地，35 号用于表示 s 或 h。后来的安排中也延续了这种对 s

和 h 的音值赋值不定的趋势。在那些包含一个竖和一个"枝"的字符中，也就是 1—31 号，附加的枝如果仅在一侧，那么通常在右侧。相反的方式也不是不常见，但没有语音上的重要性。

这种凯尔沙斯的拓展和细化，其古体形式被称为**"安盖尔沙斯·戴隆"**（Angerthas Daeron），因为公认是戴隆增补并重组了古老的**奇尔斯**。但是，首要的增补，也就是引入的两个新系列 13—17 号、23—28 号，实际上最有可能是埃瑞吉安的诺多精灵发明的，因为这两个系列用来表示的音，辛达语中并不存在。

安盖尔沙斯的重新编排，体现出如下原则（显然是受了费艾诺系统的启发）：（1）为一个"枝"添加一撇，意味着添加"浊音"；（2）反写**奇尔斯**表示开放为"摩擦音"；（3）将枝置于竖的两侧，意味着同时添加浊音和鼻音。这些原则得到了规范实施，只有一点例外。在（古体）辛达语中，需要一个表示摩擦音 m（或鼻音 v）的符号，由于这最好能以反写表示 m 的符号来实现，可以反写的 6 号便被赋予 m 的音值，而 5 号被赋予 hw 的音值。

36 号理论上表示 z 的音值，用于拼写辛达语或

安盖尔沙斯

安盖尔沙斯

音值

1	p	16	zh	31	l	46	e
2	b	17	nj—z	32	lh	47	ĕ
3	f	18	k	33	ng—nd	48	a
4	v	19	g	34	s—h	49	ā
5	hw	20	kh	35	s—'	50	o
6	m	21	gh	36	z—ŋ	51	ð
7	(mh) mb	22	ŋ—n	37	ng*	52	ö
8	t	23	kw	38	nd—nj	53	n*
9	d	24	gw	39	i (y)	54	h—s
10	th	25	khw	40	y*	55	*
11	dh	26	ghw,w	41	hy*	56	*
12	n—r	27	ngw	42	u	57	ps*
13	ch	28	nw	43	ū	58	ts*
14	j	29	r—j	44	w		+h
15	sh	30	rh—zh	45	ü		&

昆雅语中的 ss，参见费艾诺字母的 31 号。39 号用于表示 i 或 y（辅音）；34 号和 35 号表示 s，使用时无区别；38 号用于表示常见序列 nd，不过它的形状并不是明确与齿音相关。

在音值表中，短横线左侧的字母是古体**安盖尔沙斯**的音值，右侧则是矮人的**安盖尔沙斯·墨瑞亚**（Angerthas Moria）的音值。[1] 可以看到，墨瑞亚的矮人引入了几处不成系统的音值改变，以及特定的一些新奇尔斯，包括 37 号、40 号、41 号、53 号、55 号和 56 号。音值的错位，主要有两个原因：（1）将 34 号、35 号和 54 号表示的音值分别改为 h，'（库兹都语中元音开头单词的明晰词首音或声门音），s；（2）矮人弃用 14 号和 16 号，以 29 号和 30 号代替。如此一来，12 号便表示 r，并发明 53 号来表示 n（它与 22 号又有混淆）。还可以观察到，为配合 54 号表示 s，17 号用来表示 z，于是 36 号便表示 ŋ，而新的 37 号**奇尔斯**表示 ng。新的 55 号和 56 号源自 46 号的

---

1 括号中的音为仅见于精灵语用法的音值，星号则标出仅为矮人所用的奇尔斯。

半边形式，用来表示类似英语 butter 中的元音读音，这些读音在矮人语和西部语中十分常见。在弱读或轻读时，它们常常缩略为一撇，不含竖。这种**安盖尔沙斯·墨瑞亚**在墓碑铭文上有所展示。

埃瑞博山的矮人使用这种系统进一步的变体，称为埃瑞博模式，例见马扎布尔之书。它的主要特点是：用 43 号代表 z；用 17 号代表 ks（x）；发明了 57 号和 58 号这两个新的**奇尔斯**字母，表示 ps 和 ts。他们还重新引入 14 号和 16 号来表示 j 音和 zh 音，转而用 29 号和 30 号表示 g 和 gh，或仅作为 19 号和 21 号的变体。这些特色用法都没有包含在这张表里，包括的只有特殊的埃瑞博**奇尔斯**——57 号和 58 号。

附录六

第一篇

第三纪元的语言与种族

本历史中，以英语[1]来代表的语言是**"西部语"**，也就是第三纪元中洲西部各地的"通用语"。该纪元期间，西部语成了几乎所有居住在阿尔诺和刚铎这两个古老王国境内的能言种族（精灵除外）的母语，其使用范围包括从乌姆巴尔向北直到佛洛赫尔湾的整片沿海地区，以及远到迷雾山脉和埃斐尔度阿斯山脉的

---

1 全书译成中文后，此句其实应改为"以中文来代表的语言是'西部语'"，也就是说，我们读到的文字是译自西部语。——译者注

内陆地区。它还沿安都因河向北方流传，遍及大河以西、迷雾山脉以东的土地，远至金鸢尾沼地。

第三纪元末"魔戒大战"时期，上述地区仍将西部语作为母语，尽管当时埃利阿多的广大地区都已荒无人烟，位于金鸢尾沼地和涝洛斯瀑布之间的安都因河岸也几乎没有人类居住。

有一些古时候的野人仍然在阿诺瑞恩的德鲁阿丹森林中隐居，还有一支古老民族的残部在黑蛮地的群山里滞留，他们过去曾经居住在刚铎的大部分地方。这些人都固守本族的语言。而在洛汗平原上则居住着一支北方民族，即洛希尔人，大约五百年前来到该地。但是，所有这些依旧保留着本族语言的民族，都把西部语当作沟通的第二语言，即便精灵也不例外。使用西部语的地区不只是阿尔诺和刚铎，还包括整片安都因河谷，向东直至黑森林的外缘。就连对其他民族避之不及的野人和黑蛮地人，也有一些能讲西部语，虽然说得不流利。

精灵

早在远古时代，精灵便分裂为主要的两支：西方精灵（**埃尔达**）与东方精灵。黑森林和罗瑞恩的大多数精灵子民都属于后者，但本书历史中所有的精灵语名称和词汇都是**埃尔达语**的形式，[1]并没有涉及东方精灵的语言。

本书中涉及两种**埃尔达语**：高等精灵语（**昆雅语**）和灰精灵语（**辛达语**）。高等精灵语是大海彼岸的埃尔达玛使用的古老语言，也是第一种以书面形式记录下来的语言。它已不是一种日常的交流语言，而变得类似于"精灵拉丁语"。第一纪元末，流亡返回中洲的高等精灵仍在典礼以及记载重大题材的学识歌谣中使用这种语言。

灰精灵语与**昆雅语**同源，因为它是那些来到了中洲的海边，却没有渡过大海，而是留在贝烈瑞安德沿海地带的埃尔达的语言。他们的王是多瑞亚斯的灰袍辛葛，他们的语言在漫长的微光年代中随凡世土地的

---

1 这段时期罗瑞恩的精灵说的是辛达语，不过由于该地大多数子民都出身西尔凡一族，他们带有一种"口音"。这种"口音"，加上自身对辛达语了解有限，误导了弗罗多（如同《长官之书》中一位刚铎的评论者指出的那样）。第一部卷二第六、七、八章中引用的精灵语词汇实际上都是辛达语，大多数地名和人名亦然。但是**"罗瑞恩""卡拉斯加拉松""阿姆洛斯""宁洛德尔"**很可能起初是西尔凡语，后改为辛达语形式。

动荡变迁而改变，已变得与大海彼岸的埃尔达的语言大相径庭。

流亡者居住在人数比他们更多的灰精灵当中，使用**辛达语**作为日常用语。因此本书历史中出现的所有精灵和精灵王族，都说辛达语。因为他们全都属于埃尔达一支，尽管他们治下有些地区的子民属于次级亲族。他们当中最高贵的是加拉德瑞尔夫人，她出身菲纳芬的王室家族，是纳国斯隆德之王芬罗德·费拉贡德的妹妹。流亡者心中涌动着对大海的向往，永远得不到平息，而在灰精灵心中，这种向往却在沉睡，然而它一旦苏醒，便无法纾解。

人类

西部语是一种人类语言，不过受精灵语影响，变得更为丰富柔和。它起初是埃尔达称为**"阿塔尼"**或**"伊甸人"**，即"人类先祖"的人类的语言；这些人类特指身为精灵之友的三大家族的子民，他们于第一纪元西行进入贝烈瑞安德，在对抗北方黑暗魔神的"精灵宝钻争夺战"中援助过埃尔达。

在推翻黑暗魔神的大战中，贝烈瑞安德大部分地区都崩裂沉没了，此后精灵之友们获得了一项奖赏，便是可以如同埃尔达一般，航海西行。但由于不死之地不容他们涉足，维拉为他们单独准备了一座大岛，那是所有凡世之地中最靠西的一处。该岛名为"**努门诺尔**"（即"西方之地"）。因此，绝大多数精灵之友都离开了中洲，居住在努门诺尔；他们在那里变得伟大而强盛，成为著名的航海家和拥有许多船只的王者。他们面容俊美，身量高大，寿命三倍于中洲的人类。这些人类便是努门诺尔人、"人中王者"，精灵称他们为**杜内丹人**。

所有的人类族群当中，唯独**杜内丹人**懂得并且能讲精灵语，因为他们的祖先曾学过辛达语，并将其作为一项学识传给了子孙后代，岁月流逝，几无改变。他们当中的智者还学会了高等精灵语（昆雅语），尊其为一切语言之首，并用它为许多闻名遐迩、受人尊崇之处，以及众多王室贵族和声名卓著之人命名。[1]

1 　比如，"**努门诺尔**"（完整形式为"**努门诺瑞**"，Númenóre）、"**埃兰迪尔**"、"**伊熙尔杜**"、"**阿纳瑞安**"这些名字，都是昆雅语；而**刚铎**的所有王族人名，包括"**埃莱萨**"（即"精灵宝石"），也都是昆雅语。杜内丹人中其他男子和女子的名字，大多数都是辛达语形式，例如"**阿拉贡**""**德内梭尔**""**吉尔蕾恩**"；它们常为第一纪元的歌谣和历史中流传下来的精灵或人类的名字（如"**贝伦**""**胡林**"）。还有少数是多种语言混合的结果，如"**波洛米尔**"。

但是努门诺尔人的母语主要保留了祖先的人类语言——阿督耐克语。他们的王公贵族在后来的骄傲时期摒弃了精灵语，重新使用这门语言，只有少数依然坚持与埃尔达保持古老友谊的人除外。努门诺尔人在威势显赫的年代中，曾于中洲西部海滨维护着许多口岸和海港，以便为自己的船只提供补给，其中最主要的一处位于安都因河口附近的佩拉基尔。该地使用的便是阿督耐克语，它在混合了许多寻常人类的语言词汇后，转化为通用语，从此沿着海岸在一切与西方之地打交道的族群中流传开来。

努门诺尔沉没之后，埃兰迪尔率领幸存的精灵之友回到了中洲西北部的海岸。当时那里的居民已有许多拥有全部或部分努门诺尔人的血统，但其中还记得精灵语的寥寥无几。杜内丹人身为既长寿又大有力量和智慧的王者，居住在寻常人类当中，并统治他们，但人们都说，杜内丹人的人数起初便远远少于那些寻常人类。因此，他们交结其他民族、治理广阔疆域时都使用通用语，不过他们扩充了这种语言，并从精灵语中汲取了许多词语，丰富了它。

努门诺尔诸王统治期间，这种高贵化的西部语流传极广，就连他们的敌人也在使用。而在杜内丹人内部，西部语也用得越来越广泛，到了魔戒大战爆发时，仅有一小部分刚铎的居民知晓精灵语，日常使用它的人就更是稀少。这些人主要居住在米那斯提力斯及其周边村镇地区，以及诸位多阿姆洛斯亲王统治的附属领地中。然而刚铎王国中，几乎所有地名和人名都有精灵语的形式和含义。有些名称的起源已不可考，但无疑是从努门诺尔人的舰队纵横大海之前的日子传下来的，譬如**"乌姆巴尔"**（Umbar）、**"阿尔那赫"**（Arnach）和**"埃瑞赫"**（Erech），以及山脉的名称**"艾莱那赫"**（Eilenach）和**"里蒙"**（Rimmon）。**"佛朗"**（Forlong）这个名字也属于这一类。

大多数居住在西部各地北方区域的人类，都是第一纪元的**伊甸人**或其近亲的后代。因此，他们的语言与阿督耐克语有着关联，有些仍保留着与通用语的相似之处。这一类人包括生活在安都因上游河谷的民族，即贝奥恩一族和西黑森林的林中居民，以及居住在更加靠近东北方的长湖和河谷邦的人。刚铎称为"洛希尔人"，也就是"驭马者"的那支民族来自金鸢尾沼地和卡尔岩之间的地带，他们仍使用祖先的语言，并用它给新国度的几乎所有地方取了新名。他们自称"埃奥尔一族"或"里德马克人"。但这支民族的王者经常使用通用语，而且措辞具有其刚铎盟友一般的高雅风范。因为西部语是自刚铎流传而来，在那里仍保有一种更加优美古雅的风格。

德鲁阿丹森林中的野人的语言则迥然不同。黑蛮地人的语言也不同，抑或仅有遥远渊源，这些人是过去很久以前居住在白色山脉谷地中的民族的残部，黑蛮祠的亡者便是他们的亲族。然而在黑暗年代中，其余的人已迁去了迷雾山脉南麓，从那里又有些人进入了空旷的地域，最北远至古冢岗。布理的人类便是他们的后代，但很久以前这些人就成了北方王国阿尔诺的臣民，并采用了西部语。只有在黑蛮地，这一族的人类还固守着过去的语言和习俗。他们是一支行事隐秘的民族，漠视杜内丹人，憎恨洛希尔人。

本书中没有涉及这些人的语言，只有一个名称例外：**"佛戈伊尔"**（Forgoil）。这是他们给洛希尔人取的名字（据说意思是"稻草头"）。**"黑蛮地"**（Dunland）和**"黑蛮地人"**（Dunlending）是洛希尔人给他们取的名字，因为他们肤色深暗、发色黝黑；故而这两个名称中包含的语素 dunn 与灰精灵语中的**"西方"**一词 Dún 没有关联。

霍比特人

当时，夏尔和布理的霍比特人采用通用语大约已有一千年了，他们使用它时依着自己的习惯，随心所欲、无所顾忌，不过他们当中较有学问的人在必要场合仍能运用一种更为正式的语言。

没有任何记录表明霍比特人有过自己的独特语言。他们在古老的日子里似乎一直都用着居住地附近或周围的人类的语言，因而在进入埃利阿多后，他们迅速学会了通用语，到定居布理时，已经开始忘记先前的语言——那显然是安都因河上游的一种人类语言，与洛希尔人的语言同源，不过南方的壮躯族在北上来到夏尔之前，俨然已采用了一种跟黑蛮地语有关的语言。[1]

在弗罗多时代，这些语言仍在当地的词汇和名称中留有残迹，其中许多都与河谷邦和洛汗的十分相似。最明显的是星期几、月份和季节的名称；还

---

1 河角地的壮躯族返回了大荒野，他们已经采用了通用语，但"**狄戈**"（Déagol）和"**斯密戈**"（Sméagol）这两个名字用的是金鸢尾原野附近地区的人类语言。

有与此相类的若干其他词语（例如"马松"[mathom]和"斯密奥"[smial]），也仍被广泛使用，不过有更多保留在布理和夏尔的地名中。霍比特人的人名也颇具特色，许多都是从古老的时日里传下来的。

夏尔的居民通常用"**霍比特**"这个名字来称呼一切同类。人类则称他们"**半身人**"，而精灵称他们"**佩瑞安族**"（Periannath）。"**霍比特**"这个词的起源基本已不可考。然而，它最初似乎是由白肤族（Fallohides）和壮躯族（Stoors）给毛脚族（Harfoots）取的名字，在洛汗还保存着一个更为完整的词——"**霍尔比特拉**"（holbytla），即"造洞者"，而"霍比特"（hobbit）可能是该词的退化形式。

其他种族

恩特。幸存到第三纪元的最古老的种族，即"**欧诺德民**"[1]，或"**恩尼德**"[2]。"**恩特**"是洛汗语中对他们

1　欧诺德民（Onodrim），这是"恩特"作为一个种族的辛达语名称，结构为 Onod（恩特）+rim（集体复数）。——译者注

2　恩尼德（Enyd），"恩特"作为个体时，在辛达语中的名称是 Onod，复数形式为 Enyd。——译者注

的称呼。埃尔达在古老时日中便知悉恩特的存在，而恩特确实将开口说话的欲望归功于埃尔达，但他们认为本族的语言与埃尔达无关。他们创造的语言与其他所有语言都不同，它语速缓慢，深沉洪亮，堆砌音节又啰唆重复，的确是又慢又长。它由众多差异微妙的元音和独特的语调及音量组成，就连埃尔达的学者也不曾尝试将其用文字记录下来。恩特只在彼此之间使用这种语言，但他们也无须保密，因为外人谁也学不会。

然而，恩特自身精于语言，学习迅速，从不遗忘。不过他们更喜欢埃尔达的语言，最爱的则是古老的高等精灵语。因此，霍比特人的记载中，树须和其他恩特所说的奇怪词汇和名称是精灵语，或精灵语的只言片语以恩特风格串在一起。[1]一些是昆雅语，例如 Taurelilómëa-tumbalemorna Tumbaletaurëa Lómëanor，可以对应成"森林阴影密布，深谷黑暗；深谷林地覆盖，地域幽暗"，而树须这么说，大概是这个意思："在森林中的重重深谷里，有一个黑影。"

1　不过，霍比特人似乎尝试着描述了恩特发出的较短的咕哝和呼唤；而 a-lalla-lalla-rumba-kamanda-lindor-burúme 也不是精灵语，是现存唯一的（很可能是非常不准确的）描述真正恩特语片段的尝试。

一些则是辛达语，例如"**范贡**"（意思是"树须"），以及"**菲姆布瑞希尔**"（意思是"苗条的山毛榉"）。

奥克和黑语。"**奥克**"是其他种族为这支丑恶种族所取的名字形式，洛汗语中便是如此称呼他们，辛达语中则是"**奥赫**"。黑语中的"**乌鲁克**"这个词无疑与此相关，不过规定它仅指当时从魔多和艾森加德出动的强壮奥克士兵，寻常奥克则被称作"**斯那嘎**"（意思是"奴隶"），乌鲁克族尤其喜欢这么说。

奥克最初是北方的黑暗魔神在远古时代繁衍出来的。据说，他们没有自己的语言，而是竭尽所能从其他语言中剽取词句，并依照自己的喜好来歪曲它们。然而他们造出的只有野蛮粗俗的土话，除了诅咒和辱骂，几乎连本族的需求都不能满足。这些生物满心恶毒，甚至互相仇恨，该种族的各个部落和聚居地都迅速发展出了独有的野蛮方言，导致奥克语在不同部落之间的交流中几无用武之地。

因此，第三纪元中奥克各个部族之间交流时使用的是西部语，而许多较为古老的部落，比如那些仍驻留在北方和迷雾山脉中的，其实已经把西部语当作母语使用了很久，虽然将它用得几乎跟奥克语一样令人厌恶。这种土话中的"**塔克**"意为"刚铎人"，是种粗俗说法，衍生自昆雅语的"**塔奇尔**"一词，西部语中用该词来指代一支努门诺尔人后裔。参见卷六第16页。

据说，黑语是索隆在黑暗年代中设计的，他想要让自己所有的爪牙都使用这种语言，但没能达到目的。然而第三纪元期间，奥克当中广泛流传的词汇许多都是源自黑语，例如"**嘎什**"（意思是"**火**"），不过在索隆第一次被推翻之后，唯有那兹古尔没有忘记这种语言的古老形式。当索隆东山再起，该语言便又成了巴拉督尔和魔多众头领的语言。至尊戒上的铭文便是古老的黑语，而卷三第73页中，以格里什纳赫为首的邪黑塔士兵说的魔多奥克的骂人话则是种更粗俗的形式，该种口语中"**沙库**"的意思是"**老头**"。

食人妖。食人妖这个词是辛达语词"**托洛格**"的翻译。这些生物在远古时代的微光中问世，天生迟钝愚笨，跟野兽一样不通语言。但索隆利用了他们，教给他们学得会的些微知识，令他们的心智伴着邪恶增长。因此，食人妖从奥克那里学来了一部分自己能掌握的语言；而在西部地区，岩石食人妖说的是一种粗俗形式的通用语。

但在第三纪元末，有一支前所未见的食人妖种族出现在黑森林南部以及魔多边境的群山中。他们在黑语中被称为"奥洛格族"[1]。人们毫不怀疑他们是索隆培养出来的，但不清楚其来源。有人认为他们不是食人妖，而是巨型奥克；但奥洛格无论体型还是心智都和奥克相去甚远，哪怕最大的奥克也远不及他们庞大强壮。他们是食人妖，但体内充斥着主子的邪恶意志；他们是支残忍的种族，强壮、警惕、凶猛、狡猾，却比岩石更结实。他们不像那支微光时代的古老种族；只要有索隆的意志驱使，他们就能够忍受阳光。他们很少开口，仅懂得巴拉督尔的黑语这一种语言。

矮人。矮人是一支与众不同的种族。《精灵宝钻》讲述了他们的奇特起源，以及他们为何与精灵和人类既相似又不同。但中洲的寻常精灵对这个故事一无所知，而后来的人类讲述的故事，又混入了其他种族的记忆。

矮人大体上是一支坚韧顽固的种族，行事隐秘，

1　原文是 Olog-hai。——译者注

勤勤恳恳，对受害（和受益）都念念不忘，比起拥有生命的活物，他们更热爱岩石、宝石，以及那些匠人制作成形的物件。古时人类觊觎矮人的财富与手工造物，双方种族有过敌意。但不管人类的传说中怎样渲染，矮人天性并不邪恶，心甘情愿侍奉大敌的更是向来寥寥。

但在第三纪元，人类与矮人仍然在许多地区建立了亲密的友谊。依照矮人的天性，他们在自己的古老城邦被毁之后，四处旅行、劳作、贸易，应当采用与他们毗邻的人类的语言。然而他们秘密（与精灵不同，他们不愿揭开这个秘密，哪怕对朋友也不行）使用自己的独特语言，长年来几无改变，因为它已成为一种学识，而不仅仅是发祥地的语言，他们将其视为过往的财富，加以保管守护。其他种族中几乎没有成功学会这种语言的人。在本书历史中，它只出现在那些吉姆利向同伴们透露的地名中，以及他在号角堡防守战中发出的战呼里——至少那不是秘密，自世界的年轻时日以来，它曾回响在多处战场上："Baruk Khazâd! Khazâd ai-mênu!" 意思是："矮人的战斧啊！矮人向你冲来了！"

不过，吉姆利本人及其所有亲戚的名字都是源于北方语（人类语）。对于矮人自己秘密的"圈内"名字，也就是真名，他们从不对任何外族人提起，就连在墓碑上也不肯铭刻。

第二篇

翻译原则

为了将《红皮书》的内容作为一部历史呈现给现代人阅读，整体的语言设定都已尽量翻译成我们当今时代的措辞，保留原始形式的只有那些与通用语性质相异的语言，它们主要出现在人名和地名中。

通用语是霍比特人口头以及书面采用的语言，自然要译成现代英语。西部语存在着一些可察觉的变体，而在翻译过程当中，这些变体之间的差异变小了。笔者尝试着采用不同的英语变体来代表这些变体；但夏尔的发音与习语比起精灵及刚铎的高贵人类口中的西部语，区别要比本书中显示出的更大。霍比特人说的其实大体是种乡下方言，而刚铎和洛汗用的则是一种更具古风的语言，更为正式，也更为简洁。

笔者在此要提到一点区别，因为这点尽管常常很重要，但事实证明却是表达不出的。西部语的第二人称代词（也常见于第三人称代词）有着"熟稔"和"敬语"的区别，这与单复数无关。然而夏尔用法的特异处之一便是，敬语已经不再用于口头会话，只在村民当中（特别是西区）还有所使用，他们将其作为亲昵称呼。这便是刚铎人谈及霍比特人语言的特异之处时提到的种种表现之一。以佩里格林·图克为例，他初到米那斯提力斯的几天，对所有阶层的人，包括德内梭尔宰相本人，均使用熟稔体来称呼。这大概让那位年迈的宰相忍俊不禁，但必定令他的侍从们大为吃惊。毫无疑问，这样随便使用熟稔体，为"佩里格林在其家乡地位极为显赫"这一流言的广泛传播，起到了推波助澜的作用。[1]

1　有那么一两处，笔者尝试着以 thou（您）一词不合常理的用法来暗示这样的区别。由于这个代词如今既不常见，又是古体，它主要被用来表达典礼语言；但将 you（你）改为 thou 或 thee，有时是要表现从敬语到熟稔体，或男女之间从正常到亲密的重大转变，要做到这一点别无他法。（卷五第二章中阿拉贡与伊奥温的对话就着意表现了这一点。——译者注）

读者将会注意的是，霍比特人如弗罗多，其他人如甘道夫和阿拉贡，并不总是使用同样的措辞风格。这是有意为之。霍比特人当中较有学问和才华的人了解一些夏尔谓之"文言"的知识，他们能迅速留意并适应那些所遇之人的语言风格。何况，这也是很自然的：惯于旅行的人多多少少能模仿那些路遇相处者的说话习惯进行交谈，特别是阿拉贡这样的人，常常要努力掩饰自己的来历和目的。然而在那段时期，大敌的所有敌人都对古老事物存有敬意，语言比起其他事物自不稍减，他们依据自己的知识，也乐此不疲。埃尔达比其他任何种族都更精通语言，他们掌握了多种语言风格，尽管他们说起来最自然的是一种最接近本族语言的谈吐方式，而它甚至比刚铎的语言更有古风。矮人也擅长言辞，能迅速适应同伴的语言，不过有人觉得他们的发音相当刺耳粗哑。但奥克和食人妖说话随心所欲，对言辞和事物全无热爱，他们的语言其实比笔者展现的更加下流污秽。笔者认为，没人希望读到更贴切的翻译，虽然要找到范例也不难。同种口气仍可在思维如奥克的人们当中广泛听到，枯燥、重复，含着憎恨与鄙视，因为与美善隔绝太久，连言语都丧失了活力，只有那些仅拿脏话当强大的人听来不然。

显然，这种翻译在任何涉及过去的记叙文中都是不可避免的，因而司空见惯，而且很少更进一步。但笔者做的不止于此：笔者还将一切西部语名称依其含义做了翻译。本书中出现的英文名称或头衔，都是在表明：通用语中的名称，较之（或取代了）那些异类语言（通常是精灵语），是"现代"的名称。

一般而言，西部语名称都是更古老名称的译名，譬如："幽谷"（Rivendell）、"苍泉河"（Hoarwell）、"银脉河"（Silverlode）、"长滩"（Langstrand）、"大敌"（the Enemy）、"邪黑塔"（the Dark Tower）。有一些含义有区别，例如："末日山"译自**欧洛朱因**（Orodruin），"燃烧之山"；"黑森林"译自**陶尔·埃-恩戴歹洛斯**"（Taur e-Ndaedelos），"大恐怖之林"。还有一些是精灵语名称的变体，譬如："路恩"源自**"舒恩"**（Lhûn），"白兰地河"则是源自**巴兰都因**（Baranduin）。

这样的处理可能需要一定程度的解释。笔者觉得，以原始形式来表达所有的名字，会抹杀一项霍比特人观察到的（而他们的观点正是笔者主要考虑保留的）至关重要的时代特色：一种广泛流传的语言（他们习以为常，觉得平平无奇，正如英语在我们看来一样），与那些远为古老、更受尊敬的语言余韵之间的对比。倘若只是照样描摹所有名称，那么现代读者会觉得它们都同样生疏，例见精灵语名称"**伊姆拉缀斯**"（Imladris）与其西部语翻译"**卡尔宁古尔**"（Karningul）二者都不加改动的情况。但若把"幽谷"称作"伊姆拉缀斯"，那就好比当今提到温切斯特时称之"**卡米洛特**"，[1] 唯一区别在于：这里所指对象是明确的，而幽谷依然住着一位著名领主；即便亚瑟王如今仍是温切斯特的王，这位领主也要比他年长得多。

因此，"夏尔"（即 Sûza）的名字及一切其他霍比特地名，都"英语化"了。这几乎没有难度，因为构成这类名称的元素，常常与我们那些更为简单的英语地名中的元素相似：要么是现在仍然使用的词语，例如"**山丘**"和"**平原**"，要么是稍作简化的形式，例如"**屯**"（ton）而不是"**镇**"（town）。但就像前文指出的，有些是衍生自古老的、不再使用的霍比特词语，这些就以相似的英语事物来代表，例如 wich，以及 bottle（"住处"），还有 michel（"大"）。

1　类似中文读者将"南京"称为"金陵"。——译者注

不过，人名的情况有所不同。在那段时期，夏尔和布理的霍比特人姓氏是独特的，这在几个世纪前就养成的、继承家族名字的习惯里尤其明显。这些姓氏或是从玩笑的昵称衍生出来，或是来自地名，还可能是来自植物和树木的名称（特别是在布理），大多数都在当时的语言中有着直白的含义。翻译这些名称几乎没有什么难度，但有那么一两个古老名称的含义已不可考，笔者就满足于将其拼写"英语化"，例如"图克"（以 Took 代替 Tûk）和"博芬"（以 Boffin 代替 Bophîn）。

笔者尽量将霍比特人的首名也做同样处理。霍比特人常常以花朵和珠宝的名称来为女孩命名，但给男孩取的名字通常在日常用语中没有含义，此外他们的女性名字也有一些大同小异。这类名字包括："比尔博"（Bilbo）、"邦果"（Bungo）、"波罗"（Polo）、"洛索"（Lotho）、"坦塔"（Tanta）、"尼娜"（Nina），等等。还有许多名字与我们现在所用所知的名字相同，这虽不可避免，却是巧合，例如"奥索"（Otho）、"奥多"（Odo）、"卓果"（Drogo）、"朵拉"（Dora）、"科拉"（Cora），等等；笔者保留了这些名字，不过通常都改变其词尾而使其"英语化"了，这是因为霍比特人名中 a 是阳性词尾，o 和 e 是阴性词尾。[1]

但是，一些古老家族有选取听来高贵的首名的习俗；特别是那些出身白肤族的，例如图克家和博尔杰家。这些名字似乎大多是取自过去的传奇故事，既有人类的，也有霍比特人的。尽管如今许多名字霍比特人觉得没有含义，但它们与安都因河谷、河谷邦以及马克的人类名字十分相似。因此，笔者将这些名字译成了我们仍然使用或我们的史书中仍能见到的古名，主要为法兰克语和哥特语起源。不管怎么说，笔者依样保留了首名和姓氏之间的对比，这常常是夸张的，霍比特人自己也十分清楚。起源古典的名字几乎不曾使用，因为在夏尔的学识中，最近似拉丁语和希腊语的语言是精灵语，霍比特人命名时很少采用。不论何时，都少有人懂得他们所谓的"王室语言"。

雄鹿地居民的名字与夏尔其他地区又有所不同。如前所述，泽地（Marish）的居民和他们那些住在白兰地河对岸的支系亲族，在许多方面都是独特的。毫无疑问，他们的许多十分古怪的名字，与先前南方壮躯族的语言一脉相承。笔者通常将这些保留，不作改

1　这与英语刚好相反。——译者注

动，因为它们虽说现在显得怪异，但在他们的时代也是怪异的。它们有种我们或可模糊视为"凯尔特式"的风格。壮躯族和布理人的语言中留存了更古老的语言的痕迹，正如英格兰留存了凯尔特的痕迹，所以笔者有时会在翻译中模仿后者。因而，"布理"（Bree）、"库姆"（Combe，或 Coomb）、"阿切特"（Archet）和"切特森林"（Chetwood）都是依照残存下来的不列颠命名法构造出来的，依其含义选择词语："布理"即"山丘"，"切特"即"森林"。但人名只有一个是这样改动的。选择译为"梅里阿道克"，是为了符合这样一个事实：该人物的昵称"卡利"（Kali）在西部语中意为"快活，欢乐"，[1] 虽说它其实是如今不再有含义的雄鹿地名字"卡利马克"（Kalimac）的缩写。

笔者在转换过程中没有采用希伯来语及其类似语源的名字。霍比特人名中没有什么对应我们的名字中的这种元素。像"山姆"（Sam）、"汤姆"（Tom）、"蒂姆"（Tim）、"马特"（Mat）这样的短名很常见，它们是真实的霍比特人名的缩写，例如"汤姆巴"

1　梅里阿道克的昵称"梅里"（Merry）在英语中的意思也是"欢乐"。——译者注

（Tomba）、"托尔马"（Tolma）、"马塔"（Matta）。
但山姆和他父亲汉姆本来是叫"班"（Ban）和"兰"
（Ran），是**"班纳齐尔"**（Banazîr）和**"兰努加德"**
（Ranugad）的简称。它们本来是绰号，分别意为"懵
懂，单纯"和"居家者"。不过这些词已经不再用于
口语，而是在某些家族中作为传统名字存留了下来。
因此，笔者力图保留这种特色，采用了"山姆怀斯"
（Samwise）和"汉姆法斯特"（Hamfast），这是将含
义十分接近的古英语词 samwís 和 hámfæst 转为现代
形式的结果。

笔者将霍比特人的语言和名字译成读者熟悉的
现代形式，尝试进行到这里，笔者发觉自己卷入了一
个更进一步的过程。笔者认为，与西部语相关的人类
语言应转化为与英语相关的形式。据此，笔者将洛汗
语译得类似古英语，因为它既与通用语有关（相对较
远），又与北方霍比特人从前的语言有关（十分接近），
此外还和西部语古体形成了对比。红皮书中有几处指
出，霍比特人听到洛汗人的言谈时，辨认出了许多词
句，觉得这种语言与自己的同源；因此，笔者觉得，
放任书中的洛希尔人的名字和词汇不变，而呈现出一
种全然相异的风格是荒诞的。

笔者将几处洛汗地名的形式和拼写译成了现代说法，例如"黑蛮祠"（Dunharrow）和"雪河"（Snowbourn）；但笔者遵循霍比特人的习惯，没有一概而论。如果这些名字包含他们能辨认出的元素，或是类似夏尔的地名，霍比特人也以同样的方法来改动自己听到的名字，但有许多他们没有变动，正像笔者所做，例如"**埃多拉斯**"（Edoras），意思是"诸庭"。出于相同的原因，有几个角色名称也译成了现代说法，如"**捷影**"（Shadowfax）[1]和"**佞舌**"（Wormtongue）。[2]

这种归并法也为表达那些起源于北方的独特的霍比特人本地用语提供了一种便捷方式。它们被赋予失传的英语词语最有可能具备的现代形式——如果这些英语词流传至今。mathom一词意在令读者想起古英

1　捷影（Shadowfax）。该译名来自译林出版社丁棣、姚锦镕、汤定九译《魔戒》，虽然Shadowfax的意思其实是"有着暗灰的鬃毛（和皮毛）"，严格说来不应如此翻译，但它形神兼具，我们因而沿用，在此致谢。——译者注

2　该语言学过程并不表示洛希尔人和古英格兰人在别的方面十分相似，不论文化还是艺术、武器还是战斗方式。二者只是因所处环境而在整体上有些相似：都是淳朴也更原始的民族，生活中与另一个更高等也更脆弱的文明有所接触，并且占据的土地曾是那个文明的辖地的一部分。

语词 máthm，以此来表示霍比特人的实际用词 kast 与洛汗语词 kastu 的关系；类似地，"斯密奥"（smial，或 smile），即"洞穴"，是 smygel 的一个可能的现代形式，很好地表示了霍比特人的用词 trân 与洛汗语词 trahan 的关系。**"斯密戈"**（Sméagol）和**"狄戈"**（Déagol）是以同样方式为北方语言中 Trahald（"钻洞的，曲折钻进去的"）和 Nahald（"秘密"）这两个词造出的同义词。

河谷邦的语言还要更接近北方语言，在本书里只出现在来自那一地区、因而也使用彼处人类语言的矮人名字当中，他们"对外"的名字就是用这种语言取的。尽管词典告诉我们，dwarf 的复数形式是 dwarfs，但读者可以观察到，本书和《霍比特人》一书一样，都使用 dwarves 这个形式。假如单数和复数形式各自依其方式逐年发展，那么"矮人"这个词就应是 dwarrows（或 dwerrows），正像 man 与 men，goose 与 geese。但是，我们不再像提及人乃至鹅那样频繁地提及矮人了，人类群体中的记忆也不再鲜活，无法为一支如今已被丢弃进民间传说乃至荒唐故事的种族保留一种特殊的复数形式：前者当中总算还保留了一线真相，而后者当中他们只不过变成了滑稽角色。但第三纪元期间，他们的古老特质和力量尽管已稍有削弱，但仍可窥得一斑：这些是远古时代瑙格人的后裔，工匠宗师奥力的古老火焰仍在其心中燃烧，对精灵长年积怨的闷烧余烬也未熄灭，其手中仍掌握着雕凿岩石的技艺，无人能与之比肩。

为强调这一点，笔者斗胆采用了 dwarves 这一形式，从而使他们能够多少脱离出后世里的那些愚蠢故事。Dwarrows 本来是更好的形式，但笔者仅在 Dwarrowdelf 一词中使用了该形式，以代表墨瑞亚在通用语中的名字：Phurunargian。这是因为，该词意为"矮人挖凿之所"，不过已经是个古体词，而"墨瑞亚"却是个精灵语名称，且并非因好感得名——埃尔达在对抗黑暗魔神及其爪牙的艰苦战争中，有需要时会营造地下要塞，但他们并不会自发选择住在这样的地方。他们热爱绿色的大地和穹苍的光源，而墨瑞亚在他们的语言中意为"黑裂隙"。但矮人称其为**卡扎督姆**，"卡扎德人的城邦"，至少这个名字从未保密；因为这是他们的自称，自从奥力在时间的深谷中创造他们，并赠给他们这个名字以来，就是如此。

笔者采用"精灵"一词来翻译两个名称：一是"**昆迪**"，意思是"能言者"，这是那支种族全体的高等精灵语名称；一是"埃尔达"，这是去寻找不死疆域，并在创世之初抵达该地的三大宗族的统称（只有辛达除外）。实际上，这个古词是唯一的选择，它一度如同量身定做，用来描述人类对这支种族保留的记忆印象，它对人类的思维来说也并非全然陌生。但"精灵"一词的含义已经褪色了，如今许多人会认为该词暗示着可爱或愚蠢的幻想，而这与古时昆迪的差异，正如蝴蝶与迅捷鹰隼之间的差异——任何昆迪身上都从来没长过翅膀，翅膀不管是对他们还是人类来说，都是不自然的。他们是一支高贵美丽的种族，是世界年长的儿女，而"大迁徙之民"、"星辰的子民"，也就是在昆迪当中如同王者的埃尔达，如今已经离去。他们身量高挑，虽然生着黑发（菲纳芬的金发家族除外），但有着白皙皮肤和灰色眼睛；[1]他们的嗓音比当今能听到的任何凡人嗓音都更婉转动听。他们是英勇的，但那些回到中洲的流亡者的历史却是惨烈的。尽管他们的命运在遥远的过去曾与人类先祖的命运有过交集，却又与人类不同。他们的统治很久以前

1　［实际上，这些对他们面容和发色的特点的描述仅适用于诺多精灵，参见《失落的传说》上卷（即《中洲历史》第一卷——译者注）。］

就已结束，如今居住在世界的范围之外，永不归返。

对霍比特、甘姆吉和白兰地河
三个名称的注释

霍比特。这个名字是发明出来的。西部语中但凡提到这支民族，都用**"班纳基尔"**（banakil），即"半身人"。但当时夏尔和布理的居民用的是**"库都克"**（kuduk），这在别处都见不到。不过，梅里阿道克实际上记载过，洛汗之王用的是**"库德－督坎"**（kûd-dûkan）这个词，意思是"穴居者"。如前所述，霍比特人曾说过一种与洛希尔人密切相关的语言，因此**"库都克"**很可能是**"库德－督坎"**一词的退化形式。出于已经解释过的理由，笔者将后者译成了**"霍尔比特拉"**（holbytla），倘若该词当真曾出现在我们自己的古代语言中，那么**"霍比特"**（hobbit）这个词完全可以是它的一个退化形式。

甘姆吉。根据红皮书中列出的家族传统，**"加尔巴西"**（Galbasi）这个姓氏及其简化版本**"加尔普西"**（Galpsi）都是来自**"加拉巴斯"**（Galabas）这个村子，普遍认为是来自 galab-（英语 game，"游戏"）和 bas- 这个大致等同于我们的 wick 和 wich 的古老元素。因此，"甘米奇"（Gamwich，读作 Gammidge）似乎是个十分贴切的翻译。但是，将"甘米奇"缩短为"甘姆吉"以表现"加尔普西"的过程中，并不是有意体现山姆怀斯与科顿家族的联系，不过假如他们的语言中真有任何依据，那类笑话必定会颇具霍比特人味道。[1]

实际上，"科顿"（Cotton）代表 Hlothran，是夏尔相当常见的村名，该词衍生自 hloth-（"两室的居所或地洞"）和 ran(u)（"山坡上一小群这类居所"）。它作为姓氏，可能是 hlothram(a)（"村民"）的变体。Hlothram 是农夫科顿祖父的名字，笔者将其译成了"科特曼"（Cotman）。

1　托尔金在《〈魔戒〉名称指南》一文中亦指出，"科顿"（Cotton）这个姓由 cot 和 ton 两个成分组成，意为"小屋屯"，与"棉花"无关。但他也曾提到，"甘姆吉"（Gamgee）一词有"脱脂棉"的意思（他童年时学到这个词，不过现在它已过时了），而"科顿"（Cotton）有"棉花"的意思，因此这两个名字虽然在中洲没有关系，但在现代英语中却有联系，这里的笑话就是来自这个联系。——译者注

白兰地河。霍比特人给这条河取的名字，是精灵语词"巴兰都因"（Baranduin，重音在 and）的变体，来自"金棕色"（baran）和"（大）河"（duin）。"白兰地河"貌似是"巴兰都因"一词在现代的自然讹变形式。实际上，更早一些的霍比特名称是 Branda-nîn，即"界河"，本来译作 Marchbourn 更确切，但由于一个约定俗成，而且指的是其颜色的笑话，当时该河通常被称作 Bralda-hîm，意思是"醉人麦芽酒"。

但是必须注意，老雄鹿家族（Zaragamba）把姓氏改成"白兰地鹿"（Brandagamba）时，名称中的第一个元素其实意为"边界地"，因此"边界鹿"（Marchbuck）才是更贴切的翻译。只有非常大胆的霍比特人，才敢当面称呼雄鹿地统领为 Braldagamba（"醉酒鹿"）[1]。

1　醉酒鹿（Braldagamba），即"白兰地鹿"的霍比特说法。——译者注

ACKNOWLEDGMENTS

译者致谢

　　《魔戒》这个中文版本的翻译与出版，三位译者与幕后团队，如同故事中人，大家尽心竭力走了一趟托尔金教授的语言文字之旅，将托老笔下那荡气回肠、令人流连忘返的中洲，无论大小人物、高山低谷、一花一木，都细细品味过。

　　从小在教会中长大，我对 fellowship（教会中称"团契"）这个词的认识是："一个群体，有共同信念，互相帮助、扶持，每个人看别人比自己强，一起朝一个共同目标前进。"抱定这样的心志，团队成员在时限中总算不负使命。

　　翻译过程中，我多次感觉这事实是托老在天上亲自促成。他召聚了一群来自大陆、台湾、香港与美国的华人 Ringer，大家不但高度齐心，并且妥善地各尽其职，只盼推出一个无愧于华文读者的译本。

我感谢上帝使我有机会参与这项任务，与这么多比我优秀的人合作。在此我要特别感谢友人 Caterpillar 的无私帮助，她以专业的态度和水准校对了全书多半章节，让我们对译稿多一重信心与把握。感谢精灵语专家方克舟再次拔刀相助，无论他有多忙，在我遇见疑难时总是给予援手。

如今，使命达成，盼托老满意，读者喜欢。

邓嘉宛

台北，景美

2013 年 3 月

文景

社 科 新 知　文 艺 新 潮

Horizon

魔戒：全7卷

[英] J.R.R. 托尔金 著

邓嘉宛　石中歌　杜蕴慈 译

出 品 人：姚映然
责任编辑：卢　茗　朱艺星
特约校对：zionius
营销编辑：杨　朗
封面插画：艾伦·李（ALan Lee）
装帧设计：山川制本workshop

出　　品：北京世纪文景文化传播有限责任公司
　　　　　（北京朝阳区东土城路8号林达大厦A座4A　100013）
出版发行：上海人民出版社
印　　刷：山东临沂新华印刷物流集团有限责任公司
制　　版：南京展望文化发展有限公司

开 本：787mm×1092mm　1/32
印 张：77.5　字 数：1215,000　插 页：14
2023年12月第1版　2023年12月第1次印刷
定 价：168.00元
ISBN：978-7-208-18336-0/I·2089

　　　图书在版编目（CIP）数据

　　魔戒：全7卷 /（英）J.R.R. 托尔金 著
（J. R. R. Tolkien）著；邓嘉宛，石中歌，杜蕴慈译
. —上海：上海人民出版社，2023
　　书名原文：The Lord of the Rings
　　ISBN 978-7-208-18336-0

　　Ⅰ.①魔… Ⅱ.① J… ②邓… ③石… ④杜… Ⅲ.①
长篇小说 - 英国 - 现代 Ⅳ.① I561.45

　　中国国家版本馆 CIP 数据核字（2023）第 100569 号

托尔金在文景

《霍比特人：电影书衣本》

《霍比特人：经典书衣本》

《霍比特人：精装插图本》

《霍比特人：萌趣插图本》

《霍比特人：插图详注本》

《魔戒》

《魔戒：插图本》

《魔戒：精装插图本》

《魔戒：全7卷》

《精灵宝钻：精装插图本》

《努门诺尔与中洲之未完的传说》

《贝伦与露西恩：精装插图本》

《胡林的子女：精装插图本》

《刚多林的陷落：精装插图本》

《圣诞老爸的来信》

《幸福先生》

《〈霍比特人〉的艺术》

《纸上中洲：艾伦·李的〈魔戒〉素描集》

《中洲旅人：从袋底洞到魔多——约翰·豪的中洲素描集》

《神话与魔法：约翰·豪的绘画艺术》

《中洲地图集》

《托尔金：中洲缔造者》

《托尔金传》

《险境奇谈：托尔金短篇小说集》

《西古尔德与古德露恩的传奇》

……

译者简介

邓嘉宛，专职译者，英国纽卡斯尔大学社会语言学硕士。从事文学与基督教神学翻译工作二十余年，译有《魔戒》《精灵宝钻》《胡林的子女》《纳尼亚传奇》《饥饿游戏三部曲》《鲁滨逊漂流记》等五十余种作品。

石中歌，资深托迷，又名 Ecthelion、喷泉。热爱托尔金教授笔下那个名为阿尔达的世界，长年累月迷路其中，且乐不思返。

杜蕴慈，台湾政治大学资讯管理学系毕业。著有欧亚丝路纪行《地图上的蓝眼睛》《迷里温·孤山》。喜爱阅读民族史诗、传说，欧亚草原历史地理。

译者分工

邓嘉宛　卷一至卷六故事内文

石中歌　前言、楔子、附录，及全文校订

杜蕴慈　诗歌

文景

——————

Horizon

THE
LORD
OF
THE
RINGS

J.R.R. TOLKIEN

社科新知　文艺新潮

魔戒

6

[英] J.R.R. 托尔金 著

邓嘉宛　石中歌　杜蕴慈 译

上海人民出版社

目　录

卷　六

第一章

奇立斯乌苟之塔

　　山姆从地上撑起身来，浑身疼痛。有那么一会儿，他很纳闷自己这是在哪里，可接着，所有的悲惨遭遇和绝望都回到了脑海中。他在漆黑一团的地道里，在奥克要塞的地下门外，那道黄铜门已经关死。他一定是在猛撞那门后昏过去了，但他不知道自己究竟昏过去多久。当时他怒火填膺，绝望又暴怒，现在他冷得发抖。他悄悄爬到门边，把耳朵贴到门上。

　　他隐约听见门内远处有奥克在大声喧闹，但没多久声音就停了，也许是出了听力范围，一切都静了下来。他头痛，眼前的一片黑暗中金星飞舞，但他努力让自己镇定下来思考。情况很清楚，无论如何他都不能冀望从这扇门进入奥克的老巢，要等这扇门打开不知要多少天，而时间极其宝贵，他不能等。他对自己的责任再没有一点怀疑——他必须去救自家少爷，要不然就在尝试中送命。

"送命更有可能，反正那样也容易得多。"他一边严肃地跟自己说，一边将刺叮入鞘，转身离开了那两扇黄铜门。他不敢使用那种精灵之光，只能在黑暗中摸索，沿着隧道慢慢往回走。他边走，边努力把他和弗罗多离开十字路口后发生的事情串在一起。他拿不准现在是什么时候了。他估计是今天和明天之间的某个时刻，但就连日子他也记不清楚了。他身在一片黑暗的地域里，白昼的世界在这里似乎已被遗忘，所有进入此地的人也都被遗忘了。

"不知道他们到底想过我们没有？"他说，"大家在那边又都遇到了什么事？"他茫然地向对面的空中挥了挥手，但随着他走回希洛布的隧道，其实这时他不是面朝西方，而是南方。在西方那个外面的世界，这时是夏尔纪年的三月十四日近午时分。就在这时，阿拉贡正率领黑舰队离开佩拉基尔，梅里正随同洛希尔人骑马走下石马车山谷，与此同时，米那斯提力斯正陷入一片火海，皮平眼看着德内梭尔眼中的疯狂渐渐高涨。不过，尽管这些友人各有各的忧虑与恐惧，却常常惦念着弗罗多与山姆，他们二人并未被遗忘。只是他们离得太远，众人鞭长莫及，内心的惦念也无法给汉姆法斯特的儿子山姆怀斯送去任何帮助。他是千真万确地孤立无援了。

终于，他回到了奥克通道的石门前，却仍找不到固定着门的门把或门闩。他像之前那样费力地爬了出去，轻巧落地，然后小心翼翼地朝希洛布的隧道的出口走去。她那张巨网的残丝挂在门口，仍被寒风吹得飘荡不止。在经历了背后那片有害的黑暗之后，这阵阵气流让山姆感觉寒冷，但吹动的风也让他振作起来。他谨慎地爬了出去。

天地俱寂，透着不祥。天光昏暗，犹如阴天的黄昏。从魔多升起的一团团巨大蒸汽从头顶低低飘过，朝西涌去，大片纷乱翻滚的乌云和浓烟底部又一次被暗红的光照亮。

山姆抬头望向奥克的塔楼，那些窄窄的窗户突然透出了灯光，像是瞪起了一只只细小的红眼睛。他不知道那是不是某种信号。先前他盛怒又绝望，暂时把对奥克的恐惧忘到了脑后，这时那恐惧又回来了。依他的判断，他只能走这一条路——他必须继续往前走，努力寻找这座可怕塔楼的主要入口。但他发现自己膝盖发软，整个人都在发抖。他垂下目光，不去看前方的塔楼和裂罅两侧耸立的尖角，又竖起耳朵聆听，紧盯着路边浓重的岩石阴影，强迫双脚勉强顺从意志，慢慢一步步往回走。他经过了弗罗多倒下的地方，那里希洛布的臭气还未消散。他继续往上走，直到又站在他戴上魔戒、看着沙格拉特带队经过的那个裂口处。

他在那儿停步，一屁股坐下。那一刻，他再也无法逼迫自己往前走了。他觉得自己一旦越过隘口的顶端、真正向魔多之地踏进一步，那一步将是无可挽回的。他将再也不能回头。说不清是出于什么目的，他掏出魔戒，又把它戴上。他立刻感到了戒指的沉重分量，也重新感到了魔多之眼的恶意，然而此刻这股恶意空前地强烈又急切。它怀着不安与疑虑正在搜索，企图穿透它为防御自身而制造出来的重重阴影——这些阴影现在反而成了妨碍。

如同先前一样，山姆发现自己的听力变得敏锐了，但他眼中所见的世间万物却变得单薄模糊。山道两旁的岩壁仿佛隔着一层迷雾，呈现出一片苍白，不过他仍听到远处境遇凄惨的希洛布正发出吐沫似的声音，他还听见粗嘎却清晰的喊声与金铁交鸣声，感觉离得极近。他跳了起来，整个人紧贴住路边的石壁。他很庆幸自己戴着魔戒，因为这会儿又走来了另一队奥克——或者说，他一开始是这么以为的。接着，他突然明白过来不是这回事，是听力欺骗了他——奥克的叫喊来自塔楼，塔顶的尖角此时就在正上方，在裂罅左边。

山姆打了个寒战，强迫自己继续走。那座塔楼里显然正在发生某种可怕的事。也许那些奥克的残酷本性占了上风，他们不顾一切命令，正在折磨弗罗多，甚至正野蛮地将他千刀万剐。山姆竖起耳朵，听着听着又生出了一丝希望。几乎毫无疑问，塔楼里在斗殴，奥克一定起了内讧，沙格拉特和戈巴格已经大打出手了。这个猜测给他带来的希望尽管渺茫，却足以成为激励。也许这正是个机会。他对弗罗多的爱战胜了其他一切念头，他一时忘了危险，大声喊道："弗罗多先生，我来了！"

他往前奔上那条爬升的小道，越了过去。小路立时朝左转，陡然下降。山姆就这么进入了魔多。

也许是受了内心深处某种危险的预感驱使，他取下了魔戒，不过照他的想法，他只是以为自己希望看得清楚些。"最好能看见最坏的状况。"他嘀咕道，"在雾里瞎闯可没好处！"

跃入他眼帘的，是一片荒凉、严酷又贫瘠的大地。埃斐尔度阿斯最高的山脊在他脚前陡然下降，巨大的悬崖直扎入一道黑暗的深沟，深沟对面又升起另一道低得多的山脊，边缘参差，犬牙交错，映着背后的红光兀立在眼前，显得一片漆黑——那就是险恶的魔盖，魔多大地的防御内环。越过那道山脊，几乎就在正前方远处，那片点缀着微小火光的黑暗汪洋对面，有一团巨大的火光正在闪动。粗大的烟柱旋转着从中升起，根底是蒙尘的暗红，顶部乌黑，汇入天上一片滚滚的云盖。那片云笼罩了这一整片受诅咒的土地。

山姆正看着欧洛朱因，火焰之山。它的锥形山体周身灰白，山底深处的熔炉不时蓄起高热，汹涌搏动着，从山侧的裂缝中喷吐出一条条岩浆的河流。有些发着炽烈的光，沿着巨大的渠道朝巴拉督尔流去；有些蜿蜒淌入岩石遍布的平原，直到冷却，就像受尽折磨的大地吐出了扭曲不动的龙形。山姆就在这样一个艰难的时刻看见了末日山。此时它耀眼的火光照映着光秃的岩石山壁，使它们看起来像是浸透了鲜血。然而那些从西边爬上山道的人却看不见，因为他们被埃斐尔度阿斯高耸的屏障挡住了视线。

山姆目瞪口呆地立在可怕的火光中。他现在往左看，可以看见奇立斯乌苟之塔那固若金汤的全貌。他从另一侧看见的尖角只是它最顶端的角塔。塔的东面分三大层，耸立在一块从下方深处的山壁突出的岩架上。高塔背临一面巨大的峭壁，从峭壁上筑出一个叠一个的棱堡，越往上越小。朝着东北和东南的陡峭堡墙上，砖石都筑得极其精巧。在高塔最低一层的周围，在山姆此时立足之地下方的两百呎处，一道有城垛的围墙环抱着一个窄院。大门开在靠近东南方的一面，敞向一条宽阔的大路，路的外护墙沿着悬崖边缘筑起，直到它转向南方，蜿蜒降入黑暗，与越过魔古尔隘口而来的道路交会。然后那条路继续向前，穿过魔盖上一处锯齿状的裂口，进入戈垆洛斯山谷，远远通向巴拉督尔。山姆所站的这条高处的窄道经过阶梯和陡直的小径迅速下降，在嶙峋的岩壁下靠近塔门的地方与主大路会合。

山姆凝视着塔楼，突然明白过来：修筑这座要塞，不是为了把敌人拒于魔多之外，而是为了把他们困在魔多之内。这简直令他震惊。它其实是刚铎在很久以前所建的工事之一，是伊希利恩防线的东端前哨，建于最后联盟之后，当时西方之地的人类监视着索隆的邪恶之地，他的爪牙还潜伏在其中。但是，就跟尖牙之塔纳霍斯特和卡霍斯特一样，此处的警戒也失败了，背叛者把这座塔拱手交给了戒灵之王。长久以来，它一直被邪恶之物把守着。索隆回到魔多后，发现这塔十分有用。因为索隆的爪牙很少，而满心恐惧的奴隶却有很多，这塔的主要用途仍跟古时一样，是为了防止有人从魔多逃脱。就算真有敌人敢贸然尝试潜入那片土地，就算有人通过了魔古尔和希洛布的警戒，也还有不眠的守卫这最后一关要过。

山姆看得再清楚不过，要从那些眼目众多的围墙底下悄悄爬下去，并穿过充满警戒的大门，是何等无望。就算他全都办到了，也无法在后面那条被守卫着的大路上走出多远，因为就连那些位于红光照不到的幽深之处的浓黑阴影，也无法一直掩护他躲过能够夜里视物的奥克。但是，不管那条路可能多么绝望，他眼下的任务都要糟糕得多——不是躲开那道大门逃走，而是孤身一人进去。

他想到了魔戒，但他从中找不到慰藉，只有恐惧和危险。远处熊熊燃烧的末日山一进入视野内，他就发觉自己身负之物起了变化。魔戒越是接近那处在遥远古时将它锻造成形的巨大熔炉，力量就越强，也变得越凶猛，除了某些强大的意志，无人能驯服它。当山姆站在那里时，即便魔戒不是戴在手上，只是用链子挂在颈上，他仍然觉得自己扩大了，好像裹上了一重巨大扭曲的自身阴影，犹如一个伫立在魔多的山障上、充满不祥的庞大威胁。他觉得，自己从这一刻起只有两个选择：要么克制住魔戒，尽管它会折磨自己；要么占有它，去挑战那个盘踞在阴影山谷之外的黑暗堡垒里的力量。魔戒已经在引诱他了，侵蚀着他的理性与意志。他的脑海中冒出了狂野的幻想，他看见了这个纪元的英雄、大力士山姆怀斯，手执燃着火焰的剑大步穿过这片昏暗的大地，他振臂一呼，便万军来归，簇拥着他一同进军去推翻巴拉督尔。接着，乌云滚滚尽皆退去，艳阳高照，他一声令下，戈埚洛斯谷地就变成了一片花木繁盛的花园，果树结实累累。他只要戴上魔戒，将它据为己有，这一切就会实现。

在这个考验的时刻，他之所以坚定地守住了心智，最主要是因为他有着对自家少爷的爱，同时也是因为他那单纯的霍比特人意识仍然存留在内心深处，未被击败。他心知肚明，就算那些幻象不是一个纯粹只会背叛他的骗局，自己也没伟大到能够担起这样的重担。他需要并且应得的，只是一个属于自由园丁的小花园，能用自己的双手劳作，而不是把花园膨胀成一个王国，命令他人用双手去劳动。

"不管怎样，那些念头都只不过是骗人的。"他跟自己说，"可能都不用等我大声说出来，他就会发现我，恐吓我。我要是这时候在魔多戴上戒指，他一定会在眨眼间就发现我。呃，我只能说，这种状况就像春天里闹霜冻一样糟糕透顶。偏偏就在隐身会非常有用的时候，我不能使用魔戒！而且，我就算真能再往前走，每一步它都只会是累赘跟重担而已。这到底该怎么办？"

他并不是真的犹疑不定。他知道自己必须下去，到那大门去，不能继续在这里耽搁。他耸了耸肩，仿佛在甩掉阴影、遣散幻景，然后开始慢慢往下走。他觉得自己每走一步就变小一点。没走多远，他就又缩成了一个个子很小又吓坏了的霍比特人。现在，他正从塔楼的围墙下走过。塔内那些呼喝打斗的声音，他用自己那两只普通的耳朵都能听见。这时，喧闹声似乎就来自外墙后的庭院内。

山姆沿着小道往下走了差不多一半时，只见两个奥克冲出黑暗的门道，跑进红光之中。他们没转向他这边，而是朝主大路直奔而去。但他们在奔跑中突然趔趄着扑倒在地，都不动了。山姆没看到箭矢，但他猜那两个奥克是被其他在城垛上或躲在大门阴影里的奥克射倒的。他紧贴着左边的墙继续往前走。只需抬头望一眼，他就知道没可能爬上去。石墙有三十呎高，既无裂缝也无突起，且如反向的阶梯一般向外倾。唯一的路是大门。

他蹑手蹑脚地前进，边走边琢磨有多少奥克跟着沙格拉特住在塔里，戈巴格又有多少手下，还有，如果真的起了争执的话，他们是为了什么而闹翻。沙格拉特那伙似乎有四十来个，戈巴格那伙则有两倍还多，不过，沙格拉特的巡逻队肯定只是他手下守卫部队的一部分而已。他们是为弗罗多以及战利品起了争执，这几乎可以肯定。山姆脚下一顿，因为事态突然显得一清二楚了，简直就像他目睹一样。那件秘银甲！当然了，弗罗多一直穿着，他们会发现它的。从山姆听到的来判断，戈巴格会觊觎它。但是眼前唯一能保护弗罗多的就是来自邪黑塔的命令，如果那些命令被抛到脑后，弗罗多随时都可能没命。

"快点，你这悲惨的懒家伙！"山姆对自己叫道，"现在，豁出去吧！"他拔出刺叮，朝敞开的大门跑去。但是，就在他要从那座巨大的拱门底下冲进去时，他整个人登时一震，那感觉就像撞进了希洛布所织的某种罗网一样，只不过这网是隐形的。他看不见有障碍物，但有种强大到他的意志无法战胜的东西挡住了去路。他环顾左右，随即在大门的阴影里看见了两尊监视者。

它们恰似两座坐在宝座上的巨大雕像，每座都有三副相连的躯体和三个头颅，头上长着秃鹰般的脸，分别朝外、朝内，以及朝着门道，爪子似的手搁在硕大的膝盖上。监视者们看起来像是用巨石雕刻而成，固定不动，却有知觉——它们里面驻有某种可怕的警戒邪灵。它们认得敌人。无论有形还是隐形，没有谁能溜过去不被发现。它们会禁止他进入，或禁止他逃脱。

山姆铁了心再次往前冲，但又被猛地制止，仿佛胸口和头上挨了一击般踉跄不前。接着，因为实在无计可施，他极其大胆地回应了一个突如其来的念头——他慢慢取出加拉德瑞尔的水晶瓶，将它举了起来。瓶中白光迅速增长，黑暗拱门下的阴影被驱走了。两尊丑陋妖异的监视者坐在那里，冰冷、纹丝不动，全副可怕的形貌都显露无遗。有那么片刻，山姆瞥见那些黑石做成的眼睛里光芒一闪，仅仅是其中的恶毒就令他胆战心惊。但慢慢地，他感到它们的意志动摇了，瓦解成了恐惧。

他一跃冲过它们，边跑边把水晶瓶塞回胸口，就在这时，他察觉到它们恢复警戒，就像背后有道钢闩咔嗒一声扣上一样，再清楚不过。然后，那些邪恶的头颅发出一声尖锐高亢的叫喊，回荡在面前耸立的高墙上。上方高处遥遥传来咣的一声刺耳钟响，像是回应的讯号。

"这下可好！"山姆说，"我算摇了大门的门铃了！好吧，来人啊！"他喊道，"告诉沙格拉特队长，伟大的精灵战士上门拜访，还带着精灵宝剑！"

没有回应。山姆大步往前走去，手中的刺叮闪着蓝光。庭院笼罩在浓浓的阴影中，但他仍看得见石板地上东倒西歪地躺着许多尸体。他脚边就是两个背后各插着把刀的奥克弓箭手。前面还躺着更多尸体，有单独被砍倒或射死的，还有成对的，仍抓着扭打在一起，互相刺着、扼着或撕咬着痛苦而死。石板上淌满黑血，踩上去滑腻一片。

山姆注意到有两种装束，一种是以红眼为标记，另一种则是扭曲成死亡鬼脸的月亮。不过他没停下来看个仔细。穿过庭院，塔脚下有扇大门半敞着，里面透出一道红光，一个壮硕的死奥克倒在门槛上。山姆跃过尸体，走进门去，环顾了一圈，不知该怎么办。

有一条空荡荡的宽敞走道从大门口通往山侧。墙上支架里点着的火把模糊照亮了走道，但远处的尽头隐没在昏暗里。走道两侧可见许多扇门和开口，不过走道中不见人影，只有那么两三具尸体四仰八叉地躺在地上。山姆根据听到的两个队长的交谈，知道弗罗多无论是死是活，都最有可能被关在高高在上的角塔中的某个房间里，但他可能得找上一天，才能找到爬上去的路。

"我看它应该是在靠后面的地方。"山姆嘀咕道，"整座塔楼都是往后面爬高的。不管怎样，我最好跟着这些火把走。"

他沿着通道往前走去，不过这回走得很慢，每一步都比前一步更勉强。恐惧再次攫住了他。周遭一片死寂，只有他的脚步声，这声音似乎变大了，形成回响，就像巨手拍打着岩石。死尸，空寂，映着火把光亮的潮湿黑墙像在滴血，他害怕死亡会潜伏在门口或阴影中，然后突然降临，而且他心底还记得等在大门前的警戒恶念。这几乎超出了他能够逼迫自己面对的极限。他真想痛痛快快地打杀一场——别一次来太多敌人——总好过这种捉摸不定又难以忍受的可怕状况。他强迫自己想着弗罗多躺在这座恐怖塔楼的某个地方，或是被五花大绑，或是疼痛不堪，或是已经死亡。他继续往前走。

他已经走进火把照不到的地方，几乎到了走道尽头的大拱门底下。他猜得对，这是底层门的内侧。就在这时，上方高处传来了一声闷住的可怕尖叫。他猛地站住了。接着，他听见有脚步声接近。有人正急切地从上面一道发出回音的楼梯往下飞奔。

他的意志力太弱太慢，没来得及制止他的手。他的手已经拽住链子，抓住了魔戒。不过山姆没戴上它，因为就在他将魔戒紧攥在胸口时，一个奥克噼里啪啦冲了下来，从右边一个漆黑的门洞里一跃而出，径直朝他奔来。对方离他不到六步时，猛一抬头看见了他。山姆可以听见它喘着粗气，看见它充血的双眼中闪着凶光。它也吓得刹住了脚，因为它看见的不是一个吓得差点连剑都握不稳的小霍比特人，它看见的是后方摇曳的火光映衬出来的一个巨大身影，裹在一团灰影中一言不发，一只手握着剑，单是剑光就刺目生疼，另一只手虽然抓着胸口，但手里似乎藏着某种无法形容的威胁，饱含着力量和厄运。

有一刻，那个奥克缩起了身子，接着它惊恐地怪叫一声，转身朝来路狂奔回去。敌人出乎意料地逃走，这让山姆比看见对手夹着尾巴逃走的狗还要开心。他大喝一声追了上去。

"没错！有个精灵战士跑掉了！"他喊道，"我来了！你赶快带我上去，要不我就剥了你的皮！"

但那个奥克是在自己的老巢里，动作敏捷又体力充沛，而山姆则是初来乍到，又饿又累。楼梯又高又陡，弯弯曲曲。山姆喘起了粗气。奥克很快就不见踪影，他只能隐约听见它继续往上奔跑的啪啪脚步声。不时它还会怪叫一下，声音沿着楼梯两侧回荡。但渐渐地，它所有的声音都消失了。

山姆步履沉重地往上爬。他感觉自己没走错路，精神不禁大为振奋。他把魔戒塞回去，束紧了皮带。"哼，哼！"他说，"要是他们全都这么讨厌我跟我这把刺叮，事情倒可能比我指望的还好办。反正，看来沙格拉特和戈巴格，还有那帮喽啰已经帮我把事儿办得差不多了。除了那只吓坏了的小耗子，我还真相信这地方一个活口都不剩了！"

话一出口，他登时定住脚步，仿佛一头撞上了石墙。他所说的话中的完整含意犹如一记重拳击中了他。一个活口都不剩了！刚才那声可怕的垂死尖叫是谁发出的？"弗罗多，弗罗多！少爷！"他半是抽噎地喊道，"要是他们已经杀了你，我该怎么办？好吧，我终于来了，一直爬到顶上，来看看我一定要看的。"

他继续往上爬，一直爬。四周漆黑一片，只偶尔在转角上或通往塔楼高层的开口处，才点有火把。山姆试着去数阶梯，但数到两百之后他就记不清了。如今他静悄悄地走着，因为他觉得自己能听到说话的声音，还在上面一段距离开外。看来，还活着的耗子不止一只。

就在他觉得自己再也喘不上一口气，再也逼不得膝盖弯上一下的时候，楼梯突然到顶了。他站定了。说话的声音这会儿又大又近。山姆左右张望了一下。

他已经一口气爬到了塔楼的最高一层，也就是第三层的平顶天台上。这是片开阔的空间，大约二十码宽，周围有低矮的扶墙。平台中央有个圆顶小屋，遮蔽着楼梯出口，小屋有两扇矮门，分别朝向东西两面。朝东，山姆能看见下方魔多那辽阔又黑暗的平原，以及远方燃烧的火山。在它深邃的火山口中，正有一股新的熔岩汹涌四溢，一条条流动的火河发出炽烈的光，连这边相隔几十哩远的塔楼顶都被映得通红。朝西的视线被巨大的角塔基座挡住了，角塔耸立在这片高层平台的后方，塔的尖角高高超过了环绕山岭的山顶。有一道窄窗透出了灯光。角塔门离山姆所站之处不到十码远。门开着，但里面一团漆黑，说话的声音就是从阴影中传出来的。

起初山姆没去听。他一步跨出朝东的门，环顾周围，立刻发现这里的打斗最激烈。整个平台上堆满了奥克的尸体以及四散的断头残肢，充满死亡的恶臭。突如其来的一声咆哮和紧随而来的重击与哀嚎，吓得他一个箭步躲了回去。有个奥克愤怒的话音扬起，粗哑、残忍、冷酷，山姆立刻听出这是塔楼的头领沙格拉特在说话。

"你说你不肯再去？斯那嘎，你这条该死的小蛆！你要是以为我受伤太重，糊弄我也没事，那你可大错特错了。过来，看我捏爆你的眼睛，就跟我刚才捏爆拉得布格的一样。等新的伙计们来了，看我怎么对付你！我要把你打包送给希洛布。"

"他们不会来的，反正你死前是不用指望了。"斯那嘎粗暴地答道，"我跟你说过两回，戈巴格的那群臭猪先到了大门口，咱们的人谁也没出去。拉格都夫和穆兹嘎什冲出了大门，但是都给射死了，我从窗户看见的，我告诉你，他们是最后两个。"

"那你一定得去。反正我必须待在这里。但我受伤了！叫戈巴格那个肮脏的叛徒下黑坑去！"沙格拉特的声音逐渐减弱，同时吐出一连串咒骂的脏话，"我把最好的分给他，他却捅我一刀！那坨臭屎，我没来得及掐死他。你一定得去，要不我就吃了你。一定要把消息送到路格布尔兹，要不咱俩都会下黑坑去。对，你也会，你在这里鬼鬼祟祟躲着可逃不掉。"

"我才不再下那楼梯去！"斯那嘎咆哮道，"管你是不是头领。打住！把你的手从刀上挪开，要不我就一箭射穿你肠子肚子。等'他们'知道这里都出了啥事，你这头领也当不了多久了。我可为这座塔楼跟那群臭气熏天的魔古尔耗子拼过命了，结果瞧瞧你们两个宝贝头领干的什么好事，为了分赃打成一团。"

"说够了你！"沙格拉特咆哮道，"我有命令在身。是戈巴格先惹事，动手要抢那件漂亮的衣服。"

"哼，是你大模大样装腔作势，才惹火他的。反正他比你有脑子。他不止一回跟你说，这些奸细当中最危险的一个溜掉了，你就是不听。你现在还是不听。我跟你说，戈巴格说得对。这附近有个强大的战士，是那种手狠的精灵，要不就是恶心的**塔克**[1]。我跟你说，他来了。你听见那声钟响了吧。他闯过了监视者，那是**塔克**的把戏。他就在楼梯上。他要不下楼梯，我就不下去。就算你是个那兹古尔，我也不干。"

"原来是这么回事啊，对吧？"沙格拉特吼道，"你想这样，你不想那样是吧？然后等他真来了，你就抛下我撒腿跑路？不，你才别想！我会先给你肚子上戳出些红蛆洞来。"

那个小个子奥克从角塔门飞奔而出，大块头的沙格拉特紧追在后，他生着两条长臂，弯腰驼背奔跑时都垂到了地上。但他的一条胳膊软塌塌地垂着，似乎在流血，另一手抱着一个黑色的大包裹。畏缩在楼梯门后的山姆，在他跑过时借着红光瞥见了那张邪恶的脸——似乎被手爪抓破了，满面血污，突出的獠牙滴着口水，嘴里发出野兽般的咆哮。

就山姆所见，沙格拉特绕着天台追杀着斯那嘎，小个子奥克左闪右躲，巧妙避开，接着一声怪叫又窜回角楼里消失了。沙格拉特见状停了下来。山姆从朝东的门往外看，见他这会儿靠在扶墙边直喘粗气，左边的手爪无力地一张一握。他把包裹放在地上，用右边手爪抽出一把红色长刀，朝刀上吐了口唾沫。他走到扶墙边，俯身朝底下的外院张望。他大喊了两次，都没人回应。

突然，就在沙格拉特背对着屋顶天台、躬身在城垛上时，山姆吃惊地看见地上那些横七竖八的尸体中有一具动了起来。它慢慢爬着，伸出一只手爪抓住了包裹，摇摇晃晃地站了起来。它另一只手上握着一支带着短短断柄的阔头长矛，摆好了戳刺的姿势。但就在那一刻，不知是出于疼痛还是憎恨，它从牙缝中漏出了一声嘶嘶的喘息。沙格拉特快如毒蛇闪向一旁，扭转过身，一刀砍进了敌人的咽喉。

"逮到你了，戈巴格！"他吼道，"还没死透哈？哼，我这就送你上路！"他跳到戈巴格倒下的尸体上，盛怒之下猛踩狠踏，不时弯腰用刀胡戳乱剁一番。终于，他满足地把头往后一甩，喉中咯咯地发出了宣告胜利的可怕怪啸。然后，他舔了舔刀子，用牙咬住，抓起包裹轻松地朝近处那扇通往楼梯的门大步走来。

山姆没时间细想。他或许可以从另一扇门溜出去，但是很难不被看见。他也不可能一直跟这个可怕的奥克玩捉迷藏。他采取了多半是力所能及的最好办法——大吼一声，跳出来面对沙格拉特。魔戒他已经不再握在手里，但它就在那里，一股隐藏的力量，对魔多的奴隶而言就是充满恐吓的威胁。山姆手中还握着刺叮，宝剑的光芒就像可怕的精灵国度中的闪亮星光，残酷无情地刺痛了奥克的眼睛，就连梦到那些都会令奥克一族胆战心惊。而且，沙格拉特无法既抓着他的宝贝不放，又去应战。他停下脚步，龇出獠牙低声咆哮。接着，他又用奥克的招数往旁边一闪，在山姆扑过来时，他把沉重的包裹当作盾牌跟武器，朝敌人的脸猛挥过去。山姆被打得一个趔趄，不等他回过神来，沙格拉特已经一个箭步蹿过，奔下楼梯去了。

山姆边骂边追上去，但他没跑多远，便很快又想到了弗罗多，并且记起了另一个已经奔回角塔去了的奥克。眼前又是个两难的选择，他也没时间仔细琢磨。要是沙格拉特逃掉了，他很快就会找到援兵杀回来。但如果山姆去追他，另一个奥克又可能在那上面做出些可怕的事。再说，山姆反正也可能追不上沙格拉特，或是被对方宰掉。他迅速转身，往回奔上楼梯。"我估计我又错了。"他叹气说，"但不管接下来会出什么事，我眼下都得先上到楼顶再说。"

底下远处，沙格拉特已经三步并作两步跃下楼梯，背着自己的宝贝包裹奔过庭院，冲出了大门。假如山姆能看见他，得知他这一逃会带来怎样的悲痛，他大概会沮丧万分。但现在他心里只想着最后一个阶段的搜索。他谨慎地来到角塔门口，走了进去。里面一片漆黑，不过，他眼睛睁得大大的，很快就察觉到右侧有朦胧的亮光。光线来自另一个楼梯口，楼梯又暗又窄，似乎是沿着角塔圆形外墙的内壁盘旋而上。有一支火把在上方某处幽幽闪光。

山姆开始轻手轻脚地爬上楼梯。他来到摇曳的火把所在之处，它固定在左边一扇门的上方，那道门正对着一扇朝西的窄窗，乃是他和弗罗多在下方的隧道口看见的红眼之一。山姆快步走过门前，赶着去爬第二层楼。他担心自己随时都会遭到袭击，或是有手从背后猛然伸出来掐住自己的喉咙。接下来，他爬到了一扇朝东望的窗前，又有一支火把固定在门的上方，这次门开着，通往一条穿过角塔中央的通道。那条通道黑黢黢的，只有火把的微光，以及从窄窗外面透进来的红光。然而楼梯到此为止，不再爬升。山姆蹑手蹑脚地进了通道。通道两旁各有一扇低矮的门，都关着并且上了锁。一点声音也没有。

"我爬了这一大通，竟是个死胡同！"山姆咕哝抱怨道，"这里不可能是塔顶。可现在我该怎么办？"

他奔回底下那层楼，试着去推那扇门。门纹丝不动。他再次跑上楼，汗水开始淌下脸庞。他觉得每一分钟都很宝贵，但时间一分钟接一分钟地溜走，他一点办法也没有。他不再担心沙格拉特或斯那嘎，或世上任何奥克。他只想念他家少爷，他只想看一眼他的脸，或摸一下他的手。

终于，疲惫不堪的他感觉被彻底击败了，于是在通道那层楼的下一级楼梯上坐下，埋头捂住了脸。周遭一片寂静，静得可怕。他来时已经燃得差不多的火炬，这时噼啪一声，熄了。他觉得黑暗如潮水一般淹没了他。接着，连他自己也感到惊讶的是，在这漫长的旅程与哀痛都落得一场空的终点，他不知受到心里什么念头的感染，竟唱起歌来。

他颤抖的声音在冰冷黑暗的塔楼里听起来相当单

薄，那是一个孤单又疲惫的霍比特人的声音，无论哪个奥克听到，都不可能错认成精灵王侯的清亮歌声。他喃喃唱着夏尔的古老童谣，信口唱着比尔博先生的诗句片段，它们从他脑海中冒出来，就像家乡的景物一样在眼前一闪而逝。突然间，他体内生出了一股崭新的气力，他的声音响亮起来，同时他自己的词句也不期然和上了那简单的曲调。

> 西部国度里，阳光下，
>> 在春天，也许有繁花生长，
> 也许树梢萌芽，活水流淌，
>> 还有鸣雀欢快歌唱。
> 或者还有晴朗无云的夜晚，
>> 摇曳的山毛榉，纷披发叶
> 戴着精灵之星，
>> 犹如宝石白亮。

> 虽然我倒卧在，长途跋涉的终点，
>> 黑暗把我深深埋葬，可是
> 越过所有坚墙高塔，
>> 越过所有险峻大山，

高挂在所有阴影之上，

太阳运行不息，群星永在：

我绝不认为时日已尽，

也不打算向群星永别。

"越过所有坚墙高塔，"他又重复唱道，却猛然住了口。他觉得自己刚才听见一个微弱的声音在回应他，可是这会儿又什么都听不到了。等等，他是听到了什么声音，但不是人声。有脚步声正在接近。上面的通道里有一扇门正被悄悄打开，铰链吱嘎作响。山姆蹲下身来聆听。那扇门关上了，发出一声闷响。接着，响起了一声奥克的咆哮。

"啊哈！你，那只臭烘烘的耗子！闭嘴！别给我吱吱叫，要不我就上去收拾你。听见没有？"

没有人回答。

"好啊。"斯那嘎低声吼道，"不过我还是要过去看看你，瞧瞧你在搞什么鬼。"

铰链再次吱嘎作响，此时山姆从通道门槛的角落偷偷看去，只见一扇打开的门口有火光闪动，一个模糊的奥克身影走了出来。他似乎拿着梯子。刹那间，山姆脑中灵光一现——通道的天花板上有暗门，通往最顶层的密室。斯那嘎竖起梯子架稳，然后就爬上去不见了。山姆听见了门闩拉开的声音，接着那个难听的声音又说话了：

"你给我乖乖躺着，要不就叫你好看！我猜你是没多少时间能安生活着了，但你要是不想现在就开始领教好玩的，就闭嘴安静点，明白吧？我这就提醒你一下！"随即传来啪的一响，像是鞭子抽人。

山姆闻声，内心的怒火骤然爆发出来。他一跃而起，奔了过去，像猫一样蹿上梯子。他从一间圆形大房间的地板中央探出了头。房间的天花板上挂着一盏红灯，朝西的窄窗又高又暗。窗下的墙角旁躺着一个东西，有个黑乎乎的奥克身影叉开腿俯视着它。奥克第二次举起了鞭子，但这一鞭永远没能挥下去。

山姆大喊一声，握着刺叮冲过地板扑了上去。奥克急转过身，还来不及动作，山姆就一剑斩断了它握鞭的手臂。奥克又疼又怕，大声嗥叫，绝望中把头一低，朝山姆猛撞过来。山姆的第二剑砍偏了，他被撞得失去平衡，仰天跌倒，探手去抓那个跟跄从他身上奔过的奥克。他还没挣扎着爬起来，就听见一声大叫和扑通一响，那个奥克慌忙奔逃时一脚绊到了梯子顶端，从敞开的暗门直跌了下去。山姆没再管它，而是奔到了蜷缩在地板上的人影前。那正是弗罗多。

他全身赤裸，躺在一堆肮脏的破布上，像是晕过去了。他的手臂抬着，护住了头，身侧横着一条丑陋的鞭痕。

"弗罗多！我亲爱的弗罗多先生！"山姆叫道，泪水几乎糊住了眼睛，"我是山姆，我来了！"他半抱起他家少爷，紧紧搂在胸前。弗罗多睁开了眼睛。

"我还在做梦吗？"他喃喃道，"可是别的梦都太可怕了。"

"你一点都不是在做梦，少爷。"山姆说，"是真的。是我。我来了。"

"我真不敢相信！"弗罗多说，抓紧了他，"有个拿鞭子的奥克，接着它竟变成了山姆！那么，我听见底下有人在唱歌，我还试着回应，也全都不是在做梦了？那是你吗？"

"的确是我，弗罗多先生。我找不到你，几乎就要放弃希望了。"

"啊，现在你找到我了，山姆，亲爱的山姆。"弗罗多说，他躺回山姆温柔的怀抱中，闭上了眼睛，就像黑夜的恐惧被慈爱的声音或温柔的手赶走之后，安然休息的孩子。

山姆觉得自己可以怀着无尽的快乐一直坐下去，但是形势并不允许。光是找到他家少爷还不够，他还得试着救他出去。他亲吻了弗罗多的额头，说："来吧！醒醒，弗罗多先生！"他努力让自己听起来语调欢快，就像过去在夏日早晨拉开袋底洞的窗帘时一样。

弗罗多叹口气，坐起来问道："我们在哪里？我是怎么到这里来的？"

"弗罗多先生，现在没时间讲故事，等我们到了别的地方再说。"山姆说道，"不过，现在你是在那座塔楼的顶上，就是在你被奥克抓走前，你跟我在下头远处的隧道口看见的那座塔楼。我不知道那是多久以前的事儿了。我猜，有一天多了。"

"只有一天多？"弗罗多说，"我感觉像是过了几个星期。要是有机会，你一定得把所有的事儿都告诉我。我被什么东西击中了，对不对？我昏了过去，做了好多噩梦，醒过来时却发现现实更糟糕。我被奥克团团围住。我想他们当时刚往我喉咙里灌了什么火辣辣的可怕液体。我头脑变清醒了，但全身都疼，还累得很。他们扒走了我身上的所有东西，然后就来了两个大块头的残暴畜生审问我。他们俯视着我，得意扬扬，玩弄着手里的刀子，一直审问到我觉得自己就要发疯了。我永远也忘不掉他们的手爪和眼睛。"

"你要是谈论他们，弗罗多先生，那你就忘不掉。"山姆说，"如果我们不想再见到他们，那越快离开越好。你能走吗？"

"能，我能走。"弗罗多说，慢慢起身，"山姆，我没受伤，只是感觉非常疲倦，而且这里很痛。"他伸手越过左肩，摸着后颈。他站了起来，赤裸的皮肤被上方的红色灯光照得猩红，在山姆看来，他仿佛披了一身的火焰。他在地板上来回走了两趟。

"这下好多了！"他说，精神振作了一点，"不管是被一个人丢在这里，还是有哪个守卫来，我都一直不敢动，直到吼叫跟打斗开始。我想，那两个大块头畜生为了我跟我的东西反目成仇了。我躺在这里吓得半死。随后，到处变得一片死寂，而那更糟糕。"

"对，看来他们是反目成仇了。"山姆说，"那种肮脏的生物，这地方过去肯定有两百个。你可能会说，这让山姆·甘姆吉来对付可离谱了点。不过他们全都自相残杀死光了。这挺幸运的，不过故事太长，一时半会儿编不成一首歌，咱们还是先离开这里再说。现在该怎么办？弗罗多先生，你不能全身光溜溜地走过黑暗之地啊。"

"山姆，他们夺走了所有的东西。"弗罗多说，"我所有的东西。你明白吗？**所有的东西**！"他一亲口说出这话，便真切地意识到灾难有多彻底。绝望压倒了他，他又蜷缩着蹲在地上，垂下了头。"山姆，任务失败了。我们就算能离开这里，也逃不掉了。只有精灵能逃走，逃离中洲，渡过大海远远离去——假如大海足够辽阔，能把魔影阻挡在外。"

"不，**不是**所有的东西，弗罗多先生。任务没失败，还没呢。我拿了它，弗罗多先生，请你原谅，我把它保管得好好的，现在就挂在我脖子上，它还是个可怕的重担。"山姆笨拙地掏着戒指和项链，"不过我想你一定得收回它。"然而到此地步，山姆感到不愿意放弃魔戒，不愿意再让他家少爷承受这个重担。

"你拿着它？"弗罗多倒抽一口气，"你现在就拿着它？山姆，你真是太不可思议了！"眨眼间，他的声音就怪异地变了，"把它还给我！"他叫道，站了起来，伸出颤抖的手，"立刻还给我！你不能拥有它！"

"好的，弗罗多先生。"山姆相当吃惊地说，"它在这儿呢！"他慢慢拽出魔戒，从头上取下了链子，"可是，先生，你现在是在魔多的地界里了，等你出去之后，你会看见火山还有别的东西。你会发现魔戒现在变得非常危险，而且特别难以承受。如果这活儿太难，也许，我可以帮你分担一下？"

"不，不行！"弗罗多叫道，一把从山姆手里夺过戒指和链子，"不行，你才不能拿，你这小偷！"他喘着气，睁大眼睛瞪着山姆，一手紧攥着魔戒站在那里，眼中饱含着恐惧和敌意。接着，他突然惊呆了，眼中迷雾似乎散去，他抬手捂住了疼痛的额头。伤痛和恐惧使他有些茫然，刚才那一幕恐怖的景象对他来说显得无比真实——就在他眼前，山姆又变成了奥克，一个满眼贪婪、淌着口水的丑恶小鬼，不怀好意地瞅着他的宝物，还伸爪欲抓。但现在那幕景象消失了。跪在他面前的是山姆，就像心口被猛刺了一刀，面孔痛苦地扭曲着，泪如泉涌。

"噢山姆！"弗罗多喊道，"我说了什么？我做了什么？在你做了这一切之后！请原谅我！这都是魔戒那可怕的力量。我真希望它从来、从来都不曾被找到。但是山姆，别理我。我必须把这个重担背负到最后。这无法改变。你不能挡在我跟这厄运之间。"

"没什么，弗罗多先生。"山姆说，一边用袖子抹去眼泪，"我明白。但我还是能帮忙的，不是吗？我得把你弄出这个地方。看吧，马上就办！不过首先你需要些衣服和装备，还得吃点东西。衣服是最好办的。既然我们在魔多，就最好照魔多的习惯打扮，反正也没别的选择。弗罗多先生，恐怕你不得不穿奥克的东西了，我也是。如果我们要一起上路，最好穿得相配。现在先披上这个吧！"

山姆解下灰斗篷披在弗罗多肩上，然后卸下背包放在地板上。他从剑鞘中抽出刺叮，剑刃上几乎看不到一点闪光。"我差点忘了这个，弗罗多先生。"他说，"不，他们没拿走所有的东西！要是你还记得，你把刺叮，还有夫人的水晶瓶，都借给了我。两样我都还保管着。弗罗多先生，请让我再多保管它们一会儿吧。我必须走开，去看看能找到什么。你待在这里，走动走动，活动一下腿脚。我不会离开太久，应该也不用走太远。"

"小心点儿，山姆！"弗罗多说，"而且快点儿！附近可能还有活的奥克，不知躲在哪里等着。"

"这个险我一定得冒一下。"山姆说。他走到暗门处，溜下了梯子。没一会儿他又探出了头，往地板上扔了把长刀。

"这东西可能有用。"他说，"那个拿鞭子抽你的家伙死了，看来是匆匆忙忙摔断了脖子。现在，弗罗多先生，你要是有力气，就把梯子拉上去，不听到我的暗号就别把它放下来。我会喊'**埃尔贝瑞丝**'，这是精灵的词儿，奥克绝不会说的。"

弗罗多浑身发抖地坐了一会儿，可怕的恐惧一个接一个地从头脑中冒出来。于是他站起来，裹紧灰色的精灵斗篷，开始来回走动，窥视探察着这间囚室的每一个角落，好让脑子不去胡思乱想。

虽然恐惧让他觉得至少过了一个钟头，但其实没多久，他便听见山姆的声音在底下轻声喊着"**埃尔贝瑞丝，埃尔贝瑞丝**"。弗罗多放下了那道轻巧的梯子。山姆气喘吁吁地爬了上来，头上顶着个大包袱。他让包袱砰地落在地上。

"现在赶快，弗罗多先生！"他说，"我搜了一下，才找出所有适合我们这种身材穿的小号东西。我们不得不将就些，但必须赶快了。我没碰到任何活口，也什么都没看到，可我心里就是不踏实。我想这个地方正被监视着。我没法解释那种感觉，但是，总之，我觉得就好像附近有个那种会飞的恶心骑手，就在上头那一团漆黑当中，他在那儿不会被人看见。"

他解开包袱。弗罗多满怀厌恶地看着包袱里的东西，但他别无选择，只能穿上，否则就得光着身子上路。包袱里有一条毛茸茸、脏兮兮的兽皮长裤，还有一件肮脏的皮上衣。他穿上它们，又在皮上衣外头套上一件结实的锁子甲，它对成年的奥克来说太短，对弗罗多来说却太长又太重。他在锁子甲外系上一条腰带，再挂上一个短剑鞘，里面收着一把宽刃短剑。山姆拿来了好几顶奥克头盔，其中一顶弗罗多戴着很合适。那是一顶镶着铁边的黑帽，一圈圈铁箍外面蒙着皮革，而在鸟喙形状的护鼻上方，皮革上绘着一只红色的邪恶魔眼。

"魔古尔的东西，就是戈巴格的装备，更合身也做得更好。"山姆说，"但我猜，这里出了这么一档子事后，再穿戴着他的标志进魔多去，恐怕不妙。好啦，你打扮妥了，弗罗多先生。容我冒昧地说一句，你简直像个完美的小奥克啦——至少，我们要是能找个面具遮住你的脸，再给你长一点儿的手臂、弯一点儿的腿，你就会很像的。这个可以把会露馅的地方遮掩一下。"他将一件黑色的大斗篷披在弗罗多肩上，

"这下你就准备好了！我们走的时候你可以捡个盾牌拿着。"

"那你呢，山姆？"弗罗多说，"我们不是得穿得相配才行？"

"这个，弗罗多先生，我一直在想，"山姆说，"我最好还是别留下我的任何东西，我们没法毁掉它。而我没法在自个儿这身衣服上再穿奥克的铠甲，对吧？我就只能用斗篷遮一下了。"

他跪下来，仔细折好了自己的精灵斗篷。令人惊讶的是，它被折成了极小的一卷。他把它塞进地板上的背包里，起身将背包甩到背上，再给自己戴上一顶奥克头盔，肩头披上另一件黑斗篷。"好了！"他说，"这下我们就相配了，够像啦。现在我们一定得走了！"

"山姆，我没办法一口气奔到那儿。"弗罗多苦笑着道，"我希望你已经打听好了一路的客栈？还是你已经忘记咱们得吃得喝？"

"要命，可我真忘了！"山姆说，沮丧地叹了口气。"老天保佑，弗罗多先生，你这一提，叫我真是又饿又渴！我都不记得上次水米沾牙是什么时候的事儿了。我一心想着找你，把这全忘了。让我想想！我上次查看时，那种行路干粮还足够多，还有法拉米尔统帅给我们的补给，必要的话够支撑我两条腿走上两星期的。不过，我水壶里就算还剩着点水，也实在不多，两个人喝的话绝对不够。奥克难道都不吃也不喝吗？还是说，他们光靠着臭气跟毒物就能过活？"

"不，山姆，他们也吃也喝。培育他们的魔影只能仿制，无法创造，创造不出真正的属于它自己的新事物。我认为它并没有给予奥克生命，只是扭曲并损害了他们。如果他们真要生存，就必须跟其他活物一样生存。找不到更好的，腐肉污水他们都会吃喝，但不会吃有毒的东西。他们喂过我，所以我的情况比你好些。这地方一定哪里有水跟食物。"

"但是没时间去找了。"山姆说。

"这个吗，情况比你想得要好一点。"弗罗多说，"刚才你离开时，我运气还不错。他们确实没拿走所有的东西。我在地上那堆破布里找到了我的食物包。当然，他们搜过它了，但我猜他们比咕噜还讨厌兰巴斯的样子和气味，把它扔了一地，有些还被践踏碎了，但我把它都收集起来了，不会比你的少多少。不过他们拿走了法拉米尔给的食物，还砍坏了我的水壶。"

"好，那就不用多说啦。"山姆说，"我们有足够的东西可以上路了。不过水会是个大问题。但是来吧，弗罗多先生！我们出发，要不就算有一整湖的水，也帮不了我们的忙！"

"得等你先吃口东西再走，山姆。"弗罗多说，"这点我不让步。来，把这块精灵干粮吃了，然后把你水壶里的最后一点水喝了！这整件事本来就相当无望，所以担心明天也无济于事。说不定不会有明天了。"

他们终于出发了。两人爬下梯子后，山姆把它搬到通道里那个摔死的奥克蜷缩着的尸体旁。楼梯很黑，但天花板上仍能看到火山的强光，不过这时它已经黯淡下来，成了暗红色。他们捡了两面盾牌，完成了全套伪装，然后继续走。

他们脚步沉重地下了宽大的楼梯，这时又到了外面的开阔地上，恐怖沿着围墙环伺，让背后角塔顶上他们重逢的那个小房间都简直有了家的感觉。奇立斯乌苟之塔里或许一个活口也不剩了，但它仍浸淫在恐惧和邪恶之中。

最后，两人来到外院的门口，停下了脚步。即便是在他们站的地方，都能感觉到监视者的恨恶扑面而来。那两尊沉默的黑暗形体据守大门两侧，从门中望出去，模糊可见魔多的光焰。他们在丑恶的奥克尸体当中择路穿行，一步比一步更艰难。还没到达拱道，两人就被迫站住了。无论是对意志还是四肢而言，再往前挪一寸都意味着痛苦与疲惫。

弗罗多没有力气进行这样一场争斗。他瘫倒在地。"我走不动了，山姆。"他喃喃道，"我要昏过去了。我不知道自己这是怎么了。"

"我知道，弗罗多先生，这会儿再坚持一下！是那道大门，那上头有种黑魔法。但是我闯进来了，而且还要闯出去。它不可能比以前更危险。现在冲吧！"

山姆再次拿出了加拉德瑞尔的精灵水晶瓶。刹那间，水晶瓶光芒大盛，仿佛在向他的坚毅致敬，又像要为他那只麦色的霍比特人之手赋予辉煌光彩——正是那只忠诚的手，立下了如斯功绩。耀眼的光辉像闪电一般，照亮了阴暗外院的每一个角落，而且这光稳稳地持续着，并未消失。

"吉尔松涅尔，啊，埃尔贝瑞丝！" 山姆喊道。因为不知为何，他的思绪突然跳跃着回想起了在夏尔遇见的精灵，还有那支在树林里赶走黑骑手的歌。

"Aiya elenion ancalima!"[2] 在他背后，弗罗多又一次喊出了声。

就像绳索啪的一声绷断，两尊监视者的意志突然瓦解了，弗罗多和山姆踉跄着向前跌去。接着，他们拔腿便跑，穿过大门，经过了那两座眼中放光的巨大坐像。但听喀啦一声，拱门的拱心石砸了下来，几乎就砸在他们脚跟上，上方的墙也崩溃坍塌，成了废墟。他们在间不容发的刹那逃了出去。钟声大响，监视者发出一声高亢恐怖的号叫，从黑暗的高空中传来了回应。漆黑的天空中闪电般扑下一个飞行的身影，凄厉的尖叫刺破了层层乌云。

第二章

魔影之地

山姆总算还剩足够的机灵，将水晶瓶塞回了胸口。"快跑，弗罗多先生！"他喊道，"不，不是那边！那堵墙后头是悬崖。跟我来！"

他们沿着大门口那条路往下飞奔。跑了五十步左右，道路急转了个弯，绕过悬崖上一座突出的棱堡，带他脱离了塔楼的视线。他们暂时逃脱了。他们瑟缩着，背靠岩石大口喘气，随即又捂紧了胸口。那个那兹古尔这时就栖落在坍塌的大门旁的墙上，发出一声声致命的号叫。四周的崖壁回声不绝。

他们怀着恐惧踉踉跄跄地往前走。道路不久便再次急转向东，有那么可怕的一刻，他们又暴露在塔楼的视野中。他们边飞逃边往后瞄，看见那个巨大的黑色身影就落在城垛上。接着他们一头冲下一处两旁都是高耸岩壁的缺口，这条路陡降下去，与魔古尔路交会。他们来到两路交会的路口，仍然不见奥克的踪影，那兹古尔的号叫也不见回应。但他们知道这种沉寂不会长久。现在，追杀随时都会开始。

"这样跑不行，山姆。"弗罗多说，"假如我们真是奥克，我们就该是正冲回塔里，而不是往外逃。我们只要一碰到敌人就会被识破的。我们必须设法离开这条路。"

"但是我们离不开啊，"山姆说，"我们又没长翅膀。"

埃斐尔度阿斯的东面山壁十分陡峭，悬崖峭壁直坠入横在它们和内侧山脊之间的漆黑山沟。交会路口过去不远，下了另一个陡坡之后，有座跨越峡谷的石桥，道路经过石桥后便进入了魔盖地区起伏的山坡和峡谷。弗罗多和山姆亡命狂奔，冲上了石桥，但还没跑到桥另一端，就听见喊捉声。在他们背后远处，奇立斯乌苟塔楼高高屹立在山侧，石墙闪着沉暗的光。

突然间，它刺耳的钟声又响了，接着忽然一变，震耳的隆隆声响成一片。号角吹响。这时，从桥的尽头那边传来了回应的喊叫。弗罗多和山姆正在漆黑的山沟里，欧洛朱因黯淡下来的火光照不到这里，他们看不见前方的情形，但已经听见了铁底鞋的沉重脚步声，道路上也传来了急促的哒哒蹄声。

"快点，山姆！我们得跳下去！"弗罗多喊道。他们连滚带爬，奔到桥上的矮胸墙边。所幸魔盖的斜坡已经升到几乎和路面一样高，跳下沟去已经没有可怕的落差了。但天色太黑，他们估计不出这一跳会有多深。

"好吧，我先跳，弗罗多先生。"山姆说，"再见！"

他松了手，弗罗多随后。就在两人往下坠的同时，他们听见骑兵从桥上呼啸着飞驰而过，后面跟着奥克奔跑的杂沓脚步声。然而山姆要是有胆子的话，肯定会笑出声来。两个霍比特人有些担心会跌在看不见的岩石上摔个伤筋折骨，可落差不过十二呎左右，他们扑通一声落地，跌进一团始料未及的东西里——一片虬结带刺的灌木丛。山姆躺在那里不动，轻轻吮着刮伤的手。

等马蹄声和脚步声都过去后，他才斗胆耳语说：

"老天保佑，弗罗多先生，可我真不知道魔多还长东西！不过要是知道，我估计也就是这种东西了。这些棘刺感觉起码有一呎长，它们扎透了我穿的所有衣服。早知道我就该把那件铠甲穿上！"

"奥克的铠甲也挡不住这些棘刺。"弗罗多说，"连皮背心也没用。"

他们费了好一番功夫才出了那片灌木丛。那些棘刺和荆条硬得像铁丝，又像利爪一样紧抓不放。在他们终于脱身前，斗篷就被扯得破破烂烂了。

"现在我们往下走吧，山姆。"弗罗多悄声说，"快点下到山谷里去，然后尽快转向北走。"

在外面的世界里，白昼已经再度来临。远在魔多的阴暗之外，太阳正爬过中洲的东缘，但在这里，一切仍暗如黑夜。火山闷烧着，喷出的火已经熄了。峭壁上的火光淡褪了。自从他们离开伊希利恩后就刮个不停的东风，这时似乎也止息了。他们缓慢又痛苦地往下爬，在伸手不见五指的阴影中摸索、绊跌，在岩石、荆棘和枯树当中挣扎，向下，再向下，直到再也走不动为止。

最后，他们停下来，背靠着一块大石并肩坐下，两人都在冒汗。"这会儿哪怕沙格拉特亲自给我一杯水喝，我也要跟他握个手。"山姆说。

"别说这种话！"弗罗多说，"这只会让我们渴得更厉害。"接着他抻了抻筋骨，感到又累又晕，好一会儿都没再说话。终于，他挣扎着又站了起来，可他惊讶地发现山姆睡着了。"醒醒，山姆！"他说，"走吧！是再努力一程的时候了。"

山姆赶忙爬了起来。"哎呀，我压根没打算睡！"他说，"我一定是不知不觉睡过去的。弗罗多先生，我已经好长时间没好好睡过一觉了，我的眼睛就那么自己闭上了。"

现在，是弗罗多带路，估计着尽量朝北走，在巨大深谷底部那厚厚一层大小不一的石堆中穿行。不过，没多久他又停了下来。

"这不行，山姆，"他说，"我吃不消了。我是说，这件铠甲，我现在这个样子实在穿不动它。我累的时候，就连那件秘银甲我都觉得重，而这个比它重太多了。再说，它有什么用？我们不可能靠着战斗成功闯过去啊。"

"但我们有可能碰上战斗，"山姆说，"而且还有不长眼睛的刀跟箭。就说这个吧，那个咕噜可还没死呢。黑暗中有把刀刺过来时，我可不愿去想你什么保护也没有，光有一点皮子。"

"可是你看，亲爱的山姆伙计，"弗罗多说，"我累了，非常疲惫，心里一点希望也不剩。但我必须往前走，只要我还能动，就要努力走到火山去。魔戒已经够重了，而这额外的重量简直要了我的命。我一定得脱掉它。但别认为我不知好歹。我真不愿意去想你为了给我找这东西，不得不在那些肮脏的尸体当中翻来找去。"

"别说了，弗罗多先生。老天保佑你！要是可以，我背着你走都行。你要脱就脱吧！"

弗罗多将斗篷放到一边，脱下奥克铠甲扔到一旁。他有点发抖。"我真正需要的是保暖的衣服。"他说，"天气变冷了，要不就是我着凉了。"

"你可以披上我的斗篷，弗罗多先生。"山姆说着，取下背包，拿出了精灵斗篷，"这件怎么样，弗罗多先生？"他说，"你把那奥克破布紧紧裹在身上，外面绑上腰带，然后再披上这件斗篷。虽然这样不怎么像奥克打扮，但能让你暖和些。而且，我敢说它比别的任何装备都更能保护你不受伤害。它是夫人亲手做的。"

弗罗多披上斗篷，扣好别针。"这样好多了！"他说，"我感觉轻松多了，现在可以继续走了。但这片叫人盲目的漆黑似乎正在侵入我的心灵。山姆，我被关着的时候，曾试着回想白兰地河、林尾地，还有霍比屯那条流过磨坊的小河。但眼下我却看不见它们了。"

"啊哈，弗罗多先生，这次可是你在谈论水了！"山姆说，"要是夫人能看见或听见我们就好了，我会跟她说：'夫人在上，我们现在想要的只有光跟水，干净的水和大白天的光就好，可比任何珠宝都强——真抱歉这么说。'可是从这里到罗瑞恩，着实远得很。"山姆叹口气，对埃斐尔度阿斯的高峻群山挥了挥手。此刻只能猜测山脉的所在，它们映着漆黑的天空，呈现出一片更深的黑暗。

他们再次出发了。没走多远，弗罗多又停了下来。"我们上方有个黑骑手，"他说，"我能感觉到它。这一阵我们最好别动。"

他们缩身躲到一块大石底下，面朝西边来路坐着，有一段时间都默不作声。然后，弗罗多吐了口气放松下来，说："它走了。"他们站起来，接着，两人都惊讶地瞪大了眼睛。在他们左边，在远远的南方，那道雄伟山脉的群峰和高脊映衬着渐渐变灰的天空，开始显露出深色与黑色的清晰轮廓。在崇山峻岭背后，光亮正在增强，并慢慢朝北方蔓延开来。高天之上正进行着一场争斗。魔多的滚滚黑云正被驱退，从生者的世界里吹来的阵风增强了，扯碎黑云的边缘，将浓烟迷雾扫回来处那片黑暗之地。朦胧的光线从阴沉的天篷掀起的裙缘之下漏进了魔多，就像苍淡的晨曦穿过脏污的窗户透进了囚牢。

"看那边，弗罗多先生！"山姆说，"看那边！风向变了。一定出什么事了。他也不能万事都随心所欲。在那边远处的世界里，他的黑暗正在崩溃。我真希望能看见出了什么事！"

这是三月十五日的早晨，太阳正从东方的阴影之上升起，照亮了安都因河谷，西南风正在吹拂，希奥顿倒在佩兰诺平野上，奄奄一息。

就在弗罗多和山姆伫立凝望的同时，晨光的边缘沿着埃斐尔度阿斯全线的轮廓扩展，接着，他们看见一个身形以极快的速度从西方移来，一开始映着山巅上方那一带微光，只是一个黑点，但它逐渐变大，直到像一团闪电般冲进了黑暗的天篷，从头顶的高空中掠过。它离去时发出了长长一声尖厉的呼叫，那是那兹古尔的声音，但没能再让他们感到任何恐怖——那是一声悲哀与惊愕的呼叫，对邪黑塔来说乃是凶讯。戒灵之王已经碰上了他的劫数。

"我刚才怎么跟你说的？一定出什么事了！"山姆叫道，"沙格拉特说'仗打得挺顺利'，但戈巴格可不那么有把握，而且他判断得没错。弗罗多先生，情况正在好转。现在你难道不觉得有点希望了？"

"唉，不，山姆，没多少。"弗罗多叹道，"那是在远处，山脉的另一边。我们是在朝东走，不是朝西。我真累啊。山姆，魔戒真重。而且，我开始在脑海里每时每刻都见到它，就像一个巨大的火轮。"

山姆振奋起来的精神又立刻消沉下去。他焦急地看着自家少爷，牵起了他的手。"走吧，弗罗多先生！"他说，"我想要的东西已经得到一样啦，那就是一点光线。这足够帮我们的忙了，不过我猜这也很危险。咱们再试着往前走一段，然后就躺下来休息。但现在先吃口东西，吃点精灵的食物，它也许能让你振作起来。"

弗罗多和山姆分吃了一块兰**巴斯**饼，用干裂的嘴尽量咀嚼着，然后迈着沉重的脚步继续向前。那光虽然只不过是灰蒙蒙的天光，此刻却足够让他们看清，自己是置身两道山脉之间的峡谷深处。峡谷缓缓朝北上升，谷底有一条如今已经干涸的溪床。在岩石遍布的河道对面，他们看见朝西的峭壁底下蜿蜒着一条被踩踏出来的小路。他们要是早知道，本来可以更快抵达这条小路，因为它在桥的西端离开魔古尔主路，沿着一条从岩石上凿出来的长阶梯下到谷底。巡逻队或信差要迅速前往奇立斯乌苟和卡拉赫安格仁的铁颚艾森毛兹[1]隘口之间那些次要的岗哨以及北方远处的要塞，就走这条路。

两个霍比特人要走这样一条小路非常危险，但他们要赶时间，而且弗罗多觉得，在乱石之间攀爬或在无路的魔盖峡谷里跋涉，这样的艰辛自己无法面对。他判断，也许追猎者们料想他们最不可能走朝北的路。敌人首先会彻底搜索朝东通往平原的路或回到西边隘口的路。他打算，只有远远走到塔楼的北边之后才能转向，寻找能带他往东走的路，向东踏上这段跋涉中无比危险的最后一程。因此，他们这时横过岩石溪床，踏上奥克小路，沿路走了一段时间。左边的峭壁悬在头顶，从上面看不到他们。但小路有许多转弯，每到一处他们都抓紧剑柄，小心翼翼地往前挪。

光线未再增强，因为欧洛朱因仍在喷发大量浓烟，烟被冲突的气流托着上升，越升越高，一直升入高空的无风区域，扩散成一个无边无际的篷顶，其中心的支柱拔升到了他们视线不及的阴影之外。他们吃力地跋涉了一个多钟头后，听见了一个让他们顿时止步的声音——难以置信，但千真万确：滴水的声音。左边的黑崖看起来就像被某把巨斧劈开了一条缝，沟壑又深又窄，水就从沟里滴下来。也许，一些从阳光照耀的大海上汇集而来的甜美雨水，到头来却不幸落在这片黑暗之地的山障上，徒劳地四处流淌后被吸进了尘土，而这是仅存的几滴。它的涓涓细流从这里的岩石中淌下，流过小路，转向南迅速奔流，消失在没有生命的石堆间。

山姆朝它冲去。"我这辈子要是还能再见到夫人，一定要告诉她！"他叫道；"先是光，现在又有水！"然后他停下来，说，"我先喝，弗罗多先生。"

"好，不过这些足够我们俩喝的。"

"我不是那个意思。"山姆说，"我的意思是：要是这水有毒，或者喝了很快就会出乱子，那么，最好是我来试而不是你，少爷，你懂我的意思吧。"

"我懂。但山姆，我想，咱们应该一块儿碰运气，或一块儿蒙福气。不过，要是水冰冷刺骨，还是小心点好！"

水很凉，但不冰，尝起来的味道也不好。这要是在家乡，他们就会说它又苦又有油腥味，但在这里，它却似乎好得怎么称赞都不为过，让人忘了害怕或谨慎。他们喝了个饱，山姆也把水壶装满。之后，弗罗多感觉舒服了些，他们继续往前走了好几哩路，直到小路变得宽了，沿着路边开始有了简陋的护墙。这些情况提醒他们，已经接近另一个奥克据点了。

"山姆，我们就在这里离开这条路。"弗罗多说，"我们必须转向东走。"他看着峡谷对面那道阴郁的山脊，叹了口气，"我剩下的力气大概刚够爬到那边上头找个山洞，然后我一定得休息一会儿。"

此时河床在小路下方，离他们有一段距离。他们爬下河床开始穿行，结果惊讶地发现这里竟有些黑水潭，是从峡谷更高处的某个源头涓流而下汇聚成的。魔多西边山脉脚下的外缘地区是一片垂死之地，但还没有断绝生机。这里仍有东西生长，粗糙、扭曲、尖锐，挣扎着求生。而在山谷另一侧的魔盖峡谷，低矮丛生的树木潜藏着，紧附着大地，蓬乱的灰色草丛在岩石间顽强挣扎，岩石上爬着干枯的苔藓，而且到处都蔓延着大团纠结缠绕的荆棘。有些荆棘的刺又尖又长，有些长着刀一般的倒钩。荆棘上还挂着去年的干枯败叶，凄风一吹沙沙作响，但它们爬满蛆虫的芽苞才刚刚绽开。色作暗褐、灰或乌黑的蝇虻嗡嗡作响，像奥克一样有着红眼形状的斑点印记，还会叮人。在荆棘丛的上方，一团团饥饿的蚊蚋不停地飞舞盘旋。

"奥克的装备压根没用。"山姆挥着胳膊说，"真希望我长了一身奥克皮！"

最后，弗罗多实在是走不动了。他们已经爬上一条倾斜的窄沟壑，但哪怕要看见最后一道崎岖的山脊，都还有很远的路要走。"山姆，我现在必须休息了，尽量睡一觉。"弗罗多说。他环顾四方，但在这阴惨惨的荒野里，似乎连个能让动物钻进去的洞都没有。末了，精疲力竭的两人悄悄爬到一片帘子般垂下来的荆棘丛底下，它就像张毯子，遮住了一片矮石壁。

他们坐下来，尽可能像样地吃了一餐。山姆背包中还剩了些法拉米尔提供的补给，他们吃掉了一半，就是一些干果和一小块腌肉，将宝贵的兰巴斯留给往后的艰难日子。他们喝了一点水。在峡谷里，他们曾再次喝过水潭里的水，但现在又很渴了。魔多的空气中有种强烈的辛辣气息，让人口干舌燥。一想到水，连山姆那乐观的精神都颓丧了。越过魔盖之后，还要横越那片可怕的戈垲洛斯平原。

"现在你先睡吧，弗罗多先生。"他说，"天又开始黑了。我估算今天差不多过完了。"

弗罗多叹了口气，几乎不等这话说完就睡着了。山姆握着弗罗多的手，抗拒着自己的疲惫，默默地一直坐到入夜。最后，为了保持清醒，他爬出藏身的地方，向外张望。大地似乎满是咯吱叽嘎、窸窸窣窣的声响，但不闻说话声或脚步声。西边埃斐尔度阿斯山顶的高空中，夜色仍然模糊黯淡，而就在空中，在群山间一块高耸的黑色突岩之上，山姆看见一颗白亮的星星从乱云间探出头来，闪烁了片刻。那颗星的美震撼了他的心，当他从这片被遗弃的大地抬头仰望，希望又回到了他心里，因为一种清晰又冷静的领悟如同箭矢一般，直透他心底——魔影终归只是渺小之物，且会逝去，而在魔影无法触及之处，光明与崇高之美永存。他在塔里唱的歌其实不是希望，而是蔑视和挑战，因为他那时想的是自己。此刻，他自身的命运，甚至他家少爷的命运，都暂时不再困扰他了。他爬回荆棘丛下，在弗罗多身边躺倒，抛开了一切忧惧，踏实安稳地睡着了。

他们一起醒来，仍握着彼此的手。山姆几乎精神焕发，准备好面对另一天，但弗罗多叹了口气。他睡得很不安稳，一直梦到熊熊大火，醒来也没感到安心。不过，他这一觉也不是毫无恢复的效果，他的气力足了些，也能更好地负起他的重担再走一程了。他们不知道时间，也不知道自己睡了多久，但吃了几口食物、喝了点水之后，他们就继续沿着沟壑往上爬，直到爬完沟壑，来到一道由碎石和滑落的石头堆成的陡坡。至此，最后一批活物也放弃了挣扎。魔盖参差不齐的顶端寸草不生，光秃一片，贫瘠得就像一块石板。

他们奔走搜寻了很久，才找到一条可以攀爬的路。他们手脚并用地爬了最后一百呎，终于爬到了顶上。他们来到了一道夹在两堵黑色峭壁之间的裂缝，穿过之后，发现自己就站在魔多最后一道屏障的边上。内部的平原横陈在下方约一千五百呎深处的坡底，一路延伸到远方，没入了视野尽处那片混沌昏暗。此时，世间的风自西方吹来，巨大的云团被高高托起，朝东飘去。然而阴沉的戈埚洛斯平原依旧只照得到灰蒙蒙的光线。那里，烟雾在地面上徘徊，在洼地里潜伏，地表的缝隙里漏出丝丝臭气。

他们看见了末日山。它仍在很远的地方，至少有四十哩路，山脚扎在全是灰烬的废墟中，庞大的锥形山体巍然屹立，喷吐浓烟的峰顶云雾缭绕。这时它的火焰低落了，正蛰伏着闷闷燃烧，如同睡眠中的野兽一样充满威胁与危险。火山后方悬着一片犹如雷雨云般预示着凶兆的广袤阴影，而在这片面纱背后的巴拉督尔，就远远高耸在从北直插下来的灰烬山脉的一道长长的山嘴上。黑暗力量正在沉思，魔眼正在内省，思索着包含疑虑和危险的消息：一把雪亮的长剑，一张看起来坚毅又充满王者风范的脸。有一段时间，它几乎没去注意其他动向。它那整座门上有门、塔上叠塔的庞大要塞，都笼罩着一股压抑的阴郁气氛。

弗罗多和山姆凝望着那片令人痛恨之地，内心交织着厌恶和惊奇。在他们和那座冒烟的大山之间，环绕山北和山南，一切都展现出破败和死亡，那是一片遭到焚毁、令人窒息的沙漠。他们纳闷这片疆域的统治者如何养活奴隶，又怎样维系军队，然而他确实有军队。就他们目力所及，沿着魔盖边缘以及南方远处，有一片片营区，有些是帐篷组成，有些规划得就像小镇。这些营区中最大的一处就在正下方，在进入平原大约一哩的地方。它聚集的模样就像昆虫的巨大巢穴，长而低矮的土褐色建筑和棚屋间有笔直阴沉的街道。营区周围的地面上人来人往，忙碌非常，一条宽阔的路从营区往东南直奔，与魔古尔道会合，而沿着魔古尔道，一行行小小的黑色身影正在匆忙赶路。

"我一点也不喜欢眼前这种状况。"山姆说，"我管这叫'相当没希望'。不过，那里既然有那么多人，肯定有井或水，不消说还有吃的。而且，我的眼睛要是没全看错，那些是人类，不是奥克。"

无论他还是弗罗多，都对这片广阔疆域的南方远处有大片奴隶劳作之地一无所知，那片区域就在火山的烟尘背后，位于努尔能湖凄凉的黑水畔。他们也不知道有往东、往南通往魔多各处属地的大路，邪黑塔的士兵就从那些属地用一长列一长列的马车载运来物资、战利品和新的奴隶。这边的北方区域有矿区和锻造区，也是那场筹谋已久之战集结军队的地方。黑暗力量就像在棋盘上移动棋子一样，在此调遣军队，将他们聚集到一起。它的首批行动，意在初试锋芒，却在西边战线的南北两方都遭到了遏制。它暂时将他们撤回，换上新的军队，在奇立斯戈埚附近集结，准备复仇反击。而且，假如它另一个目的是防守火山、阻止任何人接近，那么它采取的行动也不大可能比这更充分了。

"算啦！"山姆继续说，"不管他们吃啥喝啥，咱们都弄不到。我看不出来有下去的路。就算咱们下去了，也不可能穿过那一大片爬满了敌人的开阔地啊。"

"但我们还是得试试。"弗罗多说，"这不比我料想的更糟。我从来没指望能穿过去，眼下我也看不见任何成功的希望，但我仍要尽力而为。目前我们得避免被捉住，拖得越久越好。因此，我想我们必须继续往北走，看看这片露天平原在比较狭窄的地方是什么情况。"

"我猜得到它会是什么情况。"山姆说，"在比较狭窄的地方，人类和奥克也就会挤得更紧点儿。等着瞧吧，弗罗多先生。"

"我们真能走那么远的话，我敢说我会瞧见的。"弗罗多说完，转身离开了。

他们不久就发现，要沿着魔盖的山头或任何高坡走都是不可能的，因为地上压根没有路，还刻满了深深的峡谷。末了，他们被迫退回那道之前爬上来的沟壑，下到原来的峡谷中另外找路。他们走得很辛苦，因为不敢横过峡谷去走西边那条小路。走了一哩多，他们看见了先前猜测近在咫尺的奥克据点，它隐蔽在峭壁底下的一处洼地里，包括一道围墙和一群围绕着一个黑暗洞口的小石屋。眼前不见任何动静，但两个霍比特人小心翼翼地前进，此处老河道两边都长着茂密的荆棘丛，他们就尽可能地贴着荆棘走。

他们往前走了两三哩远，背后那个奥克据点已经看不见了。两人刚要再度自由地喘口气，就听见了奥克说话的声音，又大又刺耳。他们立刻闪到一丛没长开的褐色树丛后。声音越来越近，不久视野里便出现了两个奥克。一个是黑皮肤的矮种奥克，鼻孔很大，嗅个不停，显然是某类追踪者。它身上裹着棕色的破布，带着一张角弓。另一个是高大的作战奥克，就像沙格拉特那一伙，佩着魔眼的标志。他也背着一张弓，手里还拿着一支阔头短矛。一如既往，两个奥克争吵不休，由于来自不同的种族，他们说着带有各自口音的通用语。

在距离两个霍比特人藏身处不到二十步的地方，

小个子奥克停下了脚步。"不干了！"它咆哮道，"俺要回家。"它指向峡谷对面的奥克据点，"俺鼻子闻石头闻得都长茧了，这么下去才没戏。俺说，什么痕迹也没剩下。俺听了你的，结果就找不到那个气味了。俺跟你说，它爬到那片山丘上去了，才不是顺着峡谷咧。"

"你这抽鼻子的小货色，没多大用处吧？"大个子奥克说，"我就说眼睛比你那烂鼻子有用。"

"那说说你那狗眼看见啥了？"另一个咆哮道，"呸！你连要找啥都不晓得。"

"那要怪谁？"士兵说，"可不怪我。要怪就怪上头。他们起先说是个穿着铮亮铠甲的大个精灵，然后又说是个像矮人一样的小个家伙，再又说肯定是一伙造反的乌鲁克族，要么就可能是这一堆全加一块儿。"

"嗷！"追踪者说，"他们脑袋叫门板夹掉了，就这么回事儿。俺猜，还有几个头儿得脱层皮，要是俺听说的没错的话——塔楼给人端了啥的，你几百个伙计给做掉了，囚犯给跑了。要是你们这群当兵的都这么搞，还真难怪那边打仗都是坏消息。"

"谁说有坏消息？"士兵大吼。

"嗷！谁说没坏消息？"

"你这说法就是该死的要造反！你要不闭上臭嘴，老子就一刀捅你个窟窿，明白没？"

"好好，算你狠！"追踪者说，"俺不说光想总行了吧。但是，那个鬼鬼祟祟的黑家伙跟这一整件事有啥关系？就是长着扁平手的那个秃毛鸡？"

"我不知道。没关系吧，也许。但我敢打赌，他四处打探，绝对没安好心眼。这该死的！他前脚才从咱们这儿溜走，后脚马上有话下来要抓他，要活的，还要快。"

"这么说吧，俺希望他们抓到他，好好修理一顿。"追踪者低声吼道，"没等俺赶到，他就找到人家不要了的铠甲偷走，还在那个地方到处乱转，把那边气味全搞乱了。"

"那倒稀里糊涂救了他一命。"士兵说，"咳，我当时不知道上头要抓他，就射了他一箭，距离五十步，干净利落，正中后背，但他继续跑了。"

"呸！你根本没射中。"追踪者说，"你先是射偏了，然后又跑得太慢，之后你就派人找来了可怜的追踪者。俺受够你啦。"他蹿跳着，大步跑了。

"你给我回来，"士兵吼道，"不然我就举报你！"

"跟谁举报？不是你那宝贝的沙格拉特吧？他可再也不是队长了。"

"我会把你的名字跟编号报给那兹古尔。"士兵压低嗓音，嘶声道，"**他们**有一个现在管起塔楼的事了。"

另一个刹住脚步，开口时声音里充满了恐惧与愤怒。"你个该死的告密的鬼祟贼胚子！"他怪叫，"你干不好自个儿的差事，居然还不站在自己人这边。滚去找你那卑鄙下流的尖叫鬼吧，要是敌人没先干掉他们，但愿他们把你全身的肉都冻掉！俺听说头号人物已经给干掉了，俺希望那是真的！"

大个子奥克握着短矛朝他扑了过去，但追踪者跳到岩石后头，一箭射中了冲过来的大个子的眼睛。大个子轰然倒地，追踪者则飞奔着横过峡谷，消失了。

有一阵，两个霍比特人坐着未出一声。终于，山姆动了动。"我说，这才叫干净利落。"他说，"这种美好的友谊要是在魔多传播开，咱可就省了一半的麻烦。"

"小声点，山姆。"弗罗多耳语道，"附近可能还有其他人。我们显然是堪堪逃过了一劫，敌人的追踪比我们估计的还紧迫。不过，山姆，那就是魔多的风气，它已经传遍了魔多的每个角落。奥克没人管的时候**就是**这副德行，总之所有的故事都这么说。但你不能因为这个就抱很大希望。他们对我们要痛恨得多，全体一致，历来如此。假如那两个奥克刚才看见了我们，他们就会抛开所有龃龉，直到要了我们的命。"

又是长时间的沉默。山姆再次打破了沉默，不过这次是小声耳语："弗罗多先生，你听见他们提到'**那个秃毛鸡**'了？我跟你说过，咕噜还没死，对吧？"

"对，我记得。我当时纳闷你怎么知道。"弗罗多说，"好啦，先说眼下吧！我想我们最好先待在这儿别出去，等天全黑了再说。所以你要是能小声说说，可以告诉我你是怎么知道的，还有到底都发生了什么事。"

"我尽量，"山姆说，"但我一想到那个缺德鬼就忍不住火冒三丈，想要大吼大叫。"

于是，魔多阴沉的光线慢慢暗下来，变成没有星辰的漆黑夜晚，期间两个霍比特人一直都坐在多刺的灌木丛掩护下。山姆竭尽所能寻找字眼，在弗罗多耳边低声述说了咕噜那次背叛的攻击、希洛布的恐怖，以及他自己那些涉及奥克的冒险经历。等他说完，弗罗多什么也没说，只是抓住山姆的手紧紧握着。最后，他动了动。

"唉，我想我们又得上路了。"他说，"我很好奇，在我们真正被抓，所有费力又偷摸的行动都徒劳无功地结束之前，还要度过多久。"他站起来，"天真黑，而我们又不能用夫人给的水晶瓶。山姆，帮我好好保管它。现在除了握在手里，我没有地方可以放它，而在这漆黑的夜里我需要双手摸索。不过刺叮我送给你。我有一把奥克的刀，但我想我不会再有砍杀的时候了。"

趁夜在无路可行的地方行走，既困难又危险。两个霍比特人跌跌撞撞，沿着岩石遍布的峡谷东缘慢慢地朝北走，跋涉了一个钟头又一个钟头。西边群山以外的大地上白昼已经来临多时，这里才有一抹灰白悄悄越过山巅，他们这时又躲了起来，轮流小睡。轮到山姆守哨时，他忙着思考食物的事。等弗罗多终于睡醒起来，说到吃点东西、准备再次上路，山姆提出了目前困扰他最厉害的问题。

"抱歉，弗罗多先生。"他说，"还得走多远，你心里有数吗？"

"没有，没有任何清楚的概念，山姆。"弗罗多答道，"出发前我在幽谷看过一张魔多的地图，那是大敌回到此地之前绘制的，可是我印象很模糊了。我记得最清楚的是，北边有个地方，是西边山脉和北边山脉伸出的支脉几近交会处。那里离之前塔楼附近的那座桥，肯定至少有二十里格远，或许是个横越的好地点。不过，当然，我们要是到了那儿，就会离火山更远，我估计有六十哩远。我猜，我们从那座桥往北走，到这里大概已经有十二里格了。就算一切顺利，我也绝不可能在一个星期内抵达火山。山姆，我怕这个负担会变得极重，我们越是接近，我就会走得越慢。"

山姆叹了口气。"这正是我担心的。"他说，"唉，先不说水。弗罗多先生，我们得吃得再少一点，或走得再快一点，至少我们还在这座峡谷里的时候得这样。再吃一口，所有的食物就都吃完了，只剩下精灵的行路干粮。"

"我会试着再走快一点，山姆。"弗罗多深吸一口气说，"那就来吧！我们再走上一段！"

天还没有再度黑透。他们步履沉重地前进，一直走到夜色全黑。时间流逝，他们疲惫地跟跄跋涉着，中间只短暂停了几次。当阴暗的天篷边缘下初露一抹隐约的灰白时，他们又躲了起来，藏进一块悬岩底下的黑暗坑洞里。

光线慢慢增强，直到清亮得超过了以往。一股强劲的风从西方吹来，正将魔多的烟雾从高空的气流中驱离。没多久，两个霍比特人就能分辨出周围数哩的地形地貌了。山脉和魔盖之间的深谷越是往上爬升，就变得越浅，内侧山脊此时在陡峭的埃斐尔度阿斯面前不过是一道岩架。但在朝东一面，山脊却依旧陡降下去，直落入戈垆洛斯平原。那条河床在前方遇到了一堵破碎的石阶，到了尽头，因为从主山脉朝东延伸出高耸荒秃的山嘴，犹如一堵墙。埃瑞德砾苏伊那迷雾缭绕的灰色北部山脉也延伸出一条突出的长臂，与这道横岭会合。在两山会合处有一处窄窄的豁口——卡拉赫安格仁，艾森毛兹。穿过豁口，便是乌顿深谷。那座深谷位于魔栏农后方，魔多的爪牙在谷中挖掘了许多隧道和深深的兵器库，用以防御自家地盘的黑门。现在，他们的主君正在那里紧急调集大军，要去对抗前来进攻的西方众将领。两处凸出的山嘴上建有诸多堡垒和塔楼，处处燃着营火。横过整个豁口还筑了一道土墙，并且挖了一条只能靠单独一座桥通过的深壕。

从豁口向北数哩，在主山脉分出西边山嘴的拐角高处，耸立着古老的杜尔桑城堡，如今它是成群聚在乌顿深谷附近的奥克据点之一。在渐亮的天光中已经可以看见一条从城堡蜿蜒而下的路，一直来到离两个霍比特人躺卧处约一两哩的地方，才朝东拐，沿着切入山嘴一侧的岩架前进，一路下到平原里，前往艾森毛兹。

两个霍比特人朝外望见此景，觉得往北这一整段路程都白走了。右边的昏暗平原烟雾弥漫，他们既看不见营区，也看不见军队移动，但那一整片区域都处在卡拉赫安格仁的堡垒警戒之下。

"我们走进死胡同了，山姆。"弗罗多说，"如果往前走，我们只会碰上那座奥克塔楼，但我们唯一可走的路就是那条从它下来的路——除非我们回头。往西我们爬不上去，往东我们也爬不下去。"

"那么弗罗多先生，我们就必须走那条路。"山姆说，"我们必须走它碰碰运气，如果在魔多有任何运气可碰的话。我们再这样瞎转或试图回头，一样也会暴露。我们的口粮也不够。我们必须冲一下子！"

"好吧，山姆。"弗罗多说，"只要你还怀着一点希望，就领我走吧！我的希望已经没有了。但是山姆，我冲不动。我只能跟在你后面慢慢走。"

"弗罗多先生，你开始继续慢慢走之前，需要吃东西跟睡觉。来，能吃多少就吃多少！"

他给了弗罗多水和额外的一块行路干粮，又把自己的斗篷折成枕头塞到他家少爷头下。弗罗多太累，无力就此争论，而山姆也没告诉他：他喝的是他们仅剩的一点水，他吃的食物除了自己的，还包括山姆的口粮。等弗罗多睡着以后，山姆俯身聆听他的呼吸，仔细打量着他的脸。那张瘦削的脸满是皱纹，但在睡眠中显得满足无惧。"好了，少爷，看我的了！"山姆自言自语说，"我不得不离开你一小会儿，去碰碰运气。我们一定得找到水，否则别想再往前走了。"

山姆悄悄爬了出去，以连霍比特人都少有的谨慎从一块岩石飞快跑到另一块。他下到朝北爬升的河床，顺着它走了一段，一直来到石阶处。毫无疑问，很久以前河的泉源曾从这里奔涌而下，形成一个小瀑布，而今却只显得一片干涸寂静。但山姆不肯放弃希望，他弯下腰细听，终于欣喜地捕捉到了缓缓滴水的声音。他吃力地往上攀了几阶，发现从山侧冒出一股暗色的涓涓细流，积在一个光秃秃的小池子里，水又从池里溢出，然后消失在贫瘠的岩石底下。

山姆尝了那水，似乎还行。于是他喝了个饱，装满水壶，然后转身准备回去。就在那时，他瞥见一个黑色的形体或影子在前方弗罗多藏身处附近的岩石间掠过。他强忍住一声喊叫，从水泉处一跃而下往回跑，从一块石头跳到另一块。那是个机警的生物，很难看清，但山姆毫不怀疑那是谁——他恨不得用双手掐住它的脖子。但它听见了山姆回来的声音，迅速溜走了。山姆觉得自己最后匆匆瞥见了它一眼，它越过东边的峭壁边缘回头张望，然后就急速低头消失了。

"啊，运气总算没叫我失望，"山姆喃喃道，"但这真是好险啊！难道附近有成千上万的奥克还不够，还要来个缺德的恶棍探头探脑？我真巴不得他当初给一箭射死！"他在弗罗多身边坐下，没惊动他，自己却不敢睡。最后，等他觉得睁不开眼睛，知道自己实在撑不住了，才轻轻唤醒弗罗多。

"弗罗多先生，恐怕那个咕噜又到附近来了。"他说，"反正，那要不是他，就是有两个咕噜。我出去找了些水，回来的时候正好看见他在探头探脑。我觉得咱俩同时睡不安全，请你原谅，但我的眼皮实在睁不开了。"

"老天保佑，山姆！"弗罗多说，"快躺下，好好睡一觉！不过，我宁可碰上咕噜也不想碰上奥克。无论如何，只要他自己不被抓，他就不会把我们出卖给他们。"

"但他可能自己干点抢劫谋杀的勾当啊！"山姆低吼，"弗罗多先生，你可要睁大眼睛！这里有一整壶水，你喝吧。我们走的时候还可以去装。"说完，山姆一头倒下睡着了。

他醒来时，天光正在转暗。弗罗多背靠着岩石坐着，但已经睡着了。水壶空了。不见咕噜的踪影。

魔多的黑暗已经回来了，高处的营火烧得又红又旺。两个霍比特人就在这时再度出发，踏上整趟旅程中最危险的一段路。他们先走到那一汪细泉那儿，然后小心地往上爬，来到那条路上——路由此急转向东，奔向二十哩外的艾森毛兹。这条路不宽，路边也没有高墙或胸墙。随着路往前延伸，路边缘的陡崖落差也越来越大。两个霍比特人听了一阵，听不见路上有任何动静，于是他们稳稳迈开步伐朝东走去。

走了大约十二哩后，他们暂停下来。路在后面不远处已经略往北拐，他们走过的那一段此时已经被挡住看不见了。事实证明，这是灾难性的。他们休息了几分钟，然后继续前进，但还没走几步，便突然听见寂静的暗夜中传来了他们始终暗暗害怕的声音：杂沓的行军脚步声。声音还在后面一段距离开外，但他们回头已经看得见闪动的火把拐过弯来，相距不足一哩。而且，对方走得很快，快到弗罗多没法沿路往前逃走。

"山姆，我怕的就是这个。"弗罗多说，"我们一直在碰运气，这下运气用完了。我们无路可逃了。"他慌乱地抬头看着嶙峋的石壁，古时筑路的人将头顶上方许多呎的山岩都削得陡直。他奔到路的另一侧，从悬崖边缘往下望，只见一个昏暗的漆黑深坑。"我们终于无路可逃了！"他在石壁下一屁股坐到地上，垂下了头。

"看来是这样了。"山姆说，"那，我们只能等着瞧了。"说完，他也窝进了悬崖的阴影，在弗罗多身边坐下。

他们不必久等。那群奥克行进的速度极快，走在最前排的举着火把；他们渐渐走近，黑暗中的红色火焰迅速变亮。山姆这时也垂下头去，希望这样就能在火光照到自己时藏住面孔，并且他将盾牌立在膝盖前，挡住他们的双脚。

"要是他们忙着赶路，拼命往前走，不去管两个疲惫的士兵就好了！"他想。

而他们似乎真是这样。领头的奥克全都喘着粗气，低头小跑着。他们是一帮个头较小的种类，被驱赶着，不情不愿地去参加黑暗魔君的战争。他们只关心走完行军路程，免挨鞭打。队伍旁边有两个凶狠的大块头乌鲁克，他们挥着响鞭来回跑动，大声呵斥。一排又一排的奥克过去了，会照出破绽的火把已经在前方一段距离开外了。山姆屏住了呼吸。现在队伍已经过了大半。接着，突然间，那两个驱赶奴隶的监军之一注意到了路旁的两个身影。他朝他们一挥鞭子，吼道："喂，你们！站起来！"他们没回答，于是他大吼一声，整个队伍停了下来。

"起来，你们两个懒鬼！"他吼道，"现在不是懒散的时候。"他朝两人迈出一步，即便在昏暗中，他也认出了他们盾牌上的徽记。"开小差，是吧？"他咆哮道，"还是打算开小差？你们这帮家伙昨天傍晚就全都该到乌顿了。你们知道的。起来，给我入列，要不我就记下你们的编号报上去。"

弗罗多和山姆挣扎着站起来，佝偻着腰，像脚痛的士兵那样一瘸一拐地拖着步子朝队伍后方走。"不行，不准到后面去！"监军吼道，"往前走三排，就待在那里，要不然等我回过头来，你们就会知道厉害！"他把长鞭朝他们头顶一甩，脆声炸响，接着再一甩，吆喝一声，命令全队再次小跑前进。

这对疲累的可怜山姆来说已经够艰难的，而对弗罗多而言就是酷刑，并且很快变成了噩梦。他咬紧牙关，努力让自己什么也不去想，挣扎着前进。他周围那些大汗淋漓的奥克臭得令人窒息，他口渴得开始拼命喘气。他们前进、再前进，他全神贯注，一心只想着呼吸与勉力让两腿移动，却不敢去想这场跋涉与忍耐会通往何等不幸的结局。指望掉队而不被发现是不可能的。那个奥克监军不时退过来嘲笑他们。

"瞧瞧！"他大笑着，拿鞭子轻抽他们的腿，"我的懒虫们，有鞭子，事竟成。跟上！我本来现在就要好好提醒你们一番，只不过等你们姗姗来迟地到了自个儿的营地，也肯定会一样给打得皮开肉绽。这对你们有好处。难道你们不晓得我们是在打仗吗？"

他们已经跑了好几哩路，道路终于开始奔下一条长长的斜坡进入平原，这时弗罗多即将精疲力竭，神志也不清醒了。他摇摇晃晃，跌跌撞撞，山姆不顾一切搀扶住他，试图帮他，尽管他觉得自己也快要跟不上脚步了。他知道，现在结局随时都会到来：他家少爷会昏迷或倒下，一切都会暴露，他们痛苦的努力都将付诸流水。"我说啥也得把那个该死的大块头监军收拾了。"他想。

接着，就在他要把手搭到剑柄上时，意料之外的机会出现了。他们这时已经来到平原上，正朝乌顿的入口接近。在入口前方不远，从西边、南边和从巴拉督尔过来的路，在大门前的桥头处会合。沿着这三条路都有军队在移动，因为西方众将领正在逼近，黑暗魔君也正把自己的武力加紧派向北方。因此，好几支部队碰巧在路口撞到了一起，那里一团漆黑，墙上的营火照不到。每支部队都想抢先抵达大门前，结束行军，因此，他们大肆推挤咒骂，无论那些监军怎么斥喝、怎么挥动鞭子，扭打还是发生了，有些甚至拔刀相向。一支从巴拉督尔来的**乌鲁克族**重装部队冲进了杜尔桑来的部队，使他们陷入一团大乱。

头昏眼花的山姆尽管又痛又累，却登时清醒过来，迅速抓住了这个机会。他拉住弗罗多，两人一同扑倒在地。有几个奥克绊到了他们，又吼又骂。两个霍比特人手脚并用，从混乱中慢慢爬开，最后在无人察觉的情况下从路的对侧溜了下去。那里有一处很高的路边石，堆得高出了开阔地面好几呎，给军队的领队在黑夜或大雾中当作路标。

有一阵，他们躺着不动。天太黑，即便真有藏身之处可寻，他们也无法去找。但山姆觉得，他们至少也该离这些大道远一点，到火把照不到的地方去。

"来，弗罗多先生！"他耳语道，"再爬一段，然后你就可以躺着不动了。"

弗罗多拼尽最后一点力气，用双手撑起身子，挣扎着往前挪了也许二十码远。接着，他栽进一个突然出现在前面的浅坑里，像死了一样躺在里面。

第三章

末日山

　　山姆把自己那件破烂的奥克斗篷垫到他家少爷的头底下，再用罗瑞恩的灰斗篷盖住了两人。他这么做着，思绪却飞向了那片美丽的土地，还有精灵——他希望他们亲手织就的布料会具有某种功效，能奇迹般地在这片充满恐惧的蛮荒之地助他们藏身。随着那些部队陆续前行穿过艾森毛兹，满耳的杂沓脚步声与吼叫声也逐渐消失了。看来，在各个种族的众多队伍混到一起造成的大乱中，没人惦记他们，至少现在还没有。

　　山姆啜了一小口水，但他坚持要弗罗多喝，等他家少爷略微恢复后，他给了他一整块宝贵的行路干粮，要他吃下去。两人已经累到无力去顾及害怕的地步，于是他们摊开手脚躺着小睡了一觉，睡得很不安稳——热汗黏在身上变冷，硬石地也扎着背，人还直打哆嗦。一阵稀薄的冷空气从北方自黑门吹来，穿过奇立斯戈垃，贴着地面沙沙流过。

到了早晨，灰蒙蒙的天光再次显露，因为天空高处仍吹着西风，但下方黑暗之地的围墙后方的乱石地里，空气简直像是静止了，寒冷却又滞闷。山姆从洼坑里朝外望，周围一马平川的大地一片阴沉，呈现出土黄的色泽。附近的各条路这时都不见动静，但北边的艾森毛兹离这里不到一弗隆远，山姆害怕那边墙上那些警戒的眼睛。东南方远处，火山如同一团竖起的黑影，隐约耸立。它喷出滚滚浓烟，一部分升到高空，向东逶迤而去，同时大量翻滚的烟云沿着山体飘下，扩散笼罩了整片大地。在东北方几哩开外，灰烬山脉的山麓丘陵像一个个忧郁的灰色鬼魂般伫立着，而在它们后方隆起的是迷雾笼罩的北方高地，犹如遥远的一线层云，几乎不比低垂的天幕更暗。

山姆试着估算距离，权衡着该走哪条路。"怎么看都得走上五十哩。"他瞪着那座险恶的火山，沮丧地嘀咕起来，"如果本来要走一天，那弗罗多先生眼下这个样子，就得走一个星期。"他摇了摇头，想着办法，但同时一个新的阴暗念头慢慢浮现在他脑海中。在他坚定的内心里，希望破灭的时间向来不曾持续多久，而且他一直都考虑着回去的事，但到了此刻，他终于醒悟到这项痛苦的事实——现有的口粮至多够让他们抵达目的地，而当任务完成，他们就将面对穷途末路，置身在这片恐怖的荒漠中，孤立无援、无遮无蔽、没有食物。他们回不去了。

"看来，这就是我出发时觉得自己非做不可的事儿？"山姆想，"帮助弗罗多先生走到最后一步，然后陪他一起死。好吧，如果这就是，那我必须得做。但我真的好想再看傍水镇一眼，还有罗西·科顿[1]跟她的兄弟们，还有老头和玛丽戈德他们。可不知怎地，我就是没法想象甘道夫会在明知弗罗多先生压根没有任何返回希望的情况下，还派他来执行这项任务。自从甘道夫在墨瑞亚掉进深渊，事事都出了差错。我真希望他没掉下去！他一定有办法的。"

但是，就在山姆心中的希望破灭时，或者说似乎破灭时，它被转化成了一股新的力量。山姆心中的意志变得刚强起来，与此同时他那平凡的霍比特面孔也变得坚定，甚至严厉了。他感到一股战栗窜过四肢，他仿佛正在变成某种石雕钢打的生物，不管是绝望、疲惫，还是无尽的荒凉长路，都不能令他屈服。

怀着这样崭新的责任感，他收回目光，察看眼前的大地，研究下一步行动。天色又亮了一点，以至于他惊讶地看见，从远处望去显得辽阔又单调的平原实际上坑坑洼洼、凹凸不平。整片戈埚洛斯平原的地表其实布满了巨大的坑洞，仿佛当年它还是一片荒凉的软泥时，曾遭到无数箭矢和巨大石弹骤雨般的袭击。那些最大的坑洞边缘都堆积着破碎的岩石，宽阔的裂缝从洞边向四面八方伸展。在这片大地上，躲开那些并非最警醒的眼睛，悄悄从一处藏身地潜行到另一处是可行的——至少，对那些强壮又不赶时间的人来说是这样。但在那些饥饿又疲惫不堪，还要趁一息尚存跋涉很远的人眼中，这片大地就显得险恶了。

山姆想着这一切，回到了他家少爷身边。他不需要叫醒他，因为弗罗多正睁着双眼仰躺在地上，瞪着浓云密布的天空。"呃，弗罗多先生，"山姆说，"我一直在看周围，还想了点事儿。路上没人，我们最好趁这个机会赶快离开。你能走吗？"

"我能走。"弗罗多说，"我非走不可。"

他们再次出发，借着能找到的掩护，尽量迅速地从一个坑爬向另一个坑，但始终沿一条斜线向北方山脉的山麓丘陵前进。但最靠东的那条路一直跟随他们前行，直到它转向离去，紧贴着山脉的外缘而行，伸入前方远处那一堵如墙的黑影。此刻在一段段平坦的灰暗道路上既没有人也没有奥克走动，因为黑暗魔君已经快要完成兵力的调动了。即便是在自己疆域的要塞中，他也利用黑夜来保密，害怕那已经转而对抗他的世间之风会撕开他的障眼纱。而且，大胆奸细已经突破防卫混进来的消息，也困扰着他。

两个霍比特人走了几哩累人的路后，才停下来。弗罗多似乎就要精疲力竭了。山姆看出，以他们这种一会儿爬，一会儿猫着腰走，一会儿慢吞吞地挑出一条拿不准的路走，一会儿又连滚带爬匆忙快跑的方式，弗罗多怕是走不了多远了。

"弗罗多先生，我想趁着天还亮走回路上去。"他说，"咱们再信一次运气吧！上回它差点抛弃了我们，但到头来它还是没有。咱们再稳稳当当走上几哩，然后就休息。"

他冒的风险，其实比他所了解的大。但弗罗多被重担和脑海中的争斗占据了太多心神，无暇争辩，而且他也几乎绝望到不在乎的地步。他们继续走，爬上了堤道，沿着那条坚硬严酷的路跋涉下去，一路走向邪黑塔本身。然而他们的运气不错，那天余下的时间里，他们没碰到任何活的或移动的东西。夜幕降临时，他们消失在魔多的黑暗里。此时整片大地都在酝酿等待，犹如暴风雨将至，因为西方众将领已经过了十字路口，并且烧了伊姆拉德魔古尔的致命原野。

就这样，随着魔戒南行，诸王的旌旗北上，绝望的旅程也在继续。两个霍比特人的体力渐渐衰弱，大地却变得愈加险恶，对他们来说，每一天、每一哩路，都走得比从前更艰苦。他们在白天没有遇上敌人，夜里却有几次听见了叫喊声、众多杂乱的脚步声或被残酷驾驭着飞驰的马蹄声，当时他们躲藏在路边，不安地蜷缩着或打着盹。但远比这一切危险都可怕的是那股袭击着他们的威胁，他们不断前进，它也在不断逼近。那股恐怖的威胁来自那个黑暗力量，它隐在自己王座周围的黑色帷幔之后等候着，沉浸在幽深的思绪和不眠不休的恶毒当中。它越来越近，耸现的身影越来越黑暗，像是黑夜之墙从世界尽头迎面压来。

终于，一个可怕的傍晚来临了。正当西方众将领接近生者之地的尽头时，两个流浪者也遇上了茫然绝望的时刻。他们逃离那群奥克后已经过了四天，但过去的那段时间就像一个越来越黑暗的梦境。最后这一整天里，弗罗多一语未发，只是半弯着腰走路，经常跌倒，仿佛眼睛已经再也看不见脚下的路。山姆猜测，他们遭遇的所有痛苦中，弗罗多正承受着最可怕的一种，就是魔戒逐渐增加的重量。它既是肉体的重担，也是心灵的折磨。山姆已经不安地注意到，他家少爷不时抬起左手，像要抵挡挥来的击打，或要遮住畏缩的双眼，躲开那只正在搜寻他们的可怕魔眼。有时候他的右手会悄悄摸索到胸前，紧紧攥住，然后，随着意志恢复控制，手又慢慢地放开缩回。

　　这时，随着黑夜又至，弗罗多坐了下来，头垂在双膝之间，胳膊疲倦地垂到地上，两手无力地痉挛着。山姆注视着他，直到夜色笼罩了二人，让他们看不见彼此。他已经找不到任何话可说，于是转去琢磨自己那些忧郁念头。他自己虽然疲倦，又觉得恐惧当头，却仍有体力。若非兰巴斯所具有的功效，他们早就躺倒死去了。它并不满足食欲，山姆的脑海里不时充斥着对各种食物的回忆，以及对简单的面包和肉类的渴望。但旅人单单依赖这种精灵的行路干粮，不与其他食物混着吃时，它会显出一种逐渐增长的潜藏功效。它滋养意志、提供耐力，使人以超乎凡人的方式控制肌肉和四肢。但是，现在必须做出一个新的决定。他们不能再沿着这条路走下去了，因为它朝东通往那个大魔影，火山此时却耸立在右边，几乎是正南的方向，他们必须转向它。然而，在它面前仍铺展着一片荒凉、烟气缭绕、覆满灰烬的广阔大地。

"水，水！"山姆喃喃道。他一直在限制自己，干焦的口中，舌头似乎变得又厚又肿；但无论他多么小心节省，现在也只剩一点点水了，也许只有半壶，而他们或许还要走上好几天。要是当初没壮着胆子顺着奥克的路走，他们早就没水喝了。因为在那条大道上，每隔一段很长的距离就建有蓄水池，是给被调派赶路穿过无水区域的部队使用的。山姆在其中一个蓄水池中发现了些剩余的水，虽然走了味，还被奥克弄得浑浊，却足以解去燃眉之急。但那已经是一天前的事了。不可能再有希望找到水了。

最后，山姆思虑得累了，打起了瞌睡。明天的事明天再说吧，他是无能为力了。他时梦时醒，睡得很不安稳。他看见了团团光芒，活像幸灾乐祸的眼睛，看见了缓慢爬行的黑色身影，他还听见了活像野兽发出的噪声，或被酷刑折磨之物发出的惨嚎。他会惊醒过来，发现世界一片漆黑，围绕在四周的只有空虚的黑暗。只有一次，他起身慌乱地四处张望，虽然那时清醒着，他似乎还是看见了那些好像眼睛的苍白光芒。但它们很快地闪了闪，就消失了。

可憎的黑夜缓慢又勉强地过去了。接下来的白昼天光晦暗，因为越靠近火山，空气就越浑浊，同时索隆在自身周围编织出的魔影幕障也从邪黑塔里悄然蔓延出来。弗罗多仰面躺在地上，一动不动。山姆站在他旁边，不愿说话，但又知道自己这时有话得说——他必须激励起他家少爷，再做一次努力。终于，他弯下腰抚摸弗罗多的额头，对着他耳边开口了。

"醒醒，少爷！"他说，"又该出发了。"

弗罗多仿佛被一阵突如其来的钟声惊醒，迅速爬了起来。他起身朝南望去，但当他看清火山以及前方的沙漠，他再次沮丧畏缩了。

"我做不到，山姆。"他说，"这个重担实在太重，太重了。"

山姆在开口之前就知道说了也是白说，而且他要说的话不但无益还会有害，但他出于同情，无法保持沉默。"那让我帮你背负一会儿吧，少爷。"他说，"你知道我只要还有一点力气在，就愿意这么做，也很高兴这么做。"

弗罗多的双眼中浮现出一道疯狂的光芒。"离我远些！别碰我！"他喊道，"我告诉你，它是我的！滚开！"他的手摸索着伸向了剑柄，但接着，他的声音迅速变了，"不，不，山姆。"他悲伤地说道，"可是你一定要理解。它是我的重担，别人谁也不能背负它。现在已经太迟了，亲爱的山姆，你无法再以那样的方式帮我了。我现在几乎被它的力量控制住了。我无法放弃它，如果你试图拿走它，我就会发疯。"

山姆点点头。"我理解。"他说，"但我一直在想，弗罗多先生，还有其他一些东西咱们可以不要。干吗不减轻一点负担呢？现在咱们要往那边走，而且要尽可能走直线。"他指向火山，"任何咱们有可能不需要的东西都不用再带了。"

弗罗多又看向火山。"没错。"他说，"在那条路上我们不需要多少东西。等到了它的尽头，就什么都不需要了。"他捡起奥克盾牌丢了出去，接着又扔掉了头盔。然后他脱下灰斗篷，解开那条沉重的腰带，让它连同那把带鞘的剑一起落到地上。他扯下那件破烂的黑斗篷，任它散落一地。

"好啦，我再也不装奥克了！"他叫道，"我也不再带武器，管它是美好的还是丑恶的。如果他们想，就让他们来抓我吧！"

山姆也依样做了，将自己的奥克装备放到一边，又拿出了背包里的所有东西。然而，不知为何，那些东西每一样对他而言都已经变得很珍贵，也许仅仅是因为他耗费了这么大辛苦，背着它们跋涉了这么远的路。他最舍不得的是那套炊具。想到要扔掉它们，他忍不住热泪盈眶。

"弗罗多先生，你还记得那锅炖兔肉吗？"他说，"还有在法拉米尔统帅的家乡，在那道温暖的坡岸下我们待的地方，那天我看见了毛象。你记得吗？"

"不，山姆，我恐怕不记得了。"弗罗多说，"无论如何，我知道发生过那些事，但我看不见它们。我尝不到食物的味道，感觉不到水的流动，听不见风的声音，对花草树木毫无记忆，脑海中再也不剩月亮或星辰的影像。山姆，我赤裸裸地立在黑暗中，在我和那个火轮之间无遮无蔽。我连睁着眼睛都开始看见它，其他一切都淡褪了。"

山姆走过去，吻了吻他的手。"那么，我们越早摆脱它，就越早得安宁。"他说得有些艰难，因为想不出更好的话可说。"说是没用的。"他一边自言自语，一边把挑出来要扔的东西全都收集在一起。他不希望这些东西暴露在荒野中被任何眼睛看见。"缺德鬼似乎拿了那件奥克铠甲，他可别想再添上一把剑。他赤手空拳的时候已经够糟糕的了。他也休想乱动我的锅！"说完，他抱起所有的装备，走到地表诸多裂缝中的一条旁边，将它们一股脑儿全扔下去。他宝贝的锅子落入黑暗中时那哐啷哐啷的声音，犹如丧钟一般击打在他心上。

他回到弗罗多身边，然后割了一小段精灵绳索给他家少爷当腰带，将灰斗篷紧扎在他腰间。他将剩余的绳索小心地卷好收回背包里。除了绳索，他只保留了余下的行路干粮和水壶，腰带上还挂着刺叮，胸前的上衣口袋里藏着加拉德瑞尔的水晶瓶，以及她专赠给他的小木盒。

现在，他们终于转身，面对火山出发了。他们不再考虑隐藏行迹，将疲惫与摇摇欲坠的意志都集中在继续前进这一个任务上。在这灰蒙蒙的阴沉白昼里，除非近在咫尺，否则就连这片高度警戒之地也没多少东西看得到他们。黑暗魔君的所有奴隶当中，只有那兹古尔可能向他发出警告：有个很小但不屈不挠的危险，正悄悄逼近他那防守森严的领域的中心要地。但那兹古尔和他们会飞的黑翼坐骑都身负另一项任务外出了——他们在远方聚集，向行军中的西方众将领投下阴影，邪黑塔的思绪也转往那个方向。

山姆感觉这天他家少爷找到了某种新的力量——他要携带的负担确实减轻了一点，但只靠这个是解释不了的。他们的第一程路走得比他期望得更远也更快。这片大地崎岖难行又充满敌意，然而他们仍前进了不少，火山也越来越近。但随着白昼过去，阴暗的天光很快就开始消退，弗罗多又佝偻起身子，脚步开始蹒跚，仿佛那股新生的劲力挥霍完了他仅存的气力。

他们最后一次停下来时，他瘫坐在地上，说："山姆，我口渴。"便不再说话了。山姆给他喝了一口水，壶里只剩下一口了。他自己没有喝。这时，魔多的黑夜再次淹没了他们，对水的记忆统治了他的全副心神——虽然他什么都看不见，但每一道他曾经见过的、在绿柳荫下或阳光里闪烁的小溪、小河或泉源，都在他眼前欢快地奔流荡漾，令他饱受折磨。他回想起自己曾跟科顿家的乔利、汤姆、尼布斯，还有他们的姊妹罗西在傍水镇的池塘里玩水，他的脚趾感觉到了清凉的池底软泥。"但那是好多年前的事儿了，"他叹了口气，"而且是在很远的地方。如果真有哪条回去的路，那也得先经过火山。"

他睡不着，开始跟自己辩论起来。"好了，瞧瞧吧，咱做的比你期望的好。"他坚强地说，"反正开端挺好。我估计咱们停下来之前，已经走了一半的路。再有一天就能走完了。"接着，他停下来。

"别傻了，山姆·甘姆吉。"他自己的声音回答道，"他明天哪怕能动，也不可能再像今天这样子走。而你把所有的水跟绝大部分口粮都给了他，你也坚持不了多久了。"

"但我还能继续走很长一段路，而且我会走的。"

"去哪里？"

"当然是去火山。"

"可是，然后呢？山姆·甘姆吉，然后呢？等你到了那儿，你打算怎么办？他自己肯定什么都做不了。"

山姆惊愕地发现，他答不出这个问题。他心里完全没数。弗罗多没跟他多谈自己的任务，山姆只是大概知道得想个什么法子把魔戒扔进火里。"末日裂罅。"他喃喃道，脑海里浮起那个古老的名称。"得，少爷也许知道怎么找到那个地方，我可不知道。"

"这下你明白了吧！"回答的声音又来了，"这压根就是一点儿用都没有。他自己就是这么说的。你就是个笨蛋，一直抱着希望费力往前走。要不是你这么死心眼，你俩好几天前就该一起躺下好好睡一觉了。可你忙了这一通，还是难免一死，甚至比死还糟糕。你现在还不如就躺倒放弃。反正你们永远也到不了山顶。"

"就算只剩这一身骨头，我还是要爬上山。"山姆说，"就算会压断我的脊梁、累碎我的心，我也要亲自把弗罗多先生背上去。所以，就别唠叨了！"

就在这时，山姆感到身下的地面一阵震动。他听见，或者说是感觉到，深处传来了遥远的隆隆声，仿佛是被困在地底的雷鸣。云层下方红光短暂一亮，渐渐消失。火山也同样睡得很不安稳。

他们前往欧洛朱因的最后一段旅程终于到来，山姆从未想象过自己能够承受这样的折磨。他浑身疼痛，口中干得连一口食物都咽不下。天一直黑着，不只是因为火山喷出的浓烟——似乎一场风暴即将来临，东南方远处漆黑的天空下，闪电频频。最糟糕的是，空气中满是烟雾，令人呼吸得艰难又痛苦。他们开始头昏眼花，以至于步履蹒跚，时常跌倒。但是，他们的意志并未屈服，他们挣扎着继续前进。

无声无息，火山越来越近，到了最后，他们只要抬起沉重的头，就能见到它庞然耸立在面前，占据了全部视野——一团由灰烬、熔渣和烧焦的岩石堆成的巨物，一座陡峭的圆锥形山体从中拔地而起，高耸入云。持续终日的暮色将尽，真正的夜晚尚未再临，他们已经连滚带爬地来到了它的山脚下。

弗罗多猛喘一声扑倒在地。山姆在他身旁坐下。他惊讶地发现，自己虽然疲累，却感到轻松了些，他的思维似乎又清晰起来，头脑也不再受争论的干扰。他知道所有绝望的理由，但他不予理会。他意志已定，只有死亡才能摧毁。他已经不再渴望或需要睡眠，相反，他十分警醒。他知道一切危机风险现在都集中到一点上——明日就是命运判决之日，明日要么最后一搏，要么彻底失败，成败在此一举。

但明日何时来到？黑夜似乎绵绵无尽，化成了永恒，时间一分钟又一分钟地消逝，没有累积一时半刻，也没有带来任何改变。山姆开始怀疑是不是第二度黑暗已经降临，白昼永远不会重现。最后，他摸索着抓住了弗罗多的手。那只手冰冷，颤抖不停。他家少爷正在发抖。

"我就不该抛下我的毯子。"山姆喃喃道。他躺下来，试着用自己的怀抱和体温让弗罗多感觉舒服些。接着，他睡着了。这趟远征最后一日的朦胧晨光落在并卧的两人身上。从西方吹来的风昨天就停了，转了向，此刻刮起了北风，并且开始增强。渐渐地，看不见的太阳把光芒渗透进了两个霍比特人躺卧的阴影里。

"就是现在！咱们最后拼一次！"山姆说着，挣扎着站了起来。他朝弗罗多弯下腰，轻轻摇醒他。弗罗多呻吟了一声，但他耗费了极大的意志力，摇摇晃晃地站了起来，却随即又跪倒下去。他艰难地抬起双眼，望向高耸在上的末日山的黑暗斜坡，接着，他开始可怜地双手并用，朝前爬去。

山姆看着他，内心在痛哭，干涩刺痛的眼里却流不出泪水。"我说过，就算折断脊梁我也要背着他走。"他喃喃道，"我会的！"

"来吧，弗罗多先生！"他喊道，"我不能为你背负它，但我能背负你，连它一起。所以，起来！来，亲爱的弗罗多先生！山姆这就载你一程。你只要告诉他往哪儿去，他就会去。"

弗罗多趴到他背上，双臂无力地环着他的脖颈，两腿紧夹在他腋下，山姆摇摇晃晃地站了起来。接着，他惊奇万分地发觉这负担并不重。他本来担心，他仅存的力气只够背起他家少爷一人，此外他料想自己要分担受诅咒的魔戒那可怕坠扯的重量。但情况并非如此。无论是因为弗罗多长期以来被疼痛、刀伤、毒刺、悲伤、恐惧、无家可归的游荡折磨得形销骨立，还是因为山姆被赐予了最后一股神力，总之他不费多大力气就背起了弗罗多，就跟在夏尔的青草地或干草场上扛起一个霍比特小孩玩耍一样。他深吸一口气，便出发了。

他们已经抵达火山北侧稍微偏西的山脚下，那里长长的灰色山坡尽管崎岖，但不陡峭。弗罗多没说话，因此山姆只能在毫无指引的情况下尽力挣扎着往上爬，他只抱定了一个念头：要在自己力气耗尽、意志动摇之前尽可能爬高。他吃力地跋涉，往上，再往上，一会儿往这边转，一会儿往那边转，减缓攀爬的坡度。他常常踉踉跄跄着朝前摔倒，最后就像一只背着重负的蜗牛一样往前爬。当意志力再也无法驱使他向前，四肢也泄去了力量时，他停下来，将他家少爷轻轻放下。

弗罗多睁开眼睛，吸了口气。在爬到飘浮弥漫的浓臭烟气上方之后，呼吸也变得容易一些了。"谢谢你，山姆。"他哑着嗓子低语，"还有多远要走？"

"我不知道。"山姆说，"因为我不知道咱们要去哪里。"

他回头看看，又往上望，惊讶地发现他最后这趟努力攀登居然爬了这么远。这座不祥的火山独自耸立，先前显得比实际更高。这会儿山姆发现，论高度它比不上他跟弗罗多爬过的埃斐尔度阿斯的高处隘口。它崎岖起伏的山肩自庞大的山基升起，高出平原大约三千呎，而高耸的中心火山锥又从山肩上拔起约一千五百呎高。它就像一个巨大的烘炉或烟囱，顶上扣着一个参差不齐的喷火口。不过山姆已经爬到了山基的上半截，下方的戈埚洛斯平原裹在烟气和阴影中，显得阴暗模糊。他往上看去，此时要是干焦的喉咙还允许的话，他就会大喊一声——因为，在上方那片崎岖不平的土丘和山肩上，他清楚地看见了一条小径或道路。它像一条渐升的环带从西边爬上来，蛇一般盘绕火山而上，而不等绕过去消失在视野外，它就抵达了火山锥东侧的底部。

山姆无法看到正上方最低的那一段路，因为从他站的地方往上有一道陡峭的斜坡，挡住了视线。但他估计只要再努力往上爬一小段，就会碰上那条路。他内心又升起了一线希望。他们还有可能征服这座火山。"啊，那条路开在这里很可能是天意！"他跟自己说，"要是没有那条路，恐怕我就得说我最后还是被打败了。"

那条路开在这里，并不是为了山姆。他不知道，自己正看着从巴拉督尔通往"烈火诸室"萨马斯瑙尔的索隆之路。它从邪黑塔巨大的西门出来，借由一座庞大的铁桥越过深渊，然后进入平原，夹在两道冒烟的断层之间延伸一里格，抵达一条慢慢爬升的长堤道，一直往上伸展到火山的东侧。路从那里盘旋而上，由南向北绕过宽阔的山体，最后爬到一个黑暗的入口——它位于火山锥的高处，但离冒烟的峰顶还很远。那个入口朝东回望，正对着索隆那阴影覆盖的堡垒中的魔眼之窗。因为火山熔炉的喷涌经常堵塞或破坏这条路，所以总是有数不清的奥克一遍遍费力清理和修补。

山姆深吸了一口气。那里有一条路，但他不知道自己要怎么爬上斜坡到路上去。首先，他得放松一下疼痛的腰背。他在弗罗多身边平躺了一会儿，两人都没说话。天光渐渐亮起。突然，一股莫名的急迫感降临到山姆心头，几乎就像有人在呼唤他："快走，快走，否则就太迟了！"他打起精神，站了起来。弗罗多似乎也感觉到了那呼唤，挣扎着跪了起来。

"我能爬，山姆。"他喘息着说。

于是，一呎接一呎，他们像两只灰色的小虫一般悄悄爬上了斜坡。他们来到了那条路上，发现路很宽，由碎石和压实的灰烬铺成。弗罗多吃力地爬到了路上，接着，仿佛遭到强迫一般，他慢慢转身面向东方。索隆的重重阴影就悬在远处，它们倘若不是被外面世界吹来的阵风撕裂了，就是被内部巨大的不安扯开了，浓云的帷幕盘旋翻滚，有那么一刻被撩到了一旁。于是，弗罗多看见了漆黑的巴拉督尔，众多残酷尖塔与至高塔尖的铁王冠屹立在广袤的阴影当中，却比阴影更黑也更暗。一道红焰就像透过某扇高不可测的巨大窗口，朝北直射而出，那是一只锐利魔眼的一瞥，它只朝外看了一眼，那些阴影便再次收拢，隔开了那可怕的景象。魔眼并未转向他们。它正凝视着北边打算背水一战的西方众将领，此刻它所有的恶毒都集中在那里，黑暗力量正移动着，要给予致命一击。但弗罗多被那可怕的一瞥扫过，顿时倒地，仿佛受到了致命的重创。他的手摸索着脖子上的链子。

山姆在他旁边跪了下来。他听见弗罗多那微弱得几乎听不见的声音在耳语："帮我，山姆！帮我，山姆！抓住我的手！我没法让它停下来。"山姆握住他家少爷的两只手，将它们掌心相对合在一起，然后亲了亲，再温柔地将它们拢在自己的双手中。他脑海里突然冒出了一个念头："他发现我们了！这下彻底完蛋了，要么就是很快要完蛋了。现在，山姆·甘姆吉，这就是最终的结局。"

他再次背起弗罗多，将他家少爷的两手拉到自己胸前，任他的两条腿晃荡着，然后埋头吃力地沿着路往上爬。这路不像起初所见的那么好走，路基在许多地方都瓦解崩裂，或被张开的裂口切断。幸运的是，山姆站在奇立斯乌苟上时火山起的那场大骚动，喷发的岩浆大都朝南坡和西坡流了，这一侧的道路并未被堵住。路朝东爬了一段后，又往回急转个弯，朝西走了一段。在拐弯处，路深深切开一块很久以前从火山的熔炉中吐出的风化峭壁，从中穿过。背着重负的山姆气喘吁吁地来到转弯处，就在拐过来时，他用余光瞥见有什么东西正从峭壁上掉落，好像一小块黑色石头在他经过时落了下来。

突如其来的重量击中了他，他朝前扑倒，由于仍握着他家少爷的手，他自己双手的手背都擦破了。接着他明白出了什么事，因为就在他扑在地上时，他听见上方传来了一个可恨的声音。

"邪恶的主人嘶嘶！"那声音嘶声道，"邪恶的主人嘶嘶，欺骗我们，欺骗斯密戈，**咕噜**。他不准往那边走嘶嘶。他不准伤害宝贝嘶嘶。把它给斯密戈，是嘶嘶，把它给我们！把它给我们嘶嘶！"

山姆猛地一撑，爬了起来，立刻拔出自己的剑，但他束手无策。咕噜和弗罗多扭到了一起。咕噜正撕扯着他家少爷，试图要抓住挂魔戒的链子。攻击，企图用武力从弗罗多身上抢夺他的宝贝，大概是唯一能唤醒弗罗多奄奄一息的心灵与意志的事。他带着突如其来的怒火猛力反击，不只是山姆，就连咕噜也大吃一惊。即便如此，假如咕噜仍和以前一样未变，事情恐怕依然会往另一个方向发展；但他走过了天知道多么可怕的路，一路上孤单、饥饿、干渴，被一股吞噬神志的欲望和一股不堪忍受的恐惧驱使，这一切都给他造成了严重的创伤。他变成了一个瘦弱、饥饿、形容枯槁的家伙，只剩一层蜡黄的皮肤包着一把骨头。他眼中闪着狂野的凶光，但他的恶毒心思已经驱使不出昔日抓握的蛮力了。弗罗多甩开他，颤抖着站了起来。

"趴下，趴下！"他喘着气说，一手揢紧胸口，以便抓住藏在皮衣下的魔戒。"你这偷偷摸摸的家伙趴下，滚开别挡我的路！你的日子已经结束了。现在你不能背叛我，也不能杀害我。"

接着，就像先前在埃敏穆伊的岩檐底下一样，山姆突然间又看到了这两个对手的另一幕景象。一个蜷缩在地的生物，简直只能算是一个活物的幽影，此刻已经彻底堕落并且失败，却仍充满骇人的欲望和愤怒。在它面前站着一个坚定、此时已不为怜悯所扰的人影，身穿白袍，却在胸前举着一个火轮。从火中发出一个声音，下着命令。

"滚，别再来烦我！如果你再碰我一下，你将自己跳入末日山的烈火。"

那个缩成一团的身影后退了，眨动的眼睛里有着恐惧，但同时也有着无法满足的渴望。

接着，景象消失了，山姆看见弗罗多站在那里，手抓着胸口，大口喘着气，咕噜跪在他脚前，两手大张着，伏在地上。

"小心！"山姆喊道，"他会跳起来！"他挥舞着剑大步上前，"快点，少爷！"他喘着气说，"快走！快走！没时间了。我会对付他。快走！"

弗罗多看着他，仿佛看着一个站在远方的人。"对，我得走了。"他说，"别了，山姆！终于到结局了。在末日山，末日将临。别了！"他转过身，沿着爬升的小路向上走去，走得很慢，但身姿挺直。

"好了！"山姆说，"我终于能对付你了！"他握着出鞘的剑一跃上前，准备战斗。但咕噜没跳起来。他平趴在地上，哭了起来。

"别杀我们，"他哭道，"别用肮脏嘶嘶又残酷的钢铁伤害我们！让我们活着，是的，就再活那么一点点时间吧。毁了，毁了！我们毁了。当宝贝没了，我们会死，是的，死了变成尘土。"他用枯瘦的长手指抓挠着路上的灰烬，嘶声说，"尘土嘶嘶！"

山姆的手犹豫了。他心中怒火如炽，想起的都是咕噜作下的恶。一剑杀了这奸诈的叛徒，这专干谋杀、死有余辜的家伙，将是公正的，十分公正，同时也是唯一保险的做法。但在他内心深处，有什么制止了他。他不能击杀这个趴在尘土里、孤立无助、全然崩坏、悲惨到家的家伙。他自己也曾携带过魔戒，虽然那只有很短的时间，但他此刻仍能模糊猜测到咕噜遭受那枚魔戒奴役，今生再也找不到安宁或宽慰，身心交瘁的痛苦。但山姆不知道该说什么来表达他的感受。

"噢，你这该死的，你这臭家伙！"他说，"快走！滚！只要你待在我踢得到你的地方，我就不信任你，快滚！要不然我**就该**伤害你，是的，用这把肮脏残酷的钢铁伤害你。"

咕噜四肢着地撑起身，往后退开几步，然后掉过了头。当山姆作势要踢他时，他飞快沿着小路跑下去了。山姆不再管他，而是突然想起了自家少爷。他抬头往路上看去，不见弗罗多的踪影。他尽快沿着路往上跋涉。假如他这时回头，或许能看见咕噜在下方不远处又掉转身来，双眼中疯狂的凶光大盛，迅速但小心地悄悄跟在后面，如同岩石间偷偷移动的阴影。

小路往上攀升。很快它又拐了个弯，最后一次朝东行，切过火山锥的表面，来到火山侧面一道黑暗的门前，那就是萨马斯瑙尔的大门。这时，远方的太阳正爬向南方天空，像个阴暗模糊的红色圆盘，穿透浓烟雾霾，不祥地照耀着。但环绕在火山周围的整个魔多就像一片死地，沉寂无声、阴影笼罩，正等候着某种可怕的打击。

山姆来到那处敞开的门口，往内望去。里面又黑又热，深沉的隆隆响声震动着空气。"弗罗多！少爷！"他喊道。没有人回答。他在那里站了一会儿，心脏因强烈的恐惧而怦怦狂跳。接着，他一头扎了进去。一个影子跟着他。

起初，他什么也看不见。出于迫切的需要，他再次拿出了加拉德瑞尔的水晶瓶，但瓶子在他颤抖的手中既苍白又冰冷，在这令人窒息的黑暗中散发不出任何光芒。他已经来到了索隆国度的心脏地带，来到他古时力量冠绝中洲时建立的冶炼之所，其他一切力量在此都遭到了抑制。在黑暗中，他怀着恐惧试探着往前走了几步，接着，骤然间，一道红色闪光向上蹿起，猛撞上高绝漆黑的洞顶。山姆这才发现，他身在一处山洞或隧道里，已经钻入冒烟的火山锥当中。然而前面不远处，地面和两边的墙都被一道巨大的裂罅劈开，红色的强光就从那里一会儿跃上来，一会儿熄下去没入黑暗。与此同时，下方深处一直传来嗡嗡隆隆的骚动，仿佛有巨大的机器正在搏动劳作。

红光再次跃起，就在裂罅边缘，末日裂罅之前，站着弗罗多。在强光的映衬下，他的身影漆黑、绷紧、挺得笔直，但动也不动，仿佛已经化成了岩石。

"少爷！"山姆大喊。

于是，弗罗多动了一下，用一个清晰的声音开口说话了。事实上，山姆从未听过他用比这更清晰、更强有力的声音说话，它盖过了末日山的震动与喧嚣，在洞顶和四壁之间回荡。

"我来了。"他说，"但我现在选择不做我原来要做的事。我不会完成这项行动。魔戒是我的！"突然间，他把戒指戴到手指上，旋即在山姆眼前消失了。山姆倒抽一口气，但他没机会喊出声，因为在那一刻，诸多变故同时爆发。

有个东西狠狠撞上了山姆的背，他站立不稳，整个人摔到旁边，头猛撞在石地上，同时一个黑影跃过他奔了过去。他静卧着，有一刻失去了知觉。

当弗罗多在黑暗魔君国度的中心萨马斯瑙尔戴上魔戒，宣称自己的所有权时，远方巴拉督尔中的那个力量大为震动，整座高塔从根基直到尖锐的骄傲冠顶都震颤不休。黑暗魔君蓦然察觉到了弗罗多，他的魔眼穿透一切阴影，越过平原看向那座他打造的门，电光石火之间，他明白了自己何等愚不可及，敌人所有计策也终于暴露无遗。他的愤怒爆发成熊熊烈焰，但他的恐惧也如一团庞大的黑烟高高涨起，令他窒息。他知道自己危在旦夕，此时他的命运如悬一线，岌岌可危。

他立时甩脱了心中的所有策略，抛弃了编织出的所有恐惧与背叛的罗网，以及所有的战略与战事。一阵战栗传遍他的整个王国，他的奴隶胆怯畏缩了，他的大军止步犹豫了，他的将领们忽然失去了引导，丧失了意志，动摇又绝望。因为他们全被遗忘了。那股支配着他们的力量的全副心思与意志，这时以压倒性的威力集中到了火山上。在他的召唤下，那兹古尔，那群戒灵，发出撕心裂肺的号叫急旋归返，孤注一掷拼死向南疾飞，鼓翼猛冲向末日山，快逾疾风。

山姆爬了起来。他头晕眼花，血从头上流下，滴进了眼睛。他摸索着往前走，接着，他看见了怪异又恐怖的一幕。在深渊的边缘，咕噜疯了一般跟一个看不见的敌人扭打着。他来回摇摆，一下子接近边缘几乎要掉下去，一下子又拽回来跌倒在地，爬起来，又摔倒。从头到尾他一直咬牙切齿地嘶嘶作声，但没说出一个字。

深渊底下的烈火在愤怒中苏醒，红光大炽，整个洞穴充满了炫目的强光与高热。突然间，山姆看见咕噜的长指头朝上拉到嘴边，白森森的獠牙闪现，接着猛地咔嚓一咬。弗罗多惨叫一声，现出形来，跪倒在深渊的边缘上。但咕噜像个疯子般手舞足蹈，高举着戒指，那戒指仍戴在一根手指上，此刻正闪闪发亮，仿佛真是由熊熊烈火制成。

"宝贝，宝贝，宝贝！"咕噜高叫道，"我的宝贝！噢，我的宝贝！"他这么叫着，抬起双眼得意扬扬地看着他的战利品，就在这时，他的脚一下踏得太远，身子一歪，在边缘上晃了几晃，尖叫一声摔了下去。从深处传来了他最后一声喊着"宝贝"的哀号，然后他就消失了。

一声巨响，接着是一片洪大的混乱响声。火焰高蹿，舔噬洞顶。原本的震颤变成了大骚动，整座火山都摇撼起来。山姆奔向弗罗多，搀起他，抱着他奔出门去。就在那里，在萨马斯瑙尔黑暗的大门口，在魔多平原上方的高处，极度的惊讶与恐惧笼罩了他；他忘记了一切，呆站在那里，像化成了石像一样凝望着眼前的情景。

他看见了转瞬即逝的景象：乌云翻滚，云中有高耸如山的塔楼和城垛，坐落在压住无数坑洞的强大山基之上；巨大的庭院和地牢，没有窗洞的监狱如悬崖峭壁般耸立，牢不可破的钢门森然大张。接着，一切都消失了。塔楼倾圮，群山崩溃；高墙垮下、熔化、坍塌倒落；庞大的烟柱旋转着腾起，蒸汽喷涌翻滚着上升、上升，直到在空中形成滔天巨浪，随即翻覆下来，狂野翻卷的浪尖轰然压落地面。然后，一阵轰隆声终于越过这一哩哩的大地传来，声音越来越大，变成震耳欲聋的咆哮巨响。大地震动，平原隆起崩裂，欧洛朱因摇晃不止，大火从裂开的山巅喷涌而出。顷刻间，天空电闪雷鸣，倾盆的黑雨如鞭子般噼啪落下。在暴风雨的中心，传来一声撕裂所有乌云、穿透所有喧嚣的号叫，那兹古尔来了，像燃烧的火矢一般疾射而来，却陷入了山崩的冲天烈焰中，他们被烧得噼啪作响，枯萎消亡，灰飞烟灭。

"瞧，这就是结局了，山姆·甘姆吉。"他身旁响起了一个声音。弗罗多站在那里，面色苍白、精疲力竭，但又恢复了自我。此刻他眼中有了平和，没有绷紧的意志，没有疯狂，也没有任何恐惧。他的重担已经被解除了。夏尔幸福的日子里那个亲爱的少爷回来了。

"少爷！"山姆喊了一声，双膝跪倒。四面八方天崩地裂，他这一刻却只感到欢喜，极大的欢喜。重担摆脱了。他家少爷得救了，又是他自己了，他自由了。然后，山姆看到了那只残缺流血的手。

"你可怜的手！"他说，"我没有东西包扎它，也没法减轻它的疼痛。我宁可把自己整只手都给他。不过他现在已经去了，不能挽回，一去不返了。"

"是的。"弗罗多说，"但你还记得甘道夫的话吗？**'即使是咕噜，也可能还有某种作为。'**山姆，要不是他，我本来是不可能毁掉魔戒的。这趟远征即便历经磨难到了终点，也可能落得徒劳一场。所以，让我们原谅他吧！因为任务达成了，现在一切都结束了。此刻，在万事终结之际，山姆，我很高兴有你跟我在一起。"

第四章

科瑁兰原野

魔多大军在两座山丘四面八方狂躁涌动。西方众将领即将被聚拢上来的敌海淹没。太阳燃作血色，在那兹古尔的羽翼下，死亡的阴影沉沉笼罩着大地。阿拉贡站在他的王旗下，沉默、严峻，像是陷入了沉思，回忆着悠久往事或遥远之物，但他的双眼闪烁如星，夜色越深就越是明亮。甘道夫站在山丘顶上，他一身冷峻的雪白，不沾丝毫阴影。魔多展开了攻击，如浪涛一般扑向被围困的山丘，在兵器碰撞交击声中，厮杀的吼叫如潮水般一波接着一波。

仿佛眼前突然浮现了某种景象，甘道夫动了一下。他转身回望北方，那边的天空苍白又清朗。接着，他举起双手，以盖过一切喧嚣的洪亮声音大喊："大鹰来了！"许多声音跟着回应道："大鹰来了！大鹰来了！"魔多的大军抬头观看，不知这个预兆意味着什么。

风王格怀希尔来了，他的兄弟蓝德洛瓦也来了。他们是北方大鹰中的佼佼者，是老梭隆多最强大的后裔。早在中洲年岁尚轻时，梭隆多便曾在环抱山脉那高不可及的山巅上筑巢。两只巨鹰身后跟着浩浩荡荡的一列列臣属，他们来自北方群山，乘风疾飞而来。群鹰从高空瞬间俯冲而下，直扑那兹古尔，急掠而过时阔翼拍打，掀起了一阵狂风。

但那兹古尔听见邪黑塔中突然传来一声恐怖的呼唤，他们转身而逃，消失在魔多的阴影里。就在那一刻，魔多大军全体都发起抖来，疑惧攫住了他们的心。他们手颤抖，腿发软，不再狂笑。那个驱逼着他们，用仇恨与暴怒填满他们的魔君的力量正在动摇，它的意志离开了他们。现在，他们望进敌人的眼睛，看见的是致命的光芒，他们害怕了。

接着，西方众将领全都高喊起来，因为在黑暗之中，他们心里盈满了一股新的希望。刚铎的骑士、洛汗的骑兵、北方的杜内丹人、紧密靠在一起的战友，全都从被围困的山丘上冲出去，杀向军心动摇的敌人，用尖锐的长矛攒刺，攻破敌人压上来的阵线。但甘道夫高举双臂，再次以清晰的声音喊道：

"停住，西方的人类！停住并等候！决定命运的时刻到了。"

就在他说话的同时，大地在他们脚下震动了。接着，一股庞大的黑暗夹着点点火光，猛然腾空而起，迅速上升，远远超过黑门的两座塔楼，高高升到群山之上。大地呻吟颤抖。尖牙之塔摇晃，倾斜，倒塌；坚固的防御墙坍颓崩溃；黑门翻倒，化为废墟。从远方传来了隆隆的声响，先是模糊如击鼓，接着增强如咆哮，最后壮大到响彻云霄，一连串分崩离析的喧嚣滚滚而来，又久久回荡。

"索隆的国度终结了！"甘道夫说，"持戒人完成了使命。"众将领向南凝望魔多之地，他们觉得有个以闪电为冠的庞大阴影形体升了起来，映衬着帷幕般的云层显得一片漆黑，无法穿透，遮蔽了整个天空。它硕大无朋，矗立在世界之上，朝他们伸出一只充满威吓的巨手，可怕但无力——因为就在它向他们探来时，一阵大风卷走了它，它被彻底吹散、消失了。然后，一片寂静降临。

将领们都低下了头，而当他们再次抬起头来，看哪！他们的敌人正在溃逃，魔多的力量如尘土般随风而散。当死亡袭击蚁丘中那负责繁殖、统治着它们全体的臃肿女王，蚁群将会没头没脑、漫无目的地游荡，然后无力地死去。索隆的生物也是如此，奥克、食人妖、被咒语奴役的野兽，全都群龙无首、东奔西窜，有些自杀，有些跳入深坑，还有些哀嚎着逃回洞穴和远离希望、漆黑无光的地方躲藏起来。但鲁恩和哈拉德的人类，也就是东夷和南蛮子，看出他们的战争一败涂地，看见了西方众将领的强大威势与伟大荣光。那些为邪恶效力最深也最久，并且憎恨西方的人，仍是集高傲与勇敢于一身的人类，现在轮到他们振作起来，要破釜沉舟地殊死一战。但绝大多数人还是尽可能朝东逃跑了，有些则抛下武器，乞求饶命。

于是，甘道夫将战斗与指挥的全副职责都交给阿拉贡和其他王侯，自己站在山顶上呼唤。大鹰风王格怀希尔闻声而降，立在他面前。

“吾友格怀希尔，你曾载过我两次。”甘道夫说，

"若你愿意，三次当酬报所有。你会发现，比起你载我离开齐拉克齐吉尔时，我并未增重多少，我的旧生命已在彼处付之一炬了。"

"我会载你前往你所欲之地，"格怀希尔说，"纵使你是岩石打造。"

"那就来吧，让你的兄弟和你族中飞得最快的臣属与我们同行！因为我们需要的速度快过任何疾风，要胜过会飞的那兹古尔。"

"北风正吹，但我们会胜过它。"格怀希尔说。他背起甘道夫，朝南方疾飞而去，同去的还有蓝德洛瓦和年轻迅捷的美尼尔多。他们飞越乌顿和戈垃洛斯，看见下方的整片大地山崩地裂、喧腾轰响，前方的末日山猛烈燃烧，喷涌出大火。

"此刻，在万事终结之际，"弗罗多说，"山姆，我很高兴有你跟我在一起。"

"是的，少爷，我跟你在一起，"山姆说着，将弗罗多受伤的手轻轻地搁在自己胸口，"而你跟我在一起。这趟旅途结束了。但走过了这么长的路，我还不想放弃。那不大像我，你懂我的意思吧。"

"也许不像，山姆，"弗罗多说，"但这就像世间万事一样。希望破灭。结局来到。现在我们不用等多久了。我们迷失在这天崩地裂的毁灭当中，无路可逃。"

"那，少爷，我们至少可以离这个危险的地方远一点，离开这个末日裂罅，如果它叫这名字的话。我们可以对吧？来吧，弗罗多先生，无论如何，我们且从那条小路走下去！"

"很好，山姆，要是你想走，我就走。"弗罗多说。他们起身，沿着那条蜿蜒的路慢慢往下走。就在他们往火山震动不已的山脚走去时，从萨马斯瑙尔喷出一团巨大的浓烟和蒸汽，火山的锥体撕裂开来，一大股岩浆滚滚涌出，随着雷鸣般的响声缓缓从山的东侧倾泻而下。

弗罗多和山姆无法再往前走了。仅存的毅力和体力正在迅速衰退。他们已经来到火山脚下一座灰烬堆积成的低矮山丘上，但从那里再也无路可去。山丘此时已成了一座小岛，在欧洛朱因的痛苦折磨中存留不了多久。它周围的大地都裂开了，从深深的裂缝和坑洞中不断冒出浓烟和臭气。在后方，火山正在剧烈震动。山侧撕开了许多巨大的裂口。火焰的河流顺着长长的山坡缓缓向他们淌来。他们很快就会被吞没。炽热的灰烬如雨般纷纷落下。

他们这时站在那里，山姆仍握着他家少爷的手抚摸着。他叹了口气。"弗罗多先生，我们这是参与了一个多么了不起的故事啊，对吧？"他说，"我真希望能听到别人讲这个故事！你想他们会不会说：'现在该讲讲九指弗罗多和厄运魔戒的故事了。'然后大家都会安静下来，就跟我们在幽谷听他们讲独手贝伦跟伟大宝钻的故事时一样。我真希望我能听到这个故事！而且，我很好奇在我们的部分讲完之后会是什么。"

他这么说着，以此抵挡恐惧直到最后一刻，然而他的眼睛仍不自觉地望向北方，向北望进风眼，那里遥远的天空一片清朗，因为吹拂的冷风渐强，大风驱退了黑暗与残云。

就这样，格怀希尔乘着狂风到来，他冒着巨大的危险在天空中盘旋，用那双能视远物的锐利眼睛看见了他们——两个渺小的黑色身影，孤立无援，手牵着手站在一座小山丘上，与此同时整个世界在他们脚下摇撼、喘息，火焰的河流不断逼近。就在他发现他们、俯冲而下时，他看到他们倒了下去，也许是精疲力竭，也许是被浓烟和高热呛住，也许是终于被绝望击倒，掩住双眼不看死亡。

他们肩并肩躺着。格怀希尔疾飞而下，随同下降的是蓝德洛瓦和迅捷的美尼尔多。两个犹如身在梦中、不知自己将会有何下场的流浪者，就这么被抓起来带上高空，远离了火焰与黑暗。

山姆醒来时，发现自己躺在一张柔软的床上，上方却是轻轻摇曳的山毛榉粗枝，阳光透过枝上的嫩叶闪烁着，金绿交织。空气中到处都弥漫着混合的甜美香气。

他记得这种味道——伊希利恩的芬芳。"老天保佑！"他默默想着，"我这是睡了多久啊？"因为这香气将他带回了他在阳光明媚的坡岸下生起小火堆的那一天。有那么片刻，他压根记不得从那时直到此刻之间的一切。他伸了个懒腰，深吸了一口气。"啊呀，我做了个什么样的梦啊！"他嘀咕道，"醒来真叫人高兴！"他坐起来，接着看见弗罗多就躺在他身边，睡得安详，一只手枕在脑后，另一只手搁在被单上。那是右手，缺了第四根手指。

全部记忆如潮涌回，山姆大喊出声："那不是梦！那么我们是在哪里？"

他背后有个声音轻声说："在伊希利恩的土地上，在国王的看护下。他正在等你们。"语毕，一身白袍的甘道夫站到了他面前，此刻阳光穿过密叶闪烁落下，照得他的胡子如白雪般熠熠生光。"啊，山姆怀斯少爷，你感觉怎么样？"他说。

山姆目瞪口呆地往后一倒，有好一会儿夹在困惑和狂喜之间，半句话都答不出来。终于，他倒抽一口气道："甘道夫！我还以为你死了！不过我以为我自己也死了。难道所有悲伤的事到头来都不是真的？这世界是怎么了？"

"一个巨大的魔影离开了。"甘道夫说，接着，他大笑起来，笑声如同音乐，如同流入干旱之地的水泉。山姆听着听着，突然冒出一个念头——他已经不知有多少日子没有听过笑声，这样纯粹欢乐的声音了。它听在他耳里，就像他此生所知的所有欢笑的回声，但他自己一下子泪如泉涌。随后，就像甜美的雨水乘着春风止歇后，太阳会照耀得更明亮，他止住了眼泪，迸发出欢声大笑，边笑边从床上跳了起来。

"我感觉怎么样？"他叫道，"啊，我不知道该怎么说。我觉得，我觉得——"他在空中挥舞着双臂，"——我觉得像冬天之后的春天，太阳照在树叶上，像喇叭、竖琴和所有我曾经听过的歌！"他住了口，转向他家少爷。"可是弗罗多先生怎么样了？"他说，"他可怜的手真叫人痛惜，对吧？但我希望他别处都好好的。他可经历了一段特别艰难的日子。"

"是的，我别处都没事。"弗罗多坐了起来，这次轮到他哈哈大笑了，"山姆，你这贪睡的家伙，我在等你的时候又睡着了。今天一大早我就醒来了，现在一定快要中午了。"

"中午？"山姆说着，试图计算日子，"哪天的中午？"

"新年的第十四天，"甘道夫说，"或者，要是你想知道，是夏尔纪年四月的第八天。[1]但在刚铎，从现在开始，新年将永远定在三月二十五日，就是索隆败亡、你们被救离大火来到国王身边的那一天。他照料了你们，现在他正在等你们。你们当与他一同用餐。等你们准备就绪，我就带你们去见他。"

"国王？"山姆说，"什么国王？他是谁？"

"刚铎的国王，兼西部地区的君主，"甘道夫说，"他已经收复了古时的所有领地，不久之后便要登基，但他在等你们。"

"我们该穿什么？"山姆问。因为他只看见了他们旅途一路所穿的破旧衣服，折叠好放在床边的地上。

"穿你们一路前往魔多所穿的衣服。"甘道夫说，"弗罗多，就连你在黑暗之地所穿的奥克破布，都该好好保存。没有丝绸或细麻，也没有任何盔甲或纹章比这些破衣更值得尊敬。不过，稍后我或许可以找些别的衣服来。"

然后，他对他们伸出双手，他们看见其中一只手上闪着亮光。"你手上拿的是什么？"弗罗多叫道，"难道是——？"

"是的，我给你们带来两件宝物，是你们获救时在山姆身上找到的，都是加拉德瑞尔夫人的礼物：弗罗多，你的水晶瓶；山姆，你的木盒。你们一定很高兴，这些东西完璧归还了。"

两个霍比特人洗漱穿戴完毕，又简单吃了点东西，便跟着甘道夫走了。他们步出先前躺卧的山毛榉树林，往阳光下光彩焕发的一片狭长青草地走去，草地四边长着庄严的大树，叶色墨绿，开满鲜红的花朵。他们听见树木后方有瀑布的声音，一条小溪从面前流过，两岸鲜花盛开。小溪流到草地尽头的绿林里，再从树木搭成的拱道下流走。经过拱道时，他们看见了远处的潾潾水光。

他们来到林间的开敞之地，惊讶看见那里站着许多身穿雪亮铠甲的骑士，以及身穿银黑二色服饰的高大卫士，那些人恭敬地向他们致意、鞠躬。接着，有人吹出长长一声号声，他们沿着淙淙溪流，穿过树木拱道，来到一片开阔的绿地上。绿地后方是银雾笼罩的宽阔河流，河中屹立着一座蓊蓊郁郁的长岛，许多船只停靠在岛的岸边。但在他们这时立足的这片绿地上，集合着一支大军，整齐的列队在太阳下闪闪发光。两个霍比特人走近时，只见长剑出鞘，长矛挥舞，但闻号角与长号齐鸣，众人以各种声音、各种语言高呼道：

半身人万岁！盛赞他们！

Cuio i Pheriain anann! Aglar'ni

Pheriannath!

盛赞他们——弗罗多与山姆怀斯！

Daur a Berhael, Conin en Annûn!

Eglerio!

赞美他们！

Eglerio!

A laita te, laita te! Andave laituvalmet!

赞美他们！

Cormacolindor, a laita tárienna!

赞美他们！两位持戒人，盛赞他们！ [2]

弗罗多和山姆往前走去，他们的脸因害羞涨得通红，他们的眼因惊奇而发亮。他们看见，在欢呼的人群中央设有三张铺以绿草皮的高座，座椅后面都飘着旗帜：右边是绿底上一匹白马在自由奔驰；左边是蓝底上一条银色的天鹅船在海上畅游；而在正中央那张最高的王座后方，一面大旗迎风招展，深黑的底色上赫然一棵繁花盛开的白树，白树上方是一顶闪耀的王冠和七颗闪亮的星。王座上坐着一个身穿铠甲的人，他的膝头横放着一把大剑，但他未戴头盔。当他们走近时，他站起了身。接着，他们认出他来，尽管他变了模样——眼前他气度高贵、神色愉悦，乌黑的头发、灰色的眼睛，一派人类君主的王者风范。

弗罗多奔去会他，山姆紧跟在后。"啊，这敢情才是惊喜之最！"他说，"是大步佬啊，要不然我就还在做梦！"

"没错，山姆，是大步佬。"阿拉贡说，"真是条漫长的路，不是吗？从布理开始，那会儿你并不喜欢我的模样。对我们所有人来说，这都是一条漫长的路，但你的旅途是最黑暗的。"

接着，山姆惊讶又全然困惑地看到，他在他们面前单膝跪下致意；然后他右手牵着弗罗多，左手牵着山姆，将他们领到王座前请他们坐好，接着转身对站在周围的将士们开口，洪亮的声音传遍人群：

"盛赞他们！"

当欢呼声涨到顶点，又渐渐平息后，一位刚铎的吟游诗人走上前来，屈膝请求吟唱一曲，而这给山姆带来了彻头彻尾的满足和纯粹的欢喜。听吧！诗人说：

"噢！英勇无畏的人啊，领主们与骑士们，国王们与亲王们，刚铎美好的百姓，洛汗的骑兵，还有埃尔隆德的儿子们，北方的杜内丹人，精灵与矮人，夏尔情怀高尚勇敢的子民，以及西方所有自由的人民，现在请听我一曲。我将为你们颂唱九指弗罗多和厄运魔戒的故事。"

山姆闻言，不由得大笑，他开心无比，站起来大喊道："噢，这是何等的荣耀和光彩啊！我所有的愿望都成真了！"接着，他流下了眼泪。

人群也全都大笑了、流泪了，就在他们的欢笑与眼泪中，吟游诗人清亮的嗓音扬起，如金似银，所有的人都安静下来。他向众人颂唱，一会儿用精灵语，一会儿用西部语，直到他们的心为这甜美的字字句句而痛，再也容纳不下，而他们的喜乐犹如利剑，他们的思绪从而进入痛苦与欢乐交织涌流之境，眼泪正是那天赐祝福的美酒。

正午的太阳开始西下，树木的阴影业已拉长，诗人的吟唱也终于结束。"盛赞他们！"他屈膝说。然后，阿拉贡起身，众人也都起身，一同前往准备妥当的一座座大帐篷，在那里吃喝欢笑，直到傍晚。

弗罗多和山姆被带到另一处帐篷内，在那里脱下了旧衣，但它们都被叠好，毕恭毕敬地放置在一旁。然后他们换上了备好的干净细麻衣。随后，甘道夫进来，弗罗多惊奇地看见巫师手里抱着自己在魔多被夺走的东西：剑、精灵斗篷，以及秘银甲。他给山姆带来了一件镀金铠甲，还有那件历尽风霜，此时已经洗净补好的精灵斗篷。然后他在他们面前放下了两柄剑。

"我不想要任何佩剑。"弗罗多说。

"至少今晚，你当佩一把剑。"甘道夫说。

于是，弗罗多拿了那把属于山姆的小剑，它曾在奇立斯乌苟与他相伴。"山姆，我已经把刺叮送给了你。"他说。

"不，少爷！比尔博先生把刺叮送给了你，它跟他赠你的秘银甲是配成一套的。他不会希望别人这时候佩带刺叮的。"

弗罗多只好让步。甘道夫好似他们的侍从一般，跪下来给他们系好佩剑的腰带，然后起身，给他们头上戴了银环。他们打扮停当，便前去参加盛大的宴会。他们与甘道夫一同坐在国王那一桌，同桌的还有洛汗之王伊奥梅尔、伊姆拉希尔亲王，以及所有的主将；另外还有吉姆利和莱戈拉斯。

待全体肃立静默后，酒被送了上来，同时来了两位侍从服侍国王们——或者说，他们看起来像是侍从：一位穿着米那斯提力斯禁卫军的银黑二色制服，另一位穿着绿与白的服饰。山姆纳闷这么小的男孩在身强力壮的人类大军中干什么，但当他们走近，他看清了他们，不禁脱口惊呼道：

"天哪，快看，弗罗多先生！看这儿！我说，这不是皮平吗——我该说，佩里格林·图克先生，还有梅里先生！他们居然长这么高啦！老天保佑！我看除了我们的故事，还有更多故事要讲哪。"

"确实有，"皮平向他们转过身来，"等这场宴会一结束，我们就开始讲。眼下你可以先试试去问甘道夫。虽然他现在笑的比说的多，但他不像以前那么喜欢保密啦。这会儿我跟梅里正忙，我们是白城和马克的骑士，我希望你注意到了？"

终于，欢乐的一天结束了。太阳下山，圆月徐徐升到安都因河迷雾的上方，月光从沙沙飘动的树叶间洒落，这时弗罗多和山姆坐在呢喃的树下，沉浸在美丽的伊希利恩的芳香中，与梅里、皮平和甘道夫畅谈到深夜，不久莱戈拉斯和吉姆利也加入了他们。于是，弗罗多和山姆得知了自从那不幸的一日，远征队众人在涝洛斯瀑布旁的帕斯嘉兰分道扬镳后，所发生的一切。尽管如此，总有更多问题可问，更多事情可说。

奥克，会说话的树，广袤的草原，疾驰的骑兵，闪亮的洞穴，白塔和金殿，还有战斗，航行的大船，这一切都在山姆脑海中掠过，直到他觉得自己都糊涂了。但在所有这些奇行异事的谈论中，他对梅里和皮平的身高问题最是惊奇，不断回到这个话题上。他和弗罗多分别跟那两人背靠背站好，比了身高。他忍不住挠挠脑袋。"在你们的年纪，真叫人想不通！"他说，"可事实又是明摆着的——你们要是没比以前高了三吋，我就是个矮人。"

"矮人你肯定不是。"吉姆利说，"不过，我是怎么说的？凡人最好别喝恩特饮料，否则就别指望结果跟喝杯啤酒一样。"

"恩特饮料？"山姆说，"你们又讲到恩特了，但我实在搞不清他们到底是什么？唉，要把所有这些事儿都弄明白，得花好几个星期的工夫！"

"确实要好几个星期，"皮平说，"然后还得把弗罗多关在米那斯提力斯的哪座塔里，把这些全写下来。要不然，他会忘掉一半，而可怜的老比尔博会失望透顶。"

终于，甘道夫起身。"亲爱的朋友们，王者之手乃医者之手，"他说，"但是，你们当时一只脚已经踏进了鬼门关，他可是费尽全力才把你们召唤回来，让你们进入忘记一切的美好梦乡。虽说你们委实是幸福地睡了很久，但现在还是该上床睡觉了。"

"而且那不只是说山姆和弗罗多，"吉姆利说，"还有你，皮平。我爱你，多半就因为你让我操碎了心，这点我可永远不会忘。我也不会忘，是我在最后大战的山丘上找到了你。要不是矮人吉姆利，你那时候可就没命了。不过，我现在至少知道霍比特人的脚是什么模样了，哪怕在成堆的尸体底下就只看得到一双脚！当我把那具巨大的尸体从你身上挪开时，我以为你死定了，差点把自己的胡子都扯下来。而且，你又能下床出来走动，也才一天的工夫而已。现在你也上床去。我也要去睡了。"

"而我，"莱戈拉斯说，"当在这片美丽之地的林间漫步，这就堪作休息了。将来，若我的精灵父王允许，我们的族人该有一些搬到这里来。当我们前来，这里应当蒙福，至少暂时如此——暂时如此：一个月，一生，人类的一百年。但安都因很近，而安都因一路奔流向海——向海！

　　　　向海！向海！白鸥鸣啼，
　　　　海风萧萧，白浪飘飘。
　　　　西去，西去，圆日西坠。

灰船，灰船，你是否听见

我先行族人的呼唤？

我将离别，离别那育我的森林；

精灵盛世已远，时日将尽。

我将孤独航越辽阔洋面。

终极海岸长浪起落，

失落之岛，悦耳呼唤殷殷，

埃瑞西亚，精灵家园，从无凡人航抵，

我族的永恒之地，木叶长青！"

莱戈拉斯就这样边唱着，边走下山去。

其他人也都离去，于是山姆和弗罗多回到床上睡了。第二天早晨，他们心怀希望，安宁地起身；他们在伊希利恩度过了许多天。如今大军驻扎的科瑁兰原野离汉奈斯安努恩不远，夜间可以听见源自那地瀑布的溪流水声。小溪从汉奈斯安努恩的岩石水口奔流而下，穿过繁花盛开的草地，在凯尔安德洛斯岛附近注入安都因大河。两个霍比特人四处游荡，再次造访那些之前经过的地方。山姆始终抱着希望，想着会不会在某处的林荫中或隐蔽的林间空地上瞥见一眼那头巨大的毛象。当他得知在刚铎围城时曾有大批毛象参战，但全部被杀死之后，他觉得这真是令人悲伤的损失。

"唉，我想，人就是没办法同时出现在每个地方。"他说，"不过，看来我错过了好多。"

在这期间，大军在为返回米那斯提力斯做着准备。疲惫者得到休息，受伤者得以痊愈。因为他们当中有人和残余的东夷以及南蛮子打了艰苦的一仗，直到那些人全部被制服。并且，那些进入魔多、摧毁该地北方堡垒的人，也在最近才刚刚归返。

终于，五月临近时，西方众将领再次出发了。他们率领麾下所有人员登船，从凯尔安德洛斯启航，沿着安都因大河顺流直下，来到欧斯吉利亚斯。他们在那里停留一天，隔天来到了青翠的佩兰诺平野，再次望见了高耸的明多路因山下的白塔——刚铎人类的白城，对西方之地最后的记忆。它经过了黑暗与烈火的洗礼，迎来了崭新的一日。

他们在平野的中央搭起大帐篷，等候黎明来到。这是五月的前夕，国王将在日出时分走进他的城门。

第五章

宰相与国王

刚铎之城全城都笼罩在怀疑和极大的恐惧中。在一些人看来，白昼并不意味着多大希望，每个早晨他们都在等候噩耗，对他们而言，美好的天气和明亮的太阳似乎只不过是种嘲弄。他们的城主已经死了，烧成灰了，阵亡的洛汗国王停灵在他们的王城内，那个在夜里来到他们中间的新国王又出征了，去对抗那极其黑暗又异常可怕，没有任何英勇之情或武勇之力可以征服的力量。而且，杳无音讯。大军离开魔古尔山谷，取道山脉阴影下那条往北的大道之后，没有一个信使回报，也没有一句流言传来，提及阴郁的东方发生了什么事。

众将领出发仅仅两天后，伊奥温公主便吩咐照顾她的妇女拿来她的衣袍。她不肯听劝，坚持要下床。等她们帮她穿好衣服，用亚麻纱布吊挂好她的手臂，她便去见诊疗院的院长。

"大人，"她说，"我忧心如焚，实在躺不住。"

"公主，"他答道，"您尚未痊愈，我受命要特别照顾好您。您必须卧床七日后才能起来，我是这么被吩咐的。我请求您回去吧。"

"我已经痊愈了，"她说，"至少身体已经痊愈了——除了左臂以外，不过它也已经不疼了。但我要是无事可做，就会再次病倒的。没有战争的消息吗？那些妇女什么都不知道。"

"诸位王侯将领已经骑马抵达魔古尔山谷，除此之外就没有别的消息了。"院长说，"人们说那位从北方来的新将领是他们的统帅。他是一位伟大的贵族，而且是位医者。医治的手竟也能使剑，我觉得这简直不可思议。倘若古老的传说是真的，那么曾经有过这样的事，但如今在刚铎已经不是这样了。长年以来，我们医者只求弥补用剑之人造成的创伤。而且，哪怕没有这些人，我们要做的事也够多了——不需要战争来添乱，世间就已经充满了伤害与不幸。"

"院长大人，不必双方，仅仅一个敌人就足以导致战争。"伊奥温答道，"而无剑之人仍然可能死于剑下。当黑暗魔君聚集兵力时，您难道只希望刚铎的百姓为您采集药草吗？而且，肉体的痊愈并不总是好事，马革裹尸也并不总是不幸，即便死得极其痛苦。若是容许，我会在这个黑暗的时刻选择后者。"

院长看着她。她长身玉立，白皙的脸上双眼明亮。当她转过身，从他开向东方的窗户望出去时，她的右手紧握成拳。他叹了口气，摇了摇头。片刻后，她再次回身面对他。

"就没有什么事可做吗？"她说，"这城由谁统治？"

"我委实不清楚。"他答道，"此类事务不由我操心。一位元帅统领着洛汗的骑兵。我听说，刚铎的人马由胡林大人指挥。但白城的宰相依法应是法拉米尔大人。"

"我在哪里能找到他？"

"就在这诊疗院里，公主。他受了重伤，不过目前正在康复。可我不知道——"

"您就不能带我去见他吗？这样您就知道了。"

法拉米尔大人正独自在诊疗院的花园中散步。阳光晒得他浑身暖洋洋的，他感到生命力重新在血脉中奔涌；然而他心情沉重，正越过城墙向东眺望。院长前来时唤了他的名字，他转过身，便见到了洛汗的公主伊奥温。他看清她受了伤，又眼光敏锐地察觉了她的悲伤与烦乱，心中不禁油然生起怜悯之情。

"大人，"院长说，"这位是洛汗的公主伊奥温。她随同国王骑赴战场，受了重伤，目前住在院中由我照管；但她并不满意，希望能和白城的宰相谈一谈。"

"大人，请不要误解了他。"伊奥温说，"我并不是因为照顾不周而悲伤。对那些渴望被治愈的人来说，没有哪处诊疗院比这里更好。但我无法成天卧床，无所事事，如陷囹圄。我曾渴望战死沙场，但死亡未至，而战争还在继续。"

法拉米尔略作示意，院长便鞠躬告退。"公主，您希望我做些什么？"法拉米尔说，"我自己也是医者的囚徒。"他看着她，身为一个内心深处涌动着怜悯之情的男人，他觉得她在哀伤当中透出的美好仿佛要刺透他的心。而她看着他，见到了他眼中深沉的温柔，但她从小在战士当中长大，她很清楚：马克的骑兵没有哪位能在战场上胜过眼前这个人。

"您有什么愿望？"他再次说，"若在我权力范围之内，我会去办。"

"我要您给这位院长下令，吩咐他放我离开。"她说。然而，尽管言词高傲依旧，她的心却踌躇犹疑了，平生第一次，她对自己没了把握。她猜这个既坚毅又温柔的高大男人可能认为她只是任性，就像个意志不坚定的孩子，不能坚持做完一件枯燥乏味的工作。

"我自己也受着院长的照管。"法拉米尔说，"并且我尚未接掌白城的治理之权。但是，即便我有权，也仍会听从他的建议。除非遇到重大需要，否则我不该在他擅长的事务上违背他的意愿。"

"但我不想养伤了。"她说，"我真希望像我哥哥伊奥梅尔一样骑赴战场，若像希奥顿王就更好——他阵亡了，同时获得了光荣与安息。"

"公主，纵使您有追随众将领出征的体力，这时也太迟了。"法拉米尔说，"但无论情愿与否，战死沙场的命运仍有可能降临到我们所有人头上。如果您肯在还有时间的时候听从医者的命令，您就能更充分地做好准备，以您自己的方式去面对它。您和我，我们必须怀着耐心，忍受这等待的时时刻刻。"

她没有作答，正当他看着她的时候，他感到她身上有什么东西软化了，仿佛一层严霜在春天的第一丝征兆中开始消融。一滴泪夺眶而出，顺着她的腮边流下，犹如一颗晶莹的雨露。她微微低下了高傲的头颅。接着她开了口，更像是对自己而不是对他说话："可是那些医者还要我再躺七天。"她低声说道，"而我房间的窗户又不朝东。"此刻，她的语调就像一个伤心的少女。

法拉米尔心中虽充满了怜悯，却露出了微笑。"您房间的窗户不朝东吗？"他说，"这可以补救。此事我会给院长下令。公主，若您肯留在院中让我们照顾，并好好休息，那么您可随意到这花园中来，在阳光下散步，并向东眺望——我们的全部希望都出发去了那边。您会在这里找到我——在散步、等候，并且同样向东眺望。若您愿意跟我说说话，或偶尔陪我散散步，都会让我感到宽慰。"

于是，她抬起头来，重新正视他的双眼，苍白的面容浮起了一抹红晕。"我如何能使您宽慰呢，大人？"她说，"而且我并不想听生者的言谈。"

"您愿意听我坦白直言吗？"他说。

"我愿意。"

"那么，洛汗的伊奥温，我要对您说，您很美。在我们丘陵的山谷中有许多美好明丽的花朵，还有比花朵更美的姑娘；但迄今为止，我在刚铎见过的无论是花朵还是姑娘，都不及此刻所见的这么美丽，又这么悲伤。也许，黑暗将笼罩我们的世界，所余的时日无多，而当它来临时，我希望能坚定地面对。但是，如果我在太阳仍然照耀时还能与您相见，我会感到宽慰。因为您跟我都曾从魔影的羽翼下经过，是同一只手将我们挽救回来。"

"唉，大人，我没有！"她说，"魔影仍然笼罩着我。别指望从我这里找到医治！我是个女战士，我的手并不温柔。但我至少要为这件事感谢您——我不必总是待在房间里。蒙白城宰相的恩准，我会出来散散步。"然后她朝他行了一礼，便走回诊疗院去了。法拉米尔则独自在花园中徘徊良久，但现在他的目光更常望向诊疗院，而不是东边城墙了。

法拉米尔回到自己的病房后，召来院长，听院长讲了他所知的有关洛汗公主的一切。

"但我相信，大人，"院长说，"您能从住在我们院里的半身人那里得知更多。他们说，他参加了洛汗国王的驰援，最后跟公主在一起。"

于是，梅里被送去见法拉米尔，当天余下的时间里，他们都在一起交谈。法拉米尔了解到很多事，甚至比梅里所言的还要多。他想，他现在大致明白了洛汗的伊奥温何以悲伤烦乱。美好的黄昏中，法拉米尔和梅里在花园里散步，但她没有出现。

隔天早晨，法拉米尔从诊疗院中出来时看见她站在城墙上；她一袭白衣，沐着阳光莹然闪烁。他呼唤她，她下了城墙，两人在草地上散步，或一同坐在绿树下，有时交谈，有时沉默。之后每一天，他们都是这样。院长从窗户里望见他们，内心欢喜，因为他是位医者，他的担忧减轻了。这些日子以来，众人的心头沉沉压着恐惧和不祥的预感，但可以肯定的是，交托给他照管的这两人仍在渐渐康复，日益强壮。

在伊奥温公主首次求见法拉米尔后的第五天，他们再次一同站在白城的城墙上向外眺望。依旧没有消息传来，人心无不沉郁。天气也变冷了，不再晴朗。起自夜里的风这时从北方猛烈吹来，一阵紧似一阵；周围的大地却显得一片灰暗阴沉。

他们穿着保暖的衣服和厚重的斗篷，伊奥温公主还在外面罩了一件颜色蓝如夏日深夜的大氅，下摆与领口处均绣有银星。法拉米尔命人取来了这件大氅，并亲手为她披上。他觉得，她站在自己身边，看起来真是美丽又高贵，犹如王后一样。这件大氅是专为他早逝的母亲、阿姆洛斯的芬杜伊拉丝缝制的，她对他来说只是一段年深日久的美好回忆，一段最早的悲伤往事。在他看来，母亲的服饰正适合美丽又悲伤的伊奥温。

但此时她裹在这件绣着繁星的大氅中颤抖，她的目光越过这片灰暗的大地，朝北望进寒风的风眼，在那里，遥远的天空冷峻而晴朗。

"您在找什么，伊奥温？"法拉米尔说。

"黑门不是在那边吗？"她说，"他现在必定已经到了那里吧？从他骑马出征至今，已经七天了。"

"七天了，"法拉米尔说，"但我若是对您这样说，请别因此看轻我：这七天给我带来了从未想象过的喜乐与痛苦。喜乐是，我见到了您；痛苦是，我对这个邪恶时代的恐惧和怀疑，如今确实变得更加深重了。伊奥温，我不愿这个世界现在就走到尽头，也不愿这么快就失去我所寻获的。"

"大人，您会失去寻获的什么呢？"她应道，严肃地看着他，眼中却有着友善与体贴，"您这些天所寻获的，我不知道您如何才能失去。不过，吾友，我们别说这事吧！我们什么都不要说！我正站在某处可怕的边缘，脚前是漆黑无俦的深渊，但我不知道自己背后是否有亮光，因为我还不能转身。我正在等候一个决定命运的机缘。"

"是的，我们正在等候一个决定命运的机缘。"法拉米尔说。他们不再出声。两人站在城墙上，却感觉风停止了吹拂，天光变暗，太阳模糊，城中与周围大地上万籁俱寂——无风、无语，不闻鸟儿鸣叫，不闻树叶沙沙作响，就连他们自己的呼吸声都听不见，就连他们心跳的节奏都已停顿。时间凝滞了。

他们如此伫立着，彼此的手触碰到一起，紧紧相握，两人却浑然不觉。他们仍在等候，却不知道等的是什么。不久，在他们看来，远方群山的山脊上方升起了另一座庞大的黑暗高山，如大浪堆叠，要把世界吞没，闪电在它四周明灭不停。接着，一阵震颤传过大地，他们感觉连白城的城墙都在颤抖。周围的整片大地都腾起一个如同叹息的声音，他们心跳的节奏突然间又恢复了。

"这让我想起了努门诺尔。"法拉米尔说，惊讶于竟会听见自己开口。

"努门诺尔？"伊奥温说。

"对，"法拉米尔说，"那片沉没的西方之地。黑暗的巨浪高涨，吞没了绿地，漫过了山岭，吞噬了一切。无法逃离的黑暗。我常梦到它。"

"那么，您认为这是大黑暗来临了？"伊奥温说，"无法逃离的大黑暗？"她猝然向他靠了过去。

"不，"法拉米尔注视着她的面容，"那不过是我脑海中的一幅景象而已。我不知道正在发生什么事。清醒的理智告诉我，巨大的邪恶已经降临，我们站在末日边缘；但我的心却说'不'，我的肢体也轻松自在，一种什么理智都否认不了的希望和欢乐降临到我心上。伊奥温，伊奥温，洛汗的白公主，在这个时刻，我不相信有任何黑暗能持续下去！"他低下头，亲吻了她的前额。

就这样，他们站在刚铎之城的城墙上，一阵大风刮起，吹得乌黑与金黄的发丝缱绻纠缠，在空中翻飞飘扬。魔影消逝了，太阳露脸，光明迸发，安都因河的水闪耀如银，人们在城中每一处房舍里歌唱，心中喜乐泉涌，但他们并不知道这份喜乐源于何方。

正午时分过去不久，太阳尚未落山，从东方飞来了一只巨鹰，他从西方主宰那里带来了出乎意料的喜讯。他叫道：

欢唱吧，阿诺尔之塔的百姓，
索隆国度已永远剪除，
邪黑塔也已倾覆。

欢呼喜乐吧，守卫之塔的万民，
你们的警醒并未徒劳，
魔多黑门已毁坏，
你们的王直闯过
并且得胜。

歌唱欢喜吧，西部国度的子民，
你们的王将归回，
并住在你们中间
世世代代。

枯干白树将新生，
他将重植在王庭高处，
此城将得福。

欢唱吧，万民！[1]

于是人们欢唱了，用白城的一切方式欢唱庆贺。

接下来的日子灿如黄金，春夏齐至，联袂在刚铎的平野上狂欢。从凯尔安德洛斯快马加鞭来了骑手，他们送来了有关一切达成之事的消息，白城也准备好迎接国王到来。梅里奉命，与载着大批物资的马车队一同去了欧斯吉利亚斯，从那里搭船前往凯尔安德洛斯。但法拉米尔没有去，因为他如今已经康复，便接掌了治理之权与宰相之职，尽管只是短短一段时间。他的职责是为那位即将取代他的人做好准备。

而伊奥温也没有去，虽然她哥哥送信来请求她前往科瑁兰原野。法拉米尔为此感到惊奇，但他因为诸事忙碌，很少见到她。她仍住在诊疗院中，独自在花园里散步，她的脸色又苍白起来，整座白城似乎只有她仍在病中，心怀悲伤。诊疗院的院长忧心忡忡，禀报了法拉米尔。

于是，法拉米尔前来找她，两人再度一同站在城墙上。他对她说："伊奥温，你为何在此耽延？为什么不前往凯尔安德洛斯那边的科瑁兰，参加庆祝？你哥哥在那里等你。"

她说："你不明白吗？"

而他答："可能有两个原因。但哪个才对，我不知道。"

她说："我不喜欢猜谜。你直说吧！"

"那么，公主，我就直说。"他说，"你不去是因为只有你哥哥叫你去，而旁观埃兰迪尔的继承人阿拉贡大人凯旋，如今并不能令你开怀。或者，你不去是因为我没有去，而你仍然渴望留在我身边。又或许，二者兼有，你自己也无法选择。伊奥温，你是不爱我，还是不愿意爱我？"

"我曾希望被另一个人所爱。"她答道，"但我不想要任何人的怜悯。"

"这点我知道。"他说，"你曾渴望获得阿拉贡大人的爱。因为他高贵又强势，而你希望获得盛名和荣耀，得以高高擢离世间匍匐的芸芸众生。你觉得他值得仰慕，也许就像年轻的士兵仰慕伟大的将军。他也确实是当今最伟大的人物，是一位人中之王。但当他只给你理解与怜悯时，你就什么都不要了，只想英勇战死沙场。看着我，伊奥温！"

伊奥温目不转睛，久久望着法拉米尔。于是，法拉米尔说："伊奥温，不要蔑视怜悯——那是来自温柔之心的礼物。但我要给你的不是怜悯。因为你是一位高贵又英勇的公主，已经为自己赢得了不会被人遗忘的盛名，而且，我认为你是一位美丽的公主，美得连精灵的语言都无法描述。我爱你。我曾怜悯你的悲伤，但如今，纵使你从未悲伤，既无恐惧也无任何缺憾，纵使你是蒙受祝福的刚铎王后，我也依然会爱你。伊奥温，你不爱我吗？"

闻言，伊奥温改变了心意；或者说，她的心意，她终于了然。刹那间，她的寒冬退去，阳光照耀在她身上。

"我站在太阳之塔米那斯阿诺尔上，"她说，"看哪，大魔影已经消逝！我将不再做一位女战士，不再与伟大的骑兵争锋，也不再只从杀戮之歌中获得快乐。我将做一位医者，热爱世间生长繁衍的万物。"她重新望向法拉米尔，"我已经不再渴望做一位王后了。"

法拉米尔欢声大笑。"那很好，"他说，"因为我不是一位国王。然而只要洛汗的白公主愿意，我将娶她为妻。若她情愿，就让我们渡过大河，在更欢乐的日子里定居在美丽的伊希利恩，在那里建起一个花园。倘若白公主前来，那里的万物都将欣然生长。"

"那么，刚铎人啊，我就必须离开我自己的百姓了？"她说，"'瞧，那位大人驯服了北方不开化的女战士！难道努门诺尔一族都没有姑娘可挑了吗？'——你愿意让你骄傲的百姓如此议论你吗？"

"我愿意。"法拉米尔说。他将她拥入怀中，在光天化日下亲吻了她，毫不在乎他们两人就站在高高的城墙上，许多人都看得见。也确实有许多人看见了他们，还看见他们周身披着光辉走下城墙，手牵着手去了诊疗院。

法拉米尔对诊疗院的院长说："洛汗的公主伊奥温在此，她现在已经痊愈了。"

院长说："那么我宣布她可以出院，并向她告别：愿她再也不受疾病或伤痛之苦！我将她托付给白城的宰相照料，直到她的兄长归来。"

但伊奥温说："虽然我如今获准离开，我却宁愿停留。因为对我而言，此地是万千居所当中蒙福最深之处。"于是，她仍住在那里，直到伊奥梅尔王回来。

如今白城中诸事齐备，万众聚首，因为消息已经传到刚铎各地，从明里蒙直到品那斯盖林和远方沿海地区，所有能来白城的人都加紧赶来了。城中再次住满了妇女和可爱的孩子，他们满载着鲜花返回家园。从多阿姆洛斯来了全境技艺最精湛的竖琴手，还有演奏六弦琴、长笛、银号角的乐师，以及莱本宁山谷中嗓音清亮的歌手。

终于，一日傍晚，人们从城墙上望见平野上搭起了大帐篷。那一整夜灯火通明，人们都在等候天亮。当晴朗的早晨来临，太阳升到再无阴影笼罩的东边山脉上方，城中百钟齐鸣，旌旗尽展，迎风飘扬。王城的白塔上，宰相的旗帜最后一次在刚铎城中升起，映着阳光银亮如雪，旗上既无徽记亦无纹章。

西方众将领此时率领大军朝白城而来，人们见他们如同银色的海浪，一排接一排地前进，在朝阳中灿烂闪耀，不住荡漾。就这样，他们来到了城门入口，在离城墙一弗隆处止步。由于城门尚未重建，入口设了栅栏，身着银黑二色制服的禁卫军守在那里，手执出鞘的长剑。栅栏前立着宰相法拉米尔、掌钥官胡林，以及刚铎的其他将领，另外还有洛汗的伊奥温公主和埃尔夫海尔姆元帅，以及众多马克的骑兵。城门两边都挤满了身穿彩衣、头戴花环的俊美百姓。

米那斯提力斯城墙前腾出了一大片空地，四周环列着刚铎的士兵和洛汗的骠骑，以及白城的百姓和从全国各地前来的人民。随着大军中走出一队服饰作银灰二色的杜内丹人，众人安静下来。阿拉贡大人当先缓步而来，他身穿黑甲、腰系银带，披着纯白大氅，领口扣以一块碧绿的大宝石，其光辉远远可见；但他头上未戴盔冠，只在额前以细银带系着一颗亮星。随他一同上前的是洛汗之王伊奥梅尔、伊姆拉希尔亲王，以及全身白袍的甘道夫，还有四个身材矮小的人——许多人见到他们，都感到惊奇。

"不，表妹！他们不是小男孩。"伊奥瑞丝对身边伊姆洛丝美路伊来的表亲说，"他们是**佩瑞安人**，来自遥远的半身人国度。据说，他们在那地都是声名显赫的王子。我之所以知道，是因为我在诊疗院里照顾过其中一个。他们个子小，但英勇过人。哎呀，表妹，你能相信吗？他们当中有一位只带着自己的侍从就闯进了黑暗国度，单枪匹马跟黑暗魔君战斗，还放火烧了他的塔楼！反正城里是这么传说的。他应该就是那个跟我们的精灵宝石走在一块儿的。我听说，他们是好朋友。说到精灵宝石大人，他可真叫人叹为观止！他讲话不大客气，我提醒你，不过就像俗话说的，他有颗金子般的心，而且他有一双医者的手。我当时说：'王者之手乃医者之手。'一切就是这么被发现的。而米斯兰迪尔呢，他对我说：'伊奥瑞丝，你这话人们会永远记住的！'而且啊——"

但伊奥瑞丝没能继续对她乡下来的亲戚解说下去，因为一声长号吹响，跟着全场肃静。接着，法拉米尔与掌钥官胡林步出城门，身后没有随从，只带了四个穿戴着王城的高头盔与铠甲的人，捧着一个箍以银边的黑色**莱贝斯隆木**制成的大匣子。

法拉米尔在汇聚的人群中央与阿拉贡会面，他屈膝说："刚铎最后一任宰相请求交还职权。"然后他呈上一根白色权杖。但阿拉贡取过权杖后，又交还给他，说："这份职权并未终结。只要我的家族得以延续，它就将属于你和你的后人。现在，履行你的职权吧！"

于是，法拉米尔起身，以洪亮的声音说："刚铎的子民啊，现在请听本国宰相一言！看哪！终于有人再度前来，要求继承王位了。这位是阿拉松之子阿拉贡，阿尔诺的杜内丹人的族长，西方大军的统帅，佩戴北方之星，驾驭重铸之剑，战场上凯旋，双手带来医治，他乃努门诺尔的埃兰迪尔之子伊熙尔杜之子维蓝迪尔的直系后裔——埃莱萨，精灵宝石。他应当加冕为王，进入本城并居住在此吗？"

全体大军和所有百姓齐声高喊："应当！"

于是伊奥瑞丝对她的亲戚说："表妹，这就是我们白城的一个仪式而已，因为他已经进去过啦，我刚才正跟你说这事儿来着。他跟我说——"她又不得不住口了，因为法拉米尔再次说道：

"刚铎的子民，按博学之士所言，古时的习俗是：国王应该在他父亲过世之前，从其手中接过王冠；若情况不允，那么他当独自前往他父亲躺卧的陵寝，从其手中取过王冠。但是，由于如今必须有所变通，我便运用宰相的职权，今日从拉斯狄能取来了最后一代国王埃雅努尔的王冠，他早在古时我们先祖的时代就已过世。"

于是，四位禁卫军步上前来，法拉米尔打开匣子，取出一顶古老的王冠。它的形状很像王城禁卫军的头盔，但要更高，并且通体雪白，两侧的羽翼是用珍珠和白银仿照海鸟翅膀的形状打造，象征着诸王越过大海而来。王冠的冠圈上嵌着七颗钻石，冠顶嵌着单独一颗宝石，放出的光芒犹如火焰。

于是，阿拉贡取过王冠，高举起来说：

"Et Eärello Endorenna utúlien. Sinome maruvan

ar Hildinyar tenn' Ambar-metta!"

这句话，乃是埃兰迪尔乘着风之翼渡海而来，踏上岸时所说："我越过大海，来到中洲。我与我的子孙后嗣将在此地居住，直到世界终结。"

然后，众人惊讶地看到，阿拉贡没有把王冠戴到自己头上，而是把它交还了法拉米尔。他说："我今日得以继承王位，是靠着多人的辛劳与英勇。为了纪念这一点，我想请持戒人将王冠拿给我，若米斯兰迪尔愿意，我想请他将王冠戴在我头上——因为他一直是所有成就之事的推动者，这胜利是属于他的。"

于是，弗罗多上前，从法拉米尔手中接过王冠，捧过去交给甘道夫。阿拉贡屈膝，甘道夫将白王冠戴在他头上，说：

"现在，国王的时代来临了！众维拉的王座但在，便愿这些年日蒙受祝福！"

阿拉贡起身时，目睹的人无不静默凝视，因为他们觉得他此刻才首次向他们展露真容。他像古时的海国之王一样高大，高过身旁立着的诸人；他看似年老，却又正当盛年；他眉宇之间透出智慧，双手掌握力量与医治之能，周身似乎散发出一团光芒。接着，法拉米尔大声道：

"看哪，我们的国王！"

刹那间，众号齐鸣，国王埃莱萨上前来到栅栏边，掌钥官胡林把栅栏向后推开。在竖琴、六弦琴、长笛的乐声和歌手嘹亮的歌声中，国王走过撒满鲜花的街道，来到王城，走了进去。白树七星的王旗升上塔顶，飘扬开来，众多歌谣传述的埃莱萨王的统治，从此开始。

在这位国王统治期间，白城被建造得比首度全盛时期还要美丽，处处可见树木与喷泉，城门以秘银和精钢打造，街道以洁白的大理石铺就。孤山的子民前来辛勤劳作，森林的子民欣然造访。一切都得到医治与完善，家家户户男女兴旺，充满了孩童的欢声笑语，不再有漆黑的窗子，也不再有空寂的庭院。在第三纪元结束、世界进入新纪元后，白城保存了逝去岁月的荣光与记忆。

在加冕之后的日子里，国王坐在诸王大殿中的王座上，判决政事。从东方和南方，从黑森林的边界，从西边的黑蛮地，来了各地各族的使节。国王宽恕了投降的东夷，允许他们自由离去。他与哈拉德人签订了和平协议。他释放了魔多的奴隶，将努尔能湖四周的所有土地都赐给他们自己耕耘。许多英勇的人都蒙召见，获得他的嘉奖。最后，禁卫军的队长将贝瑞刚德带到他面前听候判决。

国王对贝瑞刚德说："贝瑞刚德，你的剑使圣地溅血，犯了禁忌。同时，你未获宰相或队长允许，擅离职守。古时，犯下这样的罪行当以一死作为惩罚。因此，现在我必须宣判你的命运。

"因为你作战英勇，更因为你所犯下的罪行是出于对法拉米尔大人的爱，你的死罪得以宽恕。虽然如此，你却必须离开王城禁卫队，必须离开米那斯提力斯城。"

闻言，贝瑞刚德心中如遭重击，脸上血色尽失，垂下了头。但国王说：

"此乃必要之举，因为你被指派加入伊希利恩亲王法拉米尔的卫队——白卫队，你是队长，当光荣地安居在埃敏阿尔能，为你不惜一切代价冒险拯救、终得免于一死的人效命。"

贝瑞刚德意识到国王的宽恕与公正，欣然跪下来亲吻国王的手，欢喜又满足地离开了。阿拉贡将伊希利恩赐给法拉米尔作为领地，吩咐他住在看得见白城的埃敏阿尔能的丘陵中。

"这是因为，"他说，"魔古尔山谷中的米那斯伊希尔应当彻底拆毁。那地尽管或许终有一日能得净化，但可能长年累月都无法住人。"

最后，阿拉贡会见了洛汗的伊奥梅尔。他们互相拥抱后，阿拉贡说："你我之间不提给予、索取或酬谢之语，因为我们是兄弟。当年埃奥尔从北方策马而来的一刻何等欢欣，从未有任何联盟的百姓如我们两族这般蒙福，过去从不曾、将来也不会彼此辜负。现在，如你所知，我们已将享有盛名的希奥顿安置在圣地的陵寝中，若你愿意，他将在那里永远与刚铎的诸王一同安眠。若你希望他归葬故里，我们会护送他回到洛汗，让他与自己的族人安息在一起。"

伊奥梅尔回答说："自从您从绿草茵茵的山岗中起身与我相见那日，我就爱您，而这份爱决不会消减。但我现在必须暂时离开，回到我的国度，那里有太多需要医治，有待恢复秩序。至于阵亡的国王，且让他在此地安眠一段时日，等一切准备就绪，我们会回来迎接他。"

而伊奥温对法拉米尔说："现在我必须回我的家乡，再看它一次，并协助我的兄长重建家园。不过，等我长久爱戴如父的人终于入土为安，我会回来。"

就这样，欢庆的日子过去了。五月的第八日，洛汗骠骑准备妥当，骑马沿北大道离去，埃尔隆德的两个儿子与他们同行。从白城城门一直到佩兰诺围墙，人民都夹道送行，向他们欢呼致意。之后，其他住在远方的人也都高高兴兴地返回了家园。但在白城中有许多志愿者不停忙碌着，重建、修复，清除战争留下的所有伤痕，抹去黑暗的记忆。

四个霍比特人仍和莱戈拉斯、吉姆利一起留在米那斯提力斯，因为阿拉贡十分不愿同盟众人分开。"天下无不散的宴席，"他说，"但我希望你们再多留些时日，因为你们参与的功绩，结局尚未来到。我成年以来始终都在期盼的一日临近了，当那日来临，我希望我的朋友都在身边。"但那日究竟是什么日子，他却不肯多说。

在这段时期，魔戒远征队的众人与甘道夫一同住在一栋漂亮的房子里，随心所欲地自由来去。弗罗多问甘道夫："你知道阿拉贡说的那日是什么日子吗？我们在这里过得很快乐，我也不想走，但是时光飞逝，比尔博还在等着呢，而且夏尔才是我的家。"

"说到比尔博，"甘道夫说，"他也在等同一个日子，他知道是什么事让你们留在此地。至于时光流逝，现在才五月，仲夏还没到呢。尽管万物看似都已改变，世界仿佛过了一个纪元，但对于草木而言，离你们出发才过了不到一年。"

"皮平，"弗罗多说，"你不是说甘道夫不像以前那么喜欢保密了？我想，他那会儿是忙得不耐烦了，而现在他缓过来啦。"

而甘道夫说："许多人都喜欢事先知道端上桌的会是什么菜肴，但那些辛苦准备宴席的人却喜欢保守秘密，因为惊喜会让赞美之语来得更响亮。阿拉贡本人正在等待一个征兆。"

有一天，甘道夫突然不见人影，一行人都好奇接下来会有何事。但甘道夫是趁夜带着阿拉贡出城了，他引着阿拉贡去了明多路因山的南侧山脚下。他们在那里发现了一条在极为久远的过去修筑的古道，如今已没有什么人敢走，因为古道爬上高山，通往一处从前只有国王才常去的高处圣地。他们沿着陡峭的山路上行，一直来到一处位于覆盖着高耸峰顶的积雪下方的高台地，俯瞰着那道屹立在白城后方的峭壁。他们站在那里通览大地，因为黎明已经来临。他们看见白城远在下方，城中高塔林立，披着旭日光芒就像一支支雪白的铅笔，整片安都因河谷如同花园，金色的迷雾宛若一层面纱，笼罩了阴影山脉。在一侧，他们直望到埃敏穆伊的灰色丘陵，涝洛斯瀑布的闪光像一颗遥遥闪烁的星；而在另一侧，他们只见大河像一条缎带，一路铺向佩拉基尔，再过去，天际一片光亮，那就是大海的所在。

甘道夫说："这是你的王国，并且将成为未来那片更大疆域的中心。世界的第三纪元已经结束，新纪元已经开始。你的使命是将新纪元的开端安排得井然有序，保存那些能被保存下来的事物。因为，尽管它们有许多得到了拯救，却有更多从现在起将会消逝。而且，三戒的力量已经终止。你眼中所见的全地，以及周围环绕的所有区域，都将成为人类的居所。因为人类的统治时期已经来临，那支年长的亲族将会淡出或离去。"

"亲爱的朋友，我很清楚这一点，"阿拉贡说，"但我仍希望得到你的辅佐。"

"从现在起不会多久了。"甘道夫说，"第三纪元才是属于我的纪元。我曾是索隆的死敌，我的任务已经完成。我很快就会离去。如今重担必须落在你和你的亲族身上。"

"但我终将一死。"阿拉贡说，"因为我是凡人。虽然我自己有这样的出身，又拥有不曾混杂的西方民族的血统，我的寿命将比其他人长得多，但那仍旧很短暂。等到那些如今还在母腹中的孩子出生、成长并衰老时，我也会一样衰老。届时，万一我所渴望的未蒙恩准，谁来统治刚铎，统治那些将这座白城视为女王的人？喷泉王庭中的白树仍然枯萎光秃，我几时才会看见征兆，表明它将从此重焕生机？"

"从那绿色的世界回过头来，看看貌似冰封一片的不毛之处！"甘道夫说。

于是，阿拉贡转过身，只见背后是一片从积雪外缘延伸下来的岩石斜坡，但细看时，他察觉到荒地中孤立着一个生长之物。他朝它攀爬过去，看见就在积雪的边上，长着一棵不过三呎高的小树。它已经萌发出修长优雅的嫩叶，叶面墨绿，叶背银白，纤细的树冠顶上长着一小簇花朵，洁白的花瓣如阳光下的白雪般明亮耀眼。

阿拉贡见状叫道："Yé! utúvienyes![2] 我找到它了！看哪，这是万树之长的后裔！可它怎么会在这里？它本身树龄还不到七岁啊。"

甘道夫也趋前观看，说："这千真万确是玉树宁洛丝一系的幼树。宁洛丝是加拉希理安所出，而加拉希理安又是拥有众多名号的万树之长泰尔佩瑞安的果实长成。谁知道它如何在这个预定的时刻来到这里？但这是一处古老的圣地，在诸王血脉断绝、王庭中的白树枯死之前，一定曾有一颗果实被埋在这里。据说，虽然白树很少结出成熟的果实，但果实中蕴藏的生命也许会经历漫长的休眠岁月，无人能预知它几时会苏醒。你要记住这点。倘若哪日有一颗果实成熟，一定要将它种下，以防白树一系从这世上断绝。这棵幼树隐藏于此山中，恰似埃兰迪尔一族隐身于北方的荒野。不过，埃莱萨王，宁洛丝一系可远比你的家系古老。"

阿拉贡伸手轻触幼树，看哪！它竟似浅浅地长在地里，毫无损伤就被移起。阿拉贡将它带回了王城。随后，人们怀着崇敬将那棵枯树连根挖起，但他们并未烧掉它，而是将它安放在寂静的拉斯狄能。阿拉贡将新树种在王庭的喷泉旁，它开始欢快地迅速生长。六月来临时，它已经繁花盛放。

"征兆已经赐下，"阿拉贡说，"那日也不远了。"他在城墙上安排了瞭望哨。

仲夏的前一日，有信使从阿蒙丁赶到白城，报告说北方来了一队骑马的仙灵之民，这时已近佩兰诺围墙。于是国王说："他们终于来了。让全城都做好准备吧！"

就在仲夏的前夕，天空如蓝宝石般澄澈蔚蓝，雪亮的繁星在东方天际闪烁，但西方天际仍一片金黄，空气清凉芬芳。一队人骑马沿着北大道而来，到了米那斯提力斯的城门前。为首的埃洛希尔和埃尔拉丹举着一面银色的旗帜，接着来了格罗芬德尔和埃瑞斯托，以及幽谷的全部成员；随后是加拉德瑞尔夫人和洛丝罗瑞恩的领主凯勒博恩，他们骑着白马，还从领地中带来了很多美丽的族人，都披着灰色斗篷，发间点缀着白色宝石。最后来的是在精灵与人类当中都大有威望的埃尔隆德大人，他带着安努米那斯的权杖，骑在他身旁一匹灰马上的是他的女儿阿尔玟，她族人的暮星。

弗罗多见她于暮色中到来，周身微光闪烁，额上佩戴着繁星，身上散发着甜香，他不禁深感惊奇。他对甘道夫说："我终于明白我们为什么要等了！这才是结局。如今，不只白昼应受钟爱，连夜晚都当美丽蒙福，黑夜的一切恐惧都消逝了！"

于是，国王迎接宾客，众人都下了马。埃尔隆德呈上权杖，并将女儿的手交到了国王手中。他们一同登上王城，群星纷纷现身天穹，如繁花盛开。如此，在仲夏之日，埃莱萨王阿拉贡在列王之城中与阿尔玫·乌多米尔成婚，他们漫长等待与不懈努力的故事，终于有了圆满的结局。

第六章

离别众人

欢聚的日子终于结束，远征队众人都惦记着该回家了。弗罗多去见国王时，他正与王后阿尔玟坐在喷泉旁边，她唱着一首维林诺的歌，而白树业已成长茁壮，繁花满枝。他们起身欢迎弗罗多，向他问好。阿拉贡说：

"弗罗多，我知道你来是要说什么——你想回家。的确，最亲爱的朋友，一棵树要在故土才长得最好，但西部全地都将永远欢迎你。虽然你的族人过去在伟大的传说中籍籍无名，但从今往后，他们享有的声誉将比众多早已消亡的大国更高。"

"我确实想回夏尔。"弗罗多说,"但首先我必须去幽谷。在如此蒙受祝福的日子里,若说还缺什么,那就是我想念比尔博了。埃尔隆德家中所有的成员都来了,他却没来,我很难过。"

"持戒人,你为此感到惊讶吗?"阿尔玟说,"你了解那个现在已被摧毁之物的力量,而靠那种力量达成的一切,如今都在消逝。然而你的亲人拥有此物的时间比你更久。依着他那一族的标准,他已到古稀之龄。他正在等你,因为他只会再做一次长途旅行。"

"那我请求告辞,尽快启程。"弗罗多说。

"我们七天后出发。"阿拉贡说,"因为我们会与你一同骑马远行一段,甚至远达洛汗国境。今天起三日后,伊奥梅尔将会回到这里,将希奥顿护送回马克安葬,我们将与他同行,以表达对死者的敬意。不过,在你走之前,我将确认法拉米尔对你说过的话——你可永远在刚铎全境自由来去,你所有的同伴亦然。倘若真有任何我能相赠的礼物配得上你的功绩,你都当得到;无论你想要何物,均可带走。你当身穿如同此地王子一般的服饰,载誉骑马而行。"

但王后阿尔玟说:"我会赠送你一件礼物。我是埃尔隆德的女儿,但如今当他动身前往海港时,我不会与他同行，因为我的选择与露西恩相同——我选了同她一样，既甜蜜又痛苦的命运。但是，持戒人，当时机到来，你若有意，将取代我前去。倘若你的伤仍令你哀痛，你对那重担的记忆仍然沉重，那么你可以前往西方，直到所有的伤痛和疲惫都得到治愈。不过，现在请戴着它吧，以纪念与你的人生息息相关的精灵宝石和暮星！"

她摘下一枚用银链挂在胸口、宛若亮星的白宝石，将它戴在弗罗多的颈上。"当恐惧与黑暗的回忆困扰你时，"她说，"它会给你带来帮助。"

如国王所言，洛汗的伊奥梅尔三天后骑马抵达白城，与他同来的是一支由马克的精英骑士组成的**伊奥雷德**。伊奥梅尔受到了欢迎，当他们一行人全都在宴会大厅米瑞斯隆德围桌坐定，他目睹在场女士们的美丽，为之惊叹不已。前去歇息之前，伊奥梅尔派人请来了矮人吉姆利。他对矮人说："格罗因之子吉姆利，你的斧头准备好了吗？"

"没有，大人，"吉姆利说，"不过若有需要，我会立刻取来。"

"那你判断是否需要吧。"伊奥梅尔说，"因为你我之间仍然横着那场对金色森林的夫人出言不逊的过节。如今我总算亲眼见到她了。"

"哦？"吉姆利说，"大人，你现下有何话说？"

"唉！"伊奥梅尔说，"我不会说她是世间最美的女士。"

"那我就得去拿斧头了。"吉姆利说。

"不过首先容我解释一下。"伊奥梅尔说，"假如我是在别的人群中看见她，我本来会说出你想听的任何话。但是，现在我会将暮星阿尔玟王后放在第一位，我也准备好要捍卫自己的看法，与任何反对的人决斗一场。我该叫人去拿我的剑吗？"

吉姆利闻言，深深鞠了一躬。"不，我这边原谅你了，大人。"他说，"你选择了黄昏，但我的爱给了清晨——而且我心有预感，它很快就会永远逝去了。"

出发的日子终于来临，一支仪容美丽的庞大队伍准备好从白城向北骑行。于是，刚铎和洛汗的两位国王前往圣地，去了拉斯狄能的陵寝，将希奥顿王安放在金色棺架上，肃然抬着他穿过白城，然后将棺架安放在一辆大马车上，以他的军旗开路，洛汗的骠骑拱护周围。梅里身为希奥顿的侍从，坐在灵柩马车上，捧着国王的兵器。

其他远征队成员的坐骑也按着各人的身材备好，弗罗多和山姆怀斯骑马走在阿拉贡身边，甘道夫骑在捷影背上，皮平与刚铎的骑士同行，莱戈拉斯和吉姆利则一如既往，共同骑着阿罗德。

一同前往的还有王后阿尔玟，凯勒博恩、加拉德瑞尔和他们的子民，埃尔隆德和他的两个儿子，以及多阿姆洛斯和伊希利恩的两位亲王，外加众多将领和骑士。从来没有任何一位马克之王像森格尔之子希奥顿一样，得到如此一支队伍沿途护送，返回自己的家园。

他们徐徐进入了阿诺瑞恩，一路平安无事。当他们来到阿蒙丁山下的灰色森林，虽然不见一个活人的影子，却听见山中传来一种好似鼓声的敲击声。于是，阿拉贡吩咐吹响长号，传令官们喊道：

"注意，埃莱萨王驾到！他将德鲁阿丹森林赐给悍-不里-悍和他的族人，此地将永远属于他们。从此以后，没有他们同意，不得有人闯入！"

鼓声随即大响了一阵，然后归于平静。

终于，经过十五天的旅途，希奥顿王的灵柩马车穿过洛汗的绿色草原，来到埃多拉斯。他们全都歇息在此。金殿里挂满美丽的帷幔，灯火通明，并设下了自从落成以来办过的最盛大的宴席。三天之后，马克的人类为希奥顿举行了葬礼。他与他的兵器，以及许多他曾拥有的美丽器物，都被安置在石室里，石室上方堆起了一座巨大的坟冢，坟上覆满绿草和洁白的永志花。现在，在陵地的东边有八座坟冢了。

接着，王室骠骑们骑着白马，绕着陵地奔驰，齐声高唱国王的吟游诗人格利奥威奈为森格尔之子希奥顿所作的歌，此后格利奥威奈不再作歌。纵是听不懂洛汗一族语言的人们，心也被骠骑的缓慢歌声打动；而马克的百姓听着那些歌词，双眼不禁发亮，他们仿佛再次听见北方如雷的马蹄声远远传来，埃奥尔高呼的嗓音响彻凯勒布兰特原野的战场。诸王的传说滔滔不绝，海尔姆的号角声在群山间嘹亮回荡，直到大黑暗来临，希奥顿王奋起，骑马穿过魔影冲入大火，壮烈阵亡，而就在那时，太阳超乎希望归返，于清晨照耀在明多路因山上。

　　冲出疑虑，冲出黑暗，冲向破晓，
　　他身披阳光，策马且歌，长剑在手。

希望由他重燃，长逝犹怀希望；

超越死亡，超越恐惧，超越大劫已解，

摆脱失丧，摆脱尘世，留名久长荣光。[1]

但梅里站在翠绿的坟冢下哭泣，待一曲唱毕，他起身呼道：

"希奥顿王，希奥顿王！永别了！虽然相处时间短暂，但您对我犹如父亲一般。永别了！"

当葬礼结束，妇女的哭泣止歇，希奥顿终于独自躺在他的坟冢中，众人收起悲伤，聚在金殿中举行盛宴，因为希奥顿活到足年，又死得光荣，丝毫不逊于他最伟大的先人。按照马克的习俗，他们当为纪念诸王而干杯，当这一刻来临，洛汗公主伊奥温走上前，她白衣如雪，金发如阳，将一满杯酒奉给了伊奥梅尔。

一位吟游诗人兼博学之士起身，依序念诵马克所有国王的名字：年少的埃奥尔，建造金殿的布雷戈，不幸者巴尔多的弟弟阿尔多，然后是弗雷亚、弗雷亚威奈、戈尔德威奈、狄奥和格拉姆，接着是马克遭到大难时躲在海尔姆深谷的海尔姆。如此便结束了西边九座坟冢的第一脉，因为这一系的血脉在那时断绝。此后东边坟冢的第二脉开始：海尔姆的外甥弗雷亚拉夫，然后是利奥法、沃尔达、伏尔卡、伏尔克威奈、奋格尔、森格尔，以及最后一位希奥顿。当吟游诗人念完希奥顿的名字，伊奥梅尔一饮而尽。接着伊奥温吩咐仆人斟满所有的杯子，在场众人尽皆起身，举杯给新王祝酒，高呼："马克之王伊奥梅尔，向您致敬！"

最后，当宴席接近尾声，伊奥梅尔起身说："这虽是希奥顿王丧礼的宴席，但在诸位退席之前，我要宣布一则喜讯。希奥顿王待我妹妹伊奥温始终如同亲生女儿一般，因此他不会对我此举感到不满。殿中空前齐聚在此的诸位嘉宾，来自各地的美丽种族，请听我说！刚铎的宰相、伊希利恩亲王法拉米尔请求洛汗的公主伊奥温嫁他为妻，她已经全心全意地接受了。因此，他们将在各位面前订婚。"

法拉米尔和伊奥温起身上前，牵住对方的手。所有的人都举杯向他们道贺，非常高兴。"如此一来，"伊奥梅尔说，"马克与刚铎的友谊又添了一重新的纽带，我也更加欣喜。"

"伊奥梅尔，你真是大方，"阿拉贡说，"竟将你国中最美好的赠给了刚铎！"

伊奥温闻言，看着阿拉贡的眼睛说："我效忠的王者和我的医者，请祝我快乐！"

他回答说："自从我第一眼看见你，就一直愿你快乐。现在看见你如此幸福，我心深感欣慰。"

等宴会结束，要走的人一一向伊奥梅尔告辞。阿拉贡和他麾下的骑士，罗瑞恩和幽谷的子民，都准备好上马离开，但法拉米尔和伊姆拉希尔留在了埃多拉斯，暮星阿尔玟也留了下来，她跟她的哥哥们道别。无人看见她与父亲埃尔隆德最后会面的情景，因为他们到山岭中一起交谈良久，而他们离别的痛苦将存续下去，直到世界终结。

最后，在宾客们动身之前，伊奥梅尔和伊奥温来找梅里，他们说："此刻再会了，夏尔的梅里阿道克、马克的霍尔德威奈！骑向好运，望你很快再来，我们欢迎你！"

伊奥梅尔说："为了奖赏你在蒙德堡的平野上立下的功绩，古时的诸王本会赠给你大批礼物，多到连马车也装载不下。但你却说，除了已经赐给你的盔甲兵器，你什么都不要。这让我很为难，因为我确实没有礼物值得一送。但我妹妹请求你收下这个小东西，纪念德恩海尔姆，以及黎明来临时分吹响的马克号角。"

然后伊奥温给了梅里一个古老的号角，它精致小巧，整支由白银打造，配着绿色的挂肩带。从号角尖到号角口，巧匠环绕着角身镌刻了一排纵马奔驰的骑兵图案，还以如尼文刻有吉言。

"这是我们家族的传家之宝。"伊奥温说，"它是矮人打造的，来自恶龙斯卡萨的宝藏。是年少的埃奥尔将它从北方带来。倘若在需要之时吹响它，就能使敌人丧胆，友人振奋——他们将听见吹角之人的呼唤，奔去为他助阵。"

于是梅里收下了号角，因为这样的礼物是不能拒绝的。他亲吻了伊奥温的手，他们拥抱了他，那一次双方就这样离别了。

宾客都准备就绪，他们喝了上马酒，带着盛赞和友谊上路，随后来到了海尔姆深谷，在那里休息了两日。于是，莱戈拉斯兑现了他对吉姆利许下的承诺，与矮人一同去了晶辉洞。等他们返回，他却沉默了，只肯说那些洞穴唯有吉姆利找得到合适的言辞描述。

"过去，从来没有哪个矮人敢说自己比试言辞胜过了精灵。"他说，"因此，我们这就去范贡森林，好扳回一局！"

他们从深谷宽谷骑往艾森加德，见到了恩特们一番忙碌的成果。整圈石环都被推倒、拆走了，环内的土地被改造成一处栽满果树和林木的花园，园中有一条溪流穿过。在全地中央有个水质清澈的湖，高大的欧尔桑克塔就屹立在湖中，仍旧坚不可摧，漆黑的岩壁倒映在池中。

一行旅人在艾森加德旧日大门耸立的地方坐了一阵，现在那里有两棵大树，像哨兵一样把守着一条通往欧尔桑克塔、两侧皆绿的小路入口。他们惊奇地打量着已经完成的工作，但无论远近都不见活物的踪迹。不过没多久，他们便听见一个声音哼着"**呼姆—嚯姆，呼姆—嚯姆**"，接着就看见树须沿着小路大步走来欢迎他们，急楸跟在他身旁。

"欢迎来到欧尔桑克树园！"他说，"我知道你们要来，但我在山谷上面忙着，还有好多事情没做。不过我听说，你们在南边和东边远处也都没闲着。我听到的消息全都很好，非常好。"然后树须称赞了他们的所有功绩，他似乎对一切了如指掌。终于，他停下来，久久盯着甘道夫。

"嗯，好啦！"他说，"你已经证明你是最强大的，你的全部努力都收到了好结果。现在你要去哪里？你为什么到这里来？"

"来瞧瞧你的工作进展如何，吾友，"甘道夫说，"并感谢你在所完成的一切当中给予的帮助。"

"呼姆，嗯，这话很公道，"树须说，"恩特们确实扮演好了自己的角色，而且不光是对付那个，**呼姆**，该死的住在这里的杀树犯。还有一大批涌入这地的**卟啦噜姆**，那些眼睛邪恶—双手乌黑—两腿弯曲—心如燧石—指如爪子—满腹臭烂—嗜血如命的，**morimaite-sincahonda**[2]，**呼姆**，嗯，鉴于你们这群人很性急，而他们的全名跟饱受折磨的岁月一样长，就说那群奥克害人精好了。他们越过大河，还从北方下来，团团围住了劳瑞林多瑞南的森林，不过他们进不去那地，这要感谢这里的伟大人物。"他向罗瑞恩的领主和夫人鞠了一躬。

"这同一种污秽的生物在那边的北高原碰见我们时，可真是惊得要命，因为他们从来没听说过我们——虽然这话可能对比他们好的种族也适用。不过他们也没多少会记得我们，因为没多少活着从我们手里逃跑，大多数都让大河给吞了。这对你们来说是幸事，因为要是他们没遇见我们，那么草原的王就不可能骑马远征，就算他去了，回来时也已经没了家园。"

"我们非常清楚，"阿拉贡说，"无论米那斯提力斯还是埃多拉斯，都永远不会忘记此事。"

"'**永远**'这个词，就连对我而言都太久了。"树须说，"你的意思是，只要你们的王国尚存，你们就不会忘记。不过，它们确实会存在很久，久到连恩特都觉得久的地步。"

"新纪元开始了，"甘道夫说，"范贡吾友，这个纪元或将证明，人类的王国将比你存在得更久。不过，现在告诉我，我委托你的事怎么样了？萨茹曼的情况如何？他难道还没厌烦欧尔桑克？我猜，他可不会认为你改善了他窗外的风景。"

树须看了甘道夫老长一眼。梅里想，那一眼简直是狡猾到家。"啊！"树须说，"我就猜你会提到这事。厌烦了欧尔桑克？他最后相当厌烦，但比起他的塔，我的声音可要让他厌烦得多。**呼姆**！我给他讲了一些挺长的故事，或者说，起码在你们的语言里被认为是挺长的。"

"那他为什么要留下来听？难道你进了欧尔桑

克？"甘道夫说。

"呼姆，没有，我没进欧尔桑克！"树须说，"但他来到窗前聆听，因为他没有任何别的办法获知消息。虽然他痛恨那些消息，却又贪婪地听取，我看得出来，他全听进去了。但我还给消息补充了大量内容，这些他想想是会有好处的。他变得非常厌烦。他向来是个急躁的家伙，而急躁导致了他的堕落毁灭。"

"我的好范贡，"甘道夫说，"我注意到，你提到他时都非常小心地使用了**过去式**。那么**现在**呢？他死了吗？"

"没，就我所知，他没死。"树须说，"但他走了。对，他已经走了七天了。我让他走的。当他爬出来时已经落魄得差不多了，至于他手下那个蛇虫一样的生物，活像个苍白的鬼影子。现在，甘道夫，别跟我提我保证过好好看管他，我记得的；但从那时起，情况有了改变。我把他一直看管到他变得安全，安全到不能再去作恶。你该明白，我最痛恨的就是囚禁活物，除非极为必要，我也不会把这样的生物关在笼子里。一条没有毒牙的蛇，可以爬到任何他想去的地方。"

"也许你是对的，"甘道夫说，"但我认为，这条蛇还留有一颗毒牙。他的声音是有毒的，我猜他连你树须都说服了，因为他知道你心中的弱点。好吧，他走了，没有什么可说了。但欧尔桑克塔本来属于国王，现在也应归还给他，虽然他可能不需要它了。"

"这要再看情况。"阿拉贡说，"不过我会把这整座山谷都交给恩特，任他们整治，只要他们继续监视欧尔桑克塔，没有我的允许不准任何人进入。"

"塔已经锁上了。"树须说，"我逼着萨茹曼锁上了它，然后把钥匙交给我。钥匙在急楸那儿。"

急楸像风中弯曲的树般鞠了一躬，将两把用钢环穿在一起，形状精致的大黑钥匙交给了阿拉贡。"我再次感谢你们，"阿拉贡说，"并向你们道别。愿你们的森林享受和平，再度繁茂。等这座山谷长满，山脉西侧还有大片地方可供扩展，很久以前你曾经在那里漫步。"

树须的面容变得悲伤了。"森林或许会繁茂，"他说，"树林或许会扩展。但恩特不会。没有恩特娃了。"

"但你们如今要搜寻会更有希望。"阿拉贡说，"长久以来封锁着的东方大地，将会向你们敞开。"

但树须摇摇头说："太远了，而且当今时期，那边有太多人类出没。不过，我都快忘光了礼数！你们要留在这里休息一阵吗？或许还有几位愿意穿过范贡森林，好走近路回家？"他看着凯勒博恩和加拉德瑞尔。

然而除了莱戈拉斯之外，旁人都说他们现在必须告辞离开，或是南去，或是西行。"来吧，吉姆利！"莱戈拉斯说，"现在我蒙范贡允准，要去拜访恩特森林的深处，看看那些在中洲别处都不可能找到的树。你该信守承诺跟我一块儿去，这样我们还可以一起继续旅行，回到我俩在黑森林和森林那边孤山的家园。"吉姆利同意了这个提议，不过看起来算不得特别欣喜。

"看来，魔戒同盟的同行之谊终于要在此告一段落了。"阿拉贡说，"但我希望你们会很快返回我的国度，带来你们答应过的帮助。"

"如果我们各自的王上允许，我们会来的。"吉姆利说，"好吧，再会了，我的霍比特人！如今你们应该能安全回家了，我也不用再为担心你们的安危而睡不着觉了。我们有机会就会给你们送信，我们当中有些人可能还会偶尔碰面的，不过恐怕再也不会这样全员到齐了。"

于是树须依次向他们道别，他缓慢又满怀敬意地向凯勒博恩和加拉德瑞尔鞠了三躬。"A vanimar, vanimálion nostari, [3] 无论是以树龄还是以石龄而计，[4] 我们都很久很久不曾相见了。"他说，"我们这样直到结束的时刻才相见，真令人悲伤。因为世界正在改变：我自水中察觉，我自土中感应，我自风中嗅到。我想我们不会再见了。"

凯勒博恩说："至为年长者，我不知道。"但加拉德瑞尔说："我们是不会再在中洲相见了，直到沉没在波涛之下的陆地重新升起——届时，我们或许会在春天塔萨瑞南的柳林草地上相会。别了！"

最后，梅里和皮平跟老恩特道别，他看见他们时，开心了些。"啊，我快乐的小家伙们，"他说，"你们走之前愿意再跟我喝一次饮料吗？"

"当然愿意！"他们说。他带他俩到旁边一棵树的树荫下，他们看见那里已经放了一个大石瓮。树须装了三碗饮料，他们开始喝，却看见他那双奇异的眼睛越过碗沿打量他们。"当心，当心！"他说，"打从我上回见到你们，你们可又长高啦。"他们哈哈大笑，喝干了碗中饮料。

"啊，再见啦！"他说，"要是你们在家乡听到任何恩特婆的消息，别忘了给我送信。"然后，他朝众人挥了挥巨大的手掌，便走进树林里去了。

一行旅人加快了骑行的速度，取道赶往洛汗豁口。最后，阿拉贡就在皮平偷窥欧尔桑克晶石之处附近向他们告别。这次离别让四个霍比特人很伤心，因为阿拉贡曾是他们的向导，带他们闯过了许多危险，他从未令他们失望过。

"我真希望我们有一颗晶石，这样就能从里面看见所有的朋友，"皮平说，"并且能从远方跟他们说话！"

"现在你能使用的晶石只剩下一颗了，"阿拉贡说，"因为米那斯提力斯的晶石中显现的景象，你不会想看的。不过，国王会保管欧尔桑克的**帕蓝提尔**，观看他的王国中正在发生何事，他的属下又在做什么。佩里格林·图克，别忘了你是刚铎的骑士，我不会解除你的效忠。你现在是获准休假，但我可能会召你回来。还有，亲爱的夏尔的朋友们，请记住我的王国也包括北方，有朝一日我会前往那里的。"

然后阿拉贡向凯勒博恩与加拉德瑞尔告辞。夫人对他说："精灵宝石，你穿过黑暗，愿望得偿，如今拥有你所渴望的一切。善用你的年日！"

但凯勒博恩说："亲人，别了！愿你的命运不同于我，愿你的珍宝自始至终与你同在！"

话毕，他们就此离别。那时正当夕阳西下，他们过了一阵，转身回望，只见西部之王端坐在马背上，身边簇拥着麾下的骑士，落日照在他们身上，甲胄马具都闪着一片金红，阿拉贡的纯白大氅也被染得艳红若焰。接着，阿拉贡取下那块绿宝石，高高举起，从他手中射出一道绿色的火光。

不久，这支人数减少了的队伍顺着艾森河转向西行，穿过豁口进入前面的荒地，然后再转向北，越过了黑蛮地的边界。黑蛮地人逃走躲藏起来，他们害怕精灵族人，虽然其实很少有精灵来过他们的乡野。不过一行旅人没有理会当地居民，因为他们仍然人多势众，所需的一切补给也还充裕。他们从容不迫地骑行，想休息时就扎营。

跟国王分别后的第六天，他们行经一片树林。迷雾山脉此时绵延在右侧，这片树林便是从山麓丘陵而下。他们出了树林，再次进入开阔的乡野时，正值日落时分，他们赶上了一个拄着拐杖行走的老人。他穿着破烂的灰衣，也有可能是肮脏的白衣，身后紧跟着另一个没精打采、哼哼唧唧走着的乞丐。

"嘿，萨茹曼！"甘道夫说，"你要上哪儿去啊？"

"关你何事？"他答道，"难道你对我的惨状还不满足，还要来规定我去哪里？"

"你知道答案，"甘道夫说，"两者皆非。但无论如何，如今我辛劳的岁月即将告终。国王已经接过了重担。假如你肯等在欧尔桑克，就会见到他，他会向你显示智慧和怜悯。"

"那我就更有理由趁早离开了。"萨茹曼说，"因为我不想要他的智慧跟怜悯。你若真想知道你第一个问题的答案，我倒可以告诉你：我在寻找一条离开他王国的路。"

"那你就又一次走错了路，"甘道夫说，"你的旅程，我看不到希望。我们向你提供帮助，你会不屑一顾吗？"

"向我提供帮助？"萨茹曼说，"不，拜托别对我露出微笑！我喜欢看你们皱眉头。至于在场的这位夫人，我可不信任她——她向来恨我，总为你出谋划策。我毫不怀疑，是她带你走了这条路，好让你们幸灾乐祸地看看我落魄的惨相。我要是早知道你们追来，一定不会让你们称心如意。"

"萨茹曼，"加拉德瑞尔说，"我们有其他的任务和其他的忧虑，对我们而言，那些都比追寻你的踪迹来得紧急。你被我们追上，不如说是运气好，因为眼前你有了最后一次机会。"

"若这真是最后一次，我很高兴。"萨茹曼说，"因为这省了我再次拒绝的麻烦。我所有的希望都毁了，但我不会分享你们的——如果你们真有任何希望的话。"

有那么片刻，他的双眼激动得发亮。"滚！"他说，"我旷日潜心研究这些学问，可不是一无所获。你们清楚得很，你们已经给自己招来了末日。我流浪时，想到你们摧毁我的居所的同时也拆毁了你们自己的家，定会多少觉得欣慰。如今，还有什么船能载你们回去，航过如此辽阔的大海？"他嘲讽道，"那将是一艘载满了鬼魂的灰船。"他哈哈大笑，但声音沙哑又吓人。

"起来，你这白痴！"他对那个坐在地上的乞丐吼道，并用拐杖打他，"掉头！要是这些体面的种族走我们这条路，那我们就走另外一条。起来快走，要不然晚餐我连面包皮都不给你！"

那个乞丐转过身，边垂头丧气地走着，边呜咽道："可怜的老格里马！可怜的老格里马！永远都挨打受骂。我真恨他！我真希望离开他！"

"那就离开他！"甘道夫说。

但佞舌只用充满恐惧的模糊双眼瞥了甘道夫一眼，便跟在萨茹曼后面赶快拖着脚步走过。这悲惨的二人经过了众人，走到四个霍比特人身边时，萨茹曼停下脚步，瞪着他们，但他们怀着怜悯看他。

"这么说，你们也是来嘲笑我的，是不是，我的小叫花子们？"他说，"你们不关心乞丐缺什么，对吧？因为你们已经得到了想要的一切——食物、漂亮的衣服，烟斗里还装了上好的烟斗草。噢，对，我知道！我知道它是哪里来的。你们不会给乞丐一管烟斗草，对吧？"

"我会，如果我真有的话。"弗罗多说。

"我还剩一些，要是你肯等等，可以都给你。"梅里说。他下了马，在鞍旁的行囊中翻找，然后他递给萨茹曼一个小皮袋。"这些全给你。"他说，"你可以尽情享用，它是从艾森加德的大水中打捞出来的。"

"没错，是我的，我的，而且是花了大价钱买的！"萨茹曼喊道，一把抓向皮袋，"这只不过是象征性的补偿，因为我确信你们拿走的更多。但是，倘若小偷把乞丐的东西还回去，就算只有一小口，乞丐也得感恩。哼，等你们到家之后，要是发现南区的情况不那么称心如意，那才是理所应当。愿你们的土地永远缺乏烟叶！"

"谢啦！"梅里说，"既然这样，我得要回我的皮袋。它可不是你的，而且陪着我走了很远的路。用你自己的破布去包烟斗草吧。"

"小偷只配被偷。"萨茹曼说，转身背对梅里，踹了佞舌一脚，朝树林走去。

"啊，我可真爱听这话！"皮平说，"他居然说小偷！我们被伏击、被弄伤、被奥克拖着穿过洛汗，我们该得的赔偿又怎么说？"

"啊！"山姆说，"而且他说'买'。我倒纳闷，怎么买？我也不喜欢他提到南区时的腔调。我们是到回去的时候了。"

"肯定是时候了。"弗罗多说，"但我们若要去看比尔博，就无法走得再快了。不管发生什么事，我都要先去一趟幽谷。"

"对，我想你最好这么做。"甘道夫说，"但是，哀哉萨茹曼！恐怕他已经彻底毁了，无可救药。尽管如此，我仍不确定树须是对的。我猜想他还能用卑鄙的手段造成一点损害。"

隔天，他们继续前行，进入了黑蛮地的北部区域。那里虽然是片翠绿宜人的乡野，如今却没有人类居住。九月来临，白昼一片金黄，夜晚一片银白，他们从容骑行，一直来到天鹅泽河。河水经由瀑布，突然落入低地，他们找到了瀑布东边的老渡口。西边远处的迷雾中有许多池塘和河洲，天鹅泽河蜿蜒穿过其间，注入灰水河——那里有无数天鹅栖息在大片芦苇地中。

他们过了渡口，进入埃瑞吉安，一个晴朗美好的黎明终于来临，闪亮的晨雾上方朝霞灿烂。一行旅人从扎营的低矮山岗上向东眺望，只见朝阳照在三座高耸直入云霄的山峰上：卡拉兹拉斯、凯勒布迪尔、法努伊索尔。它们就在墨瑞亚的大门附近。

他们在此逗留了七日，因为另一次难分难舍的别离已经近在眼前。不久，凯勒博恩和加拉德瑞尔以及他们的族人就将转向东行，经过红角口，下黯溪梯到银脉河，回到他们自己的家园。他们有很多话要与埃尔隆德和甘道夫说，这才取道西边的路走了这么远，而到了这里，他们仍与朋友交谈，逗留不前。经常，在霍比特人沉睡良久之后，他们还在星光下坐在一处，回忆着逝去的漫长岁月，以及他们在这世间的一切欢乐与辛劳，或是商议着有关未来的安排。如果有漫游者碰巧经过，他几乎什么都不会看见，也不会听见；他只会觉得自己见到了灰色的人影，它们是以石头雕刻而成，用来纪念无人居住之地中那些如今已被遗忘的事物。因为他们纹丝不动，也不开口说话，而是探索彼此的心思。当他们的思绪往来交流，只有他们的明亮双眼会微动点燃。

但最后一切都已说过，他们再次暂时分离，直到三戒离去之时。罗瑞恩之民那些披着灰斗篷的身影朝山脉骑去，迅速消失在岩石和阴影间。那些要前往幽谷的人坐在山岗上目送他们，直到从聚拢的迷雾中射出一道闪光，然后就什么都看不见了。弗罗多知道，那是加拉德瑞尔高举手上的戒指，以示道别。

山姆转过身，叹了口气："我真希望我是回罗瑞恩去！"

终于，一天傍晚，他们翻过了高地荒原，突然间——正如旅人的一贯观感——发现自己来到了幽谷那道深谷的边缘，看见了下方远处埃尔隆德之家的闪亮灯火。他们走了下去，过了桥，来到大门前，于是整间房舍都充满了灯光和歌声，欢迎埃尔隆德的归来。

四个霍比特人不等进餐、洗漱，甚至都没脱下斗篷，第一件事就是去寻找比尔博。他们发现他一个人待在自己的小房间里。房间里到处是纸张、墨水笔和铅笔，比尔博则坐在燃着旺火的小壁炉前的椅子上。他看起来老态龙钟，但很安详，正在打瞌睡。

他们进门时，他睁开眼睛抬起头来。"哈罗，哈罗！"他说，"你们这下回来了？而且明天还是我的生日。你们来得真是时候！知道吗，我即将一百二十九岁啦！再过一年，要是我还有口气在，我就追平老图克了。我很希望超过他，不过我们走着瞧。"

庆祝过比尔博的生日之后，四个霍比特人在幽谷又待了几天。他们常常跟那位老朋友坐在一起，如今他大部分时间都待在自己房间里，只有吃饭时才出来。关于吃饭，他照例还是非常准时，也总是一到吃饭就及时醒来，很少错过。他们围坐在火前，把有关旅途和冒险能记得的一切都轮流告诉他。起先他还假装做做笔记，但常常就睡了过去。等醒来，他会说:"太精彩了!太奇妙了!不过,我们讲到哪里了?"然后,他们就从他开始打瞌睡的地方继续把故事往下讲。

唯一真正抓住他的注意力、让他清醒起来的叙述,似乎是阿拉贡的加冕以及婚礼。"当然,我也接到邀请去参加婚礼了。"他说,"我可等得够久了。但是,不知怎地,事到临头,我却发现这儿有好多事要做,打包行李也实在很麻烦。"

差不多过了两个星期,弗罗多从窗户望出去,发现夜里结了霜,蜘蛛网都变成了白网子。见状他突然意识到,自己必须走了,必须跟比尔博说再见。经过了一个人们记忆里最美好的夏天,此时天气依然风和日丽,但十月已经来临,天气很快会变,会再度开始刮风下雨。而且回家还有很长的路要走。然而,让他感到不安的其实并非天气的考虑,而是他有一种感觉,是该回夏尔的时候了。山姆也有这种感觉,昨夜他还在说:

"啊,弗罗多先生,我们去了很远的地方,也大开了眼界,但我认为我们可没找到一个比这里更好的地方。这里什么都有一点,你懂我的意思吧?夏尔、金色森林、刚铎、各位国王的宫殿，还有客栈、草地、山脉，全都混合在一起。可是，不知怎地，我总觉得我们该快点走了。坦白跟你说，我很担心我家老头。"

"是的，山姆，什么都有一点，只除了大海。"弗罗多当时答道。此刻，他重复自语道："只除了大海。"

那天，弗罗多跟埃尔隆德谈了话，他们一致决定，霍比特人隔天早晨就应动身。令他们高兴的是，甘道夫说："我想我也该去，至少跟你们走到布理。我想去看看黄油菊。"

傍晚，他们去向比尔博道别。"哦，你们要是得走，那就走吧。"他说，"我很遗憾。我会想念你们的。光是知道你们在这地方，就是件愉快的事。不过我又很困了。"然后他把秘银甲和刺叮给了弗罗多，他忘记之前已经给过了。他还给了弗罗多三本学识书，它们是他在不同时期、用细长的笔迹亲手写成的，红色的书脊上贴着标签：**翻译自精灵文，译者：比·巴。**

他给了山姆一小袋黄金。"这差不多是斯毛格陈酿的最后一滴啦。"他说，"山姆，要是你打算结婚的话，这或许能派上用场。"山姆脸红了。

"年轻的小伙子们，我没什么东西可以给你们，"他对梅里和皮平说，"除了金玉良言。"然后他结结实实说了一大篇，再按夏尔的风俗补上了最后一条："别让你们的脑袋长得太大，闹到戴不下帽子！你们要是不快点停止长个儿，就会发现帽子跟衣服都是很贵的。"

"不过，既然你想胜过老图克，"皮平说，"我不明白我们为啥不该试试去胜过吼牛。"

比尔博大笑起来，然后从一个口袋里拿出两个漂亮的烟斗，烟嘴是珍珠制成，边上镶着做工精致的银饰。"当你们用这烟斗抽烟时，想想我吧！"他说，"这是精灵给我做的，但我现在不抽烟了。"接着，他突然打起瞌睡，然后睡了一小会儿。等他醒过来，又继续说："现在我们讲到哪儿了？对，当然，送礼物。这提醒了我——弗罗多，我那个你带走的戒指，它怎么样了？"

"我搞丢了，亲爱的比尔博，"弗罗多说，"我丢掉它了，你是知道的。"

"太可惜了！"比尔博说，"我本来很想再看看它。不过，不，看我多糊涂！你出发就是为了那个目的，去丢掉它，不是吗？可是，这一切真叫人糊涂，因为它似乎跟好多别的事情混在一块了：阿拉贡的事，白道会，刚铎，骑马人，南蛮子，还有毛象——你真的看到一头毛象了，山姆？——还有山洞、塔楼、金色的树，天晓得还有别的什么。

"我那趟旅程回家时走的路显然太直接了。我想甘道夫本来可以带我多转转。不过话说回来，拍卖会本来有可能在我回来之前就结束了，那样的话我就有可能惹上比原来还多的麻烦。总之，现在已经太迟啦。再说，我真的认为，坐在这里听听这一大堆故事，要比跑一趟舒服得多。这里的炉火非常惬意，食物相当美味，而且你需要精灵时，他们就在旁边。人生至此，夫复何求？

　　　　大门外，从此始
　　　　　旅途永不绝。
　　　　如今前路漫漫，
　　　　　且由来者追随！
　　　　任他开启新历险，
　　　　　脚步疲惫我自歇，
　　　　灯火通明旅店里，

日暮退息将好眠。"

比尔博咕哝着念完最后一个字，脑袋往胸口一栽，沉沉睡去。

屋中的暮色渐浓，炉火燃得越发明亮。他们看着睡着的比尔博，发现他正在微笑。他们默默地坐了一会儿，然后山姆环顾室内，看着墙上摇曳的影子，轻声说：

"弗罗多先生，我想，我们不在的时候他也没写多少。现在他再也不会写我们的故事了。"

比尔博就在这时睁开了一只眼睛，简直好像听见了似的。接着他振奋起来。"你瞧，我越来越会打瞌睡了。"他说，"我有时间书写的时候，我真的只想写诗。我亲爱的小伙儿弗罗多，我不知道你愿不愿意在走之前，帮我把东西整理整理？把所有的笔记纸张，还有我的日记都收拾起来，愿意的话你就都带走吧。你瞧，我没有太多时间做挑选、编排之类的事儿。让山姆帮忙吧，等你们把东西都整理好，就回到这里，我会检查一遍。我不会太挑剔的。"

"我当然愿意做！"弗罗多说，"当然我也很快就会回来——旅途不会再有危险了。现在已经有了一位真正的国王，他很快就会重整各条大道的秩序。"

"谢谢你，我亲爱的小伙儿！"比尔博说，"这样我就真是大大放心了。"说完，他很快又睡熟了。

第二天，甘道夫和四个霍比特人到比尔博的房间里跟他辞行，因为外面很冷了。然后他们跟埃尔隆德和他家中的所有成员道别。

弗罗多站在门口，埃尔隆德愿他一路顺风，并祝福了他。他说：

"弗罗多，我想，除非你转眼即返，否则你就不需要回来了。大约一年中的这个时候，叶子变得金黄但尚未飘落之际，请在夏尔的树林里等待比尔博吧。我会与他同行。"

没有别人听见这话，弗罗多也没有说出去。

第七章

归家

终于，霍比特人朝着回家的方向走了。他们现在急着重见夏尔，不过一开始只是骑马慢行，因为弗罗多感到惴惴不安。来到布茹伊能河渡口时，他停下来，似乎极不情愿骑入水中。他们注意到，有一阵，他的眼睛似乎看不见他们和周遭的事物。那一整天，他都沉默不语。那是十月六日。

"弗罗多，你是不是身上疼？"甘道夫骑到弗罗多身边，低声说。

"嗯，对，我身上疼。"弗罗多说，"是肩膀那里。伤处很疼，对那黑暗的记忆也沉甸甸地压在我心上。那是去年的今天发生的事。"

"唉！有些伤是无法完全治愈的。"甘道夫说。

"恐怕我的伤就是。"弗罗多说，"真正回去是不可能的。我或许能回到夏尔，但它不会显得一样了，因为我也不会一样了。我被刀刺伤过，被刺蜇伤过，被牙咬伤过，还被一种长期的重担压伤过。我能在哪里找到安宁？"

甘道夫没有回答。

到了第二天傍晚，疼痛和不适都过去了，弗罗多又快活起来，快活得就像并不记得昨天的黑暗。之后，旅途一路顺利，日子也过得很快。他们悠闲骑行，经常在美丽的林地间逗留，秋阳照着树叶，一片火红与鲜黄。终于，他们来到了风云顶。时近黄昏，山丘的阴影沉沉投在路上。于是弗罗多请求骑快一点，他不肯望向那山，而是裹紧斗篷，低着头骑过了山影。那天晚上，天气变了，冷风嗖嗖，满载着雨从西边刮来，黄叶像鸟儿一样漫天盘旋翻飞。到切特森林时，林中树枝已经差不多都光秃了，他们看见好大一片雨幕笼罩着布理山。

就这样，在十月末一个狂风骤雨的傍晚，五个旅人骑马沿着上坡路来到布理的南大门前。门紧锁着。大雨扑面落下，漆黑的天空中乌云低垂，滚滚奔腾，他们的心也为之一沉，因为他们本来以为会受到欢迎。

他们呼叫了很多遍，看门人才终于出来。他们见他拿着一根大棒子。他充满疑惧地打量着一行来人，但等他看清来的是甘道夫，与他同行的人虽说奇装异服，却是霍比特人无疑，他露出了喜色，开口欢迎他们。

"请进！"他边说边开锁打开了大门，"这么个天气恶劣的晚上，我们可不会又湿又冷地待在外面等人来。不过毫无疑问，**跃马客栈**的老麦会欢迎你们，所有的消息你们都能在他那里听说。"

"之后所有我们说的你都能在他那里听说，并且还添了油加了醋。"甘道夫大笑，"哈里还好吗？"

看门人沉下脸来。"走了。"他说，"但你最好去问麦曼。晚安！"

"你也晚安！"他们说，都进了门。随后，他们注意到路旁的树篱后头盖了长长一排低矮的棚屋，不少人类已经从棚屋中出来，正隔着树篱瞪着他们。他们来到比尔·蕨尼的家，看见那里的树篱零落杂乱，所有的窗户都用木条封住了。

"山姆，你想他是不是被你那个苹果砸死了？"皮平说。

"皮平先生，我可没抱那么大指望。"山姆说，"我倒想知道那匹可怜的小马怎样了。我常想起他，还有那些狼嚎之类的。"

终于，他们来到了跃马客栈，至少这里的外观没什么改变。那些较低的窗户，红色窗帘后都有灯光。他们摇响门铃，诺伯前来应门，把门打开一条缝朝外窥视。他看清站在灯下的一行人之后，忍不住惊讶地大叫一声。

"黄油菊先生！店主大人！"他喊道，"他们回来了！"

"噢，是吗？我来教训他们。"黄油菊人未到，声先至，随后就冲了出来，手上还拿着一根棍子。但他一看见门外的人是谁，就刹住了脚，原来阴沉愤怒的脸一下变得惊奇又高兴。

"诺伯，你这个猪脑袋大笨蛋！"他叫道，"你难道就不能报一下老朋友的名字？这年头，你可不该这样吓我。好啦，好啦！你们是打哪儿来的啊？

老实说，我压根没指望还能再见到你们当中任何一位——跟着那个大步佬走进大荒野里，还到处都是那些黑衣人！但我看见你们可真是高兴啊，尤其是还有甘道夫。请进！请进！房间还跟以前一样吧？它们都空着。其实，不瞒你们说，你们很快就会发现大部分房间都空着，这些日子以来都是这样。我去看看能给你们做些什么晚餐，当然会尽快上菜，不过我目前很缺人手。嘿，诺伯，你这慢吞吞的家伙！去告诉鲍伯！啊，我又忘了，鲍伯走了——现在天一黑就回他家里人那边去了。好吧，诺伯，把客人的小马都牵到马厩去！而甘道夫你会自己把马牵到马厩去，我不怀疑。真是匹好马啊，我第一次看见他时就这么说过。唉，请进！别把自己当外人，大家随意！"

无论如何，黄油菊先生说话的方式一点没变，也似乎跟过去一样总是忙得上气不接下气。但客栈里几乎没什么人，整个静悄悄的。公共休息厅传来的低语交谈听起来也就是两三个人而已。店主点了两根蜡烛，拿着走在他们前面，在烛光下细看，他脸上似乎布满了皱纹，忧虑憔悴。

他领他们沿着走廊走去，来到了一年多以前那个怪异之夜他们用的那间包厢。他们跟着他，感到有点不安，因为他们看得出显然正有某种麻烦，老麦曼却装作若无其事。事情显然跟过去不一样了。但他们只是等着，什么也没说。

正如他们所料，晚餐后黄油菊先生来到包厢，看看一切是否令他们满意。他们确实满意——无论如何，**跃马客栈**的食物和啤酒都还没变糟。"今晚我不会冒昧建议你们去公共休息厅了，"黄油菊说，"你们一定累了，反正那里今晚也没多少人。不过，你们就寝前要是能抽出半个钟头的时间给我，我会非常乐意跟你们谈谈，就咱们自己私下谈谈。"

"我们也正是这么想的，"甘道夫说，"我们不累，这一路走得挺悠闲。我们只是又饿又湿又冷，但这一切你都帮我们治好了。来吧，坐下！要是你有任何烟斗草，我们会祝福你。"

"唉，你要点别的任何东西的话，我都会高兴些。"黄油菊说，"那正是我们短缺的，要知道我们只有自己种的那些，但那可不够。这些日子以来从夏尔完全弄不到。不过，我去想想办法。"

他回来时拿来了一卷未切的烟叶，足够他们抽上一两天。"南丘叶，"他说，"是我们这里最好的，但跟南区叶没的比，我向来这么说，虽说我绝大部分时候都是一心向着布理的，请见谅。"

他们让他坐在烧着木柴的壁炉旁的一张大椅子上，甘道夫坐在壁炉的另一边，四个霍比特人坐在两人之间的矮椅子上。然后，他们谈了好几倍于半个钟头的时间，交换了黄油菊先生希望听到或说出的全部消息。对店主来说，他们讲的绝大部分都只不过是些不可思议又令人费解的事，完全无法想象。它们基本只换来这样的评语："真的假的！"尽管黄油菊先生亲耳听得明明白白，他仍常常重复道："真的假的，巴金斯先生，或者该叫山下先生？我真是搞糊涂了。真的假的，甘道夫大人！啊呀，我从没想过！谁能想到我们这辈子竟然会碰见这种事！"

不过他自己主动吐露的也着实不少。他说，情况算是糟透了。生意甚至谈不上像样，而是一落千丈。"现在外地都没人来布理附近了。"他说，"里头的人呢，又大多数都待在家里，门户紧闭。这都是去年那些从绿大道上来的新来人和流浪汉闹的，你们可能还记得那回事，但后来又来了更多。有些就是避祸的可怜虫，但大部都是坏人，偷鸡摸狗，惹是生非。就连布理本地也出了事，祸事。啊呀，我们闹了一场真正的斗殴，有些人被杀了，被杀死了！你们能相信吗？"

"我确实能相信。"甘道夫说，"多少人？"

"三个加两个。"黄油菊说，指的是大种人和小种人，"有可怜的马特·石楠趾，罗利·苹果树，还有小丘那边来的小汤姆·摘山楂，再就是坡上来的威利·山坡，还有斯台多来的一个姓山下的——全是好伙计啊，真叫人想念。而那个本来守西大门的哈里·山羊叶，还有那个比尔·蕨尼，他们加入了陌生人那边，还跟着一道走了。我相信就是他俩放那些人进来的，我是说，在斗殴那天前夜。我们先是给那伙陌生人指点了大门在哪儿，把他们推了出去，之后就出了事，那天是年末，而斗殴发生在新年一大早，我们这地方下了场大雪之后。

"现在他们住在外头当了强盗，躲在过了阿切特那边的树林里，还有北边更远的荒野中。我说，这可有点像传说里讲的糟糕的旧时代。大道上已经不安全了，没人出远门，家家户户早早就门窗紧闭。我们不得不给四面的树篱都设下岗哨，夜里还派很多人看守大门。"

"呃，没人找我们的麻烦，"皮平说，"可我们一路走得挺慢，也没设守哨。我们以为已经把所有的麻烦都抛在背后了。"

"啊，天可怜见，没这回事，少爷，"黄油菊说，"不过，他们没找你们的麻烦，这倒不奇怪。他们才不会抢全副武装的人呢，又是剑又是头盔，还有盾牌之类的，你们这种打扮会让他们三思一下。我得说，我看见你们的时候就大吃一惊。"

于是，四个霍比特人突然意识到，人们当时惊愕万分地看着他们，与其说是惊讶于他们的归来，不如说是惊奇于他们的行头。他们自己已经彻底习惯了战事，习惯了与盛装的人们一同骑行，几乎忘了这样的事实：斗篷下隐现的雪亮铠甲，刚铎和马克的头盔，以及盾牌上的美丽纹章，这些在家乡都会显得稀奇古怪。而甘道夫也不例外——他现在骑着银灰的高头大马，全身白衣，外罩银蓝二色大氅，身侧还挂着长剑格拉姆德凛。

甘道夫哈哈大笑。"好极，好极，"他说，"要是他们连我们区区五个人都怕，那我们这一路见识过的敌人可比他们有出息。不过，无论如何，只要我们待在这里，他们晚上就不会来你这儿惹事。"

"可是你们能待多久啊？"黄油菊说，"我不否认，我们是乐于让你们待上一阵子的。你瞧，我们不习惯遇到这样的麻烦。有人跟我说，游民全走了。我想，直到现在我们才真正明白过来，他们为我们做了什么。因为周围还有比强盗更糟糕的东西。去年冬天，野狼一直在树篱周围嗥叫个不停。树林里有黑影出没，那可是些吓人的东西，光是想想就叫人血都发冷。真是非常不太平，你懂我的意思吧。"

"我料想会这样。"甘道夫说，"这段日子里，几乎所有的地方都不太平，非常不太平。但是，麦曼，振作起来吧！你一直都差那么一点就掉进特大的麻烦，我听见你没掉得更深，着实庆幸。不过，好日子就要来了，说不定比你记忆中的任何日子都要好。游民已经回来了，我们跟他们一起回来的。而且，麦曼，又有了一位国王。他很快就会把注意力转向这边。

"然后绿大道就会再度开放，国王的使者会前来北方，将会有人来来往往，邪恶之物将被逐出荒野。事实上，不久荒野就会不再是荒野了，那些曾经渺无人迹的野地，将会有居民和良田。"

"要是路上往来的是些正派可敬的人，那是不会有坏处的。"黄油菊先生摇摇头说，"但我们可不希望再来些流氓跟恶棍。我们不希望布理有外地人，最好布理附近都压根没有！我们不想被人打扰。我可不想要一大群陌生人在这儿扎营，在那儿定居，把野地挖得一团糟。"

"麦曼，你们不会受人打扰的。"甘道夫说，"从艾森河到灰水河之间有足够广阔的土地，白兰地河以南沿岸也有；布理方圆骑马走上几天的范围之内，都不必有人来住。还有许多民族曾经住在离这里有一百多哩远的北方，就在绿大道尽头的北岗或暮暗湖边。"

"北边死人堤那边？"黄油菊说，愈发显得半信半疑了，"他们说那地方闹鬼，除了强盗谁也不去。"

"游民是去的。"甘道夫说，"你叫它'死人堤'，那里多年来是叫这个名字，但是麦曼，它正确的名字是佛诺斯特·埃拉因[1]——诸王的北堡。有朝一日，国王会再去那里，届时你将会看见一队体面的人马经过此地。"

"哦，这听起来有希望些，我能接受。"黄油菊说，"毫无疑问，这对生意是有好处的。只要他不来打扰布理就好。"

"他会的。"甘道夫说，"他知道布理，也热爱这个地方。"

"他知道？"黄油菊一脸困惑，"但我很肯定，我可不知道他怎么会知道布理——他不是人在好几百哩开外，坐在大城堡里的高椅子上吗？他要是拿金杯子喝葡萄美酒，我也不会觉得诧异。**跃马客栈**，或一杯啤酒，这些对他来说算什么？这可不是说我的啤酒有啥不好——甘道夫，自从你去年秋天来这儿，对它美言几句之后，它就好得异乎寻常。我得说，在这堆麻烦里，这真是个安慰。"

"啊！"山姆说，"但他说你的啤酒向来很好。"

"他说的？"

"当然是他说的。他是大步佬啊！游民的头领。你的脑袋还没想明白吗？"

黄油菊终于想起来了，神色惊讶莫名，胖脸上双眼圆睁，嘴也张得老大，倒抽了口气。"大步佬！"他缓过气来后惊呼道，"他？戴着王冠什么的，还拿着金杯！哎呀，我们来到什么年头了这是？"

"更好的年头。无论如何，对布理来说更好。"甘道夫说。

"我当然是这么希望！"黄油菊说，"啊，我都不知多少个月没聊得这么愉快了！我不否认，今晚我会更容易睡着觉，而且心情也会轻松些。你们可跟我说了好大一堆需要琢磨的事儿，不过我会等到明天再想。我要去睡觉了，我不怀疑你们也乐意睡觉去。嘿，诺伯！"他走到门边喊道，"诺伯，你这慢吞吞的家伙！"

"哎呀！"他一拍额头，自言自语，"这又让我想起了什么事儿？"

"我希望不是你又忘了一封信吧，黄油菊先生？"梅里说。

"哎呀，哎呀，白兰地鹿先生，就别再提那事儿了！不过，你又打断我想的事儿了。我想到哪儿了？诺伯，马厩，啊！就是这事儿。我有样东西是属于你们的。你们还记得比尔·蕨尼跟偷马那回事吧？你们买的那匹小马，咳，它在这儿。它独个儿回来了，它做到了。不过，它去了哪里，你们比我清楚。它回来时毛发蓬乱得像条老狗，瘦得皮包骨，但还活着。诺伯一直照顾它来着。"

"什么！我的比尔？"山姆叫道，"啊，不管我家老头会说啥，我真是天生福星！这不，我又一个愿望成真了！他在哪里？"山姆直到去马厩探望过比尔之后，才肯上床睡觉。

第二天一整天，一行旅人都待在布理，到了傍晚，黄油菊先生无论如何都不能抱怨生意清淡了。好奇心战胜了全部恐惧，他的客栈里挤满了人。四个霍比特人出于礼貌，傍晚时到公共休息厅待了一阵子，回答了一大堆问题。布理人的记性向来好得很，弗罗多好多次被人问到他的书写了没有。

"还没呢，"他说，"我现在要回家，把笔记整理出来。"他答应一定好好描写发生在布理的惊人事件，好给那很可能大部分都要写"遥远的南方"那些平淡琐事的书，添加一点趣味。

随后，有个年轻人建议大家唱首歌。然而一听这话，大家全沉默下来，他遭到众人皱眉制止，也没人再提唱歌的事了。显然大家都不希望公共休息厅里再闹出什么怪异的事件。

一行旅人待在布理期间，白天不见麻烦，夜里也不闻异响，布理的平静不曾受到打扰。但隔天早上他们很早就起来了，由于还在下雨，他们希望能在天黑前抵达夏尔，而路途还很长。布理的居民全都出来送行，心情比过去一年以来都要愉快。那些先前没见到这几个外地人披挂整齐时的模样的人，这下都惊得目瞪口呆——白须飘飘的甘道夫似乎浑身发光，蓝色的大氅仿佛只是一片遮住阳光的云；四个霍比特人就像几乎被遗忘的传说里那些行侠仗义的骑手。就连那些嘲笑所有关于国王的说法的人，也开始觉得或许其中有几分可信之处。

"啊，祝你们一路顺风，平安到家！"黄油菊先生说，"我本来该警告你们的——要是我们听到的消息不假，那么夏尔就也不怎么太平。他们说，怪事连连。不过，顾了这个就管不了那个，我自己的麻烦就够多了。我冒昧地说一句，你们旅行回来后可变了，现在你们看起来就像是处理得了棘手事儿的人。我不怀疑，你们很快就能把所有的事儿都摆平。祝你们好运！还有，你们越常回来，我就越高兴。"

他们跟他道别，然后骑马上路，穿过西大门往夏尔走去。小马比尔跟着他们，并且像过去一样驮着一大堆行李，不过他在山姆旁边小跑着，显得相当满意。

"我纳闷老麦曼在暗示什么。"弗罗多说。

"我能猜到一点，"山姆阴郁地说，"我在水镜里看到的——好多树被砍倒了之类的，还有我家老头被撵出了袋下路。我早该尽快赶回家的。"

"很显然南区也出了问题。"梅里说，"烟斗草普遍短缺。"

"不管出了啥事，"皮平说，"罪魁祸首一定是洛索，这点你可以确定。"

"他参与颇深，但不是罪魁祸首。"甘道夫说，"你们忘了萨茹曼。他对夏尔产生兴趣，比魔多还早。"

"总之，我们有你在一起，"梅里说，"这样事情很快就会解决的。"

"我眼下是跟你们在一起，"甘道夫说，"但我不久就要离开了。我不会去夏尔，你们得自己解决它的问题。你们受的训练，目的就在于此。你们还不明白吗？我的时代已经结束了。我的任务已经不再是拨乱反正或帮助他人拨乱反正了。至于你们，我亲爱的朋友，你们不需要帮助。现在你们已经成长起来了，而且成长得委实很了不起，跻身伟人之列，我一点都不再为你们当中任何人担心了。

"不过，你们要知道，我马上要拐到另一条路去了。我要去跟邦巴迪尔好好谈谈，我这辈子还没跟他正经谈过呢。他是个雷打不动长满青苔的主儿，而我一直是滚石不生苔的命。不过我滚来滚去的日子快结束了，现在我们有很多话可以跟对方说上一说。"

不久，他们就来到东大道上那个跟邦巴迪尔分别的地方。他们经过时，希望并且半期待着看见他站在那里跟他们打招呼，但却不见他的身影。南边的古冢岗上弥漫着一片灰雾，远方的老林子更是雾霭深重。

他们停下来，弗罗多惆怅地看着南方。"我真想再见见那位老伙计。"他说，"我想知道他过得如何？"

"跟你保证，一如既往。"甘道夫说，"基本不受打扰，而且我猜，很可能除了我们拜访恩特的事儿，其余我们所做或所见的任何事他都不会太感兴趣。也许日后你能去看看他。不过，我要是你们，现在就会赶路回家，否则就来不及在白兰地桥前的大门关起来之前进去了。"

"可是那里没有任何大门啊。"梅里说，"起码大道上没有，这你是很清楚的。当然啦，有雄鹿地大门，但不管什么时候他们都会让我进去。"

"你的意思是，过去没有任何大门。"甘道夫说，"我想现在你会发现有了。就连在雄鹿地大门口，你都可能碰上想不到的麻烦。但你们能处理好的。再见，亲爱的朋友！这还不是最后的道别，还不是。再见！"

他引捷影离开大道，那匹雄骏的马一跃过了道边的绿堤，然后甘道夫一声吆喝，他便应声撒开四蹄，像一阵从北方来的风，朝古冢岗奔驰而去。

"好啦，就剩下我们四个了，跟出发时一样。"梅里说，"我们已经把其他的人一个接一个都抛在背后了，简直就像一场正在慢慢淡褪的梦。"

"我可不这么觉得。"弗罗多说，"我觉得更像再次渐渐进入梦乡。"

第八章

夏尔平乱

天黑之后，四个又湿又累的旅人终于到了白兰地河，却发现路被挡住了。桥的两端各立起一道竖着尖桩的大门，他们可以看见河对岸那头盖了几座新房子——两层楼的建筑，开着直边的窄窗，空空的没有窗帘，里面灯光昏暗，一切显得好不阴郁，不合夏尔风俗。

他们用力敲打外侧这道门，大声叫喊，但起初无人回应。接着，令他们吃惊的是，有人吹响了号角，那些窄窗里的灯光也灭了。黑暗里传来一个声音大吼道：

"谁啊？滚！你们不能进来。看不懂告示吗？**'从日落直到日出，不准出入。'**"

"天这么黑，我们当然看不见告示！"山姆吼回去，"这么个湿淋淋的晚上，夏尔的霍比特人要是还得被关在外头，那等我找到告示，一定要撕烂它。"

话音刚落，一扇窗户砰地关上，一群拿着灯笼的霍比特人从左边的房子里涌了出来。他们打开了那一头的大门，一些人走过桥来。他们看清四个旅人之后，似乎都吓到了。

"霍伯·篱卫！"梅里认出了其中一个霍比特人，"过来，你不认识我了？你该认识的。我是梅里·白兰地鹿，我很想知道这究竟是怎么回事，而你这么个雄鹿地人在这儿干什么。你通常在篱大门那儿。"

"老天保佑！是梅里少爷，千真万确，还是全副武装要去打仗的模样！"老霍伯说，"哎呀，他们说你死啦！人人都说你死在老林子里了。不管怎样，我真高兴看见你还活着！"

"那就别隔着栅栏傻瞪着我，快开门！"梅里说。

"抱歉，梅里少爷，我们有命令。"

"谁的命令？"

"上头袋底洞头头的命令。"

"头头？头头？你是说洛索先生？"弗罗多说。

"我想是吧，巴金斯先生。但是最近我们只能喊他'头头'啦。"

"真的吗！"弗罗多说，"好吧，无论如何，我很高兴他放弃了巴金斯这个名字。不过显然已经到了巴金斯家收拾他，让他安分点的时候。"

门里的霍比特人一下子全都安静下来。"说这种话是要惹祸的。"有人说，"他肯定会听说。而你们要是闹出这么大动静，就会吵醒头头手下的大块头。"

"我们这就吵醒他，叫他大吃一惊。"梅里说，"如果你的意思是，你们那宝贝头头一直在雇用荒野里那些恶棍，那我们还真是回来晚了。"他一跃下了小马，借着灯笼的光看见了告示，一把扯下来扔过了大门。那些霍比特人纷纷后退，没人打算过来开门。"来吧，皮平！"梅里说，"两个人就够了。"

梅里和皮平翻过大门，那些霍比特人拔腿就跑。另一声号角吹响，右边那栋大些的房子里出来一个大个子人影，挡住了门口的灯光。

"这吵什么哪！"他边上前边咆哮道，"有人破门而入？你们快滚，要不我就扭断你们那肮脏的细脖子！"然后他住了口，因为他看见了宝剑的闪光。

"比尔·蕨尼，"梅里说，"给你十秒钟，要是不开门，你会后悔的。你要不听话，我就让你尝尝这剑的滋味。你开了门之后，就得从这两道门走出去，再也别回来。你是个恶棍，还是个拦路强盗。"

比尔·蕨尼胆怯了。他拖着脚步走到门前，开了锁。"把钥匙给我！"梅里说。但那个恶棍把钥匙往他头上一扔，随即拔腿冲进黑暗里。他冲过那些小马身边时，其中一匹飞起后蹄，将奔跑的他踢个正着。他号叫一声奔进夜暗中，从此再也没人听说他的消息。

"干得漂亮，比尔。"山姆说。他指的是那匹小马。

"你们的大块头也不过如此。"梅里说，"我们稍后再去看看那个头头。眼下我们需要一个过夜的地方。既然你们似乎把大桥客栈给拆了，盖了座这么死气沉沉的房子代替，你们就得接待我们。"

"我很抱歉，梅里先生，"霍伯说，"这事是不准做的。"

"什么事不准做？"

"接待临时来的人，吃掉额外的食物，所有这类的事。"霍伯说。

"这地方到底怎么了？"梅里说，"是去年收成不好吗？还是别的什么问题？我还以为去年夏天天气挺好，应该丰收呢。"

"哦，不，去年年景挺好的。"霍伯说，"我们收了好多粮食，但我们不是很清楚粮食都哪去了。我想，全都是那些'收粮员'和'分粮员'闹的，他们四处数啊称啊，还把东西拿去藏起来。他们收粮多，分粮少，大部分粮食我们再也没见到。"

"噢，行了！"皮平打着呵欠说，"我觉得今晚这些事实在太烦人了。我们行李里还有吃的。只要给我们一个房间能躺下就行，它肯定比我见识过的好多地方都强。"

门口那些霍比特人看起来仍旧不安，显然这又破坏了某种规定[1]之类的。但要拒绝四个这样的旅人又不可能——他们态度自信，人人都有武器，其中两个的模样还异乎寻常地高大健壮。弗罗多下令把两道门重新锁上。无论如何，附近仍有恶棍时保持警戒还是有道理的。然后四个伙伴进了霍比特人的守卫房子，尽可能舒适地安顿下来。这地方简陋又难看，有个寒酸的小炉子，但根本没法把火烧旺。楼上的房间里有短短几排硬床，每面墙上都贴着一张告示和一份规定清单。皮平把它们全撕了下来。没有啤酒，食物也很少，但加上旅人们带来一同分享的那些，大家全都饱餐了一顿。皮平还破坏了第四条规定，把第二天的木柴配额大部分扔进了火里。

"好了，这会儿来抽个烟吧，你们顺便告诉我们夏尔出了什么事？"他说。

"现在没有烟斗草啦，"霍伯说，"就算有，也全给头头的手下抽了。所有的存货似乎都不见了。我们倒是听说，有整车整车的货顺着旧大道出了南区，过了萨恩渡口。那是去年年底你们走了之后的事儿。但在那之前就有这种事，只不过都是小规模，悄悄地干。那个洛索——"

"你快闭嘴，霍伯·篱卫！"好几个人喊道，"你知道不准谈这种事。头头会听说的，然后咱们就都有麻烦了。"

"只要你们几个不去打小报告，他就啥都不会听说。"霍伯生气地顶回去。

"好了，好了！"山姆说，"这就足够了。我不想再听了。没欢迎、没啤酒、没烟抽，反而有一大堆规定，还有奥克词儿。我本来指望能休息的，但我看得出来，前头有活儿得干，还有麻烦。咱们睡吧，有事明天再说！"

新"头头"显然有办法得到消息。从大桥到袋底洞有四十哩远，但有人赶着路去了。所以，弗罗多和他的朋友们不久就被揭发了。

他们本来没定任何明确的计划，只是大概想着先一起回克里克洼，在那里休息一阵。但现在看这情况，他们决定直接去霍比屯。所以，第二天他们就出发了，沿着大道稳步前行。风停了，但天空还是灰蒙蒙的。大地看起来相当悲戚荒凉。但这毕竟是十一月初，已经秋末了。不过，燃烧的规模似乎大得不寻常，从周围许多地方都有浓烟上升，在远方林尾地的方向正有一大团烟云腾起。

暮色降临时，他们接近了蛙泽屯，这个村庄就坐落在大道旁，离大桥约二十二哩。他们打算在那里过夜，蛙泽屯的**浮木客栈**是家好客栈。然而他们来到村庄的东端时，却碰上了一道栅栏，上面挂着个巨大的告示牌，写着"**此路不通**"。栅栏后头站着一大群夏警，他们手持大棒，帽子上插着羽毛，一副既神气权威却又相当害怕的模样。

"这究竟是怎么回事啊？"弗罗多说，觉得快要大笑出来。

　　"就是这么回事，巴金斯先生。"夏警队长说，他是个帽子上插着两根羽毛的霍比特人，"你们因为下列罪行而被捕：破门而入，撕毁规定，攻击守门人，擅自过界，未经批准在夏尔建筑中歇宿，以及用食物贿赂守卫。"

　　"还有别的吗？"弗罗多说。

　　"这些就够了。"夏警队长说。

　　"要是你想听，我还可以再添上几条。"山姆说，"骂你们的头头，希望揍他长满痘的脸，而且认为你们夏警看起来简直蠢到家。"

　　"好了，先生，那些就够了。是头头命令得把你们悄悄弄走。我们要带你们去傍水镇，移交给头头的手下。他处理你们的案子时，你们可以申诉。但我要是你，不想在牢洞里没必要地蹲上太久的话，就不会申诉。"

　　弗罗多和同伴们闻言全都放声大笑，叫夏警们一头雾水。"别荒唐了！"弗罗多说，"我爱上哪儿就上哪儿，而且得看我时间方便。我正好有事要去袋底洞，但你们若是坚持同行，那也随你们的便。"

"很好，巴金斯先生。"队长说，把栅栏推到一旁，"但别忘了我已经逮捕你了。"

"不会的。"弗罗多说，"永远不会。但我可以原谅你。眼下，我今天不打算再走了，如果你肯好心护送我去**浮木客栈**，我会很感激的。"

"巴金斯先生，我做不到，那家客栈关门了。村子另一头是夏警局，我带你去那里好了。"

"好吧。"弗罗多说，"你先走，我们会跟上。"

山姆一直在上上下下地打量那群夏警，终于发现一个他认识的。"嘿，过来，罗宾·掘小洞！"他喊道，"我有话跟你说。"

掘小洞夏警胆怯地瞥了队长一眼，队长一脸气恼但又不敢干涉。于是掘小洞落到队尾，走在已经下了小马的山姆旁边。

"瞧瞧，罗宾老哥！"山姆说，"你是霍比屯土生土长的，应该更有脑子一点，怎么居然干出拦截弗罗多先生这种事来！那家客栈关门又是怎么回事？"

"客栈全关门了。"罗宾说，"头头不准大家喝啤酒。反正最早就是这么回事儿。但现在我想是他那些手下独占了。他还不准乡亲四处走动，谁要是想出门或者非出门不可，就得先到夏警局去说说要办啥事。"

"你竟然帮着这么胡闹，真该觉得丢脸。"山姆说，"你自己向来就爱泡在客栈里面，而不是待在外头。不管是不是当班，你总随时进去喝两杯。"

"山姆，要是可以，我也愿意照老样子办事啊。别跟我急，我有啥办法？你晓得七年前我是为啥去当夏警的，那时可没这种事。这个活儿给我机会到处逛逛，看看乡亲，听听消息，晓得哪儿有好啤酒喝。但现在不一样了。"

"但你可以不干啊！如果当夏警不再是个正派活儿，不干就是了。"山姆说。

"我们不准不干。"罗宾说。

"我要是多听见几回'不准'，"山姆说，"我就要冒火了。"

"还真不能说我不乐意看看你冒火。"罗宾压低声音说，"要是我们全都一起冒火，说不定能干成点什么事儿。但是山姆，还有那些人类呢，就是头头的手下。他把他们派到各处去，我们这些小种人要是谁敢起来主张自己的权利，他们就把他拖到牢洞关起来。他们首先抓了老面汤团，就是市长老威尔·白足，之后又抓了好多人。最近越来越糟，现在他们动不动就打人。"

"那你为啥还帮他们做事？"山姆生气地说，"谁派你到蛙泽屯来的？"

"没人派。我们就待在这儿的大夏警局里。现在我们是东区第一部队了。总共有好几百夏警，而且因为这一大堆新规定，他们还要增加人手。大多数人都是被迫加入的，不过也有自愿的。就算是在夏尔，也有爱管闲事、爱说大话的人。还有比这更糟的——有些人给头头和他的手下当奸细。"

"啊！这么说你们就是这样得了我们的消息，对吗？"

"对。现在我们不准用过去的快递服务送消息了，但他们用，在不同的地方有专门跑腿的人。昨晚有一个带着'密信'从白犁沟跑来，另一个人从这儿接手继续送。今天下午通知返回来了，说要逮捕你们，不是直接送到牢洞，而是押送到傍水镇。很显然，这是头头想立刻见见你们。"

"等弗罗多先生跟他把事情解决了，他就不会这么着急了。"山姆说。

蛙泽屯的夏警局跟大桥边的房子一样糟糕。这座房子只有一层，但有同样的窄窗，用难看的灰白砖砌成，还砌得歪七扭八。室内潮湿沉闷，晚餐摆在一张没铺桌布，也不知几个星期没刷洗过的长桌上。食物跟餐桌同样糟糕。此地离傍水镇大约十八哩路，他们早上十点钟出发，四位旅人都很高兴能离开这里。他们本来可以早一点出发的，只不过耽搁明显叫夏警队长无比气恼，不由人不做。西风已经转成往北吹，并且变冷了，但雨停了。

一队人马离开村庄时，场面着实滑稽，不过少数出来观看"押送"四个旅人的村民，貌似不敢确定放声大笑是准还不准。十二个夏警奉命护送"犯人"，但梅里让他们列队走在前头，而弗罗多和友人们骑马跟在后面。梅里、皮平和山姆轻松自在地骑在马上又笑又说又唱，而前头的夏警一路重重踏着步子，企图显得严肃又权威。然而弗罗多一直沉默着，看起来忧伤又若有所思。

一行人最后从一个正在修剪树篱的健朗老汉面前走过。"哈罗，哈罗！"他嘲笑说，"这是谁在逮捕谁啊？"

有两个夏警立刻离开队伍，朝老人走去。"队长！"梅里说，"要是不想我教训他们，就命令你的伙计们立刻归队！"

队长一句厉声命令，那两个霍比特人只得悻悻归队。"现在继续走！"梅里说。之后，四个旅人有意让小马加快速度，逼着那些夏警拼命快走。太阳出来了，尽管风还很冷，他们还是很快就气喘吁吁，大汗淋漓。

到了三区石的地方，他们终于放弃了。他们已经走了将近十四哩路，只在中午休息过一次。现在是下午三点钟。他们肚子饿，腿又极酸，没法跟上了。

"好吧，你们就自己慢慢走！"梅里说，"我们先走一步。"

"再见，罗宾老哥！"山姆说，"我会在**绿龙酒馆**外面等你，你还没忘它在哪儿吧。别在路上混太久啊！"

"你们这么做是拒捕。"队长愁眉苦脸地说，"我可不负责啊。"

"我们还会拒掉很多事儿，都不用你负责。"皮平说，"祝你好运！"

四个旅人驱马小跑前进，当太阳开始朝西边远方地平线上的白岗沉落时，他们来到了傍水镇的宽池塘边。在那里，他们受到了头一次真正的痛苦打击。这里是弗罗多和山姆的家乡，他们至此才意识到，世间所有地方，自己最在乎的就是这里。许多他们熟知的房子都不见了。有些似乎是烧毁了。池塘北边岸上那一排赏心悦目的老霍比特洞府全都废弃了，洞府附带的小花园原来一直漂漂亮亮地延伸到水边，现在全都杂草丛生。更糟的是，围绕着整个池塘边，在霍比屯路贴岸而行的地方，本来有一排林荫，现在全没了，取而代之的是一整排丑陋的新房子。他们顺着路朝袋底洞的方向看去，惊愕地发现远处立着一根高高的砖砌烟囱，正朝傍晚的空中喷着黑烟。

山姆急得发疯。"弗罗多先生，我得马上过去！"他叫道，"我得去看看出了什么事。我要去找我家老头。"

"山姆，我们得先搞清楚状况如何。"梅里说，"我猜那个'头头'身边肯定有一帮恶棍。我们最好找个人讲讲这附近出了什么事。"

但是，傍水镇中所有的房子跟洞府都大门深锁，没人跟他们打招呼。他们觉得很纳闷，不过很快就发现了原因何在。他们抵达靠霍比屯那边的最后一栋房子，也就是如今窗户破损、死气沉沉的**绿龙酒馆**

时，震惊地看见有六个长相很不讨人喜欢的大块头人类正懒洋洋地靠在酒馆墙上，个个都长着吊斜眼、蜡黄脸。

"长得就像布理那个比尔·蕨尼的朋友。"山姆说。

"长得就像好多我在艾森加德看到的人。"梅里喃喃道。

这帮恶棍手里拿着棒子，腰间挂着号角，不过看起来他们浑身上下没别的武器。四个旅人骑马过来时，他们离开墙走到路上，挡住了去路。

"你们以为自个儿这是往哪去呢？"这群人里块头最大、长得最凶恶的一个说，"前头没路给你们走了。那些宝贝夏警都哪去了？"

"正规规矩矩走在半路上呢。"梅里说，"也许腿有点酸。我们答应在这里等他们。"

"呸，我是怎么说来着？"那个恶棍对同伙说，"我告诉过沙基，信任那些小笨蛋没半点好处。我们就该派些自家兄弟过去。"

"请问，那能有什么区别？"梅里问，"我们这个地方虽说不常见到拦路贼，但我们知道该怎么对付他们。"

"拦路贼，呃？"那人说，"敢情你就这么说话，啊？改改，要不我们就帮你改改。你们这些小货色越来越不像话了！你们还真别太指望老板的好心肠，现在沙基来啦，他得照着沙基的话做。"

"而沙基说要怎样？"弗罗多平静地问。

"这个地方得醒醒啦，学点规矩，"那个匪徒说，"沙基就要这么办，你们要是逼他，他就下狠手。你们需要个更大的老板；要是今年过完之前你们又惹出啥麻烦，那就会有一个了，然后你们这些小耗子就会学乖那么一点。"

"确实。我很高兴听到你们的计划。"弗罗多说，"我正要去拜访洛索先生，他也可能有兴趣听听这些计划。"

那个恶棍哈哈大笑："洛索！他知道得够多啦，你可用不着担心。他会照着沙基的话做。因为，老板惹麻烦的话，我们就能换掉老板，懂了吧？要是小家伙们打算硬挤进不要他们来的地盘，我们就让他们没法捣蛋，懂了吧？"

"是的，我懂了。"弗罗多说，"比如，我发现你们在这里没跟上形势，消息也不灵通。自从你们离开南方之后，已经发生了很多事。你和其他所有恶棍的好日子都到头了。邪黑塔已经倒塌，刚铎有了一位国王。艾森加德被摧毁了，你们的宝贝主人成了乞丐，流落荒野。我在路上遇见过他。现在沿着绿大道来的将是国王的使者骑手，而不是艾森加德的暴徒。"

那人瞪着他，露出微笑。"成了乞丐，流落荒野！"他嘲笑道，"噢，真的吗？胡吹大气，你就吹吧，得意扬扬的公鸡崽子，但这可阻止不了我们住在这个富裕的小地方，你们在这里已经懒散得太久了。还有——"他在弗罗多面前打了个响指，"——国王的使者？去他的！等我看见一个，说不定会留个心。"

这实在超出了皮平的容忍限度。他回想起了科瑁兰原野，而这里一个吊斜眼的无赖竟敢叫持戒人"得意扬扬的公鸡崽子"。他将斗篷朝后一甩，拔出宝剑，催马上前，身上刚铎的银黑制服闪闪发亮。

"国王的使者，我就是一个！"他说，"你是在跟国王的朋友说话，他还是整片西部大地上最有名的人！你这恶棍加笨蛋，给我跪到这路上求饶，要不然我就拿这把食人妖的灾星捅你个对穿！"

西沉的落日映得宝剑闪闪发光。梅里和山姆也都拔出了剑，骑上前支援皮平，但弗罗多没动。那群恶棍后退了。他们的伙计一直都是恐吓布理地区的农人、欺凌手足无措的霍比特人，但手持雪亮的宝剑，神色严峻、毫无惧意的霍比特人令他们大吃一惊。而且，这几个新来者的嗓音中有种他们过去从没听过的语调，令他们胆战心惊。

"滚！"梅里说，"再敢打扰这个村庄的话，你们一定会后悔。"三个霍比特人逼上前去，那群恶棍见状转身拔腿飞奔，沿着霍比屯路跑掉了，但边跑边吹响了号角。

"唉，我们回来得可真不够早。"梅里说。

"一天也没早，说不定还晚了，至少来不及救洛索了。"弗罗多说，"这个悲惨的笨蛋啊，不过我还是为他难过。"

"救洛索？你这话到底什么意思？"皮平说，"我看该说'灭了他'。"

"皮平，我想你根本没搞清楚状况。"弗罗多说，"洛索从没打算把事情搞到这个地步。他是个可恶的笨蛋，但他现在被抓起来了。那些恶棍说了算，却拿他的名义随心所欲地干些收粮、抢劫、恐吓、传信，还有破坏的事，没过多久干脆连他的名义都不用了。我料想，他现在被囚在袋底洞，而且吓得要死。我们应该尝试去救他。"

"哎呀，我太震惊了！"皮平说，"我们跑了这么一大趟，我说啥也没想到旅途收场会是这样——得在夏尔本地跟一群半奥克和恶棍打一仗，目的居然是拯救痘王洛索！"

"打仗？"弗罗多说，"啊，我想这是有可能的。不过，记住：不要杀害霍比特人，就算他们站到另一边去也不行——我是说，真的变成那边的人，而不是仅仅因为害怕而听从那帮恶棍的命令。夏尔从来没有霍比特人故意去杀害另一个霍比特人，现在也不可开此先例。如果能够避免，任何人都不要杀。你们要控制住脾气，非到最后一刻，不要动手！"

"但是，要是这些恶棍人数很多，那就意味着肯定要打一仗。"梅里说，"我亲爱的弗罗多，你不可能只靠着震惊和悲伤来拯救洛索或夏尔。"

"对！"皮平说，"我们这次是出其不意，下次要吓退他们就不会这么容易了。你听见号角声了吧？显然这附近还有别的恶棍。等他们聚集起更多人手，胆子就会大得多。我们得琢磨着今晚找个地方避一避。尽管我们全副武装，但毕竟只有四个人啊。"

"我有个主意。"山姆说，"我们到南小路的老汤姆·科顿家去！他向来是个勇敢的伙计。他有一大群孩子，全都是我的朋友。"

"不！"梅里说，"'避一避'并没有好处。大家正是那么做的，结果正中那些恶棍下怀。他们只要大举攻来，困住我们，然后再把我们逼出去或烧死在屋里就行了。不，我们必须立刻采取行动。"

"采取什么行动？"皮平说。

"鼓动夏尔起来抗暴！"梅里说，"现在就干！把大家全唤醒！你也看得出来，除了一两个无赖和几个想当大人物却一点也不了解实际状况的笨蛋，他们全都恨透了这堆勾当，但夏尔的人舒服日子过得太久了，他们不知道该怎么办。不过，只要一根火柴，他们就会点燃成大火的。头头的手下肯定知道这一点。他们一定会来猛踩我们这个火星，尽快扑灭。我们没多少时间了。

"山姆，你要是愿意，就赶去科顿的农庄一趟。他是这一带的重要人物，而且是最强壮的一个。来吧！我要吹响洛汗的号角，让他们全听听这种闻所未闻的音乐。"

他们骑马回到镇中央，山姆拐向一旁，沿着往南通向科顿家的小路放马疾奔而去。没跑多远，他就听见一声嘹亮的号角骤然响起，直冲云霄，回荡在远方的田野和山岗间。那角声如此震撼人心，险些令山姆掉头奔回去。他的小马人立而起，仰颈长嘶。

"向前跑，小子！向前跑！"他喊道，"我们很快就回去。"

接着，他听见梅里换了号音，雄鹿地的动员号角吹响，在空中震荡。

醒醒！快醒醒！出事了，失火了，敌人来了！醒醒！

失火了，敌人来了！快醒醒！

山姆听见背后响起一片嘈杂人声，还有一阵巨大的喧闹声和甩门声。在他前方，灯光从薄暮中纷纷亮起，狗在吠叫，脚在奔跑。他还没奔到小路尽头，农场主科顿就带着三个儿子尼克、乔利和小汤姆匆匆向他奔来，手握斧头挡住了去路。

"不对！这个不是恶棍。"山姆听见农场主说，"看大小是个霍比特人，但是穿得稀奇古怪。嘿！"他喊道，"你是谁，这吵吵闹闹的是怎么回事？"

"是山姆，山姆·甘姆吉。我回来了。"

农场主科顿走到近前，借着微光瞪着他瞧。"哎呀！"他惊叫起来，"嗓音没错，长相也没比过去糟糕，但是山姆，你这副打扮，我要是在街上碰到可认不出来。看来你去外地啦。我们还担心你死了呢。"

"死我可没有！"山姆说，"弗罗多先生也没死。他跟他的朋友们都在这里，吵吵闹闹就是这回事。他们在鼓动夏尔。我们要赶走那些恶棍，还有他们的头头。我们现在就开始。"

"好啊，好啊！"农场主科顿叫道，"终于开始了！我这一整年老想闹上一场，但是乡亲们不肯帮忙，而我还有老婆跟罗西得照顾。那些恶棍可什么事儿都干得出来。不过，孩子们，现在来吧！傍水镇奋起了！我们一定得去！"

"科顿太太和罗西还好吗？"山姆问，"把她们单独留在家里还不安全呢。"

"我家尼布斯陪着她们呢，但你要愿意，可以去帮他的忙。"农场主科顿咧嘴笑着说，然后他就带着儿子们朝镇上跑去了。

山姆急忙赶向那栋屋子。一道台阶从宽敞的院子通往屋子的大圆门，科顿太太和罗西就站在台阶顶上，尼布斯站在她们前面，手里紧攥着干草叉。

"是我！"山姆一边催马小跑上前，一边喊道，"山姆·甘姆吉！所以尼布斯，你别戳我。不过，反正我身上也穿着铠甲。"

他一跃跳下小马的马背，奔上了台阶。他们全瞪着他不说话。"晚安，科顿太太！"他说，"哈罗，罗西！"

"哈罗，山姆！"罗西说，"你去哪儿啦？他们都说你死了，但我从春天开始就盼着你回来。你一点都不急着回来，是不是啊你？"

"也许是吧，"山姆窘迫地说，"但我现在着急了。我们要对付那群恶棍，我得回到弗罗多先生那儿去。但我想我一定得看看，看看科顿太太好不好，还有你，罗西。"

"我们都挺好，谢谢你。"科顿太太说，"或者说应该挺好，要是没有那群偷鸡摸狗的恶棍的话。"

"嗯，那你快去吧！"罗西说，"既然你这么长时间都在照顾弗罗多先生，那你怎么能一看情况危险就要离开他呢？"

这可让山姆没法开口了。真要回答起来恐怕需要一个星期，要么就什么都不说。他转身离开，骑上小马。但就在他要走时，罗西奔下了台阶。

"山姆，我觉得你看起来很精神。"她说，"现在快去吧！不过你要多保重，等你解决了那些恶棍，要马上回来！"

待山姆回去，他发现整个镇子都被鼓动起来了。聚集起来的霍比特人，即便不算许多年轻人，也已经有超过一百位身强力壮的成年人，手拿斧头、长刀、沉重的锤子、结实的木棍，少数人还有打猎用的弓箭。还有更多人正从镇外的农庄赶来。

镇里有人点了一个巨大的火堆，主要是为了增添激昂气氛，同时也因为这是头头禁止的事情之一。夜色加深，火也烧得更旺。其他人听从梅里的指挥，在镇两端的路口设下栅栏。夏警们来到镇南的路口时，全都惊呆了，不过一看清事态，大多数人就拔了帽子上的羽毛加入起义，剩下的人则偷偷溜了。

山姆在火堆旁找到了弗罗多和朋友们，他们正和老汤姆·科顿谈话，同时一群傍水镇的乡亲围成一圈，赞赏地盯着他们看。

"嗯，下一步怎么打算？"农场主科顿说。

"还不好说，我得多了解一点状况。"弗罗多说，

"那些恶棍总共有多少人？"

"很难说。"科顿说，"他们来来去去，到处游荡。在霍比屯路上头的窝棚里，有时候能有五十人，但他们常从那儿出去，到四下里去偷鸡摸狗，他们管这叫'收粮'。但跟在他们称呼'老板'的人身边的，几乎总不少于二十个。他在袋底洞，或者说他曾经在袋底洞，现在他已经不出来到外面走动了。实际上，已经一两个星期没人见过他了，但那些手下不让任何人靠近那里。"

"霍比屯不是他们唯一的据点，对吧？"皮平说。

"对，真是越发叫人遗憾。"科顿说，"我听说，在南边的长谷跟萨恩渡口附近还有一大群人，另外还有些人潜藏在林尾地，在路会镇还有他们的窝棚。另外，他们管大洞镇过去的储藏地道叫'牢洞'，专门用来关那些反抗他们的人。不过，我估计在夏尔总共不超过三百人，也许更少。如果我们团结在一起，就能收拾他们。"

"他们有些什么武器？"梅里问。

"鞭子、刀子、木棒，够他们干肮脏活儿了。"科顿说，"目前只看到这些，但我敢说，要是打起来，他们肯定还有别的装备。反正，有人有弓箭。他们射过我们一两个乡亲。"

"你瞧，弗罗多！"梅里说，"我就知道我们肯定得打仗。总之，是他们先开始杀人的。"

"倒也不全是。"科顿说，"至少不是射杀的。是图克家先开始的。你瞧，佩里格林先生，你爹打从一开始就不买洛索的账，他说这会儿如果有谁要出来当老大，那就得是正经的夏尔长官，不能是什么暴发户。洛索派手下去了，他们也拿他没办法。图克家运气好，他们在绿丘陵有那么多深洞府，包括大斯密奥这样的，那帮恶棍逮不着他们。他们也不让那帮恶棍进自己的地盘。那群人敢去，图克家就猎杀他们。图克家射杀了三个潜进去抢劫的。打那以后，那帮恶棍就变得更卑鄙恶劣了。他们相当严密地监视着图克地。现在没人进出那个地方了。"

"图克家好样的！"皮平欢呼道，"但现在有人要再进去了。我这就赶去大斯密奥，有人要跟我一起去塔克领吗？"

皮平带着六个年轻人骑着小马离开了。"回见！"他叫道，"穿过田野只有十四哩左右的路，明天早上我就能给你们带来一支图克大军。"当他们骑马走进聚拢的夜色时，梅里吹响号角给他们送行。众人都大声喝彩。

"尽管如此，我还是希望不要杀人。"弗罗多对身边众人说，"就连那帮恶棍也包括在内，除非是万不得已，为了保护霍比特人免受伤害。"

"行！"梅里说，"不过我想，现在霍比屯那帮匪徒现在随时都会过来拜访我们啦，他们可不会只来商量。我们会努力干净利落地对付他们，但我们也得做最坏的打算。眼下我有个计划。"

"很好，"弗罗多说，"由你来安排吧。"

就在这时，几个被派往霍比屯方向的霍比特人跑了回来。"他们来了！"他们说，"有二十来个，但还有两个穿过乡野朝西边去了。"

"那肯定是去路会镇，"科顿说，"去找更多的帮手来。嗯，来去各十五哩路。我们暂时还不用担心他们。"

梅里赶紧离开去发布命令。农场主科顿负责清场，街道上除了年纪较长、拿着某类武器的霍比特人，其余人都回屋里去。他们没等多久，就听见了吵嚷的说话声，接着是沉重的脚步声。不久，一整队恶棍就从路那头走过来。他们看见栅栏，哈哈大笑。他们想象不出，这个小地方居然还有人敢起来反抗他们这样聚在一起的二十个大汉。

霍比特人打开栅栏，站到一旁。"谢啦！"那群人嘲笑道，"现在，要是不想吃鞭子，就赶紧跑回家上床睡觉去。"接着，他们沿街迈步前进，大声吼道："把灯熄了！进屋去待着！要不然就抓你们五十个人送到牢洞关一年。进去！老板要冒火了。"

没人理会他们的命令。但当这群恶棍经过，镇民便静静地从后面逼近，跟了上去。那群人抵达火堆时，只见农场主科顿独自站在那里，伸手烤火取暖。

"你是谁？你以为这是干啥呢？"恶棍领队说。

农场主科顿慢吞吞地打量着他。"我正想这么问你。"他说，"这不是你的地盘，你们不受欢迎。"

"哼，不过你可受欢迎了。"领队说，"我们就欢迎你。弟兄们，把他拿下！关到牢洞去，给他点颜色瞧瞧，好让他闭嘴！"

几个人刚跨步上前，就刹住了脚。四周爆发出一片怒吼，他们这才突然发现农场主科顿并不是独自一人。他们被包围了。在火光边缘的黑暗中，站着一圈从黑影中悄悄过来的霍比特人，大约有两百之众，全拿着某种武器。

梅里走上前来。"我们先前照过面。"他对领队说，"我警告过你，别回到这里来。我再警告你一次：你们站在明处，已经被弓箭手瞄准了。如果你敢碰这个农场主一下，或碰任何人一下，你立刻就会被射死。放下所有的武器！"

领队环顾四周。他陷入了包围不假，但他现在有二十个同伙撑腰，并不觉得害怕。他太不了解霍比特人了，因此不知道自己面临着什么样的危险。他愚蠢地决定打上一仗，以为能够轻易突围。

"兄弟们，上啊！"他吼道，"叫他们尝尝厉害！"

他左手使长刀，右手挥棍棒，朝包围圈冲去，企图杀出一条路回霍比屯去。他对准挡住去路的梅里挥出凶猛的一击，接着身中四箭，气绝倒地。

对其他人来说，这就足够了。他们投降了，被没收了武器，再被用绳子绑在一起，押去了一间他们自己盖的小空房里。他们被捆上手脚，锁在里面，还有人看守。死掉的领队被拖走埋了。

"这似乎有点太容易了，对不对？"科顿说，"我就说我们能收拾他们。但我们需要有人号召。你回来得正是时候，梅里先生。"

"后面要做的事还多着呢。"梅里说，"要是你算得没错，我们对付的还不到他们的十分之一。不过现在天黑了。我想咱们的第二击得等到明天早上，到时候我们就去拜访他们的头头。"

"干吗不现在去？"山姆说，"现在不过六点多钟。而且我想看看我家老头。科顿先生，你知道他怎么样了吗？"

"山姆，他不怎么好，可也不算太糟。"农场主说，"他们挖了袋下路，那对他来说可是个悲伤的打击。头头的手下除了放火跟抢劫之外，曾经还干过点别的活儿，就是盖了些新房子。你家老头就住在其中一栋里，离傍水镇头上再往北不到一哩远。不过他只要逮着机会就来找我，我总是关照让他吃得比某些可怜乡亲饱一点。当然，这全都违反'规定'。我本来想让他跟我一块儿住，但那也不准。"

"科顿先生，真感谢你，我永远不会忘记的。"山姆说，"但我想见见他。他们说的那个头头，还有那个沙基，可能会在天亮之前先对那边下毒手。"

"好吧，山姆。"科顿说，"你挑一两个人跟你去，把他接到我家里。你不用越过小河走近过去的霍比屯村子。我家乔利会给你带路。"

山姆走了。梅里安排人手夜里在镇子周围巡逻，并在栅栏边派驻警卫。然后他和弗罗多跟着农场主科顿一同走了。他们跟那一家人坐在温暖的厨房里，科顿家的人客气地问了问他们的旅行，却没当真去听回答，因为他们对发生在夏尔的事要关心得多。

"事情全都是从痘王开始的，我们都那么叫他。"农场主科顿说，"弗罗多先生，你们一走，就开始了。那个痘王，他冒出些古怪的念头，似乎想把所有的东西都弄到手，然后使唤别的乡亲。没多久大家就发现，他倒是已经弄到了不错的眼光，但那对他来说不是好事。他弄到手的东西越来越多，磨坊、啤酒场、客栈、农庄，还有种烟斗草的大农场，但他哪来的钱却是个谜。似乎他去袋底洞之前就已经买下了山迪曼的磨坊。

"当然，他一开始在南区有大笔的家产，是从他爹那里继承来的。看情形，他卖了一大堆上好的烟叶，悄悄运到外地去，都有一两年了。但到了去年年底，他开始把大批的货物运到外地去，不只是烟叶。物资开始短缺，并且冬天也到了。乡亲开始火大，但他有他的对策——来了一大堆人类，大多数都是恶棍，驾着大马车来，有些把物资往南方运，有些留了下来。然后又来了更多人。我们大家还没搞清楚状况，他们就在夏尔到处安营扎寨了。他们随心所欲地砍树、挖洞，盖自个儿的窝棚和房子。起先，痘王还为抢走的东西和搞出的破坏付钱赔偿，但很快他们就开始到处作威作福，看到什么想要的就抢走。

"接着出了点麻烦，但还不够。市长老威尔前往袋底洞去抗议，但他压根没到得了地方。那帮恶棍对他动了手，抓了他，把他关到了大洞镇的洞里，他现在还在那儿呢。之后，大概新年后没多久，既然已经没了市长，痘王就自称'夏警头头'或者就是'头头'，开始爱干啥就干啥。如果有谁，用他们的话说，'不老实'，就跟着威尔进了牢洞。就这样，情况从差劲变成了糟糕。除了头头的手下，没人有烟抽。头头不准大家喝啤酒，只有他的手下能喝，并且关了所有的客栈。除了那些规定，所有的东西都越来越少，咱们只能自己偷偷藏下来些——那帮恶棍四处收集物资好'合理分配'，这意思是，归他们不归我们，除非你肯到夏警局里去讨些残羹剩饭，要是你吞得下去的话。全都糟糕得很。但自从沙基来了之后，可以说是彻底毁了。"

"这个沙基是谁啊？"梅里说，"我听有个恶棍提到了他。"

"似乎是那群恶棍中的老大。"科顿答道，"大概是在去年秋收的时候，可能是九月底，我们头一回听到这个名字。我们从来没见过他，但他在上头的袋底洞里。我猜，现在真正的头头是他。所有的恶棍都照他说的办，而他说的大多是砍了、烧了、毁了，现在已经发展到'杀了'。他们的行径已经到了作恶都解释不了的地步。他们把树砍了，就让树倒在那儿不管，把房子烧了，也不盖新的。

"就拿山迪曼的磨坊来说吧。痘王几乎是一搬到袋底洞，就把磨坊拆了。然后他弄来一大帮长相丑陋的人类，盖了一座更大的，里头装满了轮子跟稀奇古怪的玩意儿。只有那个傻瓜泰德才喜欢它，他在那里头干活儿，给那些人类清洗轮子，可他爹以前是那个地方的磨坊主，自己当老板。痘王的打算是，磨得更多更快，反正他是这么说的。他还有别的那样的磨坊。但你得有粮食才能磨啊，粮食还是那么多，旧磨坊就够磨了，没更多的给新磨坊磨。但自从沙基来了之后，他们就压根不磨什么谷物了。他们整天敲敲打打，排放出浓烟跟臭气，霍比屯连到了晚上都不得安宁。他们故意倒出污水，把小河下游全弄脏了，脏东西还往下流到白兰地河去。如果他们想把夏尔变成荒地，这倒当真是用对了法子。我不信这一大堆事都是痘王那个笨蛋指使的。我说，肯定是沙基。"

"没错！"年轻的汤姆说，"哎，他们连痘王的老妈，就是那个洛比莉亚都抓了。哪怕别人谁都不喜欢她，他总还是挺疼她的。有几个霍比屯的乡亲看见了这事儿。她拿着她那把旧雨伞沿着小路走下来，有几个恶棍推着一辆大手推车正往上走。

"'你们上哪儿去？'她问。

"'袋底洞。'他们答。

"'去干吗？'她问。

"'给沙基盖几个窝棚。'他们答。

"'谁说你们能盖啊？'她问。

"'沙基。'他们说，'所以滚开别挡路，老婆娘！'

"'看我叫沙基见鬼去，你们这些肮脏的小偷恶棍！'她说，举起雨伞向那个领头的走过去，那家伙差不多有她两倍大。于是，他们抓了她，她都那把年纪了，还被拖到牢洞里关起来。他们还抓了别的我们更想念的人，但你不能否认，她可比大多数人都表现得更有骨气。"

话到中途，山姆带着他家老头突然进来了。老甘姆吉看上去没老多少，只是耳背得厉害了些。

"晚安，巴金斯先生！"他说，"看见您安全回来，我真是太高兴了。不过，恕我冒昧，我可以说有个账要跟您算算。我一直都跟您说，您就不该把袋底洞卖掉。所有的祸事都是打那儿起的。就在你们在外乡闲逛的时候——把黑暗人类撵到山里头去，照我家山姆的说法是这样，虽然他没说清楚这是为了啥——他们就来了，把袋下路挖了，毁了我所有的土豆！"

"甘姆吉先生，我真是抱歉。"弗罗多说，"但现在我回来了，我会尽我所能弥补的。"

"啊，您这么说真是再公道不过了。"老头说，"我一直都说，**弗罗多**·巴金斯先生是个真正的霍比特绅士——不管大家觉得巴金斯家某些别的人是什么德性，抱歉。我希望我家山姆表现还好，让您满意吧？"

"太满意了，甘姆吉先生。"弗罗多说，"事实上，信不信由您，他现在可是天底下最有名的人物之一啦。从这儿到大海边，到大河对岸，他们正把他的事迹写成歌谣呢。"山姆脸红了，但他满心感激地看着弗罗多，因为罗西正两眼闪闪发亮地看着他，对他微笑。

"这要相信可实在不容易。"老头说，"不过，我看得出来，他曾经跟一些怪人混在一起。他那件马甲哪来的？我不赞成穿那些铁玩意在身上，管它是不是很耐穿。"

第二天一大早，农场主科顿全家和所有的客人就都起来了。夜里没听见什么动静，但今天入夜之前肯定会有更多麻烦。"看来袋底洞没剩下什么恶棍了，"科顿说，"不过路会镇那帮人现在随时都可能到。"

早餐后，从图克地有个信使骑马到来，他情绪高昂。"长官已经把我们全地都鼓动起来了，"他说，"消息正像野火一样到处传开。监视我们那个地方的恶棍，能逃得一命的全往南跑了。长官追他们去了，去挡住从那条路过来的大批恶棍。不过，他派了佩里格林先生领着所有他能分派出来的人手回这边来。"

第二条消息就没那么好了。在外面守了一夜的梅里，在大约十点钟的时候骑马过来。"来了一大帮恶棍，在四哩开外。"他说，"从路会镇那边沿路来的，有大群零散的恶棍加入了他们那一伙，现在人数肯定有百来人了。他们沿路放火呢，真是该死的混蛋！"

"啊！这一伙是不会等着谈判的，他们只要做得到，就会杀人。"农夫科顿说，"如果图克家的人不快点赶到，我们最好隐蔽起来，不必废话，放箭就是。弗罗多先生，问题解决之前，肯定要打上一仗的。"

图克家的人确实赶到了。他们不久就开到了镇上，皮平带头，足有一百个从塔克领和绿丘陵来的霍比特人。这下，梅里有了足够的霍比特壮丁来对付那群恶棍。侦察的人来报，那帮人全集中在一起。恶棍们知道这边村镇全被鼓动起来对抗他们了，明显打算在叛乱的中心——傍水镇来一场残酷无情的镇压。但是，不管他们有多冷酷残忍，他们当中似乎没有懂得作战的领头人。他们大剌剌地前进，毫无防备。梅里迅速定下了计划。

那帮恶棍踏着重重的步伐沿东大道而来，未作停留就拐上了傍水路。这条路有一段是上坡，两旁有很高的堤坡，坡顶种着矮树篱。离主路大约一弗隆的地方有个拐弯，恶棍们在那里碰到一道用翻倒的旧农场手推车组成的结实路障，不得不停了下来。与此同时，他们注意到路两旁刚好高过自己头顶的树篱上排满了霍比特人，而在后方，现在还有另一些霍比特人推来了更多原先藏在田野中的大车，挡住了退路。从他们头顶上传来一个声音。

"听着，你们已经踏进了陷阱。"梅里说，"你们那些从霍比屯来的同伙也是这样，结果他们死了一个，其余的全成了俘虏。放下武器！往后退二十步，然后坐下。任何人想突围出去，都会被射杀。"

但现在这帮恶棍不可能被这么轻易吓退了。他们当中有几个人打算顺从，但立刻被同伙制止。有二十来人往回朝大车冲去。六个被射杀，但其余的冲出包围，杀了两个霍比特人，往林尾地的方向穿过乡野四散奔逃，过程中又有两人倒下。梅里大声吹响号角，从远处传来了回应的号声。

"他们逃不远的。"皮平说，"现在那一整片乡野里都有我们的猎人在活动。"

后面，被围困在窄道中的人类还有大约八十人，他们企图爬过路障和堤坡，霍比特人不得不射死或用斧头砍死了许多人。但那些最强壮和最拼命的有不少从西边冲了出去，凶猛地攻击对手，此时意在杀戮而不是逃跑了。好几个霍比特人倒下，其余的眼看顶不住了，幸而守在东边的梅里和皮平赶了过来，攻向那些恶棍。梅里亲自杀了领队，那是个体型巨大如奥克、长着吊斜眼的凶残家伙。然后梅里指挥自己的兵力散开，把剩余的人类包围进一大圈弓箭手的射程内。

最后，战斗结束了。战场上倒毙了将近七十个恶棍，有十来个做了俘虏。十九个霍比特人被杀，三十来个受伤。死掉的恶棍被装上大车，拉去附近的一个老沙坑掩埋，从此以后那坑就叫"战斗坑"。战死的霍比特人则合葬在小丘一侧，后来在那里立了一块大石碑，周围修成了花园。1419年的傍水镇之战就这样结束了，这是发生在夏尔的最后一场战斗，也是自从1147年远处北区发生绿野之战以来，唯一的一场战斗。结果，虽然此战很幸运地牺牲不多，却仍在《红皮书》中单独占有一个章节，所有参战者的名字都收入了一份《名录》，被夏尔的史学者们铭记于心。科顿一家的声誉和财富从这时开始鹊起，但无论如何，列在名录卷首的两位领袖是梅里阿道克和佩里格林。

战斗中弗罗多在场，但他没有拔剑，主要是阻止那些因自己人伤亡而愤怒无比的霍比特人，不让他们去杀害弃械投降的匪徒。等到战斗结束，善后事宜也安排停当，梅里、皮平和山姆会同弗罗多，一起骑回了科顿家。他们吃了一顿迟来的中饭，然后弗罗多叹口气说："唉，我想，现在是去对付这个'头头'的时候了。"

"一点没错，越快越好。"梅里说，"还有，别太客气！他要为招来这么多恶棍、引发这一切恶事负责。"

农夫科顿召集了二十来个强壮的霍比特人。"我们只是猜测袋底洞没剩恶棍。"他说，"我们不知道实际情况。"于是他们徒步出发，弗罗多、山姆、梅里和皮平领头。

这是他们一生中最悲伤的时刻之一。前方耸立着一座大烟囱，他们过了小河，渐渐接近老村庄，穿过一排排沿路新建的丑陋房子，看见了那座肮脏丑陋得令人侧目的新磨坊。它是一座巨大的砖造建筑，横跨在小溪上，不断排放出冒着蒸汽的恶臭脏水污染溪流。沿着傍水路，整条路上的树木都被砍倒了。

他们过了桥，抬头看向小丘，全都倒抽一口冷气。眼前的一幕，就连曾经在水镜中见过景象的山姆也没有准备。西侧的老谷仓被拆了，取而代之的是一排排涂了焦油的窝棚。所有的栗子树都没了。堤坡和绿篱残破不堪。踩得光秃的草地上乱七八糟停着大车。袋下路被挖成了满是沙子和碎石的大坑。上方的袋底洞被一撮大棚屋挡住，看不见了。

"他们竟把它砍了！"山姆叫道，"他们砍了集会树！"他指着它过去所在的位置，比尔博作告别演说时就站在那棵树下。树被伐倒在田野间，枝叶都被砍了，早已死亡。这仿佛是压垮人的最后一根稻草，山姆放声哭了出来。

一声大笑令他收了泪。有个粗鲁的霍比特人懒洋洋地靠在磨坊院子的矮墙上。他一脸污垢，两手漆黑。"山姆，你这是不喜欢喽？"他讥笑说，"不过你向来心软。你不是爱胡扯什么船吗，我以为你已经搭上其中哪一条，'航行，航行'，走了。你回来打算干吗？现在我们在夏尔可有活儿干了。"

"这我看得出来。"山姆说，"没时间去把手脸洗干净，倒有时间靠墙无所事事。不过，山迪曼少爷，你瞧，我在这村里有笔账要算，你别想说风凉话耽误事，否则当心吃不了兜着走。"

泰德·山迪曼朝墙外吐了口唾沫。"呸！"他说，"你别想碰我一根汗毛。我是老板的朋友。你要是敢再对我啰唆，他会好好教训你的。"

"山姆，别跟蠢人浪费口舌！"弗罗多说，"我希望没有太多霍比特人变成这个德行。这种麻烦可比那些人类造成的一切破坏都糟糕。"

"山迪曼，你是个肮脏无礼的家伙。"梅里说，"而且你完全打错了算盘。我们正打算上小丘去除掉你那个宝贝老板。我们已经把他的手下都解决了。"

泰德倒抽了一口气，这才看见护卫队——梅里一个手势，他们就大步过桥而来。他冲回磨坊中，拿着一支号角跑出来，大声吹响。

"省省力气吧！"梅里大笑道，"我有个更好的。"然后他举起银号角吹响，嘹亮的声音响彻小丘。接着，霍比屯里每个洞府、窝棚和破屋里都有霍比特人回应，他们涌出屋子，欢呼大叫着，跟着一行人沿路往袋底洞走去。

众人在小路顶端停了下来，弗罗多和朋友们继续向前，终于来到他们曾经深爱的地方。只见花园里搭满小屋和窝棚，一些棚子离朝西的老窗户极近，挡住了所有的光线。到处是成堆的垃圾。大门被刮得伤痕累累，门铃索松垮垮地垂着，铃也不响。敲门没有回应。最后，他们伸手去推，门开了。他们走了进去。里面臭气熏天，满是污秽，脏乱不堪，看起来已经有一阵子没人住了。

"那个倒霉的洛索躲哪儿去了？"梅里说。他们找遍了每个房间，除了大小耗子，没发现别的活物。"我们要不要让其他人去搜搜那些窝棚？"

"这比魔多还糟糕！"山姆说，"从某个方面来说，糟糕多了！难怪人们说，'糟糕到家'！因为这是家，你记得它从前的样子，而现在全毁了。"

"是的，这是魔多。"弗罗多说，"正是它的杰作之一。萨茹曼一直在干魔多的勾当，即使他认为那是为自己干。那些被萨茹曼欺骗了的人，比如洛索，也都一样。"

梅里环顾四周，惊愕又厌恶。"我们出去吧！"他说，"我当时要是知道萨茹曼造成了这一切祸害，就该把那个小皮袋塞进他喉咙里。"

"没错，没错！但你没有，所以我才能够欢迎你们回家。"随着这话，萨茹曼本人出现在门口，看起来吃得不错，心情也很愉快。他双眼中闪着恶毒和愉悦的光芒。

弗罗多突然灵光一闪，叫道："沙基！"

萨茹曼哈哈大笑。"这么说你们听说这个名字啦，对吧？我记得，过去在艾森加德时我所有的手下都爱这么叫我。这很可能是一种表达亲切热爱的方式。[2]但是，你们显然没料到会在这里看见我啊。"

"我是没料到。"弗罗多说,"但我本该猜到的。甘道夫警告过我,你还有能力用卑鄙的手段造成一点损害。"

"相当有能力,"萨茹曼说,"而且损害也不止一点。你们几个霍比特小爷真让我笑掉大牙——跟那么多大人物一块骑着马,感觉那么安全,小小的自我也感觉那么良好。你们以为自己终于大功告成,现在就可以那么从容回家,在乡下过美好安静的日子了。萨茹曼的家园可以全被毁掉,他可以被赶出去,但没有人能碰你们的家园。噢,当然没有!甘道夫会照顾你们的事儿。"

萨茹曼再次哈哈大笑:"别指望他!等他利用工具完成了任务,就会把它们甩掉。但你们非得挂在他尾巴后头晃荡,闲逛跟说笑,绕了你们所需两倍的距离。'好啊,'我想着,'既然他们这么蠢,那我就赶到前头去,给他们个教训。喜欢宿醉者活该头痛。'要是你们肯给我多一点的时间跟人手,这个教训就会更深刻。不过,我所做的已经够多了,你们会发现有生之年都很难弥补消除。想到这点,真叫人心情愉快,也多少抵消了我遭受的伤害。"

"这么说吧,如果你靠这样的事来获得愉快的心情，我可怜你。"弗罗多说，"恐怕这也只会是个愉快的回忆而已。立刻离开，永远别再回来！"

来自各村的霍比特人先前看见萨茹曼从一间小屋出来，他们立刻就挤到了袋底洞的门口。听见弗罗多的命令，他们愤怒地咕哝道：

"别让他走！杀了他！他是个坏蛋，是个谋杀犯。杀了他！"

萨茹曼环视那些写满敌意的面孔，露出了微笑。"杀了他！"他嘲笑道，"我勇敢的霍比特人，要是以为你们人多势众，那就来杀了他啊！"他挺直身体，用乌黑的眼睛阴恻恻地瞪着他们，"别以为我丧失了一切财物，就丧失了全部力量！任何攻击我的人都将受到诅咒。我若在夏尔溅血，夏尔将会衰败，永远无法治愈复原。"

一众霍比特人退缩了。但弗罗多说："别信他！他已经丧失了全部力量，只余声音还能恐吓你们，欺骗你们——如果你们肯听的话。但我不愿让他被杀。冤冤相报于事无补，什么也医治不了。萨茹曼，快离开，用最快的速度离开！"

"佞儿！佞儿！"萨茹曼喊道。佞舌从旁边一座小屋里爬出来了，简直就像条狗。"又上路了，佞儿！"萨茹曼说，"这些体面人物跟小爷们又赶我们去流浪了。走吧！"

萨茹曼转身就走，佞舌拖着脚步跟在后面。但就在萨茹曼经过弗罗多身边时，他手中刀光一闪，迅速刺出。刀刺在弗罗多穿在衣下的铠甲上，应声折断。山姆领着十几个霍比特人一声大吼，将这个坏蛋摔在地上。山姆拔出剑来。

"别，山姆！"弗罗多说，"就算是现在也别杀他。因为他没伤到我。无论如何，我都不希望他在这种仇恨的情绪中被杀。他曾经是伟大的，属于高尚的种族，我们不当胆敢对他们动手。他堕落了，我们救不了他。但我仍想放过他，希望他有朝一日能得救赎。"

萨茹曼爬起来，瞪着弗罗多。他眼中闪着一种混合了惊奇、尊敬和憎恨的怪异光彩。"你成长了，半身人。"他说，"不错，你成长了许多，既有智慧，又很残酷。你剥夺了我报仇的甜美快感，现在我必须离开，从此活在苦恨中，欠着你仁慈的债。我痛恨这点，也痛恨你！好，我走，再也不打扰你们。但别指望我祝你健康与长寿，两者你都不会有。不过那并非由我造成，我只是预先告知而已。"

他迈步走了，霍比特人让出一条窄路让他经过，但他们攥紧了武器，连指关节都发白了。佞舌迟疑了一下，还是跟着主人走了。

"佞舌！"弗罗多喊道，"你不必跟着他。我知道你并不曾对我做过什么恶事。你可以在这里休息一阵，吃饱喝足，等到身体强壮一点，你可以走自己的路。"

佞舌停下来回头看他，似乎打算留下来。萨茹曼转过了身。"没做过恶事？"他咯咯笑道，"噢不！就连他在夜里偷偷溜出去时，也只是去看星星而已。不过，我是不是听到有人问，倒霉的洛索躲哪儿去了？佞儿，你知道，对不对？你要不要告诉他们？"

佞舌缩起身子，呜咽着说："不，不！"

"那我来说。"萨茹曼说，"佞舌杀了你们的头头，那个倒霉的小家伙，你们好心的小老板。佞舌，是不是啊？我相信，你是趁他睡觉的时候一刀刺死了他。我希望你把他埋了，尽管佞儿近来饿得厉害。不，佞儿可不真的是好人，你最好还是把他留给我。"

佞舌通红的眼中突然冒出一股疯狂的憎恨，他嘶声道："你叫我这么做的，你逼我这么做的！"

萨茹曼大笑。"佞儿，沙基叫你做什么你就做什么，总是这样，对不对？好啊，现在他说：跟上来！”他朝趴在地上的佞舌脸上踹了一脚，转身走了。但那一脚似乎令什么失去了控制。突然间，佞舌爬起来，拔出藏着的刀，像狗一样咆哮一声扑到萨茹曼背上，将他的头往后一拽，一刀割断了他的喉咙，然后怪叫着沿着小路奔了下去。弗罗多还没反应过来，也来不及开口，三个霍比特人的弓弦就响了，佞舌倒地身亡。

站在近旁的人，这时无不惊愕，因为萨茹曼的尸体周围凝聚起一股灰雾，像火冒的烟一样缓缓上升到高空，如同一个穿着寿衣的苍白身影，隐约笼罩着小丘。它飘摇了片刻，望向西方，但从西方吹来了一阵寒风，它弯身转向，随着一声叹息，消散得无影无踪。

弗罗多低头看着那具尸体，觉得既可怜又恐怖。因为就像已死多年的事实却在刹那间显露，它就在他眼前萎缩下去，皱缩的脸变成一层破烂不堪的皮，裹在丑陋骇人的头骨上。弗罗多拾起散落在一旁的脏斗篷的一角，拉过来盖住它，然后转身走开。

“就这么结了。”山姆说，“一个糟糕的结局，我真希望自己没看见。不过可算完了。"

"而我希望这是这场战争的最后一役。"梅里说。

"我也希望。"弗罗多叹口气说,"最后的一击。但是,我在所有的希望和恐惧当中,都不曾料到它会落在这里,就在袋底洞的门口!"

"不收拾完这堆烂摊子,我可不能说什么最后。"山姆郁闷地说,"而那会是费时又费力的活儿。"

第九章

灰港

收拾善后确实要费很大力气，但费的时间倒没有山姆原先担心的那么长。战斗后的第二天，弗罗多骑马去了大洞镇，释放了牢洞里所有的犯人。他们首批找到的人当中就有可怜的弗雷德加·博尔杰，他已经不能再被叫成"小胖"了。他曾率领一群反抗者躲在斯卡里丘陵旁边的獾地洞里，被那帮恶棍用烟熏了出来，因而被抓。

他太虚弱了，连路都没法走，他们是把他抬出来的。皮平说："可怜的老弗雷德加！当初你要是跟我们走，肯定能干得更出色。"

他睁开一只眼睛，努力勇敢地露出微笑。"这个说话这么大声的年轻巨人是谁啊？"他有气无力地说，"不是小皮平吧！你现在戴多大号的帽子啦？"

另外还有洛比莉亚。可怜的人，看起来又衰老又瘦弱。当他们将她从一个黑暗窄小的牢房里救出来时，她尽管步履蹒跚，还是坚持自己走。她倚着弗罗多的手臂，手里仍抓着她那把伞走出来，大家见此情景，热烈拍手欢呼，当时欢迎她的声势堪称惊人。她这辈子都不曾受过这样的欢迎，非常感动，含着泪水搭车离去。不过，她得知洛索遇害之后就垮了。她不愿再回袋底洞，把它还给了弗罗多，然后就回娘家族人——硬厦镇的绷腰带家族那里去了。

隔年春天，当可怜的老太太过世时——毕竟她已经超过一百岁了——令弗罗多既吃惊又十分感动的是，她把自己和洛索的遗产全部留给了他，用来帮助那些被动乱害得无家可归的霍比特人。于是，两家之间的不和就此终结。

老威尔·白足在牢洞中被关得比谁都久；虽然他吃的苦头可能没某些人那么多，但也需要好好饮食调养之后才能再担负市长的职责。因此，弗罗多同意在白足先生身体复原之前为他做代理人。他在担任代理市长期间，只做了一件事，就是将夏警的人数和职权都削减到恰当的程度。追捕残余恶棍的任务就交给了梅里和皮平，也很快就完成了。南方的匪帮听说傍水镇之战的消息后，对夏尔长官几乎不加任何抵抗就全数逃离。年底前，少数幸存者也在森林中被围捕起来，那些投降的人则被领到边界赶走了。

与此同时，整修的工作飞速进行着，山姆一直忙碌不堪。霍比特人在情绪高昂且有需要时，可以像蜜蜂般辛勤地工作。现在有成百上千只不同年龄的手愿意伸出来帮忙，有霍比特小子跟丫头那些小却灵巧的手，也有老头大娘那些粗糙长硬茧的手。尤尔日来临之前，所有新建的夏警局和"沙基的手下"所建的房屋棚子都已经拆得不剩一砖一瓦，不过拆下来的砖块被用来修补许多老洞府，让它们变得更干燥、更温暖舒适。那些被恶棍藏在窝棚、谷仓和废弃洞府里，尤其是藏在大洞镇的隧道和斯卡里的老采石场中的大量货物、食物和啤酒，都找到了。因此，这个尤尔日的欢声笑语，热烈得超出了所有人的期望。

清理小丘和袋底洞、整修复原袋下路是霍比屯首批完成的要事之一，连拆除新磨坊都要推后。那个新沙坑的前面全部填平，修成了一个有遮蔽的大花园，在小丘的南面开挖了一些往回深入丘中的新洞府，内部全用砖砌成。甘姆吉老头重新搬回三号居住，他把这话常挂在嘴边，不在乎有谁听见：

"我总说，风给谁都没吹来好处才叫邪风，还有，只要结果更好就一切都好！"

这条新路要叫什么名字，大家算是讨论了一番。被考虑过的名称包括"**战斗花园**"或"**更好的斯密奥**"。但过了一阵子，按照霍比特人朴素实用的习惯，那条路就叫作"**新路**"。在正宗的傍水镇笑话里，它又叫作"沙底路"[1]。

树木遭受的损失和毁坏最严重，因为沙基吩咐将夏尔的树木不管三七二十一一律砍倒，这是最让山姆难过的事。要医治这项伤害，别的不说，光是时间就需要很久，他觉得只有到了自己的曾孙那一代，夏尔才会恢复本来面貌。

他忙了好几个礼拜，忙到都没空想起那场旅程，然后突然有一天，他记起了加拉德瑞尔的礼物。他拿出那个小木盒给其他三位"旅行者"（现在人人都这么称呼他们了）看，征求他们的建议。

"我还在纳闷你几时会想起它来。"弗罗多说，"打开吧！"

盒子里装满了细腻的灰色沙土，中间有一颗种子，如同银壳的小坚果。"我该拿它怎么办？"山姆说。

"找个有风的日子，把它撒在空中，让它发挥作用！"皮平说。

"在啥东西上起作用啊？"山姆说。

"选择一个地点当苗圃，看看那里种的植物会怎样。"梅里说。

"但我很确定，如今有这么多的乡亲受过了苦，夫人不会乐见我把它全用在自个儿的花园里。"山姆说。

"山姆，运用你自己拥有的全部智慧和知识吧，"弗罗多说，"然后用这件礼物来帮你工作，给它增色。你要省着点用。这土可没多少，我相信每一粒都有其价值。"

于是，山姆在每个曾有特别美丽或备受钟爱的树木被砍倒的地方都种下了小树苗，并在每棵树苗的根部土壤中放下一粒宝贵的沙。他忙着这项工作，跑遍了整个夏尔，但他若是特别关照了霍比屯和傍水镇，也没有谁会责怪他。最后，他发现还剩下一点沙土，于是去了三区石，它可以说是最接近夏尔中心的地方。他将沙土抛向空中，并附上祝福。他把那颗银色小坚果种在了集会场上那棵大树曾经生长之处，他很好奇会长出什么。整个冬天，他都尽可能耐心地等候，克制着别不断到处跑去看是否有变化发生。

春天来临，一切好得超乎他最大胆的憧憬。他种的树都开始抽芽生长，仿佛时光也在紧赶慢赶，想让一年抵得上二十年。在集会场，一株美丽的小树苗破土而出，它有着银色的树干和修长的叶子，到了四月突然开出了金色的花朵。它真的是一棵**瑚珑树**，成了这一带的一道奇景。在后来的年岁里，它长得亭亭玉立，美不胜收。它变得远近闻名，人们会长途跋涉来观看它——山脉以西、大海以东唯一的一棵**瑚珑树**，也是世间最美好的**瑚珑树**之一。

总而言之，夏尔的 1420 年是个好得不可思议的年份。不仅阳光灿烂，风调雨顺，气候变化无一不是恰到好处，而且似乎还有某种额外的东西：一种丰富多彩、蓬勃生长的气氛，还有一种闪烁的美，超过这片中洲大地上曾经闪现与消逝的所有平凡夏季。那一年所孕育和出生的孩子非常多，全都美丽又健壮，大多数都长着浓密闪亮的金发，过去这在霍比特人当中是很少见的。水果的产量极其丰富，小霍比特人们几乎是泡在草莓和奶油里，之后他们又坐在李子树下的草地上大吃，直到把成堆的果核堆成一座座小方尖塔，活像征服者的头颅堆，然后才移往下一个目标。没有人生病，而且除了必须割草的人，所有人都非常开心。

在南区，葡萄结实累累，"烟叶"的产量更是惊人。每一个地方小麦都是丰收，到收获时家家的谷仓都塞到爆满。北区的大麦长得极好，结果 1420 年酿的啤酒被久久铭记，变成了一句格言。事实上，在过了一代人之后，大家还可以在客栈里听见哪个老头在喝了足足一品脱当之无愧的啤酒后，放下杯子时叹息着说："啊！这真是地道的一四二〇年好酒，一点没错！"

起初，山姆跟弗罗多住在科顿家，但新路修好之后，他跟他家老头搬了回去。他除了别的那一大堆工作，还额外忙着指导打扫修复袋底洞，但他也常常离家在夏尔各处忙着植树的活儿。因此，三月初时他不在家，不知道弗罗多病了。三月十三日那天，农场主科顿发现弗罗多躺在床上，手里紧攥着一颗用链子挂在脖子上的白宝石，整个人好像半梦半醒。

"它永远消失了，"他说，"如今只剩黑暗和空虚。"

但那场病过去了，当山姆在二十五号回来时，弗罗多已经恢复了健康，丝毫没有提到自己的情况。与此同时，袋底洞已经整理得井然有序，梅里和皮平从克里克洼前来，送回了所有的老家具和摆设，因此这个老洞府很快就恢复了原貌。

最后，当一切都准备妥当，弗罗多说："山姆，你几时搬过来跟我一起住啊？"

山姆看起来有点尴尬。

"如果你不想搬，也不需要马上就搬。"弗罗多说，"但你知道你家老头住得很近，寡妇朗布尔会把他照顾得很好。"

"不是为这个，弗罗多先生。"山姆说着，脸涨得通红。

"哦，那是为什么？"

"是罗西，就是罗丝·科顿。"山姆说，"我当初出去的事儿，她似乎一点都不乐意，可怜的姑娘，但我既然没开口，她也不好这么说。而我当时没开口，是因为我有活儿得先做。不过，现在我开口了，而她说：'嗯，你已经浪费一年了，所以为什么还要再等？''浪费？'我说，'我可不会这样说。'但我还是明白她的意思。你可以说，我感觉真是左右为难。"

"我明白了。"弗罗多说，"你想结婚，但你又想跟我一起住在袋底洞是吗？可是，我亲爱的山姆，这么容易啊！你尽快结婚，然后跟罗西一起搬到这儿来。不管你想养多少孩子，袋底洞都住得下。"

于是，事情就这样定了。山姆·甘姆吉在1420年的春天娶了罗丝·科顿（这一年的婚礼之多也非常有名），他们一起搬到袋底洞居住。若说山姆觉得自己很幸运，弗罗多却知道自己更幸运，因为整个夏尔再没有哪个霍比特人得到了如此妥帖的照顾。等修缮的工作全都计划好并安排下去，他便开始了平静的生活，写了大量的手稿，翻阅了所有的笔记。那年仲夏，他在自由集会上辞去了代理市长的职务，亲爱的老威尔·白足接下去又主持了七年的盛宴。

梅里和皮平一起在克里克洼住了一段时间，经常在雄鹿地和袋底洞之间往来。两个年轻的旅行者靠着歌曲、故事、华服以及美妙的宴会，在夏尔出尽了风头。乡亲们称他们"贵族"，全是出于褒义，因为大家看见他们身穿雪亮的铠甲，拿着华丽的盾牌骑马走过，听见他们欢笑、高唱遥远地区的歌谣，心里都暖洋洋的。如今他俩虽然身材高大、模样高贵，但在其他方面并无改变，只是他们确实比以前说话更文雅，个性更开朗，充满了欢乐。

但弗罗多和山姆换回了寻常的衣饰，只在有需要时，他俩才会穿上编织精美的长灰斗篷，领口扣着美丽的别针。弗罗多先生总在颈上戴着一条白宝石项链，他常常用手指抚弄它。

如今诸事顺遂，且总有希望：一切还会变得更加美好。山姆的生活忙碌又充满欢欣，就连一个霍比特人也不能指望更多了。他觉得那一整年都完美无瑕，只是隐隐有些为他家少爷忧心。弗罗多悄然脱离了夏尔的一切事务，山姆痛心地注意到他在家乡享有的敬重竟是那么微不足道。几乎没有人知道或想知道他的功绩和冒险，他们的赞美和尊敬绝大部分都给了梅里阿道克先生和佩里格林先生，以及（假如山姆知道的话）山姆自己。此外，到了秋天，旧日烦扰的阴影又出现了。

一天傍晚，山姆来到书房，发现他家少爷的模样十分奇怪。他脸色异常苍白，眼睛似乎看着遥远的地方。

"怎么回事，弗罗多先生？"山姆说。

"我受了伤，"他答道，"受了伤。它永远不会真正痊愈。"

但他随即起身，症状似乎过去了，第二天他又恢复正常了。直到后来，山姆才回想起那天是十月六号。两年前的那天，风云顶的山谷里一片漆黑。

时光流逝，当1421年来到，三月时弗罗多又病了，但他极力隐瞒了病情，因为山姆还有别的事要考虑。山姆和罗西的第一个孩子在三月二十五日出生，一个值得山姆记下的日子。

"啊，弗罗多先生，"他说，"我有点进退两难。罗丝和我本来打算，要是你同意的话，就给孩子取名弗罗多，但现在生下来的是个**女娃**。虽然是个人人梦寐以求的漂亮闺女，也很幸运地像罗丝多过像我，但毕竟不是个**男娃**。所以，我不知道该怎么办才好。"

"这个，山姆，"弗罗多说，"老办法没什么不好吧？就像罗丝[2]一样，选一种花的名字吧。夏尔有一半的闺女都取了这样的名字，还有什么能比这更好的？"

"弗罗多先生，我想你说得对。"山姆说，"我在旅途中听过一些美丽的名字，但我想那些都太宏大、太正经了，你大概会说，天天叫有点消受不起。我家老头总说：'取名要短，这样叫起来就不用非得简称。'但是，如果要取个花的名字，我就不在乎长不长了——一定得是朵美丽的花，因为，你瞧，我认为她现在就非常美丽了，将来还会越长越美丽。"

弗罗多想了一会儿。"嗯，山姆，'埃拉诺'这个名字如何？是'太阳—星星'的意思，你还记得在洛丝罗瑞恩的草地上看见的金色小花吧？"

"你又说对了，弗罗多先生！"山姆高兴地说，"这正是我要的。"

当小埃拉诺将近六个月大时，1421年已经进入了秋天，弗罗多把山姆叫进书房里。

"山姆，星期四就是比尔博的生日啦。"他说，"他将是一百三十一岁，赢了老图克！"

"可不是吗！"山姆说，"他真是太叫人惊奇了！"

"呃，山姆。"弗罗多说，"我要你去跟罗丝商量一下，看她能不能让你离开几天，这样你和我可以一起出发。当然，如今你不能走远，也不能离开太久了。"他有点惆怅地说。

"嗯，弗罗多先生，这是不太好。"

"当然不好。不过，不必介意。你可以送我上路。告诉罗丝你不会离开太久，不超过两星期，并且会很平安地回来。"

"弗罗多先生，我真希望我能一路陪你到幽谷去，去探望比尔博先生。"山姆说，"但是，我真正想待的唯一一个地方又是这里。我又觉得左右为难了。"

"可怜的山姆！恐怕那感觉确实如此。"弗罗多说，"但你会好的。你本来就是结实又完整的，你也将会是这样。"

接下来的一两天，弗罗多跟山姆一起把自己的文件和手稿过了一遍，并把他的钥匙也交给了山姆。有一本封面用不加装饰的红色皮革做成的大书，里面的大开书页现在几乎全写满了字。一开始有不少页是比尔博弯曲细致的手迹，但绝大部分都是弗罗多那坚毅流畅的字体。全书分成许多章节，但第八十章还没写完，之后是一些空白页。扉页上写了许多书名，但都一个接一个划掉了，内容如下：

我的日记。我的意外之旅。去而复返。以及随后发生之事。

五个霍比特人的冒险。主魔戒的故事，根据比尔博·巴金斯的亲身观察和他朋友们的叙述编纂而成。我们在魔戒大战中的作为。

比尔博的手迹在此结束，接着是弗罗多写的：

魔戒之主的败亡
和
王者归来

（小种人的见闻，夏尔的比尔博和弗罗多的回忆录，并由他们朋友的叙述和从智者习得的知识加以增补。）

连同由比尔博在幽谷从《学识典籍》翻译出来的篇章。

"哎呀,弗罗多先生,你已经差不多完成了!"山姆惊呼道,"呃,我得说,你一直都在坚持不懈地写。"

"山姆,我确实都写完了。"弗罗多说,"最后几页是留给你的。"

九月二十一日,他们一同出发。弗罗多骑着那匹从米那斯提力斯一路驮他回来的小马,它如今叫作"大步佬"了,山姆则骑着心爱的比尔。那是个晴朗的金色早晨,山姆没问他们要去哪里,他觉得自己猜得到。

他们取道斯托克路,翻过丘陵,朝林尾地走去,放任小马缓步而行。他们在绿丘陵露宿了一夜。九月二十二日,当下午逐渐过去时,他们缓缓骑马下山,来到树林边上。

"弗罗多先生,黑骑手第一次出现时,你不就是躲在那棵大树后面!"山姆指着左边说,"现在那好像做梦一样。"

那天傍晚,繁星在东方天空中闪烁,他们经过了那棵毁坏的橡树,转个弯,从榛树丛中间走下山丘。

山姆沉浸在回忆中，不言不语。不久，他开始意识到弗罗多正在轻声唱歌给自己听，唱的是那首老行路歌，不过歌词不太相同。

> 转过下个弯，也许有
>> 一条新路，秘密关口；
> 虽然往昔常错过，
>> 但是来日我终将
> 踏上隐秘小径，走在
>> 明月以西，太阳以东。

仿佛回应一般，从下方谷地通上来的路上，传来许多声音唱道：

> A! Elbereth Gilthoniel!
> silivren penna míriel
> o menel aglar elenath!
> Gilthoniel, A! Elbereth![3]
> 在这遥远异土，林木之下，
>> 留驻的我们犹记，西方海上您的点点
> 明星。

弗罗多和山姆停下来，静静坐在淡淡的阴影中，直到看见一行闪着微光的旅人朝他们走来。

来的有吉尔多和很多美丽的精灵族人，山姆还惊讶地发现，埃尔隆德和加拉德瑞尔也骑马而来。埃尔隆德披着灰色大氅，额上戴着一颗星，手上拿着银色的竖琴，手指上戴着一枚嵌着一颗大蓝宝石的金戒，那便是三戒中最强大的维雅。加拉德瑞尔骑在白马上，一身微光闪烁的洁白衣袍犹如缭绕在明月周围的白云，因为她本人似乎也在发出柔和的光辉。她的手指上戴着能雅，此戒由**秘银**打造，单嵌一颗闪烁如寒星的白宝石。在他们后面有一匹缓缓而行的灰色小马，上面的人点着头似在打盹，不是别人，正是比尔博。

埃尔隆德庄重又和蔼地向他们问候，加拉德瑞尔对他们微笑。"啊，山姆怀斯少爷，"她说，"我听说也看见你善用了我的礼物。夏尔如今比过去任何时刻都更蒙祝福，更受钟爱。"山姆鞠了一躬，却找不到话说。他之前已经忘了这位夫人有多美丽。

这时比尔博醒了，睁开眼睛。"哈罗，弗罗多！"他说，"啊，我今天超过了老图克！这场比赛就算结束啦。现在，我想我已经准备好踏上另一段旅程。你要来吗？"

"是的，我也来。"弗罗多说，"持戒人应该一起走。"

"你要去哪里，少爷？"山姆叫道，终于明白过来正在发生什么事。

"去灰港，山姆。"弗罗多说。

"而我不能去？"

"不能，山姆。总之还不能去，不能去往比灰港更远的地方。不过，你也是持戒人，虽然只是很短的一段时间；你的时刻会到来的。山姆，别太难过。你不能一直左右为难，你必须一心一意，做个完整的人，继续生活许多年。你有那么多可以去享受、去担负、去执行。"

"可是，"山姆说，眼泪开始往上冒，"我以为，你做了所有那些事情之后，也能享受夏尔很多很多年。"

"我也曾经那么以为。但山姆，我被伤得太深。我设法拯救夏尔，它也获救了，但不是为了我。山姆，常常得是这样：当事物陷入危机，必须有人放弃它们、失去它们，好让其他人可以保有它们。不过你是我的继承人，我所拥有和可能拥有的一切，我都留给你了。而你还拥有罗丝和埃拉诺，将来还会有弗罗多小子、罗西丫头，并且还有梅里、戈蒂洛克丝，以及皮平，说不定还有更多我预料不到的。到处都会需要你的双手与你的智慧。当然，你会当市长，想当多久就当多久，你还会是有史以来最有名的园丁。你会朗读《红皮书》上的记载，将已逝岁月的记忆保持鲜活，好让大家记得大患难的日子，使他们越发珍惜自己钟爱的地方。只要你那一部分故事还在继续，这就足够你像任何人一样忙碌又快乐了。

"现在来吧，陪我骑一段路！"

于是，埃尔隆德和加拉德瑞尔继续前行。第三纪元结束了，力量之戒的时代逝去，那段时日的故事与歌曲也都到了结局。随他们一起去的有很多不会继续留在中洲的高等精灵。山姆、弗罗多和比尔博骑马走在众精灵当中，精灵们也欣然向他们致敬。他们心中充满了悲伤，但这悲伤同时得到了祝福，不含怨怼苦恨。

那整个黄昏和整个夜晚，虽然他们骑马从夏尔中间穿过，然而除了野生动物，无人看见他们经过。也许零星有哪个暗中的漫游者看见树下掠过一道微光，或在月亮西行时瞥到草地上有光和影流淌而过。他们离开夏尔，绕过白岗的南缘，就到了远岗以及塔楼，望见了远方的大海。就这样，他们最后骑下米斯泷德，抵达位于狭长的路恩峡湾中的灰港。

当他们来到大门前，造船者奇尔丹前来迎接他们。他身量极高，胡子很长[4]，年纪也十分苍老，但目如朗星，神采锐利。他看着他们，鞠了一躬，说："一切都准备好了。"

于是，奇尔丹领他们来到港口，那里泊着一艘白船。码头上，有个一身白袍的人影站在一匹灰色的高大骏马旁，正在等候他们。那人转身迎向他们，弗罗多随即看见如今甘道夫手上公开戴着第三戒了——伟大的纳雅，戒上所嵌的宝石红如火焰。那些即将远行的人知道甘道夫将跟他们一起搭船离去，都很欣喜。

但山姆此刻内心悲伤，他觉得如果离别会很痛苦，那么独自回家的漫漫长路将会更加哀伤难忍。但就在他们站在那里，精灵陆续登船，启航的一切准备都快要做好时，梅里和皮平骑着马急匆匆地赶到了。皮平含泪大笑。

"弗罗多，你以前就想撇下我们偷偷溜走，结果没能得逞。"他说，"这次你差点就成功了，但还是没能得逞。不过这次不是山姆出卖了你，而是甘道夫本人！"

"没错，"甘道夫说，"因为归途三个人一起走比独自一个人要好。好啦，我亲爱的朋友们，终于，在这里，在大海的岸边，我们在中洲的同盟情谊到了尽头。平安地去吧！我不会说'别哭'，因为并非所有的眼泪都是不幸。"

于是弗罗多亲吻了梅里和皮平，最后亲吻了山姆，然后登上了船。船帆升起，海风吹拂，那只船慢慢驶离了长长的灰色峡湾。弗罗多带着加拉德瑞尔的水晶瓶，它的光芒闪了闪，终于消失了。大船驶进高空之海，进入了西方，直到最后，在一个下着雨的夜晚，弗罗多闻到空气中有一股甜香，听见越过水面飘来阵阵歌声。然后，他觉得就像在邦巴迪尔家中梦见的那样，灰色的雨幕彻底化作银亮的琉璃，向后卷起，他看见了白色的沙滩，以及沙滩尽头在骤升的太阳下，那一片遥远的青翠原野。

但对站在海港的山姆来说，渐浓的暮色终于变成了一片黑暗。当他望着灰色的大海，他只看见水上有个影子，很快就消失在西方。然而他仍在那里一直站到深夜，耳中只听见拍打着中洲海岸的波涛叹息呢喃不绝，它们的声音深深没入了他的心底。梅里和皮平站在他旁边，也都默不作声。

终于，三个伙伴转身离开，他们慢慢往家的方向骑马行去，始终没有回头，也没有开口交谈，一直回到夏尔。但在这条漫长灰暗的路上，每个人都为身边有朋友陪伴而感到莫大的安慰。

最后，他们骑马翻过山岗，走上了东大道。梅里和皮平随即骑往雄鹿地，他们一边走，一边已经唱起歌来。而山姆转往傍水镇，就这样，他再次在一天将尽之时回到了小丘。他往前走，那里有暖黄的灯光，屋内有炉火，晚餐已经备好，家人正在等待。罗丝迎接他进屋，拉他在他的椅子上坐下，将小埃拉诺放在他的膝头。

他深吸一口气，说："啊，我回来了。"

注 释

第一章

1 见附录六。

2 昆雅语，意思是："向最明亮的星辰致敬！"——译
 者注

第二章

1 艾森毛兹（Isenmouthe），意为"铁口"。托尔金指出，
 虽然该名用来表示辛达语名"卡拉赫安格仁"的通用
 语翻译，但它在故事发生的时期已经极其古老，词形

陈旧，词义也显得晦涩了，因此不妨音译。——译者注

第三章

1 科顿（Cotton），霍比特人姓氏。托尔金指出，它由 cot 和 ton 组成，意为"小屋屯"，与"棉花"无关。译者综合考虑后决定音译。见附录六。——译者注

第四章

1 夏尔纪年的三月有三十天。

2 五句的意思大致与诗中译出的相同，前三句是辛达语，后两句是昆雅语，意思依次是："半身人万岁！荣耀属于半身人！""弗罗多和山姆，西方的王子，赞美他们！""赞美他们！""啊，祝福他们，祝福他们！我们久久祝福他们！""持戒人们，啊，盛赞他们！"——译者注

第五章

1 大鹰带来的口信，原文的用词及语气极似《圣经·旧约·诗篇》。——译者注

2 昆雅语，意思是："看啊！我找到它了！"——译者注

第六章

1 对于希奥顿葬礼的描述，极似古英语史诗《贝奥武甫》结尾，主角贝奥武甫火葬一节。贝奥武甫的悼歌以"fame"（荣誉，古英语为 lof）为英雄盖棺论定，希奥顿的悼歌亦以"glory"（荣光）作结。——译者注

2 昆雅语，意思是"乌黑的手，肮脏的心"。——译者注

3 昆雅语，意思是："美丽的两位，美丽儿女的父母！"——译者注

4 原文为 By stock or by stone。此语似是出自中古英语诗歌《珍珠》（*Pearl*），然而原诗中作何解释，说法不一；托尔金用于此处，当是符合树须的种族特色及惯用语。——译者注

第七章

1 埃拉因（Erain），辛达语，意为"诸王"，单数形式为 aran。——译者注

第八章

1 规定（Rules），本章中的 Rules 译作"规定"，以和楔子中提到的霍比特人自愿遵守的国王法令（他们称之为"规矩"）区别开来。——译者注

2 这很可能源自奥克语的"沙库",意思是"老头"。

第九章

1 沙底路（Sharkey's End），原文这个笑话为双关，既是仿照"袋底洞"（Bag End），又表示"沙基的末日"。——译者注

2 "罗丝"（Rose）即玫瑰。霍比特人喜欢用花朵的名字给女孩取名。译者根据中文习用译名选择了音译。详见附录三注释和附录六。——译者注

3 辛达语，意思是："啊，埃尔贝瑞丝！吉尔松涅尔！

澄净晶莹，群星璀璨

流泻如宝钻光华！

吉尔松涅尔！啊，埃尔贝瑞丝！"——译者注

4 奇尔丹的胡子问题：托尔金曾经解释，精灵的生命分为三个"周期"（cycle），"精灵直到生命的第三周期才会长胡子"。参见精灵语言学会（Elvish Linguistic Fellowship）出版的期刊《精灵语通讯》（*Vinyar Tengwar*）第41期的"From The Shibboleth of Fëanor"一篇；同一处还指出，费艾诺的妻子奈丹妮尔的父亲是个例外，他还在生命的第二周期早期。需要指出的是，虽然这些笔记给出了一定程度的解释，但托尔金终生都在不断修改他的故事，对于"精灵也会长胡子"一事，如今无可辩驳的定论是不存在的。——译者注

文
景

Horizon

THE
LORD
OF
THE
RINGS

J.R.R. TOLKIEN

托尔金基金会唯一指定中文版
Trusted Publishing Partner and Official Tolkien Publisher for China

社 科 新 知　文 艺 新 潮

魔戒

5

［英］J.R.R. 托尔金 著

邓嘉宛　石中歌　杜蕴慈 译

上海人民出版社

目 录

卷 五

第一章

米那斯提力斯

皮平从甘道夫遮蔽他的斗篷下朝外张望，想知道自己是醒着还是仍在酣睡，是否还在做着那个疾驰的梦——自从这趟长途奔行开始，他已经陷在这个梦中很久了。黑沉沉的世界从身旁急掠而过，风在耳边大声呼啸。天上，他看得见斗转星移；右面，他看得见远方有辽阔的暗影映衬着天空，那是正在渐渐退后的南方山脉。但除了这些，他就什么也看不见了。他睡眼惺忪地试着计算时间，计算行程过了几个阶段，但是记忆昏沉又不明晰。

最初那段驰行速度惊人，片刻不歇。然后，他在黎明时分看见了一片淡淡的金光，他们来到了一座寂静无声的城镇，山上有座空无一人的大屋。他们刚一避进大屋里，那个会飞的阴影便再次掠过，人类全都吓得缩成一团。但甘道夫轻声安慰着他，他疲惫不安地睡在一个角落里，模糊察觉到有人来来去去，有人在说话，而甘道夫在下令。然后又是驰行，星夜驰行。自从他看了那颗晶石以后，这是第二个，不，第三个夜晚了。一想起那场可怕的经历，他彻底清醒过来，打了个寒战，呼啸的风声也变得好像饱含威胁的低吟。

天空燃起一团光亮，有一团黄色的火焰在黑暗的屏障后燃烧。皮平往后一缩，惊恐了一会儿，猜想着甘道夫正把他带进哪片可怕的乡野。他揉了揉眼睛，然后才看见那是月亮升到了东方的阴影上方，现在几乎是满月了。这时夜还不深，黑夜中的旅程还要继续好几个钟头。他动了动，开口询问。

"我们在哪儿，甘道夫？"他问。

"刚铎境内，"巫师答道，"正在穿过阿诺瑞恩的大地。"

又是一阵沉默。"那是什么？"突然，皮平喊道，抓住了甘道夫的斗篷，"看！是火，通红的火！

这地方有龙吗？看，又是一团！"

甘道夫的回应是对着胯下的骏马大声疾呼："快，捷影！时不我待，我们必须加快。瞧！刚铎的烽火已经点燃，呼求援助。战争已经爆发。瞧，阿蒙丁上烽火燃起，艾莱那赫上焰光熊熊！烽火正迅速向西蔓延：纳多、埃瑞拉斯、明里蒙、卡伦哈德，还有洛汗边界上的哈利菲瑞恩。"

但捷影却不再大步奔驰，而是放慢脚步改为缓步而行，接着抬起头来引颈长嘶。黑暗中传来其他马匹回应的嘶鸣。隆隆的马蹄声响这时已经听得见了，三名骑手疾驰而来，就像月亮上飘飞的幽灵，从旁一闪而过，消失在西方。接着，捷影又振奋起来，扬蹄奔驰，夜色像呼啸的风一般从他身旁流过。

皮平又开始昏昏欲睡。甘道夫跟他讲的话，他几乎没留意。巫师在为他解说刚铎的习俗，以及白城之主如何沿着庞大山脉的两侧在外围的山丘上建了烽火台，并在这些哨点驻扎人手，常备精力充沛的马匹，随时都可以为他载上信使，奔赴北方的洛汗或南方的贝尔法拉斯。"北方的烽火台已经很久不曾点燃了，"甘道夫说，"而在古时，刚铎也不需要烽火台，因为他们有七晶石。"皮平闻言，不安地动了动。

"继续睡吧，别怕！"甘道夫说，"因为你并不像弗罗多那样是去魔多，你是去米那斯提力斯。当今时期，你在那里将比在其他任何地方都安全。倘若刚铎陷落，或魔戒被夺，那么，夏尔也成不了藏身之所。"

"你这话可安慰不了我啊。"皮平说，但是瞌睡虫又爬了上来。他在落入深沉的梦乡之前，最后一个印象是瞥见了高耸的白色群峰，它们披着西沉的月光，犹如漂浮在云海之上的岛屿。他很想知道弗罗多在哪里，想知道他是已经到了魔多，还是已经死了；然而他并不知道，此刻弗罗多正在远方，望着同一轮月亮于黎明之前沉落到刚铎大地的背后。

人声惊醒了皮平。转眼间，又一个白昼躲藏、黑夜驰行的日子过去了。正值黎明时分，寒冷的破晓即将再次来临，周围尽是冰冷的灰雾。捷影大汗淋漓地站着，浑身冒着热气，但他自豪地高昂着头，显得毫无倦意。他旁边站着很多身穿厚重斗篷的高大人类，人群后方的迷雾中隐约耸现着一道似乎已经部分倾颓的石墙。黑夜尚未过去，就已听得见加紧劳作的声音：铁锤敲打，铲子叮当响，还有轮子的吱嘎声。晨雾中四处可见火把和火堆泛出的模糊亮光。甘道夫正与挡住去路的人们交谈，皮平听了听，才意识到自己成了议论的对象。

"是啊没错，我们认识你，米斯兰迪尔，"那群人的领队说，"你也知道通过七环城门的口令，可以经过这里自由前行。但我们不认识你的同伴。他是什么人？从北方山脉来的矮人吗？当此时期，我们的国土不希望有陌生人来访，除非是全副武装、孔武有力的人类，而且我们能信任他们的忠诚，能指望他们的援助。"

"我会在德内梭尔座前亲自为他担保。"甘道夫说，"至于英勇气概，那可不能用身材来衡量。英戈尔德，虽然你有他的两倍高，但他经历过的战斗和危难可比你多。现在他从攻打艾森加德一战中脱身，我们带来了此役的消息，若非他疲惫不堪，我一定会叫醒他。他名叫佩里格林，是个非常英勇的人。"

"人？"英戈尔德怀疑地问，旁人都哈哈大笑起来。

"人！"皮平叫道，这下彻底清醒了，"人！才不是呢！我是个霍比特人。而且，除了隔三岔五有必要的时候，我那份英勇就跟我是个人的说法一样靠不住。你们可别让甘道夫忽悠了！"

"许多立下丰功伟绩的人并不会夸口。"英戈尔德说，"不过，什么是霍比特人？"

"就是半身人。"甘道夫回答，"不，不是歌谣中提到的那一个。"他注意到人们惊奇的神情后补充道，"并不是他，不过是他的亲族。"

"是的，而且还跟他一同踏上了旅程。"皮平说，"你们白城的波洛米尔也跟我们同行，他在北方的大雪中救了我一命，最后他面对许多敌人，为了保护我而被杀了。"

"别说了！"甘道夫说，"这个哀痛的消息应当首先告知做父亲的。"

"人们都已经猜到了。"英戈尔德说，"近来这里出现了一些奇怪的征兆。不过，现在快过去吧！米那斯提力斯的城主一定急于会见任何带来他儿子最新消息的人，不管他是人类还是——"

"霍比特人。"皮平说，"我为你们的城主效不了多大的力，但我会尽力而为，以此纪念勇敢的波洛米尔。"

"再会！"英戈尔德说。人们给捷影让出道来，骏马从墙中的一道窄门穿过。"米斯兰迪尔，愿你在德内梭尔以及我们所有人有需要时，带来良策忠告！"英戈尔德喊道，"但他们都说，你一贯带来悲伤和危险的消息。"

"那是因为我很少来，并且只在需要我帮助时才来。"甘道夫答道，"至于良策忠告，我要对你们说：现在才维修佩兰诺围墙为时已晚，如今面对即将来临的风暴，勇气才是你们最好的防御——而我带来的正是勇气，还有希望。因为我带来的并不都是坏消息。不过，你们还是放下铲子，去磨利长剑吧！"

"天黑以前我们就能维修完毕。"英戈尔德说，"这是防御围墙的最后一段，也是最不可能正面遭受攻击的一段，因为它朝向我们的友邦洛汗。你可知道他们的情况？你认为，他们会不会回应我们的召唤？"

"会，他们会来的。然而他们已经在你们背后打过很多场战斗，这条路或任何其他的路都已经不再安全了。要小心警戒！假如没有凶兆乌鸦甘道夫，你们就会发现从阿诺瑞恩来的不是洛汗的骑兵，而是敌人的大军——然而你们说不定还是会面临那种情况。再会了，别打盹！"

现在，甘道夫进入了墙后的广阔大地。伊希利恩沦落到大敌阴影下后，刚铎的人类耗费巨力，修筑了这道他们称之为"拉马斯埃霍尔"的外墙。它起自山脉脚下，绵延十多里格，又回到山脉脚下，将佩兰诺平野围绕起来，保护在墙里。整片平野就是一片美丽又丰饶的城邦，绵长的缓坡和阶地倾斜着向低处的安都因大河延伸而去。围墙的东北端离白城的主城门最远，有四里格之遥，在那里可以从起伏的坡岸上俯瞰平坦的绵长河滩。人们把这段围墙修得高耸坚固，因为从欧斯吉利亚斯的渡口及诸桥而来的大道，就是在此经由一段有护墙的堤道，穿过由两座严阵以待的塔楼把守的大门。围墙离城最近之处在东南段，约一里格远。在南伊希利恩，安都因大河环着埃敏阿尔能那片丘陵绕了个大圈之后急转向西，外墙就耸立在此处的河岸边，墙底下是哈泷德的码头和泊处，从南方封地溯流而上的船只就停靠在此。

这片城邦十分富饶，有广阔的耕地与众多的果园，有自带烘房和谷仓、羊圈、牛棚的农场，还有诸多从高地上潺潺而下，流过绿地注入安都因河的小溪。但是居住在这片土地上的牧人和农户并不多，刚铎的人民大多生活在白城的七环城中或边界山岭的高谷地里，还有洛斯阿尔那赫，以及南边更远、拥有五条湍急河流的美丽地区莱本宁。在那里的山脉和大海之间，生活着一支坚韧的民族，他们也算刚铎的人类，不过血统混杂了。他们当中有一些身材较矮、肤色也较黑的人，其祖先多半来自那些已被遗忘的人种，在诸王来到之前的黑暗年代里就居住在群山的阴影中。过了莱本宁是广阔的封地贝尔法拉斯，伊姆拉希尔亲王就住在那地的海滨城堡多阿姆洛斯[1]里。他拥有高贵的血统，他的子民亦然：他们身材高大，自豪自重，眼睛的颜色像大海一样灰蓝。

甘道夫驰行了一段时间之后，天光逐渐大亮，皮平清醒过来，抬头张望。在他左边铺开了一片雾海，直涨到东方那片黯淡的阴影中；在他右边则是群峰耸立的雄伟山脉，从西方延伸而来，却陡然终止，仿佛在大地成形时安都因大河冲破了一道巨大的屏障，剜出一座巨大的山谷，未来的战斗与冲突就将发生在此地。并且，正如甘道夫保证的那样，皮平看到了白色山脉埃瑞德宁莱斯尽头处明多路因山的庞然黑影，高处的峡谷呈现出一道道深紫色的暗影，曙光映得高耸的山体越来越白。守卫之城就坐落在明多路因山突出的膝头，它的七道石墙历经寒暑，坚固无匹，简直不像人力所建，而是由巨人从大地的骨架上雕凿而出。

就在皮平惊奇的目光注视下，城墙从朦胧的灰渐渐转白，在晨光中微微泛红。突然间，太阳爬到了东方的阴影之上，送出一束万丈光芒，正照亮了白城的面庞。皮平不禁大声叫了出来，因为耸立在最高一层城墙内的埃克塞理安之塔映衬着天空粲然发光，晶莹闪烁，如同一根珍珠与白银打造的长针，高挑、美丽、匀称，灿烂夺目的尖顶仿佛水晶造就，雪白的旌旗乘着晨曦的微风在城垛上招展飘扬，一阵清亮的银号声自高远之处而来，在他耳中回荡。

就这样，甘道夫和佩里格林在太阳升起之时，骑马来到了刚铎人类的主城门口，面前两扇铁门缓缓向后开启。

"米斯兰迪尔！米斯兰迪尔！"人们喊道，"现在我们知道风暴确实逼近了！"

"风暴已至，"甘道夫说，"我正是乘着它的翅膀而来。让我过去！我必须去见你们的城主德内梭尔，趁着他的宰相职权还在——无论发生何事，你们向来熟知的那个刚铎如今都要迎来末日了。让我过去！"

人们听了他饱含权威的声音，纷纷退开，不再多问。不过他们惊奇地望着坐在他身前的霍比特人，以及载他的那匹马；因为城中的百姓很少骑马，街道上也很少见到马的踪影，只有那些城主麾下的信使骑手才会骑马而过。人们说："这肯定是洛汗之王的雄健骏马之一吧？也许洛希尔人很快就会赶来增援我们了。"而捷影雄赳赳地踏上了蜿蜒的长路。

米那斯提力斯城是以这样的方式建成的：城一共建有七层，每层都凿入山中，建了一道城墙，每道城墙都筑了城门。但这些城门并不是筑在一条线上：第一层城墙的主城门是在环形城墙的最东边，但第二道门半朝南开，第三道门半朝北开，如此交错而上，因此那条爬上顶层王城的石板路一层层往复回转，不断横穿山面。每当它经过与主城门成一线的位置，就穿过一条拱形隧道。这条隧道打通了一块突出的庞大巨岩，而这块巨岩把除了第一层之外的白城各环皆一分为二：部分取自原始的山势，部分靠着古时伟大工匠的巧艺与辛劳，一座犹如棱堡的巨岩从主城门后那片宽阔广场的里侧拔地而起，其边缘锐利如船的龙骨，朝向东方。它直升到城的最高一环，顶上建有一圈城垛，因此，王城中的人或可像登上山巨船上的水手那样，从船舷最高处陡直望向七百呎下的主城门。王城的入口也朝东，但它凿在巨岩中央，从那里穿过一道点着灯的长斜坡，便可上到第七层的城门。如此，人们最终便可来到王庭，以及白塔脚前的喷泉广场。那座白塔高挑优美，从底座到尖顶高五十㖔，塔尖上飘着宰相的旗帜，距离下方平野一千呎高。

这的确是座坚固的王城；只要城内仍有能持武器之人，敌人就算有一支大军也无法将之攻克，除非仇敌能自后方袭来，攀上明多路因山的低缘，然后爬上连接巨大山体和警卫山的狭窄山肩。但那道山肩只升到第五道城墙的高度，周围也已筑起了巨大的护墙，直抵悬在山肩西边尽处的峭壁。那里位于高山与白塔之间，坐落着已故国王和宰相的墓室和圆顶陵寝，是一处永远沉寂无声之地。

皮平注视着这座伟大的石城[2]，只觉得越来越惊奇。他做梦也不曾见过比这更恢宏、更壮丽的事物，它比艾森加德更庞大、更坚固，而且远为美丽。但它其实在一年年地倾颓朽败，本可容纳在此安居乐业的人口也已经减少了一半。他们经过的每条街上都有一些深宅大院，宅院的大门或拱门上雕刻着许多形状陌生而美观的古老字母。皮平猜测那都是姓名，属于曾经居住其中的伟大人物及其亲属。然而如今那里只余一片寂静，石铺的宽阔地板上再无足音响起，众多厅堂也不闻人声，空寂的窗户与门口不见任何探出张望的面孔。

终于，他们出了暗处，来到第七层的城门前。此时，弗罗多正在伊希利恩的林间空地上跋涉，而那正照耀着大河对岸的温暖阳光，也照耀着此地光滑的墙面、稳固的廊柱，以及嵌着雕成加冕王者头像的拱心石的巨大拱门。马匹不得进入王城，因此甘道夫下了马。捷影听了主人的轻声吩咐，容许旁人牵着自己走了。

城门的守卫穿着黑袍，头戴造型奇特的头盔：盔冠高耸，长长的护颊紧贴着脸，护颊上方嵌插着雪白的海鸟羽毛。头盔闪着烁亮的银光，因为它们真正是以**秘银**制成，是古代鼎盛时期传承下来的宝物。黑袍上绣着一顶银王冠和数颗多芒的星，底下是一棵繁花盛开如雪的白树。这是埃兰迪尔后嗣的号衣，如今刚铎全境只有王城禁卫军还穿，他们驻扎在喷泉广场前，白树一度在那里生长。

看来他们来到的消息已经先传上来了——他们立

刻获准进入，无人出声，无人盘问。甘道夫迅速大步穿过铺着白石板的广场。朝阳下，一块青翠的草地环抱着一股喷涌的甜美清泉，但在草地中央伫立着一棵低垂在水池上方的枯树，落下的水珠沿着光秃折损的枝干，凄然滴回清澈的池水中。

皮平小跑着跟在甘道夫背后，向枯树瞥了一眼。他觉得它看起来十分悲伤，并且很纳闷，为什么在这个一切都受到悉心照料的地方会留有这样一棵枯树。

七颗明星，七颗晶石，还有一棵白树。

他想起了甘道夫曾经喃喃说过的话。接着，他发现自己站在那座闪光的高塔脚下的大殿门前。他跟着巫师从沉默的高大门卫面前走过，进了那座石殿空寂的阴凉幽影。

他们沿着一条不见人影的石廊向前走去，甘道夫边走边轻声对皮平说："佩里格林少爷，你说话时可要留心！这可不是霍比特人鲁莽造次的时候。希奥顿是位慈祥的长者，德内梭尔则是另一种人。他虽然没有国王的头衔，出身却比希奥顿显赫得多，大权在握，高傲又精明。然而他会主要跟你说话，对你详加盘问，因为你能告诉他有关他儿子波洛米尔的消息。他极爱这个儿子，或许爱得过分了；他们并不相像，但他因此反而爱得更深。但是，以这份爱为名义作掩护，他会认为套你的话比套我的容易。除非必要，你不要跟他多说，并且不要提起弗罗多的任务。我会在适当的时候处理此事。再就是，除非万不得已，你也不要提阿拉贡。"

"为什么不能提？大步佬有什么问题？"皮平小声说，"他本来就要来这儿的，不是吗？反正他本人也很快就要到了。"

"也许，也许。"甘道夫说，"然而他若是来了，来的方式很可能出人意料，就连德内梭尔也没料到。那样比较好。至少他的到来不该由我们通报。"

甘道夫在一道光可鉴人的金属大门前停下了脚步。"听好，皮平少爷，现在没时间教你刚铎的历史了。要是当初你还在夏尔的林子里掏鸟蛋逃学的时候能多学点刚铎的历史，这会儿大概会好办一些。照我的吩咐去做！给一位大权在握的宰相带来他继承人的死讯，然后再大谈有这么一个一旦前来就会索取王位所有权的人正在路上，这可称不上明智。这样明白了吗？"

"王位所有权？"皮平大惊。

"对！"甘道夫说，"要是你这段日子以来都在蒙头睡大觉，现在就该醒醒了！"他抬手敲了敲门。

门开了，却不见开门的人。皮平望进了一座宏伟的大殿。大殿两边是宽阔的侧廊，光线透过一扇扇深嵌于侧廊墙上的窗户照进来，而侧廊与大殿之间夹着一排支撑着殿顶的高耸石柱。它们由整块的黑色大理石造就，巨大的柱顶雕刻着许多奇叶异兽；犹在柱顶之上，宽广的高拱顶在暗处泛着黯淡的金光。微微闪着白泽的地面以打磨光滑的石板铺成，镶嵌着线条流畅、色彩缤纷的纹饰。在这座肃穆的长殿中，没有挂毯，没有故事织锦，也没有任何编织物或木制品。不过在石柱与石柱之间，沉默伫立着一尊尊高大冰冷的石雕人像。

皮平突然想起了阿刚那斯那两座鬼斧神工的石像。他逐一看过这排逝去已久的历代国王的石像，一股敬畏之情升上了心头。大殿远端有座经由多级台阶而上的高台，台上设着一张高王座，王座上方覆着大理石制成的华盖，形状如同戴着王冠的头盔。王座后方墙上雕刻着一棵繁花盛开的树，镶以宝石。但王座是空的。高台脚下的最低一级台阶既宽又深，阶上设有一张不加装饰的黑石椅，椅上坐了一位正凝视着自己膝头的老人。他手执一根有着金色球形杖头的白杖，并未抬头。他们肃然一步步踏过长长的石地朝老人走去，在离他的脚凳三步之遥处站定。然后甘道夫开口了。

"米那斯提力斯的城主与宰相、埃克塞理安之子德内梭尔，向您致敬！我在这个黑暗的时刻来到，带来了消息与建议。"

老人闻声抬起头来。皮平看清了他那张瘦削的脸孔——高隆的颧骨，象牙白的皮肤，一双漆黑深邃的眼睛中间生着很长的鹰钩鼻。这副容貌令他想到的不是波洛米尔，反而是阿拉贡。"这个时刻的确黑暗。"老人说，"米斯兰迪尔，你也总在这种时刻来到。但是，尽管所有的迹象都表明刚铎的大劫已近，我如今却觉得，就连那样的黑暗也及不上我个人的不幸。我听说，你带来了一个目睹我儿子身死的人。是他吗？"

"是的。"甘道夫说，"他是二人之一。另一个与洛汗的希奥顿在一起，之后可能也会前来。如您所见，他们是半身人，但这一位并不是预兆中提到的那一位。"

"但他仍是个半身人。"德内梭尔厉声说，"我对这个名称几无好感，正是那些该受诅咒的诗句干扰了我们的策略，引我儿子离开去办那趟疯狂的差事，以至于身死。我的波洛米尔啊！现在我们需要你啊。法拉米尔本该代替他去的。"

"他本来是要去的。"甘道夫说，"您哀痛时也莫要不公！波洛米尔要求去办这趟差事，不容旁人插手。他是个控制欲强的人，他想要的就一定要得到。我跟他旅行了很久，相当了解他的脾性。但您提到了他的死。您在我们来此之前就得到消息了？"

"我收到了这个。"德内梭尔说，放下手杖，从膝头拿起了他刚才凝视的东西——一支以野牛角箍银制成的号角。这支大号角被从中一劈为二，他两手各举着半边。

"那就是波洛米尔总带在身上的号角！"皮平喊道。

"不错。"德内梭尔说，"当年我也佩戴过它，我们家族的每一代长子都佩戴这支号角，这可以远远追溯到诸王血脉断绝之前那段消逝的年代：马迪尔之父沃隆迪尔在遥远的鲁恩原野猎获了这头阿拉武[3]的野牛。十三天前，我听见它远远地在北方边界吹响，然后大河便将它带来给我。它已经裂开，再也不能发声了。"他顿住，殿中一片沉重的寂静。突然，他将阴沉的目光投向了皮平，"半身人，对此你有何话说？"

"十三，十三天。"皮平结结巴巴说，"对，我想大概就是那个时候。对，他吹响号角时，我就站在他旁边。但是没有人来支援，只来了更多的奥克。"

"这么说，你在场？"德内梭尔目光锐利地盯着皮平的脸，"跟我多说一点！为什么没有援手？他如此勇猛的一个人，面对的敌人又只有奥克，怎会没能脱身，而你却逃脱了？"

皮平涨红了脸，忘了害怕。"最勇猛的人也可能被一箭射死，"他说，"而波洛米尔中了好多支箭。我最后看到他时，他坐倒在一棵树旁，正从肋旁拔出一支黑羽箭。然后我就昏过去被掳走了。我再也没见过他，也不了解更多。但我一想到他就肃然起敬，因为他非常英勇。我们在树林里遭到黑暗魔君的爪牙伏击，他为了救我和我的表亲梅里阿道克而死，虽然他失败倒下了，但我对他的感激之情丝毫不减。"

接着，皮平迎上了老人的目光；虽然老人那充满轻蔑与怀疑的冰冷声调仍刺痛着他，他内心却莫名地升起了一股豪情。"您这样一个伟大的人类城主，肯定觉得一个霍比特人、一个从北方夏尔来的半身人，能效的力是微不足道的。但是不管您怎么想，我愿意为您效力，以此补偿我所欠下的债。"皮平将自己的灰斗篷往旁一撩，拔出短剑放到了德内梭尔脚前。

如同冬日黄昏里一道冷淡的余晖，一抹淡淡的笑容掠过了老人的脸。但他将号角的残片放到一旁，低头伸出手来。"把武器给我！"他说。

皮平拿起剑，将剑柄递给他。"它年代甚为久远，是哪里来的？"德内梭尔问，"这把剑想必是我们北方的亲族在遥远的过去打造的？"

"它来自我家乡边界上的坟冢。"皮平说，"但是现在只有邪恶的尸妖住在那里，关于他们，我实在不想多说。"

"我看得出，你经历过不少异事。"德内梭尔说，"而这再次证实人不可貌相——或者说，半身人不可貌相。我接受你的效劳。因为你不惧言辞威吓，并且说话彬彬有礼，尽管在我们南方的人听来腔调有些奇怪。我们将来会需要所有知礼的子民，无论他们个子是大是小。现在，对我发誓！"

"按住剑柄。"甘道夫说，"如果你决定了，就跟着城主的话说。"

"我决定了。"皮平说。

老人将剑放在自己膝头,皮平把手按在剑柄上,跟着德内梭尔慢慢说道:

"我在此起誓:自此刻起,无论开口闭口,主动被动,是来是去,无论贫穷富裕,和平战争,是生是死,我都将效忠刚铎和刚铎王国的君主与宰相,直到我主解除我的义务,或死亡降临,或世界终结。宣誓人:来自半身人之地夏尔的帕拉丁之子佩里格林。"

"而我,刚铎的城主、至高王的宰相,埃克塞理安之子德内梭尔,闻此誓言,必将铭记于心,必不辜负起誓之人:以关爱回报忠诚,以荣誉回报英勇,以复仇回报背誓。"然后,皮平接回短剑,收进鞘里。

"好了,"德内梭尔说,"现在我对你下达的第一道命令是:说话,不得缄默!把你的全部经历都告诉我,尤其是你记得的有关我儿波洛米尔的一切。现在坐下,开始说吧!"他说着,敲了敲一面立在脚凳旁的小银锣,立刻便有侍从走上前来。皮平这才发现他们先前站在殿门两旁的凹处,他和甘道夫进殿时不曾看见。

"给客人设座,送上酒与食物。"德内梭尔说,"我们这一个钟头都不容人打扰。"

"我只能抽出这么多时间，因为我还要关注诸多旁务。"他对甘道夫说，"那些事务表面看来或许更加重要，但对我来说却不如这件紧急。不过，也许我们晚上还可以再谈。"

"希望越早越好。"甘道夫说，"我从艾森加德赶了一百五十里格的路来到此地，一路马不停蹄疾驰如风，并不只是为了给您带来一个小战士，不管他是多么谦恭有礼。希奥顿已经打过一场大战，艾森加德已经被推翻，我也已经折断萨茹曼的权杖，这一切对您来说都无关紧要吗？"

"这一切对我来说都很重要，但是我对这些行动的了解已经足够借鉴之用，以制订我自己对抗东方威胁的计划。"德内梭尔乌黑的双眼望向甘道夫，这时，皮平看出了两人之间的相似，也感到了他们之间的张力，他仿佛看见一线闷烧的火连接了两双眼睛，说不定会突然爆发成熊熊烈焰。

德内梭尔看起来确实远比甘道夫更像一个厉害的巫师；他更有王者气势，更俊美，更有力量，似乎也更年长。然而除去眼睛所见的表象，皮平意识到甘道夫拥有更强的力量与更深的智慧，以及一种隐藏的威严。而且，甘道夫更加年长，远远年长得多。"年长多少呢？"他心里纳闷，然后想到：真怪啊，自己以前居然从没想过这事。树须提到过巫师，但即便那时，皮平都没有把甘道夫当作他们当中的一员。甘道夫到底是什么人？他是多久以前从多远的地方来到这个世界的？他又会什么时候离开？接着，他的思路中断了，他看见德内梭尔和甘道夫仍旧四目相对，仿佛在阅读对方的心思。不过，是德内梭尔先收回了目光。

"不错，"他说，"虽然他们说真知晶石都已失落了，但刚铎的主事者依旧能收集诸多消息，他们的见识仍然比那些寻常人类敏锐。不过，现在坐下吧！"

仆人们拿来了椅子和矮凳，一人端来了托盘，上面摆着银壶、酒杯与白色糕点。皮平坐了下来，但目不转睛地望着老城主。刚才谈到真知晶石时，老人的目光突然一闪，扫过了他的脸，皮平暗忖这到底是自己的想象，还是真有其事。

"现在，我的大臣，给我讲讲你的故事。"德内梭尔半是亲切半是嘲弄地说，"须知，我儿子视为朋友之人的话语，自然是受到欢迎的。"

皮平终生难忘自己在大殿中度过的这一个钟头。

刚铎城主用锐利的目光逼视着他，不时用狡猾犀利的问题盘问他，而且自始至终，他都意识到身旁的甘道夫在看着听着，并且约束着不断高涨的愤怒和焦躁（皮平是这么感觉的）。等这个钟头过去，德内梭尔又敲响了小锣，皮平感觉精疲力竭。"现在最多九点，"他想，"我可以一连吃下三份早餐。"

"带米斯兰迪尔大人去为他预备好的房间，"德内梭尔说，"他的同伴倘若愿意，目前可以先跟他住在一起。不过，传达下去：这是帕拉丁之子佩里格林，我已经接受他的宣誓效忠，教他下面环城往来的口令。传话给统帅将领们，第三个钟头的钟响时，尽快来此候命。

"至于你，我的米斯兰迪尔大人，你也当前来；你可随心所欲，随时前来。除了我短短几个钟头的睡眠时间，任何人在任何时候都不得拦阻你来见我。且平息一下你对一个糊涂的老人所发的怒气吧，然后重新给我带来安慰！"

"糊涂？"甘道夫说，"不，城主大人，您到死都不会老糊涂的。您甚至会利用自己的哀痛作为掩护。您当着我的面，盘问最不清楚状况的人一个钟头，真以为我不明白您的目的？"

"你既然明白，那就该满意。"德内梭尔回敬道，"在有需要时，还骄傲自大到鄙视援助与建议，这才叫糊涂。不过你分发这样的赠礼，却是依你自己的计划而为。刚铎的城主绝不会成为实现他人目标的工具，无论那个目标有多大价值。并且，对城主而言，如今这世界上再没有哪个目标比刚铎的利益更重要。而统治刚铎的，大人，是我而不是旁人，除非国王再度归来。"

"除非国王再度归来？"甘道夫说，"这么说吧，此事如今几乎没人还抱指望，但我的宰相大人，您的任务依然是守护一个王国，直到那天到来。您在这项任务中将会得到所有您愿意要求的援助。但是我要说：我无意统治任何王国，无论是刚铎还是任何其他地方，无论它是大是小。我关心的，是如今这个危在旦夕的世界里有价值的万物。至于我的任务，就算刚铎灰飞烟灭，只要有任何东西能够度过这个长夜，能在将来的日子里依然美丽成长，再度开花结果，我的任务就不算完全失败。因为，我同样也是'宰相'，是代理人[4]。难道您不知道吗？"话音未落，他便转身大步离开大殿，皮平小跑着跟在他旁边。

出去的一路上，甘道夫都没看皮平一眼，也没对他说一句话。他们的向导在大殿的门边等候，然后领他们穿过喷泉广场，走进高大的岩石建筑之间的一条小巷。转过几个弯后，他们来到北边一间屋子，它离王城的墙很近，离连接大山与警卫山的那道山肩也不远。进到屋里，他领他们爬上一道宽阔的雕花楼梯，上到高于街道的二楼，进了一个敞亮又通风的舒适房间，室内除了一张小桌子、两把椅子、一条长凳，以及一些没有人物、闪着暗金光泽的优美挂饰外，没有别的家具，不过房间两端各有一间隔着门帘的凹室，里面各有一张铺设舒适的床，还有洗漱用的水罐和水盆。这个房间朝北开有三扇狭窄的高窗，隔着依然迷雾笼罩的安都因河那弯曲的庞大河道，望向远方的埃敏穆伊丘陵和涝洛斯大瀑布。皮平必须爬上长凳，才能越过宽厚的石窗台朝外望。

"你在生我的气吗，甘道夫？"等向导走出去关上门后，他问，"我已经尽力啦。"

"你确实尽力了！"甘道夫说，突然大笑起来。他走过来站在皮平身边，伸手揽住霍比特人的肩膀，遥望着窗外。皮平有些诧异地瞥了一眼那张此刻紧挨着他的脸，因为刚才的笑声快乐又欢欣。巫师的脸乍一看只有忧心和悲伤，不过等皮平定睛细看，他发觉在这一切表象之下是巨大的喜乐，宛如欢乐的泉源，一旦喷涌出来，足以让一个王国尽皆大声欢笑。

"你确实已经尽了全力。"巫师说，"而我希望，夹在两个如此可怕的老人中间这种情况，你以后再也不要遇到。不过，皮平，刚铎的城主从你这里得知的信息仍然比你估计的多。你隐瞒不了这些事实：离开墨瑞亚后领队的人不是波洛米尔，你们当中有一位身份尊贵之人要来米那斯提力斯，并且他有一把闻名遐迩的宝剑。刚铎的人类重视古老时期的故事，而德内梭尔自从波洛米尔离开就花了大量时间琢磨那首谜语诗，以及当中的'伊熙尔杜的克星'一词。

"皮平，他跟这个时代的其他人类都不一样。无论他世世代代的血统如何，因着某种机缘，他身上所流的血几乎与西方之地的人类一般无二。他另一个儿子法拉米尔也是如此，但他至爱的波洛米尔却不然。德内梭尔见识长远。他若集中意念，便可以察觉人们内心的很多想法，哪怕那些人身在远方。欺骗他非常困难，尝试欺骗他也非常危险。

"记住这一点！现在你已经发誓为他效力。我不知道你当时那样做是源于何种考虑或感受，不过你做得很好。我没有阻拦你，因为慷慨之举不该被泼冷水。此举打动了他的心，同样（且容我说）也逗乐了他。至少，现在你不当职的时候就可以在米那斯提力斯城里随意来去。不过此举还有另一面的后果，你得听从他的命令，而他是不会忘记这一点的。你仍要当心！"

他住口不言，叹了口气。"好吧，无须为明日之事忧虑。可以肯定的是，明天会比今天糟糕，往后多日都将如此，而我对此已经无能为力。棋盘已经摆开，棋子正在移动。我极想找到的一枚棋子是法拉米尔，如今他是德内梭尔的继承人了。我想他不在城里，但我刚才没时间去收集消息。我得走了，皮平。我得去参加那场城中首脑人物的会议，看看我能发现什么。但这会儿是大敌正在落子，他就要彻底揭示全副谋划了。刚铎的士兵、帕拉丁之子佩里格林，即便是卒子也很有可能跟任何人一样看得清形势。磨利你的剑吧！"

甘道夫走到门口，又转过身来。"我赶时间，皮平，"他说，"你出门时帮我个忙。要是你不太累的话，在你休息之前也行。去找找捷影，看他住得舒不舒服。这里的人民善良又有智慧，因此会善待牲口，不过他们照顾马匹可不是最有经验的。"

甘道夫说完便出去了。这时，从王城的塔楼里传来了清脆悦耳的钟声。钟敲了三响，在空中如银铃般清亮，然后停止：这是太阳升起后的第三个钟头。

一分钟后，皮平出了门，走下楼梯，朝大街上张望。此时阳光灿烂，温暖明亮，群塔和高屋都朝西投下了长而清晰的阴影。明多路因山挺起纯白的头盔，披着雪白的斗篷，高高屹立在蓝天下。全副武装的人们在城中的道路上往来，似乎是在随着报时的钟声轮换岗位与职务。

"在夏尔我们会说现在九点了。"皮平大声自言自语，"正是顶着春天的阳光，坐在敞开的窗户前吃顿丰盛早餐的时候。我可真想吃顿早餐啊！这些人是压根就不吃早餐，还是已经吃过了？他们又啥时候吃午餐，在哪儿吃呢？"

这时，他注意到有个服饰作黑白二色的人正沿着狭窄的街道，从王城中央朝他走来。皮平感觉很孤单，他下定决心，等这人经过时就要开口说话；不过他倒省却了这份麻烦。那人径直朝他走来。

"你就是半身人佩里格林吗？"他说，"我被告知，你已经向城主宣誓效忠。欢迎你！"他伸出手来，皮平也伸手去握了握。

"我是巴拉诺尔之子贝瑞刚德。我今天早上不当班，被派来教你口令，为你解说一些你肯定很想知道的事。至于我，我也很想了解你。因为我们本地人过去虽然听过有关半身人的传闻，却一位都没见过，我们知道的故事全都很少提及他们。何况，你是米斯兰迪尔的朋友。你很了解他吗？"

"这个嘛，"皮平说，"你可以说，我在这短短的一辈子里，都对他**有所**了解。我最近跟着他旅行了很长一段路。不过他这本书的内容太多，我顶多敢说自己读了一两页而已。但是，也有可能个别人了解得深些，而我对他的了解程度就跟大多数人一样。我想，我们远征队中，只有阿拉贡是真正了解他的。"

"阿拉贡？"贝瑞刚德说，"他是谁？"

"噢，"皮平结巴道，"他是个跟我们一起走的人。我想他现在人在洛汗。"

"我听说你去过洛汗。关于那地我也有不少事要问你，因为我们把仅剩的一点希望都寄托在那里的人身上了。不过，瞧我差点忘了，我的任务首先就是要回答你的问题。佩里格林少爷，你想知道什么？"

"呃，这个嘛，"皮平说，"那就恕我冒昧，现在我心里相当急迫的问题是，呃就是，关于早餐这类的事儿。我的意思是，吃饭的时间都是什么时候，你懂我的意思吧？还有，如果有餐厅的话，是在哪儿？还有客栈酒馆在哪儿？我们骑马上来的时候我到处看了，可是连一间也没见着，我这一路上可都抱着希望呢，一等我们到了讲礼节、懂事理的人们安家的地方，就能痛饮啤酒啦。"

贝瑞刚德严肃地看着他。"我看出来了，你是一个身经百战的老兵。"他说，"他们说，上战场的人，总抱着下一顿吃饱喝足的指望。不过我自己不是个见多识广的人。这么说来，你今天还没用过餐？"

"嗯，吃过，客气点说，吃过。"皮平说，"承蒙你们城主的好意，我只是喝过一杯酒，吃过一两块白糕。但他为此整整盘问折磨了我一个钟头，那可是耗力气的活儿啊。"

贝瑞刚德哈哈大笑。"我们有俗话说，小个子反而可能在餐桌上大展身手。不过，你已经像王城中所有人一样吃过早餐啦，而且还享受了更高的荣誉。这里可是一座堡垒要塞，一座守卫之塔，现在又是战争时期。日出之前我们就起床，借着灰白的天光吃几口东西，便在日出时分去执行勤务。不过你别绝望！"他见皮平表情沮丧，再次大笑，"那些执行繁重勤务的人，可以在上午的中间时段再吃一顿，以恢复体力。接着在中午或迟些时候，勤务许可时，还有午餐可用。大约是在太阳下山的时候，人们还会聚在一起用正餐，享受尚存的欢乐。

"来吧！我们先走一段路，然后给自己找点提神的点心，在城垛上吃喝，同时纵览一下这美丽的晨光。"

"等等！"皮平红着脸说，"我因为贪吃——按你的客气说法是饥饿——而忘了正事。甘道夫，就是你们说的米斯兰迪尔，叫我去照顾一下他的马——捷影。他是一匹伟大的洛汗骏马，我听说国王把他看作心爱的至宝，但是米斯兰迪尔有功于国，所以国王把捷影送给了他。我觉得，这匹马的新主人爱这坐骑胜过他爱许多人。如果他的善意对这座城来说有任何价值，你们就该对捷影礼敬有加。可能的话，你们照料他应该比照料我这个霍比特人更尽心。"

"霍比特人？"贝瑞刚德说。

"我们是这么称呼自己的。"皮平说。

"我很高兴得知这点，"贝瑞刚德说，"这会儿我想说，奇特的口音无损于彬彬有礼的言辞，霍比特人是个谈吐文雅的种族。不过，来吧！你该让我认识一下这匹良马。我爱马，但在这座石城里我们很少看见它们；因为我们的人民来自山谷，在那之前则是来自伊希利恩。不过你别担心！我们只是去礼节性地探访一下，不会长留，然后我们就去食品室转转。"

皮平发现捷影住得很好，也被照顾得不错。在第六环城、王城的墙外，紧挨着城主的信使骑手的住处，有几间上好的马厩，里面养了若干快马。这些信使随时都准备好出发，传达德内梭尔或他手下统帅主将们的紧急命令。不过现在所有的马匹和骑手都出去执行任务了。

皮平一进马厩，捷影便转过头来轻声嘶鸣。"早上好！"皮平说，"甘道夫一有空就会马上过来。他很忙，不过他问候你，并派我来确认你一切都好。而且，我希望你在长途奔波之后，能好好休息。"

捷影一昂头，马蹄顿了顿地。不过他容许贝瑞刚德轻摸他的头，拍抚他雄壮的腹侧。

"他看起来就像迫不及待要去赛跑，而不像刚刚长途奔波而来。"贝瑞刚德说，"他真是雄骏又高贵啊！他的鞍具呢？必定是华贵又美丽吧。"

"多华贵美丽的鞍具都配不上他。"皮平说，"他不用鞍具。要是他愿意载你，他就载上你。要是他不愿意，哦，就没有嚼环、缰绳、鞭子或皮带驯服得了他。再见，捷影！耐心点，战争就要来了。"

捷影昂首长嘶，马厩都为之震动，他们连忙捂住耳朵。随后，见食槽也满着，他们便离开了。

"现在该去找我们的食槽了。"贝瑞刚德说，领着皮平回到王城，来到高塔北侧的一扇门前。他们从那儿走下一道阴凉的长楼梯，进入一条点着灯火的宽巷道，一边的墙上有不少小窗口，其中一扇开着。

"这是禁卫军里我们连队的仓库和食品室。"贝瑞刚德说，"塔尔巩，你好！"他从窗口往里喊，"现在时间还早，但这里有个新来的人，城主已经接受他的效忠。他勒紧了腰带长途奔驰而来，今天早上又做了繁重的工作，这会儿已经饿了。有什么吃的拿些来吧！"

他们领到了面包、奶油、乳酪和苹果。苹果是冬天最后一批存货，皮已经皱了，但仍然没坏，味道很甜。另外还有一皮壶新酿的麦芽酒，以及木质的杯盘。他们把所有的东西都装进柳条篮里，然后爬上楼回到阳光下。贝瑞刚德带皮平来到一个往外突出的大城垛的东端，那里的墙上有个箭眼，窗台底下有张石椅。他们从这里可以向外眺望，观赏晨光普照的世界。

他们一边吃喝一边交谈，一会儿说起刚铎的风俗人情，一会儿又说起夏尔和皮平在异乡的见闻。他们说得越多，贝瑞刚德就越讶异，愈发以惊奇的眼光看待这个坐在椅子上晃着两条短腿，站起来时得踮起脚尖才能越过窗台俯视下方大地的霍比特人。

"不瞒你说，佩里格林少爷，"贝瑞刚德说，"在我们看来，你差不多就像我们这里大约经过九个寒暑的孩子。然而你经历过的艰险、见过的奇观，我们这里连老者都没有多少敢夸口说见过经历。我本来以为我们城主是一时兴起才亲自收下一个出身高贵的侍从，他们说这是仿效古时诸王之道。但我现在意识到并不是这样，请你务必原谅我的愚昧。"

"我原谅你。"皮平说，"不过你也算不上犯了大错。在我自己的族人眼里，我其实仍然比孩子大不了多少，按照我们夏尔的规矩，我还要再过四年，才能算'成年'。不过别为我操心了。快过来看看，跟我说说我都能看见什么地方。"

太阳这时渐渐升高，下方谷地中的迷雾已经散开，残余的雾气化作丝丝缕缕的白云，就在头顶被强劲的东风吹着飘向远方。王城里，白色旗杆上的旌旗正在风中猎猎招展。在下方远处的谷底，目测约五里格的距离开外，这时可见波光粼粼的大河灰水从西北方而来，朝南转个庞大的弯后又朝西去，直到消失在一片迷蒙闪烁的微光中。过了那里再有大约五十里格，就是大海。

整片佩兰诺平野，皮平一览无遗。一眼望去，平野上星星点点散布着农庄和矮墙、谷仓和牛棚，但是哪里都看不见牛和其他牲口。绿色原野上纵横交错着条条大道和小径，人车往来不停：成排的马车朝主城门驶来，另一些则从城中出去。时而会有骑兵驰来，一跃下马，匆匆进城。但大部分车马交通是沿主大道离去，大道转向南，接着拐了一个比大河更急的弯，绕过群山的山脚，很快从视野中消失。大道宽阔，铺设良好，沿着东侧道边有一条翠绿的宽马道，再过去是一堵墙。马道上纵马飞驰的骑手来来往往，不过整条道上似乎都塞满了朝南去的大型四轮遮篷马车。不过皮平很快就看出来，事实上一切都井然有序，向前移动的马车分成三列：最快的一列是马拉的；另一列慢些，是牛拉的巨大四轮车，都有五彩缤纷的美丽遮篷；沿着大道西侧边缘走的，是许多小推车，靠人吃力地拉着走。

"那是通往图姆拉登谷地和洛斯阿尔那赫谷地的大道，也通往一些山村，以及再远一些的莱本宁。"贝瑞刚德说，"这是最后一批离开的马车，送老人、孩子以及必须跟他们一起走的妇女去避难。他们必须在中午之前撤到离主城门和主大道至少一里格的地方：这是命令。令人悲伤，却又必须为之。"他叹了口气，"现在这些离别的人，也许没有几个还能再会了。这城里的孩童历来太少，现在则一个也不剩——只有几个少年不愿走，或许能找些差事做，我自己的儿子就是其中之一。"

他们沉默了片刻。皮平焦虑地朝东望，仿佛随时都可能看见成千上万的奥克越过平野蜂拥而来。"那边是什么？"他往下指着安都因河大弯的中部问道，"那是另一座城市，还是别的什么？"

"那曾经是一座城市，"贝瑞刚德说，"过去它是刚铎的都城，而我们所在的城当时只不过是刚铎的要塞。那便是横跨安都因大河两岸的欧斯吉利亚斯的废墟，我们的敌人很久以前就占领了它，将它一把火烧毁。但在德内梭尔年轻时，我们又把它夺了回来，不住人，只是把它当作前哨阵地防守，并重建了大桥，供我方军队通行。后来，从米那斯魔古尔来了凶残的骑手。"

"黑骑手？"皮平瞪大了眼睛。过去的恐惧被唤醒，浮现在他睁圆的黑眼睛中。

"对，他们通身乌黑。"贝瑞刚德说，"虽然你刚才说的那些故事里完全没提到他们，但我看得出来，你对他们有所了解。"

"我对他们是有所了解，"皮平轻声说，"但我现在不想说起他们，太近，太近了。"他住了口，抬眼望向大河上空。他感觉自己目力所及尽是饱含威胁的庞大阴影。那些隐约耸立在视野尽头的也许是山脉，几近二十里格的朦胧空气柔化了它们锯齿般的峰缘棱角。又或许，那只不过是一堵云墙而已，云墙之外则是另一股更深浓的暗影。但是，就在他张望的时候，他感觉眼中的暗影在扩展，在聚集，在非常缓慢地上升、上升，渐渐遮住了太阳。

"离魔多太近吗？"贝瑞刚德低声说，"不错，它就在那边。我们很少说出它的名字，但我们一直住在举目可见那片阴影的地方：它有时候淡一点也远一点，有时候却更接近也更黑暗。现在它正在扩大、变黑，因此我们的恐惧和不安也同样在增长。还有那些凶残的骑手，不到一年之前，他们夺回了渡口，我们许多最优秀的战士都被杀了。最后是波洛米尔将敌人从西岸这边赶回去，我们守住了这半边的欧斯吉利亚斯，但这只是短暂的一阵子。现在我们在那里等候新的攻击到来，也许正是这场将至大战的主要攻势所在。"

"什么时候？"皮平问，"你猜得到吗？我两夜前看见了烽火和骑着快马的信使，甘道夫说那是战争已经爆发的信号。他似乎急得不得了。但是，现在似乎事事又都慢下来了。"

"那只是因为现在一切都已经准备就绪了。"贝瑞刚德说，"这是暴风雨前的宁静。"

"那为什么两夜前点燃了烽火？"

"等你已经遭到围困，再求援就太迟了。"贝瑞刚德答道，"不过我不了解城主和他麾下将领们的决策。他们有许多收集情报的办法。德内梭尔城主与众不同：他能见人所不见。有人说，他夜里独自坐在高塔的私室中，将意念集中在某处地方，就不知怎地能看见未来；他甚至还会不时探查大敌的心智，与他角力。他也因此衰老，未老先衰。但是，不管怎么说，我的上司法拉米尔大人出战在外，他越过大河去执行某个危险任务，可能送了消息回来。

"不过，要是你想知道我认为是什么致使烽火点燃，那么我会说是那天傍晚来自莱本宁的消息。有一支南方乌姆巴尔的海盗操控的庞大船队，正在逼近安都因河口。他们早已无惧于刚铎的声威，并且与大敌结盟，现在为他的大业发动了大举进攻——我们原指望从莱本宁和贝尔法拉斯得到援助，那两地的人民坚韧勇敢，并且人数众多；但敌人这次攻击将会牵制住大半援军。我们因此愈发寄望于北方的洛汗，也对你们带来的胜利消息感到分外高兴。

"但是——"他顿住，站起来从北到东又到南，望了一圈，"艾森加德的所作所为应该让我们警醒，我们现在被困在一张巨大的谋略罗网当中。这已经不再是例行的渡口争夺战，不再是来自伊希利恩和阿诺瑞恩的突袭，不再是伏击和劫掠。这是一场蓄谋策划已久的大战，我们无论多么骄傲自负，都只能算是其中一小部分而已。根据报告，在内陆海以东的远东地区，在北方的黑森林以及更往北的范围，还有南方的哈拉德，都有种种动向。现在所有的国度都将面临考验——魔影当头，是挺立，还是败倒。

"然而，佩里格林少爷，我们有此荣幸：黑暗魔君的憎恨我们向来首当其冲，因为他的憎恨源自时间深处，越过大海深渊而来。这里将会承受最猛烈的攻击。就为这缘故，米斯兰迪尔才会如此匆忙赶来。因为，如果我们败倒，谁还挺立得住？佩里格林少爷，你觉得我们有希望能挺立得住吗？"

皮平没有回答。他看向巨大厚重的城墙，看向重重塔楼和不屈的旗帜，看向高空中的太阳，然后看向东方那片聚集的昏暗；他想到了魔影长长的手指——树林里、群山中的奥克，艾森加德的背叛，眼目邪恶的群鸟，居然侵入了夏尔大街小巷的黑骑手，以及那些会飞的恐怖化身——那兹古尔。他打了个寒战，希望似乎凋萎了。就在那一刻，太阳颤动了一瞬，变得模糊昏暗，仿佛有黑暗的翅膀一掠而过。他觉得自己听见高空的云霄之上，远远传来一声几乎超出听力范围的叫喊：微弱，却残酷冰冷，令人胆战心惊。他脸色煞白，缩起身子紧靠着墙。

"那是什么？"贝瑞刚德问，"你也感觉到什么了吗？"

"对。"皮平喃喃说，"那是我们失败的征兆，末日的阴影，飞在空中的凶残骑手。"

"是的，末日的阴影。"贝瑞刚德说，"恐怕米那斯提力斯将会陷落。黑夜来临了。就连我血液中的暖意似乎都被偷走了。"

有一段时间，他们一同坐在那里，低着头不说话。接着，皮平突然抬起头来，看见太阳依然照耀，旗帜依然随风飘扬。他抖了抖身子，说："它过去了。不，我的心还没绝望呢。甘道夫陨落过，却又回来了，现在跟我们在一起。我们也许挺立得住，哪怕只剩一条腿，顶不济也还有双膝。"

"说得好！"贝瑞刚德喊道，他站起身，来回踱着大步，"不，尽管时间流逝，万物都终将迎来末日，但刚铎还不会毁灭，哪怕胆大妄为的敌人攻破这些城墙，在城墙前留下的尸体堆积如山。我们还有别的要塞，还有逃往山中的秘道。在某个绿草长青的隐蔽山谷里，希望和记忆仍将长存下去。"

"虽说是这样，但无论吉凶，我都希望它能结束。"皮平说，"我压根不是什么战士，我也不喜欢想到任何战斗。但是，等候一场就要爆发而我却逃不过的战争，实在是再糟糕不过了。这一天已经好像长得没完没了啦！我们要是不用被迫站在这儿观望，而是采取行动、率先进攻，我会高兴点。我想，要不是甘道夫，洛汗本来也不会去进攻的。"

"啊，你这可戳到不少人的痛处了！"贝瑞刚德说，"不过，等法拉米尔回来之后，情况可能会改观。他很勇敢，比很多人以为的更勇敢。当今时代，人们都很难相信一位统帅可以文武双全：那样富有智慧、饱读诗书和歌谣，同时上了战场还是个刚毅大胆、迅速果决的好汉。但法拉米尔就是这样。他不及波洛米尔那样鲁莽热切，但刚毅却不在波洛米尔之下。可是他到头来又能做什么？我们不可能进攻那……那边国度的山脉。我们势力所及的范围缩小了，我们得等到敌人来到防线内才能发动攻击。那时我们必须强力出击！"他重重拍了下剑柄。

皮平看着他，贝瑞刚德显得高大、自豪又庄重，皮平在这片地方见过的所有人都是这样，并且，他论到战斗时，眼中光芒闪烁。"唉！我自己的手力道太小，轻得跟羽毛一样。"他想，但什么也没说，"甘道夫说我是个卒子对吧？也许是，但被摆错了棋盘。"

他们就这么聊到了日上中天，突然，正午的钟响了，王城里起了一阵骚动；因为除了站岗的守卫，所有的人都要去吃饭。

"你要跟我去吗？"贝瑞刚德问，"今天你可以先到我队上的食堂来吃。我不知道你会被分派到哪一队，也许城主会把你留在自己身边听差。不过大家会欢迎你。趁着现在还有时间，你可以想认识多少人就认识多少人。"

"我很乐意跟你去。"皮平说，"老实跟你说，我很孤单。我把最好的朋友留在了洛汗，我一直都没有人可以聊天或者开玩笑。也许我真的可以加入你的连队？你是队长吗？如果是，你可以录用我啊，或者代我申请。"

"不行，不行。"贝瑞刚德笑道，"我不是队长，也没有官职、军阶或贵族身份，我只是王城第三连队的普通士兵而已。不过，佩里格林少爷，单单是能成为刚铎之塔的禁卫军一员，就已经被认为是值得尊敬的了，这样的人在此地是很受尊敬的。"

"那么，这个职位我就远远配不上啦。"皮平说，"带我回房间去吧，如果甘道夫不在，我就客随主便，去哪儿都行。"

甘道夫不在房间里，也没有送消息来，于是皮平跟着贝瑞刚德走了。他被介绍给了第三连队的人，而且，看来贝瑞刚德从这事上赢得的面子跟他的客人得到的一样多，因为皮平大受欢迎。米斯兰迪尔的同伴以及他跟城主的长时间密谈，在王城里早已传得沸沸扬扬。有谣言宣称，有个从北方来的半身人王子向刚铎提出效忠，并提供五千兵力。还有人说，当洛汗的骑兵来到时，每个骑兵身后都会带着一个半身人战士，他们也许个子小，但十分勇悍。

虽然皮平不得不令人遗憾地戳破这充满期盼的传言，但他却摆脱不掉新加给他的地位，因为人们认为只有这样，他才配得上是波洛米尔的朋友，才与城主德内梭尔的礼遇相称。他们还感谢他来到他们中间，并且热切聆听他所说的话和所讲的异乡故事，而且无论他要多少食物和啤酒都予以满足。事实上，他唯一的苦恼是得按着甘道夫的吩咐"小心谨慎"，不能像个霍比特人在朋友间那样口无遮拦地畅所欲言。

终于，贝瑞刚德起身。"这会儿先说再见了！"他说，"我得去值勤，一直到日落。我想，在场其他人也是。不过，要是你像你说的那样觉得孤单，也许你会乐意有个快活的向导带你逛逛整座城。我儿子会乐意陪你走走。容我这么说，他是个好孩子。你若愿意，就下到最低那一环城，在拉斯凯勒尔丹——就是灯匠街——上找一家名叫'老客栈'的地方。你会在那里找到他，还有其他留在城中的孩子。在主城门关闭之前，城门口可能会有些值得看看的事。"

他出去了，很快其他的人也都跟着走了。天气依然晴朗，只是开始起雾，即使在这么远的南方，这天气搁在三月份还是有点太热。皮平觉得昏昏欲睡，但是房间里似乎太冷清，于是他决定下去探索这座城。他拿了一点省下来的口粮去给捷影吃，那匹马虽然看着不缺粮草，但彬彬有礼地接受了。然后，皮平沿着一条又一条弯弯曲曲的路走了下去。

他经过时，吸引了不少人的目光。当着他的面，人们极为庄重有礼，以刚铎抬手抚胸外加领首的习俗向他致意；但在背后，他听见许多称谓，因为那些在门外的人喊屋里的快出来看米斯兰迪尔的同伴、半身人的王子。许多人说的不是通用语而是某种别的语言，但是没一会儿工夫，皮平就起码明白了 Ernil i Pheriannath[5] 是什么意思，并且知道这个头衔已经先他一步往下传遍了全城。

经过好些拱顶街道和很多美丽的巷弄与人行道

之后，他终于来到了最低也最宽的环城，并借着指引来到了灯匠街——一条通往主城门的宽阔道路。他在街上找到了老客栈，那是一栋饱经风雨的灰色大石屋，从街面向后延伸出两排厢房，厢房之间夹着一片狭长的青草地，草地后方有一座窗户众多的正屋，整座屋前横着一条有一排石柱的长廊，以及一道下到草地的楼梯。有群男孩在石柱间玩耍，皮平在米那斯提力斯城中只见到这么一群孩子，不禁停下脚步观看。很快一个孩子就瞥见了他，大喊一声连跑带跳地奔过草地，跑上街来，还有另外几个跟在后头。他站在皮平面前，从头到脚打量了他一番。

"你好！"孩子说，"你是从哪里来的？你在这城里是陌生人。"

"我曾经是。"皮平说，"不过他们说，我已经是刚铎的成人啦。"

"噢，得了吧！"孩子说，"那我们这几个也全都是成人了。不过，你几岁了？叫什么名字？我已经十岁了，很快就会长到五呎高。我比你高，不过我父亲是禁卫军卫士，他可是最高的人之一。你父亲是干什么的？"

"我该先回答哪个问题？"皮平说，"夏尔的塔克领附近有个地方叫白泉地，我父亲就耕种那周围的土地。我快要二十九岁了，所以这点我赢你。不过我只有四呎高，而且多半不会往上长，只会往横长了。"

"二十九岁！"孩子说，吹了声口哨，"哎呀，你可真老啊！跟我叔叔伊奥拉斯一样老。不过，"他很有信心地补充，"我打赌我可以轻易收拾你，或者把你摔个四脚朝天。"

"我要是容许的话，你大概可以吧。"皮平大笑说，"也许我能同样收拾你，我们那个小地方的摔跤技巧，我可懂得一些。我告诉你，在我们那儿，我可被认为是罕见的高大强壮，而且我从来没让任何人收拾过我。所以，如果没别的办法，非要比一比的话，我说不定得杀了你。等你再长大一点，你就会明白，人不可貌相。就算你把我当作一个软弱可欺的外地孩子，是可以轻易捕获的猎物，我也要警告你：我不是孩子，我是个半身人，强悍、勇敢，还很邪恶！"皮平扮了个鬼脸，男孩被吓得后退了一步，但立刻就又跨步上前，握紧了拳头，眼里闪着战斗的光芒。

"别！"皮平大笑道，"同样，你也别相信陌生人的自吹自擂！我可不是个斗士。不过，不管怎样，挑战者先报上姓名会更有礼貌。"

男孩自豪地抬头挺胸说："我是禁卫军的贝瑞刚德之子贝尔吉尔。"

"我猜也是。"皮平说，"你看起来很像你父亲。我认识他，他让我来找你。"

"那你怎么不马上说？"贝尔吉尔说，突然泄了气，"可别告诉我他又改了主意，要把我跟那些姑娘一起送走！不过来不及了，最后一批马车已经走了。"

"他的口信即便不算好，也没这么糟。"皮平说，"他说，你要是不想收拾我，也许可以带我在城里转一阵子，好让我开心，不觉得孤单。我可以给你讲些遥远异乡的故事作为回报。"

贝尔吉尔拍手笑了，松了口气。"太好了，"他喊道，"那就来吧！我们本来就要去城门口看看，现在就去。"

"那里有什么好看的？"

"日落之前，外疆将领们应当就会从南大道前来。跟我们一起走，你会看见的。"

事实证明，贝尔吉尔是个忠实战友，是皮平打从离开梅里后遇到的最佳伙伴。他们走在街上，很快就兴高采烈地有说有笑起来，全不在乎众人投来的目光。没多久，他们便发现自己被夹在了朝着主城门涌去的人群里。到了城门口，皮平向守卫报出自己的名字和口令，守卫便向他敬礼并放他通行，此外还容许他带着同伴一起出去。如此一来，贝尔吉尔就更是大为尊敬皮平了。

"这可真棒！"贝尔吉尔说，"没有大人陪伴，我们这些男孩已经不准出城了。现在我们就能看得更清楚啦。"

城门外，沿着大道两旁，前往米那斯提力斯的各条道路汇成的铺石广场四周，都挤满了人。所有人都朝南望，不一会儿便响起一阵窃窃私语："那边有尘土飞扬！他们来了！"

皮平和贝尔吉尔一点点挤到人群前面，等待着。号角声遥遥响起，欢呼的声音就像一股逐渐增强的风，朝他们滚滚而来。接着，一阵嘹亮的喇叭声响起，周围的人全都大声欢呼起来。

"佛朗！佛朗！"皮平听见人们喊道。"他们喊的是谁啊？"他问。

"佛朗来啦。"贝尔吉尔说，"他是洛斯阿尔那赫的领主，胖子老佛朗。我爷爷就住在那边。万岁！他来了。老佛朗真棒！"

一匹膘肥体壮的大马走在队伍最前头，马背上骑着的人肩宽腰阔、年迈须白，但仍身穿铠甲，头戴黑盔，带着一根沉重的长矛。他身后列队行进的是一队风尘仆仆但士气昂扬的士兵，全副武装，带着巨大的战斧。他们神情严肃，但比皮平目前在刚铎见到的所有人都要矮一些也黑一些。

"佛朗！"人们高呼，"真诚的心意，真正的朋友！佛朗！"但是当洛斯阿尔那赫的人走过之后，他们嘀咕道，"这么少！两百人，他们有多强？我们本来指望会有十倍于此数的人前来。这一定是黑舰队的新动向造成的。他们只能抽出十分之一的兵力前来。不过，有总比没有强。"

就这样，一支支队伍前来，在称颂与欢呼中穿过了城门。他们是外疆的人类，在这个黑暗时刻远道而来，防守刚铎的白城。但所来的人总是太少，总是少于人们期望和需要的。凛格罗谷地的领主之子德尔沃林带来了三百名步兵。高大的杜因希尔和他的两个儿子杜伊林与德茹芬，从墨松德的高地，也就是黑源河大谷地，领了五百弓箭手前来。从安法拉斯，也就是遥远的长滩，来了一长队人，由猎人、牧人和小村庄村民这样的各色人等组成，除了他们的领主戈拉斯吉尔的自家卫队，余者几乎没有武器装备。从拉梅顿来了少数剽悍的山民，但是没有头领。从埃希尔来了几百个从船上抽调出来的渔民。从"绿色丘陵"品那斯盖林来的"白肤"希尔路因，带来了三百个身穿华丽绿衣的人。最后前来也最有尊贵气度的，是城主的姻亲、多阿姆洛斯的亲王伊姆拉希尔，烫金的旗帜上绣着大船与银天鹅的家徽，他带来了一队骑着灰马、全副武装的骑士，骑士之后跟着七百名武装的士兵，都如贵族一样高大，灰眸黑发，且行且歌。

　　而这就是全部了，满打满算还不到三千。不会再有人来了。呼喊声与踏步声进了城，逐渐消失。观看的人群默然伫立了一会儿。风已经停了，沙尘悬浮在空中，暮色正在变浓。城门关闭的时间已经快到了，红色的夕阳已经沉落到明多路因山背后。阴影投下，笼罩了石城。

　　皮平抬起头，感觉天空变成了灰烬的颜色，头顶仿佛悬着一大片沙尘和浓烟，透下来的光线一片黯淡。不过，西方天际的落日将烟尘尽数熏染得火红，屹立的明多路因山此时映衬着斑斑余烬点缀的火烧云霞，显得漆黑一团。"美好的一天，就这样在怒火中结束了！"他说，忘了身边还站着一个孩子。

"要是落日钟响我还没回去的话，就真会这样啦。"贝尔吉尔说，"来吧！关闭城门的号音吹响了。"

他们手牵着手走回城中，是城门关闭前进去的最后两个人。他们来到灯匠街时，所有塔楼的钟都庄严地敲响了。众多窗户亮起了灯火，从各处家居和沿着城墙的士兵营房里传出了阵阵歌声。

"这会儿先说再见啦。"贝尔吉尔说，"请代我跟我父亲问好，感谢他给我送来同伴。我请求你快点再来。现在我几乎盼望没有战争了，这样我们也许可以度过一些开心的时光。我们或许可以一起旅行，到洛斯阿尔那赫我爷爷家去。春天去那里真的很棒，森林里和原野上到处开满了鲜花。不过，也许我们还会有机会一起去。他们永远都征服不了我们的城主，而且我父亲非常英勇。再见，记得再来啊！"

他们分开了，皮平匆匆赶回王城。路似乎很远，他越来越热，肚子又饿得不行。夜幕迅速降临，天一下子就黑了。天空中一颗星星也没有。他赶到食堂时晚饭已经开始了，不过贝瑞刚德高兴地向他问好，让他坐在自己身边，听他讲述自己儿子的事。饭后皮平又略待了一阵就起身告辞，因为他莫名地感到忧虑，他现在很想再见到甘道夫。

"你能找到路吗？"贝瑞刚德站在小厅的门口问。这厅在王城北边，他们刚才就坐在里面。"今晚很黑，而且还会更黑，因为命令下来了，城里的灯火要保持昏暗，城外则不得见到任何亮光。我还可以透露给你一个消息，是命令：德内梭尔城主明天一早会召见你。恐怕你不会被分派到第三连队来了。不过，我们还是有希望再见面。再见，祝你安眠！"

住处的房间里很黑，只有桌上点了盏小灯。甘道夫不在。皮平心中的忧虑越发沉重了。他爬上长凳，竭力想朝窗外望，但那就像看进一池墨水一样。他爬下来，关上百叶窗，上床睡觉。有好一会儿，他躺在床上留神听着甘道夫回来的动静，然后，他陷入了很不安稳的睡眠。

夜里，他被灯光惊醒，发现甘道夫回来了，正在隔着帘幕的外间来回踱步。外头桌上摆着蜡烛和一些羊皮纸卷。他听见巫师叹气，喃喃道："法拉米尔什么时候才会回来？"

"哈罗！"皮平把头探出帘幕说，"我以为你已经彻底把我忘了。真高兴看见你回来。好长的一天啊。"

　　"而夜晚又会太短。"甘道夫说，"我回到这里来，是因为我需要独自安静片刻。趁着还有床可睡，你该赶紧睡。日出时我会带你再次去见德内梭尔城主。不，该说当召唤来时，而不是日出时。大黑暗已经开始，黎明不会再临。"

第二章

灰衣劲旅的征程

梅里回到阿拉贡身边时，甘道夫已经走了，捷影的隆隆蹄声也消失在黑夜里。梅里只有一个很轻的小背包，因为他的行李落在了帕斯嘉兰，现在他只有几件有用的东西，还是从艾森加德的废墟中捡来的。哈苏费尔已经上好鞍具。莱戈拉斯、吉姆利和他们那匹马都站在近旁。

"好啦，远征队还有四个人在此。"阿拉贡说，"我们会一同骑马前行。不过，如我所料，我们不会独自上路。现在国王已经决定立刻出发。因为来了那个会飞的阴影，他希望趁着黑夜的掩护回到山里去。"

"然后去哪里？"莱戈拉斯问。

"我还不确定。"阿拉贡答道，"至于国王，他先前在埃多拉斯下达过召集令，从现在起四夜之后，他会赶赴集结之地。我想，他会在那里听到战争的消息，洛汗的骑兵将会南下前往米那斯提力斯。至于我，以及任何愿意跟我走的人……"

"我算一个！"莱戈拉斯叫道。"外加吉姆利！"矮人说。

"这么说吧，我看自己的前途，其实很黑暗。"阿拉贡说，"我也必须南下前往米那斯提力斯，但我还看不到路在何方。一个预备已久的时刻正在临近。"

"别丢下我！"梅里说，"我一直没多大用处，但我不想跟个包袱似的被撇在一边，等到事情都完了才有人理会。我想那些骑兵现在不想被我拖累。不过，国王确实说过，等他返回自己的宫殿，我要坐在他旁边，给他讲所有跟夏尔有关的事儿。"

"是的。"阿拉贡说，"梅里，我想你的路与他是一致的，但别期待欢乐的结局。恐怕希奥顿要过上很久才能重新安坐在美杜塞尔德中。许多希望将在这个残酷的春天里凋萎。"

不一会儿众人便准备好启程了。共有二十四匹马，吉姆利坐在莱戈拉斯身后，梅里坐在阿拉贡身前。他们即刻出发，彻夜疾驰，然而才过了艾森河渡口的坟冢不久，忽有一骑从队伍后方疾赶上前。

"陛下，"他对国王说，"我们后面有骑兵。我们横过渡口时，我就觉得自己听见了他们。现在我们确定了。他们快马加鞭，正在赶上我们。"

希奥顿立刻下令停止前进。骑兵们掉转马头，抓起了长矛。阿拉贡下了马，将梅里放到地上，然后拔剑立在国王的马镫旁。伊奥梅尔带着侍从掉头骑到队伍后方。梅里觉得自己空前地像个多余的包袱，他暗暗想着万一打起来该怎么办。假如国王这支小卫队遇到埋伏并被击败，而他逃进了黑暗——只身待在洛汗的荒原中，面对茫茫无尽的路途，不知自己身在何处？"这可不妙！"他想。他束紧腰带，拔出了剑。

西沉的月亮被一大片浮云遮住了，但又突然钻了出来，无遮无挡。接着，人人都听见了马蹄声，与此同时，他们看见一群黑影从渡口飞快地沿路奔来。月光不时在矛尖上闪烁。追赶者的人数看不清楚，但看起来绝不比国王的卫队少。

当他们来到五十步开外时，伊奥梅尔高声喊道：

"停下！快停下！何人在洛汗纵马奔驰？"

那些追赶者立刻勒马止步。万籁俱寂。月光下但见一位骑手下了马，缓步走上前来。他举起一只手，掌心朝外，空无一物，这是和平的手势。但国王的护卫都抓紧了武器。来人到了距离十步的地方，便停了步。直立的黑色身影表明他很高。接着，他清晰的嗓音响了起来。

"洛汗？你说洛汗？听到这个词真令人高兴。我们从极远之处匆匆赶来，正是在寻找此地。"

"你们已经找到了。"伊奥梅尔说，"你们越过那边的渡口，就进入了洛汗。但此地是希奥顿王的领土，无他恩准，不得在此纵马奔驰。你们是什么人？为何如此匆忙？"

"我是北方的游民，杜内丹人哈尔巴拉德。"那人大声道，"我们在寻找阿拉松之子阿拉贡，我们听说他人在洛汗。"

"你们也找到他了！"阿拉贡叫道。他将手上的缰绳交给梅里，奔上前去拥抱来人。"哈尔巴拉德！"他说，"再也没有比这更令我喜出望外的了！"

梅里大大松了口气。他原以为这是萨茹曼的最后一手诡计，趁国王只有少数护卫时在半路上伏击。不过看来不需要为保卫希奥顿而牺牲了，至少眼下还不需要。他收剑入鞘。

"没事了。"阿拉贡回身说，"他们是来自远方我家乡的族人。不过他们为什么来，又来了多少人，哈尔巴拉德会告诉我们的。"

"我带来了三十人。"哈尔巴拉德说，"仓促之间我们只能召聚到这么多族人。但是埃尔拉丹和埃洛希尔兄弟跟我们来了，他们渴望参战。我们一接到你的召唤，就以最快的速度赶来了。"

"但我并未召唤你们，"阿拉贡说，"我仅有期盼而已。我经常想到你们，今晚尤甚，但我并没有送出只言片语。不过，来吧！这类细枝末节都等以后再说。你们找来时，我们正冒着危险匆促赶路。现在，如果国王恩准，你们就跟我们一起走吧。"

事实上，希奥顿听了这个消息，非常高兴。"这真是太好了！"他说，"我的阿拉贡大人，你这些族人但凡有像你之处，如此三十位骑士就会是一支劲旅，实力绝不能用人数估算。"

于是，骑兵们再次出发，阿拉贡与杜内丹人一起骑马走了一段时间。当他们说完北方和南方的消息后，埃洛希尔对阿拉贡说：

"我给你带来我父亲的口信：**时日短促。汝欲急行，勿忘亡者之路。**"

"我总感觉时日苦短，难以达成我切望之事。"阿拉贡回答，"但除非当真急迫，我不会选那条路。"

"这点很快能见分晓。"埃洛希尔说，"不过，这些事我们就别在大道上谈论了！"

阿拉贡又对哈尔巴拉德说："兄弟，你拿的那是什么东西？"因为他看见对方拿的不是长矛，而是一根长杆，看来像是军旗，但又用黑布裹着卷起，外加多道皮绳系紧。

"这是我给你带来的，是来自幽谷女士的礼物。"哈尔巴拉德答道，"她暗地里用了很长时间才制成。不过她也有话给你：如今**时日短促。若非我们的希望来临，便是一切希望破灭。因此，我赠你为你所制之物。再会了，精灵宝石**[1]！"

阿拉贡说："那么我知道你带来的是什么了。且再帮我拿一阵子吧！"他回头眺望明亮繁星之下的北方，接着陷入了沉默。整夜的旅途中，他都没再开口。

当他们终于骑马爬上深谷的宽谷，回到号角堡时，夜已将尽，东方露白。他们在号角堡中躺下休息片刻，便开始议事。

梅里一直睡到被莱戈拉斯和吉姆利叫起来。"日上三竿啦！"莱戈拉斯说，"旁人全都起来干活儿了。快起来，懒虫少爷，趁还有机会快看看这个地方！"

"三夜之前这里打了一场大仗。"吉姆利说，"莱戈拉斯跟我来了一场比赛，我就赢了他一个奥克而已。快来看看这是个怎样的地方吧！而且梅里，这里还有山洞，美妙的山洞！莱戈拉斯，你想我们要不要去看看？"

"不行！没有时间。"精灵说，"别匆促糟蹋了美景！我已经对你承诺，等和平与自由的年日再度来临，我会与你一同回到此地。可是现在快到中午了，我听说到时我们吃了饭，就要再次出发。"

梅里爬起来打了个大呵欠。他觉得短短几个钟头的睡眠根本不够，他很累，心情还相当沮丧。他想念皮平，感觉自己只是个负担而已，而且人人都在为一件他不完全明白的事加紧计划着。"阿拉贡哪里去了？"他问。

"在号角堡里的议事室中。"莱戈拉斯说，"我想他既没休息也没睡觉。他几个钟头前去了那边，说他必须好好考虑一下，只有他的族人哈尔巴拉德陪着他去了。他心中有种不祥的疑虑，或是担忧。"

"这些新来的真是一群异人。"吉姆利说，"他们这些人坚定强壮，有王家风范，洛汗的骑兵跟他们相比差不多就像毛孩子。他们神情严肃，多数人有种沧桑气质，就像饱经风霜的岩石，连阿拉贡自己也是，而且他们都沉默寡言。"

"但他们开口时，也正像阿拉贡一样彬彬有礼。"莱戈拉斯说，"还有，你注意到埃尔拉丹和埃洛希尔兄弟了吗？他们的衣甲不像旁人那么灰暗，并且像精灵贵族一样容貌俊美，风度翩翩；不愧是幽谷的埃尔隆德之子。"

"他们为啥要来？你们听说了吗？"梅里问。他这会儿已经穿好衣服，将灰斗篷甩到肩上披好。三人一起出门，前往已经毁坏了的堡门。

"你也听见啦，他们是回应了一项召唤。"吉姆利说，"他们说，有话传到幽谷：'阿拉贡需要自己的族人，让杜内丹人驰往洛汗找他！'但他们现在很疑惑这口信是谁送去的。要我猜，那是甘道夫送去的。"

"不，是加拉德瑞尔。"莱戈拉斯说，"她不是已经借着甘道夫之口说了吗？提到了从北方驰来的灰衣劲旅。"

"没错，你说对了。"吉姆利说，"森林夫人！她看穿了许多人的心思与渴望。现在，莱戈拉斯，我们何不也期盼一些自家的族人前来帮忙？"

莱戈拉斯站在大门前，明亮的双眼改望向遥远的北方和东方，担忧的神色浮上了俊美的脸孔。"我认为他们没人会来。"他答道，"他们无须驰来参战。战争已经侵入了我们的家园。"

三个同伴一起步行了一会儿，边走边聊着先前那场战斗的波折。他们从损坏的大门走下去，经过路旁草地上那些阵亡将士的坟冢，最后站到海尔姆护墙上，眺望着宽谷。死岗已经耸立在那里，乌黑、高耸、堆着岩石，草地被胡奥恩大肆践踏过的痕迹依然清晰可见。黑蛮地人和很多号角堡的守军还在护墙、原野和后方损坏的墙周围忙碌着。然而一切显得异乎寻常地安静——这座疲惫的山谷历经浩大风雨摧残，正在休息。不一会儿他们便转身回去，前往堡中的大厅吃中饭。

国王已经先到了，他们一进门，国王就立刻招呼梅里，让他过来坐在自己旁边。"这并不合我的意，"

希奥顿说，"因为这里实在不像我在埃多拉斯的美丽宫殿，你的朋友也已经走了，他本来也应该在这里。然而可能还要等很久，你我才能坐在美杜塞尔德的大桌前，而等我回到那里，恐怕也没时间设宴。不过，来吧！先吃喝一些，趁现在还行，我们一起聊聊。然后你就要跟我一起走。"

"我吗？"梅里惊讶又开心地说，"这实在太棒了！"任何善意的话语都不曾令他如此感激过，"恐怕我只会碍大家的事，"他结结巴巴地说，"但是，您知道，我乐意去做力所能及的一切。"

"我完全相信。"国王说，"我已经让人给你准备了一匹山地小马。它能像任何大马一样，在我们要走的路上驮着你迅速奔驰。因为我将选择从号角堡走山路而不是平原，取道黑蛮祠前往埃多拉斯，而伊奥温公主正在黑蛮祠等我。若你愿意，你可以做我的侍从。伊奥梅尔，这里能不能找到适合给我这个佩剑侍从使用的武器铠甲？"

"陛下，这里没有大量兵器。"伊奥梅尔答道，"或许可以找到一顶适合他的轻盔，但我们没有适合他身材的甲胄或佩剑。"

"我有剑。"梅里从座位上爬起来，从自己的黑色剑鞘中拔出了那柄雪亮的短剑。他心中突然充满了对这位老人的敬爱，于是单膝跪地，执起国王的手亲吻。"希奥顿陛下，我，夏尔的梅里阿道克，可以将短剑置于您膝上吗？"他大声道，"若您愿意，请接受我的效忠！"

"我欣然接受。"国王说。他将修长苍老的手按在霍比特人的棕色头发上，祝福了他，"洛汗美杜塞尔德家族的侍从梅里阿道克，平身！"他说，"拿起你的剑，带它去争取好运吧！"

"我将视您如父。"梅里说。

"暂且如此吧。"希奥顿说。

然后他们边吃边谈，不久伊奥梅尔便开口了："陛下，我们出发的时间快到了。"他说，"要我吩咐人吹响号角吗？可是阿拉贡在哪里？他的座位空着，他还没吃饭。"

"我们准备出发。"希奥顿说，"但派人去通知阿拉贡大人，说时间快到了。"

梅里走在国王身旁，随着近卫军一同出了堡门，来到骑兵集结的草地上。许多人已经上了马。这将是一支庞大的队伍，因为国王只留下人数很少的一支守军驻守号角堡，其余可抽调出来的人都前往埃多拉斯参加出征礼[2]。事实上，有一千名执矛骑兵已经趁夜先行，但这时仍有五百多人将与国王一起走，他们多数来自平原和西伏尔德的山谷。

那些游民沉默地骑在马上，略与大队分开。他们队伍整齐，配备着长矛、弓与剑。他们披着深灰色的斗篷，都戴上兜帽遮住了头盔和头。他们的马身躯强壮、威风凛凛，不过鬃毛凌乱。独有一匹马站在那儿没有骑手，那是他们从北方带来的马，名叫洛赫林，它属于阿拉贡本人。所有的马具装备都没有发亮的宝石或金子，也没有任何漂亮的装饰；骑手们也不用任何徽章或标记，只是每个人的斗篷都别在左肩上，用的银别针形状就像一颗放射光芒的星。

国王跨上自己的马雪鬃，梅里骑着名叫斯蒂巴的小马走在他旁边。伊奥梅尔也即刻出了大门，阿拉贡随他一起出来，哈尔巴拉德仍携着那根用黑布卷紧的长杆跟在后面，另外还有两个高大的人，样貌既不年轻也不年老。他们是埃尔隆德的儿子，长得极其相似，几乎没有谁能分辨这二人的不同——都是黑发灰眼，面孔如精灵般俊美，穿着同样的雪亮铠甲，外罩银灰斗篷。走在他们后面的是莱戈拉斯和吉姆利。

但梅里只盯着阿拉贡一人，因为他的变化太惊人了，仿佛一夜之间苍老了好多岁。他容色冷厉，灰暗又疲惫。

"陛下，我内心焦虑。"他在国王的马旁站定，"我听到了异乎寻常的话语，且看见了远方新的危险。我已苦思良久，恐怕现在我必须改变自己的目标了。希奥顿，请告诉我，您现在驰往黑蛮祠，要多久才能到达？"

"现在正午刚过一个钟头整。"伊奥梅尔说，"从现在算起，第三天夜幕降临前我们应该能到达要塞。届时是满月刚过两天，国王所下达的召集令将在隔天生效。要集结洛汗的兵力，这已经是最快速度了。"

阿拉贡沉默了片刻。"三天，"他喃喃道，"那时洛汗才开始集结。但我明白如今也无法再快了。"他抬起头来，似乎已经下了某种决心，神情舒展了不少，"那么，陛下，请您恩准，我必须为我自己和我的族人选用新的计划。我们必须踏上自己的路，不再隐藏行迹。对我而言，秘密行事的时期已经过去了。我会朝东走最快的路，我会取道亡者之路。"

"亡者之路！"希奥顿说，浑身一震，"你为什么说到那条路？"伊奥梅尔转身注视着阿拉贡，梅里觉得近旁的骑手听见这话后无不脸色发白。"如果真有这样一条路，"希奥顿说，"它的入口就在黑蛮祠。但没有活人能够通过。"

"唉！吾友阿拉贡！"伊奥梅尔说，"我本来盼望我们能一同骑赴战场。但你如果要走亡者之路，那么你我别离的时刻就到了，我们极有可能再也不会在日光下重逢。"

"无论如何，我都要走那条路。"阿拉贡说，"但是，伊奥梅尔，我要对你说：我们或许还会在战场上重逢，哪怕有魔多的千军万马阻隔。"

"我的阿拉贡大人，你便按自己的意思做吧。"希奥顿说，"也许，那就是你的命运——踏上旁人不敢走的陌生道路。这次分别令我悲伤，我的军力也因此削弱了。但我现在必须踏上山路，不能再耽搁。再会！"

"再会，陛下！"阿拉贡说，"愿您此去威名远扬！再会，梅里！我将你托付给值得信赖的人们，我们一路追猎奥克到范贡森林时都不敢抱有这样的奢望。我希望，莱戈拉斯和吉姆利将继续与我同进退，但我们不会忘记你的。"

"再见！"梅里说。他想不出别的话来。他感觉自己真渺小，这一大堆不祥的话令他既困惑又沮丧，也令他前所未有地想念皮平那种压抑不住的活泼欢快。骑兵都已整装待发，坐骑也扬蹄不定。他希望他们能就此出发，做个了断。

希奥顿这时吩咐了伊奥梅尔，他举起手来大声下令，骑兵们听令便出发了。他们骑马穿过护墙，下了宽谷，接着迅速转向东，取道一条沿山麓丘陵而行的路，走了一哩左右，路转向南穿回丘陵中，从视野里消失了。阿拉贡骑马上了护墙，目送国王的人马远远下了宽谷。然后他转向哈尔巴拉德。

"三个我爱的人走了，尤其是个子最小的那个。"他说，"他还不知道自己此行的结局，但就算他知道，他仍然会去。"

"夏尔的居民个子虽小，价值美德却大。"哈尔巴拉德说，"他们几乎不知道我们长久以来都在辛苦守护他们边界的安全，但我对他们的无知没有丝毫不满。"

"而现在我们两族的命运交织在一起了。"阿拉贡说，"可是，唉！我们却必须在此分手。好了，我得吃点东西，然后我们也得快点上路。来吧，莱戈拉斯和吉姆利！我吃饭的时候要跟你们谈谈。"

他们一起回到堡中。阿拉贡在大厅中的桌前坐下，却有好一会儿沉默不语，另外两人都等着他开口。"说吧！"莱戈拉斯终于说，"一吐为快，摆脱阴影！我们在阴沉的天亮时分回到这个凄凉的地方之后，出了什么事？"

"一场对我来说比号角堡之战还要严酷的争斗。"阿拉贡答道，"吾友，我看了欧尔桑克的晶石。"

"你竟看了那块该死的魔法石头！"吉姆利惊叫道，一脸震惊与惧怕，"你难道跟——跟他说了什么？就连甘道夫都害怕跟他那么遭遇上。"

"你忘了你在跟谁说话！"阿拉贡厉声道，眼中精光一闪，"我在埃多拉斯门前岂非公开宣告了我的名号？我对他说话，你害怕什么？别怕，吉姆利。"他放轻了声音，严厉的神情也消失了。他看起来就像个被痛苦折磨得失眠多夜的人。"别怕，吾友，我是晶石的正统主人，我有权利也有力量使用它，或者说我是这么判断的。我的权利毋庸置疑，力量也足够——刚好足够。"

他深吸了口气："那是一场激烈的较量，所导致的疲惫也消除得很慢。我没对他说话，并且我最后将晶石扭转，服从我的意志。单单这点，他就会难以忍受。他也看见了我。是的，吉姆利大人，他看见了我，不过他见到的是我的另一个身份，不是你在此所见的模样。如果这对他有利，那么我就做了错事。但我认为并非如此。我认为，他得知我存活于世，如同要害受了打击——因为此事他从前一直不知道。欧尔桑克的那双眼睛没能看透希奥顿的盔甲，但索隆没有忘记伊熙尔杜以及埃兰迪尔之剑。现在，就在他要一展宏图伟愿之际，伊熙尔杜的继承人和那把剑都现身了，因为我向他展示了重铸的剑。他还没有强大到无所畏惧。不，怀疑始终都在啃噬他的心。"

"但是，尽管如此，他仍然驾驭着极大的军力。"吉姆利说，"现在，他会更迅速地发动攻击。"

"仓促的攻击往往会出差错。"阿拉贡说，"我们必须逼迫大敌，而不能再等候他采取行动。吾友，瞧，当我控制了晶石之后，我得知了许多。我看见一种意想不到的重大危险正从南方逼近刚铎，它将牵制大批本来可以防御米那斯提力斯的兵力。倘若不迅速采取对策，我估计白城将在十天内陷落。"

"那它就只能陷落。"吉姆利说，"因为，还有什么援兵可派去那里？就算派了，又怎么能及时赶到？"

"我没有援兵可派，因此我必须亲自前去。"阿拉贡说，"但是，在形势无可挽回之前，只有一条穿过山脉的路能带我去到海边。那就是亡者之路。"

"亡者之路！"吉姆利说，"这个名字就很可怕。就我所见，它也不讨洛汗的人类喜欢。活人走那样一条路还能留得命在吗？而且就算你过了那条路，这么少的兵力又哪够抵挡魔多大军的进攻？"

"自从洛希尔人来到之后，再没有活人走过那条路。"阿拉贡说，"因为它向他们封闭。但是，在这个黑暗的时刻，伊熙尔杜的继承人若是有胆量，或许可以利用它。听着！埃尔隆德的两个儿子从幽谷为我捎来了他们父亲的口信，他乃是最精通学问之人：**要阿拉贡记起先知所言，以及亡者之路。**"

"先知所言又是什么？"莱戈拉斯问。

阿拉贡答道："佛诺斯特的末代国王阿维杜伊在位时，先知玛贝斯曾这样说：

> 阴影一道沉魇大地，
> 黑暗之翼蔓延西侵。
> 守卫之塔震栗，末日进逼历代王陵。
> 山中亡者苏醒，毁诺者的时辰来临：
> 他们将再起身，回到埃瑞赫的黑石，

听见山陵中吹角回鸣。

谁人号声，谁在惨淡微光中

将被遗忘的人唤醒？

乃誓言所托的后裔。

他将从北方而来，身负使命：

唯此人穿越禁门，将亡者之路踏行。"

"毫无疑问是黑暗之途。"吉姆利说，"但在我看来，不会比这些诗句更黑暗。"

"你若想更透彻地理解这些诗句，我就邀请你跟我一起走。"阿拉贡说，"因为我现在要走的就是这条路。但我并非欣然前往，仅仅是迫于需要。因此，唯有你自愿，我才会带你同行，因为你既会遇到艰难险阻，又会遇到极大恐怖，可能还有更糟的情况。"

"即便是亡者之路，我也愿意与你同去，不管它会将我领到哪里。"吉姆利说。

"我也愿意去，"莱戈拉斯说，"因为我不怕亡者。"

"我希望那些被遗忘的人没忘记怎么战斗，"吉姆利说，"否则，我看不出为什么要打扰他们。"

"这一点，我们倘若到得了埃瑞赫，就会知道了。"阿拉贡说，"不过，他们当初背弃的誓言，就是去跟索隆作战，因此，他们若要履行誓言，就必须出战。在埃瑞赫仍立有一块黑石，据说是伊熙尔杜从努门诺尔带来。它设在一座山岗上，山中之王曾在刚铎王国建立之初对着那块黑石发誓效忠伊熙尔杜。然而当索隆归来，再次变得强盛，伊熙尔杜召唤山中之民履行誓言，他们却不肯，因为他们在黑暗年代中曾经膜拜索隆。

"于是，伊熙尔杜对他们的国王说：'汝将成末代之王。倘使事实证明，西方强过汝等之黑暗魔主，吾之诅咒将临于汝及汝之子民：汝等永远不得安息，直到履行誓言之日。因这场战争将旷日持久，尘埃落定之前你必再蒙召唤。'他们逃离了盛怒的伊熙尔杜，也不敢为索隆那边出兵作战。他们藏身于山中秘地，从此不与他人往来，只是在荒山野岭中渐渐衰微。于是，不眠亡者带来的恐怖笼罩了埃瑞赫山和那支民族曾经徘徊的所有地方。但我必须走那条路，因为没有活人能够援助我了。"

他站起身。"来吧！"他喊道，拔出剑来，号角堡光线暗淡的大厅中闪过一道亮光，"前往埃瑞赫黑石！我去找亡者之路，愿去的人请随我来。"

莱戈拉斯和吉姆利没有作答，但都起身跟着阿拉贡出了大厅。戴着兜帽的游民们仍在草地上等候，静默无声。莱戈拉斯和吉姆利上了马。阿拉贡翻身骑上洛赫林。于是，哈尔巴拉德举起一支大号角吹响，嘹亮的号声在海尔姆深谷中回荡。随着这声号令，他们跃马奔腾，如滚雷般奔下宽谷，留在护墙上或号角堡中的人无不惊愕异常，定睛目送他们远去。

当希奥顿经由山中小道缓慢前行时，这队灰衣劲旅在平原上飞速奔驰，第二天下午便抵达了埃多拉斯。他们只在那里短暂停留，便又立刻出发沿山谷而上，就这样在天黑时分来到了黑蛮祠。

伊奥温公主接待了他们，为他们的到来感到欣喜，因为她不曾见过比杜内丹人和埃尔隆德两个俊美的儿子更威武强健之人，但她的目光最常追随着阿拉贡。他们与她共进晚餐，一同交谈，她得知了自从希奥顿骑马离去后发生的一切详情，此前关于这些事她只获得了一些急报。当她听到海尔姆深谷的战斗、敌人的惨重伤亡，以及希奥顿与麾下骑士冲锋陷阵时，她的双眼闪闪发亮。

最后她说："诸位大人，你们旅途疲累，我们仓促间未能妥善准备，只能请你们先将就一夜，明日必为各位准备更舒适的住处。"

但阿拉贡说："不，公主，不必为我们费心了！今晚能在此睡上一夜，明天吃顿早饭，就已足够。因为我有紧急要务在身，明天天一亮我们就得出发。"

她微笑着看他，说："那么大人，这真是善意之举——离开正途绕这么多哩路，给伊奥温送来消息，陪背井离乡的她说话。"

"事实上，没有人会认为这是白跑一趟。"阿拉贡说，"不过，公主，若不是我必须走的路领我来到黑蛮祠，我是不会来的。"

这话令她有些不快，因此她答道："那么，大人，您走错路了。因为离了祠边谷，并无向东或向南的路。您最好还是掉头沿来路回去吧。"

"不，公主，"他说，"我没走错路。早在您出生为这片大地增色之前，我已在此行走。这座山谷有一条出路，而我必须走的路就是那一条。明天我将骑马走上亡者之路。"

她闻言瞪着他，脸色变得苍白一片，如同受了重重一击，许久说不出话来。余人都默然坐着。"可是，阿拉贡，"她终于开口，"难道您的任务是寻死？因为在那条路上，您唯一能找到的就是死亡。他们决不容忍活人通过。"

"他们也许会容忍我通过。"阿拉贡说,"至少我会冒险一试。没有其他的路可走了。"

"可这是疯狂之举。"她说,"在座各位都是声望卓著的英勇之人,您该带他们奔赴急需人手的战场,而不是将他们带入阴影中。我请求您留下来,与我哥哥同行。如此一来,我们的心绪都会昂扬,我们的希望也会更加明朗。"

"这不是疯狂之举,公主,"他答道,"因为我踏上的是一条命定之路。不过那些跟随我的人都是出于自愿。如果他们现在想要留下,稍后与洛希尔人同行,他们可以留下。但我将取道亡者之路,必要的话,就独自上路。"

于是,他们不再交谈,全都沉默用餐。但她的目光始终投向阿拉贡,其他人也看出她心中痛苦万分。终于,他们起身,向公主告辞,感谢她的款待,然后便去休息了。

阿拉贡走向他和莱戈拉斯、吉姆利同住的帐篷,但就在两个同伴进去之后,跟在他后面的伊奥温公主叫住了他。他转过身,见她一身白衣,在黑夜中宛若一团闪烁的清辉,但她的双眼却在燃烧。

"阿拉贡，"她说，"您为什么要走这条致命之路？"

"因为我别无选择。"他说，"我认为唯有如此，我才有希望在这场对抗索隆的战争中尽到自己的责任。伊奥温，我并没有选择这条危险的路。假如我能前往我心牵挂之地，那我现在就会身在遥远的北方，徜徉在幽谷美丽的山谷里。"

她沉默了片刻，像是在思索他这话的含意。接着，她突然将手搭上了他的臂膀。"您是位刚毅的领袖，并且意志坚定，"她说，"而男人就是如此赢得盛名。"她顿了顿。"大人，"她又说，"如果您必须走，请容我跟随您一起去。我已经厌倦了躲藏在山中，我一心盼望去面对危险和战斗。"

"您的责任是跟您的人民在一起。"他答道。

"我总是听到责任！"她叫道，"可我难道不也是出身埃奥尔家族吗？我是女战士，不是保姆！我已经迟疑着等了太久。既然我的双腿似乎已经不再踌躇，我现在难道不能去过我向往的生活吗？"

"很少有人能不失荣誉地那样做。"他答道，"至于您，公主，您难道不是接受了治理百姓的责任，直到他们的君主归来吗？如果当时选的不是您，那么就会有某位元帅或将领被指派负起同样的责任，而不管他是否厌倦这项工作，他都不能擅离职守。"

"为什么总是选中我？"她痛苦地说，"每次骑兵出征时我都该被留下吗？在他们赢得卓著声名时我却在打理家事，然后在他们归来时为他们张罗食宿？"

"一个无人归来的时刻，或许很快就会来临。"他说，"届时，将会需要没有卓著声名的英勇，因为在保护你们家园的最后一战中，没人能活下来铭记那些事迹。但那些英勇的事迹，并不会因为无人赞美而有所失色。"

她答道："您这些话的意思其实就是说：您是个女人，您的本分就是待在家里；但是，当男人在战斗中光荣阵亡，您就有了被烧死在家里的自由，因为男人再也不需要家了。可我出身于埃奥尔家族，我不是女仆。我会骑马，我能使剑，不管是痛苦还是死亡，我都不惧怕。"

"那您怕什么呢，公主？"他问。

"怕牢笼。"她说，"怕待在栅栏后面，习以为常，年老体衰，所有立下丰功伟绩的机会都化为乌有，再也唤不回，或无心去唤。"

"然而您却因为我选择走的那条路危险，便劝说我别去冒险上路？"

"一个人可以这样劝说他人。"她说，"但我并非要您逃离危险，而是要您奔赴战场，您的剑能在那里赢得声名和胜利。我不愿见到一件崇高杰出之物被无谓地丢弃。"

"我也不愿。"他说，"因此，公主，我要对您说：请留下！您的使命不在南方。"

"那些跟随你去的人也一样。他们去，只是因为不愿与你分离——因为他们爱你。"说完她转身离开，消失在夜色里。

当天空露出曙光，但太阳尚未升到东方高高的山脊之上时，阿拉贡已经准备出发。同伴们都已上马，他正要跃上马背，伊奥温公主前来向他们道别了。她一身骠骑戎装，腰间佩着剑。她手捧一只酒杯，先举到唇边轻啜一口，祝他们一路顺风，然后将酒杯奉给阿拉贡。他喝了，说："再会，洛汗的公主！我祝您、您的家族，还有您所有的百姓都平安幸运。请告诉您的兄长：穿过重重阴影，我们将会重逢！"

他此言一出，近旁的吉姆利和莱戈拉斯看她似乎哭了，如此坚强又高傲的人竟会落泪，愈显哀伤难抑。但她问："阿拉贡，你定要走？"

"是的。"他答。

"你真不肯应我所求，容我与这队伍并辔而行？"

"我不能答应，公主。"他说，"没有国王和您兄长的首肯，我不能答应，而他们要明天才会回到此地，我现在却分秒必争，实不能等。再会！"

于是她双膝一跪，说："我求你了！"

"不行，公主。"他说，握住她的手扶她起身，亲吻了她的手，然后便一跃上马，头也不回地策马而去。只有那些深深了解他又离得很近的人，才看得出他所承受的痛苦。

伊奥温如同一座石雕，僵立原地，垂在身侧的双手紧握成拳，就这么看着他们策马进入了黑黝黝的"鬼影山"德维莫伯格下的阴影中，亡者之门就在此山中。等他们从视野中消失，她转过身，像一个眼盲之人那样踉踉跄跄地返回了自己的住处。不过她的百姓无人看到这场离别，因为他们怀着恐惧躲藏起来，直到天光大亮，那些鲁莽的陌生人也已经离去，他们才肯出来。

有些人说："他们是精灵怪。就叫他们去该去的地方吧，进那些黑暗的地方去，永远别回来。这世道已经够邪恶啦。"

他们上路时天色还是灰蒙蒙的，因为太阳尚未爬过前方鬼影山的山脊。他们一路经过成排的古代石像，终于来到迪姆霍尔特，就在这时，一股恐惧也笼罩了他们。此地的黑暗树林，就连莱戈拉斯都没法忍受太久。在昏暗的林下，他们发现了一处开口在山脚的洼地，而一块孤零零的巨石赫然立在路的正中央，如同一根象征厄运的手指。

"我的血都凉了。"吉姆利说，但旁人都默不作声，他的声音消失在脚下阴湿的针叶上。马都不肯从那块充满威胁的石头旁走过，骑手们只好下马，牵着马绕过去。就这样，他们终于进入狭谷深处，那里耸立着一堵陡峭的石壁，黑暗之门就开在壁上，如同黑夜之口，大张在他们面前。它宽大的拱门上方刻着符号与文字，但过于模糊，无法阅读。恐怖如同灰色的蒸汽，自门内涌出。

一行人停了下来。人人心里都感到畏怯，只有出身精灵一族的莱戈拉斯例外——对精灵而言，人类的鬼魂并不可怕。

"这是一道邪恶之门。"哈尔巴拉德说，"死亡就等在门的另一边。尽管如此，我仍敢穿过，但没有马肯进去。"

"但我们必须进去，因此马也必须一起去。"阿拉贡说，"因为，倘若我们当真穿过这片黑暗，往后还有很长的路要走，每延误一个钟头，都会让索隆更接近胜利。跟我来！"

于是，阿拉贡率先而行。那一刻，他的意志之力无比强大，竟使所有的杜内丹人与他们的坐骑都追随他。事实上，游民的马也深爱主人，只要骑手心志镇定地走在旁边，它们甚至愿意面对那道恐怖之门。但洛汗马阿罗德拒绝上前，他站在那里吓得发抖，冷汗直流，让人看着非常不忍。莱戈拉斯用手遮住他的眼睛，对他轻声吟述了一些阴暗中听来非常温柔的话语，直到他肯被领着前进，于是莱戈拉斯也进去了。现在只剩下矮人吉姆利独自站在那里。

他的膝盖打战，这令他对自己十分恼火。"从来没听过这种事！"他说，"精灵能走地道，矮人却不敢！"说完他就一头扎了进去。但他拖着两条灌了铅一般的腿跨进门槛之后，立刻感觉眼前像瞎了一样一片漆黑——即便他是格罗因之子吉姆利，曾经一无所惧地走过世间无数幽深的地方。

　　阿拉贡从黑蛮祠带了火把来，他这时高举着一支火把走在最前，埃尔拉丹和另一个人则走在最后，而吉姆利落在后面跌跌撞撞，竭力要赶上他。除了火把微弱的火焰，他什么都看不见；然而每当一行人暂停下来，他周围都似乎没完没了地响着窃窃私语，那些喃喃的词句用的是一种他从未听过的语言。

　　一行人既没有遭到攻击，也没有遇到拦阻，但是矮人越往前走就越觉得害怕，最主要的原因在于他知道这时已经无从回头——后面的每段路上都已挤满看不见的大军，在黑暗中紧跟着他们。

　　时间就这样流逝，不知过去了多久，吉姆利突然见到了他日后始终不愿回想的一幕。就他所能判断的，这条路很宽，但一行人此刻突然进入了一处极空旷的地方，两旁都不再有石壁。他怕得厉害，几乎迈不开脚步。随着阿拉贡的火把靠近，左边远处有什么东西在昏暗中闪烁着。于是阿拉贡停了下来，走过去看个究竟。

　　"他就不觉得害怕吗？"矮人嘀咕道，"要是在别的洞穴里，格罗因之子吉姆利肯定是头一个朝黄金的闪光奔去的人！但在这里不行！就让它待在那儿吧！"

话虽这么说，他还是凑了过去，只见埃尔拉丹高举着两支火把，阿拉贡跪在地上。在他面前是一副骸骨，属于一个身材高大之人。那人当时身穿铠甲，连马具都完整地摆在一旁，因为山洞中的空气干燥如尘土，他的锁子甲又镀了金。他脸朝下伏在地上，骷髅头上戴的头盔饰有大量黄金，腰带也以黄金和石榴石制成。这时他们已经可以看见，他就倒在山洞另一头的墙前，面对一扇紧闭的石门，指骨仍紧抠在石缝里，身旁有把缺口卷刃的断剑，就像他最后在绝望中用它劈砍过岩石。

阿拉贡没有碰他，只是默然凝视片刻，之后叹了口气起身。"直至世界终结，**辛贝穆奈**的花朵也不会来此盛放。"他喃喃道，"九座坟冢外加七座，如今墓草已青，这么多年来他却一直躺在这扇他无法打开的门前。它将通往何处？他为何要通过？永远不会有人知道了！

"因为那不是我的使命！"他喊道，接着转过身，对后面那片充斥着窃窃私语的黑暗说，"留着你们在邪恶年代中隐藏起来的宝物和秘密吧！我们只要快速通过。让我们过去，然后你们跟来！我召唤你们去往埃瑞赫黑石！"

没有回答，只有一片比先前的窃窃私语更可怕的死寂。接着，一阵寒冷的疾风扫过，火把闪了几闪，尽数熄灭，并且无法再点燃。接下来过了一个钟头还是几个钟头，吉姆利几乎没有印象。旁人继续奋力前进，但他始终落在队尾。恐怖追赶着他，暗暗摸索着，总像就要抓到他；还有一股像是众多模糊足音的窸窸窣窣声紧跟在他背后。他踉踉跄跄地前进，最后像动物一样在地上爬行，觉得自己再也无法忍受了——要么找到出口逃离，要么就疯狂地跑回去，面对那紧跟而来的恐惧。

蓦地，他听见了叮咚的水声，清脆又清晰，就像一块石头落入黑暗阴影织成的梦境。光线渐渐亮了起来，突然间，看哪！一行人穿过了另一道宽阔的高大拱门，一条小溪也伴着他们奔流而出。前方是一条很陡的下坡路，两边都是陡直的峭壁，边缘如刀，直刺上方高远的天空。这道裂谷极深又极窄，竟令天空也显得阴暗了，依稀可见渺小的星星闪烁。不过，吉姆利后来得知，这是他们从黑蛮祠出发的同一天，离太阳下山还有两个钟头。然而他当时感觉到的却是,这很可能是多年以后,甚至异界里的黄昏。

现在一行人再度上马,吉姆利回到了莱戈拉斯身边。他们鱼贯而行,黄昏降临,幽蓝的暮色笼罩,恐惧仍然紧追着他们。莱戈拉斯转头要与吉姆利说话,矮人从面前精灵那双明亮的眼睛中看见了闪光。骑马跟在他们后面的是埃尔拉丹,他是全队的最后一人,但他并不是最后一个在走这条下坡路的。

"亡者跟在后面。"莱戈拉斯说,"我看见了人和马的身影,还有像云絮一样的苍白旗帜,长矛林立,如同雾夜中冬日的灌木丛。亡者跟在后面。"

"是的,亡者骑马跟在后面。他们应召唤而来。"埃尔拉丹说。

终于,一行人就像突然从墙上一条裂缝钻出来似的穿出了裂谷,一道巨大山谷的高处展现在面前,旁边流淌的那条溪流向下落去,形成许多瀑布,发出冷冷的水声。

"我们这究竟是在中洲的什么地方啊?"吉姆利问。埃尔拉丹答道:"我们已经从墨松德河的上游走下来了。这条冰冷的长河就是墨松德河，它最后流入冲刷着多阿姆洛斯城墙的大海。从今以后，你不必再问它是如何得名的了：人类叫它黑源河。"

墨松德山谷形成一处巨大的河湾，河水冲刷着山脉陡峭的南面山壁。陡坡上生满了绿草，但此时一切看起来都灰蒙蒙的，因为太阳已经下山。在遥远的下方，有人类的家居闪动着灯火。这座山谷富饶肥沃，众多百姓居住于此。

接着，阿拉贡没有转身，而是开口高喊，好让所有的人都听见："朋友们，且将疲惫抛到脑后！现在快马加鞭！我们必须在明天之前到达埃瑞赫黑石，路还很长。"于是，他们全都头也不回地策马奔驰在山野中，一直来到一座横跨奔腾急流的桥前，找到了一条向下通往平地的路。

他们所到之处，家家户户门窗紧闭，灯火熄灭。那些在屋外的人吓得大叫，像被追猎的鹿一般疯狂奔跑。四合的夜色里，到处传来同样的呼喊："亡者之王！亡者之王来攻击我们了！"

钟声在远远的下方响起，所有的人都从阿拉贡面前逃开。但这队灰衣劲旅像猎人一样匆匆疾驰，直到胯下的马因为疲乏而步履蹒跚。如此，就在午夜之前，他们终于冒着漆黑如群山中洞窟的黑暗，来到了埃瑞赫山。

长久以来，亡者的恐怖一直笼罩着这座山和周围的空旷田野。因为山顶上立着一块巨大的球状黑石，虽有一半埋在地里，露出的部分仍有一人高。它看起来不似凡间之物，仿佛自天而降——有人真这么相信，但那些还记得西方之地的传说的人，都说它是在努门诺尔毁灭时被带出来的，伊熙尔杜登陆后将它设在此处。山谷里的居民没有人敢接近它，也不敢住在附近。他们说，那是幽灵人的聚会处，他们会在恐惧的时期聚集起来，簇拥在黑石四周，窃窃私语。

一行人来到黑石前，勒马伫立在死寂的暗夜里。接着，埃洛希尔递给阿拉贡一支银号角，阿拉贡将它吹响，近旁的人全都觉得听见了回应的号声，就像从遥远的洞穴深处传来的回音。他们没听见别的声音，但察觉到有一支大军将他们所在的山丘团团围住，并有一阵冷风从群山中刮了下来，好似鬼魂呼出的气息。阿拉贡下了马，在黑石前站定，以洪亮的声音喊道：

"背誓者，你们为何而来？"

黑夜中但听一个仿佛自远方传来的声音回答

他说：

"为了履行我们的誓言，以求安息。"

于是阿拉贡说："这个时刻终于到了。现在，我要去安都因河上的佩拉基尔，你们当随我前去。待到这片大地上索隆的爪牙都被清除，我将认定誓言已经履行，汝等将得以安息，永远离去。因我乃埃莱萨，刚铎伊熙尔杜的继承人。"

说完，他吩咐哈尔巴拉德展开他带来的那面大旗。看哪！旗是黑的，即使上面绣有任何图案，也都隐藏在了黑暗里。四野一片寂静，长夜中再听不见哪怕一声低语或叹息。他们在黑石旁扎营，但被那些可怕的鬼魂团团包围着，几乎没人入睡。

但等寒冷苍白的黎明来到，阿拉贡立刻起身，率领一行人踏上了征程。除了他以外，人人都感觉这是自己有史以来赶过的最急速也最疲惫的一趟路，也唯有他的意志才能驱使他们前进。除了北方的杜内丹人和与他们同行的矮人吉姆利、精灵莱戈拉斯，没有任何凡人能忍受这样的征程。

他们经过塔朗颈，来到拉梅顿。幽灵大军紧跟在后，散发着先声夺人的恐怖。终于，他们抵达奇利尔河上的卡伦贝尔镇，那时背后残阳似血，正沉落到西方远处的品那斯盖林丘陵后方。他们发现小镇和奇利尔河渡口都已荒废，因为许多男人都已离家去征战，而留下的人听说亡者之王即将到来的传言，也全都逃到了山里。然而第二天黎明没有到来，这支灰衣劲旅继续前进，进入魔多风暴的黑暗，淡出了凡人的视野。但是亡者继续追随着他们。

第三章

洛汗大军集结

如今，条条大路都奔往东方汇聚，迎向即将到来的战争与魔影的攻击。就在皮平站在白城的主城门前，观看多阿姆洛斯亲王率众扬旗、骑马进城的同时，洛汗之王也驰出了山岭。

白昼将尽。夕阳的余晖在骑兵们身前投出了狭长的影子。夜色已经在覆盖着陡峭山坡、沙沙作响的冷杉林下悄悄蔓延开来。天色向晚，国王此刻放马缓缓前行。山路这时绕过了一块巨大光秃的岩石山肩，一头扎进了轻声叹息的昏暗树林。骑兵的队伍拉成一字长蛇蜿蜒向下、再向下。当他们终于来到峡谷底部时，发现夜幕已经笼罩了地势深处。太阳已经沉落，瀑布披着暮光。

　　一条自背后的高隘口奔流而下的小溪，一整天都在他们下方深处流淌，跳跃着在青松叠翠的山壁间切出一条窄窄的河道。此时溪水穿过一道石门流出，流进了一座宽阔些的山谷。骑兵们跟着小溪走，蓦地，祠边谷出现在他们面前，黄昏中水声听起来格外喧闹。在那里，这条较小的溪流汇入了雪河的白水，湍急奔腾，冲击着砾石腾起阵阵水雾，向下奔往埃多拉斯以及青翠的山丘和平原。右边远方，雄伟的尖刺山[1]耸立在广大山谷的一头，庞然峰底云雾缭绕，锯齿般的峰顶却终年覆盖着积雪，在尘世之上高高闪耀：东面一片暗青，西面则被夕阳染上了点点猩红。

　　梅里惊奇地眺望着这片陌生的乡野，他在长长的旅途中，已经听了许多有关这地的故事。在他眼里，这是个不见天日的世界：透过昏暗沟壑中的朦胧空气，他只能看见不断升高的山坡，一重巨大的岩壁之后又是一重巨大的岩壁，迷雾缭绕在嵯峨的悬崖上。他坐在马上神思恍惚了片刻，听着喧哗流水，暗林低语，裂石轻响，以及在这一切声音之下正酝酿等候着的无边寂静。他热爱大山，或者说，他曾经热爱对大山的想象——它们在远方传来的故事背景中起伏绵延。但是现在，他被中洲那无法承受的重量压垮了。他渴望坐在一间静室的炉火边，将广阔无垠都关在门外。

他非常累。尽管他们骑马走得很慢，途中却很少休息。一个钟头接一个钟头，在令人筋疲力尽的将近三天时间里，他骑马小跑着上上下下，越过隘口，穿过长长的山谷，横过众多的溪流。有时候碰到路比较宽时，他便走在国王的身侧，没注意到许多骑兵见这两人同行都忍不住微笑——霍比特人骑在毛发蓬乱的灰色小马上，洛汗之王骑在雪白雄骏的高头大马上。那时他就和希奥顿聊天，讲自己的家乡和夏尔居民的日常生活，或换过来，听马克的故事和古时洛汗勇者的作为。不过，大部分时候，尤其最后这一天，梅里都是独自紧跟在国王后面，一声不吭，试图弄明白自己后头的骑手所说的那种声调缓慢、圆润低沉的语言。这种语言中的很多单词他似乎都能听懂，只是发音比夏尔的更饱满有力，但他无法把它们拼成有意义的句子。不时会有骑手放开清亮的嗓门唱上一支激动人心的歌，梅里虽然听不懂唱的是什么，心却也为之雀跃。

尽管如此，他还是觉得孤单，尤其在这白昼将尽之时。他纳闷地想着，皮平到底去了哪里，阿拉贡、莱戈拉斯和吉姆利又将有何等遭遇。接着，他心中突然一凉，他想到了弗罗多和山姆。"我竟忘了他们！"他自责地暗忖，"而他们比我们所有人都重要。我是来帮他们的，可是现在他们如果还活着，也一定是在几百哩开外的地方了。"他打了个寒战。

"终于到了祠边谷！"伊奥梅尔说，"旅程就快结束了。"他们勒马停步。小路出了狭窄峡谷后急遽下降，于是，就如透过一扇高窗，只消一瞥，便将下方薄暮中的大山谷尽收眼底。河边可见一点孤零零的微小灯火在闪烁。

"这段旅程也许结束了，"希奥顿说，"但我还有很远的路要走。两夜前月亮已经圆了，明天早晨我要骑马前往埃多拉斯，集结马克的大军。"

"但是，若您愿意听从我的建议，"伊奥梅尔压低了声音说，"大军集结后您该返回这里，直到战争结束，无论是胜是败。"

希奥顿闻言微笑："不，我儿——我此后就这样称呼你——别对我这老人的耳根说佞舌那些软话！"他挺起身来，回头望向背后的兵马，长长的队伍一直延伸进暮色里。"自我西征以来才短短数日，却似乎已经过了漫长的年岁；但我永远不会再倚着一根拐杖。倘若战争失败，我躲在这山里又有什么用？而如果胜利，纵使我耗尽最后的力量倒下，又有什么可悲之处？不过，我们现在先不说这些。今晚我会在黑蛮祠的要塞安歇。我们至少还能过上平静的一夜。继续前进吧！"

在渐渐深浓的暮色中，他们下坡进了山谷。雪河贴着山谷的西边山壁奔流，小路很快将他们领到一处渡口，浅浅的水流哗哗响着流过卵石滩。渡口有人把守。国王走近时，许多人从岩石的阴影中跳出来，当他们发现来者是国王，均大声欢呼："希奥顿王！希奥顿王！马克之王归来了！"

接着有人吹了一长声号角，号声在山谷里回荡。随即响起了其他的号角声回应，河对岸亮起了许多灯火。

突然，上方高处传来一阵洪亮的喇叭声，听起来像是发自某个空旷的地方，它们的音符汇集成一个声音，隆隆滚过山壁石墙。

就这样，马克之王从西方凯旋，回到了白色山脉脚下的黑蛮祠。他发现，他的百姓的剩余兵力业已在此地集结起来，因为他归来的消息刚一传开，将领们便骑马来到渡口迎接他，并带来了甘道夫的口信。领头的是祠边谷百姓的领主敦赫雷。

"陛下，"他说，"三天前的黎明时分，捷影犹如一阵风般从西方而来，到了埃多拉斯。甘道夫带来了您战胜的消息，让我们心中极为高兴。但他也带来了你的口信，要骑兵们抓紧集结。然后，就来了会飞的魔影。"

"会飞的魔影？"希奥顿说，"我们也看见它了，但那是在甘道夫离开我们之前的深夜死寂时分。"

"陛下，也许吧。"敦赫雷说，"但是同一个——或同类的另一个——形状好像畸形的大鸟，一团飞翔的黑暗，在那天早晨掠过了埃多拉斯，所有的人都怕得发抖。因为它朝美杜塞尔德俯冲下来，当它飞低，几乎碰到屋顶两端的山墙时，发出了一声叫人心跳都要停了的尖叫。事后，甘道夫建议我们不要在平原上集结，而是到山脉下的山谷中来迎接您。他还吩咐我们，不到万不得已不要多点火光。我们都照办了。甘道夫说话极有权威。我们相信您也会希望我们听他的话。祠边谷从来没见过这种邪恶可怕的事。"

"做得好。"希奥顿说，"我现在骑往要塞。我休息前要会见元帅和将领们。让他们尽快过去见我！"

路现在朝东直接横过山谷，此处山谷只有半哩多宽。四周全是或平整或崎岖的野草地，这时在逐渐降临的夜幕下灰蒙蒙一片，但在前方谷地的远端，梅里看见一道起伏的墙，那是尖刺山最后一条巨大的山根，在数不清的岁月以前被河流割裂在外。

平地上到处都聚集了大群大群的人。有些挤到路边，高声欢呼着迎接从西边归来的国王与骑兵。但在人群后方，一排排整齐的帐篷和木棚、一行行拴在桩上的马朝远处一直伸展开去，还有大量的武器，堆叠的长矛好似新栽的树林，根根竖立。整支集结的大军正没入夜影，不过，尽管寒冷的夜风从高处刮下，却无人点起提灯，也无人生起火堆。哨兵们裹着厚实的衣物，来回巡逻。

梅里好奇这里到底有多少骑兵。在这聚拢的夜色里，他猜不出他们的数目，但感觉是支庞大的军队，有成千上万之多。他还在东张西望，国王一行人已经来到山谷东面耸立的峭壁底下。小路在此突然开始攀升，梅里大为惊讶地抬头望去。这种模样的路，他过去从未见过。这是在那些连歌谣都未能忆及的久远年代中，人类手工建成的伟大杰作。它如一条盘绕的长蛇，蜿蜒而上，钻山开路，横过陡峭的岩石山坡。它陡如阶梯，忽前忽后盘旋着爬升。这条路马匹可走，马车也可慢慢拉上；但只要上方有人把守，敌人除非从天而降，否则绝不可能攻上去。路的每个拐弯处都立有雕刻成人形的巨石，它们有庞大笨拙的四肢，盘腿蹲坐，粗短的胳臂交叉抱着，搁在胖肚子上。由于岁月的剥蚀，有些已经失去脸部五官，只剩下眼部的两个黑洞，仍悲伤地盯着路过的人。骑兵们几乎看都不看这些他们称之为"菩科尔人"的石像一眼，对它们不加理会，因为其中蕴含的力量和恐怖都已荡然无存。不过梅里惊奇地凝视着它们，看它们这样凄凉地立在昏暗中若隐若现，他感到有种说不出的同情。

过了一阵子，他往回望，发现自己已经爬到山谷上方数百呎高了，但在遥远的下方，他仍可依稀看见蜿蜒成一线的骑兵在涉过渡口，沿着路去往为他们准备好的营地。只有国王和近卫军才会登上要塞。

最后，国王一行人来到一座峭壁边缘，攀升的路在此穿入岩壁之间的缺口，这么走上一小段斜坡，便出到一片宽阔的高地上。人们称这片高地为菲瑞恩费尔德，它是片长满青草和欧石楠的青翠山地，高踞在雪河深陷的河道上方，又躺在后方崇山峻岭的膝上——往南有尖刺山，往北则是锯齿状的大山艾伦萨加，而在两者之间面对着骑兵们的，是"鬼影山"德维莫伯格自沉郁苍松覆盖的陡坡中高拔而起的冷峻黑障。菲瑞恩费尔德高地被两排不成形状的立石一分为二，这些立石延伸出去，逐渐隐匿在暮色里，消失在群树间。若有人大胆沿着此路走下去，很快就会来到德维莫伯格山下黑暗的迪姆霍尔特，看见那根充满威胁的石柱，以及禁门那张着大口的阴影。

这就是黑暗的黑蛮祠，久被遗忘之民的杰作。他们的名号已经失传，没有歌谣或传说还记得。他们为什么建造这个地方，是把它当作村镇、秘密的神庙还是诸王的墓冢，都无从得知。在黑暗年代中，在还没有船只来到西边海岸的时期，在杜内丹人的刚铎王国建立之前，这些人已经在此劳作。如今他们已经消失，只留下古老的菩科尔人仍坐在路的拐弯处。

梅里瞪着那两排延伸而去的岩石，它们颜色漆黑，剥蚀得厉害，有的倾斜，有的倒塌，有的龟裂或断裂，看起来就像两排衰老又饥饿的牙齿。他好奇它们会是什么，而且希望国王不会顺着这两排立石走到尽头的黑暗里。接着，他看到在石路两边均搭有小群小群的帐篷和木棚，但它们不靠树林，反而像是要避开树林，一起挤在悬崖边。菲瑞恩费尔德的右侧较为宽阔，帐篷数量也较多，左侧的营地小一些，不过中间立着一座很高的大帐篷。这时有位骑兵从这一边出来迎接他们，于是他们离开道路走了过去。

待得走近，梅里看见那位骑兵是女子，长发编成辫子，在暮光中闪闪发亮，但她戴着头盔，像战士一样身穿齐腰短甲，腰间带着长剑。

"马克之王，向您致敬！"她喊道，"我心为您的凯旋而欢欣。"

"你呢，伊奥温？"希奥顿说，"你一切都好吗？"

"一切都好，"她答道。但梅里觉得，她的声音并不由衷——假如真能相信面容这么坚定不屈的人也会哭，他就会认为她其实此前一直在哭。"一切都好。只是人们突然背井离乡，这条路他们走得疲惫又厌倦，也有怨言，因为我们很久不曾被战争驱离青翠的原野了。不过并没有发生什么恶事。正如您所见，现在一切都井然有序。您下榻之处已经预备妥当，因为我得到了关于您的详细消息，知道您会几时来到。"

"这么说，阿拉贡已经来了。"伊奥梅尔说，"他还在这里吗？"

"不在，他走了。"伊奥温转过身，望向东方和南方天空映衬下的黑暗群山。

"他往哪里走了？"伊奥梅尔问。

"我不知道。"她答道，"他在夜里到来，昨天一早太阳还没爬过山顶就骑马离去。他走了。"

"女儿，你很哀伤。"希奥顿说，"出了什么事？告诉我，他是不是提到了那条路？"他顺着黑暗中那两排往德维莫伯格去的立石，指向远处，"那条亡者之路？"

"是的，陛下。"伊奥温说，"他已经进入那片人人都一去不返的阴影。我劝阻不了他。他走了。"

"那么，我和他的路就分开了。"伊奥梅尔说，"他回不来了。我们必须在没有他的情况下出征，而我们的希望更渺茫了。"

他们不再说话，慢慢穿过矮小的欧石楠和高地的青草丛，来到国王的大帐篷前。梅里发现那里什么都准备好了，他自己也没被遗漏。国王的住处旁已经搭好了一个小帐篷，他独自坐在里头，而人们来来去去，进入国王的帐篷，与他商议事情。夜色渐深，西边群山那些隐约可见的峰顶上群星环绕，但东方天际一片漆黑，不见一物。那两排立石渐渐从视野里消失，但在它们的尽头，仍然蛰伏着德维莫伯格的广袤阴影，比夜幕更黑。

"亡者之路。"他自言自语地喃喃道，"亡者之路？这究竟是什么意思？现在他们全都离开我了。他们全都奔赴某种厄运——甘道夫和皮平去了东方参战，山姆和弗罗多去了魔多，大步佬、莱戈拉斯和吉姆利去了亡者之路。但我猜很快就会轮到我了。我想知道他们都在谈些什么，国王又打算怎么做。因为我现在必须跟着他走了。"

这些令人沮丧的事想到一半，他突然想起自己肚子很饿，于是起身决定出去看看这陌生的营区里有没有人跟他有同样感觉。不过，就在这时，一声号声响起，有个人过来召唤他，请他这位国王的侍从去国王的餐桌旁待命。

大帐篷靠里的部分有一处用刺绣的挂毯作帘幕隔开的小空间，地上铺着兽皮。那里设着一张小桌，桌前坐着希奥顿、伊奥梅尔和伊奥温，以及祠边谷的领主敦赫雷。梅里站在国王的高脚凳旁待命，过了一会儿，老人从沉思中回过神来，转过身来对他微笑。

"来吧，梅里阿道克少爷！"他说，"你不该站着。只要我还在自己的土地上，你就该来坐在我旁边，讲故事宽慰我的心。"

他们在国王的左手边给霍比特人挪出了空位，可是没有人要他讲故事。事实上，几乎没人说话，多数时候他们都只是默默吃喝着。到最后，梅里终于鼓起勇气，问了那个一直折磨着他的问题。

"陛下，我已经两次听到了亡者之路。"他说，"那到底是什么？大步佬——我是说阿拉贡大人——他到哪儿去了？"

国王叹了口气，但没人回答。"我们不知道，我们的心情也很沉重。"最后是伊奥梅尔开了口，"至于亡者之路，你已经亲自走上了此路的第一段。不，我不该讲不吉利的话！我们爬上山来的这条路，通往迪姆霍尔特那边的那扇门。但进了门之后是什么情况，没有人知道。"

"没有人知道，"希奥顿说，"不过古代传说中多少有些传闻，只是现在很少提及了。埃奥尔家族这些自父及子、代代相传的古老传说倘若不假，那么在德维莫伯格山下的那扇门通往一条从大山底下穿过的密道，去往某个已被遗忘的终点。但是，自从布雷戈之子巴尔多进入那扇门，却不曾再现身人间，就再也没有人冒险去探索它的秘密了。彼时美杜塞尔德刚刚落成，布雷戈设宴祭祀，巴尔多痛饮之后轻率发誓，结果他再也没回来登上他这个继承人该坐的王座。

"民间传说，来自黑暗年代的亡者把守着那条路，决不容许活人前去他们隐匿的殿堂。不过，有时候人们会看见亡者们自己从那门里出来，像一个个鬼影，走下那条立石标出的路。那时祠边谷的百姓家家户户都紧闭门窗，十分害怕。但是亡者很少出来，除非是有大动荡，或死亡将临。"

"不过，祠边谷有人说，"伊奥温低声说，"就在不久前的几个月黑之夜，有一队装束奇怪的大军经过。无人知道他们从哪里来，但他们沿着这条立石标出的路走了上去，消失在山里，仿佛是去赴一趟密约。"

"这样的话，阿拉贡为什么要走那条路？"梅里说，"你们难道一点儿都不知道他为什么这么做？"

"不知道，除非他跟你这个朋友说了我们没听到的话。"伊奥梅尔说，"现在，活人之地已经无人知道他的目的了。"

"我觉得，比起我第一次在王宫中见到他时，他变化极大，"伊奥温说，"变得更严厉，也更苍老。我以为他是鬼迷心窍，就像是个被亡者召唤之人。"

"或许他是受到了召唤。"希奥顿说，"我心有预感，我再也见不到他了。但他有王者之风，命中注定不凡。女儿，既然你为这位客人哀伤，似乎需要宽慰，那么就听听这个故事，放宽心吧。据说，当埃奥尔一族从北方而来，终于沿着雪河而上，寻找危难时的坚固避难所时，布雷戈和他儿子巴尔多爬上要塞的阶梯，就这样来到那扇门前。有个老得已经无法估算年纪的老人坐在门槛上，他曾经身躯高大，又有君王风范，但那时已经憔悴枯槁如同残石。他们也真的把他当成了石像，因为他一语不发、纹丝不动，直到他们打算从他旁边过去进门。那时，他出了声，声音仿佛来自地底，他们听了大惊，因为他说的竟是西部语：'**此路不通。**'

"于是，他们停下脚步察看，发现他还活着。但他没看他们。'**此路不通。**'他又说了一次，'**此路是身为亡者之人所建，也由亡者看守，直到时机到来。此路不通。**'

"'**几时才是时机到来？**'巴尔多问。但他始终没得到答案，因为老人就在那一刻脸朝下扑倒在地死了。我们的百姓再也不曾得知这群古老的山中居民的事迹。不过，也许预言中的时机终于到了，阿拉贡能够通过。"

"但是，如果不去大胆闯门，又怎能发现时机到了没有？"伊奥梅尔说，"哪怕魔多的千军万马站在我面前，我孤身一人，没有别处可以躲避，我也不走那条路。唉！在这危难时刻，一个如此勇敢无私之人，却叫鬼迷了心窍！这世上的邪物难道还不够多，还要到地底去找？战争就要来了。"

他住了口，因为那时外面传来了喧闹，有人在喊希奥顿的名字，而近卫军正在盘问。

很快，近卫军队长掀开帐帘，说："陛下，这里有个人，是刚铎的信使。他想马上见您。"

"让他进来！"希奥顿说。

一个身材高大的人走了进来，梅里差点惊呼出声，因为有那么一刹那，他以为波洛米尔复活回来了。然后他意识到来人不是波洛米尔，而是个陌生人，不过这人与波洛米尔极其相像，仿佛是他的血亲——同样高大，一双灰眼，气质高傲。他装束如同骑手，身穿精致的铠甲，外罩墨绿色斗篷，头盔的正面镌刻着一颗小小的银星。他手中拿着一支箭，黑色翎毛，有钢倒钩，但箭尖漆成了红色。

他单膝跪下，将箭呈给希奥顿。"向您致敬，洛希尔人之王，刚铎之友！"他说，"我是德内梭尔的信使希尔巩，给您带来这个出战的符物。刚铎情势危急。洛希尔人向来援助我们，但此刻德内梭尔城主请您倾力相助，全速发兵，否则刚铎终将陷落。"

"红箭！"希奥顿接过箭说道，仿佛久已料到有此召唤，但收到它时仍觉畏惧不已。他的手颤抖了。"我这一生从未在马克见过红箭！情势真到了如此地步吗？在德内梭尔城主看来，我怎样才算倾力相助，全速发兵？"

"陛下，这只有您自己最清楚。"希尔巩说，"但要不了多久，米那斯提力斯就会遭到围困。德内梭尔城主吩咐我对您说：他的判断是，洛希尔人的强大兵力在城墙内会比在城墙外好，除非您有冲破各方势力包围的实力。"

"但是，他知道我们是一支擅长在马背与平原上作战的民族，以及我们也是一支散居的民族，集结我们的骑兵需要时间。希尔巩，米那斯提力斯的城主掌握的情况比他口信中提到的更多，难道不是吗？你很可能已经发现，我们已经处于战争状态，并非毫无准备。灰袍甘道夫曾在我们中间，即便是现在，我们也在为东方的战事集结兵力。"

"德内梭尔城主对这一切知道或猜到什么，我不能妄言。"希尔巩答道，"但我们确实已到生死存亡的关头。我们城主并非向您下达任何命令，他只请求您记起旧日的友谊和很久以前发下的誓言，并为您自己的利益而尽上全力。我们获得情报，有许多君王从东方骑马前去，为魔多效力。从北方到达戈拉德平原，已有小规模的战斗，也有战争的传闻。在南方，哈拉德人正在调兵遣将，恐惧笼罩了我们的海滨全境，导致我们从那边得不到多少支援。请尽快发兵！因为我们这个时代的命运，将在米那斯提力斯的城墙前决定。倘若这场狂潮不能在那里受到遏制，那么它将会淹没洛汗的全部美丽原野，纵是群山中的这座要塞，也无法成为避难所。"

"噩耗啊，"希奥顿说，"却也不是全然出乎意料。不过，请转告德内梭尔：即便洛汗本土不受威胁，我们也会发兵援助。但我们在对抗叛徒萨茹曼的战斗中损失惨重，而且仍须顾及北边和东边的疆界边防，他传来的消息本身也确定了这点。黑暗魔君这次似乎掌握了极大的力量，他很可能一边将我们牵制在石城前，一边还发动大军在双王之门那边渡过大河发动袭击。

"不过，我们不会再谈论审慎的策略。我们会发兵。出征礼已经定在明天，一切准备就绪后，我们便会出发。我本来打算发兵一万，越过平原令敌人毁志丧气。现在恐怕兵力会减少，因为我不能让我的各处要塞完全无人留守。但我会率领至少六千骑兵前往。告诉德内梭尔：当此时刻，马克之王会亲自领军南下、前往刚铎的领土，尽管他有可能一去不返。但路途遥远，而人与马在抵达目的地时都必须有力气作战。从明天早晨算起，一周之内，你们将会听见埃奥尔子孙的呐喊自北方来到。"

"一周！"希尔巩说，"若必须一周，也只能如此。不过，除非另有援军不期而至，否则从现在起七天之后，很可能您只会看见一片断壁残垣。不过，您至少还能让奥克和黑肤人类不得称心如意地在白塔中庆功宴乐。"

"这我们至少能做到。"希奥顿说，"不过，须知我本人刚从战场上归来，又经过了长途跋涉。现在我要休息了。今晚你在此过夜吧，然后明天你该看过洛汗大军集结再骑马离开，因为你见了这样的景象会宽慰些，休息一夜也会骑得更快。早晨议事才是最好的，夜晚会改变许多想法。"

国王说罢起身，他们也全站起来。"现在每个人都下去休息，睡个好觉吧。"他说，"而你，梅里阿道克少爷，今晚我不需要你了。不过明天日出后，要随时准备好听我召唤。"

"我会准备好的，"梅里说，"哪怕您吩咐我随您踏上亡者之路。"

"别说不吉利的话！"国王说，"因为也许不止一条路可以冠上那个名字。但我并没说我会吩咐你随我踏上任何一条路。晚安！"

"我决不要留下，等大家回来时才被召唤！"梅里说，"我决不要留下，决不。"他在自己的帐篷里不断这么自言自语，直到最后睡着。

他被人摇醒过来。那人叫着："醒醒，醒醒，霍尔比特拉大人！"梅里这下才摆脱酣梦，猛地坐了起来。天似乎还很黑啊，他想。

"什么事啊？"他问。

"国王召唤你。"

"可是太阳还没出来呢。"梅里说。

"是没出来，今天也不会出来了，霍尔比特拉大人。在这样的乌云下，谁都会认为太阳永远不会出来了。但是，就算没有太阳，时间也不会停止。快来吧！"

梅里匆匆套上衣服，向外看去。天地一片黑暗，就连空气似乎都变成了棕色，周围万物不是黑就是灰，而且没有影子，似乎一切都静止了。到处都看不出云的形状，只有遥远的西边例外：在那边，这一片庞然暗影如同摸索的手指，仍在继续缓慢地向前爬行，指间还有一点光漏下来。头顶像是悬着一个沉重的屋顶，阴郁单调，而天光似乎越变越暗，而不是越来越亮。

梅里看见许多人站着仰望，念念有词。他们无不脸色灰白悲戚，有些人还显得很恐惧。他心情沉重地去找国王。刚铎的信使希尔巩已经先他而到，这时身旁站着另外一人，模样跟装束都像他，不过比较矮也比较壮。梅里进去时，他正在对国王说话。

"陛下，它是从魔多来的。"他说，"从昨晚太阳下山后开始。我看见它从您的领土东伏尔德的群山上升起，缓缓爬过天空，我奔驰了一整夜，而它紧随在后，吞吃了满天星辰。现在，这片庞大的乌云就悬在从阴影山脉到此地之间的全境上空，并且还在加深。战争已经开始了。"

国王沉默地坐了片刻。"看来，我们终于还是到了这一步——我们这个时代的大决战。"最后，他开口说，"许多事物将在这场战争中逝去。不过，至少再也不必隐藏行迹了。我们将走大道直路，公然全速奔驰。集结应当立刻开始，不等那些耽延的人。米那斯提力斯的储备如何？如果我们现在必须全速前进，就必须轻装简骑，只携带足够抵达战场的粮食和饮水。"

"我们早已做好准备，存粮极多。"希尔巩答道，"此时请您尽可能轻装疾驰吧！"

"好，伊奥梅尔，召传令官。"希奥顿说，"下令骑兵集合！"

伊奥梅尔出去了，要塞中随即响起军号，接着下方多处吹响了回应的号声。不过梅里觉得它们的声音没有昨晚听起来那么响亮勇敢了。在沉重的空气中，号声显得滞闷粗哑，不祥地嘶鸣着。

国王转向梅里。"梅里阿道克少爷，我要去打仗了，一会儿就要上路。"他说，"我解除你的职务，但我不解除你我的友谊。你该留在这里。你若愿意，就为伊奥温公主效力吧，她会代替我治理百姓。"

"但是，但是，陛下，"梅里结结巴巴地说，"我向您献上了我的剑。希奥顿王，我不愿意这样与您分别。何况，我所有的朋友都去打仗了，我留在后方的话会很丢脸的。"

"但我们都骑高大的快马，"希奥顿说，"你虽有雄心壮志，却骑不了这样的马。"

"那就把我随便绑在哪匹马背上好了，要么就把我挂在马镫或者别的什么东西上！"梅里说，"这条路跑起来很长，但如果不能骑马去，我就用双脚跑去，就算跑断腿，晚到几个星期也要去。"

希奥顿露出了微笑。"与其那样，还不如我带你共骑雪鬃。"他说，"不过，你至少可以跟我一起前往埃多拉斯，看看美杜塞尔德。因为我会走那条路。这一段路斯蒂巴还能载你走，我们要等到达平原，才会开始飞速驰骋。"

于是，伊奥温站起身来。"来吧，梅里阿道克！"她说，"给你看看我为你准备的装备。"他们一起走了出去。"阿拉贡只向我提了这一个要求，"他们在一座座帐篷间穿行时，伊奥温说道，"那就是你该得到武器装备，以备作战。我答应尽力去办，因为我心有预感，一切结束之前，你会需要这些装备的。"

这时她领着梅里来到国王近卫军的住处当中的一座木棚，一个军械官拿给她一顶小头盔、一面圆盾牌，以及其他装备。

"我们没有适合你穿的铠甲，"伊奥温说，"也没时间为你打造这样一套锁子甲。不过这里还有一件结实的皮背心，一条皮带，以及一把刀。剑你已经有了。"

梅里鞠躬感谢，公主又给了他盾牌，它就跟之前给吉姆利的那面一样，盾上嵌有白马的纹章。"把这些都拿去，"她说，"穿戴着它们去争取好运吧！现在，再会了，梅里阿道克少爷！不过，也许我们还会重逢——你和我。"

就这样，在这片逐渐聚拢的昏暗中，马克之王为率领麾下所有骑兵踏上东征之路做好了准备。人们心情沉重，许多人在阴影下感到沮丧畏缩。不过他们是一群坚定的子民，忠于自己的君主。从埃多拉斯流亡来此的居民在要塞中扎营，他们都是妇孺与老人，但尽管如此，仍听不见有什么人哭泣或抱怨。厄运悬在头顶，但他们沉默以对。

两个钟头转瞬即逝，此时国王跨上了他的白马。马在半明半暗中遍体生光，人则显得高大魁伟、气度非凡，尽管他高高的头盔下飞扬着如雪银发。他令许多人为之惊讶，见他毫不屈服、无所畏惧，他们内心也深受鼓舞。

水声喧闹的河边，宽阔的平地上集结了许多连队，有将近五千五百名全副武装的骑兵，另外还有好几百轻装人员，带着备用的马匹。但闻一声号响，国王举起手，马克的大军便鸦雀无声地开始移动。走在最前面的是十二位国王近卫军的成员，都是声名显赫的骠骑战士。接着是由伊奥梅尔伴随在右的国王。他在上方要塞已经跟伊奥温道过别，当时情景念及依然令人哀伤，但现在他已将注意力转向了前方的路途。梅里骑着斯蒂巴跟在他后面，与梅里并骑的是刚铎的两个信使，在他们后面又是另外十二位国王近卫军的骑兵。他们从列成长队等候的大军前经过，众人脸上的神色都坚定严肃、毫不动摇。不过，就在他们快要走到队伍的尽头时，有个人抬起头来，目光锐利地瞥了霍比特人一眼。梅里回看了他一眼，觉得那是个年轻人，个子比较矮，也比大多数人瘦小。他捕捉到那双清澈灰眸中的亮光，登时打了个激灵，因为他突然意识到，那是一张不抱希望、一心赴死的脸。

雪河的流水奔腾着冲刷过岩石，他们沿着河旁的灰路骑行，途经下祠村与上河村。村中有许多女人满脸悲伤，从黑洞洞的门中朝外张望。就这样，没有号角，没有竖琴，没有士兵的歌声，这场浩浩荡荡的东征开始了。此后，在洛汗的歌谣里，人们世世代代都传唱着这次的出征。

在一个黯淡早晨，从黑暗的黑蛮祠，

森格尔之子，带着领主与将士，上马出发了：

他回到埃多拉斯，马克统领的

古老厅堂；霾雾笼罩，

金色堂柱蒙上了郁影沉沉。

他向自由的臣民告别，还有那

殿中炉火与王座，那些神圣的处所，

他曾在此长久欢宴，直到日月晦暝。

国王从这里出发，疑惧抛在身后，

迎向命运在前方。他遵守盟约，

发下的誓言，句句实践。

希奥顿往战场疾驰，连续五个日夜，

埃奥尔一族往东挺进：

穿过伏尔德，芬马克[2]，以及森林菲瑞恩，

六千持矛精兵赶往桑伦丁[3]，

明多路因山脚下的雄伟蒙德堡，

南方王国里，海国之王的主城，

敌寇环伺，炽火连营。

命定的结局催驰，黑暗夺走了

战马与将士，远方的蹄声渐渐

暗哑，只留下歌谣把往事传唱世人。

　　国王确实是在不断加深的郁影中来到埃多拉斯的，虽然算起时间，那不过是中午时分。他只在那里暂作停留，又有六十多位没来得及参加出征礼的骑兵加入了大军。吃过饭后，他便准备再次出发，并向自己的侍从态度和蔼地道别。可是梅里最后一次乞求与他同行。

　　"我已经跟你说过，这趟行军不是斯蒂巴这种小马能胜任的。"希奥顿说，"而且，我们预料要在刚铎的平野上打一场大战。在这样一场战争中，梅里阿

道克少爷，你即使身为佩剑侍从，拥有超过身材的雄心壮志，又能做什么呢？"

"关于这点，谁知道呢？"梅里回答，"但是，陛下，您若不把我留在身边，为什么要接受我做佩剑侍从呢？而且，我不愿意歌谣唱到我时，只说我总是那个被留在后面的人！"

"我接受你是为了护你周全，"希奥顿答道，"也是为了要你遵照我的吩咐行事。我的骑兵没有人能带上你这个负担。假如战争是在我的大门前打响，或许你的事迹会被吟游诗人传唱，但从这里到德内梭尔统治的蒙德堡有一百零二里格。我不会多说了。"

梅里鞠躬，闷闷不乐地退下，眼巴巴地盯着一行行的骑兵。所有队伍都已经准备好要出发了：有的人在收紧马肚带，有的在检查马鞍，有的在抚摸他们的马；有些人不安地凝视着低垂的天空。有个骑兵趁人不注意，悄悄地走上前，在霍比特人的耳边低声开口。

"我们说，'路途常在意想不到之处'。"他悄声说，"我自己就是这样没错。"梅里抬起头来，发现这正是他早上注意到的那个年轻骑兵。"从你脸上，我看得出来你希望跟马克之王同行。"

"是的。"梅里说。

"那么你就跟我走吧。"骑兵说，"我让你坐在我前面，你躲在我斗篷下，直到我们远离此地。而这黑暗还会变得更暗。如此好意不该被拒绝。别再跟别人说话，只跟我来！"

"真是太感谢了！"梅里说，"谢谢您，先生，可是我还不知道您叫什么名字。"

"你不知道吗？"骑兵轻声说，"那么，叫我德恩海尔姆吧。"

事情就这么定了。当国王出发时，霍比特人梅里阿道克坐在德恩海尔姆前面。这对那匹名叫"追风驹"[4]的高壮灰马而言不算什么负担，因为德恩海尔姆虽然身体结实柔韧，却比多数人要轻。

他们迎着阴影驰去。那天晚上，他们在埃多拉斯以东十二里格、雪河汇入恩特河处的柳树丛中扎营。之后，队伍继续前进，穿过伏尔德，再穿过芬马克——在此地，他们右方是一大片攀上丘陵外缘的橡树林，隐在刚铎边界上那座黑暗的哈利菲瑞恩山阴影下；而在左方远处，恩特河众多河口注入的那片沼泽上迷雾笼罩。他们一路前行，北方战争的传言也随之而至。落单的人狂驰而来，带来敌人攻击东面边界的消息，以及成群结队的奥克正朝洛汗的北高原进军。

"前进！前进！"伊奥梅尔高喊，"现在掉头已经太迟。我们的侧翼只能交给恩特河的沼泽来庇护，现在我们必须加速。前进！"

如此，希奥顿王离开了自己的领土，沿着漫长曲折的道路一哩又一哩地前进。卡伦哈德、明里蒙、埃瑞拉斯、纳多，烽火丘逐一向后退去。然而它们的烽火已经熄灭了。整片大地灰暗寂静，横在前方的阴影越来越深，每个人心中的希望也变得越来越渺茫。

第四章

刚铎围城

皮平是被甘道夫唤醒的。房间里点着蜡烛，因为从窗户只透进来昏暗的微光。空气滞重，像是酝酿着雷霆。

"几点了？"皮平打着呵欠问。

"第二个钟头已经过了。"甘道夫说，"是起床收拾好自己准备见人的时候了。城主召唤你去熟悉你的新职务。"

"他管早餐吗？"

"不管！我给你拿来了：都在这儿，然后你得等到中午才有下一顿。依令，现在食物定额配给。"

皮平愁眉苦脸地看着给他摆上的一小块面包，以及（他认为）完全不够抹面包的黄油，外加一杯稀牛奶。"你为啥带我来这里啊？"他说。

"你清楚得很。"甘道夫说，"省得你捣蛋惹事。要是你不乐意待在这儿，不妨记住，这可是你自个惹上身的祸事。"皮平不出声了。

不久，他再次跟随甘道夫走下那条冷飕飕的长廊，来到白塔大殿的门前。大殿里，德内梭尔坐在昏暗中，像只耐心的老蜘蛛。皮平想，从昨天到现在，他似乎都没动过。老人示意甘道夫就座，却把皮平晾在一边站了半晌。这会儿，老人才转向他：

"啊，佩里格林少爷，我希望你如意善用了昨天的时间？不过，恐怕本城的膳食供应无法尽如你意。"

皮平有种很不自在的感觉，那就是他说的话和做过的事，城主不知怎地大半都很清楚，就连他心里想的都被猜了个八九不离十。他没答话。

"你打算如何为我效劳？"

"我以为，大人，你会跟我交代我的职务。"

"等我知道你适合做什么，我会交代的。"德内梭尔说，"不过，我把你留在身边的话，也许能最快得知。我的内室侍从乞求我准他调到外防的戍卫队去，所以你可以暂时顶替他的职位。你要服侍我，帮我传令，若是我能从战事跟会议中偷闲，你还要陪我聊天。你会唱歌吗？"

"会。"皮平说，"呃，会唱，家乡的人认为我唱得还不错。不过，大人，我们没有适合在大殿高堂里和邪恶时期中唱的歌。我们几乎不唱比风和雨更可怕的东西。我会唱的歌大半是些逗趣的，讲的是能让我们大笑的事儿。当然，还有吃吃喝喝之类。"

"为什么这样的歌不适合我的殿堂，或不适合现在这种时刻？我们这些长期生活在魔影之下的人，或许真想听听来自那些不受魔影困扰之地的回声。如此一来，或许我们可以觉得自己不眠不休的警戒并未白费，尽管向来无人道谢。"

皮平的心沉了下去。他可不想在米那斯提力斯城主面前唱任何夏尔的歌曲，那不是什么好主意，尤其是他最拿手的那些滑稽小曲儿——这些歌对这种场合来说实在太……呃，粗俗了。还好，他这时逃过了一劫，没被命令唱歌。德内梭尔转向甘道夫询问有关洛希尔人的情况，包括他们的政策如何，还有国王的外甥伊奥梅尔的地位怎样。皮平闻言十分惊奇，他觉得，德内梭尔肯定已经多年不曾亲自出过国门，可城主似乎仍对那支生活在远方的民族所知甚详。

不久之后，德内梭尔对皮平挥挥手，再次遣走他一段时间。"去王城的武器库，"他说，"去领白塔侍从的制服和装备。我昨天就吩咐下去，现在应该已经准备好了。穿戴好了再回来！"

情况诚如城主所言。皮平很快就发现自己穿上了一身奇怪的服装，全是黑银二色。他身穿一件小锁子甲，甲上的环可能是钢铁锻造的，却黑得像黑玉。头上戴的高冠头盔两侧饰有小小的渡鸦翅膀，盔环中央镶有一颗银星。锁子甲外面罩着一件黑色短外套，胸前用银线绣着白树纹章。他的旧衣被折好收走，但他获准保留罗瑞恩的灰斗篷，不过值勤时不能穿。他不知道，现在他看起来确实就像百姓称呼他的 Ernil i Pheriannath，也就是"半身人王子"了。但是他觉得很不自在，那片昏暗也开始令他心情沉郁起来。

这一整天都黑暗昏沉。从不见太阳的破晓直到傍晚，沉重的阴影越来越深，白城中人人心情压抑。高空中，一团巨大的乌云乘着战争的风，从黑暗之地缓缓朝西涌来，吞噬着光明。云下空气凝滞，令人窒息，仿佛整个安都因河谷都在等候一场毁灭性的暴风雨袭来。

第十一个钟头左右，皮平终于暂时得歇。他出殿去找些吃喝，好让沉重的心情振奋一点，也让自己更耐得住那份服侍的工作。他在食堂里又遇到了贝瑞刚德，他去主道上的戍卫塔楼办了差事，刚从佩兰诺平野那边回来。他们一起出去散步，上了城墙，因为皮平觉得待在室内活像坐牢，就算在高耸的王城里，也仍然叫人窒息。昨天他们在朝东望的箭眼前一起吃东西聊天，这时，他们又并肩坐在了那里。

此时是日落时分，但那片巨大的帷幕已经远远伸展到西方，太阳直至最后要沉入大海的那一刻才逃脱黑云，在夜幕降临之前送出了短暂的道别光辉。正是那时，弗罗多在十字路口看见那束光照亮了那座倒下的国王石像的头颅。但是笼罩在明多路因山阴影下的佩兰诺平野，照不到夕阳余晖，只有一片阴沉的棕褐。

皮平觉得，从上次坐在这儿到现在，似乎已经过了好多年。在某段半被遗忘的时光中，他还是个霍比特人，是个无忧无虑的闲人，几乎没接触过后来经历的那些危险。可现在，他是预备面对猛烈攻击的白城中的一个小兵，身上穿着守卫之塔那令人自豪但色调黯淡的制服。

要是在另外的时间和地点，皮平或许会很满意这身新装，但现在他知道这不是儿戏。他是千真万确在最危险的时刻当上了一位严厉主上的侍从。身上的锁子甲很沉，头盔更是重重地压在头顶。他已经把斗篷扔在一旁的椅子上。他将疲倦的视线从下方黑沉沉的平野上挪开，打了个呵欠，然后叹了口气。

"你今天很累？"贝瑞刚德说。

"是啊，"皮平说，"非常累：没事干和伺候人都累死人。我的主上跟甘道夫、亲王以及别的大人物议事辩论了漫长的好几个钟头，我站在他内室的门口无聊得要死。而且，贝瑞刚德大人，我很不习惯空着肚子伺候别人吃饭。这对霍比特人来说实在是痛苦的考验。毫无疑问，你会认为我该深感荣幸，但是这样的荣幸有什么好？说实在的，在这片悄悄爬来的阴影底下，就算有吃有喝又有什么好？这到底意味着什么？连空气都好像变得又稠又深了！你们这里刮东风的时候经常这么阴暗吗？"

"不，"贝瑞刚德说，"这不是自然的天气，这是他的恶毒策略。他将火焰之山喷出的炙人烟雾送过来，要使我们人心惶惶、一筹莫展。而他确实办到了。我真希望法拉米尔大人回来。他绝不会被吓倒。但现在谁知道他还能不能脱离黑暗，渡过大河回来？"

"是啊，"皮平说，"甘道夫也很焦虑。我想，他发现法拉米尔不在城里，挺失望。可是他自己又上哪儿去了？他在午餐前就离开了城主的会议，而且我看他心情也不好。也许他预感到了坏消息。"

他们说着说着，突然如遭重击般全住了口，僵硬如同侧耳聆听的石像。皮平两手捂住耳朵缩低了身子，但自从提到法拉米尔后就朝城垛外眺望的贝瑞刚德仍待在原地，全身紧绷，眼中充满震惊地瞪着外面。皮平知道他听见的那个令人战栗的叫声是什么。很久以前，他在夏尔的泽地听见过同样的声音，然而现在它包含的力量和憎恨都增强了，穿透人心，注入了恶毒的绝望。

"他们来了！"终于，贝瑞刚德吃力地开口了，"鼓起勇气，过来看看！下面有凶残的东西。"

皮平勉强爬上椅子，越过城墙朝外望去。底下的佩兰诺平野笼罩在一片昏暗中，朝隐约可见一线的大河淡褪而去。然而这时他看见，就在下方的半空中有五个鸟一样的形体，如同太早出现的黑夜幽影，盘旋着越过大河急速飞来。它们恐怖如同吃腐尸的禽鸟，但比鹰还巨大，如死亡般残酷。它们时而俯冲靠近，几乎闯入城墙的弓箭射程内，时而又盘旋飞走。

"黑骑手！"皮平喃喃道，"飞在空中的黑骑手！但是贝瑞刚德，你看！"他喊道，"它们肯定在找什么东西，对吧？你看它们总是盘旋着朝那边那个地方俯冲下去！你看得见地面上有东西在动吗？小小的黑影。对，是骑在马上的人，有四个还是五个。啊！我受不了了！甘道夫！甘道夫快救救我们啊！"

又一声凄厉的长声尖叫响起，然后消失，皮平再次从城墙边退却，像只被追猎的动物一样拼命喘息着。除了那令人战栗的尖叫，他听见下方似乎遥遥传来微弱的号声，结尾的音符长而高亢。

"法拉米尔！法拉米尔大人！这是他呼唤的号声！"贝瑞刚德喊道，"真是勇敢！可是，如果这些地狱来的邪恶鸷鸟还有恐惧之外的武器，他又如何能抢抵城门？但是快看！他们挺住了，他们会冲到城门口的。糟了！马匹在发狂疯跑。看！人被摔出去了，他们用双脚在跑。不，还有一个人在马背上，但他回去找其他人了。那一定是统帅大人：不管是人还是牲畜，他都能掌控。哎呀！那些邪恶的东西有一个朝他俯冲下去了。救救他！救救他啊！难道就没人出去援助他吗？法拉米尔！"

话音一落，贝瑞刚德便拔腿奔进了昏暗中。卫士贝瑞刚德首先想到的是他敬爱的统帅。皮平为自己的恐惧感到羞愧，他爬起身来，朝外望去。就在那时，他瞥见一道银与白的闪光从北而来，就像一颗小小的星从天而降，落到了昏暗的平野上。它箭一般飞速移动，并且越来越快，向正朝城门奔逃的四人迅疾地会合过去。皮平看它周围似乎散发出一团淡淡的光晕，浓重的阴影在它面前一触即溃。在它接近的同时，皮平觉得自己听见一个洪亮的声音在呼喊，就像城墙之间的回音。

"甘道夫！"他喊道，"甘道夫！他总是在最黑暗的时刻出现。前进！前进，白骑士！甘道夫，甘道夫！"他大声狂喊，像在旁观一场激动人心的竞赛，并为那全然不需要鼓励的赛跑者加油。

就在这时，那些俯冲的黑暗阴影察觉了新来者。有一只盘旋着朝他飞去；但皮平觉得他举起了手，一束白光从手中朝上直刺而去。那个那兹古尔发出长长一声哀嚎，猛一转弯飞走了，其他四个见状犹豫，随即迅速盘旋上升，向东飞进了上方低垂的乌云中，消失了。有那么片刻，下方的佩兰诺平野似乎也显得不那么黑暗了。

皮平观看着，见那个骑马的人与白骑士会合，停下来等候那些步行的人。这时人们也从石城里出来，急急朝他们迎去。很快，他们全都来到外墙下，从视野中消失了，他知道他们正在进入城门。他猜他们会立刻上来，到白塔去见宰相，便急忙赶往王城的入口。在那里，他遇到了许多也在高高的城墙上观看了这场竞赛与救援的人。

没过多久，从外环城通上来的街道中便传来了喧嚣，众人的声音欢呼着，喊着法拉米尔和米斯兰迪尔的名字。接着皮平看见了火把，簇拥的人群紧跟在两位缓缓骑行的骑手身后：一个全身白衣却不再闪亮，在微光中只见苍白，仿佛他的火焰已然耗尽或隐去了；另一个衣色沉暗，并且垂着头。他们下了马，马夫牵走了捷影和另一匹马，他们则上前走向门口的哨兵。甘道夫步履稳定，灰斗篷撩到背后，眼中仍隐隐燃着一股火焰。另一个人一身绿衣，像疲惫或受伤的人一样走得很慢，脚步有些蹒跚。

当他们经过拱门下方的灯下时，皮平挤到了前面。他一见法拉米尔那张苍白的脸，就不由得屏住了呼吸。那是一张遭受了极大恐惧或痛苦的袭击，但已控制住并已平静下来的脸。法拉米尔伫立了片刻，跟卫士说话，看起来庄重又严肃。皮平盯着他看，发现他跟他哥哥波洛米尔极其相像——皮平从一开始就喜欢波洛米尔，他很仰慕那位杰出的人类高贵又亲切的态度。蓦地，他心中对法拉米尔涌起了一股前所未有的奇异情感。这人拥有一种尊贵的高尚气质，如同阿拉贡偶尔流露出来的那样——也许不那么尊贵，但也不那么不可估量、遥不可及：这位是人中王者的一员，虽然生在较晚的时代，却仍浸染了年长种族的智慧与悲哀。现在皮平明白了，为什么贝瑞刚德说起法拉米尔的名字时总是满怀敬爱。法拉米尔是一位人们甘愿追随的统帅，是位他皮平也甘愿追随的统帅，哪怕是在黑翼的阴影之下。

"法拉米尔！"他跟着其他人大喊，"法拉米尔！"而法拉米尔在城中众人的喧哗中注意到了他的异乡口音，转过身来低头看向他，大吃一惊。

"你是从哪里来的？"他说，"一个半身人，还穿着白塔的制服！从哪里……"

但他还没说完，甘道夫便走到他身旁开了口："他是跟我一起从半身人的家园来的。"他说，"他是跟我一起来的。不过咱们别在这里逗留了。要说的话跟要做的事还很多，而且你也累了。他会跟我们来。实际上，如果他不像我这么健忘，还记得自己的新职务，他就必须跟来，因为这个钟头他又得在城主身边听差了。来吧，皮平，跟我们走！"

如此，他们终于到了城主的内室。屋中围绕烧木炭的黄铜火盆摆着松软的座椅，酒被送了上来，皮平站到德内梭尔的椅子后面，几乎没人注意，他热切地听着每一句话，简直忘了疲累。

法拉米尔吃过白面包，喝过一口酒后，在他父亲左手边一张矮椅上坐下。甘道夫坐在对侧一把雕花木椅上，离得稍远些。起先他看起来像在打盹，因为法拉米尔一开始只提到了他十天前被派出去执行的任务。他带回了伊希利恩的消息，还有大敌与其盟友的动向。他报告了大道上那场击败哈拉德人和他们的巨兽的战斗。这听起来就是一位统帅在向主上报告那些过去经常听到的军情，它们都是些边界冲突的琐事，此刻显得既无用处，也不重要，没什么光彩可言。

接着，法拉米尔突然看向了皮平。"不过现在我们讲到奇怪的事了。"他说，"因为，从北方的传奇中走出来、进入南方的半身人，这位并不是我看见的第一个。"

一听这话，甘道夫立刻坐直身子，抓紧了椅子的扶手，但他一言不发，并且一眼制止了皮平已经冲到嘴边的惊呼。德内梭尔看着他们的脸，点了点头，仿佛在表示，他早在事情说出来之前就已洞悉始末。余人默然静坐，法拉米尔慢慢讲了他的故事，大部分时候他都看着甘道夫，但不时会扫视皮平一眼，仿佛借此重唤他对见过的另外两人的记忆。

他娓娓道来：自己如何与弗罗多和他的仆人相遇，以及在汉奈斯安努恩又发生了何事。听着听着，皮平发觉甘道夫紧抓着雕花木椅的手在颤抖。他的手这时显得惨白又苍老，皮平盯着那双手看，猛然间也感到一阵恐惧的战栗，他明白了：甘道夫——甘道夫本人，这时也忧虑万分，甚至是在害怕。室内一片室闷压抑。最后当法拉米尔说到他和那些旅人分手，他们决定要去奇立斯乌苟时，他的声音低落下去。他摇了摇头，叹了口气。而甘道夫闻言霍然起身。

"奇立斯乌苟？魔古尔山谷？"他问，"什么时候，法拉米尔，那是什么时候？你什么时候和他们分手的？他们几时会抵达那受诅咒的山谷？"

"我跟他们在两天前的早晨分手。"法拉米尔说，"如果他们朝南直走，从那里到魔古尔都因河谷是十五里格，之后离东边那受诅咒的塔楼还有五里格远。他们最快也得今天才可能到达那里，也许现在还没到。事实上，我知道你在害怕什么。但这股黑暗并不是他们那趟冒险引起的。它起于昨天傍晚，昨夜伊希利恩全境都笼罩在这片阴影底下。我认为情况很明显，大敌谋划已久，要攻击我们，而出击的时间早在那些旅人还处于我保护之下时就已经确定了。"

甘道夫来回踱步。"两天前的早晨，将近三天的路程！这里离你们分手的地方有多远？"

"鸟飞的直线距离大约二十五里格。"法拉米尔答道，"但我无法更快赶回来。昨晚我在凯尔安德洛斯过夜，那是大河北边一个我们用以防守的长岛，马匹则藏在这边的河岸上。随着黑暗蔓延，我知道需要加紧行动，因此我带了另外三个会骑马的人赶回来。我手下其余的战士，我已经派往南边，去增援欧斯吉利亚斯渡口的守卫部队。我希望自己这么做没有错吧？"他看着父亲说道。

"错？"德内梭尔吼道，刹那间双眼射出精光，"你为什么要问我？那些人是由你指挥。或者你是想问问，我对你的所有作为有什么看法？你在我面前显得恭敬有礼，但你早就一意孤行，不把我的建议放在心上。瞧，你一如既往，说话充满技巧，但我——我难道没看见你总用眼睛盯着米斯兰迪尔，询求自己是说得好还是说得太过吗？他早就让你对他言听计从了。

"我儿，你父亲老了，但还没糊涂。我仍像过去一样看得见听得见。你说出来的一半以及你没说的那一半，我都了如指掌。我知道许多谜语的答案。哀哉，哀哉波洛米尔啊！"

"父亲，倘若我所做的令您不悦，"法拉米尔低声说，"我真希望能在这么严重的指责加到我身上之前，事先得知您的看法。"

"而那足以改变你的做法吗？"德内梭尔反问，"我认为你依然会照做不误。我对你了解很。你向来渴望像古时的王者一样，表现得高贵威严又慷慨大度、亲切和蔼、和善贤明。出身显赫王族、大权在握又处于和平时期的君王，这么做或许很恰当，但在危难关头，回报和善的可能是死亡。"

"纵死也罢。"法拉米尔说。

"纵死也罢！"德内梭尔大吼，"但那不只是你死，法拉米尔大人！那还包括了你父亲的死，你所有百姓的死。波洛米尔既死，保护他们就是你的责任！"

"那么，您是不是期望我和他的位置互换？"法拉米尔说。

"是的，我确实这么期望。"德内梭尔说，"因为波洛米尔忠于我，他不是巫师的学生。他会记得他父亲的需要，不会白白浪费幸运的赏赐。他本来会给我带来一件强有力的礼物。"

有那么片刻，法拉米尔放弃了自制。"父亲，我想提醒您，为什么是我在伊希利恩，而不是他。就在不久之前，您的看法至少在某个场合占了优势。是城主本人将那项任务交给了他。"

"那是我自酿的苦酒，别再去搅动它！"德内梭尔说，"如今我岂不是夜夜品尝着这杯苦酒，还预知了杯底的沉渣更苦么？而我现在发现果真如此。真希望事情不是这样！真希望此物是来到我的手上！"

"你该感到安慰！"甘道夫说，"无论如何，波洛米尔都不会把它带来给你。他已经死了，死得光荣。愿他安息！但你却在自欺欺人。他会伸手夺取此物，一旦得到，他必沉沦。他会自己占有它，而当他归来，你会不再认得你的儿子。"

德内梭尔的神色变得严峻冷酷。"你发现波洛米尔不那么好摆布，对不对？"他轻声说，"但我是他父亲，我说他会把它带来给我。米斯兰迪尔，你或许有智慧，然而智者千虑，必有一失。办法是可能找到的，但既不会是巫师的罗网，也不会是愚人的草率。关于此事，我拥有的学识和智见比你以为的更多。"

"那么你的智见是什么？"甘道夫说。

"足以察觉有两件蠢事不能做。第一，使用此物极其危险。第二，当此关头，将它交到一个没脑子的半身人手中，带进大敌亲自坐镇的疆域——正是你跟我这个儿子干的——简直是疯了。"

"那么，德内梭尔大人他又会怎么做？"

"两者都不取。但是，毫无疑问，他绝不会将此物置于奇险当中，而且所倚的只是个蠢货的希望。如果大敌重获他所失去之物，我们会彻底遭到毁灭。不，它该被妥善保存，隐藏起来，藏得极其隐秘。我说，非到万不得已，决不动用它，但要把它放在大敌鞭长莫及之处，他要染指，就要赢得最后的胜利。而到了那时，无论发生何事，我们都不在乎了，因为我们都已经死了。"

"大人，你只考虑了刚铎，你向来如此。"甘道夫说，"但这世界上还有别的人和别的生灵，而且时光还要流逝下去。至于我，我甚至可怜他的奴隶。"

"假使刚铎陷落，其他人又要去哪里寻求帮助？"德内梭尔答道，"假使现在我把此物藏在王城的地窟深处，我们就不会在这片昏暗中胆战心惊，害怕最坏的情况出现，我们也能不受妨碍地制定策略。你若不信任我能经得住考验，你就还不了解我。"

"无论如何我都不信任你。"甘道夫说，"我要是信任你，早就把此物送来给你保管，省下我和其他人的一大堆苦恼。而现在听你说了这话，我就更不信任你了，就跟我不信任波洛米尔一样。慢着，你且别发怒！涉及此物，我连自己都不信任。即便它被当作礼物心甘情愿地送我时，我也拒绝了它。德内梭尔，你意志坚强，仍能在某些事情上控制自己，但你要是得到此物，它将会击败你。就算你把它埋在明多路因山的根基底下，随着黑暗增长，随着那些很快就要扑来袭击我们的更坏事物接踵而至，它仍会焚毁你的理智。"

有那么片刻，德内梭尔面对着甘道夫，双眼又是精光大盛。皮平又一次感觉到两人的意志在对抗，但此时看起来，两人的目光几乎就是刀来剑往，交锋时火花四射。皮平吓得哆嗦，生怕会有什么致命一击出现。但德内梭尔突然放松下来，又恢复了冷酷。他耸了耸肩。

"要是我有！要是你有！"他说，"这都是假设和空话。它已经进入了魔影，只有时间能证明，等着它和等着我们的是何种命运。等待的时间不会太久。在这仅存的时间里，就让所有以自己的方式对抗大敌的人团结一致，让他们尽力保持希望；等希望破灭，还留有刚毅，可支持着他们自由赴死。"他转向法拉米尔，"你认为欧斯吉利亚斯的防御军力如何？"

"不强。"法拉米尔说，"我先前说过，我已经派伊希利恩的兵力去增援了。"

"我认为还是不够。"德内梭尔说，"敌人的攻击，那里首当其冲。他们将需要一位勇敢的将领在那里率队。"

"那里以及许多地方都需要。"法拉米尔说，叹了口气，"唉，我那我也一样挚爱过的哥哥啊！"他起身，"父亲，能容我告退吗？"说完他身子一晃，歪靠在他父亲的椅子上。

"看来，你很累了。"德内梭尔说，"我被告知，你快马加鞭赶了很远的路，还遭到空中邪恶魔影的袭击。"

"我们别提他们吧！"法拉米尔说。

"那我们就不提。"德内梭尔说，"现在退下，尽可能好好休息吧。明日的形势将会更严峻。"

这时所有的人都向城主告退，趁还能休息的时候前去休息。户外是一片不见星光的漆黑。甘道夫寻路朝他们的住处走去，皮平举着一支小火把走在他身边。他们直到进屋关上门，都没说话。然后皮平终于拉住了甘道夫的手。

"告诉我，"他说，"有任何希望吗？我是指弗罗多，或者至少主要是指弗罗多。"

甘道夫把手放在皮平头上。"从来就没多大希望。"他答道，"就像我被教训的那样，只是个蠢货的希望。当我听到奇立斯乌苟——"他顿住，大步走到窗口，仿佛他的目光能够穿透东方的黑夜。"奇立斯乌苟！"他喃喃念道，"我真不明白，为什么走那条路？"他转过身来，"皮平，刚才我听见那个名字，心中几乎绝望。然而，说实话，我相信法拉米尔带回来的消息中包含着些许希望。因为情况清楚显示，当弗罗多仍然平安自由时，我们的大敌终于采取了第一步行动，公然开战。所以从现在起有好多天，他的眼睛会从自己的地界上挪开，在这边到处转。而且，皮平，我从这么远都感觉得到他的仓促和恐惧。他比原来打算的更快展开了行动。他一定受了什么事的刺激。"

甘道夫站着沉思了一会儿。"也许，"他喃喃道，"也许就连你的愚蠢行为都帮了忙，我的小伙子。让我想想：大约五天前这个时候，他发现我们推翻了萨茹曼，取得了真知晶石。但那又怎样？我们拿它派不上多大用场，或者说不能瞒过他去使用它。啊！我真纳闷。是阿拉贡吗？考验他的时刻近了。皮平，他实质上强大又坚定。他大胆又坚决，有能力自己拿主意，必要时敢冒奇险。有可能就是那样。他有可能用了晶石，向大敌展示了自己的存在，发出挑战，而目的正是为了刺激大敌采取行动。是这样吗？好了，等洛汗的骑兵来到，我们才会知道答案——如果他们没有来得太迟的话。前面可有糟糕的日子等着呢。趁我们还能睡觉时快睡吧！"

"但是——"皮平说。

"但是什么？"甘道夫说，"今晚我只准你说一个'**但是**'。"

"咕噜，"皮平说，"天知道他们怎么会跟他搅在**一起**，居然还跟着他走？而且我看得出来，法拉米尔跟你一样，都不喜欢他要带他们去的那个地方。那里有什么问题？"

"现在我答不出。"甘道夫说，"不过我心里猜想过，在一切了结之前，无论是吉是凶，弗罗多和咕噜终究会碰面。但是我今晚不想说奇立斯乌茍。背叛，我怕会是背叛，那个悲惨家伙的背叛。但必定是这样的。且让我们记住，一个叛徒也会背叛自己，做出他本来没打算做的好事。有时候是会这样的。晚安！"

第二天迎来的早晨就像是褐色的黄昏。因法拉米尔归来而暂时振奋的人心，再次消沉下去。那天没再看见飞行的魔影，但在城上方的高空中，不时会传来隐约的叫喊，闻者有许多都一时间全身战栗、不敢动弹，胆小的人则畏缩哭泣。

而法拉米尔这时又出城了。"他们不让他休息。"

有人低声抱怨说，"城主把他儿子逼得太紧了。现在他必须担起两个人的责任—— 一个是他自己，一个是那一去不回的人。"同时，人们不断朝北眺望，问道："洛汗的骑兵在哪里？"

法拉米尔确实不是自己选择出城的。但城主是议会的首脑，这天他没心情听从旁人的意见。会议一大早就召开了。会上所有的将领一致认定，由于南方的威胁牵制，他们的兵力过于薄弱，除非洛汗的骑兵还会前来增援，否则他们这一方无法主动采取任何攻势。而在等候期间，他们必须加强城墙的防卫。

"但是，我们不该轻易放弃外围防御。"德内梭尔说，"拉马斯是费了大力修筑的。大敌要渡过大河也必须付上沉重的代价。他要大举攻击本城，既不能走北边的凯尔安德洛斯，因为那里有沼泽，也不能从南边的莱本宁过来，因为那里河面宽阔，需要大量船只。他会发动重兵攻击欧斯吉利亚斯，正像从前波洛米尔阻挡他渡河的那一次。"

"那次只是试探。"法拉米尔说，"今天我们或许能让大敌在渡河时遭受十倍于我们的损失，但我们会为这种交换后悔，因为他折损得起一支大军，我们却经不起损失一个小队。而且，如果他强攻得手、渡过大河，我们派到前线的那些人要撤退回来，将会十分危险。"

"那么凯尔安德洛斯呢？"多阿姆洛斯亲王说，"如果要守欧斯吉利亚斯，那边也要守才是。别忘了我们左翼的危险。洛希尔人可能会来，也可能不会。但法拉米尔告诉过我们，有大量的兵力不断前去黑门。从那里派出的大军可能不止一支，攻击不止一处渡口。"

"战争中必须冒很多险。"德内梭尔说，"凯尔安德洛斯已驻有兵力，目前也没有更多兵力可派。但是，只要在场还有哪位将领有勇气遵照主上的意愿行事，我就不愿不战而退，将大河和佩兰诺平野拱手送给敌人。"

于是，所有人都闭口不言，最后法拉米尔说："父亲大人，我不反对您的意愿。既然您失去了波洛米尔，我会代替他去，尽我所能——只要您下令。"

"我下令。"德内梭尔说。

"那么，告辞了！"法拉米尔说，"不过，假使我能归来，请改变对我的看法！"

"那要看你以什么样的方式归来。"德内梭尔说。

法拉米尔骑马东去之前，甘道夫是最后一个跟他说话的人。"不要怀着苦恨或轻率地抛弃自己的生命！"他说，"除了战争，这里还有别的事务会需要你。法拉米尔，你父亲爱你，到头来他会想起这点的。再会了！"

因此，法拉米尔大人此时再次出征了，他带走了那些自愿前往的人和能抽调出来的兵力。有些人在城墙上透过昏暗眺望那座毁灭的城市，想知道那边状况如何，因为什么都看不见。其他人则一如既往望着北方，计算着洛汗的希奥顿到这里的距离。"他会来吗？他会记得我们古老的同盟吗？"他们问道。

"会，就算来得太迟，他还是会来。"甘道夫说，"但你们想想吧！红箭最快也得两天前才送到他手上，而埃多拉斯离这里路途遥远。"

等到天又黑了，才有消息传来。有人从渡口快马加鞭赶来，说有一支大军从米那斯魔古尔出发，已经接近欧斯吉利亚斯；而从南方来的残酷又高大的哈拉德人军团，加入了这支大军。"我们已经获知，"那信使说，"那位黑统帅再次领军，他挟来的恐惧已经先他一步传过了大河。"

皮平来到米那斯提力斯的第三天，就以这些不吉利的话结束了。没有多少人去休息；因为人人都觉得，现在就连法拉米尔要长时间守住渡口，希望也十分渺茫了。

隔天，虽然黑暗的范围已达到极致，程度也不再加深，却使人们心里的感觉更沉重，并且还有一股巨大的恐惧笼罩了他们。凶讯很快又传来了。大敌攻下了安都因河的渡口。法拉米尔正朝佩兰诺的护墙撤退，要在主道双堡重整队伍。但敌人的兵力超过他十倍。

"就算他能成功横越佩兰诺平野返回，敌人也会紧咬在后。"信使说，"敌人在渡河时损失惨重，但没有我们期望的那样惨重。他们的计划十分周密。如今看来，他们在东欧斯吉利亚斯花了很长时间，秘密造了大量的浮筏和驳船。他们像甲虫一般蜂拥渡河而来。然而真正击败我们的是那个黑统帅。就连他要前来的风声，都没多少人能抵挡或忍受得住。他自己的下属也都畏惧他，他若一声令下，他们就会自杀。"

"那么，那边比这里更需要我。"甘道夫说，并立刻骑马前去，他发着微光的身影很快消失在众人的视野里。那一整夜，皮平都无法入睡，独自一人站在城墙前眺望着东方。

报晓的钟声在这无光照临的黑暗中无异于嘲讽，然而钟声刚刚再次敲响，皮平就远远看见有火光自平野对面的昏暗中腾起，那正是佩兰诺墙的所在。哨兵们放声大喊，城里的所有人都起身拿起了武器。现在，不时可见红光蹿出，渐渐地，透过凝重的空气，听得见隆隆的闷响。

"他们占领佩兰诺墙了！"人们叫道，"他们正在墙上炸出缺口。他们攻进来了！"

"法拉米尔在哪里？"贝瑞刚德焦虑地喊道，"别告诉我他已经阵亡了！"

是甘道夫带回了首批消息。上午过了一半，他和四五个骑兵护送一列马车回来，车里载满了主道双堡沦陷时尽力抢救下来的伤兵。他立刻去见了德内梭尔。城主现在坐在白塔大殿上方的一间高室中，皮平在他旁边。德内梭尔漆黑的双眼透过昏暗的窗户朝北、东、南望，仿佛要穿透环绕着他的命运阴影。他最常朝北望，有时候会停顿下来聆听，仿佛借着某种古老的本领，他的耳朵可以听见远方平原上如雷的马蹄声。

"法拉米尔回来了吗？"他问。

"没有。"甘道夫说，"但我离开时他还活着。他决意要留下，跟后卫部队同行，以免他们撤过佩兰诺时变成大溃败。也许他能让部下坚持得够久，不过我很怀疑。他要对抗的敌人过于强大，因为我所忧惧的那位来了。"

"难道是——黑暗魔君？"皮平脱口叫道，惊恐中忘了自己的身份。

德内梭尔放声苦笑道："不，佩里格林少爷，他还不会来！他只有等到大获全胜，才会趾高气扬，为了向我示威而来。他利用旁人作为兵器。半身人少爷，伟大的君主无不如此，如果他们够聪明的话。否则，我为什么要坐在我的塔楼里，思考、观察、等待，甚至不惜付出我的两个儿子？须知我还能上阵杀敌。"

他起身，将长长的黑斗篷往后一甩。看哪！他在斗篷底下穿着铠甲，腰佩长剑，剑柄粗大，剑插在银黑两色的剑鞘里。"我曾如此行走，如今我也已经如此睡卧多年。"他说，"免得身体随着年纪增长而虚弱胆怯。"

"但是，巴拉督尔之主麾下那些头领中最凶残的一位，现在已经控制了你的外围城墙。"甘道夫说，"他就是很久以前的安格玛之王，是妖术师、戒灵、那兹古尔之首，是索隆手中的恐怖之矛，是绝望的阴影。"

"那么，米斯兰迪尔，你终于遇上劲敌了。"德内梭尔说，"至于我，我早就知道邪黑塔大军的统帅是谁。你闯回来就是要说这些吗？否则难道是，你之所以撤退是因为被打败了？"

皮平忍不住颤抖，害怕甘道夫会被激怒，大发雷霆。不过他多虑了。"也许是吧。"甘道夫轻声答道，"但是，考验我们实力的时刻尚未到来。如果古时传言为真，他将不会败于人手。而等候着他的命运，智者仍不得而知。无论缘故为何，那位挟来绝望的统帅并没有奋力推进，还没有。他正是按照你刚才所说的聪明方式来统治——留在后方，先驱赶奴隶打头阵，去疯狂拼命。

"不，我回来为的是守护那些尚可治愈的伤员。拉马斯到处都被炸出了缺口，魔古尔的大军很快就会从多处涌进来。我回来要说的主要是这件事：平野上很快就会展开战斗，必须准备发动一次突击。让骑兵接受这件任务，我们的短暂希望就寄托在他们身上，因为敌人只有一样依然准备不足：他没有多少骑兵。"

"我们的也很少。洛汗要是能在这个紧要关头赶到就好了。"德内梭尔说。

"我们很可能会先看到其他新人来到。"甘道夫说，"凯尔安德洛斯的败兵已经到达这里，那个岛已经沦陷。另一支从黑门来的军队从东北方向渡过了河。"

"米斯兰迪尔，有人指责你乐于带来坏消息。"德内梭尔说，"但对我而言，这已经不是新闻了：昨天入夜之前我就知道这件事了。至于突击，我已经思考过了。我们下去吧。"

时间流逝。终于，城墙上的哨兵看得见撤退回来的外围守军了。起初是一小队一小队疲惫不堪且常常负伤的人，队伍不整，有些人仿佛受到追赶一般拼命狂奔。东边远处有火光闪烁。现在，那些火光似乎从各处悄然蔓延进来，越过了平原。房屋和谷仓烧了起来。接着，红色的火焰像小河一样从许多地方奔流向前，蜿蜒穿过昏暗，朝城门通往欧斯吉利亚斯的那条大道一线会聚。

"是敌人。"人们喃喃道,"护墙被攻破了。他们正从缺口涌进来,而且看来都带着火把。我们的人在哪里?"

此刻已近黄昏时分,光线晦暗到连视力最好的人也无法从王城上看清平野上的情况,只见燃烧点不断成倍增加,成排的火把不断加长,移动得越来越快。最后,在离城不到一哩处,一群队伍相对整齐的人进入了众人的视野,那群人没有奔跑,向前迈进时仍保持着队形。

哨兵们屏住了呼吸。"法拉米尔一定在那里!"他们说,"人和马匹都会听从他的指挥。他还有希望撤回来。"

撤退的主力离城还有两弗隆的距离,后方的昏暗中奔出一小队骑兵,他们是仅余的后卫。他们勒马转身,再度面对前来的成排火把。突然间,一阵凶猛的号叫纷沓而来,敌人的骑兵猛冲而至。一排排的火把变成汹涌急流,一行又一行举着火把的奥克,以及挥着红色旗帜的南蛮子野蛮人,吼着刺耳的语言蜂拥而来,追上了撤退的部队。随着一声尖厉的怪叫,昏暗的天空中降下了一群飞行的魔影,那兹古尔俯冲下来开始屠杀。

撤退变成了溃败。已经有人开始脱队逃窜，他们丧失理智地四散狂奔，抛下手中的武器，惊恐地大叫，跌倒在地。

这时，王城中响起了号声，德内梭尔终于下令突击。城中所余的全部骑兵早已集结在城门的阴影中和高耸城墙的外侧墙下，就等待他一声号令。此时他们跃马而出，队伍整齐，加速疾驰，大声呐喊着向前冲锋。城墙上也扬起一片呼应的呐喊助威。多阿姆洛斯的天鹅骑士在平野上当先奔驰，为首的是他们的亲王与他蓝色的军旗。

"阿姆洛斯为刚铎而战！"他们喊道，"阿姆洛斯支援法拉米尔！"

他们从撤退大队的两翼掠过，如同雷霆袭向敌人。但有一骑越众而出，飞驰犹如疾风掠过草地。那正是周身闪耀、再次展露原貌的甘道夫，他骑着捷影，举起的手中发出了一道光芒。

那兹古尔尖叫着急飞而去，因为他们的统帅尚未前来挑战这个发出白色火焰的敌手。魔古尔的大军一心盯牢了猎物，恣意进军途中冷不防遭到攻击，登时被打垮，像大风中的火星零落四散。撤退的队伍精神大振，转身痛击追赶他们的敌人。猎人变成了猎物，撤退变成了进攻，被斩杀的奥克和敌兵尸横遍野，被丢弃的火把冒起发臭的浓烟，袅袅盘旋，相继熄灭。骑兵继续向前冲杀。

然而德内梭尔不许他们追出太远。虽然敌人攻势受阻、暂时退却，但庞大的兵力仍从东方源源而来。号声再次响起，吹着收兵的信号。刚铎的骑兵停止了追击。在他们背后，受到护庇的撤退部队重整队伍，这时沉着地往回撤。他们抵达了城门，昂首阔步地进了城，城里的人也怀着自豪看待他们，高声赞美他们。但人们心中忧虑，因为这支队伍损失惨重。法拉米尔失去了三分之一的部属，并且，他人在哪里？

他是最后一个回来的。他的部下都进城了，骑士们也归来了，断后的是多阿姆洛斯的军旗与他们的亲王。他骑在马上，身前怀抱着他在一片狼藉的战场上寻获的外甥[1]，德内梭尔之子法拉米尔。

"法拉米尔！法拉米尔！"大街上人们纷纷呼喊，流下了眼泪，但是他没有回答。他们载着他踏上曲折的道路，送去王城他父亲身边。就在那兹古尔从白骑士的攻击下急转逃离时，法拉米尔正与一个骑马的哈拉德人战士力战对峙，一支致命的羽箭飞来，将他击落马背。若非多阿姆洛斯骑兵的冲锋将他从南方之地的赤红刀剑中救下，倒地的他一定早被乱刀砍死了。

伊姆拉希尔亲王将法拉米尔送到了白塔，说："大人，您的儿子在立下彪炳战功后回来了。"然后他叙述了自己所见的一切。德内梭尔起身，看着他儿子的面容，不发一语。接着，他命人在内室中备床，将法拉米尔放在床上，再命众人退下，自己却独自上到了塔楼顶上的密室里。当时许多抬头望向那里的人都看见窄窗里透出一团淡淡的光，闪烁摇曳了一阵，随后一亮而灭。德内梭尔下来后，来到法拉米尔床边坐下，不言不语，但见城主的脸色灰败，比他儿子更像个垂死之人。

就这样，石城终于遭到了围困，陷入敌人的全面包围之中。拉马斯护墙被攻破，整片佩兰诺平野全部弃给了大敌。城门关闭之前，一队从北大道飞奔回来的士兵带回了有关外界的最后消息。他们这些残兵都属于扼守从阿诺瑞恩和洛汗进入城关地区的要道的卫队，为首的是英戈尔德，不到五天前就是他允许甘道夫和皮平通过，那时太阳依旧升起，早晨仍存希望。

"没有洛希尔人的消息。"他说,"现在洛汗不会来了。就算他们来了,也无济于事。我们过去风闻的新增敌军已经先到了,据说是取道安德洛斯渡过大河而来。他们声势浩大:有大批魔眼麾下的奥克,还有无数的人类部队,都是些我们之前没见过的新人种,个子不高,但很健壮,模样凶狠,留着矮人一样的胡子,挥舞着大斧。我们认为他们来自辽阔的东方某个未开化的地方。他们把守了北大道,还有许多人已经侵入了阿诺瑞恩。洛希尔人来不了了。"

城门关闭。城墙上的哨兵整夜都听得见敌人的动静。他们四处游荡,焚烧田野和树木,乱砍任何被发现在外的人,无论那人是死是活。黑暗中估计不出已经渡河而来的敌人数量,但到了早晨,或者说在早晨那黯淡的阴影悄然笼罩平原时,便看出人们哪怕在黑夜里心怀恐惧、草木皆兵,也基本未曾高估敌人的数目。平原上黑压压全是行进的敌军,放眼望去,昏暗中只见数量极众的漆黑或暗红的帐篷组成的营地,它们像毒蘑菇似的冒了出来,团团围绕着这座被困之城。

急急忙忙的奥克像蚂蚁一样忙碌,挖了又挖,就在距离城墙一箭之遥外，挖出了一段段拼成巨大环形的深壕沟。壕沟一挖好，沟中便燃起了大火，但那火是如何点燃，又是如何添加燃料，靠的是技巧还是妖术，却没人看得清。他们一整天都在持续劳作，而米那斯提力斯的人只能眼睁睁看着，无法阻止。每当一条壕沟挖掘完成，他们便看见有一辆辆大车前来，并且很快又来了更多敌人的队伍，分别躲在壕沟的掩体后方，迅速组装起巨大的机械，以投掷飞石弹丸。城墙上没有够大的投石器能投掷到那么远，守军也无法制止敌人的工作。

　　一开始城里的人还哈哈大笑，并不怎么害怕这类装置。这是因为，石城的主墙极高，厚度惊人，是流亡的努门诺尔人在威势和技术衰颓之前建造的。外墙的墙面如同欧尔桑克塔，坚硬、漆黑、光滑，无论钢铁还是大火都不能征服，也无法摧毁，除非有巨震使它所屹立的大地本身崩裂塌陷。

　　"休想，"他们说，"那不提其名者不亲自前来就休想。而只要我们还活着，就连他也休想进来。"但有些人答道："只要我们还活着？能活多久？他拥有一样自开天辟地以来曾使许多固若金汤之地沦陷的武器，那就是饥饿。所有的路都切断了。洛汗不会来了。"

但是，那些机械装置并未在坚不可摧的城墙上浪费弹药。指挥攻击魔多之主最强大的敌人的，并非土匪或奥克头领，操纵攻击的是一股充满恶意的力量与意志。那些巨大的投石器一安装好，立刻在众多的叫嚣声与绳索滑轮的吱嘎声中，开始抛出弹丸。弹丸飞行的高度惊人，因此正好从城垛上方掠过，砰然砸落在石城的第一环内。弹丸中有许多经过某种秘法处理，滚落时爆炸成一团团的火焰。

城墙后面很快变成一片十分危险的火海，火焰四处飞蹿，所有能抽调出来的人都忙着灭火。接着，夹杂在这些巨大的弹丸中，如冰雹般落下了另一些杀伤力很差，却更可怕的东西。它们小而圆，翻滚着落在城门后的大街小巷中，并不爆炸。然而当人们奔过去察看究竟，却不是惊声大叫就是痛哭流涕。因为敌人抛进城里来的，是那些在欧斯吉利亚斯、在拉马斯或在平野上阵亡的将士们的头颅。他们的模样十分可怕；尽管有的摔得不成人形，有的被残酷地剁得血肉模糊，但许多头颅的五官仍可辨认，并且看来是在痛苦中死去。所有的头颅都被烙上了那个邪恶的标记—— 一只无睑魔眼。然而，尽管这些头颅遭到毁损玷污，人们还是常常能从中辨认出一些过去认识的人来，想起他们曾经身着戎装骄傲地行走，或在田里耕作，或在假日里骑马从山中青翠的谷地里前来。

城中的人向蜂拥在城门前的残酷敌人徒劳地挥着拳头。敌人听不懂西部人类的语言，根本不理会那些咒骂，只用粗厉刺耳如野兽和食腐鸟一样的声音叫嚣。但是没过多久，米那斯提力斯城中有胆气站出来向魔多大军挑战的人就所剩无几了。因为邪黑塔之主还有另一样比饥饿见效更快的武器——恐惧和绝望。

那兹古尔又来了。黑暗魔君如今实力壮大，随着他释放出自己的力量，那些只为他的意志和恶毒代言的那兹古尔之声也充满了邪恶与恐怖。他们一直在石城上空盘旋，像秃鹰一般等着用难逃一死之人的血肉填饱肚子。他们飞在视野和射程之外，但人们始终能感觉到他们的存在，他们那致命的声音破空而来，每一声新的叫喊都不是让人越来越适应，而是越来越无法忍受。到了最后，即便是坚强勇敢的人也会在那隐藏的威胁从上空飞过时急忙扑倒在地，或是呆站着，脑海中一团昏黑，任由武器从无力的手中坠地。他们再无战意，只想躲藏，想匍匐爬行，想着死亡。

在这黑暗的一整天里，法拉米尔一直躺在白塔内室的床上，高烧昏迷不醒。有人说他快死了，很快，城墙及街道上所有的人都在说他"快死了"。他父亲坐在他身边，不发一语，只是看着他，不再关心任何防务。

这是皮平经历过的最黑暗的时刻，就连他被乌鲁克族抓住时都没这么糟糕。他的职责是伺候城主，他也确实一直站在未点灯的内室门旁候着，竭力控制着自己的恐惧，但他却像被遗忘了似的。他感觉，就在自己的注视下，德内梭尔渐渐衰老，他高傲的意志中似乎有什么崩塌了，他坚定的心智被击溃了。也许造成这种情况的是哀痛，还有悔恨。他看见那张曾经冷漠无情的脸上有了泪水，这比愤怒更让人难以忍受。

"别哭，大人。"他结结巴巴地说，"也许他会好起来。您问过甘道夫了吗？"

"别拿什么巫师来安慰我！"德内梭尔说，"那个蠢货的希望已经破灭了。大敌已经找到它了，现在他力量大盛，他看清了我们的所思所想，我们的努力全都将毁于一旦。

"我派我的儿子去冒无谓的险，未获感谢，没有祝福，而现在他躺在这里，毒液在血脉中流淌。不，不，现在无论这场战争有何结果，我这一脉都将断绝，就连宰相的家族也绝了传承。等人中王者最后那批潜藏到山中的幸存者也被尽数搜寻出来，贱民将统治他们。"

人们来到门前，呼喊求见城主。"不，我不下去。"他说，"我得待在我儿身边。也许他在死前还会开口。但那个时刻已经近了。你们爱追随谁就去追随谁吧，哪怕那个灰袍蠢货也行，虽然他的希望已经破灭了。我就待在这里。"

就这样，甘道夫接过了刚铎之城最后保卫战的指挥权。他所到之处，人心再次振奋起来，会飞的魔影也从脑海中消失了。他不知疲倦一般，大步流星，从王城巡视到城门，从北边城墙巡视到南边城墙。全身穿着闪亮铠甲的多阿姆洛斯亲王跟着他。亲王和麾下的骑士们仍然像那些真正具有努门诺尔人血统的贵族一样，始终处变不惊。看见他们的人都悄声私语说："古老的传说恐怕说得对，那一族的人确实拥有精灵的血统，因为宁洛德尔的精灵族人很久以前一度居住在那片土地上。"接着，有人在昏暗中唱起"宁洛德尔之歌"的一些诗句，还有其他从消逝的年代里流传下来的安都因河谷的歌谣。

　　然而，他们两人一离开，阴影便再度包围了人们，他们的心又开始冷却，刚铎的英勇皆尽凋敝成灰。就这样，他们在恐惧中慢慢熬过了昏暗的白昼，迎来了绝望的黑夜。石城第一环的大火此刻已烧得不可收拾，外墙戍卫部队已经在多处被截断了退路。不过，仍然留在岗位上忠于职守的人很少，大多数都已经逃进了第二环城内。

　　在战场后方远处，大河上已经迅速搭起了便桥，一整天都有大量后续兵力和大批战争装置被运送过来。到了半夜，攻击终于放缓了，敌人的前锋借由众多特意留下的曲折路径穿过了燃火的壕沟。他们一波波地前进，依旧三五成群，推挤着进了城墙上弓箭手的射程之内，全然不顾己方的损失。虽然火光照耀之下，许多敌人都成了刚铎曾经引以为豪的神射手的靶子，但此刻城墙上留下的人实在太少，已经不足以给他们造成严重损失。接着，那个隐藏的统帅察觉到刚铎的英勇士气已被打垮，遂释出了他的力量。在欧斯吉利亚斯搭建起来的庞大攻城塔，穿过黑暗被缓缓地推上前来。

信使们再次来到白塔中的内室外，因为军情紧急，皮平便让他们进去了。德内梭尔原本看着法拉米尔的脸，这时慢慢转过头去，沉默地看着他们。

"大人，石城的第一环正在浴火，您有何命令？"他们说，"您还是城主和宰相。不是所有的人都听从米斯兰迪尔。人们纷纷逃走，抛下城墙无人防守。"

"为什么？那些笨蛋为什么逃？"德内梭尔说，"早点烧死比晚点好，反正我们统统都会烧死。回你们的篝火那边去吧！而我，我现在要去我的火葬柴堆——去我的火葬柴堆！德内梭尔和法拉米尔不要坟墓，不要坟墓！不要那种防腐后长眠的缓慢死法！当年一条船都不曾从西方航行来此地时，那些异教徒国王采取火葬，我们就要像他们一样。西方已经失败了。回去，都烧死吧！"

信使们既没鞠躬也没回话，纷纷转身逃离。

德内梭尔起身，放开了他一直握着的法拉米尔高烧的手。"他正在烧，已经在烧了。"他悲伤地说，"他灵魂的居所[2]瓦解了。"然后，他缓缓地朝皮平走过来，低头看着他。

"永别了！"他说，"永别了，帕拉丁之子佩里格林！你为我效力的时间很短，而现在就要结束了。

在仅剩的时间里，我解除你的职务。现在去吧，去找个你觉得最妥当的死法。要跟着谁死也随你，就连那个因为一己愚蠢而把你带来送死的朋友也行。叫我的仆人来，然后走吧。永别了！"

"大人，我不说永别。"皮平跪下说。接着，他突然又像个霍比特人了，起身直视着老人的双眼，"大人，你准许我离开，这我接受，"他说，"因为我确实非常想去见甘道夫。不过他不愚蠢，而且只要他不觉得生路断绝，我也绝不会想去寻死。但是，只要你还活着，我就不希望我发下的誓言被废掉，也不希望我的职务被解除。如果他们最后真的打到王城来，我希望我在这里，站在你旁边，说不定还能用行动真正赢得这些你授予我的武器。"

"那就随便你吧，半身人少爷。"德内梭尔说，"但我的人生已经毁了。叫我的仆人来！"他回到了法拉米尔身边。

皮平离开去叫仆人。他们来了，一共六个王室仆人，个个高壮俊美，却在听到召唤时忍不住颤抖。但是德内梭尔以平静的声音吩咐他们给法拉米尔盖上保暖的毯子，然后将床抬起来。他们按照吩咐而行，抬起床离开了内室。他们走得很慢，尽量不惊扰到发烧的人，而德内梭尔跟着他们，此刻他拄着手杖了。皮平走在最后。

仿佛进行丧礼一般，他们走出了白塔，走进了黑暗，只有上空低垂的云层底部映着暗红的闪光。他们步履轻缓地走过宽阔的广场，又应了德内梭尔的吩咐，在那棵枯树旁略作停留。

万籁俱寂，唯余石城下方战争的微弱喧嚣。他们听见水从枯死的树枝上悲伤地滴落到漆黑的水池里。接着，他们继续前行，穿过王城的大门，立在那里的卫兵惊讶地瞪着他们，又焦虑地目送他们走过。他们转向西，最后来到第六环后方城墙的一扇门前。它名唤"分霍尔兰"，因为此门始终是关闭的，只在举行丧礼时打开，并且只有城主以及那些佩着陵园的徽章、负责照管墓室的人才可以进入。门后是一条蜿蜒下行的路，转了许多个弯，下到明多路因山的峭壁阴影底下的一处窄地，那里坐落着诸位先王以及宰相的墓室。

这条路旁有间小屋，里面坐着守门人，他手里拿着提灯走上前来，眼中露出惧色。城主命令他开门，于是，门无声无息地打开了。他们走进去，从他手中拿过了提灯。这条下行的路夹在古老的城墙和众多栏杆柱之间，在摇晃的提灯光中显得黑沉沉的。他们一路往下走，与此同时缓慢的脚步不断激起回声，直到最后，他们来到了"寂街"拉斯狄能，行走在灰白的圆顶、空荡荡的厅堂和死亡已久之人的遗像间。他们进了宰相家族的墓室，放下了所抬的卧床。

皮平不安地四下打量，发现自己置身在一个有着宽阔穹顶的厅室中，小提灯的光在墙上投出了巨大的影子，恍若给厅室四壁都挂上了帘幕。室中隐约可见多排大理石雕出的桌子，每张石桌上都躺着一个沉睡的人形，双手交叠，头枕着石枕。但眼前近处有张宽大的桌子是空的。德内梭尔打个手势，他们便将法拉米尔和他的父亲并排安置在桌上，给他们盖上同一张罩毯，然后低头侍立在旁，如同在死者床边哀悼。这时德内梭尔低声开口了。

"我们就在此等候。"他说，"不过别叫防腐师了。拿易燃的木柴来，堆在我们周围以及身下，倒上油。等我下令，你们就把火把插进柴里。就这么办，别再跟我啰唆。永别了！"

"大人，容我告辞！"皮平说，转身惊恐地逃离了这间死人的屋子。"可怜的法拉米尔！"他想，

"我一定得找到甘道夫。可怜的法拉米尔！比起眼泪，他明明更需要医药。噢，我在哪里能找到甘道夫呢？我猜一定是在打得最激烈的地方，而且他肯定抽不出时间来管垂死的人跟疯子。"

到了门口，一众仆人仍把守在那里，皮平向其中一人说："你们的主人已经疯了。拜托你们怠怠工吧！只要法拉米尔还活着，就别给这地方拿火来！甘道夫来之前什么也别做！"

"米那斯提力斯的主人是谁？"那人回道，"是德内梭尔大人还是灰袍漫游者？"

"看来是灰袍漫游者，否则就要没人了。"皮平说，随即回头用自己能跑的最快速度奔上那条曲折的路，冲过大吃一惊的守门人，奔出门去继续跑，一直跑到接近王城的大门。他奔过大门时，哨兵跟他打招呼，他听出那是贝瑞刚德的声音。

"你这是要跑哪儿去啊，佩里格林少爷？"他喊道。

"去找米斯兰迪尔。"皮平答道。

"城主交付的任务紧急，我不该耽误你，"贝瑞刚德说，"但要是可以的话，快告诉我出了什么事？城主大人去哪里了？我刚刚上岗，可我听说他往禁门去了，而且还有人抬着法拉米尔走在他前面。"

"是的，"皮平说，"去了寂街。"

贝瑞刚德低下了头，藏住眼泪。"他们都说他快死了，"他说，"而现在他死了。"

"没有，"皮平说，"还没死呢。就连现在，我想他都还有可能不死。但是，贝瑞刚德，这城还没沦陷，城主就先崩溃了。他鬼迷心窍了，还很危险。"他迅速地把德内梭尔奇怪的言行讲了一遍。"我必须立刻去找甘道夫。"

"那你得到底下的战场去。"

"我知道。城主准许我离开。但是，贝瑞刚德，你要是有办法，快做点什么，别让任何可怕的事情发生！"

"除非城主亲自下令，否则任何身穿银黑二色制服的人都不得为任何理由擅离职守。"

"那样的话，你就必须在命令和法拉米尔的性命之间做个选择了。"皮平说，"而且说到命令，我想你要对付的是个疯子，不是上级。我得快点走了。如果可以，我一定会回来。"

他往下一直跑一直跑，朝外环城跑去。那些往上逃离大火的人从他旁边经过，有些人看见他的制服，转身对他大喊，但他毫不理会。终于，他穿过第二环的城门，门外大火在城墙间乱窜。然而，周遭静得出奇。没有战斗的呼喝吼叫，也不闻金铁交鸣之声。突然间，传来一声恐怖的呼叫，一波巨大的震动，以及一阵深沉回荡的隆隆声。皮平强迫自己前进，对抗着一股猛烈袭来、几乎令他膝盖发抖的惧意和恐怖。他转过拐角，眼前赫然是主城门后的开阔地。然后，他收住脚步，呆了。他找到了甘道夫；但他吓得缩了回去，蜷成了一团阴影。

　　强攻自午夜开始，一刻不歇。战鼓隆隆。从北到南，一队又一队的敌人朝城墙扑来。来的还有庞然巨兽——哈拉德的**猛犸**拖着巨大的攻城塔和机械穿过火海间的一条条小道，在忽明忽暗的火光中犹如移动的房屋。然而他们的统帅并不如何在乎他们做了什么，也不在乎有多少伤亡：他们的目的只在于测试防御的力量，并让刚铎的人四处奔忙、疲于应战。攻打城门，才是他的重中之重。钢与铁打造的城门或许坚固非常，又有坚不可摧的岩石建造的塔楼和堡垒守卫，但门本身却是关键，是整道无法穿透的高大城墙上最薄弱的环节所在。

战鼓隆隆，擂得更响。火焰高蹿。巨大的机械装置慢慢越过平野，装置中央有一根巨大的攻城槌，长度犹如一棵百呎高的巨树，以粗大的铁链悬起摆动。它是在魔多那些黑暗的锻造坊中耗费了很长时间打造出来的，丑恶可怕的槌头由黑铁铸造，形状如同掠食的狼。它被施加了诸多带来破毁的魔咒。他们给它取名"格龙得"，用来纪念古时那柄"地狱之锤"[3]。庞大的野兽拖拉着它，奥克簇拥着它，后面跟着挥动它的山中食人妖。

但城门周围的抵抗仍很顽强，多阿姆洛斯的骑士和戍卫部队中最强壮的精兵都坚守在此，阻挡着攻势。箭矢镖矛纷落，密如骤雨，攻城塔或是撞毁，或是突然如火炬般爆开。城门两侧的城墙前，尸体和武器残骸覆满了每一寸地面。但仍有越来越多的敌人疯了一般扑上来。

格龙得缓缓前进。它的外壳不会着火，虽然拖拉的巨兽时有发狂，左突右闯踩死不计其数的奥克护卫，但那些尸体会被拖离它的前进之路，其他奥克立即取代他们的位置。

格龙得缓缓前进。战鼓隆隆，疯狂擂动。堆积如山的尸体上出现了一个可怖的身影：一个戴着兜帽、裹在黑斗篷中的高大骑手。他踏着阵亡者的尸体缓缓往前骑行，不再留心任何箭矢。他停住，举起一把苍白的长剑。他这一举，攻守双方登时都感觉到一股巨大的恐惧当头笼罩下来。人类的手都垂落身旁，弓弦不再鸣响。有那么片刻，一切都静止了。

战鼓隆隆，加急擂动，吱嘎震颤。轰然一声巨响，格龙得被众多巨手猛拖上前。它抵达了城门。它摆动起来。一声深沉的巨响犹如霹雳窜过云层，隆隆响彻了石城。但是铁铸的城门与钢打的门柱顶住了这一撞。

见状，黑统帅踏着马镫起身，以可怕的声音高声呼喝出一种已被遗忘的语言，词句中挟着力量与恐怖，要撕裂人心与岩石。

他喊了三声。巨大的攻城槌撞了三次。最后一次撞击之下，刚铎的城门应声而破。它像被某种爆炸的咒语击中，一道灼烈的强光闪过，城门轰然炸成碎片，坍塌在地。

那兹古尔之首逼上前来。他庞大漆黑的身影映着后方的火光赫然耸现，扩展成一股无边无际的绝望威胁。那兹古尔之首逼上前来，立在那迄今从未有敌人穿过的拱道下，当者无不奔逃。

只有一人没逃。在城门前的空地中，甘道夫一言不发，一动不动，坐在捷影背上等候。世间自由的骏马中，唯独捷影经受得住如斯恐怖，坚定无惧，如拉斯狄能的雕像一般毫不动摇。

"你休想进入此地！"甘道夫说。那个庞大的阴影一顿。"滚回为你准备的深渊去！滚回去！堕入等着你和你主人的虚空。滚！"

黑骑手一掀兜帽。看哪！他戴着一顶君王的王冠，但王冠下的头颅却看不到。在王冠与披着斗篷的漆黑宽肩之间，可见后方红红的火焰跳动。从一张无形的嘴里传来了致命的大笑。

"老蠢货！"他说，"老蠢货！这个时刻是属于我的。你见到死亡时，莫非认它不出？你诅咒也是枉然，现在领死吧！"言毕，他高高举起了剑，火焰在锋刃上流动。

甘道夫没动。而就在那一刻，在后方城中远处某个院子里，一只公鸡开始喔喔啼叫。它的叫声尖锐响亮，丝毫不顾忌妖术和战争，单纯欢迎着早晨，欢迎着死亡阴影之上的高天之中，即将到来的黎明。

仿佛回应一般，远方传来了另一种声音。号角声，呜呜的号角声，阵阵不绝的号角声。明多路因山的沉暗山壁上，吹角长鸣隐隐回荡。北方宏大的号角正在猛烈吹响。洛汗的援军终于赶来了。

第五章

洛希尔人的驰援

天色昏黑，梅里裹着毯子躺在地上，什么也看不见。虽然这夜沉闷无风，但他周围那些看不见的树却在轻声叹息。他抬起头来，果然又听见了：林木蓊郁的丘陵和山坡上传来一种声音，就像隐隐的鼓声。那种脉动的声音会突然停止，然后又在另一个地点响起，一会儿近些，一会儿远些。他很纳闷哨兵们听见没有。

他看不见他们，但他知道自己周围全是洛希尔人的骑兵连队。在黑暗中他能闻到马的味道，听见它们挪动马蹄，轻踏着松针覆盖的地面。大军此时露宿在艾莱那赫烽火丘周围密生的松林里。东阿诺瑞恩的大道旁坐落着德鲁阿丹森林，高高的烽火丘就屹立在森林覆盖的绵长山脊上。

梅里虽然很累，却睡不着。他这会儿已经连续骑行了四天，那片越来越深的昏暗已经慢慢消磨了他的志气。他开始怀疑，自己明明拥有各种借口可以留在后方，就连他的陛下也如此命令，为什么还这么渴望前来。他也拿不准，要是老国王知道他违背了命令，会不会生气。也许不会。埃尔夫海尔姆是指挥他们所在的这支**伊奥雷德**的元帅，他和德恩海尔姆之间似乎有着某种默契。他和他手下所有的骑兵都当梅里不存在，梅里开口说话时他们也假装没听见。恐怕他只不过又成了一个包袱，归德恩海尔姆携带。德恩海尔姆也不安慰人，他不跟任何人说话。梅里感觉自己渺小、多余，而且孤单。现在时间紧迫，大军处于险境。他们离环绕城关地区的米那斯提力斯外墙只剩不到一天的骑行距离。侦察兵已经被派往前方探路，有些一去不返，其余的匆忙赶回，报告说前方道路已被大批敌军封锁。有一支敌军就驻守在阿蒙丁以西三哩处的大道上，还有些人类的兵力已经沿着大道推进，离此不到三里格远。奥克在大道两旁的山岭与树林里游荡。国王和伊奥梅尔正连夜商讨对策。

梅里渴望找个人说话。他想到了皮平，但这只让他愈发翻来覆去，难以安眠。可怜的皮平啊，被关在巨大的石城里，孤单又害怕。梅里真希望自己是个像伊奥梅尔那样的高大骑兵，可以吹响号角什么的，并且骑着快马去解救他。他坐起来，聆听再次敲响的鼓声，这会儿鼓声近在咫尺了。很快他听见了低声说话的声音，看见半罩着的昏暗提灯从林间穿过。附近的人开始在黑暗中摸索着行动。

一个高大的人影突然耸现，然后在他身上绊了一下，不禁咒骂了句树根。他认出那是元帅埃尔夫海尔姆的声音。

"大人，我不是树根，"他说，"也不是行李袋子，而是个被踢青了的霍比特人。作为赔礼，您至少也得告诉我这是在做什么。"

"在这邪门的黑暗里，做什么都有可能。"埃尔夫海尔姆答道，"但是陛下派人传令说，我们必须做好准备，可能随时都会下令出发。"

"是敌人要来了吗？"梅里焦虑地问，"那是他们的鼓声吗？别人似乎都不把鼓声当回事，闹得我都开始以为那是我的错觉了。"

"不，不是，"埃尔夫海尔姆说，"敌人在大道上，不在山里。你听到的是野人[1]，森林中的野人，他们就这么跟远处的族人交流。据说，他们还在德鲁阿丹森林中出没。他们是更古老的时候的遗民，人数不多，生活也很隐秘，像野兽一样警觉又不开化。他们并不跟着刚铎或马克去作战，但眼前的黑暗和奥克的到来都令他们不安，他们生怕黑暗年代又要来了，而目前看来那也确实很有可能。谢天谢地，他们没打算猎杀我们！据说他们用毒箭，林中的本事无人可及。不过，他们已经提出愿意为希奥顿效力。眼下他们的一个头领正被领去见国王，灯光朝那边去了。我听说的就这么多了。现在我得赶快去传达陛下的命令。你也打包起来吧，袋子先生！"说完他便消失在阴影中。

梅里不喜欢这段有关野人和毒箭的话，但还有一股与之大相径庭的沉重恐惧压在他心头。等待简直无法忍受。他很想知道会发生什么事。他爬起来，很快就在最后一盏提灯消失于林间之前，小心地跟了上去。

不久，他来到了一处开阔地，那里有个小帐篷搭在一棵大树下，是国王的帐篷。一盏顶上遮了罩的大提灯挂在一根粗枝上，灯下投洒了一圈苍白的光晕。希奥顿与伊奥梅尔坐在那里，面前地上坐了个模样奇怪的粗短人影，他像块古老的岩石那样骨节突出，稀疏的胡子像干苔藓一样蓬乱地长在粗糙的下巴上。他的腿很短，手臂很粗，身材矮壮，只在腰间遮了些草。梅里觉得自己在哪里见过他，突然，他想起了黑蛮祠的菩科尔人像。这个人恰似那些古老的石像之一活生生地现身于此，也许正是很久以前那些佚名匠人们拿来当作雕塑原型的生灵历尽无尽年岁传下的后裔。

梅里蹑手蹑脚走近，现场一片沉静。接着，那个野人开始说话了，像是在回答什么问题。他嗓音低沉，喉音很重，然而令梅里吃惊的是，他说的是通用语，只是不甚流利，语句中还夹杂了陌生的字眼。

"不，骑马人之父，"他说，"我们不打仗，只打猎。在树林里杀**埚尔衮** [2]，痛恨奥克族。你们也痛恨**埚尔衮**。我们尽力帮忙。野人耳朵灵，眼睛尖，知道所有的路。高大的人类从大水里上来以前，石头房子盖起来以前，野人就住在这里。"

"但我们需要的是战事上的援助。"伊奥梅尔说，

"你和你的族人能怎么帮助我们？"

"带来消息。"野人说，"我们从山上向远处看。我们爬上很高的大山，向下看。石头城关闭了。大火在外面燃烧，现在里面也烧起来了。你们想去那里？那你们一定要快。但是**埚尔衮**和很远的地方来的人类，"他关节粗大的短胳臂朝东挥了挥，"坐在马道上。非常多，比骑马人还多。"

"这你怎么知道？"伊奥梅尔说。

老人那扁平的面孔与漆黑的眼睛未见反应，但声音因不悦而阴沉。"野人不开化，自由自在，但不是小孩子。"他答道，"我是伟大的头领，悍－不里－悍。我数很多东西：天上的星星，树上的叶子，黑暗中的人。你们有二十个二十的十倍加五倍。他们有更多。大打一场，谁会赢？另外还有更多的，围着石头房子的墙走来走去。"

"唉！他说得真是太对了。"希奥顿说，"我们的斥候还说，他们在路上挖了壕沟，打了木桩。我们不可能靠突袭把他们迅速除掉。"

"但我们急需赶路。"伊奥梅尔说，"蒙德堡已经陷入火海了！"

"让悍－不里－悍说完！"野人说，"他知道的路，不止一条。他会带你们走没有坑洞，没有**埚尔衮**走来走去，只有野人和野兽的路。石头房子的人更强大的时候，造了许多路。他们像猎人切兽肉一样切开了山岭。野人以为他们拿石头当饭吃。他们坐大马车穿过德鲁阿丹去里蒙。他们已经不走那路了。路被忘记了，但是野人没有忘记。翻过山，在山后面，它还在青草和大树底下，在里蒙后面，下到阿蒙丁，然后回到骑马人的路的尽头。野人会带你走那条路。然后你们就可以杀掉**埚尔衮**，用明亮的铁赶走很坏的黑暗，然后野人就可以回野外的森林里睡觉。"

伊奥梅尔和国王用洛汗本族的语言谈了一阵。最后，希奥顿转身面对野人。"我们接受你的帮助。"他说，"尽管如此一来，我们会给自己后方留下大批敌人，但那又何妨？如果石城陷落，我们就谁也回不去了。而如果石城得救，那么被截断退路的将是奥克大军本身。悍－不里－悍，如果你守信，我们会给你丰厚的报偿，你将永远是马克的朋友。"

"死人可成不了活人的朋友，也给不了他们礼物。"野人说，"但是，如果大黑暗过后你们还活着，那就别再打扰森林中的野人，不要再像猎捕野兽一样猎捕他们。悍－不里－悍不会把你们领到陷阱里。他会自己跟骑马人之父一起走，他要是带错路，你们可以杀了他。"

"就这么说定了！"希奥顿说。

"绕过敌人再回到大道上，要花多长时间？"伊奥梅尔问，"如果由你带路，我们势必得步行，而且路无疑很窄吧。"

"野人走路很快。"悍说，"路很宽，石马车山谷那边可以并排走四匹马。"他朝南挥了挥手，"但是路头和路尾都很窄。从日出到中午，野人可以从这里走到阿蒙丁。"

"那么我们至少要给先锋部队七个钟头的时间。"伊奥梅尔说，"但全体到达需要多久，我们必须按照接近十个钟头来估算。我们可能会被预料不到的问题耽搁。如果队伍全线拉长，那么在冲出山岭之前得花很长时间整队。现在几点了？"

"天知道，"希奥顿说，"现在全是黑夜。"

"全是黑暗，但不全是黑夜。"悍说，"当太阳出来时，即使她是藏起来的，我们也感觉得到。她现在已经爬上了东边的山脉。在天空中，现在白天已经开始了。"

"那么我们必须尽快出发。"伊奥梅尔说，"即便如此，我们也不能指望在今天帮得上刚铎。"

梅里不再往下听，而是悄悄溜回去准备随时听令出发。这是大战前的最后一程。他觉得，他们当中很可能没有多少人会生还。但是他想到了皮平和米那斯提力斯的大火，便压下了自己的恐惧。

那天一切进展顺利，没看见也没听见任何敌人埋伏等候他们的迹象。野人派出了一群谨慎的猎人作掩护，因此，没有奥克或游荡的奸细会得知山中的动静。他们越接近被围困的城，光线就越昏暗，骑兵们成长列前进，人与马犹如一个个黑暗的影子。每一队都由一个林中野人带路，老悍则走在国王身边。刚开始的路段走得比期望的要慢，因为骑兵要牵着坐骑步行，从营区后方择路穿过密林覆盖的山脊，再下到隐藏的石马山谷，这很花时间。当前锋部队抵达一大片延伸过阿蒙丁东侧的灰色灌木林时，时间已近黄昏。那片灌木林遮住了从西边纳多到东边阿蒙丁这一列丘陵当中的一个大豁口。那条久被遗忘的马车大道穿过那个豁口往下延伸，通回到从石城出发、穿过阿诺瑞恩的主大道上。但是，如今在经过诸多人类世代之后，树木已经进占了这条马车道，它不时消失、中断，被掩埋在不知堆积了多少年的落叶底下。不过，灌木林也给骑兵提供了最后一线在公开加入战斗之前隐藏行迹的希望。因为灌木林再过去便是大道和安都因平原，而东边和南边的山坡全是岩石，寸草不生，群峦本身又扭曲盘绕，汇成一簇往上爬升，峰棱层叠，并入明多路因山那巨大的山体和山肩。

先锋部队暂停下来，等后方部队从石马车山谷的深沟中鱼贯出来后，他们才散开，进入灰色的树林中扎营。国王召唤将领们前来议事。伊奥梅尔派出斥候去侦察道路，但是老悍摇了摇头。

"派骑马人去没用。"他说，"这么坏的天气，野人已经看见所有能看见的东西了。他们很快就会回来跟我报告。"

将领们都来了。接着，树林中悄然走出另外几个好似菩科尔人像的人，他们十分警觉，跟老悍长得极像，梅里简直分辨不出谁是谁。他们用一种喉音很重的奇怪语言跟老悍说话。

不久，老悍转向国王。"野人说了许多事。"他说，"首先，要小心！阿蒙丁那边还有好多人扎营，离这里走路一个钟头。"他朝西边那座黑色的烽火丘挥了挥胳膊，"但是从这里到石城人的新墙之间，什么都看不见。许多人在新墙那里忙着。那墙已经倒了，被**埚尔衮**用地上的响雷和黑铁的棒子捣垮了。他们粗心大意，没看看周围。他们以为他们的朋友监视着所有的路！"说到这里，老悍发出了一种奇异的咯咯声，听起来像是在大笑。

"好消息！"伊奥梅尔叫道，"即便在这样的昏暗中，希望也再次闪耀了。大敌的计谋经常出乎他的意料，为我们所用。这可憎的黑暗本身成了我们的掩护。现在，他那些渴望摧毁刚铎、把它一块块石头拆掉的奥克，已经挪开了我的心头大患。外墙本来会阻挡我们很长时间，现在我们可以长驱直入了——倘若我们能冲到那里的话！"

"我再次感谢你，森林中的悍－不里－悍。"希奥顿说，"感谢你给我们领路，带来这些消息，祝你好运！"

"杀了**埚尔衮**！杀了奥克族！没有别的话能让野人高兴。"老悍回答，"用明亮的铁赶走坏天气，赶走黑暗！"

"我们正是为此骑了这么远的路，"国王说，"我们会去尝试做到。但我们能做到什么，只有明天才知道。"

悍－不里－悍蹲下身子，用坚硬的额头碰触大地，表示告别。接着，他起身像要离开，却突然停住了脚步，像只受惊的林中动物一样抬起头嗅着异样的空气。他眼中光芒一亮。

"风向正在改变！"他喊道。话音未落，似乎只是眨眼之间，他和他的同伴们都消失在昏暗中，洛汗的骑兵从此再也没人见过他们。不久，东边远处又传来了隐隐约约的鼓声。但是，整支大军已无人还担心野人不可靠，尽管他们看似模样奇怪，不讨人喜欢。

"再往前走，我们就不需要引导了，"埃尔夫海尔姆说，"在和平时期，大军中有些骑兵去过蒙德堡，我就是其中一个。我们到达大道，就会见它拐向南走，七里格后抵达环绕城关的外墙。那条大道沿途两侧大半是厚草地，刚铎的信使认为他们在那段路上能用最快速度奔驰。我们可以快速前进而不弄出太大响声。"

"那么，既然我们预期前方有一场需要全力以赴的恶战，"伊奥梅尔说，"我建议现在休息，等到夜里再从这里出发，这样我们就可以调整行程——抵达那片平野时，要么是明天本来的天亮时分，要么是陛下发令的时候。"

国王同意这一建议，将领们离去了。但埃尔夫海尔姆很快又转了回来。"陛下，斥候在灰森林前方没有发现别的状况，"他说，"只是找到了两个人：两个死人和两匹死马。"

"是吗？"伊奥梅尔说，"怎么回事？"

"是这样，陛下，他们是刚铎的信使，其中一个大概是希尔巩。他的头被砍掉了，但至少手里还紧握着那支红箭。还有，从现场的迹象看，他们被杀之前似乎正**往西**逃。据我看，他们是发现敌人已经占领外墙，或正在进攻外墙，于是掉头——那应该是两夜之前的事，如果他们照例在驿站换了新马才上路的话。他们无法前往石城，于是掉头回来。"

"唉！"希奥顿说，"如此一来，德内梭尔就没能得到我们驰援的消息，会断绝了对我们到来的希望。"

"需求虽刻不容缓，迟到仍胜过不到。"伊奥梅尔说，"也许形势将会证明，这句古谚这一次比有史以来任何时候都更真确。"

是夜，洛汗大军沿大道两侧静悄悄地前进。大道此时绕着明多路因山的边缘转向南行。几乎在正前方，远处的漆黑天空下有一片红光闪动，大山的山壁映着这光，隐隐耸现。他们正在接近佩兰诺的外墙拉马斯，但是白昼尚未来到。

国王骑马走在前锋队伍的中央，周围是近卫军。埃尔夫海尔姆率领的**伊奥雷德**随后而行。此时，梅里注意到德恩海尔姆离开了自己的位置，趁黑不断向前移动，直到终于紧跟在国王近卫军之后。队伍突然停了下来。梅里听见前方有声音在低声交谈。冒险几乎抵达墙边的斥候回来了。他们来到国王面前。

"陛下，那里火势很大。"一人说，"整座城都陷入了火海，平野上布满了敌人。不过似乎所有的敌人都去攻城了。据我们估计，外墙只留下很少的兵力看守，他们粗心大意，忙着破坏。"

"陛下，您还记得野人的话吗？"另一人说，"在和平时期，我住在北高原的野外。我名叫维德法拉，我也认为风给人带来消息。风向已经变了。从南方吹来一股和风，尽管味道很淡，却含着海洋的气息。这个早晨将带来新的事物。当您越过外墙后，在这片浓烟之上的将是黎明。"

"维德法拉，若你所言不虚，愿你活过今日，往后长年享有祝福！"希奥顿说。他转向身旁的近卫军，这时以洪亮的声音说话，因此第一支**伊奥雷德**也有许多骑兵能听见：

"现在，马克的骠骑，埃奥尔的子孙，时刻已经来临！家园遥遥在后，宿敌大火在前，尽管你们征战之地乃在异乡，战场上赢得的荣耀，却将永远属于你们自己！你们曾经立下誓言，现在，为君王、为故土、为盟友，去兑现它吧！"

众人以矛击盾，砰然有声。

"我儿伊奥梅尔！你率领第一支**伊奥雷德**，作为中军跟在王旗后方。"希奥顿说，"埃尔夫海尔姆，我们越过外墙后你率队去右翼，格里姆博德率队去左翼。后面的各队根据情况跟着这三支队伍。敌人聚在何处，就攻击何处。我们无法制订其他计划，因为平野上的状况尚不清楚。现在，不要惧怕黑暗，前进！"

前锋部队策马以所能做到的最快速度奔驰——无论维德法拉预言过何种变化，此时天色仍然一片沉暗。梅里坐在德恩海尔姆背后，左手抓紧，同时试着用右手松开鞘中的剑。现在他痛苦地体会到了老国王语中的真实：**在这样一场战争中，你又能做什么呢，**

梅里阿道克？ "只能做这个，"他想，"那就是拖累一个骑兵！充其量也就是巴望坐在马鞍上，别跌下去让飞奔的马蹄踩死！"

离外墙所在已经不到一里格了。他们转瞬即达，对梅里来说是太快了。霎时间狂喊四起，还有零星的兵器交击声，不过持续得很短。忙着拆墙的奥克人数很少又措手不及，很快就被杀死或驱散。在拉马斯损毁的北门前，国王再次勒马止步。第一支**伊奥雷德**在他背后和两侧停步整队。尽管埃尔夫海尔姆的队伍远在右翼，德恩海尔姆仍与国王靠得很近。格里姆博德的人转往一旁，绕去东边远处墙上的一处巨大开口。

梅里从德恩海尔姆的背后往前偷看。很远的地方，也许有十多哩远，那里大火燃成一片，但在大火与骑兵之间，燃着一道道排成巨大新月形的火焰，最近的燃烧点距离还不到一里格。漆黑的平野上他能看清的事物很少，而且他既看不见任何黎明的希望，也感觉不到哪怕一丝风，不管风向是否已经改变。

此刻，洛汗的大军静悄悄地推进到刚铎的平野上，恰似上涨的潮水漫过被以为是万无一失的堤坝缺口，缓慢但稳定地涌入平野。然而此时黑统帅的全副心思意念都集中在即将陷落的石城上，而且还没有消息去通知他，警告他计划有任何瑕疵。

过了一阵，国王领着近卫军稍往东移，来到围城的大火与平野外围之间。他们仍旧没有受到阻挡，希奥顿也仍旧没有下令。最后，他再度停住。这时离石城更近了。空气中弥漫着燃烧的气味，游荡着死亡的阴影。马匹不安起来。但是国王端坐在雪鬃上，一动不动，盯着米那斯提力斯的惨状，好似突然间遭到了痛苦或恐惧的沉重打击。他似乎被暮年高龄压垮，缩小了。梅里自己则感到，恐怖和怀疑仿佛庞大的重负沉沉地压在身上。他的心跳都放缓了。举棋不定之间，时间也似乎归于停止。他们来得太迟了！太迟还不如不来！也许希奥顿会畏缩，垂下苍老的头颅，掉头偷偷溜走，然后躲进山中。

突然间，梅里终于感觉到了。毫无疑问，变化来了。风吹在他脸上！天光渐亮。在很远、很远的南方，隐约可见云层，它们犹如模糊的灰色暗影，正在卷起、飘移：黎明就在云层后方。

就在同一刻，一道光芒乍现，如同闪电从石城脚下的大地腾空而起。在那电光石火的瞬间，石城遥遥闪耀，黑白分明，城顶高塔犹如一根闪烁的针。接着，随着黑暗再次聚拢，平野上滚滚传来巨大的**轰隆**一声。

那声音让国王佝偻的身影骤然挺得笔直，他又显得高大威武了。他踏着马镫直起身，以洪亮的声音高呼，清晰胜过有史以来任何凡人所能做到：

> **希奥顿麾下骠骑，奋起！奋起！**
> **邪恶已苏醒，烧杀掳掠！**
> **快震刺长矛，圆盾捍击，**
> **快拔剑鏖战，血染黄沙，直到旭日重升！**
> **奔向战场，奔向战场，往刚铎前进！**

说完，他从掌旗的古斯拉夫手中抢过一支大号角，猛力吹响，由于力道过大，号角竟然爆裂。立刻，大军中所有的号角齐奏合鸣，在那一刻，洛汗的号角声如同一阵暴风响彻平野，如同一声霹雳回荡山间。

> **奔向战场，奔向战场，往刚铎前进！**

蓦地，国王对雪鬃大喝一声，骏马应声一跃而出。在他背后，大旗迎风招展，打出一匹白马奔驰在绿色原野上的纹章，但他冲得比它更快；近卫军如同奔雷，紧跟着他，但他始终一马当先。伊奥梅尔纵马疾奔，头盔上那缕白色的尾鬃因而飘扬。第一支**伊奥雷德**的前沿呼啸而去，如同冒着白沫的大浪奔向海岸，但是无人赶得上希奥顿。他看似癫狂，否则便是先祖的战斗狂热如同新生的烈火，正在他周身血脉中奔流。他骑在雪鬃背上，如同古代的神明，恰似世界还年轻时的维拉大战中伟大的欧洛米。他亮出了金色的盾牌，看哪！它灿烂如同太阳，骏马的雪白四蹄所到之处，长草也被照亮，映得碧绿一片。因为黎明来临了，黎明，以及从大海吹来的风都来临了，黑暗被驱离，魔多的大军在哀号，陷入了恐惧，四散奔逃、丧命，愤怒的马蹄从他们身上踏过。接着，洛汗的大军全体高声唱起战歌，他们边唱边杀，沉浸在战斗的喜悦里，他们的歌声壮美又可畏，甚至传入了石城中。

第六章

佩兰诺平野之战

然而，指挥进攻刚铎的既不是奥克头领，也不是土匪。黑暗消散得太快，比他的主人定下的时日来得要早：命运在这一刻背叛了他，世界转而对抗他；胜利就在他伸手攫取时，从他指间溜过。但他的臂膀很长，他仍然统御大军，控制着极大的力量。他是君王，是戒灵，是那兹古尔之首，拥有诸多武器。他离开城门口，消失了。

马克之王希奥顿已经抵达从城门通往大河的大道，他转而奔向如今距离不到一哩的石城，稍微放慢了速度，搜寻新的敌人。近卫军簇拥着他，德恩海尔姆也在其中。前方，埃尔夫海尔姆的部队已经冲得更接近城墙，他们在攻城机械中间劈砍杀戮，将敌人驱赶进燃烧的沟渠里。佩兰诺北部近半已被攻克，营区燃起大火，奥克如同猎人面前的兽群，朝着大河飞逃。洛希尔人任意驰骋来去，纵横所向披靡。但是他们尚未突破围城的局面，更未夺回城门。大批敌人守在城门前，远处那一半平野还有其他大军尚未投入战斗。大道过去的南边列着哈拉德人的主力，他们的骑兵全聚在头领的军旗下。那个头领举目张望，在渐亮的天光中看见希奥顿王的王旗远远奔在战线之前，周围护旗的人却寥寥无几。见状，他心中顿时充满了炽烈的愤恨，大吼一声展开了自己的旗帜：猩红底色衬出一条黑蛇。他领军向白马绿旗大举冲杀过来，南蛮子纷纷抽出弯刀，多如天上闪烁的繁星。

这一来希奥顿注意到了他，却不肯等他袭来，而是对着雪鬃大喊一声，径直冲上前去迎战。他们的照面交锋激烈慑人，然而北方人类白热的怒火燃烧得更加炽烈，他们骑术高超，马背上运用锋锐长矛的本领更加精湛。尽管人数不及，他们却像火矢闯入森林一般，切开了南蛮子的队伍。森格尔之子希奥顿直接冲入敌阵，将他们的头领挑下马来，手中长矛随之碎裂。他抽剑在手，策马奔向军旗，长剑一挥砍断旗杆，斩杀旗手，黑蛇随之覆没。所有尚存一命的敌方骑兵见状，全都掉头远远而逃。

但是，看哪！就在国王意气风发之际，他的金盾突然黯淡了。崭新的黎明被空中的阴影玷污，黑暗当头笼罩了他。群马人立而起，尖声嘶鸣。骑兵们被甩下马鞍，趴倒在地。

"支援我！支援我！"希奥顿喊道，"埃奥尔的子孙，起来！莫惧黑暗！"但是雪鬃怕得发狂，高高直立而起，前蹄在空中踢蹬；接着，他一声惨嘶，侧身翻倒在地：一支黑色箭矢贯穿了他。国王倒在他身下。

而那巨大的阴影就像一片乌云，徐徐降落。看哪！那是一只有翼生物：若是鸟，那么它比其他所有的鸟都大，却全身光秃，既无翎管也无羽毛，阔大的翼翅有如绷在尖长指间的皮膜，还臭气熏天。也许它是诞生在世界更古老时的生物，它这个族类在月光下被遗忘的寒冷山岭间苟延残喘，苟活过了它们的时代，在丑恶的巢穴中孵育出这不合时宜的最后一窝，性喜邪恶。黑暗魔君捉了它，用腐肉喂养它，直到它长得极其庞大，远超过其他一切飞禽，然后他把它给了自己的仆人当坐骑。它自天而降，逐渐落下，接着收拢指爪撑起的皮膜，粗哑地号叫一声，扑落在雪鬃身上，爪子深埋进马的体内，光秃的长脖子弯曲下来。

在它背上坐着一个形体，通身罩在黑斗篷中，巨大且充满威胁。他戴着一顶钢王冠，但冠缘和黑袍之间空空如也，只有一双闪着致命光芒的眼睛：这就是那兹古尔之首。先前他在黑暗退却前召来了自己的坐骑，返回空中，此刻他卷土重来，挟来毁灭，将希望化为绝望，胜利转为死亡。他提着一柄乌黑的大钉头锤。

然而希奥顿并未被彻底抛弃。他的近卫军不是被杀害倒在四周，就是被发狂的坐骑所制，驮到了远处。但仍有一人立在那里，那便是年轻的德恩海尔姆。忠诚战胜了惧怕，他哭泣着，因为他爱国王如父。这一整场冲锋陷阵，梅里始终坐在他身后，毫发无伤，直到这个黑影来临。追风驹吓得将他们掀下马背，这时正在平原上狂奔。梅里像一只晕头转向的野兽那样四肢着地爬行，降临到身上的恐惧使他眼盲、眩晕。

"国王的卫士！国王的卫士！"他的心在呐喊，"你必须待在他身边。你说过：'我将视您如父。'"但是他的意志没有反应，他的身体颤抖不停。他既不敢睁眼，也不敢抬头看。

接着，透过头脑的一团昏乱，他觉得自己听到德恩海尔姆在说话；但此刻那个声音显得异样，令他想起了另一个他认识的声音。

"滚开，你这丑恶的德维默莱克[1]，食腐鸟之王！让死者安息！"

一个冰冷的声音答道："别挡在那兹古尔和他的猎物之间！否则轮到汝时他不会杀汝。他会将汝带至远在一切黑暗之外的哀悼之所，汝之肉身将在该处被吞噬，汝枯萎之心智将赤裸裸地暴露在无睑之眼面前。"

长剑锵然出鞘。"悉听尊便。但只要能够，我就要阻止你。"

"阻止我？汝这蠢货。没有活人[2]能够阻止我！"

接着，在那一刻的全部声音中，梅里听见了最奇怪的一个。德恩海尔姆似乎哈哈大笑起来，清亮的声音犹如金铁交鸣："但我不是活着的男人！你面对的是个女人。我是伊奥蒙德之女伊奥温，你挡在我与我至亲的陛下之间。如果你不是当真不死，就快滚！无论你是活人还是黑暗的行尸走肉，只要你敢碰他，我就劈了你。"

那只有翼的生物对她尖叫，但是戒灵沉默以对，没有作答，仿佛突然起了疑虑。一时之间，梅里的极度惊讶战胜了惧怕。他睁开眼睛，眼前的黑暗消退了。那只巨兽就坐在离他不远处，周围似乎一片昏暗，那兹古尔之首则赫然耸立在上，恰似一个使人绝望的阴影。在稍为偏左的地方，面对他们而立的，是他一直称为德恩海尔姆[3]的伊奥温；但那顶遮掩了她的秘密的头盔已经从她头上跌落，她灿亮的金发脱离了头盔的束缚，散在双肩上闪着淡淡的金光。她灰如海洋的双眼坚定又凶猛，但她脸颊上犹有泪痕。她手握长剑，举起盾牌阻挡敌人那可怕的目光。

那是伊奥温，也是德恩海尔姆。一张脸庞的印象瞬间闪过了梅里的脑海，是他骑马离开黑蛮祠时注意到的那张脸，那张不抱希望、一心求死的脸。他内心登时充满了同情，同时又惊讶万分。刹那间，他那一族缓慢点燃的勇气觉醒了。他握紧了拳头。她这么美丽，这么绝望，她不该死！至少不该孤立无援地死去。

敌人的脸没有转向他，但他还是几乎不敢动，害怕那致命的眼神会落到他身上。慢慢地，慢慢地，他开始往旁边爬。而满心疑虑与恶毒的黑统帅正全神贯注盯着面前的女人，视他如泥泞里的一条虫，毫不理会。

突然间，那只巨兽拍起丑恶的翅膀，掀起了恶臭的风。它又飞到空中，接着迅速朝伊奥温俯冲而下，尖叫着，用喙和爪展开攻击。

她仍然没有畏缩。她是洛希尔人的公主，马克诺王的后代，窈窕却如钢刀，美丽却可怕。她迅速一剑劈去，巧妙又致命。那伸长的脖子被她一剑斩断，砍下的头颅像石头般落在地上。她往后一跃，躲开轰然砸落在地的庞大躯体，巨兽的长翼摊开，倒在地上瘫作一团。它这一亡，那片阴影也随之消失。一道光照在她身上，她的头发在初升的阳光中闪闪发亮。

黑骑手从巨兽的遗骸上起身，高大、凶恶，如高塔般耸立在她面前。但闻一声饱含憎恨、犹如毒液灌耳般令人毛骨悚然的呼叫，他挥锤砸落。一击之下，她的盾牌粉碎，手臂也震断了；她踉跄跪倒在地。他俯身如乌云般笼罩住她，眼中精光闪烁。他举起巨锤，要给予致命一击。

但是突然间，他极其痛苦地嚎叫一声，亦是向前一个踉跄，他那一击因而偏斜，砸进地里。梅里从他背后刺了他一剑。短剑穿透黑斗篷，从锁子甲下方刺入了他强壮膝后的肌腱。

"伊奥温！伊奥温！"梅里喊道。伊奥温闻声，摇摇晃晃挣扎着起身，趁那硕大的肩膀俯在面前，聚起最后的力气一剑刺在铁王冠和斗篷之间。长剑火星四溅，崩成无数碎片。王冠哐啷落地滚远。伊奥温往前扑倒在阵亡敌人的身上。但是，看啊！斗篷和锁子甲底下空无一物。此刻它们堆在地上不成形状，破损、凌乱。一声嚎叫蹿升到战栗的空中，衰减成尖厉的哭号，随风飘散。一个没有形体可依附的薄弱声音渐渐消逝，彻底湮没，在世界的那个纪元里再未得闻。

霍比特人梅里阿道克站在尸堆当中，像只白昼里的猫头鹰般眨着眼睛，因为泪水模糊了他的双眼。透过一片迷蒙，他看着伏在那里一动不动的伊奥温的金发头颅，又望向意气风发时猝然陨落的国王的脸——雪鬃在痛苦挣扎中翻过身去，不再压住国王，但他仍然成了主人的灾星。

梅里弯下腰，执起国王的手亲吻，看哪！希奥顿睁开了眼睛，目光清明，他吃力地开了口，声音平静。

"永别了，霍尔比特拉少爷！"他说，"我的身体已废，我要去见我的先祖了。如今，我纵是跻身他们伟大的行列，也当无愧。我砍倒了黑蛇。这是残酷的黎明，却也是愉快的一天，并且会有金色的夕阳！"

梅里说不出话来，只是又哭了。"请原谅我违背您的命令，陛下，"他终于开口说，"然而除了哭泣着与您告别，我丝毫没有尽到服侍您的义务。"

老国王露出了微笑，说："别难过！我原谅你。雄心壮志是不会被拒绝的。从今往后，幸福生活吧。当你在和平的日子里坐下来抽烟斗时，要想想我！因为，我承诺过要同你坐在美杜塞尔德，听你讲述烟草的传说，如今却再也做不到了。"他合上双眼，梅里垂下头待在他身边。不久，他又开口了："伊奥梅尔在哪里？我眼前发黑，我临走前想见见他。我走后，他必须继承我的王位。我还有话留给伊奥温。她……她不愿意我离开她，而今我再也见不到她了，那比女儿还亲的人啊。"

"陛下，陛下，"梅里泣不成声地说道，"她——"

然而就在那时，他们四周鼓噪大作，号角喇叭齐鸣。梅里转头四顾：他完全忘了战争，忘了周围整个世界，从国王倒下的那一刻起其实只过了片刻，感觉上却像已经过了好几个钟头。此时他意识到，敌我双方即将交锋，大战在即，而他们正面临着被夹在战斗正中的危险。

敌人的生力军正从大河那边沿着大道急急开来，魔古尔的大军从城墙下过来，哈拉德的大军从平野南边过来，骑兵当先，步兵在后，步兵之后还现出了背上负着战塔的庞大**猛犸**的身影。但在北边，伊奥梅尔重新集结起洛希尔人，雄壮的前锋追随着他的白色马尾盔冠。另外，石城中的兵力也尽数出击，以多阿姆洛斯的银天鹅旗为开路先锋，正将敌人从城门前驱离。

刹那间，梅里脑海中掠过几个疑问："甘道夫在哪里？他难道不在这儿吗？他难道不能挽救国王和伊奥温吗？"但这时伊奥梅尔已策马疾驰而来，还活着并终于控制住坐骑的近卫军也随他一同奔来。他们惊异地看着那凶兽倒卧在地的尸体，胯下坐骑都不肯靠近。但伊奥梅尔跃下马鞍来到国王身边，默然肃立，心中惊恸交集。

接着，一名近卫军从倒地已死的旗手古斯拉夫手中拿起国王的旗帜，高高举起。希奥顿缓缓睁开了眼睛。他见了旗帜，示意将它交给伊奥梅尔。

"马克之王，向您致意！"他说，"现在，跃马骑向胜利！告诉伊奥温，永别了！"如此，他溘然长逝，且不知伊奥温就躺在他近旁。那些立在旁边的人无不落泪，唤道："希奥顿王！希奥顿王！"

但伊奥梅尔对他们说：

不可痛悼失度！雄武之主陨落，

其死无愧其生。他日高陵垒起，

当由妇女悲泣。此时唯战而已！

然而，他自己也边说边哭泣。"近卫军留下，"他说，"将他的遗体光荣地护送出战场，以免战斗毁伤！就这么办，其他倒在此地的近卫军也是同样。"然后他看着阵亡的人，回想起他们的名字。忽然，躺在那里的伊奥温跃入了他的眼帘，而他认出了他的妹妹。如同一个高呼到中途突遭一箭穿心的人，他呆立了片刻，接着脸色变得煞白，冰冷的狂怒在他心中高涨，竟至有一刻无法成言。一股出离愤怒的疯狂情绪攫住了他。

"伊奥温,伊奥温!"他终于喊出声,"伊奥温,你怎么会在这里?这是怎样的疯狂或邪恶?死,死吧,死吧!我们全都去赴死!"

不经商议,也不等石城的人马前来会合,伊奥梅尔径直策马奔回大军阵前,吹响号角,高呼着进攻。整片战场都回荡着他的声音,清晰地喊着:"赴死!冲锋,冲向毁灭,冲向世界的尽头!"

话音一落,大军开始移动。但洛希尔人不再歌唱。他们齐声呼喊着"**赴死**",声音洪亮可怖,他们越奔越快,犹如一股大浪从阵亡的国王身边一扫而过,咆哮着向南袭去。

霍比特人梅里阿道克仍然站在那里眨着泪眼,没有人跟他说话,事实上,似乎没有人注意到他。他抹掉眼泪,弯腰拾起伊奥温给他的绿色盾牌,背在背上。接着,他去找自己松手丢下的剑,因为他当时一剑刺下,手臂立刻就麻木了,现在他只能使用左手。看哪!他的武器就在那里,但是剑刃就像插进火中的干树枝一样冒着烟,并且就在他的注视下,它扭曲、萎缩,终至灰飞烟灭。

这柄来自古冢岗、由西方之地的工艺铸造的宝剑，就此毁去。它是很久以前在北方王国中被缓慢铸造出来的，那时杜内丹人还朝气蓬勃，而他们的敌人当中，为首的便是恐怖的安格玛王国及其妖术师国王。倘若当初铸剑之人得知此剑的命运，必当欣慰，因为哪怕挥动它的是一双更强而有力的手，也没有其他的剑曾给那个敌人造成如此痛苦的重创，切开那不死的肉体，破除那将他的意志与看不见的肌腱紧密结合的咒语。

这时骑兵们以长矛杆蒙上斗篷做成担架，抬起了国王。他们轮流抬着他向石城走去，其他人轻轻抬起伊奥温跟在后面。然而他们还无法将近卫军全都带离战场，因为共有七位近卫军战士阵亡在此，他们的队长狄奥威奈[4]也在其中。于是，他们将阵亡者抬离敌人与那恶兽，周围插上长矛。之后，待得尘埃落定，人们回来在那里燃起大火，烧了那只巨兽的尸体。不过他们挖下坟墓埋葬了雪鬃，并在坟上立了石碑，碑上分别用刚铎和马克的语言刻着：

忠实仆从，罹祸根源

捷足之后，骏逸雪鬃

雪鬃的坟冢上从此绿草长青，但是焚烧巨兽的那处地面却永远焦黑，寸草不生。

梅里悲伤地慢慢走在抬遗体的士兵身旁，再也不去注意周围的战斗。他疲累不堪，周身疼痛，四肢都不胜寒冷般颤抖。从大海刮来一场豪雨，仿佛万物都在为希奥顿和伊奥温哭泣，用灰色的泪水浇熄了城中的大火。不久，他透过一片雾气看见刚铎的先锋部队近了。多阿姆洛斯亲王伊姆拉希尔骑上前来，在他们面前勒马止步。

"洛汗的人，你们抬的是谁？"他喊道。

"希奥顿王。"他们回答，"他去世了。但伊奥梅尔王正驰骋在战场上，他盔冠上有白色马尾迎风飞扬。"

于是，亲王下马在担架前屈膝，向国王与他发动的这场伟大进攻致敬，并落下泪来。他起身后望向伊奥温，不禁大吃一惊。"没错吧，这是位女子？"他说，"难道连洛希尔人的妇女都来参战援助我们了吗？"

"不！只有一人。"他们答道，"她是伊奥梅尔的妹妹，伊奥温公主。我们直到这个时候才知道她前来参战，我们为此悔恨万分。"

尽管她的脸苍白冰冷，亲王仍注意到了她的美，他俯身想更仔细地看看她，这时碰到了她的手。"洛汗的人啊！"他叫道，"你们当中没有医者吗？她或许伤重垂危，但我认为她还活着。"他将光可鉴人的前臂铠甲凑到她冰冷的唇边，看哪！铠甲蒙上了一层几乎难以察觉的淡淡水汽。

"现在需要赶快救治。"他说，派自己的一名骑兵迅速奔驰回城去找帮手。但他向死者深深鞠了一躬，开口与他们道别，然后上马离开，奔赴战场。

此时，佩兰诺平野上的战斗已进入白热化，兵器交击声愈发高亢，其间夹杂着人的呐喊与马的嘶鸣。号角吹响，喇叭声不绝，**猛犸**被驱赶上战场时也粗声咆哮。石城的南边城墙下，刚铎的步兵正在奋力对抗仍大批聚在那里的魔古尔军团。但骑兵已经朝东驰去，增援伊奥梅尔：有掌钥官"长身"胡林，有洛斯阿尔那赫的领主，有绿丘陵的希尔路因，还有英俊的伊姆拉希尔亲王与簇拥着他的骑士部属。

他们对洛希尔人的援助可谓及时，因为伊奥梅尔被自己的愤怒出卖，战场的态势转而对他不利。他在盛怒下发动的进攻彻底击垮了敌人的前线部队，他的骑兵组成的巨大楔阵干净利落地切入了南蛮子的阵列，击溃了他们的骑兵，也摧毁了他们的步兵。但是，**猛犸**所到之处，马匹无不踌躇，不是退缩便是转向跑开。这些巨怪无人对抗，像防御塔一样屹立，于是哈拉德人在它们周围集结起来。洛希尔人在发动进攻时，单单哈拉德人就已经比他们多出三倍，而不久之后，情况变得更糟，因为敌人的生力军此刻如流水般从欧斯吉利亚斯源源不断地涌入了佩兰诺平野。他们本来集结在欧斯吉利亚斯，只等黑统帅一声令下，便要洗劫石城，劫掠刚铎。现在黑统帅被灭，魔古尔的副头领勾斯魔格[5]便悍然驱使他们投入了战斗——有手持利斧的东夷，有可汗德地区的瓦里亚格人[6]，有通身猩红的南蛮子，还有从远哈拉德来的黑人，貌似半食人妖，长着白眼红舌。他们有一些正加紧赶往洛希尔人后方，另一些则向西抵挡刚铎的军队，阻碍他们与洛汗会合。

就这样，这日开始转而对刚铎不利，他们的希望开始动摇，而正当此时，石城中又传出新的惊叫声。

那时上午过半，正刮着大风，雨往北移，阳光普照大地。就在这一片清明当中，城墙上的哨兵看见远方出现了新的可怕一幕，他们最后的希望破灭了。

安都因大河从哈泷德的河弯处往下连绵好几里格，石城里的人都能一览无遗，视力好的人还能看见前来的任何船只。这时望向那边的人惊愕地大喊起来，因为他们看见一支舰队正乘风而来，衬着波光粼粼的河面显得黑压压一片：有大型快速帆船，还有吃水极深、配有众多桨手的大船，黑色的船帆鼓满了风。

"乌姆巴尔的海盗！"人们大喊，"乌姆巴尔的海盗！看啊！乌姆巴尔的海盗来了！这么说贝尔法拉斯已经被占领了，埃希尔和莱本宁都完了。海盗来攻打我们了！这是厄运的最后一击！"

由于石城中已找不到能指挥的人，有人没有接到命令就跑去敲钟示警，有人则吹响喇叭，号令收兵。"回到城里来！"他们喊道，"回到城里来！在全军覆没之前回到石城里来！"但是吹送着舰队疾驶而来的风，将他们的鼓噪全部刮走了。

事实上洛希尔人不需要通报或警示。他们自己全都清清楚楚地看见了那队黑帆，因为伊奥梅尔现在离哈泷德不到一哩远。在他和那边的港口之间，第一批敌人已经极力压来，同时新的敌军已绕到后方，切断了他跟亲王会师的路。此刻，他望向大河，心中的希望破灭了；先前他赞美过的风，此刻转而被他诅咒。但是魔多的大军无不振奋鼓舞，心里充满了新的嗜血欲望，他们再度群情激昂，呐喊着发动了进攻。

这时，伊奥梅尔冷静了情绪，心思再次清明起来。他下令吹响号角，召集所有能来的人聚到自己旗下。他打算最后筑起一道庞大的盾墙坚守阵地，下马战至最后一人，纵使西部世界再也没有人类留下来纪念马克的最后一位国王，他也要在佩兰诺平野上立下堪为歌谣传颂的功绩。于是，他骑马上了一座青翠的小丘，插下王旗，旗上的那匹白马在风中飞驰。

冲出疑虑，冲出黑暗，冲向破晓。
我身披阳光，策马且歌，长剑在手。
跃马直到希望终结，生命终点：
此乃仇愤之时，战毁之时，血战直到暗夜！

他边朗诵这些诗句，边放声大笑。因为战斗的渴望再次从他心中升起，他仍年轻，毫发无伤，并且他是王，一支勇悍民族的君王。看啊！就在面对绝境大笑的同时，他再次望向那支黑色的船队，并举起剑向他们发出了挑战。

接着，惊奇之情攫住了他，然后是无比的欢悦。他在阳光下将剑高高抛起，接住时开始高唱。所有人都随着他望了过去，看哪！在为首的那艘船上赫然亮出一面大旗，船转向哈泷德港时，大旗迎风招展开来。旗上是一棵繁花盛开的白树，那是刚铎的标志；但白树还有七颗星环绕，上方又有一顶高王冠，那正是埃兰迪尔的标志，不知多少年岁里都不曾由任何一位王侯打出。七星在阳光下流光璀璨，因它们乃是埃尔隆德之女阿尔玟以宝石缝就；王冠在晨光中明亮无俦，因它是**秘银**和黄金绣成。

阿拉松之子阿拉贡，埃莱萨，伊熙尔杜的继承人，就这样走出亡者之路，乘着来自大海的风来到了刚铎王国。洛希尔人欣喜若狂，大笑爆发如潮，众剑舞出一片闪光。石城中号声嘹亮，百钟齐鸣，汇成惊喜交加的音乐。但魔多的大军却陷入了慌乱困惑，他们自己的船竟载满了敌人，这得是多厉害的妖法。他们意识到命运的浪潮已经逆转，厄运已在眼前，一股黑暗的恐惧笼罩了他们。

东边，多阿姆洛斯的骑兵驱赶着敌人驰来：食人妖一般的人类、瓦里亚格人，以及恨恶阳光的奥克。南边，伊奥梅尔大步冲杀，敌人望风而逃，却发现自己腹背受敌，因为此时诸船上的人已经跳下，跃上哈泷德码头，如同一场风暴向北横扫而去。莱戈拉斯来了，吉姆利挥舞着斧头来了，哈尔巴拉德擎着大旗来了，还有额上佩星的埃尔拉丹和埃洛希尔兄弟，此外还有北方的游民——坚毅不屈的杜内丹人，他们率领莱本宁、拉梅顿和南方各采邑的大批英勇百姓前来参战。但阿拉贡手执西方之焰奔在众人之前，安督利尔犹如新点燃的火炬，重铸的纳熙尔如古时一样致命。他额上戴着埃兰迪尔之星。

如此，伊奥梅尔与阿拉贡终于在战场中央相会，他们倚剑互望，彼此欣喜。

"哪怕有魔多的千军万马阻隔，我们还是重逢了，"阿拉贡说，"我在号角堡岂不是这么说过？"

"你确实这么说过，"伊奥梅尔说，"可是希望常常靠不住，我当时又哪里知道你有先见之明。不过，意料之外的援助堪称双倍的祝福，朋友相会也再不会有比这次更开怀的了。"他们伸手紧紧相握。"而且也着实不会有比这次更及时的。"伊奥梅尔说，"吾友，你来得不算早。我们已经蒙受了惨重的损失，经历了巨大的悲痛。"

"那么，谈论之前，我们就先去复仇吧！"阿拉贡说，然后他们一同骑马重返战场。

他们仍有艰难又漫长的一仗要打，因为南蛮子既强悍又无情，绝望时愈发凶猛，东夷既强壮又善战，并且死不投降。因此，在烧毁的家宅或谷仓边，在小丘或山岗上，在城墙下或平野中，他们仍在四处会合、集结、战斗，直到白昼渐渐过去。

终于，太阳沉落到明多路因山背后，霞光将整片天空烧成一片通红，丘陵和山岭都如同染上了鲜血。大河上波光如火，黄昏中佩兰诺的青草也一片猩红。刚铎平野这一场大战，就在那个时刻结束。拉马斯环墙内没有留下一个活着的敌人。除了死在逃命中的，以及淹死在大河的红色泡沫中的，其余全数被斩杀，往东回到魔古尔或魔多的寥寥无几。只有一则遥远的故事传回了哈拉德人的地界，一则关于刚铎的愤怒与恐怖的传说。

阿拉贡、伊奥梅尔和伊姆拉希尔骑马朝城门返回，他们此刻已经疲累得感觉不到喜乐或悲伤。这三人因他们的运气、武艺和强大的兵器，全都毫发无伤，事实上少有敌人敢在他们盛怒之际抵挡或面对他们。但旁人有许多受伤、残废或战死在平野上。佛朗落马后独自力战，被斧头砍倒；墨松德的杜伊林和他的兄弟在率领弓箭手逼近**猛犸**，射那些野兽的眼睛时，双双被踏死。此外，白肤希尔路因没回到品那斯盖林，格里姆博德没回到格里姆斯雷德[7]，而坚毅不屈的游民哈尔巴拉德也再没回到北方。无论声名显赫还是寂寂无闻，无论将领还是士兵，阵亡的人实在太多了；这是一场真正的大战，没有一则故事说尽它的全貌。许久以后，洛汗有位诗人在他的《蒙德堡墓冢之歌》中这样写道：

> 我们知道，曾经山峦间战角轰鸣，
> 在南方王国，兵刃出鞘烨烨。
> 骏马疾驰，犹如晨风
> 奔向石国，战火燃起。
> 那里陨落了森格尔之子，伟大的希奥顿，
> 全军的统帅，再也不曾回到他的金殿，
> 不曾回到北方的牧地绿野。

哈尔丁与古斯拉夫，

敦赫雷，狄奥威奈，还有勇毅的格里姆博德，

赫勒法拉，赫鲁布兰德，霍恩与法斯特雷德，

个个力战而亡，在遥远的异域

与他们的盟友，刚铎的统领们

长眠在蒙德堡的墓丘下，沃土中。

白肤希尔路因，永别故乡海边的丘陵，

还有老佛朗，再也不能凯旋

故园阿尔那赫，百花绽放的山谷。

高大的弓手，德茹芬与杜伊林，

回不去幽深的黑水

群山影下，墨松德的小湖。

从拂晓到日暮，死亡一视同仁

攫住了领主与平民。他们早已安息在

刚铎的长草下，大河边。

如今流水粼粼，如银如泪，

在那一日，却曾咆哮奔流，河水尽赤，

血映残阳，染红了白浪；

当暮色中烽火点燃群山，

拉马斯埃霍尔的朝露也染血而逝。[8]

第七章

德内梭尔的火葬堆

那个黑影自城门口撤退后，甘道夫仍一动不动地坐在马上，但皮平仿佛从身上卸下一副重担，站了起来。他伫立着聆听那一片号角声，感觉自己的心都要因它带来的喜乐炸开了；此后的年岁里，每当他听见从远处传来的号角声，都忍不住热泪盈眶。然而，这时他猛然想起了自己的任务，赶紧往前跑去。与此同时，甘道夫动了动，对捷影说了句什么，正准备骑马出城。

"甘道夫！甘道夫！"皮平大喊。捷影停下了脚步。

"你在这里干什么？"甘道夫说，"白城的律法岂不是规定，那些穿银黑二色制服的人必须待在王城，未经城主允许不得离开？"

"他允许了，"皮平说，"他让我走。可我怕极了。上头那边可能要出可怕的事。我想城主已经疯了，恐怕他要自杀，还要拉上法拉米尔。你就不能想想办法吗？"

甘道夫从洞开的城门望出去，听见平野上已经渐渐扬起战斗的声响。他握紧了拳头。"我必须走了，"他说，"黑骑手已经出战，他仍会给我们带来毁灭。我没时间。"

"但是法拉米尔怎么办！"皮平喊道，"他还没死，而要是没人去阻止他们，他们就会把他活活烧死了！"

"活活烧死？"甘道夫说，"到底怎么回事？快说！"

"德内梭尔去了陵寝，"皮平说，"他把法拉米尔也带去了，还说我们全都会被烧死，他不打算等。他们要搭个火葬柴堆，把他放在上面烧了，法拉米尔也一块儿烧。他已经派人去拿木柴和油。我已经告诉了贝瑞刚德，但我怕他不敢擅离职守，他正站岗呢，再说，他又能怎么办？"皮平一口气说完这事，探出颤抖的手碰碰甘道夫的膝盖，"你难道不能救救法拉米尔吗？"

"我也许可以，"甘道夫说，"但我若去救他，恐怕就有其他人得死。唉，我必须去，因为别的救援都不能及时帮上他；但不幸和悲伤将由此而生。即使是在我们要塞的腹地，大敌都有力量攻击我们——那是他的意志在运作。"

既已拿定主意，甘道夫立刻迅速采取了行动。他一把拎起皮平放在身前，一句话就让捷影掉头。马蹄声声，他们奔驰在米那斯提力斯上行的街道上，与此同时准备战斗的种种声音在他们背后涌起。到处都有人从绝望和恐惧中振作起来，抓起武器，彼此大喊："洛汗的援军来了！"队长们在高呼，连队在集合，许多队伍已经向下开往城门。

他们遇见了伊姆拉希尔亲王。他对他们喊道："米斯兰迪尔，你现在要去哪里？洛希尔人正在刚铎的平野上作战！我们必须集合所有能找到的兵力。"

"你会需要每一个人，越多越好。"甘道夫说，"要尽快！我能抽身的话就去，但我有急事要去见德内梭尔城主，不能等。城主不在的时候由你指挥！"

他们继续前进。随着一路向上，越来越接近王城，他们感觉到晨风扑面，也瞥见了远方的一抹曙色，那是南方天际一线不断扩展的晨光。但它没给他们带来什么希望，因为他们还不知道等在前面的是什么恶事，担心着已经为时过晚。

"黑暗正在逝去，"甘道夫说，"但它仍浓重地笼罩着白城。"

他们发现王城的门口没有守卫。"看来贝瑞刚德去了！"皮平说，心中的希望变大了些。他们转离大门，沿路赶往禁门。禁门大开着，守门人倒在门前。他被杀了，钥匙被取走了。

"大敌干的好事！"甘道夫说，"他最爱这种事：朋友自相残杀，人心混乱导致忠诚分裂。"他下了马，吩咐捷影回马厩去，"吾友，你我早该奔驰在平野上，但其他的事让我耽搁了。不过，若我呼唤你，请全速赶来！"

他们穿过禁门，走下那条陡峭曲折的路。光线渐渐变亮，路旁高大的石柱和雕像如同灰色的幽灵，慢慢后退。

突然，寂静被打破了，他们听见底下传来人声呼喝与刀剑交击的叮当声：自从白城建成以来，这种声音从未在这处圣地响起过。他们终于来到拉斯狄能，匆匆赶往宰相墓室，晨光中隐约可见其巨大圆顶。

"住手！住手！"甘道夫喊道，纵身跃上门前的石阶，"停下这疯狂的举动！"

只见德内梭尔的仆人们手里握着长剑和火把，而贝瑞刚德孤身站在门廊最高一级台阶上，身穿禁卫军的银黑二色制服，他挡着门不让那些仆人进去。已经有两名仆人倒在他的剑下，他们的血玷污了这处圣地。其他人则咒骂他，说他违反法纪，是背主的叛徒。

就在甘道夫和皮平奔向前时，他们听见墓室里传来德内梭尔的喊声："快点，快点！照我的话做！给我杀了这个叛徒！难道还要我亲自动手？"话音一落，贝瑞刚德原本用左手拉住的墓室门被猛然打开，白城的城主站在他身后，高大威猛，眼中闪着烈焰般的光芒，手里握着出鞘的长剑。

但甘道夫快步跃上台阶，他盛怒而来，犹如一道白光陡然照进黑暗之地，那些人急忙遮住眼睛往后退开。他抬手就是一击，德内梭尔的剑应声脱手而飞，落到背后墓室的阴影里。面对甘道夫，德内梭尔仿佛受了惊吓，连连后退。

"这是怎么回事，大人？"巫师说，"亡者的墓室不是活人该待的地方。而且，城门口的大战都打不完，为什么还有人在圣地打斗？难道我们的大敌已经侵入了拉斯狄能？"

"刚铎的城主几时得向你汇报事务了？"德内梭尔说，"难道我不能命令自己的仆人？"

"您可以命令。"甘道夫说，"但那若是疯狂和有害的命令，其他人也可以违抗您的意志。您的儿子法拉米尔在哪里？"

"他躺在里面，"德内梭尔说，"正在烧，已经在烧了。他们在他体内放了把火。但很快一切都会烧起来。西方失败了。一切都将被一场大火吞噬，全部就此了结。灰烬！灰烬和浓烟都将被风吹散！"

于是，甘道夫看出他真的疯了，担心他已经做出可怕的事，便立刻大步抢上前去，贝瑞刚德和皮平紧跟在后；而德内梭尔则步步后退，直退到里面那张桌台旁。在那里，他们发现了法拉米尔。他仍发着烧，神志不清地躺在台上，而台下已经堆起了木柴，四周也堆得很高，并且全都浇上了油，连法拉米尔的衣袍和盖毯上也不例外。不过还没点上火。见状，甘道夫虽仍把力量之光隐藏在灰斗篷下，却展露了隐藏在体内的气力。他跃上柴堆，轻轻抱起病人，再一跃而下，抱着人往门口走去。但就在此时，法拉米尔发出呻吟，在昏迷中呼唤着他的父亲。

德内梭尔像是从恍惚中惊醒，他眼中的怒火熄灭了。他哭起来，说："不要把我儿子从我身边带走！他在叫我。"

"他是在叫您，"甘道夫说，"可是您还不能接近他。他命在旦夕，必须找医者治疗，也有可能治不好。至于您的责任，是出去为您的白城战斗，死亡有可能在那里等待你。这点您心里明白。"

"他不会再醒来了。"德内梭尔说，"战斗也是枉然。我们为什么渴望活久一点？为什么我们不能并肩赴死？"

"刚铎的宰相，您被赋予权力，不是为了让您安排自己的死期。"甘道夫答道，"只有那些落在黑暗力量统治之下的异教徒国王才这么做：怀着高傲和绝望自杀，靠谋杀亲人来缓解自己死亡的痛苦。"说完，他穿过墓门，将法拉米尔抱出了死气沉沉的墓室。送他来的担架这时已被摆在门廊上，甘道夫把法拉米尔放了上去。德内梭尔跟了出来，站在那里颤抖不已，渴切地看着儿子的脸。一时之间，所有的人都默然肃立，看着他们的城主痛苦挣扎，德内梭尔动

德内梭尔的火葬堆

摇了。

"来吧！"甘道夫说，"那边需要我们。您还有很多事可做。"

突然间，德内梭尔放声大笑。他再次挺直身躯，显得高大又骄傲。他快步走回桌台前，拿起先前自己头枕的那个枕头，然后回到门口，一掀布罩，看哪！他双手捧着一个**帕蓝提尔**。他将它举起时，周围观望的人都觉得那个圆球内部燃起了火焰，开始发光，竟令城主瘦削的脸恍若被一团红光照亮——那张脸犹如坚石雕刻而成，轮廓明暗分明，高贵、骄傲、可怖。他的双眼熠熠发亮。

"高傲和绝望！"他喊道，"你莫非以为白塔的眼睛是瞎的？不，灰衣蠢货，我所见比你所知的更多。你所抱持的希望不过是无知而已。去吧，去费心治疗！去出征，去战斗！到头来全是徒劳。你们或许能暂时在佩兰诺平野上取胜，但要对抗这个如今已经崛起的力量，却是有败无胜。它只不过才伸出一根手指头来对付这座白城。整个东方都在行动。哪怕是现在，你所寄望之风也欺骗了你，它从安都因河吹来一支黑帆舰队。西方已经败了。所有不愿做奴隶的都走吧，是时候了。"

"这样的策略将让大敌毫无悬念地取得胜利。"甘道夫说。

"那你们就希望下去吧！"德内梭尔大笑，"米斯兰迪尔，我莫非不了解你吗？你希望取代我的位置，站在北边、南边或西边每个王座之后。我已经看穿了你的心思策略。我岂不知你命令这个半身人保持沉默？我岂不知你带他来此，做我自己内室的奸细？然而我从我们的谈话中，已经得知你所有同伙的名号与目的。很好！你用左手暂时利用我做挡箭牌对抗魔多，又以右手带这个北方的游民来篡我的位。

"但我对你说，甘道夫，米斯兰迪尔，我不会做你的工具！我是阿纳瑞安家族的宰相，绝不会退位，给一个新贵当个年老糊涂的管家。就算他能向我证实他有资格，他依旧只不过是出身伊熙尔杜一脉，那个破败的家族早就丧失了王权和尊严。我绝不会向那样一个家族的最后一人低头！"

"倘若事态依您所愿发展，"甘道夫说，"您希望怎么做呢？"

"我会要求一切一如既往，如同我这一生的每一天一样，"德内梭尔答道，"如同在我之前的先祖们的时代一样：和平地做这白城的城主，我死之后就将我的位子留给儿子，而他会是自己的主人，不是巫师的学生。但如果命运不容我的期盼成真，那我就**什么都不要**：既不要生命衰颓，亦不要均分一半的爱，更不容尊荣减损。"

"在我看来，一位忠心的宰相交出他的职权，丝毫不减损他享有的爱或尊荣。"甘道夫说，"至少您不该在您的儿子生死未卜之时剥夺他的选择。"

这些话让德内梭尔再次双眼冒火，他将晶石夹在腋下，拔出一把刀大步走向担架。但贝瑞刚德一个箭步上前，挡在法拉米尔前面。

"好啊！"德内梭尔喊道，"你已偷走我儿子一半的爱，而今你又偷走我麾下骑士的心，令他们最后彻底夺走了我的儿子！但至少这一次，你绝不能违抗我的意志：我要决定自己的生死。"

"过来！"他对仆人喊道，"你们若非个个都是懦夫，就给我过来！"于是，有两人奔上台阶到他面前。他飞快从其中一人手中夺过火把，迅速奔回墓室里。在甘道夫来得及阻止他之前，他已将火把猛地插进柴堆里，木柴登时噼啪响着，腾起一片烈焰。

接着德内梭尔跃上桌台，周身裹着烈火与浓烟。他拿起脚前那根宰相的权杖，抵着膝头一折而断，接着将断杖扔进火里，躬身在桌台上躺下，双手捧着那颗**帕蓝提尔**放在胸前。据说，从此之后，如果有人望进这颗晶石，除非他有极强的意志能将它的视线扭向其他目的地，否则他只会看见两只苍老的手在烈火中焦枯烧毁。

甘道夫在悲痛与恐惧中别开脸，关上了门。有好一会儿，他一语不发地站在门槛前沉思，而外面其他人则听着室内烈火那贪婪吞噬的声音。接着，只听德内梭尔大叫一声，之后就没了声息，世间再也无人见过他。

"埃克塞理安之子德内梭尔就这样过世了。"甘道夫说，然后他转向贝瑞刚德以及一旁那些吓呆了的城主仆人，"同样逝去的还有你们所知的那个刚铎的时代，无论是吉是凶，它都结束了。在此已经发生了不幸的事，但现在打消所有横在你们之间的仇恨与敌意吧，因为这一切全是大敌策划的，是他的意志运作的结果。你们因职责而敌对，却落进了一张并非由你们编织的罗网。但是，你们这些盲目服从城主的仆人好好想想，若不是贝瑞刚德抗命，白塔的统帅法拉米尔现在也会同样被烧成灰了。

德内梭尔的火葬堆

"把你们倒下的同伴从这不幸之地抬走吧。我们会把刚铎的宰相法拉米尔抬到一个他可以平静安睡的地方，若他就此长眠，也是命该如此。"

于是，甘道夫和贝瑞刚德抬起担架，将它抬往诊疗院。皮平尾随着他们，悲伤地低着头。但城主的仆人们仍呆站在墓室前，如同受了打击的人。正当甘道夫走到拉斯狄能的尽头时，只听一声巨响，他们连忙回头，看见墓室的圆顶爆裂，浓烟滚滚冒出。接着，轰的一声，石块隆隆坍塌进一片火海中，但火势丝毫不减，火焰仍在断壁残垣间摇曳跳跃。那些仆人这才惊恐地飞奔而逃，跟着甘道夫离开了。

终于，他们回到了又称"宰相之门"的陵寝门前，贝瑞刚德悲痛地看着守门人。"这件事会让我后悔一辈子。"他说，"那时候我急疯了，他又不肯听我说，反而对我拔剑。"然后，他关上门，用从被杀之人那里夺来的钥匙把门锁上。"这把钥匙现在应当交给法拉米尔城主了。"他说。

"城主不在时，由多阿姆洛斯亲王指挥。"甘道夫说，"但既然亲王不在这里，我必须亲自承担这份职责。我命令你留下钥匙，保管好，直到石城恢复正常秩序为止。"

他们终于来到石城的高层环城，在晨光中朝诊疗院走去。那是几所与其他房舍隔离开来的美丽房屋，专门用来照料重病的人，不过现在已经准备好收治在战斗中受伤或垂死的人员。这些房子位于第六环城，离王城的大门不远，靠近南边城墙，四周是花园，种植着草皮与树木——石城中这样的地方只有这么一处。这里住着几位获准留在米那斯提力斯的妇女，因为她们精于治疗之术，或是医者的助手。

然而，就在甘道夫和同伴们将担架抬到诊疗院的正门前时，他们听见城门前的平野上传来一声大叫，尖锐刺耳的声音直拔上天，然后随风消逝。那叫声太可怕了，以至于一时之间所有人都僵立不动，然而当声音消失，人人的心情都突然振奋起来，充满了自从东方的黑暗入侵以来一直不曾有过的希望。他们感觉天更亮了，太阳破云而出。

但是甘道夫却一脸沉重与悲伤，他吩咐贝瑞刚德和皮平将法拉米尔送进诊疗院，自己则走到邻近的城墙边。他站在新升起的太阳下向外张望，整个人如同一座白色的雕像。靠着他被赋予的视力，他洞悉了发生的一切。当伊奥梅尔从战斗的第一线纵马而出，站在平野上那些阵亡者身边时，甘道夫长叹一声，再次裹紧斗篷，离开了城墙边。贝瑞刚德和皮平从诊疗院里出来时，看见他站在院门前沉思。

他们看着他，有一刻他不发一语。最后，他开口说："吾友，西部地区以及这城中所有的百姓啊！可歌可泣之事已经发生了。我们是该哭泣还是该欢笑？超乎我们的希望，敌人的统帅已经被消灭了，你们已经听到他最后那声绝望呼喊的回音。但是他的死也给我们带来了惨痛的损失与巨大的悲伤，而若不是德内梭尔的疯狂，我本来可以避免这样的损伤。大敌的手伸得可真长啊！唉！不过现在我终于发现他的意志是如何侵入白城的核心了。

"虽然历任宰相都以为这是个只有他们自己知道的秘密，但我在很久以前就猜到，七晶石至少有一颗保存在这城的白塔里。德内梭尔在他仍然明智的年岁里，知道自己力量的极限，不会擅自用它去挑战索隆。但是他的智慧衰颓了，当他的国家危机日增，恐怕他就去看了晶石，并遭到了欺骗：我猜，自从波洛米尔离开后，他去看得太频繁了。他太杰出，不可能顺从黑暗力量的意志，但尽管如此，他也只能看见那力量允许他看见的。毫无疑问，他所获得的知识经常为他所用，然而，那展示给他看的魔多雄厚实力的景象，却让绝望在他内心滋长，直到最后压垮了他的心智。"

"当时我就觉得有件事很奇怪，现在我明白了！"皮平一边回忆一边说，忍不住打了个寒战，"城主从法拉米尔躺着的房间里出去，当他回来时，我才第一次感觉他变了，变得苍老又颓丧。"

"就在法拉米尔被送到白塔来的那一刻，我们许多人都看见顶层的房间里闪过一道奇怪的光芒。"贝瑞刚德说，"但我们以前见过那种光芒，石城里早有传言说，城主不时会跟大敌以意志角力。"

"唉！那么我猜得没错。"甘道夫说，"索隆的意志就是这样侵入了米那斯提力斯，我也因而被耽搁在此。我会被迫继续留在这里，因为不只法拉米尔，很快还有别的事情要我处理。

"现在我得下去会见那些前来的人。我已经看见平野上发生了让我心中极为悲痛的一幕，但可能还会有更悲痛的事发生。皮平，跟我一起去！但是你，贝瑞刚德，你该回到王城，把发生的事都告诉禁卫军的队长。恐怕他职责所在，会把你调出禁卫军。不过，

德内梭尔的火葬堆

告诉他：若我能给他提个建议，我建议把你派到诊疗院来，担任你的统帅的卫士兼仆人，当他醒来时能随侍在侧——如果他还会醒来。因为是你救他免于火焚。现在去吧！我很快就会回来。"

说完他便转身离开，皮平跟着他朝下一层环城走去。就在他们加紧往下赶路时，晨风带来了一阵灰雨，所有的火焰都被浇熄了，他们面前升起了大团的浓烟。

第八章

诊疗院

当一行人接近米那斯提力斯毁损的城门口时，疲惫不堪又泪眼模糊的梅里，感觉面前好像有一团迷雾。遍布城门四周的屠戮与残骸，他都没怎么注意。空气中烟熏火燎，臭气弥漫，因为有许多攻城机械被焚毁或投进冒火的壕沟里，许多尸体也是，还有南蛮子的巨兽的残躯四处横陈，有被烧得半焦的，有被投石砸烂的，还有被墨松德的英勇弓箭手射穿眼睛而死的。落雨已经停了一段时间，太阳在高空中闪耀，但低层环城都仍裹在闷烧的浓烟中。

人们已经开始努力从一片狼藉的战场上清出一条

路来，这时有一些人抬着担架从城门出来。他们将伊奥温轻轻放在软垫上，又给国王的遗体盖上一大块金丝布，他们举着火把簇拥着他前行，火焰迎风摇曳，火光在阳光下显得惨淡苍白。

就这样，希奥顿和伊奥温来到了刚铎之城，见者无不脱帽鞠躬致敬。他们穿过被烧毁的环城的灰烬与浓烟，沿着一条条石街一路往上。对梅里而言，这段上行之路似乎长得没有尽头，恰似一个令人厌恶的梦境中一段毫无意义的旅程，一直走啊走，走向一个记忆无法把握的昏暗终点。

慢慢地，前方的火把闪了闪，熄灭了，他在一团黑暗中行走。他想："这是一条通往坟墓的隧道，我们会永远待在那儿的。"然而突然间，他的梦境里闯进了一个活泼的声音。

"啊哈，梅里！感谢老天爷，我可找到你了！"

他抬起头来，眼前的迷雾消散了些。那竟是皮平！他们面对面站在一条窄巷里，除了他俩，周围空无一人。他揉了揉眼睛。

"国王在哪儿？"他说，"伊奥温呢？"接着他一个踉跄，坐倒在一道门阶上，又开始哭起来。

"他们已经上到了王城。"皮平说，"我猜你一定是边走边睡，拐错弯了。当我们发现你没跟他们在一块儿，甘道夫就派我出来找你。可怜的老梅里！再见到你我真是太高兴了！可是你累坏了，我不会跟你啰唆个没完。告诉我，你受伤了吗？或哪里疼？"

"没有。"梅里说，"呃，不，我想我没受伤。但是，皮平，自从我刺了他一剑后，我的右臂就动不了了，而我的剑就跟块木头似的全烧没了。"

皮平露出了焦急的神色。"哦，那你最好尽快跟我一起走。"他说，"我真希望我能抱得动你。你不适合再多走路了。他们根本就不该让你自己走的，不过你得原谅他们。城里发生了那么多可怕的事，梅里，一个从战场上归来的可怜霍比特人很容易就会被忽略掉。"

"被忽略可不总是坏事。"梅里说，"我刚才就被忽略了，被——不，不，我没办法说出口。帮帮我，皮平！我眼前又开始变得一片漆黑，我的胳膊真冷啊。"

"靠在我身上，梅里伙计！"皮平说，"来吧！一步接一步。不远的。"

"你要去埋葬我吗？"梅里说。

"不，当然不！"皮平说，虽然心被恐惧和同情绞紧，他仍试着让自己的声音听起来开心些，"不，我们要去诊疗院。"

他们转出那条位于幢幢高宅和第四环城外墙之间的巷子，重新回到爬上王城的主大街。他们一步一步往上走，梅里像个睡着的人一样摇摇晃晃，嘴里还在喃喃呓语。

"我根本没法把他弄到那儿去！"皮平想着，"难道都没人能帮我吗？我不能把他留在这里。"就在这时，出乎他的意料，有个男孩从后面追了上来。男孩经过时，他认出那是贝瑞刚德的儿子贝尔吉尔。

"哈罗，贝尔吉尔！"他喊道，"你要去哪里？你还活着！真高兴又看到你。"

"我正给医者跑腿办事呢！"贝尔吉尔说，"我不能耽搁。"

"不用你耽搁！"皮平说，"但麻烦你上去告诉他们，我这儿有个病了的霍比特人，就是**佩瑞安人**[1]，是从战场上回来的。我想他实在走不动了。如果米斯兰迪尔在那儿，他听说这个消息会很高兴的。"贝尔吉尔继续往前跑了。

"我最好在这儿等着。"皮平心想。于是，他轻轻扶着梅里躺在一处有阳光的人行道上，然后在他身旁坐下，让梅里的头枕在自己膝上。他轻轻摸着梅里的身体和四肢，将朋友的双手握在自己手里。梅里的右手摸起来冰一样冷。

没多久，甘道夫就亲自来找他们了。他弯腰察看梅里，抚摸他的额头，然后小心翼翼地将他抱起来。"他本来应该被光荣地抬进这城里来。"他说，"他一点也没辜负我对他的信任。因为，若不是埃尔隆德对我让了步，你们谁也不会踏上这条路，而那样的话，今天我们遭受的不幸就要惨重多了。"他叹了口气，"不过，这下我手边又多了一个要照顾的，而战斗一直都还胜负未定。"

就这样，法拉米尔、伊奥温和梅里阿道克，终于全都安卧在诊疗院的床上了。他们在那里得到了精心照顾。虽然古代全盛时期的一切学识到现在都衰微了，但刚铎的医学依然高明，他们精于疗伤止痛之道，大海以东所有凡人的病患都能医治，唯独衰老除外。他们找不到治愈衰老的办法，事实上，他们的寿命如今已经缩减到只比其他人类稍长一点；除了某些血统较为纯正的家族，他们当中能够精力充沛地活过百岁的人也越来越少。然而他们的技能与知识此时遇到了挑战，他们对许多患上一种病的人束手无策，这病被称为黑魔影症，因为它是那兹古尔引起的。那些患上这病的人会慢慢陷入昏睡，睡得越来越沉，然后变得无声无息，冰冷异常，最后死亡。在照顾病人的看护人员看来，半身人和洛汗公主都罹患此病，且病情格外严重。整个上午的时间，他们还会偶尔开口说话，在昏睡中喃喃呓语。看护人员聆听他们所说的一切，希望或许能借此得知一些有助于了解病人伤情的事。但是病人很快就开始陷入昏迷，随着太阳西下，他们的脸逐渐蒙上了一层灰影。而法拉米尔的高烧也降不下来。

甘道夫满怀忧虑地从一个照顾到另一个，看护人员也把听见的全都告诉了他。这天的时间就这么慢慢过去，外面的大战持续着，形势时好时坏，各种奇怪的传言不胫而走，而甘道夫仍是等待和观望，并未前去参战。直到最后，艳红的夕阳映得霞光满天，透过窗户照进来的霞光洒在病人死灰的脸上，使那些站在病床旁的人觉得患者的脸泛起了淡淡的红晕，仿佛慢慢恢复了健康，但这只是对希望的嘲弄。

院中看护人员里最年长的人是位老妇，名叫伊奥瑞丝，这时她看着法拉米尔英俊的脸庞，忍不住哭泣，因为所有的百姓都爱他。然后她说："唉！他竟然就要死了。真希望刚铎能像很久以前一样，他们说，那时候有国王在位。因为古谚里说'王者之**手乃医者之手**'，于是众人就能得知谁是真正合法的国王。"

站在一旁的甘道夫说："伊奥瑞丝，你这话人们会永远记住的！因为这话里包含了希望。或许国王真的回到刚铎来了。那些传进城里的奇怪消息，你难道没听说吗？"

"我这里忙得团团转，没空理会那些大呼小叫。"她答道，"我只希望那些杀人魔别到这院里来搅扰病人。"

随后，甘道夫匆匆离开了，此时天空中的晚霞已经消逝，山岗染上的暗红也渐渐淡褪，暮色苍淡如同灰烬，悄然笼罩了整片平野。

随着太阳下山，阿拉贡、伊奥梅尔和伊姆拉希尔率领众位将领与骑兵接近了石城。当他们来到城门前，阿拉贡说：

"看哪，夕阳西下，如同一团大火！它标志了诸多事物的终结与崩溃，改变了这世界的潮流。但这座石城和这个王国长年累月都归于宰相的统治之下，我若不请自入，恐怕难免引起猜疑和争论，现在大战未了，当避免这类龃龉。在情势明朗、我们或魔多战胜之前，我不会进城，亦不会宣告任何王权主张。人们当在这片平野上为我搭起帐篷，我会在此等候白城城主的欢迎。"

但伊奥梅尔问："您已经打出国王的旗号，展示了埃兰迪尔家族的标志，难道您能忍受这些遭到质疑？"

"不能。"阿拉贡说，"但我认为时机尚未成熟。除了大敌和他的爪牙，我无意与旁人争斗。"

伊姆拉希尔亲王说："我身为德内梭尔城主的姻亲，若能就此事进言的话，我要说：大人，您的话很明智。德内梭尔意志强悍、为人高傲，但年纪已老，而且自从他儿子重伤倒下后，他的情绪也变得乖戾了。可是，我不愿让您像个乞丐一样待在门外。"

"不是乞丐。"阿拉贡说，"就说是游民的统领吧，他不习惯城镇和石造的房屋。"他命人收起王旗，然后解下额上的北方王国之星，将它交给埃尔隆德的儿子们保管。

于是，伊姆拉希尔亲王和洛汗的伊奥梅尔与他辞别，进了石城，穿过喧闹的人群，一路骑行前去王城。他们来到白塔大殿寻找宰相，却发现宰相的座位是空的，而在王座的高台前，马克之王希奥顿躺在一张御床上，周围立着十二支火把，以及十二名卫士，分别是洛汗和刚铎的骑士。床的帷幔是绿白二色，但国王身上盖着一块金丝大布，一直覆到胸口，胸口放着出鞘的长剑，脚下放着他的盾牌。火把的光映着国王的银发闪闪发亮，犹如阳光洒上喷泉的水花，然而他的面容显得英俊而年轻，只是那种平和的神态远非年轻人可以企及。他看起来像是睡着了。

他们在国王身旁默立片刻之后，伊姆拉希尔问："宰相去哪里了？米斯兰迪尔又在哪里？"

一名卫士答道："刚铎的宰相在诊疗院。"

但伊奥梅尔问："我的妹妹伊奥温公主呢？她肯定享有同样的光荣，应当躺卧在国王身旁。他们把她安置到哪里去了？"

伊姆拉希尔说："可是，当他们把伊奥温公主抬到此地时，她还活着。你莫非不知道？"

伊奥梅尔闻言，心中霎时燃起了意想不到的希望，但强烈的担忧与恐惧也随之而生，因此他未曾多说，只是转身迅速离开大殿，亲王跟在他身后。他们出门时，夜幕已经降临，天空中繁星点点。这时只见甘道夫徒步而来，与他同行的是个身披灰斗篷的人。双方在诊疗院门前照面，伊奥梅尔和伊姆拉希尔向甘道夫问安，并说："我们在找宰相，人们说他在这院里。难道他也受了伤吗？还有，伊奥温公主在哪里？"

甘道夫答道："她躺在里面，还活着，但快要不行了。而你们也听说了，法拉米尔大人被毒箭所伤，但现在他成了宰相，因为德内梭尔已经去世，他的墓室已被烧毁。"他讲述了事情经过，他们听了无不哀伤又惊异。

但伊姆拉希尔说："倘若刚铎和洛汗在一天之内同时失去了君主，胜利的喜悦将大打折扣，因为代价实在太惨痛。如今伊奥梅尔统领着洛希尔人，但与此同时石城该由谁统治？我们现在难道不该派人去请阿拉贡大人吗？"

这时那个披着斗篷的人开了口："他已经来了。"他走到门旁提灯的光辉中，他们认出他果然是阿拉贡。他在铠甲外裹着罗瑞恩的灰斗篷，除了加拉德瑞尔赠予的绿宝石，没有佩戴任何信物。"我之所以来，是因为甘道夫请求我来。"他说，"但此刻我只是阿尔诺的杜内丹人的统领。多阿姆洛斯亲王应当统治石城，直到法拉米尔苏醒。不过，我的建议是，接下来一段时期，以及我们与大敌交锋时，该由甘道夫统领我们所有人。"众人对此都表示赞同。

于是甘道夫说："时间紧迫，我们别站在门口了，进去吧！因为只有阿拉贡前来，那些仍在院中的重病之人才存有一线希望。刚铎的女智者伊奥瑞丝这样说：'**王者之手乃医者之手，于是众人就能得知谁是真正合法的国王。**'"

于是，阿拉贡率先进门，其他人跟随在后。门口有两个穿着王城制服的卫士，一个身量高大，另一个却只如孩童，而当他看见进来的一行人，不禁惊喜万分地大叫出声。

"大步佬！太棒了！你知道吗？我就猜在黑舰队上的是你，但他们全都大喊着'海盗'，不肯听我说。你是怎么办到的？"

阿拉贡大笑，拉住了霍比特人的手。"这当真是幸会！"他说，"但现在还不是讲旅人故事的时候。"

但伊姆拉希尔对伊奥梅尔说："我们竟然可以这

样叫我们的国王？还是他登基时会用别的名字！"

阿拉贡听见他的话，转过身来说："确实会。在古时的高等语言里，我叫'**埃莱萨**'，意思是'**精灵宝石**'，又叫'**恩温雅塔**'，意思是'复兴者'。"他拿起佩戴在胸前的绿宝石，"但是，倘若我的家族有朝一日得以建立，就将以'大步佬'为名。在高等语言里，它听起来不会这么俚俗。我将叫'**泰尔康塔**'，我所出的所有子孙亦然。"

语毕，他们进了诊疗院，朝病人所在的房间走去。路上，甘道夫讲述了伊奥温和梅里阿道克立下的功绩。"我在他们身边待了很久，"他说，"一开始他们在昏睡中说了许多梦话，随后便陷入了致命的昏迷。此外，我也被赋予了洞悉诸多远方之事的能力。"

阿拉贡首先去看法拉米尔，其次是伊奥温公主，最后是梅里。等他看过这些病人的脸，查验过他们的伤，他叹了口气。"我必须倾尽我被赋予的全部力量和本领来救治他们。"他说，"要是埃尔隆德在这里就好了，他是我们这一族中最年长的一位，力量也更强。"

伊奥梅尔见他悲伤又疲惫，说："你肯定得先休息一下吧？至少先吃点东西？"

但阿拉贡说："不，这三个病人，尤其是法拉米尔，时间已经不多了，得分秒必争才行。"

然后，他召来伊奥瑞丝，问："诊疗院中储藏着治疗的草药吧？"

"是的，大人，"她答道，"不过我估计分量不够给所有需要的人用。但这点我是有把握的，那就是我不知道我们还能去哪儿找更多草药来。在这段可怕的日子里，什么事都出差错，到处失火燃烧，跑腿办事的孩子那么少，所有的路都堵住了不通。您瞧，从洛斯阿尔那赫到这边市集来做买卖的商贩，都不知多少日子没来过了！但在这座诊疗院里，我们竭尽所有做到了最好，我深信大人您一定清楚明白。"

"等我看了之后，我会判断。"阿拉贡说，"还有一样东西也缺，就是说话的时间。你们有**阿塞拉斯**吗？"

"我不知道，这点我是有把握的，大人，"她答道，"至少肯定没有叫这名字的药草。我会去问问草药师，他知道所有古老的名字。"

"这种药草也叫'王叶草'[2]，"阿拉贡说，"也许你知道的是这个名字，近年来乡下的人都这么叫它。"

"噢，那个啊！"伊奥瑞丝说，"这么说吧，大人您要是一开始就说这个名字，我早就会告诉您了。没有，我们没有这种药草，这点我是有把握的。您瞧，我从来没听说它有什么了不起的疗效。其实啊，每当我跟姊妹们在树林里看见这种草，我都经常说：'王叶草，这个名字可真奇怪！我很纳闷人们为什么这么叫它。因为假如我是国王，我就会在我的花园里种上更鲜艳、更美丽的花草。'不过这草捣碎时仍然有股甜美的香味，对不对？'甜美'这词不知用得对不对，也许'有益健康'更贴近正确的描述。"

"确实是有益健康。"阿拉贡说，"现在，我说这位大妈，你若爱法拉米尔大人，就请你拿出跟说话一样的速度，赶快去给我找些王叶草来，要是这城里还有一片叶子的话。"

"而要是没有，我就要在背后载着伊奥瑞丝直奔洛斯阿尔那赫。"甘道夫说，"她得带我去树林里，但可不是去找她的姊妹们。捷影会让她见识一下什么叫作'赶快'。"

伊奥瑞丝走了以后，阿拉贡吩咐另一名妇女烧水。然后他一手握住法拉米尔的手，一手搭在病人那汗湿淋漓的额头上。但法拉米尔没有动，也没有任何表示，似乎连气息都没了。

"他快要不行了，"阿拉贡转身对甘道夫说，"但这不是受伤造成的。看，伤口正在愈合。假使如你所想，他是被那兹古尔的箭所伤，他一定当晚就死了。我猜，这伤是南蛮子的箭造成的。箭是谁拔的？还保留着吗？"

"箭是我拔的，"伊姆拉希尔说，"并给伤口止了血。但我没把箭保留下来，因为我们要做的事太多了。就我所记得的，那箭确实就像南蛮子用的箭。但我还是相信它是天上那些魔影射的，否则他的高烧与病势无法解释，因为伤口既不深也不致命。您怎么看这件事？"

"疲惫，因他父亲的情绪而悲痛，受伤，但最主要是因为黑息。"阿拉贡说，"他是个意志坚强的人，因为他早在骑马前往外墙作战之前，就已经险些被笼罩在魔影底下，而就在他坚守前哨阵地，拼死作战的同时，那种黑暗必定慢慢潜入了他体内。我要是早点赶到这里就好了！"

这时，草药师进来了。"大人，您要找乡下人说的王叶草，"他说，"也就是高贵古语中的'阿塞拉斯',或者对那些懂点维林诺语的人来说⋯⋯"

"我是需要,"阿拉贡说,"我也不在乎你们现在是叫它'阿西亚·阿兰尼安'[3]还是'王叶草',只要你们有就行了。"

"请见谅,大人!"草药师说,"我看得出来,您不单是位善战的将军,还是位博学之士。但是,唉!大人,诊疗院只收治重伤或重病的人,故不保存这种东西,因为就我们所知,它没有什么疗效,充其量能使污浊的空气清新,或驱走一些暂时的滞闷。当然,除非您留心古代的歌谣——我们的妇女,比如好心的伊奥瑞丝,尽管不理解歌谣的意思,却仍能背诵。

> 时值黑息鼓动,
> 死亡阴影渐浓,
> 所有光明已逝,
> 乃有阿塞拉斯,阿塞拉斯!
> 为垂死者送来生命,
> 就在王者手中掌握!

"恐怕这只是一首被老妇的记忆篡改过的打油诗

而已。它若真有什么意义的话，就留待您判断了。不过城里的老人仍用这种草药泡水来治头疼。"

"那就奉国王之名，快去找那些没什么学问却比较有智慧，家里还有一些这种草药的老人拿药吧！"甘道夫吼道。

阿拉贡这时跪在法拉米尔床边，一只手按在他额头上。旁观者感觉有一场激烈的争斗正在进行，因为阿拉贡的脸色渐渐泛灰，显得疲惫不堪。他还不时唤着法拉米尔的名字，但在他们听来，呼唤声一次比一次轻，仿佛阿拉贡本人离开了他们，走入远方某个黑暗的山谷，呼唤那迷失的人。

终于，贝尔吉尔跑进来，手中一块布里包着六片叶子。"大人，王叶草来了！"他说，"但这最晚也是两星期以前摘下来的，恐怕已经不新鲜了。我希望它还能用吧，大人？"然后他看见了法拉米尔，不禁哭了出来。

然而阿拉贡露出了笑容。"能用。"他说，"最糟糕的情况已经过去了。你留下来吧，别难过！"然后，他拿了两片叶子摊在掌上，对它们吹了口气，接着揉碎，屋里登时充满了一股清新的生机，仿佛空气本身苏醒了，颤动起来，闪耀着喜乐的火花。他将揉碎的叶子扔到递过来的一碗热水里，立刻，所有人的心情都豁然开朗。每个嗅到这香气的人，都似乎回忆起某片土地上露珠晶莹、阳光明媚、万里无云的早晨，在那里，春日的美好世界本身只不过是一闪而逝的记忆。不过阿拉贡起身，仿佛整个人都焕然一新，他眼中含着笑意，将碗拿到法拉米尔昏睡的脸前。

"哎呀，这可不得了！谁会相信啊？"伊奥瑞丝对站在她旁边的女人说，"这野草可比我以为的管用！它让我想起了伊姆洛丝美路伊⁴的玫瑰，我还是个小丫头的时候见过，不管哪位国王都不能奢求比那更美的花了。"

突然，法拉米尔动了动，然后睁开了眼睛。他望着俯身看着他的阿拉贡，眼中亮起了理解和爱戴的光彩。他开口轻声说："陛下，您召唤了我，我来了。国王有何命令？"

"醒来，不要再在阴影中行走！"阿拉贡说，"你很疲乏。休息一下，吃点东西，等我回来时，你要准备就绪。"

"我会的，陛下。"法拉米尔说，"当国王归来时，谁还会躺着无所事事呢？"

"那么就先暂别了！"阿拉贡说，"我得去照顾其他需要我的人。"他带着甘道夫和伊姆拉希尔离开了房间，但贝瑞刚德和他儿子留了下来，抑制不住满心的喜悦。皮平跟着甘道夫出去，关上门时，他听见伊奥瑞丝大声惊呼：

"国王！你听到没有？我说什么来着？我就说嘛，医者之手。"这话很快就从诊疗院传了出去：国王确实回到他们当中来了，他在战乱之后带来了医治。这个消息传遍了全城。

阿拉贡来到伊奥温床前，说："这一位受了重伤，遭过重创。断了的手臂已经得到妥当的治疗，如果她有力量活下去的话，手臂迟早会痊愈的。虽然受伤的是执盾的手臂，但主要的伤害却是来自执剑的手臂，尽管没断，现在却像是丧失了活力。

"唉！她与之搏斗的敌手，无论心智还是体魄，其力量都远超过她。面对这样一个敌人，倘若没有被惊吓击垮，还能拿起武器对抗，那些人必定比钢铁更坚强。是厄运安排她挡了他的路。她是个美丽的姑娘，是堪为女王的家族中最美的一位。但我却不知道该如何评论她。当我第一次见到她，看出她的不快乐，我感觉自己像见到一朵傲然挺立的白花，修长窈窕如百合，然而我知道它是刚硬的，仿佛是由精灵工匠以钢铁打造而出。抑或，也许是汁液遭遇严霜、封冻成冰的花朵，尽管挺立着，苦中带甜，外表依然十分美丽，内里却已受过重击，很快就会凋谢死亡？她的病根远在这日之前就种下了，是不是，伊奥梅尔？"

"大人，我很惊讶您会问我，因为我认为您于此事如同其余诸事一样无可指责。"他答道，"但是，我可不知道我妹妹伊奥温在头一次遇见你之前，曾经受过任何严霜的侵袭。在佞舌当道，国王遭受迷惑的年日里，她既担忧又恐惧，这些感受她都不瞒我。她照顾国王时确实是忧惧日深，但那不至于使她落到这等地步！"

"吾友，"甘道夫说，"你有骏马，有征战的功绩，还有自由奔驰的原野；而她在精神与勇气上丝毫不比你逊色，却生为女儿身。此外，她还命定要照顾一位她爱之如父的老人，眼睁睁地看着他沦落到耻辱可鄙的昏庸境地。她觉得自己扮演的角色无足轻重，似乎还抵不上他所倚靠的那根拐杖。

"你以为佞舌毒害的只有希奥顿的耳朵吗？'老

昏君！埃奥尔的宫殿算个什么东西，不过是间茅草屋，里面一帮土匪强盗就着熏天臭气喝酒，任自家的小崽子跟狗一起在地上打滚！'这些话难道你之前没听过？这是佞舌的老师萨茹曼说的。不过我不怀疑，佞舌在家里一定用花言巧语粉饰了同样的意思。我的大人，你妹妹爱你，且依然决心继续尽上自己的责任，因而才克制着没有开口。若非如此，你可能早就从她口中听到这类话了。但是，当她独自一人在夜阑时痛苦守望，只觉得自己的全部生命都在枯萎，闺房的四壁都在向她迫近，化作一个束缚野兽的牢笼，那时，有谁知道她对着黑暗说过什么？"

伊奥梅尔闻言缄默了。他望着妹妹，仿佛在重新思索过去他们一起度过的所有时光。但阿拉贡说："伊奥梅尔，你所看见的，我也看见了。目睹一位如此美丽而勇敢的女子付出的爱无法得到共鸣，在这世间的种种不幸中，鲜有哪种悲伤比这更让人心中感到苦涩惋惜。自从我骑马前往亡者之路，把她满怀绝望地留在黑蛮祠，悲伤与遗憾就始终如影随形。这一路上，我的恐惧没有哪种比担心她会出什么事更加真切。然而，伊奥梅尔，我要对你说：她对你的爱比对我的更加真实。对你，她既爱又了解，但对我，她爱的不过是一个幻影，一种念头：希望立下伟大的功绩，赢得光荣，去到远离洛汗平原的地方。

"也许，我有力量医治她的身体，将她从黑暗的低谷中召唤回来。但她被唤醒之后会怎样，是希望、遗忘还是绝望，我不知道。如果是绝望，那么她将死去，除非还有其他我不具备的治疗之术。唉！她的功绩足以使她跻身于威名显赫的女王之列了。"

说完，阿拉贡弯下腰端详着她的面容，那张脸确实洁白如百合，寒冷如冰霜，坚硬如石雕。但他俯下身亲吻她的额头，轻声呼唤她，说：

"伊奥蒙德之女伊奥温，醒来！因为你的敌人已经死去！"

她没有动，但这时又开始深深呼吸起来，白色亚麻床单下的胸脯明显有了起伏。阿拉贡又揉碎了两片**阿塞拉斯**的叶子扔进热气腾腾的水里，用这水擦洗她的额头，以及她搁在床单上毫无知觉的冰冷右臂。

接着，不知是阿拉贡当真具有某种西方之地已遭遗忘的力量，还是仅仅是他评价伊奥温公主的话给旁观者带来了影响，随着草药的甜香在室内悄然弥漫开来，人们感到一股强风从窗户吹入，不含任何气息，但空气却全然清新、洁净、充满活力，仿佛之前从未被任何生物吐纳过，是从星辰穹顶下高高的雪山上，或从远方泛着泡沫的大海冲刷着的银色海岸上新生成的。

"醒来，洛汗公主伊奥温！"阿拉贡又说了一次，并握住她的右手，感觉生机重返，手又温暖起来，"醒来！阴影已经消逝，一切黑暗都已经涤净！"接着，他将她的手交到伊奥梅尔手中，随即退开。"呼唤她！"他说，然后悄然出了房间。

"伊奥温，伊奥温！"伊奥梅尔流着泪呼唤道。她睁开了眼睛，说："伊奥梅尔！这太让人高兴了！他们说你被杀害了。不，那只是我梦中的黑暗声音。我到底做了多久的梦？"

"不久，妹妹。"伊奥梅尔说，"不过别再多想了！"

"我出奇地疲倦。"她说，"我必须睡一会儿。不过，告诉我，马克之王怎样了？唉！别告诉我那是做梦，因为我知道不是。正如他预见的，他过世了。"

"他是过世了。"伊奥梅尔说，"但他嘱咐我向比女儿更亲的伊奥温道别。现在，他安卧在刚铎的王城内，享有极大的荣光。"

"这真令人哀痛。"她说，"但还是远远超出了我在那段黑暗的日子里最大胆的企盼。那时，埃奥尔的宫殿似乎已经荣光没落，甚至还不如牧羊人的小屋。还有，国王的侍从，就是那位半身人，他怎样了？伊奥梅尔，他是英勇的，你当封他为里德马克的骑士！"

"他也躺在这诊疗院中，就在附近，我会去看他。"甘道夫说，"伊奥梅尔应当留在这里陪你一阵。不过，在你完全康复之前，先别谈起战争和悲伤的事。你这样一位英勇的公主，能看见你再次醒来，恢复健康和希望，真是太令人高兴了！"

"恢复健康？"伊奥温说，"也许吧。至少，当我可以坐上某个阵亡骑兵空出的马鞍，可以有所作为时是这样。但是希望？我不知道。"

甘道夫和皮平来到梅里的房间，他们看见阿拉贡站在床边。"可怜的老梅里！"皮平叫着奔到床边，因为他觉得自己的朋友一脸死灰，身上仿佛压着积年悲伤的重荷，看起来更糟了。突然间，"梅里可能会死"的恐惧攥住了皮平。

"别怕，"阿拉贡说，"我来得及时，已经将他召唤回来。现在他很疲乏，也很悲伤。他敢于刺向那致命之物，因此受了跟伊奥温公主一样的伤。但他的精神那样坚强乐观，这些邪恶伤害都是可以治愈的。他不会忘记自己的伤痛，但那不会使他心中阴郁沮丧，而是会教给他智慧。"

接着，阿拉贡将手放在梅里头上，轻轻抚过棕色的卷发，碰触他的眼睑，呼唤他的名字。**阿塞拉斯**的香气悄悄弥漫在房中，如同果园的芳香，如同阳光下蜜蜂飞舞的帚石楠丛。蓦地，梅里醒了，他说：

"我饿了。几点了？"

"现在过了晚饭时间啦，"皮平说，"不过，我敢说我能给你弄点东西来，要是他们允许的话。"

"他们肯定允许。"甘道夫说，"这位洛汗的骑兵如果还想要别的任何东西，他们也都会允许，只要米那斯提力斯城里找得到——他的名字在这城里可是广受尊敬。"

"太好了！"梅里说，"那么，我想先吃晚饭，然后再抽一锅烟斗。"这话一出口，他的神色便是一黯，"不，不抽烟斗了。我想我再也不会抽烟了。"

"为什么？"皮平说。

"因为，"梅里慢慢地答道，"他死了。抽烟的事让我想起了过去的一切。他说，他很遗憾再没机会和我聊聊烟斗草的知识了。这差不多是他最后说的话。我抽烟时，再也不可能不怀念他了。还有那天，皮平，他骑马来到艾森加德那天，他是那么彬彬有礼。"

"那么，你就在抽烟时怀念他吧！"阿拉贡说，"因为他是位心肠仁慈的伟大国王，并且信守了他的誓言。他奋起摆脱阴影，迎来了最后一个美好的黎明。虽然你为他效力的时间很短暂，但终你一生，那都将是值得自豪的快乐回忆。"

梅里露出了笑容。"那好，"他说，"如果大步佬能提供我需要的东西，我就一边抽烟一边怀念好啦。我的背包里还有一些萨茹曼的高档货，不过我实在不知道打了这一仗后，它变成什么样子了。"

"梅里阿道克少爷，"阿拉贡说，"你要是以为我浴火仗剑，穿过崇山峻岭和刚铎的国土，是为了给一个粗心丢掉自己装备的士兵送烟斗草，那你可错了。如果你的背包找不到了，你就得派人去找这座诊疗院的草药师。而他会告诉你，他不知道你渴望的那种药草有什么疗效，但平民百姓叫它'**西人草**'，王侯贵族叫它'**嘉兰那斯**'，在其他更高深的语言里还有些别的名字，他还会补吟几句半被遗忘、他自己也不甚了了的诗句，然后他会很抱歉地告诉你诊疗院中没有这种药草，还会留下你去回想各种语言的历史。不过我现在也必须这么做了，因为我自从骑马离开黑蛮祠之后，还不曾在一张这样的床上睡过觉，并且从黎明前的黑暗时分到现在都没吃过东西。"

梅里抓住他的手亲吻。"我真是太抱歉了！"他说，"快去吧！打从在布理相遇那天晚上起，我们就一直都是你的大麻烦。但我们族人在这种时候习惯说些轻松的俏皮话，并且说的也不如心里想的多。我们总怕说得太多，结果到了开玩笑不合时宜的时候，就不知道该说什么了。"

"这点我了解得很，否则我也不会以同样的方式和你们打交道。"阿拉贡说，"愿夏尔繁荣永存！"他亲了亲梅里后便出了门，而甘道夫跟着他走了。

皮平留了下来。"还有别的什么人像他那样吗？"他说，"当然啦，甘道夫除外。我看他们一定是亲戚。我亲爱的笨驴，你的背包一直摆在你床边，我碰到你的时候你就背着它。当然啦，他从头到尾都看见它了。不管怎样，我自己还有一些。来吧！这是长谷叶。我这就赶去给你弄些吃的，你就趁这会儿把烟斗填一填，然后咱们轻松快活一会儿。我的天哪！咱图克家和白兰地鹿家，可没法爬到高处还活得长命百岁。"

"确实没法，"梅里说，"我是不行，总之现在还不行。但是皮平，至少现在我们可以看见那些崇高的人物与事物，可以尊敬他们了。我想，最好还是先爱适合你爱的，你必须有个起步的地方，扎下些根，而夏尔的土壤是很深的。不过，仍有一些更深和更高的东西，要是没有这些，哪个老头都没法在他所谓的'太平'时候照顾自己的花园，无论他知不知道它们的存在。我很高兴我知道了，知道了一点。不过我不知道自己为什么这样说话。烟叶在哪儿？要是烟斗还没坏的话，帮我把它从包里拿出来。"

这时阿拉贡和甘道夫一同会见诊疗院的院长，向他建议法拉米尔和伊奥温应留在此地，继续被悉心照料一段时日。

"伊奥温公主不久就会想要起床离开这里，"阿拉贡说，"但你不能允许她这么做，要想尽办法留住她，至少也要拖上十天。"

"至于法拉米尔，"甘道夫说，"他必定很快就会得知他父亲去世了。不过，在他完全康复并履行职责之前，别把德内梭尔发疯的详情告诉他。要关照当时在场的贝瑞刚德和那个**佩瑞安人**，暂时别把这些事说给他听！"

"另一位也在我看护下的**佩瑞安人**，就是梅里阿道克，我要怎么处理？"院长说。

"很可能他明天就可以下床了，不过时间不能长。"阿拉贡说，"如果他想起来活动，就随他吧。他可以在朋友的照顾下散散步。"

"他们真是了不起的种族啊。"院长点着头说，"我认为，骨子里可坚韧着哪。"

许多人已经在诊疗院的门口聚集起来，他们要见阿拉贡，并跟着他。当他终于吃过饭，人们上前请求他去医治自己受伤垂危或被黑魔影笼罩的亲朋好友。阿拉贡起身出去，派人请来埃尔隆德的两个儿子，他们一起忙碌到了深夜。于是，这话传遍了整座白城："国王真的回来了。"他们因他佩戴的那块绿宝石而叫他"精灵宝石"，如此，借由他的百姓为他所选的名字，他出生时应得之名的预言也应验了。

累得实在无法继续时，他披上斗篷裹住自己，溜出城去，就在天亮之前回到自己的帐篷里，然后小睡了一会儿。到了早晨，白塔上飘扬着多阿姆洛斯的旗帜——天鹅般的白船在蔚蓝的海上航行。人们抬头望见，都纳闷国王的归来是否只是一场梦。

第九章

最后辩论

大战次日的早晨来临，天朗云轻，风转向西吹。莱戈拉斯和吉姆利一大早就出来了，他们急着想见梅里和皮平，于是请求准许前往白城。

"真高兴听说他们还活着，"吉姆利说，"为了找他们，我们穿过洛汗跑了一趟，吃了大苦头，我可不愿这些痛苦全都白费了。"

精灵和矮人一同进了米那斯提力斯城，人们见他们经过，对这样一对伙伴的组合无不感到惊奇。因为莱戈拉斯容貌俊美，远非人类能够比拟，他在晨光中边走边用清亮的嗓音唱着一首精灵歌曲；而吉姆利在他身旁昂首阔步，一边捋着胡须一边左顾右盼，打量着周围一切。

"这里有些石工做得不错。"他看着城墙说，"不过也有些做得不行，街道也可以设计得更好。等阿拉贡登基之后，我要提议让孤山的石匠来为他效力，我们会把这里建成一座值得自豪的城池。"

"他们需要更多花园。"莱戈拉斯说，"这些房子都失去了生机，这里欣欣向荣的东西太少了。如果阿拉贡登基，黑森林的子民当给他带来会唱歌的鸟儿，以及不会枯死的树木。"

终于，他们来到伊姆拉希尔亲王面前。莱戈拉斯看着他，深深鞠了一躬，因为他看出眼前这一位身上确实有着精灵血统。"大人，向您致敬！"他说，"自从宁洛德尔的族人离开罗瑞恩的森林，已经过去了漫长岁月，然而人们仍可看出，他们并非都从阿姆洛斯的港口扬帆渡海，去了西方。"

"我的领地上也有这个传说，"亲王说，"但那里也已经不知多少年没有见过仙灵之民的一员了。此刻我很惊讶，竟然在这里的悲伤战乱当中见到了一位精灵。您所求为何呢？"

"我是随同米斯兰迪尔离开伊姆拉缀斯的九个同

伴之一，"莱戈拉斯说，"我跟我这位矮人朋友，是跟着阿拉贡大人一起来的。不过，现在我们希望能见见我们的朋友，梅里阿道克和佩里格林。我们被告知，他们处于您的保护之下。"

"你们可以在诊疗院找到他们，我会带你们前去。"伊姆拉希尔说。

"大人，您派人给我们带路就行了。"莱戈拉斯说，"因为阿拉贡给您送来这个口信：这时候他不愿再进白城，但将领们需要立刻召开会议，他希望您和洛汗的伊奥梅尔能尽快下去，前往他的营帐。米斯兰迪尔已经到了。"

"我们会去。"伊姆拉希尔说。于是他们客气地道别了。

"这是位英俊的贵族，也是位伟大的人类将领。"莱戈拉斯说，"如果刚铎在当今的衰微年日里仍有这样的人物，那么在其崛起的时期必有惊人的荣光威势。"

"不用说，那些出色的石工都比较古老，是在头一次建成时造的。"吉姆利说，"人类办事总是虎头蛇尾：春天有霜冻，夏天会干旱，答应的事到头来总是办不到。"

"不过，他们的种子倒是很少丧失生机。"莱戈拉斯说，"它埋在腐朽尘土里，在意想不到的时间和地点破土而出，茁壮成长。吉姆利，人类的事迹将会比我们存留得更长久。"

"但我猜，到头来还是一场空，只剩下'本来可以是这样'。"矮人说。

"对此，精灵不知道答案。"莱戈拉斯说。

这时，亲王的仆人来了，领他们去了诊疗院。他们在那里的花园中找到了朋友们，大家相见分外欢喜。他们先是散步聊天了一阵，能够这样在白城高处的环层中吹着风，暂时安宁放松地享受清晨，人人都感到欢喜。然后，梅里觉得累了，他们便走去坐在城墙上，背后是诊疗院的青草地，面前的南方远处就是阳光下波光粼粼的安都因大河，一直流到连莱戈拉斯也看不见的远方，流入宽阔的平地，流入青翠朦胧的莱本宁和南伊希利恩。

这时，其他人还在交谈，莱戈拉斯却沉默了。他迎着阳光远眺，当他定睛凝视时，看见有白色的海鸟振翅向大河上游飞来。

"看！"他喊道，"海鸥！它们竟飞到了这么远的内陆。我觉得它们太奇妙了，但它们也扰乱了我的心。我这辈子从未见过海鸥，直到我去了佩拉基尔，就在那里，就在我们骑马去攻打舰队时，我听见它们在空中鸣叫。我当场呆住，忘记了中洲的战争，因为它们的长声鸣叫向我诉说着大海。大海！唉！我还不曾见过大海，但我族人的内心深处无不埋藏着对大海的渴望，一朝惊动便难平息，太危险了。唉！那些海鸥啊。当我走在山毛榉和榆树下时，心境再也无法宁定了。"

"别这么说！"吉姆利说，"中洲还有无数的事物可看，无数伟大的工作可做。如果美丽的种族全都去了灰港，那些被命定留下来的将面对一个多么黯淡无趣的世界。"

"黯淡又无趣，一点也没错！"梅里说，"莱戈拉斯，你可千万别去灰港啊。总有一些种族会需要你，不管他们是大是小，甚至还包括一些像吉姆利这么有智慧的矮人。至少我是这么希望的，尽管我不知怎地有种预感，这场大战最糟糕的部分还没来到。我多么希望战争彻底结束了，而且有好结果啊！"

"别那么悲观！"皮平说，"太阳还高照着呢，我们至少还能在这儿团聚个一两天。我想多听听你们的经历。说吧，吉姆利！今天早上你跟莱戈拉斯已经提了足有十来次你们跟大步佬的奇异旅程，但你一点也没告诉我们到底是怎么回事。"

"这里太阳或许是高照着，"吉姆利说，"但是有些关于那条路的记忆，我打从心底不愿意回想起来。要是当时我知道等在前头的是什么，我想任何友情都不能让我踏上亡者之路。"

"亡者之路？"皮平问，"我听阿拉贡说过这个名字，还猜过他可能是什么意思。你不肯再跟我们多说一点吗？"

"我不愿意说。"吉姆利说，"因为我在那条路上真是丢脸到家——格罗因之子吉姆利向来认为自己不屈不挠胜过人类，在地底下比任何精灵都顽强大胆。结果，这两条我都没证明，而且仅仅是靠着阿拉贡的意志，我才坚持走到底。"

"并且也靠着对他的爱。"莱戈拉斯说，"凡是了解他的人，都会以自己的方式爱他，就连洛希尔人那位冷冰冰的公主也是。梅里，我们是在你抵达黑蛮祠的前一天一大早离开那里的，当地所有的人，除了现在受伤躺在下面诊疗院中的伊奥温公主，都因为太害怕而不敢出来给我们送行。那场离别令人神伤，连我看了都觉得万分不忍。"

"唉！我当时只顾得上自己。"吉姆利说，"不！我不会提起那趟旅程。"

他不出声了，但是皮平和梅里都极其好奇，莱戈拉斯最后拗不过，说："为了让你们安心，我就跟你们说一些吧。因为我不觉得恐怖，我不怕人类的鬼魂，我认为他们脆弱又无力。"

于是，他很快讲了那条大山底下幽灵作祟的路，讲了埃瑞赫黑石处那次黑暗中的密约，以及之后从那里到安都因大河边的佩拉基尔，总共九十三里格的昼夜疾驰。"从黑石出发，我们整整骑马奔行了四天四夜，在第五天抵达。"他说，"看哪！在魔多的黑暗中，我的希望反而高涨，因为幽灵大军在那片昏暗中似乎变得更强大也更可怕了。我看见他们有些骑马，有些大步疾奔，但全都以同样的速度飞快前行。他们沉寂无声，但是眼中闪着熠熠幽光。他们在拉梅顿高地追上了我们的马，将我们裹在中央，若非阿拉贡阻止，他们就会赶到前面去了。

"他们听了阿拉贡的命令，全都退了回去。'就连人类的鬼魂都服从他的意志。'我想，'他们会在他需要时为他效力的！'

"我们驰行的第一日有光，然后就是那个无晓之日，但我们仍然继续赶路，涉过了奇利尔河和凛格罗河，第三日我们来到吉尔莱恩河口上游的林希尔。来自乌姆巴尔和哈拉德的凶残对手溯河而上，拉梅顿的百姓正在那里跟他们激战，争夺滩头。但是，我们到达以后，攻守双方一致放弃了战斗，落荒而逃，大喊着亡者之王来攻击他们了。只有拉梅顿的领主安格博有胆量面对我们。阿拉贡吩咐他，等灰色大军经过之后，他当召集百姓，如果他们敢去，当随后跟上。

"'在佩拉基尔，伊熙尔杜的继承人会需要你们。'他说。

"如此，我们渡过了吉尔莱恩河，将挡路的魔多盟军驱赶得溃不成军。之后，我们稍事休息，但没过多久阿拉贡就起身，说：'看哪！米那斯提力斯已经遭到攻击。我担心它会在我们这支援军赶到之前陷落。'因此，我们不等天亮就又上了马，以马匹所能承受的最快速度，奔驰过莱本宁的平原。"

莱戈拉斯停下来，叹了口气，然后将目光投向南方，轻声唱道：

清溪如银，从凯洛斯到埃茹伊，

在那青翠原野莱本宁！

草长离离，白色百合摇曳

西海微风里，

珥洛斯与阿尔费琳，[1] 金花如钟铃，

在那青翠原野莱本宁，

摇振西海微风里！

"我族人的歌谣中说，那里的平原一片青翠，但当时呈现在我们面前的却是黑暗中的一片灰黑荒凉。横过广袤的大地，我们追击敌人整整一天一夜，毫不留意马儿践踏了多少花朵与青草，直到最后抵达大河边的严酷终点。

"当时，我心中认为我们已经靠近了大海，因为水面在黑暗中显得宽广辽阔，岸边有数不清的海鸟在鸣叫。唉，海鸥的长声鸣叫啊！罗瑞恩的夫人岂不是告诉过我要当心它们？现在，我再也忘不了它们了。"

"至于我，我可一点也没注意它们，"吉姆利说，"因为我们那时终于遇上了真正的战斗。乌姆巴尔的主力舰队都泊在佩拉基尔，大船有五十艘，较小的船不计其数。我们追击的敌人有许多比我们先到港口，他们带去的恐惧传播开来，有些船已经离岸，打算顺大河而下逃跑或开往对岸，许多小船也已经着火。但是走投无路的哈拉德人掉头反扑，他们在绝境中变得非常凶猛，并且一看到我们就哄然大笑，因为他们的队伍人数仍然相当庞大。

"但是阿拉贡停下来，用洪亮的声音喊道：'现在，我以黑石之名召唤你们，上吧！'刹那间，一直尾随在后的幽灵大军就像一片灰色潮水，终于得以冲上前去，将前方的一切尽数卷走。我听见了模糊的叫喊声、隐约的号角声，以及无数好似远远传来的喃喃低语，听起来就像是很久以前的黑暗年代里某一场被遗忘的战斗的回声。他们拔出了苍白的剑，但我不知道这些刀剑还能不能伤人，因为亡者根本不需要武器，单单恐惧就够了。没有人能抵挡他们。

"他们上了每一艘靠岸的船，又渡过水面到了那些抛锚的船上。所有的水手都吓疯了，纷纷跳水而逃，只有那些被链子锁在划桨旁的奴隶没跑。我们在四散奔逃的敌人当中纵马横冲直撞，像秋风扫落叶一样驱赶他们，直到我们抵达河边。然后，阿拉贡为剩下的每一艘大船指派了一个杜内丹人，他们上船安抚那些还在船上的俘虏，叫他们别害怕，并释放了他们。

"那黑暗的一天结束之前，抵挡我们的敌人已经一个不剩，不是淹死，就是逃往南方，指望着徒步跑回家乡去。我一想到魔多的谋划竟会被这样一支饱含恐怖和黑暗的幽灵大军推翻，就觉得既不可思议又妙不可言。这就叫以其人之道还治其人之身！"

"这确实不可思议。"莱戈拉斯说，"在那一刻，我看着阿拉贡，心想他要是当初将魔戒据为己有，那么以他那般强大的意志力，他将变成何等强大又可怕的一位君王。魔多怕他，不是没有理由的。然而他的心灵比索隆所能揣度的更加高贵。因为，他岂不是露西恩的子嗣吗？纵然数不清的岁月漫漫流逝，那条血脉却永不衰败断绝。"

"这样的预言，可超出了矮人的眼睛所见。"吉姆利说，"不过，那日的阿拉贡确实极其强大。看哪！他掌握了整支黑舰队，选择了最大的一艘船作为旗舰，并上了船。然后他下令吹响从敌人那里夺来的众多军号，号声齐鸣，声势浩大。幽灵大军都退回岸上，他们立在那里，无声无息，几乎不见踪影，只有眼睛映着船只燃烧的烈焰红光。阿拉贡以洪亮的声音对那些亡者喊道：

"'现在，请听伊熙尔杜继承人之言！你们已经履行了誓言。回去吧，从此勿再骚扰那片山谷！离去吧，并得安息！'

"于是，亡者之王出列，站在幽灵大军阵前，将手中的长矛折断掷于地上，然后深深鞠了一躬，转身离去。整支灰色大军迅速开拔，就像被一阵突如其来的风吹开的迷雾，消失不见。而我却感觉像是大梦初醒。

"那天晚上我们休息了，不过其他人都在忙碌。有许多俘虏被释放了，获释的奴隶有很多是过去被掳走的刚铎百姓。不久，又从莱本宁和埃希尔来了一大批人，拉梅顿的安格博也带来了他能召集的所有骑手。既然亡者的恐怖已经消除，他们就前来支援我们，并来见伊熙尔杜的继承人——这个名号已经在黑暗中如星火燎原般传开了。

"而我们的故事这就接近尾声了。那天傍晚和夜里，许多船只都安排好人员，准备就绪，到了早晨舰队就启航了。现在这感觉像是很久以前的事了，但其实只不过是前天早晨，是我们骑马离开黑蛮祠的第六天。但是，阿拉贡依旧被恐惧驱赶着，生怕会赶不及。

"'从佩拉基尔到哈泷德的码头，一共四十二里格。'他说，'但我们明天一定要抵达哈泷德，否则就会彻底失败。'

"如今划桨的全是自由的人，他们极其卖力，但我们是逆流而上，在大河上航行的速度仍然很慢。虽然在南方水流得不快，但我们缺乏风力相助。尽管我们在港口大获全胜，我本来还是会心情沉重，但莱戈拉斯突然大笑起来。

"'都林的子孙，翘高你的胡子吧！'他说，'常言道：**绝境之中，常有希望诞生。**'但他却不肯说自己远远看见了什么希望。到了夜里，黑暗变得越发深重，而我们心急如焚，因为我们看见北方远处的乌云下方被红光照亮。阿拉贡说：'米那斯提力斯正在燃烧。'

"但是到了半夜，希望真的重新诞生了。埃希尔那些熟悉航海的人凝视着南方，说风向变了，从海上吹来了一股清新的风。早在天亮之前，有桅杆的船都扯起了帆，我们加快了速度，直到黎明照亮船头白花花的水沫。接下来你们就知道了，我们一路顺风，顶着露出脸庞的朝阳，在早晨的第三个钟头赶到，在战场上展开了那面大旗。不管将来怎样，那都是伟大的一天，伟大的一刻。"

"不管未来如何，伟大功绩的价值都不会有所减色。"莱戈拉斯说，"闯过亡者之路是伟大的功绩，且将永远伟大——纵使在将临的日子里，刚铎无人幸存下来颂唱它。"

"而那还真有可能成真。"吉姆利说，"因为，阿拉贡和甘道夫都是脸色凝重。我真想知道他们在底下的营帐里讨论什么对策。至于我，我就像梅里一样，巴不得战争随着我们的胜利就此结束。但是，不管还有什么要做，为了孤山子民的荣誉，我都希望自己参与其中。"

"而我则是为了大森林子民的荣誉，与对白树之王的爱。"莱戈拉斯说。

众人都沉默下来，有一阵子他们就坐在高高的城墙上，各自想着心事，而与此同时，众将领正在辩论。

伊姆拉希尔亲王与莱戈拉斯和吉姆利分开后，立刻差人去找伊奥梅尔，然后两人一起下去，出了白城，前往阿拉贡设在平野上的营帐，那里离希奥顿王陨落处不远。他们与甘道夫、阿拉贡以及埃尔隆德的两个儿子一同商议。

"诸位大人，"甘道夫说，"请听听刚铎的宰相在临死前所说的话：'你们或许能暂时在佩兰诺平野上取胜，但要对抗这个如今已经崛起的力量，却是有败无胜。'我并不是要让你们像他一样绝望，而是要你们深思这些话中包含的事实。

"真知晶石不会呈现假象，就算是巴拉督尔之主也无法迫使它们作假。或许，他能凭意志选择让那些意志较弱者看见哪些事物，或让他们误解眼中所见事物的含义。无论如何，这点都毫无疑问——德内梭尔看见魔多的庞大军力摆开阵势要对付他，并且还有更多正在集结。他看见的都是事实。

"我们的力量勉强够击退这第一次声势浩大的进攻，但下一次进攻将会更加猛烈。如此一来，这场战争将如德内梭尔判断的那样，最后不会有希望。胜利不能靠武力取得，无论你们是固守此地，抵挡一次又一次的围城，还是出兵到大河对岸后遭到覆灭，你们怎么选择都是恶果。而谨慎的对策将是：巩固现有坚固阵地的防御，在那里等候敌人进击，这样就能将你们的末日略作推迟。"

"那么，你是要我们退回米那斯提力斯，或多阿姆洛斯，或黑蛮祠，然后当潮水汹涌而来时，像孩子一样坐在沙造的城堡里？"伊姆拉希尔说。

"这也不是什么新点子，"甘道夫说，"德内梭尔治理的年日里，你们岂非一直就是差不多如此行事？但是，不！我说过，这是谨慎的做法，但我不劝你们谨慎。我说过，胜利不能靠武力取得。我仍希望胜利，但不是靠武力。因为在这一切谋划策略的中心，还有那枚力量之戒，它是巴拉督尔的根基，是索隆的希望。

"关于此物，诸位大人，现在你们全都有了足够的了解，可以明白我们以及索隆的困境。假如他重新得到它，那你们的英勇将尽皆成空，他将迅速赢得彻底的胜利，彻底到谁也预见不到的他的胜利会有终结之时，直至世界末日。而假如它被销毁，那他就将败落，败落到谁也预见不到他还能有机会卷土重来，因为他将失去自己问世时那与生俱来的力量的精髓，以那力量造就或奠定的一切事物，都将崩溃瓦解。他将永远残缺，变成区区一个在阴影中折磨自己的怨灵，再也不能凝聚成形、发展壮大。这世界也将从此摆脱一种巨大的邪恶。

"将来或许还会有其他邪恶出现，因为索隆本身也不过是个仆人或使者而已。但是，我们的责任不是去掌控世界的全部潮流，而是尽上全力救济我们所处的时代，将原野上那些已知的邪恶连根拔除，好让后人有干净的土地可以耕作。至于他们会碰上什么样的气候，那就不由我们做主了。

"这一切索隆都很清楚，他知道他遗失的这个宝贝之物已经被重新寻获，但他还不知道它在哪里，或者说，我们希望他还不知道。因此，他此刻正疑虑重重。因为假如我们已经找到此物，那么我们当中确实有人具备足够的力量去运用它。这点他也清楚。阿拉贡，你已经用欧尔桑克的晶石向他亮过相了，我猜得可对？"

"我在离开号角堡之前，确实这么做了。"阿拉贡答道，"我认为时机已经成熟，而且晶石来到我手中，正是为了这样一个目的。那时持戒人从涝洛斯瀑布启程东去已有十天，我认为，应当将索隆之眼的注意力引离他自己的领土。自从他回到自家高塔中后，几乎不曾遇到挑战。不过，要是我预先知道他回应的攻势竟有这么快，也许我就不敢轻易向他亮相了。留给我赶来支援你们的时间实在太短了。"

"你说，如果他获得魔戒，一切全都成空。"伊奥梅尔说，"那么如果我们获得魔戒，为什么他就不会认为攻击我们也是一场空？这点你怎么说？"

"因为他还不确定。"甘道夫说，"而且他建立起自己的势力，靠的可不是像我们那样坐等敌人立足稳固。还有，我们不可能在一天之内学会运用魔戒的全部力量。事实上，魔戒只能由单独一个主人使用，而不是多人。索隆会寻找我们起内讧的时机。在我们当中某个强者打倒旁人、自己称王之前，如果他突然出手，那时魔戒可能会帮助他。

"他在观望。他看见许多，也听说许多。他的那兹古尔仍然在外巡行，他们在天亮之前还从这片平野上空飞过，尽管疲惫沉睡的人没几个察觉到。他在研究各种迹象：那柄夺去他的珍宝的剑已经重铸；命运之风已经转向有利我方；他的首波攻击遭遇意料之外的失败，并折损了一员重要统帅。

"哪怕就在我们说话的同时，他的疑虑也在增长。他的魔眼这时正竭尽全力朝我们看来，看不见几乎所有其他动向。我们也必须这样吸引住它。我们的全部希望就在于此。因此，我要这样建议：我们没有魔戒。无论是出于智慧还是极度愚蠢，它都已经被送去销毁，以防它毁灭我们。没有魔戒，我们不可能靠兵力击败他的军队，但我们必须不惜一切代价，阻止他的魔眼转向他真正的危险所在。我们不能依靠武力获胜，但我们可以依靠武力给持戒人创造唯一的机会，不管这个机会有多么渺茫。

"阿拉贡既然已经起头，我们就必须继续走下去。我们必须逼迫索隆孤注一掷。我们必须引出他隐藏的力量，令他倾巢而出。我们必须立刻出征，与他对阵。我们必须以自己作饵，哪怕他将张口咬住我们。他会怀着贪婪和期望咬饵上钩，因为他见到如此鲁莽的行动，会认为自己看出了魔戒新主的骄傲自大。他会说：'瞧！他把脖子伸得太快，也太长了。让他来好了！看吧，我会让他落入一个插翅难飞的陷阱，在那里将他碾平，他傲慢无礼地取得的东西将永远回到我手里。'

"明知是陷阱，我们也必须勇敢地踏入，但不要为自身抱多大希望。因为，诸位大人，事实很可能证明，我们在场的各位会在一场远离生者之地的黑暗战斗中全部死亡，这样，就算巴拉督尔被推翻，我们也无法活着看见新纪元来临。但是，我认为这就是我们的责任。我们若是在此坐视，那就肯定会死，而且死时还知道不会有新纪元来临。既然无论如何都是死，那么出击总比坐以待毙强。"

众人沉默了一阵。最后，阿拉贡说："我既然已经起头，就会继续走下去。现在我们来到了生死关头，希望和绝望息息相关。犹豫不决就意味着失败。眼下请各位谁都不要拒绝甘道夫的建议，他长期以来对抗索隆的辛劳已经到了接受考验的关键时刻。若不是他，一切早就落入万劫不复了。不过，我依然并不宣称拥有指挥任何人的权力。让其他人按自己的意志做出选择。"

于是，埃洛希尔说："我们从北方前来，目的就在于此。我们从父亲埃尔隆德那里带来的建议也正是这样。我们不会回头。"

"至于我，"伊奥梅尔说，"这些深奥的问题我几乎不懂，然而我不需要懂。我知道一点，而这一点就够了——阿拉贡是我的朋友，他援助过我和我的人民，因此当他召唤时，我会帮助他。我会去。"

"至于我，"伊姆拉希尔说，"无论阿拉贡大人宣称与否，我都视他为我的主君。他的期盼于我就是命令。我也会去。不过，我目前暂代刚铎宰相之职，我的首要责任是为刚铎的百姓考虑。一定程度的谨慎仍是必须的。无论吉凶，我们都必须准备好应对各种可能。眼前看来，我们仍有可能得胜，只要这样的希望仍在，刚铎就必须受到保护。我不愿在凯旋时，却发现后方的大地遭到蹂躏，白城成了废墟。我们从洛希尔人那里得知，在我们的北翼仍有一支未参战的敌军。"

"不错。"甘道夫说，"我并非建议你们彻底弃守白城。事实上，我们带去东方的兵力不必庞大到能对魔多发动实质性的攻击，只要大到足以挑起战斗即可。并且，这支军队必须行动迅速。因此，我请问诸位将领：最迟两天之内，我们能召集多少兵力出发？这些人必须顽强大胆，并且都是自愿前往，知道自己即将面对的险境。"

"我们全都人困马乏，大多数人受了轻重不等的伤。"伊奥梅尔说，"我们还损失了大批的战马，结果不容乐观。倘若我们很快就得出发，我可望率领的人马恐怕连两千都不到，而且还要留下同样多的人守卫白城。"

"我们要算的，不只是在这片平野上战斗过的人。"阿拉贡说，"沿海的威胁既已解除，南方封地的生力军正在赶来。两天之前，我从佩拉基尔派出一支队伍，他们由大胆无惧的安格博骑马率领，穿过洛斯阿尔那赫前来，有四千人之多。如果我们在两天后出发，他们在我们动身前就能来到附近。此外，我还吩咐很多人追随我，搭乘任何能找到的船只沿着大河而上。借着这一阵风，他们很快就会抵达，事实上，有好几条船已经在哈泷德靠岸了。我判断，骑兵加上步兵，我们能率领七千兵马出发，留下防守白城的兵力也比先前攻击开始时更多。"

"城门被摧毁了，"伊姆拉希尔说，"现在哪里有技术去重建一扇，再安装上去？"

"在埃瑞博山，戴因的王国里有这样的技术。"阿拉贡说，"如果我们的希望不至于全部破灭，届时我会派格罗因之子吉姆利去请孤山的工匠。不过，人员比城门有用，如果守军放弃城门不顾，什么样的门也挡不住大敌的攻击。"

于是，众位领袖讨论的结果就是这样：两天后的早晨，倘若召集顺利，他们将率领七千兵马出发。他们要去的是穷山恶水之地，因此这支队伍当以步兵为主。阿拉贡当从他由南方召集来的人手当中抽出两千兵力；伊姆拉希尔当抽出三千五百兵力；伊奥梅尔当从洛希尔人中选出五百个失去坐骑但自己仍能战斗的士兵，他自己则率领五百名骠骑精兵；另外还当有一支五百人的骑兵，其中包括埃尔隆德的两个儿子、杜内丹人，以及多阿姆洛斯的骑兵——总共六千步兵和一千骑兵。但是，仍有坐骑且能作战的洛希尔人主力由埃尔夫海尔姆指挥，这三千余人当埋伏在西大道，截击阿诺瑞恩的敌人。他们立刻派出斥候，骑着快马往北、从欧斯吉利亚斯和通往米那斯魔古尔的路往东打探，尽力搜集消息。

等他们计算完所有的兵力，考虑好要走的旅程以及该选的路，伊姆拉希尔突然放声大笑。

"千真万确，"他叫道，"这是刚铎有史以来最大的玩笑：我们将率领七千兵马去攻打那黑暗之地的崇山峻岭和无可通行的大门！这个数目最多也就是刚铎全盛时期前锋部队的人数！这真像一个孩子拿着绳子和绿柳条做的弓去威胁一个全副武装的骑士！米斯兰迪尔，如果黑暗魔君真像你说的那样几乎无所不知，他岂不是更有可能微笑而非害怕，然后伸出小指一举捻死我们，就像捻死一只企图叮他的蚊虫？"

"不，他会试图捕捉这只蚊虫，拔掉它的刺。"甘道夫说，"而且我们当中有些鼎鼎有名的人物，堪比一千全副铠甲的骑士。不，他不会笑的。"

"我们也不会。"阿拉贡说，"如果这是个玩笑，那它可苦涩得让人笑不出来。不，这是奇险危境中的最后一搏，双方将决一胜负，结束对弈。"然后，他拔出安督利尔高高举起，剑在阳光中闪耀，"直到最后一战尘埃落定，你才会重新入鞘！"

第十章

黑门开启

两天之后，西方大军在佩兰诺平野上全部集结起来。奥克和东夷的大军已经掉头从阿诺瑞恩攻来，但他们被洛希尔人击溃驱散，几乎未作抵抗就朝凯尔安德洛斯逃窜。这个威胁被消灭了，从南方来的生力军又接连到达，如此一来石城便得到了尽可能完善的防守。派出的斥候回报，往东的路一直到十字路口倒下的国王石像那里，都不见敌人踪影。至此，最后一战一切准备就绪。

莱戈拉斯和吉姆利又一次共乘一骑，与阿拉贡和甘道夫同行，他们与杜内丹人以及埃尔隆德的两个儿子走在前锋的队伍中。但梅里觉得丢脸，因为自己不能跟他们同去。

"你的身体还不适合参加这样的行军。"阿拉贡说，"但别觉得丢脸。哪怕这场战争你不再出力，你也已经赢得了极高的荣誉。佩里格林会代表夏尔居民前去参战。别嫉妒他这个危险的机遇！虽然他已做了命运容许他做的一切，却仍不能与你立下的功绩相比。不过，其实现在所有人的处境都一样危险。也许我们会在魔多的大门前惨遭不幸，而果真如此的话，那么你们也将面对最后一战，无论是在这里，还是在那股黑潮追上你的任何地方。再会了！"

于是，梅里沮丧地站在那里看着军队集结。贝尔吉尔站在他旁边，同样情绪低落，因为他父亲贝瑞刚德将率领一队石城的人同去——在案子得到审判之前，他不能重回禁卫军。皮平作为一名刚铎的士兵，也在那队人当中。梅里看见他就在不远的地方。在那群高大的米那斯提力斯人当中，他的身影显得矮小却挺拔。

终于，众号吹响，大军出发。一支骑队接着一支骑队，一队步兵接着一队步兵，他们转过大弯，朝东行去。军队走下大道前往主道，但在他们从视线中消失很久之后，梅里还站在那里。长矛和头盔反射出的最后一抹晨光闪了闪，消逝了，而他仍然站在那里，低垂着头，心情沉重，觉得孤零零的，无依无靠。每个他关心的人都已经走了，隐没在悬于东边远方天际的那片阴暗中，他觉得自己再见到他们的希望异常渺茫。

仿佛被这种绝望情绪提醒，他的手臂又疼了起来。他觉得虚弱、衰老，连阳光都显得惨淡了。贝尔吉尔用手碰了碰他，他才惊醒过来。

"来吧，佩瑞安人少爷！"孩子说，"我看得出，你还是很痛苦，我扶你回去找医者吧。不过，别怕！他们会回来的。米那斯提力斯的人永远不会被击败。而且现在他们有了精灵宝石大人，还有禁卫军的贝瑞刚德。"

军队在近午时分来到了欧斯吉利亚斯。所有能够抽调出来的工人和匠人都在那里忙碌着。有些人在加固敌人所建但在逃跑时部分破坏了的渡船和栈桥，有些人在收集补给和战利品，余下的人则在大河对面的东岸抢建着防御工事。

先锋部队穿过老刚铎的废墟，渡过宽阔的大河，踏上了在兴盛时期修筑的笔直长路——这条路从美丽的太阳之塔通往高耸的月亮之塔，也就是如今那可憎的山谷中的米那斯魔古尔。军队在过了欧斯吉利亚斯五哩之后停下，结束了第一日的行军。

但是骑兵继续前进，在黄昏之前抵达了十字路口和那一圈巨树。万籁俱寂。他们没看见任何敌踪，没听见任何呼喊，没有箭矢从路旁的岩石间或树丛中飞出，但是，越往前走，他们就越感到这片大地的警惕在增长。林木和岩石，树叶和青草，都在聆听。那片大黑暗已经被驱散，远方西沉的落日照耀着安都因河谷，蓝天下群山的洁白峰顶都染上了一层嫣红，但埃斐尔度阿斯上空酝酿着一股黑影与一片昏暗。

阿拉贡随即在通往树环的四条大道上安排号手，吹响了嘹亮的军号，传令兵高声喊道："刚铎的王侯已经归来，他们将收回这整片属于他们的大地。"那个放在雕像上的丑陋奥克头被推落在地，摔得四分五裂，老国王的头被抬起，重新安放回原位，头上仍戴着白与金相间的花冠。士兵们辛勤地刷洗并刮去了奥克在石上留下的所有污秽涂鸦。

先前议事时，有人提议应当先攻下米那斯魔古尔，若是拿下它，便将其彻底摧毁。"而且，也许事实会证明，"伊姆拉希尔说，"走那条从那里通往上方隘口的路去进攻黑暗魔君，比走北面大门来得容易。"

但甘道夫当时急忙提出反对，一是因为盘踞在那座山谷中的邪恶会让凡人疯狂丧胆，再是因为法拉米尔带回的消息。如果持戒人真的尝试走了那条路，那么他们的首要任务就是别把魔多之眼的注意引到那里去。因此，第二天等主力部队抵达后，他们在十字路口安排了一支精锐守军，布下防线，以防魔多派军队翻过魔古尔隘口，或从南方调更多的兵力前来。这支守军大部分选自熟悉伊希利恩情况的弓箭手，会隐藏在树林里和路口周围的山坡上。不过，甘道夫和阿拉贡骑马领着先锋来到魔古尔山谷的入口，望着那座邪恶之城。

它漆黑一片，死气沉沉，因为住在那里的奥克与魔多的次等生物都已经在大战中被消灭了，那兹古尔也都外出未归。但那座山谷中充满了恐惧和仇恨的气息。他们摧毁了那座邪恶的桥，放火烧了那片有毒的田野，然后离去。

隔天，也就是他们从米那斯提力斯出发后的第三天，军队开始沿着大道向北挺进。从十字路口顺着大道去魔栏农有数百哩路，没人知道他们在抵达之前会碰上什么。他们公开前进，但十分警惕，并派骑马的斥候先行探路，其余的步兵走在两侧。东侧的队伍尤其谨慎，因为近处是浓密黑暗的树丛，接着是一片散布着断崖沟壑的起伏石地，过了石地就是埃斐尔度阿斯阴沉严峻的长长陡坡，攀援而上。世间的天气仍然晴朗，西风持续吹拂，但什么也吹不走紧裹在阴影山脉周围的沉沉暗影以及凄凉迷雾。山脉后方不时腾起一股股巨大的浓烟，升上空中，在高空的气流中盘旋。

甘道夫让士兵不时吹响军号，然后传令兵会高喊："刚铎的王侯已到！此地人人都当离开，或投降归顺。"但伊姆拉希尔说："不要说'刚铎的王侯'，说'国王埃莱萨驾到'。虽然他还没有登基，但这是事实。而且，如果传令兵使用这个名号，也会让大敌更费思量。"此后，传令兵一日三次宣告埃莱萨王驾到。但是没有人回应这挑战。

尽管这一路行军貌似平静无波，但全军上下，军衔从最高到最低，每个人都情绪低落。每往北前进一哩，他们的不祥预感就加重一分。离开十字路口后，行军到了第二天傍晚时分，他们遇到了头一场交锋。一支奥克与东夷组成的强大军队设下埋伏，想击垮他们的前锋部队，地点正是当初法拉米尔伏击哈拉德人之处，大道在此深深切过朝东而去的山岭的突出部分。然而西方众将领已经事先接到斥候的警讯，这些斥候都是玛布隆率领的汉奈斯安努恩的老练士兵，因此埋伏的敌军自身反落入陷阱。骑兵们向西绕个大弯迂回，从侧翼和后方包抄，敌人不是被消灭就是被驱逐到东边的山岭中。

不过，这场胜利并未给将领们带来多少鼓舞。"这只不过是一场佯攻，"阿拉贡说，"我认为它的主要目的并不是给我们造成重创，而是要让我们错误地猜想大敌势弱，引我们继续前行。"从那天傍晚开始，那兹古尔飞来，监视着军队的每一步行动。它们依旧飞得很高，除了莱戈拉斯，没有人看得见，但是每个人都能感觉到它们的存在——阴影加深，阳光黯淡。虽然戒灵尚未俯冲下来攻击敌人，也始终保持沉默未发出叫喊，但它们带来的恐惧却无法摆脱。

就这样，时间推移，无望的旅程继续。从十字路口启程后的第四天，也就是离开米那斯提力斯的第六天，他们终于走到了生者之地的尽头，开始进入那片横陈在奇立斯戈垯关口的大门前的荒地。他们看得见一直向北、向西延伸到埃敏穆伊的沼泽和荒漠。那些地方是如此荒凉，笼罩着众人的恐惧是那样深重，大军中有些人竟怕到两腿发软，无论徒步还是骑马都无法继续向北走。

阿拉贡看着他们，目光中含着怜悯，而非愤怒。因为那些是从洛汗、遥远的西伏尔德来的年轻人，或是从洛斯阿尔那赫来的乡下人，对他们来说，魔多是个从小就听闻的邪恶名字，不过并不真实，只是一个从未进入自己单纯生活的传说。而现在，他们如同行走在成真的噩梦当中，既不理解这场战争，也不明白命运为何将他们领到这样一条路上来。

"去吧！"阿拉贡说，"但是，尽量保持尊严，不要奔逃！有一个任务你们可以尝试去执行，这样便不致感到颜面尽失。你们朝西南走，目标是凯尔安德洛斯。假使它如我所料，仍在敌人手中，你们就尽力将它夺回，然后为保卫刚铎和洛汗，将它坚守到底！"

闻言，一些人因他的怜悯而感到羞愧，克服恐惧继续前进，而其他人听见有另一项需要勇气的任务可以选择，且是自己能力可及，便怀着新的希望离开了。就这样，由于在十字路口已经留下不少人驻守，西方众将领最后率领着不到六千人前去黑门前，挑战魔多的势力。

如今他们缓慢前进，时刻等候着敌人回应挑战。他们全军集体推进，因为从主力部队里派出侦察斥候或小分队只是徒然浪费人力罢了。从魔古尔山谷出发的第五天傍晚，他们最后一次扎营休息，用能找到的枯树和欧石楠在营区四周生起火堆。他们度过了警戒不眠的一夜，意识到四周有许多模糊之物在走动潜行，也听见了狼嚎的声音。风已停，空气似乎一片凝滞。虽然天上无云，新月出现已有四夜，他们却几乎看不见什么，因为地面冒出团团烟气，皎洁的新月也被魔多的迷雾遮蔽了。

天气变冷了。到早晨时又起了风，但这次是北风，且很快增强为凉意十足的清风。夜里那些潜行之物全都消失无踪，大地看似一片空寂。在北方有毒的坑坑洼洼之间，出现了首批大堆大堆的矿渣、碎石和炸翻的泥土，那是魔多鼠辈抛出的狼藉。但在南边隐约耸立着奇立斯戈墙的巨大防御墙，此时已经离得近了。墙正中央便是黑门，两边各立着一座高拔漆黑的尖牙之塔。因为将领们在最后一段行军中，转离朝东弯的古老大道，避开了那些蛰伏山丘的危险，于是他们现在是从西北方朝魔栏农挺进，这正是弗罗多当初所走的路线。

阴森的拱顶下，黑门那两扇巨大的铁门紧闭。城垛上什么也看不见。一切沉寂无声，警戒却无处不在。他们来到了这场愚勇征程的终点，披着早晨灰蒙蒙的天光，孤独无援又寒意透骨地站在荒原上，面前是敌人的高塔和巨墙，己方军队全然无望攻取——就算他们将力量强大的攻城机械带来此地，而大敌的兵力只够防守城门和城墙，他们也做不到。而且他们还知道，魔栏农周围的所有山丘和岩石间都藏满了敌人，而门后那条阴影幢幢的狭谷，更是被大批邪恶生物挖掘打通了无数隧道。站定后，他们看见所有的那兹古尔都聚在此地，像秃鹰一样在尖牙之塔上空盘旋。他们知道自己正受到监视，但大敌仍然毫无动静。

他们别无选择，只能将这出诱敌的戏唱到底。因此，阿拉贡尽可能摆出最佳阵势，将军队分别拉上奥克劳作多年，用炸出来的岩石泥土堆成的两座大丘。在他们面前，朝着魔多的方向横陈着一大片烂泥沼和臭水塘，就像一道防护河沟。等一切安排就绪，众将领率领大队骑兵护卫、掌旗手、传令兵以及号手，骑马向黑门前进。甘道夫担任主要使者，同行的还有阿拉贡与埃尔隆德的两个儿子、洛汗的伊奥梅尔、伊姆拉希尔，以及奉令一同前往的莱戈拉斯、吉姆利和佩里格林——如此，每一个对抗魔多的种族都有一位见证者在场。

他们来到魔栏农听力所及的范围，展开了王旗，吹响了军号。传令兵出列，喊声直传到魔多的城垛上。

"出来！"他们喊道，"黑暗之地的君主，出来！他将受到公正的审判。他对刚铎发动不义之战，掠夺刚铎的领地。因此，刚铎之王要求他为自己的邪恶之行赎罪，然后永远离开。出来！"

一阵漫长的静默。没有丝毫声响或回应从城墙和大门传来。但是，索隆已经安排好计划，他打算在击杀这些老鼠之前先残酷地玩弄他们。因此，就在众将领要掉头回阵时，沉寂突然间被打破了。从山岭中传来一阵雷鸣般的隆隆鼓声，持续良久，声势浩大；然后是震耳欲聋的号角齐鸣，令岩石也为之动摇。哐啷一声巨响，黑门从中央打开，里面走出一支邪黑塔的特使队伍。

为首骑来的是个高大邪恶的身影，胯下是匹黑马——倘若它真是马的话。它个头巨大，形貌丑恶，罩着可怖的面具，与其说是活马的头，不如说更像骷髅头骨，眼窝和鼻孔中冒着火焰。马上的骑手通身黑袍，戴着黑色的高盔，但这并非戒灵，而是一个活人。他是巴拉督尔塔的副官，没有任何传说记载过他的名字，因为就连他自己都已将它遗忘。他说："我是索隆之口。"不过，据说他是个叛徒，来自被称为"黑努门诺尔人"的一族，他们在索隆统治的年代中来到中洲定居，崇拜他，倾心于邪恶的学识。此人在邪黑塔首次重新崛起时便投靠过去，并靠着奸诈狡猾得到了索隆赏识，节节高升。他学会了强大的黑魔法，对索隆的心思知之甚深。他也比任何奥克都残酷。

现在骑马而来的就是他，与他同来的只有一小队黑甲士兵，打着一面底色漆黑，但以红色绘着魔眼的旗帜。他在距离西方众将领几步开外的地方停下来，上下打量他们一番，哈哈大笑。

"你们这帮杂牌军，谁是那个有权跟我对话的人？"他问，"或者坦白说，谁是那个有脑子能明白我话的人？起码不是你！"他嘲讽道，轻蔑地转向阿拉贡，"要当国王可不能只靠一块精灵石头或这样一群乌合之众，还得有点别的才行。哈！这片山岭里随便哪个土匪都能召聚这样一批人马！"

阿拉贡没有开口回应，但他盯住对方的眼睛不放，双方就这样较量了片刻。虽然阿拉贡纹丝未动，也未伸手去拿武器，但对方很快就退缩了，仿佛受到武力威胁般退却。"我是个传令官，是特使，不该受到攻击！"他叫道。

"这种律法生效的场合，还有一个惯例，"甘道夫说，"那就是特使不该这么傲慢无礼。但是，没有人威胁过你。你在完成任务之前完全不必害怕我们。不过，除非你的主人悟出了新的智慧，否则哪怕你带着他的全部爪牙，也会面临巨大的危险。"

"这样啊！"特使说，"看来发言人是你了，灰胡子老货？我们倒真是不时听到你的名头，你总四处游荡，远远躲在安全的地方策划阴谋，惹是生非！但甘道夫先生，这次你把鼻子伸得太远了！你该看看，在索隆大帝的脚下编织愚蠢罗网的人是个什么下场。

我奉命前来，给你们展示几样信物——尤其是对你，要是你敢来的话。"他朝一个护卫示意，那人呈上一个用黑布包着的包裹。

特使将黑布摊开，令众将领无不诧异惊愕的是，他首先拿起山姆携带过的短剑，然后是一件配有精灵别针的灰斗篷，最后是弗罗多曾穿在破烂外套底下的**秘银**锁子甲。众人只觉得眼前一黑，在那死寂的片刻里，他们觉得世界归于静止，心如死灰，最后的希望也破灭了。站在伊姆拉希尔亲王背后的皮平悲痛地大叫一声，扑上前去。

"安静！"甘道夫厉声喊道，一把将他推了回去。而特使放声大笑。

"原来你还带着另一个这样的小鬼啊！"他叫道，"我可猜不出你认为他们有什么用，但你把他们当作奸细派到魔多来，真是蠢中之蠢，连你一贯的愚蠢都望尘莫及。不过，我倒要感谢他，因为显而易见，至少这个小东西从前见过这些信物，现在你想否认也无济于事。"

"我并不想否认。"甘道夫说，"事实上，这些我样样都认得，也知道它们的全部来龙去脉。而不管你如何嘲讽，你这污秽的索隆之口根本说不出个所以然来。你为什么把它们拿来这里？"

"矮人的锁子甲，精灵的斗篷，沦亡西方的短剑，还有从夏尔那个小老鼠出没的地方来的奸细——不，别吃惊！我们清楚得很。这些是一场阴谋的标志。现在，或许你并不痛惜失去穿戴这些东西的那个小家伙，又或许不是这回事——对你们来说，他会不会是个宝贵的人？果真如此的话，你们就赶紧用剩下的那点脑子琢磨琢磨吧。因为索隆可不喜欢奸细，现在俘房的命运就靠你们的选择来决定了。"

没有人回答他。但他看见了他们担忧灰败的脸色，以及眼中流露的惧意，于是他再次大笑，觉得自己这场耍弄消遣进展得好极了。"很好，很好！"他说，"我看得出来，对你们来说，他是亲密宝贵的人。要不然，就是你们不希望他的任务失败？那任务已经失败啦！现在，他将忍受长年累月的缓慢折磨，领受我们伟大塔楼的技艺能构想出来的最漫长、最缓慢的折磨，并且永远不会获得释放，除非他变得不成人形，崩溃发狂，那时，也许他就会回到你们那里去，你们就可以看见自己做了什么好事。这是确定无疑的——除非你们接受我主上的条件。"

"说出条件吧。"甘道夫镇定地说，但那些近旁的人都看见了他的痛苦神色。此刻，他就像个衰老干瘪的老人，终于被压垮、击败了。他们毫不怀疑他会接受对方的条件。

"条件如下。"特使说，微笑着逐个打量他们，"刚铎的乌合之众以及它哄骗来的盟友，要立刻退回安都因河以西，并先发誓：无论是公开还是暗地里，都永远不再以武力进犯索隆大帝。安都因河以东的全部土地都永归索隆独有。安都因河以西直到迷雾山脉和洛汗隘口，都要成为魔多的属国，那地的人一律不得携带武器，但准许管理自己的事务。不过他们必须帮忙重建被他们肆无忌惮破坏的艾森加德，那里将归索隆所有，他将派副手进驻该地——不是萨茹曼，而是更值得信任的人。"

他们看着特使的眼睛，都读出了他的想法：那位副手就是他，他将统管西方残余的一切。他将是他们的暴君，他们是他的奴隶。

但甘道夫说："就为了交换一个仆人，这些条件要求得也太多了！如此一来，你的主人就可从中收获他原本得经过多次战斗才能赢得的东西！莫非是刚铎一战摧毁了他靠战争取胜的希望，以至于落到要来讨价还价的地步？假如我们当真十分看重这个俘虏，又有什么能担保索隆这个卑鄙的背叛大师会信守承诺？这个俘虏在哪里？把他带来交给我们，然后我们会考虑这些条件。"

语毕，甘道夫便专注地观察着他，像个正与死敌击剑交锋的人。而有那么一瞬，在甘道夫眼中，特使似乎茫然不解，但很快又哈哈大笑起来。

"别傲慢无礼地跟索隆之口顶嘴！"他吼道，"你想要担保？索隆不给担保。你们若想求得他的宽容，就必须先遵从他的命令。这些就是他的条件。接受不接受，随你的便！"

"我们会接受这些！"甘道夫突然说。他把斗篷往旁边一甩，一团白光迸现，如同斩入那片黑暗之地的一柄利剑。他高举起手，那个污秽的特使不由得往后退缩，甘道夫上前劈手夺过那些信物：锁子甲、斗篷和剑。"我们会接受这些，以此纪念我们的朋友。"他高声道，"至于你的条件，我们全部拒绝。滚吧！你出使的任务结束了，你已死到临头。我们来这里不是来跟背信弃义、该受诅咒的索隆浪费口舌谈判的，跟他的爪牙就更没什么好说。滚！"

魔多的特使再也笑不出来了。大惊愤怒之下，他的脸都扭曲了，活像一只蹲伏蓄势要扑向猎物的野兽，却被一根带刺的大棒猛击中了口鼻。他怒火中烧，嘴淌口水，喉咙里憋出一阵不成调的怒吼。但他看见众将领勇猛的面色与致命的眼神，惧怕压倒了愤怒。他大叫一声，转身跃上坐骑，带着随从狂奔回奇立斯戈垇。不过他们边跑，他的士兵边吹响号角，发出了早已安排好的信号。他们尚未奔回到大门前，索隆便发动了陷阱。

战鼓隆隆，火焰蹿燃。黑门的两扇巨门向后大敞。门开处涌出一支大军，速度快如拉起水闸倾泻而出的大水。

众将领重新上马驰回阵地，魔多的大军爆发出一阵嘲弄的呼喊。尘土飞扬，窒闷呛人，从附近又杀来一支东夷的军队，他们本来就躲在较远的那座塔楼后方，隐藏在埃瑞德砾苏伊的阴影里等待信号。不计其数的奥克从魔栏农两边的山岭中蜂拥而下。西方的人马落入了陷阱，不久，他们立足的两座灰色山丘就被十倍，甚至超过十倍的敌军团团围住，被困在敌军的汪洋大海中。索隆已用铁嘴咬住了提供给他的饵。

阿拉贡几乎没有时间调兵遣将。他跟甘道夫站在一座山丘上，那面白树七星的旗帜也立在那里，美丽又绝望。附近的另一座山丘上立着洛汗的白马旗帜与多阿姆洛斯的银天鹅旗帜。两座山丘上各自摆开环形的阵势面对四面八方，刀枪剑矛尽皆高举。不过首当其冲的将是朝着魔多方向的前缘，那里左边站着埃尔隆德的两个儿子，杜内丹人列在他们周围，右边立着伊姆拉希尔亲王和多阿姆洛斯高大英俊的人类，以及守卫之塔的精兵。

风呼啸，军号响，箭矢破空长鸣。正往南移的太阳此刻也被魔多浓臭的烟雾笼上了一层面纱，它透过饱含威胁的迷雾送来暗红的光，显得模糊又遥远，仿佛一天行将结束，抑或是整个光明的世界都即将终结。这时，那兹古尔从聚拢的郁暗中出现了，冰冷的声音呼号着死亡的话语，于是，所有的希望都被扑灭了。

当皮平听见甘道夫拒绝条件，使弗罗多注定要受邪黑塔折磨时，他被恐惧压得抬不起头来。不过，他控制住了自己，此刻他站在贝瑞刚德旁边，与伊姆拉希尔的部下一同站在刚铎队伍的前沿。因为在他看来，既然一切都已经毁了，他最好还是快点死，逃离这个讲述着他这一生的不幸故事。

就在他看着敌人冲上前来展开攻击时，他听见自己在说："我真希望梅里在这里。"与此同时，思绪在他头脑中奔腾闪过，"呃，话说，现在我总算更理解一点可怜的德内梭尔了。梅里跟我，我俩可能会死在一块儿，可是既然反正要死，为啥不死一块儿呢？呃，既然他不在这里，我希望他会死得舒服一点。而现在，我要尽力而为啦。"

他拔出剑来看着，看着它金与红交缠的形状，流畅的努门诺尔文字在剑身上闪烁如火。"这剑就是为这样一个时刻打造的。"他想，"要是我能用它刺死那个邪恶的特使就好了，那样我立下的功绩就能跟老梅里扯平啦。哼，这种野兽一样的家伙，我在死前一定要干掉几个。我真希望还能再见到清朗的阳光和青翠的草地！"

他这样想着，与此同时，第一波攻击已经朝他们扑了上来。奥克被两座山丘前方的沼泽阻住了来势，他们停下来，对着防御阵线射出漫天箭雨。接着从奥克当中大步冲出一大队从戈垇洛斯来的山区食人妖，他们咆哮如野兽，比人类高大壮硕，身上只裹着一层鳞片突起的贴身密网，也许那就是他们丑陋的厚皮。他们拿着巨大的黑色圆盾，骨节粗大的手挥舞着沉重的铁锤。他们满不在乎地跃入水塘涉水而来，一边奔走一边吼叫，像一阵暴风般冲入刚铎人的阵线，像铁匠锤打红热的弯铁那样锤击着头盔与头颅、手臂与盾牌。站在皮平旁边的贝瑞刚德被击中，昏倒在地。击倒他的大食人妖头领朝他俯下身，伸出手爪去抓他——这些凶恶的生物击倒人后，会接着咬断其咽喉。

就在那时，皮平举剑向上一刺，那把刻有铭文的西方之地的利刃刺穿厚皮，深深扎入食人妖的要害，黑血顿时喷涌而出。食人妖往前一晃，像一块崩落的巨石般轰然垮倒，覆埋了那些站在他身下的人。黑暗、恶臭和重压的疼痛猛地袭向皮平，他的神志跌入了一片无边无际的黑暗。

"结局果然跟我猜的一样！"他的思绪在飘离的同时说道，它从躯壳里逃跑之前，还笑了一下，简直可算是在为终于抛下全部疑惑、担忧和恐惧而高兴。接着，就在它要飞入遗忘之乡时，它听见了无数人声，他们似乎在遥远的高空中，在某个被遗忘了的世界里呼喊：

"大鹰来了！大鹰来了！"

皮平的思绪又流连了那么片刻。"比尔博！"它想，"可是，不对啊！那件事儿很久很久以前发生在他的故事里。这是我的故事，而它现在结束了。再见！"然后，他的思绪远远飞走了，他的双眼闭上了。

注 释

第一章

1 多阿姆洛斯（Dol Amroth），辛达语，dol指"山丘"或"头"。作为地名有时也简称为阿姆洛斯。——译者注

2 "石城"（stone city）和"白城"（white city），都是米那斯提力斯的别称。多数情况下该城在文中只是简称为 the City，这时译为"石城"还是"白城"，视情境而定。——译者注

3 阿拉武（Araw），维拉欧洛米的辛达语名之一。——译者注

4 "宰相"一词的原文是 Steward，直译应为"管家"或

"代理人"。这里甘道夫既是在提醒德内梭尔他拥有的宰相权力的本质，也是在点明自己职责的性质。——译者注

5 辛达语，意思是"半身人王子"。——译者注

第二章

1 精灵宝石（Elfstone），阿拉贡的别名，是昆雅语"埃莱萨"（Elessar）的翻译。——译者注

2 出征礼（weapontake），此处原词并不是指英国旧时的行政区域名称，而是取其字面含义，指大军出征前的正式集合仪式。——译者注

第三章

1 尖刺山（Starkhorn）。托尔金指出，该名意思是"直立如尖刺的山峰"，但并非通用语，故应音译。stark 虽有"光秃、严苛"之意，但这并非作者初衷。考虑到原名包含英语读者可以轻易辨认的元素，译者决定意译。——译者注

2 芬马克（Fenmarch），洛汗语。托尔金指出，fen- 意为"沼泽地"，march 则是"边界线"的古词，本应是 mark。他建议翻译时作为 Fenmark 来处理。——译者注

3 桑伦丁（Sunlending），"太阳之地"，阿诺瑞恩的洛汗

语翻译。托尔金在《〈魔戒〉名称指南》中指出，该名并非指气候，而是与阿纳瑞安（意为"太阳之子"）的名字和他的纹章相关，译成欧洲语言时应予以保留。——译者注

4　追风驹（Windfola），来自古英语中"风"和"驹"两个词的组合。托尔金指出，此名是洛汗语，故应音译；但译者考虑到这个名称包含的是英语读者可以轻易辨认的词根，决定意译。——译者注

第四章

1　德内梭尔的妻子芬杜伊拉丝出身于多阿姆洛斯。伊姆拉希尔是她的弟弟，也即法拉米尔的舅舅。——译者注

2　精灵（以及习得许多精灵学识的努门诺尔人）认为，肉体是灵魂的栖居之所。——译者注

3　地狱之锤（Hammer of the Underworld），第一代黑暗魔君魔苟斯的兵器。参见《精灵宝钻》。——译者注

第五章

1　野人（Woses），译自古英语词 wāsan（意为"野的，被忽视的"），其洛汗语原型为 Róg（复数形式为 Rógin）。——译者注

2 埚尔衮（gorgûn），野人语言中的奥克。——译者注

第六章

1 德维默莱克（Dwimmerlaik），洛汗语，意为"死灵法术造就之物，鬼影，幽灵"。——译者注

2 活人（living man），亦可译为"活着的男人"。此处是双关。——译者注

3 德恩海尔姆（Dernhelm），洛汗语，意思是"秘密的守护者"。伊奥温使用这个化名，其实已经隐晦地透露了她的身份，而"海尔姆"（helm）在现代英语中又是"头盔"之意，因此才有下文。——译者注

4 狄奥威奈（Déorwine），洛汗人名中的 wine（也写作 winë）词根意为"朋友"，读音为 wi-neh，并不是罗伯特·英格利斯（Robert Inglis）在《魔戒》有声书中读成的"怀恩"。——译者注

5 勾斯魔格（Gothmog），与《精灵宝钻》中第一代黑暗魔君魔苟斯麾下的炎魔之首勾斯魔格重名，但并非同一人。——译者注

6 瓦里亚格人（Variags），生活在魔多东南部的可汗德地区的人类。该词来自哈拉德人的语言，含义不明。——译者注

7 格里姆斯雷德（Grimslade），格里姆博德的祖传家宅。slade 源自古英语，意为"森林中的空地，山坡上的洼

地"。——译者注

8 本诗开头的 "We heard of"，是日耳曼诗歌的传统开场白，且极似《贝奥武甫》的现代英文译本开头："Listen! / We have heard of the glory in bygone days / of the folk-kings of the spear-Danes, / how those noble lords did lofty deeds"，冯象的三联版译为："听哪，谁不知丹麦王公当年的荣耀，首领们如何各逞英豪！"从本书情节来看，洛汗子民对这一段悲壮史事烂熟于胸，世代传唱。因此，本诗开头特意译为"知道"。——译者注

第八章

1 佩瑞安人（perian），辛达语，意思是"半身人"。这是"半身人"的个体单数形式。——译者注

2 王叶草（kingsfoil）。托尔金指出，foil 是"叶子"的意思。——译者注

3 阿西亚·阿兰尼安（asëa aranion），昆雅语，即阿塞拉斯。——译者注

4 伊姆洛丝美路伊（Imloth Melui），辛达语，意为"甜香花朵之谷"。它是位于洛斯阿尔那赫的一处谷地，伊奥瑞丝小时候就生活在那里。——译者注

第九章

1. 瑁洛斯（mallos）和阿尔费琳（alfirin）都是辛达语。"瑁洛斯"意为"金色花朵"，花形似金钟。"阿尔费琳"意为"不朽，不死"。一种说法是，阿尔费琳还有另一个辛达语名"微洛斯"（uilos），意思是"永远洁白"，并且它就是被洛希尔人称为"辛贝穆奈"、生长在洛汗诸王坟冢上的白色花朵永志花。但在《未完的传说》中，克里斯托弗·托尔金指出，《魔戒》书中此处莱戈拉斯所唱的歌里对此花的描述与永志花大相径庭，故有可能指的是另一种花。——译者注

文
景

———————

Horizon

THE
LORD
OF
THE
RINGS

J.R.R. TOLKIEN

托尔金基金会唯一指定中文版

Trusted Publishing Partner and Official Tolkien Publisher for China

社 科 新 知　文 艺 新 潮

魔戒

4

[英] J.R.R. 托尔金 著

邓嘉宛　石中歌　杜蕴慈 译

上海人民出版社

目 录

卷 四

第 一 章

驯服斯密戈

"少爷，我们这会儿千真万确是进退不得了。"山姆·甘姆吉说。他耸着肩膀，微驼着背，丧气地站在弗罗多旁边，眯起眼睛凝望那片昏暗。

他们记得没错的话，这是离开远征队的第三个傍晚了。他们几乎搞不清自己在埃敏穆伊丘陵的荒坡乱石间辛苦攀爬了多长时间。他们有时因为找不到路前行而不得不折回，有时发现兜了一圈之后又回到了几个钟头以前的所在地。不过，整体来看，他们是在不断朝东前进，尽可能地寻路，靠近这一撮怪异扭曲的丘陵的外缘行走。然而他们发现，丘陵的外侧始终是高不可下的陡峭悬崖，冷对下方的平原。在高低不平的丘陵边缘以外，是一片青黑色的腐烂沼泽，那里不见任何动静，连只鸟的影子都没有。

　　两个霍比特人这时站在一座荒秃高耸的悬崖边上，崖脚裹在迷雾里。他们背后兀立着参差起伏的高地，浮云缭绕。一股刺骨寒风从东方吹来。夜色正在面前那片混沌的大地上聚拢，地上令人作呕的腐绿正褪成一种阴沉的棕褐色。右边远方，在白昼阳光下不时闪闪发亮的安都因大河，此时已隐入暗影中。但是他们的双眼并没有越过大河望回人类的土地，望回刚铎，望回他们的朋友。他们凝视着南方和东方，就在那里，在即将到来的黑夜边缘，悬浮着一条黑线，犹如凝止不动的黑烟堆成了遥远的山脉。而在远方地与天相接的边缘，不时有一小点红光迸发出来。

　　"真是进退不得！"山姆说，"我们听说过的所有地方里，就数那个地方我们最不想细看，可我们千方百计要去的就是那个地方！偏偏我们还没法去，一点法子都没有。看来我们是完全走错路啦。我们下不去，就算下去了，我敢保证，我们会发现那绿乎乎的地面全是肮脏恶心的沼泽。啊呸！你闻到那味道了吗？"他嗅着吹来的风。

"是的，我闻到了。"弗罗多说，但他没有动，双眼依旧凝视着那道黑线和那点闪烁的火焰。"魔多！"他压低声音喃喃道，"如果非去不可，我真希望能尽快到达，把这事做了结！"他打了个寒战。风寒冷刺骨，还夹带着浓浓的冰冷腐臭味。"好吧，"他终于收回目光说，"不管是不是进退不得，我们都不能待在这儿过夜。我们得找个隐蔽点的地方，再露宿一晚，或许明天白天我们就能找到路了。"

"或者后天，大后天，大大后天。"山姆咕哝道，"或许根本就没有那么一天。我们走错路啦。"

"我倒不觉得。"弗罗多说，"我想，我命中注定要走到那边的阴影里，所以一定能找到路。但它对我来说是吉是凶？我们本来寄希望于行动迅速，耽搁对大敌有利——但现在我偏偏就耽搁在这里了。难道是邪黑塔的意志在操纵我们？我所有的选择都被证明是错的。我早就应该离开远征队，从北方下来，走大河和埃敏穆伊丘陵东边，这样就能越过坚实的战争平原，寻得前往魔多的路。但现在只有你我二人，不可能寻到回头的路，奥克又在东岸巡行。每过一天，就丧失宝贵的一天。我累了，山姆。我不知道该怎么办。我们还剩些什么吃的？"

"只剩下这些——弗罗多先生，你怎么叫它来着——兰巴斯啦，还有不少。但慢慢吃的话，总比没有强。不过，我咬第一口的时候，从没想过有一天我会希望吃点别的东西来换换口味，现在我却想了：只要一点普通的面包，搭配一杯啤酒——呃，半杯也行——这就好啦，就能吃得很舒服。我把我的炊具从上回扎营的地方大老远地背来了，可是有啥用啊？首先，连点可以生火的东西都没有，然后，没一点东西可煮，连根草都不见！"

他们转离崖边，下到一处石洼地里。西沉的太阳被云遮住了，夜晚很快降临。他们在一堆饱受风雨侵蚀的嶙峋巨石间找到一个角落躺下，至少东方刮来的风吹不到这里。寒冷中他们辗转反侧，凑合着睡了一宿。

"弗罗多先生，你又见过它们吗？"山姆问，他们坐在寒冷朦胧的晨光中，身体冻得僵硬，嚼着兰巴斯饼。

"没有。"弗罗多说，"我已经两个晚上没听见也没看见任何东西了。"

"我也是。"山姆说，"嗬！那双眼睛可真吓了我一跳！也许我们终于把他甩掉了，那个悲惨的滑头鬼。咕噜！要是我啥时候有机会掐住他的脖子，我会让他的喉咙好好**咕噜**一声。"

"但愿你永远不必这么做。"弗罗多说，"我不知道他如何跟踪我们。不过，可能正像你说的，我们又把他甩掉了。这地方干燥荒秃，我们不可能留下很多脚印，也不会留下多少气味，即使他的鼻子很灵也没用。"

"我希望就是这么回事。"山姆说，"真巴不得我们能永远摆脱他！"

"我也是。"弗罗多说，"但最让我头疼的不是他。我痛恨这些丘陵，真希望能离开！困在这上面，我和那边的阴影之间只有一马平川的一片死寂之地，这让我感觉自己面对东边整个人都一丝不挂，而那阴影中有只魔眼在张望。走吧！我们今天无论如何，一定要下去。"

但是，那天的时间在慢慢流逝。下午过去，傍晚来临，他们仍在沿着山脊艰难攀爬，找不到一条出路。

在这片死寂的荒野中，他们有时候会感觉自己听见背后有轻微的响动，比如一颗石头滚落，又比如想象中扁平的脚走在岩石上的声音。但只要他们一停下来静立，侧耳聆听，就什么也听不见了，有的只是风刮过岩石边缘的叹息——然而即使是这声音，都会让他们联想到从尖利的齿缝间轻轻呼出的嘶嘶声。

那一整天他们都在艰难地前进，埃敏穆伊丘陵的外缘山脊也渐渐朝北弯去。在这一带，沿着山脊边缘延展出一大片饱经风雨剥蚀的扁平岩地，不时被战壕似的沟壑割裂开来——这些沟壑陡然下降，如同切入崖壁中的深深缺口。为了在这些越来越深又越来越多的裂缝中间找到路，弗罗多和山姆被迫偏向左走，远离了边缘，他们没注意到自己一连好几哩都在缓慢但稳定地往山下走，悬崖顶端也在不断地朝平坦的低地降下去。

最后，他们不得不停下来。山脊陡转向北，被一道更深的沟壑切断。山脊在对面又耸立起来，从这边到那边，中间隔着好几哩宽。他们面前赫然是座巨大的灰色悬崖，仿佛刀砍出来一般垂直陷落下去。他们无法再往前走，眼下必须转向，不是向西就是向东。但向西是向丘陵的中心地带回溯，只会害他们更艰辛地攀爬，耽搁更久；而向东会把他们带到外围的悬崖。

"山姆，我们除了爬下这道沟，没有别的办法。"弗罗多说，"让我们看看它会把我们带到哪儿去！"

"我敢打赌，肯定是垂直栽下去！"山姆说。

这道沟比目测的更长也更深。他们往下爬了一段之后，发现了几棵矮小虬结的树——这些天来他们还是第一次看见树。大多是扭曲的桦树，间或有几棵冷杉，其中许多不是已死就是枯瘦不堪，被东风侵蚀到了树心。在过往温和一些的年代里，沟里肯定长着相当大的一片树林，但是现在到五十多码开外就没有树了，尽管仍有残断的老树桩零星散布，几乎一直延伸到悬崖边。沟壑的底部挨着一道岩壁断层的边缘，地面崎岖不平，满布碎石，大幅度地往下倾斜。等他们终于来到沟壑尽头，弗罗多弯下腰朝外探看。

"瞧！"他说，"我们一定走了很长一段下坡路，否则就是悬崖降低了。这里距离地面比之前要低得多，看起来也更容易下去。"

山姆跪在他身旁，不情愿地探出崖边往下望。然后他抬头看看左边远处那堵巨大高耸的峭壁。"更容易！"他咕哝道，"好吧，我估计往下总比往上容易。那些不会飞的总还能跳！"

"但这要跳也还是够高的。"弗罗多说，"大约有，我看看——"他站了一会儿，目测着距离，"——我猜大约有十八噚。不会更多了。"

"这还不够啊！"山姆说，"呃！我真恨死了从高处往下看！不过看还比爬好点。"

"都一样。"弗罗多说，"我想我们能从这里爬下去，而且我想我们该试试。看——这里的岩石跟之前几哩的那些很不一样，这里的滑坡了，还有裂缝。"

外侧下倾的岩壁确实不再陡直了，而是有了一点向外的斜度。它看起来像一道巨大的护墙或防波堤，由于地基移位了，结果走向也全都扭曲错乱了，留下了巨大的裂罅和长长的倾斜边缘，有些地方几乎像阶梯一样宽。

"如果我们打算试着爬下去，最好马上行动。天黑得早，我想有风暴要来了。"

愈来愈浓的黑暗已经朝西伸出了长长的手臂，东方烟雾缭绕的山脉已被黑暗吞没，逐渐刮起的风吹来了远方沉闷的隆隆雷响。弗罗多嗅了嗅空气，满心疑虑地望向天空。他将皮带绕在斗篷外，系紧，背好轻飘飘的行囊，然后朝崖边迈步走去。"我要试试看。"他说。

"好吧！"山姆郁闷地说，"但我要先下去。"

"你？"弗罗多说，"你怎么改了主意，愿意爬了？"

"我没改主意，这只是常识：最容易失手的人应该在最下面。我可不想在你头顶上下去，把你也撞下去。一个人失手跌下去却要了两条命，这没道理。"

弗罗多还没来得及阻止，山姆就已经坐下，两条腿荡出了崖边，然后翻过身，脚趾摸索着寻找踏脚的地方。很难说他这辈子头脑冷静时是否做过比这更大胆，或者说更不智的事。

"不行，不行！山姆，你这老笨蛋！"弗罗多说，"你连怎么走都不看看就瞎闯一气，肯定要摔死。回来！"他托住山姆的腋下，把他又拖上来，"现在，等一等，别急！"然后他趴在地上，探出身子朝下看。虽然太阳还没下山，但光线似乎消失得很快。"我想我们能爬下去。"他很快就说，"不管怎样，我能下去。如果你沉住气，小心跟着我，你也能下去。"

"我不知道你怎么有那么大把握。"山姆说，"嘻！在这种光线底下，你根本看不见底。万一你半路上碰到一个手脚都没处放的地方，要怎么办？"

"我想，那就爬回来。"弗罗多说。

"说得容易！"山姆反驳道，"最好还是等到天亮，光线充足一点再说。"

"不！只要我能做到，就不等。"弗罗多说，突然奇怪地一意孤行起来，"我痛恨待在这里的每时每刻。我一定要试着下去。你别跟着，等我回来或叫你的时候再说！"

他用手指抠住悬崖的石头边缘，让身子慢慢降下去，手臂几乎拉直时，脚趾终于踏到了一块突出的岩石。"下了一步！"他说，"这块岩石往右更宽些。我可以松开手站在上面。我——"他的声音突然消失了。

黑暗加快了速度，顷刻间从东方匆匆席卷而来，吞没了天空。头顶上空传来了炸裂的隆隆雷声，但不见雨。炽烈的闪电划破天际，劈向这片丘陵。接着，狂风大作，呼啸的风声中夹杂了一声刺耳的尖啸。两个霍比特人逃离霍比屯后，曾在泽地远远听过一模一样的声音。当时他们还在夏尔的树林里，那尖啸就已令他们血液冻结，而此时在这荒凉野地中，它的可怕程度更是远远超过那时。它犹如恐怖和绝望铸成的冰冷利剑，直插胸膛，截断了他们的心跳与呼吸。山姆平平趴倒在地。弗罗多不由自主地松开手，抱头捂住耳朵。他身体一晃，脚下打滑，哀号一声滑跌下去。

山姆听见他的呼喊，费力地爬到了崖边。"少爷，少爷！"他喊道，"少爷！"

他没听见回答。他发现自己浑身颤抖，但他还是鼓足劲，再次大喊："少爷！"狂风似乎将他的声音刮回了喉咙里，但等风呼啸着刮过沟壑又翻过丘陵远去后，一个微弱的回应叫声传进了他的耳中：

"没事，没事！我在这里。可是我看不见。"

弗罗多的叫声很微弱，事实上他离得并不是特别远。他只是滑了下去，而不是摔了下去，落了几码之后，他的脚一震，踏到了另一块更宽的突出的岩石，便站住了。幸运的是，这处崖壁深深向内倾斜，风把他刮得紧贴在崖壁上，因此他没翻跌出去。他稍微稳住自己，把脸贴在冰冷的岩石上，感觉自己心跳得厉害。但是，不知是黑暗笼罩了一切，还是他一下子丧失了视力，他感觉四周一片漆黑。他胡乱想着自己是不是撞瞎了。他深吸了一口气。

"回来！回来！"他听见山姆的声音从上方的黑暗中传来。

"我没办法！"他说，"我看不见了。我找不到可以攀住的地方，暂时没法动。"

"我该怎么办，弗罗多先生？我该怎么办？"山姆喊道，身子往外探到了危险的程度。为什么他家少爷会看不见了？天色确实昏暗，但还没黑到伸手不见五指的地步。他可以看见下方的弗罗多——一个灰色的孤单身影，张开手脚贴在崖壁上。但是弗罗多离得太远，任何救援的手都够不到他。

又是一声霹雳传来，接着大雨浇了下来。滂沱大雨夹杂着冰雹倾泻而下，打在崖壁上，让人冷到骨子里。

"我这就下到你那里去。"山姆喊道，尽管自己也不知道这么做能帮上什么忙。

"不要，别下来！等等！"弗罗多喊回去，这会儿声音比较有力了，"我应该过一会儿就好了。我已经感觉好多了。别急！没有绳子你什么也办不了。"

"绳子！"山姆叫道，兴奋之余松了口气，语无伦次地自言自语起来，"哎呀，我真该给拴到绳子一头，吊起来给笨脑瓜当个榜样！山姆·甘姆吉，你就是个天大的傻瓜——老头儿常对我这么说，这都成了他的口头禅了。绳子！"

"别念叨了！"弗罗多喊道，现在他已经恢复了不少精神，有余力感到又好气又好笑了，"别管你家老爹了！你是不是要跟自己说，你口袋里有绳子？如果有，快拿出来！"

"没错，弗罗多先生，就在我背包那一堆东西里。我带着它跑了几百哩路，却把它忘得一干二净！"

"那就快点动手，把绳子放一头下来！"

山姆迅速解下背包，打开翻找。背包底下确实有一捆罗瑞恩精灵编结的灰色丝绳。他把绳子一端扔给了他家少爷。弗罗多眼前的黑暗似乎抽离了，要么就是他的视力开始恢复了，他看见了晃荡着垂下来的灰绳，觉得它发着淡淡的银辉。既然双眼在黑暗中找到了一个聚焦点，他便感觉不那么晕眩了。他倾身向前，拉过绳子紧紧绑在自己腰间，然后用双手抓住了绳子。

山姆后退几步，用脚抵住离崖边一两码远的一个树桩。弗罗多半爬半拉上到崖上后，整个人扑倒在地。

雷声在远处隆隆作响，大雨仍然倾盆下着。两个霍比特人爬回沟里，但在那里也找不到什么可挡雨的地方。雨水汇成了一条条溪流，开始往下淌，不一会儿就汇成了一道山洪冲在岩石上，激得水雾弥漫，就像从巨大屋顶的排水沟排水一样从崖上直冲而下。

"我要是还在下面，不是被淹个半死，就是被彻底冲走。"弗罗多说，"多亏你有绳子，真是幸运啊！"

"要是早点想起来就更幸运了。"山姆说，"也许你还记得，我们从精灵国度出发时，他们在船上放了些绳子。我因为喜欢，就拿了一捆塞在背包里。现在想起来，就像是好多年前的事儿了。'它们在很多场合都能派上用场。'那个精灵说，不是哈尔迪尔，就是他的哪个同族。他说得真对。"

"可惜我没想到也带上一条！"弗罗多说，"不过我离开远征队时太仓促了，手忙脚乱。要是绳子够长就好啦，我们就能用它爬下去。我好奇你那绳子有多长？"

山姆慢慢松开绳子，用手臂来丈量："五、十、二十，差不多三十厄尔[1]长。"

"真没想到！"弗罗多惊叹道。

"是啊，谁想得到？"山姆说，"精灵真是奇妙的种族！绳子看起来有点细，但是很结实，可以收成一小把，握在手里软得像牛奶，轻得像光线！他们绝对是奇妙的种族啊！"

"三十厄尔！"弗罗多仔细考虑着，"我相信它够长。如果暴风雨在天黑前过去，我就要试试它。"

"雨已经快要停了，"山姆说，"但是你可别再在暗处冒险啦，弗罗多先生！而且，你可能已经不怕风中那声尖叫了，但我到现在都还后怕。它听起来就像黑骑手——不过是在空中，要是他们能飞的话。我想我们最好还是躲在这道缝里等到天亮。"

"但我想，被黑暗之地的那些眼睛越过沼泽监视着，我若无必要绝不愿在这崖边再多待片刻。"弗罗多说。

说完他便起身，再次走到了沟底。他朝外望去，东方的天空重新变得晴朗起来，暴风雨边缘那些凌乱潮湿的云絮正在消散，其主要威力已改在埃敏穆伊丘陵上空张开它那庞大的翼翅。索隆的恶念已经针对此地酝酿了一段时间。暴风雨从这里转向，挟着冰雹和闪电袭击了安都因河谷，挟着战争的威胁向米那斯提力斯投下了阴影。然后，它在山脉中降低云头，聚集起硕大的螺旋云，缓缓滚过刚铎领土和洛汗边境的上空，远在平原上向西驰去的骑兵都看得见风暴的乌黑云塔在太阳后方移动。但在此地，在这山石荒漠和恶臭的沼泽上方，傍晚深蓝的天空再次敞亮起来，几颗苍白的星星出现了，就像是在弯月上方的天幕上开了几个白色的小洞。

"能够重见光明真好！"弗罗多深深吸口气说，"你知道吗，有那么一刻，我以为自己让闪电或别的什么更糟糕的东西给弄瞎了。我什么都看不见，完全看不见，直到那条灰色的绳子垂落下来。它不知怎地像在发光。"

"在黑暗里它看起来确实像是银色的。"山姆说，"我以前从来没注意到，不过当初把它塞到背包后，我记不得究竟拿没拿出来过。但是，弗罗多先生，你要是铁了心想爬下去，你打算怎么用它？三十厄尔左右，那就大约是十八呎，这长度没超过你估计的悬崖高度。"

弗罗多想了一会儿。"山姆，把它牢牢绑在那个树桩上！"他说，"然后，我想这次你可以如愿先下去。我来把你放下去，你只要手脚并用，保护自己别撞上崖壁就行。还有，你要是能在一些突出的岩架上停一停，让我歇歇，那也很好。等你下到地面，我会跟着下去。我觉得我现在已经完全恢复了。"

"很好。"山姆沉重地说，"如果非做不可，那就行动吧！"他拿起绳子，牢牢绑在最靠近悬崖边的树桩上，再把另一端绑在自己腰上。他不大情愿地转过身，准备第二次走近悬崖边。

但是，结果远远不像他想象得那么糟糕。尽管当他从双脚之间往下看时，不止一次闭上眼睛，但那绳子似乎给了他信心。崖壁上有一处棘手的地方，壁面陡直光滑，毫无突出的岩石，甚至有一小段是往内凹的。山姆在那儿打滑，身子吊在银绳上悬空晃荡。但弗罗多缓慢稳定地将他往下放，最后终于化险为夷。他最大的恐惧莫过于自己还高悬在半空中，绳子就放完了。但是弗罗多手上还有老长一段绳子时，山姆就到了地面。他大喊："我到底了！"声音从底下清晰地传上来，但弗罗多看不见他，因为他灰色的精灵斗篷融入了微光中。

弗罗多跟着也下去了，但花的时间比山姆多。他把绳子绑在腰上，上端也系牢，而且他还把绳子收短了些，这样他就算失足也会被绳子拉住，不会直接摔到地上。他可不想冒摔下去的险，他远不像山姆那么信任这根纤细的灰绳子。尽管如此，他还是发现有两处地方不得不完全依靠它。两处都是光滑的石壁，连他那有力的霍比特手指都找不到可抓握之处，而上下的突岩又相距太远。不过，最后他也下到了地面。

"终于！"他喊道，"我们办到了！我们逃出了埃敏穆伊！我好奇接下来会碰到什么？也许很快我们又要为脚下尽是坚硬的石头叹气了。"

但是山姆没吭声，他正瞪着悬崖顶上。"笨蛋！"他说，"笨死了！我美丽的绳子啊！它绑在一个树桩上，而我们都在底下。我们这是正好给那个鬼祟的咕噜留下了一条美妙的小梯子，最好再竖个路标说我们往哪条路走了！我就说嘛，我们这下来得也太容易了。"

"如果你能想出一个两全其美的办法，既能让我们俩都下来，又能把绳子也带下来，那你就可以把笨蛋的名头转让给我啦——或任何你家老爹送给你的称呼。"弗罗多说，"要不，你爬上去把绳子解开，然后再爬下来也行！"

山姆挠挠脑袋。"不行，抱歉，我没辙。"他说，"可是，我实在不愿意把它留在这儿。"他抚摸着绳子底下这头，轻轻晃着，"我舍不得从精灵国度里带出来的任何东西。这可能也是加拉德瑞尔亲手做的。加拉德瑞尔。"他悲伤地点着头，喃喃说道。他抬起头，最后一次拉了下绳子，就像在与它道别。

令两个霍比特人大吃一惊的是，绳子松了。拽绳子的山姆仰面跌倒，长长的灰色绳子无声无息地滑落下来，堆在他身上。弗罗多大笑起来。"绳子是谁绑的啊？"他说，"幸好它直到这时候才松开！想想看，我可是把全身的重量都放心地压在你绑的绳结上啦！"

山姆没笑。"弗罗多先生，我对攀爬可能不在行，但是我对绳子和绳结是很在行的。"他语调颇为受伤地说，"你可以说，这是家传的。我爷爷，之后是我家老头儿的大哥，也就是我的大伯安迪，在制索场那边有条制绳长道，干了好多年。我在树桩上打的套子结实着呢，不管是在夏尔还是在外地，任何人都没法打得更结实啦。"

"那样的话，绳子就肯定是断了，我估计是给岩石边缘磨的。"弗罗多说。

"我敢打赌，绝对不是！"山姆用更加受伤的语气说。他弯腰察看绳子的两头："也不是磨断的，一点散开的须线都没有！"

"那恐怕就是绳结的问题了。"弗罗多说。

山姆摇摇头没回答。他若有所思地把绳子从指间捋过。"随你怎么想，弗罗多先生。"他最后说，"但我认为绳子是在听到我的呼唤后，自己掉下来的。"

他将绳子卷好，珍而重之地装进了背包中。

"它确实是下来了，"弗罗多说，"这是最重要的。不过现在咱们得想想下一步怎么走。马上就入夜了。星星多美啊，还有月亮也是！"

"它们真叫人心情振奋，对吧？"山姆望着天空说，"不知怎地，它们很有精灵味儿。而且，月亮正在变圆。这两天晚上老是乌云密布，我们一直没看见他。他变得好亮。"

"是啊，"弗罗多说，"但还要再过几天，他才会真正变圆。我想，我们还是别靠半月这点月光来闯过沼泽了。"

在夜幕的第一片阴影下，他们开始了新一段旅程。走了一阵子，山姆回头望向来路，阴暗悬崖上的沟口像个黑色的缺口。"真庆幸我们有绳子！"他说，"总之，我们给那个小毛贼留了个小小的难题。他那双扁平的臭脚可以去试着爬爬那些突出的岩石！"

大雨过后，荒野中的大砾石和有棱角的粗石既湿又滑，他们一脚高一脚低，择路离开了崖底边缘。下行的地势仍然很陡。他们没走多远，一道黑黢黢大张着口的裂罅就突然横在了脚前。这裂罅不算宽，但也没窄到能在这昏暗的光线下跳过去的程度。他们觉得可以听见它深处汩汩的流水声。裂罅在左边朝北拐了个弯，往回通向丘陵，隔断了往那个方向的去路，至少天亮前他们是去不了那边了。

"我想，我们最好试试沿着这一线悬崖往南走。"山姆说，"说不定我们能在那边找到一个隐蔽的地方，甚至是洞穴什么的。"

"我也这么想。"弗罗多说，"我累了。虽然我很不情愿耽搁，可是我想我今晚无法继续在岩石间爬来爬去了。真希望我们面前有一条清晰的路，这样我就可以一直走到双腿走不动为止。"

在埃敏穆伊凸凹崎岖的山脚下行走，一点也不比之前容易。山姆也没找到任何可以栖身的隐蔽处或洞穴。崖边只有光秃秃的嶙峋石坡，崖壁这会儿又高起来。他们越往回走，崖壁就越高也越陡。最后，两人精疲力竭，瘫坐在距崖脚不远的一块砾石的背风面下。有好一会儿，他们坐在这寒冷无情的夜里，凄惨地蜷缩在一起，尽管他们竭力抗拒着，睡意还是越来越浓。月亮现在升得很高，清晰异常。淡淡的皎洁月光照亮了岩石表面，盈满了冰冷崎岖的崖壁上的缝隙，将那一大片阴森黑暗都化作了一片刻着一道道漆黑暗影的冷峻灰白。

"好吧！"弗罗多说，站起来把身上的斗篷裹得更紧了点，"你先睡一会儿，山姆，盖上我的毯子。我来回走动一会儿放哨。"突然间，他僵住了，接着弯腰拽住了山姆的胳膊。"那是什么？"他低声说，"看那边，悬崖上！"

山姆依言看去，从牙缝中猛抽了口气。"嘘！"他说，"就是他，就是那个咕噜！大蛇小蛇啊！刚才我居然还以为，我们爬爬悬崖就能把他给甩了！你看他！就像只爬在墙上的恶心蜘蛛。"

苍白的月光下，在那片显得陡直、近乎光滑的崖面上，有个小小的黑影正张开细瘦的四肢向下移动。也许它柔软又有力的手脚找到了霍比特人永远也别想看见或用上的裂缝和突起，但看起来它仿佛是仅仅靠着具有黏性的手掌脚掌贴着岩壁往下爬，就像某种潜行的大个儿昆虫。而且，它是头朝下往下爬，仿佛是用鼻子在嗅路。它会不时地缓缓抬起头来，细长的脖子折向后方，这时两个霍比特人就会瞥见两个苍白的小光点，那是它眨眼望着月亮片刻，然后很快又垂下了眼皮。

"你觉得他能看见我们吗？"山姆说。

"我不知道，"弗罗多小声说，"不过我想看不见。就算是友善的眼目也很难发现这些精灵斗篷——你只要站到几步外的阴影中，我就看不见你了。并且，我听说他不喜欢太阳或月亮。"

"那他为什么偏偏要从这儿下来？"山姆问。

"小声点，山姆。"弗罗多说，"也许他能嗅到我们。还有，我相信他的听觉像精灵一样敏锐。我想他现在听见什么了，很可能就是我们的声音。我们刚才在那边大喊大叫了半天，而且直到一分钟前都在大声交谈，实在太大声了。"

"这么说吧，我烦死他了！"山姆说，"我觉得他出现得也太勤啦，要是可以，我这就去跟他好好谈谈。反正我看这会儿要甩掉他也来不及了。"他拉上灰色的兜帽把脸遮得严严实实，蹑手蹑脚地朝悬崖走过去。

"小心点！"弗罗多跟在他背后低声说，"别惊动他！他比表面上要危险得多。"

那个黑色的身影已经爬下了四分之三的崖壁，这时离崖底大约不到五十呎。两个霍比特人纹丝不动地蹲在一块大砾石的影子里注视着他。他似乎爬到了一个很难过去的地方，否则就是正为了什么东西烦躁不安。他们听得见他在拼命嗅闻，不时发出呼吸粗重的嘶声，听起来像在咒骂。他抬起头，他们觉得自己听见他吐了口唾沫，然后他又开始爬。现在他们可以听见他叽叽嘎嘎的嘀咕声了。

"啊咳，嘶！小心，我的宝贝！欲速则不达。我们一定不能冒摔断脖子的险，对吧，宝贝？不，宝贝——**咕噜**！"他再次抬起头来，对月亮眨了眨眼，又迅速闭上了眼睛，"我们恨它，"他嘶嘶道，"讨厌，讨厌的银光，它——嘶——它窥探我们，宝贝——它弄痛我们的眼睛。"

此时他越爬越低，嘶嘶声也变得更尖锐、更清晰："它在哪里，它在哪里，我的宝贝，我的宝贝？它是我们的，它是，我们要它。那些小偷，那些小偷，那些肮脏的小偷。他们跟我的宝贝在哪里？诅咒他们！我们痛恨他们。"

"听起来不像他知道我们在这里啊，对吧？"山姆耳语说，"他的宝贝是什么？难道他是说——"

"嘘！"弗罗多轻声说，"他这会儿很近了，近到连我们耳语也听得见。"

果然，咕噜突然又停下来，硕大的脑袋在细瘦的脖子上摆过来晃过去，好像在聆听，那双苍白的眼睛半睁半闭。山姆克制着自己，拳头捏得手指都抽搐了。他眼中饱含愤怒与厌恶，紧紧盯着那个卑鄙的生物，而咕噜又开始往下爬，继续嘶嘶咕哝着自言自语。

　　最后，他来到离地不超过十来呎的地方，就在他们的正上方。那处崖壁从那里就陡直下落，还稍微朝内凹，就连咕噜也找不到任何可着力的地方。他似乎试着扭身掉头，好让脚先下，却突然尖叫一声跌了下来。下跌时他蜷起双腿双臂抱住自己，像只下降的大蜘蛛一下断了丝一样。

　　山姆闪电般冲出藏身之地，连跑带跳，几步就蹿过了他跟崖底之间的距离。咕噜还没来得及起身，山姆已经扑了上来。但山姆没料到的是，即便在这种从高处跌落、毫无防备的情况下，咕噜仍然比他想象得厉害。山姆还没来得及抓住他，他那长长的手臂跟腿就缠住了山姆，缚住了他的双臂。咕噜紧紧抓住山姆，柔软但惊人地有力，像慢慢收紧的绳索一样勒住了他，湿冷黏腻的手指摸索着他的咽喉。接着，锐利的牙齿咬进了他的肩膀。山姆唯一的办法是用坚硬的圆脑袋朝旁边猛撞那生物的脸。咕噜嘶嘶叫着，唾沫飞溅，却不肯松开。

山姆若是独自一人，可就大事不妙了。但是弗罗多一跃而上，从剑鞘中抽出了刺叮剑。他左手一把揪住咕噜稀疏的头发，往后一拉，令他伸开长长的脖子，迫使他苍白恶毒的双眼瞪向天空。

"咕噜，放手！"他说，"这是刺叮，你曾经见过它一次。放手，否则你这次就会尝到它的滋味了！我会割断你的喉咙。"

咕噜像一团湿带子一样软瘫下来。山姆爬起来，伸手摸着肩膀，双眼冒着怒火，却无法报仇——他那惨兮兮的敌人正奴颜婢膝地躺在石地上呜咽着。

"别伤害我们！别让他们伤害我们，宝贝！他们不会伤害我们吧，对吧，友好的小霍比特人？我们没有要伤害人，但是他们跳到我们身上，像猫扑可怜的老鼠一样，他们就是那么干的，宝贝。我们好孤单，**咕噜**。如果他们肯对我们好的话，我们也会对他们很好，非常好，是的，是嘶嘶。"

"这下，咱们拿它怎么办？"山姆说，"我说，把它绑起来，这样它就不能再偷偷摸摸跟在我们后面了。"

"但那会害死我们，害死我们！"咕噜啜泣着，"残酷的小霍比特人。把我们绑起来，扔在这寒冷坚硬的地方不管，**咕噜，咕噜**。"啜泣哽住了他咕咕响个不停的喉咙。

"不，"弗罗多说，"如果我们要杀他，那只能是当场格杀。但是这种情况下，我们不能杀他，不能。真是个可怜的卑鄙家伙！他目前还不曾伤害我们。"

"哦，他真没有吗！"山姆揉着肩膀说，"可不管怎么说，他本来就有这意思，而且我敢保证他还打算这么干。趁我们睡觉时勒死我们，他就是那么计划的。"

"我敢说这没错，"弗罗多说，"但他打算做什么是另一回事。"他停下来，思考了一会儿。咕噜躺着不动，不过停止啜泣了。山姆怒目俯视着他。

此时弗罗多仿佛听见了一个来自过去的声音，异常清晰，却又十分遥远：

> 比尔博有机会时，居然没有一剑刺死那卑鄙的家伙，真是太可惜了！
>
> 可惜？正是"怜惜"之心，使他手下留情——怜悯，还有宽容，若非必要决不下杀手。

我对咕噜也感觉不到丝毫的怜惜之情。他该死。

该死！我敢说他的确是。可是，许多活着的人都该死，一些死了的人却该活，你能把命还给他们吗？若是不能，就别急着以正义之名，以担心自身安全的缘故，来断人生死。即便是极有智慧的人，也不能洞悉万物的结局。

"很好。"他大声答道，垂下了握剑的手，"但我仍然害怕。不过，正如你所见，我不会对那生物动手——现在我见到他了，我确实可怜他。"

山姆瞪着他家少爷，弗罗多似乎在和某个并不在场的人说话。咕噜抬起头来。

"是嘶嘶，宝贝，我们很可怜。"他哀哀地说，"不幸，悲惨！霍比特人不会杀我们，好霍比特人。"

"不杀，我们不杀你。"弗罗多说，"但我们也不会放你走。你一肚子诡计和坏水，咕噜。你必须跟我们走，我们会盯着你，就这样。不过你必须尽力帮助我们，以善报善。"

"是嘶嘶，一定。"咕噜坐起来，"好霍比特人！

我们会跟他们走。在黑暗中为他们找到安全的路，对，我们会。在这么寒冷坚硬的土地上，他们要去哪里？我们很纳闷，对，我们很纳闷。"他抬起头来看他们，苍白眨动的眼中闪过一丝狡猾又热切的光。

山姆吸着牙怒瞪着他，但他也感觉到自家少爷的情绪有点怪，这事显然不容争辩。尽管如此，弗罗多的回答还是让他感到大为惊讶。

弗罗多直视着咕噜的双眼，咕噜畏缩了，转开了目光。"你知道，要不你也猜得八九不离十，斯密戈。"他平静又严厉地说，"当然，我们要去魔多。我相信你晓得怎么去。"

"啊咳！嘶嘶嘶！"咕噜用手捂住了耳朵，仿佛如此公开、直率地说出这个名字，伤害了他，"我们猜到了，对，我们猜到了。"他低声说，"而且我们不要他们去，对吧？不，宝贝，不要好霍比特人去。灰烬，灰烬，还有尘土，还有干渴；还有坑，深坑，好多坑，还有奥克，成千上万的奥克。好霍比特人一定不能去——嘶嘶——那些地方。"

"这么说你去过那里？"弗罗多追问，"而你现在被迫要回那里去，对吗？"

"是嘶嘶。是嘶嘶。不！"咕噜尖叫道，"只有一次，而且是意外，对吧，宝贝？对，是意外。但是我们不要回去，不，不！"接着，他的声音和语言突然间改变了，喉咙里发出呜咽声，虽然开口说话，却不是对他们说，"滚开，**咕噜**！你伤害了我。噢我可怜的手，**咕噜**！我，我们，我不要回去。我找不到它。我好累。我，我们找不到它，**咕噜**，**咕噜**，没有，哪儿都没有。他们总是醒着。矮人、人类，还有精灵，眼睛很亮的可怕的精灵。我找不到它。啊咳！"他爬起来，长长的手握成瘦骨嶙峋的拳头，朝着东方挥舞，"我们不去！"他喊道，"不为你去。"然后他又瘫倒，"**咕噜**，**咕噜**。"他脸朝下趴在地上啜泣着，"别看我们！滚开！滚去睡觉！"

"他不会听从你的命令滚开或者去睡觉的，斯密戈。"弗罗多说，"但是你如果真的想要再次摆脱他，获得自由，那你就必须帮助我。并且，恐怕这意思是你要帮我们找到一条朝他那边去的路。不过你不需要走完全程，也不需要跨过大门进入他的辖地。"

咕噜再次坐起来，从眼皮底下看着他。"他就在那里。"他咯咯笑道，"永远在那里。奥克会带你们走完全程的。在大河东岸很容易找到奥克。别找斯密戈帮忙。可怜的、可怜的斯密戈，他很久以前就走啦。他们拿走了他的宝贝，现在他完全不知所措。"

"如果你跟我们一起走的话，我们或许会重新找到他。"弗罗多说。

"不，不，决不！他已经弄丢了他的宝贝。"咕噜说。

"起来！"弗罗多说。

咕噜站起来，后退到紧贴着崖壁。

"够了！"弗罗多说，"你是白天找路容易些，还是晚上容易些？我们很累了，但如果你选择晚上，我们可以今晚就出发。"

"大光伤害我们的眼睛，真的。"咕噜哼哼唧唧地说，"不能在大白脸底下走，还不行。它很快就会落到山丘后面去了，是嘶嘶。先休息一会儿好了，好霍比特人！"

"那就坐下，"弗罗多说，"别动！"

两个霍比特人在咕噜左右两边坐下，背靠着岩壁，让两条腿歇一歇。不需要开口做任何安排，两人都知道自己片刻也不能睡着。月亮慢慢移动，阴影从山丘上投了下来，面前变得一片黑暗。天上的星星变得又密又亮。他们谁也没动。咕噜曲腿坐着，下巴搁在膝盖上，扁平的手和脚摊在地上，闭着眼。但他似乎很紧张，像是在思考或聆听。

弗罗多朝山姆望去，四目相交，彼此心领神会。他们放松下来，头往后靠，闭上了眼睛——或看起来像是闭上了眼睛。不一会儿，两人柔缓的呼吸声便响了起来。咕噜的手微微抽动了一下，头不易察觉地往左右转了转，先是一只眼睛张开了一条缝，然后是另一只。两个霍比特人毫无动静。

蓦地，咕噜像只蚱蜢或青蛙一样从地上一跃而起，以惊人的敏捷和速度向黑暗里扑去。然而这被弗罗多和山姆料了个正着。他跃起后才跑了两步，山姆已经扑到他身上，弗罗多跟上来，从后面抓住他的腿，将他拽倒在地。

"你的绳子大概又能派上用场了，山姆。"他说。

山姆取出了绳子。"这寒冷坚硬的地上，你是想奔哪儿去啊，咕噜先生？"他粗声粗气地说，"我们很纳闷，对，我们很纳闷。我敢说，你是要去找来几个奥克朋友。你这奸诈肮脏的东西！这绳子应该套在你脖子上，再打个紧紧的结。"

咕噜安静地躺在地上，再没耍诡计。他没回答山姆，只是迅速又恶毒地扫了他一眼。

"我们只要拴住他，别让他跑了就行。"弗罗多说，"我们要他走路，所以不能绑住他的脚——还有手，他走起路来似乎是手脚并用。把绳子一头绑在他一边脚踝上吧，攥紧另一头就好。"

他站在旁边看着咕噜，同时山姆把绳结打上。结果却令两人大吃一惊。咕噜开始尖叫，那种撕心裂肺的尖厉叫声听起来非常吓人。他痛苦地扭动，试图把嘴凑到脚踝上，去咬绑在那里的绳子。他不停地尖叫。

最后，弗罗多相信了他是真的很疼，但这不可能是绳结造成的。他检查了绳结，发现绑得不是太紧，确实一点都不够紧。山姆是刀子嘴豆腐心。"你怎么啦？"他说，"如果你想要逃跑，我们就必须把你绑起来。但是我们不想伤着你。"

"它伤了我们，它伤了我们！"咕噜嘶嘶叫道，"它冰一样冷，它咬我们！精灵搓的绳子，诅咒他们！肮脏残酷的霍比特人！这就是为什么我们试图逃跑，当然，宝贝。我们猜到他们是残酷的霍比特人。他们跟精灵来往，眼睛很亮的凶猛的精灵。把它从我们身上解开！它伤害我们。"

"不，我不会把它从你身上解开。"弗罗多说，

"除非——"他顿住，想了一会儿，"——除非你能发个我能相信的誓。"

"我们会发誓照他的吩咐去做，是的，是嘶嘶。"咕噜仍然在痛苦扭动，撕抓着脚踝，"它伤害我们。"

"真的发誓？"弗罗多说。

"斯密戈，"咕噜突然清晰地说，睁大眼睛盯着弗罗多，眼中闪着异彩，"斯密戈以宝贝的名义发誓。"

弗罗多霍然挺起身来，山姆再次被他的话和他严厉的语调吓到了。"以宝贝的名义发誓？你真的敢？"他说，"你可要想好了！

罗网余众，禁锢余众，魔戒至尊。

"你愿意对此发誓吗，斯密戈？它会迫你守约，但它比你还狡诈，可能扭曲你说的话。当心了！"

咕噜畏缩了。"以宝贝的名义发誓，以宝贝的名义发誓！"他重复说着。

"那你誓言的内容是什么？"弗罗多问。

"会很乖很乖。"咕噜说，接着爬到弗罗多脚前趴着，嘶哑着嗓子低声说，"斯密戈发誓，永远、永远都不让他得到它。永远！斯密戈会救它。但是他必须以宝贝的名义发誓。"他周身一阵颤抖，仿佛他说出的话令他一直恐惧到了骨子里。

"不！别以它的名义发誓。"弗罗多低头看着他说，既严厉又怜悯，"你心里只想，要是能够的话，你要看见它，抚摸它，尽管你知道它会逼你发疯。别以它的名义发誓。你要是愿意，就对它发誓。因为你知道它在哪里。对，你知道，斯密戈。它就在你面前。"

有那么片刻，山姆觉得自家少爷变得高大起来，咕噜却缩小了：一个高大严厉的阴影，一位将自己的光亮隐藏在乌云中的伟大君主，脚前趴着一只摇尾哀嚎乞怜的小狗。然而这二者有着某种共同之处，并不相异：他们彼此可以心意相通。咕噜挺起身来，开始把手伸向弗罗多，抚摸弗罗多的膝盖。

"趴下！趴下！"弗罗多说，"现在说出你的誓言！"

"我们发誓，对，我发誓！"咕噜说，"我会为宝贝的主人效力。好主人，好斯密戈，**咕噜，咕噜！**"他突然又哭起来，去咬自己的脚踝。

"山姆，把绳子解开！"弗罗多说。

山姆勉强听从，解开了绳子。咕噜立刻爬起来，开始活蹦乱跳，像只被鞭打后又受到主人安抚的野狗。从那刻起他变了，至少有段时间是这样。他说话时不再像以前那么频繁地发出嘶嘶声或哀叫，他会直接对同伴们说话，而不是对着他那宝贝本身说话。假如他们靠近他或有什么突然的举动，他会惊吓畏缩，而且他会避开不去碰他们的精灵斗篷。但是他很友善，事实上，他热切地讨好他们，到了招人可怜的地步。如果他们说笑话，哪怕只是弗罗多对他说话和蔼一些，他就会咯咯大笑，欢喜雀跃；而如果弗罗多责骂他，他就会伤心哭泣。山姆几乎不跟他说任何话，比以前更不信任他。比起以前那个咕噜，山姆更讨厌这个新的斯密戈。

"好了，咕噜，或不管我们怎么叫你，"他说，"时候到了！月亮已经下去了，夜也深了。我们最好出发。"

"好的，好的。"咕噜赞同道，在四周蹦来跳去，"我们出发！从北端到南端只有一条路能走。是我发现的，是我。奥克不走这条路，奥克不知道这条路。奥克不穿过沼泽，他们绕道走很多哩路，很多哩。你们走上这条路，幸运极了。你们找到斯密戈，也幸运极了，是的。跟着斯密戈吧！"

他走了几步，转过身来探询地望着他们，就像一只狗在邀他们散步。"等一下，咕噜！"山姆喊道，"别往前跑太远！我会紧跟着你，我的绳子可就在手上。"

"不会，不会！"咕噜说，"斯密戈发过誓的。"

他们头顶着满天清晰得刺眼的繁星，在深夜里出发了。咕噜领他们回头，沿着他们的来路朝北走了一阵子。然后他往右拐，离开埃敏穆伊丘陵的陡峭边缘，走下碎石陡坡，朝下方那片广阔的沼泽走去。他们无声无息地迅速融入了黑暗中。横亘在魔多大门前一里格又一里格的荒原全地，都笼罩着一片黑暗的死寂。

第二章

沼泽秘径

咕噜行走时头颈往前抻着，经常手脚并用，走得很快。弗罗多和山姆得费不少力气才跟得上他。但他似乎已经打消了逃跑的念头，假如他们落在后头，他会转身停下来等待。过了一阵，他将二人领到之前碰上的那道狭窄沟壑的边缘。但现在他们离山岭要远些了。

"就是这里！"他喊道，"这里面有一条下去的路，没错。现在我们顺着它走——出去，出到外面那边去。"他指向东南边的沼泽。沼泽的臭气钻进了他们的鼻孔，即使在凉爽的夜风里，那气味也是又浓烈又难闻。

咕噜沿着边缘上蹿下跳，过了一会儿向他们喊道："这里！我们可以从这里下去。这条路斯密戈走过一次，我走这条路躲过了奥克。"

他带路，两个霍比特人跟着爬下去，钻进昏暗中。路不难走，裂罅在这里只有大约十五呎深，十多呎宽，底部有流水。从山上潺潺流下的众多小河注入前方那片凝滞不动的水塘和泥潭里，而这实际上是其中一条小河的河床。咕噜向右拐，朝着偏南的方向走，两只脚把岩石河床上浅浅的水踩得四处飞溅。水的感觉似乎令他十分愉快，他自顾自地咯咯笑，有时甚至嘎嘎地唱起歌来：

> 土地冷又硬
>
> 咬我们的手，
>
> > 啃我们的脚。
>
> 大石头小石头
>
> 就像老骨头
>
> > 干枯又没肉。
>
> 只有小溪与池塘
>
> 湿润又清凉，

我们的脚好舒畅！

我们只愿——

"哈！哈！我们想要什么？"他说，往旁边看看两个霍比特人，"我们会告诉你们。"他呱呱地说，"他早就猜到了，巴金斯早就猜到了。"他眼中闪过一道光芒，山姆在黑暗中捕捉到了那个眼神，认为那绝不令人愉快。

> 活着却没有呼吸，
> 冰冷有如死气；
> 永不口渴，饮水不停；
> 身披鳞甲，却无声息。
> 溺死在陆上，
> 以为岛屿是高山，
> 泉水是喷气。
> 真是滑溜又美丽！
> 　　能遇上，多高兴！
> 我们只愿
> 抓住一条
> 　　鲜美多汁的鱼！

这些歌词只让山姆更担心一个问题——自从明白弗罗多要接纳咕噜当向导的那一刻起，这个问题就一直困扰着他：食物怎么办？他没想到他家少爷可能也想过这件事，但他估计咕噜想过。说实在的，咕噜独自游荡了这么久，他到底吃什么过活？"吃得不好，"山姆想，"他看起来饿得半死。我敢打赌，如果没有鱼，他才不会太讲究，肯定想尝尝霍比特肉是个什么味儿。我看他很可能趁我们打瞌睡时下手。哼，他休想，至少别想打山姆·甘姆吉的主意。"

他们一脚高一脚低，摸黑沿着弯弯曲曲的沟壑走了很长一段时间——起码对双腿疲惫不堪的弗罗多和山姆来说，这段时间显得很长。沟壑往东拐，随着他们前行，它越来越宽，也渐渐变浅了。头顶的天空终于露出黎明的第一道灰白。咕噜毫无倦色，但这时他抬头望了望，停了下来。

"天快亮了。"他低声说，仿佛白昼是种会偷听他说话、扑来袭击他的东西，"斯密戈会待在这里。我会待在这里，这样大黄脸就看不见我。"

"能看见太阳，我们会很高兴。"弗罗多说，"不过我们会待在这里，眼下我们已经累得再也走不动了。"

"你们看见大黄脸会高兴，那可不聪明。"咕噜说，"它会把你们暴露出来。明智的好霍比特人会和斯密戈待在这里。这儿到处都是奥克和肮脏的东西。他们可以看得很远。待在这里跟我一起躲着！"

他们三人靠着沟壑底的岩壁坐下来休息。这里的岩壁已经不比一个大个子人类高多少了，底部有些干燥石块垒成宽而平的岩架。水从对面的渠道里流过。弗罗多和山姆找了块扁石坐下，背靠着休息。咕噜在溪水中嬉戏玩水。

"我们得吃点东西。"弗罗多说，"斯密戈，你饿不饿？我们的食物虽少，还是会尽量省一点给你。"

听到"饿"这个字，咕噜苍白的眼中燃起了一道绿光，这使那双眼睛在那张面黄肌瘦的脸上显得愈发突出。有那么片刻，他故态复萌，又摆出了过去的咕噜做派。"我们很饿，是的我们很饿，宝贝。"他说，"他们吃的是什么？他们有好吃嘶嘶的鱼吗？"他的舌头从黄黄的尖牙间夺拉出来，舔着毫无血色的嘴唇。

"不，我们没有鱼。"弗罗多说，"我们只有这个——"他举起一片兰巴斯饼，"——还有水，不知道这里的水能不能喝。"

"是嘶嘶，能喝，好水。"咕噜说，"喝吧，喝吧，趁我们还能喝！不过，他们吃的是什么，宝贝？它嚼起来很脆？好吃吗？"

弗罗多掰了一小块饼，连同外边包的叶子一起递给他。咕噜嗅着那片叶子，脸色大变，一股厌恶之情跃然脸上，还带着一丝旧时的怨恨。"斯密戈嗅出来了！"他说，"精灵国来的叶子，嘎！臭死了。他爬上那些树，他洗不掉手上的味道，我漂亮的手啊。"扔下叶子，他拿起一小角兰巴斯，小小地咬了一口。他猛吐出来，然后呛咳个不停，浑身发抖。

"啊咳！难吃！"他唾沫四溅地说，"你们要噎死可怜的斯密戈。什么糟烂玩意儿，他没法吃这个。他必须挨饿。但是斯密戈不介意。好霍比特人！斯密戈发过誓。他会挨饿。他吃不了霍比特人的食物。他会挨饿。可怜、瘦弱的斯密戈！"

"我很抱歉，"弗罗多说，"可是恐怕我帮不了你。如果你愿意试试，我想这食物对你有好处。不过你大概连试都没办法试，至少目前没办法。"

两个霍比特人默默地嚼着兰巴斯。不知怎地，山姆觉得好长一段时间以来，它都不如现在这么好吃——咕噜的举动让他重新注意到了它的味道。但是他觉得不自在。咕噜就像一条蹲在别人餐桌旁满怀期待的狗，盯着他把每口饼从手里送到嘴里。很显然，直到他们吃完准备休息了，咕噜才确信他们没有藏匿他能分享的美味食物，这才走开几步独自在一旁坐下，呜咽抱怨了一会儿。

"我说！"山姆对弗罗多小声说，不过音量也没多轻——他其实并不在乎咕噜会不会听见，"我们一定得睡一会儿。但是有这饿鬼在旁边，不管他发没发誓，我们都不能同时睡着。我敢保证，不管他是斯密戈还是咕噜，都不可能这么快就转了性。你先睡吧，弗罗多先生，等我眼皮撑不住的时候我会叫你。就跟以前还没逮到他时一样，咱们轮流睡。"

"也许你是对的，山姆。"弗罗多明着说，"他是有了改变，但究竟是怎样的改变，又变了多少，我还不确定。不过，认真地说，我想没什么需要担心的——目前没有。不过你想守哨就守吧。让我睡两个钟头，不要多，然后叫我起来。"

弗罗多累极了，话才说完，头就往胸口一垂，睡着了。咕噜似乎也不再有任何恐惧，他蜷起身子很快入睡，全不在意周围。不久，他就像块石头一样躺着一动不动了，咬紧的牙缝中传出了嘶嘶的轻微呼吸声。过了一会儿，山姆怕自己坐着聆听两个同伴的呼吸声也会跟着睡着，就站起来轻轻戳了戳咕噜。咕噜松开握紧的手，抽搐了一下，但除此没有别的动静。山姆弯下腰，贴近他耳边说了声**鱼**，但他没有反应，连呼吸都没有稍微停顿一下。

山姆挠了挠头。"一定是真的睡着了，"他喃喃道，"如果我像咕噜那样，那他就永远别想再醒来。"他脑海中浮现出剑和绳子，但他克制住了，只是走到自家少爷旁边坐下。

山姆醒来时，上方的天空一片昏暗，不但不比吃早餐的时候亮，反而更黑了。山姆一骨碌爬了起来。尤其是肚子饥饿与精神充沛的感觉，让他猛地明白自己睡了整整一个白天，至少九个钟头。弗罗多还在沉睡，这会儿伸展开手脚躺在他旁边。咕噜不见踪影。山姆借用了自家老头那一大堆训人的词儿，在心里把自己骂了个狗血淋头。不过他也同时想到，他家少爷说得对：眼下没有什么需要防备的。不管怎么说，他俩都还活着，没被勒死。

"可怜的坏蛋！"他不无懊恼地说，"我想知道他这会儿跑哪去了？"

"没跑远，没跑远！"有个声音在他上方说。他抬起头，看见咕噜那颗大脑袋和耳朵的轮廓映衬着傍晚的天空。

"喂，你在干吗？"山姆喊道，他一看到那个身影，顿时疑心又起。

"斯密戈饿了。"咕噜说，"马上就回来。"

"现在就回来！"山姆吼道，"嗨！回来！"但是咕噜一溜烟不见了。

弗罗多被山姆的吼声吵醒，揉着眼睛坐了起来。"哈罗！"他说，"怎么啦？几点了？"

"我不晓得。"山姆说，"我估计太阳已经下山了。他跑掉了，说他肚子饿。"

"别担心！"弗罗多说，"担心也没用。他会回来的，你看着吧。誓言还会约束他一阵子。反正，他不会离开他的宝贝的。"

当弗罗多得知他们睡死了好几个钟头，而咕噜——还是非常饥饿的咕噜——就逍遥在侧，他并不怎么在乎。"别再想你家老爹那些骂人的话了。"他说，"你当时太累了，但结果不也挺好——我们俩现在都休息够了。前面还有艰苦的路要走，一条最艰苦的路。"

"食物呢？"山姆说，"我们要完成这个活儿，得花多长时间？等完成之后，我们又要怎么办？这行路干粮虽说能叫你的腿脚冒出股奇妙的劲头赶路，可是你可以说，它填不饱肚子：总之我感觉是填不饱，我并没有对准备它的人不敬的意思。但你还是得每天都吃掉一些，而它又不会长。我算了算，大概够吃那么三星期吧，不过我提醒你，那还得是勒紧裤带省着吃。到目前为止，我们一直吃得有点太随意了。"

"我不知道我们要走多久才会——才会完成。"弗罗多说，"我们在这片丘陵耽搁得实在太久了。但是，山姆怀斯·甘姆吉，我亲爱的霍比特人——我其实该说，我最亲爱的霍比特人山姆，我最亲密的朋友——我想我们不需要去想以后会怎么样。就像你说的，**完成这个活儿**——我们真有希望把它完成吗？而如果我们完成了，谁知道之后会发生什么事？如果至尊戒被扔进火山里，而我们就在旁边，那会怎样？我问你，山姆，我们真的还可能需要干粮吗？我想不需要了。只要我们能支撑住，让双脚把我们带到末日山，我们就尽力了。而我开始感觉，有些力不从心了。"

山姆默默地点了点头。他拉过他家少爷的手，俯下了身，但他没有亲吻那只手，只是眼泪止不住滴在上面。接着他转身，抬手用袖子去擦鼻子，然后起身重重踏步走了一圈，试着要吹口哨却吹不出，半晌才费力说道："那讨厌的家伙哪里去了？"

实际上，咕噜很快就回来了。但他轻手轻脚的，他俩都没听见，直到他来到他们面前。他的手指和脸上都沾满了黑色的污泥，嘴里仍在嚼着，口水从嘴角淌下来。他究竟在嚼什么，他们都没问，也不愿意去想。

"蚯蚓，甲虫，要么就是洞里挖出来的黏滑东西。"山姆想，"呕！肮脏的家伙，可怜的坏蛋！"

咕噜什么也没跟他们说，只在溪里把自己洗干净，并喝了个饱。然后他走到他们面前，舔着嘴唇。"现在好多了，"他说，"我们休息好了？准备上路了吗？好霍比特人，他们睡觉的样子真好看。现在信任斯密戈了吧？非常、非常好。"

他们下一段的旅程和之前的差不多。他们越往前走，沟壑就越浅，沟底的坡度也越和缓。沟底不再尽是岩石，泥土多了起来，两旁的陡壁逐渐降低，成了平缓的坡岸。沟开始变得蜿蜒曲折了。黑夜即将过去，但是云层这时遮蔽了星月，他们只是从缓缓扩散的稀薄微光，才推断出天快要亮了。

在寒风凛冽的时辰，他们来到了水道的尽头。此处两岸变成了长满青苔的土墩。溪水越过最后一重饱受蚀刻的岩架后，汩汩响着倾注进一片褐色的沼泽，消失了。尽管他们感觉不到风吹，枯干的芦苇仍在沙沙作响。

如今，呈现在他们两旁与前方的，是广阔的沼泽和泥潭，向南、向东一直延伸到朦胧的晨光中。乌黑恶臭的泥塘蒸腾起一股股盘旋的雾气，浓烈的臭味中人欲呕，悬在凝滞的空气中。远处，这时几近正南的方向上，隐约耸现出魔多的山障，如同一横排破絮似的乌云，飘浮在危险的茫茫雾海上。

现在，两个霍比特人完全落入了咕噜手中。在这迷蒙的光线中，他们不知道也猜不到，自己其实就在沼泽的北部边界上，沼泽的主体横陈在南边。如果他们熟悉这片区域的地形，便会知道：只要稍微耽搁一点时间，往回走一段路，然后折向东，他们就能经由坚实的道路绕过沼泽，抵达光秃秃的达戈拉德平原——那是一片位于魔多大门前的古战场。这并不是说，走那条路就意味着大有希望。那片岩石平原上无遮无蔽，还有奥克和大敌士兵走的许多交通要道穿过。在那里，即便是罗瑞恩的斗篷也掩护不了他们。

"斯密戈，现在我们要怎么走？"弗罗多问，"我们一定要穿过这片臭气熏天的沼泽吗？"

"不需要，完全不需要。"咕噜说，"霍比特人要是想很快抵达那座黑色山脉去见他，就不需要。往回走一点，再绕一点——"他细瘦的胳膊朝北又朝东挥了挥，"——你们就能踏上坚硬冰冷的路，直达他国度的大门。他的手下有许多在那里等候贵客光临，非常乐意把他们直接带到他面前，噢是的。他的眼睛无时无刻不盯着那条路。很久以前，它在那里逮到了斯密戈。"咕噜打了个寒战，"但是，从那以后斯密戈就好好地运用自己的眼睛了，是的，是的，从那以后，我就善用我的双眼、双脚，还有鼻子。我知道其他的路。更难走，也不那么快，但是更好，如果我们不想要他看见的话。跟着斯密戈！他能带你穿过沼泽，穿过迷雾，又好又浓的迷雾。只要你们非常小心地跟着斯密戈，那么在他逮到你们之前，也许你们能走上很长一段路，相当长，是的，多半可以。"

天已经亮了，这是一个无风、阴郁的早晨，沼泽的浓烈恶臭一阵阵扑来。空中云层很低，阳光穿不透，咕噜似乎也急着要立刻上路。因此，他们稍事休息之后就再次出发了，很快就迷失在一个影影绰绰的寂静世界里，与周围的陆地完全隔绝，无论是已离开的丘陵还是要前往的山脉，都见不到一点踪迹。他们缓慢地排成一列前进：咕噜、山姆、弗罗多。

弗罗多似乎是三人中最疲惫的，虽然他们走得很慢，他还是常常落后。两个霍比特人很快就发现，看似广阔无边的一整片沼泽，实际上是由无数个水塘和软泥潭，以及纵横交错的水道连接成的一张大网。只要有奸巧的眼睛和双脚，就能从中穿针引线般找出一条弯弯曲曲的路径。咕噜肯定有这样的奸巧，他也全用上了。他那个顶在长脖子上的大脑袋不断地左顾右盼，同时鼻子不住嗅闻，嘴里也不停地喃喃自语。有时他会举起手示意他们暂停，自己往前走一小段路，蹲下来用手指或脚趾测试一下地面，或只是把一只耳朵贴在地上聆听。

一切都阴沉又令人厌倦。潮湿冰冷的冬天还滞留在这片被遗弃的乡野中。唯一能见到的绿色，是铁青色野草的渣滓，浮在流动缓慢、黑腻腻的阴沉水面上。枯死的野草和腐烂的芦苇犹如早被遗忘的夏日那残破的阴影，在迷雾中时隐时现。

白昼流逝，光线随之增强了一点，雾气上升，变得更稀薄透明了。远在这片充斥了腐烂和蒸汽的世界上方，太阳这时已经升得很高，金光灿烂，照耀着下方一片铺着耀眼泡沫的宁静乡野。但从下面看，他们只能见到她匆匆而过的鬼影，模糊、黯淡，既无颜色，也无温暖。但是，即便她的存在只是这样一个淡淡的影子，咕噜也皱眉畏缩不前。他暂停了行程，他们像被追猎的小兽般，蹲在一大片褐色的芦苇丛旁休息。四周是一片深沉的寂静，只有落尽羽穗的空芦苇秆轻微晃动的沙沙声掠过，以及破败的草叶在他们感觉不到的微弱气流中颤动。

"连只鸟也没有！"山姆悲哀地说。

"没有，没有鸟。"咕噜说，"好吃的鸟！"他舔舔牙齿，"这里没有鸟。这里有蛇，有虫，有水塘里的东西。一大堆东西，一大堆肮脏的东西。没有鸟。"他悲伤地住了口。山姆满脸厌恶地看着他。

就这样，他们度过了与咕噜同行的第三天。黄昏的阴影笼罩外面那些更加欢欣的土地不久，他们就又上路了，一程又一程，中间只有短暂的停留。这些暂停不算是为了休息，而是为了帮助咕噜。现在，即使是咕噜也不得不万分小心地前进，他有时候也会茫然若失，半晌不知如何走好。他们已经来到了死亡沼泽的中心地带，四周一片漆黑。

他们走得很慢，弓着腰，接踵而行，聚精会神地跟着咕噜走出的每一步。沼泽变得更泥泞，铺出一个个凝滞不流的宽水塘，其中越来越难找到坚实些的地面，以避免落脚时陷入咕嘟作响的泥沼。三个旅人都很轻，否则谁也不可能找到路通过。

眼前天已经全黑了，空气本身似乎漆黑沉重到了令人无法喘息的地步。当有光亮出现时，山姆不由得揉了揉眼睛，他以为自己头昏到眼花了。他先是从左眼角瞥见一个光点，一缕倏忽消逝的淡淡光辉。但随即又出现了一些：有些像忽明忽暗的烟，有些像点在看不见的蜡烛上、缓慢摇曳的朦胧烛火。它们像被隐藏之手抖开的幽灵布巾，四处飘忽腾挪。但是他的两个同伴都一言不发。

最后，山姆再也忍不住了。"这都是什么啊，咕噜？"他低声问，"就是这些光亮？它们现在把我们包围了。我们掉进陷阱了吗？它们是谁？"

咕噜抬起头来。他面前是一潭黑水，他正在地面上爬来爬去，拿不准该走哪里。"是的，它们把我们包围了。"他低声说，"狡诈惑人的光亮。死人的蜡烛，是的，是的。别管它们！别看！别跟它们走！主人哪里去了？"

山姆回过头，发现弗罗多又掉队了。他看不见弗罗多。他回头往黑暗中走了几步，不敢走太远，只敢以沙哑低语呼唤。突然间，他撞上了弗罗多，对方正呆呆站着，望着那些苍白的光亮，两手僵直垂在身侧，上面滴着水和黏液。

"来吧，弗罗多先生！"山姆说，"别看它们！咕噜说我们千万不能看。我们得跟上他，尽快走出这个鬼地方——如果走得出去的话！"

"好。"弗罗多说，仿佛大梦初醒，"我来了。走吧！"

山姆再次快步朝前走，却突然一个趔趄，脚被什么老根或草丛绊住了。他扑倒了，双手重重着地，却一下深深陷进了黏糊糊的烂泥里，结果脸也几乎贴到了黑水塘的表面。烂泥发出了轻微的嘶嘶声，一股恶臭扑鼻而来，那些光亮摇曳舞动，飞旋起来。有那么一片刻，他面前的水看起来就像是沾满污垢的玻璃窗，他正透过它朝里凝视。他猛地把双手拔出泥塘，惊叫着一跃而起。"底下有死东西，水里有死人脸！"他惊恐地说，"死人脸！"

咕噜大笑。"死亡沼泽，是的，是的，这就是它们的名字。"他咯咯笑道，"当蜡烛点亮的时候，你不该朝里看。"

"他们是谁？他们是什么？"山姆浑身发抖，转向弗罗多问道。弗罗多这时就在他背后。

"我不知道。"弗罗多用梦呓似的声音说，"不过我也看见他们了，在那些水塘里，蜡烛亮起来的时候。那一张张苍白的脸，他们躺在每一个水塘里，在黑水的幽深之处。我看见了他们：狰狞的面孔很邪恶，高贵的面孔很悲伤。有许多高傲美丽的面孔，他们银色的头发缠满水草。但是，他们全都腐臭、朽烂，全都死了。他们全都发着邪光。"弗罗多抬手蒙住了眼睛，"我不知道他们是谁。但我想我看见那里面有人类和精灵，旁边还有奥克。"

"是的，是的。"咕噜说，"全都死了，全都烂了。精灵、人类和奥克。死亡沼泽。很久以前有一场大战，是的，斯密戈小的时候他们就是这么告诉他的，在我小的时候，宝贝还没出现的时候。很大一场战斗。高大的人类拿着长剑，还有可怕的精灵，还有嚎叫的奥克。他们在黑门前的平原上厮杀了一天又一天，一月又一月。从那之后沼泽就开始扩大，吞没了坟墓，不断地向外蔓延、蔓延。"

"但那至少也是一个纪元以前的事了！"山姆说，"那底下不可能真的有死人！这会不会是黑暗之地孵化出来的某种妖术？"

"谁知道？斯密戈不知道。"咕噜答道，"你够不到他们，你摸不到他们。我们曾经试过，是的，宝贝。我试过一次。但是你够不到他们。只能看到样子，也许，却摸不到。不，宝贝！全都死了。"

山姆脸色阴郁地看着他，又浑身抖了抖，觉得自己猜出了斯密戈为什么试图去摸他们。"呃，我不想看见他们，"他说，"永远都别再看见！我们就不能上路，快点离开吗？"

"可以，可以。"咕噜说，"但是要慢慢地，非常慢。非常小心！要不然霍比特人就要掉下去跟那些死人做伴，点燃小小的蜡烛了。跟着斯密戈！别看那些光亮！"

他朝右边爬去，在水塘四周寻觅一条可走的路。他们紧跟在他背后，弯着腰，就像他一样常常用手触地。"再继续这么走下去，我们就要变成一排三个宝贝小咕噜了。"山姆想。

他们终于来到黑水塘的尽头，又爬又跳地从一簇不可靠的植物丛跃到另一簇，惊险万分地穿了过去。他们经常一个趔趄，失足踩进或手先着地栽进臭如粪坑的水中，到了最后，他们几乎从头到脚都脏兮兮、黏腻腻，彼此闻起来都臭气熏天。

当他们终于再次踏上比较坚硬的地面时，夜已经深了。咕噜嘶嘶低声自言自语着，不过显然很高兴：通过某种神秘的途径，凭借某种混合了感觉与嗅觉的认知，加上对暗中形体的不可思议的记忆，他似乎又知道自己到底身在何处了，并且对前面的路又有了把握。

"现在我们继续走吧！"他说，"好霍比特人！勇敢的霍比特人！当然，非常、非常疲倦；我们也是，我的宝贝，我们全都非常疲倦。但是我们必须带领主人远离这些邪恶的光亮，是的，是的，我们必须。"说完这些话，他再次上路，几乎是小跑着奔下一条看似长长的、夹在高高的芦苇之间的小路，而两个霍比特人跌跌撞撞，用最快的速度跟在后面。但过了一会儿，他突然停下来，充满疑惑地嗅着空气，嘶嘶作声，仿佛又遭受了困扰或心中不悦。

"又怎么啦？"山姆误解了他的举动，怒喝道，"有什么好嗅的？我捏着鼻子都快被这臭气熏倒了。你很臭，少爷也很臭，这整个地方都很臭。"

"是的，是的，而且山姆也很臭！"咕噜答道，"可怜的斯密戈嗅到了，但是好斯密戈忍着。帮助好主人。但那不是问题。空气在流动，正在起变化。斯密戈很纳闷，他不高兴。"

他继续走，但不安越来越明显，他不时站直身体，伸长脖子朝东又朝南望。有好一阵子，两个霍比特人既没听见也没感觉到是什么在困扰他。接着，三人突然全停下来，僵在原地聆听。弗罗多和山姆感觉自己听见很远的地方传来一声拖长的号叫，声音又高又尖，听起来残酷无情。他们一阵颤抖。与此同时，他们察觉到空气在颤动，并且变得异常寒冷。他们竖起耳朵站在原地，听见了一个好像是风从远处吹来的声音。那些迷蒙的光亮晃动着，黯淡下来，然后熄灭了。

咕噜不肯走了。他站在那里哆嗦个不停，嘴里叽里咕噜地自言自语，直到一阵疾风刮起猛吹到他们身上，飕飕咆哮着掠过整片沼泽。夜变得不那么黑了，亮得足以让他们看见——或隐约看见——一堆堆不成形状的雾气盘旋扭曲着朝他们滚滚涌来，又从他们身边逝去。他们抬起头来，看见天上的云团散了，碎成丝丝缕缕的云絮。接着，月亮自南边的高空中露出了闪着微光的脸庞，在翻飞的云絮中穿行。

有那么片刻，这景象令两个霍比特人的心情欣慰起来。但咕噜却畏缩伏地，喃喃咒骂着那个大白脸。接着，就在弗罗多和山姆瞪着天空，深呼吸着新鲜空气时，他们看见它来了：一小朵从那片可憎的山岭飞来的云，一个从魔多释放出来的黑影，一个庞大有翼的不祥物体。它高速掠过月亮，发出一声致命的尖啸后朝西飞去，其势汹汹，速度比风还快。

他们面朝下扑倒在地，不顾一切地趴在冰冷的地上。但那恐怖的影子盘旋一圈，又折回来了，这次飞得更低，就在他们上方掠过，可怕的翅膀扫过了沼泽的臭气。然后它走了，在索隆怒火催逼下高速飞回了魔多。风在它背后呼啸而过，只余下荒凉昏暗的死亡沼泽。在他们目力所及的范围内，这整片裸露的荒地，直至远处散发着威胁感的山脉，都被忽明忽灭的月光映得斑驳迷离。

弗罗多和山姆爬起来，揉着眼睛，就像从噩梦中惊醒的孩子，发现熟悉的夜色仍笼罩着世界。但是咕噜躺在地上，仿佛已经晕死过去。他们好不容易才把他叫醒，然而有一阵子他不肯抬起脸来，只是手肘撑地跪着，用扁平的大手抱着自己的后脑。

"戒灵！"他哀号道，"飞行的戒灵！宝贝是他们的主人。他们看见一切，一切。什么都躲不过他们的眼睛。该死的大白脸！他们会告诉他一切。他看见，他知道。啊咳，**咕噜，咕噜，咕噜！**"直到月亮沉落，往西远远移过了托尔布兰迪尔，他才肯爬起来，继续挪动脚步。

从那时开始，山姆感觉到咕噜又变了。他变得更奉承讨好，更想显得友善。但是山姆吃惊地注意到，他眼中不时流露出异样的神色，尤其是在看着弗罗多的时候，而且他故态复萌得越来越明显，又改回了旧有的说话习惯。山姆还为另一件事而越来越焦虑。弗罗多似乎越来越疲惫，疲惫到了精疲力竭的地步。他什么也不说，事实上几乎从不开口。他也不抱怨，但走路的样子就像是背负着重担，而且担子的重量还在不断增加。他拖着步子在走，越来越慢，越来越慢，以至于山姆经常要请求咕噜等一等，别把两人的主人甩在身后。

事实上，弗罗多每向魔多的大门走近一步，便感觉用链子挂在颈上的魔戒又重了一分。他现在开始感觉到它的存在了，是种实实在在坠扯着自己的重量；但远比这更困扰他的是那只魔眼——他自己是这么称呼它的。他行走时畏畏缩缩佝偻着身子，更多是因为魔眼的影响而不是因为魔戒的坠扯。那只魔眼，乃是一个敌对意志不断增长的恐怖感知，那个意志挟着排山倒海的力量，竭力要穿透云雾的一切阴影，穿透大地，穿透血肉，看见你，把你钉在它致命的凝视底下，无所遁形，动弹不得。那片仍然抵挡着它的面纱是那样薄，太薄了，单薄又脆弱。弗罗多十分清楚，目前那股意志的中心与驻地究竟在哪里，就像一个人即使闭上眼睛也能确切知道太阳的方位。他正面对着它，它的威压就迫在他眉睫之间。

咕噜大概也有类似的感觉。但是魔眼的压力，近在咫尺的魔戒的引诱，以及那个半是因为惧怕刺叮的冰冷锋刃而低声下气发下的誓言，在这三者的夹击下，他那颗悲惨的心里究竟在想些什么，两个霍比特人猜不透。弗罗多从未去想；山姆的心思则全被自家少爷占满，几乎没注意到这团落在自己心头的乌云。现在他让弗罗多走在自己前面，关注他的一举一动，如果他脚步踉跄就扶一把，并笨口拙舌地试图出言鼓励。

当白昼终于来到，两个霍比特人惊讶地看见，他们离那座不祥的山脉居然已经近多了。此时的空气更清新也更凉爽，尽管魔多的山障离得还远，却已经不再是位于视线尽头的模糊威胁，而更像一群狰狞的嶙峋黑塔，冷对着一片阴沉的荒野。沼泽已经到了尽头，逐渐消失，化作了死寂的泥炭地和宽阔平坦的干裂泥淖。前方的大地是一重重长长的平缓坡地，贫瘠荒凉，一直通向横在索隆大门前的沙漠。

趁着灰蒙蒙的夜色尚存，他们像虫子一样蜷在一块黑岩底下，缩紧身子，以免万一那飞行的恐怖掠过，它那残酷的双眼会侦察到他们。这趟旅程余下的部分充斥着渐涨的恐惧投下的阴影，其中没有任何事物可供记忆依托。他们在单调无路的荒地里又挣扎跋涉了两个晚上。他们感觉空气似乎变得恶劣起来，充满了浓烈的臭味，呛得他们口干舌燥，堵得他们呼吸困难。

终于，到了随着咕噜上路的第五个白天，他们再次停顿下来。在他们面前，雄伟的山脉拔地而起，衬着黎明的晨光显得黑黝黝的，山顶烟云笼罩。从山脉脚下甩出的庞大斜脊和零散丘陵，这时最近的离他们不过十多哩远。弗罗多满心恐惧地环顾四周，这里跟之前的死亡沼泽和无人之地[1]的不毛荒原一样可怕，但此刻慢慢蔓延的白昼在他畏缩的眼前缓缓揭示出的这片荒野，要令人厌恶得多。即便是死人脸沼泽，绿色春天的些许憔悴幻影仍会来到；但在这里，无论春天还是夏天都永不会再临。这里生机全无，连以腐物为生的苔藓地衣都不长。那些窒塞的水塘里填满了灰烬和缓缓流动的烂泥，呈现出令人作呕的灰白色，仿佛山脉把腹中的秽物都呕吐在了周围的大地上。高高隆起的碎石堆和粉末堆，以及遭受烈火焚烧和毒质污染的大土墩，就像一排排没有尽头的坟墓，形成了一片可憎的坟场，在迟迟到来的晨光中慢慢显露出来。

他们终于来到了横陈在魔多之前的荒漠。这是此地奴隶邪恶劳动的成果留下的永恒遗迹，哪怕他们所有的企图全都烟消云散，这片荒漠也仍将存留下去。它是一片被玷污的大地，病入膏肓，全然无可救药——除非大海倒灌进来将它清洗干净，令它悉数忘却前尘。"我觉得恶心。"山姆说。弗罗多没说话。

有好一会儿，他们只是站在那里，就像那些快要睡着的人为了抗拒噩梦来袭，拼命地想睁开眼睛，尽管明知道唯有穿过阴影才会迎来黎明。天色更亮了，光线更强烈，冒气的井坑和有毒的土堆显得愈发清晰可怕。太阳升起，在云朵和如同狭长旗帜的烟尘中穿行，但是就连阳光也被玷污了。霍比特人并不欢迎这光亮，它显得很不友好，暴露出他们的无助——像在黑暗魔君的废墟堆里吱吱游荡的小小幽灵。

他们累得无法再走，必须找个能够休息的地方。有好一会儿，他们坐在一个矿渣堆的阴影底下，谁也没有说话。矿渣堆散发出一股难闻的气味，呛着他们的咽喉，令他们呼吸不畅。咕噜是第一个起身的，他嘴里喷着唾沫咒骂着，没对两个霍比特人说一句或看一眼就四肢着地爬开了。弗罗多和山姆跟在他后面爬，直到一个几近圆形的大坑前。西侧的坑壁高耸着，坑中极为寒冷，毫无生气，底部淤积着一层泛着油腻、五彩斑斓的污物，十分恶心。他们就缩在这个恶劣的坑洞里，希望在它的阴影中躲过魔眼的注意。

白昼过得很慢。他们饱受口渴之苦，但只从水壶中喝了几滴水，那还是在那道沟壑时装的水。现在回忆起来，他们觉得那道沟壑简直是个宁静又美丽的地方。两个霍比特人轮流守哨。尽管很累，起初他们却谁也睡不着，直到远方的太阳降入缓慢移动的云层后，山姆才打起了瞌睡。那时轮到弗罗多守哨，他背靠着坑壁的斜坡，但这并未减轻身负重担的感觉。他抬头望着浓烟缭绕的天空，看见了一些奇怪的幻影，有黑色的骑马身影，还有来自过去的面孔。他忘了时间，处于半睡半醒的迷离状态，最后什么也记不得了。

山姆猛然醒了过来，以为听见他家少爷在叫他。已经是傍晚了。弗罗多早已睡去，而且都快滑到坑底去了，不可能叫过他。咕噜在弗罗多旁边。山姆一时间以为咕噜是想叫醒弗罗多，接着看出不是那么回事。咕噜正在自言自语。斯密戈正在和另一个使用同样的嗓音，但是尖声尖气又嘶嘶作声的思想争论着。他说话的时候，眼中交替闪着苍白和青绿的光。

"斯密戈发过誓。"第一个思想说。

"是的，是的，我的宝贝。"另一个答道，"我们发过誓：要救我们的宝贝，不让他得到它——决不。但它正朝他去，是的，每一步都更接近。这霍比特人打算拿它怎么办，我们很纳闷，是的我们很纳闷。"

"我不知道。我没办法。它在主人手里。斯密戈发誓要帮助主人。"

"是的，是的，要帮助主人——宝贝的主人。但如果我们是主人，那我们就可以帮助自己，是的，并且仍然算是守着誓言。"

"但是斯密戈说他会非常非常乖。好霍比特人！他解开了斯密戈腿上那根残酷的绳子。他总和颜悦色地跟我说话。"

"非常非常乖，呃，我的宝贝？我们要乖，乖得像鱼，亲爱的，但只对我们自己。不伤害好霍比特人，当然，不，不。"

"但是宝贝掌握着誓言。"斯密戈的声音反驳说。

"那就夺过它，"另一个声音说，"我们自己掌握它！那么我们就会是主人，**咕噜**！让另一个霍比特人，那个讨厌的多疑的霍比特人，让他爬，是的，**咕噜**！"

"但是不这么对待好霍比特人？"

"噢不，那既然让我们不高兴，我们就不做。可他还是个巴金斯没错，我的宝贝，是的，是个巴金斯。是个巴金斯偷了它。他找到它，却什么都没说，都没说。我们痛恨巴金斯。"

"不，不恨这个巴金斯。"

"恨，恨每个巴金斯。所有保有宝贝的人。我们一定要得到它！"

"但是他会看见。他会知道。他会从我们手里夺走它！"

"他看见。他知道。他听见我们发下了愚蠢的誓言——违反了他的命令，是的。一定要夺到它。戒灵正在搜索。一定要夺到它。"

"不给他！"

"不，亲爱的。瞧，我的宝贝，如果我们得到它，我们就能逃走，甚至逃过他，嗯？也许我们会变得非常强壮，比戒灵还强壮。斯密戈大王？咕噜大帝？**至尊咕噜！**每天吃鱼，一天三顿，从大海来的新鲜的鱼。最宝贝的咕噜！一定要得到它。我们要它，我们要它，我们要它！"

"但是他们有两个人。他们会马上醒来然后把我们杀了。"斯密戈哼哼唧唧地做着最后的努力，"不要现在。还不要。"

"我们要它！但是——"说到这里，另一个声音停顿了很长一会儿，仿佛有个新的思想冒了出来，"还不要，呃？也许对。她说不定会帮忙。她说不定会，是的。"

"不，不！别走那条路！"斯密戈哀声道。

"是的！我们要它！我们要它！"

每次当第二个思想说话时，咕噜的长手就会鬼鬼祟祟地慢慢伸出去，摸向弗罗多，然后当斯密戈说话时，它又猛缩回去。最后，他的两条手臂连同伸缩痉挛的手指，一同抓向了弗罗多的脖子。

这场争辩山姆听得入迷，躺着动也不动，但是他眼睛微微睁开一条缝，注意着咕噜的一举一动。过去，他那简单的头脑一直认为，咕噜最主要的危险来自寻常的饥饿，也就是他想吃掉霍比特人。现在，他明白过来不是这样：咕噜感觉到了魔戒可怕的召唤。**他**，当然是指黑暗魔君；但是山姆很纳闷**她**又是谁。他估计，那是这个小恶棍在四处游荡的过程中勾搭到的下流朋友。接着，他忘了继续往下想，因为事情的演变明显过了头，情况变得危险了。他感到四肢都极其沉重，但还是铆足劲坐了起来。某种直觉提醒他要小心，别显露出他刚才偷听了那场争论。他重重叹了口气，并打了个大呵欠。

"几点了？"他睡眼惺忪地问。

咕噜从牙缝里发出好长一声嘶嘶，站起身来，有好一会儿全身紧绷，充满威胁。然后，他瘫软下来，往前扑倒，四肢并用爬上了土坑的斜坡。"好霍比特人！好山姆！"他说，"爱困的家伙，是的，爱困的家伙！都丢给好斯密戈守哨！不过，现在是傍晚了。天慢慢黑了。是该走的时候了。"

"正是时候！"山姆想，"而且也是我们该分手的时候了。"但是他心里又起了疑，琢磨着现在到底是放走咕噜危险，还是把他留在身边危险，"该死的！我真巴不得他给呛死！"他嘀咕道，边跌跌撞撞地走下坡去叫醒他家少爷。

奇怪的是，弗罗多感到整个人精神焕发。他一直在做梦。黑影已过，他在这片病害之地上看见了一幅美丽的景象。他一点也不记得那幅景象了，但是因为有它，他感到欣慰，不但心情轻松了一些，身上的负担也不那么沉重了。咕噜像条狗似的乐颠颠地欢迎他，咯咯笑着，唠唠叨叨，把长长的手指扭得噼啪响，又不停地抚摸弗罗多的膝盖。弗罗多对他微笑。

"走吧！"他说，"你给我们带路，一直带得很好，很忠心。这是最后的阶段了。带我们到大门前去，我不会要求你继续往前走。带我们到大门前，然后你就可以去任何你想去的地方——只要别投靠我们的敌人就行。"

"到大门前，呃？"咕噜尖声叫道，显得又吃惊又害怕，"主人说，到大门前！是的，他是这么说的。好斯密戈会按他的要求去做，噢是的。但是，当我们走近一点，我们会看见，到时候我们也许会看见。那一点也不好看。噢不！噢不！"

"快走吧！"山姆说，"我们赶快把这事了结掉！"

黄昏正在降临，他们手脚并用爬出土坑，慢慢探路走过这片死寂的荒地。他们没走多远，就又一次感觉到了有翼形体掠过沼泽上空时笼罩着他们的那种恐惧。他们停下来，缩在散发恶臭的地上，但上方那傍晚时分的阴沉天空中什么也看不见。那股威胁感很快就过去了，也许是从巴拉督尔派出去办什么急事，从头顶高空掠过。过了一会儿，咕噜爬起来，一边喃喃自语一边发抖，继续蹑手蹑脚地往前走。

午夜过后一个钟头左右，那股恐惧第三次落到他们身上，但这次似乎离得更远，好像是在远远高出云层之上的地方飞过，以惊人的速度向西方疾飞而去。但是咕噜吓得六神无主，深信他们的行迹被发现了，正遭到追杀。

"三次！"他呜咽着，"事不过三,三次就是凶兆了。他们感觉到了我们在这里，他们感觉到了宝贝。宝贝是他们的主人。我们不能再继续走这条路了，不。没用的，没用的！"

好言相劝不再有用，直到弗罗多把手按在剑柄上，生气地命令他，咕噜才肯再爬起来。终于，他嚎了一声起身，像条被击败的狗一样走在他们前面。

他们低着头沉默地走着，什么也看不见，什么也听不见，只有风在耳边不停呼啸。他们就这样跌跌撞撞疲惫地走完了一夜，直到又一个充满恐惧的白昼来临。

第三章

黑门关闭

第二天黎明前，他们前往魔多的旅程结束了。沼泽和荒漠都已经被抛在背后。在他们面前，雄伟的黑色山脉映衬着苍白的天空，座座耸立的山峰都充满了威胁。

魔多的西边横亘着一道阴暗的山脉，"阴影山脉"埃斐尔度阿斯，北边则耸立着埃瑞德砾苏伊灰白如灰烬的残峰秃脊。然而这两道山脉实际上不过是一整道高墙的一部分，环绕着荒凉惨淡的砾斯拉德平原和戈垆洛斯平原，以及中央那水质苦涩的内海努尔能。这两道山脉朝着彼此延伸，在相接处陡然向北甩出两道长长的山岭，之间夹着一座深深的峡谷。这便是"鬼影隘口"奇立斯戈埚，是通往大敌疆域的入口。两边高高耸立的峭壁在隘口处低了下来，从出口向外突出了两座山岩墨黑、表层光秃的陡峭山丘。这两座山丘上耸立着两座坚固的高塔：魔多之牙。它们是很久以前刚铎的人类在推翻并逐走索隆之后的鼎盛时期建造的，以防他返回老巢，东山再起。然而刚铎的力量衰退了，人类消沉不起，两座塔楼长年空置。后来，索隆归来。现在，那两座倾颓的监视塔楼重建起来，里面储满了武器，驻扎着戍卫部队，警戒从不松懈。塔楼的外壁以岩石筑成，遍布瞪视着北、东、西三个方向的黑暗窗洞，每扇窗后都满是不眠不休的眼睛。

此外，黑暗魔君还建起了一道连接两边悬崖的防御石墙，扼守隘口的出口。墙上开有单独一道铁门，墙头的城垛上终年有哨兵巡逻不停。两侧山岭底下的岩石中开凿了数以百计的大小洞穴，里面蛰伏着大群的奥克，只要一声令下，他们便会如黑蚁般倾巢而出，密密麻麻涌向战场。除了那些应索隆召唤而来的人，或那些知道通关暗语，能让索隆领土的黑门魔栏农敞开之人，没有人能经过魔多之牙而不遭咬噬。

两个霍比特人绝望地凝视着高塔和防御墙。即使光线微弱，距离又远，他们仍能看见墙头上走动的黑衣守卫，以及门前的巡逻小队。他们这时趴在一个石坑里，从坑缘朝外窥视，埃斐尔阿斯最北端的支撑扶垛向外投下的阴影遮蔽了他们。从他们隐藏处到较近的那座高塔的黑色塔顶，若有一只乌鸦飞过中间的沉闷空气，直线距离也不过一弗隆远。塔楼上方有一缕轻烟缭绕，仿佛山底下正闷烧着烈火。

白昼到来，黯淡的阳光在埃瑞德砾苏伊死气沉沉的山脊上闪烁。突然间，从两座监视塔楼中传来一阵铜号声，接着远处山中隐藏的据点和岗哨也传来回应的号声，然后是更远的地方的呼应，虽然模糊，却深沉又凶险，那是巴拉督尔洪大的号角声和鼓声在远方的盆地中回响。魔多又开始了充斥着畏惧和劳苦的恐怖一天。夜间守卫被召回深藏于地底的洞穴和厅堂，而眼目邪恶、性情凶残的日间守卫则步上岗位。城垛上隐隐闪烁着钢铁的光芒。

"好啦，我们终于到了！"山姆说，"大门就在眼前，可看这架势，咱们大概最多也就到这儿啦。我打赌，我家老头要是现在见了我，一定又有话说！

他常说，我要是走路不长眼睛，最后肯定要倒大霉。不过，现在我估计我再也见不到那老伙计了；他没机会再说**'山姆，我早跟你说啥来着'**，这就更叫人觉得可惜。他只要有一口气在，就会没完没了地对我唠叨，我要是能再见到他那张老脸就好了。不过我得先洗个脸，不然他会认不出我来。

"我猜，眼下也不用问'我们现在该怎么走'了，因为我们没法再往前走了——除非我们想叫奥克让我们搭个便车。"

"不，不！"咕噜说，"没用的。我们没法再往前走了。斯密戈说过的。他说：我们会去到大门前，然后我们会看见。我们确实看见了。噢，是的，我的宝贝，我们确实看见了。斯密戈早就知道霍比特人不能走这条路。噢是的，斯密戈早就知道。"

"那你是脑袋叫门板夹了，才把我们带到这儿来？"山姆说，毫无公正讲理的心情。

"主人说的啊。主人说：带我们到大门去。于是，好斯密戈就这么做了。主人说的，聪明的主人。"

"我是说过。"弗罗多脸色严厉刻板，但神情刚毅果决。他蓬头垢面、憔悴枯槁，因疲惫而消瘦，却不再畏缩，而且双眼清亮有神，"我是说过，因为我决意要进入魔多，而我不知道其他的路。因此，我要走这条路。我不要求任何人跟我同去。"

"不，不，主人！"咕噜哀号着，伸手不住抚摸他，似乎极其悲痛，"这条路不能走！不能走！别把宝贝拿去给他！他会把我们都吃掉，如果他得到它，他会把整个世界都吃掉。保存好它，好主人，对斯密戈好一点。别让他得到它。要不去别的地方，去好的地方，然后把它还给小斯密戈。是的，是的，主人，把它还过来，好吗？斯密戈会把它保管得妥妥的。他会做很多好事，尤其是为好霍比特人做很多好事。霍比特人回家吧。别去那座大门！"

"我奉命前往魔多之地，因此我必须去。"弗罗多说，"如果只有一条路，那么我就一定要踏上它。此后，该来的注定要来。"

山姆什么也没说。他仅仅看着弗罗多脸上的神情，就知道自己说什么也没用。毕竟，他从一开始就没对此抱过任何真正的希望。但是，他是个乐观活泼的霍比特人，只要绝望能来得晚点儿，他倒也不需要什么希望。现在，他们已经山穷水尽，但他始终紧跟着他家少爷，这是他来的主要原因，而且，他还会继续这么紧跟下去。他家少爷是不会独自前往魔多的，因为山姆会与他同去——并且他们无论如何也要摆脱咕噜。

不过，咕噜还不打算被他们摆脱。他跪在弗罗多脚下，绞着手尖声哀叫："别走这条路，主人！"他哀求道，"还有另一条路。噢是的，的确还有一条。另一条，更黑暗，更难找，更隐秘。但是斯密戈知道那条路。让斯密戈带你去吧！"

"另一条路！"弗罗多疑惑地说，低头仔细审视着咕噜。

"是嘶嘶！是嘶嘶，真的有！**从前**有另外一条路。斯密戈找到的。让我们去看看它还在不在那里！"

"你之前没提过这条路。"

"没有。主人没有问啊。主人没说他打算做什么。他没告诉可怜的斯密戈。他说：斯密戈，带我到大门去——然后再见！斯密戈可以逃走，去过好日子。但是现在他说：我决意要走这条路进入魔多。因此，斯密戈非常害怕。他不想失去好主人。而且他发过誓，主人让他发了誓，要救宝贝。但是主人却要把它拿去给他，如果主人走这条路，那就是直接把它送到那只黑手里。所以，斯密戈一定要救他们两个，然后他想到从前曾经有另一条路。好主人。斯密戈非常乖，总是在帮忙。"

山姆皱起了眉头。如果他能用目光在咕噜身上打洞，想必咕噜已经千疮百孔了。他的内心充满了疑问。从所有表面的迹象来看，咕噜是真心痛苦，并急于帮助弗罗多。但是山姆还记得自己偷听到的那场争论，他很难相信那个长久以来都被压制着的斯密戈已经占了上风，毕竟，那场争论最后并不是斯密戈的声音说了算。山姆的猜测是，各占一半的斯密戈和咕噜（他在心里分别叫他们"滑头鬼"和"缺德鬼"）已经停止争论并暂时结盟：他们都不想让大敌得到魔戒，都希望尽量让弗罗多一直待在自己的眼皮子底下，不被大敌捉住——反正只要缺德鬼还有机会染指他的"宝贝"就行。对于是不是真有另一条进入魔多的路，山姆相当怀疑。

"还好，不管这个老坏蛋的哪一半，都不知道主人真正的打算。"他想，"我打赌，他要是知道弗罗多先生打算彻头彻尾地解决掉他的宝贝，我们肯定马上就会有麻烦的。总之，老缺德鬼对大敌怕得要死——他还奉了，或者奉过，他的什么命令——因此，他宁可出卖我们，也不愿意被逮到他在帮助我们，还有，也很可能不愿就这么让宝贝被熔掉。至少我是这么想的。我希望少爷会谨慎地想到这些事儿。他一点不比别人笨，就是心肠太软，他就是这么个人。再来一百个甘姆吉也猜不出他下一步会怎么做。"

弗罗多没有马上回答咕噜。当山姆那迟钝但不失精明的脑子还在思索着这些疑惑时，弗罗多站在那里，凝望着奇立斯戈垯的黑暗峭壁。他们藏身的洼坑是一座低矮山丘一侧的山体凹陷处，下方不远处是个类似战壕的长山谷，山谷对面是山障的外缘坡壁。西面那座监视塔楼的乌黑基座就坐落在这山谷的中央。这时，在晨光下可以清楚看见数条汇集到魔多大门前的道路，颜色灰白、尘土飞扬：一条蜿蜒向北；另一条向东延伸，消失在缭绕于埃瑞德砾苏伊山脚下的迷雾里；第三条则朝他们奔来。这路急转弯绕过塔楼，进到一道窄谷，然后从他所站的洼坑下方不远处经过。它在他右边向西拐去，绕着阴影山脉的山肩，接着向南钻入了覆盖着整个埃斐尔度阿斯西侧山坡的深浓阴影。然后在他视线不及之处，它继续前行，通往夹在山脉和安都因大河之间的狭窄土地。

就在弗罗多凝视的时候，他察觉到平原上起了很大骚动，似有一支大军正在行进，尽管被沼泽和更远处的荒地上飘来的浓臭烟雾遮蔽了绝大部分，但他仍能不时瞥见长矛和头盔的亮光。远处路旁的平地上，还可见到大队骑马的骑兵。他记起了自己在阿蒙汉上远远看见的景象，那只不过是几天之前，现在却感觉像是好多年前的事。接着，他便知道了：刚才那个狂热的瞬间在他心中萌动的希望，只是空欢喜一场。那回荡的号声不是挑战，而是欢迎。他们不是刚铎的人类如复仇的幽灵般爬出久已逝去的英雄的坟墓，前来攻打黑暗魔君；而是来自辽阔东方大地的其他种族的人类，应他们至高君主的召唤而集结。这批大军夜里在他的大门前扎营，现在行军进入他的领土，以增大他正不断膨胀的力量。弗罗多仿佛突然完全意识到了他们所在之处是何等危险：就在越来越亮的天光下，孤立无援，离这浩大的威胁只有咫尺之遥。他迅速拉起单薄的灰色兜帽，紧紧罩住头，走下洼坑，然后转身面对咕噜。

"斯密戈，"他说，"我再相信你一次。事实上，我似乎别无选择，命中注定要在最不期然的情况下接受你的帮助，而你曾心怀恶念追踪了我那么久，也命中注定要帮助我。到目前为止，你并未辜负我的信任，也真诚地信守了你的誓言。真诚地——我这么说，也这么想。"他瞥了山姆一眼，补充道，"因为我们已经有两次落在你的掌握之中，你却未伤害我们。你也没有试图从我这里拿走你一度寻找的东西。但愿你第三次表现得更胜以往！但是我警告你，斯密戈，你正处在危险当中。"

"是的，是的，主人！"咕噜说，"可怕的危险！斯密戈一想到它就吓得骨头都发抖，但是他没有逃走。他一定要帮助好主人。"

"我说的不是我们共同面对的险境。"弗罗多说，"我指的是你独自面临的危险。你对着你称之为宝贝的东西发了誓。你得记住！它会迫你守誓；但它也会寻找机会扭曲誓言，毁掉你自身。你已经被扭曲了。你刚才愚蠢地在我面前露出了真面目。你说，**把它还给斯密戈**。别再说第二次！别让那个念头在你心里滋长！你永远得不回它了，但你对它的渴望或许会出卖你，使你落得悲惨下场。你永远得不回它。万不得已的时候，斯密戈，我会戴上宝贝，而宝贝在很久以前控制过它。假使我戴上它命令你，就算要你上刀山下火海，你也要顺服。我是会下这样的命令的。所以，当心点，斯密戈！"

山姆赞许地看着他家少爷，同时也很惊讶：弗罗多脸上的神情和说话的语调，都是他不曾见识过的。他心里一直有个看法，那就是他亲爱的弗罗多先生仁慈到了必然包含着相当程度的盲目地步。当然，他也自相矛盾地坚信，弗罗多先生是世界上最有智慧的人（老比尔博先生和甘道夫可能不算在内）。相比之下，咕噜认识弗罗多的时间要短得多，因此，他以自己的方式犯了类似的错误，混淆了仁慈和盲目，这倒也情有可原得多。无论如何，这一席话都令咕噜感到羞愧，心生恐惧。他卑躬屈膝趴在地上，除了"**好主人**"，再也说不清楚别的话。

弗罗多耐心地等了片刻，再开口时语气缓和了些："起来吧，咕噜——或者斯密戈，随你愿意叫什么——跟我讲讲这另外一条路，可以的话就跟我说明，那条路究竟有什么希望，足以证明我应当掉头离开眼下这条明摆着的路。快点，我赶时间。"

但是咕噜目前的状态可怜又可鄙，而弗罗多的威胁使他相当焦虑，他尖声哀叫、嘟嘟囔囔说了半天，要听清楚他的话实在不容易，而且他还常常说到一半就趴到地上，乞求他们俩要善待"可怜的小斯密戈"。好一会儿之后，他才平静了一些，弗罗多零零碎碎地听出来，如果有旅人顺着这条朝埃斐尔度阿斯西边拐过去的路走，他最后会去到一处周围长着一圈黑树的十字路口。那里右边的路通向欧斯吉利亚斯和跨越安都因大河的诸桥，中间的路则继续往南行。

"一直走，一直走，一直走。"咕噜说，"我们从来没朝那边走，但是他们说，那条路有上百里格，一直通到你能看见永远都不会静止的大水的地方。那里有好多鱼，还有吃鱼的大鸟，很好的鸟，但是我们从来没去过那里，唉，没去过！我们从来没机会去。他们说，更远的地方还有更多的土地，但是大黄脸在那边非常的热，而且没有什么云，那里的人长着黑脸，性子凶猛。我们不想看见那片土地。"

"是不想！"弗罗多说，"但别游荡偏离了你的正路。第三条路转向哪里？"

"噢是的，噢是的，那里还有第三条路。"咕噜说，"那是向左的路。它立刻就开始往上爬，往上爬，弯弯曲曲的，往回爬向那些高高的阴影。等它绕过黑色的岩石，你会看见它，你会突然看见它在你上面，你会想躲起来。"

"看见它，看见它？你会看见什么？"

"古老的要塞，非常古老，现在非常可怕。很久以前，当斯密戈还小的时候，我们曾经听到从南方传来的故事。噢是的，我们曾经在傍晚坐在大河的岸边，在柳树地，说很多故事，那时大河也很年轻，**咕噜，咕噜**。"他开始哭泣，喃喃自语。两个霍比特人耐心地等着。

"从南方传来的故事，"咕噜又继续说，"说的是高大的人类，他们长着雪亮的眼睛，他们的房子像石头的山丘，他们的国王有银王冠，还有白树——都是很美妙的故事。他们盖很高很高的塔楼，其中有一座塔楼是银白的，塔里有一个像月亮一样的石头，塔四周有巨大的白墙。噢是的，有许许多多关于月亮之塔的故事。"

"那一定是埃兰迪尔之子伊熙尔杜建起的米那斯伊希尔。"弗罗多说，"就是伊熙尔杜砍下了大敌的手指。"

"是的，现在他的黑手上只有四个指头，但也足够了。"咕噜打着寒战说，"他痛恨伊熙尔杜的城。"

"有什么是他不恨的？"弗罗多说，"不过，月亮之塔跟我们有什么关系？"

"嗯，主人，它以前在，现在也在——高塔、白色的房子和高墙。不过现在不好了，不漂亮了。他在很久以前攻下了它。现在那里是个非常恐怖的地方。旅行的人看到它都会发抖，他们偷偷溜出它的视线，避开它的阴影。但是主人必须走那条路。那是唯一的另一条路。因为山脉在那里要低一些，那条古道一直往上、往上，直到抵达顶上一个黑暗的隘口，然后它又继续往下、往下——下到戈垃洛斯。"他的声音低到如同耳语，并且打了个寒战。

"但是那怎么能帮我们的忙？"山姆问，"大敌肯定对他自己的山脉一清二楚，那条路肯定跟这条一样守得严实，对吧？那座塔楼也不是空的，对不对？"

"噢不，不是空的！"咕噜耳语道，"它看起来像空的，但它不是空的，噢不！那里面住着非常可怕的东西。奥克，对，永远都有奥克。但还有更糟糕的东西，还有更糟糕的东西住在那里。那条路就从高墙的阴影下开始往上爬，然后路过大门。那条路上活动的任何东西都逃不过他们的注视。塔里面的东西看得到——那些沉默的监视者。"

"这么说，这就是你的建议没错喽？"山姆说，"我们应该继续往南走上很长一段路，然后等到了地方——如果真到得了的话——就发现我们同样进退两难了，还没准更糟？"

"不，真不是这样。"咕噜说，"霍比特人一定要明白，一定要努力理解。他没料到那里会受到攻击。他的眼睛四面观看，但他看某些地方比别的地方更专心。他没法同时看遍所有地方，还不能。你瞧，他已经征服了阴影山脉以西直到大河的一整片土地，现在他还控制了所有的桥。他认为没有人能到月亮塔去，除非大队人马打过桥，或弄来一大批没法隐藏的船只过河，但这一来他会知道的。"

"他怎么做和怎么想，你好像知道得挺多啊？"山姆说，"你最近跟他聊过吗？还是你就只跟奥克套近乎来着？"

"你不是好霍比特人，你不讲理。"咕噜愤怒地瞥了山姆一眼，转向弗罗多，"斯密戈跟奥克说过话，是的，当然说过，那是在他遇见主人以前，他还跟很多人说过话，他去过很远的地方。他现在说的事情，很多人都在说。对他来说，最大的危险是在北方这里，对我们来说也是一样。总有一天他会从黑门出来，那一天很快会来。那是唯一一条大军可以出来的路。但是在西边那里，他不怕，而且那里还有沉默的监视者。"

"原来就是这么回事啊！"山姆一点也不示弱，"所以我们就要直接走上去，敲敲大门，问问我们要去魔多是不是走对了路？没准他们沉默过了头，真会不回答？这才没道理呢。在这里我们也能这么干，而且还给自己省下老长一段路。"

"别拿这事开玩笑。"咕噜嘶嘶叫道，"这不好笑，噢不！不好笑。试图进入魔多本来就完全没道理。但是，如果主人说'**我必须去**'或'**我要去**'，那他一定得尝试一条路。但是他一定不能进那个恐怖的城，噢不，当然不可以。这时斯密戈就能帮上忙了，好斯密戈，虽然没有人告诉他这到底是怎么回事。斯密戈又帮了忙。他找到了它。他知道它。"

"你找到了什么？"弗罗多问。

咕噜蹲下来，声音又低到了耳语的地步："一条爬上山脉的小径，然后有阶梯，一道很窄的阶梯，噢是的，非常长非常窄。然后还有更多阶梯。然后——"他的声音压得更低，"——有个隧道，黑暗的隧道；最后有个小裂缝，有一条高出主隘口好多的小路。斯密戈就是从那条路逃出黑暗的。但那是很多年前了。那条小路现在可能已经消失了，但也有可能还在，可能还在。"

"我觉得这听起来一点都不对劲。"山姆说,"反正你这说法听起来太容易了。要是那条小路还在那里,也一定会有人看守。以前难道没人看守它吗,咕噜?"他这话一说,就瞥见——或以为自己瞥见——一道绿光从咕噜眼中闪过。咕噜喃喃低语着,但没有回答。

"没人看守它吗?"弗罗多厉声问,"而你真是**逃脱**了黑暗吗,斯密戈?难道你不是因为负有任务,才被允许离开?至少几年前在死亡沼泽附近找到你的阿拉贡是这么认为的。"

"他胡说!"咕噜嘶嘶叫道,一听到阿拉贡这名字,他眼里登时冒出了邪恶的光,"他关于我的话都是胡说,对,他胡说。我是逃出来的,全靠可怜的我自己。没错,我被命令要找宝贝,而我找了又找,找了又找,我当然找了。但不是为黑暗魔王找的。宝贝是我们的,我告诉你是我的。我确实是逃出来的。"

弗罗多有种奇异的把握,他认为尽管咕噜很值得怀疑,但在这件事情上,这一次咕噜所说的离真相相去不远。他不知怎么地找到了一条离开魔多的路,至少他相信这是靠了他自己的狡猾。比如,弗罗多注意到了一点:咕噜刚才说话时用了"我",这非常罕见，似乎通常标志着某种过往的真相与诚挚的残余部分，一时之间占了上风。但即便咕噜在这一点上是可信的，弗罗多也还是没有忘记大敌的诡计。那场"逃脱"有可能是被默许或是被安排好的，邪黑塔对此知道得一清二楚。而且无论如何，咕噜显然还有许多事情没说出口。

"我再问你一次，"他说，"这条秘密小路没人看守吗？"

但是阿拉贡这个名字已经使咕噜愠怒不已。他全身都散发着那种好不容易说了一次真话或部分真话，却被怀疑是骗子的受伤气息。他没回答。

"没人看守它吗？"弗罗多重复道。

"不，不，大概有吧。这个地方没有哪里是安全的。"咕噜悻悻地说，"没有安全的地方。但是主人必须试试，要不就回家。没有别的路了。"他们没办法让他多说了。那个危险之地以及那处高隘口的名字，他都说不出，或不愿意说。

它名叫奇立斯乌苟，一个有着恐怖传言的名字。阿拉贡或许能告诉他们这名字与它的意义，甘道夫则会警告他们。但是他们现在孤立无援，阿拉贡远在他方，而甘道夫正站在艾森加德的废墟中与萨茹曼争斗，被背叛拖住了脚步。然而，即使在他对萨茹曼发出最后警告之际，当**帕蓝提尔**在欧尔桑克的台阶上砸出火花之时，他的思绪都一直牵挂在弗罗多和山姆身上，他的心神越过千里长路，怀着希望和怜悯搜寻着他们。

也许弗罗多感觉到了，却没有意识到，就如他在阿蒙汉山上一样，即便他相信甘道夫已经逝去，永远坠入了遥远的墨瑞亚的阴影中。他在地上坐了好长一段时间，低着头沉默不语，拼命回忆甘道夫跟他说过的一切。但对于眼前的选择，他想不起任何建议。他们被剥夺了甘道夫的引导，这发生得实在是太快、太快了，那时离这黑暗之地还非常遥远。他们最后要怎么进入它，甘道夫没说。也许他也说不出来。他曾经冒险进入过一次北方的大敌要塞多古尔都，但是，自从黑暗魔君东山再起后，他曾旅行进入魔多，到过火焰之山和巴拉督尔吗？弗罗多觉得没有。而他呢？他不过是个来自夏尔的小半身人，一个来自宁静乡间的单纯霍比特人，人们却期望他找到一条那些伟人不能走，或不敢走的路。这命运真是不幸。但是，这是去年春天，他在自家起居室里自愿负起的任务，现在感觉起来无比遥远，远到像是世界开天辟地时的故事里的一章，那时金树和银树依旧繁花盛开。这真是个不吉的选择。他该选哪条路？如果两条路都通向恐怖与死亡，那又有什么好选的？

时间流逝。一股深沉的寂静笼罩了他们所躺的，如此接近恐怖之地边界的灰暗小洼坑。这寂静就像是一块触摸得到的厚厚面纱，将他们与周围整个世界隔绝开来。他们上方是苍白的天穹，被一道道飞逝的浓烟阻隔，但天空似乎极高又极远，仿佛是透过浩大深邃、饱含沉重思绪的空气所见的模样。

即便是一只翱翔在太阳下的鹰，也看不见坐在坑里，承担着厄运的重压，默不作声，纹丝不动，全身都裹在薄薄的灰斗篷里的霍比特人。他可能会稍停片刻打量咕噜，一个趴在地上的渺小身影——那或许是某个饿死的人类小孩的尸骨，上面还附着破烂的衣服，它长长的手脚都白如枯骨，瘦如枯骨，连一块可啄的肉都没有。

弗罗多把头垂在膝盖上，但是山姆往后靠着，两手枕在脑后，脸藏在兜帽里，朝外瞪视着空无一物的天空——起码有很长一段时间是空无一物。随后，山姆觉得自己看见有个像鸟一样的黑影盘旋进了视野，暂停一阵，又飞走了。接着又来两只，然后是第四只。它们看起来都小得很，但他不知怎地知道它们必定硕大无朋，伸展开宽阔的翅膀飞在极高的地方。他蒙上眼睛，弯腰蜷起身子，过去黑骑手出现时警示他的恐惧，又一次向他袭来——那种令人无助的恐惧，源自乘风而来的尖叫与月亮映出的黑影。尽管现在威胁更遥远，因而不那么难以忍受、难以抗拒，但是威胁仍在。弗罗多也感觉到了。他的思绪被打断，身体微微一动，抖了抖，但他没有抬头。咕噜则缩成一团，像只受困的蜘蛛。那些展翼的形体盘旋了一阵，接着急速俯冲而下，飞快赶回魔多去了。

山姆深吸了一口气。"黑骑手又来了，在天上。"他哑着嗓子低声说，"我看见他们了。你觉得他们看得到我们吗？他们在很高很高的地方。如果他们就是之前那些黑骑手，那么他们在白天应该看不见什么，对吗？"

"对，也许看不见吧。"弗罗多说，"但是他们的坐骑能看见。现在他们骑乘的这些有翼生物，很可能视力比任何其他生物都好。他们像是巨大的食腐鸟。他们在搜寻什么东西，恐怕大敌已经有所警戒了。"

恐惧的感觉过去了，但包围他们的沉寂也被打破了。刚才有一阵子他们与世隔绝，仿佛待在一个看不见的小岛上。现在他们又被暴露出来，危险重临。但是弗罗多仍然没有做出决定，没跟咕噜说话。他闭着眼睛，仿佛正在做梦，或在反观自己的内心和记忆。终于，他动了动，爬了起来，似乎打算开口说出决定。可他说出口的却是："听！那是什么？"

一股新的恐惧笼罩了他们。他们听见了歌声和沙哑的吼声。起初像在很远的地方，但是越来越近，正朝他们而来。他们心中全都闪过了同一个念头：那些黑翼看见了他们，已经派了军队来抓他们，索隆这些恐怖爪牙的速度实在惊人。他们蹲伏下来，倾听着。说话声和武器甲胄的碰撞声已经非常近了。弗罗多和山姆拔松了鞘中的短剑。逃走已经不可能了。

咕噜慢慢起身，像昆虫一样爬到洼坑口，小心翼翼地一时一时向上爬，直到能从一块岩石的缺口朝外望。他一动不动地在那里趴了一阵，没弄出一点声音。很快，那些声音又开始慢慢减弱，接着渐渐消失。远处魔栏农的城墙上有号角吹响。随后，咕噜悄悄地退后，滑回洼坑底。

"是更多的人类去了魔多。"他压低声音说，"黑面孔。我们以前从来没见过这样的人类，不，斯密戈没见过。他们很凶恶。他们有黑眼睛，长长的黑头发，耳朵上戴着金耳环，是的，很多漂亮的黄金。有些人脸颊上还涂着红颜色，还有红斗篷。他们的旗子是红的，长矛的矛尖也是红的。他们有圆盾牌，黄色和黑色，上面有很大的钉子。一点也不好，他们看起来是非常邪恶残酷的人类。简直像奥克一样坏，体型还大得多。斯密戈认为他们是从比大河尽头还远的南方来的：他们是从那条路上来的。他们已经进了黑门，但后面可能还有更多会来。总是有更多的人去魔多。有一天所有的人都会进到里面去。"

"有没有毛象[1]？"山姆问，热心打听异地的消息，于是忘了恐惧。

"没有，没有毛象。什么是毛象？"咕噜说。

山姆站起身，将双手背在身后（他每次"吟诗"的时候都是这样），然后开始吟诵：

我颜色如鼠灰，

身巨如房屋，

鼻子像长蛇，

沉缓过草原，

脚步震大地，

沿途树木摧。

生长在南方，

嘴里有长角，

大耳扇扇摇。

年岁数不清，

脚步不停歇。

不曾卧地倒，

甚而永不死。

我乃大毛象，

身形最巨大，

又高又壮年纪老，

你若见到我，

永远难忘怀。

若只凭传言，

不信我是真。

我乃老毛象，

从来不说谎。

"这个，是夏尔的一首歌谣。"他念完了之后说，

"也许是胡诌，也许不是。不过，你知道，我们也有自己的故事，有来自南方的消息。过去，霍比特人也习惯不时出去闯荡，只不过真回来的人不多，他们所说的也不是全都能信——俗话说，那都是**布理来的消息**，可不是**跟夏尔说法一样靠得住**。但是我听说过太阳地的大种人的故事，那个地方在很远的南方。在我们的故事里，他们叫斯乌廷人²。据说，他们打仗时骑在毛象上。他们把房子跟塔楼之类的都搭在毛象的背上，毛象还会互相丢石头和树木。所以，当你说：'南方来的人类，全都穿红戴金。'我才会问：'有没有毛象？'因为要是有的话，不管要不要冒险，我都打算看一看。不过，现在我估计我永远都看不到毛象啦。也许根本就没有这样的动物。"他长叹一声。

"没有，没有毛象。"咕噜又说了一次，"斯密戈没听说过这种动物。他也不想看见它们。他也不想要它们存在。斯密戈想要离开这里，去躲在一个安全点的地方。斯密戈想要主人走。好主人，他不愿意跟斯密戈走吗？"

弗罗多站了起来。刚才，当山姆炫耀着念起那首关于**毛象**的炉边老歌谣时，他曾忘掉所有忧虑笑了出来，而笑声也将他从迟疑中解放出来。"我真希望我们有一千只毛象，并且甘道夫领头骑在一只白色的毛象背上。"他说，"如此一来，我们说不定能杀出一条路进入那片邪恶之地。可惜我们没有，只有疲惫的两条腿，仅此而已啦。好了，斯密戈，三次转折也许会带来最好的结果。我会跟你去。"

"好主人，聪明的主人，亲切的主人！"咕噜高兴地叫道，轻拍着弗罗多的膝盖，"好主人！那么，好霍比特人，现在就去岩石的阴影下休息吧，靠近那些石头底下！躺下来安静休息，等到大黄脸离开，我们就能赶快动身。我们一定要像影子一样，悄悄地快速离开！"

第四章

香草炖野兔

白昼余下的几个钟头，他们都在休息，随着太阳的移动而挪动，藏身阴影中，直到他们所在的洼坑西缘的影子终于变得很长，黑暗笼罩了整个洼坑。然后，他们吃了点东西，节省着喝了点水。咕噜什么都没吃，但是高高兴兴地喝了他们给的水。

"很快就会有很多水了，"他舔着嘴唇说，"我们要去的地方有很好的水，好水从好多小溪里往下流进大河。也许斯密戈还能在那儿找到吃的，他饿得要命，是的，**咕噜！**"他将两只又大又扁的手放在干瘪的肚子上，眼中又冒出了淡绿的光。

当他们终于出发时，暮色已经很浓了。他们悄悄从坑的西缘爬出去，像幽灵一样潜入了大道边缘那片崎岖不平的乡野。现在离月圆还有三天，月亮要到将近午夜时才会爬上山顶，因此刚入夜时大地漆黑一片。高高的尖牙之塔中燃着一道红光，但是除此之外，魔栏农上再看不见也听不见任何彻夜警戒的迹象。

他们在荒凉的石地里跌跌撞撞地奔逃了许多哩路，那只红眼似乎一直盯着他们。他们不敢走大道，但尽可能地跟着它的路线走，走在它的右侧，又与它保持着很近的距离。他们途中只短暂地休息过一次，等到夜深，已经很累时，那只红眼终于缩成炽烈的一小点，然后消失了——他们已经转过山脉下层那黑黝黝的北边山肩，正朝南方走去。

他们的心情这时莫名地轻松下来，于是小歇了一会儿，但没久待。咕噜觉得他们走得不够快，按他估算，从魔栏农到去往欧斯吉利亚斯途中的十字路口，有将近三十里格，而他希望能分四次走完。因此，不一会儿他们便又挣扎着上路，一直走到晨曦在一片广阔灰白的僻静大地上慢慢扩散开来。他们已经走了将近八里格的路。两个霍比特人这时就算有胆子继续走，也实在走不动了。

渐亮的天光，已向他们揭示出一片不那么荒凉贫瘠的大地。左边仍然耸立着阴沉不祥的山脉，但他们可以看见近在咫尺的南方大道，此时它转离黑暗的丘陵脚下，偏向西方而去。路的另一边是山坡，覆满了黑压压如同乌云的树木。但四周是一片欧石楠丛生的荒地，此外还长着帚石楠、金雀花和山茱萸，以及别的他们不认识的灌木。他们能零星见到小片小片的高大松树。两个霍比特人尽管疲惫，心情还是又振奋了一点——空气清新又芳香，让他们想起了遥远的夏尔北区的高地。能够走在一片落入黑暗魔君的统治只有几年，尚未彻底沦入腐朽的土地上，如此缓口气似乎真的不错。但是他们并未忘记自己身处险境，也没忘记黑门离得实在太近——尽管看不见，却就在这片阴暗高山的背后。他们环顾四周，寻找一个藏身之处，好在白天尚未过去时躲避那些邪恶的眼目。

白昼过得很不安稳。他们躺在茂密的帚石楠丛中，数着缓慢流逝的时间——时间似乎没什么变化，因为他们仍在埃斐尔度阿斯的阴影下，太阳被遮住了。弗罗多不时会睡着，睡得平静又深沉，也许是因为信任咕噜，也许是太累了顾不得为他费神。但是山姆却发觉自己很难真正入睡。即便咕噜明显已经睡熟，在他那隐秘的梦里哼唧抽搐，山姆顶多也只打个盹。或许，让他不能成眠的不是不信任，而是饥饿——他已经开始渴望吃上一顿美好的家常饭菜，"刚出锅的热腾腾的美味"。

当夜幕逐渐降临，大地褪成一片混沌灰影时，他们又立刻出发了。咕噜不一会儿就将他们领上了往南的大道。如此一来，虽然危险多了，但他们走得也快多了。他们竖起耳朵，仔细聆听大道前方是否有马蹄或脚步声，后头是否有追兵。但是黑夜流逝，他们没听见行人或骑手的声音。

大道是在久远到无人记得的年代里修成的，从魔栏农往下有大约三十哩的一段曾新近整修过，但越往南去道路就越荒败。道路笔直平整，从中仍可看出古时人类的手工巧艺：它不时穿过山坡切出一条路来，或经由造型优美、宽阔耐久的石拱桥跃过小溪。但是到了最后，所有石艺遗迹都荡然无存，只余路边的灌木丛中偶尔探出头来的断裂石柱，以及仍潜伏在杂草和青苔当中的古老的铺地石板。帚石楠、树木和蕨丛攀爬到坡下，悬长在坡岸上，或在路面上蔓延。道路最后颓圮成一条几乎无人经过，仅容板车行走的乡间小径。但它并未弯曲，仍是笔直向前延伸，为他们指出了最快的路线。

如此，他们越过了这片美丽乡野的北界，进入了人类一度称之为"伊希利恩"的地区。此地树木蓊郁，溪流跌宕。在群星和圆月的照耀下，夜晚变得十分美好，两个霍比特人觉得，越往前走，空气就越芬芳。从咕噜的呼气和喃喃自语中，可知他也注意到了这点，但他并不欣赏。当天边曙色初现，他们便再次停下。他们已经来到一条长而深的山沟尽头，深沟中段两壁陡峭，大路从一条石脊上切过。他们爬上了西边的沟壁，举目四望。

天色逐渐大亮，他们看见山脉现在远得多了，呈一道弧线逐渐朝东退去，消失在远方。他们转向西方，面前呈现出和缓的山坡，一路下降到深处朦胧的雾气里。他们周围是冷杉、雪松、柏树这样的松香树木组成的小树林，另外还有一些不曾在夏尔见过的树木，树林之间隔着开阔的空地，到处都长着茂盛的芬芳香草和灌木。这趟从幽谷出发的漫长旅程将他们带到了远离家乡的南方，但是直到此刻，两个霍比特人来到这片备受庇护的地区，才感觉到气候的变化。在此，他们随处可见春天活跃的踪迹：蕨类的嫩芽从苔藓和泥地中冒出来，落叶松长出尖尖的绿芽，草地上开满小花，鸟儿欢唱。伊希利恩这片刚铎的花园，如今虽然荒无人迹，却仍生机蓬勃，保留着原始不羁的美丽。

伊希利恩的南边和西边朝向温暖的安都因下游河谷；东边有埃斐尔度阿斯作为屏障，却又没被笼罩在大山的阴影下；北边则有埃敏穆伊丘陵保护，远方大海的湿润南风可以直吹进来。这里生长着许多很久以前种下的参天古树，不知多少年无人照管，周围乱糟糟长满了随意生发的小苗。这里有小树林和灌木丛：柽柳和气味辛辣的黄连木，橄榄树和月桂；还有刺柏和香桃木；又有百里香，或是长成一丛一丛，或是蔓延出茂密的木茎，如厚厚的挂毯般遮没了岩石；各种鼠尾草盛开着或蓝或红或淡绿的花；还有墨角兰和新发芽的香芹，以及许多形态各异、气味多样的香草——山姆的园艺知识都不够用了。石坑和石壁上已经点缀了星星点点的虎耳草和景天。报春花和银莲花从榛树丛中冒出来。倾泻的小溪在奔向安都因大河途中，在凉爽的山谷里暂时驻足，形成一个个水塘。在水塘旁那茂盛浓绿的草地上，日光兰和许多百合花摇曳着半开的花蕾。

三个旅人转离了道路，走下山坡。他们边走边拨开树丛和香草，从中穿行而过，一股股甜蜜的香气升起，萦绕在四周。咕噜不停咳嗽干呕，但两个霍比特人都在深深呼吸，山姆还突然爆发出一阵大笑，不是因为觉得好笑，而是因为心情舒畅。他们顺着前方一条奔流而下的小溪走，小溪这时将他们带到一处浅谷中水质清澈的小湖旁。这是古时候一座石砌的水池，如今已经碎裂残破，水池边缘的雕刻几乎全被青苔和玫瑰丛覆盖了。水池周围环绕着一排排剑一般的鸢尾叶，轻轻荡漾着涟漪的深色水面上漂浮着片片睡莲叶。湖很深，水质清新，湖水不断从对岸的一处岩石边沿舒缓地溢流而出。

他们在此洗漱一番，又在入水口将新鲜的水畅饮到饱，然后便寻找一个可以藏起来休息的地方。这片土地尽管看似美丽依旧，如今却是大敌的领土。他们离开大道并不远，但即使是这么短的距离，也已经看见不少旧日战事留下的伤痕，以及奥克和黑暗魔君的其他邪恶爪牙造成的新创：一坑没有掩埋的秽物垃圾，被胡乱砍倒、放任枯死的树木，树皮上还有粗暴的刀痕刻下的可怕魔眼记号和邪恶的如尼文。

一时之间，山姆把魔多忘到了脑后。他在小湖出水口的下方攀爬，摸摸嗅嗅那些陌生的植物和树木。无意中，他撞上了一圈被火烧过的焦土，发现中间是一堆烧焦碎裂的骷髅和头骨，这立刻提醒了他，自己这一行人时刻都面临着危险。虽然这片可怕的饕餮处和屠杀场已经覆上薄薄一层疯长起来的荆棘、野蔷薇和蔓生的铁线莲，但它存在的时间并不久。山姆匆匆赶回同伴们身边，但是什么也没说：那些尸骨最好安眠在那里，不要被咕噜染指打扰。

"我们找个地方歇歇吧。"他说，"别去那下头，我要个高点的地方。"

从小湖往回朝上走一点，他们发现了厚厚一层去年的褐色蕨类植物。过了这片蕨叶，树叶墨绿的月桂树茂密丛生，攀上陡峭的山坡，坡顶则长满了古老的雪松。他们决定在这里休息，度过这个注定又明亮又温暖的白天。这天其实十分适宜他们漫步走过伊希利恩的树林和空地，但尽管奥克回避阳光，这里仍有太多地方能供那些生物躲藏、监视，此外索隆爪牙众多，其他邪恶的眼目也可能在外游荡。再说，咕噜不肯在"大黄脸"底下行走。大黄脸很快就会升到埃斐尔度阿斯黑暗的山脊之上，他会因为光和热而畏缩晕倒。

他们还在行进时，山姆就郑重思考过食物的问题。现在，既然面对那道不可逾越的黑门时的绝望感被抛到了身后，他便不像他家少爷那样，坚持不去考虑任务完成之后的生计问题。他觉得，把精灵的行路干粮省下来，留到将来情况更恶劣时吃，怎么看都要明智些。从他估算干粮只够吃三星期那天起，到现在已经过了至少六天了。

"这么下去，我们要是能及时到达火山，那可真得算走运。"他想，"而且我们可能还想回来呢。我们会的！"

此外，在跋涉了一整夜，洗完澡又喝饱之后，他感觉比往常更饿了。在袋下路老厨房的炉火边吃顿晚餐或早餐，这才是他真正想要的。他突然冒出了一个念头，便转身去找咕噜。咕噜手脚并用，正偷偷摸摸地爬过那片蕨叶，打算独自溜走。

"嘿！咕噜！"山姆说，"你要去哪儿？打猎吗？好吧，你这老家伙听着，你不喜欢我们的食物，而我自己也觉得换换口味挺不坏的。你的新口头禅是'永远乐意帮忙'，那你可以找点适合给饥饿的霍比特人吃的东西吗？"

"可以，也许可以。"咕噜说，"斯密戈永远帮忙，如果他们开口嘶嘶——如果他们客气地开口嘶嘶。"

"行行！"山姆说，"我确实'开口嘶嘶'了，如果这还不够客气，那我求你嘶嘶。"

咕噜走了，离开了一段时间。弗罗多吃了几口兰巴斯，就深深扎进褐色的蕨叶丛里，睡觉去了。山姆看着他，清晨的阳光才刚爬到树荫下，但他能清清楚楚地看见他家少爷的脸，还有他搁在身旁地面上的手。这让山姆突然想起了弗罗多受了致命伤后，在埃尔隆德之家沉睡时的情景。那时山姆在看护着他时，就注意到弗罗多体内似乎不时发出淡淡的光，而现在，那光愈发清晰也愈发明亮了。弗罗多的面容很安详，找不到恐惧和忧虑的痕迹，但那张脸显出了老态，苍老而优美，仿佛岁月的雕凿透过许多原先隐藏着的细致纹路，一朝展露出成效，然而拥有那张脸的人并未改变。这可不是山姆·甘姆吉自己主观的认定。他摇摇头，仿佛找不到恰当的话来说，于是只喃喃道："我爱他。他就是那个样子，有时候不知怎地就会流露出来。但是不管怎样，我就是爱他。"

咕噜悄悄没声息地回来了，探过山姆的肩膀窥视，他看见了弗罗多，于是闭上眼睛无声无息地爬开去。片刻之后，山姆过来找他，发现他正嚼着什么东西，还在自言自语。他旁边的地上放着两只小兔子，而他开始以贪婪的目光盯着它们。

"斯密戈永远帮忙。"他说，"他带了兔子回来，很好的兔子。但是主人睡着了，也许山姆也想睡觉。现在不要兔子了吧？斯密戈尽力帮忙，但是他没办法一眨眼就抓到很多东西。"

不过，山姆一点不反对吃兔子，他也是这么说的——至少他不反对吃烹煮了的兔子。当然，所有的霍比特人都会烹调，他们在学识字（许多人一辈子都不识字）之前就开始学习烹调的艺术了。但即便是拿霍比特人的标准衡量，山姆也是个好厨子。这一路上条件允许野炊的时候，他已经大展过身手。他仍然心怀侥幸地在背包中带着一部分炊具：一个小火绒盒，大套小的两口小浅锅，锅里又塞了一柄木勺，一把双尖的短叉子，以及几根串肉签。在背包底下还塞着一个扁平的木盒，里头藏着那逐渐减少的宝贵东西——食盐。但除此之外，他还需要火和别的。他取出刀子，洗干净后磨了磨，便开始收拾那两只兔子，与此同时想了想。他可不会离开这里，让弗罗多独自沉睡，哪怕几分钟都不成。

"那啥，咕噜，"他说，"我还有一件事要你来办。把这两个锅拿去装满水，再拿回来！"

"斯密戈会去打水，是的。"咕噜说，"不过霍比特人要这么多水做什么？他都喝饱了，他也洗过澡了。"

"你别管，"山姆说，"你要是猜不到，很快也会知道。而且你越快把水打来，就越快知道。你不许弄坏我的锅子，不然我就把你剁成肉酱。"

咕噜走了之后，山姆又端详了下弗罗多。他仍睡得很沉，但这时山姆最讶异的是，他的脸和手竟然这么消瘦。"他太瘦又太累了，"他喃喃道，"霍比特人可不该这个样子。我要能把这些兔子炖好了，就去叫他起来。"

山姆挑出最干燥的蕨叶，收集起来堆成一堆，又爬上山坡捡了一捆细枝和碎木头。山坡顶上有段折断的雪松树枝，这给他提供了足够的燃料。他紧贴着坡底那片蕨丛的外缘掘开草皮，挖了个浅坑，然后把柴火放进去。他精通火石和火绒的用法，很快就生起了一小把火。火几乎没冒什么烟，而是散发出一股香气。他俯身护着火苗，慢慢添上粗一点的木柴好让火烧旺。这时咕噜回来了，小心翼翼地端着两锅水，一边自言自语地咕哝抱怨着。

他把锅放下，接着突然看见山姆在干什么，忍不住嘶嘶细声尖叫起来，似乎既害怕又生气。"啊咳！嘶嘶——不行！"他叫道，"不可以！蠢霍比特人，笨蛋，对，大笨蛋！他们一定不能这么干！"

"不能干什么？"山姆吃惊地问。

"不能弄出这讨厌嘶嘶的红舌头！"咕噜嘶嘶道，"火，火！火很危险，对很危险。它会烧死，会杀死，它还会把敌人引来，是的它会。"

"我看不会，"山姆说，"只要你不在上头添湿东西使它冒出烟来，我看不出它为啥会招来敌人。但是，万一招来就招来吧。我反正打算冒这个险。我要炖了这些兔子。"

"炖兔子！"咕噜惊愕地细声尖叫，"糟蹋斯密戈给你们省下的美味的肉，可怜的饿肚子的斯密戈！为什么？蠢霍比特人，为什么？它们是小兔子，它们很嫩，它们很香甜。吃了它们，吃了它们！"他伸手去抓那只最近的兔子，兔子已经剥好皮放在火旁。

"等等，等等！"山姆说，"萝卜青菜各有所爱。我们的干粮呛着了你，而生兔肉会呛着我。如果你把兔子给我了，兔子就随我处置，明白吧，我想炖就炖，而我确实想炖。你不用瞅着我。你再去抓另一只按你喜欢的办法吃吧——找个我看不见的僻静地方就行。这样你就不用看见火，我也不用看见你，咱俩都会开心点。我会注意不让这火冒烟，这下你该放心了点吧。"

咕噜咕哝抱怨着退开，爬进了那片蕨丛里。山姆拿过锅子忙碌起来。"霍比特人要怎么烹调兔子呢？"他自言自语道，"要放些香草和薯根，尤其是土豆——不消说，还要配上面包。看来我们弄些香草是没问题的。"

"咕噜！"他轻声叫道，"帮人帮到底。我需要一些香草。"咕噜的头从蕨丛中探出来，但他看起来既不想帮忙也不友善。"要几片月桂叶，一些百里香和鼠尾草，这就够了——要在水开之前找来。"山姆说。

"不干！"咕噜说，"斯密戈不高兴。斯密戈也不喜欢有味道的叶子。他不吃草也不吃根，不吃，宝贝，除非他快要饿死或病得厉害，可怜的斯密戈。"

"等水开的时候，斯密戈要是没照吩咐办好，他就要下到货真价实的滚烫的水里去！"山姆吼道，"山姆会把他的脑袋塞进去，是的宝贝。要不是现在季节不对，我还会要他去找芜菁和胡萝卜，还有土豆。我敢打赌，这地方一定到处疯长着这一类的好东西。我愿意付个大价钱来换半打土豆。"

"斯密戈不去，噢不，宝贝，这次不去。"咕噜嘶嘶道，"他害怕，他也很累，而且这个霍比特人不和气，一点也不和气。斯密戈不去挖什么根和胡萝卜嘶嘶，还有——土豆。什么是土豆，宝贝，呃，什么是土豆？"

"就是马——铃——薯——"山姆说，"这可是老头儿的最爱，填饱空肚子的上好东西。不过你不用去找，找不到的。好啦，做个好斯密戈，给我找点香草来，这会改善一下我对你的看法。还有，你要是改过自新，不再变卦，我总有一天会做点土豆给你吃，我会的：给你上一道甘姆吉拿手的炸鱼和薯条。这你总不会拒绝吧。"

"会的，会的，我们会拒绝。糟蹋好鱼，烧焦它。

现在就给我鱼，自己留着那讨厌嘶嘶的薯条！"

"噢你真是没得治了，"山姆说，"滚去睡吧！"

到头来，他只能亲自去找所需的香草，不过他倒不至于非得走远，到看不见他家少爷躺着沉睡的地方去。山姆坐着沉思了一阵子，边照料着火堆直到水煮开。天光越来越亮，空气暖和起来，露珠从草地和树叶上蒸干消失。不一会儿，切成块的兔肉和扎好的香草就在锅里炖上了。随着时间流逝，山姆几乎也睡着了。他让两锅兔肉炖了将近一个钟头，不时用叉子戳戳，看肉烂不烂，并尝尝肉汤的味道。

等他觉得炖够火候，就把锅从火上拿开，悄悄来到弗罗多旁边。弗罗多半睁开眼睛，见山姆俯身看着他，随即从梦境中清醒过来：那又是一个温和、宁静却又记不得的梦。

"哈罗，山姆！"他说，"没休息吗？有什么不对劲吗？几点了？"

"大约是天亮后两个钟头吧。"山姆说，"照夏尔的钟来算，可能差不多八点半了。不过没什么不对劲的，虽然我得说也不是啥都没错：没有高汤，没有洋葱，没有土豆。弗罗多先生，我给你炖了点吃的，还有一点肉汤。这对你有好处。我没带碗来，也没带啥妥当的东西，你得用口杯慢慢喝，要不就等锅子凉一点以后直接从锅里喝。"

弗罗多打个呵欠，伸了个懒腰。"山姆，你本来也该睡一下的。"他说，"而且在这一带生火很危险。不过我是觉得饿了。嗯！我在这儿能闻到吗？你炖了什么？"

"一份斯密戈送的礼物，"山姆说，"两只小野兔，不过我估计咕噜现在正后悔呢。可惜除了一点香草，没有别的东西可以调味。"

山姆和他家少爷坐在蕨丛中紧靠边缘的地方，两人合用旧叉子和勺子，就着锅子吃起炖肉来。他们还放开肚子各吃了半块精灵干粮，这简直要算一顿盛宴了。

"呦！咕噜！"山姆轻吹了声口哨叫道，"过来！你还来得及改主意。你要是想尝尝炖兔肉，这儿还剩了点。"没人回答。

"噢算了，我估计他自己去找吃的了。我们把它吃完吧。"山姆说。

"然后你一定得睡一会儿。"弗罗多说。

"那我打盹的时候你可别睡着了，弗罗多先生。我可不怎么信任他。他身上那个缺德鬼——就是那个坏咕噜，你懂我的意思吧——他的影响还大得很，而且变得更厉害啦。不过我觉得他现在多半想先掐死我。我不正眼看他，他也不正眼看我，他一点也不喜欢山姆，噢不宝贝，一点也不喜欢。"

他们吃完后，山姆去溪边洗那些家当。起身往回走时，他回头往山坡上看了一眼。那时，他看见太阳已经升到始终弥漫在东边的蒸汽——或烟雾，或阴影，或天知道什么东西——的上面了，金色的光芒照在周围的树木和空地上。然后，他注意到有一道稀薄的蓝灰色烟柱正从上方的灌木丛中盘旋上升，反射着阳光，能看得清清楚楚。他猛然一惊，意识到这是他炖肉用的小火堆，他忘记把它扑灭了。

"这下糟了！真没想到它会这么显眼！"他咕哝着，开始匆忙往回赶。蓦地，他停下脚步，仔细聆听：他是不是听见了一声口哨？要不就是什么陌生的鸟叫？如果那是口哨，声音却不是从弗罗多的方向传来的——就在这时，又从另一个地方传来了！山姆开始尽力往山坡上跑去。

他发现是一根小树枝烧到了搁在外面的一端，结果点燃了火堆边缘的一些蕨叶，而蕨叶烧了起来，让湿润的草皮冒起了烟。他急忙把余火踏熄，把灰烬踢散，又把挖出来的草皮填回洞里，然后才爬回弗罗多身边。

"你有没有听到一声口哨，还有一声像是回应？"他问，"就几分钟以前的事儿。我希望那只是鸟，但是听起来不太像。我觉得，更像是有人模仿鸟叫。还有，恐怕刚才我生的那个火冒了烟。要是我招来了麻烦，我永远不会原谅自己的，而且可能也没机会原谅！"

"嘘！"弗罗多耳语说，"我想我听见好多说话声。"

两个霍比特人捆好小背包，背上肩头，准备好随时奔逃，然后爬进蕨丛的深处。他们蹲在那里聆听。

毫无疑问，有几个声音正在压低音量秘密交谈，但是很近，而且越来越近。接着，他们旁边骤然响起了清晰的语声。

"这里！烟就是从这里冒出来的！"那个声音说，"它肯定就在附近，无疑就在蕨丛里。我们能抓住它，就像抓住掉进陷阱的兔子一样，然后就知道它究竟是什么东西了！"

"对，还有它都知道什么！"第二个声音说。

登时，四个男人从不同方向大步穿过蕨丛而来。反正这时逃跑和躲藏都不可能了，弗罗多和山姆索性跳了起来，背对背靠在一起，抽出了短剑。

或许他们对自己眼中所见吃了一惊，不过捉到他们的人却吃了更大一惊。四个高大的人类站在那里，两个人手中握着长矛，矛头阔大雪亮，两个人拿着大弓，弓几乎有一人高，硕大的箭筒里装着绿羽毛的长箭。四人身侧全都挂着剑，身穿深浅不同的绿色和棕色的衣服，仿佛是为了在伊希利恩的林中空地里走动时更不容易被瞧见。他们戴着绿色的护臂手套，用兜帽罩住头，还戴着绿色的面罩，只有眼睛露在外面，十分明亮锐利。弗罗多立刻想到了波洛米尔，因为这些人类的身形、举止和说话的方式都很像他。

"我们没找到要找的。"一人说，"而我们找到的这是什么啊？"

"不是奥克。"另一人说，松开了剑柄——之前他看见弗罗多手中刺叮的闪光，立刻握住了自己的剑。

"精灵吗？"第三人语带怀疑地说。

"不！不是精灵。"个子最高的第四人说，他显然是这一行人的首领，"如今精灵不来伊希利恩走动。而且，据说精灵看起来都惊人地美丽。"

"你这意思是说，我们长得很难看喽。"山姆说，"谢谢你的美言。等你品头论足完了我们，或许能说说**你们**是谁，为啥不让两个疲倦的旅人休息。"

那个高大的绿衣人冷冷地笑了笑。"我是刚铎的统帅法拉米尔。"他说，"不过此地没有旅人，有的不是邪黑塔的爪牙，便是白塔的属下。"

"但我们两者都不是。"弗罗多说，"而且，无论统帅法拉米尔怎么说，我们都确实是旅人。"

"那就快说你们是什么人，身负什么使命。"法拉米尔说，"我们还有任务，这不是猜谜谈判的时间或场合。快说！你们的第三个同伴在哪里？"

"第三个？"

"对，那个鬼鬼祟祟的家伙，我们看见他把鼻子扎到下面那边的水池里。他长得实在不讨人喜欢。我猜是种奥克的奸细，要不就是他们手下的生物。但是他使诡计摆脱了我们。"

"我不知道他在哪里。"弗罗多说，"他只是我们在路上碰巧遇到的同伴。我对他负不了责任。如果你们碰到他，且饶他一命，将他带来或交给我们。他只是个流浪的不幸家伙，但我已经把他纳入照顾一阵子了。至于我们，我们是来自夏尔的霍比特人，那地远在西北方，要渡过许多河流。我是卓果之子弗罗多，跟我在一起的这位是汉姆法斯特之子山姆怀斯，是我忠实的霍比特仆人。我们从幽谷，也就是有人称之为伊姆拉缀斯的地方，远道而来。"听到这里，法拉米尔一惊，变得专注起来。"我们曾有七个同伴：在墨瑞亚失去了一个；余下的六个，我们在涝洛斯瀑布上方的帕斯嘉兰离开了他们。有两个跟我同族，还有一个矮人，一个精灵，两个人类——阿拉贡和波洛米尔，波洛米尔说他来自南方一座名叫米那斯提力斯的城。"

"波洛米尔！"四个人异口同声叫起来。

"宰相德内梭尔之子波洛米尔？"法拉米尔说，脸上浮现出一种异样的严厉神情，"你们跟他一起来的？如果这话属实，那确实是新闻。小陌生人，你们要知道，德内梭尔之子波洛米尔乃是白塔的至高守护，也是我们的元帅，我们极其想念他。你们到底是谁？跟他有什么关系？快说，太阳正在升高！"

弗罗多反问："你知道波洛米尔带去幽谷的谜语吗？

寻找断剑，

它隐于伊姆拉缀斯。"

"这些话我们确实知道。"法拉米尔震惊地说，"既然你们也知道，多少证明你们所言不虚。"

"我刚才提到的阿拉贡，就是断剑的拥有者。"弗罗多说，"而我们就是那首谜语诗中提到的半身人。"

"这一点我看得出。"法拉米尔若有所思地说，"或者说，我看得出这是有可能的。那么伊熙尔杜的克星是什么？"

"那还隐而未现。"弗罗多说，"毫无疑问，总有一天会真相大白。"

"此事我们必须详加了解。"法拉米尔说，"还要了解你是为了什么才来到这么远的东方，来到那边——"他指了指，但没有说出名字，"——的阴影底下。但现在不行。我们正有急事要办。你们身在险境，今天无论在野地里还是大道上都走不了多远。今天中午之前，附近必要发生一场恶斗，此后要么是死亡，要么是迅速逃回安都因大河那边。我会留下两个人保护你们，这既是为你们好，也是为了我自己。在这片土地上，明智的人不相信萍水相逢。若我归来，我会再跟你们谈谈。"

"再会！"弗罗多说，深深鞠了一躬，"你尽可随意猜想，但我是那独一大敌的所有敌人的朋友。如果我们半身人一族可以指望为你们这样强壮又勇敢的人出点力，并且我的任务也允许的话，我们愿意跟你走。愿你们的剑光明闪耀！"

"半身人无论其他方面如何，倒真是彬彬有礼的种族。"法拉米尔说，"再会！"

两个霍比特人重新坐下，但他们都没有把心中的想法和疑虑跟对方说。那两个留下的人，就在近旁那片墨绿月桂树的斑驳树影下警戒。白天渐渐热了起来，他们不时取下面罩来凉快一下，弗罗多发现他们是出类拔萃的人类，皮肤白皙，深色头发，灰眼睛，高傲的面孔含着忧伤。他们彼此低声交谈，一开始用的是通用语，不过说的时候循着旧日的风范，然后换成了一种自己的语言。弗罗多听着听着，不禁惊讶起来，因为他察觉到他们说的是精灵语，不然就是一种跟精灵语相去无几的语言。他惊奇地看着他们，因为这一来他知道了：他们必定是南方的杜内丹人，是西方之地诸王的后裔子孙。

　　过了一会儿，他开始跟他们说话；但是他们答得很慢也很谨慎。他们自我介绍分别是玛布隆和达姆罗德，是刚铎的士兵，属于伊希利恩突击队[1]，因为他们的祖先曾经生活在伊希利恩，但是伊希利恩沦陷了。宰相德内梭尔选出一些这样出身的人组织了一支突击队，派他们秘密渡过安都因河（怎么渡过和从哪里渡过，他们都不肯说），去骚扰那些在大河和埃斐尔度阿斯之间的地区游荡的奥克和其他敌人。

　　"从这里到安都因大河的东岸，将近十里格，"玛布隆说，"我们很少深入野外这么远。但是我们此行负有新的使命：我们前来伏击哈拉德的人类。诅咒他们！"

　　"对，诅咒那些南蛮子！"达姆罗德说，"据说古时刚铎跟遥远南方的哈拉德诸国有贸易往来，不过从来没建立友谊。那些年间，我们的边界远过南方的安都因河口，而南方诸国中离我们最近的乌姆巴尔也承认我们的统治。但那已经是很久以前的事了。人类的许多世代过去，我们之间再无来往。近来，我们得知大敌的势力已经渗入他们当中，他们也投靠他，或者说重归他的麾下——他们向来心甘情愿地归顺他的统治——东方的许多地区也都一样。我不怀疑刚铎的气数将尽，米那斯提力斯的城墙已难逃一劫，他的力量和恶意实在太强大了。"

"但是，我们不会坐视不管，让他为所欲为！"玛布隆说，"这些该死的南蛮子正沿古道行军而来，去壮大邪黑塔麾下的力量——没错，走的就是刚铎的工艺所铺就的道路。就我们所知，他们行军比以往更加肆无忌惮，他们觉得新主子的力量已经足够强大，到了连他那些山岭的影子都能保护他们的地步。我们前来是要再给他们一个教训。几天前我们获得情报，他们的主力大军正在向北而来。按我们的估计，大约中午之前，他们有一个军团将经过上面那条路穿沟而过的地方。路是可以穿过，但他们可不行！只要法拉米尔是统帅，他们就休想。现在所有的危险行动都是他领军，不过他挺命大的，要不就是命运对他有别的安排。"

他们说着说着，渐渐都住了口，只静静聆听着。万物似乎都安静下来，充满警戒。山姆蹲在蕨丛边缘，悄悄朝外望。他凭着霍比特人的锐利目光，看见周围还有许多人类。他看得见他们正潜上山坡，有的单独行动，有的列成长队前行，始终走在树林或灌木丛的浓荫底下，或是在草地和灌木间爬行——他们穿着棕色与绿色的衣物，身影几乎辨认不出。他们全都戴着兜帽和面罩，手上都戴着护臂手套，携带的武器与法拉米尔及他的同伴相似。没多久，他们就尽数经过，没了踪影。太阳继续升高，直到接近南方。树荫缩短了。

"我纳闷那个讨厌的咕噜哪儿去了？"山姆爬回树荫深处时想着，"他现在相当有可能被当作奥克宰了，不然就是叫大黄脸给烤焦了。不过我猜他会照顾自己的。"他在弗罗多身边躺下，开始打瞌睡。

他猛然醒来，觉得自己听见了号角声。他坐了起来。现在已经是正午时分了。两个护卫站在树荫中，警觉又紧张。突然间，更大的号角声传了过来，并且毫无疑问就在上方，在山坡顶上。山姆觉得自己还听见了哀号和狂乱的喊叫，但声音很模糊，仿佛是从远处的山洞中传来一般。接着，附近霎时爆发出一片厮杀声，就在他们躲藏处的正上方。他可以清楚听见钢铁相击的铿锵，利剑砍上铁头盔的叮当响，刀刃劈上盾牌的沉闷声；人们在嘶吼尖叫，还有个清晰洪亮的声音在大喊："**刚铎！刚铎！**"

"听起来就像有一百个铁匠凑在一块儿同时打铁！"山姆对弗罗多说，"我可真不希望他们再靠近啦。"

但是厮杀声变得更近了。"他们过来了！"达姆罗德喊道，"看！有些南蛮子冲出了包围圈，从大道上逃了，就在那边！我们的人在追杀他们，队长冲在最前面。"

按捺不住要看个究竟的山姆，这会儿奔到了两个守卫身边。他往坡上爬了一小段，到了一棵较大的月桂树下。有那么片刻，他瞥见不远处有几个身穿红衣的黝黑人类正奔下山坡，穿着绿衣的战士动作迅捷地紧追在后，将奔逃的人砍倒。空中箭如飞蝗。接着，突然有个人从掩护他们藏身的山壁边沿径直摔了下来，落地时压折了一些小树，几乎滚到了他们头上。那人最后停在几呎外的蕨丛里，脸朝下，颈后的金色护颈下方扎着绿色的羽箭。他猩红的战袍被扯破了，层叠的黄铜铠甲被砍得凹凸裂开，编束着黄金的黑色发辫浸透了鲜血。他棕色的手仍紧紧抓着一把断剑的剑柄。

这是山姆第一次看见人类与人类之间的战斗，他不怎么喜欢。他很庆幸自己看不见那张死人脸。他纳闷那人叫什么名字，从哪里来，内心是不是真的很邪恶，是什么谎言或威胁让他离开家乡长途跋涉到此，以及他是否真的不愿待在家乡过着平静的日子——凡此种种在他脑中一闪，又被迅速逐了出去。因为就在玛布隆迈步朝那倒卧的尸体走去时，又有新的嘈杂声响了起来。高声嚎叫和呼喊。山姆还听见其中夹杂着刺耳的咆哮或喇叭声。然后是巨大沉重的砰砰响和撞击声，就像巨大的锤子夯向地面。

"小心！小心！"达姆罗德对同伴喊道，"愿维拉令他转向！猛犸[2]！猛犸！"

山姆惊惧交加但又无限欢喜地看见，一个庞然巨物闯出树林，猛冲下山坡。它大得就像一栋房子——他觉得它比房子还要大得多，简直是一座移动的灰色小山。或许，是惧怕和好奇让它在霍比特人眼中被放大了，不过，哈拉德的猛犸确实是庞然巨兽，如今中洲已经没有他这样的动物了。他那些日后仍活在大地上的同类，论魁伟与威武，不过是他的缩影而已。他朝观者们直奔而来，在千钧一发之际转了方向，就在区区几码开外经过，令大地在他们脚下震动。他的巨腿粗壮如树，巨耳张开如帆，长鼻高举如即将发动进攻的巨蟒，小红眼睛里满是狂暴之色。他上翘如号角的长牙箍着金箍，上面还滴着血。他身上猩红与金色的饰毯已经扯得稀烂，随风啪啪飘舞着。他拱起的背上驮着一个像是战塔的巨物，也已在他狂怒穿过树林时撞得破烂不堪。在他高高的脖子上还有个小小的人影紧抱着不放手——那其实是个魁梧的战士，在斯乌廷人当中得算巨人了。

这头巨兽盲目又狂怒，笨拙地前行，轰然踏过了水池和灌木丛。羽箭射上他皮革粗厚的身体两侧，不是弹开就是折断，而他毫发无伤。交战双方的人类都在他面前飞奔逃避，但他还是追上许多人，将他们踩扁在地。不一会儿他就从视野中消失了，只余逐渐远去的隆隆踩踏声。山姆再也没听说他后来怎么样了：究竟是逃进野地中游荡了一阵子，直到死在远离家园的异乡，还是落入了深坑陷阱中，或者狂怒之下一路直扎进大河里，遭了灭顶之灾。

山姆深深吸了口气。"这不就是头毛象吗！"他说，"所以，真的有毛象啊！我终于见到了一头！真是值了！但是家乡绝对没人会相信我的。好了，要是这就完了，我也该睡一下了。"

"趁能睡时快睡吧。"玛布隆说，"如果队长没受伤，他会回来的。等他回来，我们就立刻启程。我们的作为要不了多久就会传到大敌耳里，很快就会有追兵来追我们的。"

"你们要走的时候小声一点就是了！"山姆说，"不用打扰我睡觉。我可是走了一整晚的路。"

玛布隆大笑。"山姆怀斯大人，我看队长不会把你们留在这里。"他说，"你且等着瞧吧。"

第五章

西方之窗

山姆感觉自己才打了几分钟瞌睡，然而当他一觉醒来，却发现时间已近黄昏。法拉米尔已经回来了，并且带回了许多人。事实上，这次突袭的所有幸存者此时全都聚集在附近的山坡上，足有两三百人之多。他们围坐成一个宽大的半圆形，法拉米尔坐在缺口中间的地上，而弗罗多站在他面前。那个场面看起来异常像是审问犯人。

山姆从蕨丛中悄悄爬了出来，但是没人注意他。他在人群的后排找了个可以看见和听清一切的地方坐下。他专注地观看聆听，准备好必要时冲上前去帮助他家少爷。法拉米尔这时已经摘了面罩，山姆可以看见他的脸了：那张脸严肃又威严，审视人的目光隐隐透出一种敏锐的机智。那双牢牢盯着弗罗多的灰眼睛里写着怀疑。

山姆很快就意识到，这位统帅对弗罗多关于自身的陈述有好几点不满意：他在那支从幽谷出发的远征队中扮演什么角色？他为什么离开波洛米尔？他现在又要去哪里？特别是伊熙尔杜的克星——法拉米尔多次回到这个话题上来。他显然看出弗罗多有事瞒着他，而且那件事至关重要。

"但是，是半身人的到来，才使伊熙尔杜的克星苏醒，这话多少得这么理解。"他强调说，"如果你就是谜语诗中提到的那位半身人，毫无疑问你把这个东西——不管它到底是什么——带到了你所说的那场会议上，而波洛米尔在那里看到了它。你要否认吗？"

弗罗多没有回答。"那好！"法拉米尔说，"既然如此，我希望从你这里多了解一些此事。因为波洛米尔所关心的，我也关心。伊熙尔杜是让一支奥克的箭射死的，至少古老的传说是如此讲述的。但是奥克的箭车载斗量，单单一支可不会被刚铎的波洛米尔视为厄运的记号。你保有这个东西吗？你说，它还隐而未现，但那难道不是因为你选择隐藏它吗？"

"不，不是因为我选择。"弗罗多答道，"它不属于我。它不属于任何凡人，无论伟大还是渺小。不过，当真有人有权要求拥有它的话，那人也应该是我之前提过的阿拉松之子阿拉贡。他是我们一行人从墨瑞亚到涝洛斯瀑布的领队。"

"为什么领队的是他，而不是埃兰迪尔的儿子们所建之城的城主之子波洛米尔？"

"因为阿拉贡乃是埃兰迪尔之子伊熙尔杜本人的嫡传后裔。他所佩的剑乃是埃兰迪尔之剑。"

围坐着的人闻言无不震惊，纷纷窃窃低语起来。有的大声喊道："埃兰迪尔之剑！埃兰迪尔之剑前来米那斯提力斯！这真是不得了的消息！"但是法拉米尔毫不动容。

"也许，"他说，"但是，如此事关重大的主张必须确认才是，且需要明确的证据——假如这位阿拉贡当真来到米那斯提力斯的话。我六天前出发时，他还没来，你的同伴任何一位都还没到。"

"波洛米尔认可这项主张。"弗罗多说，"事实上，假如波洛米尔在此，他就会回答你的所有问题。

由于他多日以前就已经抵达涝洛斯瀑布，而且那时他打定主意要直接回你们的城去，所以，你若是回去，很快就能在那边得知答案。他知道我在远征队中的角色，远征队其他所有成员也都知道，因为伊姆拉缀斯的埃尔隆德亲自在会议的众人面前，指定由我担负这项使命。我为了这项使命来到这片乡野，但是我无权向远征队以外的任何人透露此事。然而，那些宣称反抗大敌的人，不对此事加以阻挠才是明智之举。"

不管弗罗多内心感受如何，他的语气是高傲的。山姆对此表示赞许，但这并没有让法拉米尔感到满意。

"这么说，"他说，"你是让我管好自己的事，赶紧回自己家去，别来管你是吧。而当波洛米尔归来，他就会解释一切。你说，当他归来！你是波洛米尔的朋友吗？"

波洛米尔袭击自己的情景，又生动地浮现在弗罗多的脑海中，他不由得迟疑了片刻。法拉米尔盯着他的眼神严厉起来。"波洛米尔是我们远征队的英勇一员。"弗罗多终于说道，"是的，就我这方而言，我是他的朋友。"

法拉米尔冷冷地一笑："那么，你若知道波洛米尔死了，会悲伤吧？"

"我当然会悲伤。"弗罗多说。接着，他捕捉到法拉米尔的眼神，不觉一愣。"死了？"他说，"你是说，他真的死了，而你早就知道？你一直在用话套我，要我？还是你现在要用假话来诱骗我落网？"

"就算是奥克我也不会用假话来诱骗。"法拉米尔说。

"那他是怎么死的？既然你说你离城时远征队的人都还没到，你又是怎么知道的？"

"关于他是怎么死的，我原本希望他的朋友和伙伴能告诉我究竟是怎么一回事。"

"但我们分开时，他还活得好好的，身强力壮。就我所知他还活着。不过，这世道确实凶险重重。"

"确实凶险重重。"法拉米尔说，"背信弃义尤其不少。"

山姆本来就对这场谈话感到越来越不耐烦，越来越恼火，而法拉米尔最后这句话超出了他容忍的极限。他一个箭步冲到这圈人群中央，大步走到了自家少爷身边。

"请你原谅，弗罗多先生。"他说，"可这实在是够啦。你已经吃了那么多苦头，都是为了别人好，当然也包括他跟这儿所有这些了不起的人类。他没权利这么跟你说话。

"听着，统帅大人！"他叉开双腿站在法拉米尔面前，两手叉腰，脸上的神情就像在对付一个闯入果园，被抓住质问时的表现却只能用"放肆"来形容的霍比特小孩。周围人群中响起一阵嗡嗡低语，但还有一些看热闹的人不禁咧嘴而笑：他们的统帅坐在地上，跟一个怒气冲冲大叉着双腿站着的年轻霍比特人大眼瞪小眼，这场面可真是他们前所未见的奇景。"听着！"山姆说，"你到底要逼问什么？趁着魔多所有的奥克还没一窝蜂赶来收拾我们，就打开天窗说亮话好了！你要是以为我家少爷谋杀了这个波洛米尔然后逃之夭夭，你就是脑袋给门板夹了。但你要是想这么说，那就说啊！然后让我们知道你打算怎么办。可惜的是，那些成天说着要对抗大敌的人，却不让别人按自己的方式做点儿贡献，而硬要干涉。现在大敌要是看得见你，他肯定高兴得不行，多半会觉得自己又得了个新朋友。"

"耐心点！"法拉米尔说，但并未恼怒，"别在你家少爷面前插嘴，他比你更有头脑。而我们面临的危险，我也不需要任何人指点。即便如此，我还是挪出一点时间，为的是公正裁决这件疑难之事。我若像你一样性急，本来可能早就把你杀了。须知，我奉命杀掉所有未经刚铎宰相允许而擅闯此地之人。但不管是人是兽，我都不会无缘无故杀害，而即使有必要，我下手时也并不心喜。同样，我也不说无谓之言。所以，不必担心。在你家少爷旁边坐下，闭上嘴！"

山姆一屁股坐下，脸涨得通红。法拉米尔再次转向弗罗多："你问我，我怎么知道德内梭尔的儿子死了。死讯传播的方式多种多样。常言说，**亲人一夜闻生死**。波洛米尔是我哥哥。"

他脸上掠过了一道悲伤的暗影："波洛米尔大人随身带着的装备里，你可记得什么特别的东西吗？"

弗罗多想了片刻，既担心这当中会不会又有什么圈套，又纳闷这场讨论将会如何收场。他好不容易才使魔戒免于落入波洛米尔的骄傲掌握，而如今置身在这么多孔武有力的人类当中，他会有怎样的遭遇，他心中没底。但是，他内心感觉到法拉米尔虽然外表酷似他哥哥，却更坚定也更有智慧，而且不那么自以为是。"我记得波洛米尔随身带着一支号角。"他终于说。

"你记得不错，像是真正见过他的人。"法拉米尔说，"那么，或许你能在脑海中记起它的样子：那是一支巨大的东方野牛角，箍着银，刻有古文字。这支号角向来由我们家族的长子携带，已经传了许多世代。据说，紧急关头，无论在刚铎境内——这是指王国古时的范围——的何处吹响它，都绝不会无人响应。

　　"在这次危险行动出发之前五天，也就是十一天前的大约这个时间，我听到了那支号角吹响的声音。听起来似乎是从北方传来，声音微弱，仿佛只不过是想象中的回声。我父亲和我，我们都认为这是个凶兆，因为自从波洛米尔离开之后，我们都不曾听到他的消息，边界的守卫也不曾见他经过。而在此之后的第三个晚上，我又遇见了一件更怪的事。

　　"那天夜里我坐在安都因大河边，在朦胧的新月下，灰暗的寂夜里，看着川流不息的河水，悲伤的芦苇沙沙作响。我们一向这样监视着欧斯吉利亚斯附近的河岸，如今敌人已经占领了那座城的一部分，并从那里出击，骚扰劫掠我们的领土。但那天晚上，在午夜时分，整个世界都在沉睡。然后，我看见，或者说我觉得我看见，水面上漂着一艘小船。它式样奇特，船首很高，闪烁着灰色光辉，船上不见人划桨，也不见人掌舵。

"我不禁感到敬畏，因为它通体散发着淡淡的光晕。我起身走到河岸边，开始往水里走去，因为我被它吸引了。接着，小船转向，朝我漂了过来，并且从容不迫，就在我触手可及的地方徐徐漂过，但我不敢碰它。它吃水很深，仿佛载着重荷，而当它从我眼前经过时，我觉得船中仿佛盛满了清水，光就是自那水中透出，水波荡漾，拍打着一位躺在水中沉睡的战士。

"他的膝上放着一把断剑。我看见他浑身是伤。那是波洛米尔，我哥哥，已经死了。我认得他的装备，他的剑，他亲爱的面容。只有一样东西我没看见，那就是他的号角。只有一样东西我不识得：他的腰上围着一条像是以金叶连成的精美腰带。**'波洛米尔！'**我喊道，**'你的号角哪里去了？你又要去往何方？噢，波洛米尔！'**但是他漂过去了。船掉头顺着水流而去，一路发着微光漂进暗夜里。那就像一场梦，然而又不是梦，因为我没有醒来。我毫不怀疑他已经死了，顺着大河而下，漂向了大海。"

"唉！"弗罗多叹道，"那确实是我所认识的波洛米尔。那条金色的腰带是洛丝罗瑞恩的加拉德瑞尔夫人送给他的。你现在所见的这些灰色的精灵衣饰，就是她给我们穿上的，这枚别针也是同种工艺造就。"他摸了摸自己咽喉底下那片扣住斗篷的银脉绿叶。

法拉米尔仔细看了看它。"真美。"他说，"不错，正是同种技艺。如此说来，你们穿过了罗瑞恩之地？古时它名为'劳瑞林多瑞南'，但如今它早已超出了人类的知识界限。"他轻声补充道，看着弗罗多的眼神里多了一份崭新的惊奇，"你的古怪之处，现在我开始有所理解了。你愿意再跟我多说一些吗？想到波洛米尔在望得见自己家园的地方身死，实在令人伤怀。"

"我能说的，都已经告诉你了。"弗罗多答道，"尽管你讲述的故事令我心中充满了不祥的预感。我想，你看见的是个幻象，仅此而已，是种曾经发生或将会发生的噩运的投影——除非它其实是种大敌的骗人把戏。我曾看见死亡沼泽的水塘底下有许多古时美善战士的沉睡面孔，不然那就是他的妖术造成的错觉。"

"不，绝对不是。"法拉米尔说，"因为他的妖术会使人心里充满厌恶，但我当时心里充满了哀痛和怜悯。"

"但这样的事怎么可能是真的？"弗罗多问道，"绝没有办法把船从托尔布兰迪尔运过岩石山岗，而且波洛米尔决意要渡过恩特河，穿过洛汗平原回家。此外，就算里面装满了水，又怎么可能有哪只船乘着大瀑布的急流水沫而下，居然没有在下方翻腾的潭水中倾覆？"

"我不知道。"法拉米尔说，"但船是从哪儿来的？"

"从罗瑞恩来的。"弗罗多说，"我们乘着三只那样的小船，顺着安都因大河划桨而下，直到大瀑布。那三只船也是精灵的工艺造就。"

"你虽然经过了隐匿之地，但你看来并不明白它的威力。"法拉米尔说，"人类如果与住在金色森林中的魔法夫人打过交道，那么异事将接踵而来。因为走出太阳底下的这个尘世，对凡人来说是危险的，而且据说，过去那些回来的人没有几个依然如故。

"波洛米尔，噢，波洛米尔！"他叹道，**"那位永生不死的夫人，她对你说了什么？她看见了什么？那时有什么从你心中苏醒？你究竟为何要去劳瑞林多瑞南？为什么不走你自己的路，骑着洛汗的骏马在清晨回到家乡？"**

他重新转向弗罗多，又一次放低了声音："卓果之子弗罗多，我猜你能回答这些问题，但或许这里不是说话的地方，现在也不是时候。但为了让你别再认为我看见的是幻象，我要告诉你这件事：至少波洛米尔的号角千真万确回来了，并不是幻觉。它回来了，却裂成了两半，看着像是斧头或剑劈的。两半号角各自漂到了岸边：一半是刚铎的哨兵在芦苇丛中发现的，就在北方恩特河汇入大河处的下游；另一半则在水中打转，载浮载沉，被一个下水做事的人发现。真是奇怪的机缘巧合，但常言说，谋杀终将水落石出。

"此刻，那支裂成两半的长子的号角，就搁在德内梭尔膝头，他坐在高位上，等候着消息。而你一点都不能告诉我，号角是如何被劈成两半的吗？"

"不，我确实不知道。"弗罗多说，"但是，如果你没有记错日子，你听到号角声那天，正是我们与他们分开的那天——那天，我和我的仆人离开了远征队。现在，你说的事令我满心恐惧。因为倘若波洛米尔在那天遇险并且被害，那我不能不担心我的所有同伴也都凶多吉少。他们可都是我的亲人与好友啊。

"你难道就不能抛开对我的怀疑，让我走吗？我很累，心中又充满了哀伤和恐惧。但是，我要去完成一个任务，或者说要去试一试，直到我也同样被杀。

而且，如果我们的同盟只剩下了我们两个半身人，这项任务就更加紧迫了。

"回去吧，英勇的刚铎统帅法拉米尔，回去适时保卫你的城池，让我前往命运安排我去的地方。"

"我们这场谈话，对我来说并无安慰，"法拉米尔说，"但你听了我的话，肯定是担心过度了。是谁整理了波洛米尔的装束，安排了葬礼？肯定不是奥克或那个我们不提其名者的爪牙。除非是罗瑞恩的居民亲自去为他办了葬礼，否则，我猜你们还有一些同伴活着。

"然而不管北方边界发生了什么事，弗罗多，我对你不再怀疑了。如果艰难岁月的历练给了我判断人类言语神情的经验，那么，我或许也能依此推断一下半身人！"他这时露出了微笑，"弗罗多，你有种奇异之处，大概是精灵气质吧。但我们的对话比我起初料想的更为事关重大。我现在应当把你带回米那斯提力斯，让你亲自应对德内梭尔。如果事实证明，我此刻选择的路有害于我的城，那么我将以性命相抵，作为应得的惩罚。因此，我不会匆忙决定该做什么，但现在我们必须立刻离开这里。"

他长身而起，下达了几道命令。聚在周围的人立刻分散成小队，从不同的路离开，迅速消失在山石树影间。不一会儿，在场的只剩下了玛布隆和达姆罗德。

"弗罗多、山姆怀斯，你们两人跟我和我的护卫一起走。"法拉米尔说，"如果你们原本打算沿着大道往南走，现在已经不可行了。接下来几天路上都不安全，经过这次袭击，往后敌人的监视将会更严密。而且，我想你们今天无论如何都走不远，因为你们累了。我们也是。现在我们将前往一处秘密据点，离此大约不到十哩。奥克和大敌的奸细尚未发现那个地方，就算发现了，我们也能以一当十固守许久。我们可以在那里藏身并休息一阵，你们跟我们一起。明天早晨我会决定怎么做对你我双方最有利。"

弗罗多别无选择，只能同意这项要求——或命令。无论如何，这似乎暂时是项明智之举。由于这场刚铎人的突袭，在伊希利恩旅行比以往更危险了。

他们立即出发了。玛布隆和达姆罗德走在稍前一点，法拉米尔、弗罗多和山姆在后。他们从两个霍比特人洗过澡的这一边绕过水塘，涉过溪流，爬上一道长堤岸，然后进入一片一直往西面下坡的绿荫林地。

他们以霍比特人能走的最快速度前行，同时压低了声音交谈。

"我之所以中断我们的谈话，"法拉米尔说，"不只因为这位山姆怀斯先生提醒了我时间紧迫，也因为我们渐渐谈到了一些不便在众人面前公开谈论的事。考虑到这一点，我才撇开**伊熙尔杜的克星**不谈，把话题转到我哥哥身上。弗罗多，你对我并非完全坦白。"

"我没有说谎，而且说了所有能说的实话。"弗罗多说。

"我没怪你。"法拉米尔说，"在我看来，你在困境当中的答话很有技巧，也很有智慧。但我从你说的话里得知——或猜到了——你没说出口的更多信息。你跟波洛米尔相处得并不友好；要么就是，你们并非友好地分别。你，以及山姆怀斯先生，我猜都有一些苦衷。且这样说吧：我深爱我的哥哥，会欣然为他的死复仇；但我也非常了解他。**伊熙尔杜的克星**——我冒险一猜，**伊熙尔杜的克星**就是你俩之间的问题所在，它也是在你们远征队中引发争执的缘由。它显然是某种强大的祖传宝物，而倘若我们从古老的故事中吸取过任何教训的话，就该知道，这样的东西向来不会增进盟友之间的和睦。我猜的是不是接近了真相？"

"接近了，"弗罗多说，"但还不完全正确。我们的远征队中尽管有质疑，但没有争执。质疑的是，过了埃敏穆伊丘陵之后我们该走哪条路。但是即便如此，古老的故事也教导我们，轻率地谈论这类——祖传宝物，是危险的。"

"啊！那我猜得没错：你单单跟波洛米尔有龃龉。他希望这个东西被带到米那斯提力斯去。唉！这乖谬的命运啊，令你见到他最后一面，却不能畅所欲言，同时令我无法得知我渴望知道的事：在最后的时刻，他心中做何感想？但无论他是否犯了错，有一点我很确定：他死得光荣，成就了某种善事。他的面孔比生前还要俊美。

"但是，弗罗多，我起初仍然就**伊熙尔杜的克星**一事逼问了你。请原谅我！在那样的时间与场合，这很不明智。我当时没有时间细想。我们刚刚打完艰苦的一仗，有太多事占据了我的心神。但当我跟你谈话时，我逼近了真相，便故意引开了话题。因为，你必须明白，许多古老学识仍然仅为白城的统治者所知，并未广泛外传。尽管我的家族拥有努门诺尔人的血统，但我们并非埃兰迪尔的后裔。我们这一支的血统可回溯到王室的贤相马迪尔，当时的国王是埃雅努尔，他是阿纳瑞安一脉的最后一人，没有子嗣。埃雅努尔王出征时，马迪尔便代理政事，而国王一去不返。于是从那时开始，白城就由宰相治理，不过那是人类许多世代以前的事了。

"我记得，当波洛米尔还是个孩子的时候，我们一起学习先祖与白城的历史，他总是对自己的父亲不是国王一事感到不快。他问：'如果国王总不归来，那宰相要过几百年才能变成国王？'而我父亲答道：'在其他不那么讲究王权的地方，或许经过寥寥几年就可以；但在刚铎，就算一万年也不够。'唉！可怜的波洛米尔。由此，你想必对他有所认识了？"

"是的。"弗罗多说，"但他对阿拉贡执礼甚恭。"

"我毫不怀疑。"法拉米尔说，"他若是如你所言，承认阿拉贡的主张，便会十分尊敬阿拉贡。但关键时刻尚未到来。他们尚未抵达米那斯提力斯，尚未在她面临的战争中成为竞争对手。

"不过，我刚才说得远了。我们德内梭尔家族靠着悠久的传统，了解许多古老学识，而且我们的宝库中保存了许多物品：书籍，写在干羊皮纸上的文献，没错，还有刻在石板上、錾在金银箔片上的，用了形形色色的文字。有些如今已经没人能读懂了，其余的也向来很少有人打开来看。我因为曾经学过，可以读懂其中一小部分。正是这些文献吸引灰袍漫游者来到我们当中。我第一次见到他时，还是个孩子，从那之后他又来过两三次。”

“灰袍漫游者？”弗罗多说，“他可有名字？”

“我们按照精灵的习惯，叫他米斯兰迪尔，”法拉米尔说，“他也愿意我们这么称呼他。‘**我在各地有诸多名号，**’他说，‘**在精灵当中叫米斯兰迪尔，在矮人当中叫沙库恩。我年少时在如今已被遗忘的西方叫欧罗林，在南方叫因卡努斯，在北方叫甘道夫。至于东方，我不去。**’”

“甘道夫！”弗罗多说，“我就猜是他。灰袍甘道夫是我最亲爱的顾问，是我们远征队的领队。他在墨瑞亚遇难了。”

“米斯兰迪尔遇难了！”法拉米尔惊道，“厄运似乎紧追着你们同盟这一行人。这实在令人难以置信，一个拥有如此伟大的智慧和力量的人——他在我们当中行过许多精彩奇妙之事——竟会遇难！这世界将被剥夺多少学问啊！你确定吗？他真的不仅仅是离开你们，去他要去的地方了？"

"唉！我确定。"弗罗多说，"我亲眼见他坠入了无底深渊。"

"我看得出，这里面包含着伟大又恐怖的故事，"法拉米尔说，"或许你晚上可以告诉我。如今我猜，这位米斯兰迪尔不只是一位伟大的博学之士，还是我们这个时代中所行的种种重大事迹的伟大推动者。当初假如他在我们中间，为我们解开梦中那些令人费解的话语，那么他本来可以向我们揭示那首谜语诗的含义，我们也就不必派出信使。不过，也有可能是：他不会帮我们解谜，而波洛米尔之旅乃命中注定。米斯兰迪尔从来不告诉我们将会发生何事，也从不表露他意图何在。我不知道他是如何得到德内梭尔的允许去察看我们宝库中的秘密，而我在他愿意教的时候（这情况很不常见），也从他那里学了一点东西。刚铎建立之初，在达戈拉德曾打过一场大战，那个我们不提其名者便是在此战中被推翻。而此战被米斯兰迪尔视为头等要事，他总是搜寻并询问我们相关的记载。他还对伊熙尔杜的故事很感兴趣，尽管我们能告诉他的内容更少，因为伊熙尔杜下场如何，我们自己人也向来都不确定。"

说到这里，法拉米尔压低了声音，犹如耳语："但我知道，或者说猜到了这点，并且始终存在心里未与他人说起：伊熙尔杜在离开刚铎，从此消失在人世间以前，曾从那个不提其名者的手上取得了某样东西。我认为，这就是米斯兰迪尔追问的答案。但在当时看来，此事只有那些热衷于古代学识的人才关心。即便是在我们争论梦到的那首谜语诗时，我也没想到'**伊熙尔杜的克星**'会与它是同一样东西。因为，根据我们所知的唯一传说，伊熙尔杜是遭到伏击，丧命于奥克的箭矢，而米斯兰迪尔从来不曾跟我多说。

"这东西究竟是什么，我还猜不出来。但它一定是种既有力量又很危险的祖传宝物，恐怕是种黑暗魔君设计的凶残武器。如果那是一种有助于在战斗中取得优势之物，那么，我完全可以相信：骄傲无畏又经常鲁莽行动，且总是殷切渴望米那斯提力斯取得胜利——他个人的荣耀也寄托其中——的波洛米尔，很可能会渴望此物，并受到它的引诱。唉，要是他不曾接受这项使命离去多好！我父亲和城中的长者本来要选派我去，但他自告奋勇前往，说自己是长子，也更坚毅善战——两者都是事实——而且他怎么也不肯留下。

"但是，你不用再怕！这东西就算摆在大路边，我都不会拾取。纵使米那斯提力斯将沦为废墟，且唯我一人能拯救她，我也不会为了她的利益和我的荣耀而使用黑暗魔君的武器。不，卓果之子弗罗多，我并不想要这样的胜利。"

"参加那场会议的众人也不想要。"弗罗多说，"我自己也一样。我宁愿跟这样的事情毫无瓜葛。"

"至于我，"法拉米尔说，"我愿看见白树再度在诸王的庭院中盛开繁花，我愿看见银王冠归来，米那斯提力斯安享和平。我愿看见它再度如同古时的米那斯阿诺尔，充满光明，崇高又美好，美如荣极的女王，但不愿见她变成众多奴隶的女主人——不，哪怕是位心肠慈善，奴隶也都心甘情愿的女主人，我也不愿。我们要保护自己的生命，对抗一个将要吞噬一切的毁灭者，战争就不可避免。但我不会因其锐利而爱雪亮的刀剑，不会因其迅疾而爱箭矢，也不会因其荣耀而爱战士。我只爱他们保卫的对象——努门诺尔人类的城市。并且，我愿人们是为她的往事、她的古老、她的美丽和她如今的智慧而爱她；我不愿人们畏惧她，除非那种感情如同人们对睿智长者之威仪的敬畏。

"所以，不要怕我！我不要求你告诉我更多，我甚至不要求你告诉我，我现在所说的是否接近真相。但是，你若肯信任我，或许我能给你目前的任务提供一些建议，无论你的任务是什么——是的，我甚至能帮助你。"

弗罗多并未回答。法拉米尔的话显得那样明智又顺耳，他差一点就屈服于对帮助和建议的渴望，要把心中所想对这个神情严肃的年轻人和盘托出。但他出于某种原因克制了冲动。他内心因为忧惧和悲伤而沉甸甸的。假如他和山姆当真是——这似乎很有可能——如今九行者当中仅存的两人，那么保守此行任务之秘密的责任，就落到了他一个人头上。宁可谨慎过头，也好过轻率开口。而且，当他看着法拉米尔，听着法拉米尔的声音时，关于波洛米尔的记忆以及魔戒的诱惑在波洛米尔身上引起的可怕变化，也清晰地浮现在他脑海里——他们二人尽管不同，却毕竟是同胞兄弟。

他们默默地走了一段路，落足无声，像灰绿相间的影子一样从老树下穿过。他们头顶有许多鸟儿在歌唱，伊希利恩的长青树林中，墨绿的树叶搭成光滑的棚顶，太阳照在上面闪闪发亮。

山姆没有参与谈话，但他一直在听，同时也竖起他那敏锐的霍比特耳朵，留心着周围整片林地中的轻微动静。他注意到一件事：谈话从头到尾，咕噜的名字一次也没出现。他很高兴，不过他觉得倒也不能指望从今往后都不再听到这个名字。他也很快就察觉到，尽管他们是单独行走，但是附近有许多人。不只前方有玛布隆和达姆罗德在阴影中时隐时现，两边还有其他人，而所有的人都在迅速地朝某个指定地点秘密前进。

有一次，他突然回头望去，就像皮肤有种刺痒的感觉，告诉他背后有人在监视。他觉得自己在刹那间瞥见一个小小的黑色身影闪到了一棵树干后头。他张开嘴要叫，但又闭上了。"我不确定，"他暗想，"而且，既然他们选择忘掉那个老坏蛋，我为啥要提醒他们？但愿我也能忘掉他！"

就这样，他们继续前行，直到树林变得稀疏，地势开始更陡地下降。接着，他们再次转向右边，很快来到一条位于狭谷中的小河边。它就是那条从上方远处的圆水池里淌出来的小溪，至此它已壮大成一条水势湍急的河流，奔腾冲刷着深切的河床中的无数岩石。河道上方悬垂着几种冬青树和墨绿的黄杨。往西望去，他们可以看见下方笼罩在朦胧光晕中的低地和广阔的草地，而在远方，安都因大河的开阔水面在夕阳下闪闪发亮。

"唉！在此我必须对你们失礼了。"法拉米尔说，"我希望你们能原谅一个到目前为止都将礼节置于规定之上，既未杀害亦未捆绑你们的人。但这是命令：陌生人不得睁着眼睛看见我们现在要走的这条路，即便是与我们并肩作战的洛汗人也不例外。我必须蒙上你们的眼睛。"

"如你所愿。"弗罗多说，"就连精灵在必要时也这么做，我们穿过美丽的洛丝罗瑞恩的边界时，也被蒙上了眼睛。矮人吉姆利深感侮辱，但霍比特人忍啦。"

"我要带你们去的地方没有那么美好，"法拉米尔说，"不过我很欣慰，你们不必被强迫，而是甘愿接受这个安排。"

他轻声召唤，玛布隆和达姆罗德立刻从林中出来，回到他身边。"蒙上这两位客人的眼睛。"法拉米尔说，"要蒙紧，但不要让他们不适。不要绑住他们的双手。他们会保证不去偷看。我本来可以信任他们自觉闭上眼睛，但脚下绊到东西的话，眼睛难免会眨动。牵好他们，以免他们绊倒。"

于是，两个护卫用绿围巾蒙住两个霍比特人的眼睛，给他们戴上兜帽，再把兜帽往下拉到几乎遮住嘴，接着迅速一人拉住一个的手，继续往前走。弗罗多和山姆眼前一抹黑，最后这一哩路的情况如何，只能依赖猜测。不一会儿他们便察觉自己是在下一道陡坡，而且路越走越窄，很快便改成鱼贯前进，两边都能擦碰到岩壁。护卫走在他们背后，两手稳稳搭住他们的肩膀，给他们指引前进的方向。他们不时碰到高低不平的路面，这时就会被提起来走一阵子，然后再被放下。奔腾河水的喧闹声始终在右方，声音越来越近，越来越大。终于，他们停了下来。玛布隆和达姆罗德引他们原地快速转了几圈，使他们完全失去了方向感。他们又往上爬了一会儿，周围变冷了，嘈杂的流水声也转弱了。接着，他们被扛起来带着往下走，走过许多级阶梯，并转过了一个弯。蓦地，他们又听到了水声，声音很响，似乎就环绕着他们奔腾四溅，他们感到细细的水沫扑到手上和脸上。他们终于又被放下来，脚踏实地了。他们就这样站了片刻，仍被蒙着眼，心里忐忑不安，不知道自己在哪里，也没人开口说话。

然后，法拉米尔的声音从背后近处传来："可以让他们看了！"他们的兜帽被掀到后面，蒙眼的布巾被解开。他们眨了眨眼，惊喘了一声。

他们站在一片潮湿的石地上，它打磨光滑，看起来像是门前的台阶，而那粗粗凿出的石门就在他们背后，里面黑洞洞的。但在他们面前，一道薄薄的水帘垂挂下来，近到弗罗多能把胳膊伸进去。这道水帘朝西，帘后夕阳的光线平射过来，朱红的光芒撞上水珠，碎成千万道色彩变幻莫测的光束，璀璨迷人。他们仿佛站在某座精灵高塔的窗前，窗帘以金、银、红宝石、蓝宝石、紫水晶串缀而成，珠宝中全都燃着不熄的火焰。

"至少我们运气还好，来得正是时候，能以此景酬谢你们的耐心。"法拉米尔说，"这是'落日之窗'汉奈斯安努恩，是多泉之地伊希利恩所有瀑布中最美的一处。见过它的陌生人寥寥无几。不过在它背后没有与之相配的高贵宫殿。现在请进来瞧瞧吧！"

就在他说话的时候，夕阳沉了下去，帘上的火光熄灭在流水中。他们转身穿过一道令人生畏的低矮拱门，顿时发现自己置身于一处宽阔粗糙的石室中，头顶是凹凸不平的倾斜屋顶。室中点着几支火把，黯淡的光映在微微发亮的墙上。室内已经有许多人，还有其他人三三两两地穿过侧面一道黑洞洞的窄门走进来。两个霍比特人眼睛渐渐适应了昏暗的光线，于是发现这岩洞比他们猜想得还要大，并且储存着大量的武器和粮食。

"好啦，这就是我们的避难所。"法拉米尔说，"不是什么非常舒适的地方，但你们可以在这里安稳地过上一夜。至少这里很干爽，还有食物，尽管没有火。那条河曾经流过这个洞穴，从那拱门流出去，但是古时的工匠改了狭谷上游的水道，让溪流从上方两倍高的岩地倾泻下来成了瀑布。随后，除了留下一个入口，所有进入这个洞穴的路全被封死，把水和其他一切都阻挡在外。现在这里只有两条出去的路：一条是那边你们被蒙上眼睛带进来的路，另一条就是穿过水帘之窗，落进深深的潭底，那里布满锐利如刀的岩石。现在先歇会儿吧，等晚餐摆上。"

两个霍比特人被带到一个角落，那里有一张矮床，他们愿意的话可以躺下休息。与此同时，人们在洞里四处各自忙碌着，安静又迅速有序。他们从墙边取来轻便的桌子支好，再摆上餐具。大部分餐具简单而朴素，但全都做工精良：有圆形的大托盘，碗碟有用上过釉的褐陶烧制成的，还有用黄杨木车削成的，光滑又干净。桌上还散置着打磨光亮的铜杯和铜盆。统帅的座位安排在最靠里的那张桌子正中，面前摆了一只高脚纯银酒杯。

法拉米尔在人群中穿梭，轻声询问每个进来的人。有些人是追击完南蛮子后回来的，余下的是那些留在大道附近侦察情况的人，他们最后一批进来。所有南蛮子的下落都探明了，只有那头巨大的猛犸除外——没人知道他下场如何。敌人方面不见任何行动，连一个奥克奸细都不曾出动。

"安博恩，你没看见也没听见任何动静？"法拉米尔问最后进来的人。

"啊，大人，没有。"那人说，"至少没有奥克。但是，我看见了——或者说我以为我看见了——一个有点奇怪的东西。外面天色很暗了，草木皆兵在所难免，因此那可能就是只松鼠而已。"山姆听见这话，立刻竖起了耳朵。"但如果那真是松鼠的话，它就是黑的，而且我没看见尾巴。它就像个地上的影子，我一走近它便飞奔到树后，然后飞快地爬上树去，比任何松鼠都不逊色。您不让我们随便杀害野兽，而它看起来就像野兽，所以我没拿箭射它。反正，天太黑了，我不保证能射中，而且那个生物一眨眼就闪进树叶的阴影中了。但是那感觉很奇怪，所以我等了一阵，然后才匆匆赶回来。我转身离开时，觉得自己听见那东西从高处对我发出嘶嘶声。也许就是一只大个儿松鼠。在那个不提其名者的阴影下，或许黑森林的野兽有一些游荡到我们这儿的树林里了。据说，那里是有黑松鼠的。"

"或许，"法拉米尔说，"但倘若真是这样，那就是个凶兆。我们可不希望黑森林的东西逃到伊希利恩来。"山姆觉得法拉米尔这么说时飞快地瞥了霍比特人一眼，但山姆什么也没说。他和弗罗多躺了一阵子，看着火把和走来走去低声说话的人。接着，弗罗多忽然睡着了。

山姆挣扎着不睡，跟自己反复辩论着。"他这人也许不错，"他想，"但这可说不准。花言巧语是可以掩饰肮脏心思的。"他打个呵欠，"我可以睡上一个星期，我最好还是睡一下。而且，就算我能挺着不睡，旁边围着这么一群大个儿的人类，我一个人又能干啥？啥也不能，山姆·甘姆吉。但就算这样，你还是得挺着别睡。"不知怎地，他办到了。岩洞门外的光暗下来了，倾落的灰色水帘变得朦胧模糊，没入了聚拢的阴影。水声持续不歇，无论是清晨、黄昏还是黑夜，都永不改变音调。它呢喃低语着催人入眠。山姆硬是用指节撑住了眼皮。

这会儿有更多的火把点了起来。一桶酒被凿开了。储藏桶也正挨个被打开。人们从瀑布打水进来，一些人在盆里洗手。有人给法拉米尔捧上一个大铜盆和一条白巾，他盥洗了一番。

"叫醒我们的客人，"他说，"给他们端上水洗漱。吃饭的时间到了。"

弗罗多坐起身，打了个呵欠，伸了伸懒腰。山姆还不习惯有人在旁伺候，他惊讶地看到一个高大的人类端着一盆水弯腰站在自己面前。

"大人，行行好，把它放在地上吧！"他说，"对我对你都方便些。"接着，他一头扎进冷水里，把水泼上脖子和耳朵。众人看着，既惊讶又好笑。

"吃晚饭前洗头是你们那个地方的风俗吗？"伺

候两个霍比特人的人问。

"不，吃早餐前洗才是。"山姆说，"但你要是缺觉，那么冷水泼在脖子上，就跟雨水浇在枯干的生菜上一样。好啦！现在我能清醒得久一点，够吃点啥了。"

他们随即被领到法拉米尔旁边的座位前，为了他们方便起见，那些都是盖着毛皮的桶子，高过人类坐的长凳。在开饭之前，法拉米尔和他的所有部属都转身面向西方，默立片刻。法拉米尔示意弗罗多和山姆也该照做。

"我们一直都这么做。"众人坐下时，他说，"我们望向曾经存在的努门诺尔，望向更远处如今犹存的精灵家园，以及比精灵家园更远的那处将会永存的圣土。你们用餐前没有这样的习俗吗？"

"没有。"弗罗多说，莫名地觉得自己粗俗无教养，"不过，我们如果是做客，餐前会向主人鞠躬，餐后会起身致谢。"

"我们也这么做。"法拉米尔说。

经过这么久的跋涉露宿，日复一日都在孤寂的野地里度过，这顿晚饭对两个霍比特人而言简直是盛宴：饮着清凉又芬芳的淡黄色的酒，吃着抹上黄油的面包、腌肉、干果、上好的红乳酪，并且是用干净的双手和干净的刀叉碗碟来吃。不管是山姆还是弗罗多，对所有的食物都是来者不拒，第二份，甚至第三份也都一样。美酒在他们的血脉与疲惫的四肢中涌流，自从离开罗瑞恩之地以后，他们第一次感到如此舒畅快乐，心情轻松。

晚饭结束后，法拉米尔把他们领到岩洞后方一个用帘子半遮着的凹室，里面放着一张椅子和两个凳子。壁龛里点着一盏小陶灯。

"你们很快就会渴望入睡了，"他说，"特别是好山姆怀斯，在吃饭前怎么也不肯合一下眼——我不知道那究竟是怕我，还是怕伤了这壮观的胃口。不过，刚吃饱太快去睡觉不好，尤其你们之前还饿了肚子。我们来聊聊吧。你们离开幽谷之后的旅程，一定有很多可说，而你们可能也想多了解一下我们，以及你们现在所在的这片大地。跟我讲讲我哥哥波洛米尔、老米斯兰迪尔，以及洛丝罗瑞恩的美丽居民吧。"

弗罗多已经不再困倦，也愿意说话了。不过，尽管酒足饭饱令他放松，他却没有完全抛开谨慎。山姆乐呵呵地自己哼着小曲儿，但是当弗罗多开讲，他起初满足于旁听，只偶尔冒昧发出一两句赞同的感叹。

弗罗多讲了许多故事，但总是绕开跟远征队的任务以及魔戒有关的话题，反之尽量详细描述波洛米尔在他们所有危境险遇中的英勇作为：面对荒野中的狼群时，在卡拉兹拉斯山腰的大雪中，以及在甘道夫陨落的墨瑞亚矿坑里。窄桥上逃亡的故事最令法拉米尔动容。

"从奥克面前逃跑，哪怕从你称为炎魔的那个凶恶之物面前逃跑，"他说，"这一定令波洛米尔非常愤怒——即使他是最后一个离开的。"

"他确实是最后一个，但阿拉贡先带我们走是迫不得已。"弗罗多说，"甘道夫掉下去后，只有阿拉贡认识路。不过，若是没有我们这些小家伙要照顾，我认为无论阿拉贡还是波洛米尔，都不会逃走。"

"也许，"法拉米尔说，"波洛米尔若是在那里与米斯兰迪尔一同坠落，或许好过在涝洛斯瀑布上方迎来等待他的劫数。"

"也许。不过，现在跟我说说你自己的命运吧，"弗罗多再次转移了话题，"我想多了解一点米那斯伊希尔和欧斯吉利亚斯，还有长久以来坚守不屈的米那斯提力斯。你们长年征战，对那座城抱有什么希望呢？"

"我们抱有什么希望？"法拉米尔说，"我们早就不抱任何希望了。如果埃兰迪尔之剑当真归来，它也许会重燃希望，但我认为那也只不过是将城灭之日延后而已，除非还有其他未曾预料的、来自精灵或人类的援助出现。因为大敌正在不断强大，我们却在逐步衰弱。我们是一支日渐衰微的民族，如同没有春天的秋天。

"努门诺尔的人类曾广布在这片大陆的沿海和近海地区，但他们绝大多数都堕落了，变得邪恶又愚昧。许多人变得痴迷于黑暗和黑巫术，有些人彻底陷入懒惰安逸，有些则起了内讧自相残杀，直到积弱而被野蛮人征服。

"在刚铎，从来不曾听说有人从事邪术，那个不提其名者也从来不曾获得尊崇。在这个英俊的埃兰迪尔的儿子们建立的王国中，从西方带出来的古老智慧与美得以长久保存，它们仍在城中存留。然而，即便如此，刚铎的衰落却是咎由自取，一点一点地沦入昏聩，以为大敌在沉睡，然而他只是被驱逐，并非被消灭。

"努门诺尔人故国犹在时，便已渴望永生不死，并因此失去了故国。如今他们此心依然未改，因此死亡始终如影随形地存在。国王们建造比活人的屋宇还要豪华的陵墓，重视家谱卷轴上那些古老的名字胜过自己儿子的名字；断了后裔的王公贵族坐在年深日久的殿堂中，斟酌沉思着家徽纹章；憔悴枯槁的人在秘密的内室里提炼强效的不老药，或在寒冷的高塔上占卜星象。而阿纳瑞安一系的最后一位国王没有子嗣。

"但是宰相家族比较明智也比较幸运。明智，是因为他们从海岸边的强悍民族与埃瑞德宁莱斯山里的坚韧山民中，为我们的人民招募了新的力量。他们也与北方那些曾经常常攻击我们的骄傲民族签下了休战协定，那些人都是凶猛英勇的人类，是我们的远亲，不同于野蛮的东夷和残酷的哈拉德人。

"在第十二任宰相奇瑞安（我父亲是第二十六任）的时代，北方人类骑马前来援助我们，在广阔的凯勒布兰特原野上击败了那些夺取我们北方诸省的敌人。这些北方人类便是'驭马者'，我们叫他们洛希尔人，并将那长久以来都居民稀少的行省卡伦纳松平原划给他们，此后那地便叫作洛汗。他们成了我们的盟友，事实证明他们始终对我们忠诚，守护着我们北方的边界与洛汗豁口，并在我们有需要时驰援相助。

"他们从我们的学识和风俗中学了他们想学的，

必要时他们的君主贵族也说我们的语言。但整体来说，他们还是守着祖辈的传统，记着本族的往事，他们在族内仍说自己的北方方言。我们喜爱他们：男人高大，女人美丽，不论男女都同样英勇，金发、强壮、眼睛明亮。他们让我们想起了人类一族在远古时代仍然朝气蓬勃时的模样。事实上，我们的博学之士也说，他们自古以来便和我们有着亲缘关系，他们起初跟努门诺尔人一样都来自人类的三大家族——也许不是来自精灵之友金发哈多的家族，但必定来自他那些拒绝召唤、没有渡海前往西方的百姓。

"在我们的学识传统中，是这样划分人类的：那些西方来的人类，也就是努门诺尔人，是高等人类；那些微光中的人类，比如洛希尔人和他们仍居住在遥远北方的亲族，是中等人类；还有那些黑暗的人类，是野蛮人。

"但如今若说洛希尔人在某些方面变得更像我们，在工艺技术和礼仪教养上都有所提高，那么我们同样也变得更像他们，几乎不能再自称高等了。我们变成了微光中的中等人类，只不过还拥有对其他事物的记忆罢了。因为，如同洛希尔人一样，我们如今也尚武好勇，以为这些事物本身就是好的，既是娱乐竞技，亦是最终目的。尽管我们仍然坚持一个战士不能单单只会舞刀弄枪和上阵杀敌，还要有更多本领和学识，但是，我们仍尊敬战士甚于尊敬拥有其他技艺的人。这是我们当今时代的需要。就连我哥哥波洛米尔的情况也是这样：他是一个勇武非凡的人，正是因此，他被视为刚铎最出色之人。他确实非常英勇，多年以来，米那斯提力斯都不曾有哪个继承人能在困境中如此坚忍不拔，在战斗中如此奋不顾身，或用那支大号角吹出比他更响亮的号声。"法拉米尔叹了口气，沉默半晌不语。

"大人，您所有的故事中都没怎么提到精灵。"山姆突然鼓起勇气说。他注意到法拉米尔在提到精灵时似乎带着敬意，而这比礼貌、食物、美酒都更能赢得山姆的尊敬，减轻他的疑虑。

"我是没提，山姆怀斯先生，"法拉米尔说，"因为我并不熟知精灵传说。不过你这就提到了我们在从努门诺尔人衰微成中洲人类时的另一点改变。既然米斯兰迪尔曾是你们的同伴，并且你们又曾与埃尔隆德交谈，那你们可能知道：伊甸人，也就是努门诺尔人的先祖，曾在远古初期的大战中与精灵并肩作战，并因此获赠一处位于大海当中、能望见精灵家园的疆土作为奖赏。但在中洲的黑暗年代里，人类和精灵因为大敌的诡计而变得疏远了，并且天长日久，时过境迁，本已分道扬镳的两支种族更是渐行渐远。如今人类害怕并怀疑精灵，却几乎不了解他们。我们刚铎人也变得就像其他人类，比如洛汗的人类；而即便是他们这种视黑暗魔君为寇仇的人，对精灵也是避之不及，谈到金色森林时都是胆战心惊。

"但是，我们当中仍有一些人在可能的情况下与精灵往来，不时会有人秘密前往罗瑞恩，回来的却寥寥无几。我并没去过。因为我认为，如今凡人一厢情愿去寻找那支年长子民[1]是危险的。不过，我很羡慕你曾与那位白衣夫人交谈。"

"罗瑞恩的夫人！加拉德瑞尔！"山姆喊道，"您真该见见她的，大人，真该见见。我只是个霍比特人，在家乡我就是个干园丁活儿的，大人，您懂我的意思吧，我对诗歌不怎么拿手——写诗是不成的，没准偶尔作几句打油诗还行，您知道吧，但那不是真正的诗歌——所以我没法告诉您我真正要说的。它应该被写成歌唱出来。这事儿你得找大步佬，也就是阿拉贡，老比尔博先生也行。但是我真希望我能写首歌来唱她。她真美，大人！迷人极了！有时候像一棵繁花盛开的大树，有时候像一株纤细苗条的白水仙。硬得像钻石，柔得像月光；暖得像阳光，冷得像星空下的寒霜；高傲、遥不可及就像雪山，可是又天真烂漫，就像随便哪个我见过的春天里在头上戴着野菊花的小姑娘。但我说了一堆全是废话，都没说到点子上。"

"那么她肯定非常迷人。"法拉米尔说，"美得危险。"

"**危险**么，我倒不觉得。"山姆说，"我觉得人们自己随身带着危险进了罗瑞恩，然后就在那里发现了危险，因为那就是他们带进去的。不过，你或许可以说她危险，因为她自己就强大得很。就说你吧，你朝她冲过去，可能会像船撞上礁石一样，把自个儿撞得粉身碎骨，或者像霍比特人下到河里一样，把自个儿给淹死。但你不能为了这个就去责怪礁石或河水。你瞧波洛——"他一下打住，涨红了脸。

"怎么？你要说'**你瞧波洛米尔**'是吧？"法拉米尔说，"你要说什么？他是自己随身带着危险？"

"是的，大人，请您原谅，容我说一句，您哥哥是个体面的人。但是您一直都追根究底不肯罢休。这么说吧，从幽谷出发后一整趟路下来，我都一直听着也瞅着波洛米尔的说话跟举动——我想你明白，这是为了照顾我家少爷，不是打算害波洛米尔——而我的看法是，他在罗瑞恩时，第一次清楚明白了他想要什么东西，而这点我早就猜到了。从他看见它的第一天开始，他就想要大敌的魔戒！"

"山姆！"弗罗多大惊失色地喊道。他刚刚陷入沉思好一阵子，未料突然回过神来，已是为时过晚。

"老天啊！"山姆脸色变得一片煞白，接着又涨成一片血红，"我又犯了！老头儿常对我说：'**你几时想张开你那张大嘴巴，几时就拿脚把嘴堵上。**'这话再对不过了。噢天啊，噢天啊！"

"好吧，大人，您听着！"他鼓起全部的勇气，转过身来面对法拉米尔，"您别因为我家少爷的仆人是个十足的笨蛋，就占我家少爷的便宜。您一直都把话说得很漂亮，谈论精灵啥的，叫我失去了戒心。但是，我们说，**行事漂亮才是真漂亮**。现在是证明您品格的机会了。"

"看似如此。"法拉米尔带着异样的微笑，缓慢又异常轻柔地说，"原来这就是所有谜语的答案！那枚人们以为已经消失于世的至尊戒。波洛米尔试图特强夺走它是吧？而你们逃脱了？逃了这么远的路——结果到了我这里！而我在这荒山野岭中，掌握着你们这两个半身人、一支任我差遣的军队，还有众戒之首。这真是天赐良机啊！一个给刚铎的统帅法拉米尔证明品格的机会！哈！"他长身而起，显得极其高大严厉，灰眸烁亮逼人。

弗罗多和山姆从凳子上跳起来，肩并肩背抵着墙，慌乱又笨拙地去抓剑柄。一室寂静。整个岩洞中的人都停止了谈话，大惑不解地朝他们望来。但是法拉米尔坐回了椅子上，开始无声地大笑起来，接着又突然变得神色凝重了。

"唉，波洛米尔啊！这个考验对他来说实在太残酷了！"他说，"你们这两个来自遥远异乡，带着危及人类之物的陌生过客啊，是如何增添了我的悲伤！但是，你们判断人类的本事可比我判断半身人的差远了。我们刚铎的人类并非口是心非之辈。我们很少自吹自擂，并且言出必行，或是在履行中身亡。我说过，**就算我在大道上发现它，我也不会拿**。纵使我真是个渴望得到此物的人，哪怕我说的时候并不清楚它是什么，我仍会把这些话当作誓言，并受其约束。

"但我并不是那样的人。或者说，我足够明智，知道这世间有某些危险是凡人必须逃避的。放心坐下吧！并且放宽心，山姆怀斯。如果你像是跌了一跤，那就把它当作命运的安排好了。你的心不但忠诚，也同样精明，看得比你的眼睛还要清楚。尽管这似乎很奇怪，但你对我说出这件事是安全的，甚至能对你敬爱的少爷有所助益。只要我有权左右事态，就将令此事对他有益。所以，放宽心吧。不过，别再大声把此物的名字说出口。一次就已经够了。"

两个霍比特人坐回凳子上，一语不发。其余的人又回头去畅饮闲聊，觉得自己的统帅大概跟两个小客人开了个玩笑之类，这会儿已经没事了。

"好了，弗罗多，现在我们终于理解彼此了。"法拉米尔说，"如果你是因为别人的要求携带此物，而不是自愿承担任务，那么，我同情也尊敬你。并且，你令我惊叹：就这么藏着它，而非运用它。对我而言，你们是一支新的种族，一个新的世界。你的同族全都像你这样吗？你们的国度必定是个充满和平与满足的地方，园丁在那里一定备受敬重。"

"那里也不是样样都好。"弗罗多说，"不过园丁确实很受敬重。"

"但那里的百姓也必定会疲累，即便是在自家的花园里；此乃太阳底下世间万物的定则。而你们远离家乡，旅途劳顿。今晚到此为止。睡吧，可以的话，你们两人都安睡吧。别害怕！我不想见它，也不想碰它，甚至不想再了解更多，我现在所知已经足够，以免危险不知何时突然攻我一个措手不及，害我不如卓果之子弗罗多那样经得起考验。现在去休息吧——不过，要是你愿意，先告诉我一件事就好：你们打算去哪里，要做什么？因为我必须监视，等待，思考。时间过得很快。到了早晨，我们就得各自奔赴我们命定要走的路。"

最初一波惊吓过后，弗罗多才感觉到自己颤抖得厉害。现在，一股极度的疲倦像云一样笼罩住他，他再也无法掩饰抗拒。

"我打算找到一条进入魔多的路。"他虚弱地说，"我要去戈垆洛斯。我必须找到火焰之山，把那东西投入末日裂罅之中。这是甘道夫说的。我想我永远都到不了那里。"

法拉米尔震惊地瞪了他好一会儿。接着，他及时扶住了摇摇欲坠的弗罗多，将他轻轻地抱起来，抱到床上放下，给他盖好暖被。弗罗多立刻沉沉睡着了。

另一张为他仆人准备的床就放在旁边。山姆迟疑了片刻，接着深深鞠了一躬。"晚安，统帅，大人。"他说，"您没错过机会，大人。"

"我没有吗？"法拉米尔说。

"没有，大人，而且您证明了您的品格：是最高尚的那种。"

法拉米尔露出了微笑："山姆怀斯先生，你真是个直言无忌的仆人。不过这没什么：值得称赞之人给出的称赞，胜过一切奖赏。然而我这举动没什么可称赞的。并没有渴望或诱惑让我去做得跟我所做的有所不同。"

"啊对了，大人，"山姆说，"您说我家少爷有种精灵气质，这点可是千真万确。但是我要说，您也有种气质，大人，那让我想起了，想起了——唔，甘道夫，就是巫师气质啦。"

"也许吧。"法拉米尔说，"也许你远远就能辨出努门诺尔气质。晚安！"

第六章

禁忌之潭

弗罗多醒来时，发现法拉米尔正俯身看着他。刹那间，原先的恐惧攫住了他，他霍然坐起身来，往后缩去。

"用不着害怕。"法拉米尔说。

"已经早上了吗？"弗罗多打着呵欠问。

"还没有，不过黑夜将尽，满月正在沉落。你要不要来看看月亮？并且有件事我很想听听你的意见。我很抱歉把你叫醒，但你愿意来吗？"

"好。"弗罗多说，起身下床。他离开温暖的毛毯与毛皮时，不由得打了个小小的寒战。不生火的岩洞里似乎很冷。喧闹的流水在寂静中显得很响。他穿上斗篷，跟在法拉米尔身后。

出于某种警惕的本能，山姆突然醒过来，一看他家少爷的床空了，顿时跳了起来。接着，他看见此时盈满淡淡白光的拱门当中现出两个黑色剪影，正是弗罗多和一个人类。山姆急忙追上去，一路经过了一排排沿墙睡在垫子上的人。他经过洞口时，看见那道水帘此时已经变成一层由丝绸、珍珠和银线缀成的晶莹面纱，恰似月光凝就的冰钟乳正在融化。但他没停步欣赏它，而是拐了个弯，跟着他家少爷穿过了开在洞壁上的狭窄门道。

他们先是沿着一条黑暗的通道往前走，然后上了许多级潮湿的台阶，来到一处被天光照亮、凿石而成的狭小缓步台上。透过头顶一个又长又深的通风井，可以看见高高在上的灰白天空发着微光。有两道楼梯从这里出发：一条看来像是继续往前，攀上溪流高高的岸顶；另一条则转向左边。他们走上这条左转的楼梯，它就像角楼的楼梯一样盘旋而上。

终于，他们走出了黑暗的岩石通道，举目四望。他们站在一块宽阔扁平的岩石上，四周没有栏杆或护墙。在右侧朝东的方向，那条急流倾泻着，溅落层层阶地，然后挟飞流直下之势，以漆黑汹涌、白沫滚滚的水流填满了冲刷光滑的水道。它转了个弯，几乎就在他们脚前奔腾流过，一头径直扎下了左面那处如同张着大口的悬崖。有个人站在靠近崖边的地方，沉默着，注视着下方。

他们绕着圈往下走时，弗罗多转身看了看那一股股润泽的水流，然后抬眼凝视远方。世界寂静寒冷，仿佛黎明已近。西方远处，一轮明月又圆又亮，正在沉落。下方的广大山谷中氤氲浅淡，闪着微光，恰似银雾弥漫的广阔海湾，而在那之下滚滚而去的是安都因大河的寒夜冷水。更远处隐约耸现着一片漆黑的暗影，其中闪着零星的光，冰冷、尖锐、遥远，犹如幽灵的牙齿一般雪白，那是刚铎境内的白色山脉埃瑞德宁莱斯的群峰，峰顶白雪皑皑，经年不化。

有好一会儿，弗罗多就站在那里，站在那块高高的岩石上，一股战栗从头顶直传到脚底。他不禁想起了自己过去那些伙伴，他们是否就在这夜色笼罩、广袤苍茫的大地的某一处行走或睡眠，抑或已经倒卧身死，迷雾裹尸。为什么打断那可以遗忘一切的睡眠，把他带来这里？

山姆也有同样的疑问，且急着知道答案，于是忍不住嘀咕，以为只有他家少爷能听见："弗罗多先生，这毫无疑问是美景，但都让人冻到心里去了，不消说还冷到骨子里！这是怎么回事啊？"

法拉米尔听见了，回答说："月落刚铎。美丽的伊希尔在即将离开中洲之际，瞥向了老明多路因山的白发。[1] 这景色值得打几个寒战来看，看，但我带你来看的并不是风景——至于你，山姆怀斯，你是不请自来，所以只好为这份警惕自食其果了。喝口酒就会好了。来，现在注意看！"

他走上前，来到那个立在黢黑崖边的沉默哨兵旁边，弗罗多跟了过去。山姆留在后面，他光是站在这块又高又湿的平台上，就已经觉得很不安全了。法拉米尔和弗罗多往下望去，只见白亮的水流在下方深处倾注进一个水沫泛滥的水潭，随即在岩壁环抱的椭圆深潭中不停打着黑暗的漩涡，直到又寻得一个窄窄的出口流出，喧腾嘈杂着远去，进入了更平静也更平缓的河段。月光仍斜照在瀑布脚下，在潭中的涟漪上闪烁。弗罗多这时注意到，在水潭近处的岸上，有个小小的黑色东西，但就在他定睛细看时，它一跃入水，就像一支箭或一块利石那样干脆利落地切开了幽暗的水面，消失在瀑布激起的喧腾泡沫中。

法拉米尔转向身旁的人："安博恩，现在你觉得那是什么东西？是松鼠，还是翠鸟？黑森林的夜间水潭里有黑翠鸟吗？"

"不管那是什么东西，都不是鸟。"安博恩答道，"它有四肢，又像人一样潜水，而且看样子水性相当出色。它到底在干什么？寻路从水帘后爬到上面我们的藏身处吗？看来我们终究是被人发现了。我带着弓箭，还在水潭两岸安排了其他弓箭手，他们的箭法跟我差不多一样好。队长，我们只等你下令，就会放箭。"

"我们该放箭吗？"法拉米尔迅速转过身问弗罗多。

弗罗多没有立刻回答。过了一会儿，他才说："不！别放箭！我求你别放箭。"而山姆要是胆子够大的话，本来会更快更大声地说"好"。他看不到下面的情形，但从他们说的话里，他完全猜出了他们在看什么。

"这么说，你知道那是个什么东西？"法拉米尔说，"说吧，既然你已经看见了，那就告诉我为什么要饶它一命。我们在一起谈了那么多，你却一次也没提到你这个流浪伙伴，我当时也决定暂时不问，等到他被抓获，带到我面前时再说。我派出手下最机敏的猎手搜捕他，但他竟摆脱了他们，除了站在这里的安博恩昨天傍晚见到他一次，一直没人看见他，直到现在才被发现。但是，他现在犯下的侵入罪行，可不只是在高地上抓兔子而已，而是比那更加严重——他胆敢前来汉奈斯安努恩，这是死罪。这个生物让我感到惊奇：他这么神秘又这么狡猾，却偏偏跑到我们窗前的水潭来玩耍。难道他以为人类整夜都不设岗哨、呼呼大睡吗？他为什么这么做？"

"我想，答案有二。"弗罗多说，"第一，尽管他很狡猾，却对人类了解极少，你们的避难所又这么隐蔽，也许他根本就不知道有人类藏在这里。第二，我想他是身不由己被一股欲望引诱来此，这欲望压倒了谨慎。"

"你说他是被引诱来此？"法拉米尔低声说，"他会不会知道——这么说，他知道你身负的重担？"

"他确实知道。他自己曾持有它多年。"

"**他**持有它？"法拉米尔惊得猛抽了口气，"此事愈发扑朔迷离，堪称谜上加谜。那么他是在追索它了？"

"也许。这东西对他来说是宝贝。但我此前并未提及。"

"那这个生物现在在找什么？"

"鱼，"弗罗多说，"你瞧！"

他们朝漆黑的水潭望去。在水潭另一端，就在岩石投下的深深暗影边，水面上冒出了一颗黑乎乎的小脑袋。银光短暂一闪，荡出一圈圈细微的涟漪。它游到岸边，接着一个活像青蛙的身影以惊人的敏捷爬出水面，上了岸，立刻坐下开始大嚼那个翻身时银光闪烁的小东西。最后一道月光这时正向水潭尽头的石壁后方沉落。

法拉米尔轻声笑起来。"鱼！"他说，"这倒是种不那么危险的欲望。但也未必——汉奈斯安努恩水潭中的鱼，可能会要他付出一切作为代价。"

"现在我已经瞄准他了。"安博恩说，"队长，我该不该放箭？按照我国律法，擅闯此地者死。"

"等等，安博恩。"法拉米尔说，"这件事比表面更棘手。弗罗多，现在你有什么话说？为什么我们该饶了他？"

"这个生物又饿又可怜，"弗罗多说，"并且丝毫没有意识到危险。而甘道夫，也就是你说的米斯兰迪尔，一定会要求你不要因为那个理由——以及其他理由——杀他。他曾阻止精灵那么做，原因我并不十分清楚，而我猜到的也不能在这里公开说出来。但是，就某方面而言，这个生物和我的任务息息相关。在你发现并抓住我们之前，他是我的向导。"

"你的向导！"法拉米尔说，"此事变得愈发怪了。弗罗多，我愿意为你做的事很多，但这一件我不能允准：让这个狡猾的流浪者随心所欲离开这里，等他要么来了兴致和你们会合，要么被奥克抓去，然后在酷刑威胁下招供出所知的一切。我们必须杀了他，或抓住他；而如果不能迅速抓住他，那就杀了他。但是，除了放箭，还有什么办法能抓住这个诡计多端的滑头家伙？"

"让我悄悄下去找他。"弗罗多说，"你们可以继续拉着弓，万一我失败，你们起码可以射我。我不会逃跑的。"

"那就去吧，动作要快！"法拉米尔说，"他如果能被活捉，这悲惨一生的后半辈子都得做你的忠心仆人。安博恩，领弗罗多下去到水潭边，脚步要轻。

那家伙的鼻子和耳朵都灵得很。把你的弓给我。"

安博恩抱怨地咕哝一声，领路走下曲折的阶梯到了缓步台，然后走上另一道阶梯，最后来到一个狭窄的出口，外面有浓密的灌木丛遮挡。他们悄悄穿过出口，弗罗多发现自己到了位于水潭上方的南岸顶上。这时天色很黑，瀑布只反射着犹在西天流连的月光，显得一片灰白。他看不见咕噜。他往前走了几步路，安博恩轻手轻脚地跟在他身后。

"继续走！"他在弗罗多的耳边低语，"当心右边。如果你掉到水潭里，那可就只有你那位捕鱼的朋友救得了你了。还有，尽管你可能看不见，但别忘了附近埋伏着弓箭手。"

弗罗多像咕噜那样两手触地摸索着路，稳住身体，悄悄地往前爬去。这些岩石大都平坦光滑，但是滑不溜丢。他停下来聆听。起初，除了背后那奔腾不歇的瀑布水声，他听不到别的声音。接着，他听见就在前面不远处，有个嘶嘶声正自言自语：

"鱼嘶嘶，好鱼嘶嘶。大白脸不见了，我的宝贝，终于不见了，对。现在我们可以安心吃鱼了。不，不安心，宝贝。因为宝贝丢了，是的，丢了。肮脏的霍比特人，糟糕的霍比特人。丢下我们走了，**咕噜**，宝贝也走了。只剩下可怜的斯密戈，孤零零的一个人。不，宝贝。糟糕的人类，他们会拿走它，会偷了我的宝贝。小偷。我们恨他们。鱼嘶嘶，好鱼嘶嘶。能让我们强壮。能让眼睛明亮，能让手指握紧，是的。扼死他们，宝贝。是的，如果我们有机会的话嘶嘶，扼死他们所有的人。好鱼嘶嘶。好鱼嘶嘶！"

他就这么一直唠叨下去，简直跟瀑布声一样没完没了，只偶尔被微弱的口水声和咯咯吞咽声打断。弗罗多打了个寒战，心怀怜悯和厌恶聆听着。他希望这声音能停下来，从此再也不必听见。安博恩就在背后不远。他可以爬回去请安博恩让猎手放箭。猎手们大概离得相当近，而咕噜正在狼吞虎咽，全无防备。只要一箭射准，弗罗多就能永远摆脱这个叫人难受的声音。但是不行，现在他对咕噜负有责任——即便是怀着恐惧效力，仆人只要效力，主人便对他负有责任。而且若是没有咕噜，他们早就葬身在死亡沼泽里了。不知为何，弗罗多也相当清楚地知道，甘道夫肯定不希望他这么做。

"斯密戈！"他悄声唤道。

"鱼嘶嘶，好鱼嘶嘶。"那声音说。

"斯密戈！"他又唤，稍稍提高了些嗓音。那声音停了下来。

"斯密戈，主人来找你了。主人在这里。过来，斯密戈！"没有回答，只有一声轻轻的嘶嘶，仿佛倒抽了口气。

"来，斯密戈！"弗罗多说，"我们现在有危险。人类如果发现你在这里，会杀掉你的。你要是不想死，就快过来。到主人这儿来！"

"不！"那声音说，"不是好主人。抛下可怜的斯密戈跟新朋友走了。主人可以等。斯密戈还没吃完。"

"没时间了，"弗罗多说，"把鱼带着，来吧！"

"不！一定要把鱼吃完。"

"斯密戈！"弗罗多孤注一掷地说，"宝贝要生气了。我要拿着宝贝，然后说：让他把刺都吞下去，卡住喉咙，永远不能再吃鱼。快来，宝贝正在等着！"

暗中传来一声尖锐的嘶嘶声，不久咕噜便出现了，四肢着地爬着，像条犯错的狗被命令跟到主人脚边。他嘴里叼着一条吃了一半的鱼，手里还捏着另一条。他来到弗罗多跟前，几乎鼻子碰鼻子，对着弗罗多嗅了一阵。他苍白的眼睛闪闪发亮。然后他拿下口中的鱼，站了起来。

"好主人！"他低声说，"好霍比特人，回来找可怜的斯密戈。好斯密戈来了。现在我们走吧，快点走，是的。趁着那两张大脸都还没出来，穿过树林快走。是的，我们快走吧！"

"是的，我们很快就走。"弗罗多说，"但不是马上走。我会像我保证的那样跟你走。我再保证一次。但不是现在走。你还不安全。我会救你的，但你一定要信任我。"

"我们一定要信任主人？"咕噜狐疑地说，"为什么？为什么不马上走？另外一个在哪儿？那个粗鲁的坏脾气的霍比特人在哪儿？他在哪儿？"

"在上面。"弗罗多指着瀑布上方说，"不带他的话我不走。我们得回去找他。"他的心一沉。这实在太像骗局了。他倒不担心法拉米尔真会下令杀掉咕噜，但法拉米尔很可能会囚禁咕噜，绑住他；而弗罗多所做的，在这可怜的奸诈家伙看来，肯定就是背叛。大概永远也不可能让咕噜理解或相信，弗罗多是以唯一可行的办法来救他的命。弗罗多还能怎么做呢？只能尽量不辜负双方了。"来！"他说，"不然宝贝就生气了。我们现在就回到溪流上面去。往前走，走啊，你走前面！"

咕噜紧贴着水潭边缘往前爬了一小段路，拼命嗅着，疑心不已。接着他停下来，抬起了头。"那里有东西！"他说，"不是霍比特人。"他猛然转过身来，突出的双眼中闪着绿光。"主人嘶嘶，主人嘶嘶！"他嘶嘶叫着，"坏蛋！耍诡计嘶嘶！骗人！"他吐着口水，伸出了长长的手臂，苍白的手指咯咯作响。

就在那时，安博恩高大的黑影从他背后冒了出来，朝他扑了过去。一只强壮的大手抓住他的后颈把他按在地上。咕噜闪电般扭过身，全身湿滑粘腻，像条鳝鱼一样扭动，又像猫一样又咬又抓。但又有两个人从阴影中出现了。

"别动！"一个人说，"不然我们就把你钉成一只刺猬。别动！"

咕噜瘫软下来，开始呜咽哭泣。他们把他牢牢捆上，一点也不客气。

"轻点，轻点！"弗罗多说，"他的力气可不是你们的对手。可以的话，别伤着他。如果你们不伤他，他会安静些的。斯密戈！他们不会伤你。我会跟着你，你不会受到伤害的。除非他们把我也杀了。要信任主人！"

咕噜转过身来朝他吐口水。那些人把他拎起来，用头罩蒙住眼睛，然后把他扛走了。

弗罗多跟着他们，心中非常纠结难受。他们穿过灌木丛后的开口，顺着阶梯和通道一直往回走，回到岩洞里。洞里已经点燃了两三支火把，人们正在纷纷起身。山姆在洞里，他对那些人扛进来的那团松垮东西投以古怪的一瞥。"抓到他了？"他问弗罗多。

"对。唉，不对，我没抓到他，是他过来找我，因为恐怕他起先是信任我的。我并不希望他被绑成这样。我希望会没事，我痛恨这整件事情。"

"我也是。"山姆说，"不过，只要有那悲惨的家伙在，就不会没事。"

一个人走过来朝两个霍比特人示意，带他们到岩洞后方那个隐蔽的凹室去。法拉米尔在里面，坐在他的椅子上，他头顶上壁龛里的灯又点亮了。他示意两人坐在身边的凳子上。"给客人拿酒来。"他说，"把犯人带到我面前。"

酒拿来了，接着安博恩把咕噜扛了进来。他取下咕噜的头罩，把他放到地上站着，自己站在后面稳住他。咕噜眨了眨眼，用厚重苍白的眼皮遮住眼中的怨恨。他看起来是个十分凄惨的家伙，浑身潮湿滴水，一股鱼腥味（他手里还紧抓着一条）。他稀疏的头发像杂乱的野草般耷拉在皮包骨的额头上，鼻子不停抽吸着鼻涕。

"放开我们！放开我们！"他说，"绳子伤了我们，是的很疼，它伤了我们，而我们什么都没干。"

"什么都没干？"法拉米尔扫了这悲惨的家伙一眼，目光锐利，但是脸上毫无表情，既不生气，也不同情，更不惊奇，"没有吗？难道你从没做过任何该当被绑或受到更重惩罚的事？不过，幸运的是，这不由我来决断。但是今晚你去了一个会要你命的地方。那个水潭里的鱼是要付上昂贵代价的。"

咕噜手一松，鱼掉在地上。"不要鱼了。"他说。

"代价不是为鱼设的。"法拉米尔说，"单单来到这里，看见那个水潭，就是死罪一条。我是因为弗罗多求情才暂时饶你一命，他说你至少理应得到他的一些感谢。但你也得让我满意才行。你叫什么名字？你从哪里来？你要到哪里去？你要干什么？"

"我们迷路了，迷路了，"咕噜说，"没有名字，没有要干什么，没有宝贝，什么都没有。只有空虚。只有饥饿。是的，我们很饿。几条小鱼，几条都是骨头的糟糕小鱼，给可怜的小东西吃，他们就说要偿命。他们好有智慧，好公正，真是好公正啊。"

"好有智慧不见得。"法拉米尔说，"但说到公正，或许不假，是我们这点微不足道的智慧能够判断的公正。弗罗多，给他松绑吧！"法拉米尔从腰带上抽出一把小指甲刀，递给弗罗多。咕噜误解了这个动作，尖叫着跌倒在地。

"注意，斯密戈！"弗罗多说，"你一定要信任我。我不会抛弃你。可以的话，你要诚实回答。这不会害你，而对你有益。"他割断绑在咕噜手腕和脚踝上的绳子，扶他站起来。

"到这里来！"法拉米尔说，"看着我！你可知道这地方叫什么名字？你以前来过吗？"

慢慢地，咕噜抬起眼来，不情愿地看着法拉米尔的眼睛。咕噜眼中的光芒全消失了，只剩一片苍白空洞，好一会儿他都盯着这个刚铎人清澈、坚定的双眼。一阵凝滞的沉寂。接着，咕噜低下头，委顿下去，直到蹲在地上，不停哆嗦。"我们不知道，我们也不想知道。"他啜泣着，"以前从没来过，以后再也不来了。"

"你的心中有许多上锁的门窗，后面藏着黑暗的房间。"法拉米尔说，"但就此事而言，我判断你说的是真话。这有利于你。你要怎么发誓永远不会再来，且永远不会借助言语或手势记号带领任何生物到这里来？"

"主人知道。"咕噜说着，往旁边瞥了弗罗多一眼，"是的，他知道。我们会向主人保证，如果他救我们的话。我们会向'它'保证，是的。"他爬到弗罗多脚前，"救救我们，好主人！"他哼哼唧唧地说，"斯密戈向宝贝保证，真心诚意地保证。永远不再回来，永远不说，永远不！不，宝贝，决不！"

"你满意吗？"法拉米尔说。

"我满意。"弗罗多说，"反正，你若不接受这项保证，就只能执行你们的律法，因为你得不到别的保证了。但是我跟他保证过，如果他跟我来，他不会受到伤害。我不愿做个失信之人。"

法拉米尔坐着沉思了片刻。"很好。"他最后开口说，"我把你交给你的主人，交给卓果之子弗罗多。让他宣布他要怎么处置你吧！"

"但是，法拉米尔大人，"弗罗多鞠躬说，"关于你提到的这个弗罗多，你还没宣布要怎么处置呢。在你公布决定之前，他无法为自己或同伴拟定任何计划。你的判决本来被推迟到早晨再下，但现在时候就要到了。"

"那么，我就宣布我的判决。"法拉米尔说，"关于你，弗罗多，我凭着上级授予我的权力，宣布你可以在刚铎的国境内保有自由之身，但凡它古老边界之内，你皆可通行，只有这点除外：你以及与你同行之人，未经邀请，不得擅入此地。这判决的有效时间是一年零一日，然后终止，除非在此之前你前往米那斯提力斯，谒见白城的城主兼宰相。届时我将恳请他确认我的判决，并将其时效延长为终身。与此同时，任何被你纳入保护之下的人，也当受到我的保护，并受到刚铎的庇护。这回答你可满意？"

弗罗多深深鞠了一躬。"我非常满意，"他说，"并且，我愿意为你效力，如果这对你这么高贵正直的人来说有任何价值的话。"

"这极有价值。"法拉米尔说，"现在，你愿意将这个生物，这个斯密戈，纳入你的保护之下吗？"

"我愿意将斯密戈纳入我的保护之下。"弗罗多说。山姆大大叹了口气，不过不是对这些礼节有何不满——对这些礼节，他就像任何霍比特人一样，表示完全赞同。事实上，这么大的事若是在夏尔，要说的话与要鞠的躬可多得多了。

"那么，我要对你说，"法拉米尔转向咕噜，"你被判了死罪，但你只要跟弗罗多同行，我们就不会追究你。然而，不论何时，如果刚铎有任何人发现你离开他游荡在外，死罪判决就会生效。若你不好好服侍他，无论你是在刚铎境内还是境外，都愿死亡速速找上你。现在，回答我：你要到哪里去？他说你曾是他的向导。你当时要领他到哪里去？"咕噜不答。

"这点我不容你保密。"法拉米尔说，"回答我，否则我就收回成命！"咕噜仍旧不答。

"我来替他答吧。"弗罗多说，"他按照我的要求，带我去了黑门，但是那里实在无法通过。"

"那片不提其名之地没有敞开可入之门。"法拉米尔说。

"见到这情况后，我们转向一旁，走南大道下来。"弗罗多继续说，"因为，他说有一条，或者说也许有一条，靠近米那斯伊希尔的小径。"

"你是说米那斯魔古尔。"法拉米尔说。

"我不是很清楚，"弗罗多说，"但我想那条小径是往上爬，爬到那座古城所在的山谷北侧的山脉中。它攀上一道很高的裂缝，然后就下到——到另一侧的地方。"

"你知道那处高山隘口的名称吗？"法拉米尔说。

"不知道。"弗罗多说。

"它叫奇立斯乌苟。"法拉米尔说。咕噜闻言发出了尖锐的嘶嘶声，开始自言自语。法拉米尔转过身问他："难道那不是它的名字？"

"不是！"咕噜说，然后他开始哀叫，好像被什么东西刺了，"是的，是的，我们听过一次那个名字。但那个名字跟我们有什么关系？主人说他一定要进去。所以我们一定要找条路试试。没有别的路可以试了，没有。"

"没有别的路了？"法拉米尔说，"你怎么知道？谁又曾探索过那片黑暗疆域的全境？"他若有所思地盯着咕噜，很久之后才又开口，"安博恩，把这个生物带走。对他客气些，但是盯紧他。而你，斯密戈，别想尝试跳进瀑布里。那底下的石牙相当尖利，会让你死期没到就送了命。现在从我们面前退下，别忘了拿走你的鱼！"

安博恩走了出去，咕噜畏畏缩缩地走在他前面。帘子随即拉上，遮住了凹室。

"弗罗多，我认为你此事做得非常不明智。"法拉米尔说，"我认为你不该跟这个生物一起走。它是邪恶的。"

"不，不是全然邪恶。"弗罗多说。

"或许还不完全邪恶。"法拉米尔说，"但是怨毒像溃疡一样吞食着它，邪恶正在增长。他决不会领你走向任何好结果。如果你愿意跟他分开，我会准他安全通行，带他前往刚铎边界上任何他指定的地方。"

"他不会接受的。"弗罗多说，"他会像长久以来那样，在后面紧跟着我。并且我已经多次保证要把他纳入我的保护之下，无论他带我去哪里，我都会去。你不会要求我对他言而无信吧？"

"不会。"法拉米尔说，"但我的心很想这样要求。因为，劝别人打破誓言，似乎不及自己打破誓言那样恶劣，尤其是见到一个朋友注定要遭受伤害却仍无所察觉的时候。不过，我不劝你——如果他愿意跟你走，你现在必须忍受他。但我认为你不是非去奇立斯乌苟不可，他并没把他对那个地方的了解对你和盘托出。他这点心思我看得很清楚。别去奇立斯乌苟！"

"那我该走哪条路呢？"弗罗多说，"回到黑门前把自己拱手交给守卫吗？这地方有什么问题，让它的名字都这么可怕，你知道吗？"

"我所知的都不确切。"法拉米尔说，"如今我们刚锋的人从不去大道以东的地方，我们这些年轻一些的人更是从来不曾这么做过，也没有任何人曾经涉足阴影山脉。关于这道山脉，我们只看过古老的记载，听过旧时的传闻。但是，在米那斯魔古尔上方的隘口里，居住着某种黑暗的恐怖。只要一提到奇立斯乌苟，老一辈人和博学的人都会脸色发白，闭口不言。

"很久以前，米那斯魔古尔山谷就已堕入邪恶。当被驱逐的大敌还远在他方，伊希利恩仍大部分控制在我们手中时，该地就已是充满威胁、令人恐惧之处。你也知道，米那斯伊希尔曾经是座强大、自豪又美丽的城池，是我们白城的姊妹城。但它被大敌第一次兴起时控制的凶残人类夺取了，在大敌被推翻后，他们曾经四处游荡，无家可归，无主可奉。据说，这些人类的首领是堕入黑暗与邪恶的努门诺尔人。大敌把力量之戒给了这些首领，从此吞噬了他们：他们变成了活着的鬼魂，恐怖又邪恶。他走了之后，他们夺取了米那斯伊希尔并居住在当中，用腐朽填满了它和它周围的山谷。它看似空无一物，却并非如此，因为有一种无形的恐怖驻留在那倾颓的墙垣内。一共有'九首领'，当他们秘密准备并帮助他们的主人归来之后，他们也再度强大起来。随后，九骑手从那恐怖之门出征，我们抵挡不了。千万别靠近他们的大本营！你们会被看见的。那是个恶毒从不休眠，充满无睑之眼的地方。别走那条路！"

"但是，除了这条路，你会指点我走哪条呢？"弗罗多说，"你说，连你自己都不能领我前往山脉，更别提翻越了。可我肩负着那场会议赋予我的庄严使命，必须设法翻过山去。我必须找到一条路，不然就在寻觅中丧命。如果我掉头，不肯把这条路坚持到底，那我在人类和精灵当中又能去往何处？难道你要我带着这个东西跟你去刚铎？正是这个东西，逼得你哥哥渴望成狂。它将在米那斯提力斯施放什么魔力？难道要有两个米那斯魔古尔城，隔着一片充满腐朽的死地向对方狞笑？"

"我不希望这样。"法拉米尔说。

"那你到底要我怎么办？"

"我不知道。我只是不希望你走向死亡或折磨。并且，我认为米斯兰迪尔不会选择这条路。"

"但是，自从他离去之后，我就必须走那些我能找到的路。而且我们也没有时间去久久搜寻。"弗罗多说。

"这是个艰难的决断，也是个无望的任务。"法拉米尔说，"不过，至少记住我的警告：当心斯密戈这个向导。他从前曾犯下谋杀的罪行。我从他身上看得出。"他叹息一声。

"好吧，卓果之子弗罗多，就是这样了：我们相遇又别离。你不需要安慰之辞，我并不指望有朝一日还能在这太阳底下再见到你。但你将带着我对你及你所有同胞的祝福离去。在我们为你准备食物的时候，先休息一会儿吧。

"我本会欣然听听这个卑鄙的斯密戈是如何得到我们所说的这个东西，又是如何失去它的，但现在我不愿打扰你了。倘若你出乎意料，又回到生者之地，我们能坐在墙脚下晒着太阳，回顾往事，对过去的悲伤放声大笑，到了那时，你再告诉我吧。而在那时，或是别的某个连努门诺尔的真知晶石也无法预见的时刻之前，我们别了！"

他起身，向弗罗多深深鞠了一躬，然后掀起帘子走到外间岩洞去了。

第七章

十字路口之旅

弗罗多和山姆回到床上，默不作声地躺着休息了一阵，与此同时，外间的人们已经起身，开始忙起这一天的事务。过了一会儿，有人端水进来给他们洗漱，随后他们被领到一张已经摆好三人份食物的桌旁。法拉米尔与他们一同吃了早餐。他从昨日的战斗以来就没合过眼，但看起来并不疲倦。

吃完早餐后，他们起身。"愿你们在路上不受饥馁之苦！"法拉米尔说，"你们的干粮很少，我已经命人给你们的行囊里装些适合旅人吃的小包食物。你们在伊希利恩境内不会缺乏饮水，但别喝任何发源自

'活死人山谷'伊姆拉德魔古尔[1]的溪水。还有一件事我必须告诉你：我手下侦察和监视的人，包括那些潜行到能看见魔栏农的地方的人，已经全部回来了。他们都发现了一件怪事，就是整片大地空荡荡的。大道上什么也没有，到处都听不到脚步声、号角声或弓弦声。那片不提其名之地的上空笼罩着一股蓄势待发的寂静。我不知道这是什么预兆，但时间正飞快流逝，将得出某种重大的结论。暴风雨即将来临。可以的话，你们要尽快！如果你们已经准备好，我们就走吧。太阳很快就会升到阴影之上了。"

两个霍比特人的行囊被拿来交给了他们（比之前要重一些），一并拿来的还有两根结实光滑的木杖，底端包铁，雕刻的杖头穿了编结好的皮绳。

"此刻别离，我没有合适的礼物相赠，"法拉米尔说，"就请带上这两根手杖吧。在野外行走或攀爬的人，或许能让它们派上用场。白色山脉的人都用它们。不过这两根手杖已经按你们的身高截短，并新包上了铁皮。它们是用**莱贝斯隆**[2]这种美丽的树制造的，刚铎的木工匠人挚爱此树，它们享有寻获与归返的美誉。但愿这美誉在你们将要前往的魔影下不致全然失效！"

两个霍比特人深深鞠了一躬。"无比慷慨周到的主人啊,"弗罗多说,"半精灵埃尔隆德曾对我说,我将在路上获得意想不到的秘密友谊。可是像你表现出来的这样的友谊,我确实不曾奢望过。得到你的友谊,使我们化凶为大吉了。"

他们准备好要出发了。咕噜不知是从哪个角落还是隐藏的洞中给带了出来,他看起来情绪比原来好了许多,不过他还是紧挨着弗罗多,并且躲避着法拉米尔的目光。

"你们的向导必须蒙上眼睛,"法拉米尔说,"不过你和你的仆人山姆怀斯若是不愿,我准许不必蒙了。"

当他们过来给咕噜蒙上眼睛时,他又叫又扭,紧抓住弗罗多。于是弗罗多说:"把我们三人的眼睛都蒙上吧,先蒙我的,这样他或许能明白这不是要伤害谁。"如此照办后,他们被领着出了汉奈斯安努恩的岩洞。在穿过通道,爬完阶梯之后,他们在周围感觉到了早晨凉爽的空气,清新又甜美。他们蒙着眼继续走了一小会儿,先往上走,再缓缓下行。最后,法拉米尔的声音下令给他们解开蒙眼的布。

他们重新站在了树林的枝叶底下。瀑布的哗哗响声都听不见了，因为在他们和溪水流经的深谷之间，横着一道向南的长斜坡。他们向西望去，透过树林可以看见天光，仿佛世界在那里突然到了尽头，在那边缘以外只有天空。

"我们至此就要分道扬镳了。"法拉米尔说，"你若听从我的建议，此时便不要立刻往东转。先直走，这样你们还可以靠着树林的掩护走上许多哩路。在你们西边是一道断层，地势沿着这一线陡降，沉入巨大的山谷，有时是突兀又陡峭的悬崖，有时是很长的山坡。你们行走时要一直靠近这道断层和森林外沿。我想，你们旅途初期还可以走在日光下。大地犹在做着和平的幻梦，所有的邪恶都暂时退却。再会了，一路保重！"

然后，他按照本族的风俗拥抱了两个霍比特人，将两手搭在他们肩上，弯腰亲吻他们的额头。"带着所有善良人类的祝愿去吧！"他说。

他们深深鞠躬到地。他随即转身离开，走向站在不远处的两名护卫，不曾回头。此刻这些绿衣人行动速度之快，令两个霍比特人大开眼界——简直是眨眼间就无影无踪。这座法拉米尔刚刚还站立过的森林，转眼显得空寂又阴沉，好似一场大梦乍醒。

弗罗多叹了口气，转身重新面对南方。咕噜仿佛要表明对所有这类礼仪的蔑视，正乱刨着一棵树脚下的腐叶堆。"这就又饿了是吧？"山姆想，"哼，又来了！"

"他们终于走了吗？"咕噜说，"讨厌嘶嘶又邪恶的人类！斯密戈的脖子还痛着呢，是的好痛。我们走吧！"

"好，我们走吧。"弗罗多说，"不过，要是你只会诋毁那些宽恕过你的人，你就闭嘴别说话！"

"好主人！"咕噜说，"斯密戈只是开玩笑。斯密戈总是原谅他人，是的，是的，即使好主人耍小诡计嘶嘶。噢是的，好主人，好斯密戈！"

弗罗多和山姆没回答。他们背起行囊，将手杖拿在手里，走进了伊希利恩的树林。

那天他们休息了两次，吃了一点法拉米尔给他们准备的食物：干果和腌肉，足够吃上好多天；还有面包，分量多得足够吃到坏掉。咕噜什么也没吃。

太阳升起，又越过天顶，他们都没有见到，但当它开始西沉时，从西边穿过树木照进来的光变成了金色。他们始终走在清凉的绿荫中，周遭一片寂静。所有的鸟儿似乎都飞走了，不然就是集体失声了。

夜幕早早降临了这片沉默的树林，他们在天色全黑之前停了下来，非常疲惫，因为从汉奈斯安努恩到这儿，他们走了七里格多的路。弗罗多躺在一棵古树下的松软落叶堆上睡了一整夜。山姆在他旁边，睡得更不安些。他夜里醒来多次，却始终不见咕噜的踪影，他们一安顿好歇下，他就一溜烟不见了。他没说他是独自睡在附近哪个洞里了，还是彻夜游荡不停，但第一线曙光出现时他就回来了，叫醒了同伴们。

"必须起来了，是的，他们必须！"他说，"还有好长的往南和往东的路要走。霍比特人一定要赶快！"

这天过得和昨天差不多，不同的只是那股寂静显得愈发深沉。空气变得滞重起来，走在树下开始有种窒息的感觉，就像是有雷雨正在酝酿。咕噜经常停下来，嗅着空气，然后自言自语嘀咕一阵，再催促他们以更快的速度前进。

他们这天第三段的行进继续着，下午逐渐过去，森林疏朗起来，树木变得更粗大也更分散。树干极粗、沉暗庄严的高大冬青树耸立在宽敞的空地上，其间零星散布着灰白的白蜡树，还有巨大的橡树刚刚长出棕绿色的芽苞。四周都是长片的绿草地，草地上点缀着毛茛和银莲花，有白有蓝，这时都闭合花瓣睡去了。还有大片大片的地面上堆满林地风信子的叶子，它们挂着钟形花朵的光滑花茎已经穿破腐叶冒了出来。他们没有看见鸟兽等活物，但在这些露天之地，咕噜变得害怕起来。现在他们走得也很谨慎，从一片长阴影飞快地奔往另一片。

当他们来到树林尽头时，天光正在迅速消逝。他们坐到一棵虬结的老橡树下，它的树根像蛇一样弯弯扭扭，直伸到一处陡峭坍塌的坡底。他们面前是一道昏暗的深谷，深谷对岸树木又密集起来，一路向南伸展，在阴沉的黄昏中呈现出灰蓝的色调。他们右边是刚铎山脉，在西方远处火红斑驳的天空下闪着红光。他们左边则是黑暗——魔多高耸的山障。一道长长的山谷从那片黑暗中延伸出来，谷槽越来越开阔，向安都因大河陡降下去。谷底有一条湍急的溪流，寂静当中，弗罗多可以听见流过岩石的淙淙水声。溪旁对岸，有条犹如苍白丝带的路蜿蜒而下，一直延伸到落日的光辉无法触及的寒冷灰雾里。就在那边，弗罗多觉得自己远远望见了若干荒凉黑暗的古老高塔，其高耸黯淡的塔顶和残缺不全的尖顶仿佛漂浮在迷蒙的大海上。

他转向咕噜，问："你知道我们在哪里吗？"

"知道，主人。在危险的地方。主人，这是从月亮之塔出来，下到大河边那座破城的路。那座破城，对，是个非常糟糕的地方，里头满是敌人。我们就不该听人类的意见。霍比特人已经离开正路很远了。现在一定要向东走，上到那边去。"他那枯瘦的手臂朝黑黝黝的山脉挥了挥，"我们不能走这条路。噢不！残酷的人从那塔下来，会走这条路。"

弗罗多俯视着那条路。无论如何，现在路上并没有移动的身影，整条路看起来荒凉废弃，往下通入迷雾笼罩的空荡荡的废墟。但是，空气中有种邪恶的感觉，仿佛路上真的可能有什么肉眼看不见的东西正在来往。弗罗多又看了看远处正渐渐隐入夜色的塔尖，不由得打了个寒战，流水的声音似乎也变得冰冷又残酷——那是魔古尔都因河的声音，从戒灵山谷流出来的已被污染的溪流。

"我们该怎么办？"他说，"我们已经走了很长的路，是不是该在后面的林子里找个可以藏身休息的地方？"

"不，夜里藏身歇着不好。"咕噜说，"现在霍比特人必须在白天藏身，是的白天。"

"噢得了吧！"山姆说，"我们一定得歇一下，哪怕半夜再起来也好。到时候还能有好几个钟头的黑夜，足够你带我们走上好长一段路了，要是你知道路的话。"

咕噜勉强同意了这个安排，他掉头往树林的方向走去，朝东沿着树林稀疏的边缘走了一阵。他不肯在离那条邪恶道路这么近的地面上休息，经过一番争论，他们全爬到一棵巨大的冬青栎的树杈上，稠密的枝条尽数从树干上舒展开去，形成一个良好的藏身处，同时也是个相当舒适的避难所。夜幕降临，树荫下变得漆黑一片。弗罗多和山姆喝了一点水，吃了些干粮和干果，但咕噜马上就蜷起身子睡了。两个霍比特人始终没合眼。

当咕噜醒来时，时间肯定是过了午夜。他们突然注意到他那双苍白的眼睛睁开了，正对着他们发出幽光。他聆听并嗅闻了片刻，他们之前已经注意到，这似乎是他惯常用来判断夜里时间的方法。

"我们都歇过了吗？我们都睡得美美的吗？"他说，"我们走吧！"

"我们没歇，我们没睡。"山姆没好气地说，"但要是必须得走，我们就走。"

咕噜立刻四肢并用，从树枝间迅速攀落，两个霍比特人则是慢慢跟着爬下来。

他们一下树，就立刻在咕噜的带领下出发了，朝东爬上那片黑暗的坡地。此时，夜色浓得令他们几乎看不见任何东西，连前方的树干都要撞上才知道。地面变得更不平整，走起来也更困难，但是咕噜似乎丝毫不受干扰。他领他们穿过密布灌木丛和荆棘的荒地，有时候绕过深沟或黑坑的边缘，有时候下到灌木丛掩蔽的幽暗洼地里，再爬出来。不过，他们每次往下走得低一些，对面要爬的坡就会更长更陡。他们在不断地往上爬。他们第一次停下来回头望时，隐约可见被自己抛在身后的一层层森林树冠，如同一片广大稠密的阴影般铺陈开来，恰似漆黑的茫茫天空下一片更暗的夜色。似乎有股庞大的黑暗正缓缓从东方浮现，吞噬着模糊微弱的星星。西沉的月亮随后逃离了追赶的云，但它周围全裹上了一圈病态的黄光。

终于，咕噜回过身来面对霍比特人。"天快亮了，"他说，"霍比特人一定要赶快。露天待在这些地方不安全。快点走！"

他加快了脚步，他们疲惫地跟着。不久他们便开始爬上一大片拱地，地上几乎覆满了茂盛浓密的金雀花和越橘，还有低矮顽强的荆棘，只是不时会露出零星的空地，那是新近燃过火的痕迹。越往拱地顶上去，金雀花丛就越多。它们都十分古老，茎干颀长，下面枯瘦，但上面长得茂密，并且已经开出了黄色的花朵，在幽暗中闪着微光，散发出淡淡的甜香。这些带刺的灌木长得很高，足以让霍比特人直着腰在底下行走，穿过灌木间狭长干燥、铺着厚厚一层多刺落叶的通道。

到了这片宽阔山背的另一端，他们停下不再前进，爬到一丛纠结的山楂下藏身。扭曲的枝干佝偻及地，上面覆满了错综复杂的老黑莓。树丛深处形成一处中空的小厅，以干枯的枝条和荆棘为椽，以春天初萌的新叶和嫩芽为篷。他们在那里躺了一会儿，累得暂时没胃口，只是透过树丛的孔洞朝外窥视，看着白昼渐渐来到。

但是白昼没有来，来的只有死沉的褐色微光。在东方，低垂的云层底下亮着一团暗红的光芒——那不是黎明的红光。在这片崎岖起伏的大地尽头，埃斐尔度阿斯的嶙峋群山阴沉地面对着他们，黝黑混沌，浓重的黑夜仍卧在山脚下尚未离去，上方则是犬牙交错的尖顶，轮廓在火光的映衬下显得刚硬又充满威胁。在他们右侧一段距离之外，一道巨大的山肩朝西突出耸立着，在幢幢阴影中显得又黑又暗。

"从这里我们要往哪边走？"弗罗多问，"过了那一大坨黑乎乎的东西，那边那个开口是——是魔古尔山谷吗？"

"我们非得现在就想它吗？"山姆说，"我们今天肯定不会再走了吧，如果这叫白天的话？"

"也许不走，也许不走。"咕噜说，"但我们还是得尽快动身，去十字路口。是的，去十字路口。就是那边那条路，是的，主人。"

魔多上空的红光逐渐消失了。东方腾起大团大团的水蒸气，朝他们蔓延过来，与此同时，微光变得更加黯淡。弗罗多和山姆吃了一点东西就躺下了，但是咕噜焦躁不安。他不肯吃他们的任何食物，但喝了一点水，然后在灌木丛下四处爬来爬去，边嗅边喃喃自语。接着，他突然不见了。

"跑去打猎了，我猜。"山姆说，打了个呵欠。这会儿轮到他先睡，他很快就深深陷入了梦乡。他梦到自己回到袋底洞的花园去找东西，但他弓着腰，因为背了个沉重的背包。花园不知为何像是长满了杂乱的野草，荆棘和蕨丛正在入侵树篱底部附近的花床。

"看得出来，这是归我干的活儿，但我累死了。"他不停地絮絮叨叨。不久，他想起了他在找什么。"我的烟斗！"他说，接着一下醒过来。

"傻瓜！"他一边暗想，一边睁开眼睛，纳闷自己为什么躺在树篱底下。"它一直都在你的背包里！"接着他明白过来：首先，烟斗或许就在背包里，但他没有烟斗草；其次，他离袋底洞有好几百哩远呢。他坐了起来。天色看来几乎全黑了。为什么他家少爷让他一觉睡到黄昏，没叫他换哨？

"弗罗多先生，你一点都没睡吗？"他说，"几点了？似乎挺晚了！"

"不，不晚。"弗罗多说，"但天色正变得更黑，而不是更亮——越来越黑。就我估计，现在还不到中午呢，你才睡了差不多三个钟头。"

"我很纳闷这是怎么回事。"山姆说，"是有暴风雨要来吗？那样的话可糟糕透顶。真希望我们是躲在一个深洞里，而不是就这么给困在树篱底下。"他听了听，"那是什么声音？打雷？打鼓？到底是什么东西？"

"我不知道。"弗罗多说，"到现在已经响了好一阵了。有时候大地似乎在颤抖，有时候似乎是沉重的空气在你耳朵里跳动。"

山姆环顾四周。"咕噜哪儿去了？"他问，"他还没回来吗？"

"还没。"弗罗多说，"连声音和影子都没有。"

"唉，我真受不了他。"山姆说，"说实在的，我出门旅行带的东西，就没一个像他这样，丢了一点都不可惜。不过，这事儿他还真干得出来。在我们跑了这么多哩路之后，他偏偏开溜不见了，就在我们最需要他的当口——这是说，他真有啥用的话，而我对这个也挺怀疑。"

"你忘了死亡沼泽。"弗罗多说，"我希望他没出什么事。"

"而我希望他别耍诡计。不管怎样，我都像你所说的，希望他别落到别人手里。因为如果他被抓住，那我们很快就会有麻烦了。"

这时，他们又听见了一阵滚动的隆隆声，这次更响亮也更深沉，大地似乎在脚下颤动。"我想我们无论如何都已经有麻烦了。"弗罗多说，"恐怕我们的旅程正在接近终点。"

"也许，"山姆说，"但是我家老头经常说，**有命在就有希望**；接着他多半还会添上一句，**还得吃饱**。弗罗多先生，你吃点东西，然后睡一觉吧。"

下午——山姆估计这个只能叫下午了——慢慢地过去了。从树丛望出去，他只看见一个没有影子的暗褐色世界，缓缓淡褪成一片没有特征也没有颜色的昏暗。它令人窒息，却不温暖。弗罗多睡得很不安稳，辗转反侧，有时还发出呓语。有两次山姆觉得自己听见他在叫甘道夫的名字。时间似乎永无止境地拖着步伐。冷不防，山姆听见背后一声嘶嘶响，正是四肢着地的咕噜，用闪闪发亮的双眼窥视着他们。

"起来，快起来！起来了，瞌睡虫！"他低声说，"快起来！没时间耽搁了。我们必须走，对，我们必须马上走。没时间了！"

山姆满腹狐疑地盯着他——咕噜显得很惊恐，也可能是兴奋。"现在走？你玩什么小把戏？时间还没到呐。现在连下午茶的时间都还没到，至少还没到一个有下午茶可用的像样地方。"

"傻瓜！"咕噜嘶嘶道，"我们不是在像样的地方。时间快要不够了，是的，过得飞快。没时间了。我们必须走。起来，主人，快起来！"他伸手去抓弗罗多。而弗罗多从睡梦中蓦然惊醒，猛地坐起来一把捉住了他的手臂。咕噜挣扎脱身，往后退开。

"他们千万不能犯傻！"他嘶嘶道，"我们必须走。没时间了！"他们没办法从他嘴里撬出更多话了。他不肯说他去了哪里，也不肯说他这么焦急是因为他觉得什么事情正在酝酿。山姆一肚子深深的疑虑，并且表现了出来，但弗罗多没有流露出心中的任何想法。他叹口气，背起行囊，准备走出去，踏进不断聚拢的黑暗里。

咕噜万分小心地引着他们下了山侧，尽可能走在有遮蔽的地方，而遇到开阔处时，他们就几乎躬身到地，飞快奔过。但现在光线十分昏暗，霍比特人裹着灰斗篷，戴着兜帽，以小种人能做到的最谨慎的方式行走，就连野外目力敏锐的走兽，也几乎看不见也听不见他们。因此，他们没有惊动一草一木，穿过那地消失了。

他们悄无声息地鱼贯前进，走了大约一个钟头。

昏暗的天光和大地上彻底的静寂压迫着他们，打破这片死寂的，只有不时传来的模糊隆隆声——像是远方在打雷，又像是山岭中哪个洞里在击鼓。他们从先前的藏身处往下走，然后折向南，以咕噜所能找到的最直的路线走过了一片朝山脉倾斜而去的崎岖长坡。不久，他们看见前方不远处隐约出现了一排树木，就像一堵漆黑的墙。他们渐渐走近，发觉这些树堪称巨大，显得非常古老，尽管树冠已经枯秃断裂，却仍巍然耸立，就像暴风雨和雷电曾经狂扫过它们，却既没能杀死它们，也没能动摇它们那深不可测的根基。

"十字路口，是的。"咕噜低声道，自从离开藏身处以来，这是他说的第一句话，"我们必须走那边。"这会儿他领着他们转向东，爬上山坡。接着，南大道突然出现在面前，它沿着山脉外缘脚下蜿蜒而来，到得此处，一头扎进了巨大的树圈。

"这是唯一的路。"咕噜低声说，"过了大道之后就没路了。没路。我们必须去十字路口。但是要快！要安静！"

仿佛秘密深入敌营的侦察兵，他们蹑手蹑脚下到大道上，偷偷沿着石崖下路的西侧边缘前进，身影灰暗如岩石，脚步轻如狩猎的猫。终于，他们来到那些树下，发现自己站在一个巨大无顶的圆圈里，圈中央敞开向着灰暗的天空。庞大树枝搭出的空间，就像某座坍塌厅堂中巨大的黑色拱门。四条路在树圈正中央交会。他们背后是通往魔栏农的路；面前这条路又延伸出去，继续它那往南而去的漫长旅程；右边那条路是从古老的欧斯吉利亚斯爬上来的，它横过此地，向东进入黑暗——那便是第四条路，他们要走的路。

弗罗多满心恐惧地在那里站了一会儿，开始察觉到有一道光在闪动，那光就照在他身边的山姆脸上。他转身向它望去，看见在树枝搭成的拱门外，前往欧斯吉利亚斯的路几乎笔直如一条抻直的丝带，一路往下，再往下，朝着西方而去。而在那边，在远方，在此刻淹没在阴暗中的凄凉的刚铎大地尽头，太阳正在西沉。她终于找到了慢慢滚动的巨大云幕的边缘，犹如一团不祥的火焰，向依然未受玷污的大海落去。她短暂的余晖投射在一尊庞大的坐像上，石像庄严肃穆，如同阿刚那斯那两位伟大的石雕君王。岁月侵蚀了它，残暴的手损毁过它。它的头不见了，取而代之摆上的是一块粗粗凿出的圆石，意在嘲讽：野蛮的手在上面粗鲁地涂了一张像在狞笑的脸，还在额头中央画了一只硕大的红眼。在它的膝头和巨大的椅上，以及整个基座四周，全是胡乱涂鸦，当中夹杂着魔多鼠辈使用的邪恶符号。

突然间，弗罗多借着夕阳平照的光线，看见了老国王的头——它滚到了路边。"山姆，看！"他叫道，惊得开了口，"看！国王又戴上了王冠！"

石像的眼窝空了，雕刻的胡须断了，但在那坚定的高高额头上，围着一圈金银缠绕的花冠。点点花朵犹如白色星辰的蔓生植物牢牢匍匐在石像的前额上，仿佛在向这倒下的国王致敬，而在他那石雕头发的裂缝中，黄色的景天也在闪闪发亮。

"他们不会永远得胜的！"弗罗多说。接着，那惊鸿一瞥的景象突然消失了。太阳沉落不见，就像遮蔽了一盏明灯，漆黑的夜幕随之降临。

第八章

奇立斯乌苟的阶梯

咕噜扯着弗罗多的斗篷，既恐惧又不耐烦地嘶嘶发话："我们得走了，"他说，"我们绝对不能站在这里。快走！"

弗罗多不情愿地转身背向西方，跟着向导走进东边的黑暗中。他们离开了那一圈树木，沿着路悄悄地朝山脉走去。这条路也同样笔直延伸了一段，但不久就开始向南弯去，一直通达他们从远处望见的那道大山肩底下。它赫然耸现在上方，黑黝黝的，比后方的黑暗天空还黑，令人生畏。道路从这处山肩的阴影下爬过，继续向前，绕过它后又折向东，开始爬上陡峭的山坡。

弗罗多和山姆心情沉重，艰难地挪着脚步，再也没法多顾虑危险了。弗罗多垂着头，胸前的重担又在坠扯着他。在伊希利恩，他几乎忘掉了它的重量，但一过那个雄伟的十字路口，那重量便又开始增长。这时，他感到脚下的路变陡了，于是疲惫地抬起头来。然后，正如咕噜先前说的那样，他看见了它——戒灵之城。他不由得瑟缩着贴紧了岩壁。

一座倾斜的长山谷，一条阴影充斥的深深鸿沟，远远延伸入山脉中。远在山谷那端，位于两边山壁之间，米那斯魔古尔的城墙与塔楼森然矗立，高踞在埃斐尔度阿斯黝黑山腰上的一块岩盘上。它周围无论苍天还是大地，皆是一片黑暗，然而它本身却亮着光。那并不是很久以前月亮之塔米那斯伊希尔捕捉到的美丽月光，涌出大理石墙，在这处群山中的谷地里清辉四射。如今它的光其实比缓慢月食时的羸弱月光还要惨淡，如同腐烂之物散发的毒气一般飘忽不定，又如尸身上的鬼火，不为任何地方带去光亮。城墙和塔楼上现出了窗户，它们就像无数漆黑的窟窿，望进内里的一片虚空。但塔楼最顶层缓缓旋转着，先向一侧，再向另一侧，幽灵似的庞大塔顶像颗头颅般饱含敌意扫视着暗夜。有那么片刻，三个同伴畏怯地立在那里，虽不情愿却挪不开向上瞪视的目光。咕噜是第一个恢复过来的，他再次焦急地拉扯他们的斗篷，但一个字也没说。他几乎是拽着他们往前走，每挪一步都十分勉强，连时间都似乎放慢了脚步，以至于在抬脚与落脚之间，似乎隔了难挨至极的好几分钟。

就这样，他们慢慢接近了白桥。幽幽发光的道路在此越过了流经山谷中央的溪流，继续向前，曲折蜿蜒地向上通往城门——那是一张开在北城墙外圈上的黑暗大口。溪流两岸都是宽阔的平地，幽暗的草地上开满了苍白的花朵。这些花也发着幽光，很美，但形状可怖，就像噩梦中种种扭曲的形体，并且散发出一种淡淡的令人作呕的腐尸味，空中弥漫着腐烂的臭气。桥从这边草地跨到另一边草地。桥头立有精工雕刻的人与兽的雕像，但全都倾颓破败，模样狰狞。桥下的流水寂静无声，冒着腾腾蒸汽，然而那一团团升上来就在桥边盘旋缭绕的水汽却冰冷至极。弗罗多感到天旋地转，意识也渐渐模糊。突然间，仿佛有种并非他自身意志的力量运作起来，驱使他开始加快脚步，跟跄着往前走。他双手摸索着探在身前，头耷拉着左右摆动。山姆和咕噜一起追赶着他，就在他一个趔趄差点跌倒在桥头上时，山姆张开双臂一把接住了自家少爷。

"别走那条路！别，别走那条路！"咕噜悄声说，但从他牙缝中呼出的气息听起来就像一声口哨，撕裂了沉重的静寂，他吓得连忙缩到地上。

"挺住啊，弗罗多先生！"山姆在弗罗多耳边小声说，"回来！别走这条路。咕噜说别去，而我破天荒头一回同意他的看法。"

弗罗多抬手遮住额头，挣扎着将目光从山头那座城上扯开。那座发着幽光的高塔蛊惑着他。一股欲望攫住了他，令他渴望跑上发着幽光的道路，朝它的大门奔去，而他抵御着这股欲望。终于，他费力地强制自己背转过身，而这么做的时候，他感到魔戒抗拒着他，拽扯着颈间的链子；他的眼睛也是，在他转开视线时似乎有那么片刻他盲了，横在面前的是无法穿透的黑暗。

咕噜像只吓坏了的动物那样在地上连滚带爬，已经消失在阴暗中了。山姆搀扶跟跟跄跄的自家少爷，领着他尽可能快步跟在咕噜后面。离这一侧溪岸不远处，路旁的岩壁上有道裂口。他们穿过了这道裂口，山姆发现他们来到一条狭窄的小径上，这条小径起初跟主道一样散发着淡淡的幽光，直至爬升到生满死亡花朵的草地之上，光才消逝，小径变得一片黑暗，七扭八拐地盘升到山谷的北侧。

两个霍比特人并肩扶持着在小径上跋涉，他们看不见前面的咕噜，除非他回过头来示意他们继续往前。这时，他的双眼中就会闪着一种青白的光，也许是反射那有害的魔古尔之光，又或许是被他内心某种回应的情绪点燃了。弗罗多和山姆始终留意着那致命的闪光与那些漆黑的眼窝，他们不断充满恐惧地瞥过肩头回望，又不断强迫自己收回目光去寻找那条越来越暗的小径。他们缓慢地朝前跋涉。当他们往上爬到高处，脱离那条毒溪散发的臭气和水汽后，他们的呼吸变得顺畅了些，头脑也清明起来，但现在他们的四肢却疲累不堪，仿佛背着重担走了一整夜，顶着大浪游了很久。最后，他们不休息就再也走不动了。

弗罗多停下来，坐到一块石头上。他们这时已经爬到一座巨大光秃的石丘顶上。前方的山谷边上有堵绝壁，小径绕过绝壁的一头继续前行，充其量能算一道突出的宽岩架，而岩架右边就是万丈深渊。小径横越高山陡峭的南面，缓慢爬升，最后消失在上方的一片漆黑中。

"我一定得休息一下，山姆。"弗罗多低声说，"它在我身上真重，山姆伙计，非常沉重。我真不知道我能带着它走多远？无论如何，在我们冒险往那儿去之前，"他指指前方的窄路，"我一定要歇一歇。"

"嘘！嘘！"咕噜急匆匆赶回他们身边，嘶声道，"嘘！"他急迫地摇着头，手指压在唇上。他使劲拉扯着弗罗多的衣袖，指着小径，但弗罗多不肯动。

"等一会儿，"他说，"等一会儿。"疲惫，以及比疲惫更甚之物压迫着他，就像他的心灵和肉体上都被施了一个沉重的咒语。"我一定得歇一歇。"他喃喃道。

咕噜见状惊恐非常，不得不又开口说话了。他用手遮着嘴，仿佛要让说话声避开空气中看不见的聆听者一样，嘶声说："不能在这里，不能。不能在这里歇脚。笨蛋！眼睛会看见我们。当他们来到桥上时会看见我们。快走！快爬，爬！快点！"

"来吧，弗罗多先生。"山姆说，"他又说对了。我们不能待在这里。"

"好吧。"弗罗多声音飘忽地回答，就像一个半梦半醒的人在说话，"我试试看。"他疲倦地站了起来。

然而太迟了。就在那时，他们脚下的岩石震动颤抖起来。空前洪亮的巨大隆隆响声在地底滚动，在群山中回响。猛然间，天际亮起一道巨大的红色闪光，从东边山脉另一侧的远处喷薄而出，直刺天空，将低垂的云层溅染成一片猩红。在这充满阴影和冰冷死光的山谷中，它显得无比狂暴与凶残，令人难以承受。在戈垛洛斯这道冲天火焰的映照下，锯齿刀刃一般的岩石尖峰与山脊跃然现形，黑得触目惊心。接着，传来一声霹雳，震耳欲聋。

　　米那斯魔古尔回应了。一片铁青色的闪电光焰爆发出来：分叉的蓝色火舌从高塔和环绕的山岭中腾起，直冲入阴郁的云层中。大地呻吟，城中传来了一声呼喊。那是一声撕心裂肺、令人毛骨悚然的尖叫，它混杂了如猛禽般高亢刺耳的鸣叫，以及马匹因惊恐与愤怒而躁狂所发出的高声嘶鸣，音调迅速拔高，直至超出了听力所能承受的限度。两个霍比特人霍然转过身来面对着声音的来源，继而双双扑倒在地，用双手捂住了耳朵。

　　恐怖的叫声拖成令人汗毛直竖的长长呜咽，声调逐渐下降，直到一片死寂，弗罗多这才慢慢抬起头来。在狭窄的山谷对面，此时几乎与他视线平齐之处，坐落着邪恶之城的城墙与它那窟窿般的大门，那门大张着，形如露出满口闪亮利齿的巨嘴。从城门中出来了一队大军。

整支大军身着缁衣，漆黑如夜。在惨白的城墙与发着幽光的路面的映衬下，弗罗多看得见他们，小小的黑色身影一排又一排，行军时迅疾无声，犹如无尽的水流，络绎不绝朝外涌动。当先的一大队骑兵如列队整齐的幽影般移动着，领队的骑手比余众都要高大：那是一个黑骑手，通身乌黑，例外的只有一顶状若王冠的头盔，戴在罩着兜帽的头上，在幽暗中闪着危险的光。此刻他正在接近下方的桥，而弗罗多瞪视的目光跟着他移动，无法眨眼也无法退却。这肯定就是九骑手之王了，他回到人世，正要领着他的恐怖大军去打仗？是的，确实就是他，就是这个枯槁的君王以冰冷的手握着致命的刀，击倒了持戒人。那处旧伤抽痛起来，一股巨大的寒意袭向弗罗多的心口。

这些思绪以恐惧刺透他，令他如中咒语般动弹不得，而正当此时，就在桥头前，骑手遽然止步，他身后的全部大军也随即站定。万物凝止，一片死寂。也许是魔戒召唤了戒灵之王。有那么片刻，戒灵之王感应到自己的山谷中存在着另一股力量，这令他心生疑虑。戴着头盔与王冠的黑色头颅怀着恐惧左顾右盼，用不可见的双眼扫视着所有的阴影。而弗罗多等待着，仿佛鸟儿面对逼近的蛇，无法动弹。就在等待时，他感到了要求他戴上魔戒的命令，这次来得比以往更急促。然而压力虽大，他此刻却丝毫不愿屈服。他已经知道魔戒只会背叛他，即使戴上它，他也没有面对魔古尔之王的力量——目前还没有。尽管因为恐惧而惊慌，但他自己的意志已经不再对那命令做出任何回应，他只感觉到一股外来的强大力量正轰击着他。它控制了他的手；而他心如明镜地眼睁睁看着它推动自己的手，一寸寸朝脖子上的链子挪去，不由自主，却又焦灼不堪（仿佛他在旁观一个发生在远处的古老故事）。接着，他自己的意志奋起了，慢慢迫使那只手退回去，命令手去找另一样东西，一样贴身藏在胸口的东西。他一把攥住它，感觉它冰冷又坚硬：加拉德瑞尔的水晶瓶。他珍藏了它许久，却几乎将它遗忘，直到此时此刻。他抚摸着水晶瓶，一时间所有关乎魔戒的念头都被逐出了脑海。他长叹一口气，垂下了头。

就在那时，戒灵之王转过头，策马驰过了桥，麾下的黑色大军也尽数随他而去。也许是精灵的兜帽蒙蔽了他那不可见的双眼，而他那小小的敌人在坚定了心智以后避开了他的念头。但他在赶时间。时辰已到，他奉了自己那伟大的主人之命，必须向西方进军宣战。

他迅速离去，驰下了曲折的路，恰似一个没入阴影的阴影。而在他背后，黑色的队伍仍在过桥。自从伊熙尔杜势力强盛的年代以来，这山谷从未派出过这么壮盛的一支军队出征，也未曾有过如此凶恶又强大的武装前去攻击安都因河的渡口。然而，这只不过是魔多目前派出的一支大军而已，并且还不是最强大的一支。

弗罗多微微一动。突然间，他心中想起了法拉米尔。"风暴终于爆发了，"他想，"这一大队的长矛利剑是向着欧斯吉利亚斯去的。法拉米尔能及时渡河吗？他猜到了此事，但他知道时辰吗？当九骑手之王领军而来，有谁能守住渡口？并且还有其他的军队会来。我太迟了。全都毁了。我在路上耽搁了。全都毁了。就算我的任务达成，也永远没有人知道。我将没有人可以诉说。这将是徒劳一场。"软弱压垮了他，他哭起来。而魔古尔的大军仍在源源不断地过桥。

接着，从很远的地方传来了山姆的声音——仿佛来自记忆中的夏尔，某个阳光灿烂的早晨，正值一天伊始，门户打开——"醒醒，弗罗多先生！醒醒！"这声音若再加上一句"你的早餐已经准备好了"，他也多半不会惊讶。山姆显然很焦急："醒醒，弗罗多先生！他们走了。"

一声钝重闷响传来，米那斯魔古尔的大门关上了。最后一排长矛也消失在道路远方。塔楼仍然在山谷那端狞笑，但塔里的光黯淡了。整座城重新陷入漆黑沉郁的暗影，死寂无声，但仍充满了警戒。

"醒醒，弗罗多先生！他们走了，我们最好也快点走。那地方里头还是有活的东西，某种长着眼睛的东西，或者说有眼睛的思想，你懂我的意思吧。我们在一个地方待得越久，就会越快被它逮到。来吧，弗罗多先生！"

弗罗多抬起头，然后站了起来。绝望并未离开他，但那股软弱已经过去了。他甚至苦笑了一下，此时的清晰感觉跟片刻之前截然相反：他必须做的事，只要他能，他就必须去做。无论法拉米尔，还是阿拉贡、埃尔隆德、加拉德瑞尔、甘道夫，还是任何人，他们会不会知道都已经无关紧要。他一手拿起手杖，另一手握着水晶瓶。当他发现水晶瓶那清澈的光已经开始从手指间溢出来，就将它塞进胸前的衣袋中，将它紧贴住心口。此刻，黑暗山沟对面的魔古尔城只余灰蒙蒙的微光。弗罗多转身背向那城，准备继续攀登。

当米那斯魔古尔的大门打开时，咕噜看来是沿着突出的岩架爬到前方的黑暗中去了，留下两个霍比特人趴在原处。现在他又蹑手蹑脚地爬回来，牙齿打战，指节扳得噼啪响。"蠢货！笨蛋！"他嘶嘶道，"快点！他们千万不要以为危险已经过去了。还没呢。快点！"

他们没回答，但跟着他爬上了岩架。哪怕已经面对过那么多不同的危险，两人仍然谁都不愿爬这样的岩架，不过它并不长。小径很快来到一处圆形拐角，山体在此又往外鼓出，小径则突然钻进了岩石上一个狭窄的开口。他们来到了咕噜曾经说过的第一段阶梯。天已经几乎全黑了，能见距离只有一臂之遥。但当咕噜回过头来看他们时，那双眼睛闪着苍白的光芒，就在上方几呎处。

"小心！"他悄声说，"阶梯。很多很多阶梯。一定要小心！"

他们确实需要小心。弗罗多和山姆起初觉得这比先前好走些，因为这时两边都有墙；然而阶梯陡得像梯子，他们越是往上爬，就越是意识到背后就是漆黑的万丈深渊。梯级很窄，且高低不一，又经常靠不住。它们磨损得很厉害，边缘滑不溜丢，有些风化破损，有些是脚一踏上就崩裂开来。两个霍比特人挣扎着往上爬，到最后他们只能死命用手指抠住上面的石阶，强迫自己疼痛的膝盖不停地弯曲又伸直。随着阶梯越来越深地切入陡峭的山体，岩壁也在他们头顶越升越高。

最后，就在他们觉得再也坚持不住了的时候，他们看见咕噜的眼睛再次朝他们望下来。"我们上来了。"他悄声说，"第一段阶梯爬完了。好样儿的霍比特人，能爬这么高，真是好样儿的霍比特人。只要再爬上几小阶，就爬完了，是的。"

弗罗多跟着山姆，两人眼冒金星，疲惫不堪地挣扎着爬上了最后一阶，一屁股坐下，揉着腿和膝盖。他们身在一处漆黑深陷的通道中，前方似乎仍要继续往上爬，不过坡度和缓一些，也没有阶梯。咕噜没让他们休息多久。

奇立斯乌苟的阶梯

"还有一段阶梯。"他说,"更长,长得多的阶梯。等我们到下一段阶梯顶上就可以休息了。现在还不行。"

山姆呻吟了一声。"你说更长?"他问。

"是的,是嘶嘶,更长。"咕噜说,"但不这么难爬。霍比特人已经爬完了直梯。下一道是弯梯。"

"弯梯完了呢?"山姆说。

"我们到时候就知道。"咕噜轻声说,"噢是的,我们到时候就知道!"

"我记得你说过有个隧道。"山姆说,"那里难道不是有个隧道之类的穿过去吗?"

"噢是的,有个隧道。"咕噜说,"不过霍比特人在尝试之前可以休息。如果他们穿过隧道,他们就接近山顶了。非常接近,如果他们穿过的话。噢是的!"

弗罗多打了个寒战。攀登让他流了一身汗,但现在他感觉身上又黏又冷,黑暗的通道中有股从上面看不见的高处吹下来的寒冷气流。他站起来抖抖身子。"好,我们走吧!"他说,"这里不是坐着休息的地方。"

这条通道似乎延续了好几哩长,一直都有寒冷的气流从头顶吹过，随着他们往上走，气流渐渐壮大成了刺骨的冷风。群山似乎正打算用致命的吐息吓退他们，要他们转身舍弃高处的秘密，否则就将他们吹入背后的一片黑暗。直到突然发觉右手边没有墙了，他们才知道自己已经来到了通道尽头。他们能看见的少之又少。在周围与上方，深浓的灰影与漆黑巨大的混沌之物隐然耸现，然而不时有暗红的闪光在低垂的乌云下迸射闪烁，有那么片刻，他们察觉到前方与两旁都是高耸的山峰，像是众多石柱支撑着一个庞大无极的松垮屋顶。他们似乎已经往上爬了几百呎高，来到了一片宽敞的岩架上。左边是峭壁，右边是悬崖。

咕噜领他们贴着峭壁下走。目前他们已经不再攀爬，但地面现在更崎岖不平，在黑暗中也更加危险，并且路上还有大小成堆的落石。他们缓慢又小心地前进。自从进入魔古尔山谷后，到底已经过了多少个钟头，山姆和弗罗多都再也估计不出了。黑夜似乎没有尽头。

终于，他们又一次察觉到一面隐约的高墙，又一次，他们面前呈现出一道阶梯。他们又稍作停留，然后再次开始攀爬。这趟攀登之路漫长又累人，不过这段阶梯不是开凿在山体中的。此处峭壁的巨大壁面向后倾斜，小径像蛇一样左盘右绕横过山壁。有一处它恰好就向一侧爬去，来到了漆黑的万丈深渊边缘，弗罗多往下瞥了一眼，只见下方是个广大的深坑，正是位于魔古尔山谷一端的巨大山沟。在沟中深处，那条幽灵之路像条发光的长虫丝线般幽幽闪烁着，从死城通往那不提其名的隘口。他急忙扭过脸去。

阶梯继续曲折着向上攀爬，直到最后过了又短又直的一段，才再次爬出到另一处平地上。如今小径已经转离了巨大深沟中的主隘口，在埃斐尔度阿斯更高的山岭间，它开始在一道较小的裂缝底下走着自己的危险路径。霍比特人依稀可以辨认出两旁参差林立着参天的石柱和尖峰，中间的巨大裂罅和缝隙比黑夜更黑，被遗忘的寒冬已在此咬啮蚀刻过太阳照不到的岩石。现在，天际的那道红光似乎更亮了。然而他们辨不出，这是可怕的早晨真正来到了这片阴影之地，还是他们只不过看见了索隆的暴虐折磨着远处的戈塯洛斯时引起的火焰。弗罗多抬起头来，看见了他猜测的这条艰苦之路的顶点——犹在前方很远处，上方很高处：在最高的山脊上，映衬着东方阴郁赤红的天空，勾勒出了一道狭窄裂罅的轮廓，它深深夹在两座漆黑的山肩之间，而两边山肩上各有一块角状的岩石。

他停下来，更仔细地观看。左边的角岩高峻瘦削，里面燃着一股红光，不然就是后方大地上的红光穿过孔洞照了过来。他看清了：那是一座黑塔楼，稳稳静立在外部隘口的上方。他碰了碰山姆的胳膊，指指那里。

"我可不喜欢那个样子！"山姆说，"这么说，你这条秘密道路还是有人看守的。"他转向咕噜低吼道，"我猜你从头到尾都清楚得很，对吗？"

"所有的路都有人看守，是的。"咕噜说，"它们当然有人把守。但是霍比特人一定要试试某条路。这条也许看得最松。说不定他们全都去参加大战了，说不定！"

"说不定。"山姆咕哝着，"好吧，它似乎还很远，我们还要往上走很长一段路才会到那儿。而且还有个隧道要过。弗罗多先生，我想你现在该休息一下了。我不知道现在是白天或晚上几点，但我们已经连着走了好几个钟头了。"

"是的，我们得休息。"弗罗多说，"让我们找个避风的角落，养精蓄锐一下——好走最后一段路。"他这么说，是因为他确实觉得这就是最后一段路。此后那片土地上的恐怖，以及他要在那里达成的任务，都显得很遥远，远到了还不能令他操心挂怀的程度。此时，他全副心思都集中在怎么穿过或越过这道无法逾越的高墙和防守上。一旦他能做到这件不可能做到的事，那么任务也就一定能设法完成——或者说，在这个疲惫的黑暗时刻，仍在奇立斯乌苟下的岩石阴影里艰难行进的他，就是这么认为的。

　　他们在两根巨大石柱之间的漆黑裂罅中坐下，弗罗多和山姆待在略靠里的地方，咕噜蹲在靠近开口之处。两个霍比特人在这里吃了一餐，他们估计这是在下到不提其名之地以前的最后一餐，也有可能是两人这辈子在一起吃的最后一餐。他们吃了些刚铎的食物，以及精灵的行路干粮，还喝了点水。不过他们喝得很节省，只是稍微喝一点润润干燥的口舌而已。

　　"我纳闷我们啥时候才会再找到水？"山姆说，"我猜，连他们那边也要喝水吧？奥克也喝水，不是吗？"

　　"对，他们也喝水。"弗罗多说，"但我们别提它了，那种水不是给我们喝的。"

　　"那我们就更有必要把水壶装满了。"山姆说，

"可是这上面没有一点水啊，我连一点一滴的水声都没听到。不过，反正法拉米尔说，我们不可以喝任何魔古尔里的水。"

"他是说，不能喝任何从伊姆拉德魔古尔流出来的水。"弗罗多说，"我们现在已经不在那山谷里了，如果我们碰上一处泉水，它将流入山谷，而不是从那儿流出来。"

"我信不过这里的水，"山姆说，"除非我快渴死了。这地方有种邪恶诡异的感觉。"他嗅了嗅，"我想还有一股味道。你注意到了吗？有种很古怪的味道，叫人喘不上气。我不喜欢。"

"这里所有的东西我都不喜欢。"弗罗多说，"不管是阶梯还是石头，活的还是死的。大地、空气和水似乎全被诅咒了。但我们的路偏偏就在这里。"

"是啊，偏偏就是这样。"山姆说，"假如我们动身之前知道得多一点，我们就根本不该在这儿。不过我猜事情常常就是这样的。弗罗多先生，那些古老的传说和歌谣中的勇敢的事儿——就是那些冒险啦，我总这么称呼它们——我过去想，那些冒险，都是故事中那些了不起的人物出门去找的事儿，因为他们想要冒险，因为人生有点无聊乏味，而冒险很刺激，你可以说，它就像一种娱乐。但是那些真正要紧的故事，或那些真正让你记住的传说，却不是那样的，当中的人物通常好像是就那么掉到了故事里——你会说，他们的路就只能那么走。但我认为他们就跟我们一样，有过许多机会可以回头，只是他们没有。而他们要是回头了，那我们也不会知道，因为那样一来他们就会被人们忘掉。我们听到的故事，都是那些坚持走下去的——我得说，倒不是都有好结局，至少对故事里而不是故事外的人来说不是那种好结局。你知道，比如回了家，发现一切都好，可是跟以前不太一样了——就像老比尔博先生那样。但那些有好结局的故事可不总是最好听的，尽管掉到那些故事里可能是最棒的！我很好奇我们这是掉到哪种故事里了？"

"我也好奇，"弗罗多说，"但是我不知道。而真正的故事正是如此。就说随便哪个你喜欢的故事吧。你可能知道或猜到，这会是个什么样的故事，会是快乐的结局还是悲伤的结局，但是在故事里的人不知道。而你也不希望他们知道。"

"不，先生，当然不希望。就说贝伦吧，他永远也想不到他会从桑戈洛锥姆的铁王冠上夺得那颗精灵宝钻，但是他做到了，那个地方可比我们要去的地方更糟糕，他冒的危险也比我们要冒的危险更黑暗。不过，当然啦，那是个很长的故事，中间经历了快乐，然后进入了悲伤，又超越了悲伤——而那颗精灵宝钻传了下来，传到了埃雅仁迪尔手上。天啊，先生，这一点我居然从来都没想到！我们有——你有一些从它那儿来的光，就装在夫人给你的星光水晶瓶里！天啊，这么一想，我们仍然在同一个故事里啊！故事还在继续。伟大的故事难道从来不会完结吗？"

"不，那些故事从来不会完结。"弗罗多说，"不过故事里的人来来去去：他们出场，等扮演的部分结束后就会退场。我们的部分迟些时候也会结束的——或早些时候也说不定。"

"然后我们就可以休息一下，睡上一觉了。"山姆说，苦笑起来，"我是说，就只是那样而已，弗罗多先生，我是说普通的、平常的休息和睡觉，早晨起床，到花园里干一早上活儿。恐怕我向来盼望的也就这么多。所有的重大计划都不适合我这种人。可是，我还是好奇，我们到底会不会给搁进歌谣或传说里。当然，我们已经在一个故事里面了；可我的意思是，被人写下来，你知道，在火炉边被人讲出来，要么就等好多好多多年以后，被人从写满红字和黑字的了不起的大书中朗读出来。然后人们会说：'让我们听听弗罗多和魔戒的故事吧！'他们会说：'好啊！那可是我最爱听的故事之一。弗罗多好勇敢啊，对不对，爸爸？''对，儿子，他可是最有名的霍比特人，那就很能说明问题啦。'"

"那可说明的有点儿太多啦。"弗罗多说，笑了起来，是发自内心的清朗长笑。自从索隆来到中洲之后，这片地方就再也没听过这样的笑声了。山姆突然觉得好像所有的石头都在聆听，那些高耸的山岩也都朝他们倾斜过来。但是弗罗多没有理会，他又笑了。"啊，山姆，"他说，"听你这么一说，我不知怎地快活起来了，就好像故事已经写下来了一样。可是你漏掉了一个主要人物啊——勇者山姆怀斯。'爸爸，我要多听一点山姆的故事。爸爸，他们为什么没有多写一些他说的话呢？我喜欢听他说话，总是让我哈哈大笑。而且，如果没有山姆，弗罗多肯定走不远的，对吧，爸爸？'"

"嘿，弗罗多先生，"山姆说，"你不该拿这事开玩笑。我刚才是认真的。"

"我刚才也是。"弗罗多说，"而且我现在也是。

不过我们讲得太快啦，山姆，你和我还卡在这故事中最糟糕的地方呢，很可能有人在这时候会说：'现在把书合上吧，爸爸，我们不想继续读了。'"

"也许吧，"山姆说，"但是我不会说这种话。那些大功告成，并且成为伟大传说中的一部分的事儿，是不一样的。唉，在故事里，就连咕噜都有可能是好的，总之有可能比你所以为的好些。而且，照他自己的说法，他从前也很喜欢听故事。我很纳闷，他觉得自己是英雄还是坏蛋？

"咕噜！"他喊道，"你想当英雄吗——这会儿他又跑哪去了？"

无论是在他们隐蔽处的入口，还是在附近的阴影中，都不见咕噜的踪影。他拒绝了他们的食物，不过如同过往，他接受了一口水，然后似乎就蜷起身子睡着了。前一天他失踪了很久，他们以为那是为了去找他自己喜欢的食物，至少那是他的目的之一。而现在他显然在他们谈话的时候又溜走了。但这次是为了什么？

"我不喜欢他不说一声就鬼鬼祟祟溜走。"山姆说，"尤其是现在。在这么高的地方，他不可能去找吃的了，除非他爱啃哪种石头。瞧，这儿连点青苔都没有！”

"现在担心他是没用的。"弗罗多说，"要是没有他，我们不可能走这么远，连看到隘口都不可能，因此我们只好容忍他的做法了。如果他不忠心，那也只能认了。"

"但我还是想要他待在我眼皮子底下。"山姆说，"而且如果他不忠心，那我就更得盯住他。你记不记得，他从来不肯说这隘口有没有人看守？而现在我们看见那里有座塔楼——它可能已经废弃了，也可能没有。你想他会是去引奥克或天知道什么东西来吗？"

"不，我觉得不是，哪怕他真在心里盘算某种诡计——我看这倒是很有可能的。"弗罗多答道，"我想他不是去引来奥克，也不是去引来任何大敌的爪牙。他为什么要等到现在，费了那么大的劲爬上来，这么靠近他惧怕的地界，才这么干？打从我们遇见他之后，他已经有太多机会可以把我们出卖给奥克了。不，如果有什么事，那也是某种他私下里的小计谋，某种他认为非常秘密的事。"

"嗯，我猜你说的对，弗罗多先生。"山姆说，"只不过我还是不放心。我没犯错——我一点不怀疑，他会高高兴兴地把**我**交给奥克，跟亲他自己的手一样高兴。但是我忘了——他的宝贝。不，我猜从头到尾都是**可怜的斯密戈要宝贝**。他要有想法的话，那这就是他所有小盘算里最主要的想法。但是，把我们带到这上面来，怎么能帮他奸计得逞，我就猜不到了。"

"很有可能他自己也猜不到。"弗罗多说，"我猜他那糊糊脑袋里不会只有一个明显的计谋。我想他有一方面是真心努力要护住宝贝，不让它落入大敌手里，能护多久就多久。因为如果大敌得到它，那对他自己来说也会是致命的灾难。但从另一方面来讲，也许他就是在等候自己的时机，等候机会。"

"对，就跟我以前说过的一样，滑头鬼和缺德鬼。"山姆说，"不过，他们越接近大敌的地界，滑头鬼就会变得越像缺德鬼。记住我的话：只要我们到得了隘口，他绝对不会不找我们麻烦，而真让我们把宝贝带过边境。"

"我们还没到那里呢。"弗罗多说。

"是还没，但我们最好还是睁大眼睛警觉点儿。缺德鬼要是撞上我们在打盹，很快就会占上风的。不过，少爷，现在你眨个眼还是安全的，你要是挨近我躺着，也是安全的。我可真巴不得能见你睡一会儿。我会守着你。总之，你要是躺在我旁边，让我能抱着你，那无论谁想下手抓你，你的山姆都不可能不知道。"

"睡觉！"弗罗多叹口气说，仿佛看见沙漠中浮现出了清凉绿洲的幻景，"没错，就算在这里我也能睡。"

"那就睡吧，少爷！把头枕在我腿上。"

几个钟头后，当咕噜返回，偷偷摸摸地从前方阴暗的小径爬下来时，看到的就是这幅景象。山姆靠着岩石坐着，头歪向一边，呼吸很沉。弗罗多则枕在他腿上，睡得香甜深沉。山姆麦色的手一只搁在他家少爷苍白的额头上，另一只则轻柔地搁在他的胸口。两人脸上的神情都非常安详。

咕噜看着他们，瘦削饥饿的脸上掠过了一种奇怪的神情。他眼中的光芒淡褪了，那双眼睛变得灰白黯淡，苍老疲惫。他的身子似乎因痛苦而抽搐得扭曲了，他转过身，回望上方的隘口，摇了摇头，仿佛内心陷入了某种争论。然后他回过身，缓缓伸出颤抖的手，小心翼翼地去触摸弗罗多的膝盖——那种轻触几乎称得上是抚摸了。有一瞬间，沉睡的二人若有谁看见他，定会以为自己看见了一个苍老疲惫的霍比特人，漫长的岁月带他远离了自己的时代，远离了亲友，远离了年轻时的田野和溪流，使他萎缩成一个饿坏了的可怜老家伙。

但他这一碰使弗罗多动了动，在睡梦中轻哼出声；而山姆立刻彻底清醒过来。他第一眼看见的是咕噜——"爪子正在乱抓少爷。"他想。

"喂，你！"他粗声喝道，"你想干什么？"

"没什么，没什么，"咕噜轻声说，"好主人！"

"我猜你也不敢。"山姆说，"但是你这老坏蛋，刚才干啥去了——鬼鬼祟祟溜掉又鬼鬼祟祟跑回来？"

咕噜缩了回去，沉重的眼皮底下闪过一道绿光。此刻他看起来就像一只蜘蛛，四肢缩起往后蹲去，双眼突出。那一瞬间过去了，再也唤不回了。"鬼鬼祟祟，鬼鬼祟祟！"他嘶嘶道，"霍比特人总是这么有礼貌，是的。噢，好心的霍比特人！斯密戈带他们爬上别人谁也找不到的秘密的路。他又累，又渴，是的很渴。他引导他们，他找寻路径，然而他们说'**鬼鬼祟祟，鬼鬼祟祟**'。非常好心的朋友，噢是的我的宝贝，非常好心。"

山姆觉得有点懊悔，不过并没有因此更信任他。

"对不起。"他说，"我很抱歉，可你把我从梦里惊醒了，而我本来不应该睡着的，那让我有点尖刻了。但是弗罗多先生都那么累了，我就要他睡一会儿。嗯，就是那么一回事。对不起。但你**刚才**到哪儿去了？"

"鬼鬼祟祟去了。"咕噜说，双眼中绿光并未消失。

"噢，很好，"山姆说，"你爱怎么着就怎么着吧！我猜那离真相也不太远。现在我们最好全都一块儿鬼鬼祟祟去。现在几点了？是今天还是明天了？"

"是明天了。"咕噜说，"或者说，当霍比特人睡觉时，已经是明天了。真蠢，真危险——要是可怜的斯密戈没有鬼鬼祟祟在旁边守哨的话。"

"这个词我看我们很快就会听腻了。"山姆说，"但是算了吧。我会把少爷叫起来。"他轻柔地将弗罗多额前的头发往后抚开，弯下身对他轻声开口。

"醒醒，弗罗多先生！醒醒！"

弗罗多动了动，睁开了眼睛。他看见山姆低头看着他，于是露出了微笑。"山姆，你这是叫我早起，对不对？"他说，"天还黑着呢！"

"是的，天在这儿一直都黑着。"山姆说，"但是咕噜回来了，弗罗多先生，并且他说是明天了。所以我们得继续往前走了。这是最后一程。"

弗罗多深吸一口气，坐了起来。"最后一程！"
他说，"哈罗，斯密戈！找到任何食物了吗？你有没
有休息？"

"没有食物，没有休息，斯密戈什么也没有。"
咕噜说，"他只有鬼鬼祟祟。"

山姆啧了一声，但忍住了没开口。

"别给自己乱扣帽子，斯密戈。"弗罗多说，"不
管那些是真是假，这么做都不明智。"

"斯密戈只能接受扣在他头上的。"咕噜答道，
"仁慈的山姆怀斯大人给他扣了这顶帽子，他可是个
见多识广的霍比特人。"

弗罗多看看山姆。"是的先生，"山姆说，"我
是用了这个词，我从睡梦中突然惊醒，发现他就在旁
边。我已经说了我很抱歉，不过我很快就不会觉得抱
歉了。"

"好了，那就让这事儿过去吧。"弗罗多说，"不
过斯密戈，你和我，我们这会儿似乎到了摊牌的时
候。告诉我，往后的路我们可以靠自己找到吗？我们
已经看见隘口，看见进去的路了，如果我们现在能找
到路，那么，我想你和我们的约定就可以说到此为止

了。你已经履行了承诺，你自由了——自由地回去，去找吃的，去休息，除了不可投靠大敌的爪牙，想去哪里都随便你。有朝一日我也许会回报你，不管是我自己还是那些记得我的人。"

"不，不，还没有。"咕噜哀声道，"噢不！他们自己找不到路的，对吧？噢确实找不到的。前面还有隧道。斯密戈必须继续走。不能休息。不能吃东西。还不能。"

第九章

希洛布的巢穴

正如咕噜所言，现在确实可能已经是白天了，但是两个霍比特人看不出有多大差别，也许，差别只在头顶阴沉沉的天空，它不是那么漆黑如墨了，而是变得更像浓烟聚成的庞大篷顶。深沉黑夜的幽暗仍在裂罅与洞穴中徘徊，但在他们周围，灰蒙蒙的模糊阴影已经取而代之，包裹了这个岩石的世界。他们继续前进，咕噜在前，两个霍比特人肩并肩，爬上了那条长长的沟壑，沟壑两旁耸立着风化了的嵯峨石墩与石柱，像是未经雕凿的巨大石像。万籁俱寂。前方大约一哩左右的地方，有一堵巨大的灰色石壁，是这一路上最后一块直插向天的巨大山岩。随着他们走近，它显得越发黑暗高拔，到最后高高耸立在上，挡住了后方的一切景象。山岩脚前横陈着深浓的阴影。山姆抽了抽鼻子。

"啊呸！什么味道！"他说，"越来越浓了。"

他们此刻已到了阴影之下，可以看见阴影当中有个洞口。"就是从那里进去。"咕噜轻声说，"这就是隧道的入口。"他没有说出隧道的名字：托雷赫乌苟，希洛布[1]的巢穴。从洞穴中发出一股恶臭，不是魔古尔草地上那种令人作呕的腐朽气息，而是一种污浊不堪的臭气，好像它黑暗的内部堆积储藏了无以名状的污秽。

"这是唯一的一条路吗，斯密戈？"弗罗多说。

"是的，是的，"他答道，"是的，现在我们一定要走这条路。"

"你是不是想说，你曾经钻过这个洞？"山姆说，"呸！不过也许你不在乎臭味。"

咕噜的眼睛闪烁着。"他不知道我们在乎嘶嘶什么，对吧，宝贝？不，他不知道。但是斯密戈能忍受很多东西。是的，他曾经钻过。噢是的，就从当中钻过。这是唯一的一条路。"

"我倒想知道，这味道是什么造成的？"山姆说，"它闻起来就像——算了，我不想说出来。我敢保证，这就是个奥克的兽窝，里头积了他们一百年的恶心东西。"

"好吧，"弗罗多说，"不管有没有奥克，如果这是唯一的一条路，我们就必须走。"

他们深吸一口气，走了进去，才走出几步就陷入了一片无法穿透的终极黑暗中。自从穿过墨瑞亚那无光的通道以来，弗罗多和山姆头一次见识到这样的黑暗，倘若可能，此地的黑暗竟更深重、更浓稠。在墨瑞亚，有空气流动，有声音回响，有空间感觉；但在这里，空气凝滞、污浊、令人窒息，一片死寂无声。他们仿佛走在由真正的黑暗本身制造出来的黑色蒸汽中，随着吸入这黑雾，不仅双眼盲了，连心智都盲了，于是就连关乎色彩、形状以及任何光亮的记忆，也全都从脑海中褪去。这里过去一直是黑夜，将来也永远是黑夜，黑夜就是一切。

但有那么一会儿，他们仍有感觉。事实上，他们手脚的感觉一开始敏锐得几乎让人难受。他们惊讶地发现，墙壁摸起来很光滑，脚下的地面除了偶尔会有台阶，也都笔直平坦，以一致的坡度稳步上升。隧道很高也很宽，宽到两个霍比特人并肩行走，朝外伸直了手臂，也才堪堪能触及洞壁。他们被隔绝开来，孤单地走在黑暗中。

咕噜刚才先进了洞，似乎就在前面，只有几步之遥。在他们还顾得上留心这类事时，他们能听见他呼吸的嘶嘶声和喘息声就在前方。但过了一阵，他们的感官变得更迟钝了，触觉和听觉似乎都麻木起来。然而他们继续摸索着往前走，一直走一直走，踏进来时怀着的那一股决心尤其鞭策着他们：那是穿过隧道的决心与最后到达那边高处出口的渴望。

山姆摸着洞壁走在右边。当他察觉壁上有个开口时，也许他们没走出多远，但他早就估计不出时间和距离了。有那么片刻，他吸到了一丝不那么滞重的空气，接着他们便走过去了。

"这里面不止一条通道。"他费力地小声说，要呼气发出任何声音似乎都很困难，"再没有比这更像奥克窝的了！"

之后，他们又经过了三四个这样的开口。先是他在右边发现，然后是弗罗多在左边发现，它们有的宽些，有的小些。但目前为止，哪条是主道毫无疑问，因为它笔直不转弯，仍在持续向上爬升。但它究竟有多长？他们还要忍受这状况多久？或者说，他们还能忍受多久？随着他们往上爬，空气越发窒闷难以呼吸。而且，此时在盲目的漆黑中，他们似乎还常常感到某种比臭气更浓稠的阻滞。在奋力前进的同时，他们感觉到有什么东西拂过他们的头，碰上他们的手，像长长的触须，又或许是垂下生长的东西——他们辨不出那究竟是什么。臭气仍然越来越浓，越来越浓，到了最后，他们简直觉得自己剩下的唯一清楚的感官就是嗅觉，而它对他们来说就是折磨。一个钟头，两个钟头，三个钟头——他们在这不见光的洞中过了多久？几个钟头——不如说几天，几周吧。山姆离开洞壁朝弗罗多缩过去，他们的手相碰，紧握在一起，就这样继续往前走。

　　好一阵子之后，一直沿着左边洞壁摸索着的弗罗多，突然摸了个空。他差点跌进旁边那个空洞里。岩壁上这处开口比他们之前经过的任何一处都要宽阔，从里面散发出的臭气极其浓烈，并且潜藏着一股极其强烈的恶意。弗罗多不由得踯躅后退。就在这时，山姆也脚步不稳，往前扑倒。

　　弗罗多强压下恶心和恐惧，紧紧抓着山姆的手。

"起来！"他哑着嗓子吐息，却发不出喉音，"恶臭和危险全都是从这里出来的。快走！快！"

弗罗多鼓起剩余的力气和决心，用力把山姆拉起来，并强迫自己的双脚往前挪动。山姆跌跌撞撞走在他旁边，一步，两步，三步——最后走了六步。也许他们已经经过了那个看不见的可怕开口，但不管是不是这样，突然间他们的步伐变容易了，仿佛某种敌意暂时放过了他俩。他们仍紧握着彼此的手，挣扎着继续向前走。

但他们几乎立刻就遇到了新的难题。隧道分岔了，起码感觉是这样。他们在黑暗中无法分辨哪一条比较宽，或哪一条更靠近笔直的主道。他们该走哪一条，左边还是右边？他们完全不知道有什么可以指路，然而一旦选错，几乎肯定会是死路一条。

"咕噜走了哪一条路？"山姆喘着气说，"他为什么不等我们？"

"斯密戈！"弗罗多试着唤道，"斯密戈！"但是他的声音粗哑，那个名字几乎一出口就消失了。没有回答，没有回音，甚至连空气都没有颤动一下。

"我猜这次他真的走了。"山姆咕哝道，"我猜这恰恰就是他打算带我们来的地方。咕噜！只要让我再碰到你，肯定要叫你后悔的。"

他们在黑暗中胡乱摸索了一阵，不久就发现左边的出口被堵住了——要么它本来就是不通的，要么就是有大石头掉下来把通道堵住了。"不会是这条路。"弗罗多低声说，"不管是对是错，我们都得走另一条路。"

"而且要快！"山姆喘着气说，"这附近有种比咕噜还糟糕的东西。我可以感觉到有什么东西在看我们。"

他们才走了几码远，就听到背后传来了一个声音——一种咕咕咯咯像冒泡一样的杂声，以及嘶嘶咝咝像毒蛇一样的长声——在滞重的寂静中听起来既惊人又恐怖。他们猛转过身，但是什么也看不见。他们僵立着，瞪大眼睛，等着那不知道是什么的东西出现。

"这是个陷阱！"山姆说，手按到了剑柄上，与此同时，他想到了先前古冢里的黑暗。"真希望老汤姆这时候在我们旁边！"他想。然而，就在他站在黑暗当中，心中充满阴郁的绝望和愤怒时，他觉得自己看到了一道光：一道在他脑海中亮起的光，一开始亮得简直令人受不了，就像一个久久躲在无窗的洞穴中的人见到了一线阳光。接着，那光变得五彩缤纷：绿色、金色、银色、白色。远远地，他看见加拉德瑞尔夫人站在罗瑞恩的草地上，手里拿着礼物，那个场面犹如精灵用手指绘出的一小幅画。他听见了她的声音，遥远却清晰。她说：**而你，持戒人，我为你准备了这个。**

冒泡似的嘶嘶声越来越近，同时还传来了吱嘎声，就像有个用关节连接起来的巨大东西在黑暗中缓慢地挪动。一股恶臭先它一步扑面而来。"少爷，少爷！"山姆喊道，声音又恢复了急切和活力，"夫人的礼物！星光水晶瓶！她说那是给你在黑暗的地方用的光。那个星光水晶瓶！"

"星光水晶瓶？"弗罗多喃喃道，仿佛一个人梦呓着答话，好不容易才明白问题的意思，"对啊！我怎么忘了？**众光熄灭之时的光！**现在确实只有光才能帮助我们了。"

他慢慢地探手入怀，继而慢慢地举高加拉德瑞尔的水晶瓶。有那么片刻，它只是微弱地闪着光，就像一颗刚刚升起的星正在奋力挣脱笼罩着大地的浓雾。然后，随着它的力量增强，随着希望在弗罗多的心中升起，它开始燃烧，燃成了一团银色的光焰，恰似一颗耀眼光芒凝就的小小的心，仿佛额上戴着最后一颗精灵宝钻的埃雅仁迪尔亲自从高天之上循着日落之光的轨迹而来。黑暗在它面前退却，直到它仿佛化作一个正中央放着光的轻灵剔透的水晶球，连高举着它的手也闪烁着白亮的火光。

弗罗多惊奇地凝视着这件不可思议的礼物，他随身携带了这么久，从来没想到它具有这么大的价值和威力。在来到魔古尔山谷之前，他一路上都很少想起它，而此前他也不曾使用，怕它的光会泄露自己的行迹。Aiya Eärendil Elenion Ancalima！[2]他喊道，但并不清楚自己说的是什么，因为仿佛有另一个声音在借着他的口说话，字字清晰，完全不受坑里污秽空气的影响。

但是，中洲还有其他古老又强大的威权——黑夜的力量。在黑暗中潜行的她，曾经听过精灵在遥远过往的时间深处发出同样的呼喊。她当时对它毫不在意，如今也没有被它吓倒。就在说话时，弗罗多感到一股排山倒海的恶意朝他压来，一种要置他于死地的目光正在打量他。他注意到，在隧道前方不远处，在先前他们晕眩跌倒的开口和他们之间，出现了一些眼睛，聚成两大簇的眼睛——正在逼近的威胁终于露出了真面目。星光水晶瓶发出的光芒撞上那些眼睛的千百个小面，被击碎逼退了，但在那片闪光之后，一股黯淡的致命火焰开始稳稳地自内燃起，一团在邪恶念头的深坑中点燃的火焰。那是两簇怪异畸形又令人厌恶的眼睛，野蛮，却又目的明确，充满了骇人的欣喜，幸灾乐祸地注视着落在陷阱中，毫无希望逃脱的猎物。

吓坏了的弗罗多和山姆开始慢慢往后退，那些凶恶之眼的可怕凝视攫住了他们的目光；而随着他们一步步后退，那些眼睛也一步步逼近。弗罗多的手颤抖了，水晶瓶慢慢垂了下来。接着，就像那些眼睛想要再看一会儿惊慌失措的枉然奔逃做消遣，他俩突然从攫住自己的魔咒中脱身，两人齐齐转身，一起飞跑起来。不过，就在他们奔跑的同时，弗罗多回过头去，立刻惊恐地看见那些眼睛在后面跳着追来。死亡的恶臭像乌云般包围了他。

"站住！站住！"他不顾一切地喊着，"跑也没用！"

那些眼睛渐渐爬了过来。

"加拉德瑞尔！"他喊道，鼓起勇气再次举起了水晶瓶。那些眼睛停了下来。有那么片刻，它们的凝视放松了，就像被一丝莫名的疑虑干扰了。刹那间，弗罗多的心燃了起来。不管那是愚蠢或绝望或勇气，他不假思索，将水晶瓶交到左手，右手拔出了剑。刺叮出鞘，寒光一闪，锋利的精灵宝剑大放银光，剑锋的边缘则闪动着蓝色的光焰。于是，夏尔的霍比特人弗罗多，一手高举着星光瓶，一手握着雪亮的宝剑直指向前，一步步稳稳地朝那些眼睛迎上去。

那些眼睛动摇了。随着光芒逼近，它们疑惑起来，开始一只接一只地变得黯淡，然后慢慢往后退去。过去不曾有这么致命的光亮影响过它们。它们一直安全地待在地下，不见日月星辰的光芒；但现在有一颗星降入了凡尘，而且它还在逼近。那些眼睛开始胆怯，一只接一只全都闭上，转了开去，一团巨物的庞大阴影在光明所及的范围之外起伏挪动。它们消失了。

"少爷，少爷！"山姆喊道。他紧跟在后，已经拔剑准备一战，"星辰和荣耀！精灵只要听说，一定会为这事写一首歌！但愿我能活下来跟他们讲讲这事，听他们唱出来。可是别再过去了，少爷！别下到那个巢穴去！这是我们唯一的机会，现在我们赶快离开这个臭死人的洞吧！"

就这样，他们又转身前行，先是走，然后开始跑。因为他们这一路上，隧道的地面大幅度地抬高，他们每跨出一步，就爬得离那个看不见的巢穴散发的臭气更高更远一些，而力量也重回他们的四肢与内心。然而，那监视者的憎恨仍伏在他们背后，或许暂时眼盲了，但并未被打败，仍决心要致人死命。这时，一股冰冷稀薄的气流迎面吹了过来。终于，在前方出现了开口，那是隧道的尽头。他们大口呼吸，重见天日的渴望让他们拔腿朝前飞奔。接着，他们大惊失色地向后跟跄跌回。出口被某种障碍封闭了，然而那不是石头，似乎是种柔软且有一点弹性的东西，却又很强韧，穿不透。空气能从中透过，但一点光也看不到。他们再次冲上前，又被弹了回来。

弗罗多举高水晶瓶察看，发现面前是一片灰暗之物，星光水晶瓶的光芒既无法穿透，也无法照亮，它就像一团并非由光投射出来的阴影，也没有光能把它驱散。纵横交错封住了隧道口的，是一张巨大的蜘蛛网，整齐有序，就像是某种巨大的蜘蛛织成，但织得更密更厚，也更大，每一根丝都粗得像绳索。

山姆放声苦笑。"蜘蛛网！"他说，"就这样吗？蜘蛛网！但这是什么蜘蛛啊！看我拆了它们，砍断它们！"

他狂怒之下挥剑乱砍，但是被他砍中的蛛丝并未断裂，只是先往下缩了些，随即像被拉开的弓弦般又弹了回去，让剑锋滑开，反震着剑和持剑的手臂。山姆使尽全力砍了三次，无数的蛛丝当中终于有一条啪的断裂扭曲，卷起来甩过半空。断丝的一头抽到了山姆的手，他痛得大叫一声，往后蹦开，又连忙缩手遮住了嘴。

"要这么清出一条路来，得花好几天工夫。"他说，"这可怎么办？那些眼睛回来了吗？"

"没有，没看见。"弗罗多说，"不过我仍然感觉得到它们在监视我，或在惦记着我——也许是在计划别的行动。如果这光暗下去，或熄灭了，它们会立刻再度扑来的。"

"最后还是被困住了！就像落在网上的小虫。"山姆恼火地说，怒气又盖过了疲惫和绝望，"但愿法拉米尔的诅咒落在咕噜身上，越快越好！"

"现在那也无济于事。"弗罗多说，"来吧！让我们看看刺叮有何效果。它是一把精灵宝剑。在铸造它的贝烈瑞安德，有许多结满恐怖蛛网的黑暗沟壑。不过你得警戒，把那些眼睛挡回去。来，拿着这个星光水晶瓶。别怕。把它举高，留神点！"

于是，弗罗多迈开脚步来到那张巨大的灰网前，举起宝剑抡圆了猛挥下去，用锐利的剑锋飞快斩过密密交织的蛛丝，并立刻跳开。闪着蓝焰的锋刃削过蛛丝，就像镰刀扫过青草，它们跳着扭着，接着松塌下来。网上被撕出了一个大口子。

一剑接一剑，他不停削砍，直到剑尖所及之处的所有蛛网全都粉碎，上面的残网像松垂的面纱那样被吹进来的风吹得飘飘晃晃。陷阱终于破了。

"来吧！"弗罗多喊道，"快走！快走！"绝处逢生令他心中突然间充满了狂喜，脑袋晕晕乎乎的，就像喝了一大口烈酒。他纵身跳出洞口，边跑边欢呼大叫。

在他那双刚刚穿过黑夜巢穴的眼中，连这片黑暗之地也显得光明了。大片的烟雾已经升上去，变得稀薄了，阴沉白昼的最后几个钟头正在流逝。魔多那刺眼的猩红强光已经消失在阴郁的昏暗中。然而弗罗多觉得，自己突然看见了一个充满希望的早晨。他几乎快要奔到那块岩壁的顶端了，现在只要再往上爬一点儿就好。奇立斯乌苟，那道裂罅，那个黑暗山脊上的黯淡缺口，就在他面前，两侧黑暗的岩角映着天空。只要短短冲刺一段，他就可以穿过去了！

"隘口，山姆！"他喊道，全没留意自己的声音摆脱了隧道中令人窒息的空气，这会儿显得高亢响亮，尖锐刺耳，"隘口！冲啊，冲啊，我们会冲过去的——在任何人要拦住我们之前冲过去！"

山姆撒开腿拼命追在后面。尽管他为获得自由感到开心，但他仍很不安，一边跑一边不断回头望着隧道那黑洞洞的拱形开口，害怕会看到那些眼睛或某种超出他想象的形体，跳出来追赶他们。他和他家少爷对希洛布的狡诈了解得太少了。她的巢穴有许多出口。

希洛布已经在此居住了漫长的年岁。她是个蜘蛛形状的妖物，模样正如古时一度住在西方精灵之地里的同类，如今那片大地已沉入海底。很久以前，贝伦曾在多瑞亚斯的恐怖山脉中与那些妖物拼过性命，他后来在野芹丛间的草地上，遇见了月光下的露西恩。

希洛布如何逃过大地崩毁来到此地，没有任何传说提及，因为黑暗年代流传下来的故事寥寥无几。总而言之，在索隆到来之前，在巴拉督尔的第一块基石立起之前，她就已经来到此地。除了自己，她不为任何人效力，她畅饮精灵和人类的鲜血，编织阴影的罗网，随着饕餮无度的盛宴而膨胀肥满。因为所有的生物都是她的食物，她吐出的则是黑暗。她自己的后裔也是她的悲惨伴侣，她杀了他们，但他们所生的杂种子孙散布得又远又广，从一处山谷到另一处，从埃斐尔度阿斯到东边的群山，到多古尔都和黑森林的要塞。但没有哪个堪与她作对，她是伟大的希洛布，乌苟立安特[3]的最后一个后代，仍在折磨这不幸的世界。

多年以前，咕噜，也就是探索所有黑暗洞穴的斯密戈，就已经见过她了。他在过去曾经对她顶礼膜拜，她邪恶意志的黑暗阴影伴他走过了他疲惫一生的每一条路，将他与光明隔绝，令他不得懊悔。他曾保证给她带来食物。但是她的贪欲跟他的不同。她几乎不知道，或不在乎什么塔楼、戒指，以及心灵与巧手设计出来的任何事物。她只渴望其他所有生灵死去，无论心灵或肉体，而她自己得以开怀饱食生命，独自吞噬，直到臃肿得连山脉也容不下，黑暗也包藏不了为止。

但这样的贪欲实在难以满足，如今她潜伏在自己的窝里，已经饿了很久。自从索隆的力量壮大起来，光明和生物就抛弃了他的地界，那座山谷中的城已经死去，再也没有精灵或人类接近此地，只有那些倒霉的奥克。这是糟糕的食物，还很机警。但是她总得吃，无论他们怎样忙着从隘口和塔楼挖掘新的曲折通道，她总能找出办法捕捉他们。然而她渴望吃到更美味的肉，而咕噜把这肉给她带来了。

"我们走着瞧，我们走着瞧。"当咕噜走在从埃敏穆伊到魔古尔山谷的危险路途上，当邪恶的情绪笼罩他时，他常对自己这么说，"我们走着瞧。很有可能，噢是的，很有可能当她把骨头和空荡荡的衣服扔掉，那时候我们就能找到它，那个宝贝，赏给帮她带来香甜食物的可怜斯密戈。然后我们会按照我们保证过的，把宝贝抢救下来。噢是的。等我们将它稳稳当当弄到手之后，她会知道的，噢是的，然后我们就要报复她，我的宝贝。然后我们就要报复所有的人！"

他就这么在奸诈内心的某个角落里谋划着。当他的同伴们沉睡时，他再度找上她，对她深深俯首，然而即便在那时，他仍想瞒过她。

至于索隆，他知道她潜伏在哪里。她住在那里，饥饿万分，却丝毫不减恶毒，此事令他心情大好，因为在这条通向他疆域的古老小径上，她这个看守比任何凭他的本事设想出的看守都更可靠。至于奥克，他们虽说是有用的奴隶，但反正多得用不完，如果希洛布隔三岔五就抓上几个满足自己的口腹之欲，她大可自便，他可以割爱。就像人有时候会赏几口美食给自己的猫（他称她为**他的猫**，但她并不承认），索隆会把没有更好利用价值的犯人送来给她：他会叫人将他们驱逐进她的洞里，然后把她怎么玩弄他们的报告送回他手上。

如此，他们各得其所，各自乐于自己的盘算，丝毫不怕来袭，不怕愤怒，也不怕自己的恶行会有尽头。一直以来，就连一只苍蝇都逃不出希洛布的罗网，而现在，她的怒火和饥饿愈发高涨。

但是，可怜的山姆对他们招惹过来对付自己的这股邪恶一无所知，他只感到心里有股越来越强烈的恐惧，一种他看不见的威胁像千钧重担一般压着他，虽然他想跑，两腿却像灌了铅般沉重。

恐惧包围着他，敌人就在前方的隘口里，而他家少爷却情绪大异，毫无顾忌地朝他们奔去。他将目光从背后的阴影与左边峭壁下那片浓重的阴暗中移开，往前望去，看见了两件令他愈发焦虑的事：他看见弗罗多仍握在手上的出鞘利剑闪着蓝色的光焰；他看见虽然后方的天空已经黑了，但塔楼的窗内仍亮着红光。

"奥克！"他咕哝道，"我们绝不该这么冒冒失失的。这里到处都有奥克，还有比奥克更糟糕的东西。"接着，他迅速恢复了长期养成的秘密行动的习惯，拢起手指罩住了仍拿在手上的宝贵水晶瓶。因为鲜血流动，他的手透出了片刻的红光，于是他将这暴露自身的光源深深塞进贴胸的口袋，再用精灵斗篷将全身裹住。然后，他努力加快了脚步。他家少爷正把他落得越来越远，这会儿已经在前面二十几步开外，像个影子一样轻快掠过，眼看就会消失在这灰暗的世界里。

山姆刚刚藏好星光水晶瓶，希洛布就来了。突然间，山姆看见在左边前方不远处，峭壁下一个影影绰绰的黑暗洞穴中，冒出了一个他见过的最丑陋可怖的形体，竟比噩梦中所见的恐怖事物还要恐怖。她差不多像只蜘蛛，但比大型的猎食野兽更庞大，也更可怕，因为她残酷的眼中尽是邪恶的企图。他以为已经吓退并击败了的那些眼睛又出现了，簇生在她突出的头上，这时再次凶光毕露。她长着巨大的角，短杆一样的脖子后连着一个硕大臃肿的身躯，像只巨大的充气袋悬垂在她的两排腿间，不停摇晃。这个庞人的躯体通体乌黑，上面点缀着铁青色的斑块，但下方腹部灰白，泛着幽光，散发出恶臭。她那多节的腿弯曲着，关节巨大，甚至高过了背，腿上的毛如钢刺般根根朝外直竖，每条腿的末端都长着钩爪。

希洛布一将她那窒窣作声的柔软身体和蜷缩的腿从巢穴上方的出口挤出来，便立刻以惊人的速度挪动起来，时而用咯咯作响的腿脚奔跑，时而突然一跃。她横在了山姆和他家少爷中间。她若不是没看见山姆，就是因为他带着那光而暂时避开了他，她全神贯注在一个猎物上——弗罗多。而没有水晶瓶在身的弗罗多，正鲁莽地在小径上飞奔，丝毫没有察觉自己危险的处境。他跑得很快，但是希洛布更快。再纵跃几步她就会逮到他了。

山姆倒抽一口冷气，竭尽余力开口大喊："小心背后！"他吼道，"小心，少爷！我——"然而他的喊声突然被闷住了。

一只冰冷湿黏的长手伸来捂住了他的嘴，另一只手扼住了他的脖子，同时还有什么东西缠上了他的腿。他毫无防备，一下往后跌进偷袭者的怀里。

"逮住他了！"咕噜在他耳边嘶嘶道，"终于，我的宝贝，我们逮住他了，是的，这讨厌嘶嘶的霍比特人。我们逮住嘶嘶这个。她会逮住另外那个。噢是的，希洛布会逮住他，不是斯密戈。斯密戈保证过，他完全不会伤害主人。但是他逮住了你，你这肮脏讨厌嘶嘶的小鬼鬼祟祟的！"他对山姆的脖子啐了一口。

咕噜一直认为山姆是个反应迟钝的蠢霍比特人，然而对背叛的愤怒，对他家少爷性命垂危却无法立刻施救的绝望，令山姆在刹那间爆发出了咕噜始料未及的狂暴力量。就连咕噜自己也不可能如此迅速又凶猛地挣脱开来。他捂住山姆嘴巴的手滑开了，山姆头一低猛往前蹿，试图挣脱掐住脖子的手。他手里握着剑，奋不顾身地要转过来刺杀敌人，法拉米尔送的手杖系着皮绳还挂在左臂上。但是咕噜身手奇快，长长的右臂猛伸出去攫住了山姆的手腕，手指就像钳子，缓慢却恶狠狠地将山姆的手朝下朝外拗，直到山姆痛得惨叫一声，松手让剑掉在地上。与此同时，咕噜另一只手将山姆的咽喉越扼越紧。

于是山姆使出最后一招。他使尽全力挣脱身躯，两腿叉开稳稳站地，接着猛力一蹬地面，拼尽全力往后摔去。

咕噜没料到山姆会使出这种简单的伎俩，往后跌倒。山姆整个人压到他身上，这个强壮的霍比特人把他的肚子压了个结实。咕噜发出一声刺耳的嘶嘶叫，有一瞬间松开了扼紧山姆咽喉的手，但手指仍紧扣着山姆握剑的手。山姆往前挣脱站了起来，然后以被咕噜抓住的手腕为轴，迅速朝右转身，左手抓住挂在臂上的手杖，高高扬起，朝咕噜伸出的手臂呼的一声狠狠挥下，正正打在他的肘下。

咕噜尖叫一声，松了手。山姆随即逼近，不待将手杖交到右手，就又挥出了凶猛一击。咕噜像蛇一样迅速往旁滑去，对准他脑袋的一杖因而落到了他背上。手杖咔嚓一声断了，但这一下已经够他受的。从背后偷袭是他的一贯伎俩，并且少有失手的时候；但这一次，怨恨使他失算了。他还没用双手勒紧受害者的脖子，就先洋洋自得开口多话，结果犯下大错。自从一片漆黑中意外出现了那种恐怖的光芒，他那美好计划的每一步都出了错。现在，他跟一个暴怒的敌人面对面，而敌人的身材并不比他小。这样打下去，他绝讨不了好。山姆一把抄起地上的剑举了起来，咕噜细声尖叫着，四肢着地往旁避开，接着像青蛙一样用力一蹦跳走。在山姆赶上来之前，他就逃了，以惊人的速度回头向隧道里奔去。

山姆握着剑追赶他，一时之间忘了一切，怒火中烧，一心只想宰了咕噜。但是咕噜在他追上来之前就逃掉了。而当他追到漆黑的洞口前，嗅到扑鼻而来的臭气，犹如平地一声惊雷，弗罗多和那个怪物顿时回到了他的脑海中。他猛转过身，发狂一般奔上小径，拼命呼喊着他家少爷的名字。然而他来得太迟，咕噜的诡计至此终究是得逞了。

第十章

山姆怀斯大人的选择

弗罗多仰面躺在地上，那怪物俯身全神贯注地盯着自己的牺牲品，丝毫没有留意山姆跟他的喊声，直到他奔到眼前。而山姆飞奔过来时，只见弗罗多已被蛛丝从肩膀到脚踝缠了个结实，那怪物正开始用粗大的前腿半提半拉，要把他的身体拖走。

那把精灵宝剑已经从弗罗多手中落下，派不上用场，却仍在他近侧的地上闪闪发亮。山姆没去细想该怎么办，也没去想自己勇不勇敢，忠不忠心，是不是怒气填膺。他大喊一声纵身上前，左手一把抄起他家少爷的剑，然后就冲了上去。即便是在野兽的野蛮世界里，也不曾见过如此凶猛的攻击——那些只长着小小牙齿、却孤注一掷的小动物，竟会奋不顾身扑上那巍然屹立在倒下的同伴身旁、拥有尖角和厚皮的巨兽。

山姆小小的怒吼仿佛把希洛布从一个沾沾自喜的梦中惊醒，她将可怕恶毒的目光慢慢转过来，扫向了山姆。但这次向她袭来的愤怒超过她在过去无数岁月中见识过的愤怒，而她刚刚意识到这一点，雪亮的剑就已经砍中了她的脚，卸下了一只钩爪。山姆一个箭步欺近，跃进她拱起的腿间，右手又闪电般往上，猛地刺向她低下的头上那簇眼睛。一只巨眼瞎了。

现在，这倒霉的小家伙就在她正下方，一时之间她的毒刺和钩爪都够不着他。她硕大的肚腹就在他头顶上，发着腐烂的光，散发出的恶臭几乎将他熏倒。但愤怒仍支持着他又挥出了一击，就在她压向他，把他和他那小小的愚勇全都压垮之前，他又挥着雪亮的精灵宝剑狠命劈中了她。

然而希洛布不像恶龙，她除了眼睛，全身没有相对脆弱的罩门。她的陈年老皮因积腐而满是凹凸不平的坑洼疙瘩，但邪恶的生长不断把它从内部一层又一层地加厚。宝剑在这厚皮上划开了一条可怕的口子，但任何人类的力量都不能刺穿那丑陋的重重厚皮。纵使那钢铁的剑刃是由精灵或矮人打造，使剑的是贝伦或图林的手，也奈何不了她。她吃了这一剑，不由得一退，但随即在山姆的头顶上高高提起硕大的肚腹，毒液冒着泡沫从伤口流出来。她张开腿，再次将自己那巨大的体积压向他。然而她快速的反击失算了。因为山姆仍然稳稳站着，他抛下自己的剑，双手握着精灵宝剑，剑尖向上竖起，要挡开这可怕的压顶一击。于是，希洛布在自身残酷意念的驱使下，以超过任何勇士之手所能施展的千钧之力，将自己压向了那锋利的剑尖。它越刺越深，越刺越深，而山姆也慢慢被压向了地面。

在希洛布整个漫长邪恶的一生里，她连做梦也不曾尝到这样剧烈的痛楚。无论是古时刚铎最英勇强悍的战士，还是落入陷阱的最野蛮的奥克，都不曾这样抵抗她，也不曾以刀剑伤害她宝贵的肉体。她浑身一阵颤抖，再次提起身子，挣脱那刺痛她的根源，腿脚痉挛着缩到身下，猛力向后跃开。

山姆跪倒在弗罗多头边，被臭气熏得头昏眼花，双手却仍紧握剑柄。透过眼前的重重雾气，他模糊地辨出了弗罗多的脸，顽固挣扎着控制自己，把自己拖出那阵笼罩在身上的晕眩。他慢慢抬起头来，看见她就在几步之外，正盯着他看，她喙上粘着毒唾沫，受伤的眼睛滴下一行绿色稠液。她踞伏在那里，颤抖的肚腹瘫在地上，巨大的腿弓都在瑟瑟发抖。她正在聚集力气，要再次跃起——这次要一举压碎蜇死对方，而不是小蜇一下注入毒液，让美食停止挣扎。这次她要屠杀，然后撕碎。

山姆也伏在地上看着她，从她眼中看出了自己死到临头。就在这时，一个念头出现在他脑海中，仿佛有个遥远的声音在说话。他左手伸到胸前摸索，找到了他要找的：在这恐怖的幻影世界里，他所触及的这个东西冰冷、坚硬、可靠，正是加拉德瑞尔的水晶瓶。

"加拉德瑞尔！"他虚弱地说，接着，他听见了一些遥远却清晰的声音：那是精灵披着星光从夏尔的亲切树影下经过时发出的呼喊，还有在埃尔隆德之家的火焰厅中，透入他睡梦中的精灵音乐。

Gilthoniel A Elbereth![1]

他的口舌随即摆脱了束缚，他的声音喊出了一种自己并不懂得的语言：

A Elbereth Gilthoniel

o menel palan-diriel,

le nallon sí di'nguruthos!

A tiro nin, Fanuilos![2]

他这样喊着，摇摇晃晃地站了起来，感觉自己又成了汉姆法斯特之子，霍比特人山姆怀斯。

"来吧，你这肮脏货！"他喊道，"你伤了我家少爷，你这畜生，你要为此付出代价！我们要赶路不假，但我们要先把你解决了再说。来啊，再来尝尝它的厉害！"

他不屈不挠的精神仿佛触发了强大的潜力，他手中的水晶瓶突然像白炽的火炬一样大放光明，如同一颗从穹苍中跃下的星，以势不可当的光亮烧化了黑暗的空气。过去从来没有这样自天而降的恐怖光焰烧灼过希洛布的脸。道道光芒直透入她受伤的头，灼出难以忍受的剧痛，而且这可怕的光感染了她，从一只眼睛扩散到另一只。她仰跌在地，前脚朝天乱舞，她头疼欲裂，视力被侵入体内的强光摧毁。于是她扭开受伤的头，滚到一旁，开始一爪接一爪地慢慢爬向后方黑暗峭壁上的洞口。

山姆逼上前去，像个醉汉一样头昏眼花，但他仍然逼上前去。希洛布终于胆怯了，承认了挫败。她缩成一团，抽搐颤抖着，试图尽快从他面前逃走。她爬到了洞口，挤进去，只留下一道黄绿色的黏液。就在她滑进洞时，山姆还对着她拖曳的腿挥出了最后一剑，然后，他也瘫倒在地。

希洛布逃走了。此后她会不会久久窝在巢穴里，怀着怨毒与痛苦，在漫长的黑暗年岁中从内部调养她的伤，重新养好她的那簇眼睛，直到饿得要死时才再次出洞，在阴影山脉的山谷中布下可怕的罗网呢？这个故事未曾提及。

山姆被撇下不管了。当不提其名之地的黄昏降临这处战场时，他精疲力竭地爬回他家少爷身边。

"少爷，亲爱的少爷！"他叫着，但是弗罗多没有回答。先前当弗罗多热切地朝前狂奔，为获得自由欣喜若狂时，希洛布以可怕的速度从后面追上来，飞快蜇中了他的颈项。这时他躺在地上，脸色苍白，听不见声音，一动也不动。

"少爷，亲爱的少爷！"山姆又叫。他聆听着，经过了一段冗长的等待，然而一片寂静，毫无反应。

于是，他以最快的速度割断那些绑缚的蛛丝，把头趴到弗罗多的胸口，又凑到弗罗多的嘴边，可他找不到任何生命的迹象，甚至没感觉到最轻微的一丝心跳。他不停揉搓他的手脚，抚摸他的额头，但是他家少爷的手脚额头全都冰冷依旧。

"弗罗多，弗罗多先生！"他喊道，"别把我一个人撇在这里啊！是你的山姆在叫你。千万别去了我没法跟去的地方！醒醒啊，弗罗多先生！噢醒醒啊，弗罗多，亲爱的，亲爱的。醒醒啊！"

接着，汹涌的愤怒淹没了他。他大怒之下，绕着他家少爷的身子狂奔，对着空中挥剑乱刺，又劈砍岩石，大吼叫阵。但很快，他就恢复了神志，俯身察看弗罗多的脸，那张脸在暮色中显得苍白如纸。蓦地，他眼前浮现出在罗瑞恩时，加拉德瑞尔的水镜向他揭示的那幅景象：一脸苍白的弗罗多，躺在巨大的黑色峭壁下沉睡；或者说，当时他以为那是沉睡。"他死了！"他说，"不是睡着了，是死了！"这话一出口，就仿佛话语令毒液又起了作用，他觉得那张脸的脸色变得一片铁青。

彻底的绝望笼罩了山姆。他拉上灰色的兜帽盖住头，屈起身子伏到地上，内心一片昏黑。他什么也不知道了。

当那阵昏眩终于过去，山姆抬起头来，发现周围已是一片阴暗。他不知道时间拖沓着过去了多久，是几分钟，还是几个钟头。他仍在同样的地方，他家少爷仍躺在他旁边，死了。群山未崩，大地也未坍塌毁灭。

"我该怎么办？我该怎么办？"他自言自语，"我陪他走了这么远的路，到头来就是一场空吗？"然后他想起了他们的旅程刚开始时，他曾经亲口说过的话，尽管当时并不明白：**但是到头来我有事要做。我必须做到底，少爷，你懂我的意思吧。**

"但是我能做什么？总不能丢下死了的弗罗多先生曝尸山顶，自己回家去？还是继续往前走？继续往前走？"他重复着，有那么片刻，疑虑和惧怕使他动摇了，"继续往前走？我必须这么做吗？把他丢在这里？"

终于，他开始哭泣。他来到弗罗多身边，将他的身体摆好，将他冰冷的手交叠摆在胸前，再用他的斗篷将他裹好。然后他将自己的剑以及法拉米尔所赠的手杖，摆在遗体的两旁。

"我要是继续往前走的话，就必须带上你的剑，"他说，"弗罗多先生，请求你允许。但我会把我这把剑摆在你身边，就像它在古冢里陪在老国王身边一样；你还有那件老比尔博先生给你的漂亮的秘银锁子甲做伴。至于你的星光水晶瓶，弗罗多先生，你确实把它借给我了，而我也需要它，因为从今以后我会一直陷在黑暗里头了。它太有价值了，我不配拿，而且它是夫人送给你的，但我想她也许会理解的。**你理解吗，弗罗多先生？我一定得继续往前走。**"

但是他没法走，他还舍不得。他跪下来，握着弗罗多的手，怎么也无法放开。时间流逝，他仍跪在那里，握着他家少爷的手，内心不断斗争着。

现在，他要努力找到能将自己硬生生拉开，踏上孤独旅程的力量——为了复仇？只要他能够上路，他的愤怒将会使他踏遍世间所有的路，穷追不舍，直到最后逮到他——咕噜，然后咕噜就得在一个角落里毙命。但那不是他当初出发时要做的事。离开他家少爷去做这样的事是不值得的，那不会使他死而复生，做什么都不会。他们不如就一起死了吧。然而即便如此，那也将是孤独的旅程。

他看着雪亮的剑尖。他想到了身后那几处漆黑的悬崖，空荡荡地坠落到虚无当中。可是自尽也不是出路。那么做毫无意义，甚至连悲伤哀悼都称不上。那不是他当初出发时要做的事。"那我现在该做什么？"他再次喊道，但此刻他似乎确知那个艰难的答案了：**做到底**。另一趟孤单的旅程，还是最糟糕的一趟。

"什么？我，独自一个人，去末日裂罅这种地方？"他仍然胆怯畏缩，但决心在增长，"什么？**我**从**他**那里取走魔戒？当时会议把它交给了他啊。"

但是答案马上就出现了："但是会议也给他派了同伴，好让任务不至于失败。而你是整个远征队中最后一个成员了。任务一定不能失败。"

"我真希望我不是最后一个！"他呻吟道，"我真希望老甘道夫还是别的哪个人能在这里。为什么要剩下我一个人来做决定？我肯定会弄出差错的。不该由我去带着魔戒，自告奋勇上路。

"但是你没有自告奋勇，你是被迫奋勇。说到既不正确又不妥当的人选，唉，你可能要说，弗罗多先生也不是，比尔博先生也不是。他们都不是选择去自告奋勇的。

"啊，好吧，我必须自己下定决心。我会下定决心的。可是我肯定会弄出差错的：山姆·甘姆吉根本就是这号人啊。

"现在让我想想：如果我们在这里被发现了，或者弗罗多先生被发现了，而那个东西还在他身上，那么，大敌就得到它了，我们也就全都完蛋了——罗瑞恩，幽谷，还有夏尔，全都完了。现在可没时间浪费，要不就全完了。大战已经开始，极有可能所有的事都已经称了大敌的心。没机会带着它回去听听建议或是得到准许了。不，要么坐在这里等他们来把我杀死在少爷身边，然后得到它；要么就是拿了它上路。"他深深吸了口气，"那就拿了它，就这样！"

他俯下身，极其轻柔地解开弗罗多颈上的别针，将手伸进弗罗多的上衣里。然后他用另一只手托起弗罗多的头，亲吻那冰冷的前额，再轻轻地将那条项链拉过头脸摘下来，然后将头放回原处安歇。那张僵硬的脸上没有丝毫变化。山姆见状，终于确信弗罗多真的抛下了任务，真的死了，这比其他任何迹象都更能让他信服。

"再见，我亲爱的少爷！"他喃喃道，"请原谅你的山姆。等活儿干完，他会回到这个地方来——如果他有办法回来的话。然后他就再也不会离开你了。你静静安息吧，直到我回来。但愿没有肮脏的生物靠近你！如果大人能听见并许给我一个愿望，我但愿自己能回来，再找到你。再见！"

然后他低下自己的头，戴上了项链。立刻，魔戒的重量把他的头坠扯得直垂到地，简直就像挂上了一块巨石。不过，慢慢地，重量似乎开始减轻，不然就是他体内生出了新的力量。他抬起了头，接着奋力站了起来，发现自己能承受着这个重担行走。他将水晶瓶高举了片刻，低头看着他家少爷，那光这时燃得温存，放出宛如夏夜里暮星的柔和光辉。弗罗多的面容在这光辉中又显得光泽美好了，虽然苍白，却带着精灵之美，仿佛一个早已脱离了阴影的人。山姆怀着痛苦的安慰最后看了一眼，转过身，藏起那光，跌跌撞撞地走进越来越浓的黑暗中。

他不需要走很远。隧道在后方某处，隘口就在前方二百码处，或许都不到二百码。小径在暮色中依稀可见：一条由经年累月的来来往往踏出来的深辙，此刻沿着一道长沟缓缓上行，两边都是峭壁。沟迅速变窄，山姆很快就来到长长一段宽而浅的石阶前。现在，奥克的塔楼就在正上方，阴森黑暗，里面有一只红眼在发光。他现在隐蔽在塔楼底下的漆黑阴影中，向石阶顶端爬去，终于进了隘口。

"我已经下定了决心。"他不停地对自己这么说，但他其实没有。尽管他已经在竭尽全力考虑周到，但他正在做的事跟他的本性格格不入。"我是不是做错了？"他喃喃道，"我到底该怎么做？"

隘口两侧的陡峭山壁逐渐向他逼近，在抵达真正的山顶之前，在最终看见小径降入那片不提其名之地之前，他转过身来。有那么片刻，他怀着不堪忍受的怀疑，一动不动地往回望着。在聚拢的昏暗中，他仍然看得见像个小污点一样的隧道口。他觉得自己看得见或猜得到弗罗多躺在哪里。当他凝视着自己整个人生分崩离析的那处岩石高地时，幻想那边地面上有一小团微光，但那也可能只是泪眼在欺骗他。

"要是我的愿望，我那唯一的一个愿望能实现就好了！"他叹道，"回去找到他！"最后，他还是转身面对前方的路，走了几步——这是他这辈子走得最不情愿也最沉重的几步路。

只有几步路。现在只要再走几步路，他就会开始
往下走，就永远不会再见到那处高地了。突然间，他
听见了喊叫和说话声。他顿时僵立如石。奥克的声
音。他们在他后方，也在他前方。一阵沉重的脚步
声和粗哑的吼叫声——奥克正从远的一边，也许是从
塔楼的某个入口，爬上隘口来。背后也有沉重的脚步
声和呼喝声。他急转过身，看见火把小小的红光在下
方一闪一闪的，他们正从隧道里出来。追捕终于开始
了。塔楼中的红眼没有瞎。他被逮到了。

现在，摇曳明灭的火把越来越近，前方钢铁撞
击的叮当响也越来越近。他们转眼之间就会来到山
顶，逮住他。他花了太长的时间下定决心，现在大事
不好了。他要怎么逃过一劫，怎么救下自己，或怎么
救下魔戒？魔戒。他没有意识到任何想法或决定，只
是发现自己拉出了链子，把魔戒拿在了手上。奥克队
伍的领头出现在他前面的隘口了，就在这时，他戴上
了它。

世界变了，仅仅片刻的时间也被长如一个钟头

的思绪填满。他立刻察觉到自己的听觉变得敏锐，与此同时视力却变得模糊，但和在希洛布的巢穴里时不同，周遭的所有事物这时不是变黑暗，而是变模糊。他置身在一个灰蒙蒙的世界里，独自一人，像一块坚实的小小黑石，而沉甸甸套在左手上的魔戒像一圈灼烫的黄金。他一点也不觉得自己是隐形的，反而独特惊人地显眼。并且，他知道在某处，有一只魔眼正在搜寻他。

他听见了岩石裂开的声音，听见了远处魔古尔山谷中流水的呢喃；他还听见了下方深处的岩石底下，希洛布那强烈的痛苦，她在摸索，迷失在了某处黑暗通道里；还有塔楼地牢里的各种声音，奥克从隧道中出来时发出的呼喝声，以及面前那些奥克刺耳的喧哗和笨重的脚步声，在他耳中轰隆作响，震耳欲聋。他缩身贴住了峭壁。然而他们列队上来时就像一队幽灵，迷雾中扭曲的一群灰影，只不过是手中握着苍白火把的恐怖幻影。随后他们从他身旁过去了。他畏缩着想要偷偷离开，躲进某个裂罅里藏起来。

他聆听着。从隧道出来的奥克和这些下去的奥克发现了彼此，双方这会儿都加快了脚步，大呼小叫。他清楚听见了双方的声音，并且懂得他们说的话。也许魔戒让他能够理解不同的语言——或仅仅是给了他理解的能力，尤其是理解它的制造者索隆的爪牙，这样他只要留心就能听懂，并将含义翻译给自己知道。魔戒接近了它的铸造之地，力量确实大增；但它没赋予一样东西，就是勇气。山姆此时仍一心只想藏起来，潜伏到一切都风平浪静再说。他焦急地聆听着，分辨不出那些声音离他多近，只觉得那些话简直是贴着他耳边说的。

"喂喂！戈巴格！你在这上面干啥？已经打够仗了你？"

"奉命啦，你个蠢货。你又在干啥，沙格拉特？在那边藏腻了？想下来打一架？"

"命令是给你的，但这个隘口由我指挥。所以，说话客气点。你有啥要报告的？"

"没有。"

"嗨！嗨！呦！"一声大叫打断了两位头领的互相问候。底下的那群奥克突然看见了什么东西。他们开始奔跑，上面这群也一样。

"嗨！喂喂！这里有个东西！就躺在路上。奸细，是个奸细！"号角呜呜咆哮起来，各种叫嚣嘈杂大作。

山姆猛然一凛，摆脱胆怯的情绪清醒过来。他们发现他家少爷了。他们会做什么？他所听过的有关奥克的故事令他毛骨悚然。那绝不能忍受。他跳起来，将任务和他所有的决定全抛到九霄云外，同时抛掉的还有恐惧和疑虑。这时他明白了自己的位置该在哪里，以及一直在哪里——在他家少爷身边，尽管他并不清楚自己在那里又能怎样。他往回奔下石阶，奔下小径，朝弗罗多跑去。

"他们有多少人？"他想着，"从塔里至少下来了三四十个，我猜从底下出来的还要多得多。他们抓住我之前，我能杀掉多少？我只要一拔剑，他们马上就会看见这剑的光，然后迟早会逮住我。我怀疑会不会有任何歌谣提到这事：山姆怀斯怎么在高隘口倒下，让敌人的尸体在他家少爷四周堆成一圈高墙。不，不会有歌谣的，当然不会，因为魔戒会被找到，于是就再也没有歌谣了。可我没办法。我的位置是在弗罗多先生旁边。埃尔隆德和与会诸位，那些睿智的大人们和夫人们——他们一定要理解。他们的计划出了差错。我做不了他们的持戒人。没有弗罗多先生就不行。"

但是奥克们现在已经走出了他模糊的视野。他一直没时间考虑自己，但现在他意识到自己已经累了，累到几乎精疲力竭的地步——他的两条腿不肯照他希望的那样快跑。他速度太慢了。小径像有好几哩长似的。他们在迷雾中都走哪儿去了？

他们又出现了！仍在前面相当远的地方。一大群人影团团围着一个躺在地上的东西；还有一些似乎在东奔西跑，就像狗一样弯着腰追踪一道痕迹。他试图鼓起劲来猛冲。

"上啊，山姆！"他说，"不然你又要太迟了。"他把鞘中的剑拔松一点，下一刻他就会拔剑，然后——

那边又是一阵尖啸和狂笑的疯狂喧嚣，与此同时有个东西被抬离了地面。"呀嗬！呀快点嗬！上去！上去！"

然后有个声音吼道："现在开路！抄近道。回地下大门去！从所有的痕迹来看，今晚她不会找我们麻烦了。"一整帮的奥克身影开始移动。中间有四个奥克将一具尸体高抬在肩膀上。"呀嗬！"

他们带走了弗罗多的遗体。他们走掉了。山姆追不上他们，但他还是努力穷追不舍。奥克到了隧道口，正在走进去。那些抬人的先走，后头的则拉扯推撞闹成一团。山姆追上去。他拔出剑来，颤抖的手握着一道蓝色光焰，但是他们没看见它。就在他喘着气追上来时，他们的最后一个同伙也走进黑洞口中消失了。

有那么片刻，山姆站在那里，捂着胸口喘个不停。然后他抬起衣袖抹了把脸，抹去污渍、汗水和泪水。"这帮该死的混蛋！"他说，追着他们冲进了黑暗里。

他觉得，隧道不再那么黑了，感觉倒像从薄雾走到浓雾中。他感到越来越疲惫，意志却越来越坚定。他觉得自己看得见火把的光，就在前面不远处，但无论他怎么追，就是追不上他们。奥克在隧道中走得很快，而且他们熟悉这里的隧道。尽管有希洛布的威胁，他们还是被迫经常使用这条隧道，因为它是从死城翻越山脉的最快通路。他们并不知道主隧道和大圆坑是在多么遥远的年代里挖掘成的，希洛布又是从多久以前就盘踞在此；但他们自己又在两边绕着主道挖掘了很多岔道，以便来来往往为主人办事的时候，能躲开那个巢穴。今晚他们并不打算往里头走远，而是急着要找一条岔道，回到峭壁上的监视塔楼。他们大多数都很高兴，为找到与看见的东西欣喜不已，边跑边照他们那个种族的习惯叽里咕噜说个不停，抱怨连连。山姆听见了他们嘶哑的嘈杂声音，在死寂的空气中显得既死板又粗硬，而在所有的声音当中，他能分辨出两个声音：这两个声音比较大，离他也比较近。这两支党羽的头领似乎走在队伍的最后，并且边走边争论不休。

"你就不能叫你那帮猪猡别这么大声嚷嚷吗，沙格拉特？"一个声音发着牢骚，"我们可不想招来希洛布攻击我们。"

"你就说吧，戈巴格！吵闹声大半是你那伙人弄出来的。"另一个说，"不过，就让伙计们乐乐吧！我估计暂时不用担心希洛布。看来她是坐到一根钉子上了，我们也用不着为了这个痛哭流涕。你没看见吗，地上那团恶心东西一路拖回到她那该死的犄角旮旯里？我们要能闭嘴一次，早就闭嘴一百次了。所以，就让他们乐去吧。再说，我们终于撞上了点好运气：拿到路格布尔兹要的东西了。"

"路格布尔兹要它，呃？你想它是啥？我看它像精灵那类的货色，不过小了点。那样的东西有啥危险的？"

"要等我们看了才知道。"

"啊哈！这么说他们没告诉你要找啥？他们才不会把知道的事都告诉我们，对吧？连一半都不说。但是他们会犯错，连大头头们都会。"

"嘘，戈巴格！"沙格拉特压低了声音，这一来，连听力变得异常敏锐的山姆也只是勉强听得到他的话，"他们可能会犯错，但他们到处都有耳目，有些就在我那伙人里头，天知道是谁。但毫无疑问，他们正为什么事犯愁呐。照你的说法，底下那些那兹古尔就愁烦得很，路格布尔兹也是。有什么事差点出了岔子。"

"你说差点！"戈巴格说。

"好啦，"沙格拉特说，"这事待会儿再说，先等我们下到地道里。底下有个地方我们可以好好聊聊，到时候让伙计们先走。"

过了一会儿，山姆便见火把消失了。接着传来一阵隆隆响声，然而他刚加快脚步，就砰地撞上了东西。他只能猜测，奥克们转了个弯，进了那个弗罗多跟他试过要走却发现堵住了的开口。它现在还是堵上的。

这里似乎有块巨石挡道，但是奥克们不知怎地通过了，因为他能听见另一边传来他们的声音。他们还在继续往前跑，越来越深入山中，跑回塔楼。山姆焦急万分。他们出于某种邪恶的企图把他家少爷的尸体带走了，他却没法跟上。他对那块岩石又推又顶，又用身体去撞，可它纹丝不动。接着，在里面不远处，或者说他认为不远的地方，他听见两个头领的声音又聊起来。他站定听了一会儿，希望说不定能得知一些有用的消息。也许那个看来属于米那斯魔古尔的戈巴格会出来，到时他就可以趁机溜进去了。

"不，我不知道。"戈巴格的声音说，"通常，消息传得比飞还快。不过我可不想知道那都怎么办到的。最好别知道。嘎！那些那兹古尔让我浑身起鸡皮疙瘩。他们一盯住你，你就感觉好像魂灵给扒出窍来，丢在鬼界的黑暗中冻得半死。但是他喜欢他们，这年头他们是他的心肝宝贝，所以抱怨也没用。我跟你说，在底下那城里听差，一点也不好玩。"

"你该试试上这儿来跟希洛布做伴。"沙格拉特说。

"我倒想试试哪个没有这两样东西的地方。但是现在已经开始打仗了，打完以后日子可能会好过点。"

"他们说，仗打得挺顺利。"

"他们就会这么说！"戈巴格发牢骚说，"我们走着瞧。总之，仗要是真打好了，那就应该有的是地方。你刚才说啥来着？——我们要是有了机会，你我就溜了吧，咱带上几个可靠的伙计，溜到哪个油水多又好混日子的地方，别再伺候那些大头头了。"

"啊！"沙格拉特说，"就跟过去的日子似的！"

"就是。"戈巴格说，"但先别指望。我心里总觉得不踏实。就像我说的，那些大头头，唉，"他压低了声音，几乎成了耳语，"唉，就算是最大的那个，都可能犯错。你说，有什么事差点出了岔子。而我说，有什么事已经出了岔子。我们最好小心点。每次都是可怜的乌鲁克来收拾善后，却没人领情道谢。别忘了：敌人不喜欢我们，就跟不喜欢他一样。他们要是把他给做掉了，接下来就轮到我们了。不过，先谈眼前的：你是啥时候接到命令出来的？"

"差不多一个钟头前，正好就是你看到我们之前。传来一个消息：**那兹古尔不安。阶梯上恐怕有奸细。**

加强警戒。阶梯巡逻要到顶。我立刻就来了。"

"差劲的活计。"戈巴格说，"你瞧——就我所知，咱们那帮沉默的监视者早在两天多以前就开始不安了，但是叫我这队人出去巡逻的命令隔了一天才发出来，而且也没有任何消息送到路格布尔兹去——这都是因为大信号打出来了，那兹古尔之首出去打仗了，就是这一类的事儿。我听说，然后他们就有好一阵子都没法让路格布尔兹留心这边。"

"我猜，魔眼忙着关心别的地方呐。"沙格拉特说，"他们说，西边正有大事。"

"我敢说是有。"戈巴格愤愤地抱怨说，"但那同时还有敌人爬上阶梯啊。而你又是干啥吃的？不管有没有特别命令，你都该保持警戒的，不是吗？你是干啥吃的？"

"够了！别打算教训我该怎么干我的活儿。我们一直十二万分警戒好吧。我们知道出了些古怪的事儿。"

"可真古怪！"

"对，可真古怪，又是发光又是吼叫之类的。但是希洛布出动了。我的伙计们看见了她跟她鬼鬼祟祟的同伙。"

"她鬼鬼祟祟的同伙？那是什么玩意？"

"你肯定见过他：一个瘦小的黑家伙，他自己就像个蜘蛛，也许更像一只饿扁的青蛙。他以前来过这里。好几年前，他第一次从路格布尔兹**出来**。上头有话叫我们给他放行。从那之后，他上阶梯来过一两次，但我们没搭理他。他跟那位老夫人似乎有某种默契。我估计他一点也不好吃，因为她才不管上头说什么呢。但你们在山谷里可真会警戒啊，他在这一大堆骚动的前一天就上来过。昨天傍晚我们就见过他。总之，我的伙计报告说，那位老夫人她可乐呵着呢。我觉得这整个事儿都挺好的，直到传来消息。我以为她鬼鬼祟祟的同伙给她带了玩物来，要不就是你们给她送了个大礼，一个战俘之类的。她在玩耍取乐时我是不会去打扰的。希洛布出猎时，啥都逃不过。"

"啥都逃不过，亏你说得出口！刚才在那边你没长眼睛看吗？我告诉你，我心里不踏实。不管爬到阶梯上来的是啥东西，它都**通过**了。它砍破了她的蜘蛛网，整个儿出了那个洞。这可值得好好琢磨一下！"

"啊，好吧，但她最后还是逮着他了，不是吗？"

"**逮着他**？逮着谁？这个小家伙？他要是唯一一个，她早就把他给拖回老巢去了，他现在也只会在那儿。假如路格布尔兹要他，那**你**就得去那儿把他弄出来，对你来说多好的一趟美差啊。但来的不止一个。"

听到这里，山姆开始更专注地聆听，把耳朵贴到了岩石上。

"沙格拉特，是谁把她缠在他身上的蛛**丝**给割开的？跟砍断蜘蛛网的是同一个。你难道就没发现吗？是谁刺了那位老夫人一针？我敢说是同一个。而他在哪儿？沙格拉特，他在哪儿啊？"

沙格拉特没回答。

"你要是有脑子，最好带上。这可不是开玩笑的事儿。过去，从来没有人能把希洛布刺上一针，从来没有，这点你应该够清楚。虽说这倒也没啥不好，但是你想想吧——竟然有人在附近游荡，而且打从大包围以来，打从古老的坏年头以来，压根就没有哪个该死的反贼比这人还危险。有什么事**已经**出了岔子。"

"到底是啥事？"沙格拉特咆哮道。

"从所有的迹象来看，沙格拉特队长，我得说有个大块头战士跑掉了，最有可能是个精灵，顶不济也是个带着精灵宝剑的家伙，也许还带着斧头。还有，他是在你的地盘上跑掉的，而你根本没发现他。还真是古怪啊！"戈巴格吐了口痰。而山姆听着他所描述的自己，忍不住苦笑。

"啊，好吧，你总是往糟糕了想。"沙格拉特说，"你爱怎么解释那些迹象，随便你，但它们也可能有别的解释。不管怎样，我已经在每个点都设了哨兵，并且我打算一次只处理一件事。等我察看完这个我们**已经**逮到的家伙，再去担心别的事好了。"

"我猜，你在那个小家伙身上找不到多少东西。"戈巴格说，"他说不定跟真正的祸根没什么关系。反正那个带着利剑的大家伙似乎不把他当回事——就这么扔下他躺在那里：这是精灵惯用的伎俩。"

"咱们走着瞧。现在来吧！咱们说够了。让我们瞧瞧俘虏去！"

"你打算拿他怎么办？别忘了，是我先看见他的。要是有什么乐子，我跟我的伙计必须有份。"

"好了，好了。"沙格拉特抱怨道，"我有我的命令。违抗命令是会要我老命的，也会要你老命。守卫若是找到**任何**入侵者，都要关押在塔楼里。囚犯要剥光。每样东西都要详细描述，衣服、武器、信件、戒指、小玩意儿，都要立刻送到路格布尔兹去，而且**只能**送到路格布尔兹去。囚犯必须安然无恙，毫发无伤，若有哪个守卫胆敢违反，立刻处死，直到他派人来或他亲自来。这够清楚吧，并且这就是我打算做的事。"

"剥光，呃？"戈巴格说，"什么意思？牙齿、指甲、头发之类，全拔下来？"

"不是，全不准碰。我跟你说，他是要送去给路格布尔兹的。他得安全送去，毫发无损。"

"你会发现那可不容易。"戈巴格大笑说，"他现在只不过是一具尸体啦。我猜不出路格布尔兹要拿一具尸体做什么。还不如把他下锅炖了。"

"你个笨蛋！"沙格拉特咆哮道，"亏你刚才话说得那么聪明！不少别人差不多都知道的事，你反而不知道。你再不小心点，就该你被下锅或送去喂希洛布。尸体！你对那位老夫人就只那么点了解吗？当她用蛛丝把猎物捆起来，她是打算事后再吃。她不吃死人的肉，也不吸冰冷的血。这家伙还没死呢！"

山姆只觉得一阵天旋地转，不由得抠紧了岩石。他感觉整个黑暗的世界都颠倒过来了。这绝大的打击令他差点晕过去，尽管他竭力控制住自己的意识，他仍听得清内心深处的声音："你个笨蛋，他没死，你心里明明知道的。山姆怀斯，别信你的脑袋，那才不是你身上最好用的一块儿。你的毛病就在于你从来就没真抱过什么希望。现在可怎么办？"他一时之间什么也不能做，只能紧贴着纹丝不动的岩石聆听，聆听奥克们粗鄙的声音。

"嗛！"沙格拉特说，"她的毒液可不止一种。她狩猎的时候，会就那么在猎物的脖子上轻轻蜇上一下，他们就会像剔了骨头的鱼一样瘫掉，然后她就拿自己的法子慢慢享用。你还记得老乌夫沙克吗？我们好多天都找不到他。后来，我们在一个角落里发现了他，他被吊起来，可神志清醒得很，还直瞪着人。把我们都笑死了！她大概是把他忘了，但我们没碰他——她的事还是别插手为妙。喏——这肮脏的小东西，再过几个钟头就会醒了。他免不了头昏眼花不舒服一阵子，然后就该没事了。或者说，路格布尔兹要是放过他的话，他就没事了。当然，他还免不了想知道自己在哪儿，遇上了啥事。"

"还有就是他会遇上啥事！"戈巴格大笑，"我们要是干不了别的，总能跟他讲几个故事吧。我猜他从来没去过可爱的路格布尔兹，所以他可能想知道那边都有啥。这可比我想到的更好玩啊。我们走吧！"

"我告诉你，没啥可玩的！"沙格拉特说，"他一定要安全无恙，要不然咱俩都死定了。"

"好吧！不过我要是你，就会在给路格布尔兹送去任何报告之前，先去逮住那个跑掉的大个子。要是报告说你抓到猫崽却让大猫跑了，那听起来可不太妙。"

那两个声音要走远了。山姆听见脚步声渐渐减弱。他已经从震惊中恢复过来，这会儿正气得暴跳如雷。"我把事情全搞砸了！"他喊道，"我就知道我会搞砸的。现在他们把他抓走了，该死的！畜生！永远不要离开你家少爷，永远，永远——我这个规矩明明是对的，我心里明明知道。但愿我能获得饶恕！现在，无论如何，我得回到他身边去，无论如何都要去！"

他又拔出剑来，用剑柄去敲打岩石，但只敲出了沉闷的响声。不过，宝剑现在发着灿亮的光，借着光，他可以隐约看见周围的景象。他惊讶地发现，这块巨大的石头形状就像一座沉重的门，还不到他的两倍高。在门顶和洞口的低拱顶之间，有个黑乎乎的空当。大概这门只是为了阻挡希洛布闯入，里面用门闩或弹簧什么的锁上，凭她的狡猾也够不到。山姆用仅存的余力往上跳，抓到了门顶，挣扎着攀了上去，再跳下去。然后他开始狂奔，手上的剑闪闪发光。他转了个弯，奔上一条弯弯曲曲的隧道。

他家少爷还活着的消息激发了他最后的力气，令他忘了疲惫。前方他什么也看不见，因为这条新通道不停地变向转弯。但他觉得自己正在追上那两个奥克：他们的声音又变近了。现在他们听来相当近了。

"我就打算那么办！"沙格拉特语调愤怒地说，"直接把他关到顶楼上去。"

"为什么？"戈巴格咆哮道，"你底下没有牢房吗？"

"我跟你说，他不得受到任何伤害！"沙格拉特答道，"明白了？他很宝贝。我那些伙计，我全信不过，你那些更不用提，而当你想找乐子想疯了的时候，连你也靠不住。你要是不文明点儿，他就只能去我要他去的地方，而且是你不会去的地方。我说，关到顶楼去。他在那里会很安全。"

"他会吗？"山姆说，"你快忘了那个跑掉的强壮又高大的精灵战士了！"他一边说，一边奔过最后一个拐角，却只发现隧道或魔戒赋予他的听力捉弄了他，他估错了距离。

他现在看得见那两个奥克的身影了，他们还在前面相当远的地方，映着红光显得又黑又矮。这条通道终于变得笔直，是道向上的斜坡，斜坡尽头有两扇大敞的巨门，大概通往那座形如高角的塔楼底下深处的石室。奥克们抬着东西已经穿过门进去了。戈巴格和沙格拉特正朝那道门走近。

山姆听见一阵粗哑的歌声爆发出来，号角大响，锣声大作，一阵可怕的喧闹。戈巴格和沙格拉特已经走到了门槛处。

山姆挥舞着刺叮大喊着，但是他小小的声音被那片喧哗吵闹淹没了。没有人注意到他。

巨门轰然合拢。里面的铁闩咯啷一声拴上了。大门紧闭。山姆用力朝那面拴上的铜门板撞去，接着摔倒在地，失去了知觉。他躺在外面的黑暗中。弗罗多还活着，但落入了大敌之手。

注 释

第一章

1 厄尔（ell），古时的度量单位，一厄尔等于四十五时长。——译者注

第二章

1 无人之地（Noman-lands），即褐地。——译者注

第三章

1 毛象（Oliphaunt），托尔金在《〈魔戒〉名称指南》中提到，该名是霍比特人对"大象"（elephant）的说法，很可能是 elephant 的变体，故要求该名音译。但他的要求是针对接近英语的拼音文字而言，中文的音译不可能令读者联想到"大象"，故此处采用"毛象"这个听起来通俗，又比大象古老的名称来意译。——译者注

2 斯乌廷人（Swertings），夏尔居民对生活在遥远南方的黑皮肤人类的称呼。该名与通用语中的"黑肤人类"（Swarthy Men）显然有联系。托尔金要求该名音译，如能包含"黑"的意思最好。——译者注

第四章

1 伊希利恩突击队（Rangers of Ithilien），此处 Ranger 的译法和北方杜内丹人的"游民"（Ranger）有区别，这是有意为之。在布理等"不喜欢麻烦"的地方，"正派"居民称以阿拉贡为代表的北方杜内丹人为 Ranger，这是一个略带贬义的称呼，取该词"漫游者，流浪者"的含义，所以译作"游民"；而法拉米尔带领的这群刚铎战士属于正规军，职责是巡逻与游

击，所以译作"伊希利恩突击队"，单个战士则译为
"尖兵"。——译者注

2 猛犸（Mûmak，复数 Mûmakil），哈拉德人对他们在战
斗中使用的一种类似大象的巨兽的称呼。刚铎沿用了
Mûmakil 这个名称，以称呼同一种生物。这种生物便
是霍比特人语言中的"毛象"（Oliphaunt）。基于类似
Oliphaunt 译法的考虑，于此将 Mûmak 及其复数形式
Mûmakil 都译作"猛犸"。——译者注

第五章

1 年长子民（Elder People），义同"首生儿女"。——译
者注

第六章

1 明多路因（Mindolluin），辛达语，意为"高扬的蓝头"，
因此法拉米尔会说它有"白发"。——译者注

第七章

1 伊姆拉德魔古尔（Imlad Morgul），辛达语，意为"黑
暗妖术的深谷"。此处的黑暗妖术指的就是死灵法术，
故法拉米尔称之为"活死人山谷"。——译者注

2 莱贝斯隆（lebethron），是源自刚铎的辛达语词，意思大约是"手指一样的树"。——译者注

第九章

1 希洛布（Shelob），该词由 she 与 lob 构成，意即"母蜘蛛"。——译者注
2 昆雅语，意思是："最明亮的星埃雅仁迪尔，向你致敬！"——译者注
3 乌苟立安特（Ungoliant），远古时代与米尔寇（魔苟斯）一起毁掉维林诺双圣树的大蜘蛛。详见《精灵宝钻》。——译者注

第十章

1 辛达语，意思是："吉尔松涅尔！啊，埃尔贝瑞丝！"——译者注
2 辛达语，意思是："啊，吉尔松涅尔！埃尔贝瑞丝！您从天上凝望，我在死亡暗影下向您祈求，永恒纯洁的您，照看我！"——译者注

文
景

———

Horizon

THE
LORD
OF
THE
RINGS

J.R.R. TOLKIEN

托尔金基金会唯一指定中文版
Trusted Publishing Partner and Official Tolkien Publisher for China

社 科 新 知　文 艺 新 潮

魔戒

3

［英］J.R.R. 托尔金 著

邓嘉宛　石中歌　杜蕴慈 译

上海人民出版社

目录

卷 三

第一章

波洛米尔离去

阿拉贡朝山岗上大步疾奔，不时弯腰察看地面。霍比特人落脚很轻，即便是游民也不容易发现他们的脚印，但在离山顶不远处有一条山溪横过小径，他在潮湿的泥地上找到了所寻的印迹。

"我对这些踪迹判断无误，"他自忖，"弗罗多跑上了山顶。我想知道他在那里看见了什么？但他从原路返回，又下山去了。"

阿拉贡迟疑着。他很想亲自上到高座处，期望从那里看见一些能为他指点迷津的东西，但是时间紧迫。蓦地，他纵身一跃，直奔上山顶，越过那片大石板铺就的地面，上了梯阶，然后坐上那张高座，四面眺望。可太阳似乎变得黯淡了，世界显得昏暗又模糊。他从北方开始，望了一圈又回到北方，但视野中除了远处的丘陵，什么也没有，只在很远的地方又一次看见一只像鹰的大鸟。它飞得很高，兜着大圈子盘旋，缓缓朝地面下降。

就在他定睛凝视的时候，他敏锐的耳朵捕捉到了下方树林里的声音，来自大河的西岸。他僵住了。在各种叫嚷当中，他惊惧不已地辨出了奥克刺耳的嘶吼。接下来，随着一声低沉的呼唤，一阵响亮的号角声突然迸发出来，声震群山，在各处谷地中回荡、增强，汇成恢宏的呼喊，甚至盖过了大瀑布的咆哮。

"那是波洛米尔的号角！"阿拉贡喊道，"他急需援手！"他跳下台阶拔腿飞奔，三步并作两步冲下小径。"唉！我今天厄运当头，做的每件事都出了差错。山姆哪里去了？"

他越往下跑，叫嚷声就越大，然而号角声却越来越微弱，越来越急迫。凶狠尖厉的奥克吼叫声传了过来，号角声随后戛然而止。阿拉贡飞奔下最后一道斜坡，但在他抵达山脚之前，嘈杂的声音便低落下去，而随着他转向左边，朝声音传来的方向奔去，它们也渐渐远去，最后无声无息，不复得闻。他拔出雪亮的长剑，疾奔过树林，高喊着："埃兰迪尔！埃兰迪尔！"

在距离帕斯嘉兰大约一哩的地方，阿拉贡在离湖不远的一小片空地上发现了波洛米尔。他背靠一棵大树坐在地上，仿佛在休息，然而阿拉贡看见他身中无数黑羽箭。他手里仍握着剑，但剑断裂至柄，他的号角被劈成两半，落在身侧。在他周围及脚前，横七竖八堆着很多奥克的尸体。

阿拉贡在他身旁跪了下来。波洛米尔睁开眼睛，费力地想说话，终于，他缓缓吐出了言语。"刚刚我企图从弗罗多手中夺过魔戒。"他说，"抱歉。我为此付出代价了。"他的目光扫向倒毙在四周的敌人，至少有二十个。"他们走了——两个半身人——奥克抓走了他们。我想他们还没死。奥克绑了他们。"他停了停，疲惫地闭上了眼睛。片刻之后，他再次开口：

"别了，阿拉贡！去米那斯提力斯拯救我的人民！我失败了！"

"不！"阿拉贡说，握住他的手，亲吻他的额头，

"你战胜了。很少有人取得过这样的胜利。放心吧！米那斯提力斯绝不会陷落！"

波洛米尔露出了微笑。

"他们往哪个方向走了？弗罗多也被抓了吗？"阿拉贡问。

但波洛米尔再没有开口。

"唉！"阿拉贡说，"守卫之塔领主德内梭尔的继承人，就这样逝去了！这个结果真是惨痛！现在，远征队分崩离析，真正失败的人是我。我辜负了甘道夫对我的信任。我该怎么办？波洛米尔临终托付我前往米那斯提力斯，我内心也渴望去那里，但是魔戒和持戒人在哪里？我要怎么找到他们，挽救这项使命免于灾难性的结局？"

他仍然紧握着波洛米尔的手，久久跪在那里，躬身哭泣。莱戈拉斯和吉姆利找到他时，见到的就是这一幕。他们从山岗的西边山坡赶来，仿佛在狩猎一般，悄然潜过了树林。吉姆利手中握着斧头，莱戈拉斯则已用尽箭矢，正握着长刀。他们进入空地，见状止步，吃惊万分。随后他们垂头哀悼，伫立了片刻，因为发生之事一目了然，无需多言。

"哀哉！"莱戈拉斯说，走到阿拉贡身边，"我们在树林中追杀了许多奥克，但在这边显然更有用武之地。我们一听见号角声就赶了过来，但看样子还是来晚了。恐怕已经造成了致命的后果。"

"波洛米尔死了。"阿拉贡说，"我则毫发无伤，因为我没跟他在一起。他为了保护霍比特人而战死，而我那时远在山顶。"

"霍比特人！"吉姆利叫道，"那他们哪里去了？弗罗多在哪里？"

"我不知道。"阿拉贡疲惫地答道，"波洛米尔死前告诉我，奥克绑架了他们。他认为他们还没死。我派他去跟上梅里和皮平，但我没问弗罗多和山姆是不是跟他在一起，等我想问时已经太晚了。今天我做的每一件事都出了差错。现在该怎么办？"

"首先，我们必须安葬死者。"莱戈拉斯说，"我们不能让他躺在这群臭奥克当中腐烂。"

"但动作一定要快。"吉姆利说，"他肯定不希望我们为了他而耽误。如果远征队中有人被活活俘虏，那我们必须去追赶那群奥克。"

"但我们不知道他们是不是抓到了持戒人。"阿拉贡说，"我们要弃他于不顾吗？难道不该先找到他？现在是进退两难！"

"那么，让我们先做该做的吧。"莱戈拉斯说，"我们没有时间和合适的工具来妥善安葬战友，也无法为他堆起一座坟丘。但我们或许可以堆一个石冢。"

"那会很耗时费力。附近找不到可用的石头，河边才有。"吉姆利说。

"那么，让我们将他安置到一只小船中，用他的武器和他所杀敌人的武器作为陪葬。"阿拉贡说，"我们把他送下涝洛斯大瀑布，将他托付给安都因大河。刚铎之河至少会护佑他的尸骨不受邪恶之物折辱。"

三人迅速搜检了那些奥克的尸体，将他们的剑、劈裂的头盔和盾牌，全收拢成一堆。

"瞧！"阿拉贡叫道，"我们找到证物了！"他从那堆阴森丑恶的武器中挑拣出两把柳叶形的刀，刀身有着金红两色的纹饰。他继续搜寻下去，又找到了镶着小颗红宝石的黑剑鞘。"这些可不是奥克用的兵器！"他说，"是霍比特人的。显然奥克抢光了他们身上的物品，但又不敢保留这两把刀，他们知道它们的来历——这是西方之地的杰作，通体镌有给魔多带来灾难的咒语。好吧，如此一来，我们的朋友即便还活着，也是手无寸铁。我会带上这些东西，万一有希望，也好让它们物归原主。"

"而我将收集所有能找到的箭矢，"莱戈拉斯说，"因为我的箭袋已经空了。"他搜索那堆武器以及周围的地面，找到不少完好无损的箭，箭杆比过往奥克习惯使用的那些更长。他仔细察看着这些箭。

阿拉贡则察看了那些尸体，然后说："这里有很多都不是魔多的奥克。以我对奥克及其族群的了解来判断，有些是从北方的迷雾山脉来的，另外一些我不熟悉。他们的装备完全不合奥克的习惯！"

有四个半兽人士兵的身材比其他的更魁梧，肤色黝黑，眼睛斜吊，腿很粗，手很大。他们配备的不是奥克惯常使用的弯刀，而是宽刃短刀，他们还有紫杉木的弓，长度与形状都跟人类的弓相似。他们的盾牌上画着陌生的图案——黑底正中有个白色的小手印，铁制头盔的正面则镶了一个以某种白色金属铸造的如尼文字母 S。

"我从未见过这种标记。"阿拉贡说，"这是什么意思？"

"S 代表索隆。"吉姆利说，"一看就懂啊。"

"不！"莱戈拉斯说，"索隆不用精灵的如尼文。"

"他也从来不用自己的真名，更不准别人拼写或说出来。"阿拉贡说，"而且他也不用白色。为巴拉督尔效力的奥克使用的标记是一只红眼。"他站在那里思索了片刻，"我猜，S代表萨茹曼。"末了他开口说，"邪恶的势力正在艾森加德活动，西部地区已经不再安全。这正是甘道夫所担心的——叛徒萨茹曼经由某种手段探到了我们这趟旅途的消息。他很有可能也知道了甘道夫的陨落。从墨瑞亚出来的追兵可能逃过了罗瑞恩的警戒，否则就是他们避开那片土地，走别的路去了艾森加德。奥克赶起路来速度飞快。不过，萨茹曼有许多获知消息的渠道。你们还记得那些鸟吗？"

"哎呀，我们可没时间猜谜。"吉姆利说，"我们先把波洛米尔抬走吧！"

"但是之后我们若要正确地选择行动方案，这些谜就一定得猜。"阿拉贡答道。

"或许根本没有什么正确的选择。"吉姆利说。

接着，矮人拿起斧头砍了几根树枝。他们用弓弦将这些树枝捆在一起，然后将斗篷摊开蒙在上面，用这个简陋的担架把同伴的尸体抬到河边，担架上还放着一些他最后一战的战利品，是他们选出来陪葬的。

短短的一段路，他们却走得很吃力，因为波洛米尔其人既高大又强壮。

到了河边，阿拉贡留下看守担架，莱戈拉斯和吉姆利徒步匆匆奔回一哩多外的帕斯嘉兰，过了好一阵，才见他们沿着河岸快速划着两条船回来。

"有件怪事要告诉你！"莱戈拉斯说，"岸上只有两条船。我们找不到另外一条的踪影。"

"奥克去过那里吗？"阿拉贡问。

"我们没发现他们的迹象。"吉姆利说，"奥克要是到过，肯定会夺走或者破坏所有的船，还有那些行李。"

"等回到那里，我会察看一下地面。"阿拉贡说。

于是，他们将波洛米尔安置在那只要载他离去的小船中央。他们折好那件灰色的连帽精灵斗篷，给他枕在头下。他们为他梳理好黑色的长发，把发丝理顺摆在他肩头。罗瑞恩的金色腰带在他腰间闪光。他们将他的头盔放在他身旁，将被劈开的号角、剑柄以及断剑的碎片，都放在他腿上，敌人的刀剑则放在他脚下。然后，他们将这条船的船头系在另一条的船尾，将它拉入水中。他们沿着河岸悲伤地划行，随后转进水流湍急的水道，经过了帕斯嘉兰。现在下午已经过了一半，托尔布兰迪尔的陡峭山体正闪闪发亮。随着他们往南前进，涝洛斯大瀑布的水雾在前方腾起，微光闪动，俨然一片金色的雾霭。湍急的水流和瀑布的轰鸣令静止的空气也震颤起来。

他们心怀哀伤，解开了葬船。波洛米尔躺在船里，平静、安详，在流水的怀抱中顺畅滑去。他们划着桨让自己的船原地不动，与此同时，大河带走了他。他从他们旁边漂过，小船慢慢离去，衬着漫天的金色光芒逐渐变成一个小小的黑点，接着突然消失了。涝洛斯大瀑布咆哮依旧，不为所动。大河带走了德内梭尔之子波洛米尔，他的身影再也不能出现在米那斯提力斯，像过去一样披着晨曦站在白塔上。不过，日后在刚铎长久流传着这样的说法：精灵船漂下瀑布，漂过充满水沫的水塘，载着他顺流而下，一路经过欧斯吉利亚斯，穿过安都因大河的众多河口，在繁星满空的夜晚航向了大海。

有好一会儿，三位同伴只是默默无言地望着他离去。然后，阿拉贡开口了："他们会从白塔寻找他的身影，但他再不会自高山大海归还。"接着，他开始缓缓地唱道：

> 洛汗的沼泽与原野，草长离离，
> 西风缓步而来，绕城徘徊。
> "流浪的风啊，今晚你从西边带来什么消息？
> 明月下，星光下，你可曾见到高大的波洛
> 米尔？"
> "我看见他驰过七重溪流，辽阔灰水；
> 我目送他跋涉荒野，直到远行
> 走进北方的重重暗影，不见了踪迹。
> 也许北风曾听见，德内梭尔之子的号角长鸣。"
> "啊，波洛米尔！在高墙上我极目西望，
> 却看不见你从无人旷野归乡。"

莱戈拉斯接着唱道：

> 大河入海，沙丘与岩石罗列，
> 南风飘忽而至，挟着海鸥悲鸣在门外呜咽。
> "叹息的风啊，今夜你从南边带来什么消息？
> 英俊的波洛米尔行迹何处？他迟迟未归令
> 人心忧。"

"别问我如今他在何方，那儿有无数枯骨

在白沙与黑岩河滩上，在风雷灰暗的天
空下，

多少骸骨顺安都因而下，终归海洋。

向北风打听吧，是他为我送来的消息。"

"啊，波洛米尔！城门外南方大路逶迤向海，

却望不见你在海鸥悲鸣中归来。"

然后阿拉贡再次唱道：

双王之门，飞瀑隆隆怒吼，

北风驰骋而来，犹如冷冽号角绕塔而鸣。

"猎猎朔风啊，今天你从北边带来什么消息？

英勇的波洛米尔有何音讯？他已离乡久久
未还。"

"阿蒙汉山丘下，他杀敌无前，我听见他
的呐喊，

他圆盾已裂，长剑已折，战友们送至河岸；

他英俊昂首，无负无惧，战友们将他安殓，

涝洛斯，金色的涝洛斯瀑布，将他纳入胸怀。"

"啊，波洛米尔！守卫之塔将永远向北凝望，

望向涝洛斯，金色的涝洛斯瀑布，直到地老天荒。"

就这样，他们结束了歌唱，然后掉过船头，逆流尽快划回了帕斯嘉兰。

"你们把东风的哀歌留给我唱，"吉姆利说，"但我对它没话好说。"

"正是如此。"阿拉贡说，"在米那斯提力斯，他们忍受东风，却不问它带来什么消息。现在，波洛米尔已经走上了他的路，而我们必须尽快选定我们的。"

他迅速但仔细地检查了这片绿色的草坪，不时俯身去检视地面。"奥克没来过这里，"他说，"否则这里早就被踏得什么也看不出来了。我们所有人的脚印都在，反复来回走过。我不能确定的是，我们开始去找弗罗多之后，有没有霍比特人回来过。"他回到河岸边，走近那条发源于山泉的小溪涓涓淌入大河的地方。"这里有一些清晰的脚印。"他说，"有个霍比特人趟进了水里，又返回来。但我说不好这是多久以前的事。"

"那你要怎么解这个谜？"吉姆利问。

阿拉贡没有马上回答，而是回到扎营的地方，打量着那堆行李。"少了两个背包，"他说，"其中一个肯定是山姆的，那个背包相对来说又大又沉。所以答案是：弗罗多坐船走了，他的小仆人则跟着他一起走了。弗罗多肯定在我们全都离开时回来过。我上山时碰到了山姆，叫他跟着我，但显然他没这么做。他猜到了他家少爷的想法，并赶在弗罗多动身之前回到了这里。而弗罗多发现，要抛下山姆可不是那么容易的事！"

"但他为什么一句话也不留，就抛下我们离开？"吉姆利问，"这种做法实在太奇怪了！"

"也实在太勇敢了。"阿拉贡说，"我想，山姆是对的。弗罗多不想把任何朋友一起带入魔多送命，但他知道自己非去不可。在他离开我们之后，发生了某件事，使他克服了恐惧和怀疑。"

"也许他遇见追杀而来的奥克，便逃走了。"莱戈拉斯说。

"他肯定是逃走了，"阿拉贡说，"但我想并不是逃离奥克。"他并没有说出自己认为是什么原因导致弗罗多突然下定决心逃跑。他很久都不曾向旁人透露波洛米尔的临终之言。

"好吧，现在至少有这样几件事是清楚的。"莱戈拉斯说，"弗罗多已经不在大河的这边岸上了，只有他可能划走那条船；而山姆跟着他走了，只有山姆才会拿走自己的背包。"

"那么，我们的选择要么是乘着剩下的这条船去追弗罗多，要么是徒步去追奥克。"吉姆利说，"两条路都希望渺茫，而且我们已经损失了宝贵的时间。"

"让我想想！"阿拉贡说，"现在，但愿我能做出正确的选择，改变这不幸一天的厄运！"他沉默着伫立了一会儿。"我会去追踪奥克。"他终于开口说，"我本来情愿带领弗罗多前往魔多，陪他走到底。但是，我现在如果去荒野中找他，就得抛下那些被俘虏的同伴，放任他们遭受折磨，甚至死去。我的心终于清楚地告诉我：持戒人的命运已经不在我掌握中了。远征队已经扮完了自己的角色！我们余下的人但凡还有一口气在，就不能抛下同伴。来吧！我们这就出发。抛下所有多余的东西！我们必须日夜兼程赶路！"

他们把最后一条船拉上岸，搬进了树林，再将用不上和带不走的物品放在倒扣的船下，然后离开了帕斯嘉兰。当他们回到波洛米尔阵亡的那片空地时，暮色已经开始降临。没用什么技巧，他们马上就找到了奥克留下的踪迹。

"没有别的种族会如此践踏环境。"莱戈拉斯说，"他们似乎以糟蹋一切为乐，就连不妨碍去路的都劈砍踏倒一地。"

"但他们仍然跑得极快，并且不知疲倦。"阿拉贡说，"稍后我们可能得在荒芜不毛之地寻找要走的路。"

"不管，紧追他们就是！"吉姆利说，"矮人也可以跑得很快，体力也不比奥克差。不过这会是趟长途追踪——他们已经走了很久了。"

"不错。"阿拉贡说，"我们全都需要矮人的耐力。来吧！无论有没有希望，我们都要紧追敌人的踪迹。如果事实证明我们跑得比他们更快，他们就要倒大霉了！精灵、矮人和人类这三支种族，都将视我们这趟追击为奇迹。冲啊，三位猎手！"

他像鹿一样跃起奔出，在林间快速穿行。如今他终于下定决心，领着他们不停地向前奔跑，不知疲倦，迅捷非常。湖边的森林被远抛在身后，他们爬过了一道又一道长长的山坡，它们映衬着已被夕阳染红的天空，显得轮廓坚实、漆黑一片。夜幕降临，他们就如三个灰影，奔过了岩石遍布的大地。

第二章

洛汗骠骑

　　暮色益深。薄雾弥漫在安都因河黯淡的两岸，笼罩了三人背后低处的树林，但天空清朗，群星毕现。渐盈的月亮悬在西方天际，令岩石投下了一块块漆黑的阴影。他们来到岩石丘陵的山脚下，放慢了步伐，因为赖以追踪的痕迹已经不易辨认。埃敏穆伊高地在此由北向南，绵延分成两道高低起伏的山脊。两道山脊的西侧山坡都十分陡峭难爬，不过东坡相对和缓，布满溪谷和狭窄的山沟。三位同伴在这片不毛之地彻夜攀爬奔行，先爬上第一道也是最高的一道山脊，再下到另一边漆黑曲折的深谷中。

在天亮之前的静谧寒冷时刻，他们暂作休息。月亮早就在前方落下，繁星在头顶闪烁，白昼的第一道晨光尚未越过后方墨黑的丘陵。此刻，阿拉贡正陷入迷途之苦：奥克的踪迹下到了山谷里，但就在谷中消失了。

"你想，他们会转往哪条路？"莱戈拉斯问，"假如他们如你所料，目标是艾森加德或范贡森林，那么他们想必朝北走了一条直达那边的路？还是说，他们会朝南直奔恩特河？"

"无论目的地是哪里，他们都不会朝河走。"阿拉贡说，"除非洛汗发生大乱，且萨茹曼的实力大增，否则他们就一定会尽可能抄最短的路穿过洛希尔人的草原。我们朝北搜寻吧！"

山谷像一条石槽，夹在两道起伏的丘陵之间，一条涓涓细流在谷底的庞大砾石间穿行。右边是一面嶙峋的峭壁，左边是爬升的灰暗山坡，在深夜中显得阴影幢幢。他们朝北继续走了一哩多远，阿拉贡在通往西边山脊的沟壑和溪谷中不断搜寻，不时俯身察看地面。莱戈拉斯领先了一段距离。突然，精灵喊了一声，另外二人连忙朝他奔去。

"我们已经赶上一些要追击的敌人了。"他说，"看！"他伸手一指，他们这才意识到：那些横卧在山坡底下、原本被当成砾石的东西，竟是挤在一起的一堆尸体。那里躺了五个丧命的奥克，都是被乱刀残忍地砍死，有两个还被砍了头。黑血浸湿了地面。

"又是一个谜！"吉姆利说，"不过解谜得等到天亮，我们可等不起。"

"然而不管你怎么解，这都不像毫无希望。"莱戈拉斯说，"奥克的敌人，很可能是我们的朋友。这一带丘陵有人居住吗？"

"没有。"阿拉贡说，"洛希尔人很少到这里来，此地又离米那斯提力斯很远。也许有一群人类出于什么我们不了解的原因，在此地狩猎。不过，我认为不是那么回事。"

"那你怎么看？"吉姆利说。

"我认为，敌人是窝里反。"阿拉贡说，"这些是远道而来的北方奥克。被杀的奥克没有一个是佩戴着陌生标记的巨大奥克。我猜，他们起了冲突。在这些邪恶的种族当中，这种事很常见。也许是为走哪条路起了争执。"

"或者是为俘虏起了争执。"吉姆利说，"但愿他们没在这里一同送命。"

阿拉贡将附近方圆一大片地面搜了一遍，但没再找到别的打斗痕迹。他们继续前进。东边天际开始露白，群星淡去，灰蒙蒙的天光正在慢慢变亮。又往北走了一小段，他们来到一道山洼里，有条细细的小溪从高处蜿蜒淌下，水流在岩石间切出一条下到山谷的小径。谷中生着些灌木丛，两侧还有一片片的草地。

"终于有了！"阿拉贡说，"我们要找的踪迹就在这里！沿着这条水道往上。奥克起了争执之后，走的就是这条路。"

三位追踪者即刻转向，循着新路飞快前行。他们仿佛休息了一整夜，精力充沛地从一块岩石跃向另一块岩石，最后抵达那座灰色山丘的冠顶。一阵突如其来的微风扬起他们的头发，吹动了他们的斗篷。那是黎明的冷风。

他们转过身，只见大河对岸的遥远丘陵正被染成金红。天亮了。一轮红日正越过黑色大地的肩头，冉冉升起。在西方，面前的整个世界寂然不动，灰蒙蒙的，不见轮廓。不过，就在他们的注视下，黑夜的阴影消融，苏醒的大地恢复了色彩。大片翠绿漫过洛汗辽阔的草原，白雾在河谷中闪闪发亮。在左边远方，大约三十多里格开外，白色山脉巍然耸立，蓝紫缤纷，群峰宛如黑玉，尖顶覆着皑皑白雪，被旭日晨光映得绯红。

"刚铎！刚铎！"阿拉贡喊道，"但愿我能在欢欣一些的时刻再见到你！我要走的路尚未向南通往你那明亮的河川。

> 刚铎，刚铎！东起高山，西至大海！
>
> 西风吹拂，古时御苑，
>
> 曾有银树之光如雨洒落。
>
> 巍巍城墙，皓白高塔！
>
> 王冠饰双翼，宝座铸黄金！
>
> 刚铎，刚铎！但不知何时重睹银树，
>
> 山边海隅，西风再临？

"现在我们上路吧！"他说，从南方移开目光，望向西方与北方——那是他必须踏上的路。

三位同伴所站的山脊在脚前陡峭下降，在下方二十多㖊的地方，有一片凹凸不平的宽阔岩架，至一处峭崖边缘戛然而止——这便是洛汗国土的东面山障。埃敏穆伊丘陵的范围到此为止，在他们面前，一直绵延到天际的，是洛希尔人的绿色草原。

"看哪！"莱戈拉斯叫道，指着头顶苍白的天空，"又是那只鹰！他飞得很高，现在似乎是在飞走，从此地回到北方去。他飞得快极了。看！"

"不，我的好莱戈拉斯，就连我的眼睛都看不见他。"阿拉贡说，"他想必飞得极高。我很好奇，倘若他就是我先前见过的那只鸟，那他一定是在忙什么任务。不过，瞧！我看得见离我们更近，也更要紧的东西——平原上有什么在移动！"

"有许多，"莱戈拉斯说，"是一大队步行者。但我能确定的仅此而已，也看不出他们可能是什么种族。他们离我们很远，估计有十二里格。不过，一马平川也很难目测距离。"

"那无所谓，我想我们已经不需要什么踪迹来告诉我们该往哪里走。"吉姆利说，"来，我们尽快找条路下到平原去吧。"

"奥克选了这条路；我看你也找不到更快的了。"阿拉贡说。

现在他们改在光天化日之下追踪敌人。那群奥克似乎在拼命全速赶路。三个追踪者不时发现落下或抛弃的东西：装食物的袋子、干肉皮和灰扑扑的硬面包皮，一件破烂的黑斗篷，一只踢上石头因而损坏的沉重的铁底鞋。那些踪迹领他们顺着崖顶朝北走，最后来到一道深裂谷前。一条水花四溅的溪流喧闹而下，蚀入岩石，形成了这道裂谷，在狭窄的裂罅中有一条崎岖下行的小路，像陡峭的楼梯那样降到草原上。

一下到谷底，他们意想不到地遽然踏入了洛汗草原。它像一片绿色的海洋，一直涌涨到埃敏穆伊的山脚下。从山上飞落而下的溪流隐入茂密生长的水芹和水生植物当中，他们听得见叮叮咚咚的水声，就在这些绿色的隧道中，小溪顺着绵长平缓的山坡朝远方恩特河谷的沼泽流去。冬天似乎已被抛在背后，固守在丘陵间止步不前。这里的空气更温暖也更柔和，还含着淡淡的清香，仿佛春天已经苏醒，活力已经再度在牧草和绿叶中奔涌。莱戈拉斯深吸了口气，恰似一个在不毛之地饱受干渴之苦的人大口畅饮清泉。

"啊！绿意盎然的气息！"他说，"这比睡一大觉还管用。我们这就拔足飞奔吧！"

"步履轻捷的人在这地上能跑得飞快。"阿拉贡说，"或许能胜过穿铁底鞋的奥克。现在，我们有机会缩短差距了！"

他们成一纵队，像追踪强烈气味的猎犬那样向前疾奔，眼中闪着热切的光芒。奥克行进时践踏出来的宽阔残迹几乎直奔正西方向，所过之处，洛汗丰美的草原无不被蹂躏得伤痕累累，狼藉一片。突然，阿拉贡叫了一声，转向一旁。

"稍等！"他高喊道，"先别跟着我！"他奔离主路，迅速跑向右边，因为他看见有没穿鞋的小脚印偏离其他印迹朝那边去了。不过，那些小脚印没走多远，就被从主路前后分出的奥克脚印踏过，然后那些脚印急转个弯，又回到原路，消失在纷乱的践踏痕迹里。在小脚印所到的最远处，阿拉贡弯腰从草地上捡起什么，然后跑了回来。

"没错，"他说，"很显然都是霍比特人的脚印。我想，是皮平的。他个头比别人都小。还有，看看这个！"他举起一样东西。它在阳光下闪闪发亮，看起来就像一片新舒展开来的山毛榉树叶，在这片没有树的草原上，它显得既美丽又突兀。

"精灵斗篷的别针！"莱戈拉斯和吉姆利异口同声叫道。

"罗瑞恩的树叶可不会无谓地掉落。"阿拉贡说，"这不是偶然掉在这里的，而是被刻意抛下，给任何可能追来的人做记号。我认为，皮平就是为此才从主路上跑开。"

"那么，至少他还活着！"吉姆利说，"而且还善用了急智，以及腿脚。这真叫人振奋！我们这一番追逐没有白费。"

"但愿他没为这个大胆的举动付出过于昂贵的代价。"莱戈拉斯说，"来吧！我们继续赶路！一想到这些欢乐的小家伙被像牲口一样驱赶，我就心急如焚。"

太阳升上中天，又慢慢地落下。薄云从南方远处的海上飘来，又被微风吹送而去。夕阳西沉，阴影从背后涨起，自东方伸出长长的手臂。三位猎手仍继续前进。从波洛米尔阵亡到现在，已经过了整整一天，而奥克依然遥遥领先。在平坦的草原上，不见一点他们的踪影。

在夜幕四合之际，阿拉贡停了下来。他们奔行了一整天，中间只短暂休息过两次，此地距离今天破晓时他们所站的东面山障，已经有十二里格远。

"我们这下面临一个艰难的选择了。"他说，"是该趁夜休息，还是该趁意志与体力尚存时，一鼓作气地赶路？"

"如果我们停下来睡觉，敌人却不休息，那他们就会把我们远远甩在背后。"莱戈拉斯说。

"就算是奥克，行军时肯定也得停下来休息吧？"吉姆利说。

"奥克极少公然顶着太阳赶路，这些奥克却偏偏那么做。"莱戈拉斯说，"他们肯定不会趁夜休息。"

"但我们趁夜赶路的话，就没法追踪他们。"吉姆利说。

"就我双眼能见的距离，他们走的路是笔直朝前，既未左转也未右转。"莱戈拉斯说。

"我也许可以领你们摸黑沿着猜测的路线走，不偏离主路，"阿拉贡说，"但是，如果我们走岔，或者他们中途转向，那等天亮后，我们就可能要耽误很久才能重新找到正路。"

"另外还有一点，"吉姆利说，"只有在白天，我们才能看见有没有人离群另走别路。如果有俘虏逃脱，或者其中一个被带走了——比如，往东朝大河走，向魔多去了——那我们就有可能错过迹象，却一无所觉。"

"这话很对。"阿拉贡说，"不过，如果先前那边的蛛丝马迹我都解读正确，那么归属白手一方的奥克应该占了上风，现在整队人马是朝艾森加德而去。他们眼前所走的路也证实了我的猜测。"

"可一口咬定这就是他们的计划，也未免轻率。"吉姆利说，"而且，逃脱的事要怎么解释？要是在黑夜，我们就会错过那些使你发现别针的迹象了。"

"从那之后，奥克一定加强了守卫，俘虏也会变得愈发虚弱。"莱戈拉斯说，"除非我们策划相助，否则应该不会再有逃脱的事了。至于要怎么助他们逃脱，现在还很难说，但首先我们必须赶上他们。"

"可即便是我这个有过不少跋山涉水经验的矮人——我在族人中也算能吃苦的——一样没法脚不停步地一口气直奔到艾森加德。"吉姆利说，"我内心也焦急万分，希望能尽快出发，但我现在必须休息一下，才能跑得更快。而我们若要休息，那么伸手不见五指的黑夜正是休息的时候。"

"我说过，这是个艰难的选择。"阿拉贡说，"我们要怎么解决争议呢？"

"你是我们的向导，你也富有追踪的经验。"吉姆利说，"该由你做主。"

"我的心恳求我前进，但我们必须团结。"莱戈拉斯说，"我会遵从你的决定。"

"你们把选择权交给了一个差劲的决策者。"阿拉贡说，"自从我们穿过阿刚那斯，我的选择全都出了差错。"他沉默下来。夜色渐浓，他朝北方和西方凝视了很长一段时间。

"我们不摸黑赶路。"他最后说，"在我看来，偏离正路、错失其他往来的迹象，这类风险带来的后果更严重。如果月亮够亮，我们本可以趁着月光赶路，但是，唉！他落得早，且又刚开始转盈，光辉微弱。"

"今晚他还躲起来了。"吉姆利咕哝道，"要是夫人送光给我们就好了，就像她给弗罗多的礼物那样！"

"那个礼物是赠给了更需要它的人。"阿拉贡说，"弗罗多肩负着真正的使命。当今种种风起云涌当中，我们这个使命不过是小事一桩。这趟追击也许从开始就是徒劳一场，无论我做什么选择，都于此无损亦无补。总之，我拿定主意了，所以让我们充分利用这段时间休息吧！"

他倒在地上，立刻睡着了。自从他们在托尔布兰迪尔的阴影下过夜之后，他就再没合过眼。天亮前他醒来起身时，吉姆利还在呼呼大睡，莱戈拉斯却已站在那里，凝视着北方的黑暗，像一棵年轻的树，立在无风的夜里，若有所思，静默无声。

"他们走得极远了。"他悲伤地说，转身面对阿拉贡，"我心里知道，他们这一夜并未歇息。现在，只有鹰能追上他们了。"

"即便如此，我们仍然要尽力追赶。"阿拉贡说，弯腰摇醒矮人，"起来了！我们得上路了。猎物的气味正在消散。"

"可是天还没亮！"吉姆利说，"太阳不出来，哪怕是莱戈拉斯站在山顶上也看不见他们。"

"站在山顶上也好，平原上也罢，无论月亮出来还是太阳出来，恐怕他们都已经出了我眼力可及的范围了。"莱戈拉斯说。

"眼力不及之际，或许可以指望大地给我们捎信。"阿拉贡说，"大地在那些可恨的脚下必会发出呻吟。"他伸展四肢趴下，将耳朵紧贴在草地上。他一动不动地趴了好一阵，久得让吉姆利怀疑他若不是晕过去了，就是又睡着了。天际露出了鱼肚白，渐渐地，他们四周蒙蒙亮起来。终于，他起身，两位友人这才看见他的脸：苍白憔悴，神色忧虑。

"大地传来的声音很模糊，又混乱不清。"他说，"我们周围方圆几哩之内都渺无人迹。敌人的脚步声微弱又遥远，马蹄的声音却很大。这让我想起，这声音我就连躺在地上睡觉时都曾听到，打扰了我的梦境——马疾驰着从西边经过。但他们现在是朝北骑，离我们越来越远。我真想知道这片土地上出了什么事！"

"我们上路吧！"莱戈拉斯说。

于是，第三天的追击开始了。在这多云时晴的漫长一天中，他们几乎马不停蹄地追赶，时而大步疾行，时而奔跑，仿佛什么疲倦都扑灭不了内心燃烧的那把火。他们很少说话。他们穿过广阔孤寂的原野，身上的精灵斗篷几乎与灰绿草原的背景融为一体，即便是在中午清爽的阳光下，若非近在咫尺，大概也只有精灵的眼睛能注意到他们。他们时常在心中感谢罗瑞恩的夫人赠了**兰巴斯**，因为这种食物他们可以边跑边吃，重续体力。

一整天，敌人的踪迹始终径直朝西北方前进，既没有中断也没有转弯。白昼又将结束的时候，他们来到了一处无树的长斜坡，地势在此上升，向前方连绵一线的低矮山岗隆起。奥克的踪迹拐向北朝山岗而去之后，变得更不易察觉，因为地面变得更坚硬，草也变短了。在左边远方，青绿的地面上有一弯银线，那是蜿蜒的恩特河。四野中不见任何移动之物。阿拉贡不时感到奇怪，因为他们一直不见人迹或兽踪。洛希尔人绝大多数居住在南边数里格开外，在白色山脉那森林覆盖的山缘，那道山脉这会儿正隐藏在云雾之中。但是，驭马者以前在他们领土的东边区域——也就是东埃姆内特[1]——还保有大批牧群和种马，即便是冬天，都有野营住在帐篷里的游牧人家四处漫游。可是现在整片大地空荡荡的，还笼罩着一种显然不是和平宁静的死寂。

傍晚时分，他们再次停下。此时，他们已经穿过洛汗平原奔行了二十四里格，天然屏障埃敏穆伊已消失在东方的阴影中。渐盈的月亮在朦胧的天空中发光，但光辉十分微弱，群星则悉数不见。

"我们这一整场追击，要说我最不情愿休息的时机——哪怕仅仅是停顿——就数现在了。"莱戈拉斯说，"奥克在前方疾奔，活像索隆亲自在后挥鞭驱赶。恐怕他们已经抵达森林和黑暗的丘陵，这会儿没准正在进入树林深处。"

吉姆利把牙咬得咯吱响："我们抱着希望，付出这么多辛劳，结局就这么惨痛吗？"

"就希望来说，或许如此，就辛劳而言却不然。"阿拉贡说，"我们不该在此回头。但我觉得疲惫。"他回过头，顺着来路望向聚拢在东方的夜暗，"这个地方有什么奇怪的东西在作祟。我怀疑这种寂静，我甚至怀疑这惨白的月亮。群星黯淡，我觉得空前地疲惫——按说有如此清晰的踪迹可追踪，哪个游民都不该觉得这么疲惫。有种意志力给我们的敌人增添了动力，却给我们面前设下了不可见的屏障。这种疲惫与其说是来自肢体，不如说是起自内心。"

"没错！"莱戈拉斯说，"刚下了埃敏穆伊，我就有所感觉。那种意志不是在我们背后，而是在我们前方。"他伸手指向远方，指向一弯月牙下洛汗西部那黑黢黢的大地。

"萨茹曼！"阿拉贡从牙缝里说道，"但他休想让我们回头！我们必须再休息一次，因为，瞧！就连月亮都要被聚拢的浓云遮住了。但是，天亮之后，我们就往北走，取道山岗和沼泽之间。"

一如既往，莱戈拉斯是第一个起来的——如果他当真睡过的话。"醒醒！快醒醒！"他喊道，"这是个红色黎明。在森林边缘有奇怪的事在等待我们。是吉是凶，我不知道，但我们受到了召唤。醒醒！"

其余两人一跃而起，几乎立刻就又出发了。渐渐地，山岗越来越近。离中午还有一个钟头时，他们抵达了那片山岗——一座座青绿的山坡爬升之后，化成光秃秃的山脊，连成一条直线向北延伸。脚下的地面很干，地上的草很短，在他们和蜿蜒深入幽暗的芦苇丛与灯芯草丛的河流之间，横着一条大约十哩宽的带状洼地。就在最南那座山坡的西侧，有一大圈草皮被众多粗野的重靴践踏得一塌糊涂。奥克的踪迹从此处再次朝外奔行，沿着干燥的丘陵边缘转向北方。阿拉贡停下来仔细察看那些痕迹。

"他们在这里休息了一阵，"他说，"但就连离开的踪迹都相当久了。莱戈拉斯，恐怕你的直觉是对的。我估计，奥克待在我们现在站的地方，已经是一天半以前的事了。假使他们保持先前的速度前进，那么昨天傍晚太阳下山时，他们就该抵达范贡森林的边界了。"

"无论是北边还是西边，我都只能看见远处逐渐没入薄雾中的青草。"吉姆利说，"如果我们爬到山丘上去，能看见森林吗？"

"森林还很远。"阿拉贡说，"我要是没记错，这片山岗向北延伸出八里格甚至更远，然后，从那里往西北到恩特河的发源处，中间还隔着相当辽阔的一片大地，那段路或许又是十五里格。"

"好吧，那我们就继续前进。"吉姆利说，"我的腿可不能惦记着那有多少哩数！我的心情要是不那么沉重，这两条腿多半会更愿意挪动。"

　　当他们终于接近这一线山岗的尽头时，太阳已经开始西沉。他们一鼓作气跋涉了好几个钟头，现在前进的速度慢了下来，吉姆利也驼了背。无论是辛勤劳作还是旅途劳顿，矮人都吃苦耐劳、坚硬如石，但随着心中的希望彻底破灭，他也开始被这场无止境的追逐磨垮了。阿拉贡走在吉姆利后面，脸色凝重，不发一语，不时弯腰察看地面留下的脚印和痕迹。只有莱戈拉斯依旧举步轻快，几乎是脚不沾草，所过之处落脚无痕。他从精灵的行路干粮中汲取了所需的一切营养，他甚至还可以光天化日之下一边睁眼行走一边睡觉——假使人类能把这称为睡觉的话——让思绪在精灵梦境的奇特进程中休息。

"我们爬到这座绿色的山丘顶上去吧！"他说。他们疲惫地跟着他爬上长长的山坡，终于来到山顶。这座圆形的山丘是一列山岗的最北一座，独自矗立，光秃而平坦。夕阳西沉，暮色如帘幕般降下。他们孤零零地置身在这个灰蒙蒙一团的世界里，四周不见地貌标识，唯独远在西北方，有片更浓的暗影衬着逐渐暗下来的天光——那是迷雾山脉，还有它山麓的森林。

"我们在这里见不到任何可以指路的东西。"吉姆利说，"再说，现在我们又得停下来过夜了。这会儿变得冷起来了！"

"这风是从北方雪地吹来的。"阿拉贡说。

"它在天亮之前会变成东风。"莱戈拉斯说，"不过你们要是必须休息，那就休息吧。只是，别放弃全部希望。明日还是未知之数。忠告经常随着旭日东升而来。"

"我们这一路追击，太阳已经升起三次，却没给我们任何建议。"吉姆利说。

夜里，天气变得越来越冷。阿拉贡和吉姆利时睡时醒，每次醒来，都看见莱戈拉斯不是站在他们旁边，就是在来回踱步，轻声用精灵语唱着歌给自己听。而随着他的歌声，灿亮的群星出现在漆黑的穹苍中。黑夜就这样过去了。他们一起看着无遮无挡的曙光缓缓浮现在天际，直到一轮朝阳终于升起，苍穹万里无云。寒风已向西吹去，所有的雾气都消散了。在刺眼的光芒下，辽阔荒凉的大地在四周铺展开去。

在前方和东方，他们见到了多日以前就已从大河上瞥见的那片多风高地——洛汗北高原。此地西北方矗立着幽深的范贡森林，森林那阴暗的外沿还远在十里格开外，更远处的坡地则隐入了远方的朦胧里。再远一些，美塞德拉斯在微光中遥遥高耸着，洁白的峰顶仿佛飘浮在一团灰云中；这便是迷雾山脉的最后一座山峰。恩特河从森林中流出，迎向山脉，这一程流得狭窄又湍急，水流冲刷着河道，深深切出陡峭的两岸。奥克的踪迹转离山岗，直奔河流而去。

阿拉贡锐利的目光循着踪迹投向恩特河，又从河折回投向森林。他看见远处一片绿色中有一团飞快移动的模糊黑影。他扑倒在地，又开始专注聆听。而莱戈拉斯站在他旁边，修长的手遮在明亮的精灵双眼上方。他看见的既不是黑影，也不模糊，而是一群骑兵的小小身影，他们人数众多，长矛的尖端反射着晨光，就像凡人目力觉察不到的细微星光。在那群骑兵背后的远处，一缕缕黑烟正在袅袅上升。

空旷的原野上一片寂静，吉姆利听得见风过长草的声音。

"骑兵！"阿拉贡叫道，一跃而起，"有许多骑着快马的骑兵正朝我们奔来！"

"确实，"莱戈拉斯说，"共有一百零五人。他们发色金黄，长矛雪亮。他们的领队非常高大。"

阿拉贡露出微笑："精灵的眼力可真敏锐！"

"这倒不是！那些骑兵离我们只有五里格多一点。"莱戈拉斯说。

"不管是五里格还是一里格，我们在这种光秃秃的地方都逃不过。"吉姆利说，"我们是在这里等他们，还是继续走我们的？"

"我们在这里等。"阿拉贡说，"我累了，我们的追击也已失败——或者说，至少别人抢先了我们一步，因为这些骑兵是顺着奥克的踪迹往这边奔来。我们也许能从他们那里打听点消息。"

"或者挨上几记长矛。"吉姆利说。

"有三匹马空着马鞍，但我没看见霍比特人。"莱戈拉斯说。

"我没说会听到好消息。"阿拉贡说，"但无论吉凶，我们在这里等就是。"

于是三个伙伴离了山顶，慢慢步下北边山坡，因为他们映衬着苍天站在那里太显眼了。在离山脚还有一小段路的地方，他们停下来，裹紧了斗篷，三人紧挨着彼此，在凋枯的草地上坐下。时间缓慢、凝重地流逝。风不大但刺骨。吉姆利十分不安。

"阿拉贡，你对这些骑兵了解多少？"他说，"我们该不是坐在这里等着横死吧？"

"我也曾是其中一员。"阿拉贡回答，"他们骄傲又固执，但待人真诚，所想所为都慷慨大度，勇敢但不残酷，明智却没受过教化，从不著书立说，但传唱诸多歌谣，仍遵从着黑暗年代之前人类儿女的风俗。但我不清楚近来此地发生过何事，也不知道如今洛希尔人夹在叛徒萨茹曼和索隆的威胁之间，究竟持什么态度。他们和刚铎人民虽然并非同族，但长久以来一直都是朋友。在很久以前那段无人记得的岁月里，年少的埃奥尔带领他们离开了北方。他们跟河谷邦的巴德一族，以及森林中的贝奥恩一族，亲缘关系反而更近。在那两族当中仍能见到许多高大英俊的金发男人，就跟洛汗骠骑一样。无论如何，他们绝不可能喜欢奥克。"

"但是甘道夫提到，有谣传说他们给魔多进贡。"吉姆利说。

"我跟波洛米尔一样，并不相信。"阿拉贡回答。

"你们很快就会知道真相了。"莱戈拉斯说，"他们就快到了。"

终于，连吉姆利都听见远处传来了马蹄疾驰的声音。那些骑兵循着踪迹，已经转离恩特河，正逐渐接近山岗。他们策马飞驰，犹如一阵疾风。

清晰有力的呼喝声这时响亮地从原野上传来。刹那间，他们迅雷般疾奔而至。领头的骑手一转方向，绕过山脚，带着大队人马沿着山岗的西缘重新往南而去。众人跟在他后面奔驰——长长一队身披铠甲的男子，行动迅捷，甲胄闪亮，看上去勇猛又英俊。

他们胯下的马高大又强壮，四肢匀称，灰色的皮毛闪亮，长长的尾巴随风飞扬，高昂的脖颈上鬃毛都编结起来。骑马的人类与马匹非常相配：高大、臂修腿长，轻型头盔下淡黄色的头发编成长长的发辫，飘飞在后。他们的面容坚定又热切。他们手中握着白蜡木长矛，彩绘的盾牌甩在背后，长剑挂在腰间的皮带上，铮亮的铠甲往下直覆到膝盖。

他们两两一组，呈一纵队疾驰而过。虽然不时有人从马镫上立起向前方和左右张望，却显然没发觉有三个陌生人默坐在旁，注视着他们。大队人马即将过完之际，阿拉贡突然长身而起，大声喊道：

"洛汗的骠骑啊，北方有些什么消息？"

他们以惊人的速度和精湛的骑术勒住坐骑，拨转马头，接着纵马围了上来。三个伙伴很快就被奔驰的骑兵团团围住，骑兵们驰上他们背后的山坡又驰下，一圈又一圈，并且渐渐缩小了包围圈。阿拉贡不发一语地伫立，另外二人坐着一动也不动，拿不准事态会往哪个方向发展。

未发一语也未出一声，骑兵们猝然停住。密集的长矛同时指向三个陌生人。有些骑兵摘弓在手，箭已上弦。接着，一人纵马上前，他比其余骑兵都更高大，头盔顶上飘扬着一束白色的马尾，作为冠缨。他骑上前来，直到手里的长矛尖端离阿拉贡的胸口不足一呎。阿拉贡纹丝不动。

"你是谁，来此有何目的？"那个骑手用西部的通用语问，态度和语气都和刚铎的人类波洛米尔如出一辙。

"人称我大步佬。"阿拉贡说，"我来自北方，正在追猎奥克。"

骑手一跃下马，将长矛交给另一个骑上前来并下马侍立在侧的人。他拔出剑，与阿拉贡对面而立，仔细打量着对方，目光中不无惊异。末了，他才又开口。

"起先我还以为你们根本就是奥克，"他说，"不过现在我发现不是这么回事。你们要是这个样子去追猎奥克，那就实在太不了解他们了。奥克行动迅速，全副武装，并且人数众多。假使你们真能追上他们，多半会从猎手变成猎物。不过，大步佬，你这人有些奇怪。"他清亮的目光再次落在游民身上，"你报出的名字不像人类的名字，你身上的装束也很奇怪。你是从草里头蹦出来的吗？你是怎么躲过没被我们看见的？你是不是精灵族人？"

"不。"阿拉贡说，"我们当中只有一个是精灵，就是来自远方黑森林王国的莱戈拉斯。但我们途经洛丝罗瑞恩，带着那地夫人的赠礼与恩惠。"

骑手打量着他们，惊异更甚，眼神却严厉起来。"如此说来，真如古老的传说所言，金色森林里有个夫人！"他说，"他们说，很少有人逃得出她的罗网。当今时日可真是怪不可言！不过，你们要是蒙她恩惠，那么就可能也是织网者和施术师。"突然间，他目光森冷地扫向莱戈拉斯和吉姆利，"沉默的各位，你们为什么不开口？"他诘问道。

吉姆利起身，叉开双脚稳稳站着，一手紧抓着斧头的斧柄，黑眼睛里光辉一现："驭马的，你报上名来，我就给你听听我的名号，还要给你些别的。"

"按说，陌生人理当先报上名号。"骑手低头瞪着矮人说，"不过，我乃伊奥蒙德之子伊奥梅尔，人称里德马克的第三元帅。"

"那么，伊奥蒙德之子伊奥梅尔、里德马克的第三元帅，就让格罗因之子、矮人吉姆利警告你别再说蠢话。你污蔑了你做梦都想不到的美好事物，唯一算你情有可原的理由就是你头脑简单。"

伊奥梅尔双眼冒火。洛汗的人类都愤愤地低声咒骂，聚上前来，把长矛逼得更近。"矮人大爷，你那颗脑袋但凡离地再高出那么一点，我就会把它连同胡子之类一并砍掉。"伊奥梅尔说。

"他可不是孤立无援！"莱戈拉斯说，以迅雷不及掩耳之势拉弓搭箭，"你不等出手就会送命。"

伊奥梅尔举起了剑，事情眼看要糟，幸而阿拉贡一跃挡在双方之间，举手调停。"请见谅，伊奥梅尔！"他叫道，"等你了解详情，你就会明白你为什么激怒了我的伙伴。我们对洛汗，对这里的居民——无论是人还是马——都没有恶意。你动手之前，难道不肯先听听我们的说法吗？"

"好吧。"伊奥梅尔说，垂下了手中的剑，"不过，如今世道人心叵测，在里德马克游荡的人最好聪明点，别那么目中无人。先告诉我你的真名。"

"你先告诉我你为谁效力。"阿拉贡说，"你是魔多的黑暗魔君索隆的朋友还是敌人？"

"我只为马克之王、森格尔之子希奥顿效力。"伊奥梅尔答道，"我们不为远方黑暗之地的力量效力，但我们也还没向他公开宣战。如果你们正要逃离他的魔爪，那最好离开这片土地。现今我们的边境全线都有麻烦，我们正受到威胁；但我们只渴望自由，希望像过去那样生活，洁身自好，不为外邦的君主效力，无论他是善是恶。在以往太平的年日里，我们是很好客的，但眼下这种时机，不请自来的陌生人会发现我们反应迅速，态度强硬。快说！你是谁？**你**为谁效力？你们奉了谁的命令，到我们的地界里追猎奥克？"

"我不为任何人效力，"阿拉贡说，"但索隆的爪牙无论跑到谁的地界里，都是我追杀的对象。凡人中没多少人比我更了解奥克，而我若非别无选择，也不会以这种方式追猎他们。我们追击的这群奥克俘虏了我的两个朋友，救人要紧。当此情境，一个没有马可骑的人自然会徒步奔跑，同时不会乞得应允之后才去追踪敌人。至于敌人的人数，他也只会用剑去数。我并非赤手空拳。"

阿拉贡将斗篷往后一甩，握紧精灵剑鞘，拔出安督利尔。剑鞘应他之触闪闪发光，雪亮的宝剑出鞘，犹如一道倏然腾起的烈焰。"埃兰迪尔在上！"他喊道，"我是阿拉松之子阿拉贡，又被称为'精灵宝石'埃莱萨、杜内丹，我乃刚铎的埃兰迪尔之子伊熙尔杜的继承人。这就是那重铸的断剑！你准备帮助我还是阻拦我？快做选择！"

吉姆利和莱戈拉斯惊异地看着这位同伴，他们过去从未见过他露出如斯神态气势。他的身形似乎骤然拔高了，伊奥梅尔则相应缩小了。他们在他英气勃发的脸上，短暂捕捉到了那两座石雕王者的力量与威势。有那么片刻，在莱戈拉斯的眼中，阿拉贡的额上跃动着一环白焰，就像一顶耀眼的王冠。

伊奥梅尔后退一步，面露敬畏。他垂下了骄傲的双眼。"这确实是奇怪的年代。"他低声说，"梦境和传说都从草里蹦出来，变成真的了。"

"大人，请告诉我，你为何前来此地？"他说，"刚才那些晦涩不明的话又是什么意思？德内梭尔之子波洛米尔为了寻找一个问题的答案，已经离开了很久，而我们借给他的马独自归来，不见骑手。你从北方带来了什么命运？"

"我带来的，是做出抉择的命运。"阿拉贡说，"请你转告森格尔之子希奥顿：战事摆在他面前，他要么与索隆对抗，要么跟索隆同流合污。如今没有谁还能像过去那样生活，也没多少人还能'洁身自好'。但这些重大问题，我们稍后再说。有机会的话，我会亲自去见你们的国王。现在我有迫切需求，我请求得到帮助——或至少听到消息。你已经知道我们在追击一伙绑走我们朋友的奥克。你有什么能告诉我们的？"

"你不必再追了。"伊奥梅尔说，"那伙奥克已经被消灭了。"

"那我们的朋友呢？"

"除了奥克我们没发现别的人。"

"这可太奇怪了。"阿拉贡说，"你们查看尸体了吗？除了那些奥克模样的，真的没别的尸体了？他们的个子很小——你们会觉得只有孩子大小——没穿鞋，但穿着灰色的衣服。"

"现场既没有矮人，也没有孩子。"伊奥梅尔说，"我们清点了所有的尸体，搜去了他们的装备，然后就照着我们的风俗，把尸体堆起来烧掉了。那灰烬还在冒烟呢。"

"我们说的既不是矮人也不是孩子。"吉姆利说，"我们的朋友是霍比特人。"

"霍比特人？"伊奥梅尔说，"这是什么族类？名字真奇怪。"

"奇怪的名字配奇怪的族类。"吉姆利说，"但这些人是非常亲密的朋友。看来你们在洛汗听过那些困扰米那斯提力斯的话。那些话提到了半身人，而这些霍比特人就是半身人。"

"半身人！"那个站在伊奥梅尔身边的骑手大笑起来，"半身人！可那只不过是北方传来的古老歌谣和童话中才有的小种人。我们这是进了传说故事，还是大白天站在绿草地上啊？"

"这两条都没错。"阿拉贡说，"因为将要创作我们这个时代的传说故事的，不是我们自己，而是后人。你说绿草地？那可是传说中的重头戏，尽管如今你是在白日照耀之下脚踩着它！"

"大人，时间紧迫，我们必须向南赶路。"那个骑手说，没理会阿拉贡所言，"我们别管这几个脑袋发昏的家伙了，他们爱怎么胡思乱想都无所谓。要么我们就把他们绑了，带去见国王。"

"伊奥泰因，别吵！"伊奥梅尔用洛汗本地的语言说，"先离开我一会儿。叫**伊奥雷德**[2]在路上集合，准备好骑往恩特浅滩。"

伊奥泰因嘟囔着退下，去跟其他人传话。没一会他们就全都退开，留下伊奥梅尔独自和三个伙伴相处。

"阿拉贡，你说的话句句都很奇怪。"他说，"但你没说假话，这显而易见——马克的人类不说谎，因此他们也不容易受骗。不过你也没说出全部实情。现在，你愿不愿意把你们的任务说得详细一点，好让我判断该怎么做？"

"数月前，我从谜语诗里称为伊姆拉缀斯的那个地方出发。"阿拉贡说，"米那斯提力斯的波洛米尔同我一起上路。我的任务是跟着德内梭尔的儿子到那座城去，帮助他的人民作战对抗索隆。不过，与我同行的众人身负其他任务，任务是什么，我现在不能说。灰袍甘道夫当时是我们的领队。"

"甘道夫！"伊奥梅尔叫道，"灰衣[3]甘道夫在马克算得上有名。不过，我警告你，他的名字可再也不受国王待见了。人们记得他曾来访这片土地多次，他总是想来就来，有时候过一季就来，有时候好几年才来，而奇怪的事总是接踵而至。现在有人说，他是引来邪恶的人。

"的确，自从他夏天来过之后，一切都出了问题。从那时候开始，我们跟萨茹曼有了纠纷。在那之前我们都把萨茹曼当作朋友，但是甘道夫来了，警告我们艾森加德正在准备突然开战。他说他自己就曾被囚禁在欧尔桑克，好不容易才逃了出来，同时他请求帮助。但是希奥顿不肯听他的话，于是他走了。你们可别在希奥顿面前大声提起甘道夫的名字！国王正火大呢，因为甘道夫拐走了那匹名叫捷影的马，它可是国王所有的马中最宝贵出色的一匹，是美亚拉斯之首，只有马克之王才能骑它。这种骏马的血统是承自埃奥尔那匹伟大的神驹，能懂人言。七天之前，捷影回来了，但国王的怒气并未因此平息，因为现在那匹马变得很野，不容任何人驾驭。"

"这么说来，捷影已经自己寻路从遥远的北方回来了。"阿拉贡说，"甘道夫跟他就是在那里分手的。但是，哀哉！甘道夫再也不能骑马了。他跌入了墨瑞亚矿坑的黑暗，一去不返。"

"这个消息太沉重了！"伊奥梅尔说，"至少我，还有许多人，都这么觉得。但不是所有人都这么想，等你见到国王，你就知道了。"

"这片土地上的人们，谁也意识不到这个消息有多惨痛，尽管今年过不了多久，他们就会受到它的严重影响。"阿拉贡说，"但是，伟人既已倒下，常人必须挺身而出。我担起了责任，引导队友走过墨瑞亚之后的长路。我们穿过罗瑞恩而来——关于那个地方，你最好别再信口开河——从那里开始，我们沿大河而下，走了许多里格，一直到了涝洛斯大瀑布。在那里，波洛米尔被你们消灭的那群奥克杀害了。"

"你带来的尽是噩耗！"伊奥梅尔惊愕地喊道，"他的死对米那斯提力斯、对我们所有人来说，都是巨大的损失。那是位杰出可敬的人啊！人人都称赞他。他很少到马克来，因为他总是在东边防线上作战，但我见过他。我觉得，他更像埃奥尔热情冲动的子孙，而不像刚铎那些严肃的人类。若是时机成熟，事实很可能会证明他是统领人民的伟大领袖。不过，我们还没从刚铎收到这个悲痛的消息。他是什么时候牺牲的？"

"从他被杀到今天，已经四天了。"阿拉贡答道，"自从那天傍晚起，我们就从托尔布兰迪尔的阴影下展开了这趟旅途。"

"徒步吗？"伊奥梅尔叫道。

"不错，正如你现在所见。"

伊奥梅尔眼中浮现出浓浓的惊异之色。"阿拉松之子，大步佬这名字实在配不上你。"他说，"我会叫你'飞毛腿'。你们三人的这项事迹，该在众多殿堂中颂唱。四天不到的时间，你们竟然奔行了四十五里格！埃兰迪尔一族的人可真是强壮！

"但是大人，现在你想让我怎么做呢！我必须快马加鞭回到希奥顿那里去。我在自己人面前说话必须小心。我们还没有跟黑暗之地公开宣战，这固然不假，然而有些亲近国王的人，却尽出些懦弱的馊主意，而战争正在逼近。我跟所有赞同我的人都说：我们不会抛弃往昔与刚铎立下的盟约，当他们奋战时，我们会助他们一臂之力。东马克是第三元帅的领地，受我管辖。我已经将我们所有的牲口和牧人都迁了出来，撤过了恩特河。此地除了卫兵和敏捷的斥候，没有留下任何人。"

"这么说，你们没有向索隆进贡喽？"吉姆利说。

"我们现在没有，也从来没有这么做过。"伊奥梅尔说，眼中怒火一闪，"不过我听说外面流传过这种谎言。数年之前，黑暗之地的君主想用重金跟我们买马，但我们拒绝了他，因为他用牲口从事邪恶的勾当。于是，他派出奥克来劫掠，能抢的全都抢走，并且总是挑黑马——现在我们的黑马已经所剩无几了。因为这个缘故，我们跟奥克结下了深仇。

"但眼下我们最主要的敌人是萨茹曼，他宣称自己拥有统治这一整片土地的权力。我们双方已经开战好几个月了。他命奥克为他效力，还有狼骑兵和邪恶的人类，他还封锁了洛汗豁口，不让我们通过，使我们很可能东西两面受敌。

"对付这样一个敌人，实在是棘手。他是个狡猾又精通幻术[4]的巫师，化身伪装多种多样。人们说，他四处出没，模样是个身披斗篷、头戴兜帽的老人，许多人现在回忆起来，都说很像甘道夫。他的奸细渗透进每一道防线，他那些携着凶兆的鸟飞遍天空。我不知道这一切会怎么收场，我内心异常担忧，因为我觉得他的朋友并不都住在艾森加德。但如果你前往王宫，你可以亲自判断。你不跟我来吗？我以为，上天是在我有困惑与需要时，差你来助我的。我这个希望会落空吗？"

"我能去时必定会去。"阿拉贡说。

"那现在就来吧！"伊奥梅尔说，"在这邪恶的时期，埃兰迪尔的继承人绝对会成为埃奥尔子孙的助力。就连现在，西埃姆内特也有战事，我怕形势可能会变得对我们不利。

"其实，我这次骑马到北边来，并未取得国王允准，因为我若是不在，守卫王宫的兵力就所剩无几。但斥候给我传来警讯，说四天之前有一队奥克从东面山障下来。他们报告说，其中有些奥克佩戴着萨茹曼的白色徽记。我怀疑这正是我最担心的情况，也就是欧尔桑克与邪黑塔结盟，于是我领了我的**伊奥雷德**——也就是我自己家族的人马——出发。两天前入夜时，我们在恩特森林的边界附近追上了那帮奥克。我们在那里包围了他们，昨天拂晓时发动了攻击。唉！我损失了十五个人，还有十二匹马。因为奥克的数量比我们估算的还多，有其他从东边渡过大河而来的奥克与他们会合——从这里再往北一点，就可以明显看见他们的踪迹。另外从森林里也出来了一些，都是些强大的奥克，也都佩戴艾森加德的白手徽记。这种奥克比其他种类的奥克都更强壮，也更凶残。

"虽然如此，我们还是歼灭了他们。但我们走得太远了，南边和西边都需要我们。你不跟我来吗？如你所见，我们有多余的马。你的剑绝不会赋闲。当然，我们还可以让吉姆利的斧头和莱戈拉斯的弓箭派上用场，如果他们肯原谅我刚才对那位森林夫人口出轻慢之言。我只是说出了我们这地所有人的说法，但我会欣然去了解更多详情。"

"我要感谢你这番明白事理的话，我内心也渴望与你同去。"阿拉贡说，"但是，只要有一线希望，我就不能弃朋友于不顾。"

"一点希望也没有了。"伊奥梅尔说，"你在北边边界上找不到你的朋友了。"

"但我的朋友并不在后方。我们在离东面山障不远处，曾找到一个确定无疑的信物，表明当时他们至少还有一人活着。而从东面山障一路直到这片山岗，我们都没找到他们的其他踪迹，也没有什么痕迹转往别的方向而去——除非我丧失了追踪的全副本事。"

"那么，你觉得他们怎么了？"

"我不知道。他们本来可能混杂在奥克当中被杀并被烧掉了，但你会说那不可能，我便也不担心这种情况。我只能猜想，在战斗打响之前，或许还在你们包围敌人之前，他们就已经被带进了森林。你能保证，没人能用这种方式逃脱你们的罗网吗？"

"我保证，在我们看见奥克之后，没有一个逃脱。"伊奥梅尔说，"我们比他们先抵达森林的边缘，如果在那之后有任何生物突破我们的包围圈，那肯定不是奥克，而且得拥有某种精灵的力量才行。"

"我们的朋友打扮得就跟我们一样，"阿拉贡说，"而你们大白天从我们旁边经过时，却对我们视而不见。"

"我倒忘了这点！"伊奥梅尔说，"要在这么多不可思议之事中确认什么，可真不容易。整个世界都变得奇怪了！精灵和矮人结伴，走在我们日常过活的草原上；居然有人在跟森林夫人说过话后还留得一命；还有那柄早在我们的祖先驰来马克之前就已折断的宝剑，竟然回来参战了！在这样的时代，一个人该如何判断自己该做什么？"

"他过去如何判断，现在就如何判断。"阿拉贡说，"善恶从来都不曾改变。它们在精灵和矮人当中，与在人类当中并无不同。人有责任辨别善恶，无论他是身在金色森林中，还是自己家园里。"

"确实是这样。"伊奥梅尔说，"我不怀疑你，也不怀疑自己本心要做之事。然而，我不能随心所欲。若无国王本人首肯，让陌生人在我们的土地上随意游荡，就是违背我国律法，而在现今这段危机四伏的时期，命令也执行得更严格。我已请求你自愿跟我一同回去，而你拒绝了。我极不情愿发动一场以百击三的战斗。"

"我认为你们的律法并非为这样的机遇制定，而我其实并不是陌生人。"阿拉贡说，"我曾经来过这片土地，而且来过不止一次。我也曾与洛希尔人的大军并辔驰骋，不过那时我用的是另一个名字、另一副装扮。我从前没见过你，因为你还年轻，但我曾与你父亲伊奥蒙德相熟，也与森格尔之子希奥顿相熟。若是在过去，此地任何一位王侯将帅都不会强迫哪个人放弃像我现在身负的这样的使命。至少我的职责很明确，就是继续向前。好了，伊奥蒙德之子，你终究是要做出选择的。要么帮助我们，顶不济也让我们自由离去，要么就设法执行你们的律法——但假使你这么做，能返回你们的战场或回到国王身边的人数，可就要减少了。"

伊奥梅尔沉默了片刻，然后开口了："我们彼此都身负紧急要务。"他说，"我的人马急着要走，你的希望也随时间流逝而消减。这是我的选择：你们可以走，除此之外，我还要借给你们坐骑。我唯一的要求是：等你们或是达成使命，或是确定徒劳一场之后，请带着马渡过恩特浅滩，回到埃多拉斯高山上的美杜塞尔德，希奥顿王所在的宫殿。如此，你就可以向他证明，我没有判断错误。我这样做，是将我自己，可能连同这条性命一起，都押在了你的善意上。不要失约。"

"我绝不会。"阿拉贡说。

当伊奥梅尔下令将多余的马匹借给陌生人时，他手下众人大为惊诧，许多人都投来疑虑不满的目光，但只有伊奥泰因敢公然开口。

"把马借给这位自称是刚铎一族的大人，或许还说得过去。"他说，"但是，有谁听说过把马克的马借给矮人？"

"没人听说过。"吉姆利说，"也不用费事了——将来也不会有人听说。我宁可走路，也不想骑到这么大的牲口背上，无论自愿还是被迫。"

"但你现在必须骑马，不然你就会拖我们后腿了。"阿拉贡说。

"来吧，吾友吉姆利，你来坐到我后面与我共骑。"莱戈拉斯说，"这样问题就全解决了，你既不需要借马，也不用为骑马操心。"

一匹暗灰色的高头大马被领到阿拉贡面前，他上了马。"他名叫哈苏费尔。"伊奥梅尔说，"他的主人加鲁尔夫战死了。愿他载着你尽情奔驰，并带给你比故主更好的运气！"

另一匹小些也轻些，但性烈难驯的马被带到莱戈拉斯面前。他名叫阿罗德。但莱戈拉斯要他们卸掉马鞍和缰绳。"这些我不需要。"他说，然后轻捷地一跃上马。众人惊讶地发现，阿罗德在他胯下甘心又温驯，莱戈拉斯只是开口调遣，阿罗德便依言挪移——这便是精灵与所有良善动物的相处之道。吉姆利被拉上马背，坐在朋友背后，他抓紧了莱戈拉斯，紧张程度就跟山姆·甘姆吉坐在船上时差不多。

"再会，愿你们找到所寻找的！"伊奥梅尔喊道，"尽快赶回来，让我们此后并肩上战场杀敌！"

"我会去。"阿拉贡说。

"我也会去！"吉姆利说，"我们可没了结加拉德瑞尔夫人一事。我还得教教你说话的礼貌。"

"我们走着瞧!"伊奥梅尔说,"凑在一起的怪事太多,所以一边跟矮人的战斧亲密接触一边学着赞美一位美丽的夫人,也没什么好大惊小怪的。再会!"

他们就此分别。洛汗的马儿四蹄如飞,才一会儿,吉姆利回头望去,伊奥梅尔一行就已经变成远处一个小点了。阿拉贡没有回头,在他们疾驰前进时,他俯下身子将头贴在哈苏费尔的颈旁,一直仔细盯着地面的踪迹。不久,他们便来到恩特河边,并发现了伊奥梅尔提到的、从东边北高原下来的另一道踪迹。

阿拉贡下马察看地面,然后跃回马背,策马朝东走了一段,小心地骑在一侧,不践踏到地上那些脚印。然后他再次下马检查地面,前后徒步走动。

"没有什么发现。"他回来后说,"主要的踪迹全都被那些骑兵在返程经过时踩乱了。他们离开时走的路线一定更靠近河边。但这条东边来的痕迹却很新又很清晰,而且没有记号表明有任何脚印往反方向走,也就是往回朝安都因大河去。现在,我们得放慢速度,好确定没有踪迹或脚印朝两边岔出去。

从这个地方开始，奥克一定已经察觉到有人在追他们，他们也许尝试过在被追上之前，把俘虏先带开去。"

他们向前骑行的同时，天空阴了下来。低低的乌云从北高原那边飘过来，一片阴霾遮蔽了太阳。范贡那林木覆盖的山坡影影绰绰，越来越近，随着太阳西下而慢慢变暗。他们没发现朝左或朝右岔出去的痕迹，但不时见到单独倒毙在奔逃路上的奥克，背上或咽喉插着灰羽箭矢。

终于，傍晚时分，他们来到了森林的边缘，并在林子外围的一片空地上发现了那个巨大的焚尸堆，灰烬余热未散，犹在冒烟。火堆旁边是一大堆头盔、铠甲、劈裂的盾牌、折断的剑，还有弓、标枪，以及其他战斗装备。这堆东西中央立着一根木桩，上面扎着硕大的一颗半兽人脑袋，破损的头盔上仍能看出白色的徽记。就在前方，离河从森林边缘流出来的地方不远，有一座新堆起来的坟，新土上覆盖着刚铲下来的草皮，周围插着十五支长矛。

阿拉贡和伙伴们大范围地搜索了整片战场，但是光线越来越暗，夜幕迅速降临，天色阴暗，迷雾朦胧。直到天彻底黑下来，他们都没有发现梅里和皮平的踪迹。

"我们无能为力了。"吉姆利伤心地说，"自从抵达托尔布兰迪尔以来，我们碰上了很多谜，但这个是最难解开的。我只能猜测，霍比特人那些被烧掉的尸骨，已经全跟奥克混在一起了。如果弗罗多还活着，他听说这个消息一定觉得难以承受，那位在幽谷等待他们的老霍比特人也会这么觉得。埃尔隆德本来是反对他们来的。"

"但是甘道夫不反对。"莱戈拉斯说。

"甘道夫选择亲自前来，却成了第一个陨落的。"吉姆利答道，"他的先见之明这次失败了。"

"甘道夫的忠告谋略，无论是为了自己还是为了他人，都不是基于安全与否这样的先见之明。"阿拉贡说，"有些事与其拒绝，不如着手去做，哪怕结局可能不妙。但我还不想离开这个地方。无论如何，我们必须在此等到天亮。"

他们在离战场稍远的一棵枝繁叶茂的大树下宿营。它看起来像棵栗子树，但树上还挂着许多去年的褐色阔叶，好像张开长长手指的枯手，在晚风中悲伤地沙沙作响。

吉姆利打了个寒战。他们每人只带了一条毯子。"我们生个火吧。"他说，"我也不在乎有没有危险了。就让奥克像夏天绕着烛光飞的蛾子那样，密密麻麻地扑来好了！"

"如果那两个不幸的霍比特人在森林里迷了路，火光或许能引他们过来。"莱戈拉斯说。

"火光也可能引来其他既不是霍比特也不是奥克的东西。"阿拉贡说，"我们离叛徒萨茹曼的山区很近，而且我们就在范贡森林边上，据说砍这片森林的树是很危险的。"

"但是洛希尔人昨天在这里烧了一场大火，"吉姆利说，"而且看得出，他们砍了树来当燃料。然而他们忙完之后，还在这里安全过了夜。"

"他们人数众多，"阿拉贡说，"此外，他们很少到这里来，也不进森林里去，所以他们不在意范贡的愤怒。但我们要走的路，很可能会引导我们进入这座森林本身。所以，还是小心一点好！别砍活的树！"

"没必要砍树。"吉姆利说，"洛汗骠骑留下了足够多的大树枝和碎木头，地上也还有大量的枯木。"他去收集木柴，然后忙着搭柴点火。但阿拉贡背靠一棵大树坐着，默不作声，陷入了沉思。莱戈拉斯则独自站在空地上，望着森林深邃的暗影，微微倾身，仿佛在聆听远方传来的呼唤之声。

等矮人生起一小堆熊熊燃烧的篝火，三个伙伴都靠拢过来，坐在一起，以戴着兜帽的身影遮住火光。莱戈拉斯抬起头，望向横生在头顶上的枝叶。

"看！"他说，"这棵树也喜欢火！"

虽然有可能是晃动的光影迷惑了眼睛，但三人都有种确定的感觉，就是那些粗枝都在朝这边弯，要伸到火焰上方，而上面的树枝也都垂了下来。那些褐色的树叶现在全挺起来互相摩擦着，好像许多冰冷皱裂的手在舒服地取暖。

一时无人开口。因为这座黑暗未知又近在咫尺的森林，突然让人意识到了它的存在，充满隐秘目的，极其阴森沉郁。过了好一会儿，莱戈拉斯才又开口。

"凯勒博恩警告我们不要深入范贡森林。"他说，"阿拉贡，你知道为什么吗？波洛米尔又听过这森林的什么传说？"

"我曾在刚铎和别的地方听过许多传说，"阿拉贡说，"但若非凯勒博恩警告，我会认为它们只是传说而已，是人类在真知学识消隐之后编造出来的。我本来还想问你，这究竟是怎么回事。要是连一个森林精灵都不知道，一个人类又怎么回答得出？"

"你的阅历比我广博。"莱戈拉斯说，"我在自己的家乡从来没听过这件事，只有歌谣中讲述，欧诺德民[5]——人类称之为恩特——很久以前住在这里，因为范贡森林十分古老，老到连精灵都这么认为。"

"是的，它很古老，跟古冢岗旁边的老林子一样古老，还比那庞大得多。"阿拉贡说，"埃尔隆德说，这两座森林是同源的，是远古时代那些广袤森林仅存的据守之地，那时首生儿女[6]在其间漫游，而人类尚在沉眠。不过，范贡森林保守着某种属于自己的秘密，至于那是什么，我不知道。"

"我也不想知道。"吉姆利说，"住在范贡森林里的不管是什么，可别因为我而受到打扰！"

他们抽签决定守哨的顺序，抽中守第一班哨的是吉姆利，另外两人几乎一躺下就立刻瞌睡起来。"吉姆利！"阿拉贡睡眼蒙眬地说，"记住，别砍范贡森林的活树，大小树枝都不行，会有危险！但也别为了捡枯枝而走太远，就让火慢慢熄灭好了。必要时叫醒我！"

话音刚落，他就睡着了。莱戈拉斯已经躺着不动了，优雅的双手交叠在胸前，眼睛却依着精灵睡眠的习惯睁开着，真实的夜晚与深沉的梦境在其中交织。吉姆利佝偻着身子坐在火边，若有所思地用大拇指来回抚着斧头的刃口。身边的树沙沙作响。四野一片沉寂。

忽然间，吉姆利抬起头来，只见一个老人就站在火光所及的边缘上，弯腰驼背，倚着手杖，身上裹着一件大斗篷，宽边的帽子压低遮住了双眼。刹那间，"萨茹曼逮到我们了"的念头从吉姆利的脑海中闪过。他猛跳起来，却有片刻因为吃惊过度而出不得声。阿拉贡和莱戈拉斯双双被他突如其来的举动惊醒，坐起身来，瞪大了眼睛。那个老人既未开口，也没打手势。

"啊，前辈，我们能为你做些什么？"阿拉贡说着，一跃而起，"你要是觉得冷，就请过来取暖吧！"他大步上前，但那老人不见了。附近到处都找不到他的踪迹，而他们也不敢走远。月亮已经沉落，夜色漆黑一片。

突然，莱戈拉斯惊叫道："马！那两匹马！"

两匹马都不见了。它们拽脱了系缰绳的木桩，跑掉了。有好一会儿，三人呆站在那里，默不作声，都被这新临的霉运打击得心烦意乱。他们这时处在范贡森林的外缘。在这片辽阔又危险的大地上，他们唯一的朋友就是洛汗的人类，现在离他们却隔着数不尽多少里格的路程。就在僵立的时候，他们似乎听见遥远的暗夜中传来了马匹嘶鸣的声音。然后，除了飒飒的冷风，一切再度归于沉寂。

"好吧，马跑了。"阿拉贡终于开口说，"我们找不到也抓不到它们了。如果它们不自己回来，我们就只好不骑马。反正我们一开始就是靠脚走路，而现在总算脚都还在。"

"脚！"吉姆利说，"我们是能靠脚走路，但是脚不能吃啊。"他往火堆里扔了些柴，然后在火旁一屁股坐下。

"也就是几个钟头前，你还不愿意坐在洛汗的马背上。"莱戈拉斯笑道，"你可还没成为一个骑手呢。"

"看来我不大可能再有这种机会了。"吉姆利说。

"如果你们想知道我的想法，我认为那是萨茹曼。"过了一会儿，他再次开口，"不然还会有谁？记得伊奥梅尔说的吧：**他四处出没，模样是个身披斗篷、头戴兜帽的老人**。这些可是原话。他不是拐跑了我们的马，就是把它们吓跑了，剩下我们在这里。还会有更多麻烦找上门来的，记住我这话吧！"

"我记住了。"阿拉贡说，"可是我也记得这个老人戴的是宽边帽，而不是兜帽。不过我仍然相信你猜得不错，也相信我们待在这里，无论日夜都有危险。但是眼下我们除了休息，什么事也做不了，所以我们趁能休息时休息吧。吉姆利，现在我来守一阵哨。我更需要的不是睡眠，而是思考。"

这夜过得很慢。阿拉贡之后是莱戈拉斯，之后又轮到吉姆利，他们都轮流守过哨了，然而什么事情都没发生。那老人没再出现，两匹马也没有返回。

第三章

乌鲁克族

皮平做着一个凶险的噩梦。他似乎能听见自己那微小的声音回荡在漆黑的地道里，喊着："**弗罗多，弗罗多！**"但出现的并不是弗罗多。相反，从阴影中冒出几百张丑恶的奥克面孔朝他狞笑，几百条可怕的手臂从四面八方朝他抓来。梅里在哪里？

他醒过来。寒风扑面。他正仰躺在地上。黄昏来临，上方的天空正逐渐变暗。他扭过头，发现真实的世界并不比梦境中好多少。他的手腕、双腿和脚踝，全被绳子捆得牢牢的。梅里躺在他旁边，脸色苍白，额头上扎着一块脏兮兮的破布。在他们四周有一大帮奥克，或坐或站。

皮平觉得头疼欲裂。记忆慢慢地剥离了噩梦的阴影，拼凑在一起。当然啦，他跟梅里奔进了树林里。他们是中了什么邪？为什么冲得那么快，一点不顾老大步佬的叫唤？他们呼唤着跑了好长一段路——他不记得跑了多远，跑了多久。接着，他们冷不防地撞上了一群奥克。那群奥克站在那儿聆听，仿佛没看见梅里和皮平，直到他俩几乎撞进怀里，才反应过来大声叫喊，于是又有几十个半兽人从树林间窜出来。梅里和他拔出了剑，但那群奥克并不想打，只想活捉他们，甚至不顾梅里砍断了好几个奥克的手跟手臂。好个老梅里！

接着，波洛米尔三步并作两步穿过树林赶到了。他让奥克们不得不应战。他杀了许多奥克，其余的一哄而散。但他们三人返回时没跑多远，就又遭到至少上百个奥克攻击，其中有些个头巨大，他们箭如雨下专朝波洛米尔射来。波洛米尔吹响了他那支大号角，树林都为之震动。起先奥克惊慌撤退，但他们发现除了回声之外没有援军赶来，便攻得更猛了。之后的事皮平记得的不多。他最后的印象是波洛米尔背靠着一棵树，正从身上拔出一支箭来。接着，黑暗突然降临了。

"我估计是脑袋给猛敲了一下。"他自忖，"不晓得可怜的梅里是不是伤得更重。波洛米尔怎么样啦？这些奥克为什么不杀我们？我们在哪里，要到哪里去？"

他答不出这些问题。他感到又冷又难受。"我真巴不得甘道夫没说服埃尔隆德让我们来！"他想，"这一路上我有什么用？只不过是个累赘，是个碍手碍脚的家伙，活像个包袱。现在我被劫走了，也只不过成了这群奥克的包袱。我希望大步佬还是谁，快来把我们救回去！可是我该这么指望吗？这会不会打乱整个计划？但愿我能脱身啊！"

他挣扎了几下，一点用也没有。一个坐在附近的奥克大笑起来，用奥克那种难听的语言对同伴说了句话，然后用通用语对皮平说："能休息的时候就乖乖休息，小蠢蛋！"他把通用语说得简直跟奥克话一样难听，"能休息的时候就乖乖休息！我们很快就会叫你那两只脚派上用场。不等我们到家，你就会巴不得自己没长过脚啦！"

"要是依我，你就会巴不得自己现在是个死人。"另一个奥克说，"你这差劲的小耗子，我会叫你吱吱叫个不停。"他朝皮平俯下身来，黄色的獠牙几乎贴到了皮平脸上。他手里握着一把有锯齿的黑色长刀。"给我老实躺着，要不然我就拿这家伙给你挠挠痒。"他嘶声恫吓道，"别出风头讨打，否则我可不一定记得住命令。该死的艾森加德种！Uglúk u bagronk sha pushdug Saruman-glob búbhosh skai！[1]"他用自己的语言气呼呼地骂了一长串，话音逐渐降低，变成了咕哝和咆哮。

皮平吓坏了。尽管他手腕和脚踝都疼得越来越厉害，身下的石头也正扎进背上的皮肉，但他躺着一动也不敢动。为了转移注意力，他开始专注聆听所有能听见的响动。四周有好多个嗓音，尽管奥克的话怎么听都是恶声恶气，充满了仇恨怒火，但这会儿显然开始了一场争吵，并且越吵越凶。

皮平惊讶地发现，这其中大部分内容他都听得懂，因为许多奥克说的是通用语。在场的奥克明显来自两三个不同的部族，听不懂外族的奥克话。他们正恼怒地争论接下来该怎么做——该走哪条路，以及该怎么处置俘虏。

"都没时间好好宰了他们！"有一个说，"这趟路上没时间找乐子。"

"没办法，认了吧。"另一个说，"可是为啥不快点宰了他们，现在就杀？这俩就是讨厌的累赘，而我们在赶路。天快黑了，我们还得上路。"

"这是命令。"第三个声音低沉地咆哮道，"'**除了半身人，格杀勿论；把他们尽快带回来，要活的。**'这是我得到的命令。"

"要他们到底有啥用？"好几个声音问，"为啥要活的？他们很好玩吗？"

"不！我听说他们中的一个带着个东西，大战需要的东西，什么精灵诡计之类的。总之，要审问他们两个。"

"你知道的就这些？那我们干吗不去搜他们的身，把东西找出来？说不定能找到啥玩意，我们自己还用得上。"

"这话倒很有意思。"一个声音冷笑道，听起来比别的奥克声音更柔和，却更邪恶，"我说不定得上报才是。**不得对俘虏搜身，不得私占俘虏的东西**，这是**我得到的**命令。"

"我也是。"那低沉的声音说，"'**要活的，原样抓回来。不得洗劫俘虏。**'这是我得到的命令。"

"那可不是我们得到的命令！"先前的一个声音

说，"我们大老远从矿坑跑来这里，是要杀人，要为我们族人报仇的。我巴不得要杀人，完事之后就回北方去！"

"那你就继续巴望去吧！"那咆哮的声音说，"我是乌格鲁克，我说了算！我要走最短的路回艾森加德。"

"萨茹曼跟大魔眼，谁是主子？"那邪恶的声音说，"我们应该立刻回路格布尔兹²去。"

"我们要是能渡过大河，没准还有戏。"另一个声音说，"但我们的人数可不够冒险往下游走到桥边。"

"我就是渡河过来的。"那邪恶的声音说，"在东岸的北边，有个飞行的那兹古尔等着我们。"

"也许，也许！然后你就会带着我们的俘虏飞走，在路格布尔兹得到所有的赏金跟称赞，丢下我们跑断腿穿过驯马佬的地盘。不行，我们必须结成一伙。这片地方危险得很——到处都有可恶的反贼和土匪。"

"对，我们必须结成一伙！"乌格鲁克咆哮道，"我才不信任你这头小蠢猪。你离开了自个儿的猪圈就胆小如鼠。要不是我们赶到，你们早就全都逃命去了。我们是善战的乌鲁克族[3]！是我们杀了那个彪悍的战士，是我们抓到了俘虏！我们是白手智者萨茹曼的仆人，这手给我们人肉吃。我们来自艾森加德，已经把你们领到这里，也会照我们选的路领你们回去。我是乌格鲁克，我说一不二！"

"你说得太多了，乌格鲁克。"那邪恶的声音嗤之以鼻，"我倒想知道，路格布尔兹的人听了这番话会怎么想。他们没准会认为，得卸掉那个肿猪头，叫乌格鲁克的肩膀轻松一下。他们没准还会问，他那些奇怪的念头都是打哪儿来的。也许，都是来自萨茹曼吧？**他**以为他是谁啊？戴个肮脏的白色标记就自立为王了？我格里什纳赫可是个靠得住的使者，他们没准会同意我的看法，而我格里什纳赫要这么说：萨茹曼是个蠢货，一个肮脏奸诈的蠢货。不过大魔眼已经盯上他了。

"你叫我们**蠢猪**是吧？伙计们，你们愿意被这群小巫师肮脏的走狗喽啰叫作**蠢猪**吗？我敢保证，他们吃的是奥克肉！"

登时，一大片高门大嗓的奥克语声嚷嚷着回应了他，同时响起一阵拔出武器的铿锵声。皮平小心翼翼地翻过身，想看看会出什么事。看守他的奥克已经过去加入争吵了。在暮光中他看见一个硕大黝黑的奥克，大概就是乌格鲁克，正跟格里什纳赫对峙着，后者矮个子、罗圈腿，胸脯相当宽阔，两条长长的手臂几乎垂至地面。他们四周围着许多矮小的半兽人，皮平估计那些就是从北方来的。他们已经拔出了刀剑，但迟疑着不敢向乌格鲁克下手。

乌格鲁克大吼一声，好些身材跟他差不多高大的奥克跑了过来。乌格鲁克出其不意，突然一跃上前，唰唰两下就砍了两个对手的脑袋。格里什纳赫往旁边一让，消失在阴影里。其他奥克纷纷让路，有一个倒退时绊到梅里倒在地上的身子，咒骂着跌了一跤。但这一跌多半救了他一命，因为乌格鲁克的手下从他身上跃过，操着阔刃剑砍翻了另一个家伙，正是那个黄獠牙守卫。他的尸体正好倒在皮平身上，还紧抓着那把有锯齿的长刀。

"收了武器！"乌格鲁克吼道，"别再啰唆废话！我们从这儿朝西直走，然后下梯阶，从那里直奔山岗，然后沿河往森林走。我们得日夜赶路。听清楚没？"

"好啦，"皮平想，"只要那个丑八怪再花点时间来叫他这伙人听话，我就有机会了。"他心中闪现了一丝希望。那把黑刀的利刃划破了他的手臂，接着滑落到他手腕上。他感觉到血一滴一滴流到了手上，但同时也感觉到冰冷的钢刀贴着皮肤。

奥克们都在准备再次开始赶路，但有些北方奥克仍旧不愿意，艾森加德的奥克又出手杀了两个，才把其余的都镇住了。这期间咒骂不绝，混乱一团，有那么片刻，没人看管皮平。他的两腿给捆得结结实实的，但上肢却只绑住了手腕，而且是绑在身前。虽然绳子绑得死紧，但两手还是能同时移动。他把死了的奥克推到一边，然后几乎是屏着呼吸将绑着手腕的绳结压在刀刃上，上下挪动。刀很利，死尸的手又握得很紧。绳子割断了！皮平用手指飞快抓住绳子，将它结成一个有两个环的松绳圈，套到双手上，然后就躺着一动不动了。

"扛上那两个俘虏！"乌格鲁克吼道，"别对他们搞花样！我们到家时，他们要是已经死了，就还得有人拿命来赔。"

有个奥克像拎麻袋一样把皮平拎起来，然后把皮平绑着的双手往自己头上一套，抓住两臂向下一拉，直到皮平的脸紧压在他脖子上，然后就这么背着他颠簸着往前跑。另一个奥克也以同样的方式背起了梅里。那个奥克爪子似的手像铁箍般紧扣着皮平的手臂，指甲都陷进了他的肉里。他闭上眼睛，又滑回了噩梦中。

突然间，他又被丢到了石地上。夜还不深，但一弯月牙已经朝西落去了。他们身在一座悬崖边上，好似俯瞰着一片苍茫的迷雾之海。附近有水流下去的哗哗声。

"探子终于回来了。"紧挨在旁边的一个奥克说。

"很好，你们发现了什么？"乌格鲁克的声音吼道。

"只有一个骑马的人，他往西跑了。现在周围没啥情况。"

"我敢说，现在是没情况，但能维持多久？你们这帮笨蛋！就该把他射死。他会去报信的。那群该死的养马人天亮之前就会知道我们来了。现在我们得用双倍的速度赶路。"

一个人影俯身看着皮平，正是乌格鲁克。"坐起来！"奥克说，"我的伙计们扛你扛烦了。我们得爬下去，你们必须自己爬，但别给我惹麻烦！不许叫，更别想着逃跑。我们有的是办法对付玩花样的人，这些法子坏不了主人的事，但你可不会喜欢。"

他割断皮平腿上和脚踝上绑着的皮索，拽住他的头发把他拎起来，要他站着。皮平跌倒了，乌格鲁克再次拽住头把他拉起来。好几个奥克见状哈哈大笑。乌格鲁克把一个长颈瓶塞进他的嘴，往喉咙里灌进一些火辣辣的液体。皮平感到一股灼热的烈焰猛地烧过全身，腿上跟脚踝上的疼痛消失了。他能起来了。

"现在该另一个了！"乌格鲁克说。皮平见他走向躺在近旁的梅里，踢了一脚。梅里呻吟了一声。乌格鲁克粗暴地揪住他，拉他坐起来，一把扯掉绑在他额头上的破布，然后给伤口抹上一些装在一个小木盒里的乌黑东西。梅里大声痛叫，拼命挣扎起来。

奥克们拍手叫好。"擦药他都受不了！"他们嘲笑道，"可真不识好歹啊。哈！等一阵子我们可有乐子了。"

但此刻乌格鲁克没心思寻乐子。他要赶路，不得不迁就那些不情愿跟随的同伙。他用奥克的办法治疗梅里，这治疗很快见了效。等乌格鲁克把瓶中的液体强灌下霍比特人的喉咙，割断他脚上的皮索，拉他站起来时，梅里竟站住了，尽管脸色苍白，神色却冷峻又轻蔑，显得精力颇为充沛。他额头上的伤口不再碍事，但留下了一个一生未褪的褐色疤痕。

"哈罗，皮平！"他说，"这么说，这场小小的探险你也来啦？我们去哪儿睡觉、吃早餐啊？"

"够了！"乌格鲁克说，"那些全都别想！给我闭嘴，不许说话。你敢惹是生非，等到了地方就报上去，老大知道该怎么收拾你们。到时候你们就能捞着床和早餐了，就怕你们吃不了兜着走。"

这帮奥克开始爬下一道狭窄的沟壑，进入下方那片迷雾笼罩的原野。梅里和皮平之间隔着十几个奥克，也跟着他们爬了下去。到了山底，他们踏上了草地，霍比特人的心绪又昂扬起来。

"现在照直走！"乌格鲁克吼道，"朝西边走，稍微偏北。跟着路格都什。"

"可是，太阳出来以后怎么办？"一些北方奥克说。

"继续跑！"乌格鲁克说，"不然你想怎样？坐在草地上等那些白皮佬来一起野餐？"

"但我们没法顶着太阳跑啊！"

"我会在后头赶着你们跑。"乌格鲁克说，"快跑！不然你们就再也见不到你们那些亲爱的洞穴了。白手在上！派山里的半吊子蛆虫出来办事，到底有啥用处？！该死的，快跑！趁天还没亮，快跑！"

于是，整个队伍开始跨着那种奥克的大步伐跑起来。他们毫无秩序，又推又撞，不停咒骂，但他们脚程极快。每个霍比特人都有三个奥克看守。皮平落在队伍相当靠后的地方。以这种速度，他不知道自己还能跑多久，从早上到现在他都没吃东西。一个看守他的奥克有鞭子。不过此刻那点奥克饮料还在他体内起着作用，他的神志也还清醒得很。

一次又一次，他眼前不由自主地浮现出大步佬那张精干的脸，他正弯身察看一条黑暗的踪迹，跟在后面不停奔跑。但是，即便是游民，除了一堆混乱的奥克脚印，又能看见什么呢？他自己的小脚印，还有梅里的，早就被前后左右的铁底鞋给践踏得什么都不剩了。

他们才跑离峭壁约一哩远，地势便向下倾斜，进入一片宽阔的浅洼地。那里的地面潮湿而柔软，弥漫着雾气，在一弯月牙的最后一丝光亮中闪着淡淡的微光。前方奥克的幢幢黑影变得模糊了，接着便没进了迷雾。

"嗨！现在跑慢点。"殿后的乌格鲁克朝前大吼。

皮平脑海中突然灵光一现，立即付诸行动。他朝右一拐，低头冲出了看守能抓住的范围，一头扎进雾里。他四肢大张扑倒在草地上。

"站住！"乌格鲁克吼道。

队伍顿时一阵骚乱。皮平跳起来便跑。但奥克在后面追他。有几个突然出现在他的正前方。

"没希望了！"皮平想，"不过，我在这潮湿的地面上留下的痕迹，有可能不被破坏。"他被缚的双手在颈前一阵摸索，松开了斗篷上的别针。就在几条长臂硬爪抓住他的同时，他松手让别针掉落。"我看，它会在这儿一直躺到地老天荒吧。"他想，"我不知道自己为啥这么干。别人就算成功逃脱，多半也全跟着弗罗多走了。"

一条皮鞭抽上他的腿，他强忍着没叫出来。

"够了！"乌格鲁克吼着跑过来，"他还得跑好长的路。让他们两个快跑！用鞭子提醒一下就够了。"

"这事没完。"他咆哮着转向皮平，"我可不会忘。惩罚只是延后而已。快跑！"

这趟路途后来那一段，无论皮平还是梅里都记不太清楚了。梦境和现实一般邪恶，交织成一条漫长悲惨的隧道，越往前走希望越渺茫。他们奔跑，继续奔跑，奋力要跟上奥克的步调，一条冷酷的皮鞭巧妙挥动着，不时舔过来，如果他们停顿或绊跌，就会被一把拽起来拖着往前再跑一段路。

奥克饮料的热力已经消退了。皮平又感到了寒冷难受。冷不防，他脸朝下扑倒在草地上。几只指甲尖利的硬手抓住他，把他拎起来。他再次像个麻袋一样被扛走，周围的黑暗越来越浓重。这究竟是又一个黑暗的夜晚，还是自己双眼发黑无法视物，他辨别不出。

模模糊糊地，他察觉到一片喧闹。似乎有许多奥克要求停下来。乌格鲁克在大吼大叫。他感觉自己被甩到地上，而他就躺在那里动也不动，直到又陷入黑暗的梦境。但他没能逃离痛苦多久，一双冷酷无情的铁爪很快又攫住了他。有好长一段时间，他被上下颠来颠去，渐渐地，黑暗退去，他又回到了清醒的世界，发现已到了早晨。有奥克在大声下令，他被粗鲁地抛在草地上。

他在那儿躺了好一会儿，抗拒着绝望。他头昏脑涨，但从体内传来的那股热力来看，他猜自己又被灌了一口饮料。有个奥克俯身看他，丢给他一块面包和一条生肉干。他狼吞虎咽吃了那块不新鲜的灰面包，但没吃那肉干。他饿得要命，但还没饿到去吃奥克扔来的肉，他不敢去想那到底是什么生物的肉。

他坐起来，四处张望。梅里离他不远，他们身在一条狭窄湍急的河岸边。前方隐隐耸立着一道山脉，一座高峰正被第一缕阳光照亮。在面前较低的山坡上，横陈着一片黑暗模糊的森林。

奥克当中又是吼叫与争论大作。看来一场北方奥克与艾森加德奥克之间的争吵，又到了一触即发的地步。有些奥克往回遥遥指着南方，有些则指着东方。

"很好，"乌格鲁克说，"那就把他们给我留下！不准杀，我以前可就告诉你们了。但你们要是想抛下我们大老远辛苦得来的东西，那就抛下好了！我会处理。就照老样子，让善战的乌鲁克族来干活好了。你们要是害怕白皮佬，那就滚！快滚！那边有座森林。"他吼道，指向前方，"进森林里去！那是你们最好的指望。都给我滚！快点滚，要不我就再砍下几个脑袋，让别的长点脑子！"

又是一片诅咒嘈杂，然后绝大多数北方奥克脱离队伍撒腿冲了出去，人数过百。他们疯狂地沿着河流朝山脉奔去。两个霍比特人则被留给了艾森加德的奥克——这是一帮冷酷邪恶的家伙，至少有八十个体型巨大、肤色黝黑、斜眼上吊的奥克，配着大弓和短阔的剑。少数身材比较魁梧并且胆子也比较大的北方奥克，留下来跟他们在一起。

"现在我们再来对付格里什纳赫。"乌格鲁克说。但就连他自己的下属，也有几个不安地往南张望。

"我晓得，"乌格鲁克咆哮说，"该死的马娃子听到我们在这儿的风声了。那全是你的错，斯那嘎[4]。你和别的探子都该被割掉耳朵！但我们是战士，我们会拿马肉打牙祭，没准还有更好吃的东西。"

就在那时，皮平发现了为什么刚才队伍中有些奥克指着东边。此刻从那个方向传来了嘶哑的喊声，格里什纳赫又出现了，后面跟着大约四十个跟他一样长臂曲腿的奥克。他们的盾牌上涂画着一只红眼。乌格鲁克迈步上前去会他们。

"你这是又回来了？"他说，"想明白了是吧？"

"我回来是要保证命令执行妥当，俘虏安全。"格里什纳赫答道。

"这样啊！"乌格鲁克说，"你这是白费力气。我会保证命令执行妥当，但得我说了算。说，你回来还想干什么？你当时走得匆忙，是落下什么东西了？"

"我落下了一个笨蛋。"格里什纳赫咆哮道，"但跟他一起的还有几个强壮的伙计，我可舍不得他们。我知道你会领着他们搞得一团糟，我这就来帮他们了。"

"好得很哪！"乌格鲁克大笑说，"但是除非你有胆子打上一架，否则你就走错了路。路格布尔兹才是你该去的地方。白皮佬就要来了。你宝贝的那兹古尔怎么啦？他的坐骑是不是又给人射啦？这会儿你要是把他带过来，没准能派上用场——要是这些那兹古尔真跟他们吹嘘的一样厉害。"

"**那兹古尔，那兹古尔。**"格里什纳赫边舔嘴唇边说，全身颤抖，仿佛这词有股恶臭的味道，难以下咽，"乌格鲁克，你压根不知道自己在说什么，这远远超过你那烂泥巴的梦里的想象。"他说，"**那兹古尔！**啊！跟他们吹嘘的一样厉害！总有一天你会巴不得自己没说过这话。蠢猴子！"他凶猛地咆哮道，"你要知道，他们是大魔眼的心肝宝贝。但是飞行的那兹古尔——时候未到，时候未到。他还不肯让他们渡过大河在这一岸现身，不会这么快。他们是为大战和别的目的预备的。"

"看来你知道的不少啊。"乌格鲁克说，"我猜，知道太多对你可没好处。也许那些路格布尔兹的家伙会疑心你是怎么知道的，又为什么会知道。不过同时，肮脏活儿还是得让艾森加德的乌鲁克族来干，向来都是这样。别站在那里流口水了！把你那帮杂兵集合起来！别的蠢猪正往森林跑呢，你们最好跟上。你们就别想活着回到大河对岸去了，那是大错特错。现在快跑！我会跟在你们后头。"

艾森加德的奥克再次抓起梅里和皮平，将他们甩到背上，然后大队开拔。一个钟头接一个钟头，他们不停往前跑，只在换人扛霍比特人时，才中途暂停一会儿。不知是因为艾森加德的奥克速度较快，耐力较好，还是因为格里什纳赫另有计谋，渐渐地，艾森加德的奥克超过了魔多的奥克，格里什纳赫的下属都落到后面。不久，他们也缩短了与前头北方奥克的距离。森林越来越近了。

皮平浑身青紫，到处是伤，他的头疼痛不堪，又被背他的奥克的肮脏脸颊和毛茸茸的耳朵抵着磨来磨去。几个弓起的背就在他眼前，还有许多粗壮的腿不知疲倦地起起落落，简直像是铁线和兽角做的，没完没了地敲着噩梦似的鼓点。

到了下午，乌格鲁克的队伍赶过了北方奥克。尽管只是冬天的太阳在苍凉的天空中照耀，那些北方奥克在明亮的阳光下仍然委顿不堪，他们垂头丧气，连舌头都耷拉在外面。

"一群没用的蛆！"艾森加德的奥克嘲笑道，"你们全被烤熟了吧？白皮佬会逮住你们吃掉。他们来了！"

格里什纳赫一声大叫，证明这可不只是个笑话。他们的确看见了策马疾驰而来的骑兵，尽管还在后方很远，却正在追上奥克们，就像潮水涌向正在平坦松散的沙滩上游荡的人群。

艾森加德的奥克开始用双倍的速度狂奔，像是一场赛跑到了最后疯狂的冲刺阶段，令皮平目瞪口呆。接着，他看见太阳正西沉到迷雾山脉背后，阴影开始在大地上伸展。魔多的士兵抬起了头，也开始加快速度。幽暗的森林离得不远了。他们已经路过了一些外围的树木，地势开始往上倾斜，越来越陡，但奥克们没有停步。乌格鲁克和格里什纳赫都在大声吼叫，督促他们使出最后的力气。

"他们能成功——他们会逃脱的。"皮平想。然后他设法扭过头，这才能让一只眼睛越过自己的肩膀朝后望。他看见东边远处的骑兵奔驰过原野，已经和奥克们齐头并进了。落日将他们的长矛和头盔镀上一层金，令他们飞扬的淡色头发闪闪发亮。骑兵们围堵着奥克，防止他们四散，并沿着河流驱赶他们。

皮平很想知道这些人是谁。他此时真希望自己在幽谷时学到了更多，也多看些地图和别的东西。可是，在那段日子里，他觉得有那些能干的人掌握着这趟旅程的计划，而且从来都没想到自己会跟甘道夫、大步佬，甚至弗罗多分开。他对洛汗的全部印象，只有这么多：甘道夫的马——捷影来自那片土地。这样的话，似乎还挺有希望的。

"可是，他们要怎样才能知道我们不是奥克呢？"他想，"我猜这里的人从来没听过霍比特人。我猜，这些禽兽般的奥克要被歼灭了，我该高兴才对，不过我自己得救可更要紧。"按这事态，很可能洛汗的人类在察觉到他和梅里之前，就会把他俩连同那些掳掠者一起杀了。

有几个骑兵显然是弓箭手，能在奔驰的马背上娴熟地弯弓射箭。他们飞快驰进射程范围内，搭箭射向落后的奥克，有好几个中箭倒地。这些骑兵随即一转马头，驰离敌人的射程范围，奥克不敢停下脚步，只得胡乱射箭回敬。如此来回多次，有一次箭矢射进了艾森加德的奥克队伍中。他们当中有一个就在皮平眼前中箭仆倒，再没爬起来。

夜幕降临，骑兵却没有围拢进攻。奥克死伤了不少，但仍有足足两百个没受伤的。天刚擦黑不久，奥克们抵达一座小山丘。森林的边缘很近了，可能不到三弗隆远，但他们无法再前进，因为那些骑兵已将他们团团围住。有一小队奥克不服从乌格鲁克的命令，继续奔向森林，结果只有三个生还。

"好啦，咱们到这里啦。"格里什纳赫冷笑道，"领导得好啊！我希望伟大的乌格鲁克能再次领我们冲出重围。"

"放下那两个半身人！"乌格鲁克下令，全不理会格里什纳赫，"你，路格都什，再找两个人好好看住他们！除非那些肮脏的白皮佬冲进来，否则不准杀他们。明白吗？只要我还活着，他们就是我的。不准他们呼救，也不能让他们被救走。把他们的腿绑起来！"

最后一句命令被毫不留情地执行了。不过皮平发现，自己和梅里靠得很近，这还是第一次。奥克们闹出一大片嘈杂噪声，他们咆哮吼叫，兵器相击呛啷作响。两个霍比特人趁机互相耳语了一阵子。

"我觉得没什么希望。"梅里说，"我觉得自己快完了。就算现在给我松绑，我恐怕也爬不了多远。"

"兰巴斯！"皮平低声说，"我还有点兰巴斯！你有吗？我想，他们就只抢走了我们的剑。"

"对，我口袋里还有一包，"梅里说，"但肯定都给压成碎屑了。而且不管怎样，我没办法把嘴巴伸进口袋里啊！"

"你不用。我已经——"就在这时，皮平被狠狠踢了一脚作为警告。周围的噪声已经低落消失，守卫正警醒着呢。

这夜很冷，沉寂无声。在奥克聚集的小土丘四周，突然燃起了诸多小小的营火，在黑夜中显得金红灿亮，将他们完全围住。营火都在长弓射程之内，但火光中并未见到骑兵的身影，在乌格鲁克制止之前，奥克朝火光滥射了许多箭矢。骑兵们没有任何动静。夜深之后，月亮自云雾后露脸，这才偶尔能见到他们的暗影，不时在皎白的月光中闪现，那是他们在不停走动着巡逻。

"该死的！他们在等太阳出来。"有个守卫低声吼道，"我们为什么不集合起来冲出去？我倒想知道，老乌格鲁克以为自己在干吗？"

"我敢说你会知道的。"乌格鲁克咆哮着，从后面走上前来，"你这话是说我完全不用脑子，对吧？你这该死的！你和那帮杂兵，还有那些路格布尔兹的猴子，就跟蛆虫一样糟糕。跟他们一起冲锋才没有好处！他们就只会尖叫乱逃，而外头的肮脏马娃子可不少，足够在平地上把我们这伙人全扫平。

"这些蛆虫只有一样本事——黑暗里他们眼睛挺尖。不过，我所听说的是，这些白皮佬的夜视能力比大多数人类强，而且别忘了他们有马！据说，那些马连夜风都看得见。但那些厉害的家伙还不知道一件事——毛胡尔和他那群小兄弟埋伏在森林里，现在随时会出现。"

乌格鲁克这番话显然足以令艾森加德的奥克们满意，但其他奥克既沮丧又不服。他们指派了几个哨兵，但大多数都躺在地上，在舒服的黑暗中休息。的确，夜又黑得伸手不见五指，因为月亮已经钻进西边的厚云里去了，皮平连几呎外的东西都看不见。营火的光照不到土丘上。然而，骑兵们并没有仅仅满足于等候天亮，放任敌人休息。土丘东边突然爆发出惨叫声，表明情况不对。似乎是有些人类骑近前来，悄悄下马，潜到营地边上杀了几个奥克，然后又撤退了。乌格鲁克急忙冲过去制止一场溃逃。

皮平和梅里坐了起来。看守他们的艾森加德奥克跟着乌格鲁克走了。不过，即使两个霍比特人生出过任何逃跑的念头，也马上就给掐灭了。两条毛茸茸的长臂伸过来，分别揪住两人的脖子，把他们拉近挨在一起。昏暗中他们察觉，夹在两人之间的正是格里什纳赫的大头和丑脸，他恶臭的口气就喷在他俩的脸颊上。他开始上下搜查他们身上。皮平感觉到冷硬的指头沿着背脊摸索下去，忍不住打了个寒战。

"哈，我的小家伙们！"格里什纳赫轻声细语地说，"你们挺享受这舒服的休息吧？还是不享受哪？——这也是有可能的，你们这样子确实挺尴尬：一边是刀剑和鞭子，另一边是可怕的长矛！小东西就不该搅和到太大的事情里头。"他的指头继续搜索，眼睛深处闪着一点苍白却炽烈的光芒。

刹那间有个念头闯进皮平脑海，仿佛直接截获了敌人急切的心思："格里什纳赫知道魔戒的事！他趁乌格鲁克正忙着，就来找它，很可能他是想自己得到它。"皮平心中升起一股冰冷的恐惧，不过与此同时，他也想着自己怎么才能利用格里什纳赫这个欲望。

"我觉得，你这样是别想找到它的。"他低声说，"要找到它可不那么容易。"

"**找到它**？"格里什纳赫说，摸索的手指停下来，一把抓住皮平的肩膀，"找到什么？你在说什么，小家伙？"

皮平沉默了片刻。接着，在黑暗中，他突然从喉咙里发出一阵"**咕噜，咕噜**"的杂音，然后补充说："没什么，我的宝贝。"

两个霍比特人感觉到格里什纳赫的手指抽搐了一下。"啊哈！"这个半兽人轻轻地嘶声道，"原来他是这个意思，对吧？啊哈！非常、非常危险，我的小家伙们。"

"也许，"梅里这下警觉起来，明白了皮平的猜测，"也许。而且不只是对我们来说很危险。不过，你的事你自己最清楚。你到底想不想要它？你打算拿什么来换？"

"我想不想要它？我想不想要它？"格里什纳赫

说，仿佛十分困惑，但手臂在颤抖，"我打算拿什么来换？你这话什么意思？"

"我们的意思是，"皮平小心斟酌着字句，"黑灯瞎火地乱摸是没用的。我们可以让你省时又省事。但你得先给我们的腿松绑，要不然我们什么也不干，什么也不说。"

"我可爱鲜嫩的小傻瓜，"格里什纳赫嘶嘶说道，"你们拥有的每样东西，知道的每件事，到时候全都会被挖出来，一件不少！到那时候，你们会巴不得有更多的可说，好满足审问的人，你们肯定会的，用不了多久了！我们不该急着审问。噢，当然不该！你以为你们为什么到现在还活着？我说，这可不是出于好心，而我亲爱的小伙计，你们大可信我。这甚至不是乌格鲁克犯的一个错。"

"我觉得要信你也不难。"梅里说，"不过，你还没把猎物带回家呢。而且，无论发生什么事，看来都没遂你的意。我们要是给带去艾森加德，那对伟大的格里什纳赫可没半点好处——萨茹曼会把他能找到的东西全都拿走。如果你自己想要点什么，现在可正是做交易的时候。"

格里什纳赫开始控制不住脾气了。萨茹曼这名字似乎特别惹他恼火。时间一分一秒地流逝，骚乱正在逐渐平息下来。乌格鲁克或艾森加德的奥克随时都会回来。

"你们两个，谁带着它？"他咆哮道。

"咕噜，咕噜！"皮平说。

"解开我们的腿！"梅里说。

他们感觉到奥克的手臂在剧烈颤抖。"该死的，你们这两个肮脏的小害虫！"他嘶声道，"解开你们的腿？我会扒开你们身上每一根筋！你们以为我不能把你们搜个透心凉吗？还搜你们呢！我会把你俩大卸八块，剁成颤悠悠的碎片。我用不着你们的腿就能弄走你们——让你们从头到脚都归我！"

突然，他一把抓起了他们。他那肩膀与长臂的力气大得吓人。他将两人分别塞到腋下，狠狠地夹在身侧，两只令人窒息的大手捂住他们的嘴，然后猫着腰往前窜出去，无声又迅速地跑着，一直跑到土丘的边缘。他在那儿寻得一处守卫之间的空当，像个邪恶的阴影一般从中穿过，没入黑夜里，下了斜坡，朝西向那条流出森林的河奔去。在那个方向，一大片开阔地里只燃着一个火堆。

跑了十来码后，他顿住身子，朝四周窥视聆听。

周围不见异状，不闻一声。他继续蹑手蹑脚地前进，身子猫得更低，鼻子几乎贴地。接着他蹲下来，再次仔细聆听，然后霍然起身，似乎是打算冒险猛冲一段。就在那一刻，一个骑兵黑暗的身影冷不防耸现在正前方。一匹马打着响鼻人立而起。有人吆喝出声。

格里什纳赫立时平平扑倒在地，拖过两个霍比特人压在身下，然后拔出剑来。他无疑宁可杀了两个俘虏，也不容他们逃跑或获救，但这一动却为他招来了杀身之祸。剑出鞘时发出一声微响，在他左侧远处的营火映照下微微一闪，一支箭随即从黑暗中呼啸而来。这箭若不是瞄得娴熟精准，就是受到了命运的指引，当场穿透了他的右手。他尖叫着松开手，剑落了地。一阵急促的马蹄声传来，格里什纳赫刚跳起来要跑，就被踏倒在地，一根长矛将他贯穿。他发出一声令人毛骨悚然的惨叫，便直挺挺地躺着不动了。

两个霍比特人仍旧平趴在地上，就像格里什纳赫离开他们时一样。另一个骑兵迅速驰来，增援同伴。那匹马不知是因为视力特别敏锐，还是因为别的什么知觉，举起前蹄轻巧地跃过了他们俩。但马上的骑手没看见两人——他们身上罩着精灵斗篷躺在那儿，这会儿震惊过度，吓得不敢动弹。

终于，梅里动了动，悄声说："到目前为止，还算顺利。不过，**我们**怎么才能避免也被穿个透心凉啊？"

答案几乎立刻就来了。格里什纳赫的惨叫惊动了奥克们。两个霍比特人从土丘上传来的刺耳吼叫和咒骂来猜测，奥克已经发现俘虏失踪了，乌格鲁克说不定义砍掉了几颗脑袋。接着，回应的奥克叫喊突然从右方传来，远在监视火圈之外，来自山脉和森林的方向。显然，毛胡尔到了，正在攻击包围者。马蹄疾驰的声音响了起来。骑兵冒着被奥克箭矢射中的风险，正在缩小对土丘的包围圈，防止任何奥克突围，同时有一队人马驰离，去迎战新来的敌人。梅里和皮平突然意识到，他俩一动没动，就已经身在包围圈之外，再没有什么能阻碍他们逃脱。

"现在，我俩只要能让手脚脱缚，就能逃掉。"梅里说，"可是我摸不到绳结，也没法把它咬开。"

"不必费事。"皮平说，"我先前正要告诉你，我的手已经自由啦。这圈绳子只是糊弄他们看的。你最好先吃点兰**巴斯**。"

他让绳子从手腕上滑脱，然后探手掏出个小包裹。饼已经碎了，但还能吃，仍妥善地包在叶子里。两个霍比特人各吃了两三块。饼的味道让他们重新忆起了那些美丽的面孔，忆起了欢笑，以及宁静岁月里那些有益健康的食物，这些如今都已经显得那么遥远了。有好一会儿，他们坐在黑暗中一边怀念一边大嚼，完全没注意附近战场上的各种声响与喊叫。皮平首先回到了现实。

"我们得离开这儿。"他说，"等等！"格里什纳赫的剑就在旁边，但他要用的话未免太重，很不顺手。因此他往前爬，找到那个半兽人的尸体后，从尸身上的刀鞘里拔出一把锋利的长刀。他用这刀迅速割断了绑缚两人的绳索。

"现在快逃！"他说，"我们先热热身，然后说不定就能再站起来走。但不管怎样，我们最好先爬着走。"

他们开始爬。草原的草既高又软，这帮了他们的大忙，不过爬行是件缓慢又耗时的事。他们远远地绕开营火，一点一点向前蠕动，一直爬到河边。河岸深陡，河水在岸底的阴影中汨汨流动。这时，他们才回头望去。

各种声音已经消失了。显然毛胡尔和他的"小兄弟们"不是被杀，就是被赶跑了。那些骑兵回去继续监视，静默又不祥，但这场监视持续不了多久了。夜已将尽，东方无云的天空开始露出了鱼肚白。

"我们得找个地方躲起来，否则会被发现的。"皮平说，"要是等我们死了以后这些骑兵才发现我们不是奥克，对我们来说可不是啥安慰。"他起身，跺了跺脚，"那些绳子像铁丝一样吃进我肉里，不过我的脚又渐渐暖了起来。现在我可以摇摇摆摆地走路了。你怎么样，梅里？"

梅里站起来。"还行，"他说，"我能走。**兰巴斯**确实令人振作！也比那个热辣辣的奥克饮料更叫人感觉健康。我好奇那个奥克饮料是拿什么做的，但我看还是别知道的好。我们下去喝点水，洗掉对那饮料的念想吧！"

"别从这里下，这边的河岸太陡了。"皮平说，"先往前走吧！"

他们转身，肩并肩沿着河朝前走。在他们背后，东方天际渐渐放亮。他们边走边交换意见，用那种霍比特人的乐观态度谈论着自从被俘虏后发生的一切。只听他们的话语，没人猜得到他们曾受过残酷的折磨，并曾处在极度危险当中，绝望地步向酷刑和死亡；也没人猜得到即便是现在，他们也很清楚，自己重新找到朋友、重获安全的机会十分渺茫。

"看来你干得挺不错的，图克少爷。"梅里说，"如果我真有机会向老比尔博报告的话，你肯定能在他书里占上差不多一章内容啦。干得好啊！尤其是猜到那个浑身是毛的坏蛋的小把戏，还顺手玩弄了他一下。不过我不信有谁会发现你留下的踪迹，并找到那枚别针。我可不愿意弄丢我这个别针，我担心你那个是再也找不回来了。

"我如果想跟你打个平手，可得梳理下脚趾啦。不过，事实上你的白兰地鹿表兄现在占了先机，这可是他一展身手的地方。我看，你大概不怎么清楚我们在哪儿。而我可不像你，我在幽谷时好好利用了时间。我们正沿着恩特河往西走，前面是迷雾山脉的尾巴尖儿，还有范贡森林。"

就在他说话的当口，黑暗的森林边缘已经赫然耸立在前。黑夜从正在到来的晨曦面前逐步退却，似乎在森林参天的巨树底下找到了藏身之所。

"那就往前带路吧，白兰地鹿少爷！"皮平说，"要么就往回带路！我们曾被警告别进范贡森林，像你这么博学的人，应该不会忘吧。"

"我没忘。"梅里答道，"不过，不管怎样，与其回头撞进混战中，我更愿意到森林里去。"

他带头进了森林，走在那些庞大的树枝底下。那些树看起来老得无法想象，枝干上垂挂着巨大的须状地衣，在微风中轻轻摇晃。两个霍比特人置身在群树的阴影中，回身朝外窥视着山坡底下。他俩小心翼翼的渺小身影在朦胧的光线中看起来就像两个精灵孩童，从远古的蛮荒森林中朝外凝视，惊奇地看着生命中第一个黎明。

远在大河的对岸，越过褐地，在那数不尽多少里格开外灰蒙蒙的远方，黎明来临，红艳似火。洪亮的狩猎号角声响起，向它致意。洛汗骠骑瞬间焕发了生机，号角一声又一声，接连响应。

在寒冷的空气中，梅里和皮平清楚听见了战马的嘶鸣，以及众多骑兵遽然响起的歌声。旭日的晕冕如同一弧火焰，凸升到世界的边缘之上。接着，随着一声响彻云霄的呐喊，骑兵们从东边发起了冲锋，火红的光芒在盔甲和矛尖上闪耀。奥克吼叫着，尽数射出剩下的箭。霍比特人看见有几个骑兵跌下马去。但他们没有被打乱阵线，而是继续挺进，攻上山头又越过山顶，然后掉转马头再次冲锋。上一轮冲锋中侥幸活下来的劫掠者，这时多数已然溃散，朝着四面八方逃窜，却都被一一追上杀死。然而，有一帮奥克集结成一支黑压压的楔形队伍，顽强地朝森林的方向猛冲。他们径直冲上斜坡，向两个旁观的霍比特人冲来。他们越冲越近，已经砍倒了三名拦住去路的骑兵，貌似肯定会逃脱了。

"我们看得太久啦。"梅里说，"那不就是乌格鲁克吗！我可不想再碰见他。"两个霍比特人转身逃进了森林的阴影深处。

因此，他们没看见最后的决战。乌格鲁克被追上，就在范贡森林的边缘陷入绝境，马克的第三元帅伊奥梅尔亲自下马与他以剑对决，最后乌格鲁克被伊奥梅尔所杀。在辽阔的原野上，目光锐利的骑兵追击少数先前逃散、此时还有力气飞逃的奥克，将他们全数歼灭。

随后，骑兵们堆起坟冢将阵亡的同袍合葬，颂唱他们的英勇，之后燃起大火焚烧敌人的尸骨，并将灰烬扬散。这场袭击就这样结束了，没有任何消息传回魔多或艾森加德。不过，燃烧的浓烟直升天际，许多双警醒留心的眼睛都看见了。

乌鲁克族

第四章

树须

与此同时，两个霍比特人在枝干虬结、阴森莫名的森林里拼命飞奔，沿着流淌的溪水朝西边迷雾山脉的山坡上爬，越来越深入范贡森林。渐渐地，随着对奥克的恐惧消退，他们也放慢了步调。一种令人窒息的怪异感觉笼罩了他们，仿佛空气过于稀薄，不足以让人呼吸。

终于，梅里停下脚步。"我们不能这样走下去了。"他喘着气说，"我快透不过气了。"

"我们怎么也得先喝点水。"皮平说，"我快渴死了。"他吃力地爬上一条曲折伸进河水里的硕大树根，弯下腰用双手捧起水来喝。这水清澈、凉爽，他一连喝了好多口。梅里也依样照做。那水令他们精神一振，似乎连心情都愉快起来。有好一会儿，他们一同坐在溪边，把酸痛的腿脚伸进溪里让水轻轻拍打着，同时环顾周围那些静默伫立的树，它们一重重向四面八方扩展开去，一直隐没进远方灰蒙蒙的晨光里。

"我说，你没害得咱们迷路吧？"皮平说，往后靠住一棵巨树的树干，"反正我们可以顺着这条河——是叫恩特河还是别的什么，随你便——朝外走回我们来的那条路。"

"如果我们脚能走得动，气能喘得匀的话，是可以。"梅里说。

"可不是吗，这里光线又暗，空气又闷。"皮平说，"不知为啥，这让我想起远在老家塔克领的那些斯密奥中，图克家族大洞府里的那个老房间。那个地方可真是大，里面家具世世代代都没挪动也没更换过。他们说老图克，就是老盖伦修斯，年复一年住在里头，跟着屋子一起衰朽，并且打从他一百年前去世后，那间屋子就没变过。而老盖伦修斯是我高祖父，这又把时间往回推了一点。不过跟这树林给人的古老感觉比起来，那真算不得什么。你看那一大堆垂着拖着、活像胡须跟鬈毛似的地衣！还有，大部分的树都半覆着干枯破烂却始终不掉下来的树叶，看着又脏又乱！如果这里也有春天的话，我没法想象会是什么样，更别提什么春天大扫除了！"

"可是，太阳总有照进来的时候吧。"梅里说，"这森林的样子跟给人的感觉一点都不像比尔博描述的黑森林。那片林子一片漆黑昏暗，是所有黑暗邪物的老窝，而这里只是阴暗，树味儿浓得吓人。你完全没法想象有**动物**居住在这里，或能在这里待得长。"

"是啊，连霍比特人都没办法。"皮平说，"而且一想到要穿过这森林我就发怵。我猜走上一百哩都找不到吃的。我们还剩多少干粮？"

"很少。"梅里说，"我们从大伙儿身边跑开的时候，除了身上带着几包多余的兰**巴斯**，别的行李都留在原地了。"他们清点了一下还剩多少精灵干粮。所有碎屑加起来，勉强够吃五天，就这么多了。"而且我们连件披肩或毛毯都没有。"梅里说，"不管走哪条路，今晚我们都要挨冻了。"

"好吧，我们最好现在就决定朝哪儿走。"皮平说，"天一定已经亮了。"

就在这时，他们注意到，在往前一点的森林深处，出现了一片黄色的光芒。一缕缕的阳光似乎突然穿透了森林的屋顶，照射下来。

"哈罗！"梅里说，"我们待在这片树下时，太阳一定是躲进云里去了，现在她又跑出来了，要不然就是她终于爬得够高，能从一些空隙照下来了。那里看来不远，咱们过去瞧瞧！"

他们发现，那里比原先以为的要远。地势依旧陡峭地上升，并且变得越来越坚硬。随着他们前进，光线越来越亮，不久，他们便见前方耸立着一座岩壁——那若不是一座山丘的侧面，就是遥远的山脉伸出的一条老长的根基，到此突然中断。岩壁光秃无树，太阳正正照在整片岩石表面上。山脚下的树木，树枝全都挺直伸展着，纹丝不动，像在凑向温暖。原本看起来都非常灰暗破败的树林，此刻却闪烁着深深浅浅的饱满棕色，那些光滑的灰黑树干就像擦亮的皮革。一些树干焕发着幼草般嫩绿的光泽。环绕在两人周围的，是一片早春的景象，或这早春一闪而逝的幻象。

岩壁表面有处地方像是一道阶梯，它看起来粗糙不平，或许是岩石风化破裂，自然形成的。在岩壁上方高处，几乎与林中树木顶端平齐的地方，有一片突出在峭壁底下的岩架。整片岩架光秃不毛，只在边缘长了些青草和苇草，以及一截剩了两根弯曲枝干的老树桩。它的模样活像个皱巴巴的老头，站在那儿，在晨光中眨着眼睛。

"我们上去吧！"梅里兴高采烈地说，"现在该呼吸点新鲜空气，观赏一下大地的景色了！"

他们手脚并用地攀上了岩石。那道阶梯就算真是人工凿成，也不是为了他们，而是为长腿大脚的人所设的。此刻他们浑身竟又充满了活力，被俘时留下的伤口与青肿居然已经痊愈了，但因为心情太急切，他们对此都不觉得惊讶。他们终于爬到了那块突出的岩架边缘，几乎就在老树桩的底部。接着，他们一跃而上，转身背对山丘，深呼吸，同时向东望去。他们发现自己不过往森林里走了三四哩而已。树林的前缘沿山坡一路往下，向平原延伸，就在森林的边上，冒起了一股股螺旋上升的黑烟，正朝这边飘荡过来。

"风向变了，又改成了东风。"梅里说，"在这上面感觉好凉快。"

"是啊。"皮平说，"就怕这道光只是这么一会儿，然后一切又都变得灰灰暗暗的。太可惜了！这破败的老森林在阳光下看起来别有一番风采，我简直快要喜欢上这地方了。"

"简直快要喜欢上这森林！那很好啊！你们真是非同一般地客气。"一个陌生的声音说，"转过身来，让我瞧瞧你们两个的脸。我本来简直快要厌恶你们两个了，不过，咱们先别着急¹。转过来！"与此同时，两只关节鼓起的大手分别搭上他们的肩膀，温和但不容抗拒地将他们扳过身，然后两条巨大的手臂把他们举了起来。

他们发现自己正看着一张离奇古怪到极点的脸。这张脸长在一个巨大的、像人类一样——大得几乎像食人妖了——的人形上，至少十四呎高，非常强壮，有个很高的头，几乎没脖子。很难说它到底是裹着用类似绿色和灰色树皮的料子做的衣服，还是外皮就这样。但无论如何，那两条离躯干不远的手臂并无皱纹，而是覆盖着光滑的棕色皮肤。那双大脚各有七个趾头。那张长脸的下半截长了一大把浓密的灰色胡须，胡须的根部活像细枝，到了尾端却变得很细，还覆着苔藓。但此刻霍比特人除了那双眼睛，几乎没注意别的。那双深邃的棕色眼睛闪着绿色的光芒，此刻正缓慢、严肃，但又极具穿透力地打量着他们。日后，皮平经常努力描述他对这双眼睛的第一印象：

"你会觉得那双眼睛后面是一口深不见底的古井，装满了经年累月的记忆和漫长、和缓、稳定的思虑。但它们的表面闪耀着现实，就像洒在一棵巨树的外层树叶上的细碎阳光，或是深幽湖水表面涟漪的粼粼波光。我说不清楚，但那感觉就像是某种长在大地中的东西，你可以说，它是沉睡着的，也可以说它觉得自己是一种介于树根末端和树叶尖梢之间，介于深厚的大地和天空之间的东西，突然间醒来了，然后用一种千百年来一直审视着自己内在的悠缓目光，同样悠缓地打量着你。"

"**呼噜姆，呼姆。**"那个嗓音咕哝道，深沉犹如音调极低的木管乐器，"的确很古怪！别着急，这是我的口头禅。不过，如果我不等听见你们的声音就看见了你们——我喜欢你们的声音，可爱的小小的声音，它们让我想起了某种我记不得的事物——如果我不等听见你们的声音就看见了你们，我准把你们当作小奥克一脚踏扁，然后才发现自己搞错了。你们的确很古怪。根和枝在上，都非常古怪！"

皮平虽然还很吃惊，却不觉得害怕了。在这双眼睛注视下，他感觉到一种饱含悬念的好奇，而非恐惧。"请问，你是谁？"他说，"还有，你是什么？"

那双古老的眼睛中浮现出一道怪异的光彩，像是警觉；那口深井被完全盖上了。"**呼噜姆**，这个嘛，"那声音答道，"这么说吧，我是个恩特，他们是这么叫我的。对，就是这个词，恩特。用你们说话的习惯来讲，你可以说，我就是**那位恩特**。有些人叫我**范贡**，还有一些人叫我**树须**。叫我树须就好。"

"**恩特**？这是什么？"梅里说，"可你怎么称呼你自己呢？你的真名叫什么？"

"呼，这个嘛！"树须回答说，"呼！那可会泄露天机的！别着急。还有，你们在**我的**地盘，由**我**来发问。我很好奇，**你们**是什么？我没法把你们对上号。你们似乎不在我年轻时学到的旧名单里头，不过那是很久、很久以前的事了，他们说不定已经列出了新名单。让我想想！让我想想！那名单是怎么说的？

且把世间活物之名记心头！

先表四个自由行走的民族：

最年长的是精灵，

凿山矮人居暗穴，

> 土里生长是恩特，寿比山岭，
> 终有一死是凡人，驯马好手；

"哼，哼，哼。

> 海獭能筑坝，公羊喜冲跳，
> 狗熊寻蜂蜜，野猪好斗勇，
> 猎犬饥，野兔惧……

"哼，哼。

> 鹰居高崖上，牛牧草原中，
> 牡鹿角如冠，雕飞最迅捷，
> 天鹅色纯白，长蛇血冷寒……

"呼姆，哼，呼姆，哼，再来是怎么列的？噜姆—吐姆，噜姆—吐姆，噜姆踢—图姆—吐姆。那名单长得很。但是，不管怎样，你们似乎哪里都对不上啊！"

"我们好像总被遗漏在古老的名单跟故事外头。"梅里说，"但我们在这世上已经好久啦。我们是**霍比**

特人。"

"为啥不新加上一行呢？"皮平说，

洞穴居住者，半身霍比特。

"把我们放在四类人当中，排在人类（大种人）后头，这样不就行啦。"

"哼！不错，不错。"树须说，"这还真行。这么说你们是住在洞穴里喽？听起来挺合适，也挺恰当。不过，是谁把你们叫作**霍比特人**的？我觉得这不怎么有精灵味儿啊。所有的古老词语都是精灵创造的，字词是他们发明的。"

"不是别人把我们叫作霍比特人，是我们自己这么称呼自己的。"皮平说。

"呼姆，哼哼！这样啊！别着急！你们**自称**霍比特人？可是你们不该随便告诉人。如果你们不小心，会连自己的真名都泄露出去。"

"我们对这事儿可没啥要小心的。"梅里说，"事实上，我是白兰地鹿家的，名叫梅里阿道克·白兰地鹿，不过大多数人都只叫我梅里。"

"我是图克家的，我叫佩里格林·图克，不过大伙儿一般都叫我皮平，还有的干脆就叫我皮皮。"

"哼，我看出来了，你们**还真是性急的种族**。"树须说，"你们如此信任我，我很荣幸，但你们可不该这么毫不提防。要知道，这里有各式各样的恩特，照你们的说法，还有些看起来像是恩特但其实不是恩特的东西。你们愿意的话，我就叫你们梅里和皮平——挺好听的名字。但我还不打算告诉你们**我的名字**，至少现在还决不能说。"他眼中绿光一闪，流露出一种半是知悉、半是幽默的古怪神情，"原因之一是，那很费时。我的名字一直随着时间而加长，而我已经活了很久、很久了，因此，**我的名字像个故事一样**。在我的语言里，事物的真名会告诉你它经历过的故事，你们可以说，那是古老的恩特语。它是种迷人的语言，不过要用它来说任何事都得花很长的时间，因为什么事要是不值得花很长的时间去说、去听，我们就不用这语言来说。

"但话说回来，"那双眼睛一下变得雪亮又"现实"，并且似乎缩小了，几乎称得上犀利，"出了什么事？你们在这事里扮演什么角色？我能从这个，从这个，从这个阿—唠啦—唠啦—噜姆巴—咔曼达—林德—欧尔—布噜米看出来跟听出来（**还能嗅出来跟**

感觉出来），一大堆事正在发生。抱歉，刚才那是我给这东西取的名字的一部分，我不知道用外面的语言该怎么说。你知道，就是我们所在的这个东西，就是我站着，在每个美好的早晨向外张望，想着太阳，想着森林之外的草原，还有马，还有云，以及世界演变的地方。出了什么事？甘道夫打算干什么？还有这些——卟啦噜姆，"他发出一声深沉的隆隆声，像一架巨大的管风琴发出了一个不和谐音，"——这些奥克，以及底下艾森加德里头那个年轻的萨茹曼，都是怎么回事？我喜欢听些消息。不过眼前先别太急。"

"出的事儿可多了，"梅里说，"而且，就算我们急着说，也得花上好多时间才说得完。可是你又叫我们别着急，那我们该这么快就跟你说什么事儿吗？如果我们问你，你打算拿我们怎么办，还有你站在哪一边，你会不会觉得这太没礼貌？而且，你认识甘道夫吗？"

"我认识，我确实认识他。他是唯一一个真正关心树木的巫师。"树须说，"你们认识他吗？"

"我们认识，"皮平悲伤地说，"我们认识他。他是个很棒的朋友，还曾是我们的向导。"

"那么，我可以回答你们另外那些问题。"树须说，"我不打算**拿**你们怎么办——如果你们的意思是，不经你们同意就'**对你们干点儿什么**'。我们或许可以一起干点儿事。我不知道什么叫**站边**。我自行其道，不过你们的道路或许会有一段与我的重叠。还有，你们说到甘道夫大人的时候，就好像他在一个已经结束的故事里似的。"

"对，我们就是这意思。"皮平伤心地说，"虽说故事似乎还没完，但恐怕甘道夫已经从故事里退场啦。"

"呼，这样啊！"树须说，"呼姆，哼，啊，好吧。"他顿了顿，久久地注视着两个霍比特人，"呼姆，啊，嗯，我不知道该说什么好。来吧！"

"你要是想多听一点，我们会告诉你的。"梅里说，"不过那很花时间。你可不可以把我们放下来？趁现在有太阳，我们能不能一块儿在这里坐坐？你举着我们一定举累了吧。"

"哼，**累**？不，我不累。我没那么容易累。我也不坐。我不那么，哼，柔软。不过嘛，瞧，太阳**就要**躲起来啦。我们就离开这个——你们刚才说这叫什么？"

"山丘？"皮平猜道。"岩架？阶梯？"梅里跟着猜。

树须若有所思地重复那几个词。"**山丘**。对，就是这词。不过，要形容一个从世界这片地区被创造以来就挺立在这儿的东西，这词还是太草率了。算了，走吧，我们离开这儿。"

"我们要去哪儿？"梅里问。

"去我家，或者说，我的一个家。"树须答道。

"很远吗？"

"我不知道。也许你们会觉得远。可是这有什么关系？"

"哦，你瞧，我们所有的东西都丢了。"梅里说，"食物也只剩一点了。"

"噢！哼！这你们不用担心。"树须说，"我会给你们一种饮料，让你们喝了之后能保持青翠，并且还能长上很长、很长一段时间。假使我们决定分开，我可以送你们到我家乡外任何你们指定的地方。我们走吧！"

树须轻柔却稳固地将两个霍比特人拥在两边臂弯中，先抬起一只大脚，跟着另一只，如此走到了岩架边上。他用树根似的脚趾抠住岩石，然后小心翼翼、一本正经地一步步走下石阶，下到了森林的地面。

他随即从容地迈开大步在树木间穿行，一路深入森林，稳稳地朝迷雾山脉的山坡上爬，但从不离开溪流太远。有许多树似乎在沉睡，或像根本没察觉到他，就好像他只是一个过路的生物。但有些树木抖动起来，还有些在他走近时举起树枝让他从底下穿过。一路上，他边走边用一种音乐般悠长如流水的声音自言自语。

两个霍比特人沉默了一阵。他们感到安全又舒服，这真是怪不可言。而且他们也有好多事可想，好多事值得惊讶。最后，皮平壮起胆子又开口了。

"拜托，树须，"他说，"我能问你个事儿吗？为什么凯勒博恩警告我们别进你的森林？他告诉我们，别冒险陷到这里头来。"

"哼，他如今这么说么？"树须隆隆发声，"要是你们反过来从这儿过去，我大概也会说同样的话。别冒险陷进**劳瑞林多瑞南**的森林！以前精灵是这么称呼它的，现在他们把名称缩短了，叫它**洛丝罗瑞恩**。也许他们是对的，那片森林可能正在凋零，而不是壮大。那曾经一度是'黄金歌咏之谷地'，那个老长的名字就是这意思，现在则变成了'梦中之花'。啊，总之，那是个古怪的地方！不是什么人都能冒险进去的。我很惊讶你们居然出来了，不过更惊讶的是你们居然进得去——这已经多年不曾发生在外人身上了。那是个古怪的地方。"

"但这儿也是。来这儿的人尽碰上灾祸，没错，是碰上了灾祸。Laurelindórenan lindelorendor malinornélion ornemalin。[2]"他自言自语咕哝了一长串，"我猜，他们那儿已经远远落在世界之后了。"他说，"这片乡野，以及金色森林之外的任何地方，都已经不是凯勒博恩年轻时的模样了。不过：

"Taurelilómëa-tumbalemorna Tumbaletaurëa Lómëanor。[3]

"他们以前总这么说。时过境迁，但这在有些地方仍旧一样。"

"什么意思？"皮平说。"什么仍旧一样？"

"树木和恩特。"树须说，"并不是所有发生在我身上的事我都能理解，所以我无法解释给你听。我们有些还是真正的恩特，就按我们该有的样子活跃着，但有很多变得越来越困乏嗜睡，照你们的说法是变得更有树味儿。当然，绝大多数的树都只是树而已。但有许多是半醒的，有些则相当清醒，还有少数，啊，嗯，变得越来越有**恩特味儿**。这种变化始终没停过。

"树起了这样的变化之后，你会发现其中有些是**存着坏心眼**的。这跟他们那林子没关系，我不是那个意思。哎，我认识一些恩特河下游的好心老柳树，可叹的是，早就死了！他们树干都空了，事实上，他们全都快衰朽得四分五裂了，可还是安静又呢喃甜美，像新嫩的叶子一样。然而，在山脉脚下的山谷里，有些十分健康强壮的树却坏透了。这样的事似乎在蔓延。这片乡野过去有些地方非常危险，现在也仍有一些小片的地方非常黑暗。"

"你的意思是，就像远处北方那片老林子？"梅里问。

"是啊，是啊，类似那样，但坏得多。我毫不怀疑，遥远的北方仍然有大黑暗时代的阴影笼罩，而有害的记忆流传了下来。但这地有些空谷从未从黑暗中解脱出来，有些树比我还要老。不过，我们还是尽力而为。我们不让外人和莽撞的家伙们接近。我们教导，我们训练，我们四处行走并除去杂草。

"我们这些古老的恩特是树的牧人，如今已所剩无几。据说，羊会变得像牧羊人，牧羊人也会变得像羊，不过这种变化很慢，他们在世间的时间也都不算长。这种变化在树和恩特之间比较密切也比较快，而且二者一同走过了漫长的岁月。你可以说，恩特更像精灵——更善于理解其他事物的内在，不像人类那样十分关心自身。但你也可以说，恩特更像人类——比精灵更容易起变化，更快接受外界的色彩。还可以说，恩特比那两者都更好——他们更稳重，对事物的关注更加长久。

"我有些亲戚，如今看起来就跟树木没什么区别，需要某种惊天动地的事才能被唤醒；并且他们只低声说话。但我有一些树却枝干柔软，有许多能跟我交谈。当然，这事是精灵起的头，把树唤醒，教他们说话，并学习树的语言。精灵总是想跟所有的东西说话，古时的精灵也确实这么做。可是，后来大黑暗来临，精灵渡海离去，或逃到遥远的山谷中隐藏起来，作歌怀念那永不复返的岁月。永不复返。是啊，是啊，森林曾经一度是整个连成一片的，从这儿直到路恩山脉，这儿不过是东端而已。

"那真是天地广阔的年代！那时我可以整天行走和歌唱，空旷的山谷中只听得到我自己的声音在回荡。所有的森林都像洛丝罗瑞恩的森林，但更茂密、更强壮、更年轻。还有，那空气的味道啊！我经常一整个星期什么都不干，只是呼吸。"

树须沉默下来，迈开大步走着，那么大的脚踩在地上，却几乎没发出任何声音。然后他又开始哼起歌来，随即转成喃喃吟诵。渐渐地，霍比特人开始察觉他是在吟诵给他们听：

> 塔萨瑞南的柳荫地，我在春日散步。
> 啊，南塔萨瑞安的春日景色与气息！
> 那时我说：这可真不赖。
> 欧西瑞安德的白榆林，我在夏日漫步。
> 啊，欧西尔七河的夏日阳光与天籁！
> 那时我想，这无与伦比。
> 尼尔多瑞斯的山毛榉，我在秋日走来。
> 啊，陶尔－那－尼尔多的焜黄秋叶微叹，
> 那时我心，别无所求。
> 多松尼安的松林高地，我在冬日登临。
> 啊，欧洛德－那－松的冬日苍松，寒风白雪！
> 我的歌声直上九霄云端。
> 如今故土已沉碧波，
> 我巡行在阿姆巴罗那，在陶瑞墨那，在阿勒达罗迷，

此乃吾土，范贡森林我的国度，

在陶瑞墨那罗迷，

在这里，树根长，

年月犹比积叶深。⁴

他结束诵唱，继续沉默地迈着大步，听力所及范围之内，整片森林鸦雀无声。

白日将尽，暮色缭绕在群树的树干间。终于，霍比特人看见前方朦胧升起一片陡峭的暗色之地。他们已经来到迷雾山脉脚下，来到了高耸的美塞德拉斯那青翠的山脚。从山侧流下的恩特河这时还是条小溪，源自高处的泉源，溪水喧闹地一阶阶奔腾跳跃而下，向他们迎来。溪流右侧有一片长满青草的绵长山坡，此刻披着暮光，显得一片灰白。山坡上没长树，开敞在天空下，星星已经在一排排云彩缝隙间的天河中闪烁了。

树须大步迈上山坡，几乎一点也没放慢步伐。突然，霍比特人看见前方有个宽阔的缺口，两侧各立着一棵巨树，就像两根活的门柱，不过除了交缠的粗大枝条，不见有门。老恩特走近，两棵树举起了树枝，所有的树叶都抖动起来，发出沙沙声。这是两棵常青树，树叶墨绿油亮，在暮色中闪闪生辉。两树背后是片宽阔平坦的空地，仿佛是片地板，属于一间从山坡中开凿出的大厅。空地两边的石壁随山势斜斜而上，直达五十多呎高，沿着石壁还长着两排树，也是越往里长得越高。

大厅尽处的石壁笔直陡峭，但底部往内凹成一个浅浅的洞穴，上方形成了上方的拱顶——这就是大厅仅有的屋顶，此外只有树木的枝条。到了厅内尽头，树枝遮蔽了整片地面，只余中间一条宽敞的露天通道。有一条溪流离开山上的泉源，岔出了小溪主流，叮叮咚咚地顺着石壁的陡峭表面流下，倾落的银色水珠宛如拱顶洞穴前的一道薄薄的水帘。落下的水重新汇集在树木之间的一个石盆中，再漫溢出来，沿着露天通道旁边往下奔流，然后又汇入恩特河，继续一路穿越森林。

"哼！我们到了！"树须打破长久的沉默说，"我带你们走了大约七万恩特步，不过我不知道这折合成你们的距离是多少。总而言之，咱们很靠近末尾山的山脚了。这个地方的名称，其中一部分要是拿你们的语言来说，大概叫作'涌泉厅'。我喜欢这名字。咱们今晚就住这儿。"在两排树木间的草地上，他将两个霍比特人放了下来，他们跟着他向那巨大的拱顶走去。霍比特人这会儿才注意到，树须走路时是伸开腿迈出极大一步，膝盖却几乎不弯。他先用老大的脚趾头（它们确实很大，并且非常宽）扎根般牢牢扒住地面，然后才落下脚掌。

树须在泉水倾落形成的雨帘中站了片刻，深深吸了口气，接着开怀大笑，走了进去。厅中有张巨大的石桌，但没有椅子。在这个凹穴的深处，已经相当暗了。树须拿起两个大缸子放在桌上，里面似乎盛满了水。然而当他将手悬到缸子上方，它们立刻开始发光，一个发出金光，另一个则发出饱满的绿光。这两种光芒交相辉映，照亮了整个凹穴，仿佛夏日的阳光透过新嫩树叶拼成的屋顶照耀下来。霍比特人回头，看见院中的树也都开始发光，一开始很微弱，但渐渐地越来越明亮，直到每一片树叶的边缘都放着光：有些是绿的，有些是金的，有些赤亮如红铜。而所有的树干看起来就像是用发光的岩石雕凿而成。

"行啦，行啦，现在我们又能聊聊了。"树须说，"我想你们一定渴了，说不定也累了。喝点这个吧！"

他走到凹穴深处，霍比特人看见那里立着好几个高高的石坛，盖着沉重的盖子。他挪开一个盖子，拿一根大长柄勺伸进去舀水出来，盛满了一大两小三个碗。

"这是一处恩特之家，"他说，"恐怕没有座位可用。不过，你们可以坐在桌子上。"他把两个霍比特人举起来，放到那张离地有六呎高的大石板桌上，他们就坐在桌沿上，晃荡着腿，啜着饮料。

那饮料喝起来像水，其实很像他们之前在森林边缘附近时喝的恩特河的水。不过，这水有一种他们形容不出来的味道，淡淡的，让他们想起乘着夜晚清凉的微风而来的，远方森林的气息。饮料的效果先出现在脚趾头上，再稳稳往上涨，通向四肢，所经之处皆带去焕然一新的感觉与活力，一路直达发梢。事实上，两个霍比特人都觉得头上的头发当真竖了起来，摇摆着，卷曲着，生长着。至于树须，他先是把脚泡到拱顶外的石盆里，然后悠悠地一口长气喝完了他那一巨碗的饮料。两个霍比特人以为他会一直喝下去，永远都不停。

终于，他又把碗放下了。"啊——啊，"他叹道，"哼，呼姆，现在我们可以轻松点儿聊聊了。你们可以坐在地上，我要躺下来，要不这饮料就会升到我头上，令我睡着。"

在凹穴的右边有一张巨大的床，床脚低矮，不到两呎高，上面铺着厚厚的干草和蕨叶。树须动作迟缓地倒在这床上（其间只有那么一丁点弯腰的迹象），直到完全躺平，头枕在双臂上，眼睛盯着拱顶——那里光芒闪烁摇曳，像树叶在阳光下嬉戏一般。梅里和皮平坐在他身边的草垫子上。

"现在，给我讲讲你们的故事吧，慢慢说，别着急！"树须说。

两个霍比特人开始给他讲起打从他们离开霍比屯后一路冒险的故事。他们叙述得不怎么有条理，因为两人不停地打断彼此，树须又常常制止说话的人，不是把话题拉回先前的某件事，就是跳跃往前，追问后来发生了什么事。他俩都没提到魔戒一丝一毫，也没告诉树须他们为什么出发，以及他们要到哪里去。他也没问他们任何理由。

他对每件事都抱着极大的兴趣：黑骑手、埃尔隆德、幽谷、老林子、汤姆·邦巴迪尔、墨瑞亚的矿坑，以及洛丝罗瑞恩和加拉德瑞尔。他要他们一遍又一遍地描述夏尔与其乡野，然后他说了奇怪的话。

"你们就没在那边见到任何，哼，任何恩特，是吗？"他问，"啊，不是恩特，我其实该说**恩特婆**。"

"'**恩特婆**'？"皮平说，"她们长得跟你像吗？"

"是啊，哼，啊，不是，如今我真的不知道。"树须若有所思地说，"但她们应该会喜欢你们的家乡，所以我就是好奇才问问。"

不过，树须对有关甘道夫的每件事都特别感兴趣，而最感兴趣的是萨茹曼的所作所为。两个霍比特人非常后悔没去多了解一下那些事，他们只听山姆不清不楚地转述过甘道夫在埃尔隆德会议上说的话。但是，无论如何，两人清楚说了乌格鲁克和他那帮奥克是从艾森加德来的，并且称萨茹曼是他们的主人。

当他们的故事终于迂回曲折地讲到洛汗骠骑跟奥克的战斗时，树须说："哼，呼姆！行了，行了！这是一大堆消息，绝不会错，可是你们没把所有的事告诉我，确实没有，远远地没有。不过，我不怀疑你们是遵照甘道夫本来的期望这么做的。我看得出，有极其重要的事情正在发生，而到底是什么事，我大概早晚都会知道的。但是，根和枝在上，这真是件怪透了的事——突然冒出一支旧名单中没有的小种人。而且看哪，九个早被遗忘的骑手重出江湖追杀他们，甘道夫带领他们踏上一趟迢遥旅程，加拉德瑞尔庇护他们暂歇在卡拉斯加拉松，奥克越过整片大荒野追捕他们——看来他们确实卷入了一场大风暴。但愿他们能够平安度过这场风暴！"

"那你自己呢？"梅里问。

"呼姆，哼，我一直不为那些大战操心。"树须说，"它们主要跟精灵和人类有关。那是巫师的事，巫师总是为将来操心。我不喜欢为将来操心。我不完全站在任何人**那一边**，因为没有人完全站在我**这一边**，你懂我的意思吧——没有人像我这样关心树木，如今就连精灵都不关心了。不过，我对精灵还是比对别的种族客气，因为是他们在很久以前教会我们开口说话，尽管后来我们分道扬镳了，这仍是一份不能遗忘的厚礼。当然，还有一些东西，我是**绝不会站在他们那一边**，我跟他们势不两立：那些——**卟啦噜姆**——"他再次发出表示憎恶的低沉轰隆声，"——那些奥克，还有他们的主人。

"当阴影笼罩黑森林时，我曾经焦虑过，但是当它挪到魔多去之后，我好一阵子都不用操心——魔多离这里可远着哪。不过看来东风又吹起了，树木尽数枯萎的时候可能要逼近了。一个老恩特可没有法子挡住这场风暴。他必须经受风雨，并且挺住，否则就会折断碎裂。

"但是，眼下又冒出了萨茹曼！萨茹曼可是近邻，我不能忽视他。我想我一定得做点什么。近来我常想我该拿萨茹曼怎么办。"

"萨茹曼到底是谁啊？"皮平问，"你知道他的来路吗？"

"萨茹曼是个巫师。"树须说，"别的我就说不清了。我不知道巫师的来路。他们最初是在那些大船渡海而来之后出现的，但我从来不知道他们是否随船而来。我想萨茹曼被认为是他们当中大有能耐的一个。一段时间之前——你们会说那是很久很久以前——他不再四处游荡，不再去关心精灵跟人类的事务，在安格瑞诺斯特，也就是洛汗人类口中的艾森加德，定居下来。起初他可谓默默无闻，但后来名气越来越大。据说，他被推选为白道会的领袖，但结果并不太好。现在我怀疑萨茹曼是不是早在那个时候就已经走上邪路，包藏祸心了。但是，不管怎样，他过去没给邻居带来麻烦。我过去曾跟他聊过。有段时间他总在我的森林里出出入入。那段日子里他很有礼貌，总是先征求我的同意（至少在他遇见我的时候），并且总是热心聆听。我告诉过他许多事情，那都是他靠自己绝不会发现的。但他从来没用类似的讯息回报过我。我就根本想不起来他告诉过我什么。并且他变得越来越守口如瓶。他的脸，就我所记得的——我已经多日没见过他了——变得就像石墙上的窗户，还是里头装着百叶窗的那种。

"我想现在我明白他在搞什么鬼了。他密谋成为一方霸主，心里想着金属和轮子，一点也不关心那些生长之物，除非它们服从他的指派。现在很清楚了，他就是个邪恶的叛徒。他跟那些肮脏的东西，跟那些奥克为伍。卟勒姆，呼姆！还有比那更糟糕的——他一直都在对他们动着手脚，某种非常危险的手脚。因为这些艾森加德种更像邪恶的人类。在大黑暗时代出现的邪恶之物有个特征，他们受不了太阳。可是萨茹曼的奥克尽管痛恨太阳，却能忍受阳光。我怀疑他究竟干了什么？他们是被他扭曲摧毁的人类吗？还是他把奥克跟人类这两个种族混血了？那可真是罪大恶极！"

树须低声隆隆咕哝了片刻，仿佛在宣读某种深沉的、来自地下的恩特语诅咒。"一阵子以前，我开始纳闷为什么奥克敢这么毫无顾忌地穿过我的森林，"

他继续说，"直到最近我才猜这是萨茹曼在捣鬼，很久以前他就侦察出所有的路，探明了我的秘密。现在他跟他那群肮脏东西正在大肆破坏。在底下的边界上，他们正在砍树——那都是好树！有些树他们就是砍倒而已，然后丢在那儿任它们腐烂——可恶的奥克恶行！但大多数都被劈碎，运去喂了欧尔桑克的火炉。这段时期，艾森加德总是不断冒着浓烟。

"根和枝在上，诅咒他！那些树有许多曾是我的朋友，我从他们还是坚果或橡实的时候就认识他们了。许多都曾有自己的声音，如今却永远消失了。曾经欢唱不停的小树林，现在只剩树桩和荆棘，一片狼藉。我虚度了岁月，疏忽了事务。这种行径必须制止！"

树须猛地从床上挺身而起，捶了一下石桌。那两个发光的缸子一阵颤动，喷出两股火焰。树须的眼中闪着宛如绿火的光彩，胡子根根竖起，好似一把大扫帚。

"我会制止这种行径！"他轰然道，"你们应该跟我一起去。你们说不定能帮助我。你们还能借此帮到你们的朋友，因为如果不制服萨茹曼，洛汗和刚铎就会腹背受敌。我们要走的路是同一条——去艾森加德！"

"我们会跟你一起去。"梅里说,"我们会尽力而为。"

"对对!"皮平说,"我可真想见到白手被推翻,我很想在场,尽管我可能派不上多大用场。我永远都忘不了乌格鲁克和那趟穿过洛汗的经历。"

"很好!很好!"树须说,"不过我说得太急了。我们万万急不得。我变得太激动了。我得冷静下来好好想想,大喊'**住手**'可比实际行动容易多了。"

他大步走到拱门前,在泉水形成的瀑布雨帘下站了好一会儿。随后,他大笑着晃了晃身子,晶亮的水珠纷纷从他身上飞落坠地,闪亮犹如红与绿的火花。他走回来,再次在床上躺下,不再说话。

过了一阵,两个霍比特人听见他又开始咕哝自语。他似乎在数自己的手指。"范贡、芬格拉斯、弗拉德利夫,对,对。"他叹道,"问题是如今我们剩下的太少了。"他说着,转向霍比特人,"在大黑暗来到之前就在森林中行走的首批恩特,只剩下三个:只剩下我,就是范贡,还有芬格拉斯和弗拉德利夫——我说的是他们的精灵语名字,你们要是喜欢,也可以叫他们'树叶王'和'树皮王'。[5]我们三个里面,树叶王和树皮王在这事儿上已经帮不了什么忙了。树叶王变得嗜睡，你们会说差不多像树一样了。整个夏天，他都独自站在没到他膝盖深的草地上，一直处于半睡眠状态，叶子似的头发盖满一身。他过去一向在冬天时醒来起身，但近来他即便在冬天也是昏昏欲睡，懒得走动。树皮王则住在艾森加德西边的山坡上，那是被破坏得最严重的地区。奥克伤了他，他那一族和他所牧养的树，有许多都被谋杀、毁掉了。他已经爬到了高处，到他至爱的桦树当中，不肯下来了。不过，我敢说我还能召集起相当一批年轻些的族人，要是我能让他们理解情况紧急，要是我能鼓动起他们的话——我们不是性急的种族。真可惜啊，我们的人数实在太少了！"

"你们既然在这片乡野中生活了那么久，人数为什么还那么少？"皮平问，"是不是有好多都死了？"

"噢，不！"树须说，"照你们的说法，没有谁是自然死亡的。有些在漫长的年岁中遭遇厄运身亡，这是当然，还有更多已经变得像树木一样了。但我们的人数从来就不多，并且也不再增加了。我们没有恩特娃——你们会说，没有小孩——这样的年岁已经长得可怕，数也数不清了。你瞧，我们失去了恩特婆。"

树须

"这太叫人难过了！"皮平说，"她们怎么会全死了？"

"她们没**死**！"树须说，"我从来没说**死**啊。我说的是，我们失去了她们。我们失去了她们，我们找不到她们了。"他叹口气说，"我以为绝大多数种族都知道这件事。从黑森林到刚铎，精灵和人类都传唱过许多恩特寻找恩特婆的歌。那些歌总不会全被忘了吧。"

"这么说吧，恐怕那些歌没有往西越过山脉传到夏尔。"梅里说，"你愿意跟我们多说点吗？要么，就唱首这样的歌给我们听听？"

"好啊，我当然会。"树须听到这样的要求，似乎很高兴，"但我没法细说，只能简短说一下，然后咱们就得打住。明天要召开会议，有事要办，说不定还有趟旅程得开始走。"

他在停顿了片刻之后说："这其实是个奇怪又悲伤的故事。当世界还年轻的时候，森林既辽阔又蛮荒，恩特和恩特婆——那时还有恩特姑娘呢，啊！菲姆布瑞希尔、脚步轻盈的嫩枝娘，[6]她那样美好，那时我们正当年少！——恩特和恩特婆同行同住。但我们的内心所向，发展得并不相同。恩特把爱给了那些自己在世间遇见的事物，恩特婆则把心思给了其他的事物。恩特热爱大树，还有蛮荒的森林，高岗的山坡，他们喝山中溪流的水，只吃树木抖落在他们所经之路上的果实，他们跟精灵学习，和树木交谈。但恩特婆关心的却是较小的树，以及森林范围之外阳光照耀的草地。她们眼中所见，是灌木丛中的黑刺李，春天盛开的野苹果和樱桃，夏日长在水边的萋萋芳草，还有秋天原野上结籽的禾稻。她们并不渴望跟这些植物交谈，只盼望它们聆听并服从所听见的话语。恩特婆命令它们按照她们的意愿生长，长出她们喜爱的叶子和果实，因为恩特婆渴望秩序、丰收与安定（她们的'安定'，意思是植物当待在她们所种植的地方）。于是，恩特婆开辟花园，住在其中。但我们恩特却继续漫游四方，只偶尔到她们的花园去拜访。然后，大黑暗降临到北方，恩特婆渡过大河，开辟了新的花园，耕作着新的田地，我们就更少见到她们了。大黑暗被推翻之后，恩特婆的土地繁花盛放，田地里谷物丰收。许多人类学到了恩特婆的手艺，对她们极为尊崇。但我们对人类而言只是传说，是森林深处的秘密。然而，我们至今仍在这里，恩特婆的花园却已全部荒芜，如今人类称那地为褐地。

"我还记得，很久以前——在索隆和海国人类发生战争的年代——我突然渴望再见到菲姆布瑞希尔。我最后一次见到她时，虽然她几乎已经褪尽了古时那位恩特姑娘的风韵，但在我眼中她依然非常美丽。恩特婆因为劳作都驼了背，皮肤变成了棕色，她们的头发被太阳晒得枯干，染成了成熟小麦的色调，她们的脸颊红得像苹果。不过，她们的眼睛仍是我们族人的眼睛。我们渡过安都因大河，去到她们的土地，但我们只找到一片荒漠。一切都被连根拔起，彻底烧毁了，因为战火烧过了那片大地。可是恩特婆不在那里。我们呼唤许久，寻找许久，我们询问遇到的每一个种族，打听恩特婆到哪里去了。有些说他们从未见过恩特婆，有些说见到她们朝西走，有些则说朝东走，旁人又说朝南走。但无论我们去往何方，都没有找到她们。我们极其悲伤。不过原始的森林在呼唤，于是我们回到了森林中。许多年来，我们一直寻找恩特婆，不时去到很远的地方，搜寻很大的范围，不住呼唤她们那美丽的名字。但是，随着时间流逝，我们出去得越来越少，游荡得也不那么远了。如今，恩特婆对我们来说已经只是记忆，我们的胡须也已经长而灰白了。精灵作了许多有关恩特寻妻的歌，有些歌谣被翻译成了人类的语言。但我们没有为此作歌。每当我们想起恩特婆时，我们满足于念诵她们美丽的名字。我们相信，有朝一日，我们还会重逢，或许我们会找到一处能够一起生活，又彼此都心满意足的地方。不过，有预言说，唯有当我们双方都失去现在拥有的一切时，这才会实现。而那个时刻，很可能是终于临近了。古时索隆已经摧毁了那些花园，而如今看来，大敌多半会摧毁所有的森林。

"有一首精灵的歌谣说到这事，至少我是这么理解的。过去大河上下，经常有人唱这首歌。不过提醒你们一声，这绝不是恩特语的歌。要是用恩特语来唱，一定会长得不得了！但我们将它铭记在心，不时哼唱。这歌谣用你们的语言是这样唱的：

恩特：

　　当春天舒展山毛榉叶，树液充盈枝条，

　　当阳光照上野林溪，风吹上眉梢；

　　迈开大步深呼吸，山间空气多清新，

　　归来吧！回到我身边！赞美吾土多美丽！

恩特婆：

当春天来到庭院田野，小麦叶间初抽穗，

当果园树花盛开，犹如晶莹积雪；

细雨春阳润大地，芬芳满人间，

我将踯躅此乡不归，因为吾土多美丽。

恩特：

当夏日盘踞大地，正午明如金，

静眠叶冠笼盖下，林木梦正长；

深林如殿绿荫凉，西风轻轻吹，

归来吧！回到我身边！赞美吾土最美好！

恩特婆：

当炎夏温暖了果实，燃炙莓果成深褐；

麦秆金黄麦粒白，丰收季节到来；

蜂蜜流淌苹果圆，风儿从西来，

我流连此地阳光下，因为吾土最美好！

恩特：

当冬天来到发威，山野林木将衰颓；

当树木倾倒，黯夜蚀短惨淡白天；

冬风来自严酷东方，凄寒苦雨中我将

把你寻觅呼唤，我将再来你身边！

恩特婆：

当冬天到来歌声歇，岁暮长夜终降临；

当枯枝摧折，阳光与劳作已远去；

我将把你寻觅等待，直到我俩再相会，

凄寒苦雨中的大路，我俩同行并肩！

合：

我俩同行并肩，一齐走上西去大路，

在远方找到一片土地，让两人的心满足安歇。

　　树须唱完了歌。"就是这样。"他说，"当然，这歌是精灵作的——轻松愉快，词语简洁，很快就唱完了。我敢说这歌够动听，但恩特要是有时间的话，他们这边会有更多要说！不过，现在我要站起来睡一会儿了。你们想要站哪儿？"

　　"我们通常躺下来睡觉。"梅里说，"睡哪儿都行。"

　　"躺下来睡觉！"树须说，"看我怎么搞的，你们当然是躺着睡喽！哼，呼姆，我都忘了。唱那首歌让我满脑子都沉浸在过去，差点以为自己是在跟小恩特娃说话了，没错我就是这么以为的。好啦，你们可以躺到床上。我要去雨中站着。晚安！"

　　梅里和皮平爬到床上，蜷缩在柔软的干草和蕨叶上。草叶很新鲜，散发着甜美的香气，而且很温暖。桌上的光熄了，那些发光的树木也暗下来了。但他们看得见树须站在外面的拱门底下，双手高举过头，一动也不动。天空中明亮的星星探出头来，照亮了倾落的泉水，水洒在树须的指间和头上，滴滴答答，化成千百滴银色的水珠落到他脚上。两个霍比特人听着叮叮咚咚的水声，进入了梦乡。

他们醒来时，看见温凉的阳光洒满了整片巨大的庭院，也照亮了凹穴的地面。头顶高空的云絮乘着强劲的东风，滚滚西去。树须不见踪影。不过就在梅里和皮平在拱门旁的石盆里洗澡时，他们听见他哼唱着，沿着两排树木之间的小路走了过来。

"呼，嚯！梅里、皮平，早上好！"他看见他们，隆隆发声道，"你们睡得真久。我今天已经走了好几百步了。现在，我们喝点东西，然后就去恩特大会。"

他从一个石坛里倒了两满碗饮料给他们，不过坛子不是昨晚那个，饮料尝起来的味道也跟昨晚的不同。这种更有大地的味道，也更浓郁，可以说，更像食物，更给人饱足感。两个霍比特人坐在床沿，一边喝着饮料，一边小口小口吃着小块的精灵干粮（主要是因为他们觉得早餐需要嚼点东西，倒不是因为觉得饿），与此同时树须站在那儿望着天空，用不知是恩特语、精灵语还是别的什么奇怪的语言，哼唱着。

"恩特大会在哪儿？"皮平斗胆问道。

"呼，呃？恩特大会？"树须转过身来说，"那不是个地方，而是恩特的集会——如今不常开了。不过我已经设法让不少恩特答应前来。我们将在大家每次碰头的地方会面。人类叫那地方'秘林谷'[7]，是在这里的南边，我们必须在中午以前到达。"

不一会儿他们便出发了。树须像昨天一样，将两个霍比特人抱在臂弯里。到了庭院的入口，他转向右走，涉过溪流，沿一道树木寥寥的大滑坡坡底大步朝南走。两个霍比特人看见滑坡上方生长着茂密的白桦树和花楸树，再往上去，是一片黑压压攀长的松树林。不久，树须稍微转离了山岗，一头扎进了茂密的树林中，这里面的树比两个霍比特人从前见过的都更粗、更高，也更茂密。有那么一会儿，他们感到有些透不过气来，就像初次闯入范贡森林时的感觉，不过这很快就过去了。树须没跟他们说话。他若有所思，自顾自地沉声哼唱着，梅里和皮平听不出完整的词句：声音听起来就像**咚隆，咚隆，噜姆咚隆，咚啦尔**，咚隆，咚隆，嗒嗬啦尔—咚隆—咚隆，嗒嗬啦尔—咚隆，就这么一路变换着音调和节奏哼唱着。两个霍比特人不时觉得自己听见了回应，一种嗡鸣或颤音，似乎是从地底下传来，或从头顶上的大树枝丫间传来，也可能是从林中群树的树干中传来。不过树须没停下脚步，也没扭头左右张望。

当树须终于开始放慢脚步时，他们已经走了很长一段时间——皮平本来努力在数"恩特步"，但数到大约三千步左右就乱了，只好放弃。突然，树须停了下来，放下霍比特人，然后拢起双手放在嘴前，摆成了中空的管状。他用这"管子"或吹或唤，发出了声音。一阵洪亮的**呼姆**、**嚯姆**声传入林中，听起来就像音调低沉的号角，似乎在群树间回荡。远远地，从好几个方向都传来了同样**呼姆**、**嚯姆**、**呼姆**的声音，不是回音，而是回应。

这时，树须将梅里和皮平放上肩膀，重新迈开大步，每隔一阵子就送出另一声号角般的呼唤，而每一次，回应声都越来越近，也越来越响。就这样，他们终于来到一堵看起来密不透风的墨绿常青树墙前，两个霍比特人过去从未见过这种树。它们的枝干都是直接从树根发出来的，枝上密密麻麻长满了墨绿油亮、类似无刺冬青的叶子，并且托着许多直挺挺的穗状花，以及硕大闪亮的橄榄色花苞。

树须转向左边，绕着这道巨大的树篱走了几步，来到一处狭窄的入口。穿过入口有一条老旧的小径，沿着一道很长的陡坡遽然下降。两个霍比特人发现，他们正在下到一个几乎圆得像碗一般，又阔又深的大山谷里，山谷边缘环绕着一圈高大墨绿的常青树篱。谷内非常平整，长满了青草，但只在碗底长了三棵极高又极美的白桦树。西边和东边还有另外两条小径下到谷中来。

有好几个恩特已经到了。还有更多恩特正从另外两条小径走下来，也有一些这时跟在树须后面。他们走近时，两个霍比特人都瞪大了眼睛盯着看。两人以为会看到一群长得很像树须的生灵，就像霍比特人（至少在陌生人眼中）都长得差不多一样，但全然不是那么回事，这可令他们大吃一惊。恩特之间的差异，就像树与树之间的区别：有些就如虽是同类但长势与树龄颇为不同的树；有些则差异很大，就像两种不同类的树，譬如桦树不同于山毛榉，橡树不同于冷杉。有几个相对老些的恩特，生着胡须和节瘤，如同矍铄却古老的树（但没有一个看起来像树须那般古老）；也有一些高大强壮的恩特，四肢匀称，皮肤光滑，就像森林中那些正当盛年的树木；但不见小恩特，没有孩子。总共有二十来个恩特站在谷底的宽阔草地上，还有更多正在走进来。

一开始，让梅里和皮平目瞪口呆的主要是这些恩特的千姿百态：各种身材、颜色，不同的围度、高度，不同的腿长和臂长，不同的脚趾和手指的数目（从三到九根不等）。有几个似乎跟树须多少有点亲缘，让两个霍比特人想到了山毛榉树或橡树。但还有其他种类：有些让人想起栗子树，这些恩特有棕色的皮肤和手指张开的大手，还有短而粗的腿。有些让人想起白蜡树，这些恩特高大、笔直，肤色灰白，手上长着许多手指，腿很长。有些恩特像冷杉（他们是身材最高的），有些像桦树，有些像花楸树，还有些像椴树。但是，等所有的恩特都聚集在树须周围，微微颔首，喃喃发出悠缓如同音乐的声音，并专注地久久打量着陌生人，这时，两个霍比特人才确信他们全属于同一个种族，全都有相同的眼睛——不是全都像树须那么古老、那么深邃，但全都流露着同样缓慢、稳定、若有所思的神情，并且同样闪烁着绿光。

恩特全体到齐，围着树须站成一个大圆圈，立刻，一场稀奇又令人费解的对话便开始了。恩特们开始缓慢地喃喃低语，先是一个人说，接着另一个加入，直到他们全都一块儿用一种悠长起伏的节奏吟唱起来，一会儿是圈子这边大声，一会儿又是那边声音消失，而另一边却涌起巨大的隆隆声。皮平尽管听不清也听不懂任何词句——他猜这应该是恩特语——一开始还是觉得这声音非常悦耳好听，但是渐渐地，他的注意力分散了。过了很久之后（吟唱丝毫没有放缓的迹象），他发现自己开始胡思乱想：既然恩特语是这样一种"不着急"的语言，那么他们现在究竟道完**早上好**没有？树须要是得点名，那又得花多少天才能把他们所有人的名字唱完？"我倒想知道，恩特语的'**是**'和'**不**'都怎么说。"他想着，打了个呵欠。

树须顿时注意到了他。"**哼，哈，嘿，我的皮平！**"他说。其他的恩特全停下了吟诵。"我快忘了，你们是个性急的种族。而且，聆听你不懂的语言长篇大论，本来就很累人。你们现在可以下来了。我已经对恩特大会说了你们的名字，大家都看见你们了，并且一致同意你们不是奥克，旧名单也该加上新的一行。我们目前就说了这么多，不过这对恩特大会来说，已经是进展迅速了。你和梅里要是愿意，可以在这山谷里随便转悠。需要养料提神的话，山谷北边坡上有口水质很好的泉井。在大会正式开始之前，我们还有些话要说。我会过去看你们，告诉你们事情的进展。"

他把霍比特人放了下来。两人离开之前，都深深一鞠躬。从恩特们低语的声调以及眼中闪烁的光彩里，看得出这举动着实逗乐了他们，不过他们很快就又重新去忙自己的事了。梅里和皮平爬上那条从西边进来的小径，从巨大树篱的缺口望了出去。长长的山坡从山谷边缘往上延伸，坡上长满了树木。而越过这片山坡，在最远一道山脊上的那片冷杉树上方，巍然拔起一座高山的雪白尖峰。在左边南方，他们看得见森林一直往下绵延到朦胧的远方。就在那遥远处，有什么微微泛着淡绿的光，梅里猜测自己瞥见的应该是洛汗的平原。

"我想知道艾森加德在哪儿？"皮平说。

"我连我们在哪儿都不知道。"梅里说，"不过那座山峰大概是美塞德拉斯。就我所记得的，艾森加德环场就坐落在迷雾山脉尽头的岔口或裂谷中，说不定就在这道大山脊的另一边。就在那边，山峰左边，看起来好像有烟或雾，你不觉得吗？"

"艾森加德是什么样的？"皮平问，"我好奇恩特到底能把它怎么办。"

"我也是。"梅里说，"我想，艾森加德差不多就是一圈岩石或山丘，圈里是一片平地，中央有个岛或石柱，叫作欧尔桑克，萨茹曼在那上头有座塔。在那圈围墙上有道大门——也有可能不止一道——我相信有条河流从门中穿过。那河从迷雾山脉发源，流过洛汗豁口。那里不像是那种恩特应付得了的地方。不过，我对这些恩特有种奇怪的感觉。不知为啥，我觉得他们才不像外表看起来这么安全无害——呃，以及滑稽好玩。他们显得迟钝、古怪、耐心十足，简直算得上悲伤，但我相信他们**能**被鼓动起来。果真如此的话，我可绝不想站在他们的对手那边。"

"没错！"皮平说，"我明白你的意思。一头伏在那儿若有所思地嚼青草的老奶牛，跟一头冲锋陷阵的公牛可完全是两码事儿，而这种变化可能突然间就发生了。我很好奇树须能不能鼓动他们。我敢肯定他是存心要试的，但他们不喜欢被鼓动起来。树须自己昨晚就被鼓动起来了，然后又克制住了。"

两个霍比特人兜了回来。秘密会议中，恩特们的声音仍在此起彼伏。此时太阳已经升得很高，足以越过高高的树篱照进谷来。阳光在桦树的树梢上闪耀，温和的黄光照亮了山谷的北侧山坡。他们看见那里有一处晶莹闪烁的小喷泉。他们沿着"大碗"的边沿，行走在常青树底下——脚趾能踩到清凉的草地，又不用赶时间，这感觉真惬意——然后他们往下爬到喷涌的泉水处，喝了一些泉水。这水清澈、冰凉，味道浓烈。他们在长了青苔的石头上坐下，看着投在草地上的斑驳阳光，以及朵朵云影飘移过山谷的地面。恩特们还在喃喃低语。这里像个陌生又遥远的地方，位于他们的世界之外，而且远离曾经发生在他们身上的一切。他们心头涌起一股强烈的渴望，渴望看见和听见同伴的脸庞和声音，尤其是弗罗多和山姆的，还有大步佬的。

终于，恩特们的声音暂时告一段落。两个霍比特人抬起头，看见树须朝他们走来，旁边还跟着另一个恩特。

"哼，呼姆，我又来啦。"树须说，"你们是觉得厌倦了，还是不耐烦了？哼，呃，好吧，恐怕你们还万万不能不耐烦。眼前我们已经结束了第一阶段的讨论。但是，有些恩特是远道而来，他们住得离艾森加德很远，还有一些我在恩特大会之前没来得及碰面，我得去把事情给他们再解释一遍。之后，我们就得决定该怎么办。不过，恩特做决定不会花太长时间，不会像把所有跟他们要决定之事有关的事实和事件都梳理一遍那么费时。然而，我们还得在这里待很长一段时间，很可能得两天，这没什么好否认的。所以，我给你们带来了一个同伴。他在附近有处恩特之家。他的精灵语名字叫布瑞加拉德[8]。他说他已经做好决定，无须再在大会里待下去了。哼，哼，如果我们当中真有性急的恩特，那他就得算一个了。你们一定处得来。再见！"说完，树须转身离开了他们。

布瑞加拉德站在那儿，神情严肃地打量了两个霍比特人好一会儿。而他们也看着他，好奇他什么时候会显出点"性急"的迹象。他很高，看起来是那些相对年轻的恩特之一。他双臂双腿的皮肤平滑又有光泽，嘴唇红润，头发是灰绿色的。他能弯腰，也能摇摆，就像风中的一棵纤长的树。终于，他开口了，声音虽说也很洪亮，但比树须的声音更加清晰高昂。

"哈，哼哼，朋友们，我们去散散步吧！"他说，

"我叫布瑞加拉德，在你们的语言里这是'急楸'的意思。当然，这只是个小名。自从我在一位年长的恩特还没说完问题以前就回答'对'之后，他们就这么叫我了。还有，我喝得也很快，别人才刚沾湿胡须，我就已经喝完走人了。跟我来！"

他伸出匀称的双臂，手指修长的双手各牵住一个霍比特人。那一整天，他们都跟着他在林子里漫游，唱着歌，欢笑着——因为急楸很爱笑。太阳从云后头钻出来时，他笑；他们碰到一条溪流或山泉时，他笑，然后弯下腰用水打湿头和脚；有时候听到林间的一些声音或低语，他也笑。无论何时，他只要看见花楸树就会停上一会儿，伸展着双臂唱起歌来，边唱边摇摆。

等夜幕降临，他将他们带到了自己的恩特之家。那是一块青苔点点的岩石，坐落在青翠的坡岸底下的草皮上，仅此而已。岩石四周长了一圈花楸树，并有一汪泉水从坡岸上汩汩涌流下来（所有的恩特之家都有水经过）。他们聊了一阵，夜色也渐渐笼罩了森林，只听见不远处恩特大会的声音还在继续，不过这会儿声音听起来更深沉，也不那么悠闲从容了，并且不时会有洪亮的嗓音吟唱出急促的高音，这时别的声音皆低落消失。但布瑞加拉德在两个霍比特人身边用他们家乡的语言柔声说话，几乎到了轻声耳语的程度。他们因而得知他是树皮王那一族的，他们曾经居住的乡野已经遭到了蹂躏。霍比特人觉得，这完全足以解释他何以"性急"，至少在奥克的事上是如此。

"过去我的家乡有很多花楸树，"布瑞加拉德温和又悲伤地说，"那些都是在我还是个恩特娃时就扎了根的花楸树，那是很久很久以前，那时世界还非常安静。最老的花楸树是恩特尝试着种来取悦恩特婆的。但她们看看它们，只是笑笑，然后说，她们知道哪里有更洁白的花朵在开放，哪里有更丰硕的果实在生长。但在我看来，蔷薇一族的所有树木，都不及花楸树那般美丽。那些花楸树长啊长，直到每棵树的树荫都像一座绿色的厅堂，秋天时它们结满累累的红色浆果，那真是一幅美丽又奇妙的景象。鸟儿曾栖息在那些树上。我喜欢鸟，就连它们吱吱喳喳吵闹时也喜欢。花楸树也足够多，容下所有的鸟儿栖息还有富余。但后来鸟儿变得既不友善又贪婪，并且摧残那些树，把果实啄落在地，却又不吃。接着奥克带着斧头袭来，砍倒了我的树。我前去看它们，呼唤它们长长的名字，但是它们既不颤动，也不聆听或回应，都倒在地上死了。

哦，欧洛法尔尼，拉塞米斯塔，卡尼弥瑞依！[9]

美妙的花楸树啊，你发上的花朵多洁白！

我的花楸树啊，我曾看着你在夏日里闪耀，

你的树皮明亮，树叶轻盈，嗓音清凉又温柔，

金红浆果犹如头冠高高戴！

死去的花楸树啊，如今你的发叶干枯灰白，

你的头冠崩散，你的声音沉寂永不再。

哦，欧洛法尔尼，拉塞米斯塔，卡尼弥瑞依！"

霍比特人在布瑞加拉德柔和的歌声中睡着了，他在歌中似乎用了许多不同的语言来哀悼他钟爱之树的死亡。

第二天他们仍在他的陪伴下度过，但他们没离开他的"家"太远。风冷了些，云层也更低更暗，几乎不见阳光，因此大部分时间他们都沉默地坐在坡岸下

避风。远处众位恩特的声音仍在大会上起起伏伏，有时候高亢洪亮，有时候低沉哀婉，有时候快一些，有时候缓慢庄严如同挽歌。第二天夜晚来临，恩特的秘密会议仍在翻滚疾驰的乌云与忽明忽灭的星空底下继续召开。

第三天破晓，天色黯淡，寒风凛冽。在太阳升起时，众恩特的声音高涨成一阵宏大的喧嚣，然后再次沉寂下去。早晨过去，风刮得更猛，气氛因为期待而凝重起来。两个霍比特人看得出，布瑞加拉德此刻听得十分专注，但他们两人身处这个恩特之家所在的小谷里，觉得大会的声音非常模糊。

下午来临，太阳朝西边的迷雾山脉挪移，从云层的间隙和缺口放射出长长的黄色光束。突然间，他们察觉到万籁俱寂，整座森林默立不动，都在聆听。当然，恩特的声音也早就停了。这意味着什么？布瑞加拉德正全身紧绷，挺立在那儿，朝北回望秘林谷。

啦—呼姆—啦嗬！——霹雳般传来一声震耳欲聋的大吼，群树颤抖弯腰，好似遭到一阵狂风吹袭。又是一阵停顿，接着，一首进行曲响了起来，起初如同庄严的战鼓擂响，而在隆隆的鼓点声之上，嘹亮高亢的歌声喷涌而出：

我们来了，我们伴着隆隆战鼓前进：塔——
隆嗒——隆嗒——隆嗒——隆！

恩特们正朝这边走来。他们的歌声越来越近，也越来越嘹亮：

我们来了，我们伴着号角战鼓前进：塔——
隆呐——隆呐——隆呐——隆！

布瑞加拉德一把抄起两个霍比特人，从他家中大步走了出去。

没多久，他们便见行军的队伍正在接近。恩特们摇晃着身子，迈着大步走下山坡朝他们而来。当先的正是树须，后面大约跟着五十来位，两两并排，脚步踏着节拍，双手拍打躯干两侧。他们越走越近，眼中的闪光清晰可见。

"呼姆，嚯姆！我们伴着鼓声来了，我们终于来了！"树须看见布瑞加拉德和两个霍比特人时说道，"来吧，加入大会！我们出发。我们出发去艾森加德！"

"去艾森加德！"恩特们异口同声呐喊道。

"去艾森加德！"

目标艾森加德！哪怕高墙环绕石门阻隔；

哪怕艾森加德固若金汤，冷若岩石，荒若白骨，

我们前进、前进，前进战场，劈山裂石，摧毁门户；

林木受焚烧，熔炉狂咆哮——我们往战场前进！

踩着判决的步伐，往那阴森土地进发；

伴着隆隆战鼓，我们来了、来了；

目标艾森加德，我们带来最后的结局！

我们带来最后的结局！最后的结局！

他们边如此高唱，边向南行去。

布瑞加拉德双眼闪亮，闪身加入队伍，走在树须旁边。老恩特这会儿把两个霍比特人接过去，再次放上自己的肩膀。就这样，梅里和皮平高昂着头，心怦怦直跳、傲然坐在整支歌唱队伍的最前头。虽然他们料到最后会有事发生，但仍对恩特身上所起的变化大

感惊讶。现在的情况，就像一股被堤坝拦阻已久的洪水，突然决堤暴发。

"不管怎么说，恩特这次决心下得挺快的，是吧？"皮平过了一会儿之后大胆说，那时歌声暂停了片刻，只有双手的拍打和双脚的踏步还持续着。

"快？"树须说，"呼姆！没错，确实是快。比我预料得还快。我其实已经有许许多多年没见过他们被鼓动起来了。我们恩特不喜欢被鼓动起来；我们也从不会被鼓动起来，除非清楚确定，我们的树木和生命正处在极大的危险当中。自从索隆和海国人类发生战争之后，这座森林再也没出过这样的事。这是奥克的恶行，他们肆无忌惮乱砍滥伐——**啦噜姆！**——甚至连个要生火的糟糕借口都没有！那令我们极其愤怒。还有那个叛变的邻居，他本来应该帮助我们。巫师应该更明白事理，他们也确实是明白的。无论是精灵语、恩特语，还是人类那些语言，都没有什么诅咒的说法足以形容这样的背叛。打倒萨茹曼！"

"你们真能攻破艾森加德的门？"梅里问。

"嚯，哼，我们能，你要知道！或许你们不知道我们有多强壮。也许你听说过食人妖？他们力大无穷。但食人妖只不过是仿制品，是大敌在大黑暗时期，照着恩特造出来的拙劣成果，正如奥克之于精灵。我们比食人妖更强壮。我们是由大地的骨干所造。如果我们的心灵被唤醒，我们可以像树根那样撕裂岩石，只不过速度更快，快得多！只要我们没被砍倒，没被火烧毁，没被巫术炸碎，我们就可以把艾森加德劈成碎片，将它的围墙踏成齑粉。"

"但萨茹曼会试图阻止你的，对吧？"

"哼，啊，对，他会的。这我没忘。实际上这我已经想了很久。但是，你瞧，有许多恩特比我年轻，年轻许多树代。他们现在全被鼓动起来了，他们心里全想着一件事——摧毁艾森加德。但要不了多久，他们就会再度开始思考。等我们喝了晚饮后，他们会稍微冷静下来。届时我们该有多渴啊！不过现在就让他们行军并歌唱吧！我们有很远的路要走，还有时间来思考。这已经开了头了。"

树须继续向前迈进，跟着大伙儿唱了一阵子。但是，过了一段时间，他的声音低到只剩呢喃，然后再次沉默下来。皮平看得见他那满是皱纹的苍老额头拧成一团。当他终于抬起头来，皮平看见他眼中流露出一股悲伤——悲伤，但并非不悦。那双眼睛里有一丝光芒，仿佛那绿色的火焰已然在他思绪的暗井中沉得更深。

"当然，我的朋友，非常有可能，极有可能，"他很缓慢地说，"我们正走向自己的末日——恩特的最后一次进军。但是，如果我们待在家里无所作为，厄运迟早都会降临到我们头上。这个想法已经在我们心里盘桓很久了。这便是为什么我们现在要进军。这不是一个草率的决定。现在，至少恩特的最后一次进军就会值得作一首歌，没错！"他叹道，"而且，我们在消逝之前，或许还能帮到其他的种族。只是，我本来十分盼望能见到那些关于恩特婆的歌成真。我真想再见见菲姆布瑞希尔。不过，我的小友们，歌曲就像树木，只能依照时令、随其天性结出果来。有时，它们也会夭夭。"

恩特们迈开大步快速前进，他们已经下到一片朝南倾斜而下的长长谷地中，现在正开始往上爬，一直往上爬到西边高高的山脊上。林木逐渐稀疏，他们来到只零星长着几小片桦树的地方，接着又走过只长着几棵憔悴干瘦的松树的坡地。太阳沉落到前方黑暗山岭的背后。灰蒙蒙的黄昏降临了。

皮平回头望去。恩特的数目增加了——不然的话，这是出了什么事？他们刚才越过的，明明应该是幽暗、光秃的山坡，可现在他觉得自己看见了一丛丛的树木，而且它们都在移动！难道，范贡森林里的树都醒过来了，整座森林正在崛起，翻过山岗前去打仗？他揉揉眼睛，怀疑是瞌睡和阴影欺骗了他，但那些巨大的灰色身影都在稳稳地朝前移动。一阵嘈杂传来，好像风吹过众多树枝的声响。恩特们正在逼近山脊的顶端，歌声全都停了。夜晚降临，四野寂静，只能听到大地在恩特脚下微颤，以及一种沙沙声，像是许多树叶飘动时的窃窃低语。终于，他们爬到了山顶上，俯瞰着一个漆黑的深坑。那便是位在迷雾山脉尽头的巨大裂谷——南库茹尼尔，萨茹曼的山谷。

"黑夜笼罩着艾森加德。"树须说。

第五章

白骑士

"我都要冻到骨头里去了！"吉姆利一边甩着胳膊跺着脚一边说。黑夜终于过去，三人在破晓时分草草吃了顿早餐，现在天色越来越亮，他们正准备再次探查地面，寻找霍比特人的踪迹。

"还有，别忘了那个老头子！"吉姆利说，"要是看到靴子印，我会更高兴。"

"你为什么高兴？"莱戈拉斯说。

"因为，一个老头要是长了双能踩出脚印的脚，那他可能就只是个普通老头而已。"矮人答道。

"也许。"精灵说，"但是，在这里沉重的靴子也可能踩不出什么脚印，这里的草既深又有弹性。"

"那可迷惑不了一个游民。"吉姆利说，"一片草叶就够阿拉贡看出苗头了。不过我不指望他找到任何踪迹。即使是在这光天化日底下，我也敢肯定，昨晚我们看见的就是萨茹曼邪恶的幻影。就连现在，他那双眼睛也没准正在范贡森林里朝我们看呢。"

"确实很有可能。"阿拉贡说，"不过我可不敢肯定。我在想马儿的事。吉姆利，昨晚你说它们是被吓跑的，可我不这么想。莱戈拉斯，你听见它们的声音了吗？你觉得它们听起来像是被吓坏了吗？"

"不像，"莱戈拉斯说，"我听得很清楚。若不是因为黑暗和我们自己心存恐惧，我本来会猜它们是因为突如其来的欢喜而狂嘶。它们发出的声音，恰似马儿遇上一位思念已久的老朋友。"

"我也这么想。"阿拉贡说，"但那两匹马不回来的话，我就解不开这个谜。来吧！天已经大亮了。我们先去察看，再来猜测！我们就从靠近自己营地的这里开始吧，仔细全面搜查，然后往朝向森林的山坡上一路找过去。不管我们认为昨晚的访客可能是谁，找到霍比特人才是我们的任务。如果他们借着机缘逃脱了，肯定会躲在森林里，要不然就会被发现。如果我们从这里到森林边缘都没找到什么，那我们就到战场上，在灰烬当中最后搜寻一次。不过，在那边搜到什么的希望很渺茫，洛汗的骑兵实在是太尽职尽责了。"

有好一阵子，三人俯身地面仔细搜索。在他们头顶上，那棵树悲伤地伫立着，枯干的叶子无力地挂在枝头，在寒冷的东风中瑟瑟作响。阿拉贡慢慢地朝外搜，到了靠近河边的营火灰烬旁，又开始折回，朝那场战斗打响的小土丘一路搜去。忽然，他俯下身子，腰弯到脸几乎贴在草地上，然后呼唤另外二人。他们迅速奔了过来。

"终于有线索了！"阿拉贡说。他举起一片破损的叶子给他们看，那是片泛着金色光泽的灰白大叶子，此时正在褪变成褐色。"这是罗瑞恩的琉珑树叶，上面还沾了细小的碎屑，草地上也有一些碎屑。还有，瞧，附近还有几段割断的绳子！"

"这儿还有那把割断绳子的刀！"吉姆利说，他弯腰从许多沉重的大脚践踏过的乱草丛中，抽出一把锯齿短刀，刀柄折断，落在一旁。"这是奥克的兵器。"他拿得小心翼翼，嫌恶地看着雕刻过的刀柄。它形如一颗丑恶的头颅，有着吊斜的眼和狞笑的嘴。

"如此一来，这就是我们遇到的最难解的谜了！"莱戈拉斯不禁惊叹道，"一个被绑起来的俘虏既逃脱了奥克的魔爪，又逃出了骑兵的包围，然后他在这个仍然无遮无蔽的地方停下来，用一把奥克的刀子割断了绑缚。可他究竟是怎么做到的呢？如果双脚被绑，他如何能走？如果双臂被缚，他如何用刀？如果手脚都没被绑着，他又为什么要割断那些绳子？他还对自己的本事感到很得意，于是坐下来安静地吃了些行路干粮！——就算没有瑚珑树叶，光是这点也足以表明他是个霍比特人了。然后，我猜，他把双臂变成了翅膀，唱着歌飞进森林里去了。看来要找到他并不难，我们只要自己也长出翅膀就行了！"

"这里要没妖术就见鬼了！"吉姆利说，"那个老头子当时在干什么？阿拉贡，你对莱戈拉斯的解释有什么看法？你有没有更好的解释？"

"也许我有。"阿拉贡微笑着说，"另有一些近在咫尺的迹象你们没留意到。我赞同这一点：俘虏是个霍比特人，而且他来到这里之前，手或腿一定已经松绑了。我猜是手，因为这样谜更好解，还因为我从旁边的痕迹发现，他是被一个奥克**扛到**这里来的。那边溅了些血迹，就在几步之外，是奥克的血。这周围有很深的马蹄印，还有沉重的东西被拖动的痕迹。骑兵们杀了那个奥克，后来把尸体拖去烧了。但霍比特人没被发现——他并不是'无遮无蔽'，因为当时是夜晚，他身上还穿着精灵斗篷。他精疲力竭，饥肠辘辘，所以这也没什么好奇怪的——当他用倒毙的敌人的刀割开绑缚之后，就休息了一会儿并吃了点东西，然后才爬开去。令人感到安慰的是，我们知道他尽管是两手空空逃跑的，但口袋里还有一些兰巴斯——这正像个霍比特人的样儿。我只说了'他'，但我希望并且也猜测，梅里和皮平是一块儿来到这里的。不过，这一点没有明确的证据。"

"我们这两个朋友有一个人的手没被绑着，你觉得这是怎么回事？"吉姆利问。

"我不知道这是怎么回事。"阿拉贡说，"我也不知道为什么会有个奥克要扛他们离开——绝不是要帮他们逃跑，这点我们可以肯定。不，现在我反而开始明白那件从一开始就令我不解的事了——为什么当波洛米尔倒下后，奥克仅仅满足于抓走梅里和皮平而已？他们没有搜寻我们其余的人，也没有攻击我们的营地；相反，他们全速赶往艾森加德。难道他们以为自己抓到了持戒人和他忠心的伙伴？我想不是。奥克的主子们即使心知肚明，也绝不敢给奥克下这么明确的命令。他们不会对奥克公开提及魔戒——奥克可不是值得信赖的可靠仆役。我认为，奥克接获的命令是，不惜一切代价活捉霍比特人。而在此地这场战斗打响之前，有人企图带着宝贵的俘虏溜走。这大概是背叛，奥克这个种族极有可能干出这种事来。某个块头跟胆子都很大的奥克，可能利欲熏心，试图独吞战利品逃走。我的推断就是这样了，也可能有别的解释，但无论如何，我们都可以确定：我们的朋友至少有一个已经逃脱了。我们的任务就是找到并帮助他，之后再返回洛汗。既然他迫不得已，进了范贡森林这个黑暗的地方，我们也绝不能被吓住。"

"我不知道哪个对我来说更吓人：是进范贡森林，还是想到要徒步长途跋涉穿过洛汗。"吉姆利说。

"那么，我们就进森林去。"阿拉贡说。

无需多久，阿拉贡就找到了新鲜的痕迹。在靠近恩特河岸的一处地方，他发现了脚印——霍比特人的，但脚印太浅，看不出什么。然后，就在森林边上一棵大树的树干底下，他又找到了更多脚印。那里的地面光秃又干燥，没有显出多少信息。

"至少有一个霍比特人在这里站了一会儿，并回头张望。然后他转身走进了森林里。"阿拉贡说。

"那么我们也必须进去。"吉姆利说，"但我不喜欢这个范贡森林的模样，而且我们被警告过别进去。我真巴不得这场追踪把我们领到别的地方去！"

"不管那些传说怎么说，我觉得这森林并没有给人邪恶的感觉。"莱戈拉斯说。他站在森林的边檐下，倾身向前似在聆听，并睁大眼睛朝阴影中凝望。"不，它不邪恶。或者说，它里面若有邪恶，那也远得很。我只是堪堪察觉到那些长着黑心树木的黑暗之处的微弱回声。我们附近并无恶意，但有警觉，以及愤怒。"

"哦，可它没理由跟我发怒啊。"吉姆利说，"我又没伤害过它。"

"幸好如此。"莱戈拉斯说，"不过，它确实受过了伤害。森林里有什么事正在发生，或即将发生。你们没感觉到那种紧张的气氛吗？它让我透不过气来。"

"我感觉到空气很闷。"矮人说，"这森林比黑森林亮一些，但它一股霉味儿，破破烂烂。"

"它很古老，非常古老。"精灵说，"古老到连我都觉得自己年轻起来了。打从跟你们这些小孩子一起旅行开始，我还是头一次有这种感觉。这森林非常古老，充满了回忆。我若是在和平的年代来到这里，一定会非常快乐。"

"我敢说你会的，你毕竟是个森林精灵——不过精灵这个种族，无论哪一族都很奇怪。"吉姆利嗤之以鼻，"但你叫我觉得安慰了些。你去哪儿，我也会去。只是你要准备好随时拉弓，我也得准备随时从腰带里抽出斧子。但不是用来砍树！"他急忙补上一句，抬头望向头顶的树，"我只是不想突然碰上那老头子，闹个措手不及。仅此而已。我们走吧！"

于是，三位猎手毅然闯入了范贡森林。莱戈拉斯和吉姆利将追踪的任务托给了阿拉贡，可他却没有多少痕迹可看。森林里地表干燥，覆满了落叶。不过，阿拉贡估计逃亡者会留在水源附近，因此他频繁折回溪流的岸边。就这样，他来到了梅里和皮平曾经喝水并洗脚的地方。在那儿，三人都清楚看见，有两个霍比特人的脚印，其中一个的比另一个要大上一点。

"这真是好消息！"阿拉贡说，"不过这痕迹是两天前的了。还有，两个霍比特人似乎从这里离开了水边。"

"那我们现在要怎么办？"吉姆利说，"我们总不能追着他们穿过这整片范贡要地吧。我们上路时补给就不足，要是还不能快点儿找到他们，那我们到时候除了坐在他们旁边跟着一起饿肚子，表示咱好兄弟有难同当之外，对他们也没别的用处了。"

"要是真的只能有难同当，那我们也得当了。"阿拉贡说，"我们继续走吧。"

终于，他们来到了那处突然中断的陡峭岩壁，也就是树须所在的山岗前，抬头望向石壁和那道通往高处岩架的粗糙阶梯。一束束阳光透过翻滚奔行的云朵照下来，森林此刻看起来不那么阴沉灰暗了。

"我们上去看看四周的景象吧！"莱戈拉斯说，"我还是觉得喘不过气，很想好好品尝一会儿松快些的空气。"

三人爬了上去。阿拉贡走在最后，爬得很慢，因为他一路都在仔细察看那些台阶和岩架。

"我几乎能肯定，两个霍比特人上过这里。"他说，"但这里还有别的痕迹，非常奇怪，我解释不了。不知我们能不能从这片岩架上看到些有助于猜测他们后来去向的东西。"

他站起身，向四方张望，却没看见任何有用的事物。这块岩架面朝东与南两个方向，但只有东边的视野是开阔的。从那里他可以看见大片树木的树梢，一排排地朝来路的平原逐渐降下，伸展开去。

"我们绕了好大一圈。"莱戈拉斯说，"要是我们在第二天或第三天就离开大河并直接朝西走，我们本来可以全都安然无恙地抵达这里。没有多少人能预见到脚下的路会把自己领到何处，直到路的尽头。"

"但我们当时不希望来到范贡森林。"吉姆利说。

"而我们还是来了——并且正好落入了罗网。"莱戈拉斯说，"看！"

"看什么？"吉姆利问。

"那边，树林里。"

"哪边？我可没长精灵的眼睛。"

"嘘！说话小声点！看！"莱戈拉斯伸手指着说，"在下头林子里，就在刚才我们过来的路上。就是他。你看不见他吗，就是在树木间穿行的那个？"

"看见了，我现在看见他了！"吉姆利咬着牙说，"看，阿拉贡！我不是警告过你吗？就是那老头子，全身裹着脏兮兮、灰扑扑的破布，所以我一开始没看见他。"

阿拉贡举目望去，看见有个佝偻的身影在缓慢移动，离他们并不远。那人看起来像个老乞丐，挂着一根粗糙的手杖疲惫不堪地走着。他低着头，并未望向他们。若在别的地方，他们一定会言辞得体地向他问候，但现在他们沉默伫立着，每个人都有种奇怪的期待感：某种潜在的力量——或威胁——正在逼近。

吉姆利瞪大眼睛看了一阵，与此同时那人一步接一步，越走越近。突然间，矮人再也按捺不住，脱口叫道："你的弓，莱戈拉斯！拉弓！准备好！那是萨茹曼，别让他开口，别给他机会对我们下咒！先下手为强！"

莱戈拉斯引弓拉开，动作迟缓，仿佛有另一个意志正在抵制他这么做。他手中松松握着一支箭，但并未将它搭上弦。阿拉贡一语不发地站着，神情警惕又专注。

"你在等什么？你这是怎么啦？"吉姆利从牙缝里悄声说。

"莱戈拉斯没错。"阿拉贡平静地说，"无论我们怀有多大的恐惧或疑惑，都不能就这样在一个老人既无防备也未挑衅之时射杀他。先等等看！"

就在这时，老者加快了步伐，以惊人的速度来到岩壁下方。蓦地，他抬头朝上望，而他们动也不动地站着往下看。四野寂然。

他们看不见他的脸。他罩着兜帽，兜帽上又戴了顶宽边帽，因此整张脸都被遮住，只露出了鼻尖和灰胡子。然而阿拉贡觉得，自己从那罩着头脸的兜帽阴影下，捕捉到了明亮锐利的眼睛投来的一瞥。

终于，老人打破了沉默。"果真是幸会，朋友们。"他柔声说，"我想跟你们谈谈。是你们下来，还是我上去？"没等回答，他便开始往上爬。

"就是现在！"吉姆利说，"莱戈拉斯，别让他过来！"

"我不是说了我想跟你们谈谈吗？"老人说，"放下那把弓，精灵大人！"

莱戈拉斯手一松，弓和箭都掉落下去，随即双臂也无力地垂在身侧。

"还有你，矮人大人，请将手从斧柄上移开，等我上来吧！你不需要如此剑拔弩张。"

吉姆利一个激灵，接着就像石头一样呆立不动了，只能瞪眼瞧着。老者如山羊般灵巧地跃上一级级粗糙的阶梯，原先那种疲态似乎一扫而光。当他踏上岩架时，有道白光稍纵即逝，快得叫人无法确认，仿佛是裹在那身褴褛灰衣之下的袍服惊鸿一现。吉姆利嘶地倒吸了一口冷气，寂静中那声音听来分外响亮。

"我再说一次，幸会！"老人说，朝他们走过来，却在几呎远的地方止步，倚杖而立。他探着头，从兜帽底下打量他们："你们在这片地区有何贵干？一个精灵、一个人类、一个矮人，全都穿着精灵的服饰。毫无疑问，这背后必有一个值得聆听的故事。这种事在这里可不常见啊。"

"听你的口气，你似乎对范贡森林非常熟悉。"阿拉贡说，"是不是这样？"

"不算很熟悉，"老人说，"要熟悉可得花费长年累月来研究。不过我不时来这里看看。"

"我们可否请教你的名字，然后听听你有什么话要对我们说？"阿拉贡说，"早晨快要过了，我们还有要事在身，不能久候。"

"我想说的话，我已经说了：你们有何贵干？你们自身有什么故事可说？至于我的名字么——"他顿住，轻声笑了很久。这笑声令阿拉贡感到一股莫名的寒意窜过背脊，他打了个寒战。然而他感觉到的既不是畏惧也不是恐慌，相反，那感觉更像突然被刺骨的风噬了一口，或一个睡得不安稳的人被一阵冷雨打醒。

"我的名字！"老人重复道，"你们难道不是已经猜到了吗？我想，你们以前听说过。对，你们以前听说过。不过，来吧，先说说你们的故事？"

三个伙伴默立着，没有人回答。

"有人多半会开始怀疑，你们的任务是否适合公之于众。"老人说，"所幸，我对此略知一二。我相信，你们是在追踪两个年轻霍比特人的足迹。对，霍比特人。别把眼睛瞪得好像你们从来没听过这个奇怪名称一样。你们听过，我也听过。这么说吧，他们前天爬到这里来过，并且碰到了一个意想不到的人。这个消息可让你们觉得安慰？现在，你们想知道他们被带到哪里去了？行，行，或许我可以告诉你们一些相关的消息。可是，为什么我们要站在这里？你瞧，你们的任务已经不再像你们以为的那么急迫了。我们还是坐下来，好自在一点地说话吧。"

老人转身走向后方峭壁底下一堆崩落的石块山岩，顿时，就像是一道符咒被解除，三人放松下来，有了动作。吉姆利的手立刻伸向斧柄，阿拉贡拔出了剑，莱戈拉斯则拾起了弓。

老人似乎一无所觉，只躬身在一块平坦的矮石上坐下。这时，他的灰斗篷敞开来，他们清清楚楚地看见，他里面穿了一身白衣。

"萨茹曼！"吉姆利喊道，握着斧头朝他纵身猛扑过去，"说！快告诉我们，你把我们的朋友藏哪去了？你把他们怎么样了？说，不然我就给你帽子来上一斧，就算是巫师也要吃不了兜着走！"

老人动作比矮人更快。他一跃而起，跳到一块巨岩顶上。他站在那里，突然显得高大起来，峭然俯视着他们。他的兜帽和褴褛灰衣都已经甩开，身上的衣裳白得耀眼。他举起了手杖，于是吉姆利的斧头挣脱掌握，崩落在地，哐当一响。阿拉贡的剑僵在动弹不得的手中，突然冒出了一股火焰。莱戈拉斯大喊一声，将箭射向高空，它消失在一闪而逝的火焰中。

"米斯兰迪尔！"精灵喊道，"米斯兰迪尔！"

"莱戈拉斯，我再次对你说，幸会！"老人说。

他们全都盯着他。阳光下，他一头银丝如雪，白袍熠熠生光，手中掌握着力量，浓眉下的那双眼睛烁亮有神，如阳光般富有穿透力。他们怀着惊奇、欢欣与敬畏站在那里，百感交集，一时间竟说不出话来。

终于，阿拉贡回过神来。"甘道夫！"他说，"在我们绝望万分、走投无路的时刻，你竟然归来了！刚才是什么蒙蔽了我的双眼？甘道夫！"吉姆利什么也没说，只是双膝跪倒，抬手遮住了眼睛。

"甘道夫。"老人重复道，仿佛正从过去的记忆里召回一个久已不用的词语，"对，是叫这个名字。我从前是叫甘道夫。"

他从岩石上下来，拾起灰斗篷裹在身上。那感觉就像方才还在闪耀的太阳，现在又躲到云后面去了。"对，你们仍然可以叫我甘道夫。"他说，他的声音又是他们的老朋友和向导的声音了，"起来吧，我的好吉姆利！这不怪你，而且，我也没受伤啊。实际上，我的朋友们，你们谁的武器都伤不了我了。高兴起来吧！届此形势转变之际，我们又见面了。大风暴即将来临，但是形势已经改变了。"

他将手放在吉姆利头上，矮人抬起头来，突然笑了。"甘道夫！"他说，"可你穿了一身白衣啊！"

"不错，我现在是白袍了。"甘道夫说，"其实，几乎可以说，我**就**是萨茹曼，乃是萨茹曼本该扮演的角色。不过，来吧，跟我讲讲你们的经历！自从我们分别之后，我经历了烈火与深水，忘掉了许多自以为知道的事，重新知道了许多我过去已经忘掉的事。我能看见许多远方之事，却看不见许多近在咫尺之事。跟我讲讲你们的经历吧！"

"你想知道什么？"阿拉贡说，"我们在桥上分别后所发生的一切，那可是说来话长。你难道不先告诉我们那两个霍比特人的消息吗？你找到他们了吗？他们是否安然无恙？"

"不，我没找到他们。"甘道夫说，"有一股黑暗笼罩着埃敏穆伊的重重山谷，我不知道他们被俘虏了，直到大鹰告诉了我。"

"大鹰！"莱戈拉斯说，"我曾见到有只鹰飞得又高又远，上次看见是四天之前，它就在埃敏穆伊上空。"

"对，"甘道夫说，"那就是曾把我从欧尔桑克救出的风王格怀希尔。我派他先我而行，去监视大河并收集消息。他目光锐利，但他也无法看到山脚和树下发生的一切。有些事情他看见了，还有些事情我自己看见了。如今我对魔戒已经无能为力——不只我，每个从幽谷出发的远征队成员也都无能为力了。它差一点就暴露在大敌面前，但还是逃脱了。我在其中出了一份力。那时我坐在高处，与邪黑塔角力，魔影便过去了。随后，我很疲倦，非常疲倦，沉浸在黑暗的思绪中独行许久。"

"那么你知道弗罗多的情况喽！"吉姆利说，"他怎么样了？"

"我说不好。他躲过了一场极大的危险，但还有许多危险横在面前。他决定独自前往魔多，并且动身出发了。我就知道这么多。"

"他不是独自一人。"莱戈拉斯说，"我们认为山姆跟他一起去了。"

"他去了！"甘道夫说，眼睛一亮，脸上浮起了笑容，"他真的跟去了？这我从前可不知道，但并不令我惊讶。很好！太好了！你们让我的心宽慰不少。你们得多告诉我一点。现在，到我旁边来坐下，跟我讲讲你们旅途中的经历。"

　

三人在他脚前席地而坐，阿拉贡开始讲述。有好长一段时间甘道夫都没说话，也没发问。他闭着双眼，双手摊开搁在膝头。最后，当阿拉贡说到波洛米尔之死与他在大河上的最后一程时，老人叹了口气。

"吾友阿拉贡，你知道或猜到的，你并未全部说出口。"他平静地说，"可怜的波洛米尔！我没有察觉到他身上发生了什么。对这样一个既是勇士，又是人中豪杰的人而言，这种考验太痛苦了。加拉德瑞尔告诉我他曾身处险境，但他最后还是逃过了大劫。我很欣慰。哪怕仅仅是为了波洛米尔的缘故，那两个年轻的霍比特人也没有跟我们白走一趟，但他们要扮演的角色还不止于此。他们被带进了范贡森林，而他们的到来，就像是小小的石子滚落，将引发一场浩大的山崩。正当我们在此谈话之际，我已听到了第一声轰响。水坝爆裂时，萨茹曼最好别出门在外，被逮个正着！"

"亲爱的朋友，你有一点压根没变，"阿拉贡说，"还是爱打哑谜。"

"什么？打哑谜？"甘道夫说，"不！我是在大声自言自语。这是个旧时的习惯：他们选择跟在场最有智慧的人交谈；年轻人需要的那些冗长解释，着实累人。"他哈哈大笑，但现在这笑声给人的感觉却温暖而慈祥，犹如一道闪烁的阳光。

"哪怕按照古代人类家族的算法，我也已经不算年轻人了。"阿拉贡说，"你难道不能把你的想法对我说得更直白点儿？"

"那我该怎么说？"甘道夫停下来思索了一会儿，"如果你想尽可能清楚直白地了解我的部分想法，我便概括一下此刻我对形势的看法。大敌当然早就知道魔戒如今在外，并且由一个霍比特人携带。他知道从幽谷出发的远征队的人数，还知道我们都是来自哪个种族。但他尚未彻底看穿我们的目的。他推测我们全都会前往米那斯提力斯，因为，换他处在我们的境地中，他就会那么做。以他的聪明才智来判断，这将会沉重打击他的势力。他其实正怀着极大的恐惧，不知道哪个强者会突然出现，驾驭着魔戒发动战争讨伐他，企图推翻他取而代之。我们想推翻他，却**不想**有人取代他，这种想法不曾在他脑海里出现过。他即使在最黑暗的梦境里，都从未想到我们会试图摧毁魔戒本身。无疑，你们由此可见我们的幸运和希望所在。由于他想象的是战争，相信自己一刻也不得浪费，他便发动了战争。他想先下手为强，如果这一击够狠，往后或许就没必要再出手了。因此，现在他将长久以来积蓄的力量投入行动，这比他原来计划得要早。他真是个聪明的傻瓜！要是他竭尽全部兵力守住魔多，以致无人能进，然后穷尽全副狡诈心力去搜寻魔戒，那么，我们的希望确实就会破灭——无论是魔戒还是持戒人，都无法长久躲过他的魔爪。但目前他的眼睛是盯着外界而不是自家门口，并且，他盯得最紧的是米那斯提力斯。很快，他麾下的大军就将像风暴一样向它发起猛攻。

"因为，他已经知道自己派出去伏击远征队的手下又失败了。他们没有找到魔戒，也没有带回任何霍比特人当人质。哪怕他们只抓到人质，对我们来说都将是沉重的打击，甚至可能是致命的。不过，我们别去想象霍比特人那温和的忠诚在邪黑塔中遭受考验，闹得自己心情灰暗了，因为大敌没能得逞——到目前为止没有。多亏了萨茹曼！"

"那萨茹曼难道不是叛徒？"吉姆利问。

"他确实是叛徒——双面叛徒。"甘道夫说，"而且，这难道不奇怪吗？我们近来所遭遇的一切，没有哪样比艾森加德的背叛更严重。哪怕只当萨茹曼是一方领主与统帅，他也已经变得非常强大。他威胁着洛汗的人类，就在米那斯提力斯即将面临来自东方的敌军主力猛攻时，他牵制着洛汗人，使他们无法伸出援手。然而，一件诡诈叛主的武器，对它的主人总是危险的。萨茹曼也存着私心，想截获魔戒为己所用，或者至少捉到几个霍比特人来为自己的邪恶目的服务。

所以，我们两边的敌人都只谋划，要在这紧要关头将梅里和皮平以惊人的速度带到范贡森林来，否则，他们是永远不会到这里来的！

"同时，他们又让自己心中充满了新的疑惑，这些疑惑打乱了他们的计划。感谢洛汗的骠骑，这场战斗不会有消息传回魔多。但黑暗魔君知道有两个霍比特人在埃敏穆伊被俘，并且被带往艾森加德——这可是违逆了他手下的意愿。现在，他既怕米那斯提力斯，又怕艾森加德。如果米那斯提力斯陷落，萨茹曼可就不妙了。"

"不幸的是，我们的朋友夹在当中。"吉姆利说，"要是艾森加德紧挨着魔多，那么他们打起来的时候，我们就可以坐等看好戏了。"

"胜出者会比先前任何一方都更强大，并且内心不再存疑。"甘道夫说，"但是，艾森加德不是魔多的对手，除非萨茹曼先夺得魔戒，而如今他再也得不到了。他还不知道自己已经身陷险境。他不知道的事太多了。他急于将猎物攫取在手，耐不住在家等候，于是出来接应并监视他的使者。但他这次来得太晚了，战斗早在他抵达这片地区之前就结束了，他根本无能为力。他没在这里久留。我看穿了他的心思，洞悉了他的疑惑。他不具备察看踪迹这类在林中生活的本事。他相信那些骑兵已将战场上所有的人都杀死烧尽，但他不知道奥克是否带回了任何俘虏。他不知道他的手下和魔多的奥克发生了冲突，他也不知道那个飞行的使者。"

"飞行的使者！"莱戈拉斯叫道，"在萨恩盖比尔上方，我用加拉德瑞尔赠的弓射他，把他从天上射了下来。他令我们所有人都充满了恐惧。这是什么新的恐怖力量？"

"那是一种你无法用箭射死的恐怖力量。"甘道夫说，"你只射杀了他的坐骑——干得好！但那骑手很快又有了新坐骑，因为他是那兹古尔，是九戒灵之一，他们现在骑着会飞的坐骑。他们的恐怖力量很快就会遮蔽太阳，笼罩我们友邦的最后军队。不过他们尚未获准越过大河，萨茹曼也不知道戒灵如今已换了这种新的形貌。他一心只想着魔戒。它出现在战斗中了吗？它被人找到了吗？万一马克之王希奥顿得到它并知晓它的力量，那要怎么办？那是他所意识到的危险，于是他逃回了艾森加德，打算以双倍乃至三倍的兵力攻打洛汗。与此同时，一直有另一种危险近在咫尺，他却忙着自己那些风风火火的念头，全没意识到它的存在。他忘了树须。"

"这会儿你又在自言自语了。"阿拉贡微笑着说，"我不知道树须是谁。萨茹曼的双面背叛我猜到了一部分，但我不明白两个霍比特人来到范贡森林起了什么作用，除了让我们来了一场漫长又毫无结果的追踪。"

"等等！"吉姆利叫道，"还有件事我想先知道。昨晚我们看见的究竟是你甘道夫，还是萨茹曼？"

"你们看见的肯定不是我，"甘道夫说，"因此，我只能猜你们看见了萨茹曼。我们显然看起来极为相像，因此我必须原谅你想一斧把我的帽子劈出个补不好的缺口。"

"好，好极了！"吉姆利说，"我很庆幸那不是你。"

甘道夫再次大笑。"是啊，我的好矮人，"他说，"不是方方面面都遭人误解，这真叫人感到安慰。这点我岂不是再清楚不过了吗！不过，当然，我绝不会怪你刚才欢迎我的方式，我怎么能怪你呢！是我自己常常劝告朋友，在与大敌打交道时，防人之心万不可无。祝福你，格罗因之子吉姆利！或许有一天你会同时见到我们二人，那时就可以判断了！"

"但是霍比特人呢？"莱戈拉斯插嘴道，"我们走了这么远的路来找他们，你似乎知道他们在哪里。现在他们在哪里？"

"跟树须还有恩特们在一起。"甘道夫说。

"恩特！"阿拉贡不由得惊叫道，"这么说来，那些古老的传说里讲到的森林深处的居民，也就是巨大的百树牧人，竟是真的？这世上还有恩特存在吗？我以为他们即便真的不是洛汗的传奇故事，也只是一则远古的记忆罢了。"

"洛汗的传奇故事！"莱戈拉斯叫道，"不，大荒野上每个精灵都唱过那些讲述古老的欧诺德民和他们的绵长悲伤的歌谣。不过，即便在我们当中，他们也只是一则记忆。如果我还能在这世上碰到一个活的恩特，那我真会觉得自己年轻起来了！但树须这个名称只是范贡一词的通用语翻译而已，可你却说得好像是个人。树须是谁？"

"啊！现在轮到你问个没完了。"甘道夫说，"他漫长悠缓的生平我只知道一小部分，却也足够说个我们现在讲不完的故事了。树须就是范贡，森林的守护者。他是最年长的恩特，是太阳底下仍在这片中洲大地上行走的最古老的生灵。莱戈拉斯，我着实希望你能见到他。梅里和皮平的运气很好，他们在这里遇到了他，就在我们坐的这个地方。他两天前来到这里，将他们带去了他远在迷雾山脉山脚下的家。他常来这儿，尤其当他心神不宁，饱受外界传言困扰的时候。四天前我看见他在森林中大步行走，我想他也看见了我，因为他停了下来。但我没跟他说话，因为我跟魔多之眼争斗过后很累，加之心事重重；而他也没跟我说话，也没叫我的名字。"

"说不定他也以为你是萨茹曼。"吉姆利说，"不过，你说起他的口气就好像他是个朋友。我还以为范贡很危险哪。"

"危险！"甘道夫叫道，"我也很危险，非常危险——比你这辈子能遇见的任何人或物都危险，除非你被活捉到黑暗魔君的座前，那另当别论。而且，阿拉贡很危险，莱戈拉斯也很危险。格罗因之子吉姆利，你可是被危险团团包围着——因为依着你的标准，你自己就很危险。范贡森林肯定非常危险——尤其是对那些随时都想动用斧头的人而言；还有范贡本人也非常危险，尽管如此，他却很有智慧又很亲切。但现在，他那漫长又迟缓的愤怒正在溢出，充斥了整座森林。正是霍比特人的到来，以及他们带来的消息，令这股愤怒漫溢了出来，它很快就会像洪水一样汹涌奔流，但这股大潮已尽数扑向萨茹曼和艾森加德的斧头。一件自从远古时代以来就不曾发生过的事，即将发生——恩特将会觉醒，并且发现自身非常强大。"

"他们会做什么？"莱戈拉斯惊讶万分地问。

"我不知道。"甘道夫说，"我认为他们自己也不知道。我很好奇。"他沉默下来，低头思索着。

另外三人看着他。一束阳光穿过飞逝的云照在他此时摊开搁在膝头的手心上，手掌盛满了阳光，恰似杯子装满了水。最终，他抬起头来，直接凝望着太阳。

"上午要过完了。"他说，"我们很快就必须出发了。"

"我们要去找那两个朋友，并见一见树须吗？"阿拉贡问。

"不。"甘道夫说，"那不是你们该走的路。我已经说过了希望之所在，但那只是希望。希望并不是胜利。战争已经降临到我们和我们所有朋友的头上，这是一场只有运用魔戒才能确保我们胜利的战争。它令我心中充满了巨大的悲伤以及极大的恐惧，因为无数事物将被摧毁，或许一切都会失落。我是甘道夫，白袍甘道夫，但黑暗的势力依然更加强大。"

他起身，抬手搭额朝东凝望，仿佛看见了他们都看不见的遥远事物。然后他摇了摇头。"不，"他轻声说，"它已经脱出我们的掌握了。至少让我们为此庆幸吧。我们已经摆脱了运用魔戒的诱惑；我们必须去面对近乎绝望的危境，但那种致命的危险已经解除了。"

他转过身。"来吧，阿拉松之子阿拉贡！"他说，"别为你在埃敏穆伊山谷里所做的选择而后悔，也别说这趟追逐是徒劳一场。你从重重疑难中选了一条貌似正确的路，而这个选择是正确的，也已经获得了回报。因为，正是如此，我们才及时见面，否则我们再见时只怕就太迟了。不过，你们追寻同伴的任务已经结束了。你们下一趟旅程是你之前承诺的。你们必须前往埃多拉斯的宫殿找到希奥顿，因为那里需要你们。安督利尔现在必须在它等待良久的战斗中展现光芒了。洛汗正困于战争，还有更糟的邪恶——希奥顿的情况很不妙。"

"那么，我们就见不到那两个快乐的小霍比特人了？"莱戈拉斯说。

"我可没这么说。"甘道夫说,"谁知道呢?耐心一点。去你们该去的地方,并且心怀希望!去埃多拉斯!我也要去那里。"

"对一个人来说,无论老少,这都是条很长的路。"阿拉贡说,"恐怕我还没赶到,仗就已经打完了。"

"我们走着瞧,走着瞧。"甘道夫说,"你们要现在跟我一起走吗?"

"要。我们一起出发吧。"阿拉贡说,"不过我相信你要是愿意,会比我先到那里。"他起身,久久看着甘道夫。精灵和矮人都无言地看着他们二人面对面伫立。阿拉松之子阿拉贡的灰色身影高大挺拔,坚如磐石。人类手扶着剑柄,看起来犹如一位自海上迷雾中前来的君王,踏上了寻常人类的海岸。在他面前略微躬身站着的,是个一袭白衣的苍老人影,这时就像体内点燃了某种光那样闪闪发亮,虽因岁月的重负而佝偻,却蕴藏着一股超越君王的力量。

"我没有说错,甘道夫,"阿拉贡终于说,"无论你想去何处,你都能比我更快到达。我还要说:你是我们的领袖,我们的旌旗。黑暗魔君有九骑手;我们则有一位,却比他们更强大——一位白骑士[1]。他历经烈火与深渊,他们将会对他心存畏惧。不管他领我们走向何处，我们都必前往。"

"对，我们将一同追随你。"莱戈拉斯说，"但是，甘道夫，我想先听听你在墨瑞亚的遭遇，这会让我心里好过一点。你难道不愿告诉我们吗？你难道不能多留一会儿，告诉你的朋友你是如何获救的？"

"我已经留得太久了。"甘道夫答道，"时间紧迫。但就算给我一整年时间，我也不能把一切都告诉你们。"

"那么，就趁时间允许，告诉我们你愿意说的部分好了！"吉姆利说，"说吧，甘道夫，给我们讲讲你跟炎魔的大战！"

"别提他的名！"甘道夫说，那一刻他脸上似乎掠过了一抹痛苦的阴云，他默然坐下，看起来苍老若死。"我往下坠了很久，"他终于缓慢说道，仿佛在艰难地回忆，"我往下坠了很久，他与我一同下坠。他的烈火包围了我，烧伤了我。接着，我们一头扎进了深水中，四下一片漆黑。那冰冷如同死亡的潮水，几乎冻僵了我的心。"

"架着都林之桥的深渊，深不见底，从未有人丈量过。"吉姆利说。

"但它是有底的，远在光明不及之处，人们所知之外。"甘道夫说，"我终于落到了底，到了岩石至深的根基。他仍跟我在一起。他的火熄了，变得滑溜湿黏，比能扼死人的蛇还强壮。

"我们在万物生存的大地之底争斗许久，那里的时间无法计量。他始终缠着我，我不停砍着他，直到最后他向黑暗的隧道飞奔而逃。格罗因之子吉姆利，那些隧道不是都林一族挖的。在比矮人挖掘到的最深处还要深得多的地方，那里的世界是无名之物啮出来的，就连索隆都不知它们是何物，它们比他还要古老。现在，我已去过那里，但我不会对它加以描述，那会黯淡了白日的天光。在当时的绝境中，我的敌人是我唯一的希望，我紧追着他，丝毫不肯放松。就这样，他终于把我带回了卡扎督姆的秘道——他对它们了若指掌。接着我们一直往上攀登，直至来到无尽阶梯。"

"那阶梯早就没人知道位于何处了。"吉姆利说，"许多人说它仅仅是传说而已，从来就不存在，但也有其他人说它被摧毁了。"

"它确实存在，而且没有被摧毁。"甘道夫说，"它从最底层的地牢一直攀升到至高处的山巅，成千上万的台阶呈螺旋状连绵不断，盘旋而上，最后的出口乃是在都林之塔——那塔凿自银齿峰齐拉克齐吉尔尖顶的天然岩石。

"就在凯勒布迪尔上，积雪中开了一扇孤窗，窗前乃是一片狭窄之地，恰似一个坐落在云雾缭绕的世界上方、令人头晕目眩的鹰巢。那里的阳光极烈，但下方的一切都裹在云层里。他一跃而出，而当我紧跟而至之际，他猛然爆发出新的火焰。没有人观战，否则，这场山巅之战或许会被传唱后世。"甘道夫蓦地大笑起来，"可是他们在歌谣里会怎么说呢？那些从远方观看的人，会以为山顶正被风暴笼罩着。他们能听见雷声，并且会说闪电击中了凯勒布迪尔，反弹起无数道火舌。这难道还不够唱吗？我们周围腾起大股浓烟，水汽蒸腾，碎冰如雨倾落。我将敌人抛了下去，他从高处坠落，撞碎了山体，摔死在那里。接着，我便落入了黑暗。我游离于神志与时间之外，在我不会宣之于口的诸多道路上漫游了很久。

"我被赤裸裸地送了回来——这次只停留很短一段时间，到我的任务完成为止。我赤裸裸地躺在山顶上，背后的高塔已碎成齑粉，那扇窗已荡然无存，毁坏的阶梯也被焚烧断裂的岩石堵死了。我独自躺在世界的坚硬尖角上，无人记得，无路可逃。我躺在那儿瞪着天空，群星在穹顶中流转，每一天都像大地的一个生命周期那般漫长。来自四面八方的传闻汇聚起来，隐隐传进我的耳里：有生有死，有欢唱有哀哭，还有负载过重的岩石发出永无休止的缓慢呻吟。终于，风王格怀希尔又找到了我，将我抓起，带我离开那里。

"'患难之友啊，我真是注定总要成为你的负担。'我说。

"'你曾经是个负担。'他答道，'可现在不是了。你在我爪中轻如鸿毛，阳光能穿透你照耀。事实上我认为你根本不需要我，我要是松开你，你可以乘风飞翔。'

"'你可千万别松爪！'我惊喘着说，感到自己又活了过来，'送我去洛丝罗瑞恩吧！'

"'派我出来找你的加拉德瑞尔夫人正是这么吩咐我的。'他答道。

"就这样，我去了卡拉斯加拉松，并得知你们才走不久。我逗留在那片仿佛不会衰老的土地上，那里的时光带来康复，而非腐朽。我康复了，并穿上了白袍。我给予并听取了建议。之后，我经由生僻的道路来到此地，给你们一些人带来口信。我受命对阿拉贡说：

> 埃莱萨，埃莱萨，杜内丹人今何在？
> 汝族人因何离散不还？
> 未远矣，失落之物将重现，
> 灰衣劲旅自北归。
> 然汝命途幽暗，
> 亡者当关，一路向海。

"她要对莱戈拉斯说的话是：

> 绿叶莱戈拉斯，徜徉林下久矣，
> 汝生长于欢乐，须措意大海！
> 若闻海岸沙鸥鸣啼，
> 汝心再难安歇林下。"

甘道夫闭上眼睛，不再说话。

"这么说来，她没什么口信给我吗？"吉姆利问，低下了头。

"她的话含义晦涩，"莱戈拉斯说，"收到的人也很难明白其中之意。"

"这话安慰不了我。"吉姆利说。

"那你还要怎样？"莱戈拉斯说，"难道你要她明言你的死期？"

"行啊，如果她没别的可说的话。"

"那是什么呢？"甘道夫说着，睁开了眼睛，"是了，我想我大致能猜出她话里的意思。抱歉，吉姆利！我刚才是在重新斟酌这些口信。她确实有话给你，而且既不晦涩也不悲伤。

"'请向格罗因之子吉姆利致上夫人的问候。'她说，'持发人，无论你去向何方，我都牵挂着你。但可要当心，别用斧子砍错了树！'"

"甘道夫，你回到我们身边的时刻可真是良辰！"矮人叫道，雀跃着用奇特的矮人语大声唱起来，"走吧，走吧！"他挥舞着斧头吼道，"既然甘道夫的脑袋如今变神圣了，我们这就去找个可砍的来砍砍吧！"

"应该不用走太远就能找到。"甘道夫说，站起身来，"走吧！我们这些久别重逢的朋友已经用光了聊天的时间，现在得赶紧上路了。"

他再次裹上那件陈旧破烂的斗篷，领路出发。他们跟着他迅速从那片高处的岩架下来，一路朝回走，穿过森林，顺着恩特河沿岸而行。他们沿途都未交谈，直到离开范贡森林边沿，再度踏上草原。他们的马匹依旧踪影不见。

"马儿没回来。"莱戈拉斯说，"这趟路走起来可要累死人了！"

"时间紧迫，我不走路。"甘道夫说，接着抬起头，吹了声长长的口哨。口哨声清利明晰，一旁站着的三人，无不惊讶那长须下的苍老双唇竟能吹出如斯声响。他吹了三声口哨。然后，他们模模糊糊地听见东风从草原上远远送来了马的嘶鸣。他们等候着，心中惊奇，而没多久就传来了马蹄声。起初那只不过是地面传来的微微震动，只有伏在草地上的阿拉贡可以察觉，接着，马蹄声越来越大，越来越清晰，踏着明快的节奏。

"来的不止一匹马。"阿拉贡说。

"当然。"甘道夫说，"一匹马可载不了我们这么多人。"

"共有三匹。"莱戈拉斯说，抬眼越过原野眺望，"看他们跑的样子！那是哈苏费尔，旁边是我的朋友阿罗德！但还有另一匹马大步领先，那是一匹非常雄骏的马。过去我从未见过这样的马。"

"这样的马，你以后也不会再见到。"甘道夫说，"这是捷影。他是马中王者美亚拉斯之首，就连洛汗之王希奥顿都不曾见过比他更好的马。他岂非闪亮如银，奔驰起来畅如急流？他是为我而来——他便是白骑士的骏马。我们将一同奔赴战场。"

就在老巫师说话的当口，那匹雄骏的马已大步奔上山坡，朝他们而来。他全身皮毛闪亮，鬃毛在疾奔带起的风中飘飞。另外两匹马跟着他而来，不过此时已经远远落后。捷影一看见甘道夫，立刻停了脚步，高声嘶鸣。接着他轻轻地小跑上前，屈下高傲的头，用硕大的鼻子去蹭老人的颈项。

甘道夫疼爱地抚摸他。"吾友，从幽谷到这里，真是条漫漫长路。"他说，"但你聪明又迅捷，并在我需要的时候到来。现在，我们一起远征，在这世上再不分开！"

不久，另外两匹马也到了，静静站在一旁，似在等候命令。"我们立刻前往你们的主人希奥顿的宫殿美杜塞尔德。"甘道夫严肃地对那两匹马说，而他们俯首以答，"时间紧迫，因此，我的朋友们，请容许我们骑上你们，并请你们尽上全力飞奔。哈苏费尔带上阿拉贡，阿罗德带上莱戈拉斯。吉姆利坐在我前面，我会请捷影带上我们两个。现在，我们喝点水就出发。"

"现在，我解开了昨晚的一部分谜团。"莱戈拉斯说，轻捷地跃到了阿罗德背上，"无论我们的马最初是不是因为害怕而跑开，他们遇到了自己的首领捷影，于是欢欣地问候他。甘道夫，你之前知道他就在附近吗？"

"我知道。"巫师说，"我集中意念呼唤他，召唤他尽快前来。昨天他还在远处，在这片土地的南部。但愿他再次迅捷无比地带我回去！"

甘道夫向捷影交代几句，那匹马便以相当快的速度出发了，但没有令另外两匹跟不上。过了一会儿，他突然转向，选择了一处河岸较低的地方，涉水过河，然后领他们朝正南进入不生树木的辽阔平原。风吹过一望无际的草原，掀起一阵阵灰色的波浪。草原上不见任何大路小径的踪影，但捷影既未停步，也未踌躇。

"此刻他正领我们走直线，前往白色山脉的山坡下希奥顿的宫殿。"甘道夫说，"这样走会快得多。

河对面的东埃姆内特地面要坚硬些，通往北方的主干道就在那边，但捷影知道每处穿过沼泽和洼地的路。"

他们穿过草地和泽地，连续奔驰了好几个钟头。不少地方的草都没过了骑手们的膝盖，他们的坐骑就像在灰绿色的海洋中游泳。他们一路碰到了许多隐蔽的水塘，大片大片的莎草在危机四伏的潮湿沼泽上摇晃。但捷影总找得到路，另外两匹马则跟着他踏出的蹄印前行。太阳渐渐从高空向西沉落，有那么片刻，四位骑手越过广阔的平原望去，远远见它像个大火球般没入了草原。在视野尽头的低处，群山的山肩两侧都被霞光映得通红。地面似乎有股浓烟腾起，将一轮红日抹成了血色，仿佛它在往大地的边缘沉落时，点燃了草原。

"那边就是洛汗豁口。"甘道夫说，"它现在几乎在我们的正西方。艾森加德就在那边。"

"我看到一大股浓烟。"莱戈拉斯说，"那是怎么回事？"

"战斗，战争！"甘道夫说，"继续前进！"

第六章

金殿之王

夕阳西下，黄昏渐逝，夜色四合，他们奔驰如故。当他们终于止步下马，连阿拉贡都浑身僵硬，疲惫不堪。甘道夫只允许他们休息几个钟头。莱戈拉斯和吉姆利倒头就睡，阿拉贡仰躺在地，伸开手脚舒展背脊；甘道夫则倚杖而立，凝望着东西两面的黑暗。四野俱寂，没有任何生物的踪迹或声音。当他们再次起身时，一道道绵长的浓云封锁了夜空，正乘着寒风滚滚飞逝。在清冷的月色下，他们再度出发，如白昼赶路一般疾驰。

时间流逝，他们依然马不停蹄。吉姆利不停打着瞌睡，若不是甘道夫抓住他将他摇醒，他早就摔下马背了。哈苏费尔和阿罗德疲惫但骄傲，坚持跟着它们那位不知劳累的首领，而捷影已化作前方一个几乎渺不可见的灰影。路程一哩接着一哩。渐满的月亮沉入了浓云遮罩的西天。

空气中，寒意愈发重了。东方的漆黑渐渐淡褪成冷冷的灰。在他们左边远方，埃敏穆伊黝黑的山障上空，万道红光迸射出来。清朗的黎明到了。一阵风横扫过前路，匆匆刮过弯低的绿草。捷影遽然停下脚步，长声嘶鸣，而甘道夫手指前方。

"看！"他叫道。他们抬起疲倦的眼睛望去，只见南方的山脉矗立在前，峰顶雪白，山体则是黑色条纹环绕。连绵的草地一直延伸到簇拥在山脉脚下的丘陵，再绵延爬升，进入晨光尚未触及、一路蜿蜒到巍峨山脉心腹中的诸多幽暗山谷。这些山谷中最宽阔的一道就敞开在一行旅人的正前方，如同群山中一处长长的海湾。在这山谷深处，他们瞥见一脉包含一座高峰的起伏山头，谷口则耸立着一座孤零零的高地，好似一位哨兵。高地脚下盘着一弯银带，那是一条发源于谷中的溪流。在旭日的光芒中，他们捕捉到遥远的高地上有一点金色的闪光。

"莱戈拉斯，说说看！"甘道夫说，"告诉我们，你看见前方有什么？"

莱戈拉斯抬手遮住初升的朝阳平射过来的光芒，凝神远望。"我看见一道白色的溪流从雪峰上流下，"他说，"在它流出山谷阴影之处的东边，有一座青翠的山丘拔地而起，山丘四周围绕着沟渠、坚实的护墙和带刺的栅栏。圈着的山丘上露出一栋栋房屋的屋顶，而在中央的绿色阶地上，高高矗立着一座雄伟的人类宫殿。在我看来，殿顶似乎是黄金铺就——它反射的光芒所及甚远，它的诸多门柱也是金色。站在那儿的人身穿灿亮的铠甲。不过除此之外，整片宫殿都还在沉睡。"

"那片宫殿名唤埃多拉斯，"甘道夫说，"而那座金色大殿便是美杜塞尔德，里面住着洛汗马克之王，森格尔之子希奥顿。我们在天亮时分来到，现在，我们面前的路清晰可见。但我们骑行时必须倍加谨慎小心，因为城外已经爆发战争，而'驭马者'洛希尔人并不是在沉睡，尽管远看貌似如此。我告诫你们，谁都不要动用武器，不要口出傲慢之言，直到我们抵达希奥顿的座前。"

当一行旅人来到那条溪流前时，晨光已经大亮，天气晴朗，鸟儿欢唱。溪水急速流下，奔入平原，过了丘陵脚下便转了个大弯，横过他们的路向东流去，在远方注入密密长满芦苇的恩特河。这地绿意盎然，湿润的草地上，以及沿着溪流绿草茵茵的河岸上，都长着许多柳树。在这片南方的土地上，那些柳树已经感觉到春天临近，柳梢都已飞红。溪流上有一处渡口，那里两边的溪岸都被渡溪的马匹踩踏得很低。一行旅人从那里涉过溪水，来到一条印着车辙、通往高地的宽路上。

在护墙围绕的山丘脚下，道路从许多高高的青冢阴影下经过。在那些坟冢的西侧，青草上如同覆盖着一片皑皑积雪——草地上开满了小花，犹如天空中数不清的繁星。

"看！"甘道夫说，"青草地上那些明亮的眼睛多么漂亮！它们唤作永志花，用这地人类的语言来说叫作'辛贝穆奈'[1]。因为它们永远生长在亡者安息之地，一年四季盛放不断。看哪！我们来到希奥顿的诸位祖先长眠的伟大陵寝了。"

"左边有七座坟，右边有九座。"阿拉贡说，"自从金殿建成之后，人类历经了许多漫长世代。"

"从那时起至今，我家乡黑森林中的红叶已经落过五百次了，"莱戈拉斯说，"这段时间对我们来说不过是短暂一瞬而已。"

"但对马克的骠骑而言，那却是年深日久了，"阿拉贡说，"建起这座宫殿也仅仅是存于歌谣中的回忆而已，而在那之前的岁月，已经佚失在时间的迷雾里。现在，他们称这地是他们的家园，属于他们自己，他们的语言也已经有别于北方的亲族了。"接着，他开始用一种悠缓的语言轻声吟唱，精灵和矮人都不懂得这种语言，但他们侧耳聆听，因为其中蕴含着强有力的韵律。

"我猜，这就是洛希尔人的语言，"莱戈拉斯说，"因为它听起来就像这片大地本身，有些部分起伏丰美，其他部分却如山脉般坚硬不屈，铿锵有力。但我猜不出它的意思，只觉得其中满载着凡人的悲伤。"

"我尽量翻译得贴切些，"阿拉贡说，"在通用语里它是这么唱的：

骁骏勇骑今何在？ 吹角长鸣何处闻？
高盔铁衣今何在？ 明亮金发何处飘振？
诗琴妙手今何在？ 炽红火焰何处照映？

春华秋实今何在？麦穗何处欣欣向荣？

俱往矣，如山岗微雨，草原飘风；

落日西坠，幽隐山后。

死木燃尽，谁人收取长烟？

谁能见，岁月流逝西海何时归？

"这是很久以前洛汗一位佚名的诗人所作，回忆年少的埃奥尔从北方策马南下而来，是何等高大英俊。他的坐骑，'群马之父'费拉罗夫，四蹄翻飞如生翅翼。这里的人类晚间仍会唱起这首歌谣。"

四人交谈着，过了那片寂静的坟冢，沿着蜿蜒的路上了山丘的青翠山肩，最后来到埃多拉斯宽阔的挡风墙和大门前。

有许多穿着雪亮铠甲的人坐在那里，见到来人立刻一跃而起，伸出长矛挡住去路。"站住，本地不识的陌生人！"他们用里德马克的语言喝道，命令陌生来者报上名号和来意。他们眼中含着惊奇，却不露多少友善之意，并且全都脸色阴沉地看着甘道夫。

"你们的语言，我了解得很，"甘道夫用同样的语言回答，"但没多少陌生人有我的本事。假如你们希望听到回答，为什么不按照西部地区的习惯，说通用语呢？"

"这是希奥顿王的旨意：懂得我们的语言，才是我们的朋友，否则任何人都不准踏进他的大门。"一个卫士答道，"这是战争时期，除了我们自己的子民，以及那些从刚铎境内的蒙德堡[3]来的人，余者皆不欢迎。你们是什么人？如此奇装异服，骑着像是属于我们的马，冒失地横过平原而来？我们在这里站岗很久，你们还在远处我们就已经注意到了。我们从来没有见过你们这么奇怪的骑手，也从来没见过任何一匹马比载你的这匹更气宇轩昂。他是一匹美亚拉斯，否则我们的眼睛就是被某种咒语欺骗了。说，你到底是巫师，是萨茹曼派来的奸细，还是他邪术造出的幻影？快说！"

"我们不是幻影，"阿拉贡说，"你的眼睛也没有欺骗你。我们所骑的确实是你们的马；我猜，你开口发问之前已经心中有数——但窃贼可很少物归原主。这是哈苏费尔和阿罗德，是马克第三元帅伊奥梅尔在短短两天之前借给我们的。现在我们兑现当初对他的承诺，将马送还。难道说，伊奥梅尔还没回来，没有提及我们要来吗？"

卫士眼中浮现了一丝不安。"关于伊奥梅尔，我无可奉告。"他回答，"如果你说的是真话，那希奥顿毫无疑问会知道此事。或许你们算不上彻头彻尾的不速之客。也就是短短两夜之前，佞舌[4]来对我们说：希奥顿有旨，不准陌生人进门。"

"佞舌？"甘道夫严厉地看着卫士，"别说了！我来此可不是要找佞舌，而是要找马克之王本人。我赶时间。莫非你不肯自己去或派个人去通报一下，说我们来了？"他浓眉下的双目炯炯发亮，紧盯着那个人。

"好，我去。"卫士缓慢地答道，"可是我该怎么通报来者的身份？我该怎么介绍你？你现在看起来既苍老又疲倦，但我认为，你骨子里既凶猛又严厉。"

"你眼力不错，口舌也不赖。"巫师说，"我是甘道夫。我回来了。看哪！我同样带回来一匹马：这是雄骏的捷影，再没有旁人的手能驯服他。在我身旁的是诸王的继承人、阿拉松之子阿拉贡，他将要前往蒙德堡。另外还有我们的战友，精灵莱戈拉斯和矮人吉姆利。现在去吧，告诉你的主人，我们就在他大门外，有要事相告，请他允许我们进入他的宫殿。"

"你给的可真是些怪名字！不过我会按你的吩咐通报，征求我主的旨意。"卫士说，"请在此稍候，我会带回他认为合适的答复。别抱太大期望！如今时局不妙。"他说罢立即离开，将这些陌生人留给他的战友继续监视。

过了一阵，他回来了。"请跟我来！"他说，"希奥顿准许你们进去，但你们携带的全部武器，哪怕只是一根手杖，也必须留在殿门口。殿门守卫会替你们保管。"

黑色的大门轰然敞开，一行旅人跟着领路的卫士鱼贯而入。他们踏上一条铺着打磨过的石板的宽阔小路，一会儿迤逦上行，一会儿又爬上小段精心砌就的阶梯。他们路过了许多木头搭建的房子和许多扇黑色的房门。道路一侧有一条石渠，里面哗哗流着清亮的水。终于，他们登上了山顶。有一座高高的平台耸立在一片绿色阶地上，阶地脚下有座形如马头的石雕，从中涌出一股清澈的泉水。马头下方有个开阔的水盆，水从盆中溢出，汇成小溪往下流淌。有一道又高又宽的石砌阶梯沿着绿色阶地向上延伸，最高一级的两侧设有石凿的座椅。椅上坐着另一批卫士，他们膝头摆着出鞘的长剑，金发编成辫子垂在肩头，绿色的盾牌上装饰着太阳纹章，长长的锁子甲亮得耀眼。他们起身时，显得比一般凡人更加高大。

"前面就是大殿的门。"向导说，"我现在必须回到大门前去值勤。再会！愿马克之王对你们开恩！"

他转身迅速沿着原路走了下去。四位旅人在那些高大卫士的注视下，爬上了长长的阶梯。那些卫士此刻高高伫立在上，不发一语，直到甘道夫踏上阶梯尽头铺石的高台，他们才突然开口，嗓音清晰，用他们自己的语言致以礼貌的问候。

"远道而来者，向你们致敬！"他们说，将剑柄转向旅人们，以示和平。绿色的宝石在阳光下闪亮。接着，一名卫士走上前，用通用语说话。

"我是希奥顿的殿门守卫。"他说，"我名叫哈马。在你们进门之前，我必须请你们留下武器。"

于是，莱戈拉斯将银柄长刀、箭袋和弓都交给了他。"好好保管，"精灵说，"因为它们来自金色森林，是洛丝罗瑞恩的夫人送给我的。"

人类眼中露出惊诧的神色，匆忙将那些武器放到墙边，好像害怕拿着它们。"我向你保证，没有人会碰它们。"他说。

阿拉贡站在原地迟疑了一会儿。"我不愿让我的剑离身，"他说，"也不愿将安督利尔交到任何人手中。"

"这是希奥顿的旨意。"哈马说。

"尽管森格尔之子希奥顿是马克之王，但我怀疑他的旨意是不是该凌驾于刚铎的埃兰迪尔继承人、阿拉松之子阿拉贡的意愿之上。"

"这是希奥顿的王宫，不是阿拉贡的，就算他取代德内梭尔坐上刚铎的王位也一样。"哈马说，疾步抢到殿门前挡住了去路，剑这会儿已经在手，剑尖指向了陌生来客。

"这种争论可真是无谓。"甘道夫说，"希奥顿的命令毫无必要，但违抗也毫无用处。一国之君在自己的宫殿里可以随心所欲，无论他的做法是愚蠢还是明智。"

"不错。"阿拉贡说，"假如我现在带的剑并非安督利尔，而这也只是一间樵夫的小屋，我就会听从屋主的吩咐。"

"不管那剑叫什么名字，"哈马说，"只要你不想一个人力战埃多拉斯所有的人，你就必须将它放在这里。"

"他可不是一个人！"吉姆利说，抚摸着斧头的锋刃，脸色阴沉地抬头看着卫士，仿佛他是一棵矮人打算砍倒的小树，"他可不是一个人！"

"好啦，好啦！"甘道夫说，"在场的全都是朋友，或者说，本该是朋友。如果我们闹翻了，唯一的回报就是魔多的耻笑。我任务紧急。好兄弟哈马，至少给你*我的*剑。请好好保管它。此剑名唤格拉姆德凛，是精灵在很久以前打造的。现在让我过去吧。来吧，阿拉贡！"

缓缓地，阿拉贡解下挂剑的皮带，并亲手将剑倚立在墙上。"我将它放在这里，"他说，"但我不准你碰它，也不准任何人染指它。在这精灵剑鞘中收的是一把曾经断裂又重铸了的宝剑，它最初是在遥远的过去由铁尔哈⁵打造。除了埃兰迪尔的继承人，任何抽出埃兰迪尔之剑的人都将惨遭杀身之祸。"

卫士退了一步，惊讶万分地看着阿拉贡。"你似乎是从那段被遗忘的年代里乘着歌谣的翅膀而来！"他说，"大人，事情必按您的吩咐而行。"

"好吧，"吉姆利说，"既然有安督利尔做伴，我的斧头也可以无愧地留在这里。"他将斧头放在地上，"现在，要是一切都遂了你的意，就该让我们进去跟你的主人谈谈了吧。"

但卫士仍然迟疑着。"还有你的手杖。"他对甘道夫说，"请见谅，那也得留在门外。"

"愚蠢之至！"甘道夫说，"谨慎是一回事，无礼却是另外一回事。我是个老人，我要是不能拄着拐棍儿进去，那我就坐在这里，等希奥顿乐意亲自蹒跚走出来跟我说话。"

阿拉贡大笑："每个人都有自己心爱到不愿交付他人的东西。不过，你怎么能让一个老人跟支撑他的拐棍儿分开呢？好啦，你真不肯让我们进去吗？"

"拐杖若拿在巫师手中，可不只是老人的支撑拐棍儿。"哈马说，紧盯着甘道夫所倚的那根灰白色拐杖，"不过，好汉在有疑虑时当相信自己的智慧。我相信你们是朋友，是有荣誉可言的人，并未怀着邪恶的目的。你们可以进去了。"

于是，卫士们抬起殿门上沉重的木闩，将门朝内缓缓推开，粗大的铰链吱嘎作响。一行旅人踏入殿中。呼吸过山顶的清新空气，殿内显得阴暗而温暖。大殿既长又宽，影影绰绰，半明半暗。巨大的柱子支撑着高高的屋顶。不过，穿过东面深深屋檐下的一扇扇高窗，有一束束明亮的阳光照射进来，光影斑驳。

透过屋顶的天窗，在袅袅上腾的缕缕轻烟之上，天空呈现出一种浅淡的蓝。等眼睛适应了光照，旅人们发现地上铺着色彩斑斓的石板，脚下交缠着纵横交错的如尼文和奇特的图案。此时，他们也看到那些柱子泛着暗沉沉的金色与其他辨不清的颜色，上面有着丰富的雕刻，另外墙上还挂着许多织锦，古代传奇中的人物在宽阔的布面上行进，有些因为年代久远而黯淡模糊，有些隐在阴影中而显得灰暗一团。但有一块织锦被阳光照亮，上面有位骑着白马的青年，他吹着一支大号角，金黄色的头发在风中飘扬。那匹白马昂着头，鼻孔又大又红，正因嗅到远方战场的气息而大声嘶鸣。碧绿和雪白的水花冲击着它的四蹄，围着它的膝盖翻卷飞溅。

"看，那就是年少的埃奥尔！"阿拉贡说，"他正是这样骑马从北方而来，奔赴凯勒布兰特原野之战。"

四个伙伴继续往前走，经过大殿中央正用木柴燃着明亮火焰的长形火炉，停了下来。在火炉的前方、大殿的尽处，三级台阶之上有一座朝北面向大门的平台。台中央设有一张巨大的镀金座椅，椅上坐着一个年老佝偻的人，驼得几乎就像个矮人。但是，他头上戴着一圈细细的金冠，金冠的前额正中镶有一颗闪亮的钻石。他的白发又长又浓密，编成许多粗辫子，垂落在金冠下。他白须如雪，垂到了膝头，但他的双眼仍炯炯有神，正锐利地盯着这些陌生来客。在他椅子后立着一位白衣女子，在他脚前的台阶上则坐着一个身形干瘦的男人，长着一张苍白精明的脸，垂着沉重的眼皮。

殿中一片寂静。老人坐在椅子上纹丝不动。终于，甘道夫开口说："森格尔之子希奥顿，向您致敬！我回来了。看吧！风暴将至，此刻所有的朋友都应当团结起来，以免遭到各个击破。"

老人慢慢站了起来，全身重量都倚在一根装有白色骨柄的黑色短手杖上。几位陌生来客这时才看出，他尽管佝偻，却仍旧高大，年轻时必定不折不扣是位挺拔自豪之人。

"我向各位致意，"他说，"或许你们期待受到欢迎。但我要如实相告，甘道夫大人，你在此可未必受欢迎。你向来是灾难的先驱，麻烦像乌鸦一样紧跟着你，而且向来是你来得越频繁，情况就越糟糕。我不想骗你——当我听说捷影独自返回，不见骑手时，我为那匹马的归来而欣喜，但我更高兴的是骑手没有跟着回来。而当伊奥梅尔带回消息说你终于回了你的长久归宿，我也并没有哀悼。只是，远方传来的消息甚少可靠。这会儿你又来了！并且可以预料的是，你带来了比过去更可怕的邪恶。告诉我，凶兆乌鸦甘道夫，我为什么要欢迎你？"他又慢慢坐回椅子上。

"陛下，您此言极是。"那个坐在台阶上的苍白男人说，"您的儿子、您的左膀右臂、马克的第二元帅希奥杰德，阵亡于西部边界的噩耗传来可还不到五天呢。伊奥梅尔也不值得信赖，如果允许他掌权的话，没多少人会留下来把守您的城池。现在，我们也从刚铎得知黑暗魔君正在东方蠢蠢欲动，而这个流浪汉就正好选了这样的时机归来。凶兆乌鸦大人，我们究竟为什么要欢迎你？我说，你就是**拉斯贝尔**[6]，'噩耗'。俗话说，噩耗必是恶客无疑。"有那么片刻，他抬起沉重的眼皮，黑眼睛盯着陌生来客，阴森森地一笑。

"吾友佞舌，据说你很聪明，并且无疑是你主上的得力助手。"甘道夫用柔和的声音回答说，"但是，一个人带来噩耗的方式可以有两种：一种是，他就是作恶之人；另一种是，安居乐业时，他并不干涉，危难之际才带来援助。"

"说得是，"佞舌说，"但还有第三种：啄食尸骨，热衷于他人的不幸，靠战争养肥的食腐鸟。你这凶兆乌鸦，你过去给我们带来过什么援助？现在你又带来了什么援助？上一次你来这里的时候，可是来寻求我们援助的。于是我王容你任选一匹马然后快走，没想到你出乎众人意料，竟厚颜无耻地带走了捷影。我王为此大为心痛，但也有人觉得，只要能让你快点滚出此地，这个代价倒也不算太高昂。我猜这次你很可能又是故伎重施——你是来寻求援助，而非给予援助。你可带了人马、利剑与长矛而来？我说，那才叫援助，那才是我们目前需要的。可是那些跟在你屁股后头的都是什么人？——三个穿着破破烂烂灰衣的流浪汉，而四个人当中，数你自己最像乞丐！"

"森格尔之子希奥顿，近来你宫中的礼节可大不如前了。"甘道夫说，"难道你的大门卫士没有通报我这三个同伴的名号吗？任何洛汗的君王都少有机会接待三位这样的客人。他们留在你殿门外的武器，价值胜过众多凡人，哪怕最强大的也不例外。他们身着灰衣，此乃精灵赠予的装束，也正是凭着这些，他们才能历经奇险穿过暗影，来到你的宫殿。"

"这么说，伊奥梅尔报告得不假，你们真与金色森林里的女巫是同伙？"佞舌说，"这倒也难怪，在德维莫丁[7]历来都编织着欺骗的罗网。"

吉姆利一步跨上前，却突然感到甘道夫抓住了他的肩膀。他停步站住，僵硬得像块石头。

　　　　在德维莫丁，在罗瑞恩
　　　　凡人鲜少涉足，
　　　　在那里笼罩恒久明亮之光，
　　　　凡人鲜少目睹。
　　　　加拉德瑞尔！加拉德瑞尔！
　　　　你泉中之水澄明，
　　　　素手上亮星白净；
　　　　在德维莫丁，在罗瑞恩
　　　　森林土地纯净无瑕，
　　　　美好远迈凡人想象。

甘道夫如此轻唱道，接着，他将身上那褴褛的斗篷往旁一甩，整个人气势骤然一变，不再倚着手杖，而是挺起身来，开口用清晰冰冷的声音说话：

"加尔摩德之子格里马，智者只说自己知晓之事。

你已经变成一条愚蠢的蛇虫。因此闭嘴吧，让你那分叉的舌头待在牙齿后头！我穿过火焰和死亡，不是来跟一个仆人狡辩吵嘴，一直扯皮到闪电降临的。"

他举起手杖，只听雷声滚滚，东边窗户照进来的阳光被遮住了，整座大殿顿时漆黑如夜。炉火黯淡下去，化成了一堆将熄的暗红余烬。大殿中唯见甘道夫一人的清晰身影，他立在黑沉沉的火炉前，一身白衣，身形高大。

在昏暗中，他们听见佞舌嘶声叫道："陛下，我岂非劝告过您，禁止他带手杖进殿？哈马这个蠢货，他出卖了我们！"一道光亮闪过，仿佛闪电劈开了屋顶，继而一片沉寂。佞舌摊开手脚，趴在地上。

"现在，森格尔之子希奥顿，你可愿听我说了吗？"甘道夫说，"你是否寻求援助？"他举起手杖指向一扇高窗，那里的黑暗便似乎消退了，透过窗户，可以看见遥远的高处是一片明亮的天空。"黑暗并未笼罩一切。马克之王，振作起来，你不可能找到更好的援助。我对那些绝望之人并无忠告，但对你，我仍有忠告可给，有话可说。你可愿一听？这话不是每个人都能听的。我请你出去，走到你的殿门外，向外看看。你在阴影中坐得太久，听信歪曲编造的谗言和煽动太久了。"

慢慢地，希奥顿从椅子上站了起来。大殿中再次亮起了淡淡的光。那位女子匆忙走到国王身旁搀扶，老人颤颤巍巍迈开步子，下了台阶，脚步虚浮地走过了大殿。佞舌仍旧趴在地上。他们走到殿门前，甘道夫敲了敲门。

"开门！"他喊道，"马克之王驾到！"

大门敞开，一股清新的空气呼啸扑来。山上正刮着风。

"叫你的卫士都下到阶梯底下去。"甘道夫说，"而您，女士，请让他跟我单独待一会儿吧。我会照顾他的。"

"去吧，伊奥温，我的外甥女！"老国王说，"忧惧的时刻已经过去了。"

那位女子转过身，慢慢向殿里走去。进门前，她回头看了一眼。那是凝重又若有所思的一瞥，她望着国王的眼神充满了冷静的怜悯。她的容颜美丽异常，长发宛如一条金色的河流。她身穿一袭白袍，腰系银带，苗条又高挑，但她显得很强壮，坚定如钢铁，如同一位出身王室的女儿。就这样，阿拉贡第一次在明亮的天光下见到了洛汗的公主伊奥温。他认为她非常美丽，美丽又冰冷，如同尚未成熟的初春清晨。而她这时也突然察觉到了他的存在——一位高大的王者后裔，身披灰色斗篷，饱经风霜，智慧过人，尽管他隐藏着自己的力量，但她却感觉到了。有那么片刻，她像石头般一动不动地站在那儿，接着，她急旋过身进了殿。

"陛下，"甘道夫说，"现在请眺望你的国土，再次呼吸新鲜的空气吧！"

从这片高地顶上的门廊中，他们看得见溪流对岸洛汗的原野，一片青绿延伸到天际，淡褪成暗灰。风吹雨丝，帘幕般斜斜落下。头顶和西边的天空仍是黑沉沉的，伴随着雷声，闪电在隐于远方的群山峰间明灭不停。但风已转向北吹去，从东方刮来的暴风雨已在减弱，朝南方的大海翻滚而去。突然间，一束阳光从他们背后云层的裂罅中直透而下，落雨被映得闪亮如银，遥远的河流熠熠发亮，像是发光的琉璃。

"这里并不是那么暗。"希奥顿说。

"确实不是。"甘道夫说，"同样，岁月也不像有些人想让你认为的那样，沉重地压在你肩上。丢开你的手杖吧！"

喔啷一声，国王手中的黑杖跌落在石地上。他像一个因为从事苦力而长期弯腰，致使身子僵硬的人一般，慢慢挺起腰来。现在，他高大的身躯终于挺拔直立，蓝色的双眼望向云开雨散的天空。

"近来我的梦境总是黑暗一片，"他说，"但现在我觉得自己像个大梦初醒的人。甘道夫，我真希望你能早点来！因为，恐怕你来得已经太迟，只会见证我王宫的末日。这座由埃奥尔之子布雷戈所建的雄伟宫殿，不会矗立多久了。大火会吞噬那高高的王座。还有什么可做的呢？"

"有很多。"甘道夫说，"不过，首先派人去把伊奥梅尔放出来。格里马其人，除你之外，人人都叫他佞舌。你在他的劝说下，已经把伊奥梅尔囚禁起来了——我猜得没错吧？"

"没错。"希奥顿说，"他违背了我的命令，并且在我的宫殿中威胁要杀格里马。"

"一个人可以爱你，但不爱佞舌及其谗言。"甘道夫说。

"也许如此。我会照你的要求做。传哈马来见我。既然事实证明他是个不称职的殿门守卫，那就让他当个跑腿的好了。让罪犯去带罪犯来受审。"希奥顿说。

虽然他语气严厉，但他看看甘道夫，却露出了微笑。他这一笑，脸上许多忧愁的皱纹都舒展开来，消弭无踪。

哈马被召来，又领命而去，这时甘道夫领希奥顿到一张石椅上坐下，然后自己坐在国王面前最高的台阶上。阿拉贡和伙伴们都站在附近。

"现在没时间详述所有你该知道的事，"甘道夫说，"但我的期望若未落空，那么不久之后我就会有时间详说。看吧！你即将面对的危机，大到连佞舌费尽心机都没法编进你的梦境。但是你瞧！你不再神游了。你清醒了。刚铎和洛汗并非孤立无援。敌人比我们想象得还要强大，但我们拥有一个他还不曾猜到的希望。"

甘道夫这会儿说得很快。他的声音低沉又私密，只有国王一人听得见他所说的内容。不过，他说得越多，希奥顿眼中的光彩也越亮，最后，他从座位上站起来，挺直了身，甘道夫也起身站在他旁边，两人一起从高处朝东方望去。

"没错，"甘道夫此刻语音清楚洪亮地说，"我们的希望就在那边，我们最大的恐惧也盘踞在该地。命运仍悬于一线，但是希望仍在，只要我们能不屈服，再多坚持一小段时间。"

其他人这时也向东方望去。隔着一里格又一里格的大地，他们极目远眺，而希望和恐惧又载着牵挂继续向前，翻越黑暗的山脉到达魔影之地。持戒人现在在哪里？仍悬系着命运的那条丝线其实是何等纤细啊！莱戈拉斯用那双视力卓绝的眼睛极目眺望时，似乎捕捉到一丝白色的光亮——或许是远方太阳偶然照耀在了守卫之塔的尖顶上。在更远之处，有一条小小的火舌，无比遥远，却又是迫在眉睫的威胁。

希奥顿再次慢慢坐了下来。消沉似乎仍在跟甘道夫的意志较量，争取要控制他。他回头看着自己那座雄伟的宫殿。"唉！"他说，"我竟会遇上当今的不幸时势，而我年老时，迎来的竟是这样的日子，而不是苦苦赚得的和平。唉，勇敢的波洛米尔啊！年轻人英年早逝，老年人却苟延残喘。"他满布皱纹的手扣住了膝盖。

"你的手指要是握上剑柄的话，一定会清楚忆起往日的力量。"甘道夫说。

希奥顿起身，将手搭上腰侧，但腰带上没有佩剑。"格里马把它收哪儿去了？"他压低声音喃喃道。

"请用这把，亲爱的陛下！"一个清晰的声音说，"此剑永远为您效力。"有两个人已经悄然上了阶梯，这时离顶端只有几步。其中一人是伊奥梅尔，他没戴头盔，身上也未穿铠甲，但手上握着一把出鞘的剑。他一边跪下，一边将剑柄递向他的主君。

"这是怎么回事？"希奥顿厉声说。他转向伊奥梅尔，阶下二人则讶异地望着这位此刻傲然挺立的人——他们离开时，那个蜷缩在椅子里、倚着拐杖的老人哪里去了？

"这是我给的，陛下。"哈马颤抖着说，"我知道伊奥梅尔要被释放。我因为心里太高兴，或许做错了。可是，他既然再次获得自由，又是马克的元帅，我便按他的吩咐，将他的剑交还给他了。"

"是为了将它献在您脚下，我王。"伊奥梅尔说。

有那么片刻，希奥顿一言不发，站在那里俯视着仍跪在面前的伊奥梅尔。双方都不曾稍动。

"你不接剑吗？"甘道夫说。

希奥顿缓缓伸出手去。当他的五指握住剑柄，观者觉得他枯瘦的手臂重新充满了坚定和力量。他突然举起剑挥舞，刹那间剑光闪烁，呼呼有声。接着，他大吼一声，用清楚高亢的声音，以洛汗的语言念诵出战斗的号令。

> **奋起！奋起！希奥顿麾下骠骑！**
> **烟尘起，东边暗。**
> **战马衔衔，号角动鸣！**
> **埃奥尔一族，勇往前进！**

卫士们以为听见了召唤，纷纷奔上了阶梯。他们惊讶万分地望着自己的国王，接着整齐划一地抽出剑放在他脚前。"我们听令！"他们说。

"Westu Théoden hál！[8]"伊奥梅尔说，"真高兴见到您又恢复了原样！甘道夫，再也不会有人说你只会带来悲痛！"

"伊奥梅尔，我的外甥，拿回你的剑吧。"国王说，"去，哈马，把我自己的剑找来！格里马保管着它。也把他一起带来。甘道夫，你先前说，如果我愿意听，你有建议要给。你的建议是什么？"

"你已经采纳这些建议了。"甘道夫说，"第一，信任伊奥梅尔，而不要信任一个居心叵测之人。第二，抛开后悔和恐惧。第三，去做手边该做的事。每个能骑马的人都该立刻派往西边，正如伊奥梅尔的建议——我们必须趁着还有时间，先除去萨茹曼的威胁。此事我们若是失败，就将覆亡，但我们如果成功——那么就将面对下一个任务。同时，你余下的子民，也就是妇孺和老人，应当逃入你那些建在山中的避难所——这些避难所，不正是为这样的险恶时局预备的吗？让他们带上补给，但不要耽搁，更不要为大小财物而增加自己的负担。眼下处于危境当中的是他们的性命。"

"如今我觉得这确实是忠告。"希奥顿说，"让我所有的子民都做好准备！但你们几位是我的贵宾——你说得对，甘道夫，我宫殿中的礼节的确大不如前了。你们彻夜奔行，而现在早晨都快过完了，你们却既未合眼又未进餐。客房将为你们备好，你们吃过饭后就可以去歇息。"

"不，陛下。"阿拉贡说，"现在还不是困倦者休息的时候。洛汗的人马必须今天出发，我们会带上斧头、长剑与弓和他们同行。马克之王啊，我们带这些武器来，不是让它们倚在你墙边休息的。而且我答应过伊奥梅尔，我将与他并肩拔剑作战。"

"如此一来，胜利确实有望了！"伊奥梅尔说。

"有望，是的。"甘道夫说，"但艾森加德实力很强，其他的危险也在不断逼近。我们走了之后，希奥顿，你不要耽延。带领你的子民尽快撤往山中的黑蛮祠[9]要塞！"

"不，甘道夫！"国王说，"你没意识到你的医疗本事有多高超。事情不该如此安排。我要亲自上战场，必要的话，就战死在前线上。如此一来，我能更好地安息。"

"那么，洛汗纵使战败，在歌谣中也将荣耀辉煌。"阿拉贡说。那些全副武装站在附近的战士，全都拍打着武器喊道："马克之王将亲上战场！埃奥尔一族，勇往前进！"

"但你的子民不能手无寸铁，又无人照看。"甘道夫说，"谁能代你引导和管理他们呢？"

"我走之前会考虑这件事。"希奥顿答道，"看，我的参谋来了。"

就在这时，哈马重新从大殿中走了出来。在他背后，佞舌格里马畏畏缩缩地走在另外两人中间。他的脸色异常苍白，双眼在阳光下眨个不停。哈马跪下，将一柄剑鞘上包着黄金、嵌着绿宝石的长剑，呈给希奥顿。

"陛下，您古老的宝剑，赫鲁格林剑[10]在此。"他说，"这剑是在他的箱子里找到的。他极其勉强地交出了钥匙。箱子里还有许多他人遗失的东西。"

"你说谎。"佞舌说，"这把剑是你的陛下亲自交给我保管的。"

"而他现在要求你呈上来。"希奥顿说，"你对此不满吗？"

"绝对没有，陛下。"佞舌说，"我尽心尽力照顾您和您所拥有的一切。但是，请您千万别累着自己，别过度消耗体力。让别人去应付这些烦人的客人吧。您的午餐就要摆上餐桌了，难道您不去用餐吗？"

"我会去。"希奥顿说，"还有，在我座位旁将我客人的饭菜也备好。大军今天出发。派传令官先行！让他们召集所有住在附近的人！凡是拿得动兵器的成年男子和健壮的少年，以及所有拥有马匹的人，让他们在正午过后第二个钟头，骑马到大门前集合。"

"天啊陛下！"佞舌叫道，"我担心的正是这一点。这个巫师用妖术迷惑了你。难道就没有人留下来守护您先人所建的金殿，以及您所有的财宝？就没有人保卫马克之王了吗？"

"如果这叫妖术，那我觉得它比你的轻声细语更有益健康。"希奥顿说，"要不了多久，你那放血医术就会让我像畜生一样四肢着地爬行了吧。不，一个人都不要留下，连格里马也不行。格里马也该出征。去！你还有时间去清一清你剑上的锈迹。"

"发发慈悲吧，陛下！"佞舌匍匐在地哀叫道，"可怜可怜我这为了服侍您而心力交瘁的人吧。请不要遣我离开您身边！当别人全都离开您时，至少有我站在您身边。请不要把您忠心的格里马遣走啊！"

"我可怜你了。"希奥顿说，"我不会把你从身边遣走。我要亲自带着部下奔赴战场。我命令你跟我一起走，以此证明你的忠心。"

佞舌轮番打量着众人的脸。他眼中的神情，恰似一头困兽在寻觅敌人包围圈中的空隙逃生。他用长而苍白的舌头舔了舔嘴唇："虽说年纪已经大了，但一位出身埃奥尔家族的国王，做出这样的决定倒也在意料之中。可是那些真正爱他的人，不会让他在暮年还出征。可惜，看样子我来迟了。那些对我王的死很可能不那么伤怀的人，已经说服他了。若我不能消除他们的影响，陛下，请您至少听我一言！您该让一个了解您心意、尊重您命令的人，留在埃多拉斯。请指定一个忠心的总管吧！请让您的参谋格里马来为你管理一切，直到您归来——尽管没有聪明人会认为这有希望，但我仍祈祷我们会见到这一天。"

伊奥梅尔哈哈大笑。"无比高尚的佞舌啊，要是这项请求也不能让你免于上战场，你会接受哪种不那么光荣的职责呢？"他说，"扛着一袋粮食进山里去吗？那还得有人肯信任你。"

"不，伊奥梅尔，你没揣透佞舌大人的心思。"甘道夫说，将锐利的目光投向佞舌，"他大胆又狡猾。哪怕是现在，他仍想孤注一掷，险中求胜。他已经浪费我不少宝贵的时间了。趴下，你这条蛇！"他突然以骇人的声音说，"肚子贴地趴下！萨茹曼收买你多久了？他答应给你什么报酬？等所有的人都死了以后，你就能卷走你的那份财宝，占有你垂涎的女人是吗？你从那双眼皮子底下盯着她，缠着她不放，已经够久了！"

伊奥梅尔握紧了剑。"这我早就知道。"他咬牙道，"就为这理由，我本来会无视宫规杀了他。但我要杀他还有别的理由。"他跨步上前，但甘道夫伸手拦住了他。

"伊奥温现在安全了。"他说，"但是你，佞舌，你已经为你真正的主子尽心尽力了，至少也该赢得一些回报。不过，萨茹曼可是惯于忽略自己所订的协议。我劝你还是赶快回去提醒他，以免他忘了你对他的忠心效劳。"

"你说谎。"佞舌说。

"你双唇一碰吐出这话，也太频繁、太轻易了。"甘道夫说，"我没说谎。瞧，希奥顿，这是条蛇！为安全起见，你不能带它一起走，同样，你也不能把它留下。公正的做法是杀了它。但它不是一直都像现在这样。它曾经是个人，曾经以它自己的方式服侍过你。给他一匹马，让他立刻就走，随便他去哪里。从他的选择，你就能判断他的为人。"

"你听见了吗，佞舌？"希奥顿说，"这就是你面对的选择：要么跟我一同骑赴战场，让我们在战斗中考验你的忠诚；要么现在就走，去你想去的地方。但你要是选了后者，那我们将来若是再见面，我就不会对你宽大了。"

佞舌慢慢爬了起来。他从半闭的眼缝里瞧着大家，最后他扫视希奥顿的脸，张嘴似乎想说什么。接着，他突然挺直了身子，两手舞动，双眼放光，眼中的恶毒让众人都不由得往后退开。他龇牙咧嘴，然后嗤的一声在国王脚前吐了口痰，随即窜向一旁，飞奔下了阶梯。

"跟着他！"希奥顿说，"注意别让他伤害任何人，但也不要伤害他或拦阻他。如果他要马，就给他一匹。"

"如果有马愿意载他的话。"伊奥梅尔说。

一个卫士奔下了阶梯，另一个卫士走到阶地底下的泉水旁，用自己的头盔打了水来，将被佞舌玷污了的石地冲洗干净。

"现在，我的客人们，来吧！"希奥顿说，"我们抓紧时间，吃点东西提提精神。"

他们走回了大殿中。此时他们已经听见在下方的小镇上，传令官们正在呼喊，战争的号角已经吹响。只要镇上以及居住在附近的所有男人都整装集合完毕，国王便要出征了。

伊奥梅尔和四位客人与国王一同用餐，伊奥温公主服侍着国王。他们匆匆吃喝着。希奥顿询问甘道夫有关萨茹曼的情况时，旁人都默不作声。

"他是多久以前背叛我们的，谁能猜得到？"甘道夫说，"他并不是一直邪恶。我不怀疑他曾经是洛汗的朋友——即使他后来变得心肠冷酷，他仍认为你们对他有用。不过，他筹划已久，密谋要毁灭你们，只是在还没做好准备之前，依然一直戴着友谊的面具。过去那些年间，佞舌的任务很简单，你的一举一动艾森加德都是马上知悉，因为你的国土敞开，陌生人来来去去。佞舌总是在你耳边谗言不断，毒害你的神思，让你心生恐惧，让你四肢软弱无力，与此同时，旁人看在眼里却束手无策，因为你的意志已经被他控制了。

"但当我逃出来并警告你时，对那些看得见形势的人来说，萨茹曼的面具便已撕破了。之后佞舌便铤而走险，总是想方设法拖延你，阻碍你聚集全力。他很狡诈，总是根据情况需要，麻痹人们的戒心，利用他们的恐惧。你难道不记得了，他是何等积极地敦促，当西边的危险迫在眉睫，不得腾出任何人手往北去'毫无目的地乱闯一气'？他其实是说服了你禁止伊奥梅尔去追击入侵的奥克。如果伊奥梅尔不曾公然违抗佞舌借你之口所发的话，那些奥克此时就已经带着至关重要的战利品抵达艾森加德了。那其实不是萨茹曼最渴望得到的战利品，但我的同伴至少有两位将落入他手。他们知道那个秘密的希望，而那个希望我尚不能公然相告于陛下你。你敢想象，他们这时本来可能在萨茹曼手中遭受什么样的折磨吗？你敢想象，萨茹曼现在已经得知足以导致我们败亡的情报吗？"

"我欠伊奥梅尔甚多。"希奥顿说，"忠言逆耳啊。"

"还有一说，"甘道夫说，"斜眼看人脸歪。"

"我真是几乎瞎了眼。"希奥顿说，"我最该感谢的是你，我的嘉宾。你又一次及时到来。出发之前，我要送你一件礼物，你自己选。这会儿除了我的宝剑，属于我的东西你可以任意挑选。"

"我到得是否及时，还要看看再说。"甘道夫说，"至于你要送的礼物，陛下，我会选一样符合我需求的——迅速又可靠的一样。请把捷影送给我吧！上一次你只是将他借给我，可以说是暂借而已。但现在我需要骑着他去冒大险，以银白对抗乌黑——我不会拿任何不属于我的东西去冒险。而且，我和他之间已经建立起了难分难舍的情谊。"

"你选得很好。"希奥顿说，"我现在欣然将他赠送给你。不过这可是件厚礼！捷影举世无双，他是古时的强大神驹投胎转世，这不会再有第二次。至于其他的客人，我要向你们提供我兵器库里可以找到的东西。剑你们不需要了，但库中有头盔和精工打造的锁子甲，那是刚铎送给我祖先的礼物。出发之前，先去挑选一些吧，愿它们能派上用场！"

人们从国王的库房里搬来了战袍，给阿拉贡和莱戈拉斯穿上了闪亮的铠甲。二人还选了头盔，以及圆形盾牌，盾牌上都包着黄金，还嵌着绿色、红色和白色的宝石。甘道夫没穿戴盔甲。吉姆利不需要锁子甲，因为埃多拉斯的藏品中，没有一件比得过他身上那件在北方孤山底下打造的甲胄，更不消说库藏里也找不到一件合他身材的。不过他选了一顶铁和皮革做的圆帽，正合他圆圆的头颅。他还选了一面小盾牌，盾牌上绘着一匹奔马，绿底白章，正是埃奥尔家族的纹章。

"愿它好好保护你！"希奥顿说，"这是在森格尔的时代为我打造的，那时我还是个孩子。"

吉姆利鞠了一躬。"马克之王，我很荣幸使用您的奔马纹章。"他说，"其实，我宁可扛着一匹马上战场，而不是让马扛着我。我比较喜欢自己的两条腿。不过，也许我还能去往一处可以站在地面上厮杀的战场。"

"很可能会的。"希奥顿说。

国王起身，伊奥温立刻端着酒杯上前。"Ferthu

Théoden hál ![11]"她说，"届此良辰，请喝了这杯酒吧。愿您健康出征，平安归来！"

希奥顿接过杯子喝了一口，伊奥温随即将这杯酒逐一献给客人。来到阿拉贡面前时，她突然顿住，抬头看他，双眼闪亮。他低头看着她美丽的脸庞，露出了微笑；但就在他接过酒杯时，他的手碰到了她的手，并感到这一触令她颤了颤。"阿拉松之子阿拉贡，向您致敬！"她说。"洛汗的公主，向您致敬！"他答，但脸上已无笑容，而是浮现出担忧困扰。

他们都喝完后，国王穿过大殿来到门口。卫士在那里等候他，传令官皆立在一旁，所有还留在埃多拉斯或居住在附近的领主和首领，全都已经集合起来。

"看哪！我将出征，这很可能是我最后一次骑马征战。"希奥顿说，"我儿希奥杰德已经战死，我没了子嗣。在此我立妹妹的儿子伊奥梅尔为我的继承人。如果我们二人均未生还，那么你们就自行推选新的君主。但是，现在我必须将留在此地的子民交托一人代我治理。你们谁愿意留下来？"

没有人回答。

"难道你们推举不出一个人？我的子民都信任谁？"

"我们信任埃奥尔家族。"哈马答道。

"但我不能留下伊奥梅尔，他也不愿意留下。"国王说，"而他是这家族的最后一人。"

"我说的不是伊奥梅尔，"哈马答道，"而他也不是最后一人。还有他妹妹，伊奥蒙德之女伊奥温。她勇敢无畏，情怀高尚。所有的人都敬爱她。在我们出征时，就让她来做埃奥尔一族的领袖吧。"

"就这么办！"希奥顿说，"叫传令官去向众人宣布，伊奥温公主将领导他们！"

接着，国王在门前一张椅子上坐定，伊奥温在他面前跪下，从他手中接过一把剑和一套精美的锁子甲。"再会，我的外甥女！"他说，"时局险恶，但我们或许还会回到这金殿来。不过，人们可以在黑蛮祠长期坚守，万一前方战事不利，所有逃脱的人都会前往该地。"

"请别这么说！"她答道，"我会坚守一年，每日每夜，直到您归来。"然而她说这话时，双眼望向了站在近旁的阿拉贡。

"国王会回来的。"阿拉贡说，"别怕！等待我们的命运不在西方，而在东方。"

国王和甘道夫并肩走下阶梯，其他人尾随在后。

当众人朝大门走去时，阿拉贡回头望去，见伊奥温独自站在阶梯顶端的大殿门前，手握剑柄，将剑竖立在身前。她这时已经穿上了铠甲，在阳光下闪亮如银。

吉姆利扛着斧头，与莱戈拉斯走在一起。"好啦，我们总算出发了！"他说，"人类在行动前总要说一堆话。我的斧头都等得不耐烦了。虽然我不怀疑这些洛希尔人杀起敌来必定凶狠，但不管怎样，这种战斗可不适合我。我要怎么上战场？我真希望自己能走去，而不是像个麻袋那样被搁在甘道夫的鞍前带去。"

"我看，那个位置可比许多地方都要安全。"莱戈拉斯说，"不过，等战斗打响，甘道夫或捷影自己，无疑都会欣然把你放下地的。骑兵是不用斧头做武器的。"

"而矮人也不是骑手。我不是给人类剃头的，我要砍的是奥克的脖子。"吉姆利说，拍着斧柄。

他们在大门处看见一大群人马，有老有少，全骑着马准备出发了。集结的人数超过一千人，长矛如林。希奥顿出来时，他们高声欢呼。有人已经备好了国王的马——雪鬃，另有人牵来了阿拉贡和莱戈拉斯的马。吉姆利皱着眉头，颇不自在地站在那里，这时伊奥梅尔牵着自己的马走了过来。

"你好啊，格罗因之子吉姆利！"他叫道，"我还没抽出时间像你保证过的那样，被你鞭策着学习斯文言语哪。不过，你我的争端难道不该先搁置一下？至少我不会再说那位森林夫人的坏话了。"

"我会暂时忘掉我的愤怒，伊奥蒙德之子伊奥梅尔，"吉姆利说，"但是，倘若你真有机会亲眼得见加拉德瑞尔夫人，你就必须承认她是最美的女性，否则我们的友谊一刀两断。"

"就这么说定了！"伊奥梅尔说，"不过在那之前，还请原谅我，我请求你以与我共骑来表示和好。甘道夫将会跟马克之王先行；但只要你愿意，我的马'火足'可以驮上我们俩。"

"真感谢你！"吉姆利大为高兴地说，"我的战友莱戈拉斯要是愿意骑马走在我们旁边，我乐意与你共骑。"

"当然会的。"伊奥梅尔说，"莱戈拉斯会在我左边，阿拉贡在我右边，没人敢挡在我们面前！"

"捷影哪儿去了？"甘道夫问。

"在草原上撒欢呢。"人们回答，"他不让任何人驾驭。他就在那儿，在远处渡口边，像个影子一样穿行在柳树间。"

甘道夫吹了声口哨，大声呼唤那马的名字。那马遥遥昂首长嘶一声，掉头如箭矢般向大军疾奔而来。

"若是西风的气息能取肉身显形，定是这般模样。"伊奥梅尔说，眼望那匹骏马奔上前来，在巫师面前站定。

"看来我这礼物其实早就送出去了。"希奥顿说，"不过，大家注意听！现在我任命我的宾客灰衣甘道夫为最睿智的参谋、最受欢迎的漫游者、马克之贵族，只要我们全族未灭，他便是埃奥尔一族的领袖之一。我将马中的王子捷影赠送给他。"

"希奥顿王，我感谢你。"甘道夫说。接着，他突然甩去灰斗篷，扔掉帽子，一跃上了马背。他未穿铠甲，未戴头盔，白发如雪在风中翻飞，白袍在阳光下耀眼无比。

"看哪，白骑士！"阿拉贡高呼。众人也纷纷跟着高呼。

"我们的王和白骑士！"他们吼道，"埃奥尔一族，勇往前进！"

众号齐鸣，众马扬蹄长嘶。长矛敲击着盾牌。接着，国王举手一挥，洛汗的最后一支大军就像一股骤然袭来的狂风，如雷般轰然向西奔驰而去。

伊奥温独自站在寂静的宫殿大门前，一动也不动，凝望着平原上那片渐渐远去的闪亮长矛。

第七章

海尔姆深谷

他们从埃多拉斯出发时，太阳已经偏西，阳光正照着他们的眼睛，把眼前整片起伏的洛汗平原都变成了一片迷蒙金雾。沿着白色山脉的山麓，过去踏出了一条西北走向的路，他们沿着这条路在起伏的绿野间前行，经由一处又一处渡口，涉过了一道又一道湍急的小溪。在右前方很远的地方，朦胧耸立着迷雾山脉。随着他们一哩哩地走近，山脉也愈见沉暗高拔。太阳在前方缓缓沉落，暮色从背后掩了上来。

情况紧急，大军继续全速向前赶路，为怕到得太迟，途中也很少歇息。洛汗的马儿速度快耐力又好，但前方仍有许多里格的路要走。从埃多拉斯到艾森河渡口，鸟飞的距离有四十多里格，他们期望在艾森河渡口与国王派去抵挡萨茹曼大军的人马会合。

暮霭四合，他们终于停下来扎营。他们已经骑行了大约五个钟头，早已深入西部的平原，但前方路程还有大半。夜空中繁星闪烁，挂着一轮渐满的月亮，他们围成一个大圈扎营露宿。由于不明敌情，他们没有生火，但在营地周围设了一圈骑马的哨兵，并派出斥候，像幽影一样经过起伏的大地远远驰入前方探察。这夜缓缓过去，既无消息传来，也无警报发生。黎明时分，号角吹响，不到一个钟头的时间，他们再次出发。

头顶天空还不见乌云，但空气中已弥漫着一种滞重的感觉。在一年中这个季节，这委实太热了些。旭日朦胧，在它后方的天空中，有一股不断壮大的黑暗跟随着它慢慢腾起，仿佛有一场声势浩大的暴风雨正从东方移来。在西北方，遥远的迷雾山脉脚下似乎酝酿着另一股黑暗，那是一团阴影，正缓缓地从巫师山谷里蔓延下来。

甘道夫放缓速度，来到骑行在伊奥梅尔身边的莱戈拉斯那里。"莱戈拉斯，你拥有你们仙灵之民的锐利双目，"他说，"你的眼睛可以从一里格开外就分辨出麻雀跟燕雀。告诉我，你看得见那边有任何东西正朝艾森加德去吗？"

"这距离可相当远，"莱戈拉斯说，举起修长的手遮在眼睛上方，专注地凝视着那边，"我能看见一团黑暗，其中有许多形体在移动，是些巨大的形体，远在河岸上，但到底是什么，我分辨不出。让我的眼睛看不清楚的，不是迷雾或乌云——有一股力量以遮蔽一切的阴影笼罩了那片大地，而那片阴影正沿着溪流缓缓下行，就好像无尽森林下的暮色正流下山岭。"

"而在我们后方，一场暴风雨正从魔多袭来。"甘道夫说，"今晚将会非常黑暗。"

他们骑行的第二天，随着时间流逝，空气中的滞重感也愈发明显。到了下午，乌云开始赶上他们，犹如一顶昏暗的天篷，边缘滚滚如浪，其间还夹着点点炫目的闪光。太阳西下，在一片烟霾中显得殷红如血。夕阳的余晖将三峰山[1]的陡峭峰壁映得通红，骑兵们长矛的矛尖也赤如蘸火。此时，他们离白色山脉最北端的山梁已经极近，三座锯齿般的尖峰正与夕阳遥相对峙。在最后一线红光中，先锋部队的人们看见了一个黑点，有个骑着马的人正迎着他们赶来。他们勒马停步，等他走近。

那人来到近前，疲惫不堪，头盔凹陷，盾牌劈裂。他动作迟缓地爬下马背，站在原地喘了一会儿气，半晌才能开口。"伊奥梅尔在吗？"他问，"你们终于来了，但太晚了，带来的兵力也太少。自从希奥杰德阵亡后，形势就恶化了。昨天我们被击退到艾森河这一岸，损失惨重，有许多人在渡河时身亡。接着，敌人的生力军在夜里渡过了河，攻击我们的营地。整个艾森加德必定倾巢而出了。萨茹曼还武装了野蛮的山区人和河对岸的黑蛮地游牧部落，他把这些人也放出来攻击我们。我们寡不敌众，盾墙被攻破。西伏尔德的埃肯布兰德把所有能集结起来的人马，都撤向他在海尔姆深谷的要塞。余下的人都溃散了。

"伊奥梅尔在哪里？告诉他前方已经无望。他该抢在艾森加德的恶狼抵达埃多拉斯之前，赶回那里。"

希奥顿一直没有出声，他隐在一众卫士身后，因此那人没有看见。这时，他催马上前。"克奥尔！过来，站在我面前。"他说，"我在这里。埃奥尔一族的最后一支军队出征前来，绝不会不战而归。"

那人登时精神一振，满脸欢喜和惊奇。他挺直了身子，接着跪下，将他那柄已经砍出缺口的剑献上。"下令吧，陛下！"他喊道，"并且，请原谅我！我以为——"

"你以为我留在美杜塞尔德，佝偻得活像一棵被隆冬大雪压弯的老树。当你奔赴战场时，我确实是那样，但有一股西风摇撼了那树的枝干。"希奥顿说，"给他换匹新马！我们去驰援埃肯布兰德！"

希奥顿说话时，甘道夫往前骑了一小段路，他独自坐在马背上，朝北凝望艾森加德，又朝西望着落日。这会儿他骑了回来。

"快走，希奥顿！"他说，"快去海尔姆深谷！别去艾森河渡口了，也别在平原上逗留！我必须暂时离开你。捷影现在必须驮着我去办一件急事。"他转向阿拉贡、伊奥梅尔，以及国王的近卫军，喊道，"在我回来以前，保护好马克之王。在海尔姆关口那里等我！再会！"

他向捷影吩咐一句，骏马便像离弦之箭一般疾驰而去。众人目光追过去时，他们已消失无踪，恰似一道夕阳中的银色闪光，一阵吹过草原的风，一个掠过眼前稍纵即逝的影子。雪鬃大声喷了个响鼻，扬起前蹄急着想跟上去，但这时只有乘风疾飞的鸟儿才可能追上捷影了。

"这是什么意思？"一个卫士问哈马。

"意思就是，灰衣甘道夫有急事要办。"哈马答道，"他一向来去出人意料。"

"要是佞舌在这儿，可不会觉得这不好解释。"另一个人说。

"确实不假，"哈马说，"但换作是我，就会等到重见甘道夫时再说。"

"说不定要等很久。"另一个人说。

大队人马这时转离通往艾森河渡口的路，折往南行。夜幕降临，他们继续前进。山岭越来越近，但三峰山的高峰几乎融进了暗下来的天空。几哩开外，在群山中的大山坳——西伏尔德山谷的远侧，有一处青翠宽谷，从这宽谷又延伸出一条狭窄的裂谷，揳入山岭中。自从一位古代战争中的英雄海尔姆将它作为避难之地后，此地的人们便依着他的名字，称它为海尔姆深谷。这座深谷位于三峰山的阴影下，从北向山中曲折地延伸，越是深入，就越陡峭也越狭窄，南北两侧的峭壁犹如高耸的巨塔，遮天蔽日，群鸦盘踞。

在深谷入口前，从海尔姆关口的北侧峭壁突出了一片半圆形的山岩，就在这山嘴上高耸着一圈古代兴建的石墙，墙内有座高塔。人们说，在很久以前刚铎的鼎盛时期，海上来的君王借巨人之手兴建了这座堡垒。它被称为号角堡，因为只要在高塔上吹响号角，后方的深谷便会发出巨大的回响，仿佛有早被遗忘的千军万马从山岭底下的无数洞穴中冲出来，杀向战场。古时的人们还从号角堡筑了一道直抵南侧峭壁的防御石墙，扼守窄谷的入口，墙下修了一个宽大的涵洞，深谷溪从中流出。这溪先是绕过号角堡所在的号角岩底，再经由一条沟渠从一片开阔的扇形绿地中穿过，就这样从海尔姆关口平缓地流下，流至海尔姆护墙后再降入海尔姆深谷的宽谷，最后流出去，进入西伏尔德山谷。此时，埃肯布兰德就住在海尔姆关口的号角堡中，他是位于马克边境上的西伏尔德的领主。时局受到战争的威胁，逐渐黑暗险恶，埃肯布兰德十分明智，已修补了石墙，加固了要塞。

骑兵们还未抵达宽谷口，仍在低处的谷地中时，先行的斥候便呼喊起来，并吹响了号角。羽箭从黑暗中呼啸着飞来。有位斥候飞快折返，报告谷中已经来了恶狼骑兵，另外还有大队的奥克和野人正从艾森河渡口往南赶来，看样子是冲着海尔姆深谷来的。

"我们发现许多自己人在逃往深谷的途中被杀。"斥候报告说，"我们也遇到一些被打散的小队人马，四处奔逃，无人领导。似乎没人知道埃肯布兰德的下落。他若是还没阵亡，很可能不等抵达海尔姆深谷就被追兵赶上。"

"没人看见甘道夫吗？"希奥顿问。

"有的，陛下。很多人看见一个骑马的白袍老人，像一阵风似的在草原上东奔西跑。有些人认为那是萨茹曼。据说，他在天黑之前就朝艾森加德去了。还有人说稍早的时候看见了佞舌，他正跟着一帮奥克朝北而去。"

"佞舌要是叫甘道夫撞上的话，可就惨了。"希奥顿说，"虽说这样，这会儿我倒挺想念这新旧两任参谋。不过，事到如今，无论埃肯布兰德在不在海尔姆关口，我们都只能照甘道夫交代的那样前往那边，没有什么更好的选择。知道北方攻来的那支大军有多少人吗？"

"人数极多。"斥候说,"虽然逃兵免不了草木皆兵,但我问过了那些勇敢的人,我毫不怀疑,敌人的主力是我们这里全部兵力的好几倍。"

"那我们得抓紧行动!"伊奥梅尔说,"让我们强行突破那些已经挡在我们和要塞之间的敌人!海尔姆深谷中有许多洞穴,里面可以藏纳数百兵力。从那里还有通往山岭中的秘密通道。"

"别依赖那些秘密通道。"国王说,"萨茹曼已经侦察这地很久了。不过,我们在那个地方可以防守很长时间。我们走吧!"

阿拉贡和莱戈拉斯这时与伊奥梅尔一起骑行在先锋部队里。黑夜中他们奔驰不停,但随着夜色加深,他们的速度也越来越慢,因为往南的路开始上坡,一路越来越高,通入山脉脚下那些昏暗的山沟。他们发现前方只有零星的敌人,不时还碰上小群游荡的奥克,但那些奥克在骠骑能追上去宰杀他们之前就落荒而逃了。

"恐怕要不了多久,"伊奥梅尔说,"我们敌人的头目——不管是萨茹曼还是随便哪个他派出来的将领——就会知道国王率军前来了。"

战争的喧嚣在背后增强了，他们此时听得见黑暗中传来的粗哑歌声。他们往上爬了很远，进了深谷的宽谷，回头望去，这才看见后方漆黑的原野上有着无数熊熊燃烧的火把，它们或是像鲜红的花朵一样分散开来，或是像一排排长长的火龙那样从低地蜿蜒而上。各处不时腾起更亮的火光。

"这是一支大军，而且紧咬着我们不放。"阿拉贡说。

"他们带着火把，"希奥顿说，"一路焚烧沿途所见，不管是干草、小屋，还是树木。这是座丰饶的山谷，有许多人家住在这里。哀哉，我的百姓！"

"我真希望这是白天，那样我们就可以像风暴般从山中冲出，纵马朝他们冲杀过去！"阿拉贡说，"从他们面前飞逃实在令我痛心。"

"我们不必再逃多远，"伊奥梅尔说，"前面不远就是海尔姆护墙，那是一道横过宽谷的古老战壕和防御土墙，距离上方的海尔姆关口两弗隆远。我们可以在那里掉头，与敌人开战。"

"不，我们人数太少，守不住护墙。"希奥顿说，"它有一哩多长，缺口又太宽。"

"如果我们遭到强攻，后卫部队必须把守缺口。"

伊奥梅尔说。

当洛汗的骠骑来到护墙的缺口时，天上无星无月。从山上流下的深谷溪就从这处缺口流出，溪旁的路往上直通号角堡。在他们面前，漆黑的深坑后方突然耸立起一道高高的黑影，那便是护墙。他们正往上骑行时，碰到了一个哨兵开口喝问。

"马克之王要前往海尔姆关口，"伊奥梅尔答道，"说话的是伊奥蒙德之子伊奥梅尔。"

"这真是意料之外的喜讯！"哨兵说，"快点！敌人紧跟在你们后面。"

大队人马穿过缺口，在上方倾斜的草坡上停了下来。他们欣喜地得知，埃肯布兰德留下了许多人手坚守海尔姆关口，并且还有更多人逃到了此地。

"我们大约有一千人可以步行作战，"护墙守军的队长老兵甘姆林说，"但这当中绝大多数人不是像我一样上了年纪，就是像我留守在此的孙子一样年纪太小。有埃肯布兰德的消息吗？昨天有话传来，说他正带领仅剩的西伏尔德精锐骠骑朝这里撤退，但他到现在也没来。"

"恐怕他现在也不会来了。"伊奥梅尔说，"我们的斥候没听说他的消息，我们后方的山谷里也已经满是敌人。”

“但愿他逃脱了。”希奥顿说，“他是一员猛将，英勇犹如‘锤手’海尔姆再世。不过，我们不能在这里等他。现在我们必须将所有的兵力撤到号角堡的防御石墙后方。你们的粮食储备充足吗？我们只带了很少的补给，因为我们当时是要出征作战，不是来守城的。”

“在我们后方深谷里的那些洞穴中，躲藏着西伏尔德四分之三的老少妇孺。”甘姆林说，“此外还储存了大量的粮食，并留有许多牲口和喂牲口的草料。”

“很好。”伊奥梅尔说，“敌人正在掠夺和焚烧山谷里剩下的一切。”

“他们要是打算到海尔姆关口来跟我们搞贸易，那可得付个大价钱。”甘姆林说。

国王与骑兵们继续前进，在跨过深谷溪的堤道前下了马，然后牵着马排成一路长队走上引桥，进了号角堡的大门。他们在里面又一次受到了热烈欢迎，众人重新燃起了希望，因为现在有足够的兵力来守住号角堡和扼守深谷的石墙了。

伊奥梅尔将部下迅速布置妥当。国王和近卫军驻守号角堡，分派在此的还有许多西伏尔德的人。但伊奥梅尔将自己的绝大部分兵力都部署在深谷石墙及其塔楼上，以及石墙的后方。因为敌人若以大军强攻不歇的话，此处的防卫看来最可能出问题。所有的马匹都被远远牵到深谷里，伊奥梅尔拨出了若干卫士看守。

扼守深谷的石墙有二十呎高，厚到墙头能容四人并肩而行，石墙上还筑有护胸墙掩护，只有个子高的人才能探头望出去。石墙上到处开有箭孔，可朝外射箭。从号角堡外院的一道门走石梯下来，便可到达这里的城垛，还有三段石梯从后方深谷往上通到墙头。但石墙的正面十分光滑，巨大的石块被技巧高超地紧密堆砌在一起，连接处找不到一点可以落脚攀爬的缝隙，石墙顶端则朝外突出，犹如海浪冲刷而成的凹底悬崖。

吉姆利靠着墙头的护胸墙站着。莱戈拉斯坐在护胸墙上，抚摸着弓，凝视着外面那片昏暗。

"这才是我喜欢的地方！"矮人说着，跺了跺脚下的石头，"我们越是靠近大山，我的心情就越振奋。

这里的岩石很好。这片大地有坚硬不屈的骨架。我们从护墙那边上来的时候，我的脚就感觉到了。给我一年时间跟一百个族人，我能把这个地方打造得坚不可摧，任何大军攻来都只会铩羽而归。"

"这我不怀疑，"莱戈拉斯说，"但你是个矮人，矮人是奇怪的种族。我不喜欢这个地方，就算到了白天我也不会更喜欢。不过，吉姆利，你令我感到宽慰，我很高兴有你站在我身边，双腿强壮结实，斧头无坚不摧。我真希望能有更多你的族人与我们并肩作战！不过，我倒更希望我能得到一百名黑森林的弓箭好手。我们需要他们。洛希尔人也有他们自己的优秀弓箭手，但在这里的太少了，实在太少了。"

"天色对弓箭手来说太黑了。"吉姆利说，"这其实都是睡觉的时候了。睡觉！我觉得自己需要睡觉，我从来没想过哪个矮人会有这种感觉。骑马这活儿真是累死人。可是我手里的斧头却不肯安分。给我一排奥克的脖子跟足够挥舞斧头的地方吧，那样我就能摆脱所有的疲惫啦！"

时间过得很慢。下方远处的山谷中仍有零星的火光在烧。艾森加德的大军现在正沉默地推进，看得到他们的火把正一排排蜿蜒着涌上宽谷。

蓦地，护墙那边传来了吼声与尖叫，紧接着爆发出人类愤怒的战呼。燃烧的火把越过边缘涌现出来，并且成群挤向缺口。接着，火光四散并消失了。人类策马越过原野回来，直奔上引桥，来到号角堡的大门前。西伏尔德的后卫被迫撤回了。

"敌人杀过来了！"他们说，"我们射完了所有的箭，奥克的尸体堆满了护墙下的壕沟，但护墙挡不住他们多久。他们已经从许多地方爬上壕沟，密密麻麻就像行进的蚂蚁一样。不过他们吸取了教训，现在都不带火把了。"

此时已经过了午夜，天空漆黑一片，空气沉重凝滞，预示着暴风雨即将来临。突然间，一道炫目的闪电划破云层，分叉的雷电劈下来击中了东边的山岭。在那令人目不转睛的瞬间，从石墙到护墙之间全被电光照得雪亮，石墙上的守军只见那里有无数黑色身影攒动，有些又矮又壮，有些高大狰狞，都戴着高头盔，拿着黑盾牌。此外还有成百上千的敌人正汹涌越过护墙，穿过缺口。这股黑色的潮水充斥了两侧峭壁之间的空隙，朝防御石墙涌上来。雷声在山谷中隆隆滚动。滂沱大雨倾盆而下。

箭矢如暴雨般呼啸着越过城垛飞来，叮叮当当撞在岩石上。有些命中了目标。对海尔姆深谷的攻击开始了，谷内却无声无息，也没有箭矢回敬敌人。

进攻的大军停了下来，岩石和城墙的无声威胁挫了他们的锐气。闪电不时划破黑暗。突然，奥克们又尖叫起来，挥舞着长矛和长剑，向任何暴露在城垛上的人影射出密集如云的箭矢。马克的人类举目眺望，惊愕地发现眼前似乎出现了一大片乌黑的麦田，在战争的风暴中摇晃着，每个麦穗上都闪着倒钩的寒光。

铜号吹响，敌人蜂拥而上，有的攻打深谷防御墙，有的朝通往上方号角堡大门的堤道和引桥冲来。身形最魁梧的奥克和黑蛮地高原的野人都在此集结，他们略一迟疑，便攻了上来。闪电划过，照出每个头盔、每面盾牌上都涂着艾森加德那只可怕的白手。他们爬到了号角岩顶，朝堡门逼近。

终于，反击来了。箭矢如暴雨般袭来，石块如冰雹般砸下。敌人一阵混乱，溃散，逃窜回去；然后再次进攻；溃散，再进攻。他们就像涨潮的海水，每进攻一次，都往前推进到一个新的高点。铜号再次吹响，一群野人咆哮着挺身而出，压了上来。他们把巨大的盾牌高举在头上搭成屋顶，被围在中间的人则抬着两根巨大的树干。一群奥克弓箭手聚集在这群人后方，朝防御墙上的弓箭手射出阵阵箭雨。他们逼近到堡门前，运用强壮的手臂荡起树干，轰然撞向木制的堡门。若有人被上方扔下的石头砸倒，马上就有两人一跃上前补位。一次又一次，巨大的撞门槌摆荡着，轰撞堡门。

伊奥梅尔和阿拉贡并肩站在深谷防御墙上。他们听见了咆哮声和撞门槌的轰击声。借着一道突然划过的闪电，他们看清了堡门的危急情势。

"快来！"阿拉贡说，"我们一同拔剑上阵的时刻到了！"

他们急如星火沿墙直奔，冲上阶梯，奔进号角岩上的外院。他们边跑边召集了十来个强壮勇敢的剑士。在西边堡墙与延伸出来的峭壁相接之处，斜斜开有一扇小边门，门外有一条夹在堡墙和号角岩陡峭边缘之间的窄道，绕过堡墙通往巨大的堡门。伊奥梅尔和阿拉贡一同跃出小门，他们的人紧跟在后。双剑齐声出鞘。

"古斯威奈[2]！"伊奥梅尔喊道，"古斯威奈为马克而战！"

"安督利尔！"阿拉贡喊道，"安督利尔为杜内丹人而战！"

他们从侧翼发起进攻，扑向那些野人。安督利尔闪着白炽的光焰挥起斩落。从堡墙和高塔中传来了呐喊："安督利尔！安督利尔出战了！断剑再展神威！"

撞槌手大惊之下，抛下树干转身迎战。但他们的盾墙如同被闪电击中一般溃散开来，他们或是被横扫逐开，或是被砍倒，还有的被抛下号角岩摔到了下方溪流的石砾上。奥克弓箭手胡乱放了一通箭，然后仓皇而逃。

伊奥梅尔和阿拉贡在堡门前暂停下来。隆隆的雷声这时已移到了远方。在南方的群山之间，闪电依旧不停明灭。北方又刮来了凛冽的风，云层被扯散吹走，星星探出了头。在宽谷那一边的山岭上方，西沉的月亮露出脸来，在暴风雨过后的残云中发着黄光。

"我们来得不够及时。"阿拉贡看着堡门说。门上粗大的铰链和铁条已经被撞得扭曲变形，许多木板也都裂开了。"大门经不住下一次这样沉重的撞击了。"

"但我们不能留在墙外守卫大门。"伊奥梅尔说，"看！"他指向堤道。溪流的对岸又集结起一大群奥克和野人。箭矢呼啸而来，射在二人周围的岩石上又弹落。"快来！我们必须回去，看看该怎么从里面堆起石头、架起木梁来挡门。来吧！"

他们转身奔跑，但就在这时，十来个原本一动不动躺在尸堆中的奥克又跳了起来，悄无声息地快步跟上了他们。有两个纵身平扑到地上，抓住了伊奥梅尔的脚后跟，将他拉倒，转眼间便把他压在身下。但是，一个谁也没注意到的小黑影从暗处一跃而出，嘶哑地吼道："Baruk Khazâd！ Khazâd ai-mênu！"[3]一把斧头来回挥舞，两个奥克身首异处，其余的飞奔而逃。

阿拉贡奔回来救援时，伊奥梅尔已经挣扎着爬起来了。

边门再次关上，铁门内侧被架上横梁并堆上石块。等人人都安全到了里面，伊奥梅尔转过身来。"谢谢你，格罗因之子吉姆利！"他说，"我不知道你跟着我们出去突袭，不过事实常常证明，不速之客乃是最好的伙伴。你怎么到那里去了？"

"我跟着你们，好赶跑瞌睡虫，"吉姆利说，"但我看着那些山区人，觉得他们的个子对我来说太大了，于是我就坐在旁边的石头上看你们舞剑。"

"我欠下你这个情，可不好还啊。"伊奥梅尔说。

"今晚过完之前，机会还多着哪。"矮人大笑说，"不过我很满意。打从离开墨瑞亚后，直到刚才，我除了树啥也没砍过。"

"赚了两个！"吉姆利拍拍斧头说。这时他已回到石墙上原来的位置。

"两个？"莱戈拉斯说，"我的战绩好多了，不过现在我得找些用过的箭来用，我所有的箭都射完了。我最起码也赚了二十个，然而比起敌人的总数，这只能算是九林一叶而已。"

夜空很快变得明净，西沉的月亮光辉皎洁，但月光并没给马克的骠骑带来希望。他们面前的敌人非但不见减少，反而似乎增多了，还有更多敌人从山谷中穿过缺口扑来。刚才号角岩上那场奇袭只赢得了短暂的喘息之机，堡门前的攻击加倍了。艾森加德的大军像怒海狂涛般攻向深谷防御墙，奥克和山中野人蜂拥至墙脚下，从这一端直到那一端。带钩的绳索被抛上城垛，数量多到上面的人来不及把它们尽数斩断或抛落。数百长梯被竖起来架到墙上，许多被推倒摔毁，但立刻被更多取代，奥克就像南方黑暗森林中的猿猴一样飞快地攀梯而上。墙脚下的尸体和伤残者堆得就像暴风雨中的碎石滩，一座座丑陋的尸丘越堆越高，然而敌人还在不停涌来。

洛汗的人类开始累了。他们所有的箭都已射完，矛也已投掷殆尽，剑都缺了口，盾牌上满布裂痕。阿拉贡和伊奥梅尔三次稳住阵脚组织起反击，安督利尔的光焰也三次在危急时刻驱退了攻上城墙的敌人。

这时，后方的深谷中突然扬起一阵喧哗。奥克像老鼠一样悄悄爬过溪水流经的涵洞进去了。他们先是聚集在峭壁的阴影中，等上方的攻击到了最猛烈的时候，所有的守军几乎都奔赴城墙顶上作战，他们就跃出来发动了突袭。有些已经穿过了深谷的窄口，进到马群当中，与看马的卫兵打了起来。

吉姆利怒吼一声，从城墙上一跃而下，吼声在峭壁间回荡不已："Khazâd！ Khazâd！"他很快就遇上了砍不完的敌人。

"哎——喂！"他喊道，"奥克到墙后来了！

哎——喂！莱戈拉斯，快来！这边可够咱俩收拾的。Khazâd ai-mênu！"

老甘姆林听见了矮人那盖过一切嘈杂的洪亮呐喊，从号角堡探头朝下望。"奥克进到深谷里去了！"他喊道，"海尔姆！海尔姆！海尔姆一族，冲啊！"他边喊边三步并作两步沿着阶梯冲下号角岩，许多西伏尔德的人紧跟在后。

他们的攻击凶猛又出其不意，奥克在他们面前败走，没一会儿便被赶到一起困在了窄谷的狭窄处。这些奥克不是被杀，就是尖叫着被驱赶进深谷的裂罅中，被守在隐蔽洞穴中的卫兵所杀。

"二十一个！"吉姆利叫道。他双手并用，一挥将最后一个奥克砍倒在脚前，"现在我的纪录又超过莱戈拉斯大人啦。"

"我们必须把这个老鼠洞堵上！"甘姆林说，"据说矮人一族对岩石最有办法。请帮帮我们吧，大人！"

"我们不用战斧也不用指甲削石头，"吉姆利说，"不过我会尽力而为。"

他们将附近能找到的石块和碎石都收集起来，在吉姆利的指导下，西伏尔德的人将涵洞里面这头堵上，只留下窄窄一条出水口。如此一来，下雨涨水的深谷溪在堵塞的水道中涌动翻腾起来，在两侧峭壁之间慢慢地漫成了几个冰冷的水塘。

"上头会干燥一点。"吉姆利说，"来吧，甘姆林，我们上去看看城墙的状况如何！"

他爬上去，发现莱戈拉斯站在阿拉贡和伊奥梅尔旁边。精灵正磨着长刀。由于从水道进攻的企图被挫败了，敌人的攻势也暂时缓了下来。

"二十一个！"吉姆利说。

"好极了！"莱戈拉斯说，"不过我现在的纪录是两打。刚才这里有短兵相接的活儿。"

伊奥梅尔和阿拉贡疲惫地倚着各自的剑。左侧远处的号角岩上，又响起了战斗的金铁交鸣和喊杀声，然而号角堡如同大海中的一个孤岛，仍然稳稳屹立。堡门已经被击破，但敌人尚未越过堆在内部的横梁和岩石。

阿拉贡望了望黯淡的群星，又望了望这时正在朝环抱山谷的西边山岭背后沉落的月亮。"今夜长得好似数年。"他说，"白昼还要耽搁多久才会到来？"

"黎明就快来到了。"甘姆林这时已经爬上墙头，到了他身边，"但是，恐怕黎明也帮不了我们。"

"但黎明向来都是人类的希望。"阿拉贡说。

"可是这些艾森加德的怪物，这些萨茹曼用邪恶妖术培育出来的半奥克和杂种人，并不害怕太阳。"甘姆林说，"同样，山区的野人也不怕。你没听见他们的吼声吗？"

"我听见了。"伊奥梅尔说，"但在我耳里那只不过是鸟的尖叫和野兽的咆哮而已。"

"但还有许多人喊的是黑蛮地的方言。"甘姆林说，"我懂那种方言。那是一种古老的人类语言，马克西部的不少山谷过去都用这种语言。你听！他们痛恨我们，他们正高兴呢，因为他们认定我们这次必死无疑。'国王，国王！'他们喊道，'我们会逮住他们的国王。杀了这些佛戈伊尔！杀了这些稻草头！杀了这些北方来的强盗！'他们就是这么称呼我们的。自从刚铎的君主将马克赠给年少的埃奥尔，并与他结盟，五百年已经过去了，但这些黑蛮地人仍然对此怀恨在心。萨茹曼重新点燃了这股古老的怨恨，而他们这一族的人被煽动起来后是非常凶狠的。现在，除非希奥顿被抓，或他们自己被杀，他们绝不会放弃，无论是黎明还是黄昏。"

"尽管如此，白昼仍会给我带来希望。"阿拉贡说，"俗话不是说，只要有人守卫号角堡，它就不曾被敌人攻下。"

"吟游诗人是这么说的。"伊奥梅尔说。

"那么，就让我们守卫它，并心怀希望！"阿拉贡说。

众人交谈之际，突然冲锋号大响，接着轰然一声巨响传来，一团火光夹着浓烟腾起。深谷溪的水嘶嘶响着，水沫四溅倾泻而出——石墙被炸出了一个大洞，这水再也堵不住了。一大批黑黝黝的身影蜂拥而入。

"萨茹曼的邪术！"阿拉贡叫道，"他们在我们说话的时候又从涵洞潜进来了，并且在我们脚下点燃了欧尔桑克之火。**埃兰迪尔，埃兰迪尔！**"他大吼着朝裂口跃下。但与此同时，已经有上百架梯子搭上了城垛。墙上墙下，最后一波攻击横扫而来，如同黑色潮水扑上一座沙丘。防御被冲破了。有些骑兵被迫后退，越来越远地退入深谷，不时有人倒下，但他们仍在战斗，一步一步退向后方的洞穴。其余的人则杀出一条血路朝堡垒撤退。

有一道宽阔的楼梯可从深谷上到号角岩与号角堡的后门。阿拉贡立在楼梯底端附近，安督利尔仍在他手中发着寒光，敌人对这剑惧怕无比，一时不敢上前，因此，一个接一个，只要能奔到楼梯前的人，都爬上去奔向大门。在阿拉贡身后，莱戈拉斯守在楼梯高处，单膝点地，弯弓待发，但他收集来的箭只剩了这最后一支，现在他凝视着前方，准备把这支箭射向第一个胆敢冲向楼梯的奥克。

"阿拉贡，所有能撤上来的人都已经安全进堡了，"他喊道，"快撤！"

阿拉贡转身朝楼梯飞奔而上，但他太疲惫，脚一软绊倒在地。敌人立刻扑上前来。一群奥克嗥叫着涌上，伸出长长的手臂要抓他。跑在最前面的一个被莱戈拉斯最后那支箭穿透了喉咙，但其余的奥克跃过尸体继续扑来。这时，一块巨石从上方的外墙抛了下来，砸在楼梯上滚落，把那些奥克全撞回了深谷中。阿拉贡奔进堡门，门立刻哐当一声在他背后关上。

"吾友，情况很糟糕。"他说，抬臂抹掉额上的汗。

"简直糟透了。"莱戈拉斯说，"不过，只要你还跟我们在一起，就不是毫无希望。吉姆利哪儿去了？"

"我不知道。"阿拉贡说，"我最后一次看见他，他正在石墙内跟敌人厮杀，但我们被敌人冲散了。"

"唉！这真是坏消息。"莱戈拉斯说。

"他坚定勇敢又强壮。"阿拉贡说，"让我们希望他能撤退到山洞中。他在那里能保一阵安全——比我们安全。矮人会喜欢那样一处避难所的。"

"我也这么希望，"莱戈拉斯说，"但我仍希望他来了这边。我真想告诉吉姆利大人，这会儿我的战绩已经达到三十九个啦。"

"他若是能杀出一条路进到岩洞中，一定会再次破掉你的纪录。"阿拉贡大笑道，"我从来没见过那么刁钻厉害的斧头。"

"我得再去找些箭。"莱戈拉斯说，"希望这夜快点过去，天亮后我能射得更准。"

阿拉贡进了要塞。在要塞里，他惊愕地得知，伊奥梅尔没有回到号角堡内。

"不，他没上到号角岩来，"一个西伏尔德的人说，"我最后一次看见他时，他正召集人手在深谷口与敌人奋战。甘姆林跟他在一起，矮人也是，但我没法杀到他们身边去。"

阿拉贡大步走进内院，爬上塔中高处的一个房间。国王就在里面，黑色的身影立在一扇窄窗前，眺望着外面的山谷。

"阿拉贡，战况如何？"他问。

"陛下，深谷防御墙已经被夺下，所有的守军都被击溃，但有许多人撤回到号角岩这里来了。"

"伊奥梅尔在这里吗？"

"不在，陛下。但您的部下有许多撤退到深谷中去了，有人说伊奥梅尔也在其中。在狭窄的山谷中，他们应该可以挡住敌人，撤进山洞。之后他们有些什么希望，我就不知道了。"

"会比我们更有希望。据说，那边有足够的补给，并且通风良好，因为浊气可以从岩石高处的裂缝散出去。那里的人只要坚守，没有谁能攻进去。他们能守住很长时间。"

"但奥克带来了欧尔桑克的邪术，"阿拉贡说，"他们有一种会爆炸的火药，他们就是用它攻下了城墙。如果攻不进岩洞，他们可以封死洞口，让里面的人出不来。不过，眼前我们必须将全副精力都放在我们自身的防御上。"

"我待在这个牢笼里，觉得很焦躁。"希奥顿说，"如果我能让长矛适得其所，率领人马驰骋在战场上，或许我还能再次感觉到战斗的喜悦，并且死而无憾。但我在这里几乎毫无用处。"

"这里至少有全马克最坚固的要塞保护您。"阿拉贡说，"比起埃多拉斯，乃至群山中的黑蛮祠，在号角堡我们更有希望。"

"据说，号角堡从未陷落。"希奥顿说，"但我现在却没了把握。世界变了，曾经坚不可摧的一切，现在都证明是靠不住的。敌人数量如此庞大，仇恨又如此深重，什么塔楼能够抵御得了？假如我知道艾森加德的实力已经变得如此强大，那么无论甘道夫如何劝说，我可能都不会如此轻率地出征相抗。这时再看甘道夫所献的策略，可不像在晨光下那时么好了。"

"陛下，一切尘埃落定之前，请勿断言甘道夫的策略好坏。"阿拉贡说。

"结束的时刻不远了。"国王说，"但我决不会在此了结，像只落在陷阱里的老獾般被俘。雪鬃和哈苏费尔，以及我近卫军的马都在内院里。破晓时分，我会命人吹响海尔姆的号角，然后我会冲杀出去。阿拉松之子，届时你可会与我一同冲锋？或许我们可以杀出一条血路，否则就让自己死得可歌可泣——如果之后还有人活下来为我们作歌的话。"

"我会与您并辔冲锋。"阿拉贡说。

告退之后，他回到堡墙上，彻底巡查了一遍，鼓舞众人的士气，若有哪处攻势猛烈，他就在该处援手参战。莱戈拉斯跟随着他。一团团火光在底下炸开，震撼着墙上每块岩石。攀登的钩子一只只抛上来，梯子又搭上来。奥克一而再、再而三地攻到外墙顶上，守军也一次又一次将他们击退。

最后，阿拉贡不顾敌人射来的箭矢，站到了巨大的堡门上方。他举目望去，只见东方天际已经开始露白。接着，他举起空着的手，掌心朝外，这是和谈的手势。

奥克见状，鼓噪嘲笑道："下来！下来！"他们喊着，"要想跟我们谈判，你就下来！把你们的国王带出来！我们是善战的乌鲁克族。他要是不出来，我们就去把他从洞里抓出来。把你们鬼鬼祟祟的国王交出来！"

"国王是留是来，由他自己做主。"阿拉贡说。

"那你这是要干啥？"他们回应，"你为啥往外看？你想看我们的军队有多强大吗？我们是善战的乌鲁克族。"

"我在看黎明几时来到。"阿拉贡说。

"黎明来到又能怎样？我们是乌鲁克族。"他们嘲笑道，"不管晚上还是白天，不管天气是好是坏，我们都照打不误。不管天上挂着太阳还是月亮，我们都照杀不误。黎明来到又能怎样？"

"谁也不知道新的一天会带来什么。"阿拉贡说，"趁厄运还没临头，你们快滚！"

"你快滚下来，要不然我们就把你射下来。"他们喊道，"这才不是和谈，你根本没话要说。"

"我还有这句话要说，"阿拉贡答道，"号角堡从未落入敌手。快滚吧，否则你们全都别想被饶得一命，一个也别想活着把消息带回北方。你们不知道自己面临着什么危险。"

他独自立在毁坏的堡门上方，面对庞大的敌军。从他身上散发出一股强大无匹的力量与王者威势，竟使许多野人不自觉地顿住，回头去看背后的山谷，还有人满心疑虑地抬头望天。但奥克大声哄笑，一阵标枪箭雨随即呼啸着朝城墙飞来，阿拉贡见状一跃而下。

一声轰鸣，一团火光炸开。刚才阿拉贡还站立其上的堡门拱道断裂坍塌，腾起一团浓烟尘土。堡门后用来加固的障碍物如遭雷击，崩毁四散。阿拉贡奔回了国王所在的塔楼。

不过，就在堡门倒塌，周围的奥克欢呼呐喊着准备冲锋之际，他们后方响起了一阵窸窣低语，就像远处起了一阵风。那声音渐渐变得嘈杂起来，似有许多嗓音在晨光中呼喊着怪异的消息。号角岩上的奥克听见这令人惊愕的杂音，开始乱了阵脚，纷纷回头张望。而就在这时，上方的高塔中骤然传出了海尔姆的号角声，洪亮又可怕。

听见号声的人无不颤抖。许多奥克脸朝下扑倒在地，用手爪捂住耳朵。后方深谷中传来了回声，一声响过一声，仿佛每座悬崖和山岭上都站了一个强大的传令官。但在堡墙上的人都抬起头来，惊奇地聆听，因为回声并未衰减。萦绕在群山间的号角声不绝于耳，一声近过一声，一声大过一声，遥相呼应，嘹亮又自由地吹响。

"海尔姆！海尔姆！"骑兵们呼喊道，"海尔姆复活了，重返战场！海尔姆为希奥顿王而战！"

伴着这阵呐喊，国王出现了，战马白似雪，盾牌灿如金，长矛长又利。埃兰迪尔的继承人阿拉贡在他右边，年少的埃奥尔家族麾下的诸位将领则紧随在后。黑夜已逝，晨光照耀天际。

"埃奥尔一族，勇往前进！"随着齐齐一声呼喝与一阵巨响，他们发起了冲锋，从堡门一路怒吼着往下冲过堤道扫荡敌人，如疾风席卷草原般杀入艾森加德的大军。而在后方的深谷中，也传来了众人从山洞杀出来冲向敌人时的坚定呼喊。所有还留在号角岩上的人都倾力杀出，而号角的声音始终在群山间回荡不绝。

国王和同伴们马不停蹄，冲锋向前。敌军的首领和勇士在他们面前不是被杀，就是抱头鼠窜。无论是奥克还是野人都挡不住他们，敌人面对着山谷，背对着骠骑的刀剑和长矛，鬼哭狼嚎地奔逃，因为随着白昼来到，恐惧和极大的不安笼罩了他们。

如此，希奥顿王从海尔姆关口一路驰骋，砍杀出一条血路，直抵巨大的护墙前。众人在那里勒马停步。周围的晨光越来越亮，太阳的万道光芒在东边的群山上方迸发，照得他们的矛尖闪闪发亮。但他们静坐在马鞍上，往下凝视着深谷的宽谷。

大地的样貌改变了。之前曾是青翠山谷之处，绿草如茵的斜坡漫抵不断爬升的山岭，此时却成了一座高耸的森林。光秃秃的参天巨树一排又一排寂静无声地立在那里，树枝纠缠，树冠灰白，虬结的树根掩在碧绿的长草中，树下暗影笼罩。护墙距离那片无名树林的边缘，只隔着一带两弗隆宽的空旷之地。萨茹曼那不可一世的大军现在就畏缩在这块空地上，既怕面前的森林，又怕背后的国王。他们如潮水般从海尔姆关口败退下来，直到整道护墙上方都再也不见他们的踪影，但在护墙下方，他们挤成一团，活像一群密集的苍蝇。他们徒劳地想攀上宽谷的谷壁，寻觅逃生之路。山谷东面太陡，都是石壁；而在左侧西边，他们最后的劫数临近了。

就在那边的山脊上，倏然出现了一位骑士，全身白衣，在旭日中熠熠生辉。低处的山岭响起了号角声。在骑士背后，一支上千人的步兵队伍手执长剑，沿着长长的山坡急奔而下。在队伍当中，阔步走着一个魁梧强壮，拿着红色盾牌的人。他来到山谷边，将一支黑色的大号角举到唇边，吹出震耳欲聋的声响。

"埃肯布兰德！"骑兵们高喊，"埃肯布兰德！"

"看哪，白骑士！"阿拉贡高叫道，"甘道夫回来了！"

"米斯兰迪尔，米斯兰迪尔！"莱戈拉斯说，"这确实是魔法啊！快！我要在咒语改变之前，好好看看这座森林。"

艾森加德的大军嗥叫着东奔西窜，吓得乱成一团。号角声再次在高塔上响起。国王率领同伴从护墙的裂口攻下来。西伏尔德的领主埃肯布兰德从山丘上杀下来。捷影也一跃冲下来，如鹿般在山岭间稳健奔驰。白骑士冲向敌人，他的到来令敌军恐惧得魂飞魄散。野人在他面前纷纷仆倒，奥克们跌跌撞撞，尖叫着抛下刀剑和长矛，像一股黑烟被越来越强劲的风驱赶着，四散飞逃。他们哀嚎着冲进群树底下那片等候的阴影中，从此再没出来。

第八章

通往艾森加德之路

　　就这样，沐浴着明媚的晨光，希奥顿王与白骑士甘道夫在深谷溪旁的茵茵绿草地上重逢了。在场的还有阿拉松之子阿拉贡、精灵莱戈拉斯、西伏尔德的埃肯布兰德，以及金色宫殿的诸位将领贵族。马克的骠骑聚集在他们四周，但众位洛希尔人内心的纳闷压过了大战得胜的欢喜，全都把目光投向了那片树林。

　　突然间，一阵洪亮的呼喊传来，是那些被逼进深谷的人从护墙那边过来了。来者有老甘姆林，有伊奥蒙德之子伊奥梅尔，而与他们走在一起的是矮人吉姆利。他没戴头盔，头上扎着染血的亚麻绷带，但嗓音依然洪亮有力。

"四十二个，莱戈拉斯大人！"他喊道，"唉！第四十二个脖子上有铁护颈，结果我的斧头都砍出缺口了。你怎么样？"

"你赢我一个。"莱戈拉斯说，"不过我不嫉妒你的战绩。看见你还稳稳站着，我真是太高兴了！"

"欢迎你，我的外甥伊奥梅尔！"希奥顿说，"看见你平安无事，我由衷地高兴。"

"马克之王，向您致敬！"伊奥梅尔说，"黑夜已过，白昼再度来临，但这个白昼却带来了奇怪的消息。"他转身，惊奇地定睛注视，先是看着树林，然后是甘道夫，"你又一次在紧急关头来到，完全出人意料。"

"出人意料？"甘道夫说，"我说过我会回来，在这里跟你们碰面。"

"但你没说何时来到，更没说会以何种方式来到。你带来了奇怪的援手。白骑士甘道夫，你的魔法着实强大！"

"那或许不假，但即便如此，我其实也还没展示魔法呢。我只不过是临危进上忠告，并且善用了捷影的速度而已。你们自身的英勇才更重要，还有，西伏尔德人强壮的双腿彻夜行军也功不可没。"

于是，众人看甘道夫的眼神更惊讶了。有些人忧心忡忡地瞥向那片树林，又抬手遮在额上，仿佛认为自己眼中所见与他眼中的不是一回事。

甘道夫快活地哈哈大笑了半天。"那些树？"他说，"不，我跟你们一样，看见的明明白白就是片树林。但那不是我干的，并非智者的忠告所能达成。事实证明，此事的结果比我计划得还好，甚至超出了我的希望。"

"这若不是你干的，那又是谁的魔法？"希奥顿说，"显然不会是萨茹曼。莫非还有哪位更厉害的智者是我们所不知道的？"

"那不是魔法，而是一种古老得多的力量，"甘道夫说，"一种远在精灵歌咏、铁锤敲打之前，就在大地上行走的力量。

> 金铁未采，林木未斫，
> 月下山峦犹然年幼，
> 戒指未铸，灾祸未成，
> 它已多年漫步林中。"

"你这个谜语的谜底是什么？"希奥顿说。

"你若想知道，就该跟我去一趟艾森加德。"甘道夫答道。

"去艾森加德？"他们叫道。

"对，"甘道夫说，"我要回艾森加德去，想去的人可以跟我一起走。我们或许能在那里看见奇怪的事物。"

"但马克的人手不够。哪怕他们全部集结起来，都治好了伤也休整完毕，仍不足以攻下萨茹曼的堡垒。"希奥顿说。

"但我无论如何都得去艾森加德。"甘道夫说，"我不会在那里久留。现在我的路该朝东行。月亏之前，我会回到埃多拉斯！"

"不！"希奥顿说，"我曾在黎明前的黑暗时刻怀疑过，但现在我们不能分开了。你既然建议我同行，我便跟你同去。"

"我要跟萨茹曼谈谈，越快越好。"甘道夫说，"由于他重创了你的国家，会谈时你在场比较合适。不过，你得多久才能启程？又能骑多快？"

"经此一役，我的手下人困马乏，"国王说，"我也非常疲倦，因为我骑马走了很远的路，却几乎没合眼。唉！我年纪大了，这实在不假，也并非全是佞舌的妖言蛊惑造成。这病是无药可医的，就连甘道夫也无能为力。"

"那现在就让所有要跟我同去的人休息吧！"甘道夫说，"我们等到天黑再动身。这其实有好处，因为我建议，今后我们所有的来去行踪都要保密。不过，希奥顿，不必下令叫太多人跟你一起走。我们不是去打仗，而是去谈判。"

于是，国王挑了一些不曾受伤又拥有快马的人，派他们将胜利的消息送到马克的每处谷地去。他们同时也传达他的动员令，让所有的男人，无论老少，都尽快前往埃多拉斯。马克之王将在月圆之后第三天，召集所有能够从军作战的人马。至于与他一同前往艾森加德的人员，国王选了伊奥梅尔和二十名近卫军。跟甘道夫同行的有阿拉贡、莱戈拉斯和吉姆利。矮人虽然受了伤，却说什么也不肯留在后方。

"那一击根本不算什么，何况有头盔挡下了。"他说，"这么一点奥克抓破皮的小伤，休想阻止我。"

"你休息的时候，我会处理你的伤口。"阿拉贡说。

国王返回号角堡睡下，他已经多年不曾如此安稳地睡上一觉了，他选择同去的其余人员也都去休息。但其余那些没有负伤的人都开始从事一项繁重的劳作，因为无论是原野上还是深谷中，都有很多阵亡者的尸体。

奥克不剩一个活口，尸体不计其数。但还有一大批山区人投降了，他们非常害怕，直喊饶命。

马克的人收缴了他们的武器，发派他们去干活。

"现在你们要帮忙，以此为你们参与的恶行赎罪。"埃肯布兰德说，"之后，你们必须发誓，从今以后绝不再武装渡过艾森河渡口，也绝不再与人类的敌人为伍。然后你们就可以自由返回家乡。因为你们被萨茹曼骗了。你们因为相信他，许多人付出了生命的代价。但就算你们赢得这场战争，从他那里得到的报酬也好不了多少。"

闻言，黑蛮地的人吃惊极了，因为萨茹曼告诉他们，洛汗人非常残酷，会将俘虏活活烧死。

在号角堡前的原野中堆起了两座坟冢，底下埋着所有牺牲在防御战中的洛汗骠骑，其中一座埋着东边各谷地的人，另一座埋着西伏尔德的人。但黑蛮地的人另埋在护墙下方的一座坟丘下。在号角堡的阴影下还有一座孤坟，埋的是国王的近卫军队长哈马，他战死在堡门前。

人们把奥克的尸体堆在离那座森林边缘不远处，堆叠如山，远离人类坟冢。众人对这些尸堆很头痛，因为它们太大又太多，没法掩埋也没法焚烧。他们没有足够的木柴，甘道夫已经警告他们别去伤害树皮或树枝，以免招来危险，但即便他不曾这么警告，也没有人胆敢拿斧头去砍那些奇怪的树。

"别管那些奥克了。"甘道夫说，"明天早晨或许能想出新办法。"

到了下午，国王的队伍准备出发。此时葬礼才要开始，希奥顿为近卫军队长哈马的死而哀悼，给他的坟撒了第一把土。"萨茹曼确实给我，也给这整片土地造成了重创，"他说，"我们会面时，我将牢记在心。"

当希奥顿、甘道夫和同行的人从护墙出发，往下骑行时，太阳已经接近了宽谷西边的山岭上空。在他们后方，聚集了大批的人，有骠骑也有西伏尔德的老少妇孺，他们都从洞穴中出来了。他们用清亮的声音唱着胜利的歌曲，然后他们见到了那片树林，心生恐惧，不由得全都安静下来，担心会出什么事。

一行人骑到树林前便停了下来，人和马都不愿意进入林子里。那些树木阴郁骇人，林间弥漫着一股阴影或雾气。它们垂挂下来的长长枝条像一根根搜索的手指，一条条从地面突起的树根像怪兽的四肢，树下还敞开着一个个黑漆漆的洞穴。甘道夫领着一行人前行，这时他们看见，从号角堡出来的路与树林交会的地方，巨大的树枝似乎张开形成一座拱门。甘道夫就穿过这道拱门进了树林，其余的人都跟着他。他们惊讶地发现，这条路一直向前延伸，深谷溪就在路旁。头顶的天空无遮无蔽，充盈着金光；但路两侧大排大排的树木已经裹在一片幽暗中，一直向远处延伸进无法穿透的阴影。他们听见那里传来树枝吱嘎断裂与呻吟的声音，还有遥远的喊声，以及吐字含糊不清的嗓音，似在愤怒地喃喃低语。他们没见到奥克或别的生物。

莱戈拉斯和吉姆利现在共乘一骑，他们紧跟在甘道夫身边，因为吉姆利很怕这些树木。

"这里面很热，"莱戈拉斯对甘道夫说，"我感觉到周围有一股强烈的愤怒。你没感觉到空气震动着你的耳鼓吗？"

"我感觉到了。"甘道夫说。

"不知那些倒霉的奥克下场如何？"莱戈拉斯说。

"我想，永远不会有人知道。"甘道夫说。

他们沉默地骑马走了一阵。不过莱戈拉斯不停地朝两边张望，并且只要吉姆利同意，他还常常停下来聆听林子里的声音。

"我已经见过许多橡树从橡实长到耄耋，但我这辈子见过的树，数这些最奇怪。"他说，"我真希望现在有空到林子里去转转！它们有声音，我迟早能明白它们在想什么。"

"别去，别去！"吉姆利说，"我们离它们远点儿吧！我都能猜出它们在想什么——憎恨所有用两条腿走路的生物，所说的尽是'压碎'和'勒死'。"

"我想你有一点说错了，它们不是所有两条腿的都恨。"莱戈拉斯说，"它们恨的是奥克。因为它们不属于这里，也不了解精灵和人类。吉姆利，我猜它们生长在遥远的山谷里，来自范贡森林深处的山谷。"

"那样的话，那就是中洲最危险的森林！"吉姆利说，"我该感激它们立下的功劳，但我不爱它们。你可能觉得它们美妙，但我见过了这块土地上更美妙的奇观，比世间任何树林或林间空地都更美丽。我心中仍满满都是它的模样。

"莱戈拉斯，人类的行事真是怪不可言！在这里，他们拥有整个北方世界都数得上的惊人奇景，然而他们是怎么称呼它的？洞穴！他们叫它洞穴！把它当成战时跑进去躲藏的地洞，储藏草料的地方！我的好莱戈拉斯，你知道海尔姆深谷中的岩洞有多么广阔美丽吗？如果矮人得知有这样的地方存在，将会有无数人虔诚前来，仅仅只为看它们一眼。一点没错，他们会为了瞥上一眼而付出纯金的代价。"

"而我愿意付出黄金，以求免去观看！"莱戈拉斯说，"并且万一我迷路误入，我会付双倍的黄金以求出来！"

"你还没见过那里，因此我原谅你的打趣。"吉姆利说，"但你这样说，真像个傻瓜。你父王在黑森林山丘底下所居住的宫殿，是很久以前矮人帮忙建造的，你是不是觉得它很美？可是它跟我在此所见的岩洞相比，只能算是几间简陋的小屋。我见到的是众多无法丈量的厅堂，充满了水珠滴入池塘时发出的永不止歇的叮咚乐响，而那些池塘就跟星光照耀下的凯雷德－扎拉姆一样美丽。

"还有，莱戈拉斯，当人们点亮火把，走在会发出回声的穹顶下的沙地上时，啊！莱戈拉斯，那些宝石、水晶和珍稀矿石的矿脉都在光滑的岩壁上闪烁。光透过大理石的纹路照出来，犹如贝壳，光泽剔透就像加拉德瑞尔女王的玉手。此外还有各种纯白的、橘黄的、破晓玫瑰色的石笋，莱戈拉斯，它们凹陷、扭曲成梦幻般的形状，从色彩缤纷的地面拔地而起，直探洞顶那些亮晶晶的钟乳石：如翼、如绳、如冰冻白云般的精致幕帘；有长矛，有旌旗，还有悬浮宫殿的塔尖！波平如镜的湖面倒映着这一切，漆黑的水塘中只见一个覆在清澈镜面下的微光闪烁的世界。一座座连都林在睡梦中都难以想象的美丽城市，通过一条条大道和一座座石柱林立的门庭延展出去，一直没入光线到达不了的黑暗隐秘之处。还有叮咚声！一滴银色的水珠落下，在镜面上激起圆形的涟漪，令所有的高塔弯曲动摇，如同大海岩洞中的水草和珊瑚。接着黄昏来临，诸般景色淡褪，渐渐消逝。火把转移到另一个厅堂，另一个梦境。莱戈拉斯，厅堂接连着厅堂，殿宇敞向另一处殿宇，拱顶接连着拱顶，阶梯之后还有阶梯。道路蜿蜒着，仍继续向大山的心脏延伸而去。岩洞！海尔姆深谷的岩洞！我幸逢机运进入此地，何等欢喜！离开那些岩洞时我忍不住落泪。"

"那么，吉姆利，我愿以这样的祝福来安慰你，"精灵说，"愿你从战场上平安归来，再次得见这些洞穴！不过，可别把这事告诉你所有的亲族！依你刚才所言，他们在此似乎没什么工作可做。也许此地的人正是出于明智才没张扬——一族带着铁锤和凿子的忙碌矮人，所造成的破坏说不定大过成就。"

"不，你不明白！"吉姆利说，"没有哪个矮人能见了如斯美景还无动于衷。都林一族没有人会为了宝石或矿砂去开采那些岩洞，就算有钻石和黄金也不会。你们会把春天园中开满花朵的树木砍下来当柴烧吗？我们会照料这一片片盛放如花的岩石，而不会挖掘它们。我们会用审慎的技艺，一点一点地开凿——或许忙碌一整天，就只敲下一小片岩石来。我们会这样劳作下去，日久天长，我们就能开辟出新的路径，展现出远处那些仍旧隐在黑暗中，只能从岩石的裂缝空隙里窥见的厅堂。还有灯，莱戈拉斯！我们会制灯，那种曾一度照亮过卡扎督姆的灯。当我们愿意时，就会驱走自从这些山岭问世以来就盘踞在此的黑夜，而当我们想休息时，又会让黑夜返回。"

"你打动了我，吉姆利。"莱戈拉斯说，"我以前从来没听你这样述说过。你简直要让我后悔自己没见到那些岩洞了。这样吧！我们来订个协议——如果我们都从那场等在前方的危难中平安归来，我们就一起旅行一段时间。你跟我一同去拜访范贡森林，然后我跟你一起去看海尔姆深谷。"

"这个交换可不是我会选择的，"吉姆利说，"但如果你保证会回去看那些岩洞，跟我一起分享它们的奇景，我就会容忍前去范贡森林。"

"我保证！"莱戈拉斯说，"不过，唉！眼前我们必须将岩洞和森林都暂时抛在背后。瞧！我们来到树林的尽头了。甘道夫，这儿离艾森加德还有多远？"

"按萨茹曼那些乌鸦飞的直线距离，大约还有十五里格。"甘道夫说，"从深谷的宽谷口到渡口有五里格，而从那儿到艾森加德的大门又是十里格。不过，今夜我们不打算骑马走完全程。"

"等我们到那里的时候，会看见什么？"吉姆利问，"你大概知道，可是我无从猜测。"

"我自己也不确定。"巫师答道，"昨天傍晚我在那里，但从那之后可能发生了许多事。不过，我想，你尽管离开了阿格拉隆德的晶辉洞，也不会说这趟路是白跑了。"

终于，一行人穿过了树林，发现自己已经来到了宽谷的谷底，从海尔姆深谷出来的路在此分岔，一条往东通向埃多拉斯，另一条向北前往艾森河渡口。他们骑着马离开树林的边缘，此时莱戈拉斯停了下来，满心遗憾地回望。接着，他突然大叫一声。

"眼睛！"他说，"树枝的阴影中有许多眼睛在朝外看！我从来没见过这样的眼睛。"

其他人被他的大叫吓了一跳，都勒马转身，而莱戈拉斯开始催马往回行去。

"不，不！"吉姆利大叫道，"你要发疯你自己去，先把我从这匹马上放下来！我一点也不想看什么眼睛！"

"停下，绿叶莱戈拉斯！"甘道夫说，"别回到树林里去，先别去！现在还不是你去的时候。"

就在他说话的时候，从树林中走出了三个奇怪的身形。他们全都像食人妖一样高大，至少有十二呎高。他们强壮结实的身体犹如年轻的树木，身上似乎穿着衣服，要不就是长着棕灰相间的贴身外皮。他们的四肢很长，手上长着许多手指，头发竖起，灰绿色的胡子像苔藓。他们目光严肃地往前凝视，但不是望向骑马的一行人，而是朝北眺望。突然间，他们举起长长的手放到嘴边，发出了响亮的呼唤，嘹亮的声音如同号角吹出的音符，却更富有韵律，变化也更多。他们的呼唤得了回应。骑马的众人再次转身，这回看见另外一些同一类的生灵正穿过草地大步走来。他们是从北方迅速而来，走路的姿态就像涉水的苍鹭，只是速度不同，因为他们的长腿跨出大步的节奏快过苍鹭拍打翅膀的频率。骑兵们诧异地大叫出声，有些人把手挪到了剑柄上。

"你们用不着武器！"甘道夫说，"这些只不过是牧人。他们不是敌人，事实上，他们根本不在乎我们。"

看来确实是这样。因为他这样说的同时，那些高大的生灵连看都没看骑兵们一眼，就大步走进林子里，消失了。

"牧人！"希奥顿说，"那他们的牲口在哪里？甘道夫，他们是什么？无论如何，他们对你来说显然并不陌生。"

"他们是百树的牧人。"甘道夫答道，"你上次坐在壁炉边听故事，难道真是那么久以前的事了？你的国土上有不少孩子，能从故事那些纠结缠绕的脉络中找出你所提问题的答案。国王啊，你见到的是恩特，从范贡森林里来的恩特。你们的语言里称那座森林为恩特森林，你以为这个名字是闲来幻想的结果吗？不，希奥顿，正相反，在他们眼里，你只不过是过眼云烟，从年少的埃奥尔到年老的希奥顿，所有这些年岁对他们而言根本不值一提，而你家族的所有功绩也都微不足道。"

国王默然不语。"恩特！"他过了好一会儿才开口，"我想，我开始有点明白遥远传说中那些树的神奇之处了。我竟能在有生之年见识这样奇怪的时代。我们经年累月地照料牲口，耕耘田地，建造房屋，打造工具，或骑马前往远方去战斗，援助米那斯提力斯。我们把这叫作凡人的生活，叫作世间之道。我们几乎不关心发生在国界之外的事。我们有着述说这些事物的歌谣，但我们正在忘记它们，只当那是无足轻重的传统，把它们教给孩童。可是现在，那些歌谣活生生地从奇怪的地方冒出来，走在光天化日之下，来到我们当中。"

"你该感到高兴，希奥顿王。"甘道夫说，"因为，现在不单是凡人的琐碎生活危在旦夕，那些你视为传说之物的生活也都处在危险当中。你或许不知道他们，但你并非孤立无援。"

"但我也该感到悲伤。"希奥顿说，"因为无论战争的结果如何，中洲许多美丽又奇妙的事物都将难逃一劫，就此消失，难道不是这样吗？"

"有可能。"甘道夫说，"索隆的邪恶无法完全治愈，也无法彻底清除到如同未曾有过一样。然而我们命定要遇上这样的时代。现在，我们走吧，继续已经开始的旅程！"

于是，一行人离开了宽谷与树林，踏上前往渡口的路。莱戈拉斯不情愿地跟着。太阳已经沉落到地平线以下，不过，当他们策马行出了山丘的阴影，望向西边的洛汗豁口时，天空仍是红霞满天，浮云背后的光亮仍然炽烈。空中有大批黑翼的鸟儿在盘旋飞翔，如同缀在光亮上的黑点，有些凄厉鸣叫着从他们头顶掠过，返回它们筑在岩壁上的巢。

"吃腐尸的鸟一直在战场上忙碌。"伊奥梅尔说。

他们放缓了步调。夜幕降临大地，笼罩了四周。即将盈满的月亮慢吞吞地爬上夜空，在清冷的银辉下，草原如辽阔的灰色海面一般泛着起伏的波浪。他们从离开岔路口到现在，已经走了差不多四个钟头，总算接近了渡口。长长的陡坡直降到河水漫流、卵石密布的浅滩，河两岸是长满青草的高高阶地。他们听见风中传来了狼嗥，想起了许多在此地的战斗中倒下的同袍，心情沉重起来。

这条路夹在隆起的青草堤岸之间往下行，切过阶地直抵河边，然后从河对岸再往上行。横过河面有三排平整的踏脚石，踏脚石之间是马走的浅水滩，浅滩从河两岸向中间延伸，直通到河中央一个光秃不毛的小洲上。骑马的一行人望向下方的横渡处，都感觉十分奇怪。因为渡口这个地方向来是水流冲击岩石的哗哗声响不绝于耳，现在却寂静无声。河床几乎是干涸的，成了一片布满卵石和灰色砂子的荒地。

"这地方变得死气沉沉了，"伊奥梅尔说，"这河遭了什么灾？萨茹曼毁掉了许多美好的东西，难道他把艾森河的泉源也吞没了？"

"看来如此。"甘道夫说。

"唉！"希奥顿说，"吃腐肉的野兽在这里吞食了无数我大好的马克骑兵，我们一定得从这里过吗？"

"这是我们的必经之路。"甘道夫说，"你的战士阵亡在此，实是令人悲痛。不过，你会看见，至少迷雾山脉的狼群并未吃掉他们。狼群正开怀大嚼的是它们的奥克朋友，它们那个种类的情谊，实在也就是这么回事了。走吧！"

他们骑下河岸渡河，他们一到，狼群就停止了嗥叫，纷纷偷偷溜走。它们看见披着月光的甘道夫，以及他闪亮如银的神驹捷影，无不感到惧怕。一行人经过了河中小洲，从河岸的阴影中有一双双闪着微光的眼睛虚弱地盯着他们。

"看！"甘道夫说，"有朋友在此辛劳工作过。"

他们看见在小洲中央有一座堆起的坟冢，周围砌着一圈石头，并且插着许多长矛。

"这里埋着所有在附近阵亡的马克骑兵。"甘道夫说。

"愿他们在此安息！"伊奥梅尔说，"愿他们的坟冢在长矛都腐朽锈烂之后，依旧屹立千古，守护着艾森河的渡口！"

"吾友甘道夫，这也是你的手笔吗？"希奥顿说，"一个傍晚外加一夜，你可做了不少事！"

"我有捷影和其他人的帮助。"甘道夫说，"我骑得快，去得远。不过，在这坟冢旁我要说些让你宽心的话：许多人在渡口这场战役中牺牲，但牺牲的人数比谣传的要少，逃散的比被杀的多。我召聚了所有我能找到的人，有些人我让西伏尔德的格里姆博德带着去与埃肯布兰德会合，有些人我差来此地，建了这坟，现在他们由你的元帅埃尔夫海尔姆统领，我让他带着许多骑兵去了埃多拉斯。我知道萨茹曼已经倾尽全力来对付你，他的爪牙撤下一切旁务，前去进攻海尔姆深谷，附近各地似乎全然不见敌踪。尽管如此，我还是担心狼骑手和出来抢掠的敌人会趁美杜塞尔德无人防守，奔往该地。不过，现在我想你不必担心了，届时你会发现你的宫殿正等着迎接你凯旋。"

"而我也会欣然再见到美杜塞尔德，"希奥顿说，"虽说我相信我在那里住的时间不会久了。"

语毕，一行人告别了小洲和坟冢，渡过河流爬上对岸。他们继续往前骑，很高兴能离开那令人哀痛的渡口。他们一离开，狼群的嗥叫声就又爆发出来。

从艾森加德到渡口有一条古大道，它起初有一段与河平行，先弯向东，再折向北，但最后转离河流，直通艾森加德的大门。这座大门位于山谷西边的山坡下，离谷口约十六哩。他们顺着大道走，但没在路面上骑行，因为路旁的地面坚实平整，一连数哩都覆盖着富有弹性的浅草。此时他们加快了骑行的速度，到午夜时，离背后的渡口已经有五里格之遥。随后他们停下来，今夜的行程就到此为止，因为国王累了。他们已经来到迷雾山脉脚下，南库茹尼尔的山谷就在前方，山谷两壁如同长臂一般伸展下来迎接他们。谷中一片黑暗，因为月亮已经西下，光辉被山岭挡住了。不过，从山谷深浓的阴影中，有一股巨大的烟气正盘旋着腾起。它越升越高，染了正在沉落的月亮的道道清辉，黑银相间，在满天繁星中就像闪着微光的波浪，翻翻滚滚地扩散开去。

"甘道夫，你看那是怎么回事？"阿拉贡问，"看起来好像巫师山谷整个都烧起来了。"

"这段时期，山谷上空总是烟雾缭绕，"伊奥梅尔说，"但我之前也没见过这种情况。这是蒸汽，不是烟。萨茹曼正酝酿着什么邪术来招呼我们呢。也许他正把整条艾森河的水煮沸，这就是为什么河水干涸了。"

"也许。"甘道夫说，"明天我们就知道他这是在闹什么了。现在，可以的话，我们休息一阵子吧。"

他们在艾森河的河床边扎了营。河仍旧寂静无声，空荡荡的。有些人小睡了一段时间。但到了深夜，哨兵突然大声示警，所有的人都醒了过来。月亮已经不见了，头顶繁星闪烁，但远处地面上有一股比夜色还黑的黑暗正蔓延过来。它从河的两边朝他们滚滚而来，向北前进。

"待在原地别动！"甘道夫说，"别动用武器！等着！它会过去的！"

一团迷雾在他们四周聚拢。头顶仍有几颗星在微弱地闪烁着，但两边像是立起了两道无法穿透的昏暗高墙。他们身处一条窄巷里，夹在正在移动的影影绰绰的高塔之间。他们听见了许多声音，呢喃、呻吟和无尽的沙沙叹息。大地在脚下晃动。他们满心恐惧地坐着，觉得度日如年。但终于，那股黑暗跟低语声都过去了，消失在大山的怀抱中。

夜半时分，远处南方号角堡里的人听见了巨大的响声，山谷中仿佛刮起了一阵狂风，地动山摇。人人都很害怕，没人敢出去察看究竟。然而到了早晨，他们外出一看，全都大吃一惊，因为那些奥克的尸体全不见了，树林也不见了。远处下方的深谷山谷里，草地被践踏得一塌糊涂，仿佛有巨人般的牧人赶着大批牲口来此放牧过一般。但在护墙下方一哩处，地面上挖了一个大坑，上面的石头垒得像座小山。人们认为那些被他们杀掉的奥克的尸体都被埋在底下了，但那些逃进树林里的是否遭遇了同样下场，却没人能确定，因为谁也不愿涉足那座山丘。它后来被人称为"死岗"，上面寸草不生。人们从此再不曾在深谷的宽谷中见到那些奇怪的树。它们趁着深夜回去了，回到了遥远的范贡森林里的黑暗山谷中。就这样，它们达成了对奥克的复仇。

当晚，国王一行人没再入睡，但也没再看见或听见其他的怪事，只除了一件——他们旁边的河流突然又苏醒过来，发出声音了。一大股湍急的水流从岩床上直冲而下，过后艾森河又如过往一样，恢复了哗哗流过河床的原貌。

天一破晓他们便准备完毕，继续上路。天光由灰转白，他们没见到日出，头顶的空中弥漫着浓浓的雾气，周遭大地笼罩着一股难闻的气息。此时他们骑马走在古大道上，缓慢前进。这条路很宽，路面坚实，养护良好。透过浓雾，他们能隐约看见左边耸立着迷雾山脉长长的山脊。他们已经进入了巫师山谷南库茹尼尔。这是座三面环山，只在南面开口的山谷。它曾经美丽青翠，艾森河从中流过。河流早在到达谷地平原之前，就已经又深又急，因为周围的群山多雨，有着众多泉源和小溪，它们全都注入了艾森河，而河周围的整片平原都丰饶宜人。

然而今非昔比。在艾森加德环抱的山障下，仍有几亩萨茹曼的奴隶耕种的田地，但整座山谷绝大部分地区已经变成荒地，长满荒草与荆棘。多刺的黑莓在地上蔓生，攀上灌木丛和河岸，形成一个个草木蓬松的洞穴，有许多小动物在里面栖身。谷中没有长树。但在杂草丛中，仍可见到古老的树木被焚烧砍倒后遗下的树桩。这是片凄凉的乡野，除了湍急的河水哗哗流过卵石的声音，四野一片死寂。烟雾和蒸汽在阴沉的低云下飘浮，滞留在各处洼地里。众人默默前行，不少人心里都充满疑惑，不知道这段旅程将会通向一个什么样的沮丧结局。

他们骑马行了数哩之后，古大道变成一条宽敞的街道，地下精心铺设着平坦巨大的方形石板，接缝处连根草也不见。街道两边有很深的沟槽，汩汩流淌着水。突然，前方出现一根高高耸立的石柱，颜色漆黑，顶上放了一块大石，雕刻涂画成一只长长的白手模样，指着北方。他们知道，此时艾森加德的大门一定不远了，心情不由得都沉重起来，然而他们的目光无法穿透前方的浓雾。

人类将坐落在大山怀抱中、巫师山谷内的这片古老之地，称为"艾森加德"，其年日之悠久，已不可考。它有一部分是山峦自然形成的，但西方之地的人类古时便在此地完成了伟大的工程，萨茹曼在此居住良久，其间也并未袖手无为。

在萨茹曼声势鼎盛，被许多人尊为巫师之首时，此地是这样的：在山坡的掩蔽下，修起了一道高拔如峭壁的石墙，环绕山谷一圈回到原处。石墙只有一个出入口，便是在南墙中凿出的一条大拱道。这里凿穿黑色的岩石开出了一条长隧道，两端都安装了巨大坚实的铁门。这门造得讲究，设在庞大的铰链上，铰链的钢柱直接打在天然岩石里，只要拔开门闩，伸手轻轻一推，便能无声无息地打开。任何人只要进入铁门，穿过回音阵阵的隧道，便可来到一片略略下凹，形如庞大浅碗的圆形广阔平原上，它的直径有一哩长。这片平原曾经蓊蓊郁郁，林荫大道纵横满布，果树成林，从周围山上流下的诸多小溪灌溉着这些树木，最后注入一个湖泊。但在萨茹曼统治的后期，全地已不见丝毫青绿生长。所有的路都铺上了又黑又硬的石板，路两旁取代树木的是长排长排的用沉重铁链穿起的大理石柱、铜柱或铁柱。

这里曾有许多房屋。环形石墙的内侧挖凿出了无数石室、厅堂和通道，因此，整片露天的圆形平原都被数不清的窗户与暗门监视着。那些房屋里能容纳成千上万的人居住，包括工人、仆人、奴隶、战士，还储藏着大量的兵器。地下深处还掘出了许多窝点，豢养着狼群。平原上也挖出了许多坑洞。从地面往下开凿了许多深深的通道，通道顶端用低矮的土墩或垒起的石圆顶掩盖着，地面震动不停，如此一来，月光下的艾森加德环场，看起来就像一座死人骚动不安的坟场。这些通道经过多处斜坡和螺旋梯向下通到地底深处的洞穴里。那里面有萨茹曼的宝库、仓库、兵器库、打铁坊，还有巨大的熔炉。那里有昼夜不停旋转的铁轮，叮当敲响的铁锤。每到夜晚，通风口便排出一缕缕的蒸汽，这些蒸汽被底下的光焰映得有红有蓝，还有如毒药般的青绿。

所有这些以铁链拦护的道路，都通往平原中心，那里矗立着一座造型特异非凡的高塔。那塔出自古时那批抚平艾森加德环场的建造者之手，然而看上去不似人类的工艺造就，而像是在古时的地动山摇中，从大地的骨架上撕扯出来的。它是一座岩石筑就的岛屿和山峰，漆黑、闪亮、坚硬：四根巨大的多棱石柱结合成一个整体，但在接近顶端时又张开成四根尖角，每根都是尖端锐利如矛，边缘锋利如刀。四根尖角中间有个窄小的空间，在打磨光滑的石地上刻写着奇怪的符号，人若站在上面，距离底下的平原就有五百呎高。该塔就是萨茹曼的大本营欧尔桑克，这个名称有双重含义（不管这是有意为之还是无心插柳）："**欧尔桑克**"，在精灵语中的意思是"尖牙山"，但在古时的马克语里意思是"机巧心智"。

艾森加德是个坚固又奇妙的地方，长久以来也十分美丽，伟人曾居住在此，其中既有担任刚铎西界守护的王侯贵族，也有观看星象的智者。然而，萨茹曼却逐渐将它迎合自己的狡诈目的改造，并且认为这是对它的改善——但他被骗了。他为了这一切技法和精巧的装置，抛弃了自己从前的智慧，天真地以为这些都是来自他本人，然而它们其实全是来自魔多。因此，他所做的一无是处，无非是微不足道的复制品，是小孩子的模型或奴隶的阿谀奉承，实际是在模仿和向巴拉督尔——那座庞大的堡垒、兵器库、囚牢兼熔炉，也就是势力惊人的邪黑塔——致敬。邪黑塔嘲笑阿谀奉承，且决不容忍任何对手，稳恃自身之骄傲与无法估算的力量，只待时机来临。

萨茹曼的堡垒，传说便是如此。因为如今的洛汗无人进得艾森加德的大门，只除了譬如佞舌的少数人——他们秘密地进入，从未告诉他人自己的所见所闻。

甘道夫驱马走向那根雕有白手的巨大石柱，而他刚一经过它，一行人就惊奇地发现，那只手看上去已经不再是白的，而像是染上了干涸的血迹。走近之后，他们发现它的指甲是红的。甘道夫并未理会，径直骑马前行，进入迷雾，他们迟疑地尾随上去。此时，四周像是突然发过大水，路边不时可见宽阔的水塘，洼地也注满了水，还有涓涓细流从岩石间淌下。

终于，甘道夫停下来，朝他们打了个手势。他们驱马上前，看见前方已经雾气尽散，浅淡的阳光正在照耀。时间已过正午，他们来到了艾森加德的大门前。

两扇扭曲变形的大门翻倒在地，周围边角锐利的大小碎石无数，散落得到处都是，或是垒成一个个废石堆。那条巨大的拱道还在，只是对面的出口如今成了无顶的大缝——隧道顶全被掀了，两旁峭壁似的墙上尽是撕扯出来的大裂缝和缺口，门上的塔楼都被击得粉碎。即便大海发怒高涨袭来，以暴风雨袭击这些山岭，只怕也不可能造成比这更严重的破坏了。

门后的艾森加德环场整个淹没在热腾腾的水里，犹如一个煮沸冒泡的大锅，波动的水面上漂浮着断梁横木、箱子、桶子和残破的装备工具。所有的路都被淹没了，路旁残剩的柱子根根歪斜扭曲，裸露在大水上，如同断枝残干。更远处，在半遮半掩的盘绕云雾中，依稀能见那座耸立的岩石岛屿。欧尔桑克高塔仍然黑暗高耸，屹立不摇，未被暴风雨摧毁。污浊的水拍打着塔的根基。

国王一行人全惊得呆坐在马上，说不出话。他们意识到萨茹曼的势力已经被推翻了，但猜不出这究竟是怎么做到的。他们把目光移向拱道和毁坏的大门，看见就在那旁边有个很大的瓦砾堆。突然，他们注意到有两个小人影正悠闲地躺在瓦砾堆上，他们穿着灰衣，要从石堆里辨认出来相当不易。他们身边摆着酒瓶碗盘，仿佛刚刚大啖一顿美食，这会儿吃累了正在休息。其中一个似乎已经睡着了；另一个背靠着断裂的岩石，两脚交叉，手枕在脑后，正从嘴里喷吐出一缕缕细长的淡蓝烟雾和一个个小小的淡蓝烟圈。

有好一会儿，希奥顿、伊奥梅尔和手下的骑兵全都愕然盯着这两个小人影。在他们眼里，艾森加德的一切断垣残壁中，就数这景象最不可思议。不过，就在国王能开口说话前，那个吐着烟圈的小身影忽然察觉到了迷雾边缘这一行安静骑在马背上的人，连忙一跃而起。他看起来是个年轻人，或者说，像个年轻人，但身高大约只有成年人类的一半。他露出一头卷曲的褐发，但穿着一件风尘仆仆的斗篷，斗篷的色泽和样式，和当初甘道夫的同伴们骑马来到埃多拉斯时所穿的如出一辙。他抬手放在胸前，深深鞠了一躬。然后，他像是没注意到巫师及其友人，转身面对国王和伊奥梅尔。

"各位大人，欢迎来到艾森加德！"他说，"我们是守门人。我是萨拉道克之子，名叫梅里阿道克；我的同伴，唉！他太累了没撑住——"他这时伸脚踢了踢另外一个，"——他是图克家的帕拉丁之子佩里格林。我们的家乡在遥远的北方。萨茹曼大人就在里头，不过他现在大概正跟一个叫佞舌的人密谈，不然他肯定会来这里迎接如此尊贵的客人。"

"他肯定会的！"甘道夫大笑说，"是萨茹曼命令你们在此守住他的破门，并且在吃饱喝足之余，留意来客吗？"

"不，好心的大人，这件事他可没想到。"梅里严肃地答道，"他一直忙得不可开交。是树须给我们下的命令，他接管了艾森加德。他命令我要用恰当的言词欢迎洛汗的国王。我已经尽力而为啦。"

"那你的伙伴呢？莱戈拉斯跟我呢？"吉姆利再也忍不住，脱口叫道，"你们这两个毛头毛脚的小无赖，怠懒的家伙！你们害我们死命狠追了一场！那可是两百里格啊，穿越沼泽和森林，经历战斗和死亡，就为了营救你们！结果，竟然发现你们在这里大吃大喝，无所事事，而且还抽着烟！抽烟！你们这两个小坏蛋，烟草又是从哪儿弄来的？锤子钳子啊！我真不晓得该恼火还是该高兴，我还没爆炸，可真是奇迹！"

"你都替我说了，吉姆利。"莱戈拉斯笑道，"不过我更想知道他们的酒是从哪儿弄来的。"

"你们追了一场，有个东西却没找到，那就是更机灵的头脑。"皮平睁开一只眼睛说，"你们发现我们坐在得胜的战场上，身边都是战利品，居然还奇怪我们是怎么弄来这点儿应得的享受！"

"应得的享受？"吉姆利说，"我简直没法相信！"

众人大笑起来。"毫无疑问，我们见证了亲密老友的重逢。"希奥顿说，"这么说，甘道夫，这两个就是你们失散的同伴？这年头注定是奇事不断。我自从离家，已经见识了不少；而现在，我眼前又站着另一个传奇中的种族。这两位应该就是我们当中有些人称为霍尔比特拉[1]的半身人吧？"

"陛下，您愿意的话，请叫我们霍比特人。"皮平说。

"霍比特人？"希奥顿说，"你们的语言变得很怪，不过这名字听起来倒跟这变化挺相配。霍比特人！我听到的报告全都名不副实啊。"

梅里鞠了一躬，皮平也爬起来深深鞠了一躬。"陛下，您真是亲切仁慈。或者说，我希望我能这么理解您说的话。"他说，"不过还有另一件奇事哪！自从我离开家之后，可跑了许多地方，但直到今天才遇见知道霍比特人故事的人。"

"我的百姓是很久以前从北方来的，"希奥顿说，"但我不瞒你，我们也不知道有关霍比特人的故事。我们中间流传的故事只是这样说：远在千山万水之外的地方，有一种半身人族，居住在沙丘的洞穴里。但是没有关乎他们事迹的传说，因为，据说他们几乎什么都不做，并且会避开人类的注意，一眨眼就能消失不见。他们还能改变嗓音，模仿鸟儿尖声鸣叫。不过，看来还有不少事儿没提到。"

"确实不少，陛下。"梅里说。

"比如，"希奥顿说，"我就没听说他们还能从嘴里喷出烟来。"

"这可不奇怪，"梅里答道，"这门艺术我们也才传了几代人而已。是南区长谷镇的托博德·吹号首先在自家花园里种出了真正的烟斗草，根据我们的历法，那是 1070 年左右的事儿。这种植物老托比是从哪里弄来的……"

"希奥顿，你可不知道自己正面临着什么危险。"甘道夫打断梅里说，"这些霍比特人会坐在这片废墟边上，对餐桌上的美酒佳肴谈论不休，要是你捺着性子聆听，他们还会备受鼓励，把自家父亲、祖父、曾祖父，以及八竿子打不着的亲戚做过的各种鸡毛蒜皮之事跟你侃个没完。关于抽烟的历史，我们另外找个恰当的时间再谈吧。梅里，树须在哪儿？"

"我想他在北边。他去找东西喝啦——干净的水。大多数恩特都跟他在一起，还忙着呢——就在那边。"梅里朝那个冒着蒸汽的湖挥了挥手。他们向那边望去，与此同时听见遥遥传来隆隆响和嘎嘎声，仿佛山坡上发生了雪崩一样。远处还传来了"呼姆—嚯姆"的声音，好像胜利的号角声。

"那么，没人看守欧尔桑克吗？"甘道夫问。

"有大水啊！"梅里说，"不过，急楸和另外一些人在监视那座塔。平原上那些竿子柱子可不全是萨茹曼立的。我想，急楸就在阶梯脚下那块岩石旁边。"

"没错，那边有个高大的灰色恩特。"莱戈拉斯说，"不过他是垂手立在那儿，一动不动，就像门前栽种的树。"

"中午都过了，"甘道夫说，"从一大早到现在，我们都还没吃东西。但我希望能尽快见到树须。他没留话给我吗？还是美酒佳肴把你们吃得什么都记不得了？"

"他留了个口信，"梅里说，"我本来要说的，可是我老被一堆别的问题打岔。我要转告的话是：马克之王和甘道夫只要骑马前往北边石墙，就会发现树须就在那里欢迎他们的到来。我另外想补充说，他们还会在那里发现上好的美味佳肴，是您谦卑的仆人们亲自找到并挑选出来的。"他鞠了一躬。

甘道夫大笑。"太好了！"他说，"怎么样，希奥顿，你可要和我一起去跟树须会面？我们得绕个圈，但路不是太远。等你见到树须，你会知道更多。因为树须就是范贡，他是恩特的领袖，也是最年长的恩特，你跟他交谈，将听见世间最古老的生灵的语言。"

"我跟你去。"希奥顿说，"再会，我的霍比特人们！但愿我们能在我的宫殿中重逢！届时你们可以坐在我旁边，将心里想说的尽情告诉我——比如你们父祖辈的事迹，只要你们记得起。并且，我们还可以谈谈老托博德和他的烟草学问。再会！"

两个霍比特人深深鞠了一躬。"这么说，他就是洛汗的国王喽！"皮平压低声音说，"他可真是位体面的老先生，还非常客气。"

第九章

一地狼藉

甘道夫和国王一行人骑马离开，转向东边，绕着艾森加德垮塌的石墙走了，但阿拉贡、吉姆利和莱戈拉斯都留了下来。他们让阿罗德和哈苏费尔自行去找草吃，然后爬上石堆坐在两个霍比特人旁边。

"好啦，好啦！追踪结束，我们总算又见面了，而且是在一个我们谁也没想到的地方。"阿拉贡说。

"既然大人物都去商谈大事了，我们这些猎手大概也该了解一下自己那几个小谜语的答案？"莱戈拉斯说，"我们一路追踪你们，直到进了森林。但仍有不少事，我想知道真相如何。"

"你们经历的事，我们也有一大堆想知道！"梅里说，"我们从老恩特树须那儿得知了一些，可那根本就不够啊。"

"迟早全都会说到。"莱戈拉斯说，"我们是追踪的人，你们该先跟我们说说你们自身的遭遇。"

"后说也行，"吉姆利说，"吃了饭以后再说，那就更好。我头痛，再说都过午了。你们两个怠懒的家伙，该去找些你们提到的战利品来给我们赔罪才对。美酒佳肴没准能把我给你们记下的那笔账勾销一点。"

"那你们当然会吃到的！"皮平说，"你们要在这儿吃，还是要去萨茹曼从前的门卫室里吃？就在那边，在拱道底下，里面更舒服一点。我们不得不在这儿野餐，好睁大眼睛留意这条路。"

"结果半只眼睛也没睁！"吉姆利说，"不过我可不进奥克的屋子，更不想碰奥克的肉食或者任何他们糟蹋过的东西。"

"我们不会叫你碰的，"梅里说，"我们这辈子已经受够奥克了。不过艾森加德还有不少别的种族的人。萨茹曼的脑子还够聪明，不是事事都相信奥克。他派人类给他守门，我猜，那些是他最忠心的仆人。

总之，他们享有特权，获得的补给可好了。"

"还有烟斗草可抽？"吉姆利问。

"不，我想没有。"梅里大笑说，"不过那是另一码事，等吃过午饭以后再说吧。"

"行，那咱们就吃午饭去吧！"矮人说。

两个霍比特人带路，一行人穿过拱道，来到左边一道楼梯顶端的一扇阔门前。门内是个很大的房间，在另一头有几扇小门，一侧设有壁炉和烟囱。这个房间是从岩石里开凿出来的，过去一定很暗，因为窗户全都是朝隧道开的。不过，现在天光透过毁损的屋顶照了进来。壁炉里燃烧着柴火。

"我生了点火。"皮平说，"在这大雾里生个火，能让我们感觉振奋些。那边有几捆柴，我们能找到的木头大部分都是湿的。不过烟囱里有股不小的穿堂风，看来它是曲曲折折穿过岩石到上头去的，又幸运地没被堵上。有火才方便。我给你们烤几片面包吧，不过这面包已经有三四天了，恐怕不怎么新鲜。"

阿拉贡和两个同伴在长桌一端就座，两个霍比特人消失在后头一扇小门里。

"那里头是个储藏室，幸亏比水面高，没淹着。"

皮平出来时说。他俩抱着一大堆杯、碗、盘、刀，以及各种食物。

"吉姆利大人，你也不必对着这些食物皱鼻子，"梅里说，"这些不是奥克的饲料，而是'人类的吃食'——这是树须的说法。你们要喝葡萄酒还是啤酒？里头有一桶啤酒——味道还行。这是最上等的腌猪肉。要是你想吃，我还可以给你切几片培根肉烤烤。我很抱歉这里没有绿色蔬菜，最近这几天的供应基本中断了！除了涂面包用的奶油和蜂蜜，我没法给你们提供别的东西啦。这样你还满意吗？"

"说实在的，我很满意，"吉姆利说，"你们那笔账勾销了不少。"

三人迅速埋头大吃起来。两个霍比特人也毫不害臊地大吃了第二顿。"我们一定得陪同客人一起进餐啊！"他们说。

"今天早上你们两个可真是礼貌到家！"莱戈拉斯大笑说，"不过，就算我们没来，你们没准也已经互相陪同着又吃上一顿了。"

"没准；而且，干吗不吃呢？"皮平说，"我们跟着奥克时吃的东西可实在倒胃口，之前那几天又都没什么吃的。我觉得，我们都有好长时间没开怀大嚼，吃到心满意足了。"

"可那看来也没对你们造成什么损害啊。"阿拉贡说，"事实上，你们气色好极了。"

"对，你们气色是好。"吉姆利说，视线越过手里端着的酒杯，上上下下地打量着他们。"哎？你们的头发可比失散的时候要浓密卷曲了两倍。还有，我敢发誓，你们俩都长高了点，你们这岁数的霍比特人居然还能长高？总之，那个树须可没饿着你们。"

"他是没有，"梅里说，"可是，恩特只喝不吃，喝饱肚子可不解馋啊。树须的饮料或许挺有营养，但我们感觉得有点可嚼的实在东西。就算来点兰巴斯换个口味也不错。"

"你们喝了恩特的水，对吧？"莱戈拉斯说，"啊，那样的话，我想吉姆利的眼睛多半没看错。有些奇怪的歌谣就唱到过范贡的饮料。"

"关于那个地方的奇怪故事可多了！"阿拉贡说，"那里我从来没进去过。来，跟我多讲点有关范贡森林和恩特的事儿吧！"

"恩特，"皮平说，"恩特是——这么说吧，首先，恩特各个都不相同。不过要说他们的眼睛的话，那可是非常古怪。"他费力地支支吾吾了几句，但越来越小声，最后作罢。"噢，总之，"他续道，"你们已经远远见到几个恩特啦——反正，他们是见到了你们，并且报告说，你们正在过来的路上——但我估计，你们在离开之前还会见到许多别的恩特。这个你们只能自己去领会啦。"

"行了，行了！"吉姆利说，"我们这是从半道上开始讲故事哪！我听故事喜欢从头来，有个先后顺序。就从那奇怪的一天，我们的魔戒同盟瓦解时说起吧。"

"如果有时间，你会听到完整的故事的，"梅里说，"但首先——要是各位都已经吃饱了——你们该装上烟斗，点上火。然后，我们可以暂时假装大家又都安全回到了布理或幽谷。"

他拿出了一个装满烟草的小皮袋。"我们有成堆的烟草，"他说，"我们走的时候，你们要拿多少就拿多少。今天早上，皮平跟我干了些打捞的活儿，水面上漂着好多东西。皮平发现了两个小桶子，我估计是从哪个地窖或储藏室里给冲出来的。我们打开桶子，就发现里面装满了这个——任谁都梦寐以求的上好烟草，而且完好无损！"

吉姆利取了一些，放在掌中搓了搓，再嗅了嗅。

"感觉挺不错，味道也好。"他说。

"当然好啦！"梅里说，"我亲爱的吉姆利，这是'长谷叶'啊！木桶上清清楚楚打着吹号家的商标！我可想象不出它是怎么到这儿来的。我猜这是萨茹曼的私房货。我从来不晓得它居然能卖到这么远的地方来。不过我们这会儿是坐享其成了，对吧？"

"那是，"吉姆利说，"要是我有烟斗能抽就好了。唉，我的烟斗不是掉在墨瑞亚，就是丢在那之前了。你们所有的战利品里，都没见烟斗吗？"

"恐怕没有。"梅里说，"我们没找到任何烟斗，就连这门卫室里也没有。看来萨茹曼是独享这份美味来着。不过我看，这会儿要是去敲欧尔桑克的门跟他讨烟斗，恐怕只会讨来没趣。咱俩可以共用烟斗，必要时好朋友就该这么办。"

"稍等！"皮平说，探手入怀，从外套胸前的内袋里搜出了一个用细绳扎口的小软袋子。"我总贴身收着一两样宝物，它们对我来说可跟魔戒一样宝贝。这就是其中一样——我的木制老烟斗。而这是另一样——没用过的烟斗。我也不清楚自己为什么带着它走了这么长的路。我自备的烟草用完之后，我就没指望还能在旅途中找到任何烟斗草。不过，总之它现在派上用场了。"他举起一只烟锅阔而浅的小烟斗，递给吉姆利，"这样我们之间的账就一笔勾销了吧？"

"勾销了！"吉姆利叫道，"最最高尚的霍比特人啊，你这可让我欠你一个大人情了！"

"好吧，我要出去透透气，看看天气跟风向怎么样！"莱戈拉斯说。

"我们跟你一块儿出去。"阿拉贡说。

他们出到室外，坐到大门前的那堆石头上去。微风已经将迷雾托起驱散，他们这会儿能看到山谷里远处的景物了。

"我们先在这里放松歇会儿吧！"阿拉贡说，"就像甘道夫说的，他在别处忙碌的时候，咱们坐在废墟边上聊天。我感到一种过去少有的疲倦。"他将身上的灰斗篷裹紧，遮住铠甲，然后伸直两条长腿，往后一靠，从嘴里吐出一缕细细的烟来。

"快看！"皮平说，"游民大步佬可回来了！"

"他从未离开过。"阿拉贡说，"我是大步佬，也是杜内丹。我既属于刚铎也属于北方。"

他们默默地抽了好一会儿烟。阳光穿过西方高天上的白云缝隙，斜照进山谷里，洒在他们身上。莱戈拉斯躺着一动不动，定睛看着天空与太阳，轻声唱歌给自己听。终于，他坐了起来。"好啦！"他说，"时间消磨了不少，雾也正在消散——要不是你们这些奇怪的家伙在这儿吞云吐雾，雾早就散干净了。故事呢？还说不说了？"

"啊，我的故事是这么开始的：我醒过来，发现四周一片漆黑，自个儿被五花大绑扔在奥克营地里。"皮平说，"让我想想，今天几号？"

"夏尔纪年的三月五号。"阿拉贡说。皮平掰着手指头算了算。"那其实只是九天之前啊！[1]"他说，"从我们被抓到现在，我感觉像过了一年似的！总之，虽说那段时间有一半像在做噩梦，但我估计我们被抓后度过了非常可怕的三天。我要是忘了什么重要的事，梅里帮忙更正一下。我不打算细说什么鞭打、污秽和臭气之类的，这些一想起来就叫人受不了。"说完这话，他便开门见山地叙述起波洛米尔最后那场浴血奋战，以及奥克从埃敏穆伊丘陵到范贡森林那段行军。其余的人每当叙述跟他们的猜测吻合时，都跟着点头。

"我这儿有一些你们遗落的宝物，"阿拉贡说，"你们一定很高兴能得回它们。"他从斗篷下松开腰带，从上面解下两把带鞘的小刀。

"啊！"梅里说，"我就没指望过还能再见到这两把刀！我用我的砍了几个奥克，但乌格鲁克把它们从我们手上夺走了。他瞪我们的模样真吓人！起先我还以为他会捅我一刀，但他把刀扔了，就好像它们烫了他的手。"

"这儿还有你的别针，皮平。"阿拉贡说，"我一直妥善保存着，因为它是件宝贵的东西。"

"我知道。"皮平说，"扔下它时我心痛得不行，但我别无选择啊！"

"是没的选择。"阿拉贡答道，"需要舍弃珍宝时狠不下心的人，只能永远戴着镣铐。你做得很对。"

"割断绑在手腕上的绳索，干得漂亮！"吉姆利说，"当时运气眷顾了你，不过有人会说，你是双手并用，把握住了运气。"

"并且给我们留下好大一个谜团！"莱戈拉斯说，"我一直纳闷你们是不是长翅膀飞走了！"

"不幸的是，我们没长翅膀。"皮平说，"你们还不知道格里什纳赫那回事。"他打了个寒战，不再说了，由梅里讲述了最后那可怕的时刻：爪子一样的手，臭嘴喷出的热气，还有格里什纳赫多毛双臂的恐怖力量。

"这一切关于巴拉督尔——也就是他们说的路格布尔兹——奥克的事，都让我很不安。"阿拉贡说，"黑暗魔君已经知道得太多了，他的爪牙也是。而且，在那场争吵发生之后，格里什纳赫显然把消息送过大河去了。大红魔眼将会盯着艾森加德。但总之，萨茹曼自食其果，进退两难。"

"对，不管最后是哪边赢，他往后的日子都不好过。"梅里说，"从他的奥克踏上洛汗的那一刻起，形势就开始对他不利了。"

"照甘道夫的意思，我们瞥见过那个老恶棍一眼，"吉姆利说，"就在范贡森林边上。"

"那是什么时候的事？"皮平问。

"五夜之前。"阿拉贡说。

"让我想想，"梅里说，"五夜之前——这下我们就讲到故事中你们一无所知的部分啦。在发生战斗之后的那天早上，我们遇见了树须。那天晚上我们到了涌泉厅，那是他的一处恩特之家。第二天早上我们去了恩特大会，那是一场恩特的聚会，是我这辈子见过的最古怪的事儿。那场大会开了一整天，又延续到第二天。那两天晚上我们都是跟一个名叫急楸的恩特一起过的。然后，在大会快要进行到第三天傍晚时，恩特们突然间爆发了。那真是惊人啊！整座森林都紧张得一塌糊涂，仿佛里头正在酝酿一场大雷雨，接着就一下子爆发了。我真希望你们能听听他们在行军时唱的歌。"

皮平说："萨茹曼当时要是听见，就算他得靠自己那两条老腿跑路，这会儿肯定也已经逃到百哩之外了。

> 哪怕艾森加德固若金汤，冷若岩石，荒若白骨，
>
> 我们前进，前进，前进战场，劈山裂石，摧毁门户！

"还有好多呢。他们的歌有很大一部分没有歌词，就像号角和鼓声组成的音乐。真叫人兴奋啊！不过当时我以为那只是进行曲，只是歌而已——等我到了这里，才懂了更多。"

"夜幕降临后，我们翻过最后一道山脊，下到了南库茹尼尔。"梅里继续说道，"到了那个时候，我才头一次感到，整座森林本身都跟在我们后面移动。

我以为自己在做一场恩特味儿的梦，但皮平也注意到了。我俩都吓得要命。当时我们不懂，后来才知道详情。

"那些是'胡奥恩'，恩特是这么用'简短语言'称呼他们的。树须不肯多说他们是怎么回事，但我想他们是变得几乎跟树木一样的恩特，至少外表是这样。他们散布在林中各处和森林边缘，也不作声，昼夜看顾着树木。我相信在那些最黑暗的山谷深处，有着成百上千的胡奥恩。

"他们力大无比，而且似乎有本事把自己隐入阴影中，你很难察觉他们在移动，但他们确实在移动。他们发怒的时候，可以移动得非常快。你站着不动，也许是看看天气，或听听风吹的沙沙声，然后突然之间，你就会发现自己置身在树林当中，四面八方全是参天大树。他们仍有声音，能跟恩特交谈——树须说，这就是为什么他们叫作胡奥恩——但他们变得很古怪、很野蛮，总之很危险。假如没有真正的恩特在场看管他们，我碰上他们可要吓死了。

"就这样，那天上半夜，恩特带着我们和所有跟在后面窸窣作响的胡奥恩，爬下一条很长的沟壑，进入了巫师山谷的上端。当然啦，我们看不见胡奥恩，但四面八方的空中充满了吱吱嘎嘎的声音。那夜天空乌云密布，漆黑一片。一旦离开山岭，他们移动的速度就非常快，并且发出一种像是疾风吹袭的声音。月亮没有从云后露脸，午夜过后不久，艾森加德北边已经被一座参天树林包围了。然而既不见敌人的踪迹，也没碰上任何挑衅。只有塔上一扇窗户透出些许灯光，仅此而已。

"树须和几个恩特继续悄悄前进，一直绕到看得见大门的地方。皮平跟我就坐在树须肩膀上，一直跟他在一起，我可以感觉到他因为紧张而微微颤抖。不过，恩特哪怕在被鼓动起来的时候，仍然非常谨慎又有耐心。他们像石头雕像一般站在那里，纹丝不动，只是呼吸和聆听。

"接着，一下子起了一阵大骚动。号声大作，艾森加德周围的石墙回声震耳。我们以为自己被发现了，战斗就要开始了，结果压根不是那么回事，而是萨茹曼所有的人马正在进军。我不怎么了解这场战争，也不太熟悉洛汗的骑兵，但萨茹曼看来是打算倾力给予洛汗最后一击，一举灭掉国王和他的所有人马。艾森加德倾巢而出。我看着敌人出发，奥克行军的队伍长得不见首尾，还有不少骑着巨狼的奥克部队，另外还有人类的大军——他们许多人举着火把，我从火光中能看见他们的脸。他们大部分是普通的人类，相对来说比较高，深色头发，神情冷酷，但模样并不算特别邪恶。然而还有一些样子就很可怕：跟人一样高，却长着半兽人的脸，皮肤蜡黄，吊斜眼。你知道吗，他们立刻让我想到了在布理看见的那个南方人，只不过他像半兽人的程度不如这些人那么明显。"

"我也想到了他，"阿拉贡说，"我们在海尔姆深谷可对付了不少这种半奥克。现在看来很清楚了，那个南方人是萨茹曼的密探。不过他到底是跟黑骑手合伙了，还是单单只为萨茹曼干活，我就不知道了。这些邪恶的家伙什么时候狼狈为奸，什么时候又彼此尔虞我诈，实在难说得很。"

"总之，各类敌人全加在一起，那支大军至少有一万人。"梅里说，"他们花了一个钟头才全部走出大门。有些沿着古大道朝渡口去了，有些掉转方向，朝东去了，在大约一哩远的地方搭了一座桥，那里的河道非常深。你们要是站起来，现在就能看见它。他们全都嗓音粗哑地唱着歌，哈哈大笑，发出可怕的喧闹声。我当时以为洛汗要倒大霉了，但树须没动。他说：'今晚我要对付的是艾森加德，要对付这里的山

岩跟石头。’

“不过，尽管我看不见黑暗里正发生着什么，但我相信，艾森加德大门刚关，胡奥恩便开始朝南移动。我想他们要对付的是奥克。等到了早晨，他们已经远在山谷底下了，反正那儿有一片看不透的阴影。

“等萨茹曼派出了全部军队，就轮到我们上场了。树须把我们两个放下来，上前走到大门前，开始猛捶那两扇门，叫萨茹曼出来。没人回答，只从高墙上飞来了箭矢和石头，但用箭对付恩特是没用的。当然啦，箭会叫他们觉得疼，还会令他们大怒——就像被蝇虻叮了一样。恩特可以像针垫一样浑身插满奥克的箭，却仍然不当一回事。首先，他们不会中毒。而且他们的皮肤似乎非常厚，比树皮还坚韧，只有用斧头重重地砍，才会让他们严重受伤。他们不喜欢斧头。但是，要对付一个恩特得有一大群拿斧头的人，因为任何朝恩特砍上一斧子的人，都不会再有第二次机会。恩特一拳就能把铁打烂，就跟打扁薄锡纸似的。

“树须中了几箭之后，就开始活跃起来，变得像他自己说的，极其‘性急’了。他发出老大一声**呼姆—嚯姆**，十几个恩特立刻大步上前。发怒的恩特是很可怕的。他们的手指和脚趾就那么凝滞不动地紧抓住岩石，然后就跟撕面包皮一样把岩石扯裂开来。那种场面就像眼看着巨大的树根花上一百年撑裂岩石的过程，全给缩短到几分钟里完成。

"他们又推又拉，又扯又摇，并且猛力捶打，只听一阵哐当哗啦响，不到五分钟时间，他们就把那两扇大门掀翻在地，捣成了废铁。还有一些恩特已经像沙坑里的兔子那样，开始啃啮石墙。遇到这种情况，萨茹曼怎么想的我不知道，但他显然不知道该怎么应付。当然，有可能是他的妖术近来退步了。反正，我想他本来就不是什么勇敢之辈，你懂我的意思吧。他一旦没了大批的奴隶、机械跟别的东西，独自困在这么个小地方，就没啥正经胆量了。他跟老甘道夫完全不同。我真怀疑，他该不是主要靠聪明地蛰伏在艾森加德才得来那名声的吧。"

"不，"阿拉贡说，"他确实曾经名副其实，如同传闻中那般伟大。他知识渊博、思虑缜密，双手惊人地灵巧，而且他拥有驾驭他人心智的力量。他能说动智者，威吓弱小，他肯定还保留着这种能力。尽管他现在惨遭失败，但我敢说，中洲能在单独跟他会谈后还全身而退的人可不多。既然他的恶毒已经暴露无遗，或许甘道夫、埃尔隆德和加拉德瑞尔都能做到，但其他人就基本谈不上了。"

"但那些恩特就全身而退了。"皮平说，"他似乎有一回打动过他们，但不会有第二次了。总之，他不了解恩特，谋算的时候又犯了个大错，没把恩特考虑进去。他没有防范恩特，结果他们一开始采取行动，他就没时间去防范应对了。我们一开始攻击，艾森加德里剩下的几只小耗子就一溜烟穿过每个恩特挖开的墙洞逃出去了。对人类，恩特盘问之后就放了他们一条生路，从这头走的大概只有那么二三十个。不过我想奥克可没逃掉几个，不管块头是大是小。反正他们也逃不过胡奥恩——当时，不仅有一批胡奥恩下到山谷底下去了，艾森加德周围也全被他们组成的树林围住了。

"等恩特将南面的石墙大部分捣得稀烂，萨茹曼余下的喽啰就全抛下他一哄而散，萨茹曼也惊慌失措地逃跑了。我们到的时候，他似乎在大门口。我估计他是出来观看自个儿那支雄壮大军出征的。恩特攻进墙内时，他就慌张地逃走了。他们起先没发现他。不过那时夜空已经放晴了，星光明亮，足以让恩特看清周围。突然间，急枫大叫一声：'杀树犯，杀树犯！'急枫是个挺温和的恩特，但他恨死了萨茹曼砍树的行径，因为他照管的树遭到了奥克斧头的残酷摧残。他从内门一跃而下冲过去，他被鼓动起来时可真是行动迅疾如风。当时一个苍白的人影穿过一根根柱子的阴影仓皇飞逃，就快抵达通往塔门的楼梯了，而急楸在他后面紧追不舍，眼看只差一两步就能抓住萨茹曼并扼死他，不料他还是溜进门去了。就差那么一点点。

"萨茹曼安全逃回欧尔桑克后，没多久就启动了他那些宝贝机器。那时已经有许多恩特进了艾森加德，有些是跟着急楸进去的，有些是从北边和东边闯进去的。他们东奔西冲，造成了极大的破坏。突然间，那些遍布平原的通风口和通气孔都开始喷出大火和恶臭的浓烟，好几个恩特身上被烧焦起泡。他们当中有一个，我想他叫榉骨，本来是很高大帅气的一个恩特，可是被一股液体火焰给喷了个正着，全身烧起来像支火把一样——那景象真恐怖。

"他们被激得疯狂起来。之前我以为他们已经被真正鼓动起来了，但是我错了。我终于见到他们真正发怒的样子。那真叫人胆战心惊。他们咆哮、怒吼、狂呼，直到仅凭声音就把岩石震裂坍塌。梅里和我躺倒在地，用斗篷堵住耳朵。恩特们像一阵怒号的狂风，一圈又一圈，大步绕着欧尔桑克的尖岩奔走猛攻。他们摧毁柱子，将大石像雪崩那样砸下通风井，将巨大的石板像树叶那样抛向空中。高塔位于这股猛烈的旋风中心，我看见一根根的铁柱和一块块砖石被扔起几百呎高，砸向欧尔桑克塔的窗户。不过树须还保持着冷静。他挺幸运，没被烧伤。他不希望同族暴怒之下伤到自身，也不想让萨茹曼趁乱借着哪个洞逃跑。有许多恩特用身躯去冲撞欧尔桑克的岩石，却无济于事。那座塔非常光滑坚硬，或许上面附着某种魔法，比萨茹曼的魔法还要古老强大。总之，他们找不到一个可以着手使力的地方，也没办法把它撞击出一条裂缝来，反而因为冲撞把自己弄得浑身瘀青，伤痕累累。

"于是，树须走到圆环内，大喊一声。他洪亮的声音将所有的喧嚷都压了下去。刹那间，平原上一片死寂。在这片寂静中，我们听见塔楼高处的窗口传出了一阵尖声大笑。笑声在恩特身上造成了古怪的效果。他们本来群情激昂，这时却全都冷静下来，冷酷如冰，极其安静。他们离开平原，聚集到树须周围，一动不动地站着。树须用恩特本族的语言跟他们说了几句话。我想他把很久以前自己那个老脑袋里想出来的计划告诉了大家。然后，他们就那么在灰蒙蒙的光线中默默地隐去了。那时天已经开始亮了。

"我相信他们布下了岗哨监视塔楼，但监视的人都纹丝不动，绝妙地隐蔽在阴影中，所以我看不见他们。其他人则朝北去了。他们那一整天都忙得不见树影。大部分时间都只剩下我们俩。真是枯燥乏味的一天。我们四处逛了逛，不过尽可能地避开了欧尔桑克的窗口能看见的地方。那些窗户瞪着我们的样子可真吓人。我们花了好多时间去找吃的。我们也坐下来聊天，好奇远在南方的洛汗出了什么事，还有远征队其余的同伴都怎么样了。我们不时会听见远处传来石头震动落下的声音，还有砰咚扑通的噪声在山岭间回响。

"下午时我们沿着石墙绕了一圈，去看看各处的情况。在山谷最前头的地方有一大片胡奥恩组成的阴森树林，在北边围墙那儿有另外一大片。我们不敢走进去。不过林子里有些动静，传出撕扯某种东西的声音。恩特和胡奥恩挖了许多大坑和沟渠，掘了大水塘，筑了水坝，汇聚了所有他们能找到的，来自整条艾森河以及其他泉源和小溪的水。我们没打扰他们。

"到了黄昏时候，树须回到了大门前。他似乎很高兴，边走边自个儿哼着曲子。他站定后抻了抻长臂和长腿，又深呼吸了一回。我问他是不是累了。

"'累？'他说，'累？哦不，不是累，只是僵硬而已。我需要好好喝上几口恩特河的水。我们辛苦劳作了一天。今天砸的岩石、掘的泥土，比我们过去长年累月做的还多。不过，已经快要完工了。天黑以后，别逗留在大门附近或那条老隧道里！可能会有大水冲进来——水会脏上一阵子，直到所有萨茹曼的污秽都被冲走为止。然后，艾森河就又能流淌着干净的水了。'他又顺手掰下了几块石墙，动作挺悠闲自得的，只为了消遣。

"就在我们想着躺哪儿能安全睡个好觉的时候，这一大堆事里最令人惊异的一件发生了。大路上传来了疾驰的马蹄声。梅里和我悄悄伏下，树须藏进了拱道的阴影里。就一眨眼的工夫，一匹高头大马大步奔来，犹如一道银色的闪电。天已经黑了，但我能清楚看见骑手的脸——它似乎在发光，骑手一身衣服雪白。我就那么坐了起来，张着嘴，眼睛瞪得大大的。我想出声喊他，却叫不出声。

"不过我也不用出声。他就在我们旁边停了下来，低头看着我们。'甘道夫！'我终于喊出来，但声音却小得像耳语。而他呢？是不是说：'哈罗，皮平！

这真叫人惊喜啊！'——才不是！他说：'快起来，你这图克大笨瓜！老天在上，这一大片狼藉，树须究竟在哪儿？我要找他。快点！'

"树须听见他的声音，立刻从暗处走出来，那场会面真怪。我很吃惊，因为他们俩似乎谁也不吃惊。甘道夫显然料到能在这儿找到树须，而树须很可能是故意在大门附近晃荡，就为了等他。但我们已经把墨瑞亚的事全告诉那个老恩特啦！然后，我想起来他当时看我们的神情很古怪。我只能假设他之前见过甘道夫，或者得到了他的消息，只是不打算急着说出来。他的口头禅就是'别着急'。但甘道夫不在场时，谁也不会多说他的动向，连精灵也不会。

"'呼姆！甘道夫！'树须说，'我很高兴你来了。我能征服森林流水、树干岩石，但是这里有个巫师要对付。'

"'树须，'甘道夫说，'我需要你帮忙。你已经做了很多，但我需要更多帮助。我有差不多一万个奥克要对付啊。'

"然后他俩就走了，跑到某个角落里商量去了。树须一定觉得这太急了，因为甘道夫真是十万火急，他们还没走出我们能听见的范围，他已经飞快地说起来。他们离开才几分钟，也许一刻钟吧，甘道夫就回来了，看起来大松一口气，几乎称得上是兴高采烈了。然后，他倒是说了他很高兴见到我们。

"'可是，甘道夫，'我叫道，'你到哪儿去了？你遇见其他人了吗？'

"'不管我去过哪里，我回来了。'他用那种货真价实的甘道夫式的态度答道，'没错，我是见过其他一些人了，但这事得等等再说。今夜形势危急，我必须快马加鞭，但黎明或许会更明亮。果真如此的话，我们会再碰面的。你们自己当心，离欧尔桑克远一点！再见！'

"甘道夫走后，树须沉思许久。他显然在很短的时间里知道了很多事，正在消化呢。他看着我们说：'哼，嗯，我发现你们这些小家伙不像我以为的那么性急。你们说的远比能说的少，又不比该说的多。哼，这可真是一大堆消息，一点不假！好吧，这会儿树须又有的忙了。'

"他走之前，我们从他那儿挖了点消息出来，听了之后却一点也不开心。但是当时我们关心你们三个超过弗罗多和山姆，还有可怜的波洛米尔。因为我们得知有一场大战正在开打，或者马上要打了，而你们全都参与其中，说不定不会生还。

"'胡奥恩会帮忙的。'树须说。然后他就走了，一直到今天早上，我们才又见到他。

"那会儿夜很深了，我们躺在一堆石头上，别的什么也看不见。不知是迷雾还是暗影，就像一张巨大的毛毯，将我们周围的一切全盖上了。空气给人的感觉是又闷又热，还充满了沙沙响、咯吱声，以及像是许多声音从旁经过的嗡嗡喃喃。我想大概又有几百个胡奥恩经过，前往战场增援。后来，南边远处传来一阵打雷似的隆隆巨响，一道道闪电横过远方的洛汗上空。我们不时能看见几百哩外山脉的尖峰突然耸现，黑白分明，旋即消失。在我们背后的群山间也有如雷般的声响，但不一样。整个山谷不时发出回声。

"恩特想必是在大约午夜的时候破坏了堤坝，把积蓄起来的水一股脑从北边石墙的一个缺口灌进了艾森加德。胡奥恩带来的那片黑暗已经过去了，雷声也已经滚滚远去，月亮正落到西边的山脉背后。

"艾森加德渐渐被注满了，到处都是缓缓流动的污水和水塘，扩散到整个平原上，反射着月亮的余光。四溢的水流隔三岔五就会从通风口或喷气孔灌下去，大量的白色蒸汽嘶嘶响着冒出来，浓烟滚滚升起，还有爆炸和一片火光。有一大团蒸汽盘旋腾起，一圈又一圈绕着欧尔桑克往上升，最后看起来就像一座高耸的云峰，底下火光熊熊，顶上月光闪亮。水继续不断灌进来，到了最后，整个艾森加德看起来就像一口巨大的平底锅，到处冒着蒸汽和水泡。"

"昨晚，当我们来到南库茹尼尔的山谷入口时，看见了云团一样的浓烟和蒸汽。"阿拉贡说，"我们还担心是萨茹曼在酝酿什么新的妖术来对付我们。"

"不是他！"皮平说，"他大概已经被呛得再也笑不出来了。到了早晨，我是说昨天早晨，水已经灌满了所有的洞，地面上的雾浓得不得了。我们躲在那个门卫室里，着实吓得不轻。那湖里的水开始外溢，从旧隧道里涌出来，水很快就涨到了台阶上。我们以为自己就要像洞里那些奥克一样被淹死了，还好我们在储藏室后头发现了一道螺旋楼梯，顺着楼梯爬到了拱道顶上。由于通道已经塌了，接近顶上的地方被落下的石头堵住了一半，我们好不容易才挤出去。我们坐在洪水淹不到的高处，看着艾森加德淹没在水里。恩特继续灌入更多的水，直到所有的火都被扑灭，每个洞穴都被灌满。浓雾慢慢地聚拢在一起，水汽升腾成一朵巨大的蘑菇云飘浮在空中，一定有一哩高。到了傍晚，东边丘陵上空出现了一道大彩虹，接着落日就被山坡上一阵浓密的细雨给遮住了。然后，一切都变得异常寂静。有几只狼在远方哀嚎。入夜后，恩特不再灌水，让艾森河循原路复流。事情到此就结束了。

"从那时开始，水就慢慢退下去了。我想地底下那些洞一定在哪里有排水道。不管萨茹曼从哪个窗口往外望，肯定都只能看见满目疮痍，一片狼藉。我们感到非常寂寞，这么一整片废墟中都见不到一个恩特可以说话，也没听到任何消息。我们在拱道上头的地方度过了一个晚上，夜里又湿又冷，我们都睡不着。我们有种预感，随时都可能发生任何事情。萨茹曼仍在塔里。夜里一直有种声音，就像一股风朝山谷吹来。我想那些离开的恩特和胡奥恩就是在那时候又回来了，但我不知道他们现在都到哪儿去了。今天早晨雾气迷蒙，空气潮湿，我们爬下来，又在四周逛了一圈，附近一个人影也没有。好啦，出的这些事，我就只说得出这么多啦。经历了那样一场大动乱，现在简直算是平静了，而且既然甘道夫回来了，也莫名地叫人感觉安全多了。我都能睡着了！"

他们全都静下来，好一会儿没说话。吉姆利给烟斗重新装满了烟草。"有件事我很好奇，"他边说，边用打火石和引火绒点燃烟斗，"就是佞舌。你告诉希奥顿说他跟萨茹曼在一起。他是怎么进去的？"

"噢，对，我把他给忘了。"皮平说，"他是今天早上才到的。我们刚给壁炉生了火，吃了点早餐，树须就又出现了。我们听见他在外头哼哼，叫着我们的名字。

"'我就是过来看看你们怎么样了，我的小伙子们。'他说，'顺道给你们带来点消息。胡奥恩回来了。一切顺利。对，真是顺利极了！'他大笑，猛拍了拍大腿，'艾森加德再也没有奥克，没有斧头了！今天过不了多久，就会有一群人从南方过来，其中有几个你们会很高兴见到。'

"他话才说完，我们就听见路上传来了马蹄声。我们匆忙奔出去，跑到大门前，我站在那儿睁大眼睛，半期望着看见大步佬和甘道夫领头带着大军骑马前来。但是，从迷雾中出现的是一匹疲倦的老马，背上驮着一个人类，那人一看就是古怪反常的样儿。来的没有别人了。他出了迷雾，突然看见面前是一片残破的废墟，顿时坐在马上目瞪口呆，脸差不多都青了，那叫一个惊慌失措。结果他一开始好像都没注意到我们，而等发现我们，他惊叫一声，就想掉转马头逃跑。但树须跨出三大步，伸出长臂，一把就将他从马鞍上拎下来。他的马吓得撒腿跑掉了，他却趴倒在地上。他说他叫格里马，是国王希奥顿的朋友跟参谋，希奥顿派他带着重要的消息来见萨茹曼。

"'别人谁也不敢骑马穿过野地，因为到处都是邪恶的奥克。'他说，'所以我就被派来了。我这一路上危险重重，现在又饿又累。我被狼群追赶，不得不偏离了正路，往北逃了很远。'

"我注意到他从眼角瞥着树须，我在心里说了声'骗子'。树须拿他那种悠缓的方式打量了他好几分钟，直到那个卑鄙的家伙趴在地上局促不安起来。终于，树须开口说：'哈，哼，我正在等你，佞舌大人。'那人听到这个名字，不由得一惊。'甘道夫先来过了，所以我对你是该知道的全知道了；我还知道该怎么处置你。甘道夫说，把所有的老鼠都关进一个笼子里。我会这么做的。现在，艾森加德的主人是我，萨茹曼被关在塔里。你可以进里面去，把所有你能想到的消息都告诉他。'

"'放我走，放我走！'佞舌说，'我认识路。'

"'我相信你认识路。'树须说，'不过这里的情况有点变化。你自己去看吧！'

"他放佞舌走了，佞舌一瘸一拐地穿过拱道，我们在后头紧跟着他。等他走到环内，这才看见在他与欧尔桑克之间，还隔着一片茫茫大水。他转过身来面对我们。

"'让我离开吧！'他哀号说，'让我离开！我的消息现在没用了。'

"'的确没用了。'树须说，'但你只有两个选择：要么跟我待在一起等甘道夫和你的主上到来；要么就涉水过去。你打算选哪个？'

"那人一听提到主上，就打了个哆嗦，马上把一只脚踩进水里，但随即又缩回来。'我不会游泳。'他说。

"'水不深。'树须说，'只是很脏，不过佞舌大人，这可伤害不了你。快下水吧！'

"话一说完，那个卑鄙的家伙就扑腾进大水去了。他没走多远，还没离开我的视线，水就淹到了脖子。我最后看见他时，他紧抱着不知是个旧桶子还是块木头的东西。不过树须涉水跟在他后面，盯着他往塔那边去。

"'嗯，他进去了。'树须回来后说，'我看着他像只落汤老鼠似的爬上了台阶。塔里还有人在，有只手伸出来把他拉了进去。所以，他进塔里去了，希望他得到了称心如意的欢迎接待。现在我得离开一下，去洗掉这一身污泥。要是有人想见我，让他去北边高处找我。这里太低，没有干净的水给恩特饮用或洗澡。所以，我要请你们两个小伙子看着大门，留意来人。你们要知道，其中会有洛汗国的国王！你们可得尽力好好欢迎他，他的人马跟奥克打了一场大战。也许你们比恩特更懂人类的礼节，知道说什么话才妥当。我这一辈子里，这片绿色的原野有过许多国王，我却从来不懂他们的话，也不知道他们的名字。来客会需要人类的吃食，我猜你们精于此道。所以，可能的话，就去找来一些你们认为适合拿来招待国王的东西吧。'故事到此就结束啦。不过，我挺想知道佞舌到底是谁。他真是国王的参谋吗？"

"他曾经是。"阿拉贡说，"他也是萨茹曼安插在洛汗的奸细和仆人。上天真是报应不爽。光是亲眼看见自己认为固若金汤、壮丽非凡的地方变成一片废墟，差不多就足够惩罚他的了，但恐怕还有更糟糕的待遇等着他。"

"对，我估计树须送他进欧尔桑克，也不是出于好心。"梅里说，"树须似乎觉得这事办得相当得意，离开去洗澡和喝水时还在暗自笑着。随后我们俩忙了好一阵子，翻箱倒柜，四处搜寻漂着的东西。我们在附近几个不同的地方找到了两三个储藏室，都在洪水之上，没被淹着。但树须派了些恩特过来，搬走了好大一堆东西。

"'我们需要二十五人份的人类吃食。'那些恩特说。所以，你们可以想象，你们还没到时，就有人仔细地数过你们的人数了。你们三个显然也被算在大人物的行列中，但你们在这里吃的可一点不差！我跟你保证，我们留下的东西跟送去的一样好——其实更好，因为我们没送酒过去。

"'要送喝的吗？'我问那些恩特。

"'那边有艾森河的水，'他们说，'那水够好了，恩特跟人类都能喝。'不过我真希望恩特能抽出点时间，从那些山泉里酿些他们的饮料出来，那样的话，等甘道夫回来的时候，我们准能看见他的胡子都卷起来了。那些恩特走了以后，我们感觉又累又饿，可是我们没抱怨——我们的劳动大有收获。就在搜寻人类吃食的过程中，皮平从那一大堆漂流的东西里捞到了大奖，就是那些吹号家的桶子。皮平常说：'饭后来口烟，快活赛神仙。'所以就有了你们看见的状况。"

"现在我们全都一清二楚啦。"吉姆利说。

"只除了一点——在艾森加德竟然有南区来的烟斗草！"阿拉贡说，"这事我越考虑，就越觉得耐人寻味。我从没来过艾森加德，但我在这片地区旅行过，非常熟悉洛汗与夏尔之间这整片空旷的乡野。多年以来都没有旅人或货物公开经过这地。我猜，萨茹曼跟夏尔的某个人有秘密交易。不只希奥顿王的家，别人家里或许也能找到一些佞舌。桶子上有日期吗？"

"有。"皮平说，"是1417年出品的，就是去年。哦，不，现在那当然是前年了，多好的一年。"

"啊，好吧，不管发生过什么邪恶勾当，我希望现在已经全结束了，即便没结束，现在我们也拿它没辙。"阿拉贡说，"不过我想我会跟甘道夫提上一句，尽管这跟他的诸多大事比起来像是小事。"

"我很好奇他在干吗，"梅里说，"下午都快过了。我们过去瞧瞧吧！大步佬，现在只要你想，你随时都能进到艾森加德里去。不过里头的情景可不怎么振奋人心就是了。"

第十章

萨茹曼之声

他们穿过损毁的隧道，站在一堆乱石上，望着欧尔桑克的黑岩高塔和众多窗户。高塔耸立在满目疮痍当中，仍透出强大的威胁。大水这时已差不多退尽，到处留下一洼洼的污水，上头漂着泡沫和残骸。但宽大的圆环已重新裸露出来，满地烂泥和滚落的石块，到处有凹下去的黑洞，石柱木桩东倒西歪了一地，放眼一片荒凉。在这个破碗边缘，堆着庞大的土墩和土坡，就像海滨被一场大暴风雨冲积出来的沙石堆。在那背后，乱糟糟一片的绿色山谷一直爬升，钻进了两道暗色山岭之间的长山沟里。他们看见对面的骑兵们正从北边择路穿过这片废墟行来，已经快要接近欧尔桑克了。

"是甘道夫，还有希奥顿和他的人马！"莱戈拉斯说，"我们过去跟他们会合吧！"

"当心脚下！"梅里说，"有很多石板都松了，你要是不小心踩到，会翘起来把你丢进洞里。"

他们从大门口沿着残剩的路朝欧尔桑克前进，走得很慢，因为地面的石板碎裂不堪，满是泥泞。那边一行人看见他们走近，便在高塔的阴影中停下来等他们。甘道夫驱马朝他们迎去。

"啊，树须和我进行了些挺有意思的讨论，制订了几个计划，"他说，"然后我们全都休息了，那可是急需的。现在我们又得行动了。我希望你们几个也都休息好，恢复精神了？"

"没错，"梅里说，"不过我们的讨论是从抽烟开始的，又以抽烟告终。还有，我们感觉不像以前那样痛恨萨茹曼了。"

"真的吗？"甘道夫说，"好吧，但我可没这感觉。我在离开前还有最后一件事要办：我得跟萨茹曼辞个行。这很危险，很可能是白费力气，但还是得做。你们有谁愿意去的，可以跟我来——但是千万当心！而且别开玩笑！这不是开玩笑的时候。"

"我去。"吉姆利说，"我想见见他，看他是不是真的很像你。"

"矮人大人，你要怎样才能看出来呢？"甘道夫说，"如果萨茹曼想要你眼里的他很像我，你就会看见他像我。你有足够的智慧识破他所有的伪装吗？好吧，我们走着瞧，说不定可以。他说不定不好意思在众目睽睽之下露面。不过我已经让所有的恩特都避开了，这样我们或许能说动他出来。"

"会有什么危险？"皮平问，"他会朝我们射箭？从窗口朝我们倒下火来？还是他能从远处对我们下咒？"

"如果你漫不经心到他门前，最有可能碰上最后一种。"甘道夫说，"但谁也不知道他有什么本事，也不知道他可能使出什么手段。接近困兽是很不安全的。而且，萨茹曼拥有你们想象不出的力量。当心他的声音！"

他们来到了欧尔桑克脚下。高塔通体漆黑，黑岩就像沾了水一般闪闪发亮。高塔那多面的岩体边缘十分锋利，仿佛新切凿出的一样。塔底有些刮痕和剥落的小薄碎片，这就是暴怒的恩特攻击后留下的全部痕迹。

在高塔东面，两根石柱形成的凹处，有一扇离地很高的大门，门的上方是装有百叶窗的落地窗，窗外有个围着铁栏杆的阳台。一道共有二十七阶的宽阔阶梯从地面直通到大门的门槛。这阶梯不知用什么方法，以同样的黑色岩石凿成。这是高塔唯一的入口，但高拔的塔壁上开有诸多高窗，窗周围切了深深的斜口，远远望上去，就像那些尖角石柱的陡峭表面长了许多凝视的小眼睛。

在阶梯脚下，甘道夫和国王下了马。"我要上去。"甘道夫说，"我进过欧尔桑克，知道危险何在。"

"我要跟你一起上去。"国王说，"我已经老了，不再惧怕任何危险。我想跟那害我至深的敌人谈谈。伊奥梅尔该跟我一起来，免得我这双老脚走不稳。"

"请便。"甘道夫说，"阿拉贡该跟我来。其他人就在阶梯脚下等我们。如果有什么可听可看的，你们在那里都能听见也能看见。"

"那可不行！"吉姆利说，"莱戈拉斯和我都想靠近一点看。在此我们可是孤身代表各自的族人。我们也会跟在你们后面。"

"那就来吧！"甘道夫说完便跨上台阶，希奥顿与他并肩同行。

洛汗骠骑分列在楼梯两边，忐忑不安地坐在马上，忧心忡忡地抬头看着高塔，担心他们的国王会遭遇什么不测。梅里和皮平坐在最下面一级的台阶上，感觉自己既平凡渺小又不安全。

"从这里回到大门得走半哩黏乎乎的路！"皮平咕哝道，"但愿我能神不知鬼不觉地溜回门卫室！我们来干吗？他们又不需要我们。"

甘道夫站在欧尔桑克门前，举起手杖敲门。门发出空洞的响声。"萨茹曼，萨茹曼！"他以命令的语气高声喊道，"萨茹曼，出来！"

里面有好一会儿都没回应。最后，门上方的那扇窗户打开了，但黑暗的窗口不见半个人影。

"是谁？"一个声音说，"你们有何贵干？"

希奥顿吃了一惊。"我认得这声音，"他说，"我诅咒我头一次听从这声音的日子。"

"佞舌格里马，既然你已经做了萨茹曼的听差，那就去叫他出来！"甘道夫说，"别浪费我们的时间！"

窗户关上了。他们等待着。蓦地，有另一个声音说话了。那个声音低沉悦耳，本身就充满了魔力。聆听的人若不当心，很少能说得出自己都听到了什么；即便他们说得出来，又会很纳闷，因为那些话毫无魅力。他们大多只记得，听那声音说话时心中愉悦，它所说的一切都像是充满智慧、合情合理的金玉良言。他们内心会冒出一种渴望，迫不及待地想要附和，以显出自己的明智。相形之下，其他人说话便显得刺耳难听，粗鲁不文，而如果反驳那声音，便会激怒那些内心已被迷住的人。对某些人来说，这魔力只在那声音对着他们说话时才有效，当它对别人说话时，他们便笑了，就像大家对玩杂耍者的把戏目瞪口呆时，那些看穿的人会发笑一样。但对许多人而言，单单这声音本身就足以使他们入迷，而那些被这声音征服的人，即使身在远方也仍受它摆布，他们会一直听见它在耳边轻声细语，敦促他们。然而，无人能对它无动于衷；只要这声音的主人还操纵它，便没有人能拒绝它的恳求与命令，除非他们心智坚定、意志坚强，决心摆脱它。

"怎么了？"这会儿它温和地质问道，"你们为什么一定要打扰我休息呢？难道你们要让我昼夜都不得安宁吗？"那语气恰似一个心地善良的人，因受到不当的伤害而满腹委屈。

他们抬起头来，全都大吃一惊，因为谁都没察觉到他的出现。他们看见一个人影站在栏杆边上，正俯视着他们。那是个老人，全身裹在一件大斗篷里，斗篷的颜色很难说，因为它会随着他的动作或他们目光的游移而改变。他的脸很长，额头很高，那双深陷的黑眼睛尽管这会儿显得凝重、慈祥，又带点儿疲惫，却仍深不可测。他须发皆白，但在唇边和耳际仍可见到缕缕青丝。

"像，但又不像。"吉姆利咕哝道。

"好吧，我们来看看。"那个柔和的声音说，"我知道你们当中至少两个人的名字。甘道夫我太熟了，因此知道他不可能来此寻求帮助或听取忠告。但是你，洛汗马克的国王希奥顿，你高贵的徽记昭示了你的身份，但更清楚显明你的血统的，是埃奥尔家族的英俊容貌。噢，声誉卓绝的森格尔的杰出儿子啊！在此之前，你为什么没有以朋友的身份来这儿呢？我是多么渴望见到你啊，西部大地最伟大的君王，尤其是最近几年，我多么渴望将你从那些包围着你的，轻率愚蠢又邪恶的建议当中拯救出来！现在难道真的已经太迟了？纵使我受到这么多伤害——此事洛汗的子民也参与其中，唉！——我仍想拯救你。你已经踏上的这条路，将招致越来越近且不可避免的毁灭，我愿将你从这毁灭中救出来。事实上，现在只有我一人能帮你了。"

希奥顿张开嘴仿佛要说什么，却什么也没说出口。他抬头看着萨茹曼的脸，看着那双俯视他的漆黑冷肃的眼睛，然后转头看看身边的甘道夫。他似乎犹豫起来。甘道夫毫无表示，只是像块石头一样静静地站在那里，像在耐心等候某个尚未到来的召唤。骑兵们一开始有些骚动，嗫嚅赞许着萨茹曼的话。然后，他们像被咒语镇住，也都静了下来。他们觉得，甘道夫从未如此言语得体地赞美过他们的国王，如今一比，他对待希奥顿的方式态度全都既粗鲁又傲慢。有一股阴影，一种将会遭遇巨大危险的忧虑爬上了他们的心头——马克的结局一片黑暗，甘道夫正把他们往黑暗里驱赶；与此同时，萨茹曼站在一扇逃生门旁，拉住半开的门，让一线光明得以透入。周遭空气凝重，一片死寂。

矮人吉姆利突然打破了寂静。"这巫师的话颠倒黑白！"他低吼道，伸手握住了斧柄，"在欧尔桑克的语言里，帮助就是破坏，拯救就是残害，这一清二楚。我们不是来这里乞讨的！"

"安静！"萨茹曼说，有那么一瞬间，他的声音不再那么游刃有余，他眼中有一道光一闪而逝，"格罗因之子吉姆利，我还没跟你说话。"他说，"你的家乡位在远方，这片土地的动荡于你无关痛痒。你被卷进这些麻烦，并非你自己蓄意如此，因此我也不责备你在其中扮演的角色，我毫不怀疑你是位勇士。不过，我请求你，先允许我跟我的邻居，也是我过去的朋友，洛汗的国王谈一谈。

"希奥顿王，你如何决定呢？你愿意与我和平共处，接受我多年累积的知识可提供的一切帮助吗？我们难道不该共商如何应对这邪恶的时期，弥补我们的创伤，心怀善意，让我们双方的家园和土地一同达到前所未有的繁荣美丽吗？"

希奥顿依旧没有回答。没有人猜得出他内心是在跟愤怒还是怀疑斗争。伊奥梅尔说话了。

"陛下，请听我说！"他说，"现在我们感觉到了先前被警告过的危险。我们跃马杀敌迎向胜利，最后难道要让一个口蜜腹剑的老骗子迷惑吗？掉进陷阱里的恶狼要是能开口，也会对猎犬这么说话。说真的，他能给您什么帮助？他只想快点脱困。而且，您要和这个翻手背叛、覆手谋杀的家伙和谈吗？别忘了在渡口倒下的希奥杰德，以及在海尔姆深谷葬身的哈马！"

"说到口蜜腹剑，我们该怎么评价你呢，小毒蛇？"萨茹曼说，一腔怒火这时显而易见了，"不过，算啦，伊奥蒙德之子伊奥梅尔！"他再次柔声说，"大家各司其职。你是英勇的战士，也因此赢得了极高的荣誉。你只要好好遵照国王的吩咐杀敌就够了，别搅和到你不懂的政事里。不过，也许等你当了国王，你就会发现国王选择朋友必须谨慎。无论我们过去有些什么恩怨，是真是假，萨茹曼的友谊和欧尔桑克的势力都不能轻易抛开。你不过是打赢一场战斗，并不是打赢一场战争，而且你这次所获得的援助，不可能指望有第二次。下次你说不定会发现树林的阴影就在你自家大门前——它难以捉摸、愚蠢无知，且不喜欢人类。

"但是，洛汗的陛下啊，难道因为曾有勇士在战斗中倒下，我就要被称为谋杀犯吗？如果你上战场——这毫无必要，我也不希望有这种事——那就一定会有人伤亡。我若因此就成为谋杀犯，那么整个埃奥尔家族也都会被谋杀之名玷污，因为他们参与了多次战争，攻击且杀害了许多蔑视反抗他们的人。但是，他们后来跟这当中有些人握手言和，考虑周到不会有坏处。希奥顿王，听我说，你我难道不该握手言和、缔结友谊吗？这事该由我们自己决定。"

终于，希奥顿费力地开了口，嗓音沙哑："我们会握手言和。"好几个骑兵高兴得脱口欢呼，但希奥顿举起手来制止。"不错，我们会握手言和。"这次他的声音清晰了许多，"等你和你一手造就的一切都灭亡，等你打算把我们出卖给的那个黑暗主子一手造就的一切也都灭亡，之后，我们会握手言和！萨茹曼，你是个骗子，是个败坏人心的家伙。你朝我伸出手来，而我看见的只是魔多爪子上的一根手指，残忍又冷酷！即便你比现在聪明睿智十倍，你也无权为了一己之私而随心所欲统治我和我的臣民。你对我发动的岂是正义之战？即使是，你要如何解释西伏尔德被纵火烧成一片焦土，当地的孩童惨遭杀害？当哈马战死在号角堡的大门前，他们还砍戮他的尸体！等你被挂在你窗前的绞架上，供你自己豢养的乌鸦大快朵颐时，我就跟你以及欧尔桑克握手言和！这就是埃奥尔家族的答复。我虽是伟大父辈的不肖子孙，也不会对你卑躬屈膝。你另找对象吧！恐怕你的声音已经失去魅力了。"

骑兵们像从梦中惊醒一般怔怔地看着希奥顿，在听过萨茹曼那音乐般悦耳的声音后，他们觉得主上的声音听起来如同老鸦鸣叫般刺耳。但此刻萨茹曼控制不住恼羞成怒，身子探出栏杆，仿佛要用手杖击打国王。刹那间，有些人觉得自己看见了一条盘起身体，准备发动攻击的毒蛇。

"绞架和乌鸦！"他从牙缝里嘶声说道，这恐怖的转变让众人忍不住打了个寒战，"老昏君！埃奥尔的宫殿算什么东西，不过是间茅草屋，里面一帮土匪强盗就着熏天臭气喝酒，任自家的小崽子跟狗一起在地上打滚！他们才全都早该上绞架！但绞绳已经套上，正在慢慢收紧，最后会收得又紧又牢。你们就等着被吊死吧！"说到这儿，等他渐渐控制住情绪，他的声音又变了，"养马的希奥顿，天知道我怎么会有耐心跟你说话，我不需要你，也不需要你那一小帮骑马逃跑跟冲锋一样迅速的手下。很久以前，我给了你凭你的才能和头脑根本得不到的地位。今天我又给了你一次，好让那些被你引入歧途的人清楚知道有不同的路可选。可是你竟自吹自擂，还对我出言侮辱！那好，诚如所愿！滚回你的茅草屋去！

"但是你，甘道夫！我至少为你而悲哀，你的耻辱我感同身受。你怎能容忍和这帮草寇混在一起？甘道夫，你毋庸置疑是个高傲的人，你分明拥有高贵的心智，拥有看得既深又远的双眼。即便到了现在，你难道还不愿听听我的劝告吗？"

甘道夫动了动，抬起头来。"你有什么话是我们上次碰面时没说的吗？"他问，"或者，你想收回某些话？"

萨茹曼顿了顿。"收回？"他思忖着，似乎很困惑，"收回？我尽心竭力劝告你，都是为你好，可你连一句都没听进去。你自己的智慧着实不少，所以你很骄傲，不喜听劝。但我认为你上一次犯了错误，故意误解了我的意图。恐怕我当时因为急于说服你而失了耐心，我为此深感后悔。我对你毫无恶意；即便你现在带着一帮无知的凶神恶煞找上门来，我对你还是没有恶意。我怎么会呢？我们两人难道不是出身于同一支高贵又古老的族类，堪称中洲最杰出的两人？我们的友谊将使双方受益。我们仍可联手大展宏图，医治这世界的种种混乱。让我们理解彼此吧，把那些劣等种族排除在外，不予考虑！让他们等候我们发落！为了共同的利益，我愿补偿以往的过失，接纳你。你真不愿跟我一起共商大事？你真不肯上来吗？"

萨茹曼在这最后一搏中注入了极强的威力，在场听见的人无不怦然心动。但这次的魔咒全然不同。他们听见的是一位仁慈的君王正在谆谆规劝一个犯错的宠臣，而他们无权置喙，因为这些话不是说给他们听的，他们就像顽皮的小孩或愚蠢的仆人，在门边偷听到长辈那难以捉摸的谈话，并担心着这会对自己的命运造成何种影响。这两个人委实高不可攀，令人敬畏又充满智慧。他们必会结为同盟。甘道夫会上到高塔中去，在欧尔桑克高绝的厅室里讨论那些他们理解不了的深奥之事。那扇门会关闭，他们会被关在门外，遣散在旁，等候分派下来的工作或惩罚。就连希奥顿心里都出现了这样的想法，就像落实了怀疑的阴影："他会背叛我们，他会离开——而我们将会失败。"

这时，甘道夫大笑起来。众人的胡思乱想顿时如一缕轻烟般消失殆尽。

"萨茹曼啊，萨茹曼！"甘道夫一边大笑一边说，"萨茹曼，你走错了人生之路。你应该去当个国王的弄臣，借着模仿他的大臣来赚吃食或挨鞭子。而说到我！"他顿了顿，强忍住笑，"理解彼此？恐怕我已经远超过你所能理解的了。可是你，萨茹曼，现在我对你了如指掌。你的一言一行，我可以比你以为的记得更清楚。上次我来拜访你时，你是魔多的狱卒，我也差点被送去魔多。不，我可不打算上去。一个从屋顶逃脱的客人，在回来走进大门之前，一定会三思。你听好，萨茹曼，我说最后一次！你真不愿意下来吗？事实证明，艾森加德不如你所希望的那般牢不可破，也没有你所幻想的那样固若金汤。而其他那些你坚信不疑的事物，或许也一样。暂时离开艾森加德真的不好吗？也许，你可以求助于新的事物？好好想想，萨茹曼！你真不愿意下来吗？"

萨茹曼脸上掠过一道阴影，容色随即变得一片死白。他还没来得及掩饰，他们就看穿了他那张面具，洞悉了他被疑虑所苦的心思——既憎恨留在塔中，又惧怕离开它的庇护。有那么一瞬，他犹豫了，众人屏息等待。接着，他开口了，声音尖锐又冷酷。骄傲和仇恨征服了他。

"我愿意下去吗？"他嘲弄道，"一个手无寸铁的人，会下去跟门外的强盗谈判吗？我在这里能清楚听见你说话。我不是笨蛋，我不信任你，甘道夫。那些野蛮的树魔虽然没公然站在我的楼梯上，但我知道他们奉了你的命令，潜伏在何处。"

"叛徒总是多疑。"甘道夫厌倦地答道，"你不必担心自己的人身安全。假如你真的了解我，你就会知道，我既不想杀你，也不想伤害你，而且我还有力量保护你。我给你最后一次机会。你可以自由离开欧尔桑克——假如你选择离开的话。"

"这话可真动听。"萨茹曼嗤笑道，"十足的灰袍甘道夫的腔调：如此仁慈，如此屈尊俯就。我毫不怀疑，你会发现欧尔桑克宽敞舒适，我的离去正中你下怀。但我为什么要离开？你说的'自由'是什么意思？我猜你是有条件的，是吧？"

"你可以从你那些窗口看见离开的理由。"甘道夫答道，"其他的你也自会想到。你的奴隶不是被消灭，就是溃逃了；你的邻居被你变成了敌人；你还欺骗你的新主人，或企图欺骗他，他的眼睛盯向此处时，将会是一只暴怒的红眼。然而，当我说'自由'，我的意思就是'自由'——脱离绑缚、锁链或命令的自由。你可以去你想去的地方，甚至，萨茹曼，甚至是去魔多，若你想去的话。但首先你必须将欧尔桑克的钥匙连同你的手杖都交给我。它们将作为你履行承诺的保证，只要你兑现承诺，日后就归还给你。"

萨茹曼面色变得铁青，脸因愤怒而扭曲，眼中燃起了红光。他疯狂地大笑起来。"日后！"他喊道，声音拔高到尖叫，"日后！是啊，我猜，那是等你把巴拉督尔本身的钥匙、七王的王冠，还有五位巫师的权杖都拿到手，并且给自己挣得一双比现在所穿大好几倍的靴子的时候！多么谦虚的计划啊！这哪里需要我的帮助！我还有别的事要忙。别蠢了你！如果你想趁自己还有机会，来跟我交易，那就先给我滚，等你冷静了再回来，同时把这些割喉强盗，以及那些吊在你尾巴上晃荡的小累赘，统统给我甩掉！再见！"他转身离开了阳台。

"萨茹曼，回来！"甘道夫命令道。众人吃惊地看见，萨茹曼又转过了身，就像被违反意愿硬拽了回来。他慢吞吞地回到铁栏杆边，喘着粗气靠在栏杆上。他的脸像是皱缩了，布满了皱纹。他的手像爪子一样，紧紧抓着那根沉重的黑手杖。

"我可没准许你离开。"甘道夫严厉说道，"我还没说完。萨茹曼，你已经变成了一个蠢蛋，可鄙又可怜。你本来还有机会摆脱愚昧和邪恶，继续效力。但你选择留下，继续咬啮你旧把戏的尾巴。那你就留下吧！但我警告你，你再想出来时可没那么容易了，除非是东方那双黑暗的手伸过来抓你。萨茹曼！"他喊道，声音变得充满力量和权威，"看哪！我不是你所出卖的灰袍甘道夫，我是自死亡中归回的白袍甘道夫。现在，你已经丧失了颜色，我将你从吾辈与白道会中驱逐出去！"

他举起手，缓缓地用清晰无情的声音说："萨茹曼，你的权杖折断了。"但听一声裂响，那根手杖在萨茹曼手中碎裂开来，杖头掉到了甘道夫脚前。"滚！"甘道夫说。萨茹曼惨叫一声往后跌倒，爬着离开了阳台。就在那时，一个沉重闪亮的东西从高处砸下，擦过萨茹曼刚刚离开的铁栏杆，紧贴着甘道夫的头呼啸而过，砸在他所站的台阶上。栏杆咣啷一声折断，台阶砸裂，火星四溅，那东西却毫无损伤。它是一颗黑色的水晶球，但球中心有一团幽幽的火光。球从台阶上滚下去，弹跳着滚向一个水塘，皮平追上去把它捡了起来。

"这个谋杀成癖的无赖！"伊奥梅尔叫道。但甘道夫一动不动。"不，那不是萨茹曼丢下来的，"他说，"我想，甚至不是他吩咐的。它是从上面很高的一个窗户砸下来的。我猜这是佞舌大人的一记告别礼，只不过没瞄准。"

"瞄得也许不准，因为他无法决定自己更恨的是谁，是你还是萨茹曼。"阿拉贡说。

"也许吧。"甘道夫说，"这两人在里面彼此做伴，日子可不好过。他们会用言语互相折磨的。但这惩罚很公正。如果佞舌有朝一日能活着走出欧尔桑克，那只能说他是幸运到家了。"

他猛转过身，只见皮平像抱着什么沉重无比的东西那样，正慢慢地爬上台阶。他赶紧喊道："慢点，小伙子，那东西我来拿！我没叫你拿去玩。"他下了楼梯迎上去，急急地从霍比特人手中拿过那个黑色的圆球，用自己的斗篷裹住。"这东西由我收着。"他说，"我猜，萨茹曼可不会选这个东西来砸人。"

"但他可能还会砸别的东西下来。"吉姆利说，"要是你们的争论已经结束了，我们就走吧，至少离开他能扔石头砸到我们的范围！"

"是结束了。"甘道夫说，"我们走吧。"

他们转身离开了欧尔桑克的大门，走下楼梯。骑兵们欣然向国王欢呼，并向甘道夫致敬。萨茹曼的咒语被破解了——他们看见他被甘道夫召回来，被剥夺了地位，然后爬了回去。

"好啦，这事办完了。"甘道夫说，"现在我得找到树须，告诉他这里事情怎么样了。"

"他肯定会猜到吧？"梅里说，"可能有别的结果吗？"

"不太可能，"甘道夫答道，"尽管其实只差毫厘。但我有理由去试一试，部分是仁慈的缘故，部分却是无情。首先，我们已经向萨茹曼展示，他声音的魔力正在衰退。他不能既当暴君又当谋士。时机成熟，阴谋诡计就不再是秘密。然而他落入了圈套，试图当着他人的面将受害人各个击破。随后，我给了他最后一次机会，一个公平的机会：放弃魔多和他私下的阴谋，向我们伸出援手，以此赎罪。我们的需要，他清楚得很，他本来可以提供极大的助力，但他却选择了袖手旁观，并且要保有欧尔桑克的力量。他只肯发号施令，不肯听从吩咐办事。如今他怀着对魔多魔影的恐惧度日，却仍梦想兴风作浪，引领风潮。悲惨的傻瓜！如果东方的势力朝艾森加德伸出手来，他会被吞噬的。我们无法从外面摧毁欧尔桑克，但是索隆——天知道他能做什么？"

"那要是索隆没征服他呢？你会把他怎么办？"

皮平问。

"我？不怎么办！"甘道夫说，"我不会动他。我不想主宰什么。他会变成什么样子？我不好说。我痛心的是，高塔中那么多美好之物，如今都腐朽了。但对我们而言，情况仍然不算坏。命运的起伏跌宕可真奇怪啊！憎恨通常反而会伤害自身！我猜，就算我们进去了，欧尔桑克里也找不到比佞舌朝我们砸下来的这个球更珍贵的东西了。"

上方高处的窗口传来一声凄厉的尖叫，又戛然而止。

"看来萨茹曼也是这么想的。"甘道夫说，"别管他们了，我们走吧！"

他们回到损毁的大门前，才出拱道，树须和其他十几个恩特便离开先前借以隐身的大石堆的阴影，大步走上前来。阿拉贡、吉姆利和莱戈拉斯都惊奇万分地盯着他们看。

"树须，这是我的三个同伴。"甘道夫说，"我提过他们，不过你还没见过。"他逐一介绍了他们。

老恩特审视他们良久，轮流与他们说话。最后，他转向莱戈拉斯："我的好精灵，这么说你是大老远从黑森林来的？那曾经是座非常伟大的森林！"

"现在仍然是。"莱戈拉斯说，"但还没伟大到能让我们这些住在里面的精灵没兴趣去看看新的树木的地步。我非常想去范贡森林里转转。我仅仅从它的边缘经过，就不想离开了。"

树须眼中闪出了愉快的光芒："但愿群山未老之前，你的愿望得以成真。"

"我若有幸，就会来的。"莱戈拉斯说，"我跟我的朋友达成了一项协议。如果一切顺利，我们会一起拜访范贡森林——请你许可。"

"任何与你同来的精灵，我们都很欢迎。"树须说。

"我说的这位朋友不是精灵。"莱戈拉斯说，"我指的是这里这位格罗因之子吉姆利。"吉姆利深深鞠了一躬，结果斧头从腰带上滑脱，哐当一声掉在地上。

"呼姆，哼！啊，瞧瞧。"树须说，神色不善地看着他，"一个带着斧头的矮人！呼姆！我对精灵是有善意的，但你这要求可挺过分。你们的友谊真是不可思议！"

"或许你觉得不可思议。"莱戈拉斯说，"但只要吉姆利还活着，我就不会独自前往范贡森林。噢，范贡，范贡森林的主人，吉姆利的斧头不是用来砍树的，是用来砍奥克脖子的，他在海尔姆战役中砍杀了四十二个奥克啊。"

"呼！好吧！"树须说，"这听起来好多了！好吧，好吧，那就顺其自然吧，反正没必要急着去找事儿。不过眼前我们得先分开一阵子。白昼将尽，甘道夫说你们得在天黑前离开，马克之王也急着回家去。"

"是的，我们必须走了，现在就走。"甘道夫说，"恐怕我得把给你守门的两个小家伙一块带走。不过，缺了他们俩，你还是应付得来的。"

"也许可以。"树须说，"但我会想念他们。我们在这么短的时间里就成了朋友，我想我是越来越性急了——我大概是活回头，返老还童了。不过，他们是我很久、很久以来，在太阳和月亮底下看见的头一样新事物。我不会忘记他们的。我已经把他们的名字放进那份很长的名单里了。恩特会记得它的。

> 土里生长是恩特，寿比山岭，
> 昂首阔步，把泉水饮；
> 霍比特孩子们，饥渴如猎手，

性喜欢笑，身材矮小。

"只要树叶还在四季更替，他们就是我们的朋友。再会了！不过，你们要是在你们美好的家乡夏尔听到消息，就送个口信给我！你们懂我的意思：有关恩特婆的传言或她们的踪迹。可以的话，你们亲自带口信来！"

"我们会的！"梅里和皮平异口同声说，然后转身匆忙离去。树须看着他们，沉默了好一会儿，满腹心事地摇了摇头。然后他转向甘道夫。

"这么说，萨茹曼不肯离开？"他说，"我就知道他不肯。他的心肠腐烂得跟黑胡奥恩的一样。不过，要是我被击溃，我所有的树都被摧毁了，只要还剩个黑洞可以藏身，我也不会出来的。"

"你是不会。"甘道夫说，"但是，你并不曾打算用你的树去霸占整个世界，把其他生灵压制得无从喘息。问题就在于，萨茹曼仍在滋养着仇恨，尽他所能编织这类罗网。他有欧尔桑克的钥匙，但绝对不能让他逃走。"

"当然不会！恩特会看住他。"树须说，"没有我允许，萨茹曼别想踏出那座石塔一步。恩特会盯住他的。"

"很好！"甘道夫说，"这正是我所希望的。现在我可以放下这一件事，去操心别的事了。但你一定要小心。水已经退了。我担心只在高塔四周布置岗哨是不够的。我相信在欧尔桑克底下，必定挖有很深的地道，过不了多久，萨茹曼就会希望借助它神不知鬼不觉地进出。如果你肯花力气，我请你再灌一次水，要么直接把艾森加德淹成一个水塘，要么找出所有的出口。只有当地下所有的地方都淹没，所有的出口都堵死，萨茹曼才会不得不待在高塔上朝窗外望。"

"这事就交给恩特吧！"树须说，"我们会把整座山谷从头到脚都搜一遍，每块石头都翻起来看看。树木会回来住在这里，老树、野树，都会回来。我们会叫它'监视森林'。就算真有只松鼠来这儿，我都会知道。这事就交给恩特吧！直到七倍于他折磨我们的年岁过去，我们都不会放松对他的监视。"

第十一章

帕蓝提尔

甘道夫与他的伙伴、国王和手下的骑兵又从艾森加德出发时，太阳已经沉落到西边那道长长的山脉之后。甘道夫背后带着梅里，阿拉贡带着皮平。有两位国王的骑兵先众人而行，朝前疾奔，很快就下到山谷里，从众人视野中消失。其他人不紧不慢地跟在后面。

恩特们像雕像一般庄严列队在大门前，高举起长臂，却一声不出。他们在曲折的道路上走了一段之后，梅里和皮平回头望去，天空中依然阳光灿烂，但艾森加德已经笼上了长长的阴影，灰暗的废墟正落入黑暗中。这会儿只剩树须独自站在那里，远看就像一根老树桩，让两个霍比特人想起了远在范贡森林的边界，他们在阳光普照的岩架上与他初次相遇的情景。

他们来到那根雕有白手的石柱前，柱子仍立在那儿，但雕出的白手已经被丢在地上摔碎了，那根长长的食指正躺在路中央，在暮色中显得惨白，红色的指甲也变成了黑色。

"恩特做事真是巨细靡遗啊！"甘道夫说。

他们继续前进，山谷中暮色渐深。

"甘道夫，今天晚上我们会骑很远吗？"过了一会儿，梅里问，"我不知道你对自己尾巴上吊着个晃荡的小累赘有什么感觉，但是小累赘累了，如果能停止晃荡躺下来休息，小累赘会很高兴。"

"这么说你听见他的话啦？"甘道夫说，"别耿耿于怀！感谢老天，他没说更多针对你们的话。他一直盯着你们。而如果这话能安慰一下你们的自尊，我就告诉你们：当时，你和皮平在他心里远比我们其他人重要得多。你们是谁？如何来到这里？为什么来？你们知道什么？你们曾经被掳吗？如果曾经被掳，当奥克遭到全歼时你们是如何逃脱的？萨茹曼那伟大的脑袋被这一堆渺小的谜题给折磨惨了。倘若他的关注让你感到荣幸，梅里阿道克，那么他的讥笑便是赞美了。"

"谢谢你！"梅里说，"不过，甘道夫，能吊在你尾巴后面晃荡是更大的荣幸。起码在这位子上有个好处，就是你有机会把同一个问题问上第二遍。我们今晚会骑很远吗？"

甘道夫大笑："真是个最叫人难以招架的霍比特！所有的巫师都该照看一两个霍比特人——好让自己学习理解他人，并纠正自己的错误。我请你原谅。不过就连这些不费神的事我都考虑过了。我们会这样不紧不慢走上几个钟头，直到走出山谷。明天我们就必须快马赶路了。

"我们来时，本来打算离开艾森加德后就直接越过平原，返回国王在埃多拉斯的宫殿，那段路程骑马大概要几天工夫。但我们斟酌之后，改变了计划。传令兵已经先一步前往海尔姆深谷，通知说国王会明天回去。他会带着许多人从那里经由群山间的小路前往黑蛮祠。从现在开始，无论白天还是晚上，只要可能，超过两三个人就不要公然结伴穿过平原。"

"你的习惯是，要么啥都不说，一说就说一大堆！"梅里说，"恐怕我想知道的就只有今晚睡哪儿。海尔姆深谷在哪儿，是个什么样的地方？其他地方又是啥？我对这片地方一无所知。"

"那你最好学学，要是你想知道当今形势的话。不过你要学也别现在学，更别找我学——我有太多要紧的事得考虑。"

"好吧，那我就等到营火旁去纠缠大步佬，他没你这么急躁。但为啥要这么神神秘秘的？我以为我们已经打赢了！"

"对，我们打赢了，但只是赢了第一仗，而胜利本身让我们更加危险。艾森加德和魔多之间存在某种联系，但确切情况我还没推测出来。我不确知他们如何交换消息，但他们确实交换了消息。我想，巴拉督尔的魔眼将会焦躁地盯向巫师山谷，然后转向洛汗。让它看见得越少越好。"

他们缓缓行去，迤逦穿过山谷，脚下的路距离淌过石头河床的艾森河忽近忽远。夜色从山脉上蔓延下来，迷雾尽散，寒风吹袭。趋近圆满的月亮将东方天际映出一片冷冷的清辉。在他们右侧，山肩渐次低落下去，成了荒凉的丘陵。一片辽阔的灰色平原展现在众人面前。

终于，他们停下来，转离大道，再次走向长满芳草的高地。他们向西走了一哩左右，来到一个面朝南方，背靠多巴兰圆丘的小溪谷。多巴兰是北方山脉的最后一座山丘，山脚一片青绿，山顶长满了帚石楠。狭谷两侧杂乱丛生着去年的蕨类植物，春天到来之后，蕨类的卷曲嫩芽刚从芳香的土地里冒出头来。低处山坡上长满了密密的山楂林，他们在林下扎营，这时距离午夜大约还有两个钟头。在一棵山楂树下的洼地里，他们生起了篝火。那棵山楂高大如乔木，枝叶如伞，因年深日久而虬结，但每根粗枝都老当益壮，每根细枝梢上都长满了花苞。

守夜的哨兵布置好，两人一班。其余的人用过晚餐后，便裹在自己的斗篷和毛毯里睡觉。两个霍比特人自个儿窝在角落里的一堆老蕨叶上。梅里很困了，皮平却异乎寻常地心神不宁。他翻来覆去，把身下的蕨叶压得窸窣作响。

"怎么啦你？"梅里问，"难道是睡到蚂蚁窝上了？"

"不是，"皮平说，"可是我很不舒服。我们到底有多久没在床铺上睡觉了？"

梅里打了个呵欠。"你不会扳指头算啊！"他说，

"你肯定知道我们离开罗瑞恩多久了。"

"噢,那个啊!"皮平说,"我是指一张摆在卧室里的真正的床。"

"好吧,那就从离开幽谷算起。"梅里说,"不过我今晚在哪儿都能睡。"

"梅里,你真幸运,"皮平停顿了一会儿之后轻声说,"你跟甘道夫共骑。"

"哦,那又怎样?"

"你从他那里有没有挖出什么消息来?"

"有,挖了不少,比平常多。但你都听见啦,不然也听见了绝大部分——你离得很近,而且我们也没偷偷地讲。不过你要是觉得能从他那里挖出更多,而他又愿意带着你,明天你可以跟他共骑。"

"可以吗?太好了!但他嘴巴很牢,对吧?一点也没变。"

"对,他嘴巴很牢!"梅里清醒了点,开始好奇是什么事困扰着伙伴,"他成长啦,要么就是类似于成长的那种事儿。我想,他比从前更仁慈也更警惕,更快活有趣也更严肃神圣。他变了,但我们还没机会了解他变了多少。不过,想想他最后是怎么对付萨茹曼的!记得吧,萨茹曼曾经是甘道夫的顶头上司,是白道会之首——管它究竟是啥意思——总之，他曾经是白袍萨茹曼，但现在，白袍的是甘道夫了。他叫萨茹曼回来，萨茹曼就回来了，权杖也被夺走了；然后他只叫萨茹曼滚，萨茹曼就滚了！"

"怎么说呢，甘道夫要真变了，那也是他的嘴巴比从前更牢了！"皮平争辩说，"就说那个——那个玻璃球吧，他似乎喜欢得要命。有关它的事儿，他要么是知道，要么就是猜到了什么。但他跟我们说什么了吗？没有，一个字儿都没说！可是，那是我捡起来的，多亏了我，它才没滚进水塘里。结果他说**'慢点，小伙子，那东西我来拿！'**——就这样而已。我很好奇那是什么东西？它拿在手里重得要命。"皮平的声音低落下去，仿佛在自言自语。

"喂！"梅里说，"原来你就是为这烦心啊？好啦，我的皮平小伙儿，别忘了吉尔多的话——就是山姆常常引用的那句：**'别掺和巫师的事务，他们既难捉摸，又脾气火爆。'**"

"但是，我们这几个月来成天都在掺和巫师的事务，"皮平说，"除了遭遇危险，我还想得到一点消息。我很想看看那个球。"

"快睡觉吧！"梅里说，"你迟早都会得到足够的消息。我亲爱的皮平，好奇爱打听这种事，图克家向来敌不过白兰地鹿家。不过，我问你，现在是时候吗？"

"好啦！可我告诉你我很想看看那个球，又能有啥坏处？我知道，老甘道夫像母鸡孵蛋似的把它抱在怀里，这样我是得不到它的。但你就只会说，**快去睡觉，你得不到它的**！这可没啥帮助！"

"好吧，可我还能说什么？"梅里说，"对不起，皮平，你真的只能等到明天早上再说。等吃过早饭之后，我会跟你一样好奇，我会千方百计帮你去哄哄巫师。但现在我的眼睛已经睁不开了。我要是再打呵欠，嘴巴可要咧到耳根子了。晚安！"

皮平没再说话。他这时静静地躺着，却怎么也睡不着。梅里道晚安后，没几分钟就进入了梦乡，然而梅里那均匀和缓的呼吸也没有什么催眠的效果。周围变得愈发寂静，皮平脑海里关于那个黑球的念头也愈发强烈起来。他仿佛再次感到了它拿在自己双手中那沉甸甸的重量，再次看见了他注视过片刻的，球心深处那神秘的红光。他辗转反侧，努力转移注意力。

最后，他实在忍不住，爬起来四下望了一圈。天很冷，他裹紧了身上的斗篷。月亮清冷皎洁的光辉洒在溪谷里，一簇簇灌木丛投下了漆黑的阴影。四周都是一个个酣睡的身影，放眼望去不见那两个哨兵——或许，他们在山丘上，要么就是躲在蕨丛里。皮平被一种自己也不明白的冲动驱使着，轻手轻脚地朝甘道夫躺卧的地方走去。他低头看向巫师，对方似乎正在沉睡，眼睛却没完全闭上——长睫毛底下露出的眸子中有一丝亮光。皮平急忙退了一步，但甘道夫毫无动静。霍比特人再次被吸引过去，半违心地从巫师的脑后慢慢凑上前。甘道夫裹着毯子，斗篷盖在毯子上。在他右胁与臂弯之间，紧贴着身子的地方，有个隆起之物，一个包在黑布里的圆圆的东西。他的手似乎才从那上面滑落下来。

皮平屏住呼吸，一呎呎地接近，最后，他跪下来，偷偷地伸出手，慢慢地将那团东西拿了起来。它远没有他料想的那么沉重。"说不定这其实只是一包零碎的东西。"他想，莫名松了口气，但没把那包东西放回去。他紧抱着它站了一会儿，突然有了个主意。他蹑手蹑脚地走开，找到一块大石头，再转回来。

他迅速拉下黑布，将石头包进去，再跪下来把它放回巫师的手中，然后才望向那个他拿出来的东西。就是它：一颗光滑的水晶球，此刻摆在他双膝前，毫无遮蔽，却是黑暗无光，死气沉沉。皮平把它拿起来，匆匆用自己的斗篷裹住，转过身要回自己的床铺去。就在那时，甘道夫在睡眠中动了动，咕哝了几个字，那似乎是一种陌生的语言。巫师的手摸索着，一把抓住裹着的石头，随即叹了口气，不再动了。

"你个大白痴！"皮平喃喃地自语，"你会给自己惹上要命的大麻烦。快点把它放回去！"但他发现，自己这会儿双膝直哆嗦，再也不敢靠近巫师去拿那个布包。"现在我不可能不惊醒他就把东西拿回来了，"他想，"等我平静一点再说吧。这么一来，我也可以先看它一眼。不过可不能在这儿看！"他悄悄走开，在离自己床铺不远的一个绿土丘上坐下。月光擦过溪谷的边缘，照了进来。

皮平竖起双膝坐着，那个球就夹在膝盖间。他朝它低低俯下身，就像个贪心的孩子独自远远躲在角落里，弯腰看着一大碗美食一样。他掀开斗篷，凝视着它。周围的空气似乎变得静止而紧张起来。起初，那球如同黑玉般一团漆黑，月光照得球面闪闪发亮。接着，球心开始亮起一点微弱的光，似乎有什么动起来了，它攫住了皮平的视线，让他再也无法移开双眼。没一会儿，整颗球的内部就像着了火，球开始旋转起来，或者说球中的火光开始旋转。突然，那光熄灭了。他倒抽一口冷气，拼命挣扎，却仍弓着身子，双手紧紧抱着球。他的身子越弓越低，变得全身僵硬。他的嘴唇无声地嚅动了一会儿，然后，他像被扼住脖子般惨叫一声，身子往后一倒，躺着不动了。

他的叫声尖锐刺耳，哨兵们立刻从山坡上跳了下来，整个营地很快全被惊醒了。

"原来小偷在此！"甘道夫边说，边匆忙将斗篷罩在球上，"可是你，皮平！这回你可闯下大祸了！"他在皮平身旁跪下，霍比特人此时直挺挺地仰面躺在地上，双眼呆滞无神地瞪着天空。"胡闹！看看这场恶作剧给他自己招来了什么？又给我们全体招来了什么？"巫师的脸色变得疲惫又憔悴。

巫师握住皮平的手，俯身去听他的呼吸，然后把手放在皮平额头上。霍比特人浑身抖了抖，闭上了眼睛。接着他大叫出声，猛地坐起来，狂乱地瞪着围在身边那一张张被月光照得惨白的面孔。

"这不是给你的，萨茹曼！"他以一种尖锐又平板的腔调叫道，从甘道夫面前往后缩，"我会立刻派人去取。你明白吗？就这么说！"他挣扎着要站起来逃走，但甘道夫温和却牢牢地抓住了他。

"佩里格林·图克！"他说，"醒来！"

霍比特人一下放松，往后瘫倒，紧抓住巫师的手。"甘道夫！"他喊道，"甘道夫！原谅我！"

"原谅你？"巫师说，"先告诉我你都做了什么！"

"我，我拿了球，还看了它。"皮平结结巴巴地说，"看到的东西把我吓坏了。我想走开，可是我走不了。然后，他来了，并且审问我。他盯着我看，然后，然后，我只记得这些。"

"这可不够，"甘道夫严厉地说，"你看到了什么？你说了什么？"

皮平闭上眼睛，不住发抖，但什么也没说。他们全都默不作声地盯着他，只有梅里转过身去。然而甘道夫仍一脸严厉："说！"

于是，皮平再次开口，先是低声吞吞吐吐的，但渐渐变得清晰，声音也大起来。"我看见了黑暗的天空，很高的城垛，"他说，"还有许多小星星。那景象看起来非常遥远又非常久远，但是清晰又刺眼。然后，星星忽隐忽现——它们被长着翅膀的东西遮住了。我想，那些东西非常大，真的很大，但在玻璃球里，它们看起来就像绕着高塔盘旋的蝙蝠。我想它们总共有九只。有一只开始朝我直飞过来，越来越大，越来越大。它有个恐怖的——不，不！我没法说。

"我试着要逃，因为我觉得它会飞出来，但当它把整个球都遮满时，却消失了。然后，**他**来了。他没开口让我听到话语，他只是看着我，我就明白了他的意思。

"'这么说你回来了？你为什么这么长时间没向我报告？'

"我没回答。他问：'你是谁？'我仍然没回答，但我感到难受得厉害，他又逼问我，所以我说：'我是个霍比特人。'

"接着，他似乎突然看见了我，他对着我大笑。那笑声真残酷，我当时的感觉就像被乱刀刺着一样。我挣扎了，但他说：'等等！我们很快会再见面的。告诉萨茹曼，这精致之物不是他的。我会立刻派人去取。你明白吗？就这么说！'

"然后他幸灾乐祸地看着我。我觉得自己被撕成了碎片。不，不！我说不下去了。别的我什么都不记得了。"

"看着我！"甘道夫说。

皮平抬起头，直望进他眼里。巫师一言不发地凝视他片刻，神情柔和下来，露出了淡淡的微笑。他把手轻轻地放在皮平头上。

"好啦！"他说，"不用再说了！你没受到伤害。我本来担心你说谎，但你的眼睛表明你很诚实。这是因为他没有跟你说太久。佩里格林·图克，你仍然是个傻瓜，却是个诚实的傻瓜。碰到这样的关口，聪明人可能反而把事情弄得一团糟。但是，记住这点！你，还有你所有的朋友，这次能幸免于难，就如俗话说的，全靠运气好。你不能指望会有第二次。如果他当场审问你，你几乎会把你知道的一切和盘托出，而那会把我们全毁了。但他太急了。他要的不只是信息，还有你，而且是马上就要，这样他就好在邪黑塔处置你，慢慢处置。别发抖！既然你想掺和到巫师的事务里来，就得准备好碰上这样的事。好啦！我原谅你。放心吧，事情没有变得所想的那么糟。"

他轻轻地把皮平抱起来，抱回到他的床铺。梅里紧跟着，在皮平身边坐下。"皮平，好好躺一会儿，要是可以的话，睡一觉吧！"甘道夫说，"相信我。要是你又觉得手痒，赶快告诉我！这种毛病是能治的。总之，我亲爱的霍比特人，别再把一坨石头塞进我的臂弯里！好啦，我会留你俩单独待会儿。"

说完，甘道夫便回到了其他人那里，他们仍站在那颗欧尔桑克的晶石旁，满腹疑虑。"危险在我们防备最松懈的黑夜里来到。"他说，"我们刚才真是死里逃生！"

"霍比特人，我是说皮平，他怎么样了？"阿拉贡问。

"我想现在已经没事了。"甘道夫答道，"他没有被控制太久，而且霍比特人有惊人的恢复力。这段记忆，或者说其中的恐惧，大概很快就会淡褪了——或许会淡褪得过快。阿拉贡，你愿不愿意帮我保管这颗欧尔桑克的晶石？这是个危险的任务。"

"确实危险，但不是对所有的人来说都危险。"阿拉贡说，"有一个人有权拥有它。这肯定是欧尔桑克的**帕蓝提尔**，来自埃兰迪尔的宝库，由刚铎的国王安置在塔中。如今，我的时刻快到了。我会保管它。"

甘道夫看着阿拉贡，接着，在众人惊讶的注目下，他捧起包裹着的晶石，躬身将它呈上。

"大人，请收下它！"他说，"以此为证，其他

帕蓝提尔

的物品也将归还于你。但是，能否容我劝告你如何使用属于你自己的东西？不要用它——暂时别用！务必小心！"

"我等候准备了那么多年，你几时见我急躁或大意过？"阿拉贡说。

"我还没见过。那么，请不要功亏一篑。"甘道夫答道，"至少，请将此物保密——你，以及在场所有的人！尤其那个霍比特人佩里格林，绝不能让他知道它在哪里。那股邪劲儿可能会再找上他。唉！他已经拿过它，看过它了，这实在是不该发生的。在艾森加德的时候，他压根就不该去碰它。当时我全副心思都集中在萨茹曼身上，没有迅速反应过来，也没立刻推测出这晶石的本质。之后，我太累了，躺在那里思索此事的时候，竟然睡着了。现在我知道了！"

"是的，毋庸置疑。"阿拉贡说，"我们终于知道艾森加德和魔多之间的联系是什么，又是怎么运作的了。这解释了许多疑问。"

"我们的敌人拥有异乎寻常的力量，也有异乎寻常的弱点！"希奥顿说，"但是老话说：**害人反而害己**。"

"经常如此。"甘道夫说，"但这次我们是异乎寻常的幸运。也许，这个霍比特人拯救了我，使我免犯一次大错。我之前考虑过要不要亲自刺探这石头，看它怎么使用。假如我真那么做了，就会在他面前暴露出自己。即便非得有这一天，我也还没准备好面对这样的考验。但是，就算我能集起力量抽身，让他见到我的后果也不堪设想——还不到时候，应当等到保密不再有利于我们的时刻。"

"我认为，那个时刻已经来临了。"阿拉贡说。

"尚未来临。"甘道夫说，"眼前仍有一段他心存疑虑的短暂时刻，我们必须加以利用。大敌显然认为这石头仍在欧尔桑克——怎么会不是呢？因此，这个霍比特人也应该被囚禁在那里，是萨茹曼逼迫他看那颗晶石，用它来折磨他。现在，期待，以及这个霍比特人的面孔与声音，必然占据了大敌的黑暗心灵。可能要过一段时间之后，他才会知道自己错了。我们必须抓紧这段时间。我们最近太闲散了，必须采取行动。现在艾森加德附近已经不能久留，我将立刻带着佩里格林·图克快马先行。这比让他在别人睡觉时独自躺在黑暗中好。"

"我留下伊奥梅尔和十个骑兵就行。"国王说，"他们跟我一早出发，其余的人只要愿意，就可以跟阿拉贡骑马动身。"

"如你所愿。"甘道夫说,"但是,请全速赶到丘陵的掩护下,赶往海尔姆深谷!"

就在那时,一片阴影笼罩了他们。明亮的月光似乎突然被遮住了。好几个骑兵惊叫出声,蹲下身来紧抱住头,仿佛要抵挡来自上空的袭击:一股盲目的恐惧和致命的寒冷笼罩了他们。他们瑟缩着抬头朝上看,一个硕大无比的有翼形体像一片乌云般掠过月亮。它盘旋了几圈,然后朝北飞去,速度之快胜过中洲任何的风,繁星也为之黯淡。它消失了。

他们站起来,身子僵硬如石。甘道夫凝望着天空,双臂微张,僵直下垂,两手紧握成拳。

"那兹古尔!"他大声说,"是魔多的信使。风暴即将来临。那兹古尔越过大河了!上马,快上马!不能等天亮了!能先走的就先走,别等了!快走!"

他拔腿就跑,边跑边呼唤捷影。阿拉贡跟着他。甘道夫来到皮平旁边,一把将他抱起来。"这次你跟我走,"他说,"捷影会让你领教他的速度。"然后他奔向自己先前躺卧的地方。捷影已经站在那里了。巫师将装着全部家当的小包甩上肩,跃上马背。阿拉贡把裹好斗篷与毛毯的皮平举起来，放进甘道夫怀里。

"再会！尽快跟上来！"甘道夫喊道，"捷影，上路！"

高大的骏马昂起头，月光下飘逸的马尾一拂，接着他往前一跃，四蹄一蹬大地，便像从群山中刮来的北风一般迅速消失了。

"多么美丽又平静的一个夜晚啊！"梅里对阿拉贡说，"有些人哪，就是运气好。他不想睡觉，他还想跟甘道夫共骑——这下可好，他全都如愿了！而不是自个儿变成一块石头永远站在这里，警戒后人。"

"如果不是他，而是你第一个去拾起欧尔桑克的晶石，现在会怎么样呢？"阿拉贡说，"你说不定会做出更糟的事。谁敢说呢？不过，现在你的运气恐怕是跟着我走，马上。快去收拾一下，把皮平留下的东西全带上。动作要快！"

捷影在平原上飞驰，无需催促，不用引导。不到一个钟头，他们已经来到艾森河渡口并过了河，骑兵冢和围绕它的冰冷长矛都被抛在背后，一片朦胧。

皮平逐渐恢复过来。他很暖和，不过寒风刮得人脸生疼，同时也令人头脑清醒。他跟甘道夫在一起。那颗晶石和那个遮蔽月亮的可怕黑影带来的恐惧都在淡褪，都成了被抛在群山的迷雾中或短暂的梦境里的事物。他深吸了口气。

"甘道夫，我不知道你就直接骑在光裸的马背上，"他说，"你连马鞍跟缰绳都没有！"

"我只有在骑捷影时，才沿袭精灵的习惯。"甘道夫说，"捷影也不接受任何马具。不是你在骑捷影，而是他愿意载你——或不愿意。他若愿意，那就够了。那样，他会让你在马背上坐得妥妥的，除非是你自己跳到空中去。"

"他跑得有多快？"皮平问，"迎风跑得飞快，但是非常流畅平稳。他落脚真轻啊！"

"他现在的速度，就像最快的马在冲刺，"甘道夫说，"但这对他来说还不算快。地势在这里有点上升，也不如河对岸那么平整。但你看，白色山脉在星空下越来越近了！远处那边，就是三峰山那如同黑矛的三座尖峰。再过不久，我们就会到达通往深谷宽谷的岔路，两夜之前，深谷中发生过一场激战。"

皮平又安静了一会儿。随着路程一哩一哩地飞驰而过，他听见甘道夫轻声自哼自唱着，用各种不同的语言喃喃着不连贯的曲调。终于，巫师换成了一首霍比特人能听懂歌词的歌曲，有几句透过扑面而来的疾风，清晰传入皮平耳中：

> 高桅大船，高大君王
> 三乘三，
> 航越洪波，带来何物
> 来自陆沉故国？
> 七颗明星，七颗晶石
> 还有一棵白树。

"你在说什么，甘道夫？"皮平问。

"我只是在脑海中重温一些学识诗歌。"巫师回答，"我估计，霍比特人已经忘记它们了，连那些他们曾经知道的也不例外。"

"不，没有全部忘记。"皮平说，"而且我们有许多自己的诗歌，你多半不感兴趣。但我从来没听过这首。它是讲什么的？——七星和七晶石？"

"是关于古时诸王的**帕蓝提尔**。"甘道夫说。

"那是什么？"

"这个名字的意思是'**远望之物**'。欧尔桑克的晶石是其中之一。"

"所以它不是，不是——"皮平吞吞吐吐地说，
"——大敌造的？"

"不是。"甘道夫说，"也不是萨茹曼造的。这并
非他的技艺所能企及，连索隆也没有这样的本事。**帕
蓝提尔**来自比西方之地更远的埃尔达玛，是诺多精灵
的造物，也许正是出自费艾诺本人之手，当时还是远
古时代，早得时间还不能用年来计算。不过，索隆能
把万物都扭转为邪恶的用途。唉，萨茹曼啊！如今
我才意识到，是这晶石导致了他的沉沦。那些比我们
自身所具有的能力更加高深精妙的器物，对所有的人
都是危险的。然而萨茹曼必须承受这责难。他真是蠢
货！他为了一己私利，将晶石秘而不宣。他从未对白
道会的任何成员透露过半个字。我们都还没考虑过，
在那些灾难性的战争过后，刚铎的那些**帕蓝提尔**命运
如何。人类几乎彻底忘了它们。即使是在刚铎，它们
也是只有少数人知道的秘密，而在阿尔诺，只有杜内
丹人当中流传的学识诗歌对它们还有记述。"

"古时的人类用它们做什么？"皮平问，他一下
得到了这么多问题的答案，感到既兴奋又吃惊，并同
时暗忖这场问答能持续多久。

"观看远方，用思绪彼此交谈。"甘道夫说，"他们以这样的方式长久守护着刚铎的领土，维系它的统一。他们将晶石安置在米那斯阿诺尔、米那斯伊希尔，以及艾森加德环场中的欧尔桑克。在欧斯吉利亚斯毁灭之前，统御其他晶石的主晶石曾被安置在其星辰穹顶之下。另外三颗则远在北方。埃尔隆德之家流传的说法是，它们位于安努米那斯和阿蒙苏尔，还有安置在塔丘的埃兰迪尔晶石——塔丘望向路恩湾的米斯泷德，灰船都停泊在那儿。

"**帕蓝提尔**彼此呼应，但在欧斯吉利亚斯的主晶石始终可以观看到刚铎所有其他的晶石。如今看来，欧尔桑克岩塔顶住了时间的风暴，因此塔中的**帕蓝提尔**存留了下来。但是，仅此一颗晶石的话，除了看见远方以及古时事物的微小景象之外，起不了别的作用。这无疑对萨茹曼来说很有用，而他似乎并不满足于此。他越看越远，直到有一天目光落在巴拉督尔上。于是，他被逮住了！

"谁知道阿尔诺和刚铎失落的那些晶石如今深埋在何方，或沉没于何处？但是，索隆一定至少获得了其中一个，并操纵它为自己效力。我猜它是伊希尔晶石，因为他很久以前就夺取了米那斯伊希尔，并将它变成邪恶之地——它成了米那斯魔古尔。

"现在，很容易就能猜到，萨茹曼游移的眼睛是怎样迅速地落入了陷阱，被牢牢套住，以及那股远方的力量是如何从此致力于说服他，说服无效便加以威吓。骗子上了当，鹰落到鹫爪下，蜘蛛陷入了钢铁的罗网！我很好奇，他被迫去看晶石，听候指示和接受监督有多久了？欧尔桑克的晶石又有多么倾向于巴拉督尔，导致现在只要有任何人朝晶石内望，除非那人意志坚强，它就会把观者的思维与目光迅速转到那地？而且，看看它是如何把人的注意力吸引到自身上！我岂不是也感觉到了？即使是现在，我内心都渴望用它来考验我的意志，看我能否将它从他那边扭夺过来，转向我要看的地方——横过辽阔的海洋与广袤的时间，看看美丽的提力安城，看看费艾诺那超出想象的巧手与心灵忙于劳作时的模样，并且，那时白树与金树一同繁花盛放！"他叹了口气，沉默下来。

"我要是早点知道这一切就好了！"皮平说，"我当时完全不明白自己在做什么。"

"噢，不，你知道。"甘道夫说，"你知道自己的行为是错的，而且很愚蠢。你也这么告诫自己，却又不听劝。这一切我之前没告诉你，是因为我趁着我们一块儿上路的时间，把事情前后整个深思了一遍，这才终于明白。但是，就算我早点说出来，也不会削弱你的欲望，或使你更容易抵御它。恰恰相反！对，烧着指头才能学会教训，从此才能铭记在心不去玩火。"

"没错。"皮平说，"现在就算七颗晶石全摆在我面前，我也会闭上眼睛，把手塞进口袋里。"

"很好！"甘道夫说，"这就是我希望的。"

"但是我想知道——"皮平又开口。

"饶了我吧！"甘道夫叫道，"要是给你提供消息才能治你这爱问东问西的毛病，那我就得拿整个后半辈子来回答你的问题了。你还想知道什么？"

"所有星星跟所有生物的名字，中洲、穹苍高天以及隔离之海的全部历史！"皮平大笑着说，"当然啦，绝不能比这些少！不过今晚我不急着知道。这会儿我只是好奇那个黑影子是什么。我听见你大喊'魔多的信使'。那是什么？它去艾森加德能干什么？"

"那是飞行的黑骑手，是一个那兹古尔。"甘道夫说，"它本来可能会把你带到邪黑塔去。"

"但它不是为我来的吧，对吗？"皮平结巴着说，"我是说，它不知道我已经……"

"当然不知道。"甘道夫说，"从巴拉督尔到欧尔桑克的直线距离至少有两百里格，即使是那兹古尔，从一处飞到另一处也得花好几个钟头。不过，萨茹曼肯定在奥克出击后看过晶石。我相信，他许多自以为隐秘的念头都被看透了。一个使者被派来探察他究竟在搞什么鬼。经过今晚一事，我相信，很快还会再派来另一个。因此，萨茹曼插手这邪恶勾当，就要自食恶果了。他没有俘虏可以交出去，又没有晶石可供观看，结果无法回应召唤。索隆只会认定他扣住俘虏，并且拒绝使用晶石。就算萨茹曼对使者说真话都没用，因为艾森加德虽然毁了，可是他却毫发无伤待在欧尔桑克里。因此，不管情愿与否，他看起来都像个叛徒。然而他拒绝了我们，为的就是避免让索隆视他为叛徒！我也猜不出他在这样的困境里会怎么办。我想，只要他还待在欧尔桑克里，他就仍有力量对抗九骑手。他可能会试图这么做，可能会企图设陷阱困住那兹古尔，或至少杀掉那个在空中飞的坐骑。若是这样，就让洛汗看好他们的马群吧！

　　"不过，事情会有什么结果，对我们是吉是凶，我没法说。也许大敌的策略会因此被打乱，或因他对萨茹曼的怒火而受阻。也许，他会得知当时我在场，曾站在欧尔桑克的台阶上——尾巴上吊着两个霍比特人，而且埃兰迪尔的继承人还活着，就站在我身旁。如果佞舌没被洛汗的铠甲迷惑的话，他会记起阿拉贡以及阿拉贡所宣称的头衔。这才是我担心的。所以我们要快跑——不是逃离危险，而是奔向更大的危险。佩里格林·图克，捷影的每一步都把你带得离魔影之地更近。"

皮平没回答，只抓紧了身上的斗篷，仿佛突然有一阵寒意袭来。苍茫的大地在他们身下匆匆掠过。

"瞧！"甘道夫说，"敞开在前方的是西伏尔德山谷。我们从这里回到了东大道上。远处那片暗影是深谷宽谷的入口。'晶辉洞'阿格拉隆德就在那里面。别问我洞穴的事，等下次碰到吉姆利时，你去问他，肯定会破天荒头一回得到长得你不想听下去的回答。这趟旅程你不会亲眼看见那些洞穴，它们很快会被我们抛在背后。"

"我以为你会停在海尔姆深谷！"皮平说，"你要去哪里？"

"米那斯提力斯，得趁战火包围它之前赶到。"

"噢！那有多远？"

"很远，一里格接一里格。"甘道夫答道，"从这儿往东一百多哩，就是希奥顿王的住处，而去米那斯提力斯的距离是这距离的三倍。这还是魔多信使飞行的距离，捷影要跑的路会更长。事实将证明谁会更快呢？

"我们会一直骑到天亮，那还有几个钟头。然后，就算是捷影，也需要在丘陵间找个谷地休息，我希望能在埃多拉斯歇歇。你要是可以，就睡吧！说不定你能看见黎明的第一缕光芒照在埃奥尔宫殿的金色屋顶上。从那里起三天之后，你将看见明多路因山的紫色阴影，与晨光中德内梭尔之塔的白色高墙。

"现在，捷影，快跑吧！跑吧，我勇敢的朋友，以你前所未有的速度奔驰！现在我们来到了你诞生的大地，每一块石头你都胸有成竹。跑吧！希望，全凭速度来维系！"

捷影昂首长嘶，仿佛听见召他上战场的号声响起。接着他纵身向前，四蹄在地面擦出火花，夜色从他身边匆匆闪逝。

皮平慢慢进入了梦乡，他有种奇怪的感觉：自己和甘道夫端坐在一匹奔马的雕像上，像石头般一动也不动，与此同时，世界在狂风呼号中从他脚下滚滚而去。

NOTES

注　释

第二章

1 东埃姆内特（Eastemnet）。emnet 是洛汗语词，意为
  "平原"。托尔金要求该词音译。——译者注

2 伊奥雷德（éored），洛汗骠骑军队编制中的一个名称。
  该词本身来自盎格鲁—撒克逊语。《未完的传说》中
  提到，尽管早期人数有所变化，但自从伏尔克威奈王
  的时代（大约是魔戒大战前一百年）以来，一个完整
  的伊奥雷德至少要包括 120 人，占洛汗骠骑总数（这
  不包括国王近卫军）的百分之一。每位元帅都有自己
  的伊奥雷德，由效忠自己家族的人马组成。—— 译

者注

3 灰衣（Greyhame），洛汗语，hame 意为"衣袍，斗篷"。该词与"雪河"（Snowbourn）的构词法相似，都是一个现代词与一个古词的组合。——译者注

4 "精通幻术"的原文是 dwimmer-crafty。dwimmer 在洛汗语中是"幻影，鬼魂，幽灵"之意。——译者注

5 欧诺德民（Onodrim），辛达语，指恩特。单数形式为 Onod，-rim 后缀表示"群体"。——译者注

6 首生儿女（Firstborn），即精灵。在托尔金的神话故事中，精灵先于人类在世界上苏醒，故称为伊露维塔的首生儿女。见《精灵宝钻》。——译者注

第三章

1 这句黑语无法精确翻译，大意是："猪下水啊！叫乌格鲁克和萨茹曼那些臭烘烘的下流坏一起掉进粪坑里！靠！"——译者注

2 路格布尔兹（Lugbúrz），邪黑塔巴拉督尔的黑语名称。——译者注

3 乌鲁克族（Uruk-hai），-hai 在黑语中意为"种族、民族"。——译者注

4 斯那嘎（Snaga），黑语中这是"奴隶"的意思，乌鲁克族经常用这个词来称呼寻常奥克。——译者注

第四章

1 原文 hasty 除了指"急忙",还有"轻率""草率""仓促"等意思,翻译时会依上下文而定。——译者注

2 意即:那山谷中的树木在金光中悦耳地歌唱,一片充满音乐和梦幻的大地;那儿有金黄的树,那地一片树木金黄。——译者注

3 见附录六中有关"恩特"的叙述。(意即:森林阴影密布,深谷黑暗;深谷林地覆盖,地域幽暗。——译者注)

4 这首诗歌中出现了许多远古时代的地名,这些地方都位于名为贝烈瑞安德的地区,这片土地以前位于中洲西部,于第一纪元末维拉大军推翻第一代黑暗魔君魔苟斯的"大决战"中沉入海底,具体背景见《精灵宝钻》。塔萨瑞南(Tasarinan):即南塔萨瑞安(Nan-tasarion),昆雅语,意为"垂柳之地",其辛达语名称为"南塔斯仁"(Nan-tathren)。欧西瑞安德(Ossiriand):辛达语,意为"七河之地","欧西尔"(Ossir)意为"七河"。尼尔多瑞斯(Neldoreth):即"陶尔-那-尼尔多"(Taur-na-neldor),构成多瑞亚斯北部领土的一大片山毛榉森林,贝伦就是在这里与露西恩相遇。多松尼安(Dorthonion):即"欧洛德-那-松"(Orod-na-Thôn),辛达语,意为"松

树之地"。阿姆巴罗那（Ambaróna）：昆雅语，意为"东升之地"，范贡森林的古名之一。陶瑞墨那（Tauremorna）：昆雅语，意为"黑暗的森林"，范贡森林的别名之一。阿勒达罗迷（Aldalómë）：昆雅语，意为"暮色森林"，范贡森林的别名之一。陶瑞墨那罗迷（Tauremornalómë）：昆雅语，意为"暮色笼罩的黑暗森林"，范贡森林的别名之一。——译者注

5 树叶王（Leaflock）和树皮王（Skinbark），直译的话应是"树叶为发"和"树皮为肤"，这也分别是他们的精灵语名字"芬格拉斯"（Finglas）和"弗拉德利夫"（Fladrif）的含义。——译者注

6 嫩枝娘（Wandlimb）直译应是"嫩枝为四肢"。菲姆布瑞希尔（Fimbrethil）是她的精灵语名，但不是Wandlimb的翻译。——译者注

7 秘林谷（Derndingle），托尔金指出该名应尽可能选取带有古风的字眼意译，它起源为人类语言，其中dingle意为"（树林遮蔽的）小深谷"，dern的含义"秘密的"则已失传。——译者注

8 布瑞加拉德（Bregalad），辛达语，意为"急性子的树"。该词中的-galad是来自辛达语词根-galadh（"树"），并不是像Gil-galad与Galadriel中那样意为"光"。后文中提到这个名字在通用语中译为Quickbeam，又因为quickbeam在英语中可指花楸树，故将Quickbeam译为"急楸"。——译者注

9 欧洛法尔尼（Orofarnë，昆雅语，意为"长于山中"）、拉塞米斯塔（Lassemista，昆雅语，意为"叶色银白"）、卡尼弥瑞依（Carnimírië，昆雅语，意为"艳红珠宝装点"）都是死去的花楸树的名字。——译者注

第五章

1 白骑士（White Rider）。本书中几乎不用"骑士"一词翻译 rider，但此处是有意为之。甘道夫扮演的角色，其实与"圣骑士"（paladin）颇有相似之处。——译者注

第六章

1 辛贝穆奈（simbelmynë），洛汗语，即"永远铭记"之意。该词源自古英语的 simbel（"永远"）和 myne（"内心"），读音为 sim-bel-mu-neh。——译者注

2 此处修辞及句式极似古英语诗歌 *The Wanderer* 第 92 行，与古英语史诗《贝奥武甫》第 2255 行等处亦有呼应，当是古英语诗歌常见的审美主题之一：尘世辉煌，终免不了命数结局。——译者注

3 蒙德堡（Mundburg），米那斯提力斯在洛汗的名称。——译者注

4 佞舌（Wormtongue），此名来源是洛汗语。托尔金在

《〈魔戒〉名称指南》中指出，这里的 Worm 指的是蛇。他的概念或许来自《圣经》的《旧约》，伊甸园中引诱人类的蛇，又被称为"大虫"。本章随后甘道夫直接对希奥顿王说他是蛇。——译者注

5 铁尔哈（Telchar），第一纪元的矮人城邦诺格罗德中最有名的金属匠。贝伦用来从魔苟斯王冠上挖下一颗精灵宝钻的宝刀安格锐斯特，哈多家族的传家宝龙盔与埃兰迪尔的纳熙尔宝剑（为阿拉贡重铸后称为安督利尔），都是出自他手。见《精灵宝钻》。——译者注

6 拉斯贝尔（Láthspell），洛汗语中的"噩耗"。该词源自古英语 láð（"带来仇恨、邪恶或伤害"）与 spell（"故事；消息"）。——译者注

7 德维莫丁（Dwimordene），洛汗语，意为"幻影之谷"。该词源自古英语。——译者注

8 洛汗语，意思是："祝愿希奥顿康健！"——译者注

9 黑蛮祠（Dunharrow），洛汗的一处避难所，原为野蛮人的神庙。托尔金要求该词最好意译，取"山上的异教神庙"（the heathen fane on the hillside）之意，其中 harrow 的含义与"耙子"毫无关系。——译者注

10 赫鲁格林（Herugrim），洛汗语，源自古英语，意为"十分凶猛"。——译者注

11 洛汗语，意思是："祝希奥顿一路平安！"——译者注

第七章

1 三峰山（Thrihyrne），洛汗语。该词源于古英语，意思是"三根尖角"。理想译法应是采用具有古风的字眼意译。——译者注

2 古斯威奈（Gúthwinë），洛汗语，意为"战斗之友"。这是伊奥梅尔的剑的名字。——译者注

3 矮人语，意思是："矮人的战斧啊！矮人向你冲来了！"——译者注

第八章

1 霍尔比特拉（Holbytla），洛汗语中对霍比特人的称呼。这个词与"霍比特人"一词的渊源，见本书附录六。——译者注

第九章

1 夏尔历法中，每个月都是三十天。

文
景

———

Horizon

THE
LORD
OF
THE
RINGS

J.R.R. TOLKIEN

托尔金基金会唯一指定中文版
Trusted Publishing Partner and Official Tolkien Publisher for China

社 科 新 知　文 艺 新 潮

魔戒

2

[英] J.R.R. 托尔金 著

邓嘉宛　石中歌　杜蕴慈 译

上海人民出版社

目 录

卷 二

第一章

际会众人

弗罗多醒来，发现自己躺在床上。起初他以为自己是睡晚了，还做了个又长又不愉快的梦，梦境犹在记忆的边缘徘徊。或者，他是病了？可是天花板看起来好奇怪：它是平的，深色的梁上有着繁复的雕刻。有一小会儿，他就躺在那里看着阳光在墙上投下的斑驳光影，聆听着瀑布的声音。

"我在哪儿？几点了？"他大声对着天花板说。

"你在埃尔隆德之家，现在是早上十点。"一个声音应道，"这是十月二十四号早上，要是你想知道的话。"

"甘道夫！"弗罗多喊了一声坐起来。老巫师就在那儿，坐在敞开窗边的椅子上。

"是的。我在这儿。"他说，"而你离家后做了那么多荒唐事，也能在这儿，可真是幸运。"

弗罗多又躺了下来，觉得太舒服太祥和，不想争辩，而且他相信这次不管怎样，自己都争不赢的。现在他已经完全清醒，渐渐记起这趟旅程了：抄"捷径"穿过老林子遇到的灾难，跃马客栈的"意外"，风云顶下的山谷里丧失理智戴上魔戒。他想着这一切，试图回忆自己是如何来到幽谷的，却怎么都想不起来。屋里好长时间一片寂静，只听得到甘道夫抽着烟斗，将白色烟圈吹出窗户的轻微噗噗声。

"山姆在哪儿？"好一会儿之后弗罗多问，"其他人都没事吗？"

"没事，他们都好得很。"甘道夫回答，"山姆一直在这儿，半个钟头前我赶他去休息，他才走。"

"在渡口发生了什么事？"弗罗多问，"不知道为什么，当时一切似乎都模模糊糊的，现在还是。"

"没错，是会这样。你那时已经开始褪隐。"甘道夫回答，"那刀伤到头来还是击溃了你，再晚几个钟头，就连我们也救不了你啦。但是，我亲爱的霍比特，你有着某种内在的力量！正如你在古冢岗所展现的——那真是千钧一发，差不多要算整趟旅程最危险的时刻。你在风云顶若是也坚持住就好了。"

"看来你已经知道好多事啦。"弗罗多说，"我还没跟其他人讲过古冢岗的事。起初是因为太恐怖，后来是因为还有别的事要操心。你是怎么知道的？"

"弗罗多，你在睡梦中说得可多了。"甘道夫柔声说，"我要看穿你的心思和记忆，并不是什么难事。别担心！虽然我刚才说'荒唐'，但其实并不当真。我觉得你很了不起，其他人也是。能走这么远一趟路，经历那样的危险，却仍保有魔戒，委实不是小事一桩。"

"如果没有大步佬，我们肯定办不到。"弗罗多说，"但是我们当时需要你啊。没有你，我不知道该怎么办。"

"我被耽搁了，"甘道夫说，"那差点毁了我们。然而我也不确定，或许这样会更好。"

"我真希望你能告诉我发生了什么事！"

"很快就会有时间说的！按照埃尔隆德的吩咐，你今天不该谈话，也不该为任何事情担忧伤神。"

"但是谈话可以让我不去胡思乱想，想东想西也很累人。"弗罗多说，"我现在完全清醒了，也记起了好多需要解释的事。你为什么耽搁了？至少该告诉我这件事吧？"

"不管你想知道什么，都很快就会听说的。"甘道夫说，"等你状况一好，我们就要举行一场会议。这会儿我只能跟你说，我被囚禁了。"

"你？"弗罗多惊道。

"没错。我，灰袍甘道夫。"巫师严肃地说，"这世间有众多力量，有善有恶，有些比我强大，有些我还没较量过。但考验我的时刻近了。魔古尔之王和他的黑骑手已经出动，战事将至！"

"就是说，你在我遇到黑骑手之前就知道他们了？"

"是的，我知道他们。我其实跟你提过一次。黑骑手就是戒灵，魔戒之主的九大爪牙。但我不知道他们已经东山再起，否则会立刻携你逃亡。直到六月离开你之后，我才听到他们的消息，不过这故事得再等等。暂且这么说吧：是阿拉贡救了我们，免去一场灾难。"

"是啊，"弗罗多说，"是大步佬救了我们。不过我一开始挺怕他的。我想，山姆从来没真心信过他，起码在遇到格罗芬德尔之前是这样。"

甘道夫微笑了："山姆的事我都听说了。他现在再无疑虑了。"

"这真叫我高兴，"弗罗多说，"因为我已经变得非常喜欢大步佬了。哎呀，**喜欢**不是个准确的字眼，我的意思是，我觉得他很亲近，弥足珍贵；虽然他很怪，有时候好像还很凶。事实上，他常让我想到你。像他这样的大种人，我以前一个都没见过。我以为——嗯，他们就是个子大，但其实很蠢：就像黄油菊那样，很好心又很愚蠢；要么就像比尔·蕨尼那样，很愚蠢又很邪恶。但是话说回来，我们在夏尔也不怎么了解人类，顶多也就知道布理人。"

"你要是认为老麦曼愚蠢，那你就根本也不了解布理人。"甘道夫说，"他可相当精通自己的行当。他嘴快脑筋慢，想得少说得多，但拿布理人的俗话说，只要给他时间，他就能把砖墙看穿。不过，像阿拉松之子阿拉贡这样的人，中洲如今已经所剩无几，渡海而来的诸王一族，血统几乎断绝。或许，这场'魔戒大战'将是他们最后一次闯荡。"

"你该不是说，大步佬真是古代诸王那一族的人吧？"弗罗多惊叹道，"我以为他们很久以前就绝迹了！我以为他只是个游民而已。"

"只是个游民！"甘道夫叫道，"我亲爱的弗罗多啊，'游民'这个词，指的就是那支伟大民族——西方人类——在北方的最后子余。他们从前帮助过我；将来的日子里，我仍会需要他们的帮助。因为我们虽然到了幽谷，但魔戒的难题尚未解决。"

"我想也是。"弗罗多说，"可是，到目前为止，我一心只想着要到这儿来。我希望自己再也不用往前走了，就这么歇着真叫人身心畅快。有过一个月的流亡与冒险，我觉得已经够满足胃口了。"

他不出声了，闭上了眼睛。过了一会儿，他又开口说："我算了算日子，怎么加也不会是十月二十四号啊？应该是十月二十一号。我们一定是在二十号那天到达渡口的。"

"你说得太多，算得也太多了，这不利于康复。"甘道夫说，"现在你的肩膀和肋边感觉如何？"

"我说不好。"弗罗多说，"那里没一点感觉，这其实算是好转了，不过——"他费了点力，用右手去摸了摸左手，补充道，"我的手臂又稍微能动了。没错，开始有感觉了，不再冷冰冰的。"

"很好！"甘道夫说，"伤口痊愈得很快。不久你就会完全康复的。埃尔隆德治好了你：自从你被送进来，他一连照顾了你好几天。"

"好几天？"弗罗多说。

"啊，确切地讲，是三天四夜。精灵是在二十号那天夜里把你从渡口送过来的，那就是你最后记得的日子。我们焦虑至极，山姆不管白天晚上，除了送口信，几乎是寸步不离你身边。埃尔隆德是疗伤圣手，但大敌的武器是致命的。老实跟你说吧，我当时几乎不抱希望了，因为我怀疑你那合拢的伤口里有刀刃的碎片，却一直找不到，直到昨晚，埃尔隆德才取出了那块碎片。它埋得很深，还一直在往里钻。"

弗罗多打个寒战，记起了那柄残酷的刀，它的刀刃就在大步佬手中消失，刃上有个缺口。"别紧张！"甘道夫说，"它已经被取出来，并且被融掉了。而且，霍比特人看来很不容易褪隐。我知道不少强壮的大种人战士，很快就会被那样的碎片征服，而你却支撑了十七天。"

"他们本来要怎么处置我？"弗罗多问，"那些骑手打算干什么？"

"他们打算用魔古尔之刃刺穿你心脏，那刀会留在伤口里。假如他们成功了，你就会变得跟他们一样，只是更弱小，并受他们摆布。你会成为黑暗魔君统治下的一个幽灵，他会从你那里夺回魔戒，还会折磨你，因为你企图保有他的戒指。不过恐怕没有什么折磨比得上戒指被夺走，眼睁睁见它戴到别人手上。"

"谢天谢地，我竟没意识到还有这么可怕的危险！"弗罗多气弱地说，"我那时当然怕得要命。但是，假如我知道得再多一点，恐怕就连动都不敢动了。我能逃脱，真是不可思议。"

"是啊。运气，或者说命运，帮了你一把，"甘道夫说，"不消说还有勇气。被刺伤的是你的肩膀，你的心脏丝毫无损，而这是因为你抵抗到底。但这么说吧，那真是千钧一发。你戴上魔戒之际，也正是最危险之时，因为你那时让自己一只脚踏进了幽界，他们可能会抓走你。你能看见他们，他们也能看见你。"

"我知道。"弗罗多说，"他们的样子太可怕了！可是，为什么大家都能看见他们的马？"

"因为它们是真马。正如他们身上的黑袍子是真袍子，穿来显出形体，遮住空虚，以便跟活人打交道。"

"可是那些黑马怎么受得了那样的骑手？别的动物在他们靠近时，全都怕得要命，就连格罗芬德尔的精灵神驹都不例外。狗对他们狂吠，鹅对他们嘎嘎尖叫。"

"因为那些马生在魔多，专门培养来为黑暗魔君效力。他的爪牙和奴隶可并不都是幽灵！奥克、食人妖、座狼、妖狼，此外，曾经有过、现在也还有许多人类，他们是生活在阳光下的战士和君王，却奉他号令。他们的数量正在逐日增加。"

"那么幽谷和精灵呢？幽谷安全吗？"

"目前是——在全地被征服之前，幽谷是安全的。精灵或许惧怕黑暗魔君，会从他面前逃离，但他们永远不会再度听信他的言语，或是为他效力。而在幽谷，仍住着一些他的劲敌，那便是精灵智者，来自极远大海彼岸的埃尔达领主。他们不怕戒灵，因为那些曾在蒙福之地居住过的人，同时生活在两个世界里，他们拥有强大的力量，能对抗可见与不可见之事物。"

"当时我觉得自己看见了一个发光的白色人影，没像其他人那样变得黯淡。这么说，那就是格罗芬德尔了？"

"是的，你一度看见了他在另一个世界里的模样：他是首生儿女中大有力量的人物之一，是位隶属王侯家族的精灵领主。事实上，幽谷拥有一种可以暂时与魔多之力抗衡的力量，别的地区也有别的力量；而在夏尔，也有另外一种力量存在。但是，如果情况照此发展下去，很快这些地方就会全都变成被包围的岛屿。黑暗魔君正在全力出击。

"但是，我们照样必须鼓足勇气！"他说着，突然起身扬起下颌，胡子根根如刺怒张，"你很快就会康复，如果我没把你唠叨死的话。你现在是在幽谷，此刻你不必担心任何事。"

"我没什么勇气可鼓，"弗罗多说，"不过眼下我并不担心。只要给我说说朋友们的消息，告诉我渡口的事最后怎么样了，我就心满意足，不会再追问了。听完之后，我想我会再睡一觉，可你要是不跟我把故事说完，我哪能合眼呢？"

甘道夫把椅子挪到床边，细细端详了弗罗多一番。霍比特人的脸重新有了血色，眼神清澈，毫无睡意，神志清楚，而且面带微笑，看来没有大碍。但巫师的眼睛却注意到了一种细微的变化：弗罗多周身似乎变得有点透明，尤其是他伸出来搭在被子上的左手。

"但这当然是意料之中的。"甘道夫暗想，"他这才经历了一小半而已，到最后会如何，连埃尔隆德都无法预言。不会是邪恶，我想。或许他会变得像块琉璃，内里充满清亮的光，让有心之人都看见。"

"你看起来好极了。"他大声说，"那我就不征求埃尔隆德的意见，冒险给你说个简短的故事吧。不过，提醒你，真的很短，然后你一定得再睡了。就我所知，事情是这样的。你一开始逃，那些骑手就直奔向你。他们不再需要胯下马匹引导，因为你已经一只脚跨进了他们的世界，变得可以让他们看见。还有，魔戒也吸引着他们。你的朋友们全跳开，让出路来，免得被马踏翻在地。他们知道，如果白马救不了你，那就什么也救不了你了。那些骑手速度太快，根本追不上，并且人数太多，无法对抗。步行的话，就连格罗芬德尔和阿拉贡联手，也不能同时挡下九骑手。

"等戒灵呼啸而过，你的朋友们就紧追在后。在靠近渡口处，路旁有片被一丛矮树遮住的小洼地。他们在那里匆匆生起火；因为格罗芬德尔知道，如果骑手企图渡河，就会冲来一场洪水，然后他就得对付任何还留在他这边河岸上的骑手。洪水刚一出现，格罗芬德尔就冲了出去，阿拉贡和其他人手拿火把跟上。那些骑手夹在洪水和烈焰之间，又见一位盛怒的精灵领主现身，无不惊慌失措，他们的马也吓得发狂。有三个被第一波袭来的洪水冲走，剩下的被他们的马拖入水里，惨遭灭顶。"

"黑骑手就这样完蛋了吗？"弗罗多问。

"没有，"甘道夫说，"他们的马肯定是淹死了，而没有了马，他们就失了臂膀。但是戒灵本身没那么容易摧毁。不过，眼下他们没什么可怕的了。你的朋友们在洪水过去之后，都渡了河。他们发现你脸朝下趴在堤岸顶上，身子底下压着断剑，白马站在旁边守护着你。你整个人苍白冰冷，他们生怕你死了，或落到了比死还糟的境地。埃尔隆德的族人遇见他们，把你慢慢抬来了幽谷。"

"洪水是谁引发的？"弗罗多问。

"是埃尔隆德下的命令。"甘道夫回答，"这山谷里的河流受他统御，他若急需封锁渡口，那河便会怒涨而起。当戒灵之首纵马踏入水中，洪水便汹涌而出。我再跟你透露一点，这当中我加了一点自己的手笔：你或许没注意到，有些汹涌的浪涛显出了神骏的白马形状，背上骑着发光的白骑士，并且水中夹带着翻滚碰撞的大石头。有那么片刻，我还怕我们释放的怒涛会不会过猛，洪水会不会失控，把你们全都冲走。那水来自迷雾山脉的积雪，水中蕴藏着巨大的力量。"

"没错，现在我全想起来了。"弗罗多说，"那惊天动地的咆哮！我还以为我连同朋友和敌人，都要一起淹死了！但现在我们都安全了！"

甘道夫迅速扫了弗罗多一眼，但弗罗多已经闭上了眼睛。"对，你们目前都安全了。不久将举办欢宴来庆祝布茹伊能渡口的胜利，你们都将载誉出席。"

"棒极了！"弗罗多说，"埃尔隆德、格罗芬德尔，那些伟大的领主，更别提还有大步佬，竟然愿意如此大费周章善待我，这真是太棒了！"

"啊，他们这么做是有很多理由的。"甘道夫微笑着说，"比如我就是个好理由，而魔戒是另一个——你是持戒人啊。并且你还是寻得戒指之人比尔博的继承人。"

"亲爱的比尔博！"弗罗多睡意蒙眬地说，"我真想知道他在哪里！我希望他能在这儿，能听听这一切！他一定会哈哈大笑的。母牛跳过了月亮！还有可怜的老食人妖！"说着，他就沉沉睡着了。

弗罗多现在安全待在大海以东的"最后家园"中。这个家，诚如比尔博许久以前所描述的，"无论你是想要吃东西、睡觉，还是讲故事、唱歌或者只是坐着发呆，或是把所有提到的这些事情全都混在一起做，他的房子都是一个完美的所在"。单单待在这里，就能纾解疲惫，消除恐惧，抚平哀伤。

快到傍晚时，弗罗多又醒了过来，他觉得自己不再急需休息或睡眠，而是想要吃喝，在吃饱喝足之后，或许还能唱唱歌，听听故事。他下了床，发现手臂已经差不多跟以前没受伤时一样好使了。一套干净的绿衣服已经为他备好，穿起来非常合身。对镜一照，他惊见镜中人比记忆里的瘦多了：那人看起来活脱脱就是当年比尔博那个年轻的侄儿，经常跟着叔叔在夏尔踏青；但是那双眼睛从镜中望出来盯着他，却显得若有所思。

"是啊，自从你上次偷偷从镜子里往外窥探以来，你已经见了点世面。"他对着镜中的人说，"不过，现在可是欢聚啦！"他伸个懒腰，用口哨吹起一首小曲子。

就在那时，响起了敲门声，山姆进来了。他奔向弗罗多，尴尬又害羞地拉起了他的左手，轻轻抚摸着。不过他随即涨红了脸，急忙松手转过身去。

"哈罗，山姆！"弗罗多说。

"很温暖！"山姆说，"我是说你的手，弗罗多先生。那几个长长的黑夜里，它可一直都是冷冰冰的。但是，这下万事大吉啦！"他叫道，再度转过身来，两眼闪闪发亮，手舞足蹈起来，"少爷，看见你起床，又恢复原来的模样，真是太好啦！甘道夫派我来看看你准备好下楼没有，我还以为他在开玩笑。"

"我准备好了。"弗罗多说，"我们走吧，去找其他人！"

"我可以带你去找他们，少爷。"山姆说，"这房子好大，而且非常古怪。你永远会有新发现，永远不知道转过拐角会见到什么。还有精灵，少爷！这里那里，到处都有精灵！有些好像国王，叫人又怕又敬，有些快乐得就像小孩一样。还有音乐和歌谣——虽说我们来了之后，我都没时间也没心情去听。但我多多少少开始摸清这个地方啦。"

"我知道你都做了什么，山姆。"弗罗多说，挽住山姆的胳膊，"不过今晚你该开心，听到心满意足为止！来吧，领我转过那些拐角！"

山姆领他穿过好几条走道，又下了许多阶楼梯，来到一处高踞在陡峭河岸上方的花园。弗罗多发现朋友们都坐在房子朝东一面的廊上。下方的河谷已经笼在阴影中，但远方高耸的崇山峻岭仍披着余晖。风很暖，奔腾而下的流水声很响，黄昏的空气中充盈着树木和花朵的清淡芬芳，仿佛夏天还在埃尔隆德的花园里徜徉。

"哇哈！"皮平跳起来喊道，"我们高贵的表亲来啦！快给魔戒之主弗罗多让道！"

"嘘！"甘道夫从廊后的暗处斥喝道，"邪物进不来这个山谷，但是我们照样不该指名提起。弗罗多不是魔戒之主，魔多邪黑塔的主人才是，他的力量再度向整个世界扩张了。我们是在一处要塞里面，而外面正变得越来越黑暗。"

"这种叫人欢欣鼓舞的事儿，甘道夫可说了一堆。"皮平说，"他认为我需要守点规矩。不过，不知怎么搞的，待在这儿就是没法觉得沮丧消沉。我要是知道这场合该唱什么歌，我早唱了。"

"连我自己都想唱歌了！"弗罗多大笑，"不过此时此刻，我更想吃喝！"

"这个马上就能治好。"皮平说，"起床刚好赶上吃饭，你一贯这么狡猾！"

"而且那岂止是吃饭，根本是大宴啊！"梅里说，"甘道夫一说你复原了，准备就开始了。"他话音未落，百钟便齐齐鸣响，召唤大家到大厅去。

埃尔隆德之家的大厅里人头攒动：绝大多数是精灵，不过也有少数其他种族的宾客。埃尔隆德照例坐在高台上长桌一端的大椅子里，在他两旁，一边坐着格罗芬德尔，一边坐着甘道夫。

弗罗多惊奇地看着他们，此前他从未见过埃尔隆德这位诸多传说里都提及的人物；而坐在埃尔隆德右边的格罗芬德尔，甚至左边他以为自己熟识的甘道夫，此时都宛若王者，彰显出庄严威仪。

甘道夫的个子比另外两人略矮，但他长发雪白，银髯飞飘，肩膀宽阔，看起来就像古代传说中的贤明君王。他的容颜饱经风霜，而雪白浓眉下那双乌黑的眼睛，就像可以瞬间燃起烈火的煤炭。

格罗芬德尔身量高大挺拔，脸庞年轻俊美，大胆无畏，洋溢着欢欣。他有一头灿烂金发，双眼锐利明亮，声音悦耳动听，眉宇间存驻智慧，双手中蕴握力量。

埃尔隆德的面容不显岁月的痕迹，既不苍老亦不年轻，却铭刻着许多欢乐与哀伤的记忆。他乌黑的头发如黎明前的暗影，发上戴着一圈银箍。他灰色的双眼如清朗的黄昏，蕴藏着繁星般的光芒。他令人肃然起敬，好似一位历尽风霜的君王；然而他又精力充沛，如同一位勇士，身经百战，年富力强。他乃幽谷之主，在精灵和人类两族中都大有威望。

长桌中段，有张配着华盖的座椅背对墙上的织锦挂毯而设，上面坐着一位美貌绝伦的姑娘。她长得恰似埃尔隆德的女性翻版，弗罗多猜她是他的近亲。她貌似年轻，却不显幼稚，乌黑的发辫未染一丝白霜，白皙的臂膀和光洁的脸庞柔滑无瑕，明亮的双眸中星光粲然，眸色灰如无云之夜；同时她又犹如王后一般，顾盼之间流露出学识与思想，如同历经岁月沧桑。她头上一顶银丝小帽覆到额前，帽上白光闪烁的细小宝石镶缀成网；但她一袭柔软的灰袍朴实无华，只系着一条银叶穿成的腰带。

弗罗多就这样见到了鲜有凡人见过的埃尔隆德之女阿尔玟。据说，她容貌犹如露西恩再世，又被称为乌多米尔，因她是她族人的暮星。她长期生活在迷雾山脉另一侧的罗瑞恩，她母亲族人的土地上，最近才回到幽谷，回到她父亲家中。不过，她两位兄长埃尔拉丹和埃洛希尔外出行侠仗义去了：他们经常和北方的游民骑行到远方，从不忘记他们的母亲在奥克的巢穴中遭受过的痛苦折磨。

弗罗多从未见过，也不曾想象过，世间会有如此绝色佳人。而等他得知自己在埃尔隆德的餐桌上也有一个席位，得与这些位高貌美之人同坐，不免惊喜又局促。虽然他有张合适的椅子，又加了好几个垫子垫高，他仍感觉自己非常渺小，也相当不自在。不过这感觉很快就消失了。宴会气氛欢快，食物极合他的辘辘饥肠。他吃了好一阵，才又抬起头来环顾四周，甚至转头打量起邻座来。

他首先寻找朋友们都在哪儿。山姆曾请求能否伺候自家少爷，却被告知这次他也是贵宾。弗罗多看见，他这会儿跟皮平和梅里坐在高台旁边一张小桌的上座。不过他没发现大步佬的踪影。

弗罗多右边坐着一位衣饰华贵，看来身份显赫的矮人。他叉状的胡须极长，白得堪比雪白的衣袍。他系着一条银腰带，颈上挂着一条钻石和银子穿成的项链。弗罗多看着他，连吃东西都忘了。

"欢迎，幸会！"矮人说，扭过脸来面对他。然后他真的站起来鞠了一躬，说："格罗因愿意为您效劳。"说着把腰弯得更低。

"弗罗多·巴金斯愿意为您和您家人效劳。"弗罗多惊得跳起身，碰散了椅垫，不过总算答得正确无误，"您就是**那位**格罗因，伟大的梭林·橡木盾那十二位同伴之一？我猜得对吗？"

"猜得很对。"矮人回答，收拾起那些椅垫摆好，亲切有礼地帮弗罗多坐回椅子上，"而我不用问你是谁，因为我已经被告知，你是我们的朋友、著名的比尔博的亲戚，是他收养的继承人。请容我恭贺你康复。"

"非常感谢。"弗罗多说。

"我听说，你经历了一些非常离奇的冒险。"格罗因说，"我好奇得很，是什么事让**四个**霍比特人踏上这么长的旅程。自从比尔博跟我们出了趟远门之后，就再没出过这种事。不过，既然埃尔隆德和甘道夫似乎没打算讨论这事，或许我不该问太多？"

"我想我们不宜谈论它，至少现在先不谈。"弗罗多礼貌地说。他猜，即使是在埃尔隆德之家，魔戒一事也不能随便拿出来谈论，而且他也想暂时忘记自己的麻烦。"可是我也同样好奇，"他补充道，"是什么事让您这样身份尊贵的矮人，从孤山远道而来？"

格罗因看着他："如果你没听说，那我想我们同样也不宜谈论。我相信，埃尔隆德大人很快就将召唤我们所有人，届时我们都将听说许多事。不过，我们现在还有好多别的事可聊。"

整顿饭余下的时间，他们都在一起谈话，但是弗罗多听得多说得少；因为除了魔戒之外，夏尔的消息显得既琐碎遥远又微不足道，然而格罗因有许多大荒野北方地区的大事可说。弗罗多得知，贝奥恩[1]之子老格里姆贝奥恩，现在统领着许多强悍的人类，他们的领地位于迷雾山脉和黑森林之间，无论奥克还是恶狼都不敢侵入。

"说真的，"格罗因说，"要不是贝奥恩一族，早就没法从河谷城前来幽谷了。他们是一群英勇的人，始终使高隘口和卡尔岩渡口保持畅通。但是，他们索要的通行费太高。"他摇着头补充说，"并且，他们跟过去的贝奥恩一样，不太喜欢矮人。不过，他们挺可靠，当今世道这就不错啦。没有哪个地方的人类，对我们能像河谷城的人类那般友善。那些巴德一族的人，他们是好人。如今是神箭手巴德的孙子，也就是巴德之子巴因的儿子布兰德在统治他们。他是位强大的王，他的领土现在扩张到埃斯加洛斯的东边和南边远处了。"

"那你自己的族人呢？"弗罗多问。

"说来话长，有好有坏。"格罗因说，"不过大致都是好的：虽说我们也躲不掉这个时代的魔影，但到目前为止，我们都很幸运。如果你真想听听我们的事，我会欣然告诉你各种消息。但你要是累了，尽管叫停！有人说，矮人一讲到自己的手艺，就口若悬河滔滔不绝。"

接着，格罗因就讲起了矮人王国的种种作为，一说就是很久。他很高兴遇到这么一位肯洗耳恭听的听众，因为弗罗多其实尽管很快就被那些闻所未闻的奇怪人名地名搞得一头雾水，但他既未显露疲态，亦未企图改变话题。他兴味益然地听说，戴因仍是山下之王，现在年纪大了（已经过了两百五十岁），依然受人敬重，并且惊人地富有。而在"五军之战"中活下来的十个同伴，仍有七位与他在一起：杜瓦林、格罗因、多瑞、诺瑞、比弗、波弗，以及邦伯。邦伯如今胖得要命，都没法从躺椅挪身到餐桌前的椅子上，得要六个年轻的矮人来抬他才行。

"那么巴林、欧瑞和欧因怎么样了？"弗罗多问。

格罗因神色一黯。"我们不知道。"他回答说，"我之所以来征询这些幽谷居民的建议，主要就是为着巴林的缘故。不过，今晚让我们谈点比较快乐的事吧！"

于是格罗因开始谈起自己族人的成就，跟弗罗多讲述他们在孤山底下和河谷城的辛勤劳作。"我们干得挺好。"他说，"不过在金属工艺上我们超越不了父辈，许多秘技都失传了。我们能打造不错的盔甲和锋利的长剑，却再也打造不出那样的锁甲和利刃，堪与恶龙来袭之前打造的那些相比。唯独在开矿和建筑上，我们超越了从前。弗罗多，你该来看看河谷城的水道，还有喷泉和水池！你该来看看缤纷彩石铺就的道路！还有地底开凿的厅堂与高旷有如庞大山洞的街道，拱门雕刻得像树木一般；还有在孤山上开辟的梯台，兴建的高塔！看了你就知道了，我们可没有闲着。"

"倘若有机会，我会去看看的。"弗罗多说，"比尔博若能看见斯毛格荒地起了这么大变化，该有多么惊讶！"

格罗因看看弗罗多，露出了微笑。"你非常喜欢比尔博，对吗？"他问。

"是啊。"弗罗多回答，"与其看遍世间的宫殿和高塔，我宁愿能再看看他。"

终于，晚宴结束了。埃尔隆德和阿尔玟起身，朝大厅外走去，众人也依次跟随。诸门豁然大开，他们穿过一条宽阔的走廊，又穿过另外几道门，进入了另一座大厅。厅里没有桌子，但在林立两旁的雕花柱子中间，有个巨大的壁炉，里面的火烧得正旺。

弗罗多发觉自己跟甘道夫走在一起。"这是'火焰厅'。"巫师说，"在这里你会听到许多歌曲和故事——要是你能保持清醒的话。不过，除了重大日子，这里常常空无一人，十分安静。人们来这里是渴望安宁，以及思考。这里的炉火终年燃烧，不过除此之外没有别的光源。"

埃尔隆德进入大厅，走向为他准备的椅子，精灵吟游诗人开始奏起甜美的乐曲。渐渐地，大厅里人满了，弗罗多愉快地看着这么多美丽的面孔齐聚一堂，金色的火光在他们脸上摇曳，在他们发间闪烁。蓦地，他注意到壁炉对面不远处有个小小的黑色人影，背抵着柱子坐在凳上，旁边地上放着一个杯子和一些面包。弗罗多不知道他是不是病了（如果人在幽谷真会生病的话），结果没能参加晚宴。那人的头垂至胸前，似乎睡着了，深色斗篷的一角拉下来，遮住了脸。

埃尔隆德走过去，停在那个安静身影旁边。"醒来，小个子先生！"他微笑着说。接着，他转向弗罗多，招呼他过去。"弗罗多，你盼望的时刻终于来了。"他说，"这儿有位你思念已久的朋友。"

那个黑色人影抬起头，露出脸来。

"比尔博！"刹那间，弗罗多认出了他，大叫着扑了过去。

"哈罗，弗罗多我的小伙子！"比尔博说，"这么说你终于到这儿来啦。我一直巴望着你能顺利到达。真好，真好！我听说，这整场宴会都是为你办的。我希望你玩得很开心。"

"你怎么没去？"弗罗多喊道，"为什么之前不让我来见你？"

"因为你在睡觉，而我可好好看过**你**啦。我每天都和山姆一起坐在你床边。至于宴会，我现在不怎么参加那类活动啦。再说，我还有别的事要做。"

"你做什么了？"

"啊，静坐和思考啊。近来我可没少这么做，而且这地方照规矩最适合静坐和思考了。居然说'醒来'！"他说着，斜了埃尔隆德一眼，目光炯炯有神，弗罗多从中看不出一丝睡意。"'醒来'！我根本就没睡，埃尔隆德大人。要知道，你们全都退席太快，你还打断了我正在写的歌。我卡在一两行上，正在苦苦思索，可现在我看是再也写不好了——等会儿这里就要大唱特唱，会把我的灵感赶得一点不剩。我该去找我的朋友杜内丹帮忙。他在哪儿？"

埃尔隆德大笑。"你会找到他的。"他说，"然后你们两个就能找个角落写完你的歌，我们欢庆结束之前，会听听你的作品，再品头论足一番。"他派人去找比尔博的朋友，虽然没有人知道他在哪里，为什么没出席晚宴。

与此同时，弗罗多挨着比尔博坐下，山姆也很快过来坐在他们附近。他们轻声交谈，无视周围大厅里的欢笑和音乐。比尔博自己的情况倒没什么好说的。他离开霍比屯后，就沿着大道及其两侧的乡野漫无目的地游荡，但不知怎地始终都朝着幽谷的方向。

"我没冒什么险就到了这儿，"他说，"休息了一阵子之后，我跟着矮人去了河谷城：那是我最后一趟旅行。我不会再旅行了。老巴林已经走了。然后我回到这儿来，就一直待着。我做了各种各样的事，给我的书又添了内容，当然，我还写了几首歌。他们偶尔会唱这些歌，我想就是为了哄我高兴，因为，它们在幽谷当然算不得上乘之作。我还聆听跟思考。时间在这里似乎停滞不前，就是这个样子。总之，这个地方太不可思议了。

"我听到各种消息，来自迷雾山脉那边的，来自南方的，却几乎没有来自夏尔的。当然，我听说有关魔戒的事啦。甘道夫常来这儿。他倒没跟我说太多，最近这几年他变得比过去还能保密。杜内丹跟我讲的比较多。没想到我的戒指引起了这么大乱子！甘道夫没早点发现隐情，真是遗憾，否则我早就可以亲自把那东西带到这里来，省了这一堆麻烦。我想过几次回霍比屯去取，可是我老了，他们也不让我去，我是指甘道夫和埃尔隆德。他们似乎认为大敌正在上天入地到处找我，他要是逮到我在大荒野里蹒跚，一定会把我剁成肉酱。

"甘道夫说：'比尔博，你已经把魔戒交出去了。你要是打算再插手，对你或对别人都没有好处。'这话真怪，倒也只有甘道夫说得出来。不过他说他在照顾你，所以我就听凭自然了。看到你安然无恙，我真是高兴死了。"他停下来，狐疑地看着弗罗多。

"你现在带着它吗？"他小声问，"你晓得，我听了那么多事后，实在忍不住好奇。我真的很想再看看它，看看它就好。"

"对，我带着它呢。"弗罗多回答，不知为何感到不乐意，"它始终都是那个样，一点都没变。"

"嗯，我就想再看一下。"比尔博说。

先前弗罗多起床更衣时，就发现有人趁他睡觉时，将魔戒换了条又轻又结实的新链子，给他挂在脖子上。此时他慢慢把它拉了出来。比尔博伸出了手，但弗罗多迅速收回了戒指。他惊愕又痛苦地发现，自己眼前不再是比尔博——两人之间似乎投下了一片阴影，而透过阴影，他发觉自己正注视着一个皱纹密布的瘦小家伙，一脸饥渴，探出一双瘦骨嶙峋的双手摸摸索索。他生出一种冲动，想痛揍对方一顿。

周围萦绕的音乐和歌唱似乎淡去了，一片沉寂。比尔博迅速看了看弗罗多的面容，抬手遮住了自己的眼睛。"现在我明白了。"他说，"把它拿开！我很抱歉……我真抱歉让你背负这样的重担，我为所有这一切感到抱歉。难道冒险就永远没个尽头吗？我看没有。总是要有别人来把故事继续下去。唉，这是无可挽回的。我怀疑是否有必要把我的书写完？不过，我们现在先别担心那书吧——让我们先听一点真正的消息！跟我讲讲所有夏尔的事儿吧！"

弗罗多将魔戒藏妥，两人之间的阴影也消失了，几乎没留下一丝痕迹。幽谷的光亮和音乐又包围了他。比尔博时而微笑，时而大笑，兴高采烈。弗罗多讲的每条夏尔消息（山姆在旁不时补充和更正），比尔博都抱着莫大的兴趣，不管那是倒了一棵最微不足道的树，还是霍比屯最小的孩童的恶作剧。他们一心沉浸在夏尔四区的种种琐事里，结果没注意到有个穿着深绿色衣服的人到来。有好一会儿，他就站在那里，低头看着他们，面带微笑。

突然间，比尔博抬起头。"啊，你终于来了，杜内丹！"他喊道。

"大步佬！"弗罗多说，"你似乎有好多名字啊。"

"哦，我可从来没听过**大步佬**这称呼。"比尔博说，"你为什么这样叫他？"

"在布理大家都这么叫我，"大步佬笑着说，"我就是这样被介绍给他的。"

"而你为什么叫他杜内丹？"弗罗多问。

"是**某杜内丹**[2]。"比尔博说，"这里的人经常这么叫他。我想你懂的精灵语够多，至少该知道**顿－阿丹**[3]是什么意思——西方人类，也就是努门诺尔人。不过现在可不是上课的时候！"他转向大步佬。

"你到哪儿去了，我的朋友？为什么没去参加晚宴？阿尔玟女士也在呢。"

大步佬神色凝重地俯视着比尔博，说："我知道。但我常常必须推迟娱乐。埃尔拉丹和埃洛希尔出人意料地从大荒野回来了，他们带回的消息，我希望马上知道。"

"好吧，我亲爱的伙计，"比尔博说，"现在你已经知道消息了，就不能拨点时间给我吗？我有急事要你帮忙。埃尔隆德说我这首歌得在今晚结束之前写完，可是我卡壳了。让我们找个角落去琢磨琢磨吧！"

大步佬莞尔。"那就来吧！"他说，"把它念给我听听！"

他们留下弗罗多独处了会儿，因为山姆已经睡着了。弗罗多周围聚满了幽谷的人，但附近那些都静默不语，专心聆听着乐曲和歌声，无暇顾及其他。弗罗多独自一人，感到格外孤单，于是，他也开始聆听。

起初，优雅的精灵语歌词与美妙的旋律交织在一起，尽管他听不懂多少，但刚一开始留心去听，就马上入了迷。那些语句竟似幻化成形，在他面前展现出种种他此前从未想象过的远方风景与明亮之物。炉火照亮的大厅变得如同一团金色迷雾，悬浮在浪花点点的大海上方，而大海在世界的边缘叹息。渐渐地，迷境越来越像梦境，最后他感觉一条金银涌动的无尽长河漫过全身，其形千变万化，无法参透。它融入了周围震颤的空气，浸透他，淹没他。被它那闪耀的重量压着，他很快便沉入了酣睡的王国。

在那儿，他久久徘徊在音乐的梦境里，音乐化成了流水，又突然间凝成了一个声音。那似乎是比尔博的声音，正吟诵着诗歌。一开始，那声音模糊而遥远，但渐渐地，词句清晰起来。

> 水手埃雅仁迪尔
> 在阿维尼恩[4]停留，
> 宁布瑞希尔[5]的白桦，
> 他亲手斫斩为舟；
> 它的风帆以白银编织，
> 它的悬灯以白银雕镂，
> 它的船首曲颈如天鹅，
> 它的旗帜有光照映。
>
> 铠环森严，埃雅仁迪尔
> 全副披挂如古代君王；
> 闪耀盾牌錾刻古奥符文，
> 屏挡伤害灾难永不临身；
> 他的长弓以龙角打磨，
> 他的箭矢以乌木削制，
> 纯银织成一领锁甲，

剑鞘镶嵌玛瑙碧青；

他的淬钢雪刃豪勇，

钢石精炼战盔高隆，

鹰羽一翎装饰盔顶，

胸前佩戴宝石翠绿。

星月交辉，

他启航远离北方海岸，

茫然穿梭在迷咒航道上

不知多少凡世辰光。

狭窄冰峡森冷严酷，

永冻冰山寒影寂寂，

疆外蛮荒[6]，热炎高炽，

他连忙转向，在不见星月的

黑水上，漂泊续航。

他终于来到虚空永夜之域[7]，

却匆匆而过，一路上不见

辉煌海岸，也没有他寻找的

光亮。

阵阵怒风吹袭摧折，

迷眼白浪中他乘风疾行，

自西至东，抛下使命，
孤舟飞渡只为还乡。

黑暗中光焰照临，
白羽埃尔汶翩然而至，
垂挂在她的项圈正中，
远胜凡珍灿灿煌煌。
精灵宝钻，光华自有生命，
埃尔汶为他佩戴额上，
眉宇辉煌，他鼓勇无惧
转棹前航；黑夜里
远从海西尽头彼岸世界[8]，
一场风暴兴起，奔放强劲，
塔美尼尔之风含威来自主神居地；
鲜有凡人经过的海路上，
强风凛冽，如死亡之力；
吹送孤舟驶过
久经遗弃的凄迷灰海：
自东向西，埃雅仁迪尔终于穿航。

航越永夜海域[9]，他被带回

黑海狂涛之间，

水下绵延旧时海岸，

乃是远古陆沉海下。

在西海尽头，他终于听见，

珍珠长滩上，乐声悠长，

滔滔白浪奔腾不绝，

这里赤金澄黄，宝石闪亮。

他看见圣山巍峨静立，

半山间暮霭轻笼住

维林诺；他从海上遥遥望见

埃尔达玛地方。

挣脱了黑夜的水手，

终于来到洁白港湾，

来到翠绿幽美的精灵之乡，

这里微风清新，

在伊尔玛林[10]山下，

傍着险峻山崖，闪耀着

提力安灯塔，净如琉璃

倒映在微影塘上。

埃雅仁迪尔暂搁使命，在此逗留，

精灵传授歌谣旋律，

年长智者讲述奇异史话，

黄金诗琴且吟且奏。

他们给他换上精灵纯白装束，

并送来七盏灯火前引

他只身攀越卡拉奇瑞安 [11]，

前往那久无人迹的隐秘地方。

他走进永恒厅堂，

这里辉煌年月流淌无尽，

高峻圣山的伊尔玛林宫殿里，

大君王 [12] 临宇无极。

前所未闻的话语响起，

述及凡人与精灵，

超然物外的景象预示，

非俗世物类所能窥及。

精灵为他打造新船，

用的是秘银与琉璃，

船首光亮；既不用光滑摇橹，

银色桅杆上也不见风帆张挂。

精灵宝钻就是悬灯，

旌旗灿烂，鲜活火焰栖燃其上，

乃是埃尔贝瑞丝亲手安放。

她现身驾临，赐给埃雅仁迪尔

不朽双翼添生舷上，

赐予他命定永生，

航越无涯天海，跟随

日光与月光。

永暮之地 [13] 山峦入云，

银泉簌簌流洒，

舷上双翼带着他，这漫游不止的光亮，

飞过雄伟屏障之山，飞向远方。

在世界尽头，

他终于返航，再度渴望着

穿越来时阴影，重归遥远故乡。

孤星璀璨如炽，

埃雅仁迪尔凌雾而来，

他是日出前的遥远火焰，

北境灰海翻腾汹涌，

他是黎明苏醒前的瑰异奇景。

他航越整片中洲，

在远古时代，久远以前，

终于听见人类妇女与精灵少女的

悲愁哀泣。

须知在他身上，强大的命数已定：

直到明月殒灭，

灿星运行不息，

尘世凡土不再履及；

永为使者，埃雅仁迪尔

穿航前驱永不停歇，

他的宝钻明灯耀眼，

他乃西方之地的光焰。

吟诵停了。弗罗多睁开眼睛，看见比尔博坐在凳上，一圈听众围着他，有人微笑，有人鼓掌。

"再来一遍吧。"一位精灵说。

比尔博起身鞠了一躬。"林迪尔，我真是受宠若惊。"他说，"但是全都再来一遍，那太累人啦。"

"对你来说可不会太累人。"精灵们大笑着回答，"你明知道，背诵起自己的诗句，你从来都乐此不疲。何况，才听一遍，我们确实不能回答你的问题啊！"

"什么！"比尔博叫道，"你竟然听不出来哪些是我写的，哪些是杜内丹写的？"

"要我们分辨两个凡人之间的差别，可不容易。"先前开口的精灵说。

"胡扯，林迪尔。"比尔博对此嗤之以鼻，"你要是分辨不出人类跟霍比特人之间有何差别，那你的判断力就比我想象得还糟糕。二者的差别，好比豌豆与苹果。"

"也许吧。在绵羊眼中，别的绵羊无疑长得各有千秋。"林迪尔大笑说，"或者，在牧羊人看来也是这样。不过我们对凡人可没有研究，我们有别的事要忙。"

"我不跟你争。"比尔博说，"听了那么多音乐跟歌曲，我困啦。你若愿意，我就留给你去猜好了。"

他起身朝弗罗多走来。"好啦，结束了。"他低声说，"效果比我料想得还好。通常他们都不会要我吟第二遍。你觉得怎么样？"

"我可一点也不想猜。"弗罗多微笑着说。

"你没必要猜。"比尔博说，"事实是，这诗全是我写的，只有一点：阿拉贡坚持要我加上一句绿宝石。他似乎认为这很重要，但我不知道原因何在。除了这个，他显然认为我这是全然不知轻重，他还说，我若有脸在埃尔隆德之家写关于埃雅仁迪尔的诗歌，那全是我的事。我猜他说得对。"

"我不知道。"弗罗多说，"其实我觉得它挺配的，尽管我说不上来为什么。你开始念的时候我都差不多要睡着了，它好像跟着我正梦着的什么东西而来，一直到快要完了我才晓得，真是你在说话。"

"在这里**真的**很难保持清醒，直到你习惯为止。"比尔博说，"这可不是说，霍比特人真能正经学来精灵对音乐、诗歌和故事的嗜好。精灵对这些的喜爱，好像绝不亚于食物。他们还要继续奏乐唱歌很久呢。你说咱们溜出去安静聊聊怎么样？"

"可以吗？"弗罗多问。

"当然可以。这是娱乐，又不是办正事。你可以随意来去，只要别惊动别人就行。"

他们起身，悄悄退到暗处，朝门外走去。熟睡的山姆被留在了厅中，脸上犹自带着微笑。尽管弗罗多为比尔博陪在身边而高兴，但走出火焰厅时，他还是感到一丝懊悔。而就在他们跨过门槛时，一个清亮的歌声激扬而起：

A Elbereth Gilthoniel,

silivren penna míriel

o menel aglar elenath!

Na-chaered palan-díriel

o galadhremmin ennorath,

Fanuilos, le linnathon

nef aear, sí nef aearon![14]

弗罗多脚下略停，回头望去。埃尔隆德坐在他那
把椅子上，火光映着他的脸庞，如同夏日的阳光照着
树木。阿尔玟女士坐在他近旁。令弗罗多惊讶的是，
他看见阿拉贡站在她身边。他深色的斗篷甩到背后，
里面似乎穿着精灵的铠甲，胸口有颗闪耀的星。他们
正在交谈，接着，弗罗多突然感觉阿尔玟向他这边回
过了头，她的目光从远处投来，落在他身上，霎时穿
透了他的心。

他着魔般伫立着，与此同时，那首精灵歌曲的甜
美音节就像字句和旋律织就的晶莹珍珠，纷落玉盘。
"这是献给埃尔贝瑞丝的歌。"比尔博说，"他们今晚
会唱这首歌，还有别的关于蒙福之地的歌，会唱很多
遍。走吧！"

他领弗罗多回到了属于他的小房间。房间面向花园，朝南正对着布茹伊能河谷。他们在屋里坐了会儿，透过窗户眺望峭壁林木上空的明亮繁星，轻声交谈。他们不再谈论遥远夏尔的琐碎消息，也不说包围他们的黑暗阴影与重重危险，而是谈论他们共同在这世上见过的美丽事物，谈论精灵、繁星、树木，以及林中这美好年岁的温和之秋。

最后，门上传来一阵轻敲。"抱歉，"山姆探头进来说，"我只是想问问，你们需不需要什么东西。"

"我也跟你抱歉，山姆·甘姆吉。"比尔博回答，"我猜，你的意思是，你家少爷该上床睡觉了。"

"呃，老爷，我听说明天一大早有场会议，而他今天才头一回能起床。"

"没错，山姆。"比尔博笑道，"你可以小跑着去告诉甘道夫，你家少爷已经上床了。晚安，弗罗多！老天保佑，能再见到你真好！说实在的，可没有哪个种族能像我们霍比特人这么会聊天。我很老啦，都开始怀疑还能不能活到看见我们故事里你的那些章节了。晚安！我想我会去散个步，在花园里看看埃尔贝瑞丝的星星。祝你安眠！"

第二章

埃尔隆德的会议

第二天，弗罗多早早醒来，感觉精神焕发，康健如初。他沿着奔腾喧嚣的布茹伊能河上方的梯田阶地散步，看着温吞吞毫无威力的太阳升到远山上方。东方的崇山峻岭，群峰顶上覆盖着皑皑白雪。阳光透过薄薄的银色雾霭，斜照着大地，黄叶上露珠闪着微光，每簇灌木里结着的蜘蛛网都晶莹发亮。山姆走在他旁边，没作声，但不停抽着鼻子，不时望向东方那片峰顶覆盖着皑皑白雪的崇山峻岭，眼中饱含惊奇。

他们在小径的转弯处碰上了甘道夫和比尔博，那两人坐在路旁岩石凿出的椅子上，谈兴正酣。"哈罗！早上好！"比尔博说，"准备好去参加重大会议了吗？"

"我准备好去做任何事啦。"弗罗多答道，"不过，今天我最想做的事是去走走，探索一下这个山谷。我想爬上那边的松林去看看。"他指向幽谷北边一侧的远处。

"以后你会有机会的。"甘道夫说，"但是眼下我们还不能做任何安排。今天有许多事要讨论跟决定。"

他们正说着，突然传来一声清脆的钟声。"那是通知召开埃尔隆德会议的钟声。"甘道夫叫道，"快来吧！你和比尔博都要参加。"

弗罗多和比尔博跟着巫师，沿着曲折的小径迅速回到屋子里。而没有受到邀请、暂时被忘到脑后的山姆，小跑着跟在后面。

甘道夫领他们来到了前一晚弗罗多发现朋友的那处门廊。秋日清朗的晨光在山谷中闪耀，从泡沫飞溅的河床里传来汩汩的流水声。鸟儿在歌唱，全地一片祥和。弗罗多觉得，那场险象环生的逃亡，还有那些外面世界里黑暗滋长的传闻，都已经恍如区区噩梦中的经历了。但是，众人在他们进来时纷纷扭头望来，一张张面孔上的神情却显得沉重严肃。

埃尔隆德在场，还有几人围坐在他旁边，默不作声。弗罗多看见了格罗芬德尔和格罗因，大步佬则独自坐在角落里，又穿上了他那身旅行的旧衣。埃尔隆德将弗罗多拉到身旁的座位上坐下，向众人介绍了他：

　　"朋友们，这便是那位霍比特人，卓果之子弗罗多。来过这里的人当中，所冒之危险与所负任务之急迫有甚于他的，寥寥无几。"

　　接着，埃尔隆德为弗罗多一一介绍了他之前不曾谋面的人。格罗因旁边坐着一位年轻的矮人，是他儿子吉姆利。格罗芬德尔旁边坐着另外几位埃尔隆德家的谋士顾问，为首的是埃瑞斯托，而在埃瑞斯托旁边坐着来自灰港的精灵加尔多，他是身负造船者奇尔丹托付的使命而来。此外还有一位陌生精灵莱戈拉斯，他着绿褐两色装束，是他父亲、北黑森林的精灵王瑟兰杜伊派来的使者。离他们稍远处还坐着一个身形高大的人类，他黑发灰眼，容貌英俊尊贵，目光高傲坚定。

　　这位人类身披斗篷，脚穿长靴，就像为骑马旅行而备，而事实也是这样——尽管他衣饰华贵，斗篷还以毛皮衬里，却都沾上了长途旅行的风尘。他头发齐肩而剪，银领上缀着单独的一颗白宝石，斜挂的肩带上系着一支末端镶银的大号角，此时号角就搁在他膝头。他意外又惊奇地紧盯着弗罗多和比尔博看。

"这位是来自南方的人类——波洛米尔，"埃尔隆德转向甘道夫说，"他在天刚破晓时抵达，来寻求建议。我请他出席，因他的疑问将在这里获得解答。"

会议中所讲述与辩论的事，在此不必尽数提及。众人叙述了诸多外面世界发生的事件，尤其是在南方，以及迷雾山脉东边那片广阔土地上的形势。有关这些事的传言，弗罗多已经听说了不少，不过格罗因的故事他闻所未闻，因此矮人讲述时他听得聚精会神。情况是，孤山的矮人虽说以双手打造出了辉煌盛景，但他们的心灵却受到了困扰。

"距今多年以前，"格罗因说，"有片骚动不安的阴影笼罩了我们的族人。它从何而来，我们起初一无所知。暗地里悄然传开这样的说法：我们被困在一方狭小之地；前往更广阔的世界，就可以寻得更庞大的财富与更辉煌的荣光。有些人提到了我们本族的语言称为卡扎督姆的墨瑞亚，那是我们父辈的伟大成就。他们宣称，现在我们终于有了足够的力量与人手，可以返回此地了。"

格罗因叹了口气："墨瑞亚！墨瑞亚！北方世界的奇迹！在那里我们挖得太深，惊醒了那不提其名的恐怖。自从都林的儿女逃离，彼处的广大厅堂就久久空置。可是，现在我们却再度带着渴望来谈论它，然而又怀着恐惧。因为，多少朝代以来，没有哪个矮人胆敢踏进卡扎督姆的大门一步，只有瑟罗尔除外，而他已经遇害。可是，巴林最后还是听信了传言，决心前往。虽然戴因十分勉强才同意他走，他还是带着欧瑞、欧因以及许多族人，去了南方。

"那差不多是三十年前的事了。有很短一段时间，我们还收到消息，情况似乎不错：有讯息报告说他们进入了墨瑞亚，开始了伟大的工程。随后便渺无音讯，从此再也没有片言只字从墨瑞亚传来。

"然后，大约一年前，有个使者来见戴因，不过不是来自墨瑞亚，而是来自魔多。他是趁夜骑马来的，将戴因叫到了门口。据他说，索隆大君希望与我们结交，他会像古时那样，赠我们魔戒作为交换。这个使者还急于打听有关'霍比特人'的知识，诸如他们属于什么种族，住在哪片区域。他说：'因为索隆知道，你们有段时间曾和一个霍比特人很熟。'

"听了这话，我们大为疑虑，没回答他。他见状放低了自己那凶狠的声音——他没法让它显得甜美，否则他必会那么做的。'索隆只向你们要求一件小事，作为你们友谊的标志，'他说，'你们应该找到这个小偷，'他是这么说的，'然后不管他愿不愿意，都要从他那里取得一个小戒指，它是众戒之中最微不足道的，从前被他偷走了。那只不过是索隆想要的一个小玩意，也是你们善意的诚挚表示。只要找到它，那么三枚古时矮人先王曾经拥有的戒指就会还给你们，并且整个墨瑞亚都将永远归你们所有。你们只要打探到那个小偷的消息，比如他是否还活着，人在哪里，你们就会得到大君的丰厚赏赐与长久友谊。而你们要是拒绝，可就没有这等好事了。你们会拒绝吗？'

"他说到这里，便吐了口气，就像蛇那样嘶嘶作响，所有在场的人都忍不住发抖，但是戴因说：'我既不拒绝也不接受。我必须考虑这个口信，以及这番花言巧语之下藏着什么居心。'

"'好好考虑，但别考虑太久。'他说。

"'我要考虑多久，由我自己决定。'戴因答道。

"'暂时如此。'他说，然后骑马消失在黑暗里。

"从那夜起，我们诸位族长一直心情沉重。不必那个使者的恶声恶气提醒，我们就知道他的话既含恐吓又带欺骗，因为我们早就知道，那个卷土重来进入魔多的力量并未改变，它从古时起就一直在背叛我们。那个使者来了两次，都是无功而返。他撂下话说，他不久就要来第三次，也是最后一次，在年底之前。

"因此，戴因终于派我前来警告比尔博，大敌正在寻找他的下落；并且，可能的话，也要弄清楚大敌为什么渴望那枚号称众戒中最微不足道的戒指。同时，我们也急盼埃尔隆德的建议，因为魔影扩张，越发逼近。我们发现还有使者去了河谷城找布兰德王，还发现他很害怕。我们担心他会屈服。他的东面边界已经密布战争阴云。如果我们不回复大敌，大敌可能调动辖下的人类攻击布兰德王，以及戴因。"

"你来这里是正确的。"埃尔隆德说，"今天，你将听到你需要知道的一切，以便你理解大敌目的何在。无论抱不抱希望，你们唯一能做的都是抵抗，此外别无他法。但你们并非孤军作战。你会得知，你们遇到的麻烦只是整个西部世界所遇麻烦的冰山一角。那枚魔戒！众戒中最微不足道的一枚，索隆想要的小玩意，我们该拿它怎么办？这才是我们必须定夺的命运。

"你们被召唤来此，正是为了此事。我说'被召唤'，但来自远方的陌生人们啊，我并未召唤你们。你们来了，恰在此时此刻相遇，看似凑巧，实则不然。我们更该相信，此系命运之安排：我们在座诸位，而非旁人，现在必须找出方法来应对这个世界面临的危机。

"因此，那些此前向绝大多数人隐瞒，只有少数人知晓的事，我们这就公之于众。为了让各位了解那是何种危机，我们将首先从头讲述'魔戒传说'，一直讲到眼下为止。故事由我来开头，由其他人来结尾。"

于是，众人聆听埃尔隆德以清晰的声音讲述起索隆和"力量之戒"的故事，以及这些戒指是如何在很久以前于世界的第二纪元中铸成。在座一些人知道这个故事的片断，但没有人知道全部来龙去脉；随着埃尔隆德娓娓道来，许多人都向他投去了恐惧与讶异的目光。他说到了埃瑞吉安的精灵工匠，说到了他们与墨瑞亚的友谊和对知识的渴切，而索隆正是利用后者诱使他们落入了圈套。因为彼时索隆的外貌尚未显露邪恶，埃瑞吉安的精灵工匠接受了他的帮助，工艺大为精进，而他则学会了他们所有的秘技，并且背叛了他们，在火焰之山中秘密铸造了至尊戒，要主宰他们。然而，凯勒布林博察觉了他的企图，便将自己锻造的精灵三戒隐藏起来。于是战火燃起，埃瑞吉安沦为废墟，墨瑞亚大门紧闭。

接着，埃尔隆德历数了这枚魔戒此后多年的踪迹。由于那段历史在别处有所记载——正是埃尔隆德本人将之录入自己的学识书籍当中——此处就不再赘言。那是个很长的故事，充满了伟大又可畏的功绩。尽管埃尔隆德只是简述，但等他说完，早晨几乎过去，太阳也已经升得很高了。

他讲到了努门诺尔，讲到了它的荣光与堕落，还讲到人中王者乘着风暴的翅膀远渡重洋，回到了中洲。随后，"长身"埃兰迪尔和他两个杰出的儿子——伊熙尔杜和阿纳瑞安——都成了伟大的君主；他们建立了北方王国阿尔诺，还有安都因河口上游的南方王国刚铎。但是，魔多的索隆向他们发动了攻击，于是他们组建起精灵与人类的"最后联盟"，吉尔－加拉德和埃兰迪尔的大军在阿尔诺集结。

说到这里，埃尔隆德沉默片刻，叹了口气："他们那灿烂鲜明的旗帜，我记忆犹新。如此众多的伟大王侯与将领齐聚，让我回想起远古时代的荣光与贝烈瑞安德的大军；然而纵是那样的人数与容姿，仍比不上桑戈洛锥姆崩毁之际——那时精灵以为邪恶已永远终结，但事实并非如此。"

"你记得？"弗罗多震惊之下，将心中所想脱口而出。埃尔隆德向他转过身来，他不由得结巴了："可我以为……我以为吉尔－加拉德的陨落，是很久很久以前的事了。"

"那确乎不假。"埃尔隆德神色凝重，"但我的记忆甚至可追溯到远古时代。我父亲乃是埃雅仁迪尔，他出生在刚多林城陷落之前；我母亲则是迪奥的女儿埃尔汶，而迪奥是多瑞亚斯的露西恩之子。我已经见证了西部世界三个纪元的兴衰，目睹了诸多败绩，以及诸多徒劳无功的胜利。

"当时我是吉尔－加拉德的传令官，随他的大军一同出征。我参加了魔多黑门前的达戈拉德之战，那次我军取得了胜利：吉尔－加拉德的长矛艾格洛斯和埃兰迪尔的长剑纳熙尔，皆是万夫莫当。我目睹了欧洛朱因山坡上那场最后的格斗，在那里，吉尔－加拉德战死，埃兰迪尔阵亡，纳熙尔剑在他身下断成数截。但是索隆自己也被掀翻，伊熙尔杜用他父亲的断剑斩下了索隆手上的魔戒，将之据为己有。"

"原来这就是魔戒的下落！"闻听此言，那位陌生人波洛米尔插嘴叫道，"南方即便曾经传述过这样的故事，现在也早就没人记得了。我听说过那枚属于我们不提其名者的'主魔戒'，但是，我们以为魔戒早在他的第一代王国覆灭时，就已经从这世上消失了。原来是伊熙尔杜拿走了它！这当真是件新闻。"

"唉！是的。"埃尔隆德说，"伊熙尔杜拿走了它，而他本不该如此。那时，魔戒本应被丢进当初铸造了它，如今近在咫尺的欧洛朱因的烈火中。没几个人见到伊熙尔杜的举动——在最后那场致命的搏斗中，他父亲身边只有他，而吉尔－加拉德身边只有奇尔丹和我。但伊熙尔杜不肯听从我们的劝告。

"'我要将这枚戒指当作对我父亲与弟弟之死的赔偿。'他说。于是，不顾我们愿意与否，他拿走了它，把它视为至宝。然而，它很快就背叛了他，致他丧命。因此，它在北方被称为'伊熙尔杜的克星'。不过，比起其他可能降临到他身上的命运，或许死亡还算得上幸运。

"这些消息只传到了北方，也只有少数几个人知道。波洛米尔，你对此未曾听闻，这并不奇怪。伊熙尔杜在金鸢尾沼地丧命，只有三个人逃离狼藉战场，流浪许久后翻过山岭归来。其中一位是伊熙尔杜的侍从欧赫塔，他带回了埃兰迪尔之剑纳熙尔的碎片，并将这些碎片交给了伊熙尔杜的继承人维蓝迪尔——那时他还只是个孩子，因而留在幽谷没有出征。纳熙尔宝剑已断，光芒已熄，至今不曾重铸。

"刚才我说'最后联盟'的胜利是徒劳无功——其实也不尽然，但这场胜利确实没能达到目标。索隆虽已式微，但并未被消灭；他的魔戒失踪了，但并未被销毁；邪黑塔倒塌了，但根基并未被铲除，因为它们是以魔戒之力建成，只要魔戒尚存，它们就得以延续。众多的精灵，众多的强大人类，以及众多他们的盟友，都死在那场战争中。阿纳瑞安被杀，伊熙尔杜丧命；吉尔－加拉德和埃兰迪尔也都已逝去。世间再也不会重现精灵和人类的如斯联盟，因为人类人口增加，首生儿女却日渐凋零，两支亲族渐行渐远。自从那日开始，努门诺尔一族开始衰落，他们的寿命也在缩短。

"在大战和金鸢尾沼地的血腥一役之后，西方之地的人类在北方变得式微，暮暗湖畔他们的城池安努米那斯沦为废墟，维蓝迪尔的子孙搬迁到北岗高处的佛诺斯特居住，而今就连那里也已渺无人迹。人类称其为'死人堤'，都害怕涉足该地。阿尔诺的居民锐减，被敌人蚕食，他们的王权断丧，只余荒烟漫草的山岭中一座座青冢。

"在南方，刚铎王国存续了很久，一度兴盛繁荣，几乎重现努门诺尔衰落之前的鼎盛国势。人们兴建了高塔与坚固的城池，还有容纳众多船只的港口。'人中王者'的有翼王冠，受到使用各种语言的民族的敬畏。刚铎的都城是欧斯吉利亚斯，意思是'星辰城堡'，安都因大河就从城中央穿过。他们在东边阴影山脉的山肩上建了'升月之塔'米那斯伊希尔，又在西边白色山脉的山脚下建了'落日之塔'米那斯阿诺尔。在米那斯阿诺尔的王庭中，种下了一棵白树，它的种子来自伊熙尔杜漂洋过海带来的那棵白树，而那棵树的种子则是出自埃瑞西亚岛的白树，那白树又出自远古时代的极西之地，彼时，世界还很年轻。

"然而中洲岁月如梭，时光消磨，阿纳瑞安之子美尼尔迪尔的血脉终至断绝，白树枯萎，努门诺尔人的血统也与寻常人类混杂。接着，对魔多之墙的监视松懈下来，黑暗之物潜回戈垉洛斯平原。那些邪物一度出击，攻下米那斯伊希尔作为据点，将它变成一处恐怖之地。如今它被称为米那斯魔古尔，'妖术之塔'。于是，米那斯阿诺尔也重新得名米那斯提力斯，'守卫之塔'。从此这两座城冲突不断，但位于两城之间的欧斯吉利亚斯遭到了废弃，邪恶在断壁残垣中游走。

"人类诸多世代以来，情况都是如此。但米那斯提力斯的城主依旧奋战不懈，对抗我们的敌人，保持安都因河从阿刚那斯到入海口之间的河道畅通无阻。现在，这故事中我该述说的部分就要结束了。因为早在伊熙尔杜的时代，那枚统御魔戒就已彻底下落不明，三戒也摆脱了它的控制。但是三戒如今再度陷入危境，因为我们极为遗憾地发现，至尊戒已经被寻获。发现它的过程当由旁人来叙述，因为我几乎没有参与此事。"

他话音才落，波洛米尔便长身而起，面对众人，显得高大又骄傲。"埃尔隆德大人，请容我发言，"他说，"首先，我要再多说说刚铎，因为我正是从刚铎一地而来，而那边发生了何事，最好让各位都有所了解。我认为，没有多少人知道我们的作为，因此也猜不到如果我们最终失败，他们将面对什么样的危险。

"切莫以为刚铎大地上努门诺尔的血统已然消耗殆尽，切莫以为其全部骄傲与高贵已然无人铭记！正是靠着我们的英勇，东边的蛮人才仍被压制，魔古尔的恐怖也不得前进；也正是靠着我们的英勇，位于我们这道守护西方的屏障背后的大地才能保有和平和自由。但是，如果大河一线的通路被人夺取，将会如何？

"也许，那一刻已为时不远。那不提其名的大敌已经东山再起。我们称之为'末日山'的欧洛朱因，浓烟再次升腾，黑暗之地的势力大长，我们疲于招架。当大敌归来，我们的百姓便被赶出了大河东面那片美丽的领土伊希利恩，但我们总归还在该地保有一处据点，藏有部分兵力。可就在今年六月，魔多突然向我们发动袭击，我们以寡敌众，节节败退，因为魔多已经和东夷以及残酷的哈拉德人结盟组成了联军。然而，我们并非败在人少，而是遭遇了一股我们过去从未体验的力量。

"有人说那股力量肉眼可以看见，就像一个魁梧的黑骑手，一团月光下的暗影。他所到之处，敌人尽数狂热，然而就连我们最勇猛的人都感到恐惧，人马皆不战自溃，落荒而逃。我们东线的驻军只剩残部逃回，摧毁了当时仍屹立在欧斯吉利亚斯废墟当中的最后一座大桥。

"当时我就在守桥的队伍中，直到桥在背后断裂坍塌。只有四人泅水免于一死，便是我弟弟和我，以及另外二人。但我们继续战斗，守住了安都因河西岸全线。我们背后那些受到庇护的人们难得听到我们的名字，但若听到都加以称颂——大加称颂，却鲜有援助。如今，只有洛汗会响应我们的召唤，派人驰援我们。

"在这风雨如晦之际，我肩负任务，孤身一人骑行一百一十天，千里迢迢穿过重重危险，来找埃尔隆德。但我不是来寻求作战的同盟——据说，埃尔隆德的力量在于智慧，而非武力。我是前来寻求建议，希望解读一些晦涩之语。就在突袭发生的前一夜，我弟弟睡得很不安稳，做了个梦；后来他经常再做类似的梦，连我都梦到过一次。

"在梦中，我感到东边的天空逐渐变黑，并且雷声滚滚，但在西方有一道浅淡的光在徘徊，我听见光中有个遥远但清晰的声音，这样喊道：

寻找断剑，

它隐于伊姆拉缀斯；

彼处将有聚会共议，

威力远胜魔古尔咒语。

议中将有符物[1]现身，

命数结局[2]在指掌间。

伊熙尔杜的克星苏醒，

半身人将仗义挺身。

"这些语句我们难以理解，便向家父提起。家父德内梭尔是米那斯提力斯的城主，精通刚铎的学问。他只肯说，伊姆拉缀斯是古时精灵当中的说法，指的是位于遥远北方的一座山谷，最伟大的博学之士半精灵埃尔隆德就住在彼处。于是，我弟弟由于心知我们的需求何等迫切，便希望遵循梦境指引，启程去寻访伊姆拉缀斯。但由于路途充满艰险，我决定亲自前来。我父亲虽然十分不情愿，但还是同意让我动身。我在已遭废弃的路上游荡良久，一路寻找埃尔隆德之家，这个地方许多人都曾耳闻，却没人知道它位在何方。"

"你现在既然到了埃尔隆德之家，就将了解到更多情况。"阿拉贡起身说，将自己的剑锵然放上埃尔隆德面前的桌子，它的剑身已断成了两截。"这就是那把'断剑'！"他说。

"你又是谁？你跟米那斯提力斯有何关系？"波洛米尔问，讶异地打量着这个游民消瘦的脸庞，以及他那件因风吹雨打而褪色的斗篷。

"他是阿拉松之子阿拉贡。"埃尔隆德说，"他的先祖可以一直追溯到埃兰迪尔之子、米那斯伊希尔之王伊熙尔杜。他是北方杜内丹人的族长，如今这支民族已是余者无几了。"

"那这戒指就是属于你的，根本不属于我！"弗罗多叫道，大惊之下跳起了身，就像以为对方会立刻索要魔戒似的。

"它既不属于我，也不属于你，"阿拉贡说，"但命中注定，你应当暂时继续持有它。"

"呈上魔戒，弗罗多！"甘道夫严肃郑重地说，"是时候了。把它举高，这样波洛米尔就会解开全部的谜题。"

全场鸦雀无声，所有人的目光都集中到弗罗多身上。羞耻混合着恐惧突如其来，令他不由得颤抖，而且他感到极其不愿展示魔戒，还感到十分厌恶它的触碰，内心只愿自己远离此地。他用颤抖的手将它举起来，魔戒熠熠发亮，光辉闪烁。

"看吧！这就是伊熙尔杜的克星！"埃尔隆德说。

波洛米尔紧盯着那金色的东西，双眼一亮。"半身人！"他喃喃道，"难道米那斯提力斯的厄运终于到了？但这样的话，我们为什么要寻找一把断剑？"

"那些话说的不是'**米那斯提力斯的厄运**'。"阿拉贡说，"但厄运与大事确实近在眼前。'断剑'指的就是埃兰迪尔牺牲时压在他身下断裂的埃兰迪尔之剑。其余所有传家之宝都已失落，故而这把断剑备受他子孙的珍视，因为我们当中自古相传，当魔戒——也就是伊熙尔杜的克星——被寻获时，断剑也将重铸。现在，你已经亲见你所寻找的剑，你还想要什么？你是否希望埃兰迪尔家族重返刚铎大地？"

"我被派来，仅仅是为找出谜语的含意，而不是来乞求任何恩惠。"波洛米尔高傲地回答，"但我们战事吃紧，埃兰迪尔之剑将是超乎我们希望的助力——倘若这样的东西当真能从过往阴影中归来的话。"他又看了阿拉贡一眼，眼中不无怀疑。

弗罗多感到比尔博在自己身旁不耐烦地动了动，显然在为朋友打抱不平。突然间，比尔博站起身，脱口念道：

> 真金未必闪亮，
>> 浪子未必迷途；
> 老而弥坚不会凋萎，
>> 深根隐埋不惧严霜。
> 冷灰中热火苏醒，
>> 暗影中光明跳荡；
> 青锋断刃将重铸，
>> 无冕者再临为王。

"这诗也许不是上乘之作，却说到了点子上——要是埃尔隆德的话对你而言还不够有说服力！但是，既然他的话值得一个人赶了一百一十天的路来听，你最好还是听进去。

"这诗是我自己写的，"他悄声对弗罗多说，"是很久以前，杜内丹第一次给我讲他的身世时，我为他写的。我都巴不得我的冒险还没结束啦！那样当他的时机来临时，我就能跟着他一起去。"

阿拉贡向他微微一笑，便又转身面对波洛米尔。"就我而言，我原谅你内心存疑。"他说，"德内梭尔的殿堂中，屹立着埃兰迪尔和伊熙尔杜二位庄严雄伟的雕像，而我与他们并无多少相似之处。我只是伊熙尔杜的继承人，并非伊熙尔杜本人。我已活了很久，生活艰苦。从此地到刚铎的距离，与我所走过的路程相比，实是微不足道。我曾翻过崇山峻岭，渡过诸多长河大川，走遍无数平原旷野，甚至去过遥远的鲁恩和哈拉德，那里连天象都是陌生的。

"但我的家园，我仅有的家园，却是在北方。维蓝迪尔的子孙一直生活在这里，由父及子，世代绵延，血脉始终未断。我们的日子辉煌不再，人口也日渐凋零，但这把剑总有新的继承人保存，代代相传。波洛米尔，我最后要对你这样说：我们是孤独的一族，是荒野中的游民和猎手——但我们追猎的永远都是大敌的爪牙，他们的踪迹遍及各地，不仅仅是在魔多而已。

"波洛米尔，倘若刚铎是一座坚固可靠的高塔，那么我们便一直在扮演另一个角色。有许多邪恶之物，你们的铁壁和利剑都不曾遭遇。对于你们国界以外的地区，你所知甚少。你提到了和平和自由，但若不是我们，北方岂知这二者为何物？只怕它们早就为恐惧所毁。但是，当黑暗之物从荒无人烟的山岭中出动，从不见天日的树林里鬼祟爬来，它们全在我们面前作鸟兽散。如果杜内丹人坐视不管，或全进了坟墓，哪条路还会有人敢走？那些安静的地区和单纯的人家，夜里哪还会享有安全？

"而我们得到的感激，比你们更少。旅人对我们皱眉，村夫给我们取些轻蔑的外号。有个胖子叫我'大步佬'，然而若不是我们日以继夜地守护他生活的小镇，那些离他不到一天路程的敌人早就能把他吓死，或把那个小镇夷为平地了。但我们不会放弃守护。若单纯的人们得以无忧无惧，他们就会继续单纯下去，而我们必须秘密保护他们这样单纯地过下去。时光流转，莺飞草长，这一直都是我这一族的使命。

"但是，如今世界正在再度变迁，新的时刻正在来临。伊熙尔杜的克星已被寻获，战斗即将到来，断剑当被重铸。我会前往米那斯提力斯。"

"你说，伊熙尔杜的克星已被寻获，"波洛米尔说，"我也已经见到了半身人手中那个灿亮的戒指。但是，据传伊熙尔杜死于这个纪元伊始，那么智者如何得知这个戒指就是他的那一个？它又是如何流传了这么多年，最后被一个这么奇怪的使者带来此地？"

"这会有人叙述的。"埃尔隆德说。

"但是大人，求求你，先别开始！"比尔博叫道，"太阳都已经爬到头顶了，我感觉有必要吃点东西来补充体力。"

"我还没点你的名呢，"埃尔隆德莞尔道，"但现在就要点了。来吧！给大家讲讲你的故事。如果你还没把你的故事编成诗歌，那就平铺直叙。你讲得越简短，就能越快吃到午饭。"

"很好。"比尔博说，"我遵命就是。不过我这会儿要讲真正的故事，倘若在场有人听过我讲的另一回事——"他朝身旁的格罗因看了一眼，"那么我请他们忘掉那个版本，并原谅我。当时，我一心只想把那个宝物据为己有，并且洗脱加在我身上的小偷污名。不过，现在我或许更明白世事啦。总之，事情是这样的。"

对在场某些人而言，比尔博的故事是全新的，他们惊奇不已地听这位老霍比特人详细叙述了（实际上他一点也没有不开心）他与咕噜的整个历险过程。他没有省略任何一条谜语。如果允许他说的话，他还会把那场生日宴会，以及自己事后从夏尔消失的事迹都说出来。但埃尔隆德抬手示意了。

"说得好，吾友，"他说，"不过这次说到这里就好。目前大家知道魔戒传给了你的继承人弗罗多，这就足够了。现在，让他说吧！"

于是，弗罗多虽然不如比尔博那般情愿，还是说了他从收下魔戒保管那天开始所经历的一切。他从霍比屯到布茹伊能渡口的每一步路，都有人提问斟酌；他能想起的有关黑骑手的每一件事，都有人细细查核。终于，他又坐了下来。

"不错啊！"比尔博对他说，"要不是他们不停打断你，你本来可以把这段经历讲成一个好故事。我努力做了点笔记，但要把它写出来的话，咱们得再找个时间一起重温一遍。你还没抵达此地时的经历就够写出整整好几章了！"

"是啊，这真是个相当长的故事。"弗罗多回答，"可是我总觉得故事还不完整。我还想了解好多事，尤其是有关甘道夫的部分。"

来自灰港的加尔多就坐在附近，他听到了弗罗多的话。"你说的正是我想说的。"他叫道，并转向埃尔隆德，"智者或许有充分的理由，相信半身人的珍宝就是争议已久的主魔戒，但不如智者博学的人们恐怕不这么认为。我们是否可以听听证明？而且，我还要问，萨茹曼怎么说？他通晓有关魔戒的学识，可是他却不在场。如果他知道我们刚才听说的一切，他会有什么建议？"

"加尔多，你问的这几个问题，是彼此关联的。"埃尔隆德说，"这些问题我并未忽略，它们应该获得答复，但这些事要由甘道夫出面澄清。我最后才点他的名，因为这是他应得的尊重，这整件事，他才是真正的领导者。"

"加尔多，"甘道夫说，"有些人认为，格罗因带来的消息，以及弗罗多遭到的追击，足以证明半身人的珍宝对大敌来说价值非常。然而它是一枚戒指。那么，是哪一枚呢？那兹古尔持有九戒；七戒要么被夺，要么已毁。"格罗因听到这里动了动，但没说话。"而三戒我们知道在哪里。这一来，他如此迫切想要的这枚戒指，到底是什么？

"从失落到寻获，从大河到大山，这当中确实耗费了很长时间。但智者所缺失的那部分知识，终于得以补全，尽管为时太慢——大敌紧追在后，比我担心得还要接近。好在情况似乎是，直到今年，就是这个刚过的夏天，他才得知全部真相。

"在场有些人应该记得，多年前，我亲自斗胆闯入多古尔都的死灵法师的大门，悄悄探查了他的所作所为，从而确认我们的恐惧乃是现实——他不是别人，正是我们古时的大敌索隆，终于再度凝聚成形，有了力量。有些人应该也记得，萨茹曼当时力劝我们不要公开对抗他，导致我们很长一段时间都只是监视而已。但到了后来，他的阴影逐渐增长，于是萨茹曼不再反对，白道会全力以赴，将那邪恶逐出了黑森林。也正是在那一年，这枚魔戒被找到了——真是个奇怪的巧合，如果这真是巧合的话。

"但是，正如埃尔隆德所预见的，我们行动得太迟了。索隆也在监视我们，对我们的袭击早有防备。他通过驻守着九大爪牙的米那斯魔古尔，远远统治着魔多，直到万事俱备，才从我们面前溃退，但他只是假装落荒而逃。等他到了邪黑塔后不久，便公开宣告自己东山再起。然后，白道会最后一次聚首，因为彼时我们得知索隆空前地急于找到至尊戒。我们当时担心，他已经获知一些我们仍一无所知的消息，但萨茹曼说那不可能，并且对我们老调重弹说：至尊戒永不可能再在中洲寻获。

"他说：'最坏的情况，不过是我们的大敌知道我们没得到它，它仍然下落不明；但他会认为，失落的东西仍有可能被寻获。不要怕！他的企望会欺骗他。我岂不是潜心研究过这项事由吗？那枚主魔戒落入了安都因大河中，而在很久以前，在索隆还蛰伏未起时，它便顺流而下，被冲入了大海。就让它留在那里，直待世界终结好了。'"

甘道夫陷入了沉默。他从廊上向东凝视着迷雾山脉的遥远群峰，危及这世界的祸根，长久以来就隐藏在那片大山底下。他叹了口气。

"当时我犯了错，"他说，"我被智者萨茹曼的话哄骗了。我本该更早去发掘真相才对，倘若如此，我们现今的危险就会降低许多。"

"我们全都犯了错，"埃尔隆德说，"若不是你的警惕，或许黑暗早就已经临到我们头上了。请继续说吧！"

"从一开始，我心里就毫无理由地担忧。"甘道夫说，"我很想知道此物是怎么落到咕噜手里，他拥有它又有多久了。因此，我对他设下监视，猜测他要不了多久就会离开黑暗，出来寻找他的宝贝。他出来了，却逃脱了监视，下落不明。然后，唉！我搁置了这件事，只是继续观望和等待，一如既往——而我们总是观望等待得太多了。

"时光飞逝，我忙于许多旁务，直到我的怀疑再次惊醒，突然变成恐惧。那个霍比特人的戒指是哪里来的？万一我恐惧成真，我们该怎么处置它？这些事我一定得拿个主意。但我没向任何人提起我的恐惧，因为我知道如果一言不慎传了出去，将会招来大祸。长年来所有与邪黑塔的斗争当中，背叛始终是我们最大的敌人。

"那是十七年前的事。很快，我就察觉到夏尔四周聚集起各种各样的奸细，甚至包括飞禽走兽，我的恐惧更深了。我请求杜内丹人相助，他们加倍了警戒。同时，我向伊熙尔杜的继承人阿拉贡表明了心中所虑。"

"而我建议，"阿拉贡说，"尽管似乎太迟，我们仍应该追捕咕噜。并且，伊熙尔杜的过错，理当由伊熙尔杜的继承人出力弥补。于是，我和甘道夫一起展开了漫长又无望的搜索。"

接着，甘道夫讲述了他们如何探索了整片大荒野地区，甚至抵达了阴影山脉和魔多的屏障。"我们在那里得到了有关咕噜的传闻，我们猜他在那片黑暗的山岭中住了很久。但我们一直没找到他，最后我绝望了。然后，我在绝望之中又想到一种测试方法，这样就不必非要找到咕噜——那枚戒指本身就可能说明它是不是至尊戒。我想起了我在白道会上听见的话，那是萨茹曼所言，当时我未多留意，现在我却在心中将字字句句听得分明。

"'九戒、七戒和三戒，每一枚上面都镶有合适的宝石。'他说，'至尊戒却没有。它是一个圆环，没镶宝石，朴实无华，就像一枚次级魔戒。但它的铸造者给它做了记号，这些记号内行人或许还能看见，并且辨认出来。'

"那是什么样的记号，他并没说。现在会有谁知道呢？铸造者知道。萨茹曼知道吗？他的学识虽说渊博，但总有其来源。这枚魔戒在失落之前，除了索隆，还有谁曾戴在手上？只有伊熙尔杜一人。

"一念及此，我便放弃追踪，迅速赶到了刚铎。过去，我所属的族类成员在刚铎颇受礼遇，而其中最受礼遇的是萨茹曼。长年来他都是历任白城城主的座上宾。然而这次德内梭尔大人对我却不如从前那般欢迎，他勉强同意我去查阅他收藏的经卷和书籍。

"'如果你确如所言，只是要寻找古时以及白城创立之初的记载，那你就去看吧！'他说，'在我看来，过去不若将来黑暗，而将来才是我所关心的。不过，萨茹曼曾在此做过很久研究，除非你的本事比他还大，否则你就找不出任何我不通晓的事——我才是精通这座白城的历史学识的大师。'

"德内梭尔虽这么说，但他的藏书当中有许多记载，如今就连博学之士也很少有人能读懂了，因为那些文字和语言对后世人类而言，已是艰深晦涩。波洛米尔，米那斯提力斯仍保存着一卷伊熙尔杜亲自写下的书卷。我猜，自从诸王血脉断绝之后，这书卷除了萨茹曼和我之外，再无旁人读过。要知道，伊熙尔杜并没有像某些传说里所讲的那样，直接从魔多的战场上启程离开。"

"也许北方这么传说，"波洛米尔插嘴道，"但刚铎尽人皆知：他先来到米那斯阿诺尔，在那里陪侄子美尼尔迪尔住了一段时间，指导他，然后才把南方王国的统治权交托给他。也是在那时，伊熙尔杜种下了白树的最后一棵幼苗，以纪念他的弟弟。"

"也是在那时，他写下了这份书卷，"甘道夫说，"而这点在刚铎似乎无人记得。这书卷跟魔戒有关，而伊熙尔杜是这么写的：

从今时起，主魔戒将成为北方王国的传家

之宝；但刚铎亦居住着埃兰迪尔的子孙，有关主魔戒的记载当留在此地，以免有朝一日这些重大事件遭到淡忘。

"在这些话之后，伊熙尔杜描述了他得到魔戒时的情况：

我刚刚拾起它时，它还很烫，烫如炽煤，并灼伤了我的手，让我怀疑我是否永远无法摆脱它带来的疼痛。然而，就在我书写时，它已变冷，似乎还缩小了，其美丽与形状却依然如故。它上面的文字，起初清晰如红焰，现已开始褪淡，难以辨认。那行字以埃瑞吉安的精灵文字刻成，因为魔多没有文字堪当如此细致的工艺，但那种语言我并不懂得。它难听又粗野，我认为它是一种黑暗之地的语言。我不知道它说的是什么邪恶内容，只在此临摹一份，以免它褪淡不见。或许，魔戒仍在怀念索隆之手的热度，他的手漆黑，却如火般炽热，吉尔-加拉德便是死在这双手上。或许，若是将这金戒烧热，字迹就会重新出现。但我个人绝不会冒任何损伤此物的

风险 ——它是索隆全部造物中唯一的美丽之物。它对我来说弥足珍贵[3]，我付出了深重痛苦才得到它。

"一读到这些描述，我的探索便到了终点。因为那行临摹出的文字确实如伊熙尔杜所猜测的，是魔多和邪黑塔爪牙的语言，而那行文字的含义已经众所周知——索隆首次戴上至尊戒那日，三戒的铸造者凯勒布林博便已察觉，并从远方听见他说出了这些话，索隆的邪恶企图也因此暴露无遗。

"我立刻向德内梭尔告辞，但就在我北上的途中，从罗瑞恩传来讯息说，阿拉贡刚经过该地，他已经找到了那个叫咕噜的生物。因此，我先去跟他碰头，听他讲述经过。我甚至不敢猜想，他独自经历了什么样的致命危险。"

"那些危险没有必要多说。"阿拉贡说，"一个人若必须走近黑门的监视所及之处，或踏过魔古尔山谷的致命之花，那么他必然会经历危险。我本来到最后也绝望了，开始踏上返家之路。接着，全凭运气，我突然碰上了我在搜索的——泥塘边的浅脚印。当时那足迹既新鲜又急促，但不是去往魔多，而是离开。我沿着死亡沼泽的边缘追踪那足迹，然后逮到了他。那时正是傍晚，天色渐暗，咕噜潜伏在一潭死水旁，盯着水里看，被我一举擒获。他全身裹满绿色的黏液。恐怕他永远也不会喜欢我，因为他咬了我，我也没手下留情。从他那张嘴里，我除了牙印什么也没得到。我觉得，我整个旅程中，这段归途是最糟糕的。我日夜看着他，给他脖子上套了根绳子，驱赶他走在我前面，还堵住了他的嘴，直到他因为缺水少食而被驯服。我押着他一直朝黑森林走，终于把他带到那里，交给了精灵，因为我们事前决定这样做。他臭气熏人，我很高兴不用再跟他做伴。我个人希望永远别再见到他。不过甘道夫来了，耐着性子跟他谈了很久。"

"是的，冗长又无聊，"甘道夫说，"但总算有点收获。首先，他所说的失掉戒指的经过，跟刚才比尔博首度公开的一致，但那并不重要，因为我早就猜到了。不过，我却因此头一次得知咕噜的戒指是来自金莺尾沼地附近的大河里，还得知他拥有它很久了，有好几倍他那个小种族的寿命之久。那戒指的力量大大延长了他的寿命，但只有主魔戒才具备这样的力量。

"如果这还不足为证的话，加尔多，我说过还有另一个测试方法。这枚刚才举起来给你们看的戒指，浑圆又不加装饰，而如果有人下定决心将这金戒放进火里烧一会儿，就仍可在上面读到伊熙尔杜所说的文字。我已经那么做过，而这是我所读到的：

> Ash nazg durbatulûk, ash nazg gimbatul,
> ash nazg thrakatulûk
> agh burzum-ishi krimpatul[4]"

巫师嗓音一变，令人大吃一惊。他的语声突然变得凶狠、强大，如岩石般粗厉。似乎有道阴影掠过了高悬的太阳，门廊一时之间也暗了下来。人人都禁不住战栗，精灵全捂住了耳朵。

"灰袍甘道夫，过去从没有人敢在伊姆拉缀斯用这种语言说话。"等阴影过去，众人缓过气来，埃尔隆德说。

"让我们希望以后也没人会再在此地说它！"甘道夫回答，"但是，埃尔隆德大人，我并不求你原谅。因为，要是不想很快在西部每个角落都听见这种语言，那就让我们所有人都别再怀疑了——此物的确就是智者所宣称的那件大敌的法宝，它满载着他的全部恶毒。他在古时所拥有的力量，有极大一部分就蕴藏在此戒之中。以下便是那些自黑暗年代流传至今的话语，埃瑞吉安的工匠当初听见，便知道自己遭到了背叛：

> 统御余众，魔戒至尊，罗网余众，魔戒至尊，禁锢余众，魔戒至尊。

"而且，各位朋友，你们要知道：我还从咕噜那里得知了更多。他一点也不情愿开口，说的故事也不清不楚，但毫无疑问他去过魔多，并且在那里被迫说出了他知道的一切。因此，大敌如今知道，至尊戒已被寻获，长期以来都在夏尔。由于他的爪牙几乎追到我们门前，他也很快就会知道——也许就在我说话的这会儿，他已经知道——它就在我们这里。"

众人坐在椅上，默默无言。过了好一阵子，波洛米尔才开口说："你说，那个咕噜是个小东西？小，却是个大祸根。他后来怎样了？你们怎么处置他了？"

"他被囚禁起来了，仅此而已。"阿拉贡说，"他已经受了不少罪。毋庸置疑，他曾遭到酷刑折磨，对索隆的恐惧蒙蔽了他的心。不过，我还是很高兴一件事，那就是他被警惕的黑森林精灵妥善看管着。他积恨甚深，这给了他极大的力量，你很难相信那么瘦弱枯槁的一个人竟会有那么大力量。假使他获得自由，他还能干出许多坏事。我毫不怀疑，他之所以获准离开魔多，是负有邪恶任务的。"

"唉！唉！"莱戈拉斯叹道，英俊的精灵面孔满布愁云，"现在必须得说我被派来传达的消息了——不是什么好消息，但我直到现在才知道，这消息对在座各位来说可能有多糟糕。斯密戈，也就是你们说的咕噜，已经逃脱了。"

"逃脱了？"阿拉贡失声叫道，"这的确是坏消息！恐怕我们全都要无比懊悔。瑟兰杜伊的族人究竟怎么会有负重托？"

"并不是因为监管不周，"莱戈拉斯说，"但或许是因为好心过头。而且，我们担心：囚犯是获得了旁人协助，对方比我们想象的更为了解我们的作为。我们应了甘道夫的嘱咐，日夜看守着这个生物，哪怕我们其实对这任务十分厌倦。但甘道夫嘱咐我们，他仍然有救，我们不应对他绝望，而且我们也不愿将他成天囚在地牢里，因为他在那里可能又会重陷从前的黑暗心思中。"

"当年你们对我可没那么客气啊！"格罗因说，眼中光芒一闪，想起了过去被精灵王囚禁在厅堂深处的经历。

"拜托！"甘道夫说，"我的好格罗因，请你别打岔。那是个令人遗憾的误会，早就已经了结啦。如果精灵和矮人之间所有的恩怨都要在此拿出来讲上一番，那我们还不如干脆放弃这次会议。"

格罗因起身鞠了一躬，于是莱戈拉斯续道："天气好的时候，我们会带咕噜在森林中走走。林中有棵大树，它兀自高耸，离其他树木都颇有距离，他很喜欢爬上去。通常，我们都会任他爬到最高的树枝上，好感受自由的风，不过我们会安排卫士在树底下看守。有一天，他拒绝下来，而卫士们又不想爬上去抓他——他已经学会了用脚抓紧树的把戏，就跟用手抓一样牢。于是，他们在树下一直坐到了深夜。

"就在那个无星无月的夏夜，奥克出其不意向我们发动了袭击。我们费了些时间才把他们击退。他们数量既多，又很凶猛，但他们是从山脉另一边过来的，不熟悉森林。等战斗结束，我们发现咕噜不见了，看守他的卫士不是被杀就是被俘。如此一来，事态便很明显了——那场突袭正是为了营救他，而他事先就知情。我们揣测不出此事是怎么计划的，但咕噜十分狡猾，而大敌又有众多奸细。除掉恶龙那年所驱逐出去的各种妖物，已经大举卷土重来，黑森林在我们维护的王国领域之外，再度成了邪恶之地。

"我们没能重新抓获咕噜。我们在众多奥克的脚印中发现了他的踪迹——径直扎进森林深处，往南而去。但没多久他就摆脱了我们的追踪，而我们也不敢继续追猎下去，因为我们当时接近了多古尔都，那里仍旧是个非常邪恶的地方，我们从不去那里。"

"好吧，好吧，他已经跑了。"甘道夫说，"我们没时间再去找他。就随他去吧。但是，他可能还会扮演一个不管是他自己还是索隆都料想不到的角色。

"现在，我会回答加尔多其余的问题——萨茹曼怎么说？针对这一危机，他会给我们什么建议？这部分故事我必须详细叙述，因为之前只有埃尔隆德听我简要述说过，而它与所有我们必须解决的问题都有关。迄今为止，这是'魔戒传说'的最后一章。

"六月底时我在夏尔，当时我心头焦虑笼罩，于是骑马去了那片小地方的南部边界。因为我有不祥的预感，觉得有种我还不了解的危险正在不断迫近。我在边境上听说了消息，得知刚铎的战事与挫败，而当我听说'黑魔影症'，内心登时一凉。除了少数从南方来的难民，我没有其他发现，但在我看来，他们身上有种他们不肯提及的恐惧。于是，我转向东边与北边，沿绿大道而行。在离布理不远的地方，我碰见了一位坐在路旁坡上的旅人，他的马就在他身边吃草。那是褐袍拉达加斯特，他有段时间住在靠近黑森林边界的罗斯戈贝尔。他是我的同侪之一，但我已经多年没见过他了。

"'甘道夫！'他喊，'我正在找你哪！但我在这一带人生地不熟，只知道或许能在一个名字生僻、叫作'夏尔'的穷乡僻壤找到你。'

"'你的消息没错，'我说，'不过你现在很接近夏尔的边界了，要是碰到哪个当地的居民，可千万别这么说。你找我什么事？一定很紧急。你从来不出远门，除非事态紧急。'

"'我身负紧急要务。'他说，'我带来了坏消息。'语毕，他朝四周张望了一番，仿佛隔墙有耳似的。'是那兹古尔，'他悄声说，'九戒灵又出动了。他们秘密渡过了大河，正朝西而来。他们乔装成黑衣的骑手。'

"那一刻，我知道了自己莫名恐惧的是什么。

"'大敌一定有什么重大的需求或图谋，'拉达加斯特说，'但究竟是什么令他注意这片遥远又荒凉的地区，就不是我能猜到的了。'

"'你这话什么意思？'我问。

"'别人告诉我，无论黑骑手去到哪里，都在打听一个名叫夏尔的地方。'

"'**这个夏尔。**'我说，整颗心却沉了下去。当九戒灵齐聚在他们那凶恶的首领麾下，即便是智者，都惧怕与他们对敌。那个首领古时曾是伟大的君王与法师，如今他掌控着致命的恐惧。'谁告诉你的？谁派你来的？'我问。

"'是白袍萨茹曼。'拉达加斯特回答，'他让我转达说，你若觉得有需要，他会伸出援手，但你必须立刻去寻求他的帮助，否则就会为时过晚。'

"那个口信给我带来了希望，因为白袍萨茹曼是我的同侪中最强大的一位。当然，拉达加斯特是个称职的巫师，他精于易形改貌，对草药和走兽都拥有丰富的知识，尤其还与飞禽为友。不过，萨茹曼长久以来一直在研究大敌的技艺，因此，我们经常能够制敌机先。正是靠着萨茹曼的策划，我们才将大敌逐出了多古尔都。也许，萨茹曼已经找到了什么武器，可以把九戒灵赶回去。

"'我会去见萨茹曼。'我说。

"'那你必须马上动身。'拉达加斯特说，'因为我浪费了不少时间找你，日子所剩不多了。萨茹曼交代我，要在仲夏日之前找到你，而现在已经是仲夏日了。就算你即刻从这里出发，也只是勉强能在九戒灵发现他们要找的地方之前，到达萨茹曼那里。而我自己得马上回去了。'说完他便上了马，立刻就想走。

"'等等！'我说，'我们将需要你的帮助，以及所有自愿者的帮助。向所有与你为友的飞禽走兽散布消息，让它们将一切有关此事的消息都送去给萨茹曼和甘道夫。让它们把消息送到欧尔桑克。'

"'这我会办。'他说，然后就纵马走了，仿佛九戒灵紧追在后似的。

"我没法当场就跟他走。那天我已经骑了很远，人马俱疲，并且我还得好好考虑一下情况。那晚我下榻布理，并且决定不回夏尔了，时间不允许。这是我生平所犯的最大错误！

"不过，我写了封信给弗罗多，拜托我的朋友，也就是客栈老板，帮我捎信给他。天一亮我便出发了，长途奔驰，终于到了萨茹曼的住处——远在南方迷雾山脉尽头的艾森加德，离洛汗豁口不远。波洛米尔会告诉你们，洛汗豁口是一处极其开阔的山谷，位于迷雾山脉和埃瑞德宁莱斯——亦即他家乡的白色山脉——最北麓之间。而艾森加德是一圈陡岩，如墙一般环抱山谷，山谷中央有座石塔，名唤欧尔桑克。这塔是很久以前努门诺尔的人类所建，不是萨茹曼的手笔。此塔极高，具有许多奥秘，但看起来却不像人工所砌。只有穿过艾森加德那圈岩石环场，才能抵达高塔，而环场只有一处大门。

"我在一天傍晚来到了大门前，它就像一道开在石墙上的巨大拱门，守备森严。不过，大门守卫正在等我，告诉我萨茹曼在等候我。我骑马从拱门下穿过，大门在我背后无声关上，不知为何，我突然一阵心惊。

"我骑马来到欧尔桑克塔底，到了楼梯下，萨茹曼就在那里等我，领我上到了他的高层议事厅。他手上戴着一枚戒指。

"'你总算来了，甘道夫。'他严肃地对我说。但他眼中似乎有道白光，仿佛内心正在冷笑。

"'是的，我来了。'我说，'我前来寻求你的援助，白袍萨茹曼。'那个头衔似乎激怒了他。

"'真的吗？灰袍甘道夫！'他冷嘲道，'求援？灰袍甘道夫会求援，这可真少见啊。一个这么狡猾、这么睿智的人，四处漫游，插手每一件事——也不管那是否归他管辖——竟会求援？'

"我看着他，满心不解。'如果我未被蒙骗，'我说，'事情现在的进展，正需要我们所有人齐心协力啊。'

"'也许吧，'他说，'但你现在想到，已经太迟了。我很好奇，如此至关重要之事，你瞒着我这个白道会的首领，有多久了？现在又是什么事令你从蛰伏之地夏尔来到这里？'

"'九戒灵再度出动了。'我回答道，'他们已经渡过大河。拉达加斯特这么告诉我的。'

"'褐袍拉达加斯特！'萨茹曼大笑说，再也不掩饰轻蔑，'拉达加斯特那个驯鸟人！拉达加斯特那个头脑简单的货色！拉达加斯特那个笨蛋！不过，他总算还有足够的脑子，办好了我派他办的事。你这不就来了？我送口信的全部目的就在于此。灰袍甘道夫，你就给我留在这里，安顿下来别再上路了。因我乃智者萨茹曼，铸戒者萨茹曼，诸色兼具的萨茹曼！'

"这时我才看向他的长袍，它乍看之下是白色，却又不尽然，乃是以无数颜色织成，他一动，那些斑斓的色彩便闪烁变换，令人目不暇给。

"'我更喜欢白色。'我说。

"'白色！'他冷笑道，'白色乃是开端。白布可染。白纸可写。白光可分。'

"'如此一来，它就不再是白色。'我说，'倘若借由破坏事物来发掘其本质，那就已经背离了智慧之道。'

"'你对我说话，大可不必好像对着那些你当成朋友的傻瓜。'他说，'我找你来此，不是要你来教训我，而是向你提供一个选择。'

"于是他站起身来，开始宣告，仿佛发表一篇长久排练好的演说：'远古时代已成过去，中古时代正在消逝，新生时代正在展开。精灵的时代业已结束，我们的时代却触手可及——我们必定要统治人类的世界。但我们必须拥有权力，可以按照我们的意志来统治万物的权力，来获取只有智者才能看见的利益。

"'听着，甘道夫，我的老朋友和老帮手！'他说着，向我走近，这会儿放低了声音，'我说"**我们**"，因为你若肯与我合作，那就会是"**我们**"。一股新的力量正在崛起。要与之抗衡，旧日的联盟和策略完全无济于事。精灵和苟延残喘的努门诺尔人，都毫无希望。因此，你，不，我们，面前摆着一个选择。我们可以与那股势力合作。甘道夫，那才是明智的。那条路才有希望。那股势力的胜利就在眼前，那些给予援手的人将获得丰厚的报偿。随着那股力量的扩张，被证实与它为友的，也会壮大。而像你我这样的智者，或可耐心在最后成功左右它的方向，控制它。我们可以等候时机，把这些念头深藏心底，或许也要强烈谴责过程中做下的恶事，但赞同这些崇高的终极目标：知识、规则和秩序。我们那些或软弱或懒散的朋友成事不足、败事有余，致使这一切我们为之努力奋斗的目标，至今徒劳无果。我们的计划不需要，也不会有任何真正的改变，唯一要变的只是我们的方法。'

"'萨茹曼，'我说，'我从前也听过这种游说，但都出自魔多派来欺骗愚民的使者之口。我实在想不到，你大老远把我叫来，就只为了让我听这种陈词滥调。'

"他斜着眼看我，略作沉吟。'嗯，看来这条明智之路不得你青睐，'他说，'还是说，尚未得你青睐？而只要还有某种更好的办法，你就不会青睐这条路？'

"他走过来，将修长的手搭在我臂上。'但为什么不呢，甘道夫？'他悄声说，'为什么不？是因为统御魔戒吗？如果我们能控制它，那么那股力量就能落到**我们**手上。这才是我引你来此的真正原因。我手下有许多耳目，我相信你知道这件至宝如今藏在何处。难道不是吗？或者说，为什么九戒灵要找夏尔？而你待在那边又是在做什么？'他说完这话，眼中突然冒出再也掩饰不住的贪婪光芒。

"'萨茹曼，'我避开他说，'你清楚得很，至尊戒一次只能由一个人驾驭，所以别再费事说什么"**我们**"了！而我不会交出它来，不，而且我既然知道了你的心思，我连它的消息都不会告诉你。你曾是白道会的首领，但你终于露出了真面目。哼，似乎选择若不是顺服索隆，就是顺服你。而我两者都不选。你还有别的选择给我吗？'

"这时的他冷酷又危险。'有。'他说，'我本就不曾指望你表现出智慧，即便这是为你自己好。不过我已给了你心甘情愿帮我的机会，那样你也好给你自己省些麻烦跟痛苦。第三个选择是待在这里，直到结束。'

"'直到什么结束？'

"'直到你向我透露何处能找到至尊戒，我或许可以找到说服你的办法。抑或，直到不需你合作也找到至尊戒，而君临天下之人有时间去处理轻松些的问题，比如，给既傲慢无礼又拖后腿的灰袍甘道夫设计一个合适的奖赏。'

"'那可不见得会是轻松些的事。'我说。而他大声嘲笑我，知道我说的不过是空话。

"他们把我抓起来，单独囚在欧尔桑克的塔顶上，萨茹曼通常在那里观测星象。那里除了一道有数千台阶的狭窄楼梯，再无旁路可以下去，而下方的山谷看起来非常遥远。我向下张望，发现曾经一片苍翠蓊郁的美丽山谷，如今布满了坑洞与熔炉。恶狼和奥克在艾森加德定居，萨茹曼为自己召聚了大批兵力，要与索隆争锋——他尚未成为索隆的手下。在这一切工事上空，一团乌烟瘴气萦绕不去，裹在欧尔桑克四周。我独自站在云间的一座小岛上，毫无逃跑的机会，日子过得十分艰难。塔上寒风刺骨，我只有一点空间可以踱步，闷闷地想着九骑手正在北上。

"萨茹曼的话有可能是谎言，但我感到十分确定的是，九戒灵的确东山再起了。早在我来到艾森加德之前，沿途我已经听到一些确凿无疑的消息。我心里一直为我那些夏尔的朋友担心，但我仍心怀希望，但愿弗罗多如我信中所敦促的，已经立刻出发，在致命的追击开始之前就已经抵达了幽谷。事实证明，我的担心和希望都没基础——我把希望寄托在布理的一个胖子身上，而我的担心是基于索隆的狡猾。但是卖啤酒的胖子要照管的太多，而索隆的力量还没强到我所担心的那个地步。不过，谁要是独自身陷在艾森加德环场当中，都很难想象那些猎手会在遥远的夏尔碰壁，因为阻挡他们的人非逃即死。"

"我看见你啦！"弗罗多叫道，"你当时在来回踱步，发间沐着月光。"

甘道夫吃惊得住了口，看向他。"那只是个梦，"弗罗多说，"我突然间想了起来，我本来已经忘得差不多了。那个梦是一段时间以前的事，我想，是在我离开夏尔之后。"

"那它来得可迟啦，"甘道夫说，"你等一下就知道了。我那时可谓身陷不幸的困境。认识我的人一定都同意，我很少落入这种危境，并且很不适应这种倒霉状况。灰袍甘道夫，竟像只苍蝇落在蜘蛛奸诈的网中！但是，就算最细心的蜘蛛，也可能吐出不牢靠的蛛丝。

"起初，我害怕拉达加斯特也已经堕落了——萨茹曼毫无疑问就是打算让我这么想。但是，在我们碰面那会儿，我没从他的声音和眼睛里觉察出任何一点蹊跷。要是我看出有诈，我绝不会到艾森加德来——或者，我来时会更谨慎。萨茹曼也猜到了这一点，所以他隐藏了自己的企图，欺骗了他的信使。而且，妄图争取诚实的拉达加斯特支持背叛，纯属白费心机。拉达加斯特是出于善念寻找我的，因此才说服了我。

"而萨茹曼的诡计就是这样失败的。因为拉达加斯特没有理由不按我要求的去做。他骑马去了黑森林，他在那边有许多老朋友。迷雾山脉的大鹰飞得又高又远，他们看到了许多动向：恶狼聚集，奥克集合，九戒灵在各地奔走。他们还听到了咕噜逃脱的消息。他们派了一位使者把这些消息带给我。

"于是，当夏天即将逝去，在一个有月亮的夜晚，大鹰中速度最快的风王格怀希尔，出乎意料来到了欧尔桑克。他发现我站在塔顶上。我跟他谈话，他在萨茹曼发现之前，载我离开了那里。在恶狼和奥克从艾森加德出来追击我时，我已经离开那里很远了。"

"'你能载我飞多远？'我问格怀希尔。

"'许多里格，'他说，'但不能去大地的尽头。我是被派来送信的，不是来载人的。'

"'那么我必须在陆地上找匹坐骑，'我说，'一匹四蹄迅捷如风的骏马，我从来没有这么急着赶时间。'

"'好，我会载你到埃多拉斯，那是洛汗之王的宫殿所在。'他说，'那离这里不太远。'我很高兴，因为在洛汗，也就是里德马克[5]，住着'驭马者'洛希尔人[6]，再没有哪里的马能比迷雾山脉和白色山脉之间的大山谷中养出来的更好了。

"'你想，洛汗的人类还可靠吗？'我问格怀希尔，萨茹曼的背叛已经动摇了我的信心。

"'他们进贡马匹，'他回答，'据说，每年都送许多马去魔多。但他们还没有屈服。但倘若真如你所言，萨茹曼已经投向邪恶，那么他们的厄运也就不远了。'

"天快亮时，他将我在洛汗境内放下。现在，我已经把我的故事拖太长了，剩下的部分会尽量长话短说。我在洛汗发现，邪恶——也就是萨茹曼的谎言——已经在运作。那地的国王不肯听从我的警告。

他叫我挑匹马，赶快离开，于是我挑了匹马，十分合我心意，却十分不合他心意——我选了他国中最好的一匹马，我从未见过像他这样的马。"

"那么他一定是匹高贵的马，"阿拉贡说，"得知索隆能索得这样的贡品，比许多其他似乎更坏的消息还要令我悲伤。上次我在那里时，情况还不是这样。"

"现在也不是，我发誓。"波洛米尔说，"这是来自大敌的谎言。我了解洛汗的人类。他们真诚又勇敢，是我们的盟友，仍住在很久以前我们赠给他们的土地上。"

"魔多的阴影笼罩着远方各地，"阿拉贡答道，"萨茹曼已经沦落其下，洛汗已被围困。谁知道当你归返时，会在那里发现什么？"

"至少他们绝不会交出马来保命。"波洛米尔说，"他们爱护马匹仅次于爱护自己的亲人。这是有理由的，里德马克的马乃是来自远离魔影的北方原野，其种族跟他们的主人一样，都承自古时的自由时代。"

"千真万确！"甘道夫说，"他们当中有一匹很可能是在混沌初开之际诞生的。九戒灵的马不能与他争雄。他不知疲倦，迅捷如风。他们叫他'捷影'[7]。他的一身皮毛，在白昼闪亮如银，在黑夜则如暗影，来去无踪，蹄轻无声！从未有人骑过他，但我捕获了他，驯服了他。他驮着我风驰电掣，当我从洛汗动身时，弗罗多正离开霍比屯，而当我抵达夏尔时，弗罗多才到了古冢岗。

"但是，我兼程赶路的同时，心中恐惧也愈来愈深。我一路向北，沿途都听说了黑骑手的消息。尽管我一天天越追越近，他们还是始终领先。我得知他们兵分数路：有些仍留在离绿大道不远的东部边界，有些从南边侵入夏尔。我去到霍比屯，弗罗多已经走了。我跟老甘姆吉谈了谈，说了很多，却少有切中要点。他一讲起袋底洞新主人的缺点，就滔滔不绝。

"'我可受不了变化啦，这辈子是不行啦，'他说，'更别提还是最坏的变化！'他重复了许多次'最坏的变化'。

"'"最坏"是个糟糕的词，'我对他说，'但愿你有生之年不必见到。'但从他的话中，我终于得知弗罗多不到一星期前离开了霍比屯，还有个黑骑手在同一天傍晚曾来到小丘。我怀着忧惧上路，当我到达雄鹿地，发现那里群情沸腾，就像棍子捣了蚂蚁窝一样。我前往克里克洼的房子，那里门户洞开，空无一人，但在门槛上掉着件斗篷，是弗罗多穿过的。有那么片刻，我感到了绝望，因而没有留下来打听消息，否则也不至于那么难过。我骑马去追踪黑骑手。追踪很困难，因为去向纷杂，让我不知如何是好。不过，我觉得有一两个是骑往布理，于是我走了那条路，因为想到有些话可跟客栈老板说。

"'他们叫他黄油菊，'我心里想着，'如果这延误是他的错，我就把他身上的黄油都给化出来。我要把那老笨蛋放在文火上烤了。'他显然也有同样觉悟，一见到我露面，他就扑倒在地，差点当场化了。"

"你把他怎么了？"弗罗多惊叫，"他真的对我们很好，已经竭尽他所能了。"

甘道夫大笑。"别怕！"他说，"我没整治他，也没怎么训斥他。等他停止颤抖，从他口里问出的消息令我雀跃万分，甚至拥抱了那个老家伙。我当时猜不出事情的经过，但是我得知你们前一晚就在布理，次日早上跟着大步佬一起离开。

"'大步佬！'我叫道，高兴得提高了嗓门。

"'是的，老爷，恐怕是这样的，老爷。'黄油菊弄错了我的口气，说，'我尽了力，可他还是找到了他们，然后他们就跟他混到一起了。他们在这里时，举止从头到尾都相当古怪，你可以说，异常顽固。'

"'笨驴！蠢蛋！我加倍可敬又亲爱的麦曼！'我说，'这是自从仲夏日以来我听到的最好的消息，至少值一个金币。愿你店里的啤酒香醇迷人，出类拔萃达七年之久！'我说，'现在，我可以睡一晚好觉了，我已经忘了上次好好睡一觉是什么时候的事了。'

"于是，当晚我在那里过夜，十分想知道那些黑骑手怎么样了。因为布理的消息表明，只有两个来过此地。但那天晚上我们听到了更多消息。至少有五个从西边过来，他们掀倒了大门，像一阵狂风呼啸着穿过布理，直到现在，布理的居民还在颤抖不已，认为世界末日就要来临了。而我在黎明前起身，追踪他们。

"我不确知详情，但在我看来事情肯定是这样的：他们的首领仍在布理南边某处，秘密地按兵不动，与此同时，有两个黑骑手先来穿过村镇，另外四个侵入了夏尔。但是，当他们在布理和克里克洼都遭到挫败后，他们回到首领那里报告消息，因此有段时间大道并无骑手把守，只有他们的眼线监视。他们的首领随即派了几人直接穿过乡野朝东而去，自己则怀着盛怒和余下的人沿着大道骑行。

"我如一阵狂风，疾奔向风云顶，在离开布理的第二天日落之前赶到，而他们已经先我而到。他们感到我咄咄逼人的怒气，同时也不敢在光天化日之下与我交锋，便避开我撤退了，但天黑后他们便围拢过来。我被围困在山顶，在阿蒙苏尔的古老环形石墙内。我着实被逼得不轻，自从古时战争的烽火之后，风云顶一直不曾见过如此的闪电与火焰。

"日出之际，我逃出重围向北飞奔。我无法指望再采取什么措施了。弗罗多，我要在荒野中找到你是不可能的，并且在九戒灵紧追在后的情况下去找你更是愚蠢。因此，我只能信任阿拉贡。但我还是希望牵制住他们当中的几个，同时又能先你们抵达幽谷，派出援手。确实有四个黑骑手跟着我，但过了一阵子之后他们就掉头回去，似乎是朝渡口去了。这多少帮了点忙，当你们的营地遭到袭击时，只有五个骑手而非九个。

"我沿苍泉河而上，穿过埃滕荒原，再由北而下，经过一条漫长艰难的路，终于抵达了此地。从风云顶到这里，我花了将近十五天。由于我无法在食人妖荒原的山岩间骑马奔跑，所以捷影离开了，我让他回他主人那里去，但我们之间已经建立起深厚的友谊，我若有需要，他会应我的召唤前来。就这样，我只比魔戒早两天抵达幽谷，而魔戒险象环生的消息也已经传到此地——而这被证实极有帮助。

"弗罗多，我的故事到此结束。愿埃尔隆德和大家原谅我的冗长叙述。毕竟，这样的事过去从未发生过——甘道夫竟然失约，未信守承诺如期而至。我想，对持戒人说说如此不寻常的事件，是有必要的。

"好，现在故事从头到尾都说完了。我们都在，而魔戒也在，但我们一点都没有更接近目标。我们该拿它怎么办？"

众人一阵沉默。末了，埃尔隆德再次开口了。

"关于萨茹曼的消息，着实令人痛心。"他说，"因为我们信任过他，我们所有的谋划他都参与甚深。无论出发点是善是恶，过度深入研究大敌的技艺都是危险的。不过，唉！这样的堕落与背叛，从前也发生过。我觉得，我们今天所听到的故事中，数弗罗多的故事最奇怪。我认识的霍比特人，除了在座的比尔博，没有几个；而在我看来，弗罗多可能不像我以为的那样孤单独特。自从我上次到西部旅行，世界已经改变了许多。

"我们知道那些有着许多名字的古冢尸妖；我们听过有关老林子的许多传说——它现存的规模，不过是古时它的北部外缘而已。曾有一段时期，松鼠可以从一棵树跳到一棵树，从现在的夏尔一路跳到艾森加德西边的黑蛮地。那些地方我曾旅行过一次，了解到许多未开化的奇异事物。不过我忘了邦巴迪尔——如果这跟很久以前走过森林和山岗的确实是同一个人，而早在那时，他就比长者都要年长了。那时他也不叫邦巴迪尔，我们称他伊阿瓦因·本－阿达尔，'至长且无父之人'。但别的种族给他取了许多不同的名字：矮人叫他佛恩，北方人类叫他欧拉尔德，此外还有其他名字。他是个奇特的生灵，也许我本该召唤他来参加我们的会议。"

"他不会来的。"甘道夫说。

"可我们还来得及捎信给他，以获取他的帮助吧？"埃瑞斯托问，"他似乎拥有连魔戒也能支配的力量。"

"不，我不这么认为。"甘道夫说，"应该说，魔戒没有支配他的力量。他是自己的主人，但是他无法改变魔戒本身，也无法除去魔戒控制他的力量。如今他已隐退到了一个小地方，并在周围设下了屏障，可能是在等候时代改变。没有人看得见那些屏障，他也不会踏出屏障一步。"

"但是在那些屏障之内，似乎没有什么能令他忧心。"埃瑞斯托说，"他是否能拿走魔戒，保存在该处，使其永不危害天下？"

"不，"甘道夫说，"他不会情愿的。如果全世界的自由人民都恳求他，他或许会这么做，但他不会明白危机何在。如果把魔戒交给他，他很快就会把它忘到脑后，最有可能是将它随手一丢。他不会把这类东西放在心上。他将是最不牢靠的守护者，而仅仅这点就足以回答你的问题了。"

"而且，把魔戒送去给他，只会拖延邪恶之日的来临。"格罗芬德尔说，"他离此很远，我们现在绝不可能既不让人猜到，又不引起任何奸细注意地把它送去给他。而就算我们办得到，魔戒之主也迟早会知道藏匿它的地方，然后就会倾力前去夺取。邦巴迪尔能够独自抵挡那样的力量吗？我想不能。我想，到最后，若是世间别处都被攻克征服了，那邦巴迪尔也会倒下的——他将是'终'，正如他是'首'；然后黑夜就会降临。"

"除了伊阿瓦因这名字，我对他一无所知，"加尔多说，"但是，我想格罗芬德尔说得对。伊阿瓦因没有能够对抗大敌的力量，除非这样的力量就在于大地本身。然而，我们知道索隆可使山崩地裂；而在伊姆拉缀斯这里，在海港的奇尔丹那里，以及在罗瑞恩，仍然有这样的力量与我们同在。但是，当其他各地都被索隆征服，当大敌最后攻向我们，那些地方和我们这里所具有的力量，能抵御他吗？"

"我没有那样的力量，"埃尔隆德说，"他们也没有。"

"那么，如果不能靠力量来永远阻止他得到魔戒，"格罗芬德尔说，"我们能尝试的就只剩了两件事：或是将它送去大海彼岸，或是将它销毁。"

"但是，甘道夫已经向我们透露，我们无法凭借我们拥有的任何技艺销毁它。"埃尔隆德说，"而住在大海彼岸的人不会接受它，因为无论是善是恶，它都属于中洲，必须由我们这些仍住在中洲的人处理。"

"那么，"格罗芬德尔说，"让我们将它丢入深海，从而让萨茹曼的谎言成真！因为现在很清楚了：早在当时的白道会会议中，他就已经踏上了邪路。他知道魔戒没有永远失落，却希望我们这么想，因为他自己开始垂涎它。但是谎言中往往也藏着真理：它在大海中会安全的。"

"不会永远安全。"甘道夫说,"深海中有许多东西,并且,沧海也可能变成桑田。我们在座各位的责任,不是只考虑一时,或人类几代,或世界一个纪元。我们应当寻求彻底解决这个威胁的办法,即使我们不指望真能做到。"

"而我们是不能从前往大海一途找到这个解决办法的。"加尔多说,"既然回到伊阿瓦因那里都被认为太危险,那么逃向大海的路现在就更是凶险万分。我心里预感,当索隆知道来龙去脉后,他会料到我们将取道西行,而他很快就会知道的。九戒灵确实失去了马,但那只是暂时的,他们很快就会找到行动更快的新坐骑。如今只有刚铎那正在衰落的力量,阻挡他沿海岸向北大举挥兵进攻;而他若当真挥兵前来攻击白塔和海港,那从此以后,精灵就可能再也逃不出中洲逐渐扩展的阴影了。"

"他的挥兵进击将会被延迟许久。"波洛米尔说,"你说,刚铎在衰落;但是,刚铎依然屹立着,即使是强弩之末,也依然非常强大。"

"但是刚铎的警戒已经再也挡不住九戒灵了。"加尔多说,"而且索隆还可能找到其他不受刚铎防守的路。"

"那么，就只剩下两条路了。"埃瑞斯托说，"诚如格罗芬德尔先前所言：将魔戒永远藏匿，或将它销毁。但这两者我们都无能为力。谁能帮我们解开这个困局？"

"在场无人能解。"埃尔隆德沉重地说，"至少，没有人能预知我们做了选择后，结果将会如何。但是，此刻我觉得，我们该走哪条路，已经一清二楚。西行的路看来最容易，因此必然不可行；它一定受到监视，精灵太常从那条路逃离了。现在，当此最后关头，我们必须选一条艰难的路，一条无人料到的路。那才是我们的希望所在——假使那是希望的话。那就是：步上险途，前往魔多。我们必须把魔戒送去火焰之山。"

众人再次一片沉默。即使身在这座美好的屋宇中，向外看着阳光普照、清澈流水哗响不绝于耳的河谷，弗罗多仍感到一股死亡的黑暗涌上心头。波洛米尔动了动，引得弗罗多望向了他。他皱着眉头，抚弄着那支大号角。终于，他开了口。

"我还没完全明白。"他说，"萨茹曼是个叛徒，但他难道不也表现了一点智慧吗？为什么你们总说藏匿和销毁？为什么我们不能这么想——主魔戒恰在我们急需时来到我们手上，正可为我们所用？自由一方的领袖们运用它，肯定可以打败大敌。我认为，那才是他最害怕的。

"刚铎的人类是英勇的，他们绝不会屈服，但他们可能被击败。英勇首先需要的是力量，其次则是武器。如果魔戒具有你们所说的力量，那就让它成为我们的武器吧！取了它使用，出击迎接胜利！"

"唉！不行。"埃尔隆德说，"我们不能使用统御魔戒。我们现在对此是再清楚不过了。它属于索隆，由他独力打造，乃是全然邪恶。波洛米尔，它的力量过于强大，除了那些本身已经拥有极强力量的人，没有谁能随心所欲地操控它。但是，它对力量强大者还有更致命的危险。单单对它的渴望，便足以腐蚀人心。想想萨茹曼吧。如果任何智者使用这枚魔戒，运用自己的手段推翻了魔多之主，那他随后将会亲自坐上索隆的宝座，从而诞生另一位黑暗魔君。这便是另一个必须销毁魔戒的理由：只要它存于世间，就连智者都有危险。万物伊始，皆为无邪，纵是索隆亦然。我不敢取了魔戒，隐藏起来；我也不会取了魔戒，为我所用。"

"我也不会。"甘道夫说。

波洛米尔狐疑地看着他们，但他仍旧低下了头，说："那就这样吧。如此一来，我们在刚铎就必须依靠眼下拥有的武器了。至少，在智者看守这枚魔戒的同时，我们会继续战斗下去。但愿那把断剑还能封堵、遏止这股狂潮——如果运用它的手不但继承了一件传家之宝，还同时继承了人中王者的精华。"

"谁知道呢？"阿拉贡说，"但有朝一日，我们将会验证。"

"但愿那天不要拖得太久。"波洛米尔说，"虽然我不求援助，但我们的确需要援助。知道其他人也在竭尽所能战斗，我们会感到安慰。"

"那么，请感到安慰吧。"埃尔隆德说，"这世上还有其他力量和疆域是你不知道的，它们隐藏在你视野之外。大河安都因在流到阿刚那斯、刚铎之门以前，经过了许多河岸。"

"但如果所有这些力量都能联合起来，各自力量协同运用，会对全体都有利。"矮人格罗因说，"或许还有其他一些不那么危险的戒指，可以在紧急关头助我们一臂之力。我们已经失去了全部七戒——如果巴林没有找到瑟罗尔的戒指的话；那是最后一枚，而自从瑟罗尔在墨瑞亚死于非命后，无人得知它的下落。其实，现在我可以挑明了：巴林之所以离去，部分原因就在希望能找到那枚戒指。"

"巴林在墨瑞亚不可能找到任何戒指。"甘道夫说，"瑟罗尔把戒指给了他儿子瑟莱因，但是瑟莱因没有把它传给梭林。瑟莱因在多古尔都的地牢里遭到酷刑折磨，戒指也被夺走。我到得太迟了。"

"啊！唉！"格罗因叹道，"我们哪一天才能达成复仇？不过，三戒还在啊。精灵的三戒呢？据说三戒威力强大。难道它们不是由精灵王族保管着？可它们也是很久以前由黑暗魔君打造的。它们是不是遭到了闲置？我见到了精灵王族在座，他们不能说说吗？"

精灵们无人作答。"格罗因，你难道没听见我方才所言？"埃尔隆德说，"三戒并非索隆打造，也不曾被他染指，但有关它们的事不容谈论。在这充满疑虑的时刻，我只能说这么多：它们并未闲置。但是，三戒不是被打造来作为战争或征服他人的武器，那不是它们的力量所在。打造三戒的人们，并不渴望力量、统治、聚敛财富，而是渴望理解、制造和医治，以保存万物不受玷污。中洲的精灵在某种程度上赢得了这些，尽管与此相随的还有悲伤。然而，倘若索隆得回至尊戒，那么，三戒保管者所做的一切努力、所获的全部成果，都将化成泡影，他们的心思意念将完全暴露在索隆面前。倘若如此，三戒最好从来不曾存在过。而这正是他的目的。"

"假使统御魔戒真如你所建议的那样被销毁了，之后又会发生什么事呢？"格罗因问。

"我们还不确切知道。"埃尔隆德悲伤地答道，"有些人盼望，索隆从未染指的三戒从此将获得自由，它们的保管者可以医治索隆给这个世界造成的创伤。但是，当至尊戒被销毁后，三戒也有可能随之失去力量，众多美丽的事物将会褪淡凋零，遭到遗忘——我是这么认为的。"

"但是，"格罗芬德尔说，"如果这能击溃索隆的势力，永远消除世界被他统治的忧惧，那么所有的精灵都情愿承受这种后果。"

"如此一来，我们又回到了摧毁魔戒一事，"埃瑞斯托说，"然而讨论却毫无进展。我们拥有什么力量，堪以寻找当初铸造魔戒的火焰之山？这是一条绝望之路。如果以埃尔隆德的经年智慧也不加反对的话，我甚至要说，这是条愚蠢的路。"

"绝望？愚蠢？"甘道夫说，"这并不是绝望，因为只有笃定无疑地预见结局的人才会绝望，而我们并非如此。当全部途径都经过了权衡，认清必要之举乃是智慧，尽管那些紧抱虚幻希望不放的人会觉得这是愚蠢。既然这样，那就让愚蠢成为我们的掩护，成为一片遮住大敌眼目的面纱！因为大敌极其聪明，并且以一己恶意为秤，精确权衡一切；然而他所知的唯一衡量标准是欲望，渴求权力的欲望，而他就据此揣度所有人心。他绝想不到竟会有谁拒绝此等欲望，绝想不到我们拥有魔戒，却会寻求将它销毁——我们若是这么做，必将令他大大失算。"

"至少是暂时。"埃尔隆德说，"这条路非走不可，但这条路会极其艰难。不管力量还是智慧，都不足以支持我们走出很远。这项危险任务，或许能由怀着与强者同样信心的弱者来达成。然而推动世界之轮的功绩，常常正是遵循着这样的进程：当伟人的目光投向别处，是那些微渺之手因为感到责无旁贷而采取行动。"

"很好，很好，埃尔隆德大人！"比尔博突然开口说，"不用再说了！你的意思已经再清楚不过了。这个麻烦是比尔博这个笨霍比特人惹出来的，所以比尔博最好出来拼个老命收拾善后。我在这儿过得非常舒服，写书的事儿也有不少进展。你要是想知道的话，我刚好在写结局。我原本打算这么写：**从此以后，他幸福快乐地度过了一生**。这结尾挺好的，纵然老套也无妨。可现在我得修改了，因为这看来是实现不了了，何况，不管怎么说，显然还要再添上好几章——如果我能活着回来写的话。这真是件讨厌的麻烦事啊。我该什么时候出发？"

波洛米尔吃惊地望着比尔博，但当他见到旁人全都对这个老霍比特人尊敬有加，他及时咽下了冲到唇边的大笑。只有格罗因露出了微笑，不过他的笑是源自过去的回忆。

"当然，我亲爱的比尔博，"甘道夫说，"如果这个麻烦真是你惹来的，没准还真能指望你去收拾善后。但现在你也清楚得很，这个麻烦大到没有任何人能说是他**惹起**的，而且，任何英雄也都只会参与伟业的一小部分而已。你无须让步！你并非虚言假意，而且我们也毫不怀疑，你是在打着玩笑的幌子自告奋勇。但是，比尔博，这个任务并非你力所能及。你已经将这东西交出去了，不能再收回。如果你还想听我的建议，我会说，属于你的部分已经告一段落，你从此只是一位记录者。写完你的书吧，结尾也留着别改！它仍有希望成真。不过，等他们回来，你要准备好写个续集。"

比尔博大笑。"我可想不起来你以前给过我什么顺耳的建议。"他说，"但既然你那些逆耳的建议都挺不错的，我猜这个也不会太糟。反正，我觉得自己是没剩下什么力气或运气来对付魔戒。它成长了，而我没有。不过，请告诉我：你说'**他们**'，是什么意思？"

"那些派去护送魔戒上路的使者。"

"好极了！那他们是谁？我觉得，那才是这场会议必须决定的，也是这场会议唯一需要决定的。精灵光靠演说就活得风生水起，矮人能忍受巨大疲惫，但我只是个老霍比特人，我很想念我的午饭。我们现在难道还想不出一些名字？要么等吃过晚饭后再说？"

没有人作答。正午的钟声响了，仍然没有人说话。弗罗多扫了一眼每个人的面孔，但没有人望向他。会议中所有的人都垂着眼，仿佛在沉思。一股巨大的恐惧笼罩了他，仿佛他正等着宣告某种厄运判决，他对此早就有所预感，可一直徒然期盼这一刻永不会到来。一股想要待在幽谷，平静安稳地留在比尔博身边的渴望充斥了他心中每个角落。最后，他才凝聚起开口的力气，却诧异于听见自己的话语，仿佛有别的意志正借着他那微小的声音说话。

"我愿意带走魔戒，"他说，"尽管我不知道路在何方。"

埃尔隆德抬起眼来看着他，刹那间，弗罗多感到那锐利的目光穿透了自己的心。"如果我没有误解我所听见的一切，"他说，"我认为这项任务是指派给你的，弗罗多。如果你找不到路，那便没有谁能找到。这个时刻属于夏尔的子民，他们从自己平静的田园中崛起，撼动了伟人的高塔与决议。所有智者当中，有谁曾预料到这一刻？抑或，正因为他们过于明智，才无法在此刻来临之前预知？

"然而，这是个沉重的负担，沉重到无人能将其强压上旁人肩头。我不会将它强加给你，但你若自愿担负，我会说，你做出了正确的选择；并且，纵然所有古代的伟大精灵之友哈多、胡林、图林，乃至贝伦本人齐聚一堂，你也当在他们之中拥有一席之地。"

"但是，大人，你不会派他一个人去吧？"原本席地静坐在角落中的山姆大叫道，再也克制不了自己，一跃而起。

"当然不会！"埃尔隆德微笑着转向他说，"至少你该跟着他去。要把你跟他分开几乎是不可能的——哪怕他被召来参加一个秘密会议，而你没有。"

山姆红了脸，一屁股坐下，摇着头嘀咕："弗罗多先生，我们这是惹上了多大的一个麻烦啊！"

第三章

魔戒南去

当天稍晚，霍比特人聚在比尔博的房间里，开了一个自己人的会议。当梅里和皮平听说山姆悄悄进去参加了埃尔隆德的会议，并且被选为弗罗多的同伴，二人皆是愤愤不平。

"这真是太不公平啦！"皮平说，"埃尔隆德不但没把他扫地出门，用链子锁上，竟然还**奖赏**了他这厚脸皮的行径！"

"奖赏！"弗罗多说，"我可想不出比这更严厉的惩罚。你说话根本没走脑子！被罚踏上这趟毫无希望的旅程，竟然叫奖赏？昨天我还做梦呢：我的任务已经完成了，我可以在这里休息好长一阵子，也许一辈子。"

"我倒不怀疑，而且我也巴不得你能。"梅里说，"但我们嫉妒的是山姆，不是你。如果你必须去，那么我们不管谁被留下来，哪怕是留在幽谷，都会觉得这是种惩罚。我们已经跟着你走了这么长的路，经历了不少艰难的时刻，我们想要继续往前走。"

"我就是这意思！"皮平说，"我们霍比特人该团结行动，我们也会的！我一定要去，除非他们用链子把我锁起来。队伍里，总得有个有头脑的！"

"那你就肯定不会中选，佩里格林·图克！"甘道夫说，从接近地面的窗户望进来。"不过，你们全都白担心了。现在什么都还没定呢。"

"还没定！"皮平叫道，"那你们全都在干啥？你们闭门密议了好几个钟头！"

"谈话。"比尔博说，"有一大堆话要谈，每个人都开了眼界，就连老甘道夫也是。我想，莱戈拉斯那一部分有关咕噜的消息，连他都始料未及，尽管他不动声色。"

"你错了。"甘道夫说，"你当时才没注意。我已经从格怀希尔那里听说了此事。如果你想知道，借用你的话说，真正大开眼界的，唯有你和弗罗多；但面不改色的，只有我一个。"

"好吧，总之，除了选定可怜的弗罗多和山姆之外，其余什么都还没决定。"比尔博说，"我从头到尾一直在担心，如果我出局，事情就会这么收场。但是你若要问我，埃尔隆德一定会等收集好情报之后，再派出相当数量的人手。甘道夫，他们是不是已经着手行动了？"

"是的。"巫师说，"已经派出了一批斥候，明天还会派出更多。埃尔隆德正在派出精灵，他们会与游民联系，也许会和黑森林中瑟兰杜伊的族人接头。阿拉贡也与埃尔隆德的两个儿子一起走了。在采取任何行动之前，我们将把方圆百里的各地都侦察清楚。所以，弗罗多，振作起来！你多半要在这里待上很久。"

"啊！"山姆郁闷地说，"我们等不了多久，冬天就来了。"

"那可没办法。"比尔博说，"弗罗多，我的小伙子，这有一部分是你的错，你偏要等到我生日那天。我不得不说，这是个可笑的致敬方式。我可**不会选**这个日子让萨－巴家住进袋底洞。不过，这就是现状啦：你现在不能等到春天才走，也不能在情报收集回来之前走。

> 当冬寒开始侵肤欺骨，
>
> 　霜浓冷夜坚石冻裂，
>
> 当水涸冰凝，林木枯槁，
>
> 　东方荒野邪恶出没。

"但是，恐怕那真就会是你的命运啦。"

"恐怕真是。"甘道夫说，"在弄清黑骑手的状况之前，我们不能出发。"

"我以为他们全被洪水灭掉了。"梅里说。

"你不可能就那样灭掉戒灵。"甘道夫说，"他们身上有着他们主人的力量，二者一损俱损，一荣俱荣。我们希望他们全都没了坐骑，也没了蔽体之物，这样就会暂时降低他们的危险程度。但是我们一定得确切查明情况。与此同时，弗罗多，你应当试着忘掉你的麻烦。我不知道自己能帮你什么忙，不过，我要悄悄告诉你：有人说队伍中得有个有头脑的人，他说得对。我想我会跟你去。"

这消息令弗罗多欣喜万分，甘道夫不得不从他坐的窗台上起身，脱帽鞠了一躬："我只说，**我想我会**

去。先别指望任何事啊！对这件事埃尔隆德一定有不少考虑，你的朋友大步佬也是。这提醒了我，我要见埃尔隆德。我得走了。"

甘道夫走了之后，弗罗多问比尔博说："你想我会在这里待多久？"

"噢，我不知道。在幽谷我没办法算日子。"比尔博说，"但是我想，会很久吧。我们俩可以好好谈一谈。来帮我写书怎么样？再给下一本写个开头？你想出结尾了吗？"

"想啦，有好几个，全都又黑暗又不幸。"弗罗多说。

"噢，那可不成！"比尔博说，"所有的书都该有个好结局。这个怎么样？**'他们全都安顿下来，永远幸福快乐地生活在一起。'**"

"如果最后真是这样收场，这么写当然好。"弗罗多说。

"啊！我总是很好奇，那他们会住在哪里？"山姆说。

霍比特人又继续谈了好一会儿，回忆着先前的旅程，考虑着摆在前方的危险。不过，幽谷这地方的好处就在于，没过多久，一切恐惧和焦虑都从他们心头消散了。将来的吉凶并未被忘记，却不再拥有影响现在的力量。他们变得健康强壮起来，希望也与日俱增。每一日都美好，每一餐，乃至每句话、每首歌都愉快，这让他们感到心满意足。

日子就这么无声溜走，每个早晨都是明亮又美好，每个黄昏皆是凉爽又清朗。不过，秋天很快就过完了。金色的光辉慢慢淡褪成了银白，逗留枝头的树叶从光秃的树上飘落。一股带着寒意的风开始从迷雾山脉向东吹袭。狩猎月[1]在夜空中圆满，让所有的星星黯然失色；但是，在南天，有颗红色的星星在低空闪烁。每天晚上，随着月亮又由盈转亏，它变得越来越亮。弗罗多能从自己房间的窗户望见它，嵌在深远的苍穹中，燃得如同一只警戒的眼睛，在河谷边缘的树林上方炯炯瞪视。

霍比特人在埃尔隆德之家住了将近两个月。十一月已携着最后几丝秋意离去，十二月也正在过去，之前派出的斥候才开始返回。一些人朝北行，越过苍泉河的泉源，进入了埃滕荒原；其他人则朝西行，在阿拉贡和游民的帮助下搜索各地：沿灰水河而下，远至沙巴德，古老的北大道在该处一个废弃的城镇附近跨越河流。有许多斥候去了东方和南方。这当中有些人越过迷雾山脉进入了黑森林，其他人则攀越过金莺尾河源头的隘口，下到大荒野并越过金莺尾沼地，就这样终于抵达了罗斯戈贝尔，拉达加斯特的旧居。但拉达加斯特不在。回程他们翻越了被称为红角门的高山隘口。埃尔隆德的两个儿子埃尔拉丹和埃洛希尔是最晚返回的。他们走了一段漫长的旅程，沿着银脉河而下，进入一片陌生的乡野，但是他们不肯对埃尔隆德以外的任何人说起自己的使命。

无论何地，使者们都没有发现黑骑手或大敌其他爪牙的半点踪迹或消息。就连从迷雾山脉的大鹰那里，他们也没打听到新的消息。咕噜销声匿迹，踪影不见。但野狼还在继续聚集，再度出击，远至大河上游。在洪水淹过的渡口，他们找到了三匹当场淹死的黑马，搜寻下游急流中的礁石，又找到了另外五匹的尸体，还有一件撕得破烂不堪的黑色长斗篷。关于黑骑手，再没有别的蛛丝马迹，不管哪里都感觉不到他们的存在。看来，他们已经从北方消失了。

"九个当中至少有八个被解决了，"甘道夫说，"说是十足把握，未免失之轻率，但我想我们现在可以指望的是：戒灵被冲散了，他们被迫在两手空空还失去形体的情况下，尽力回到魔多的主人那里去。

"假如真是这样，他们就要等上一段时间之后才能出来再度进行追捕。当然，大敌还有其他爪牙，但他们得长途跋涉到幽谷的边界，才可能发现我们的踪迹。而如果我们小心一点，踪迹会很难被寻到。不过，我们绝不能再耽搁下去了。"

埃尔隆德召唤霍比特人来见他。他神色凝重地看着弗罗多。"时候到了，"他说，"魔戒若要出发，就要尽快动身。但是，那些与之同行的人，绝不要指望这个任务能得到战争或武力的支持。他们必须深入到援兵鞭长莫及的大敌腹地。弗罗多，你仍然愿意持守你的承诺，担任持戒人吗？"

"我愿意。"弗罗多说，"我会带山姆一起去。"

"那么，我无法给你多少帮助，更不必说建议。"埃尔隆德说，"你的前路，我能预见的十分有限；你的任务要如何达成，我全然不知。魔影如今已经悄然蔓延到了迷雾山脉脚下，甚至接近了灰水河的边界，而魔影笼罩之处，一切对我来说都是晦暗不明。你会遇到许多敌人，有些在明，有些在暗。你还会在完全意想不到的时刻，在你所走的路上遇到朋友。我会想方设法，把消息送给广阔世界中那些我熟识的人。但是，由于如今各地都危险重重，有些消息很可能送不到，或到得比你还迟。

"我会为你选择伙伴同行，他们能走多远，端看他们的意愿，或随命运允许。由于你寄望于速度和隐秘，所以人数绝不能多。就算我有远古时代全副武装的精灵大军，也无济于事，那只会惊动魔多的力量。

"护戒远征队的人数应该是九位。九位行者，将对抗九个邪恶的骑手。甘道夫将会与你和你忠心的仆人同行，因为这应当是他的重任，或许也是他辛劳的终结。

"其余的人，他们当代表这世界其他的自由种族：精灵、矮人和人类。莱戈拉斯代表精灵，格罗因之子吉姆利代表矮人。他们愿意至少走到迷雾山脉的隘口，也许更远。至于人类，你会有阿拉松之子阿拉贡一起上路，因为伊熙尔杜之戒与他密切相关。"

"大步佬！"弗罗多说。

"是的。"阿拉贡微笑着说，"我请求再次做你的同伴，弗罗多。"

"我本来就想恳求你一起去的，"弗罗多说，"只是我以为你会跟波洛米尔一起去米那斯提力斯。"

"我是要去。"阿拉贡说,"并且,在我上战场之前,那把断剑应当重铸。不过,你的路跟我们的路,有好几百哩都是重叠的。因此,波洛米尔也会加入远征队。他是个勇士。"

"还余下两名人选,"埃尔隆德说,"这我还要考虑。我或许会从我的家族部属中选出两个我认为适合派去的人。"

"但是,这样一来就没有我们的位置了!"皮平愕然叫道,"我们不想被丢下!我们想跟弗罗多一起去!"

"那是因为你们既不了解,也无法想象前方等待着你们的是什么。"埃尔隆德说。

"弗罗多也一样。"甘道夫说,他出乎意料地支持皮平,"我们任何一个人都一样。的确,这些霍比特人如果明白会有什么危险,他们一定不敢去;但他们仍然会想去,或希望自己敢去,会为不能去而感到羞耻不乐。埃尔隆德,我想,在这件事情上,信赖他们的友谊比相信伟大的智慧更妥当。哪怕你为我们选择一位精灵领主,比如格罗芬德尔,他也无法强攻黑塔,无法靠他所拥有的力量开出一条通往火焰之山的路。"

"你说得郑重，我却仍有疑虑。"埃尔隆德说，"我有不祥预感，如今夏尔也不能幸免于难。我本来打算派这两位回去送信，按他们当地的习俗，尽上他们一己之力，警告当地人危险将至。无论如何，我认为这两人当中年轻的一个，佩里格林·图克应该留下。我内心感觉他不该去。"

"那么，埃尔隆德大人，你得把我关进牢里，或把我捆起来装进麻袋送回家去。"皮平说，"否则，我就一定会跟远征队走。"

"那就这样吧。你也去。"埃尔隆德说，叹了口气，"现在，九位人选都齐了，远征队必须在七天内出发。"

精灵工匠将埃兰迪尔之剑重铸一新，剑身刻有七星图案，两侧是新月和光芒四射的太阳，围绕日月七星还刻着许多如尼文；因为阿拉松之子阿拉贡将赴战场，对阵魔多大军。重铸一新的剑雪亮无比，内中闪耀着太阳的红光与月亮的冷辉，剑锋锐利又刚硬。阿拉贡为它取了一个新名，叫作"安督利尔"，意即"西方之焰"。

阿拉贡和甘道夫常一同散步，或促膝长谈他们要走的路与可能遇到的危险。他们反复研究了埃尔隆德之家收藏的历史典籍和标注详细的地图。有时候弗罗多跟他们在一起，但他满足于依赖他们的指导，因此他尽可能花时间陪伴比尔博。

最后这几天，霍比特人晚上都聚在火焰厅里，他们听了许多故事，其中就包括那首贝伦与露西恩夺回伟大宝钻的完整歌谣。但在白天，当梅里和皮平跑到外头闲逛的时候，弗罗多和山姆就跟比尔博一起待在他的小房间里。比尔博会朗诵他书中的篇章（书仍然显得相当不完整），或他写的诗的片段，或记下弗罗多的冒险经历。

最后一天早晨，弗罗多独自和比尔博在一起，老霍比特人从床下拉出一个木头箱子，打开箱盖在里头翻找。

"这是你的剑。"他说，"但你知道，它断了。我拿了它收好，但忘了问那些工匠能不能重铸它。现在没时间了。所以，我想，或许你会想要这一把，你知道它吧？"

他从箱子里拿出一把套在破旧皮鞘里的小剑。接着，他拔出剑来，那打磨光亮、保养良好的剑刃刹那间寒光四射。"这是'刺叮'，"他说着，轻轻一扬手，它便深深刺进木柱里，"你喜欢的话就拿着。我估计，我再也不需要它了。"

弗罗多感激万分地接受了它。

"还有这个！"比尔博说，拿出一包看着不大却似乎很沉的东西。他解开几层裹着的旧布，举起一件小锁子甲。它由许多金属环密结而成，柔软几近亚麻，寒冷如冰，又比钢铁坚硬。它闪着光，如同月光洒在银子上。它镶嵌着白宝石，还配了条珍珠与水晶的腰带。

"是个漂亮的东西，对吧？"比尔博说着，将它挪到光亮处，"还非常有用。这是梭林送给我的矮人锁子甲。出发前我把它从大洞镇拿回来，打包到行李里：那趟旅程的纪念品我全带走了，只有魔戒没带。不过，我没打算穿它，现在我也不需要它，最多偶尔拿出来看看。你穿上后几乎感觉不到重量。"

"我看起来——呃，我觉得我穿上后看起来会不太对劲。"弗罗多说。

"我就这么跟自己说过。"比尔博说，"不过，别在意模样啦，你可以把它穿在外衣底下。来吧！你一定得跟我分享这个秘密，别人谁也别告诉！我要是知道你穿着它，会更高兴的。我觉得啊，这件锁子甲连黑骑手的刀都能挡住。"说最后一句时他压低了声音。

"很好，那我就接受了。"弗罗多说。比尔博把锁子甲给他穿上，把刺叮剑在那条宝光闪闪的腰带上挂好，然后弗罗多再套上他那经过风吹雨淋的旧长裤、上衣和外套。

"你看起来就像个普通霍比特人啦。"比尔博说，"不过你可比表象更有内涵。祝你好运！"他转过身望向窗外，试图哼起一首曲调。

"比尔博，我不知道该怎么感谢你才好——为这些，还有你过去对我所有的好。"弗罗多说。

"别谢！"老霍比特人说，转过身来一巴掌拍在他后背上，"啊！"比尔博大叫一声，"你现在结实到拍不得了！不过你说对了：霍比特人一定要团结，尤其是咱巴金斯家的。我要求的唯一回报是：你要尽量照顾好你自己，尽量带回所有的消息，以及你一路遇到的古老歌谣与传说。我会努力在你回来之前把我的书写完。我还打算写第二本书，若我有空的话。"他突然住口，又转过去看着窗外，轻轻唱了起来。

> **我坐在炉火旁，**
>
> **把往事追忆，**

曾经的夏季里，

　　野草闲花蝶舞翩翩。

秋天里有金黄木叶，

　　纤柔蛛丝飘飞，

我的发际曾有风吹，

　　也有晨雾阳光映照如银。

我坐在炉火旁，

　　揣想未来人间，

若寒冬已至，而我的

　　生命之春永不再临。

世上仍有信美万物，

　　我未曾目睹，

每座森林，每年春临，

　　都有独一无二生机新绿。

我坐在炉火边，

　　追忆多年旧识老友，

还有那些后生晚辈，

　　　　将迎接新世界我无缘得见。

　　　如此独坐思索，
　　　　把旧时往事回忆，
　　　我仍在侧耳等待门外，
　　　　　游子归来的脚步与话音。

　　那是十二月末一个阴冷的日子，东风呼啸着从光秃秃的树枝间挤过，在山岗上的黑松林里掀起怒涛。破絮般的乌云压得很低，匆匆掠过头顶。阴郁的薄暮开始降临，远征队已准备好启程。他们准备天一暗就走，因为埃尔隆德建议他们尽可能利用夜色作掩护，直到他们远离幽谷。

　　"你们应当小心防范索隆的众多爪牙耳目。"他说，"我毫不怀疑，黑骑手大败的消息已经传到他那里，他会气得暴跳如雷。很快，他能跑会飞的奸细将出动涌向北方各地。当你们前进时，连头顶的天空也要留意。"

　　远征队携带的战斗装备很少，因为他们的希望在于秘密智取，而非公开力敌。阿拉贡只带了安督利尔，没带其他武器；他出发时只穿了一身褐绿色与棕色的装束，就如荒野中的游民。波洛米尔有一把样式类同安督利尔的长剑，只不过没有那么长远的传承历史，他还带着盾牌以及作战号角。

"在山谷里吹起来时，它的声音清晰又嘹亮，"他说，"刚铎的敌人无不闻声飞逃！"他把号角拿起来放到嘴边用力一吹，回声在岩石间回荡，幽谷中所有听见的人都跳了起来。

"波洛米尔，你再想吹号的时候可要三思，"埃尔隆德说，"除非你重新踏上自己的土地，且有迫切需要。"

"也许吧。"波洛米尔说，"不过我总是在出发前吹响我的号角。虽然我们之后要在暗影中前行，我却不愿像夜贼一样动身。"

矮人吉姆利是唯一公然穿着短锁子甲的人，因为矮人都不怕重，他的腰带上挂着一柄阔斧。莱戈拉斯背弓和箭，腰间系着一把雪亮长刀。三个年轻些的霍比特人都带着从古冢拿来的剑，但弗罗多只带着刺叮剑，锁子甲则如比尔博所愿，藏在外衣下。甘道夫带着手杖，但在腰侧佩了精灵宝剑格拉姆德凛——与之成对的另一把剑奥克锐斯特，如今安置在孤山下梭林的胸前。[2]

埃尔隆德给他们精心准备了厚厚的保暖衣物，外套与斗篷都衬着毛皮。备用的粮食、衣物、毛毯和其他用品，都由一匹小马驮着，这马正是他们从布理带出来的那匹可怜牲口。

小马在待在幽谷的日子里起了惊人的变化：他的毛皮变得油光水滑，似乎恢复了青春活力。是山姆坚持带他，并说比尔（这是他给马取的名字）如果不跟着走，一定会很痛苦。

"那牲口就差开口说话了，"他说，"他要是在这里多住一阵子，肯定就会说话的。他看我的那个眼神，就跟皮平先生讲的话一样明白：山姆，如果你不让我跟你走，我就自己跟上去。"所以，比尔便成了负重的牲口，不过他是远征队中唯一不显得情绪低落的成员。

他们已经在大厅中的壁炉边道过别，现在就等甘道夫从屋子里出来。敞开的门透出一道火光，许多窗户都透出柔和的光亮。比尔博裹着一件斗篷，沉默地挨着弗罗多站在台阶上。阿拉贡坐着，头垂至膝头；只有埃尔隆德全然明白这一刻对他意味着什么。黑暗中其他人看起来都是一个个灰暗的身影。

山姆站在小马旁边，吮着牙，郁郁地瞪着下方那片阴暗，那儿河水咆哮冲击着岩石。他对冒险的渴望降到了最低潮。

"比尔，我的小伙子，"他说，"你实在不该跟我们上路。你本来可以待在这里嚼着最好的干草，直到新的青草长出来。"比尔甩了甩尾巴，闷不吭声。

山姆调整了下肩上的背包，在心里焦虑地把所有带的东西都过了一遍，怀疑自己会不会忘了什么：他最重要的宝贝——炊具；他总是随身携带，一有机会就装满的小盐盒；一大堆的烟斗草（但我打赌这分量远远不够）；打火石和引火绒；羊毛裤，被单；各种他家少爷忘带了的小东西，等弗罗多临时要用时山姆可以得意地掏出来。他从头到尾想了一遍。

"绳子！"他嘀咕道，"没带绳子！就在昨天晚上，你还跟自己说呢：'山姆，带捆绳子怎么样？你要是没带，就会需要它的。'这下好了，我会需要绳子，现在却不能去找了。"

就在这时，埃尔隆德和甘道夫一起出来了，他将远征队召到了面前。"这是我的临别赠言，"他低声说，"持戒人将出发，任务是前往末日山。任何责任，都唯他一人担当：既不可丢弃魔戒，亦不可将它交给大敌的任何爪牙，更不可让任何人经手——唯有在万不得已之时，才可将它暂托给远征队的同伴或白道会的成员。其余与他同行的成员，皆为自愿上路，助他一臂之力。你们视情况而定，可止步不前，或返回此地，或另择他途分道扬镳。你们走得越远，就越难退出。但是，你们不受任何誓言的束缚，要走多远全凭自己的意愿。因为你们还不了解自己内心力量如何，也预料不到自己途中将遭遇何事。"

"在前途黑暗时退却的人，是不讲信义。"吉姆利说。

"或许，"埃尔隆德说，"不过，别让不曾见识夜色之人发誓去摸黑行路。"

"但是誓言能巩固动摇的心。"吉姆利说。

"亦可使它碎裂。"埃尔隆德说，"不要思虑过远！现在，心怀善念出发吧！再会，愿精灵、人类并所有自由子民的祝福与你们同在！愿星光照耀你们的脸庞！"

"祝……好运！"比尔博冷得结结巴巴地喊，"弗罗多，我的小伙子，我猜你大概没办法天天写日记，但是我期待你回来时巨细靡遗地告诉我所有的事。还有，别去太久啊！再会啦！"

许多埃尔隆德家族的部属伫立在阴影中，目送他们离去，对他们轻声道别。没有欢笑，没有歌谣与音乐。最后，他们转身，静静没入了暮色里。

他们过了桥，缓缓沿着长而陡峭的小径蜿蜒上行，离开了幽谷这道深深裂开的河谷，最后来到了高处的荒原上，那里风正呼啸着吹过帚石楠丛。然后，他们瞥了一眼下方灯火闪烁的"最后家园"，便大步走入黑夜中。

他们在布茹伊能渡口离开大道，转向南，沿着起伏山地间的狭窄小路前进。他们的目的是沿迷雾山脉西侧这条路行上多日，走出许多哩。比起山脉另一侧的大荒野中大河的青翠河谷，这处乡野要崎岖得多，也荒凉得多，他们前进的速度也快不起来，但他们希望借此躲避那些敌对耳目的注意。到目前为止，这片空旷的乡野还很少见到索隆的奸细，而这些小路除了幽谷的居民，也很少有人知道。

甘道夫走在前面，阿拉贡与他并肩同行。即便是在黑夜里，阿拉贡也对这地了如指掌。其他人跟在后面鱼贯而行，目光敏锐的莱戈拉斯殿后。旅程的第一阶段艰苦又枯燥，弗罗多记忆中几乎只有狂风。在许多不见阳光的日子里，刺骨寒风从东边的山脉刮来，似乎没有任何衣物能够抵御它摸索的手指。虽然远征队一行人都穿得很厚，但是无论行走还是休息，他们都很少觉得暖和。白昼午间，他们躺在某处洼地里，或藏在四处生长的纠结多刺的灌木丛底下，睡得很不舒服。临近傍晚，守哨者会把大家叫起来，然后吃他们最主要的一餐，照例是冰冷乏味，因为他们不敢冒险生火。傍晚时分他们继续上路，总是尽可能找一条最偏南的路走。

起初，霍比特人觉得，虽然每天都跌跌撞撞地往前走，直走到精疲力竭，但他们却走得好像蜗牛在爬，毫无进展。周遭的景物每天看起来就和前一天所见的一样。不过，山脉倒是一直越来越近。幽谷南边的山势愈来愈高，并朝西弯；主脉山脚周围起伏着越来越广的荒凉小丘和充满急流的深堑。这里能走的小路很少，而且十分曲折，经常将他们徒然带到陡峭的悬崖边，或下到凶险莫测的沼泽畔。

他们如此走了两星期，天气开始变了。风突然变猛，接着转向南吹。乱云飞渡，升高并消散，太阳出来了，灿烂却没什么热力。在经过长夜磕磕绊绊的跋涉后，他们迎来了一个寒冷、清朗的黎明。一行旅人来到一道低低的山脊上，这里四周长满古老的冬青树，它们灰绿的树干仿佛就是以本地的山石砌成。在旭日的照耀下，墨绿的树叶闪亮，浆果透着红光。

在南方远处，弗罗多看得见影影绰绰的高耸山脉，这时似乎正横在远征队要走的小路上。在这道高耸山脉的左边，矗立着三座山峰。最高也最近的那座像颗牙齿一般竖着，峰顶覆着积雪。它朝北这面的光秃大峭壁，大半仍罩在阴影中，但是太阳斜照到的地方则是红彤彤一片。

甘道夫站在弗罗多身旁，抬手搭眼望去。"我们干得不错。"他说，"我们已经到达人类称之为'冬青郡'[3]的地区边界。在幸福一些的年代，有许多精灵住在这里，那时这地名唤埃瑞吉安。以乌鸦飞的直线距离来算，我们已经走了四十五里格，当然，我们双脚所走的路比这长得多。从现在起，地形和天气都会好一些，不过可能反而更危险。"

"不管危不危险，真正的日出绝对大受欢迎。"弗罗多说，把兜帽往后一推，让早晨的阳光照在脸上。

"但是我们前头横着大山，"皮平说，"我们夜里肯定是转向东走啦。"

"没有。"甘道夫说，"不过在天光明亮时你看得更远。越过那些山峰后，山脉弯成西南走向。埃尔隆德之家里有许多地图，但我估计你从来没想过去看看它们吧？"

"我看啦，偶尔看过，"皮平说，"但我不记得了。这种事，弗罗多的脑子比较好使。"

"我不需要什么地图。"吉姆利说，他已经和莱戈拉斯一起走上前来，正凝望着前方，深陷的双眼透出奇异的光彩，"那是我们的先祖在古时辛劳开发过的大地，我们已经把那些山脉的模样刻在了许多金属和岩石的作品上，写进许多歌谣和传说里。它们高高耸立在我们的梦里：巴拉兹、齐拉克、沙苏尔。

"我以前只真正远远见过它们一次，但我认得它们，知道它们的名字，因为在它们底下就是卡扎督姆，'矮人挖凿之所'，如今又叫'黑坑'，精灵语称为墨瑞亚。那边耸立的是巴拉辛巴，红角峰，也就是残酷的卡拉兹拉斯。在它背后是银齿峰和云顶峰，也就是雪白的凯勒布迪尔和暗灰的法努伊索尔，我们称之为齐拉克齐吉尔和邦都沙苏尔。

"迷雾山脉在该处一分为二，而在两道山脉之间，便是那处我们不能忘记的、深埋在阴影中的山谷：阿扎努比扎，也就是黯溪谷，精灵称之为南都希瑞安。"

"我们正是要朝黯溪谷走。"甘道夫说，"我们若翻过那处位于卡拉兹拉斯另一侧底下、被称为'红角门'的隘口，就可以由黯溪梯下到矮人的深谷。镜影湖就在那里，它冰冷的泉水是银脉河的源头。"

"凯雷德－扎拉姆[4]的水色幽深，"吉姆利说，"奇比尔－纳拉[5]的泉源冰冷。想到马上就能看见它们，我的心不由得颤抖。"

"我的好矮人，愿那景象使你心中欢喜！"甘道夫说，"不过，无论你做什么也好，我们都肯定不能在那山谷里滞留。我们必须顺着银脉河进入隐秘的森林，再前往大河，然后——"

他住了口。

"对，然后去哪里？"梅里问。

"最后——去到这旅程的终点。"甘道夫说，"我们不能思虑过远。第一阶段平安走完，让我们为此庆幸吧。我想我们该在这里休息，不只今天白天，还有今天晚上。冬青郡一带有种有益身心的气氛。只要是精灵居住过的地方，除非是极大的邪恶降临，否则该地不会完全忘记他们。"

"确实如此。"莱戈拉斯说，"但是此地的精灵对我们西尔凡族而言，是陌生的一族，这里的树木和青草如今也不再记得他们——我只听见岩石在哀悼他们：**他们将我们掘得很深，他们将我们刻得很美，他们将我们筑得很高；但他们已经离去。**他们已经离去。很久以前他们就前往海港了。"

那天早晨，他们在巨大的冬青树丛遮蔽着的幽深洼地里生了火，他们这顿当晚餐吃的早餐，是从出发以来吃得最愉快的一顿。饭后他们没有急着睡觉，因为他们预计有一整晚的时间可睡，并且明天也打算等到傍晚才会出发。只有阿拉贡沉默不语，坐立不安。过了一会儿，他离开远征队众人，信步走到山脊上，停在那里一棵树的阴影中，朝南方和西方眺望，还侧着头，仿佛在聆听。然后他回到谷地边缘，俯视着底下说说笑笑的其他人。

"怎么回事，大步佬？"梅里朝上喊，"你在找什么？你在想念东风吗？"

"当然不是。"他回答，"但我想念某种东西。我曾在许多不同的季节在冬青郡待过。这地现在虽然已经无人居住，但无论何时，都有许多别的动物住在这里，尤其是鸟儿。可是眼前除了你们，万籁俱寂。我可以感觉到，我们方圆几哩之内全无声息，你们说笑的声音似乎都能在大地上激起回音。我不明白这究竟是怎么回事。"

甘道夫突然警觉地抬起头来。"你猜原因是什么？"他问，"会不会只是，这个人迹罕见的地方，乍一见到四个霍比特人，更别提还有我们其余几个，于是吃惊得出不了声？"

"我倒希望就是这样。"阿拉贡答道，"但我有一种戒备的感觉，还有恐惧，这是我以前来到这里时从没有过的。"

"那么我们一定要更小心一点。"甘道夫说，"如果你身边带着一个游民，那最好是听取他的意见，尤其当这游民是阿拉贡的时候。我们绝不能再大声说话。安静休息吧，并且放好哨。"

那天轮到山姆守第一班哨，不过阿拉贡陪他一起守。其他人都睡了。然后，那种寂静越来越明显，连山姆都感觉到了。熟睡者的呼吸声清晰可闻。小马甩尾巴的声音，偶尔挪动蹄子的声音，都成了很响的噪声。山姆稍微一动，就能听见自己的关节嘎吱作响。一片死寂包围着他，上方却悬着一片晴朗的蓝天，而太阳正从东方渐渐升起。南方远处出现了一小片黑斑，它逐渐变大，朝北而来，像风中疾飞的烟。

"大步佬，那是什么？看起来不像云。"山姆悄声对阿拉贡说。阿拉贡全神贯注凝望着天空，没回答。但没一会儿，山姆自己也看得出什么在接近。那是成群的飞鸟，它们以高速飞来，正盘旋翻飞横过全地，似在搜索着什么，并且稳步越飞越近。

"趴下别动！"阿拉贡嘘声说，一把将山姆拉进冬青树丛的阴影中，因为有一群鸟儿突然脱离大队，低低地直朝山脊飞来。山姆觉得，它们是一群大号的乌鸦。密密麻麻的鸦群从上空飞过，一团黝黑的影子也随之扫过下方的地面，粗厉的叫声清晰可闻。

直到它们往西北方飞得很远，渐渐消失，天空也再次清朗，阿拉贡才起身。他跳起来，前去叫醒了甘道夫。

"黑乌鸦成群结队，飞过迷雾山脉和灰水河之间所有的地区，"他说，"它们刚才经过了冬青郡。这不是本地的鸟儿，而是从范贡和黑蛮地来的**克拉班**[6]。我不知道它们为何而来，有可能是南方远处出了什么麻烦，迫使它们逃离，但我认为它们是在侦察各地。我同时还瞥见高空中有许多鹰在飞。我想我们今晚就该再度动身上路。冬青郡正遭到监视，对我们来说，它已经不是个有益身心的地方了。"

"照这样来看，红角门也不例外了，"甘道夫说，"我没法想象，怎么才能避人眼目翻越该地。不过，我们等事到临头再想吧。至于天一黑就动身上路，恐怕你是对的。"

"幸亏我们生的火只冒了一点点烟，在**克拉班**到来之前差不多都熄了。"阿拉贡说，"火必须扑灭，不能再生了。"

"这都什么倒霉破事儿！"皮平说。近傍晚时，他一醒来就听到了不能生火，并且晚上又要动身的消息。"就因为一群乌鸦！我本来还盼着今晚好好吃一顿热饭呢。"

"嗯，你可以继续盼着。"甘道夫说，"说不定前面等着许多你始料未及的大餐。至于我，我只想舒服地抽个烟斗，暖暖脚。不过，我们无论如何都有一件事可以确定：我们越往南走，天气就会越暖。"

"要是暖过头，我也不奇怪。"山姆对弗罗多喃喃道，"不过，我已经开始想，该是我们望见烈火之山，看到所谓的路途尽头的时候了吧。我起初还以为这里这个红角峰，或管它叫什么别的名字，就是终点了，结果吉姆利说了他那串话。矮人语可真是拗口又磨牙！"山姆的脑袋里毫无地图的概念，在这片陌生又貌似广阔无边的地区，他委实估算不出任何距离。

那一整天，全队人马都保持隐蔽。那些黑色的鸟群不时从他们上方飞过，不过，随着太阳西下变红，它们朝南飞去，消失了。远征队在暮色降临时出发，他们这会儿把路线半转向东，朝远方的卡拉兹拉斯前进，那山峰映着夕阳余晖，仍发着淡淡的红光。随着天色渐暗，闪亮的星星也一颗颗跃了出来。

靠着阿拉贡的引导，他们踏上了一条好走的路。在弗罗多看来，它像是一条古道的遗迹，一度很宽阔，且规划良好，从冬青郡一直通往大山的隘口。此刻已经圆了的月亮升上了山顶，洒下一片清辉，使岩石投下了黑黝黝的影子。许多岩石看上去像是经过手工雕凿，尽管它们如今散落四处，废弃在这片荒凉光秃的土地上。

破晓前的时刻最是寒冷，月亮也低垂在天际。弗罗多抬头望着天空，突然，他看见，或者说感觉到，有个黑影掠过了高处的星空，就像有那么一刻群星都黯淡了，然后又重新闪亮起来。他打了个寒战。

"你看见有什么掠过吗？"他悄声问就走在前面的甘道夫。

"没有，但是，不管它是什么，我都感觉到了。"甘道夫回答说，"也许没什么，只是一片薄云而已。"

"那它可移动得很快，"阿拉贡咕哝道，"而且不是乘风而行。"

那天晚上没发生别的事。第二天的黎明比前一天还明亮，但是空气又变冷了，风已经又转回向东吹。他们又走了两夜，持续往上爬，但随着小路蜿蜒上到山丘，他们也走得越来越慢，而耸立的山脉也越来越近。到了第三天早晨，卡拉兹拉斯就在他们面前拔地而起，这是座雄伟的山峰，山顶白雪如银，但是山体陡峭，裸露的山岩是暗红色的，仿佛染上了血。

天空看起来十分阴沉，太阳毫无热度。风这时已转向东北吹。甘道夫嗅了嗅空气，转头往回望。

"寒冬正在我们背后加深。"他悄悄地对阿拉贡说，"北方远处的高山比原先更白，雪已经向下覆盖到山肩了。今晚我们应该取道往上，爬向红角门。在那条窄路上我们很可能会被监视者发现，并被某种邪恶阻截。不过，事实可能证明，天气才是最致命的敌人。阿拉贡，眼下你对这条路怎么看？"

弗罗多无意中听到了这些话，明白甘道夫和阿拉贡又在继续某场很早以前就开始了的争论。他焦虑地听着。

"甘道夫，你很清楚，我认为我们的路自始至终都凶多吉少。"阿拉贡答道，"我们越是前进，已知或未知的凶险就将越多。但是我们必须前进，我们在山道上耽搁绝对不妙。再往南的话，直到洛汗豁口之前都没有隘口，而自从你说了萨茹曼的消息后，我就不信任那条路了。谁知道驭马者的将帅们如今是为哪一边效力？"

"的确，谁知道！"甘道夫说，"但是还有另一条不经过卡拉兹拉斯隘口的路——那条我们之前说过的，黑暗又秘密的路。"

"但我们别再提它了吧！现在先别提。我求你也别跟其他人说，除非十分确定实在没有别的路可走了。"

"我们必须在继续往前走之前做出决定。"甘道夫答道。

"那么，在其他人休息和睡觉时，让我们先在自己心里权衡一下轻重吧。"阿拉贡说。

傍晚时分，当其他人快要吃完早餐，甘道夫和阿拉贡一起走到一旁，站在那里看着卡拉兹拉斯。它的山体此时看起来黑暗又阴沉，峰顶则笼罩在铅色的云中。弗罗多看着他们，揣想着哪一方能赢得争论。等他们回到众人当中，甘道夫开了口，于是弗罗多知道他们决定去面对天气和高山隘口。他松了口气。他猜不出来另一条黑暗又秘密的是什么路，但是仅仅提到它，似乎就让阿拉贡焦虑不堪，弗罗多很高兴它被否决了。

"从最近所见种种迹象来看，我担心红角门可能遭到监视。"甘道夫说，"另外我也忧心即将来临的天气，可能会下雪。我们必须全速赶路。即便如此，我们仍需要行进两次以上，才能到达隘口顶端。今晚会提早天黑，你们一准备好，我们就立刻出发。"

"可以的话，我想多提一条建议。"波洛米尔说，"我是在白色山脉的影子底下出生的，对高处行路的状况略知一二。我们在翻过山、下到另一边之前，会碰到极度严寒，乃至更糟的状况。如果我们冻死，那行动再怎么隐秘，又有何用？这里多少还有点树和灌木丛，在我们离开此地之前，每个人该尽可能背上一大捆木柴。"

"比尔可以多背一些，对吧，小伙子？"山姆说。小马悲戚地看着他。

"很好。"甘道夫说，"但是，除非到了不是生火就是死亡的关头，我们决不轻易使用木柴。"

远征队再次出发，一开始速度很快，但是没过多久，山路就变得陡峭难行。这条盘旋上攀的路在许多地方几乎消失不见，还被许多落石封阻。在大片乌云笼罩下，夜色变得死一般黑。刺骨寒风在岩石间打旋。午夜时分，他们已经爬到大山的小半山腰。眼前狭窄的山道蜿蜒在左侧一堵垂直的峭壁下，上方就是卡拉兹拉斯的山体，虽然看不见，却森然耸立在阴暗中。右边是一道黑暗的深渊，地面就那么突然陷入万丈深谷中。

他们费力地爬上一道陡峭的斜坡，在坡顶停下来休息了片刻。弗罗多感到有什么柔软的东西轻触着他的脸。他伸出手臂，看见朦胧的白色雪花正落到衣袖上。

他们继续向前走。但是没多久，雪就下得快起来，漫天雪花飞飘，打着旋掉到弗罗多眼睛里。甘道夫和阿拉贡弯着腰的黑色背影只在前面一两步的距离，却很难看见。

"我一点都不喜欢这个！"紧随在后的山姆气喘吁吁地说，"大晴天早晨下雪挺好，但是当它下的时候，我喜欢躺在被窝里。我巴不得这场大雪能下到霍比屯去！大家可能挺欢迎的。"除了北区的高地荒原，夏尔很少下大雪；下雪被当作乐事，是娱乐庆祝的机会。如今在世的霍比特人（除了比尔博），没有人还记得1311年的严酷寒冬，那时白色的狼群越过了结冰的白兰地河，入侵夏尔。

甘道夫停下了脚步。他的兜帽和肩膀上都积着厚厚的雪，地上积雪已经厚到了靴子的脚踝。

"这正是我害怕的。"他说，"现在你怎么说，阿拉贡？"

"这也是我害怕的，但还有让我更怕的东西。"阿拉贡答道，"我知道雪所带来的风险，但在这么靠南的地方，除了在高山上，一般很少下大雪。况且我们爬得还不高啊。我们还在很低的地方，这些小道通常整个冬季都畅通无阻。"

"我怀疑这是大敌的阴谋手段。"波洛米尔说，"我家乡的人说，他可以支配耸立在魔多边界上的阴影山脉的暴风雪。他有奇怪的力量和众多的盟友。"

"如果他能在三百里格开外从北方引来大雪困住我们的话，"吉姆利说，"那他的手臂确实变长了。"

"他的手臂是变长了。"甘道夫说。

他们停下来时，风渐渐息了，雪也渐渐变小，直到几乎停了。他们继续跋涉，但是，才走了不到一弗隆[7]，暴风雪就又挟着新的怒势归来。狂风呼啸，暴雪肆虐，大得令人睁不开眼。很快就连波洛米尔都感到前进十分困难。霍比特人跟在个子比他们大的人后面，艰难地挣扎前行，腰弯得脸都快贴到地面了。可是情况很明显，如果大雪继续下，他们不可能走出太远。弗罗多的双脚像灌了铅。皮平在后面拖着步子。就连矮人吉姆利，强壮绝不逊色于任何同胞，也边跋涉边嘀咕。

远征队一行人突然停下来，仿佛心照不宣达成了一致的协议。他们听见四周的黑暗中传来了怪异可怕的声音。那可能只是风在石壁的裂缝和沟壑中闹出的把戏，但那些声音听起来活像凄厉的尖叫和怒吼狂笑。山体开始有石块往下掉，在他们头顶呼啸而过，砸在身旁的小道上。他们不时听见一阵隆隆的闷响，那是巨石从隐蔽的高处往下滚落。

"今晚我们不能再往前走了。"波洛米尔说，"谁要把这叫作'风'，随他们的便。空中有凶狠的声音，这些石头是冲着我们来的。"

"我确实把它叫作'风'。"阿拉贡说，"但这不表示你说得不对。这世界上有许多邪恶和不友善的东西都厌恶用两腿走路的人，但它们并未与索隆结盟，而是怀有自己的目的。有些东西，存于世间的年日比索隆还久。"

"很久以前，卡拉兹拉斯就被称为残酷山，得了个坏名声，"吉姆利说，"那时这些地区还没听过索隆的名头呢。"

"谁是敌人无关紧要，击退他的进攻才是重点。"甘道夫说。

"可我们要怎么办？"皮平可怜巴巴地嚷道。他靠在梅里和弗罗多身上，瑟瑟发抖。

"我们要么原地停下，要么回头。"甘道夫说，"前行无益。我若没记错，只要再往上一点，这小道就离开峭壁，直奔下一条陡峭的长斜坡，坡底是个宽阔的浅槽。在那里我们无遮无蔽，抵挡不了大雪或石头——或任何其他东西。"

"暴风雪仍在肆虐时，回头也不是良策。"阿拉贡说，"我们一路上来，都没遇到比头顶这峭壁更能遮风挡雪的避难所。"

"避难所！"山姆咕哝着，"如果这叫避难所，那么一堵没屋顶的墙也能叫房子了。"

众人这时尽可能都聚到峭壁边来。峭壁面南，靠近底部的地方稍微朝外倾，因此他们希望这多少也能帮助抵挡些北风和落石。但是，强劲的旋风从四面八方袭击他们，大雪从每一团浓云里飘下。

他们背靠着岩壁，蜷缩在一起。小马比尔耐心但沮丧地站在霍比特人前面，帮他们稍微挡掉一点风雪。但没多久，雪就堆积到了他的膝头，而且还在越积越高。若不是有身材更大的同伴照应，霍比特人很快就会被大雪整个埋掉了。

一股极大的困倦袭击了弗罗多，他感觉自己迅速沉入一个温暖而迷蒙的梦里。他觉得有火在烤着脚趾，听到比尔博的语声从壁炉另一侧的阴影里传出。**"你的日记可记得不怎么样。"**他说，"一月十二日，暴风雪——没必要回来报告这种事啊！"

"但是比尔博，我想休息，想睡一下。"弗罗多费力地回答，这时感到有人摇晃着自己，痛苦地清醒过来。波洛米尔已经将他从雪堆中拎了出来。

"甘道夫，这会要了这些半身人的命。"波洛米尔说，"我们不能呆坐在这里等雪没顶。我们必须做点什么来自救。"

"给他们喝点这个。"甘道夫说着，在背包里摸索，拉出一只皮囊，"我们所有的人，每人都喝上一口。这是米茹沃[8]，伊姆拉缀斯的甘露酒，非常珍贵。我们告别时埃尔隆德给我的。把它传下去！"

弗罗多才咽下一小口这温暖芳香的酒液，心里便涌起一股新的力量，四肢百骸也立刻摆脱了沉重的倦意。其他人也恢复精神，又有了新的希望和活力。但是大雪并未趋缓，反而在他们四周更猛烈地飞旋堆积，风也吹得更响了。

"生个火怎么样？"波洛米尔突然问，"甘道夫，眼前似乎快到要么生火要么死亡的关头了。等大雪把我们全都埋住，我们无疑会避过所有敌对的耳目，但那也无济于事了。"

"如果你能生火，你就生吧。"甘道夫说，"若有任何监视者能顶住这场暴风雪，那么不管生不生火，他们都能发现我们。"

然而，尽管他们听从波洛米尔的建议，带上了木柴和引火物，但要打出一团在这种盘旋的狂风中坚持不熄，或是能点燃潮湿燃料的火苗，却不是精灵做得到的，连矮人也无能为力。最后，甘道夫勉强参与进来。他拾起一捆枯柴，高举了片刻，然后下了一句指令："Naur an edraith ammen！"[9] 他将手杖尖端戳进那捆柴中，一大蓬蓝绿色的火焰瞬间蹿出，木柴燃着了，噼啪作响。

"如果有人在看，那么，至少我已经向他们暴露身份了。"他说，"我等于打出了'**甘道夫在此**'的招牌，从幽谷到安都因河口，人人都能读懂。"

但是远征队众人已经不在乎监视者或敌对的耳目了。他们看见火光，心花怒放。木柴欢快地燃着。虽然火堆四周的雪都在嘶嘶融化，在脚下悄然汇成一洼洼烂泥，他们还是高兴地在火上烤手。他们围成一圈站在那里，弯腰对着那堆跳跃喷吐的火焰。红色的火光映在他们疲惫又焦虑的脸上。在他们背后，暗夜就像一堵黑色的墙。

但木柴燃烧得很快，大雪还在纷落。

火苗燃得很低了，最后一捆木柴也扔了进去。

"长夜将尽，"阿拉贡说，"黎明已经不远了。"

"要是晨光能穿透这些密云的话。"吉姆利说。

波洛米尔走到圈外，仰头望进黑暗。"雪开始小了，"他说，"风也静多了。"

弗罗多疲惫地注视着雪花从黑暗中飘落，映着即将熄灭的火光，显露出片刻的洁白。可是过了很久，他都看不出雪有减弱的迹象。然后，随着睡意开始再次袭上身来，他突然间意识到，风的确减弱了，飘落的雪花也变大变少了。渐渐地，有一丝朦胧的光线开始扩展。最后，雪彻底停了。

随着晨光渐亮，周围呈现出一个死寂的世界。他们避难处下方有许多雪白的圆丘、拱包和不成形状的深沟，而在这之下，那条他们跋涉过的小道已经完全看不见了。但上方的高山隐藏在庞大的云团中，仍旧阴沉沉的，仿佛随时会下大雪。

吉姆利抬头朝上看看，摇了摇头。"卡拉兹拉斯没有原谅我们。"他说，"如果我们继续前进，他会把更多的雪掷向我们。我们越快回头往下走越好。"

所有的人都同意这话，但是现在撤退的路也很难走，甚至有可能证实是办不到。离火堆的灰烬只有几步路的地方，积雪就有好几呎深，高过了霍比特人的头顶。有些地方积雪被风掀起，吹到峭壁边上，变成巨大的雪堆。

"如果甘道夫愿意举着一把明亮的火走在前面，他或许能为你们融出一条路来。"莱戈拉斯说。暴风雪没怎么打扰他，他是远征队中唯一还保持心情愉快的人。

"如果精灵可以飞越山脉，他们或许能把太阳接来拯救我们。"甘道夫答道，"我必须要有东西才能把火点起来。我没办法让雪燃烧。"

"好吧，"波洛米尔说，"我们家乡的俗话说，头脑不灵时，就身体力行。我们当中最强壮的人必须找出一条路来。瞧！虽然现在一切都被雪掩盖了，但我们上来时走的那条小道，是在下面那块岩石那里转向的。就是在那里，雪开始变大，困住我们。如果我们能走到那里，或许再往前就好走了。我估计，从这里过去顶多一弗隆。"

"那么，就让你和我一起硬开出一条通往那里的路吧！"阿拉贡说。

阿拉贡是远征队中个子最高的。波洛米尔虽然比他稍矮，体格却更魁梧壮硕。他打头阵，阿拉贡紧随着他。他们慢慢地往前挪，很快就累得直喘气。好些地方积雪齐胸，波洛米尔常常不像在走路，倒像在用强壮的双臂游泳或掘洞。

莱戈拉斯含笑看了他们一会儿，然后转过身面对余人："你们说，最强壮的人必须找出一条路来是吧？但是我说：犁地要用农夫，游泳要选水獭，至于在草地、树叶或积雪上轻快奔跑，那就让精灵来吧。"

说完，他轻盈敏捷地往前一跃，弗罗多这时仿佛才第一次注意到——尽管他早已知悉——这位精灵未穿靴子，而是一如既往，只穿着轻便的鞋子，双脚几乎踏雪无痕。

"再见！"他对甘道夫说，"我去找太阳啦！"然后，他就像个跑在坚实土地上的赛跑者一样冲了出去，迅速超过了那两个艰苦跋涉的人类。他经过他们时挥挥手，随即奔远，转过拐角的岩石不见了。

其他人蜷缩在一起等候着，看着波洛米尔和阿拉贡逐渐缩小成白茫茫一片中的两个小黑点。末了，他们也消失在视野里。时间一分一秒慢慢过去，云层越发低了，这时又有几片雪花盘旋着落了下来。

大约过了一个钟头——不过感觉上似乎要久得

多——他们终于看见莱戈拉斯回来了。与此同时，波洛米尔和阿拉贡也重新出现在转弯处，他们落后精灵很远，正费力地爬上斜坡。

"各位，我没把太阳接来。"莱戈拉斯边奔过来边喊，"她正在南方的蓝色田野间散步呢，这座红角土丘要点小脾气的雪，她根本不在意。不过，我给那些注定要靠两脚走路的人带回一线好希望。就在转过弯处，有个极大的雪堆，我们那两位壮汉差点被埋在那里。他们本来绝望了，直到我回来时告诉他们，那个雪堆不比一堵墙宽多少。而在另外一边，雪突然就少了，再往下走更是薄得像被单，只够凉一凉霍比特人的脚趾。"

"啊，就像我说的，"吉姆利吼道，"这不是一般的暴风雪，而是卡拉兹拉斯的恶意。他不喜欢精灵和矮人，那个大雪堆阻在那里，就是要切断我们的退路。"

"但是，好在你的卡拉兹拉斯忘了你有人类同行。"波洛米尔就在这时走了上来，接过话头，"而且，容我这么说，这两个人类还是刚强的勇士；虽说换成铲子在手的寻常人类，或许更管用。总之，我们在积雪堆中开出了一条小道，这里所有无法像精灵那样轻盈奔跑的人，都该感激才是。"

"就算你们挖透了雪堆，我们怎么下到那里去？"皮平道出了所有霍比特人的心声。

"别丧气！"波洛米尔说，"我很累，但还剩了些力气，阿拉贡也是。我们会背着小家伙们。旁人无疑可以将就着跟在我们后面走。来吧，佩里格林少爷！我先背你下去。"

他背起了霍比特人。"抓牢了！我得腾出手来。"他说着，大步往前迈去。阿拉贡背起梅里跟在后面。皮平见波洛米尔赤手空拳，单靠强壮的胳膊跟腿脚就开出这么一条路来，不由得对他的神力惊叹不已。即便是现在，他身上背着人，仍在为后面的人拓宽小道，边走边猛把两边的雪推开。

他们终于来到那个巨大的积雪堆前，它横挡在山道上，像一堵陡峭又突兀的墙，冠顶锐利犹如刀削，高高矗立，比两个波洛米尔还高。不过，在它中间已经凿出一条通道，像桥梁那样攀高再下降。梅里和皮平在另一侧被放下来，他们跟莱戈拉斯待在那里，等候远征队其余的人过来。

过了一会儿，波洛米尔背着山姆回来了。随后走在这条狭窄但这会儿已被踏实的小道上的是甘道夫，他牵着比尔，吉姆利就坐在马背上的行李堆里。最后走来的是背着弗罗多的阿拉贡。他们穿过了窄道。但是弗罗多的脚才沾地，只听一声沉闷巨响，大堆的石头和积雪便滚了下来，一行人急忙紧贴峭壁蹲伏下来，飞溅的积雪和石块使他们几乎睁不开眼睛。待到尘埃落定，空气再次清朗之后，他们看见身后的山道已经被封住了。

"够了，够了！"吉姆利喊道，"我们正尽快离开呢！"的确，这最后一击过后，大山似乎恶意尽释，卡拉兹拉斯好像满意了：入侵者被击退，再也不敢回来了。下雪的威胁解除，云层开始散开，天光越来越亮。

正如莱戈拉斯所报告的，他们发现越往下走，积雪就变得越浅，就连霍比特人也能自己跋涉了。不久，他们就又都站在陡坡顶端那片平岩架上，昨晚他们就是在这里感觉到第一片雪花降下的。

此时天已大亮。他们从高处回头向西眺望那些低处的地区，远处山脚下起伏的乡野中，能见到那个昨天离开的小谷，他们就是从那里开始朝隘口爬的。

弗罗多的双腿很痛。他感觉冷到了骨子里，肚子又饿。当他想到漫长又痛苦的下山之路，头也晕起来。黑色的斑点在他眼前游动。他揉了揉眼睛，但那些黑色的斑点还在。在他下方远处，但还在那些较低的山麓上方，一群黑点在空中盘旋。

"鸟又来了！"阿拉贡指着下方说。

"现在也没办法了。"甘道夫说，"无论它们是善是恶，或跟我们毫不相干，我们都必须立刻下山。即便是在卡拉兹拉斯的小半山腰，我们都不能待到下一次天黑！"

随着他们转身背对红角门，疲惫地跌跌撞撞走下斜坡，一股寒风从身后刮了下来。卡拉兹拉斯击败了他们。

第四章

黑暗中的旅程

黄昏来临，黯淡的天光正在迅速消失，一行人疲倦不堪，停下来准备过夜。群山笼罩在深沉的暮色中，寒风凛冽。甘道夫又给每个人喝了一口幽谷的**米茹沃**。等大家都吃过一点东西后，他召开了一场会议。

"今晚，我们当然不能再往前走了。"他说，"红角门的那场攻击，令我们精疲力竭，我们必须在这里休息一阵子。"

"然后我们要往哪儿走？"弗罗多问。

"我们面前仍摆着旅程与使命。"甘道夫答道，

"我们要么前进，要么返回幽谷，此外别无选择。"

仅仅是提到返回幽谷，皮平就登时面露喜色，梅里和山姆也充满期望地抬起头来。但是阿拉贡和波洛米尔毫无表示，而弗罗多看起来忧虑不安。

"但愿我能回那里去！"他说，"可是，除非确实走投无路，并且一败涂地，否则我怎么能毫不羞愧地回去？"

"你说得对，弗罗多。"甘道夫说，"回去就是承认失败，并且还要面对接踵而来的更糟糕的失败。如果我们现在回去，魔戒就得待在那里，因为我们没有机会再次动身出发。如此一来，幽谷迟早会被围困，在经过一段短暂又痛苦的时间后，它会被攻陷。戒灵是致命的敌人，一旦统御魔戒重回他们的主人手上，他们现在的力量和恐怖比起届时将拥有的，只不过是零头而已。"

"那么，只要有路，我们就必须前进。"弗罗多叹口气说。山姆又泄了气。

"有条路我们可以尝试。"甘道夫说，"打从一开始，当我头一次考虑这旅程时，我就认为我们该试试那条路。但那不是一条愉快的路，我之前也没跟远征队诸位提起。阿拉贡反对走那条路，坚持至少也得先尝试去翻过群山的隘口。"

"要是那条路比红角门还糟糕，那肯定相当邪恶。"梅里说，"但你最好把它的情况告诉我们，立刻让我们知道到底有多糟糕。"

"我说的这条路，是通往墨瑞亚矿坑。"甘道夫说。只有吉姆利抬起头来，眼中如有火光闷燃。余人则一听到这名字，便感到一股恐惧，就连霍比特人，也觉得它是个说不清楚的可怕传说。

"那条路或许是通往墨瑞亚，但是，我们怎能指望它会领我们出墨瑞亚？"阿拉贡阴郁地问。

"那是个不吉利的名字。"波洛米尔说，"我也看不出有必要去那里。如果我们不能翻越山脉，那就朝南行，走那条我来时走的路好了，直到洛汗隘口，那地的人对我的族人很友善。或者，我们也可以沿艾森河走，然后渡过艾森河，进入长滩和莱本宁，从临海地区去到刚铎。"

"波洛米尔，你北上之后，情况已经起了变化。"甘道夫说，"难道你没听我讲的有关萨茹曼的事吗？一切尘埃落定之前，我自己或许要跟他清算旧账，但我们一定要想尽一切办法，避免让魔戒接近艾森加德。我们只要跟持戒人同行，就决不能选择洛汗隘口。

"至于那条更长的路，我们没有那么多时间。那样的旅程我们可能要花上一年的时间，我们会穿过许多渺无人烟、无处藏身的地区，然而它们并不安全。萨茹曼和索隆都有耳目在监视那些地方。波洛米尔，当你北上的时候，你在大敌眼里不过是个从南方来的漫游者，他一心只想着追逐魔戒，不会把你放在心上。但是，现在你是以护戒远征队成员的身份回去，只要你跟我们在一起，你就处在危险之中。在这无遮无挡的天空底下，我们往南每走一里格，危险就增一分。

"由于我们企图公然翻越山上的隘口，恐怕我们的境况已经变得更加危急。如果我们不尽快避开他人耳目，隐匿一段时间，掩盖踪迹，我看希望就将微乎其微。因此，我建议：我们既不翻越山脉，也不绕过山侧，而是从山底下穿过。无论如何，这是大敌的预料中，我们最不可能走的路。"

"我们不知道他都预料些什么。"波洛米尔说，"他或许正监视着所有的路，不管可能还是不可能。如此一来，进入墨瑞亚无异于自投罗网，比直接去敲邪黑塔的大门好不到哪里去。墨瑞亚这名字都是黑暗的。[1]"

"你把墨瑞亚比作索隆的要塞，足证你在信口开河。"甘道夫说，"众人当中只有我曾经去过黑暗魔君的地牢，而那也只是去他旧日规模较小的多古尔都。那些进入巴拉督尔大门的，都一去不返。然而，如果进入墨瑞亚后就没有希望重见天日，我不会带你们去。如果那里面有奥克，那确实可能对我们不利；但是迷雾山脉的绝大多数奥克，已经在五军之战当中或被驱散，或被消灭了。大鹰报告说奥克又在远方集结了，但墨瑞亚有可能还未被占领。

"甚至，有可能矮人还在里面，我们也许能在芬丁之子巴林先祖的深处厅堂里找到他。不管结果如何，必须踏上那条由目前情势决定的路！"

"我会跟你一起踏上那条路，甘道夫！"吉姆利说，"无论有什么等在那里，我都要去看看都林的厅堂——如果你能找到那紧闭的门的话。"

"好，吉姆利！"甘道夫说，"你鼓励了我。我们一起来找那隐藏的大门，而我们会取得成功。在矮人的残城废墟中，一个矮人的头脑不会像精灵、人类或霍比特人那样容易迷糊。不过，这不是我第一次置身墨瑞亚。瑟罗尔之子瑟莱因失踪后，我曾在那里寻找他许久。我穿过了墨瑞亚，并且又活着走了出来！"

"我也穿过黯溪门一次，"阿拉贡低声说，"但是，尽管我也出得生天，经历却不堪回首。我不愿再进入墨瑞亚第二次。"

"而我连一次都不愿进去。"皮平说。

"我也不愿。"山姆喃喃道。

"当然不愿！"甘道夫说，"谁愿意呢？但问题是，假如是我领路进去，谁愿意跟着我？"

"我愿意。"吉姆利急切地说。

"我愿意。"阿拉贡沉重地说，"你跟从我的领导，差一点在雪中全军覆没，却未发一句责备之言。现在，我会跟从你的领导——如果这最后的警告也动摇不了你。我这时所考虑的，既不是魔戒，也不是我们其他人，而是你，甘道夫。并且，我要告诉你：若你穿过墨瑞亚的大门，那务必小心！"

"我不愿意去。"波洛米尔说，"除非全队表决后都与我意见相反。莱戈拉斯和小家伙们怎么说？我们肯定得听听持戒人的意见吧？"

"我不愿意去墨瑞亚。"莱戈拉斯说。

霍比特人都没出声。山姆看着弗罗多。终于，弗罗多开口说："我不愿意去，但是我也不愿意拒绝甘道夫的建议。我请求大家不要表决，让我们睡一觉之后再说。在晨光中，甘道夫会比在这寒冷的暮色中更容易获得支持。这风吼得好大声啊！"

这话让大家都陷入了沉思。他们听到风在岩石和树木间呼啸，黑夜中四周空旷的野地里，传来了嗥叫与哭号。

突然间，阿拉贡跳了起来。"这风吼得好大声！"他喊道，"这风声里夹着狼嗥。座狼已经来到迷雾山脉的西边了！"

"那么我们还要等到早晨吗？"甘道夫说，"正如我说的，追捕开始了！就算我们活着见到黎明，现在谁还想趁夜在一群野狼的追踪下南行？"

"墨瑞亚有多远？"波洛米尔问。

"卡拉兹拉斯的西南边有座门，像乌鸦一般飞过去大约十五哩，像狼这样跑也许二十哩。"甘道夫严肃地答道。

"那么，可以的话，明天天一亮我们就动身。"波洛米尔说，"亲耳听见恶狼嗥，比空自担心奥克来得更可怕。"

"的确！"阿拉贡拔松了鞘中的剑，"但是，哪里有座狼嗥叫，哪里就有奥克潜行。"

"我真后悔没听埃尔隆德的劝。"皮平对山姆喃喃道，"到头来，我一点用处都没有。我身上'吼牛'班多布拉斯的血统不够，这些狼嚎都快让我的血结冰了。我压根不记得有过这种魂飞魄散的感觉。"

"皮平先生，我的心已经沉到脚指头底下了。"山姆说，"但是我们还没被吃掉，这儿还有几个壮汉跟我们在一起。不管老甘道夫会有啥下场，我打赌那都绝不是填饱狼肚子。"

远征队一行人本来在一座小山丘底下寻了掩护，现在为了夜间的防御，他们爬到了山丘顶上。山顶长着一小片盘根错节的老树，树周围有一圈零零落落的巨石。反正黑暗和沉寂都不可能掩护他们的行踪不被狼群发现，他们索性在石圈中央生起了一堆火。

他们围坐在火堆旁，那些没守哨的人很不安稳地打着盹。可怜的小马比尔站在那儿发抖，冷汗直流。现在，时远时近的狼嚎声已经把他们团团围住。在死寂的夜幕中，可以见到有许多发光的眼睛从山脊窥视着山顶。有些狼几乎凑到了石圈边上，而在石圈的一处缺口边，停着一匹巨大乌黑的狼影，凝视着远征队一行。突然间，它发出一声令人毛骨悚然的嗥叫，仿佛它是统帅，正召唤麾下的狼群进攻。

甘道夫起身，大步上前，高举起手杖。"听着，索隆的走狗！"他吼道，"甘道夫在此。你们要是珍惜自己那一身肮脏的皮毛，就快滚！如果你们胆敢踏进这石圈，我就让你们从头到尾皮焦骨烂！"

那匹狼怒嗥一声，猛然跃起，扑向他们。说时迟那时快，只听一声尖锐的弦响，莱戈拉斯射出了一箭。但闻一声惨嗥，跃起的身影重重跌在地上，精灵的箭矢穿透了它的咽喉。那些监视的眼睛一瞬间全消失了。甘道夫和阿拉贡大步上前，但是山丘上毫无狼踪，嗜血的狼群已经逃走了。四周的黑暗越发沉寂，叹息的风中再无吼声传来。

夜很深了，西沉的亏月在散开的云絮间时显时没。弗罗多蓦然从睡梦中惊醒，紧接着，毫无预警，营地四周爆出一大片凶残又狂野的嗥叫。一大群座狼已经悄悄聚集起来，现在从四面八方同时向他们发起了进攻。

"快添柴火！"甘道夫对霍比特人吼道，"拔出你们的剑，背靠背站好！"

新添的木柴燃烧起来，在跳跃的火光中，弗罗多看见许多灰色身影跃入了石圈，越来越多。阿拉贡一剑刺透一匹领头巨狼的咽喉，波洛米尔大力一挥砍下了另一匹的头。在他们旁边，吉姆利叉着粗壮的双腿稳稳站立，手中挥舞着矮人的战斧。莱戈拉斯的弓吟唱不停。

在摇曳的火光中，甘道夫似乎突然身形暴长：他挺起身，那巨大的身影像一座古代君王的石雕丰碑，充满威胁蠹立在山顶上。他像云一般俯低，拾起一根燃烧的木柴，大步上前迎战狼群。它们在他面前后退。他将燃烧的木柴抛上高空，木柴骤然间像闪电般迸射出白色光芒；他的嗓音响起，如隆隆雷声。

"Naur an edraith ammen! Naur dan i ngaurhoth!" [2] 他吼道。

呼的一声，伴随着噼啪爆响，他上方的树木迸出一片盛大的炫目火花。火焰从一棵树梢跳向另一棵树梢，整座山丘都笼罩在灿烂耀眼的火光中。防御者的刀剑闪闪发亮。莱戈拉斯的最后一支箭破空疾飞时着了火，燃烧着深深埋入一匹巨狼首领的心窝。其他的狼无不四散奔逃。

火慢慢地熄了，燃到只余飘落的灰烬和火星。一股刺鼻的烟萦绕在烧焦的树桩上空，黑压压地随风吹下山丘，同时天空中也露出了第一道朦胧的曙光。他们的敌人大败而逃，未再归返。

"瞧我跟你说了啥，皮平先生？"山姆说着，把剑插入剑鞘，"狼干不掉他的！这真叫人开了眼界，半点不假！差点把我的头发都烧掉了！"

当天光大亮，早晨来临，狼群无踪无影，他们想找狼的尸体，却完全找不到。山顶除了烧焦的树和地上莱戈拉斯的箭，没有任何夜战的痕迹。那些箭全都完好无损，唯有一支箭只剩下箭头。

"这正是我所害怕的，"甘道夫说，"这些不是在荒野中猎食的普通狼群。我们快点吃饭，然后上路！"

那天的天气又变了，简直就像奉了某种力量的命令——既然他们已经撤下山道，雪便不再有用；那种力量现在想要明亮的光线，好从远方就看见荒野中的任何动向。风在夜里由北向转为西北向，此刻也减弱了。云层飘向南方消失，蔚蓝的高空一片敞亮。他们站在山侧，准备出发，一抹惨淡的阳光在群山峰顶上闪亮。

"我们必须在日落之前赶到墨瑞亚大门前，否则恐怕我们永远也到不了了。"甘道夫说，"路不算远，但是走起来可能很曲折，在这里阿拉贡无法为我们领路。他很少到这处乡野走动，我也只到过墨瑞亚的西墙下一次，而且那是很久以前的事了。

"墨瑞亚的西墙就在那边。"他说，遥指东南方向。那里群山陡降入山脚的黯影中，远远隐约可见连绵一线光秃的悬崖轮廓，而在这片悬崖中央有一堵高出其余峭壁的庞大灰墙。"离开山道时，我是领你们朝南走的，而不是返回从前出发的地点，你们当中有些人可能已经注意到了。还好我那么做了，因为现在我们可以少走好几哩路，而我们正需要赶时间。走吧！"

"我不知道该指望什么，"波洛米尔面色严峻地说，"该指望甘道夫找到他所寻找的，还是该指望去到悬崖前却发现永远也无法找到那大门。所有的选择似乎都很糟糕，而最有可能的情况是，夹在狼和墙中间，进退维谷。带路吧！"

吉姆利这会儿与巫师并排走在最前面，他迫不及待想去墨瑞亚。他们一同领着远征队又朝山脉走回去。古时从西边前往墨瑞亚的唯一的路，是沿着西栏农溪走，那溪是从离墨瑞亚大门不远的峭壁底下流出来的。但是，若不是甘道夫迷了路，就是近年来地形有了改变；因为他没遇到他要找的溪流，它应该就在他们动身之处往南几哩的地方。

早晨渐过，时近中午，一行人仍在光秃秃遍布红色岩石的野地里挣扎寻觅。任何地方他们都不见水光，也不闻水声。大地荒凉又干旱。他们的心直往下沉。视野中全无活物，天空中连一只飞鸟也没有。如果夜幕降临时他们还出不了这片废弃之地，谁也不敢想后果会怎样。

突然间，一直赶在最前面的吉姆利回头喊他们，他正站在一个圆土墩上指着右边。他们匆忙上前，看见底下是一道深而窄的河道，却是一片空寂，那褐中带红的河床岩石间，勉强只见一道涓涓细流。不过，在靠近他们这一侧有条小径，破毁不堪，蜿蜒穿行在一条石板铺就的古老大道的断壁残垣当中。

"啊！终于找到了！"甘道夫说，"这就是那条溪该流的地方！西栏农，意思是'门溪'，他们以前都这么叫它。但这水怎么不见了？我猜不出来。过去水流一向湍急喧闹。来吧！我们已经迟了，必须赶快。"

一行人走得脚又酸，人又累。但他们仍顽强地沿着曲折崎岖的小径跋涉了好几哩。太阳过了正午，开始朝西行。他们休息了片刻，匆匆吃了点东西，又继续上路。面前群山嶙峋，而他们的路位于一道很深的地沟里，因此他们只能看见较高的山脊和远处东边的山峰。

最后，他们来到一个急转弯处。他们所走的路本来是向南行，夹在河床边缘与左边陡降的地面中间，这时却再次转向正东。一转过角落，他们便见到前方是座低崖，大约五㖊高，顶上凹凸不平。一股细流从崖上穿过一道宽阔的裂口往下滴落，那裂口似乎是被一处曾经十分壮观浩大的瀑布冲刷出来的。

"地形确实改变了！"甘道夫说，"但肯定是这地方没错。阶梯瀑布就只剩这点了。我若没记错，瀑布旁边还有一道岩石凿出来的阶梯，主路拐向左边，盘升几圈之后就到了顶上的平地。越过瀑布之后，曾经有道浅浅的山谷直通墨瑞亚的山障前，西栏农溪从中流过，小路就沿着溪旁走。我们上去看看现在情况变成什么样了吧！"

他们不费吹灰之力就找到了石阶，吉姆利一马当先迅速冲了上去，甘道夫和弗罗多跟在后面。当他们爬到顶上，便发现自己无法再沿原路往前走了，门溪断流的原因也随之揭晓。在他们身后，西沉的夕阳将冷色调的天空涂满了金色的微光；在他们面前，铺开一个漆黑无波的湖。阴沉的湖面既不反射天空，也不映出夕阳。西栏农溪遭到阻塞，充溢了整个山谷。在这阴郁不祥的湖水对岸，耸立着庞大的峭壁，在落日余晖中，它们的面孔显得严峻又苍白——到此为止，不可逾越。在那起伏的石壁上既没有大门也没有入口的迹象，弗罗多连个缝隙或裂口都没见到。

"那就是墨瑞亚的山障。"甘道夫指着湖水对面说道，"那里曾经矗立着一座大门，也就是精灵之门，位于从冬青郡过来的路的终点，我们就是走这条路来的。但现在，此路不通。我猜，远征队里没人想在一天到头的时候，进这阴森湖水里游个泳。它看起来可不利身心。"

"咱们得找条路从北边边缘绕过去。"吉姆利说，"远征队首先得走主路爬上去，看它会领咱们往哪儿走。就算没有这个湖，驮行李的小马也没法爬上这道石梯。"

"而无论如何，我们都不可能把这匹可怜的小马带进矿坑里。"甘道夫说，"群山底下那条路是条黑暗的路，有些地方又窄又险，即使我们能走，他也一定过不去。"

"可怜的老比尔！"弗罗多说，"我没想到这点。还有可怜的山姆！我不知道他会怎么说？"

"我很遗憾。"甘道夫说，"可怜的比尔一直是个得力的伙伴，现在要放走他不管，我心里也很难过。当初要是一切依我，我本来会轻装上路，不带任何牲口，更别说带上这匹山姆喜欢的小马了。我一直都担心，我们可能会被迫取道墨瑞亚。"

当远征队一行人以最快的速度爬上斜坡抵达湖边时，白日已尽，暮色犹存，点点寒星高悬在天空中闪烁。湖面的最宽处也不会超过两三弗隆。在愈发黯淡的光线下，他们看不出它往南延伸了多远；但它的北端离他们所站之处不会超过半哩，在包围山谷的岩石山脊和湖岸之间，有一圈干地。他们急匆匆向前赶路，因为他们离甘道夫要去的对岸那个地方，还有一两哩。而到了之后，他还得寻找门在何处。

他们来到湖的最北角，被一条窄溪拦住了去路。溪水污浊发绿，好似一条朝着包围的山岭伸出的黏滑手臂。吉姆利并没被吓住，他大步向前，发现水很浅，在岸边只到脚踝深。他们跟在他后面鱼贯前进，小心地涉水而过，因为杂草丛生的水坑底满是滑腻的石头，很难落脚踏稳。弗罗多脚一踏进这黑又脏的水，就忍不住恶心地打了个寒战。

当殿后的山姆牵着比尔踏上溪对岸的干地时，一声轻响传来：先是唰的一声，接着是扑通一声，仿佛一条鱼扰动了静止的水面。他们迅速扭头，只见涟漪正在漾开，在昏暗的光线中边缘发黑，带着阴影；从远处湖中某处，有大圈波纹正朝外扩散开来。一阵噗噗的冒泡声，然后一切归于沉寂。暮色越来越深，夕阳的最后一抹余晖也被云遮住了。

此时甘道夫加大步伐疾赶，其他人都尽快紧跟在后。他们到达了湖与峭壁之间的带状干地：地方很窄，常常只有十来码宽，到处是落石和岩石。但是他们找到了一条贴着峭壁的路走，尽可能远离那黑暗的湖水。沿着湖岸朝南走了一哩，他们碰到了一片冬青树林。许多树桩和枯枝烂在湖的浅水中，看来似是一片古老灌木丛的残余，或是一道树篱，在水淹山谷之前，就排列在横过山谷的道路旁。但是，紧挨着峭壁底下，仍矗立着两棵粗壮高大，依旧生机勃勃的冬青树，比弗罗多所见过或想象过的任何冬青树都要巨大。它们粗大的树根从山障下一直伸到水中。当初从远处石阶顶上望过来时，它们掩在巨大峭壁的阴影下，看起来只像区区灌木丛；但现在它们岿然耸立，笔直、黑暗、沉默，像两座岗哨一样屹立在路的尽头，将深沉的夜影投在树下四周。

"好了，我们终于到了！"甘道夫说，"这是从冬青郡来的精灵之路的终点。冬青树是那地居民的象征，他们把冬青树种在这里，标示着他们的领地到此为止，因为这座西门主要是为他们与历代墨瑞亚之主贸易往来而开的。那是较为幸福的年代，彼时不同种族之间都仍保有亲密的友谊，连矮人和精灵之间也不例外。"

"友谊淡化，并不是矮人的错。"吉姆利说。

"我可没听说那是精灵的错。"莱戈拉斯说。

"两种说法我都听过，"甘道夫说，"我也不会在这时候下断语。但是我请求你们两位，莱戈拉斯和吉姆利，至少要做朋友，来帮助我。你们二位，我都需要。门户还关闭并隐藏着，我们越快找到它越好。天马上就全黑了！"

他转过身，对其他人说："在我搜寻的时候，你们每个人可否做好进入矿坑的准备？因为，恐怕我们得在这里跟驮行李的好马儿告别了。你们必须把大部分带来抵御恶劣天候的装备抛下，在里面你们不需要这些，而我希望在穿过矿坑后南下时也不会需要。但是，我们每个人必须分担一些小马所驮的东西，特别是食物和水袋。"

"可是，甘道夫先生！你不能把可怜的老比尔丢在这个鬼地方！"山姆又生气又悲伤地喊道，"我不同意，就是这样。他跟了我们这么久，经历了这么多！"

"我很抱歉，山姆。"巫师说，"但是，当门打开以后，我想你没办法把你的比尔拖进去，进入墨瑞亚的漫长黑暗。你必须在你家少爷和比尔之间做个选择。"

"我要是牵着他，他会跟着弗罗多先生进入恶龙的巢穴！"山姆反驳说，"这周围到处都是狼，把他放了，跟杀了他有啥两样？"

"这并不至于杀了他，我希望。"甘道夫说，将手放在小马的头上，放低了声音，"带着守护你、引领你的咒语去吧。"他说，"你是一匹有智慧的牲口，又在幽谷学到了很多。你要朝能找到青草的地方去，尽快回到埃尔隆德之家，或任何你想要去的地方。

"好了，山姆！他将跟我们一样，有足够的机会逃脱恶狼，回到家里。"

山姆忧郁地站在小马旁，一言不答。比尔似乎很明白状况如何，他挨蹭着山姆，用鼻子去拱山姆的耳朵。山姆眼泪夺眶而出，他哆嗦着手解开带子，将小马背上的包裹全卸下来，扔在地上。其他人清理着东西，将所有可以不带的堆在一旁，再分摊其余的物品。

当一切收拾停当，他们转过来看甘道夫。他显然什么也没做。他站在两棵树中间，盯着空无一物的峭壁，仿佛要用眼睛在那上头钻出个洞来。吉姆利走来走去，用斧头在岩石上这里敲敲那里敲敲。莱戈拉斯则紧贴着岩壁，仿佛在聆听。

"好啦，我们全都准备好了，"梅里说，"但是门在哪里？我连个门影都没看到。"

"矮人的门，建造的时候就让它在关闭后是看不见的。"吉姆利说，"它们是隐形的，如果忘了机关，连制造者都没办法找到或打开。"

"但这座门不是造来只让矮人知道的密门。"甘道夫说，突然灵机一动，转过身去，"除非情况彻底变了，否则一双知道该找些什么的眼睛，或许能发现蛛丝马迹。"

他走上前去，来到墙边上。就在两棵树的阴影中间，有一片光滑的地方，他伸手来回抚摸，喃喃地念念有词。然后，他后退了几步。

"瞧！"他说，"你们现在能看出什么了吗？"

月光此时正照在灰色的岩壁上，但是他们一时什么也没看见。然后，慢慢地，在巫师的手抚过的岩石表面上，显出了淡淡的细线，像细长的银色纹理在岩石上蔓延开去。它们起初只不过像苍白的蛛丝，非常纤细，只有在月光照到时才断断续续闪烁着微光，但它们越来越宽，越来越清晰，最后整个图案都可分辨出来。

在顶上，高度到甘道夫伸手可及的地方，是一道精灵文字母交织形成的拱顶。在下方，尽管线条在一些地方模糊或中断了，却仍可看出其轮廓：一块铁砧和一把锤子，上方悬着一顶王冠和七颗星。在这些之下又是两棵树，树上长满新月。门中央赫然有单独一颗多芒的星在闪光，比其余一切都更清晰。

"那是都林的徽记！"吉姆利喊道。

"而那是高等精灵的圣树！"莱戈拉斯说。

"还有费艾诺家族之星。"甘道夫说，"它们是用

伊希尔丁造就，这种材料只反射星光和月光，并且只有当会说中洲久已失传之语言的人触摸，才会显现。我上次听到那语言已经是很久以前了，我绞尽脑汁，才回忆起来。"

铭文依照贝烈瑞安德模式，以费艾诺字母写成："Ennyn Durin Aran Moria. Pedo Mellon a Minno. Im Narvi hain echant. Celebrimbor o Eregion teithant i thiw hin"。

"上面写的是什么？"弗罗多问，他正努力解读拱顶上的铭文，"我以为我是懂精灵字母的，可是我看不懂这些文字。"

"这些文字，用的是远古时代中洲西部地区的精灵语。"甘道夫答道，"但是它们的含义对我们来说无关紧要。它们说的只不过是：**墨瑞亚之主，都林之门。请说，朋友，然后进入。**下面那行模糊的小字写着：**我，纳维，造了此门。冬青郡的凯勒布林博描了这些符号。**"

"'**请说，朋友，然后进入。**'这是什么意思？"梅里问。

"够明显了，"吉姆利说，"如果你是朋友，说出口令，门就会打开，你就能进去了。"

"是的。"甘道夫说，"这门很可能是靠口令控制的。矮人的门，有些只在特定的时间，或为特定的人，才打开；有些则有锁，即使时机正好、口令无误，也仍需要钥匙才能开。这两扇门没有钥匙。在都林的时代，这不是什么秘门，通常都是开着的，守门人就坐在这里。但是门一旦关上，任何知道开门口令的人都能说出口令，然后进入。至少书上是这样记载的，对吗，吉姆利？"

"对。"矮人说，"但口令是什么，没人记得。纳维和他的手艺，以及他所有的族人，都已经从这世界上消失了。"

"但是，甘道夫，难道**你**不知道口令吗？"波洛米尔惊讶地问。

"不知道！"巫师说。

其他人都一脸沮丧或失望。只有非常了解甘道夫的阿拉贡，仍然沉默不语，不为所动。

"那么，把我们带到这该死的地方来，有什么用呢？"波洛米尔吼道，回头瞥了一眼那潭黑水，打了个寒战，"你告诉我们，你曾经穿过那矿坑一次。如果你不知道怎么进去，你怎么可能穿过它？"

"波洛米尔，你的第一个问题，我的回答是：我不知道口令——暂时还不知道。"巫师说，"不过我用意何在，我们很快就能明白。还有，"他补充道，竖起眉毛，双眼闪过一丝精光，"我做的事有什么用，你可以等它们被证明无用时再来问。至于你另一个问题——你是怀疑我的故事吗？还是你脑袋给门板夹了？我不是从这里进去的，我是从东边过来的。

"你要是想知道，我就告诉你，这两扇门是朝外开的。从里面你只要双手一推就能把门打开，但从外面，除了口令，别无他法。它们是不能强行使力向里推开的。"

"那你要怎么办？"皮平问，没被巫师那竖起来的眉毛吓倒。

"用你的头去敲门，佩里格林·图克。"甘道夫说，"要是这样还敲不碎，就请容许我有一点安静，不需要再回答那些蠢问题，好找出开门的口令。

"这种用途的咒语，不管是精灵语、人类语还是奥克语，我曾经全都知道。我仍然能不假思索说出两百个来。不过，我想只需要试几个就行了，我也不打算问吉姆利那些秘密的矮人语词，矮人对此从不外传。开门的口令应该是精灵语，如同拱顶的铭文——这点似乎可以肯定。"

他又走到石壁前，并用手杖轻轻碰了碰那颗铁砧图案底下，位于中央的银星。

Annon edhellen, edro hi ammen!

Fennas nogothrim, lasto beth lammen![3]

他用命令的口气说。那些银色的线条淡褪，但是空白的灰色岩石纹丝不动。

他把这些词换着顺序重复多次，又做了各种变化。然后，他尝试其他咒语，一个换过一个，一会儿又快又大声，一会儿又慢又轻柔。接着他又说了许多单独的精灵语词。依旧毫无动静。峭壁耸立在暗夜里，无数的星星在天空中闪烁，寒风吹袭，而石门坚不可破。

甘道夫再次走到墙边，举起双臂以命令式口吻说话，腔调中怒意渐长。"Edro, edro！"他喊道，并用手杖敲击岩石，"开门，开门！"他喊道，接着又用中洲西部地区所有曾经使用过的语言发出同样的命令。最后，他把手杖往地上一掼，沉默地坐了下来。

就在这时，狼嚎声乘风远远而来，传入了他们聆听的耳里。小马比尔吓得跳起来，山姆跳起身奔到它旁边，对它轻声低语。

"别让它跑了！"波洛米尔说，"如果野狼没发现我们，看来我们还需要它。我真恨透了这个臭水塘！"他弯腰捡起一块大石头，扔进远处漆黑的水中。

石头发出一声轻响，消失不见；但与此同时，水中发出唰的一声，冒出一个泡泡。石头落下之处再过去的地方，泛起好大的涟漪，慢慢朝峭壁脚下扩散过来。

"你这是干什么，波洛米尔？"弗罗多问，"我也恨这个地方，而且我很害怕。我不知道我怕的是什么——不是狼，也不是门后的黑暗，而是别的东西。我怕这水塘。别打扰它！"

"但愿我们能离开这里！"梅里说。

"甘道夫为什么不快点采取行动？"皮平说。

甘道夫没理会他们。他垂着头坐在那儿，若非绝望，就是在焦虑地思索。野狼嗥丧的声音再次传来。水面的涟漪越扩越大，逼得更近，有些已经拍到岸边上了。

突然间巫师猛跳起来，吓了众人一大跳。他在哈哈大笑！"我知道了！"他喊道，"当然啊，当然！简单得荒唐，就像大多数谜底揭晓的谜语一样。"

他拾起手杖站到岩石前，清楚地说："Mellon！[4]"

门上那颗星瞬间大亮，然后褪淡。接着，一道巨门的轮廓无声无息地呈现出来，尽管先前连个接缝或榫头都看不出来。慢慢地，它从中一分为二，一时一时地向外打开，直到两扇门都敞开贴到了墙上。透过敞开的门，隐约可见陡峭的台阶往上攀登。不过，过了最低几个台阶，里面的黑暗比夜色还要深。远征队一行人都惊奇地瞪视着。

"我还是搞错了。"甘道夫说，"吉姆利也一样。所有的人里，只有梅里的思路是对的。开门的口令始终都写在拱顶上！翻译出来其实应该是：**请说'朋友'，然后进入**。我只要用精灵语说出'朋友'一词，门就会打开。非常简单！身在当今多疑年代的博学之士，反而会觉得这简单过头了。过去的时代，可真是要幸福一些啊。现在我们进去吧！"

他大步上前，脚刚踏上最低一个台阶，数般变故陡生。弗罗多感觉到有什么东西抓住了脚踝，他大叫一声便摔倒了。小马比尔惊恐狂嘶一声，一个掉头沿着湖岸冲进了黑暗里。山姆跳起来去追他，接着听见弗罗多大叫，便又跑回来，边哭边咒骂。其他人猛转过身，只见湖水翻滚沸腾，仿佛有一大群蛇从南端游来。

从湖水中扭动着爬出一条长长的触须，又湿又亮，是淡绿色。触须尖端如手指般卷住了弗罗多的脚，正将他往水里拖。山姆扑跪在地上，这会儿正用刀砍它。

那触手放开了弗罗多，山姆一把将他拉开，大声呼救。水一搅，又是二十条手臂冒了出来，乌黑的湖水就像开锅沸腾，散发出一股恶臭。

"快进门去！爬上阶梯！快！"甘道夫喊着，往回一跃。除了山姆，众人都被惊呆在原地。他这一喊令他们如梦初醒，驱赶他们进去。

他们跑得正及时。山姆和弗罗多才爬了几级阶梯，甘道夫刚开始爬，就见那些摸索的触手扭动着爬过窄窄的湖岸，探上了峭壁和门。有一条扭动着越过了门槛，星光一照闪闪发亮。甘道夫转身停步，但他若是在考虑用什么咒语能从里面把门关上，却是没必要了。许多卷曲的触手抓住了两边的门，以惊人的力气将它们掀了过来。轰的一声巨响，门重重关上了，刹那间光线全无。透过笨重的石门，传来沉闷的碎裂和碰撞声。

在一片漆黑中，山姆紧抓着弗罗多的手臂，瘫倒在台阶上。"可怜的老比尔！"他哽咽着说，"可怜的老比尔！又是狼又是蛇！可它对付不了蛇啊！弗罗多先生，我必须得选择，我必须跟着你。"

他们听见甘道夫又走下阶梯，用手杖去戳那两扇门。岩石颤抖了一下，台阶也跟着一阵摇晃，但是门没打开。

"唉，这下可好！"巫师说，"现在，我们背后的退路已经被堵死了，出路只有一条——在山脉的另一边。从这声音听来，恐怕门外已经堆起巨石，树也连根拔起来横在门外了。我很难过，那两棵树很美，而且活了很长的年岁。"

"我脚一踏到湖水，就觉得附近有某种可怕的东西。"弗罗多说，"那到底是什么？那种东西有很多吗？"

"我不知道，"甘道夫说，"但是那些触手都受一个目的引导。山脉底下的幽深水中，有东西爬了出来，或是被赶了出来。在这世界的深处，有比奥克更古老、更邪恶的东西。"他没有说出口的是，无论住在那湖里的是什么东西，它在远征队众人当中第一个抓住的是弗罗多。

波洛米尔压低声音嘀咕着，但是石壁反射了声音，把他的话放大成粗哑的低语，人人都能听见："在这世界的深处！而我们正朝那儿去呢，这可跟我的愿望背道而驰。现在，在这要命的黑暗里，谁会给我们领路？"

"我会，"甘道夫说，"而且吉姆利将跟我一起。跟着我的手杖走！"

巫师走上前去，领头踏上了巨大的台阶，并将手杖高举起来，从杖尖放射出一道微弱的辉光。宽阔的阶梯完好无损，他们数着往上爬了两百级又阔又浅的台阶，到了顶上，他们发现了一条地面平坦的拱形通道，通向黑暗中。

"我们坐在这儿的平台上休息一会儿，吃点东西吧，反正我们找不到餐厅。"弗罗多说。他已经开始摆脱被触手攫住的恐惧，突然间觉得饥饿不堪。

这提议受到了一致欢迎；他们在最高几层台阶上坐下，众人的身影在昏暗中显得模模糊糊。等大家都吃过之后，甘道夫第三次让每个人都喝了一口幽谷的**米茹沃**。

"恐怕这酒剩不了多少了。"他说，"不过我觉得，我们经过刚才大门前那场惊吓后，都需要来一点。并且，除非我们运气绝佳，否则在我们走到另一头之前，也会需要剩下全部的酒！走的时候要继续当心水！矿坑里有许多小溪和水井，千万不要碰它们。在我们下到黯溪谷之前，大概不会有机会续满水袋和水瓶。"

"要走多久才到？"弗罗多问。

"不好说。"甘道夫答道，"变数太多了。不过，若是不出事也不迷路，一路直走的话，我预计要走三四天。从西门到东门的直线距离，不可能少于四十哩，而这条路可能相当曲折。"

稍事休息之后，他们再次上路了。大家都渴望尽快结束这段旅程，因此尽管他们都很累，可还是心甘情愿继续不停地走了好几个钟头。甘道夫照旧走在最前面，左手高举着发出微光的手杖，那光正好足够照亮他脚前的地面，右手则握着宝剑格拉姆德凛。吉姆利走在他后面，左右张望时，双眼在昏暗的光线中闪闪发亮。弗罗多走在矮人后面，他已经拔出了短剑刺叮。刺叮和格拉姆德凛的剑锋都没有发光，这令他们稍感安心，因为这两把远古时代精灵工匠所打造的宝剑，若是有任何奥克接近，就会发出寒光。弗罗多后面走着山姆，山姆后面是莱戈拉斯，之后是两个年轻的霍比特人，然后是波洛米尔。在黑暗中殿后的，是神情严肃、默不作声的阿拉贡。

通道蜿蜒转了几个弯，然后开始了好长一段稳定的下坡路，才又变成平地。空气变得闷热，不过并不污浊，他们不时会感觉到更为凉爽的气流吹到脸上，猜想这可能是从墙上的裂罅吹进来的，墙上有很多这样的裂口。借着巫师手杖的微弱光芒，弗罗多瞥见了阶梯和拱门，以及其他的通道和隧道，有的上坡，有的向下陡降，还有的两边空无一物，只有茫茫的黑暗。地形太令人困惑，根本不可能记住。

吉姆利几乎没帮上甘道夫什么忙，除了坚定的勇气作为支持——他至少没像其他大部分人那样，被单纯的黑暗本身困扰。为选哪条路走而举棋不定时，巫师经常会跟他商量，不过最后总是甘道夫下的决定。墨瑞亚矿坑规模巨大，并且错综复杂，远超过格罗因之子吉姆利的想象，即便他是出身山中种族的矮人。对甘道夫来说，很久以前那趟旅程的遥远记忆，现在几乎无济于事，但是，尽管身在暗处，道路曲折，他仍知道自己要往哪里走，只要有一条路能通往目标，他便毫不犹疑。

"别怕！"阿拉贡说。这次他们停得比往常要久，甘道夫和吉姆利正在一起低声交谈，其他人则挤在后头，焦急等候着。"别怕！我多次跟他旅行，尽管尚未有哪次如此黑暗，而幽谷还有传说提到他所立下的伟大功绩，比我见证过的更加伟大。只要有路可找，他必定不会走入歧途。他不顾我们的恐惧把我们带进这里，但他一定会把我们带出去，无论他自己要付出何等代价。在漆黑的夜里，他比贝如希尔王后的猫 [5]

更有把握找到回家的路。"

远征队拥有这么一位向导，堪称万幸。他们没有任何可以用来做火把的工具或燃料——大门前情急之下手忙脚乱，许多东西都没带上。假使没有任何光源，他们很快就会陷入惨不堪言的境地。这里不只有许多路可选，许多地方还有坑洞和陷阱，他们走过时，足音在路边漆黑的深井中回荡。墙上和地面有裂隙和断缝，脚前经常冷不防地出现地堑。最宽的超过七呎，皮平花了很久才能鼓足勇气跳过那可怕的缺口。下方远远传来水流翻腾的声音，仿佛地底深处有某种巨大的水车在转动。

"绳子！"山姆喃喃念着，"我就知道，你要是不带，就会用得着它！"

这些危险出现得越来越频繁，他们前进得也越来越慢。他们似乎一直不停地走啊走，永无止境地走向大山的根基。他们已经疲惫不堪，但是找个地方停下来休息的想法似乎也不令人安心。弗罗多在逃生后，在吃过东西又喝了佳酿后，精神振奋了一阵子；但是现在一股深沉的不安逐渐变成了恐惧，又悄悄笼罩了他。虽然他的刀伤在幽谷得到了医治，但那可怕的伤口并非没有后遗症。他的感官，对看不见的事物更敏锐，更能察觉它们的存在。他很快就注意到了自己这种改变，迹象之一，是在黑暗中他比任何一位同伴——或许甘道夫除外——都能看得更清楚。而且，他是持戒人：戒指穿在链子上，就挂在他胸前，不时显得十分沉重。他明确感觉到前方有邪恶等着，后方有邪恶跟着。但他什么都没说，只把剑柄握得更紧，顽强地往前走。

在他身后的一行人很少说话，就算开口也是匆促低语。除了他们的脚步声，没有别的声音。吉姆利的矮人靴子踏地沉闷，波洛米尔举步沉重，莱戈拉斯落脚轻巧，霍比特人的足音轻得几乎听不见，而走在最后的阿拉贡迈着缓慢、坚定的大步。当他们暂停下来时，听不到任何声音，只是偶尔有看不见的水流的轻微滴响。但是，弗罗多开始听见，或者说，他以为自己听见了别的声音，像是柔软的赤脚轻轻落在地上。那个声音一直不够大，也不够近，因此他不能确定自己真听见了。可是在远征队开始行进时，那声音从响起来后就再没停过。那也绝对不是回音，因为当他们暂停下来，它还兀自继续啪啪轻响了一会儿，然后才没了声音。

他们进入矿坑时，天才黑。当甘道夫第一次停下来认真核查时，他们已经走了好几个钟头，中间只短暂休息过几次。在甘道夫面前，矗立着一座宽阔的黑拱门，朝向三条通道，它们全都大致通往东边，但左边那条陡降下行，右边的却是往上爬升，中间的似乎平坦前行，不过非常窄。

"我对这地方完全没有印象！"甘道夫说，站在拱门底下犹豫不决。他举起手杖，希望能找到一些记号或铭文来帮他选择，但是不见任何类似的符号。"我累得没法做决定。"他摇着头说，"我估计你们也都跟我一样累，或者更甚。我们最好就停在这里，过完今晚——你们懂我的意思！这里面总是漆黑一片，但外头已经过了午夜，月亮已经朝西落了。"

"可怜的老比尔！"山姆说，"我想知道它在哪里。我希望那些狼还没逮到它。"

在那道巨大的拱门左边，他们发现了一扇石门。门半掩着，轻轻一推便敞开了。门后似乎是个从岩石中凿出来的宽敞房间。

这石室总算比开敞的通道更能给人庇护的感觉，梅里和皮平很高兴找到这么一个可以休息的地方，不由得冲上前去。"慢点！慢点！"甘道夫见状急忙叫道，"慢点！你们还不知道里面有什么。我先进去。"

他谨慎地进了石室，其他人鱼贯跟在后头。"瞧！"他说，用手杖指着地板中央。就在他脚前，他们看见一个圆形的大洞，像一口井的井口。井边上搁着生锈断裂的铁链，一头垂落到漆黑的坑洞里。附近散落着一些碎石。

"你们俩有一个本来可能掉下去，这会儿还在猜几时会撞到底呢。"阿拉贡对梅里说，"有向导的时候，让向导先走。"

"这看来是一间警卫室，专门看守这三条通道的。"吉姆利说，"那个洞显然是供守卫用的井，井口盖了块石板当盖子，但是盖子破了。我们大家在黑暗中一定要当心。"

那口井吸引了皮平的好奇心。当其他人尽量远离地板上那个洞，靠着石室的墙摊开毯子铺床时，他却爬到了洞边，探头朝里看。一股冷气从深不见底之处升上来，扑上他的脸。一股突如其来的冲动，驱使他摸起一块碎石，扔了下去。他感觉自己的心跳了好多次，都还没有听见底下传来声音。然后，在下方远处，那石头像是掉进了某个洞穴的深水里，传来**扑通**一声，非常遥远，但在空荡荡的井中却被放大了，持久回响。

"怎么回事？"甘道夫喊道。等皮平坦白自己做了什么，他松了口气，但很生气，皮平看得见他眼里在冒火。"你这蠢图克！"他咆哮道，"这是一趟严肃的旅程，不是霍比特人的远足！下次把你自己扔下去，然后你就不会再惹麻烦了。现在给我安静点！"

接下来几分钟，什么声音也没有；但是，随后从地底深处传来了微弱的敲打声：咚—啪，啪—咚。声音停了，等回声逐渐消失之后，它们又重复出现：啪—咚，咚—啪，啪—啪，咚。它们听起来像是某种信号，令人不安。不过，敲击声过了一会儿就消失了，再也没听见。

"我敢打赌那是锤子的声音。"吉姆利说。

"对。"甘道夫说，"而且我认为这不妙。也许这跟佩里格林扔的那块愚蠢的石头没什么关系，但是，也许已经惊动某种最好别去惊扰的东西。拜托，别再做这种事！让我们都好好歇一阵子，希望别再有麻烦了。皮平，你守第一班哨，算是对刚才举动的惩罚。"他低声咆哮道，自己裹进毯子里睡下。

皮平在一片漆黑中可怜巴巴地坐着。他一直不停转身四顾，就怕有什么未知之物会从井里爬出来。他巴不得自己能把那个洞盖起来，就算只用毯子盖上也好，但他不敢动，也不敢靠近它，尽管甘道夫看起来已经睡着了。

事实上，甘道夫醒着，只不过躺着不动，也不出声。他正在沉思，试着回想前一次穿过矿坑的旅程中的每个细节，并焦虑地思索着下一步该选的路。现在只要走错一步，都可能是灭顶之灾。过了一个钟头，他起身，来到皮平旁边。

"去找个角落睡一会儿吧，孩子。"他慈祥地说，"我想，你一定很想睡了。我一点也睡不着，所以，干脆我来守哨好了。"

"我知道自己是怎么回事。"他咕哝着，边在门边坐下来，"我需要抽烟！打从暴风雪前的那个早晨开始到现在，我都没抽上一口烟。"

皮平睡着前，最后一眼便是模糊瞥到老巫师佝偻着身子坐在地上，粗糙的双手放在膝间，遮护着一小团光亮。有那么一刻，闪光映出了他的尖鼻子，以及喷吐出来的烟。

是甘道夫把他们从睡梦中全叫起来。他独自坐在那儿看守了大约六个钟头，让其他的人休息。"在守哨的时候，我拿定了主意。"他说，"我不喜欢中间那条通道给人的感觉。我也不喜欢左边那条通道的气味——那底下空气污浊，要是连这都嗅不出来，我也不用当向导了。我该走右边的通道。又到了我们该往上爬的时候了。"

两次短暂的休息不算，他们在黑暗中行进了八个钟头。没碰上危险，也没听见什么，除了前方巫师杖头的微光如同磷火般一明一灭地闪着，他们也什么都没看见。他们所选择的通道稳定地蜿蜒而上。就他们的判断，这路绕着大圈盘旋爬升，越往上走就越高耸也越宽阔。这时两边已经没有通往其他走廊或隧道的开口，地面十分平坦好走，没有坑洼或裂缝。他们显然踏上了一条曾经是要道的路，前进的速度快过前一段。

就这样，按直线距离计算，他们向东前进了大约十五哩，不过实际上他们肯定走了不止二十哩。随着这路往上攀升，弗罗多的精神也振作了一点。不过他仍旧觉得压抑，并且依然不时听见，或者说以为自己听见，在远征队之后，在他们起落的脚步声之外，有个并非回音的脚步声跟随着。

他们已经行进了很远，霍比特人若不休息，最多也就坚持这么久了。所有的人都在考虑哪个地方可以睡觉，而就在这时，左右两边的墙突然都不见了。他们似乎穿过了某道拱形门廊，进入了一片漆黑空旷的空间。在他们身后有好大一股暖空气，但面前的黑暗却是寒气扑面。他们停下来，不安地挤在一起。

甘道夫似乎很高兴。"我选对了路。"他说，"我们终于来到能住人的区域了，并且，我猜我们现在离东边也不远了。不过我若没弄错的话，我们现在在高处，比黯溪门高出许多。从空气给我的感觉来看，我们一定是在一个宽敞的大厅里。现在，我要冒险弄出点儿真正的亮光来。"

他举起手杖，刹那间强光一现，犹如一道闪电划过，庞大的暗影稍纵即逝。有那么一瞬，他们看见头顶上方高处是个广阔的屋顶，由许多岩石凿就的巨柱撑起。在他们面前，以及两边，展现出一处巨大、空旷的厅堂。它黑色的墙面打磨得平滑如镜，熠熠生辉。他们看见了另外三个入口，都是黑漆漆的拱门：一个在正前方朝东，另外左右两边各有一个。接着，光亮熄灭了。

"目前我只能冒这么大险。"甘道夫说，"大山侧面过去有许多大窗，矿坑的上层也有通风井可供光线进入。我想我们已经到了这些地方，但现在外面又是晚上，我们得等到早上才能确定。我若是没错，明天早上我们或许真能看见晨光探进来了。不过，现在我们最好别再往前走了。如果能歇的话，那就歇息吧。到目前为止，一切都很顺利，黑暗的路已经走过大半了。但我们还没走完，通往外面世界的大门还要往下走很远。"

当夜，远征队一行人就在这巨大的洞窟厅堂中度过，为了避开从东边拱门不断吹进来的一股寒冷气流，他们全都挤在一个角落里。他们躺在那里，四周一片黑暗，空洞且漫无边际。孤寂辽阔的处处洞窟厅堂，以及无尽分岔的阶梯通道，都压迫着他们。过去那些黑暗传闻曾在霍比特人心中激发的最疯狂的想象，跟墨瑞亚实际的恐怖与神奇相比，全都相形见绌。

"从前这里肯定有过一大群矮人，"山姆说，"他们个个都比獾还勤快，这么干上五百年，才能凿出这一切，而且绝大部分还都修在坚硬的岩石里头！他们这么干，到底是为什么呢？他们总不会住在这些黑窟窿里吧？"

"这些不是窟窿。"吉姆利说，"这是伟大的城邦，'矮人挖凿之所'。而且，古时它也不黑，而是充满了光明和辉煌，我们的歌谣里仍然提到。"

他爬起来，站在黑暗中，开始用深沉的声音吟唱，回声盘绕直上高顶。

> 万物初始，群山新绿，
> 明月犹然皎洁无瑕，
> 水泉无名，山石无名，
> 都林苏醒，踽踽独行。
> 他赐名山谷与山岗，
> 他渴饮新泉从未尝，
> 他俯身细观镜影湖面，
> 看见群星冠冕映现，
> 犹如银线络宝石，
> 高悬在倒影额前。

> 万物鲜丽，群山高峻，
> 纳国斯隆德与刚多林
> 精灵古国伟大君王
> 犹未陨落西海彼方，
> 在都林之日，

世界美好如初如常。

雕镂宝座上，都林为王，
山岩殿堂，千柱林立，
黄金为顶，白银铺地，
古奥符文门上护翼。
水晶刻镂，悬灯晶莹，
犹如太阳与月星，
不畏乌云，不畏夜影，
美好灿烂光焰长明。

铁砧大锤敲震响，
尖凿劈，刻刀划，
兵刃锤炼，刀柄铸接，
矿工掘深井，石匠建广厦。
绿玉，珍珠，猫儿眼，
精钢锁甲密如鳞，
圆盾，胸甲，战斧与宝剑，
还有闪亮长矛如山堆。

都林子民，无忧不倦，

山岩深处乐声长，

竖琴响，咏者唱，

殿门启报号角回荡。

如今万物陈旧，群山老去，

煅炉烈火成冷灰，

竖琴声哑，大锤已息，

都林殿堂漆黑无光，

在墨瑞亚，卡扎督姆，

都林坟上暗影沉沉。

只有幽深镜影湖底，

偶尔浮现璀璨星辰，

那是都林冠冕深隐清泓，

只待主人苏醒重临。

"这歌我喜欢！"山姆说，"我想学！在墨瑞亚，卡扎督姆！但是，想到那么多灯，就觉得这黑暗好像更浓重了似的。那成堆的金银珠宝，都还在这里吗？"

吉姆利沉默不语。唱完了歌，他再也不愿说话了。

"成堆的珠宝？"甘道夫说，"不，奥克经常劫掠墨瑞亚，上层的厅堂里什么也不剩了。自从矮人逃走之后，没有人敢到深处去搜寻通风井和宝库，它们都淹没在水中——或淹没在恐惧的阴影中。"

"那么，矮人为啥要再回来？"山姆问。

"为了**秘银**[6]。"甘道夫答道，"墨瑞亚的财富，不在于黄金，也不在于珠宝，那些都是矮人的玩物；也不在于铁矿，那是他们的奴仆。他们在这里确实找到了这些东西，尤其是铁矿；但是这些他们不需要发掘，他们想要的一切，都可以靠贸易获得。全世界只有这里才能找到'墨瑞亚银'，有些人称它为'真银'，精灵语中称之为**米斯利尔**，矮人称它什么，则秘不外传。它从前贵重如同十倍的黄金，现在则是无价之宝；因为地面上它已所剩无几，而就连奥克也不敢在这里开采它。矿脉往北延往卡拉兹拉斯的方向，往下则深入黑暗之中。矮人对此闭口不言，但秘银既是他们财富的基石，同样也成了他们的祸根——他们挖掘得太贪婪，也太深，惊动了都林的克星，他们因而逃离。那些他们带到外面的秘银，几乎全被奥克夺走，作为贡品献给了觊觎此物的索隆。

"**秘银**！此物人人都渴望。它能被锤打得延展如铜，又能被打磨得光亮如镜。矮人可以用它制成金属，比淬火过的钢更轻，却更坚硬。秘银美如寻常白银，但它不会失去光泽，亦不会黯淡褪色。精灵珍爱秘银，它的多种用途之一，便是制成**伊希尔丁**，'星月'，你们在墨瑞亚西门上已经看见。比尔博就有一件秘银制的环穿成的锁子甲，是梭林送给他的。我很好奇它现在怎么样了？我猜，还在大洞镇的马松屋里吃灰尘吧。"

"什么？"吉姆利叫道，惊得忘了沉默，"一件墨瑞亚银打造的锁子甲？那可是君王的厚礼啊！"

"是的，"甘道夫说，"我从来没告诉他，不过整个夏尔加上里头的一切，都不如那东西贵重。"

弗罗多没有出声，但探手入怀，摸了摸那件锁子甲上的环。想到自己竟然把整个夏尔的价值穿在外套底下，走了这么远的路，他觉得震惊万分。比尔博知道吗？他一点也不怀疑，比尔博心知肚明。这的确是件君王的厚礼。但现在他的思绪已经飘离了黑暗的矿坑，飞到幽谷，飞到了比尔博身边，还有比尔博还居住时的袋底洞。他由衷希望自己能回到那里，回到那些日子里，修剪草坪，在花丛间散步，由衷希望自己从来没听说过墨瑞亚，没听说过秘银——更没听说过魔戒。

　　一阵深沉的寂静降临，大家一个接一个睡着了。弗罗多负责守哨，仿佛有股来自地底深处的气流穿过看不见的门袭来，恐惧笼罩了他。他双手冰冷，前额汗湿。他聆听着，全神贯注地聆听，两个缓慢的钟头里心无旁骛。但他什么也没听见，连想象中的脚步回声也没有。

　　当他守哨的时间快结束时，他觉得自己在远处，在他猜测是西边拱门所在之处，看见了两个苍白的光点，几乎像是发光的眼睛。他吃了一惊。他刚才打了瞌睡。"我肯定是守哨时差点睡着了，"他想，"还差点做起梦来。"他起身，揉了揉眼睛，并且继续站着，朝黑暗中窥视，直到莱戈拉斯来接班。

　　他躺下后很快就睡着了，但是刚才那个梦似乎仍在延续：他听见轻声耳语，看见那两个苍白的光点慢慢接近。他猛醒过来，发现其他人在他附近轻声说话，一道朦胧的光线照在他脸上。那是一束长而淡的光线，正从东边拱门上方，接近天花板高处的通风井里透进来。大厅对面，北边拱门也有微弱的光线遥遥透入。

弗罗多坐了起来。"早上好！"甘道夫说，"终于又是早晨了。你瞧，我是对的。我们在墨瑞亚东边的高处。今天过完之前，我们应该能找到出去的大门，并见到黯溪谷中镜影湖的水就在面前。"

"我会很高兴的。"吉姆利说，"我已经见到了墨瑞亚，它非常伟大，但它已变得黑暗又恐怖。我们没有找到我亲族的踪迹。现在，我怀疑巴林是否真的来过这里。"

他们吃过早餐后，甘道夫决定立刻动身。"我们很累，但是出去后，我们能休息得更好。"他说，"我想，没人愿意在墨瑞亚再过一夜。"

"的确没有！"波洛米尔说，"我们该走哪条路？那边朝东的拱门吗？"

"也许，"甘道夫说，"但我还不知道我们确切的位置。除非我走岔得厉害，我猜我们在上方，大门的北边。而且要找到下到大门的正确路线，恐怕也不容易。很可能我们得走的是东边的拱门；不过，决定之前，我们应该察看四周的环境。让我们到北门有光的地方去看看。如果能找到一扇窗户的话，会很有帮助，不过恐怕那道光线只不过是从很深的通风井照下来的。"

一行人在他的带领下，穿过了北边拱门。他们发现自己置身在一条宽阔的走廊上，随着他们沿走廊前进，那道光线也越来越强。他们看见它是从右边一道门廊里透出来的。门廊很高，顶是平的，石门仍挂在铰链上，门半开着。门内是个很大的正方形房间。室内的光线相当昏暗，但在黑暗中走了这么久，这光线在他们眼中简直亮得炫目，令他们边走进门边眨眼睛。

他们的脚步扰起了地板上积得很厚的灰尘，并且被那些横陈在门口地上，一开始并未看清的东西绊得跌跌撞撞。房间的光源来自对面东墙高处一个宽大的通风井，它倾斜向上，远远的尽头处可以看见一小方蓝天。通风井的光线直射在房间中央的桌上：那是单独一块长方形的大石，大约有两呎高，上面平放着一块白色的大石板。

"它看起来像个坟墓。"弗罗多喃喃道。怀着一种奇特的不祥之感，他俯下身去，好仔细察看，甘道夫迅速来到了他身边。只见石板上深深镌刻着这样的如尼文：

　　"这些是戴隆的如尼文，是古时墨瑞亚使用的文字。"甘道夫说，"这上面写的，用人类和矮人的语言翻译出来是：

　　　　巴林，芬丁之子
　　　　墨瑞亚之主。"

　　"这么说，他死了。"弗罗多说。"我就担心会是这样。"吉姆利拉下兜帽，遮住了自己的面孔。

第五章

卡扎督姆桥

护戒远征队一行人默然伫立在巴林墓旁。弗罗多想起了比尔博与这位矮人之间的长久友谊，以及许久以前巴林对夏尔的那次拜访。在这尘封的山中石室里，那些都仿佛是发生在千年之前，发生在另一个世界里。

终于，他们回过神来，抬起头，开始搜寻任何能告诉他们巴林的命运或其族人的遭遇的物品。在石室另一边还有一扇小门，就在通风井下。他们现在可以看见，这两扇门旁倒着许多尸骨，尸骨间到处是断剑、斧头、被劈开的盾牌和头盔。有些剑是弯的，是黑刃的奥克弯刀。

石壁上凿了许多壁龛，壁龛内放着箍铁的大木箱，全都被打破并洗劫一空。但在一个碎裂的箱盖旁有本残破的书，同样被乱刀劈砍、乱剑戳刺过，还有部分被烧毁，残页上沾着黑色和其他暗色的斑斑污渍，像是陈旧的血迹，几乎辨不出字迹。甘道夫小心地拿起它放到石板上，但不少书页仍碎裂散落一地。他一言不发，专心看了好一阵。站在他旁边的弗罗多和吉姆利在他小心翼翼翻动书页时，看见内文是许多不同的笔迹写就，墨瑞亚和河谷城的两种如尼文都有，还不时夹杂着精灵文字。

终于，甘道夫抬起头来。"这似乎是巴林一行人各种遭遇的记录。"他说，"我猜这是大约三十年前，他们来到黯溪谷之后开始写的，书页上有数字，似乎是指他们抵达后过去的年数。最上面这页写着'一'——不，'三'，所以开头至少有两页不见了。听听这里写的！

"'**我们把奥克赶出了大门和警卫**'——这个词我想是'**警卫**'；下一个词烧焦了，模糊不清：也许是'**室**'——'**在山谷中，我们在明亮的**'——我想是——'**阳光下杀了许多奥克。弗罗伊中箭身亡。他**

杀了最大的奥克'。接着是一块污渍，然后是'**弗罗伊在镜影湖边的草丛下**'。接下来一两行我看不清楚是什么。再是'**我们占领了北端的第二十一大厅，在此住下。有**'——我看不出来后面是什么。提到了'**通风井**'。然后是'**巴林将马扎布尔室设为指挥处**'。"

"文献室。"吉姆利说，"我猜就是我们现在所在的这个石室。"

"嗯，接下来好一大段我都没法读。"甘道夫说，"只能辨认几个词：'**黄金**'，'**都林之斧**'，以及'**头盔**'什么的。然后是：'**现在巴林是墨瑞亚之主。**'这章似乎到此结束。几个星号之后，开始另一个人的笔迹，我能辨认出'**我们找到了真银**'，再稍后的词是'**锻造甚佳**'，然后是什么呢⋯⋯我知道了！是'**秘银**'；最后两行是'**欧因去寻找第三谷上层的武器库**'，以及什么'**向西走**'——一块污渍——'**去冬青郡大门**'。"

甘道夫住了口，把几页放到一边。"有好几页记录都是这样的，写得相当匆忙潦草，损毁得也厉害，"他说，"在这光线底下我几乎无法辨识。再来一定缺了几页，因为这里开始标的数字是'五'，我假设是移居此地的第五年。让我看看！不成，损毁得太厉害，太多污渍了，我没法读。也许在阳光底下能看得清楚些。等等！这里有些东西——这是种又大又粗的字体，用的是精灵文字。"

"那可能是欧瑞写的。"吉姆利说，探过巫师的手臂看过去，"他写得又快又好，也常使用精灵字母。"

"恐怕他优美的笔迹记录下来的都是坏消息。"甘道夫说，"第一个清楚的词是'**悲伤**'，但剩下的一整行都没有了，只剩结尾的残字'**乍**'。对了，一定是个'**昨**'字，接着是：'**天是十一月十日，墨瑞亚之主巴林在黯溪谷殒命。他独自前去探看镜影湖，有个奥克从岩石后射死了他。我们杀了那个奥克，但来了更多……从东边银脉河上游来。**'这页其余的地方太模糊，我几乎什么也看不清楚，不过我想我能分辨出'**我们闩住了大门**'，接着是'**能把他们挡住多久，如果**'；然后也许是'**恐怖**'和'**遭遇**'。可怜的巴林！看来他取得的头衔保持了不到五年。我很想知道后来发生了什么事，但没时间去推敲最后几页的内容了。现在是整本书的最后一页。"他顿了顿，长叹口气。

"读起来很可怕。"他说，"恐怕他们的结局都很惨。听吧！'我们出不去了。我们出不去了。他们占领了大桥和第二大厅。弗拉尔、罗尼和纳力都在那边倒下。'接下来有四行模糊了，我只能认出'出去五天了'。最后几行是：'西门的湖水一直涨到了峭壁边上。水中的监视者抓走了欧因。我们出不去了。末日来临。'然后是：'鼓声，深处传来鼓声。'我不晓得那是什么意思。最后一句话是用精灵文写的，潦草得一笔飞出：'他们来了。'然后就没有了。"甘道夫停顿不语，站在那儿陷入了沉思。

一阵对这石室的恐惧突如其来，笼罩了众人。"'我们出不去了。'"吉姆利喃喃道，"我们运气不错，湖水已经退了一些，并且水中的监视者在湖的南端睡觉。"

甘道夫抬起头来环顾四周。"他们似乎守着这两扇门奋战到最后，"他说，"但那时他们的人已经所剩无几。收复墨瑞亚的尝试就此结束！英勇，但愚蠢。时机尚未来到。现在，恐怕我们得向芬丁之子巴林告别了。他必须长眠在他先祖们的厅堂中。我们会带走这本书，马扎布尔之书，以后再仔细研究。吉姆利，这书最好由你来保管，若有机会就把它带回去交给戴因。他会感兴趣的，尽管他会为此深感悲痛。

来，我们走吧！早晨都过了。"

"我们该往哪儿走？"波洛米尔问。

"回到大厅去。"甘道夫答道，"但是这间石室我们不是由来一场。现在我知道我们在哪里了。正如吉姆利所说，这必定是马扎布尔室，那个大厅一定是北端的第二十一大厅。因此，我们应该从大厅的东边拱门离开，向右拐，朝南往下走。第二十一大厅应该在第七层，这比大门还高出六层。现在来吧！回到大厅去！"

甘道夫话音刚落，便传来一声巨响。那是一连串**隆隆声**，恰似来自下方的地底深处，震得脚下的岩石都在颤抖。他们大吃一惊，冲向门口。**咚隆，咚隆**接连响起，仿佛有双巨手将墨瑞亚的处处山洞都变成了一面硕大的鼓。接着，传来了应和的锐响——大厅中有人吹响一只大号角，远处传来回应的角声和粗哑的叫喊，还有匆忙奔跑的纷杂脚步声。

"他们来了！"莱戈拉斯喊道。

"我们出不去了。"吉姆利说。

"被困住了！"甘道夫喊道，"我为什么要耽搁？这下我们被困在这里了，就跟他们当时一样。但当时我不在这里。我们来瞧瞧会——"

咚隆，咚隆的鼓声传来，墙壁都在震动。

"把门关上堵死！"阿拉贡大喊，"尽量背着背包别卸下！我们仍有机会突出包围。"

"不！"甘道夫说，"我们决不能把自己关在这里。让东边的门半开着！若有机会我们就朝那边走。"

又是一声刺耳的号角，以及众多尖锐的叫嚣。脚步声自走廊传过来。远征队一行人纷纷拔剑，扬起一阵铮铮脆响。格拉姆德凛闪着寒光，刺叮的锋刃精光逼人。波洛米尔用肩膀抵住了西门。

"等一等！先别关上！"甘道夫说。他跃到波洛米尔身边，挺胸直腰，现出高大身形。

"是谁来到这里，打扰墨瑞亚之主巴林安息？"他高声吼道。

一阵犹如石块滑落坑底般粗厉嘶哑的笑声传来。一个低沉的声音盖过喧嚣，发号施令。**咚隆，砰隆，咚隆**，鼓声在地底深处回响。

甘道夫一个箭步来到狭窄的门缝前，把手杖朝外一戳。一道炫目的闪光照亮了石室和外面的走廊。巫师趁那一刹那探头朝外张望。一阵箭雨顺着通道呼啸而至，他往后及时跃回。

"外面都是奥克，数量极多。"他说，"有些巨大又邪恶，是魔多的黑乌鲁克。他们暂时还犹豫不前，但是那边还有别的东西。我想，那是一只庞大的洞穴食人妖，甚至不止一只。从那条路是没有希望逃脱的。"

"而如果他们也从另一扇门过来，那就彻底没希望了。"波洛米尔说。

"这边的外面还没听到声音。"阿拉贡说，他站在东边的门旁聆听着，"这条通道直接往下通向一道楼梯，显然不会通回大厅。但在追兵紧随在后的情况下，盲目朝这条路奔逃也不妙。我们没办法封住这道门。锁坏了，钥匙也不见了，而且它是朝内开。我们得设法先拖住敌人。我们得让他们对马扎布尔室心存顾忌！"他严肃地说道，边抚着他那把剑安督利尔的剑锋。

走廊上传来沉重的脚步声。波洛米尔扑上前用身子顶住门，再用折断的刀剑木片把门卡住。远征队众人退到石室的另一端，但还没有机会奔逃。关上的门受到一记重击，猛一阵晃，接着开始嘎吱作响，被缓慢推开，堵门的器物也被一点一点往后推挤。一条粗壮的臂膀从逐渐敞开的门缝挤进来，肤色黝黑，覆着发绿的鳞片。接着，又有一只扁平、无趾的大脚踢破下面的门强穿进来。门外一片死寂。

波洛米尔猛跃上前，对着那条胳膊使尽全力砍下，然而剑却当的一声滑开，从他被震得发颤的手中落地。剑刃砍缺了口。

突然间，弗罗多感到怒火中烧，连他自己都吃了一惊。"以夏尔之名！"他喊道，冲到波洛米尔身旁，弯腰奋力将刺叮剑扎进那只丑恶的脚。只听一声惨嚎，那只脚猛缩回去，刺叮剑差点脱出弗罗多的手。黑血沿着剑刃滴落在地，冒起烟来。波洛米尔扑过去又顶住门，砰的将门再次关上。

"夏尔名下记了一个！"阿拉贡叫道，"霍比特人这一剑可不含糊！卓果之子弗罗多，你有一把好剑！"

门上传来一声撞击，接着一声接一声噼啪裂响。撞锤和榔头猛击着门，使门破裂，摇晃着往后倒，渐开的缝口突然间大张，羽箭呼啸射入，但全射在北面墙上，纷纷落地，未伤一人。随着一声号角吹响，众多脚步杂沓奔来，奥克一个接一个冲进了石室里。

总共有多少奥克，众人来不及细数。这波攻势十分凌厉，但是悍猛的抵抗大出奥克意料，令他们气馁。莱戈拉斯射穿了两个奥克的咽喉。一个跳上巴林坟墓的奥克被吉姆利从下方一斧劈了双腿。波洛米尔和阿拉贡也斩杀了许多。当第十三个奥克倒下，其余的便开始尖叫着飞奔逃窜，没有伤到抵抗者分毫——唯独山姆的头皮稍有擦伤。当时他及时低头保住了小命，并立刻用自己那把古冢宝剑勇猛一刺，干掉了奥克对手。他褐色的双眼冒着怒火，假如泰德·山迪曼看见，定会退避三舍。

"现在是时候了！"甘道夫喊道，"趁食人妖返回之前，我们快走！"

但就在他们撤退时，没等皮平和梅里奔到外面的阶梯，一个魁梧的奥克头目就冲进了石室。他几乎与人类一样高大，浑身从头到脚覆盖着黑色的铠甲，跟在他后面的喽啰全聚在门口。他扁阔的脸一片黝黑，双眼黑如煤炭，舌头血红。他挥舞着一支粗大的长矛，手中巨大的兽皮盾牌猛一推便挡开了波洛米尔的剑，撞得他接连后退，摔倒在地。接着，这个奥克潜身避开阿拉贡的一击，速度快如发动攻击的蛇，冲入众人当中，长矛直刺弗罗多。这一击刺中了弗罗多右半身，将他猛撞到墙上钉在那里。山姆大吼一声挥剑劈去，斩断了矛杆。当奥克扔下残杆，拔出弯刀，安督利尔已经斩上他的头盔。一道如火的光芒闪过，头盔一劈为二。那个奥克脑袋开花倒下，他的喽啰面对冲上前来的波洛米尔和阿拉贡，哀嚎着一哄而散。

咚隆，咚隆的鼓声在地底深处回响。那巨大的声音再次滚滚传来。

"就是现在！"甘道夫高喊，"现在是最后的机会。快跑！"

阿拉贡一把抱起倒在墙边的弗罗多，朝楼梯跑去，同时推着梅里和皮平跑在自己身前。其他人紧跟在后，但吉姆利是被莱戈拉斯硬拖走的，他不顾情况危急，仍垂头逗留在巴林的墓旁。波洛米尔使劲想把东门拉上，铰链嘎嘎作响——两边门上各有个大铁环，但门无法紧闭。

"我没事。"弗罗多喘着气说，"放我下来！我还能走。"

阿拉贡大吃一惊，差点把他掉到地上。"我以为你死了！"他叫道。

"还没呢！"甘道夫说，"不过现在没空纳闷。你快走，你们全都快下楼梯！到了底下等我一会儿，但我要是没及时下去，你们就继续走！速度要快，走那些往下往右的路！"

"我们不能留你独自把守这道门！"阿拉贡说。

"照我的话做！"甘道夫声色俱厉道，"刀剑在此毫无用处。快走！"

这条通道没有通风井透光，漆黑一片。他们摸索着走下很长一段阶梯，然后回头望去，但是除了上方高处巫师手杖发出的微光，什么也看不见。巫师似乎还站在关上的门旁戒备着。弗罗多喘着粗气靠在山姆身上，山姆则环抱住他。他们站在那儿凝望着阶梯上方的黑暗。弗罗多觉得自己能听见上头甘道夫念念有词，他的声音顺着倾斜的天花板传下，带着叹息的回音。他听不清楚巫师说的是什么。墙壁似乎在颤抖。震颤回荡的鼓声不时传来：**咚隆，咚隆**。

突然间，阶梯顶上一道白光闪过，接着是沉闷的隆隆声和沉重的砰轰一声。鼓声霎时疯狂大作：**咚隆—砰隆，咚隆—砰隆**，然后停了。甘道夫飞奔下台阶，跌坐在众人当中。

"行了，行了！解决了！"巫师挣扎着站起来，"我已经竭尽全力了。但是我遇上了劲敌，差点就完了。别站在这儿了！快走！你们得摸黑走一阵子：我太虚弱了。走啊！快走！吉姆利，你在哪儿？跟我一块儿走前头！你们全都跟紧了！"

　　他们跌跌撞撞跟着他，心里都在猜到底发生了什么事。**咚隆**，**咚隆**的鼓声再次响起，声音现在听起来又闷又远，但是如影随形。此外没听见有追兵，既无杂沓的脚步声，也无叫喊声。甘道夫没有向左或向右转，这条通道似乎走的正是他要的方向。每隔一段路就有向下的台阶，约五十级或更多，下到另一层。目前他们最主要的危险就是下这些阶梯，因为在黑暗中看不见下去的台阶，他们要等来到阶梯边上一脚伸出踏空，才会知道。甘道夫用手杖点地前行，好似盲人。

　　一个钟头过去，他们大约走了一哩或再多一点，下了很多段阶梯，却仍未听见有任何追兵。他们几乎开始有了逃出去的指望。在第七段阶梯底下，甘道夫停了下来。

　　"越来越热了！"他喘着气说，"我们现在应该至少来到大门那一层了。我想很快我们就得找条左转的通道，好领我们朝东走。我希望它不会太远。我已经很累了。就算有史以来滋生的所有奥克都在后头追赶我们，我也得在这里歇一会儿。"

　　吉姆利扶住他的手臂，帮他到台阶上坐下。"刚才在楼梯上那扇门前，出了什么事？"他问，"你是不是碰上那个击鼓者了？"

"我不知道。"甘道夫答道，"但我突然间发现自己面对着某种过去从未遇到过的东西。我一时想不出该怎么对付，只能试着对门施展一道关闭的咒语。这种咒语我知道许多，但这种事要做得妥当却很费时，而且即便成功，门还是可以用强力击破。

"我站在那里时，能听见另一边奥克说话的声音，我以为他们随时会把门撞开。我听不清他们在说什么，他们用的似乎是他们本族那种丑恶的语言。我只辨出了一个词 ghâsh，意思是'火'。然后，某种东西进了那间石室——我隔着门感觉到了它的存在，那些奥克自己也全都吓得噤若寒蝉。那东西抓住了门上的铁环，接着它就察觉了我，以及我的咒语。'

"我猜不出它是什么东西，但我从来没遭遇过如斯挑战。那个反击的咒语太可怕了，几乎将我击倒。有那么片刻，那扇门竟脱离了我的控制，开始打开！我不得不念出'命令'之语。事实证明，那威力太大，门当场炸成了碎片。有某种漆黑如云的东西遮蔽了里面所有的光线，而我被震得朝后摔下了阶梯。整面墙都塌了，我想那房间的屋顶也没能幸免。

"恐怕巴林已经被深埋在内，也许还有别的东西一同被埋了。我说不准。但至少我们背后的通道是彻底被堵住了。啊！我从没感觉这么虚弱过，不过这快过去了。现在，弗罗多，你怎么样？这还不是细说的时候，但我这辈子从来没像刚才听到你开口说话时那么高兴过。我生怕阿拉贡抱的是个勇敢但已经一命呜呼的霍比特人。"

"我吗？"弗罗多说，"我还活着，我想，没缺什么。我身上青紫，痛得要死，但情况还不算太坏。"

"啊，"阿拉贡说，"我只能说，霍比特人是用一种极其坚韧的材料做成的，类似的材料我从未见过。我要是早知道，在布理的客栈时说话一定会更客气一点！那一矛连野猪都能刺穿！"

"嗯，我很高兴地说，它没刺穿我。"弗罗多说，"不过我感觉自己像被夹在了铁锤跟铁砧之间。"他不再多说，发现伤处在呼吸时很疼。

"你很像比尔博。"甘道夫说，"你是人不可貌相，我很久以前就说他是这样。"弗罗多不由得揣摩，这评语是不是话中有话。

他们又继续往前走，不一会儿吉姆利开口了，他在黑暗中目光敏锐。"我想，"他说，"前面有光，但那不是日光，而是红的。那会是什么？"

"Ghâsh！"甘道夫喃喃道，"我怀疑这是否就是他们的意思——底下的几层失火了？但是，我们只能往前走。"

不久，那光确凿无疑，所有的人都能看见。它闪烁摇曳着，照亮了前方通道远处的墙。现在他们可以看见脚下的路了：前方的路急速下坡，一段距离开外立着一道低低的拱门，灼热的红光正是透过它而来。空气变得非常热。

来到拱门前，甘道夫示意他们稍等，自己先穿过。他甫一过去便站住了，他们见他的脸被火光照得通红。他迅速退回。

"外面有个新的邪物，"他说，"准是等在那里欢迎我们的。但现在我知道我们的位置了——我们到达了第一谷，大门下方的第一层。这是古墨瑞亚的第二大厅。大门很近了，就在大厅东端出去，在左边，不到四分之一哩。跨过一座大桥，上一段宽阔的台阶，沿着一条宽大的路穿过第一大厅，就出去了！都过来吧，朝外看看！"

他们朝外窥视，眼前是另一个洞穴大厅，比他们之前睡觉的那个长得多，也更高耸气派。他们离大厅的东端很近，西边则没入了一片黑暗中。大厅中央高耸着两行石柱，雕刻成巨树树干的模样，上方的粗枝开散成众多岩石浮雕的纹路，撑托着天花板。柱身光滑漆黑，侧面却隐隐映着暗红色的火光。就在他们对面的地上，接近两根巨大石柱的柱脚处，裂开了一道宽大的沟壑。炽烈的红光便从底下冒出来，火舌不时舔着沟壑边沿窜出，在石柱基底盘卷。一缕缕黑烟在燠热的空气中摇晃。

"我们当初要是经由主干道，从上层那些大厅下来，就会被困在这里。"甘道夫说，"现在但愿大火横在我们跟追兵之间。来吧！不能再浪费时间了。"

就在他说话的时候，他们又听见了那追击的鼓声：**咚隆，咚隆，咚隆**。在大厅西端的阴影深处，传来喊叫与号角声。**咚隆，咚隆**——石柱似乎在摇晃，火焰也都在颤抖。

"现在要最后冲刺了！"甘道夫说，"如果外面太阳高照，我们仍有机会逃脱。跟我来！"

他转向左边，疾奔过大厅光滑的地面。这段距离比目测的要远得多。他们边跑，边听见鼓声和后方急追而来的纷乱脚步声。一声尖叫响起，追兵看见了他们。铁器出鞘的碰撞声响成一片。一支箭呼啸着飞过弗罗多的头顶。

波洛米尔大笑。"这种情况他们可没料到！"他说，"大火挡住他们了！我们不在他们那一边！"

"快看前面！"甘道夫喊道，"大桥快到了。它又险又窄。"

突然间，弗罗多看见面前现出一道漆黑的裂罅。大厅尽头的地面突然消失，落入无底深渊。只有一条约五十呎长的狭长石拱桥可通往外门，这桥既无边石，亦无扶手栏杆。这是矮人古时的防御工事，以抵御任何可能已经占领第一大厅和外层通道的敌人。远征队一行人只能鱼贯通过。甘道夫在深渊边缘停下，其余众人聚挤在他身后。

"吉姆利，带路！"他说，"皮平和梅里跟上。向前直走，出了门就上台阶！"

箭雨纷纷落在他们当中。有一支射中了弗罗多又弹落在地。另一支穿透了甘道夫的帽子，卡在上面像一支黑羽毛。弗罗多回头望去。在大火另一边，他看见黑压压一片身影：似乎有成百上千的奥克。他们挥舞着被火光映得血红的长矛和弯刀。**咚隆，咚隆**的鼓声回荡着，越来越响，**咚隆，咚隆**。

莱戈拉斯转身搭箭上弦，尽管这距离对他的小弓来说太远了一点。然而他刚拉开弓，便垂了手，箭随之滑落在地。他发出了一声惊惧交加的大叫。两只巨大的食人妖出现了，他们扛着巨大的石板，将石板扔在沟壑上当作跨越火焰的跳板。然而令精灵骤然充满恐惧的并不是食人妖。那群奥克的阵形突然一分为二，他们朝两旁推挤着让开，仿佛自己也十分害怕。有什么东西出现在他们后方。那究竟是什么，看不出来。它如同一团巨大的阴影，当中有个黑色的形体，像是人，却更巨大。它饱含力量与恐怖，尚未到来，气势已至。

　　它来到冒出火焰的沟壑边上，火光黯淡了，像是被一团浮云笼罩。接着，它呼的一声跃过了沟壑，火焰霎时熊熊高涨向它致意，围裹在它四周，一股黑烟在空中盘旋。它颈背上飘动的鬃毛燃着了，在背后猛烈地烧了起来。它右手握着一把形状如火舌的利刃，左手握着一条多缕鞭梢的鞭子。

　　"啊！啊！"莱戈拉斯哀叫道，"炎魔！来的是一只炎魔！"

　　吉姆利瞪大了眼睛。"都林的克星！"他喊道，手一松斧头落地，抬手掩住了脸。

"炎魔。"甘道夫喃喃道,"现在我明白了。"他晃了一下,颓然靠在手杖上,"运气真是太坏了!而我已经很累了。"

那个黑色身影拖着一道烈焰,朝他们奔来。奥克吼叫着蜂拥踏上了石跳板。这时,波洛米尔举起号角,奋力吹响。挑战的号角声激昂洪亮,像是洞穴中有许多人齐声呐喊。有那么片刻,奥克全胆怯了,连那凶猛的阴影都为之一停。然后回音如同遭遇阴风扑灭的火焰,倏地消失,敌人又冲了上来。

"快过桥!"甘道夫振作起气力喊道,"快跑!这个敌人你们谁也对付不了。我必须守住这条窄道。快跑!"阿拉贡和波洛米尔并未听从命令,他们肩并肩,仍坚守在甘道夫后方,在大桥的另一端。其他人在大厅尽头的门口处停下来,转过身,不肯抛下他们的领袖独自对敌。

炎魔踏上了桥。甘道夫站在拱桥中央,倚着左手的手杖,右手中的格拉姆德凛宝剑闪着雪亮的寒光。敌人再次停下,与他正面对峙,它周身的阴影扩展开来,如同两只巨大的翅膀。它扬起鞭子,诸多鞭梢呼啸着噼啪作响。它的鼻孔喷出火焰。但是甘道夫巍然不动。

"你休想过。"他说。奥克全都僵立，大厅中一片死寂。"我乃秘火的仆人，驾驭阿诺尔之火。你休想过。乌顿之炎，黑暗之火帮不了你。[1]滚回魔影那里去！你休想过。"

炎魔没有作答。它体内的火焰似乎在低落，黑暗却在扩大。它缓缓步上桥来，突然间身形暴长，变得极其高大，双翼横展直抵大厅两边的墙壁。但甘道夫的身影在一片昏暗中散发着微光，仍然可见。他看起来很渺小，全然孤立无援：苍老又佝偻，像一棵面对即将袭来的暴风雨的干瘪老树。

一把火焰缠绕的红剑从阴影中挥出。

格拉姆德凛宝剑闪着寒光应战。

两剑交击发出铿锵一声脆响，迸射出一道白焰。炎魔向后跌去，它的剑融成碎片四散飞出。巫师在桥上晃了晃，退了一步，随即重新稳住。

"你休想过！"他说。

炎魔猛地挺身一跃，直接落在桥上。它的鞭子在空中飞舞，嘶嘶作响。

"他不能独自应战！"阿拉贡突然叫道，沿着桥奔回去，"以埃兰迪尔之名！"他高喊，"我来助你，甘道夫！"

"以刚铎之名！"波洛米尔喊道，紧跟在他身后冲去。

就在那一刻，甘道夫举起手杖，大吼一声重重击向面前的桥面。手杖应声碎裂，从他手中跌落。一片炫目的白炽火焰腾起，桥身爆出裂响，恰在炎魔脚下应声而断，它所站的那块岩石坠入万丈深渊，其余的桥面勉力持住平衡，像一条悬空伸出的舌头般颤动着。

随着一声可怖的嚎叫，炎魔往前俯跌，它那阴影向下直坠，消失无踪。但是，它跌落时一挥鞭子，鞭梢扬起，卷住了巫师的双膝，将他拖到了断桥边缘。甘道夫踉跄摔倒，伸手抓向岩石却抓了个空，整个人朝深渊滑落。"快跑，你们这些傻瓜！"他大喊，然后便不见了。

火熄了，茫茫黑暗降临。远征队众人像生了根似的立在原地，惊恐地瞪着深渊。就在阿拉贡和波洛米尔飞奔而回时，余桥也崩断坠落。阿拉贡大喊一声，令他们回过神来。

"快走！现在由我来带领你们！"他喊道，"我们必须听从他最后的命令。跟我来！"

他们一脚高一脚低，狂乱地爬上过了门之后的宽大阶梯，阿拉贡领头，波洛米尔殿后。阶梯顶端是一条响着回音的宽阔通道。他们沿着通道飞奔。弗罗多听见身旁的山姆在哭泣，然后他发现自己也是边跑边哭。**咚隆，咚隆，咚隆**的鼓声在后面回荡着，此时显得缓慢而悲伤。**咚隆！**

他们继续跑。前方越来越亮，一处处巨大的通风井穿过了屋顶。他们跑得更快，进了一座明亮的大厅，日光从东边高处的窗户照进来。他们飞奔过大厅，穿过庞大、破损的门，突然间，一道光芒刺眼的拱门敞开在眼前，那就是墨瑞亚的东大门。

有一队奥克卫兵蹲在两旁高耸的粗大门柱的阴影里，不过门扇已经破裂坍倒。阿拉贡一剑砍倒挡住去路的奥克队长，其余的奥克见他怒火冲天，全吓得抱头鼠窜。远征队一行人匆匆跑过，顾不得理会他们。出了大门，他们连跑带跳地冲下那些经过年深日久岁月磨蚀的巨大台阶，闯出了墨瑞亚的入口。

就这样，他们终于逃出生天，来到苍穹之下，感受到扑面而来的和风。

他们一直跑到山障的弓箭射程之外，才停下脚步。他们置身在黯溪谷中，谷地被迷雾山脉的阴影笼罩，但是东边的大地上有一片金光。这时大约是午后一点。阳光照耀，高高的天上飘着白云。

他们回头望去，在大山的阴影下，墨瑞亚东门的黑色门洞犹自大张着。从遥远的地底深处传来缓慢的鼓声：**咚隆**。一缕黑烟缭绕而出。此外什么也看不见，四周整座山谷都空荡荡的。**咚隆**。悲伤终于完全压倒了他们，他们哭了许久：有些站着静默落泪，有些扑倒在地哀泣。**咚隆，咚隆**。鼓声渐渐消失。

第六章

洛丝罗瑞恩

"唉！恐怕我们不能在此久留。"阿拉贡望向山脉，举起手中的剑，"再会了，甘道夫！"他喊道，"我岂不是跟你说过：**若你穿过墨瑞亚的大门，务必小心！**唉，一语成谶！没有了你，我们还有什么希望？"

他转回身面对远征队众人。"但即使没有希望，我们也必须坚持下去。"他说，"至少我们或能报此大仇。振作起来，别再哭了！来吧！我们还有很长的路要走，还有许多事得做。"

他们起身，环顾四周。他们所处的山谷向北延伸，夹在迷雾山脉两道形同手臂的庞大山脉之间，形成一片阴影覆盖的峡谷，而峡谷上方矗立着三座白闪闪的山峰：凯勒布迪尔、法努伊索尔、卡拉兹拉斯，正是墨瑞亚群山。在峡谷尽头有道急流奔腾落下，一级级数不清的小瀑布连成一匹白练，山脚的空气中弥漫着一层水沫组成的薄雾。

"那就是黯溪梯。"阿拉贡指着瀑布说，"我们本该沿着急流旁那条深凿的路下来，假如运气能好些的话。"

"或卡拉兹拉斯不那么残酷的话。"吉姆利说，"他正屹立在阳光下微笑呢！"他对最远那座白雪覆顶的山峰挥了挥拳头，然后背转身去。

东边，山脉张开的一臂中途陡然而止，更远之处依稀可见辽阔苍茫的大地。南边，极目所见，迷雾山脉绵延不绝。他们此时仍在山谷西侧的高地上，而在离他们不到一哩远，地势也稍低一点的地方，有一个长圆的小湖，形状犹如一个巨大的矛头，深深扎进北边峡谷。湖的南端已经出了山影笼罩的范围，沐浴在阳光下，然而湖的水色却是深暗的，呈现出一种幽蓝，就像傍晚从亮灯的屋中朝外望见的清朗天空的颜色。湖面平静，一波不兴。一片柔软的草地环抱着湖，从四面朝光裸、完整的岸边缓缓倾斜。

"那就是镜影湖，深深的凯雷德－扎拉姆！"吉姆利悲伤地说，"我还记得他说：'愿那景象使你心中欢喜！不过我们不能在那里滞留。'现在，我将行路很久，而心中却无欢喜。必须赶紧离开的是我，不得不留下的却是他。"

此时，远征队一行人顺着大门出来的路往下走。这路崎岖不平，逐渐没落成一条伸入乱石之中，蜿蜒穿行在帚石楠与荆豆之间的小径，但仍然看得出，这里很久以前曾有一条康庄大道从低地迤逦而上，通往矮人王国。路旁不时可见毁坏的石雕，以及座座青丘，丘上长着细高的白桦，或在风中叹息的冷杉。一个朝东的转弯，将他们带到了镜影湖的草地附近，路边不远立着一根孤零零的柱子，顶端破损。

"那是都林石柱！"吉姆利叫道，"我不能就这么径直走过，也不过去驻足片刻，看看这山谷的奇景！"

"那么就快一点！"阿拉贡说着，回头望向墨瑞亚的大门，"太阳下山得早。也许奥克要等到暮色降临才会出来，但我们必须在天黑之前远离此地。月色将尽，今晚会是夜色漆黑。"

"跟我来，弗罗多！"矮人喊道，跳离了小路，"我可不能让你不见见凯雷德－扎拉姆就走。"他奔下长长的青草坡。弗罗多慢慢跟了上去，他虽然又疼又累，但仍被那宁静的蓝色湖水吸引。山姆跟在后面。

吉姆利在兀立的石柱旁停下来，抬头望去。石柱历经风吹日晒，已经裂了，柱身上模糊的如尼文也已无法阅读。"这根石柱标示着都林第一次望进镜影湖的地点。"矮人说，"让我们走之前亲眼看一看！"

他们弯腰俯视那深沉的水，一开始什么也看不见。然后，他们渐渐看见环抱的群山倒映在幽蓝的湖水中，上方的群峰如同簇簇的白色火焰，再远处则是一片天空。虽然头顶的天空中阳光照耀，但他们能看见繁星如宝石般沉在湖底闪烁，却不见自己俯身的倒影。

"噢，美丽绝妙的凯雷德－扎拉姆啊！"吉姆利说，"这里沉卧着都林的王冠，直到他醒来。再会了！"他鞠了一躬，转身离开，匆匆爬上青草坡，又回到小路上。

"你看见了什么？"皮平问山姆，但山姆正在沉思，没有回答。

道路现在转向南去，且迅速下坡，从夹抱谷地的两条山臂之间穿出。离湖下行一段路后，他们遇到了一汪清澈如水晶的深泉，晶莹的水流从泉眼中涌出，冲过一道石缘，顺着一条陡峭的石渠汩汩往下淌。

"这就是银脉河的源泉。"吉姆利说，"别喝！它冰一般冷。"

"它汇集了很多其他的山中溪流，很快就会变成一条湍急的河流。"阿拉贡说，"我们要沿着它走上许多哩。我将带你们走甘道夫所选的路，而我希望先去银脉河注入安都因大河处的森林——就在那边。"他们朝他指的地方望去，只见前方这条溪流跃入谷中深涧，接着继续奔流进入更低之地，最后隐没在一片金色迷雾里。

"那就是洛丝罗瑞恩森林！"莱戈拉斯说，"那是我族居住之地中最美的一处。这世上没有哪个地方的树能与那地相比。秋天时叶子变成金黄，并不凋落；直到来年春天新绿生发，旧叶方落，然后枝头会盛开黄花。森林似屋宇，地面一片金黄，屋顶金黄一片，立柱则如银，因为树皮光滑银灰。我们黑森林的歌谣仍是这么说的。若是春天时我能站在那森林的檐下，我会欣喜开怀！"

"即便那是冬天，我也会欣喜开怀。"阿拉贡说，"但它还在几十哩外。我们要快一点！"

开始一段时间，弗罗多和山姆还能勉力跟上其他人，但阿拉贡领着他们快速疾行，不久他们两人便落后了。从大清早到现在，他们什么也没吃。山姆的伤口灼痛不已，他感到头晕目眩。尽管阳光普照，但习惯了温暖黑暗的墨瑞亚，外面的风还是显得寒意十足。他在发抖。弗罗多则感觉每迈一步疼痛都更甚，他大口喘着气。

终于，莱戈拉斯回过身，见他们此时远远落后，便告诉了阿拉贡。其他人停下，阿拉贡叫上波洛米尔，奔了回来。

"对不起，弗罗多！"他满怀关切喊道，"今天发生的事情太多，我们又亟须赶路，我忘了你受了伤，还有山姆也是。你该出声的。就算全墨瑞亚的奥克紧追在后，我们也该先为你们治疗，可是我们竟什么也没做。来吧！前面不远有个地方，我们可以在那里休息一下。到那里我会尽力处理你们的伤。波洛米尔，来！我们背他们走。"

不一会儿，他们遇到了另一条从西边流下的小溪，欢腾的溪水在此汇入了湍急的银脉河。汇合的河水一起骤然泻下一道泛绿的石槛，水花四溅地落入一个小谷地。谷地周围长着矮小虬曲的冷杉，四面陡峭，遍布鹿舌蕨和越橘丛。谷底是块平坦的地区，溪流从这里穿过，哗哗响着流过晶亮的鹅卵石。他们就在这里休息，此时大约下午三点钟，他们离墨瑞亚的大门才只有几哩远，然而太阳已经开始西沉。

吉姆利和两个年轻霍比特人用灌木和冷杉树枝生起一堆火，汲了水来，与此同时阿拉贡照料着山姆和弗罗多。山姆的伤口不深，但显得很可怕，阿拉贡察看时神色凝重。片刻之后，他松口气抬起头来。

"你很走运，山姆！"他说，"很多人头一次杀死奥克后，付出了比这更糟的代价。奥克的刀剑经常令伤口中毒，不过你挨的这一刀没事。等我处理过之后，它应该会彻底痊愈。等吉姆利把水烧热后，先清洗伤口。"

他打开自己的随身小袋，取出一些枯叶。"这里还有一些我在风云顶附近采来的**阿塞拉斯**，虽说叶子干了，失去了部分药效。"他说，"把一片叶子揉碎了放进水里，用水清洗伤口，然后我来包扎。现在该你了，弗罗多！"

"我没事。"弗罗多不愿意让人碰自己的衣服，"我只需要吃点东西，休息一下就好。"

"不行！"阿拉贡说，"我们必须检查一下，看看铁锤和铁砧给你造成了什么伤害。我到现在都很惊奇你竟然还活着。"他轻轻脱下了弗罗多的旧外套和短上衣，顿时惊讶得倒抽了口气，然后哈哈大笑。呈现在他眼前的，是件闪闪发亮如海面粼粼波光的银锁子甲。他小心翼翼地将它脱下，高高拎起，甲上的宝石如繁星闪耀，银环晃动，叮叮细响，声如雨落池塘。

"我的朋友们，都来瞧瞧！"他喊道，"多漂亮的一张霍比特皮啊，足可裹住一个精灵小王子！要是让人知道霍比特人有这种皮，全中洲的猎人可都要涌到夏尔去了。"

"而全世界猎人射出的箭，都会徒劳无功。"吉姆利说，惊奇地凝视着那件锁子甲，"这是件秘银甲。秘银哪！我从来没见过也没听说过这么漂亮的东西。这就是甘道夫说的那件锁子甲吗？那他可低估了它的价值。不过，这礼物送得好！"

"我常好奇，你跟比尔博那么亲密地关在他的小房间里，是在干什么。"梅里说，"愿老天保佑那老霍比特人！我真是空前地爱他。我希望我们能有机会把这事告诉他！"

弗罗多右边的胸胁处有一块发黑的淤青。他在锁子甲下还穿了件软皮衬衫，但有一处被金属环穿透，扎进了皮肉里。弗罗多被甩出去时，左半边身子撞到墙上，那里也有擦伤和淤青。当其他人准备食物的时候，阿拉贡用浸过**阿塞拉斯**的水给他清洗伤处。那辛辣的香气盈满了整个谷地，所有俯身吸入这水所冒的蒸气的人，都感到精神一振，又有了气力。不一会儿，弗罗多便感觉疼痛消失了，呼吸也不那么吃力了，不过接下来好几天他仍感觉浑身僵硬，一碰就痛。阿拉贡给他胁边垫上软布，包扎起来。

"这锁子甲轻得惊人。"他说，"如果你受得了，就再穿上吧。知道你有这么一件护甲，我心里很高兴。别脱下它，连睡觉时也不例外！除非命运引你去到一个你能安全休息一阵的地方，然而，只要你的使命尚未达成，这样的机会必然很少。"

远征队一行人吃过饭后，准备出发。他们熄了火，掩去所有痕迹，然后爬出谷地，重回那条路。才走没多久，太阳便落到西边高山之后，大片的阴影自山顶蔓延下来。暮色笼罩了脚下，迷雾从洼地里升起。东边远处，黄昏的天光淡淡地洒在遥远的平原和树林连成的朦胧大地上。山姆和弗罗多这时感觉好了许多，并且精神大振，可以快步前进了。阿拉贡带领一行人又走了将近三个钟头，中间只短暂休息过一次。

天已全黑，已是深夜时分。天空中有许多明亮的星星，但是迅速变亏的月亮要很晚才会出现。吉姆利和弗罗多走在最后，脚步很轻，也不开口说话，而是仔细聆听后方路上是否有任何声音。终于，吉姆利打破了沉默。

"除了风，什么声音也没有。"他说，"附近没有半兽人，不然我的耳朵就是木头做的。但愿奥克只把我们赶出墨瑞亚就满足了。或许那就是他们的全部目的，除此之外跟我们——跟魔戒——都没半点关系。不过，他们若要为被杀的头儿报仇，常常会追击敌人许多里格，直追到平原上。"

弗罗多没有作答。他看看刺叮剑，剑刃黯淡无光。但他的确听见了什么，或者说，他以为自己听见了什么。当暗影刚刚笼罩他们，后方的路变得昏暗时，他就再次听见了那急促的脚步声；即便是现在，他也听得见。他猛然转过身，发现后面有两个小小的光点——或者说，有那么片刻，他以为自己看见有两个小光点，但是它们立时滑向一旁，消失了。

"怎么了？"矮人问。

"我不知道。"弗罗多回答，"我以为自己听见了脚步声，以为自己看见了光——就像眼睛一样。自从我们一进墨瑞亚，我就常这么以为。"

吉姆利停下来，俯身到地。"除了植物和岩石在夜色中低语，我听不到别的声音。"他说，"来吧！我们得快点！其他人已经走得看不见了。"

夜风挟着寒意，袭上山谷迎接他们。一团广阔的灰影隐隐约约出现在前方，他们听见树叶被风吹动的沙沙声，无穷无尽，如同微风中的白杨树。

"洛丝罗瑞恩！"莱戈拉斯叫道，"洛丝罗瑞恩！我们已经到了金色森林的边缘。唉，可惜是冬天！"

暗夜中，那些树高高耸立在他们面前，粗枝伸展，如拱门般罩住了道路和突然奔入林中的溪流。在微弱的星光下，它们的树干呈现出灰泽，颤抖的树叶则显出一抹暗金。

"洛丝罗瑞恩！"阿拉贡说，"真高兴又听见树木间的风声！我们离墨瑞亚大门才五里格多一点，可是我们已经不能再往前走了。但愿精灵的美誉今夜能在这里保护我们不受后方追来的危险侵袭。"

"如果精灵当真还住在这里，在这个日渐黑暗的世界里的话。"吉姆利说。

"上次我自己的族人经过这里，回归漫长纪元之前我们的漫游之地，那是很久以前的事了。"莱戈拉斯说，"但是我们听说罗瑞恩尚未荒废，因这地拥有一种神秘的力量，能将邪恶阻挡在外。尽管如此，这地的子民很少现身，也许他们住在远离北部边界的森林深处。"

"他们的确住在森林深处。"阿拉贡说着，低叹一声，仿佛触动了心底某段记忆，"我们今晚必须自己照顾自己。我们会再往前走一小段，直到树木环绕，然后我们再离开这条路，找个地方休息。"

他举步向前，但波洛米尔犹豫不决地站在原地，并未跟上。"就没有别的路可走了吗？"他说。

"你还想走什么更好的路？"阿拉贡问。

"一条寻常的路，哪怕要从刀剑丛中穿过。"波洛米尔说，"这支队伍一直被领着走奇怪的路，并且到目前为止都厄运不断。之前，我们违背我的意愿从墨瑞亚的阴影下穿过，结果蒙受了损失。现在，你说我们必须进入金色森林，但是刚铎盛传这地极其危险，据说进去的人没几个出来，即便是出来，也没有谁安然无恙。"

"别说什么'**安然无恙**'！但你若是说'**依然如故**'，那么或许说出了真相。"阿拉贡说，"但是，波洛米尔，倘若在那曾经的智者之城中，人们如今毁谤洛丝罗瑞恩，那么刚铎的学识就衰微了。你想信什么就信吧，我们确实没有别的路走——除非你想回到墨瑞亚的大门去，或攀上无路的山脉，或独自沿着大河游下去。"

"那就带路吧！"波洛米尔说，"但这森林确实危险。"

"的确危险，"阿拉贡说，"美丽又危险。但只有邪恶，或那些带来邪恶之人，才需要惧怕这森林。跟我来！"

他们往森林中走了一哩多一点，便遇到了另一条溪流，它从绿树覆盖的山坡急速流下，而这山坡向西爬升，通往山脉。他们听得见水声哗哗，飞溅下隐没在右边阴影深处的一处瀑布。幽暗的急流在面前匆匆横过小径，至树根间积成朦胧的池塘，打着旋汇入银脉河。

"这就是宁洛德尔溪！"莱戈拉斯说，"很久以前，西尔凡精灵就为这条溪流作过许多歌谣，我们直到现在还在北方唱这些歌，追忆它瀑布上空的彩虹，和水沫中漂浮的金色花朵。如今万物黑暗，宁洛德尔桥也已坍塌。我要去洗洗脚，据说，这溪的水能洗去疲惫。"他往前走，爬下深陷的溪岸，踏进溪水中。

"跟我来！"他叫道，"水不深，让我们涉过去吧！我们可以在对岸休息，瀑布的水声可以催我们入睡，淡忘悲伤。"

他们一个接一个爬下去，跟着莱戈拉斯走。弗罗多在水边站了片刻，让溪水流过疲惫的双脚。水很冷，但给人的感觉很干净，他往前走，水也渐渐涨到了膝盖，他感觉旅途风尘与一切劳顿全都顺着双腿被冲走了。

等一行人全渡过溪流，他们坐下来休息，吃了点东西。莱戈拉斯给他们讲起黑森林精灵仍珍藏于心的洛丝罗瑞恩的传说，说的是世界老去之前，阳光和星光照耀在大河旁的草地上。

最后，众人沉默下来，聆听着阴影中瀑布奔流的甜美音乐。弗罗多几乎幻想着自己听见一个声音在歌唱，歌声水声交织在一起。

"你可听见了宁洛德尔的声音？"莱戈拉斯问，"我给你们唱一首有关宁洛德尔姑娘的歌吧，她跟这溪同名，很久以前她就住在这溪畔。在我们森林方言中，这是一首很美的歌。不过我现在要用西部语来唱，就像幽谷中有些人一样。"他用轻柔的声音唱了起来，在头顶树叶的沙沙声中，歌声几乎渺不可闻：

从前有位精灵少女，
　　犹如晴日一颗明星，
白色披肩金黄饰边，
　　脚下所履灿灿灰银。

她的眉宇如星辰闪亮，
　　一头秀发含光暖暖，
仿佛阳光映射金色枝桠，
　　在美好的罗瑞恩。

长发鬐鬐，白臂美皙，

她秀美又飘逸，

在风中翩然来去，

如椴叶般轻盈。

宁洛德尔飞瀑旁，

溪水清净冷冽，

她的笑语如流银飞扬，

玎玞洒落粼粼湖面。

而今无人知她踪迹，

不知在阳光里还是树荫下，

少女宁洛德尔早已失去踪影，

踯躅在山脉深处。

背风的山坡下，

银灰海面泊着精灵船，

傍着汹涌海浪，

已经多日将伊人等待。

来自北方的夜风吹起，

风声呼号猎猎，

航船乘风离开了海岸，

    越过洋流前行。

晨曦微明，已望不见陆地，

    波涛起伏，白浪迷眼，

回看来时的方向，

    只余高山灰影隐约一线。

阿姆洛斯望见海岸渐渐远去，

    几乎消失在波涛尽处，

他愤怨这艘凉薄的航船，

    载他抛下宁洛德尔远离。

他是古时的精灵王，

    统治着谷地与森林，

彼时春季枝丫依然金黄，

    在美好的罗瑞恩。

精灵们看见他一跃入海，

    深深潜入水面，

犹如箭矢一发离弦，

犹如白鸥矫捷。

风吹过他的翻飞长发，

　　白浪围绕晶莹闪亮，

精灵们望见他强健又美好，

　　如天鹅般乘风破浪。

可是无论在大海彼方此岸，

　　至今没有只字片语，

精灵族人再也没有听见，

　　阿姆洛斯的消息。

　　莱戈拉斯的声音一颤，歌谣停了。"我唱不下去了。"他说，"这只是其中一部分，因为我忘了许多。这首歌很长，又很伤感，它说到当矮人惊醒山中的邪恶后，悲伤如何降临了洛丝罗瑞恩，'繁花盛开的罗瑞恩'。"

　　"但那邪恶不是矮人造的。"吉姆利说。

　　"我没说是矮人造的，然而邪恶还是来了。"莱戈拉斯悲伤地答道，"于是，宁洛德尔那一族的许多精灵都背井离乡，而她流落迷失在遥远的南方，在白色山脉的重重隘口中，没有前往她的恋人阿姆洛斯等候她的船。但是到了春天，当风吹过新生的绿叶时，或许依然能在与她同名的瀑布旁，听见她的声音回荡。而当风从南方吹来时，阿姆洛斯的声音会从海上传来；因为宁洛德尔溪流入精灵称为'凯勒布兰特'的银脉河，而凯勒布兰特河汇入大河安都因，安都因河则注入贝尔法拉斯湾，罗瑞恩的精灵就从那里扬帆出海。但是，不管宁洛德尔还是阿姆洛斯，都再也不曾归来。

"据说，她在瀑布旁的一棵树上搭建了一座房子。住在树上是罗瑞恩精灵的风俗，也许现在还是这样。因此，他们又被称为加拉兹民[1]，'树民'。在他们森林的深处，树木巨大，林中居民不像矮人那样掘地而居，在魔影来到之前也不盖坚固的岩石住所。"

"即便是现下这段时期，也可以认为住在树上比坐在地上安全。"吉姆利说。他望向溪流对面那条通回黯溪谷的路，然后抬头将视线投向头顶那片密密交织的黝黑粗枝。

"吉姆利，你这话是不错的建议。"阿拉贡说，"我们无法盖个房子，但是，如果可以，今晚我们会效仿加拉兹民，在树上寻求庇护。我们在路边坐了这么久，已经很不明智了。"

因此，远征队一行人转离小径，朝西沿着那条山涧远离银脉河，进入森林更深处的阴影中。在离宁洛德尔瀑布不远的地方，他们发现一小群树，有几棵荫蔽了溪流。它们巨大的灰色树干极粗，高度则无法猜测。

"我来爬上去。"莱戈拉斯说，"我可是与树木打交道的行家，树下树上都如鱼得水。不过，这些树的品种，对我而言很陌生，我只在歌谣中听过它们的名字：它们叫作'瑶珑'²，就是那种会盛开黄花的树，但我从来没爬过。现在我就来看看它们形状怎样，长势如何。"

"不管这是什么树，"皮平说，"如果除了鸟以外，它们还能让人在上面过夜休息，那就肯定是神奇好树！我可没办法在树枝上睡觉！"

"那就在地上挖个洞好啦，"莱戈拉斯说，"如果那更符合你们的习惯。不过你若想躲过奥克，必须挖得又快又深才行。"他轻盈地往上一跃，抓住一根横在头顶高处从树干岔出来的树枝。然而就在他悠荡的片刻，上方的树影中突然传来了一个声音。

"Daro！"[3]那个声音用命令的口气说。莱戈拉斯手一松落回地上，既吃惊又害怕，缩身贴靠在树干上。

"站着别动！"他低声对其他人说，"别动也别说话！"

他们头顶上传来一阵轻笑声，接着，另一个清亮的声音说起了精灵语。那些话，弗罗多几乎听不懂，因为山脉东边的西尔凡精灵内部所用的语言，跟西部地区的不同。莱戈拉斯抬起头朝上望，用同一种语言做了回答。[4]

"他们是谁？都说些什么？"梅里问。

"他们是精灵。"山姆说，"你听他们的声音还听不出来吗？"

"对，他们是精灵，"莱戈拉斯说，"他们说，你的呼吸那么大声，就算在黑暗中也能一箭射中你。"山姆赶紧用手捂住了嘴巴。"不过他们也说，你们不用害怕。他们已经发现我们好长一阵子了。我们还在宁洛德尔溪对面时，他们就听见了我的声音，听出我是他们北方的亲族，因此他们并未阻止我们过河。之后，他们还听了我唱的歌。现在，他们邀请我和弗罗多爬上树去，因为他们似乎接到了一些有关他和我们这趟旅程的消息。至于其他人，他们请你们再稍等一下，并在树下留意四周的状况，直到他们决定该怎么办。"

一道梯子从阴影中垂了下来。它是银灰色的绳子做的，在黑暗中闪着微光，虽然看起来十分纤细，实际上却非常结实，能承受许多人的重量。莱戈拉斯轻巧地爬上去，弗罗多慢慢地跟在后面，最后是努力不要呼吸得太大声的山姆。瑞珑树的树枝几乎是从树干水平长出去，然后再向上伸展，但在接近树顶的地方，主干岔开成许多分枝，形成一个树冠，在树冠中间他们发现建有一个木头平台，当时这类东西叫作"**弗来特**"[5]，精灵则称之为"**塔蓝**"。平台中央有个圆孔，绳梯就是从那孔中放下去的。

弗罗多终于爬上弗来特时，只见莱戈拉斯正与另外三位精灵坐在一起。他们穿着暗灰如影的衣服，除非突然移动，否则在树干间根本看不见。他们起身，其中一位揭开一盏小灯，小灯放出了一束银色的光芒。他将灯举高，先端详弗罗多的脸，然后是山姆的。看毕，他又把灯光盖上，用精灵语说了欢迎辞。弗罗多结结巴巴地作了答。

"欢迎！"精灵见状又用通用语说了一遍，说得很慢，"我们很少使用别的语言，都说本族的话。因为现在我们住在森林的中心，不愿意跟其他任何种族打交道，就连北方我们自己的亲族，也与我们隔开了。不过我们当中还是有人会到外地去收集消息，监视敌人，他们会说他乡的语言，我就是其中之一。我名叫哈尔迪尔。我的兄弟儒米尔和欧洛芬，只会说一点点你们的语言。

"我们得到了消息说你们要来，因为埃尔隆德的信使在爬黯溪梯回家的路上经过了罗瑞恩。我们已经长年不曾听说霍比特人——或者说半身人，也不知道仍有霍比特人居住在中洲。你们看起来并不邪恶！既然你们是跟着一个属于我们亲族的精灵一起来，我们愿意依照埃尔隆德的要求，与你们交朋友——尽管我们没有带领陌生人穿过我们领土的惯例。不过，今晚你们必须待在这里。你们有多少人？"

"八位。"莱戈拉斯说，"我，四个霍比特人，还有两个人类——其中一位是阿拉贡，他是精灵之友，是西方之地的人类。"

"阿拉松之子阿拉贡的名字，罗瑞恩并不陌生，"哈尔迪尔说，"夫人对他颇为爱重。如此说来，一切都没问题；但你一共只说了七位。"

"第八位是个矮人。"莱戈拉斯说。

"矮人！"哈尔迪尔说，"这可有问题了。自从黑暗年代开始，我们就不跟矮人打交道。他们不准踏上我们的领土。我不能允许他通过。"

"但他是从孤山来的，是戴因那些值得信赖的族人之一，对埃尔隆德十分友好。"弗罗多说，"埃尔隆德亲自选他做远征队的一员，他一路上都勇敢又忠诚。"

三个精灵一起轻声讨论了一会儿，又用他们自己的语言询问了莱戈拉斯。最后，哈尔迪尔说："好吧。虽然这有违我们的意愿，但我们可以这样做：如果阿拉贡和莱戈拉斯愿意看守他，并为他担保，他就可以通过，但穿过洛丝罗瑞恩时他必须被蒙上眼睛。

"不过现在我们绝不能再争论下去。你们的人不能再留在地面上。几天以前，我们看见有一大队奥克沿着山脉边缘，往北朝墨瑞亚去，从那时起我们就一直监视着各条河流。野狼在森林的边界上嗥叫。如果你们的确是从墨瑞亚来的，那么危险一定落后不远。明天一早你们就必须继续前行。

"四个霍比特人可以爬上来，到这里跟我们待在一起——我们不怕他们！旁边的树上有另一个**塔蓝**，其他人必须上那里躲避。你，莱戈拉斯，必须对我们负责，看好他们。如果有什么差错，立刻叫我们！还有，当心那个矮人！"

莱戈拉斯立刻下了绳梯去传达哈尔迪尔的口信。不一会儿，梅里和皮平便爬上了这高高的弗来特。两人上气不接下气，神情似乎更像是害怕。

"拿着！"梅里喘着气说，"我们把你俩跟我俩自己的毯子都拖上来了。大步佬把其余的行李全藏在了一堆厚厚的树叶底下。"

"你们不需要这些累赘。"哈尔迪尔说，"今晚吹的是南风，尽管冬天在树顶上是很冷，但我们会给你们食物和饮料，能驱除夜寒，我们还有多余的毛皮和斗篷。"

霍比特人非常高兴地接受了这第二顿（而且远比前一顿好得多的）晚餐。然后他们把自己裹得暖暖的，不只裹上精灵的毛皮斗篷，还裹上自己的毯子，打算好好睡一觉。可是，虽然他们很疲累，却只有山姆觉得很容易入睡。霍比特人不喜欢高处，哪怕自己的屋子是楼房，也不会睡在楼上。这个弗来特完全不是他们习惯拿来当卧室的地方。它没有墙，连栏杆都没有，只在一边有一片编结出来的薄挡风屏，可以根据风向来调整，固定在不同位置。

皮平又说了一会儿话："如果我真能在这个鸟窝里睡着，但愿不会滚下去才好。"

"我只要睡着了，就会睡下去，"山姆说，"不管有没有滚下去。而且，话说得越少我睡得越早，你懂我的意思吧。"

弗罗多醒着躺了一阵子，透过那些颤动的树叶形成的黯淡屋顶，看着闪烁的群星。在他旁边，山姆鼾声大作，他却过了很久之后才合眼。他能模糊看见两个精灵的灰色身影，他们抱膝一动不动地坐着，彼此轻声耳语。另一位已经下到较低的树枝上放哨。最后，在上方掠过树梢的风声和下方宁洛德尔瀑布的甜蜜呢喃中，弗罗多脑海里萦绕着莱戈拉斯唱的那首歌，进入了梦乡。

深夜时分，他醒了过来，别的霍比特人都在沉睡，精灵也都不知去向。风停了，月牙朦胧的微光在树叶间明灭。他听见不远处传来粗哑的笑声，底下地上有纷乱的脚步经过，还有金属交击的声响。这些声音渐渐远去消失，似乎是朝南进入了森林里。

一个脑袋突然从弗来特中央的洞里冒了出来。弗罗多惊得坐了起来，然后才看清那是个戴着灰色兜帽的精灵。他朝霍比特人望了望。

"怎么回事？"弗罗多。

"Yrch[6]！"精灵压低声音从牙缝中说，并将卷起的绳梯抛上弗来特。

"奥克！"弗罗多说，"他们在干吗？"但是精灵已经走了。

不再有声音传来。就连树叶都寂然无声，连瀑布都似乎静了下来。弗罗多裹在毯子斗篷中坐在那儿，却在发抖。他很庆幸他们没在地面上被逮个正着，但他也觉得这些树除了提供隐蔽，起不到什么保护作用。据说，奥克的嗅觉像猎狗一样灵敏，而且他们也会爬树。他拔出了刺叮：它精光一闪，犹如一团蓝色火焰，随后，光焰渐渐淡褪，敛尽。尽管剑光淡褪，但弗罗多并未摆脱那种危险迫在眉睫的感觉，相反它愈发强烈了。他起身爬到中央的开口，往下窥视。他几乎可以确定，他听见底下树根的地方，有鬼鬼祟祟的挪动声。

那不是精灵，因为林中居民行动起来全然无声。

然后，他听见一个很轻的声音，像是嗅闻：似乎有什么东西正摸索着树干的树皮。他屏住呼吸，瞪视着下方的黑暗。

此刻，有个东西在慢慢往上爬，它的呼吸像是从咬紧的牙关中透出的嘶嘶轻响。然后，弗罗多看见，在贴近树干之处，正在上来的，是两只苍白的眼睛。它们停下来，一眨不眨地凝视着上方。突然间，那双眼睛转开，一个阴暗的身影滑溜下树干，消失了。

紧接着便见哈尔迪尔穿过树枝迅速爬了上来。"这树上有个我从来没见过的东西。"他说，"它不是奥克。我一碰到树干它就逃跑了。它似乎很警惕，也拥有不少爬树的技巧，若非如此，我还以为那是你们霍比特人之一。

"我没射它，因为不敢激起任何叫声——我们不能冒险引发战斗。一大队奥克精兵才刚经过这里。他们涉过了宁洛德尔溪——诅咒他们那污了清洁流水的脏脚！——沿着河边的旧路往下游走了。他们似乎嗅到了什么气味，在你们停留之处附近的地面上搜索了一阵。我们三人对付不了上百个奥克，因此我们赶到前头，捏着嗓子说话，把他们引到森林里去。

"欧洛芬现在已经匆匆赶回我们的居住地去警告

族人。那些奥克一个都别想活着走出罗瑞恩。并且，在明天天黑之前，会有更多精灵在北边边界埋伏下来。但是天一亮，你们必须立刻取道向南行。"

东方天际露白。随着天色渐亮，晨光穿过瑁珑树的黄叶洒下，在霍比特人看来，这就像是凉爽夏日清晨的阳光在闪耀。淡蓝的天空在摇曳的树枝间窥视他们。从弗来特南边的一处开口望出去，弗罗多看见银脉河的河谷完全横陈在眼前，像是一片流金的海洋在微风中轻轻荡漾。

远征队一行人再次出发时，天色还很早，而且冷，这回是由哈尔迪尔和他的兄弟儒米尔领路。"再会了，甜美的宁洛德尔！"莱戈拉斯喊道。弗罗多回头望去，在众多灰色树干间瞥见了一道白色水沫的闪光。"再会了！"他说。他觉得，自己再也听不到如此优美的流水之声：始终将它无数的音符织成无穷无尽、变化不绝的旋律。

他们回到小径上，仍沿着银脉河西岸走，循着路朝南走了一段。地上留有不少奥克的脚印。但不一会儿哈尔迪尔便转入林中，在树荫下的河岸旁停下来。

"河对岸有个我的族人，虽说你们可能看不见。"

他说，吹了声犹如小鸟低鸣的口哨。从浓密的小树丛中，一个全身灰衣的精灵应声而出，兜帽掀在背后，头发在清晨的阳光下闪烁如黄金。哈尔迪尔熟练地将一卷灰色的绳索抛过河去，那个精灵接过绳索，将绳头绑在岸边一棵树上。

"正如你们所见，凯勒布兰特河的水流在此已经十分强劲，"哈尔迪尔说，"河水很急又很深，而且冰冷刺骨。在这么靠北的地方，除非万不得已，我们是不会涉水渡河的，而在眼下的警戒年日里，我们也不搭桥。跟我来！我们这样过河。"他将绳子的这一端紧紧绑在另一棵树上，然后轻盈地踏上绳索在河上走了一个来回，如履平地。

"这路我能走，"莱戈拉斯说，"但其他人可没有这本事。难道他们得游泳？"

"不！"哈尔迪尔说，"我们还有两条绳子。我们会把它们绑在上方，一条齐肩高，一条齐腰高。陌生人抓着这两条绳子，小心一些，应该能走过去。"

这座纤细的便桥搭好后，远征队一行人都走了过去，有些人缓慢又谨慎，有些人则轻松一些。霍比特人中，皮平着实是走得最好的，他脚下稳定，只单手抓着绳索就很快走了过去，不过他两眼一直望着对岸，没往下看。山姆则拖拖拉拉，手抓得死紧，总看着下方苍白打旋的水流，仿佛那是山中的万丈深渊。

等安全过到对岸，他大松一口气："我家老头总说，活一天长一天见识！不过他说这话时想的是种园子，不是像小鸟那样歇在树上，也不是努力像蜘蛛那样走路。就连我大伯安迪也没玩过这样的把戏！"

当一行人终于在银脉河东岸团聚，精灵们解开绳索，收了其中两条卷起。留在对岸的儒米尔抽回了最后一条，将绳索搭在肩上，挥了挥手后离去，回到宁洛德尔去继续监视。

"现在，朋友们，"哈尔迪尔说，"你们已经进入罗瑞恩耐斯[7]，也就是你们所说的'楔形地'，这地像矛头一样，夹在银脉河与安都因大河之间。我们不容任何陌生人窥探耐斯的秘密，事实上，就连获准踏上此地的人也寥寥无几。

"按照先前的协议，我必须在此蒙上矮人吉姆利的双眼。其他人可以先自由行走一段，直到更接近我们的居住地——那是在埃格拉迪尔，位于两河之间的河角地。"

吉姆利对此大为不满。"那协议可没征得我的同意。"他说，"我决不容忍被蒙上眼睛走路，像个乞丐或囚犯！而且，我不是奸细。我的族人从未跟大敌的任何爪牙有过瓜葛，我们也从未做过伤害精灵的事。要说背叛出卖你们，我不比莱戈拉斯，或任何其他我的伙伴更有可能。"

"我并不怀疑你。"哈尔迪尔说，"但这是我们的律法。我不是订立律法之人，不能不遵守律法。容你渡过凯勒布兰特河，我已经够宽大了。"

但吉姆利很固执。他叉开两腿牢牢站定，一只手搭上了斧头的握柄。"我要么自由地往前走，"他说，"要么就打道回府。在家乡，众所周知我从不说假话。就算我在半路命丧荒野也认了。"

"你不能回头。"哈尔迪尔断然道，"现在你已经深入此地，就必须被带去见领主和夫人。他们会对你做出裁决，你是留是走，都由他们决定。你不能再渡河回去，如今在你背后都有暗哨，你不可能通过。你还没看见他们，就会一命呜呼。"

吉姆利从腰间抽出了斧头。哈尔迪尔和同伴立刻拉开了弓。"矮人和他们的犟脾气，真叫人头疼！"莱戈拉斯说。

"好了！"阿拉贡说，"既然我还是这支远征队的领队，你们就要听我吩咐。如此单单区别对待矮人，他当然很难接受。我们全都蒙上眼睛，就连莱戈拉斯也是。虽然这会让这趟路走得又慢又无聊，但这样最好。"

吉姆利突然哈哈大笑："我们看起来会像一队欢乐的傻瓜！哈尔迪尔会不会用一根绳子把我们全穿起来，就像一条狗牵着一串瞎眼的乞丐？不过，只要莱戈拉斯一人跟我一样被蒙上眼睛，我就满意了。"

"我是精灵，还是本地人的亲戚！"莱戈拉斯说，轮到他恼火了。

"现在让我们大家一起喊：'精灵和他们的犟脾气，真叫人头疼！'"阿拉贡说，"但是远征队应该有难同当。来吧，哈尔迪尔！把我们的眼睛都蒙上。"

"如果你不好好带路，我就要为每一次跌跤、每一根碰伤的脚趾好好索赔。"吉姆利在他们用布蒙住他双眼时说。

"你不会有机会索赔的。"哈尔迪尔说，"我会好好领着你们，那些路也都又平又直。"

"唉，当今的世道真愚蠢！"莱戈拉斯说，"在场的人全是大敌的敌人，林地阳光明媚，头上树叶如金，而我却必须被蒙上眼睛走路！"

"这看起来或许很愚蠢，"哈尔迪尔说，"但事实上，黑暗魔君的力量最显著的体现，就在于分化所有仍然反对他的人，使他们疏远失和。如今，在洛丝罗瑞恩之外的世界上，我们甚少找到拥有信念、值得信任的人——或许幽谷除外。因此，我们绝不敢单凭一己信任而危及我们的领土。我们现在住在一个周遭危机四伏的岛上，我们的手摸的更多的是弓弦，而不是琴弦。

"长久以来，河流一直是我们的屏障，但是自从魔影朝北潜行而来，将我们彻底包围，河流就已不再是万全的防护。有些人提议离开，但现在看来已经太迟。西边的山脉中，邪恶正在增长；东边的大地则一片荒凉，并且遍布着索隆的爪牙。据传，现在我们无法安全地朝南通过洛汗，而安都因大河的河口已经落入大敌的监视之下。即使我们设法到达了海岸，在那里也找不到任何托庇之所。据说，海滨仍有几处高等精灵的海港，但它们远在北方和西方，甚至远过半身人的地界。不过那究竟是在哪里，尽管领主和夫人可能知道，我却不知道。"

"既然你都见到了我们，起码也该猜一猜啊。"梅里说，"霍比特人住的地方叫夏尔，而在我家乡的西边，有精灵的海港。"

"能住在靠近海滨的地方，霍比特人可真幸福！"哈尔迪尔说，"我的族人有谁得见大海，那已是很久以前的事了。但我们仍在歌谣中回忆着它。我们边走，你边告诉我那些海港的事吧。"

"我没法告诉你。"梅里说，"我从来没见过它们。我从前就没离开家乡出过远门。而假如我当初知道外面的世界是什么样子，我想我也绝不会愿意离开的。"

"就连看看美丽的洛丝罗瑞恩都不愿意？"哈尔迪尔说，"这世界的确充满了危险，其中也有不少黑暗之处，但是，也仍有许多美丽的事物。尽管如今在所有的地方，爱都交织着悲伤，但或许还是爱占了上风。

"我们当中有些人唱道，魔影将会消退，和平将会重返。但我相信，我们周围的世界，届时并不会变得跟古时一样，太阳的光芒也不会再如往昔一般。至于精灵，恐怕最好的情况也不过是一个休战的协定，而他们会遵循协定，不受拦阻地前往大海，永远离开中洲。可叹我心爱的洛丝罗瑞恩啊！在一个没有瑁珑树生长的地方，生活将是多么贫乏无趣！纵使大海彼岸有瑁珑树，也从来没有人提起。"

就这样，他们说着话，远征队一行人由哈尔迪尔领头，另一位精灵殿后，慢慢沿着林中小径鱼贯往前走。他们感觉脚下的地面平坦柔软，过了一会儿，他们就走得更加自在，不再担心跌倒或受伤。弗罗多发现，被剥夺了视觉之后，自己的听觉和其他感官都变敏锐了。他可以嗅到树木和脚下所踩青草的气味。他可以听见头顶树叶发出许多不同音调的沙沙声，河流在右边远处喃喃低语，高天中传来鸟儿尖细清晰的鸣叫。当他们经过一片林间空地时，他感觉到阳光照在自己脸上和手上。

他一踏上银脉河的对岸，一种奇异的感觉便笼罩了他，而随着他继续走进这片"耐斯"，这种感觉也愈来愈强烈：他似乎跨过了一座时间之桥，进入远古时代的一隅，正行走在一个如今不复存在的世界里。在幽谷，存在的是对古老事物的记忆；而在罗瑞恩，古老事物仍活在现世里。这里见过也听过邪恶，并经历过悲伤；精灵惧怕并且不信任外面的世界。狼群在森林的边界上嗥叫，但是罗瑞恩的大地上没有落下任何翳影。

远征队一行人走了一整天，直到感觉凉爽的黄昏来临，听见夜风的先驱在众多树叶间沙沙低语。于是，他们停下来休息，无忧无虑地睡在地面上——他们的向导不许他们拆下蒙眼布，因此他们无法爬树。第二天早晨，他们继续上路，不疾不徐地往前走。中午时分他们停了下来，弗罗多察觉到他们已经出了森林，来到灿烂的太阳底下。突然间，他听见四周有许多声音在说话。

一队行军中的精灵已经悄无声息地来到了近处，他们正要赶往北边的边界去防守任何从墨瑞亚来的攻击。他们还带来了消息，其中有一部分由哈尔迪尔转告了大家。那些追击他们的奥克已被伏击，几乎全军覆没，残部朝西向山脉逃跑，正被追杀。另外精灵还发现有个奇怪的生物，佝偻着身子奔跑，双手几乎垂地，看起来像是野兽，但身形又不像野兽。它避开了抓捕，精灵也没有射杀它，因为不知它是善是恶。它在银脉河下游南方消失了。

"还有，"哈尔迪尔说，"他们还给我带来了加拉兹民的领主与夫人的口信。你们全都可以自由行走，连矮人吉姆利也不例外。看来夫人知道你们远征队中每个人的身份和背景。或许是幽谷送来了新的讯息。"

他首先解下了吉姆利的蒙眼布。"请见谅！"他说，深深鞠了一躬，"现在请用友善的眼光看待我们！而且，请开心地观看吧，因为自从都林的时代过后，你是第一位得瞻罗瑞恩耐斯森林的矮人！"

轮到弗罗多被取下蒙眼布时，他抬眼看去，不禁屏住了呼吸。他们站在一片林间空地上，左边有座青草如茵的大山丘，绿得犹如远古时代的初春时节。山丘上长着两圈树木，恰似一顶双层王冠：外圈都是树干雪白，不见一片叶子，但匀称的裸枝美不胜收；内圈则是极高的玛珑树，仍是满树淡淡的金黄。一棵树高耸在群树的中央，其高处的树枝间搭了一座闪亮的白色弗来特。在这些树下，以及整座绿色山丘的青草间，遍布一种星形的金黄色小花，其间还装点着其他梗子细长的花朵，有雪白，也有极淡的绿，都在随风摇曳，它们在绿茵的浓郁色调中如同一层薄雾般蒙蒙发亮。头顶晴空万里，午后的太阳照在山丘上，给树下投出了长长的绿影。

"看吧！你们来到了凯林阿姆洛斯。"哈尔迪尔说，"自古以来，这里便是这片古老国度的心脏地带，阿姆洛斯山丘就在这里，在往昔更幸福的年代，他的宫殿就建在此处。在这常青不凋的草地上，永远盛开着冬日繁花：黄色的是**埃拉诺**，淡色的是**妮芙瑞迪尔**。

我们会在这里歇一会儿，然后在黄昏时分前往加拉兹民的城市。"

　　其他人纷纷扑倒在芳香的草地上，但是弗罗多站了好一会儿，仍然陶醉在这片奇景中。他感觉自己像是步入一扇落地长窗，俯瞰着一个早已消失的世界。有道光笼罩着它，他自己的语言对此难以名状。他所见的一切都线条优美、恰如其分，那些形状都鲜明得仿佛事先构思成熟、在他解下布条睁眼的瞬间绘成，却又古老得仿佛自古存续至今。他眼中所见尽是他原本熟知的颜色，金黄、雪白、蔚蓝、翠绿，但它们是那样鲜艳、耀眼，他仿佛这一刻才第一次看见这些颜色，并为它们取下崭新又美妙的名称。在这里，没有人会在冬天时哀悼已逝的夏天或春天。大地所生长的一切，没有瑕疵，没有疾病，没有畸形。在罗瑞恩的大地上，万物纯净无瑕。

　　他转过身，看见山姆正站在他旁边，一脸迷惑地东张西望，还揉着眼睛，仿佛不确定自己是不是清醒着。"这是太阳当头的大白天，一点没错。"他说，"我以为精灵就适合星星和月亮，但我听说过的任何事都不如这个有精灵味儿。我觉得自己好像就**置身于**

一首歌谣里，你懂我的意思吧？"

哈尔迪尔看着他们，似乎确实懂得山姆的所思与所言。他露出了微笑。"你感觉到了加拉兹民的夫人的力量。"他说，"你们是否愿意同我一起爬上凯林阿姆洛斯？"

他们跟随他轻快的步伐，踏上了长满青草的山坡。虽然弗罗多走着，呼吸着，身旁也尽是生机盎然的树叶和花朵，在同样吹拂着他脸庞的清凉和风中颤动摇曳，他仍感觉自己是在一片不会淡褪，不会改变，也不会落入遗忘的永恒净土上。当他离开此地，重新回到外面的世界，那位来自夏尔的漫游者弗罗多依旧会在此地徜徉，行走在美丽的洛丝罗瑞恩，行走在**埃拉诺**和**妮芙瑞迪尔**盛放的草地上。

他们走进了那圈白树。此时，南风吹上了凯林阿姆洛斯，树梢枝丫间传来声声叹息。弗罗多停下脚步，聆听早已逝去的、遥远的海涛拍岸声，以及在这世上已经绝迹的海鸟的鸣叫。

哈尔迪尔已经继续前行，这时正爬上那个高处的弗来特。弗罗多准备跟着他往上爬，手甫一触及绳梯旁的树，他突然前所未有地敏锐意识到了一棵树的树皮的触感和质地，以及树身内所蕴藏的生命。他感觉到树木中有一股喜悦，并与之共鸣：既不是作为森林居民，也不是作为木匠。那股喜悦是来自活生生的树木本身。

当他终于离开绳梯，爬上高高的弗来特，哈尔迪尔拉起他的手，让他转身面向南方。"先看这一边！"他说。

弗罗多抬眼望去，看见尚在一段距离开外，有一座长满众多巨树的山岗，或者说，有一座建满绿色高塔的城市——究竟是什么，他说不上来。他感觉从那里散发出一种力量与光芒，将全地笼罩在统治之下。他突然有一种渴望，想要像小鸟一样飞到那座绿色的城市去栖息。然后，他望向东边，看见整片罗瑞恩的大地延展开去，直到苍茫闪亮的大河安都因。他极目远眺大河对面，于是所有的光芒都消失了，他又回到了他所熟知的世界。大河对岸的土地显得一片单调空虚、模糊混沌，直到远方才再次隆起，像一座黑暗又阴沉的高墙。照耀着洛丝罗瑞恩的太阳，没有力量照亮那遥远高山的阴影。

"那边是南黑森林的堡垒。"哈尔迪尔说，"它周围裹着一片黑冷杉森林，那里的树木互相争斗，树枝腐败枯萎。森林中央有座岩石高坡，多古尔都就矗立在那里，长久以来那是大敌隐蔽的住所。我们认为它现在又有爪牙入住，而且七倍于以前的力量。近来，它的上空经常乌云笼罩。在这么高的地方，你能看见两股敌对的力量。如今它们始终在以意念交战，尽管光明已然看穿黑暗的核心，但自身的秘密未被发现——尚未被发现。"他转过身，迅速爬下了绳梯，两个霍比特人紧随其后。

弗罗多在山脚下遇见了阿拉贡，他像棵树一样默然伫立，但手中拿着一朵小小的、盛开的金色**埃拉诺花**，眼中有种光亮。他正沉湎在某段美好的回忆里。弗罗多望着他，意识到自己是在见证曾经就发生在此地的一幕。严酷岁月给阿拉贡的面容留下的痕迹消失了，他似乎身穿白衣，是位高大又英俊的年轻君主；他正用精灵语对一位弗罗多看不见的人说话。Arwen vanimelda, namárië![8] 他说，然后深吸一口气，从回忆中清醒过来。他看看弗罗多，露出了微笑。

"这里是世间精灵之境的中心，"他说，"而我的心永远驻留于此，除非，在我们——你和我——还必须行走的黑暗道路尽头，尚有光明存在。跟我来吧！"他拉起弗罗多的手，离开了小丘凯林阿姆洛斯，有生之年再未重游此地。

第七章

加拉德瑞尔的水镜

日落西山，林中阴影越发深长，他们再次出发。此时他们朝着已经暮色弥漫的灌木丛中行去。随着他们前行，夜色降临树下，精灵揭开了他们的银灯。

突然，他们出了林子再次进入一片空地，发现自己置身在黄昏苍茫的天空下，天空中点缀着几颗早现的星星。面前是一片开阔的无树之地，从两侧呈弧形开展出去，形成极大的一圈。空地再过去是一道隐没在淡淡阴影中的深堑，不过生在边缘上的草很绿，仿佛还发着光，缅怀已落的太阳。地堑的另一边爬升形成一道极高的绿墙，环抱着一座绿丘，绿丘上生满瑁珑树，比他们目前在全地所见过的都更高大。那些树高不可测，屹立在暮光中，如同有生命的高塔。在众多层层叠叠的枝干上，在始终摇曳不停的树叶中，闪烁着数不清的灯火，有绿，有金，有银。哈尔迪尔转向了远征队一行人。

"欢迎来到卡拉斯加拉松！"他说，"这是加拉兹民之城，罗瑞恩的领主凯勒博恩和夫人加拉德瑞尔就住在此地。但是我们无法从这里进入，因为城门不是朝北开。我们必须绕到南边，这段路程可不短，因为这城很大。"

沿着地堑外缘有一条白石铺就的路。他们沿着这条路朝西走，树城如同一团绿云，在左边越攀越高。随着夜色渐浓，更多的灯亮起，到得最后，整座山丘灯火通明，似是缀满了繁星。终于，他们来到一座白桥前，过桥便见到了巨大的城门。城门面向西南，坐落在环形城墙两端交叠的尽头，又高又坚固，上面悬挂着许多灯盏。

哈尔迪尔敲敲门，说了句话，城门随即无声无息开启，但弗罗多没看见守卫的踪影。一行旅人穿过门进入，城门在背后关上。他们身处夹在城墙两端之间的一条深巷中，迅速穿过小巷，便进入了树木之城。他们看不到居民，也听不到小径上有人行走，但在周围以及上方空中，有很多声音。他们听见有歌声从远方山丘高处传下来，就像细雨洒落在树叶上。

他们走过诸多小径，爬上众多梯阶，终于来到高处，看见面前一片宽阔的草坪中央，有座喷泉正晶莹闪烁。周围的树枝上挂着许多摇曳的银灯，照亮了这座喷泉，它喷出的水落入一个银盆，从盆中又溅出一条莹白溪流。草坪南边耸立着众树中最巨大的一棵，它粗壮、光滑的树干如灰色丝缎般闪亮，擎天的树干直到极高处才有分枝，粗大的枝干张开在浓密如云的树叶下。大树旁立着一架宽阔的白梯，梯底坐着三个精灵。他们见一行人走近，立时跃起，弗罗多见他们个子都很高，身穿灰色的铠甲，肩披雪白的长斗篷。

"凯勒博恩和加拉德瑞尔就住在这里。"哈尔迪尔说，"他们希望你们上去，与他们交谈。"

于是，一个精灵卫士用一支小号角吹出了一个清晰的音符，从上方高处传来三声回应。"我先走，"哈尔迪尔说，"接着是弗罗多和莱戈拉斯。旁人请随意跟上。没爬惯这种梯子的人，会爬很久，不过你们可以在中途休息。"

弗罗多一路缓慢往上爬，经过了许多弗来特，有的在左，有的在右，有的环绕树干，于是梯子要穿过它们才行。在离地极高的地方，他到了一个好似大船甲板一样宽阔的**塔蓝**，上面建了一栋大屋，大到堪为地面上人类的殿堂。他跟在哈尔迪尔后面走进去，发现自己来到了一个椭圆形的会客厅，这棵瑁珑巨树便穿过厅中央继续往上生长，虽说至此接近树顶，已经变细，却仍是一根粗柱。

会客厅中洒满了柔和的灯光，四面墙壁是绿银两色，屋顶则是金色。厅中坐着许多精灵。在树干下，以一根鲜活树枝为华盖，设着两张并排的椅子，坐着凯勒博恩和加拉德瑞尔。他们依着精灵的礼节对来客起身相迎——纵是身为强大君王，习俗也是如此。二人都非常高，夫人并不亚于领主。他们都是庄重又美丽，一身纯白装束。夫人有一头深金色的秀发，领主凯勒博恩有一头银亮的长发。但他们身上不见岁月的痕迹，唯从那深邃眼眸中可窥见一斑：在星光下，他们的眼睛锐利如长枪之尖锋，却又深奥渊博，如记忆积累的深井。

哈尔迪尔将弗罗多领到他们面前，领主用精灵语开口欢迎，但加拉德瑞尔夫人没有说话，只久久注视着他的脸庞。

"请来坐在我旁边吧，夏尔的弗罗多！"凯勒博恩说，"等众人都到齐后，我们再一起谈。"

远征队诸人进来时，他一一道出他们的名字，彬彬有礼地致意。"欢迎你，阿拉松之子阿拉贡！"他说，"距你上次来到此地，外界已经过了三十八年。这些年你过得甚是艰苦。但无论吉凶，结局已近。在此你且放下重担，暂作歇息！"

"欢迎你，瑟兰杜伊之子！我的亲族从北方远道而来，实属稀客。"

"欢迎你，格罗因之子吉姆利！我们在卡拉斯加拉松已经多年不见都林的族人。然而今天我们打破了长久以来的律法。愿此成为吉兆，标志着尽管当今世界黑暗，但美好的年日已近，我们两族子民的友谊亦将恢复一新。"吉姆利深深鞠了一躬。

等所有客人都在凯勒博恩面前坐定，领主再次打量他们。"这里共有八位。"他说，"但据消息说，共有九位出发。不过，或许计划有变，而我们未获通知。埃尔隆德身在远方，而我们两地之间黑暗聚集，今年全年，阴影都愈发深长。"

"不，计划并未改变。"加拉德瑞尔夫人第一次开了口。她的声音清晰悦耳，但比一般女性低沉："灰袍甘道夫与远征队一同出发，但他没有进入此地的边界。现在，告诉我们他在哪里；因为我迫切希望再次与他交谈。但他若不进入洛丝罗瑞恩的屏障之内，我便无法自远方看见他：他的周围笼罩着一团灰雾，他双脚所走之路并他头脑所谋之途，我都看不透。"

"唉！"阿拉贡说，"灰袍甘道夫落进了阴影中。他留在了墨瑞亚，没能脱身。"

听见这话，厅中精灵无不惊呼出声，深感悲痛。"这是噩耗，"凯勒博恩说，"漫长年岁间，不幸之事层出不穷，然而在此道出的所有消息当中，这一则是最不幸的。"他转向哈尔迪尔，用精灵语问，"为什么没有先把这事告诉我？"

"我们还没告诉哈尔迪尔我们的经历与目的。"莱戈拉斯说，"起初，我们过于疲累，而危险又离得太近。之后，我们走在罗瑞恩美丽的小径上，满心欢喜，几乎暂时忘却了悲伤。"

"但是，我们极为悲伤，我们的损失也无法弥补。"弗罗多说，"甘道夫是我们的向导，他带领我们穿过了墨瑞亚。眼看我们毫无希望逃脱时，是他拯救了我们，自己却坠入了深渊。"

"现在把详情告诉我们！"凯勒博恩说。

于是，阿拉贡从头叙述了卡拉兹拉斯隘口之行与随后那些日子所发生的一切。他说到了巴林和他那本书，说到了发生在马扎布尔室的战斗，还有大火、窄桥，以及恐怖的来临。"那邪恶我从未见过，似乎是来自古代世界。"阿拉贡说，"它既是阴影又是火焰，强壮且恐怖。"

"那是一个魔苟斯的炎魔，"莱戈拉斯说，"所有的精灵克星，除了盘踞在邪黑塔中的那位，数它最致命。"

"我看见桥上正是在我们最黑暗的梦中作祟之物，我看见了都林的克星。"吉姆利低声说，眼中满是恐惧。

"唉！"凯勒博恩说，"长久以来，我们一直惧怕卡拉兹拉斯底下沉睡着一种恐怖。我若知道矮人又在墨瑞亚将这邪物惊醒，便会禁止你进入我们的北边边界，你和所有跟你同行的人都不例外。如果这是真的，人们会说：甘道夫终于从智者沦为愚人，无谓地进入了墨瑞亚的罗网。"

"这么说的人，未免过于轻率。"加拉德瑞尔郑重地说，"甘道夫一生从不做无谓之事。那些跟随他的人不了解他心中所谋，因此无法转述他的完整目的。但是，无论向导如何，跟随者都无可指责。不要后悔你接待了这位矮人！倘若我们的子民长年流亡，远离洛丝罗瑞恩，那么这些加拉兹民，甚至智者凯勒博恩，有谁不想在路过时看看自己的古老家园，哪怕它已变成了恶龙的巢穴？

"凯雷德－扎拉姆的水色幽深，奇比尔－纳拉的泉源冰冷。在远古时代，强大的君王尚未陨落长眠岩石之下，卡扎督姆巨柱林立的厅堂美不胜收。"她看着悲伤又愤怒地坐在那里的吉姆利，露出了微笑。矮人听见那些名称用他本族的古老语言娓娓道来，不禁抬起头，迎上了她的目光。他感觉自己突然望进了一个宿敌的心，却在那里见到了爱与理解。他先是脸露惊奇，接着报以微笑。

他笨拙地起身，以矮人的礼节鞠了一躬，说："然而更美的是罗瑞恩生机盎然的大地，而加拉德瑞尔夫人胜过大地中蕴藏的所有宝石！"

众人鸦雀无声。好一会儿，凯勒博恩才又开口。"我并不知道你们的处境如此险恶。"他说，"请吉姆利原谅我。我心中饱受困扰，故而口出尖刻之言。我会按照每一位的愿望和需要，尽我所能援助你们，尤其是那位身负重担的小种人。"

"你们的任务，我们知晓。"加拉德瑞尔看着弗罗多说，"但我们不会在此继续公开谈论。然而，你们如甘道夫本人计划的那般，来到此地寻求帮助，此举也许会证明并非徒劳。因加拉兹民的领主被视为中洲精灵中最有智慧的一位，他能赐予的礼物，超过君王的力量。他从万物衔新的初始年代起，就住在西部，[1] 而我已与他一起生活了无数岁月。因我远在纳国斯隆德和刚多林陷落之前，便越过了山脉。我们共同度过这世界的每个纪元，在长久的失败中仍抗争不歇。

"是我首先召聚成立了白道会。倘若情况不曾偏离我的构想，白道会应由灰袍甘道夫统领，如此一来，或许一切都会大不一样。不过，即使是现在，仍有希望留存。我不会给你们建议，说你们该这么做或那么做。因为，我对你们的帮助，不在于策划或执行什么，也不在于选择哪一条路，而仅仅在于我通晓过去、现在和一部分未来。然而，我要对你们说：你们的使命正处于生死存亡的关口，稍有差池，便会失败，导致全盘尽毁。但是，只要远征队全体忠诚团结，就犹存希望。"

话音一落，她便以目光摄住了他们，静静地轮流打量每一个人。除了莱戈拉斯和阿拉贡，没人能长时间承受她的凝视。山姆很快就红了脸，并垂下了头。

终于，加拉德瑞尔夫人收回目光，释放了他们，莞尔一笑。"别让你的内心烦扰。"她说，"今晚你们将平安沉睡。"闻言，他们都长出了口气；虽然没有一句明言，他们却像那些被深入盘问过很久的人那样，突然感觉疲惫不堪。

"现在下去吧！"凯勒博恩说，"悲伤和旅途劳顿已使你们精疲力竭。哪怕你们的使命与我们不是息息相关，你们也依然能在这城中获得庇护，直到康复，重焕活力。现在，你们该休息了，我们暂时不会再提你们下一步何去何从。"

那天晚上，远征队众人睡在地面上，这让霍比特人十分满意。精灵在喷泉附近的树林中为他们支起了一个大帐篷，并在帐篷中安放了许多柔软的长榻，然后他们用悦耳的精灵嗓音向众人道了晚安，随即离去。旅人们谈了一会儿昨晚在树梢上过夜的经历，以及白天的旅程，还谈到了领主和夫人——因为他们还没有心情回顾更早之前的事。

"山姆，你是为了什么事儿脸红啊？"皮平问，"你一下就顶不住了。是人都会认为你心里有鬼。我希望那事儿不比阴谋地偷走我一条毯子更糟糕。"

"我才没想过这种事儿！"山姆回答，一点开玩笑的情绪都没有，"你要是想知道，我当时感觉自己像是光溜溜的啥也没穿，我可不喜欢那感觉。她似乎看透了我的心思，还问我：她要是给我机会飞回夏尔的家，回到一个有着——有着我自个儿的小花园的舒适小洞府，我打算怎么办。"

"这可真有意思！"梅里说，"几乎就跟我感觉到的一模一样，只是……只是，这个嘛，我想我就不多说了。"他蹩脚地打住。

大家似乎都有类似的经历：每个人都感觉自己有了一个选择，一是那横在前方、充满恐怖的阴影，一是自己极其渴望的某种事物——它就清楚浮现在眼前，要得到它，只需转离这条路，让别人去继续这项使命，从事对抗索隆的战争。

"我也有同感，"吉姆利说，"我的选择应当永远保密，只有我自己知道。"

"我感觉这情形大不寻常。"波洛米尔说，"或许这只不过是个考验，她出于有利于她自己的目的，想探查我们的想法。但我差点就说出口的是，她在试探我们，并且向我们提供她假装自己有能力给予的东西。不必说，我拒绝听从。米那斯提力斯的人类说话算话。"但波洛米尔没有说他认为夫人向他提供了什么。

至于弗罗多，他不肯说，尽管波洛米尔逼问他，不依不饶："持戒人，她可看了你很久。"

"不错，"弗罗多说，"但无论我那时心里想到了什么，我都会把它留在心里。"

"那样的话，当心点！"波洛米尔说，"我对这位精灵夫人和她的居心，可不怎么信得过。"

"不要污蔑加拉德瑞尔夫人！"阿拉贡严厉地说，"你不知道自己在说什么。在她身上和这片土地上，绝无邪恶，除非一个人自己将邪恶带来，而若是这样的话，他才要当心！自从离开幽谷后，今晚我将第一次无忧无虑地入眠。我身心俱疲。但愿我能暂忘悲伤，睡得深沉！"他倒在他那张长榻上，立刻酣然入睡了。

其他人很快也跟着睡了，没有声音也没有梦境来惊扰他们的沉睡。等他们醒来，发现天光早已高照在帐篷前的草坪上，喷泉在阳光下涨涨落落，晶莹闪烁。

就他们能分辨或记住的而言，他们在洛丝罗瑞恩停留了数日。他们生活在那里的时候，阳光灿烂，晴空万里，只偶尔落阵细雨，雨后万物都清新又洁净。风很凉爽又柔和，仿佛早春一般，但他们却又感觉到周遭有种冬天那样深沉又意味深长的宁静。他们觉得，自己除了吃喝休息，漫步林间，什么也没做。而这对他们来说便足够了。

他们没再见到领主与夫人，也很少与此地的精灵族人交谈，因为这里懂得并且会说西部语的精灵寥寥无几。哈尔迪尔已经跟他们道别，又回到北方防线去了。自从远征队带来墨瑞亚的消息，那里就大大加强了防卫。莱戈拉斯常常离开他们，去跟加拉兹民相处。除了第一天晚上，他都没有跟其他成员一同睡在帐篷中，不过他还是回来用餐，跟他们聊天。他出去四处漫游时，经常带吉姆利一起走，旁人对这个变化都感到惊奇。

如今，当一行人散步或安坐时，他们谈到了甘道夫，每个人所知、所见的他，巨细靡遗地浮现在他们脑海中。随着身体的疲惫与伤痛逐渐康复，他们失落的哀恸也日趋强烈。他们经常听到附近有精灵在唱歌，知道精灵正为他的牺牲而哀歌凭吊。尽管他们听不懂那些甜美又悲伤的歌词，但从中辨出了甘道夫的名字。

精灵们唱着："米斯兰迪尔，米斯兰迪尔，噢，**灰袍的漫游者！**"他们喜欢这么称呼他。但即便莱戈拉斯跟众人在一起，他也不肯为他们翻译这些歌的内容，他说自己没有这种本事。而且，对他而言，哀恸犹在眼前，念及只想落泪，无法歌唱。

弗罗多是第一个将一部分悲伤诉诸文字的人，尽管词句并不流畅。他很少被感动到要写歌或作诗。虽然他记忆中储藏了不少前人之作，但就连在幽谷，他也只是聆听，自己从未唱过歌。但是，此刻他坐在罗瑞恩的喷泉旁，听着周围那些精灵的歌声，脑海中有一首他觉得还不错的歌已成形；不过当他试着要复述给山姆听时，却只想得起零碎片段，就像手中一把枯叶四散凋零。

> 每当夏尔灰色夜幕初降，
>
> 就听见他的脚步走下小丘；
>
> 黎明以前他又已离去，

静默着踏上长长旅途。

从东方荒原到西方海滨，
从北方野地到南方山陵，
凶险龙巢，隐秘门径，
阴深林地，任他自由穿行。

无论矮人霍比特，无论精灵与凡人，
无论终归一死，无论永生不朽，
无论枝上鸟儿，无论巢中走兽，
种种密语他都通晓。

致命的剑，疗愈的手，
背脊负荷略略弯驼，
宏亮嗓音，白炽薪火，
旅途上的漫游者，他风尘仆仆。

他坐如智王御极，
怒火迅捷，喜时朗笑；
他状如老人，戴着旧帽，
把手中曲节手杖倚靠。

在危桥上他挺身而立，

烈火阴影他一人独挡；

在岩石上，他的法杖断毁，

在卡扎督姆，他的智慧湮灭。

"再这么下去，你就要胜过比尔博先生了！"山姆说。

"不，我恐怕没那本事。"弗罗多说，"不过我已经尽力而为了。"

"嗯，弗罗多先生，如果你还要写，我希望你会讲一讲他的焰火。"山姆说，"比如这样：

有史以来最美丽的焰火，

有蓝有绿好似繁星，

又像轰雷之后金色雨点，

漫天落下仿佛花雨。

"当然，我这诗可远远形容不了实际的场面。"

"不，山姆，这我就留给你了。或者，留给比尔博也行。但是——唉，我不能再谈这件事了。我想象不出，要怎么把这消息告诉他。"

一天傍晚，弗罗多和山姆一同在凉爽的暮色中散步，两人都又感到了焦躁不安。离别的阴影突然笼罩了弗罗多：不知怎地，他知道自己必须离开洛丝罗瑞恩的时刻已经近在眼前了。

"山姆，现在你怎么看精灵了？"他说，"我曾经问过你同样的问题，感觉上那是很久以前的事儿啦。不过，从那时到现在，你已经见到了更多精灵。"

"没错！"山姆说，"我觉得，精灵和精灵又不一样。他们全都够有精灵味儿，但不完全一样。现在这些精灵没有流浪，也不是无家可归，他们好像跟我们的爱好更接近一点：他们似乎属于这个地方，比霍比特人属于夏尔还妥当呢！到底是他们造就了这地，还是这地造就了他们，实在很难讲，你懂我的意思吧。这里特别安静，好像什么事都没有，也没有人想让它有事。这周围要是有魔法，那肯定深得不得了，这么说吧，是在我伸手摸不到的地方。"

"你到处都看得见，感觉得到。"弗罗多说。

"可是，"山姆说，"你看不见谁在施法，也见不着像可怜的老甘道夫从前表演的那样的焰火。我很纳闷，这么多天来，我们怎么没见到领主和夫人做什么事儿。我这会儿幻想，**她**要是有心情，肯定能做点

精彩绝妙的事儿。弗罗多先生，我可真想看看精灵
魔法！"

"我可不想。"弗罗多说，"我很满足。我也不想
念甘道夫的焰火，我想念的是他浓密的眉毛，还有他
急躁的脾气跟他的声音。"

"你说得对。"山姆说，"别以为我是在挑剔。我
经常想看点魔法，就是那些古老传说里讲的那种，可
是我从来没听过有比这里更好的地方。这就像又在家
又在度假，你明白我的意思吧。我不想走。但就算这
样，我还是开始觉得，要是我们不得不启程，那不如
快点走算了。

"我家老头以前常说，**老不开始干的活儿，永远
也干不完**。而且我觉得这些精灵不管有没有魔法，都
帮不上我们太多忙。我在想，等我们离开这个地方，
就会更想念甘道夫了。"

"恐怕你说得再正确不过了，山姆。"弗罗多说，
"但我非常希望我们能在动身之前，再见见那位精灵
夫人。"

话音未落，他们就见到了加拉德瑞尔夫人。她仿
佛应他们的话而来，正从树下走近，高挑、白皙、美
丽。她没有开口，只示意他们跟她去。

她转向一旁，领他们朝卡拉斯加拉松的南坡走去。他们穿过一道高高的绿色树篱，进了一个围起来的花园。园中无树，整个开敞在苍穹下。暮星已经升起，正在西边的树林上方放出雪亮的光芒。夫人走下一段长长的台阶，下到一处深深的绿色洼地，从山丘上的喷泉发源的那条银亮小溪，汩汩流淌着从这里穿过。在洼地底部，在一个雕成树枝撑托的低矮基座上，摆着一个宽而浅的银盆，旁边放着一个大口的银水罐。

加拉德瑞尔舀起溪水倒入银盆，直到满缘，然后对水面吹了口气。"这是加拉德瑞尔的水镜。"等水面再次静止下来，她开了口，"我带你们来此，好让你们观看此镜，如果你们愿意的话。"

空气纹丝不动，小谷漆黑一片，精灵夫人站在弗罗多身旁，显得高大又苍白。"我们要看什么？又会看见什么？"弗罗多问，满心敬畏。

"我能命令水镜揭示许多事物，"她答道，"对某些人，我能显示他们渴望看见的一切。但水镜也会自发显示事物，此类事物通常比我们期望目睹的更奇特，也更有价值。如果你让水镜自由运作，那么连我也不知道你会看见什么。因为它会显示过去、现在，以及可能的将来。但一个人所见的到底是哪一种，就连最有智慧之人也无法总是说中。你愿意看看吗？"

弗罗多没有回答。

"那么你呢？"她说，转向山姆，"我相信，这就是你们那一族所说的魔法，尽管我不完全明白他们意欲何指；他们似乎也用同一个词来描述大敌的诡行。不过，你若愿意观看，这就是加拉德瑞尔的魔法。你不是说，你希望看看精灵魔法吗？"

"我是说了。"山姆说，因为害怕和好奇而微微颤抖，"夫人，你若同意，我会偷看一眼。"

"我不介意看一眼老家这会儿有什么事。"他低声对弗罗多说，"感觉上我已经离开好久好久了。不过，我该不会只看见星星，或者我理解不了的啥东西吧？"

"不会。"夫人柔声一笑，"不过，来吧，你该来看看，看你会看见什么。别碰水！"

山姆爬上基座的脚，俯身看向水盆。盆里的水看起来凝重深黑，倒映着天上的繁星。

"就跟我想的一样，只有星星。"他说。接着，他低声倒抽了口气，因为星星熄灭了。仿佛揭去一层黑纱，水镜变灰，继而清澈起来。阳光灿烂，枝叶在风中摇曳翻飞。但山姆还没来得及确认他看见的是什么，阳光便黯淡了。这会儿他觉得自己看见弗罗多躺在一座庞大黑暗的峭壁下沉睡，脸色苍白。然后他似乎看见自己沿着一条阴暗的通道走着，又爬上一道没完没了的曲折阶梯。他突然意识到自己是在急切地找着什么东西，但到底是找什么，他不知道。如同梦境，景象又变换了，恢复了原先的场景，他又看见了那些树。但这次那些树离得比较远，他看得见发生了什么事——它们不是在风中摇曳，而是正在哗啦倒地。

"嗨！"山姆愤怒地大喊，"那个泰德·山迪曼正在砍树呢，他不能这样！那些树不该砍，那是给磨坊后头通往傍水镇的大路遮阳的。我真希望我能逮住泰德，我要把**他**给砍了！"

但是，这会儿山姆注意到老磨坊不见了，一栋好大的红砖建筑正在原址上盖起来，许多乡亲正在忙着干活。附近有根高高的红烟囱，黑烟似乎遮蔽了水镜的表面。

"夏尔这是有啥在作祟呢！"他说，"埃尔隆德当时要派梅里先生回去，原来是有原因的！"接着，山姆突然大喊一声跳开，"我不能待在这里。"他狂乱地说，"我必须回家去。他们在挖袋下路，我家可怜的老头正用手推车推着他那点家当走下小丘。我必须回家去！"

"你不能一个人回家去。"夫人说，"在你看水镜之前，你已知道夏尔可能发生了劫难，可是你并不想撇下你家少爷回去。记住，水镜会显示许多事，但并不是所有的事都会发生；有些永远不会——除非那些看见镜中景象的人，转离他们的正路去试图加以阻止。把水镜作为行动的指引，是很危险的。"

山姆坐在地上，双手抱着头。"我但愿自己没来过这里，我一点也不想再看魔法了。"他说，然后陷入了沉默。片刻之后，他又哽咽着开口，似乎在强忍着眼泪。"不，我会跟着弗罗多先生走那条长路回家，或者根本就不回去。"他说，"但我的确希望自己有天能回去。我看见的事要是真的发生了，有人就得吃不了兜着走！"

"现在，弗罗多，你想看吗？"加拉德瑞尔夫人说，"你很满足，并不想看精灵魔法。"

"你建议我看吗？"弗罗多问。

"不，"她说，"我不是参谋顾问，不会建议你看或不看。你可能会了解到一些事，而且无论你所见是吉是凶，它对你来说都既可能有利，也可能无益。看既有好处也有风险。但是我想，弗罗多，你有足够的勇气和智慧冒这样的险，否则我不会带你来这里。请照你的意愿做吧！"

"我看。"弗罗多说，他爬上基座，俯身面对幽暗的水面。水镜立刻清澈明朗，他看见一片沉浸在微光中的大地。远处朦胧黑暗的山脉映衬着苍白的天空。一条灰色的长路蜿蜒消逝在远方。远远地，有个身影慢慢从路上走来，起初很小很模糊，但随着走近，越来越大，越来越清楚。弗罗多突然醒悟到，那个身影让他想到了甘道夫。他差点大声叫出巫师的名字，接着，他发现那人穿的不是灰袍，而是白袍，在暮色中闪着淡淡光芒的白袍。人影手中握着一根白色手杖，头垂得很低，看不到脸，而且很快便沿着那条路转个弯，走出了水镜所见的范围。弗罗多心中疑惑起来：这景象是很久以前甘道夫的许多孤独旅程之一吗？或者那是萨茹曼？

眼前景象又变了。短暂又微小，但非常清晰生动，他瞥见比尔博烦躁地在房间里走来走去。书桌上凌乱堆放着纸张，雨敲打着窗户。

然后，停顿了一会儿，随后是接连许多场景一闪而逝，弗罗多不知怎地晓得，那是他被卷入的伟大历史的一些片断。迷雾消散，他看见一幅自己从未见过的景象，但立刻就知道，那是大海。黑暗降临。海上起了极大的风暴，怒涛翻腾。然后他看见一艘轮廓漆黑、船帆破烂的高船，映衬着正沉落到残云中的血红太阳，从西方驶来。接着是一条宽阔的大河流经一座人口稠密的城市。再是一座有七重塔楼的白色堡垒。然后又是一艘挂着黑帆的船，但现在又是早晨了，水上波光激滟，一面绣着白树纹章的大旗在阳光下闪耀。一股犹如来自大火和战斗的浓烟升起，太阳再次火红沉落，淡褪进灰色的迷雾；迷雾中有一艘闪烁着灯火的小船远去。它消失了，弗罗多也叹了口气，准备要退开。

但是突然之间，水镜整个变成漆黑，黑得仿佛眼前的世界开了个洞，弗罗多望进了一片虚空当中。在漆黑的深渊中，现出了单独一只魔眼，慢慢越来越大，直到几乎占满整面水镜。它太恐怖，弗罗多吓得两脚犹如生了根，既叫不出声，也挪不开眼。魔眼边缘是一圈烈火，本身却光泽釉亮，黄如猫眼，机警又专注，瞳孔中裂开的缝隙张开成一个黑洞，一扇通往虚无的窗子。

接着，魔眼开始转动，四处搜寻。弗罗多惊恐又确定地意识到，自己正是它所搜寻的众多目标之一。但他同时也意识到，它看不见自己——暂时还看不见，除非他愿意让它看见。挂在颈间链子上的魔戒变得沉重起来，重逾巨石，他的头被拉得往下垂去。水镜似乎越来越热，水面开始有丝丝蒸气升起。他身不由己向前滑去。

"别碰水！"加拉德瑞尔夫人轻声说。景象淡褪了，弗罗多发现自己正望着清冷的群星在银水盆中闪烁。他退开几步，望着夫人，浑身发抖。

"我知道你最后看见了什么。"她说，"因为它也浮现在我脑海中。别怕！不过，不要以为维系洛丝罗瑞恩、保护这片土地不受大敌侵袭，所凭靠的只是林间的歌唱或精灵之弓的纤细箭矢。弗罗多，我告诉你，就在我与你说话的同时，我也察觉得到黑暗魔君的存在，并且知道他心中所想——或者说，我知道他心中一切对精灵的图谋。而他始终在摸索、探寻，想要看见我和我的思绪。但是，那扇门仍然对他关闭！"

她举起白皙的双臂，朝东方张开双手，摆出了拒绝和否定的手势。精灵钟爱的暮星埃雅仁迪尔正在夜空中熠熠闪烁，它亮得惊人，竟使精灵夫人的身形在地上投下了一个淡淡的影子。它的光芒擦过她手指上的一枚戒指，那戒指闪耀就如打磨光亮的黄金覆上一层银光，镶嵌的白宝石闪烁生辉，恰似暮星落入凡尘，栖在她手上。弗罗多怀着敬畏凝视着那枚戒指，觉得自己恍然大悟。

"不错，"她说，洞悉了他的想法，"它是不允许被谈论的，埃尔隆德也不能讲。但是它瞒不过至尊戒的持戒人，以及见过魔眼的人。三戒之一，正是戴在罗瑞恩之地的加拉德瑞尔手上。这是能雅，金刚石之戒，我是它的保管者。

"大敌心中怀疑，但他并不确知——还不确知。现在，你懂得为什么你的到来对我们来说是末日的足音了吧？如果你失败了，我们将暴露在大敌面前，被他一览无遗。但是，如果你成功了，那么我们的力量就将衰微，洛丝罗瑞恩将会淡褪消亡，时间的潮水将会把它冲刷殆尽。我们必须离世前往西方，否则就会衰落成山谷中、洞穴里的原始族群，慢慢忘记过去，并且被人遗忘。"

弗罗多低下了头。最后，他问："那你希望怎样呢？"

"顺其自然。"她答道，"精灵对自己的土地与成就的爱，比大海的深渊更深；他们的遗憾将永不消逝，也永远不会彻底平息。但他们宁可抛弃这一切也决不肯顺从索隆——因为他们现在已经认清了他的真面目。你对洛丝罗瑞恩的命运不负任何责任，你唯一要负责的就是你的任务。只是，尽管无济于事，我仍愿至尊戒从未被铸造出来，或永远失落无踪。"

"加拉德瑞尔夫人，你有智慧，既无畏又美丽。"弗罗多说，"如果你要，我会把至尊戒给你。它对我来说实在是个太大的麻烦。"

加拉德瑞尔突然朗声大笑。"加拉德瑞尔夫人或许很有智慧，"她说，"但若论谦恭有礼，她可在这儿碰到了对手。初次见面时，我考验了你的内心，而你就这么彬彬有礼地报了一箭之仇。你开始以犀利的目光看待事物了。我不否认，我内心极其渴望索要你所提供的。长年累月，我一直在考虑思索，如果主魔戒来到我手上，我会怎么做。而你看！它就被带到我唾手可得的地方。无论索隆自己是兴起还是败亡，那很久以前就被谋划出来的邪恶，都会以诸多方式运作下去。若我真靠武力或恐吓从客人手中夺得魔戒，岂不是又给他的戒指添上了一桩丰功伟绩？

"而现在机会终于来了。你心甘情愿，要把魔戒送我！你将会拥立一位女王，来取代黑暗魔君。我不会是黑暗的，而会既美丽又恐怖，如同清晨与黑夜！美丽如同大海、太阳以及圣山之上的白雪！恐怖如同风暴和闪电！强壮坚实胜过大地的根基！众生万物都将爱我，并将绝望！"

她举起手来，她所戴的戒指发出了一道极亮的光，只照亮她一人，其余一切都落在黑暗中。此刻她站在弗罗多面前，显得高不可测、美不能胜，既恐怖又尊贵。接着，她任由那只手垂落，那道光消失了。突然间，她又大笑出声，哎呀！她缩小了——又变成一个修长苗条的精灵女子，裹着质朴的白袍，温柔的声音既轻软又悲伤。

"我通过了考验，"她说，"我将衰微，并前往西方，依旧是加拉德瑞尔。"

他们默然伫立了许久。"我们回去吧！"终于，夫人又开口说，"明天一早你们必须离开，因为我们已经做出选择，命运之潮正在涌动。"

"我们走之前，我有一事相问，"弗罗多说，"一件我在幽谷时就常常想问甘道夫的事。我被允许携带这枚主魔戒，可是为什么**我**不能看见其他所有的戒指，并且了解那些拥有者的思想？"

"你还没尝试过。"她说，"自从你知道自己拥有的是什么之后，你只把魔戒戴到手上三次。别去尝试！它会毁了你。难道甘道夫没告诉你，这些戒指会根据每个拥有者的情况来赋予他们力量？在你能运用那种力量之前，你需要先变得远比现在强大，并且要训练你的意志去控制他人。即便如此，你身为持戒人，曾把魔戒戴在手指上，也见过隐匿的事物；你的眼光已经比从前更犀利了。你察觉了我的想法，看得比许多堪称智者的人都更清楚。你看见了那位握有七戒和九戒者的魔眼。你岂不是看见并认出了我戴在手上的戒指？"她又转身问山姆，"你可看见了我的戒指？"

"没有，夫人。"他回答，"老实说，我听不懂你们都在说什么。我从你的手指缝里看见了一颗星星。但你要是肯原谅我的鲁莽，我想我家少爷说得对。我巴不得你肯拿走他的魔戒。你会伸张正义的。你会阻止他们将我家老头赶出家门，害他流落街头。你会让一些家伙为他们做的肮脏事儿付出代价。"

"我会的。"她说，"事情会那样开始，但是，唉！却不会那样结束。此事我们别再提起了。走吧！"

第八章

告别罗瑞恩

那天晚上，远征队众人又被召去凯勒博恩的接待厅，领主和夫人亲切地问候他们。最后，凯勒博恩说到了他们离开的事。

"时机已到，"他说，"愿意继续这项使命的人，必须坚定决心离开此地。不愿继续前行的，可以在此暂留。但是，无论是走是留，谁都无法确保平安。因为，我们现在已经到了决定命运的紧要关头。想留下来的人，可以在此等待那一刻来临，届时或是世间诸途重新开放，或是我们召唤他们为罗瑞恩最后的需要而战。然后他们可以返回自己的家乡，或是在战斗中倒下，归回永远安息之所。"

众人一片沉默。加拉德瑞尔看着他们的眼睛说："他们全都决心前行。"

"至于我，"波洛米尔说，"我回家的路不在后方，而在前方。"

"的确，"凯勒博恩说，"但是，远征队所有的人是否都会跟着你前往米那斯提力斯？"

"我们尚未决定要怎么走。"阿拉贡说，"我不知道甘道夫在过了洛丝罗瑞恩后，原本打算怎么做。事实上，我认为就连他也没有什么明确的目标。"

"也许没有，"凯勒博恩说，"但你们一旦离开此地，便再也不能忽视安都因大河。你们当中一些人很清楚，从罗瑞恩到刚铎，负重的旅人除了乘船，无法过河。此外，欧斯吉利亚斯的诸桥难道不是已断？登陆之处如今难道不是尽数落入大敌之手？

"你们会走河的哪一边？前往米那斯提力斯的路在西边，在这一岸；但是执行使命的直接之路在大河以东，在更黑暗的彼岸。现在你们打算走哪一岸？"

"我的意见若是有人肯听，那就是走西岸，走前往米那斯提力斯的路。"波洛米尔答道，"但我不是远征队的领队。"其他人默不作声，阿拉贡看起来犹豫不决，饱受困扰。

"我看得出，你们还不知道何去何从。"凯勒博恩说，"我无权替你们选择，但我会尽我所能帮助你们。你们当中有些人会划船：莱戈拉斯，你的族人熟悉湍急的密林河[1]；还有刚铎的波洛米尔，以及旅人阿拉贡。"

"还有一个霍比特人！"梅里叫道，"不是每个霍比特人都把船视为野马。我的家族就生活在白兰地河边。"

"很好。"凯勒博恩说，"那么，我会为你们一行人准备船只。这些船必须又小又轻，因为你们若要走很长的水路，便会经过一些不得不上岸扛着船走的地方。你们会到达萨恩盖比尔险滩，也许还会一直去到涝洛斯大瀑布，彼处大河以雷霆万钧之势从能希斯艾尔[2]倾泻而下。此外还有其他危险。船可以暂时减轻旅途的劳顿，但是它们不会给你们任何建议。你们最后必须抛弃它们，离开大河，转向东——或向西走。"

阿拉贡向凯勒博恩反复道谢。赠船令他大感安慰，尤其是这么一来，他就一连几天都不必决定去路。其他人也显得信心倍增：无论前方横亘着什么样的危险，顺着安都因大河的宽阔潮流下去迎接它，总好过扛着背包弯着腰，拖着沉重的脚步往前走。只有山姆心存怀疑：不管怎么说，他都认为船跟野马一样糟糕，甚至更糟；他所有死里逃生的危险经历，都没能改善他对乘船的印象。

"明天中午以前，一切都会为你们备妥，候在码头。"凯勒博恩说，"明天早上我会派人帮你们准备上路。现在，我们祝你们所有人都度过一个美好的夜晚，安眠不受打扰。"

"晚安，吾友！"加拉德瑞尔说，"平安沉睡吧！今晚别为路途之事烦扰过度。也许你们每个人该走的路都已铺在脚下，尽管你们看不到。晚安！"

一行人道了晚安后，返回了他们的帐篷。莱戈拉斯跟他们一起，因为今晚是留在洛丝罗瑞恩的最后一夜，尽管加拉德瑞尔说了那番话，他们仍希望一起商量。

他们辩论着究竟该怎么做，要如何试着达成销毁魔戒这个目的才算最好。他们讨论许久，却没有结果。很显然，大多数人想要先去米那斯提力斯，至少先暂时避开大敌的恐怖。他们其实也愿意跟随一位领导人渡河，进入魔多的阴影中。但是弗罗多一言未发，而阿拉贡仍举棋不定。

甘道夫还跟他们在一起时，阿拉贡本人的计划是与波洛米尔同行，以自己的剑去解救刚铎。他相信那些梦中的讯息是一种召唤；埃兰迪尔的继承人挺身而出、与索隆决一雌雄的时刻，终于到了。但是在墨瑞亚，甘道夫的担子落到了他肩头，如今他知道，如果弗罗多最后拒绝与波洛米尔同去，自己不能抛下魔戒不顾。然而，除了与弗罗多一同盲目走入黑暗中，他或远征队中的任何人，还能给弗罗多什么帮助？

"我会前往米那斯提力斯，必要的话就孤身前去，因为这是我的责任。"波洛米尔说。之后，他沉默地坐在那里，双眼盯了弗罗多好一阵，仿佛要看出这个半身人心里的念头。最后，他再次开口，声音很轻，仿佛在跟自己争辩。"如果你只是想要摧毁魔戒，"他说，"那么，战争跟武器都派不上什么用场，米那斯提力斯的人类也帮不上忙。但如果你想要摧毁黑暗魔君的武装力量，那么不带庞大的军力便进入他的地盘，就是愚蠢。抛弃也是愚蠢。"他突然住嘴，就像骤然意识到自己大声说出了心中所想。"我是说，抛弃生命是愚蠢的。"他总结道，"或者防卫一处坚固的城池，或者公然走入死亡的怀抱，抉择就在这二者之间。至少，我是这样看。"

弗罗多在波洛米尔的一瞥之中捕捉到一种全新又陌生的东西，他死死地盯住了波洛米尔。很显然，波洛米尔的想法跟他最后所说的话是两回事。抛弃也是愚蠢——抛弃什么？力量之戒吗？他在会议中曾说过类似的话，但他后来接受了埃尔隆德的纠正。弗罗多看向阿拉贡，但阿拉贡似乎正专注地考虑着自己的心事，对波洛米尔的话没有反应。他们的辩论就这么结束了。梅里和皮平早就睡着了，山姆在打瞌睡。夜渐渐地深了。

第二天早晨，他们正在打包不多的行李时，来了几个能说西部语的精灵，给他们送来了许多礼物：旅途中需要的食物和衣服。食物绝大部分都是一种极薄的饼干，用一种谷物面粉制成，外面烤得焦黄，里面是奶油颜色。吉姆利拿了一块饼干，怀疑地打量着。

"**克拉姆**[3]。"他压低声音说，掰了一小角放进嘴里细嚼，然后神情马上变了，津津有味地吃掉了余下整块饼干。

"别吃了，别再吃了！"那些精灵笑着喊道，"你吃的量已经足够走上一整天的路了。"

"我以为它只是一种克拉姆，类似河谷邦的人类为荒野旅行做的干粮。"矮人说。

"它是干粮没错。"他们答道，"但我们叫它'兰巴斯'，或'行路面包'，比人类制作的任何食物都更能充饥，而且据说也比克拉姆好吃。"

"确实如此。"吉姆利说，"啊，它甚至比贝奥恩一族的蜂蜜饼干还好吃！这可是不得了的称赞，因为据我所知，贝奥恩一族是最棒的烘焙行家，可是如今他们根本不愿意把自己烤的饼干分给旅人了。你们真是大方的主人！"

"尽管如此，我们还是劝你省着点吃。"他们说，"一次只吃一点，而且只在必要时吃。因为这是给你们在找不到任何食物时吃的。这饼干只要像我们送来时这样，完整地包在叶子里，风味就能保存很长时间。一块饼干就足以支持旅人长途跋涉一整天，哪怕是米那斯提力斯的高大人类。"

接下来，精灵们解开了带来的包裹，给远征队每个人一件衣服。他们给的是为每个人量身定做的连帽斗篷，以加拉兹民所织的丝料制成，虽轻却暖。很难说它是什么颜色：在树下看起来像是透着暮光色调的灰色；但是移动起来，或在另一种光线下，看起来又像浓荫的绿色；夜晚时又像休耕田野的褐色；在星光下则是水一般的暗银色。每件斗篷都在颈部用一枚有着银脉纹的绿叶别针扣住。

"这些斗篷有魔法吗？"皮平惊奇地看着它们问道。

"我不明白你那样说是什么意思。"精灵们的领队答道，"它们是精致的服装，质地极佳，因为它是此地制出的。它们肯定是精灵式的衣袍，如果你是这意思的话。树叶和树枝，流水和岩石：诸般事物沐浴在我们热爱的罗瑞恩的暮光中时表现出的色泽与美，这些衣袍都拥有；因为我们把对所爱万物的心思注入了手创的所有物品。然而它们仍然是衣服，并不是铠甲，不能令你刀箭不入。不过它们应该对你们很有帮助：穿起来很轻，必要时可以很保暖或很凉快。你们还会发现，无论走在山林中或岩石间，它们都能极有效地帮你们避开那些怀有敌意的目光。夫人的确非常看重你们！因为这些衣料是夫人和她的侍女们亲手织的，我们过去从未让外人穿戴过本族的服饰。"

吃过早餐后，远征队众人告别了喷泉旁的草坪。他们心情沉重。因为这是一个美好的地方，虽然他们记不清自己在这里度过了多少个昼夜，但感觉上它已经像家一样了。就在他们驻足片刻，注视着阳光下的白亮水泉时，哈尔迪尔穿过生满青草的空地朝他们走来。弗罗多高兴地向他问好。

"我从北边防线回来了，"精灵说，"现在我被派来再次做你们的向导。黯溪谷里水汽蒸腾，浓烟蔽日，山里也很不太平。地底深处传来了嘈杂声。如果你们当中有谁想过要走北边的路回家，那么那条路已经不通了。不过，来吧！如今你们的路是向南而行。"

他们走过卡拉斯加拉松时，那些绿色的小径上空无一人。不过，在上方的树木间，他们听见许多嗓音在低语歌唱，但他们自己却默默前行。终于，哈尔迪尔领他们走下了山丘的南坡，他们再次来到挂着众多灯盏的大门前，上了白桥。就这样，他们走了出去，离开了这座精灵之城。然后，他们转离铺石的道路，走上一条通往琐珑密林深处的小径，继续向前，蜿蜒穿过银影斑驳的起伏林地，一直向下走，先朝南又朝东，朝安都因大河的河岸行去。

他们走了大约十哩，来到一堵绿色高墙前，此刻已近中午时分。穿过墙上一道门，他们就突然出了树林，眼前是一片很长的草坪，绿草晶莹，点缀着在阳光下眨着眼睛的金色小花**埃拉诺**。草坪向前延伸成一块舌状窄地，岬角左右两边都十分明亮：右侧西边流淌着闪闪发亮的银脉河；左侧东边奔腾着波浪滚滚的宽阔大河，水既深又暗。两条河流的对岸仍是森林，向南延伸直到极目之处，但是所有的河岸都光秃不毛。离开罗瑞恩的领地后，再不见有瑠珑树高举起挂满金黄树叶的树枝。

在银脉河的河岸，离它汇入大河处一段距离的地方，有座用白石和白木搭建的河港码头，停泊着许多小船和驳船。有些漆得色彩鲜艳，闪着银、金和绿色，但大多数的船都是或白或灰。有三艘灰色的小船已经为一行旅人备好，精灵将他们的物品放进了船中。他们还给每艘船上放了三捆绳子。绳子看起来很细，却很坚韧，摸起来像丝缎，像精灵斗篷一样透着灰色的光泽。

"这些是什么？"山姆拨弄着放在草地上的一捆问道。

"就是绳子啊！"一个精灵从船上答道，"远行务必带上绳子！而且要又长又轻又结实，像这些就是。它们在很多场合都能派上用场。"

"你可用不着告诉我这个！"山姆说，"我出发时就忘了带绳子，一路上可没少担心。不过，我挺好奇，这些绳子是拿啥做的？我懂点儿制绳：用你的说法，就是家传啦。"

"它们是用**希斯莱恩**制的，"精灵说，"不过现在没时间教你做绳子的手艺啦。我们要是早知道你喜欢这门手艺，本来会教你很多的。但是，唉！除非你日后有空再回来，眼前你只能先满足于我们的赠礼。愿它好好为你效劳！"

"来吧！"哈尔迪尔说，"现在一切都为你们准备好了。上船吧！不过一开始要小心些！"

"这话要听进去啊！"其他精灵说，"这些船造得很轻，它们非常灵巧，不同于其他种族所造的船。它们不会沉，你们想装载多少东西都行。但是如果把握不当，它们也会变得很难操纵。你们最好趁这里有登岸的地方，先让自己习惯怎么上下船，然后再顺流出发。"

远征队一行人安排如下：阿拉贡、弗罗多和山姆共乘一条船；波洛米尔、梅里和皮平搭乘另一条；第三条上坐着莱戈拉斯和吉姆利，两人这时已经成了好朋友。大部分物品和行囊都放在这最后一条船上。船是用短柄宽叶形状的桨来操纵划动。等一切准备就绪，阿拉贡领他们尝试着逆银脉河而上。水流湍急，他们往前划得很慢。山姆坐在船头，两手紧抓船舷，愁闷地回头望着河岸。阳光在水面的粼粼反光令他目眩。等他们划过了那块绿地岬角，岸上的树便直长到河岸边上了。河面涟漪间到处可见金色的树叶随波逐流。空间明亮异常，静止无风，四野寂静无声，只从高空传来云雀的歌唱。

他们顺着河道急转个弯，便看见一只巨大的天鹅顺流直下，高傲地朝这边游来。在曲线优美的颈子下方，雪白的胸脯划破水面，两侧荡起阵阵涟漪。它的喙子闪耀如同擦亮的金子，眼睛闪烁如同黑玉镶嵌在黄宝石中。它巨大的白色翅膀半张着。随着天鹅越来越近，一阵音乐从河上飘了下来。突然间，他们发现它原来是一艘船，以精灵的精湛工艺雕造成鸟的形状。两位白衣精灵用黑桨操纵着船。凯勒博恩坐在船中央，加拉德瑞尔站在他身后。她颀长白皙，发间戴着金色花环，手中捧着一把竖琴，边弹边唱。她的声音在清凉的空气中回荡，既甜蜜又悲伤：

我唱起树叶，金黄的树叶，

金黄树叶萌芽生长；

我唱起风，随声而起的风，

随声而起吹拂林间。

比太阳更远，比月亮更远，白浪漂浮海上，

伊尔玛林的海滨，一棵金黄之树生长，

它粲然闪亮，在埃尔达玛，永暮之地的群

星下，

在埃尔达玛，精灵之城提力安的墙旁。

漫漫岁月流逝，金黄树叶煌煌蓁蓁，

隔离之海的此岸，如今精灵泪水纷纷。

啊，罗瑞恩！寒冬降临，这荒凉萧索的时日，

木叶落入激流，大河滔滔而逝。

啊，罗瑞恩！如此长久，我停驻此岸，

日渐黯淡的头冠，金色的埃拉诺绕缠。

若我此刻唱起航船，哪一艘将来到我身边？

哪一艘将带我返航，再次越过如此浩瀚

洋面？

天鹅船来到旁边，阿拉贡停住了小船。夫人唱完
了歌，向他们问好。"我们来跟你们最后告别，"她

说，"祝你们离开我们的领地后一路顺风。"

"你们虽然做了我们的客人，却还未曾与我们一同用餐。"凯勒博恩说，"因此，我们设宴为你们饯行，就在这载送你们远离罗瑞恩的两条河流之间。"

天鹅船与他们擦身而过，缓缓驶往河岸码头，他们把小船掉头，跟了上去。饯别宴就在埃格拉迪尔尽处的青草地上举行。但弗罗多没怎么吃喝，注意力都在夫人姣美的容颜与悦耳的声音上。她看起来不再危险或可怕，也不再充满隐藏的力量。他觉得，她已然近在眼前却又远在天边，就像已被奔流的时间长河远抛在后的鲜活一景，而在后世的人类眼中，精灵有时仍会留下如此印象。

他们坐在草地上吃饱喝足之后，凯勒博恩抬手指着过了岬角之后南边的森林，再次跟他们谈到他们的旅程。

"你们顺流而下，会发现树木凋零，进入一片光秃秃的乡野。"他说，"大河在那一段流过高地荒原中间的石谷，然后再经过许多里格，最后来到高拔的刺岩岛，我们称之为'托尔布兰迪尔'。大河在那里张开双臂，环抱着此岛陡峭的沿岸，然后以万马奔腾、水雾漫天之势冲下涝洛斯大瀑布，泻入宁达尔夫——你们的语言称之为湿平野。那是一片广阔淤塞的沼泽地，水流在那里曲曲绕绕，分支众多。从西边范贡森林流出的恩特河经由诸多河口，注入这片沼泽。在恩特河附近，位于大河这一侧的是洛汗，对岸那边则是埃敏穆伊的荒凉丘陵。那里吹的是东风，因为那些丘陵俯瞰死亡沼泽与无人之地，直到奇立斯戈垃，以及魔多的黑门。

"波洛米尔，以及任何要与他同去米那斯提力斯的人，最好在到达涝洛斯大瀑布之前离开大河，并在恩特河尚未注入沼泽时渡过它。不过，他们不应过于深入那条河的上游，也别冒险陷入范贡森林。那是奇怪的地方，人们对它知之甚少。不过波洛米尔和阿拉贡显然无须此类提醒。"

"的确，在米那斯提力斯，我们听说过范贡森林。"波洛米尔说，"但是我所听过的传说，绝大部分似乎都是老太婆的迷信，就像我们讲给小孩子听的故事。一切位于洛汗以北的地区，如今对我们来说都过于遥远，人们可以自由发挥想象力。古时范贡森林与我们的王国接壤，但如今我们已经有好几代人不曾去过那里，无法证实或推翻多年以前流传下来的传奇故事。

"我自己曾经去过洛汗几次，但从未跨过它北边的边界。我作为信使被派出来后，穿过白色山脉边缘的洛汗豁口，跨过艾森河和灰水河，进入北地。那是一趟漫长又疲惫的旅程，算来有四百里格，费了我好几个月时间，因为我在沙巴德涉水渡过灰水河时，失去了我的马。经过那趟旅程，以及我与这支远征队一行人所跋涉过的路，我可不怎么怀疑自己能找到穿过洛汗的路——以及穿过范贡的路，假如有必要的话。"

"那么，我就无须多说了。"凯勒博恩说，"但不要小看多年以前流传下来的传说。因为，老太婆记得的故事，常常可能是智者曾经必须了解的。"

这时，加拉德瑞尔从草地上站起来，从侍女手中拿过一个杯子，倒满洁白的蜂蜜酒，递给凯勒博恩。

"现在，是喝告别酒的时候了。"她说，"加拉兹民的领主，喝吧！不要心怀悲伤，尽管正午过后，黑夜必然接踵而来，而我们的黄昏已经近了。"

然后她将杯子递给远征队每个成员，嘱咐他们喝，并与他们道别。不过，他们都喝了之后，她吩咐他们再次在草地上坐下，她和凯勒博恩则坐在为他们摆设的椅子上。侍女们站在她周围，静默不语，有好一会儿，她只看着客人们。终于，她再次开口。

"我们已经喝了告别酒，"她说，"阴影已落在我们之间。不过，在你们走之前，我在船上带来了礼物，那是加拉兹民的领主与夫人要赠送给你们，用以纪念洛丝罗瑞恩的。"然后，她轮流点了他们的名。

"这是凯勒博恩和加拉德瑞尔送给远征队领队的礼物。"她对阿拉贡说，然后给了他为他那把长剑定制的剑鞘。鞘上覆着以金银雕造出的花朵与树叶的图案，上面还用许多宝石镶出精灵的如尼文，写的是安督利尔的名字，还有此剑的传承。

"从这剑鞘中抽出来的剑，即使战败，也不会玷污或断裂。"她说，"不过，在我们道别的这一刻，你还渴望从我这里获得什么吗？因为黑暗将会弥漫在我们之间，也许我们再也不会相见，除非是在那条就此一去、再不归返的路上。"

阿拉贡回答说："夫人，您知道我的全部渴望，并且您长久以来都保管着我所追求的唯一珍宝。但那珍宝不属于您，即使您愿意，也无法给我。我唯有穿过黑暗，方能获得。"

"不过，这或许能让你宽心，"加拉德瑞尔说，"此物交给我保管，为的是要在你经过此地时，相赠予你。"然后她从膝头拿起一枚铸造成雄鹰展翅形状的银别针，上面镶着一大块清亮通透的绿宝石。当她把别针举高，那宝石如阳光穿透春日绿叶般闪烁。"我将这宝石送给了女儿凯勒布莉安，她又送给了她的女儿。现在就把它交付给你，作为希望的象征。在这一刻，接受那预言中为你所取的名字吧：埃莱萨，埃兰迪尔家族的精灵宝石！"

于是，阿拉贡接过宝石别针，将它别在胸口。见者无不惊奇，因为他们过去从未察觉，他竟是如此高大，又如此高贵如君王。他们感觉，多年来的艰辛风霜，都已从他肩头抖落。"我感谢您赠我的礼物。"他说，"噢，罗瑞恩的夫人啊，凯勒布莉安和暮星阿尔玟都是由您所出。我还能怎么赞美您呢？"

夫人颔首以答，然后转向波洛米尔，给了他一条黄金腰带。梅里和皮平得到了银色小腰带，扣环做得像朵金花。她给了莱戈拉斯一把加拉兹民所用的弓，比黑森林的弓更长，并且更坚固，弓弦是用一股精灵头发做的。搭配这弓的还有一箭袋的箭。

"对你这位小园丁，爱好树木之人，"她对山姆说，"我只有一个小礼物。"她将一个朴素的灰木小盒子放在他手上，除了盒盖上镶嵌了一个银色的如尼文字母，没有别的装饰。"这镶嵌的 G 字代表着加拉德瑞尔，"她说，"不过在你们的语言里，G 也可以代表花园。[4]这盒子里有我果园的泥土，还有我加拉德瑞尔仍旧能够赋予其上的祝福。它并不能帮你坚持前行，也不能帮你抵御任何危险。但是，如果你保存好它，最后重返家乡，那么，或许它会奖赏你。纵使你发现一切遭到破坏，田园荒芜，只要你将这些泥土撒在那里，那么中洲将没有哪些花园能盛放如你的花园。如此，你或许会记得加拉德瑞尔，并遥遥瞥见你仅在我们的冬天见过的罗瑞恩。因我们的春天和夏天都已经逝去，除了在记忆中，那美景世间将永不复见。"

山姆脸红到了耳根，握紧盒子深深鞠了一大躬，低声咕哝着别人听不分明的话。

"一位矮人会向精灵要什么礼物呢？"加拉德瑞尔转向吉姆利说。

"什么也不要，夫人。"吉姆利回答，"能见到加拉兹民的夫人，听闻她温柔的话语，对我来说已经足够了。"

"注意听啊，所有的精灵！"她向周围的人大声说，"谁也不要再说矮人是粗鲁又贪得无厌之辈！不过，格罗因之子吉姆利，你肯定渴望得到某种我能给予的东西吧？我命令你说出口！你不能成为唯一没有礼物的客人。"

"真的没有，加拉德瑞尔夫人。"吉姆利结结巴巴地说，深深地鞠了一躬，"真的不要什么，除非是——除非允许我要，不，允许我获得一根您的头发。它远胜过地底的黄金，正如星星远胜过矿坑中的宝石。我不敢奢望这样的礼物，但是您命令我说出我渴望之物。"

精灵们一阵骚动，讶异地互相低声细语，凯勒博恩也吃惊地瞪着矮人，但是夫人露出了微笑。"据说，矮人的本领在于他们的巧手，而不在巧舌，"她说，"但这话可不适用于吉姆利。从来没有人向我提出如此大胆但又如此谦恭的要求。而且，既然是我命令他说的，我又怎能拒绝？不过，请告诉我，你要用这礼物做什么呢？"

"珍藏它，夫人，"他答道，"用来纪念我们第一次会面时，您对我说的话。如果我有朝一日能返回家中的锻造坊，它将被封存在永不朽坏的水晶当中，作为我家族的传家宝，并作为孤山和森林之间结下善缘的信物，直到世界的终结。"

于是，夫人解开一缕长发，剪下三根金色的发丝，将它们放在吉姆利手中。"这些话将随同这礼物一同赠予。"她说，"我不做预言，因为如今所有的预言都是徒劳：一边是黑暗，另一边唯存希望。但是，倘若希望没有落空，那么，我对你说，格罗因之子吉姆利，你将手握黄金无数，却不受黄金支配。"

"而你，持戒人，"她转向弗罗多说，"我将你放在最后，并不是因为我认为你最无关紧要。我为你准备了这个。"她举起一个水晶小瓶，瓶子随着她的动作闪闪发光，白色的光芒从她手中放射而出。"这个瓶子安设在我的喷泉当中，捕获了埃雅仁迪尔之星的光芒。"她说，"当黑夜包围你时，它反而会放射出更明亮的光芒。当众光熄灭之时，愿它在黑暗中成为你的光。请记住加拉德瑞尔和她的水镜！"

弗罗多收下了瓶子，有那么片刻，它在两人之间放射光芒，他再度见她像位女王一般挺立，伟大又美丽，不过不再恐怖。他弯腰鞠躬，却无言以对。

这时，夫人起身，凯勒博恩领他们回到了河港码头。岬角的绿地覆上了一层午后的金光，流水则闪烁着粼粼银光。终于一切都准备就绪，远征队一行人按照先前的安排登船。罗瑞恩的精灵大声说着再会，用灰色的长竿将小船推向流水，荡漾的水波载着他们缓缓离去。旅人们定定坐着不动，也不出声。在接近岬角尖端的绿色河岸上，加拉德瑞尔夫人默然伫立。他们经过她身旁时，都转过头来，眼望她渐离渐远。他们觉得，罗瑞恩就像一艘以迷人的树木为桅杆的明亮大船，不知不觉中正倒退而去，驶向已被遗忘之境，他们却留在这灰暗又荒凉的世界边缘，无力回天。

他们犹在呆呆望着，银脉河已汇入了安都因大河的水流，小船一转，开始迅速朝南而下。夫人皎洁的身影很快就变得又远又小。她像远处山岗上的一扇玻璃明窗，在西沉的阳光中熠熠生辉，又像从山上望见的遥远湖泊：一块落在大地怀抱中的水晶。接着，弗罗多似乎看见她抬手示意，做了最后的告别，距离虽远，她的歌声却乘风而来，清晰无比。不过，这次她是用那种大海彼岸的精灵的古老语言来唱，他听不懂歌词：旋律美妙至极，却不曾给他安慰。

然而，它们同样发挥了精灵语的功效，镌刻在他的记忆里，日后他竭尽所能，翻译了歌词：这语言乃是精灵歌谣所用的语言，所说的事物在中洲鲜为人知。

Ai! laurië lantar lassi súrinen,

yéni únótimë ve rámar aldaron!

Yéni ve lintë yuldar avánier

mi oromardi lisse-miruvóreva

Andúnë pella, Vardo tellumar

nu luini yassen tintilar i eleni

ómaryo airetári-lírinen.

Sí man i yulma nin enquantuva?

An sí Tintallë Varda Oiolossëo

ve fanyar máryat Elentári ortanë

ar ilyë tier undulávë lumbulë;

ar sindanóriello caita mornië

i falmalinnar imbë met, ar hísië

untúpa Calaciryo míri oialë.

Sí vanwa ná, Rómello vanwa, Valimar!

Namárië! Nai hiruvalyë Valimar.

Nai elyë hiruva. Namárië!

啊，风中木叶纷落如金，

岁月流逝，

数不尽如林木羽叶，

滔滔如彼岸大厅席上蜜酒流淌！

瓦尔妲神圣庄严的歌声里，

头顶深蓝天穹群星闪烁。

如今有谁来为我斟满酒杯？

在永洁山巅上，

点燃星辰的群星之后瓦尔妲，

已高举双手，屏挡如云遮，

每一条归途，深掩在雾影中。

分隔两岸的灰海上，黑暗笼罩了白浪，

迷雾遮断了卡拉奇尔雅隘口的光亮。

如今何处追寻，此岸我等何处追寻

主神之城维利玛？

再见了！愿汝得见维利玛，

一路平安！愿汝终将得见维利玛。

（瓦尔妲是流亡这地的精灵称之为"埃尔

贝瑞丝"的那位夫人的名字。）

突然间，大河急转个弯，两边河岸陡升，罗瑞恩之光就此隐匿不见。那片美丽的大地，弗罗多再也不曾涉足。

旅人们扭头望向前方的旅途，那里太阳照得他们眼花目眩，因为人人眼里都盈满了泪水。吉姆利干脆放声而哭。

"我算是见过了世间最美丽的事物。"他对同伴莱戈拉斯说，"从今以后，除了她的礼物，我不会称任何东西为美。"他将手捂住胸口。

"告诉我，莱戈拉斯，我为什么要参与这项使命？我当时根本不知道最大的危险来自何处！埃尔隆德说得一点不错，我们预料不到自己途中将遭遇何事。我所惧怕的危险，是在黑暗中遭受折磨，但它不能令我退却。但是，假如我懂得光明和喜乐也包含着危险，我一定不会来的。现在，这场离别使我遭受至深重创，哪怕今晚我就要直接去攻打黑暗魔君，都不会比这伤得更重了。哀哉，格罗因之子吉姆利！"

"不！"莱戈拉斯说，"哀哉，我们所有的人！以及所有今后活在这世间的人。因为人生就是这样：

发现和失去，就像那些身在船中、顺流而下的人的感受。可是，格罗因之子吉姆利，我认为你是有福的：因为你自愿承受失去之苦。你本来可以做出另一种选择，但是你没有抛弃同伴，你将获得的回报，至少也是这样：对洛丝罗瑞恩的记忆，将永远清晰、毫无玷污地留在你心中，既不会淡褪，也不会陈旧。"

"也许，"吉姆利说，"我感谢你这番话。毫无疑问这是真心话，但这类安慰全都是冰冷的。心渴望的并不是记忆；记忆只是一面镜子，哪怕它和凯雷德－扎拉姆一样明净。反正，矮人吉姆利的心是这么说的，也许精灵看待事物的方式不同。我的确听说，对精灵而言，记忆比较接近清醒的世界，而不是梦境。对矮人来说却不是这样。

"不过，我们别说这事了。当心船吧！装着这么多行囊，它吃水太深了，而大河的流速又很快。我一点也不想将我的哀恸淹在冰冷的河水里。"他拿起桨，操纵着船朝西岸靠近，跟随前方阿拉贡的船，那只船已经脱离河中央的水流了。

如此，远征队顺着宽阔湍急的水流而下，始终朝南而行，继续这段漫长的旅途。沿河两岸的树林都是一片光秃，背后的陆地早已一点也看不见了。微风已停，大河奔流无声。不闻鸟鸣来打破这片寂静。随着天色渐晚，太阳变得雾蒙蒙的，最后变得好像高悬在苍白天空中的一颗白色珍珠，然后就隐没在西边。黄昏早早来临，接着是灰暗无星的晚间。他们操纵着船划行在西岸林木伸出的枝干的阴影下，一直漂流到漆黑寂静的深夜时分。旁边掠过的高大树木像鬼魅一般，盘根错节的树根穿过迷雾，饥渴地插进水里。天气阴郁又寒冷。弗罗多坐在船里，听着河水拍打着树根与近岸的浮木所发出的细微汩汩声，直到开始点头打起瞌睡，最后陷入不安稳的梦乡。

第九章

大河

弗罗多被山姆叫醒，发现自己躺在地上，裹得严严实实的，在安都因大河西岸一处林地的安静角落里，躺在一棵灰色树皮的大树下。他睡了一整晚，光秃的树枝间隐约可见灰蒙蒙的晨光。吉姆利在旁边忙着生起一小堆火。

天大亮之前，他们再度出发。这倒不是说，远征队大多数人急着赶往南方——眼下数日仍不必下决定，他们其实很满足，最迟可以等到涝洛斯大瀑布和刺岩岛，届时才避无可避。他们任由大河径自载着小船向前，无意赶往横在前方的危险，无论最终将踏上哪条路。阿拉贡让他们如愿顺河漂流，以保留体力对付即将来到的困乏。但他仍要求大家每天起码做到早早出发，并且直到深夜才休息，因为他内心感觉时间紧迫，并且担心他们在罗瑞恩逗留的同时，黑暗魔君并未无所事事。

然而，那天以及隔天，他们都没见到敌人的影子。时光沉闷乏味地流逝，平安无事。随着第三天的航程慢慢过去，陆地的景观也渐渐改变了：树木越来越稀疏，然后彻底消失。他们看见左边东岸是奇形怪状的长长斜坡，向上延伸远至天际。那片褐色的地区看起来干枯萧瑟，仿佛被大火烧过，连一棵显示生机的青草都没留下：满目荒凉，连缓解一下这种空虚的断树或残石都没有。他们已经来到了横陈在南黑森林与埃敏穆伊丘陵之间那片广阔、荒芜的褐地。就连阿拉贡也不知道究竟是瘟疫、战争还是大敌的恶行，让这整片区域变得如此荒枯。

右边的西岸上也是一棵树都没有，不过这边地势平坦，许多地方长着大片的青草地。他们在大河的这一边穿过偌大一片如林的芦苇丛，那些芦苇极高，小船沿着它们摇曳的边缘沙沙经过时，西边的景象全被这些芦苇遮住了。它们黑枯的羽穗弯垂着，在微寒的空气中摇摆，发出轻柔又悲伤的嘶嘶声。弗罗多不时从芦苇丛间的缺口处瞬间瞥见一眼起伏的草地，还有再过去远方夕阳下的丘陵，以及更远处极目所见的一条黑线，那是迷雾山脉伸展到最南端的一排山岭。

除了鸟儿，没有任何其他生物活动的迹象。有许多鸟：芦苇丛中有小鸟在啁啾鸣叫，但是大家很少看见它们。旅人们有一两次听见天鹅扇翅高叫，抬起头来，看见极大一群在天空列阵飞过。

"天鹅！"山姆说，"块头可真大啊！"

"是啊，"阿拉贡说，"而且是黑天鹅。"

"这整片乡野看起来多么广大、空旷又悲伤！"弗罗多说，"我总想象，越往南走就越温暖越宜人，直到永远把冬天抛在背后。"

"但我们还没有深入南方，"阿拉贡答道，"现在还是冬天，我们离海又远。直到春天突然来临，这里都会寒冷下去，我们可能还会碰到下雪。在遥远的南方，安都因河入海处的贝尔法拉斯湾，或许是温暖又宜人——如果不是大敌的缘故，应该就是这样。但我估计这里在你们夏尔南区——远在好几百哩之外——以南不到六十里格。你现在是面朝西南，望见的是驭马者之国洛汗——也就是里德马克——的北方平原。

我们不久就会到达利姆清河的河口，那河从范贡森林流出来汇入大河，是洛汗的北面边界。古时从利姆清河到白色山脉之间的土地，都属于洛希尔人。那片大地富饶又舒适，那儿的草地举世无双。但在当今邪恶肆虐的年日里，人们已经不住在大河边，也不常骑马到河岸边来。安都因河虽说很宽，但奥克能从对岸远远射箭过来。近来，据说他们已经胆敢越过大河，劫掠洛汗的牧群种马。”

山姆不安地望望这岸又望望那岸。之前，树木看起来都像充满了敌意，好像庇护了许多秘密的眼睛，潜伏着危险；现在，他倒希望那些树都还在。他感觉远征队一行人暴露无遗，大家坐在敞开的小船上，身处无遮无蔽之地，漂荡在一条正处在战争前沿的河流上。

接下来一两天，他们继续稳定地往南航行，但人人都觉得这种不安全感在渐渐增长。他们一整天桨不离手，加紧往前划。两边河岸迅速后退，没多久大河就变得开阔起来，水也变浅了。河的东岸出现了长长的石滩，水中也有了砾石暗礁，船划起来需要更加当心。褐地的地势升高，变成一片荒凉的高原，上面吹着从东边刮来的寒风。另一边河岸的草地，也逐渐变成起伏的枯草岗，夹杂在沼泽地和高草丛当中。弗罗多打着寒战，想起了洛丝罗瑞恩的草坪和喷泉，晴朗的艳阳天和霏霏的细雨。三条小船上交谈寥寥，更没人说笑，远征队每个人都忙着想自己的心事。

莱戈拉斯的思绪正驰骋在夏夜星空下，北方某处山毛榉树林的林间空地中。吉姆利则正想象着黄金的手感，思索着它是否适合用来制成盛放那位夫人所赠礼物的器皿。中间那条船上，梅里和皮平非常不安，因为波洛米尔一直自言自语，有时咬着指甲，仿佛有种焦躁或怀疑正啃噬着他，有时又抄起桨来把船划到贴近阿拉贡的船后。坐在船首的皮平这时回过头去，捕捉到波洛米尔朝前死盯着弗罗多的眼神——他眼中有一抹古怪的光彩。山姆已经早早得出定论，尽管船可能没有他从小到大相信的那么危险，但其不舒服的程度可大大超出了想象。他可怜巴巴地困在船里动也不敢动，只能瞪着两侧的灰暗河水，目送冬天的大地从旁边缓慢经过。就连大家都在划船的时候，也没有人放心给山姆一把桨。

第四天黄昏时分，山姆回头往后看，视线掠过了低着头的弗罗多和阿拉贡，以及后面跟着的两只船。他昏昏欲睡，渴望扎营休息，渴望脚踏实地的感觉。

突然，有个东西攫住了他的视线。起先，他无精打采地瞪着它，接着，他一下坐起来，揉揉自己的眼睛。但当他再定睛望去，已经看不见那东西了。

那天晚上，他们在靠近西岸的一个河中小岛上扎营。山姆裹着毯子躺在弗罗多旁边。"弗罗多先生，在我们停下来的一两个钟头以前，我做了个很滑稽的梦。"他说，"要么也许不是梦，反正很滑稽。"

"是吗，那是什么梦？"弗罗多说，他知道不管是什么情况，山姆不把事情讲完，是不会老实睡觉的。"自从我们离开洛丝罗瑞恩，我就没看见也没想到过任何能让我笑的事。"

"不是那种滑稽，弗罗多先生，是很古怪。那要不是梦的话，可就不对头了。你最好听听看。是这样的：我看见一截木头长了眼睛！"

"木头这部分没啥问题，"弗罗多说，"大河里有好多浮木。但眼睛就省省吧！"

"这我还真做不到。"山姆说，"这么说吧，就是那眼睛让我一下坐起来的。当时半明半暗的，我看见一截我以为是木头的东西，跟在吉姆利的船后漂，我也没怎么在意。然后，那截木头好像在慢慢赶上我们。你可能会说，这实在太诡异了，因为大家都一样是在水上漂。可就在那时候，我看到了眼睛：差不多就像两个苍白的圆点，一闪一闪的，就长在木头靠近我们这头的一个圆鼓鼓的包上。这还没完，那不是一截木头！因为它有像桨一样的脚，简直就像天鹅的脚一样，只不过这脚显得更大，还不停起起落落划着水。

"我就在那时候坐直了身子，还揉了揉眼睛，打算要是赶走瞌睡虫以后发现它还在，就大声叫你们看。因为不管它是个什么东西，那会儿都正快速赶上来，离吉姆利的背后越来越近。但不晓得是不是那两盏灯看见我动了，而且盯着它，或者是我一下清醒了，我不知道。总之等我再看过去，它已经不在那儿了。但我想我就像俗话说的那样，用'眼角的余光'捕捉到一个黑乎乎的东西窜进了河岸的阴影里。不过我再没看见那双眼睛。

"我跟自己说：'又做梦了你，山姆·甘姆吉。'那时候我说了这话后就没多说。可我打那时候起就一直想着这事儿，而现在我不敢说那真是做梦了。你觉得那到底是怎么回事，弗罗多先生？"

"山姆，这要是第一次有谁看见那双眼睛，我会觉得没什么，那就是一截木头而已，黄昏和瞌睡让你两眼昏花。"弗罗多说，"但这不是第一次。我们还在北方的时候，在抵达罗瑞恩之前，我也看见了它们。而抵达罗瑞恩那天晚上，我看见一个长着眼睛的奇怪生物朝我们的弗来特爬上来。哈尔迪尔也看见了。你还记得那些追击一帮奥克的精灵报告的吗？"

"啊，"山姆说，"我记得。我还记得别的。我想到的，我可不喜欢。但是，把这些事情一件件连起来想，再加上比尔博先生的故事和别的，我猜我可以给那个生物安上个名字了。一个肮脏恶心的名字，咕噜，对吧？"

"对，打从那晚在弗来特上过夜之后，我就担心这事好一段时间了。"弗罗多说，"我猜他一直躲在墨瑞亚，在那时跟上了我们。我曾经盼望我们停留在罗瑞恩那段时间，会让他嗅不到气味，从而摆脱他。但那悲惨的家伙一定是躲在银脉河边的森林里，看着我们出发的！"

"恐怕就是这样啦。"山姆说，"咱们最好再当心点，不然说不定哪天晚上就会发现有些肮脏恶心的手指头勒住咱们的脖子，叫咱们再也醒不过来。说了半天这才是我要讲的。今天晚上不用麻烦大步佬或别人，我会放哨的。我可以明天再睡，反正，你可以说我在船上就跟个行李差不多。"

"我会这么说，"弗罗多说，"而且我还会说，是个'长着眼睛的行李'。你放哨没问题，不过你必须保证在半夜叫醒我来换班，如果在那之前没发生什么事的话。"

在万籁俱寂的时刻，弗罗多从黑甜沉睡中醒来，发现山姆正在摇他。"叫醒你真是不好意思，"山姆耳语说，"不过这是你说的。没什么要紧事，或者说，不太多——不久之前，我觉得自己听到了很轻的溅水声，还有抽鼻子声。可是你夜里在河边会听到不少这种古怪的声音。"

他躺下了，弗罗多坐起身，蜷缩在毯子里，努力保持清醒。一分钟接一分钟，一个钟头又一个钟头，时间过得很慢，平安无事。弗罗多正想屈从于再次躺下的诱惑，突然看见有个几乎难以辨识的黑影，漂近了泊岸的三艘小船之一。他模模糊糊地看见，一只长而发白的手疾伸出去抓住了舷缘，两只灯一样的苍白眼睛闪着冷光朝小船内窥探，接着抬起来，直直瞪着小岛上的弗罗多。那双眼睛离弗罗多顶多只有一两码的距离，弗罗多听得见吸气的轻微嘶嘶声。他站起身，从剑鞘中拔出了刺叮，与那双眼睛对峙着。刹那间，那两团光便不见了，接着是另一声嘶嘶响连同溅水声，那个黑乎乎如同一截木头的身影急速朝下游离去，消失在夜幕里。阿拉贡从睡梦中惊醒，翻身坐了起来。

"怎么回事？"他低声说，一跃而起来到弗罗多身边，"我在睡梦中感觉有异。你为什么拔出剑来？"

"咕噜。"弗罗多答道，"至少我猜是他。"

"啊！"阿拉贡说，"这么说你知道有个小毛贼惦记着我们了，对吧？他蹑手蹑脚随我们穿过了整个墨瑞亚，一直跟到宁洛德尔溪边。自从我们取道大河行船，他就伏在一截木头上，用手脚划水跟着。有一两个晚上我试图捕捉他，但他比狐狸还狡猾，而且跟鱼一样滑溜。我曾寄望在大河上航行会叫他束手无策，可是他水性实在太好了。

"明天我们得试着走快点。现在你躺下睡吧，今晚剩下的时间我来守哨。我真希望能亲手逮住那可怜虫，我们或许能拿他派点用场。但我要是抓不到他，我们就该试着甩掉他。他非常危险。就算他自己不趁

夜谋害我们，他也很可能引得附近的敌人发现我们的
踪迹。"

那夜过去，咕噜的影子再也没有出现。之后，远
征队一行人保持高度警觉，但是一直到航程结束，都
没再看见咕噜。他如果还在跟踪他们，一定做得非常
警惕又狡猾。依着阿拉贡的吩咐，他们延长了划船行
进的时间，河岸迅速往后退去。但他们很少再看见两
岸的景物，因为他们改为白天休息，尽可能借着地形
来藏身，主要趁着晨昏和夜里赶路。就这样，一路平
安无事，直到第七天。

天气还是灰暗阴郁，刮着东风，不过随着黄昏
加深，夜晚来临，远处西边的天空也清朗起来。灰暗
的云层之下，大地上现出了一个个浅黄与淡绿色的池
塘，闪着微光。在那里，可以见到一弯皎洁的新月倒
映在遥远的湖泊中。山姆看着月亮，皱起了眉头。

隔天，两侧的乡野开始迅速改变。河岸开始拔
高，逐渐变成岩壁。没多久他们便经过一片丘陵起伏
的岩石地域，两边河岸都是陡峭的斜坡，上面长满了
茂密的荆棘和黑刺李灌木丛，跟黑莓丛和蔓生植物纠
缠在一起。在这些陡岸的后方是风化了的低矮峭壁，

以及久经风雨剥蚀的灰色岩缝，因爬满常春藤而显得黑魆魆的。再后面又是高高耸立的山脊，上面冠立着被风吹得歪斜的冷杉。他们正在接近埃敏穆伊的灰色丘陵地带，大荒野的南方边界。

峭壁和石柱间有许多鸟，成群的飞鸟整天都在高空中盘旋，映衬着苍白的天空，黑压压一片。那天当他们躺在营地时，阿拉贡疑虑地注视着那些飞鸟，怀疑咕噜是不是使了坏，以及他们航行的消息是不是正在野地里传播开来。稍晚，太阳正在下山，远征队一行人起身，准备再次出发，他在逐渐消逝的天光中辨认出一个黑点：在很高很远之处有一只大鸟，一会儿盘旋，一会儿又朝南方慢慢地飞去。

"莱戈拉斯，那是什么？"他指着北边的天空问，"那是不是就和我想的一样，是一只鹰？"

"是的，"莱戈拉斯说，"是鹰，一只猎鹰。它飞离迷雾山脉这么远，我想知道这到底预示着什么。"

"我们等到天完全黑了再出发。"阿拉贡说。

旅程的第八个夜晚来临了。一路上寂静且无风，阴冷的东风已息。一弯窄窄的新月早早就沉入了黯淡的暮色中，不过头顶的天空很清朗。尽管南方远处仍有大片的云闪着微光，但在西方，群星灿亮。

"来吧！"阿拉贡说，"我们再冒险夜间航行一次。我们已经来到大河流域中我不熟悉的地方：从此地到萨恩盖比尔的险滩，这段我过去从未走过水路。不过，我若是没算错的话，那片险滩还在前方好几哩远。但即便在那里之前，也仍有一些危险的地方：河中有不少礁岩和石洲。我们一定要高度警惕，不要划得太快。"

这项瞭望的任务，交给了领航船上的山姆。他伏在船头，专注凝视着一片昏暗的前方。夜更深了，但是天空中的星星出奇的明亮，照得河面上闪烁着微光。时近午夜，他们已经漂流了一阵子，几乎没用上桨。突然，山姆大叫起来。就在前方几码之外，河中赫然矗立起幢幢黑影，还听得到急流打旋的水声。有一股急流朝左一旋，转向河道清澈的东岸。一行旅人被扫往一边，与此同时他们可以看见，近在咫尺之处，大河的苍白水沫冲击着一排像牙齿般远远伸入水中的尖锐石礁。小船全挤到了一块儿。

"喂，阿拉贡！"波洛米尔吼道，他的船撞上了领航的船，"这真是疯了！我们不可能在夜里闯过险滩！而且没有船能安然无恙通过萨恩盖比尔，不管是白天还是晚上！”

"后退，后退！"阿拉贡喊道，"掉头！全力掉头！"他把桨插进水中，试图稳住船并掉头。

"我估计错了。"他对弗罗多说，"我不晓得我们已经走了这么远，安都因河流得比我料想的快。萨恩盖比尔一定已经很近了。"

他们费了九牛二虎之力才停住船，然后慢慢掉头。但是，顶着急流，他们起初只能前进很短的距离，并且水流一直把他们往东岸送，越来越近。夜里的东岸这时显得既黑暗又阴森。

"大家一起，快划！"波洛米尔吼道，"快划！不然我们就要搁浅了。"他话音未落，弗罗多就感到身下船底的龙骨擦到了礁石。

就在那时，数声弓弦砰然响起：好几支箭矢呼啸着从他们头顶飞过，有些则落在他们当中。有一支正中弗罗多背后，他叫了一声仆跌下去，船桨脱了手，不过那箭被他穿在外衣底下的锁子甲挡回跌落。另一支箭穿过了阿拉贡的兜帽；第三支箭牢牢钉在第二条船的船舷上，就在梅里手边。山姆觉得自己瞥见东岸下那片长长的鹅卵石河岸上，有好些黑影在来回跑动。他们看起来极近。

"Yrch！"莱戈拉斯的精灵语脱口而出。

"奥克！"吉姆利喊道。

"我敢肯定，这是咕噜干的好事！"山姆对弗罗多说，"而且还挑了个好地方！大河就像是故意把我们正好送到他们手里！"

他们全倾身奋力划桨，就连山姆也插了手。每分每秒他们都做好了被黑羽箭射中的准备。有许多箭从头顶尖啸着飞过，或射进船边的水中，不过再没有射中他们的。夜色虽黑，但对能在夜间视物的奥克来说并不算太暗，他们一行人身在闪烁星光下，必定给狡猾的敌人提供了明显的靶子——多亏罗瑞恩的灰斗篷，以及精灵制造的灰木船，才挫败了魔多弓箭手的恶意袭击。

一桨接一桨，他们奋力向前。在黑暗中实在很难确定他们是否真的在前进。不过，渐渐地，水中的漩涡变少了，东岸的阴影又淡褪没入了夜色中。最后，就他们的判断，一行人已经再次来到了河中央，并且把船朝上游划回了一段，远离了那些突出的礁石。然后，他们半掉过船头，竭尽全力向西岸划去，直到抵达悬在水面上的灌木丛阴影下，才停下来喘息。

莱戈拉斯放下桨，拿起了那把从罗瑞恩带来的弓。他跳上岸，沿着河岸往上爬了几步，引弓搭箭，转身瞄向大河对岸的黑暗。一声声尖厉的吼叫横过水面传来，但是什么也看不见。

弗罗多抬头仰望精灵挺立在上方的身影，见他凝神注视着黑夜，搜寻可射的目标。他的头隐在夜色里，映衬着片片墨黑天空中闪烁的群星，像是戴了一顶璀璨的王冠。就在这时，从南方升起一片庞大的乌云，向这边推移过来，并将一股股先驱的黑暗送入了满天的繁星。一股突如其来的恐惧笼罩了远征队一行人。

"埃尔贝瑞丝，吉尔松涅尔！"莱戈拉斯抬头望向天空的同时叹道。他话音刚落，一个黑影便脱出南方的一片漆黑，朝远征队疾掠而来，逼近时遮蔽了所有光线。它貌似乌云却又不是乌云，因为它移动得比乌云要快得多。很快，它便显现了身形，像一只巨大有翼的生物，比黑夜中的坑洞更黑。河对岸扬起一片狂热的呼叫，纷纷向它致意。弗罗多感到一股突如其来的寒意贯穿了他，攫住了他的心，同时肩头感到一股致命的寒冷，就像那处旧伤留下的记忆。他蹲伏下身子，仿佛要躲藏起来。

说时迟那时快，罗瑞恩的大弓响了。箭矢尖啸着脱离了精灵弓弦。弗罗多抬起头，几乎就在正上方，那个有翼的形体急转向旁，随着一声粗哑的尖叫，它从空中坠落，消失在东岸的阴暗里。天空再次清朗起来。远处传来许多喧闹的声音，黑暗中但闻咒骂与哀嚎，然后一切归于寂静。那天夜里东方再没传来叫声，也没飞来羽箭。

过了一会儿，阿拉贡领着小船继续朝上游划去。他们摸索着沿岸边划了一段路，找到了一个水浅的小湾。那儿有几棵矮树长得贴近了水面，树后方耸立着一道陡峭的岩岸。远征队一行人决定待在这里等到天亮，因为想在夜里继续前进是徒劳无用的。他们没扎营也没生火，只把船紧靠在一起停泊，蜷缩在船中休息。

"赞美加拉德瑞尔的弓，还有莱戈拉斯的手和眼！"吉姆利说，边大嚼一块薄脆的兰巴斯，"吾友，黑暗中那一箭真是高强有力！"

"但谁知道射中了什么？"莱戈拉斯说。

"我不知道。"吉姆利说，"但我很庆幸那个阴影没再靠近。我讨厌它。它着实让我想起了墨瑞亚的阴影——炎魔的阴影。"最后一句他压低了声音说。

"那不是炎魔。"弗罗多说，仍为笼罩着他的寒意而发抖，"那是某种更冰冷的东西。我想它是——"他顿住，不再出声。

"你想它是什么？"波洛米尔从他那只船上探过身来，急切地问，好像要从弗罗多的脸上看出端倪。

"我想——不，我不会说。"弗罗多答道，"不管是什么，它的坠落都让我们的敌人惊慌失措了。"

"看似如此。"阿拉贡说，"但是，敌人在哪里？有多少？他们接下来会做什么？我们全不知道。今晚我们都要度过一个不眠之夜了！眼前黑暗掩护了我们，但谁知道白天会是什么情况？把武器都放在手边！"

山姆坐在那儿轻拍着剑柄，仿佛在用手指计数，同时抬头望天。"这可真奇怪，"他嘀咕着，"这月亮在夏尔跟在大荒野是一样的，或者应该是一样的。但是，我要是没算错，那它就脱轨啦。你还记得吧，弗罗多先生，我们在那棵树上的弗来特上躺着时，看到的是残月，我估计是满月过后一周。昨天晚上是我们出发后满一周，可是天上蹦出来的新月细薄得活像剪下来的指甲，简直就好像我们压根没在精灵的地界里待过一样。

"嗯，我记得肯定在那里待了三个晚上，而且好像还有几晚，但是我敢发誓，我们绝对没待上一整个月。是人都会认为，时间在那里不作数！"

"也许真的就是这么回事。"弗罗多说，"在那块土地上，也许我们过的是天上一日地上十年的情况。我想，一直到了银脉河把我们送回流往大海的安都因大河时，我们才回到了流过凡世的时间里。而且，在卡拉斯加拉松的时候，我就不记得有月亮，不管是新月还是残月：夜里只有星星，白天只有太阳。"

莱戈拉斯在他船上动了动。"不，时间从不停留，"他说，"但是生长和变化的情况，并不是万物各地千篇一律。对精灵而言，世界在运行，运行得既非常迅速又极其缓慢。迅速，是因为他们自身几乎不变，但其他一切都如白驹过隙：这令他们十分悲伤。缓慢，是因为他们不需要计算流逝的岁月，起码不为自己计算。四季的更替不过是时间长河里永无休止重复的涟漪而已。但在日光之下，万物最终必有耗尽之时。"

"但在罗瑞恩，这种消耗却很慢。"弗罗多说，

"夫人的力量控制着那片土地。在加拉德瑞尔运用着精灵之戒的卡拉斯加拉松，时间尽管貌似很短，却丰富饱满。"

"这在罗瑞恩之外是不该提起的，即使对我也不该说。"阿拉贡说，"别再提它了！山姆，事情是这样的：在那片大地上，你的计算失效了。在那里，时光飞逝，对我们或对精灵都是一样。当我们逗留在那里时，外面的世界是缺月逝了又圆，圆了又缺。昨晚是新月再次登场。冬天已经快要过了。时间流逝，我们迎来了一个希望渺茫的春天。"

那夜在静默中度过。河对岸再无声音或叫喊传来。旅人们蜷缩在小船上，感到天气变了。从南方和遥远的大海飘来大团大团的湿润云朵，云下的空气变得温暖，几乎纹丝不动。大河湍急的水流冲刷险滩礁石的声音似乎越来越大，越来越近。他们头顶上方的树枝开始滴水。

天亮时，周围的世界已经弥漫着一股温柔又忧伤的气氛。破晓的天际慢慢泛起苍淡的光，迷迷蒙蒙，不见阴影。河上有雾，白雾裹住了河岸，看不见对岸的情景。

“我受不了雾，”山姆说，“不过有这场雾倒是我们运气好。也许现在我们就能逃走，不被那些该死的半兽人看见。”

“也许吧，”阿拉贡说，“但是除非等会儿这雾消散一些，否则我们也很难找到路走。我们如果要通过萨恩盖比尔险滩前往埃敏穆伊丘陵，就非找到路不可。”

“我不明白我们为什么非要通过险滩，也不明白为什么还要顺着大河再往前走。”波洛米尔说，“既然埃敏穆伊丘陵就在前方，我们大可以放弃这些小船，径直朝西再朝南走，直到抵达恩特河，然后渡河进入我的家乡。”

“如果要去米那斯提力斯，我们是可以这么走。”阿拉贡说，“但是大家还没有达成一致的意见去那里。而且这样一条路线实际上可能比听起来要危险。恩特河谷十分平坦，又多沼泽，迷雾对那些负重徒步旅行的人，是种致命的危险。非到万不得已，我不会弃船。大河至少是一条不会走错的路。”

“但是大敌占领着东岸。”波洛米尔抗议道，“而且就算你通过了阿刚那斯之门，平安顺利地抵达了刺岩岛，接下来你要怎么办？跳下瀑布降落到沼泽里吗？"

"不！"阿拉贡答道，"更确切地说，我们会扛着船，走古道下到涝洛斯瀑布底下，然后重新取道水路。波洛米尔，你是不知道，还是故意忘记了建于伟大君王统治时代的北阶梯和阿蒙汉山上的高座？无论如何，在决定何去何从之前，我都打算再登上那处高地一次。在那里，或许能发现一些可以指引我们的记号。"

波洛米尔长久以来一直反对这项选择，但当情况清楚表明，无论阿拉贡往哪走，弗罗多都会跟着他时，波洛米尔让步了。"米那斯提力斯的人类不会在危难之际弃朋友而去，而你假如真能抵达刺岩岛，就会需要我的力气。"他说，"我会跟你去那个高岛，但不会继续往前。从那里我会转向归家的路，而如果我出的力赢不来任何同伴同行，我就独自回去。"

天色越来越亮，雾气也消散了一点。众人决议，阿拉贡和莱戈拉斯立刻出发，沿河岸去探探前方的路，其他人则在船边等候。阿拉贡希望能找到一条路，让他们能扛着小船和行李行走，直到过了险滩到达平顺一些的河道。

"精灵的小船或许不会沉，但那可不意味着我们能活着穿过萨恩盖比尔。"阿拉贡说，"这点迄今为止还没人做到。刚铎的人类不曾在这片区域修过路，因为他们的王国即便在鼎盛时代，领土也没有扩展到过了埃敏穆伊丘陵之后的安都因河上游。不过，在西岸某处有一条陆上的运输古道，我要是能找到它就好了。那条路应该还没被毁。一直到几年前，魔多的奥克还没开始成倍繁殖起来的时候，都还有轻舟从大荒野驶出，一路下行到欧斯吉利亚斯。"

"我这辈子几乎就没见过船从北方来，奥克倒总在东岸潜行。"波洛米尔说，"往前走的话，每走一哩危险便增加一分，即使找到一条路也一样。"

"危险横亘在每条往南的道路上。"阿拉贡答道，"请等我们一天。如果我们没有及时返回，你们就知道厄运确实降临到我们身上了。那时你们就得选出一位新的领队，并且尽可能跟随他。"

弗罗多怀着沉重的心情，目送阿拉贡和莱戈拉斯爬上陡峭的河岸，消失在迷雾里。但事实证明他是多虑了。才过了大约两三个钟头，时间还不到正午，两个探路人的模糊身影就重新出现了。

"一切顺利。"阿拉贡一边爬下河岸一边说，"有一条小径通往一处尚可使用的良好码头，距离这里也不是太远：险滩从我们下方约半哩处开始，整段大概有一哩多长。过了险滩后不远，水流便又清澈平顺起来，不过流速很快就是了。我们最困难的工作将是把小船和行李弄到那条运输古道上去。我们找到它了，但它离河边这里颇有段距离，沿着一道石壁底下的背风面走，离岸边有一弗隆多远。我们没找到北边的码头在哪儿。如果那地方还在的话，我们一定是在昨晚经过了。有可能我们拼命往上游划了很远，但在雾中错过了它。恐怕我们现在得离开大河，从这里尽可能走到运输古道上去。"

"哪怕我们全都是人类，这也不是件容易的事。"波洛米尔说。

. "尽管我们状况不乐观，但还是要试一试。"阿拉贡说。

"对，要试一下。"吉姆利说，"在崎岖的路上人类走起来会落后，但矮人会坚持向前，就算要扛着有他自己两倍重的东西也一样，波洛米尔大人！"

事实证明这事的确不容易，但最后他们还是办到了。所有的行李都卸下了船，送到河岸顶上一处平坦的地方。然后小船被拖出了水面，扛了上去。这些船远没有众人预料的那么重。它们究竟是用生长在精灵国度里的哪种树制成的，就连莱戈拉斯也不知道。总之这木头非常结实，却又轻得出奇。只要梅里和皮平两人，就可以扛起他们的船，轻松地在平地上走。虽然如此，要把船抬起来，拖过远征队现在要横越的地段，仍需要两个人类的力气。这片地段离开河后斜斜向上，是一片遍布灰色石灰巨岩的崩乱废弃之地，有许多被野草和灌木丛遮蔽起来的坑洞。此外还有荆棘丛和陡峭的小谷地，并且不时可见泥泞的水塘，它们是那些从更深入内陆处的梯地上淌出的细流所汇成的。

波洛米尔和阿拉贡把船一只一只抬过去，其他人扛着行李跟在后面气喘吁吁地跋涉。终于，所有的东西都搬到那条运输古道上了。然后，他们一同前进，一路只有蔓生的荆棘和众多落石略加阻挠。雾气仍像面纱般笼罩在风化的石墙上，左边仍是雾锁的大河：他们听得见急流和水沫冲刷着萨恩盖比尔的尖锐暗礁与岩石利齿时发出的声响，但看不见那片险滩。他们来回走了两趟，才把所有的东西都安全搬到南边的码头。

运输古道在那里转回水边，缓缓下降到一个小池塘浅浅的岸旁。池塘像是在河边挖出来的，不过靠的不是人工，而是水流冲击：从萨恩盖比尔打着旋冲下来的水流，撞上了一道伸入河中一段距离的低矮石堤。过了此地之后，河岸拔地而起，成为一片灰色的峭壁，让步行者再也无路可走。

短暂的下午已经过去了，黯淡多云的黄昏逐渐降临。他们坐在水边，聆听着隐藏在薄雾中的险滩传来的乱流奔腾咆哮。他们疲倦又困乏，心情就像这将逝的一日一样阴郁。

"好吧，我们到了，并且得在这里度过另一夜。"波洛米尔说，"我们需要睡眠。即便阿拉贡打算趁夜穿过阿刚那斯之门，我们也全都太累了——毫无疑问，我们强壮的矮人是个例外。"

吉姆利没回答，他正坐在那里打着瞌睡。

"现在我们尽量休息吧。"阿拉贡说，"明天我们必须再次白天上路。除非天气再变一次，蒙蔽了我们，否则我们会有不错的机会溜过去，不被东岸的任何眼睛看见。但是今晚我们必须两人一组轮流守哨：睡三个钟头，守一个钟头。"

一夜平安无事，最糟糕的也不过是黎明前一个钟头下了阵短暂的毛毛雨。天一大亮，他们便出发了。雾已经开始消散。他们尽可能靠近西岸而行，发现低矮峭壁的朦胧轮廓一路上升，越来越高，影影绰绰的崖壁底部直扎入湍急的河水中。早晨过去一半，天上的云层压得更低了，开始下起了大雨。他们拉起皮篷盖住小船，以防船里进太多水，然后继续往前漂流。隔着灰色的雨帘，他们看不清前方与四周的情形。

不过这雨没下太久。上方天色渐渐亮起来，眨眼间，云破天晴，残云拖着丝丝絮絮朝北边大河上游飘去。雾霭尽散。在一行旅人面前，赫然是一座宽阔的峡谷，两侧都是巨大的石壁，在其岩架上和狭窄的石缝中，攀长着几棵扭曲的树。水道变窄了，大河流得更快。他们被水流载着急速前进，无论在前方遇到什么，都不可能停下或掉头。他们头顶是一道浅蓝的天空，周围是暗影笼罩的大河，前方则是埃敏穆伊的黑色丘陵，遮天蔽日，不见任何出口。

弗罗多朝前凝视，只见远处有两块巨大的岩石正在逼近。它们看起来就像巨大的山峰或石柱，高耸陡直又阴郁不祥地立在河的两边，中间现出一道狭窄的豁口，大河正把小船扫向那里。

"看哪！阿刚那斯，王者双柱！"阿拉贡喊道，"我们很快就会穿过它们了。三条船成一纵线，距离拉得越开越好！保持在河中央！"

弗罗多身不由己地向那两根巨大的石柱漂去，与此同时，高耸如塔的它们则朝他迎来。他觉得这两根石柱就像两个巨人，庞大的灰色身影虽沉默不语，却威势逼人。接着他发现，它们的确是塑造加工过的——两座以古时的工艺和力量造就的人像，经年累月日晒雨淋，依然保持着当初的形貌神采。在扎根于深水中的巨大基座上，矗立着两尊伟大的石雕君王：他们眼睛模糊、眉毛皲裂，却仍蹙眉望向北方。两座雕像都举着左手，掌心朝外，摆出警告的手势；右手中都握着斧头，头上则各戴着风化破损的头盔与王冠。他们是消逝已久的王国的沉默守护者，仍拥有伟大的力量和威严。一股惧意伴着敬畏油然而生，弗罗多缩起身子闭上眼睛，船靠近时也不敢抬头去看。小船飞速从努门诺尔双卫的恒久阴影下漂过，脆弱短暂如同渺小的树叶，这时连波洛米尔都低下了头。如此，他们进入了阿刚那斯之门的黑暗峡谷。

两边耸立着陡峭的可怕峭壁，高不可测。远处是灰暗的天空。黑色的河水咆哮回荡，风呼啸着从头顶掠过。弗罗多屈膝蜷缩着身子，听见前头的山姆嘀咕抱怨着："什么鬼地方！这么恐怖！只要让我下了这船，管保这辈子我都不会再把脚指头伸进水坑里，更别说河了！"

"别怕！"弗罗多背后传来一个陌生的声音。他回过头，发现那是大步佬，可又不是大步佬——坐在船尾的已经不再是那个饱经风霜的游民，而是阿拉松之子精灵宝石埃莱萨，挺胸直腰，光荣自信，熟练地划桨操纵着船。他的兜帽掀落在后，黑发在风中飞扬，眼中炯然放光：一位君王自流亡中返回他的国土了。

"别怕！"他说，"长久以来，我一直渴望瞻仰我古时的先祖伊熙尔杜和阿纳瑞安的雕像。在他们的影子底下，埃兰迪尔的后裔，伊熙尔杜之子维蓝迪尔家族的阿拉松之子阿拉贡，没有什么好惧怕的！"

然后，他眼中的光彩暗淡了。他自言自语道："甘道夫要是在这里就好了！我的心多么渴望米那斯阿诺尔，多么渴望故国的城墙！但是，现在我该何去何从？"

峡谷长而黑暗，充斥着嘈杂的风声、湍急的水声，以及岩石的回声。它略朝西偏，因此，前方起初一片黑暗，但弗罗多很快就看见前面高处有个明亮的缺口，它越来越宽，迅速接近，接着，三条船遽然冲出峡谷，来到一片广阔晴朗的天光下。

风过天穹，早已过午的日头正在照耀。积蓄的河水漫开，形成一个长椭圆形的湖，这便是水色苍淡的能希斯艾尔。湖四周环绕着陡峭的灰色山岗，山坡上长满了树，但山顶都是秃的，在阳光下闪着冷光。在湖的南端尽处耸立着三座山峰。中间那座比另外两座略略突出，跟它们分开；它是一座水中的岛屿，被奔流的大河张开白亮的双臂环抱着。随风传来隐约却深沉的咆哮声，就像遥远的滚滚雷声一样。

"看哪，那就是托尔布兰迪尔！"阿拉贡说着，指向南边那座高峰，"左边矗立的是'聆听之山'阿蒙肖，右边矗立的是'观望之山'阿蒙汉。在伟大君王统治的时代，这两座山上都设有王座，并且有人守卫。不过，据说托尔布兰迪尔上既无人迹也无兽踪。夜影降临之前，我们就会抵达那里。我听见涝洛斯大瀑布那永无止境的声音在召唤。"

远征队稍事休息，乘着流过湖中央的水流往南漂。他们吃了点东西，然后便拿起桨来加紧赶路。西边山岗的山坡已经没入了阴影中，太阳变得又红又圆。朦胧的星星不时冒出来。三座山峰衬着暮光，巍然矗立在前方，显得黑暗阴森。涝洛斯瀑布在大声咆哮。等一行旅人终于来到山岗的阴影下，夜幕已经笼罩了奔流的河面。

他们第十天的旅程结束了。大荒野已经被抛在身后，他们必须选择向东还是向西行，否则无法继续前进。使命的最后阶段，摆在了面前。

第十章

分道扬镳

阿拉贡领着他们进入了大河的右边河道。托尔布兰迪尔的阴影笼罩着这段河道的西岸，岸上有一片绿草坪，从阿蒙汉山脚下一直延伸到水边。草坪后方就是山丘最外围的缓坡，坡上长满了树木，这些树沿着湖岸的曲线向西延展。一条小溪从山坡上翻腾着流下，滋润着青草。

"我们今晚在此休息。"阿拉贡说，"这是帕斯嘉兰草坪。古时此地在夏天非常美丽。我们且盼邪恶尚未侵入这里。"

他们将船拉上青翠的河岸，并在旁边扎营。他们设了哨，但不见敌人的踪迹和动静。咕噜倘若仍在千方百计地跟踪他们，那么到现在也未露出形迹。尽管如此，随着夜色渐深，阿拉贡却越来越不安，他辗转反侧不能安眠。凌晨时分，他起身，来到正轮到守哨的弗罗多身旁。

"你怎么醒了？"弗罗多问，"还没轮到你呢。"

"我不知道怎么回事，"阿拉贡答道，"不过我睡梦中有种威胁和阴影一直在增长。你最好拔出剑来。"

"为什么？"弗罗多说，"附近有敌人吗？"

"我们看看刺叮怎么说。"阿拉贡回答。

于是，弗罗多将那把精灵宝剑从剑鞘中拔出，惊愕地发现剑锋在黑夜里闪着淡淡的光。"奥克！"他说，"离我们不是很近，但似乎也够近了。"

"这正是我担心的。"阿拉贡说，"不过，也许他们不在大河这边。刺叮的光很微弱，有可能只表明有魔多的奸细在阿蒙肖的山坡上游荡。过去我从不曾听说有奥克来到阿蒙汉。但是，在当今的邪恶时日里，谁知道会出什么事？须知，米那斯提力斯已经保障不了在安都因大河上航行的安全了。明天我们行进时一定要非常小心。"

白昼来临，天色如同火与烟。东方天际低垂着一条条乌云，像是大火中腾起的浓烟。旭日自下方照亮了乌云，燃起暗红的火焰，但不一会儿太阳就爬到了乌云上方，升入晴朗的天空。托尔布兰迪尔的山顶抹上了一层金辉。弗罗多向东眺望，凝视着那座高耸的岛屿。它的山体从奔流的水中巍然拔起，高峻悬崖上方的陡峭山坡上，众多树木层层叠叠攀长而上。再上去，又是高不可攀的灰色山岩，顶端是一圈尖塔般的巨石。许多飞鸟绕着尖峰盘旋，但见不到其他生物的踪迹。

他们都吃过饭后，阿拉贡将远征队一行人召聚在一起。"这一天终于到了——这一天，该做出选择的一天，我们拖延已久。"他说，"我们远征队结成同盟跋涉至今，接下来该怎么样？我们该随波洛米尔转而向西，奔赴刚铎的战事，还是转而向东，前往恐怖与阴影；抑或是我们该分道扬镳，各自选择走这条或那条路？无论我们打算怎么办，都必须尽快决定。我们不能在此久留。我们知道，敌人就在东岸，但我担心奥克可能已经来到大河的这一边了。"

一阵冗长的沉默，没有人开口或挪动。

"好吧，弗罗多，"阿拉贡终于开口说，"恐怕这担子还是要落在你身上。你是当时会议指定的持戒人。你要走的路，只有你自己能选择。此事我无法给你建议。我不是甘道夫，尽管我已努力担起他的重任，却不清楚他对这一刻怀有何种计划或希望，如果他确实有过打算的话。更有可能的情况是，哪怕他此时就在这里，选择也还是在你。这是你的命运。"

弗罗多没有立即作答。过了一会儿，他才慢慢地说："我知道时间紧迫，但我还无法决定。这担子很重，请再给我一个钟头，我会做出决定。请让我一个人静一下！"

阿拉贡怀着善意的怜悯看着他。"很好，卓果之子弗罗多。"他说，"你可以独自考虑一个钟头，不受打扰。我们会在这里待一阵，但你别走远，别让我们叫不到你。"

弗罗多垂着头坐了一会儿。一直十分忧虑地盯着自家少爷的山姆，摇了摇头咕哝道："事情一清二楚，但是眼下山姆·甘姆吉插嘴可没好处。"

这时弗罗多起身，走了开去。山姆看见，虽然其他人都克制着不去看弗罗多，波洛米尔却目不转睛，紧盯着他不放，直到他走出众人的视野，进了阿蒙汉山脚的树林。

起初，弗罗多漫无目的地在树林里游荡，随后发现双脚领着自己朝山坡上走去。他遇到了一条小路，它是一条湮灭的古时大道的遗迹。路在陡峭之处凿有石阶，但现在这些石阶都破损不堪，被树根撑裂了。他爬了一阵子，不在意自己是往哪里走，一直走到一处四周长着花楸树的青草地，中央有一块宽阔平坦的大石头。这片高处的小草坪朝东的一面无遮无蔽，洒满了清晨的阳光。弗罗多停下来，视线越过下方远处的大河，眺望托尔布兰迪尔，以及众多鸟儿——他和那杳无人迹的岛屿之间隔着一道鸿沟，它们就在那里的空中盘旋。涝洛斯大瀑布的声音澎湃汹涌，混杂着深沉勃动的隆隆声。

他在大石上坐下，双手托着下巴，视而不见地瞪着东方。自从比尔博离开夏尔后所发生的一切，一幕幕掠过他的脑海，他回忆着，琢磨着每一句他能记起的甘道夫说过的话。时间一分一秒流逝，他却仍旧一筹莫展。

突然，他从沉思中惊醒：他冒出一种奇怪的感觉，那就是背后有着什么东西，有双不怀好意的眼睛在打量他。他跳起来转过身，惊讶地看见来的只是波洛米尔而已，一脸和善的微笑。

"我担心你，弗罗多。"他说着，走上前来，"如果阿拉贡说的没错，奥克就在附近，那么我们任何人都不该独自乱走，尤其是你——你可是肩负重任。而我的心情也很沉重。既然我找到你了，我能不能在这里待一会儿，跟你聊聊？这会让我好过一点。人多嘴杂，众口难调；但是两个人一起或许能做出明智的判断。"

　　"你真好心。"弗罗多答道，"但我认为没有什么说法帮得了我。因为我知道自己该做什么，但我害怕去做，波洛米尔——是害怕。"

　　波洛米尔默然而立。涝洛斯的咆哮永无休止。风在树枝间低语。弗罗多打了个寒战。

　　波洛米尔突然走过来，在他身旁坐下。"你确定你不是在白白受罪？"他说，"我希望能帮你。你要做出这个艰难的选择，需要建议。你愿不愿意听从我的建议？"

　　"我想，波洛米尔，我已经知道你会给我哪种建议。"弗罗多说，"若不是我内心示警，那建议倒也貌似明智。"

　　"示警？示什么警？"波洛米尔厉声问。

　　"提防拖延。提防那条看似好走的路。提防拒绝背负那个加在我身上的重担。提防——好吧，如果一定要说的话——提防信任人类的力量和忠诚。"

"可是长久以来，那力量一直保护着远方你们那小小家乡中的你，尽管你并不知道。"

"我并不怀疑你族人的英勇，但是世界正在改变。米那斯提力斯的城墙或许很坚固，但还不够坚固。如果它们被攻破，接下来会怎样？"

"我们将在战斗中英勇牺牲。但是，它们仍有不被攻破的希望。"

"只要魔戒还存在，就没有希望。"弗罗多说。

"啊！魔戒！"波洛米尔说，眼睛一亮，"魔戒！我们竟为这么一个小小的东西惊疑不定，惧怕不已，这难道不是奇怪的命运弄人吗？这么个小东西！而我只在埃尔隆德之家看过片刻。我能再看看它吗？"

弗罗多抬起头来，内心陡然一凉。他捕捉到了波洛米尔眼中的奇怪光彩，但他的面容仍显得和蔼友善。"它还是秘不示人的好。"他答道。

"如你所愿，我不在乎。"波洛米尔说，"但是，我难道连提都不能提吗？你们似乎向来都只想到它在大敌手里的威力，只想到它的邪恶用途，而想不到它的好处。你说，世界正在改变。如果魔戒存在，米那斯提力斯将会陷落。但是为什么会陷落？当然，倘若魔戒在大敌手里的话。可是，假如它是在我们手里呢？"

"你难道没参加会议吗？"弗罗多答道，"因为我们不能使用它，任何用它来做的事，都会转为邪恶。"

波洛米尔起身，焦躁地走来走去。"你就这么说下去吧。"他叫道，"甘道夫，埃尔隆德——所有这些人都教你这么说。对他们自己而言，这话或许不错。这些精灵跟半精灵，还有巫师，他们或许会惨淡收场。然而我常怀疑，他们究竟是明智，还是仅仅胆小怕事而已。这些种族各有各的问题，但心意忠诚的人类是不会堕落的。我们米那斯提力斯人经过长年累月的考验，始终坚定不渝。我们并不渴望巫师大人的力量，只想有能力保卫自己，有能力从事正当的大业。看啊！就在我们的危急时刻，机缘巧合，使力量之戒现世。我说，这是个礼物，一个赐给魔多敌人的礼物。不使用它，不运用大敌的力量来反击他，这简直是疯了。无畏加上无情，单单这些就能让我们取得胜利。在这种时刻，一名战士，一个伟大的领袖，有什么不能做的？阿拉贡有什么不能做的？话说，如果他拒绝，为什么不让波洛米尔来？魔戒会给我号令天下的力量。所有人都将集结在我麾下，看我如何驱逐魔多的大军！"

波洛米尔大步来回走着，越说越大声，看上去几乎忘了弗罗多的存在。他不断说着城墙和武器，人员的召集；他为伟大联盟和即将到来的光荣胜利擘画着计划；他推翻魔多，自己成了伟大的国王，既仁善又贤明。他突然停下来，挥舞着双臂。

"而他们叫我们把它扔掉！"他吼道，"更别提什么**毁掉**！如果理性能指出这有哪怕一点做到的希望，那也就罢了。问题是没有。给我们提出的唯一计划是，让一个半身人盲目地走入魔多，把重新夺回它为己所用的机会，全都拱手送给大敌。愚蠢！"

"你肯定看出来了，吾友？"他说，突然再次转身面对弗罗多，"你说你是害怕。果真如此，最勇敢的人也应当宽恕你。但是，真的不是理智使你裹足不前吗？"

"不，我是害怕。"弗罗多说，"单纯的害怕。但是我庆幸听见你这番肺腑之言。我的头脑现在更清醒了。"

"那么，你会来米那斯提力斯了？"波洛米尔叫道，一脸急切，双眼发亮。

"你误会我了。"弗罗多说。

"但你会来，至少来待一阵吧？"波洛米尔坚持着，"我的城离此并不远，从那边去魔多比从这里去也远不了多少。我们已经在野外待了这么长时间，你在采取行动之前需要关于大敌所作所为的消息。弗罗多，跟我一起走吧。"他说，"如果你一定要去冒险，那么你动身之前需要休养生息。"他友好地将手搭在霍比特人肩上，但弗罗多察觉，那只手由于压抑住的激动正在颤抖。他迅速退开，充满警惕地看着这个几乎有自己两倍高，力气更是比他大了好几倍的高大人类。

"你为什么这么不友好？"波洛米尔说，"我是个堂堂正正的人，既不是偷窃的，也不是盯梢的。现在你知道了，我需要你的魔戒；但我向你保证，我并不渴望保有它。你愿不愿意至少让我试试我的计划？把魔戒借给我！"

"不！不行！"弗罗多叫道，"会议决定，将它交给我持有。"

"大敌若是击败我们，那就全是因为我们自己的愚蠢！"波洛米尔喊道，"真气死我了！笨蛋！死脑筋的笨蛋！自投罗网去送死，还坏了我们的大事。真有任何凡人有资格获得魔戒，那也该是努门诺尔人，而不是半身人。若非不巧，戒指也不会是你的。它本来有可能是我的。它应该是我的。把它给我！"

弗罗多没回答，只是退开，直到那块平整的大石挡在二人中间。"好吧，好吧，我的朋友！"波洛米尔放缓了声音说，"为什么不抛掉它呢？为什么不从疑惧中解脱呢？要是你愿意，你可以把责任推到我身上。你可以说，我力气太大，用武力夺走了它。因为我对你来说的确太强大了，半身人。"他吼道，蓦地跃过大石扑向弗罗多。他英俊和气的面孔扭曲得十分狰狞，双眼中燃烧着怒火。

弗罗多闪向一旁，再次让大石挡在彼此之间。现在他只剩一件事可做——他颤抖着，拉出挂在链子上的魔戒，就在波洛米尔再次扑向他时，他迅速将戒指套上了手指。那个人类倒抽一口气，惊讶万分地瞪视了一会儿，然后疯狂地奔走了一圈，在岩石和树木间到处搜寻。

"卑鄙的骗子！"他大吼道，"你等我抓到你！现在我知道你打什么鬼主意了。你会把魔戒拿去给索隆，把我们全都出卖。你只是在暗暗等候机会，好在困境里离开我们。诅咒你和所有的半身人，你们都去死，都堕入黑暗！"就在这时，他绊到了一块石头，脸朝下跌倒了。有好一阵，他就那样四肢摊开、一动不动地趴着，仿佛他刚才的诅咒落到了自己身上。接着，他突然哭了起来。

他爬起来，用手擦着眼睛，匆忙抹掉眼泪。"我说了什么？"他叫道，"我干了什么？弗罗多，弗罗多！"他喊着，"回来！我失去了理智，但现在恢复了。回来啊！"

没有回答。弗罗多甚至没听见波洛米尔的喊声。他已经跑得很远了，盲目地奔上那条小径，上到了山顶。恐惧和悲伤震撼了他，他脑海中满是波洛米尔那张疯狂凶猛的面孔，还有那双怒火中烧的眼睛。

不一会儿他就独自奔到了阿蒙汉的山顶上，他停下来，大口喘着气。他抬眼望去，感觉就像透过一片迷雾，看见了一个宽阔平坦的圆圈，铺满了巨大的石板，四周围绕着倾颓的城垛。在圆圈中央，在四根雕刻的柱子上面设有一张高座，可以借由一道长阶梯爬上去。他爬了上去，坐在那张古老的椅子上，感觉自己像个迷路的孩子，吃力地爬上了山地之王的宝座。

起初，他几乎什么也看不见，像是置身在一个只有各种影子的迷雾世界里：魔戒正作用于他。接着，迷雾逐渐在各处散开，他看见了许多景象：渺小而清晰，仿佛就在眼前的一张桌子上，却又很遥远。不闻声音，只有明亮生动的影像。世界似乎缩小了，陷入了沉寂。他正坐在努门诺尔人的"观望之山"阿蒙汉上的观望之椅上。朝东望，他看见一片广阔未知之地，不知名的平原，未经探索的森林。朝北望，他看见大河像一条缎带在下方铺陈伸展，矗立的迷雾山脉显得又小又硬，像一排破碎的牙齿。朝西望，他看见辽阔的洛汗草原，还有艾森加德的尖塔欧尔桑克，像一支黑色长矛。朝南望，他看见大河就在脚下，像一道摇摇欲坠的海浪般卷起，一头栽下涝洛斯大瀑布，落入满是水沫的深渊，氤氲的水汽中闪烁着一道彩虹。他还看见埃希尔安都因——大河巨大的三角洲，阳光下无数的海鸟如同一团白尘盘旋飞舞，下方则是银绿相间的大海，泛着无穷无尽的波涛。

然而，无论他往哪个方向看，都能看到战争的征兆。迷雾山脉拥挤得像个蚁丘：奥克从成千上万的洞穴中出动。在黑森林的大树下，精灵、人类和凶残的恶兽在殊死争斗。贝奥恩一族的土地一片烈焰，乌云笼罩着墨瑞亚，罗瑞恩的边境浓烟四起。

骑兵在洛汗的草原上奔驰，恶狼从艾森加德倾巢而出。战船从哈拉德的海港出海，来自东方的人类源源不绝地前进：剑士、矛手、弓箭骑兵、首领的战车，以及满载辎重的大车。黑暗魔君的所有力量都在行动。然后，他转向南方，再次看见了米那斯提力斯。它显得很远，也很美：城墙雪白、高塔众多，美丽骄傲地坐落在山上。它的城垛闪着钢铁的光辉，塔楼上飘扬着无数鲜明的旗帜。希望在他心头雀跃。但是，还有另一个更强大、更坚固的要塞与米那斯提力斯为敌。就在那边，在东方，他的视线被强拉过去，掠过崩毁的欧斯吉利亚斯诸桥，掠过龇牙狞笑着的米那斯魔古尔诸门，掠过邪恶作祟的阴影山脉，望见了戈垆洛斯，位于魔多大地上的恐怖山谷。光天化日之下，那地却被黑暗笼罩。浓烟当中火光闪亮。末日山正在燃烧，浓臭烟气大股升起。最后，他的目光被攫住了：高墙叠着高墙，城垛堆着城垛，漆黑，坚固得无法估量，铁铸的山，钢造的门，坚不可摧的高塔，他看见它了——巴拉督尔，索隆的堡垒。所有的希望都弃他而去。

突然间，他感觉到了魔眼。在邪黑塔中有一只不眠不休的眼睛。他知道它察觉到了他的注视。那是一股凶残迫切的意志，朝他猛扑过来。他觉得它几乎就像一根手指，搜寻着他，很快就会钉住他，精确地知道他在哪里。它触及了阿蒙肖。它扫视过托尔布兰迪尔，而他从椅子上猛跳下来，蜷缩成一团，用灰色的兜帽蒙住了头。

他听见自己大声叫道：**决不！决不！**或者叫的是：**我这就来了，我来见你？**究竟是什么，他也分辨不出。接着，如同一道源自另外一股力量之尖端的闪光，另一个想法闯进了他的脑海：**摘下来！把它摘下来！笨蛋，把它摘下来！把魔戒摘下来！**

两股力量在他身上缠斗。有那么片刻，双方针锋相对，完全势均力敌，他痛苦地扭动翻滚，惨受折磨。突然间他又意识到自己的存在了，他是弗罗多，既非那声音，亦非那魔眼——他可以自由选择该怎么做，并且仅存一瞬可以做出选择。他拔下了手上的戒指。他正跪在阳光普照的高座前。一个形如手臂的黑影从他上方掠过。它错过了阿蒙汉，向西摸索而去，消失了。接着，整个天空变得晴朗蔚蓝，鸟儿在每棵树上歌唱。

弗罗多站了起来，他感到疲惫不堪，但他意志坚定，心情也轻松了。他大声自言自语道："现在，我会做我必须做的事。至少这点显而易见：即便是在远征队中，魔戒的邪恶也已经在运作，而在它造成更大的伤害之前，一定要让它远离众人。我会独自上路。有些人我无法信任，那些我能信任的对我来说又太珍贵了：可怜的老山姆，还有梅里和皮平。大步佬也是，他内心渴望去米那斯提力斯，而那里会需要他的，既然波洛米尔如今已经堕入了邪恶。我会独自上路。立刻就走。"

他迅速下了小径，回到那片波洛米尔找到他的草坪，然后停下脚步聆听。他觉得自己听见下方岸边的树林里传来了叫喊和呼唤的声音。

"他们一定会来搜寻我，"他说，"我不知道我离开多久了，我想有几个钟头了吧。"他迟疑着，"我该怎么做？"他喃喃自语，"我必须现在就走，否则就再也走不了了。我不会再有机会了。我真不愿意像这样不留半句解释就离开他们。但是他们肯定会明白的。山姆会的。不然我还能怎么办呢？"

他慢慢地拉出魔戒，再次戴上。他消失了，比一阵风更轻地奔下了山岗。

其他人在河边等了很久。有一阵子他们全都默不作声，不安地在四周踱来踱去；不过这会儿他们坐成一圈，正在交谈。他们不时努力想谈点别的事，谈那漫长的旅途和众多的冒险。他们向阿拉贡问起刚铎的疆域和它古老的历史，以及它那些残余的伟大古迹——在埃敏穆伊这片陌生的边境之地，仍能看见它们：石雕的君王，阿蒙肖和阿蒙汉上的高座，涝洛斯大瀑布旁的巨大阶梯。可是，他们的思绪和话题总会绕回到弗罗多和魔戒上。弗罗多会做何选择？他为什么犹豫不决？

"我想，他一直在盘算哪条路最危险。"阿拉贡说，"这很有可能。既然远征队已经被咕噜盯上，那么往东走就是空前地无望，我们不能不担心这趟旅途的秘密已经暴露了。但是米那斯提力斯也并不更接近火焰之山和毁灭那个重担的大业。

"我们可以在那里暂作停留，英勇抵抗。但要保住那个重担的秘密，或者当大敌前来夺取它时抵挡住他倾尽全力的攻击，这点德内梭尔大人和他所有的将士都不可能指望做到。连埃尔隆德也说自己力有不及。我们无论是谁，若是处在弗罗多的立场，要选择哪条路才好？我不知道。现在真是我们最想念甘道夫的时刻。"

"我们的损失实在不幸。"莱戈拉斯说,"然而,我们必须在没有他帮助的情况下,做出决定。我们何不先做决定,从而帮助弗罗多呢?让我们把他叫回来,然后表决!我赞成去米那斯提力斯。"

"我也赞成去米那斯提力斯。"吉姆利说,"当然,我们只是被派来一路帮助持戒人的,要走多远视自己意愿而定;在寻找末日山这件事上,我们都不为誓言或命令所迫。与洛丝罗瑞恩告别,对我来说极其艰难。但是,我已经走了这么远,我要说:现在,我们面对最后的抉择,我很清楚我无法离开弗罗多。我会选择去米那斯提力斯,但如果他不去,那我就跟随他。"

"我也愿意跟他走。"莱戈拉斯说,"如果现在道别,那是背信弃义。"

"如果我们全都离开他,那确实是一种背弃。"阿拉贡说,"可是如果他往东走,我们并不必全跟他去;而且我认为我们也不该全跟他去。那条险路凶多吉少:无论是八个人,三个人,还是一个人去,都没有区别。你们若是容许我挑选,那么我会指定三个同伴:一是决不能容忍不去的山姆,再就是吉姆利和我自己。波洛米尔会返回他自己的白城,他的父亲和他的族人需要他；其他人应该跟他去——至少梅里阿道克和佩里格林该去，如果莱戈拉斯不愿离开我们的话。"

"这绝对没门！"梅里叫道，"我们决不能离开弗罗多！皮平和我早就打定主意，天涯海角都跟他去，现在我们还是这么想。不过我们之前不了解这话真正的含意，在遥远的夏尔或幽谷说这话，感觉好像很不一样。让弗罗多去魔多简直是疯了，太残酷了。我们为什么不能阻止他？"

"我们一定得阻止他。"皮平说，"我敢肯定，他担心的就是这事儿。他知道我们不会同意他往东走，而且他也不希望要求任何人跟他去，可怜的老家伙。想象一下吧，独自前往魔多！"皮平忍不住抖了抖，"可是，这亲爱的傻乎乎的老霍比特人啊！他应该知道他根本不用问。他应该知道，我们阻止不了他的话，也不会离开他。"

"对不起，我插个嘴，"山姆说，"我觉得你们一点不懂我家少爷。他不是在犹豫该走哪条路好，当然不是！米那斯提力斯到底有什么好？——我是说对他来讲。请原谅我这么说啊，波洛米尔大人。"他转身补充道。就因为这一转，他们才发现原先坐在圈子外默不作声的波洛米尔，已经不在那里了。

"他这会儿跑哪去了？"山姆叫道，显得十分担心，"我老觉得他最近有点古怪。不过，不管怎么说，这不关他的事，他一直都说他要回家去，这也不是他的错。但是，弗罗多先生知道，只要有可能，他就一定得找到末日裂罅。可他很**害怕**。现在说到重点了，他明摆着就是吓坏了。这才是他的问题。当然啦，打从离开家之后，可以说他已经学了点教训——我们全都学了点教训。要不然，他就会吓得干脆把魔戒往大河里一扔，拔腿走人了。可他还是怕到不敢出发。还有，他并不担心我们，他不担心我们会不会跟他一起去。他知道我们想要跟他去，而这是另一件让他苦恼的事儿。如果他真拿定主意要走，就会要自己一个人走。记住我这句话！等他回来我们就有麻烦了。因为到时候他就彻底拿定主意了，这事儿就跟他姓巴金斯一样笃定。"

"山姆，我相信你这话比我们任何人都更有见地。"阿拉贡说，"如果你说得不错，我们该怎么办？"

"阻止他！别让他去！"皮平叫道。

"我怀疑这无济于事。"阿拉贡说，"他是持戒人，身负承担重担的命运。我认为我们无权驱使他这么做或那么做。就算我们尝试，我认为也不会成功。还有其他强大得多的力量在运作。"

"好吧，我巴不得弗罗多会'拿定主意'并且回来，让我们把这事给结了。"皮平说，"这么等着太可怕了！时间肯定已经到了吧？"

"对。"阿拉贡说，"一个钟头早就过了。早晨都快过去了。我们必须叫他回来。"

就在这时，波洛米尔重新出现了。他从树林中走出来，不发一语地朝他们走来，脸色沉重又悲伤。他停住脚步，好像在数在场的人数，然后他就远离大家坐了下来，两眼看着地面。

"你去哪里了，波洛米尔？"阿拉贡问，"你看见弗罗多了吗？"

波洛米尔迟疑了一下。"看见了，也没看见。"他慢慢地答道，"说看见了，是因为我在山坡上一个地方发现了他，跟他说了些话。我力劝他前往米那斯提力斯，不要去东方。后来我发火了，他就离开了我。他消失了。我曾经在传说中听过这样的事，却从来没亲眼见过。他一定是戴上了魔戒。我再也没找到他。我以为他回到你们这里来了。"

"你要说的就只有这些吗？"阿拉贡问，很不客气地紧盯着波洛米尔。

"对。"他答道，"我暂时没有别的话要说了。"

"这可糟了！"山姆跳起来喊道，"我不知道这个人类究竟干了什么事。为什么弗罗多先生要戴上那东西？他不该这么做的。要是他做了，天知道会出什么事儿！"

"但他不会一直戴着吧。"梅里说，"等他避开讨厌的访客，他就会摘下来，就跟比尔博以前那样。"

"可他去哪里啦？他在哪里？"皮平叫道，"他都走了老长时间了！"

"波洛米尔，你最后看见弗罗多是什么时候？"阿拉贡问。

"也许是半个钟头前。"他答道，"也有可能是一个钟头前。我后来漫无目的地游荡了一阵子。我不知道！我不知道！"他双手抱头坐着，仿佛被悲伤压得抬不起头。

"他消失一个钟头了！"山姆高声叫道，"我们必须立刻想法找到他。来吧！"

"等等！"阿拉贡喊道，"我们必须分组结伴行动，而且要安排——过来，且慢！等一下！"

这无济于事。他们根本不理会他。山姆第一个冲出去，梅里和皮平紧跟在后，眨眼间就消失在西边岸边的树林里，用那清亮高亢的霍比特嗓子高喊着：**弗罗多！弗罗多！**莱戈拉斯和吉姆利也在跑。一股突如其来的恐慌或疯狂似乎降临了远征队。

"我们全都会走散迷路的！"阿拉贡郁闷地低声道，"波洛米尔！我不知道你在这场祸事里扮演了什么角色，但现在快帮帮忙！去追那两个年轻的霍比特人，就算你找不到弗罗多，至少也保护好他们。如果你找到弗罗多，或发现任何他的踪迹，就回到这里来。我会尽快回来。"

阿拉贡拔腿飞奔，急追山姆去了。在那片花楸树围绕的小草坪边上，他赶上了边费力往山上攀爬，边喘着气在喊"**弗罗多！**"的山姆。

"跟我来，山姆！"他说，"我们谁都不该落单。这四周有什么不太对劲，我感觉得到。我要到上面阿蒙汉的高座去，去瞧瞧能看见什么。你瞧！正如我心里猜测的，弗罗多走了这条路。跟我来，眼睛睁大一点！"他飞速奔上了小径。

山姆尽了全力，但也追不上游民大步佬，很快就落在了后面。他才跑没多远，前方的阿拉贡就奔出了视野的范围。山姆停下脚步，大口喘气。蓦地，他一巴掌拍上脑门。

"哇啊，山姆·甘姆吉！"他大声说，"你的腿太短，所以动动脑子吧！现在叫我想想！波洛米尔没撒谎，他不是那种人，但他也没什么都说。有什么东西把弗罗多先生吓坏了，让他突然之间拿定了主意。他终于下定决心要走了。去哪里呢？东边。不带山姆一起？对，甚至不带他的山姆一起。这真无情啊，无情得残忍。"

山姆抬手抹去眼里的泪水。"稳住，甘姆吉！"他说，"可以的话就快想！他既不能飞过河去，也不能跳下瀑布。他没带行李。所以，他非得回到船那边去不可。回到船那边去！——山姆，快像闪电那样，回到船那边去！"

山姆一转身冲下了小径。他跌倒了，摔破了膝盖，但又爬起来继续跑。他直奔到岸边帕斯嘉兰草坪边缘，小船都被拖出水停放在那里。那里没人。后方的树林里似乎传来叫喊声，但他不加理会。他一动不动站了半晌，大口喘气，紧盯着前面看。有条小船正自动滑下河岸。山姆大叫一声奔过了草坪。那船滑进了水中。

"我来了，弗罗多先生！我来了！"山姆叫道，从河岸纵身一跃，整个人扑向正在离岸的船，伸手去抓船舷，却差了一码。随着一声大叫和扑通一声，他脸朝下栽进了湍急的深水中。他咕噜咕噜地往下沉，大河淹没了他的卷发。

空荡荡的船上爆发出一声惊愕的叫喊。一支桨划了几下，船掉过头来。弗罗多在山姆挣扎扑腾着冒出水面时，刚好及时抓住了他的头发。山姆瞪得圆圆的褐眼中满是恐惧。

"快上来，山姆，我的小伙子！"弗罗多说，"现在快抓住我的手！"

"救救我，弗罗多先生！"山姆喘息道，"我快淹死了。我看不见你的手。"

"在这里。别掐我，小子！我不会松手的。好好踩水，别乱蹬，不然你会把船弄翻的。来，抓住这边船舷，让我可以划桨！"

弗罗多划了几下，把船划回了岸边，山姆这才能够爬上岸，全身湿透，像只落汤鸡。弗罗多摘下魔戒，再次踏上岸。

"山姆，所有会惹麻烦的讨厌鬼当中，你是最糟糕的一个！"他说。

"噢，弗罗多先生，这真无情啊！"山姆发着抖说，"想要抛下我走什么的，这真无情。我要是刚才没猜对，现在你都到哪儿了？"

"安全上路了。"

"安全！"山姆说，"你一个人，没有我帮助你？我受不了，那会要了我的命。"

"山姆，跟我一起走才会要了你的命。"弗罗多说，"那会让我受不了。"

"那才不像被撇下那么肯定。"山姆说。

"可我要去的，是魔多。"

"弗罗多先生，这我清楚得很。你当然是要去魔多。而我要跟着你去。"

"好了，山姆，"弗罗多说，"别妨碍我！其他人随时会回来。如果他们逮到我在这里，我就得跟他们争论跟解释，如此一来，我就再也不会有心情或机会离开了。可我必须立刻走。这是唯一的办法。"

"当然是。"山姆答道，"但不是一个人。我也要去，不然咱俩就谁都别去。我会先把每艘船都凿几个洞出来。"

弗罗多居然真的大笑出声了。一股温暖伴着快乐突然涌起，打动了他的心。"留下一条别凿！"他说，"我们需要它。但你不能像这样不带行李、食物和别的东西就走。"

"等我一小会儿，我这就去拿我的东西！"山姆急急叫道，"全都准备好了。我本来就想我们会今天出发。"他匆忙奔到扎营的地方，弗罗多刚才腾空小船时，将那只船上同伴的行李都搬出来堆在一处，山姆从里面挑出了自己的背包，抓了条备用毯和额外几包食物，又奔回来。

"这样一来，我的计划全泡汤了！"弗罗多说，"要躲开你还真是没门。不过，山姆，我很高兴。来吧！显而易见，我们注定要同行。我们走吧，愿其他人找到一条安全的路！大步佬会照顾他们的。我猜我们再也见不到他们了。"

"说不定会，弗罗多先生。我们说不定会。"山姆说。

就这样，弗罗多和山姆一起出发，踏上了这项使命的最后一程。弗罗多划离了河岸，大河载着他们迅速离去，从西边河道顺流而下，经过了托尔布兰迪尔嶙峋的峭壁。大瀑布的咆哮声越来越近。虽说有山姆竭尽全力帮忙，但他们要从岛的南端横渡急流，将船划到对面的东岸，仍然绝非易事。

终于，他们再次登上了陆地，来到了阿蒙肖的南坡。他们找到一处倾斜的河岸，便将船拖出水面上到高处，在一块巨石后头尽量把它藏好。然后，他们背起行囊出发，寻找一条能领他们翻过灰色丘陵埃敏穆伊，下到魔影之地的路。

注 释

第一章

1 贝奥恩（Beorn），即《霍比特人》中的"换皮人"，能化身为熊的贝奥恩。——译者注

2 某杜内丹（the Dúnadan），这是强调 Dúnadan 并非人名，而是一个名称；the 在英语里作为定冠词，表示指代特定的一员。——译者注

3 顿–阿丹（dún-adan），是辛达语。dún 的意思是"西方"，adan 的意思是"人类"。作为一个词根，dún 应译为"顿"，但词根出现在具体词中可能有拼读变化，故作"杜内丹"。——译者注

4 阿维尼恩（Arvernien），辛达语。第一纪元位于贝烈瑞安德南部、西瑞安河口以西的一片地区。——译者注

5 宁布瑞希尔（Nimbrethil），辛达语，意思是"银白的桦树"。这是第一纪元的一片白桦森林，位于贝烈瑞安德南部的阿维尼恩地区。——译者注

6 疆外蛮荒（Burning Waste），很可能指的是《精灵宝钻》中提到的"疆外黑暗"（Nether Darkness），这是第一与第二纪元时，阿尔达最南边日月照不到的一块区域。如果该区域是陆地的话，虽可航海抵达，很可能也是一片荒凉不毛之地。——译者注

7 虚空永夜之域（Night of Naught），很可能指的是阿门洲南边的黑暗区域。这句其实是说，埃雅仁迪尔此刻已经离阿门洲很近了，但失之交臂。——译者注

8 彼岸世界（Otherworld），指阿门洲。——译者注

9 永夜海域（Evernight），与"虚空永夜之域"指同一片地区。——译者注

10 伊尔玛林（Ilmarin），曼威与瓦尔妲位于圣山塔尼魁提尔山顶的宫殿，见《精灵宝钻》。诗歌中也可用于指代圣山塔尼魁提尔本身。——译者注

11 卡拉奇瑞安（Calacirian），即卡拉奇尔雅（Calacirya），光之隘口。见《精灵宝钻》。——译者注

12 大君王（Elder King），即维拉之王曼威。见《精灵宝钻》。——译者注

13 永暮之地（Evereven），即精灵家园埃尔达玛。——译

者注

14 这首精灵语诗的意思是：

啊，埃尔贝瑞丝！吉尔松涅尔！

澄净晶莹，群星璀璨

流泻犹如宝钻光华！

茂林幽深的中洲上，我们遥遥仰望！

永葆洁白的星辰之后，我将你歌颂，

在大洋此岸，隔离之海的这一方。——译者注

第二章

1 符物（token），符的意思是象征、代表、信物。——译者注

2 结局（Doom），既可指“命数”，也可指“厄运”，是双关含义。因此后文才有波洛米尔将这句解读为“米那斯提力斯的厄运”。——译者注

3 此处原文是 precious，意在呼应咕噜和比尔博提及魔戒时的措辞“宝贝”。——译者注

4 这便是魔戒铭文的黑语读法，其含义就如接下来正文中的解释：“统御余众，魔戒至尊，罗网余众，魔戒至尊，禁锢余众，魔戒至尊。”——译者注

5 里德马克（Riddermark），来自古英语，意为“骑手的疆域”。常简称“马克”。——译者注

6 洛希尔人（Rohirrim），辛达语，构词方式为 roch（马）+

hîr（主人）+rim（群体）。由于 rim 只表示群体，故译作"洛希尔人"，例同"加拉兹民"（Galadhrim）。——译者注

7 捷影（Shadowfax），fax 是古英语词，意为"鬃毛，皮毛"，该名的本意是"拥有暗灰色鬃毛（与皮毛）"。"捷影"是引申的译名。——译者注

第三章

1 狩猎月（Hunter's Moon），也称为狩月或血月，是在最靠近秋分点的收获月之后的第一个满月。——译者注

2 关于这两把剑的来历，见《霍比特人》。——译者注

3 冬青郡（Hollin），托尔金在《〈魔戒〉名称指南》中要求此名意译。Hollin 是"冬青"一词的古老说法，故译名也选用"郡"字，以贴合古风。——译者注

4 凯雷德－扎拉姆（Kheled-zâram），镜影湖的矮人语名称。——译者注

5 奇比尔－纳拉(Kibil-nâla)，银脉河的矮人语名称。——译者注

6 克拉班（craban，复数 crebain），辛达语，生活在范贡和黑蛮地的一种大乌鸦。——译者注

7 弗隆（Furlong），英制长度单位，一弗隆为八分之一英里，约 200 米。——译者注

8 米茹沃（miruvor），辛达语，意思大致是"珍贵的果酒"。——译者注

9 辛达语，意思是："火啊，来拯救我们！"——译者注

第四章

1 墨瑞亚（Moria）这个辛达语名称意即"黑坑"，故波洛米尔这么说。——译者注

2 辛达语，意思是："火啊，拯救我们！火啊，对抗妖狼群！"——译者注

3 辛达语，意思是："精灵之门啊，现在请为我们开启！矮人族的通道，请听我的话语！"——译者注

4 辛达语，意思是"朋友"。——译者注

5 在《未完的传说》中提到，刚铎的贝如希尔王后养了十只猫，九黑一白。这些猫是她的奴隶，她用这些猫来刺探、发掘刚铎所有见不得人的秘密。——译者注

6 秘银（mithril），即后文中的"米斯利尔"，本是辛达语，意为"灰色的闪光物"。"秘银"是沿袭了过去兼具形神的译名。——译者注

第五章

1 秘火（Secret Fire），又称不灭之火（Flame Imperishable），是创世神伊露维塔独有的创造之能量。阿诺尔（Anor），

即太阳。乌顿（Udûn），乌图姆诺的辛达语名，前任黑暗魔君魔苟斯的第一个要塞。详见《精灵宝钻》。——译者注

第六章

1 加拉兹民（Galadhrim），辛达语。Galadhrim 的构成是 galadh（树）+rim（群体），故作"加拉兹民"。——译者注

2 瑅珑（mallorn，复数 mellyrn），辛达语。mallorn 的构成是 malt（金色）+orn（树）。——译者注

3 辛达语，意思是："不许动！"——译者注

4 见附录六中"精灵"一段。

5 弗来特（flet），即古英语的"地板"。——译者注

6 奥克的辛达语名称。yrch 是复数形式，单数形式为 orch。——译者注

7 罗瑞恩耐斯（Naith of Lórien），Naith 是辛达语，意思是"楔形地"。——译者注

8 昆雅语，意思是："美丽的阿尔玟，再会了！"——译者注

第七章

1 西部（the West），既可指大海西边的阿门洲，也可指

第一纪元时中洲的西部地区（贝烈瑞安德）。依照《精灵宝钻》中的记述，凯勒博恩起初应是住在贝烈瑞安德之中的灰袍辛葛的隐匿王国多瑞亚斯里。——译者注

第八章

1 密林河（Forest River），穿过黑森林的河流，《霍比特人》中比尔博和矮人们就是乘桶沿此河逃脱。——译者注

2 能希斯艾尔（Nen Hithoel），辛达语，意思是"迷雾之湖"。该名称的构成为 nen（水）+hith（迷雾）+oel/ael（湖，池塘）。该湖这样命名，说明它并非任何河流的源头，而是从安都因河的水道延伸出来的。——译者注

3 克拉姆（cram），河谷城和长湖镇的人类擅长做的一种干粮。见《霍比特人》。——译者注

4 "加拉德瑞尔"（Galadriel）和"花园"（garden）都是G开头的词。——译者注